多功能

實用成語典

第二版

國立臺灣師範大學文學博士
國立臺灣師範大學國文系教授
蔡宗陽 總校訂

五南圖書出版公司 印行

打開成語之窗的一把鑰匙

——推介《多功能實用成語典》

有人說：「詩歌是最精煉的散文。」我們可以說：「成語是最精煉的詞語。」作文、賦詩、填詞運用成語，可以使詩文更簡潔。成語可以使詩文更簡潔，揆其主因，在於言簡意賅，誠如劉彥和《文心雕龍．鎔裁》所云：「約以貫之，則一章刪成兩句。」成語可以再約貫之，使一章刪成四字，更爲精簡。成語之功用大矣哉，五南圖書出版有限公司負責人楊榮川先生有鑒於此，特敦聘語文專家、學者編撰《多功能實用成語典》。

《多功能實用成語典》是打開成語之窗的一把鑰匙，不止有解釋、出處、例句，這是一般坊間「成語典」共同的優點，並且有解析、近義、反義，這是一般坊間「成語典」罕見的特點。尤其是「解析」部分，分爲形、音、義三項加以詳盡地剖析，使讀者獲益匪淺，受益良多。字形如「漫不經心」不要寫成「慢不經心」；「班門弄斧」切忌寫成「搬門弄斧」或「板門弄斧」；「畫龍點睛」切勿寫成「畫龍點晴」；「發憤忘食」不要寫成「發奮忘食」；「瞻前顧後」切忌寫成「贍前顧後」；「笑容可掬」切勿寫成「笑容可鞠」，諸如此類甚多，也是一般人易犯、常犯、常見的舛誤，特別提醒讀者，以免重蹈覆轍。字音如「當頭棒喝」的「喝」字，不要讀成「ㄏㄜ」，而要讀「ㄏㄜˋ」；「瞠乎其後」的

「瞠」字，切勿讀成「ㄊㄤˊ」，而要讀「ㄔㄥ」；「神出鬼沒」的「沒」字，切忌讀成「ㄇㄟˊ」，而要讀「ㄇㄛˋ」；「萬象更新」的「更」字，不要讀成「ㄍㄥˋ」，而要讀「ㄍㄥ」；「秦晉之好」的「好」音，切勿讀成「ㄏㄠˋ」，而要讀「ㄏㄠˇ」；「稗官野史」的「稗」字，切忌讀成「ㄅㄟ」，而要讀「ㄅㄞˋ」。字義如「積重難返」偏重在難以改正，多指思想、習俗；「根深蒂固」偏重在不可動搖，除指思想、習俗外，還可以指制度、感情。又如「積毀銷骨」偏重毀謗的可怕，足以毀滅一個人；「眾口鑠金」偏重輿論的力量，足可讓人以非爲是。又如同樣用於打仗，「穩紮穩打」著眼於作戰穩當而有把握；「步步爲營」著眼於軍事行動的謹慎。同樣用於做事，「穩紮穩打」著眼於做得穩當、有把握；「步步爲營」著眼於行動謹慎、考慮周密。又如「空中樓閣」側重在脫離現實，適用於脫離實際的理論、計畫等；「海市蜃樓」側重在虛幻方面，適用於難以實現的希望、空想等。又如「穿鑿附會」、「牽強附會」都形容生拉硬扯、勉強湊合，其區別在於：當強調硬要把講不通的講通時，宜用「穿鑿附會」；當強調把不相關的事聯在一起而顯得十分勉強時，宜用「牽強附會」。又如「竊竊私語」指在暗中或背地裡低聲講話；「交頭接耳」僅指小聲説話的樣子。近義成語、反義成語，可以使讀者多吸收成語。如「竊竊私語」的近義成語有「交頭接耳」、「低聲細聲」、「喃喃細語」、「竊竊私義」；反義成語有「大聲疾呼」、「高談闊論」。又如「笑容可掬」的近義成語有「眉笑眼開」、「喜形顏開」、「喜形於色」、「滿面春風」；反義成語有「愁眉苦臉」、「愁眉不展」、「愁眉鎖眼」、「橫眉豎目」。又如「等量齊觀」的近義成語有「一視同仁」、「一概而論」、「相提並論」；反義成語有「另眼相看」、「青眼相看」、「厚此薄彼」。又如「簞食瓢飲」的近義成語有「布衣疏食」、「粗茶淡飯」;反義成語有「山珍海味」、「花天酒地」、「鐘鳴鼎食」。又如「粗枝大葉」的近義成語有「馬馬虎虎」、「粗心大意」、「潦潦草草」;反義成語有「一絲不苟」、「小心謹慎」、「精益求精」、「精雕細刻」。又如「索然無味」的近義成語有「枯燥乏味」、「興味索然」;反義成語有「妙趣橫生」、「津津有味」、「情趣橫生」、「興致勃勃」。又如「纖塵不染」的近義成語有「一乾二淨」、「一塵不染」、「潔身自好」;反義成語有「同流合汙」、「烏七八糟」。

《多功能實用成語典》,不僅是多功能的成語典,也是十分實用的成語典,更是全方位的成語典。這部成語典既可以使讀者洞悉成語的真諦、典故,又可以使讀者正確地靈活運用成語,也可以使讀者明辨近義成語的區別,更可以使讀者多多吸收反義成語,增加寫作的靈感。因此,有了《多功能實用成語典》,就好像有了一把打開成語之窗的鑰匙,可以引導我們走向文學領域的殿堂。不論作文或說話,若運用成語,可以使作文更精煉,說話更簡潔,引起讀者、聽眾的共鳴。

國立臺灣師範大學國文系教授　蔡宗陽　謹識

民國八十七年四月十五日

目錄

凡例

一、本辭典是爲一般讀者編寫的，收錄了日常閱讀、談話中常用的成語約三千七百條，一些過分冷僻、艱澀的成語，則不予收錄，以期能成爲各階層人士生活中最經濟、有效的工具書。另外，在體例上詳分爲解釋、出處、解析、例句、近義、反義六大欄，希望能提供讀者全面、完整的認識，並釐清各成語間的差異，進而能正確、有效地活用。

二、「解釋」欄，先解釋難字、難詞，再就全句字面上的意思作具體、淺白的解釋，最後解釋引申義或比喻義。少數易懂的成語，僅作字面或引申義的解釋。例：

按圖索驥（ㄢˋ ㄊㄨˊ ㄙㄨㄛˇ ㄐㄧˋ）

解釋 索：尋找；驥：良馬。依畫好的圖樣尋求好馬。比喻辦事拘泥於舊法。現指按照資料、線索去尋找事物。

三、「出處」欄，說明該成語出自何書、何處。一般只引述出現該成語的片斷，有的成語是根據古書的某句話或某件事概括而成，本辭典則以白話文敘述該事，並保留關鍵語彙。對於引文中較生僻的詞句，適當地注釋音義，有的還概述大義，使讀者不致產生閱讀上的困難。

例：

出處 明．楊慎《藝林伐山》記載：春秋時秦國孫陽（即伯樂）善於識別好馬，他寫了一部《相馬經》，書中畫了各種好馬的圖像，供人們參考。書中曾說千里馬的主要特徵是高腦門、大眼睛，伯樂的兒子拿著《相馬經》去尋找千里馬，看見一隻癩蛤蟆就捉回來，對父親說：「我找到了一匹好馬，和你書上說的差不多。」伯樂又好氣又好笑，就對兒子說：「這匹馬很會跳，可是不能騎啊！」

四、「解析」欄，成語中容易讀錯、寫錯、用錯的字詞，及該成語適用的範圍或易混淆的部分，皆在此提醒、說明。

例：

解析 「按圖索驥」重在死守成規，拘泥教條；「刻舟求劍」重在不知隨著變化的形式而變化；「守株待兔」重在死守狹隘的經驗；「膠柱鼓瑟」重在自我束縛，不能動彈。

五、「例句」欄，示範說明一則成語的實際使用情況。

例：

例句 這張說明書的指示十分清楚，我們只要**按圖索驥**就能把所有的東西準備齊全。

六、「近義」、「反義」欄，提供意義相近及相反的成語數則，使讀者能加以比較、運用。

例：

近義 刻舟求劍；按部就班；率由舊章；膠柱鼓瑟。

反義 見機行事；隨機應變。

七、爲方便讀者查閱，本辭典附有「部首索引」、「部首筆畫索引」及「總筆畫索引」。

部首筆畫索引目次

部首筆畫索引

【一部】

一畫

二畫

三畫

六畫

七畫

八畫

九畫

十畫

十一畫

【刀部】

二畫

四畫

五畫

六畫

七畫

八畫

十畫

十三畫

【力部】

三畫

二畫

六畫

【口部】

二畫

三畫

【囗部】

【土部】

【士部】

【夊部】

【夕部】

【大部】

四畫

五畫

六畫

七畫

八畫

九畫

十畫

十一畫

三畫

四畫

五畫

六畫

七畫

八畫

五畫

六畫

七畫

八畫

九畫

十畫

十一畫

十二畫

十三畫

十八畫

六畫

七畫

八畫

九畫

十畫

【虍部】

【虫部】

【身部】

三畫

【車部】

三畫

六畫

七畫

十畫

十一畫

【辛部】

十四畫

【辵部】

三畫

四畫

五畫

六畫

七畫

【香部】

【馬部】

五畫

六畫

八畫

十畫

十二畫

十三畫

十六畫

【骨部】

八畫

十三畫

【高部】

【髟部】

五畫

【鬯部】

十九畫

【鬼部】

四畫

【齒部】

【龍部】

總筆畫索引

一畫

二畫

三畫

四畫

五畫

六畫

七畫

八畫

九畫

十畫

十一畫

十三畫

十四畫

十五畫

十六畫

十七畫

十八畫

十九畫

二十畫

二十一畫

二十二畫

二十三畫

二十四畫

二十五畫

二十六畫

二十七畫

二十八畫

二十九畫

三十畫

【一部】

一了百了（ㄧˋ ㄌㄧㄠˇ ㄅㄞˇ ㄌㄧㄠˇ）

解釋 了：了結，完成。①比喻一件事情的一部分解決，其他的也跟著解決了。②表示人一死則所有的事都跟著了結了。

出處 明．王守仁《傳習錄下》：「便是一了百了。」

解析 了，讀ㄌㄧㄠˇ，不讀·ㄌㄜ。

例句 ①只要解決了經費問題，這件複雜的案子就可以**一了百了**，圓滿結束。②面對生活中沈重的壓力，他常想自殺**一了百了**，但想起深愛他的親人，又不得不打消了念頭。

近義 一了千明；一了百當；一通百通。

反義 沒完沒了。

一人得道，雞犬升天（ㄧˋ ㄖㄣˊ ㄉㄜˊ ㄉㄠˋ，ㄐㄧ ㄑㄩㄢˇ ㄕㄥ ㄊㄧㄢ）

解釋 一個人修行得道，家中的雞犬也可以跟著升天。比喻一個人一旦得志，那麼凡是與他親近或相關的人，不管能力如何，都可以受到他的庇護而升遷。

出處 《神仙傳》中記載，漢朝淮南王劉安煉丹成仙，臨去時，將餘藥器放在中庭，雞犬啄食之後，也都隨著升天了。

例句 自從新市長上任後，他的親朋好友都紛紛做了官，真是**一人得道，雞犬升天**。

近義 一子出家，七祖升天。

反義 樹倒猢猻散。

一刀兩斷（ㄧˋ ㄉㄠ ㄌㄧㄤˇ ㄉㄨㄢˋ）

解釋 原指一刀將原來相連的東西切成兩斷。後比喻堅決地斷絕雙方的關係。

出處 《朱子全書．論語》：「克己者，是從根源上一刀兩斷，便斬絕了，更不復萌。」

解析 「兩」不寫成「二」。「斷」不解釋成「判斷」、「武斷」（如「獨斷專行」）。

例句 如果你執意要加入黑道組織，我只有和你**一刀兩斷**，不再來往。

近義 快刀斬亂麻。

反義 拖泥帶水；當斷不斷；藕斷絲連。

一寸丹心（ㄧˊ ㄘㄨㄣˋ ㄉㄢ ㄒㄧㄣ）

解釋 丹心：忠心。①一片赤誠的心。②借喻蠟燭。

出處 ①唐．杜甫〈鄭駙馬池台喜遇鄭廣文同飲〉詩：「白髮千莖雪，丹心一寸灰。」②《佩文齋詠物詩選．孫明復．蠟燭》詩：「一寸丹心如見用，便為灰燼亦無辭。」

例句 ①歷史上的英雄人物，都憑著**一寸丹心**，報效國家，從不計較個人的利害得失。②古人為了求取功名，深夜裏也得就著**一寸丹心**的微弱光線苦讀。

近義 一片丹心。

一反常態（ㄧˋ ㄈㄢˇ ㄔㄤˊ ㄊㄞˋ）

解釋 一：完全。態度和平常完全相反。形容發生和平常截然不同的變化。

解析 「反」不寫成「翻」或「番」。

例句 他今天一反常態地笑臉迎人，令大夥感到不知所措。

近義 一改故轍；判若兩人；搖身一變。

反義 一如既往；依然故我；舊家行徑。

一孔之見（ㄧˋ ㄎㄨㄥˇ ㄓ ㄐㄧㄢˋ）

解釋 孔：小洞。從一個小洞中所能看見的。比喻狹隘、片面、不客觀的見解。

出處 《禮記．中庸》：「反古之道。」鄭玄注：「反古之道，謂曉一孔之人，不知今王之新政可從。」孔穎達疏：「孔謂孔穴。孔穴所出，事有多途。今惟曉知一孔之人，不知餘孔通達，惟守此一處，故云曉一孔之人。」

解析 「一孔之見」強調見解狹隘、片面；「一得之見」強調見解膚淺。

例句 他憑著一孔之見就在開會時大放厥詞，令在場人士紛紛搖頭。

近義 一得之見；一得之愚；一管之見。

反義 真知灼見；遠見卓識。

一心一意（ㄧˋ ㄒㄧㄣ ㄧˊ ㄧˋ）

解釋 形容專心全意，沒有其他的念頭。

出處 唐．駱賓王〈代女道士王靈妃贈道士李榮〉詩：「果得深心共一心，一心一意無窮已，投漆投膠非足擬。」

例句 他自從畢業後，便一心一意地寫作，希望有朝一日能成為一個作家。

近義 全心全意；專心一志；專心一意。

反義 三心二意；心猿意馬；見異思遷。

一心一德（ㄧˋ ㄒㄧㄣ ㄧˋ ㄉㄜˊ）

解釋 同心同德，團結起來為同一個目標而努力。

出處 《尚書．泰誓中》：「乃一德一心，立定厥功，惟克永世。」

解析 和「一心一意」不同，「一心一德」指大家為同一個目標而團結努力；而「一心一意」指全心全意地專注做某件事。

例句 若不是大家一心一德，共同努力，這件艱鉅的工作也不可能順利完成。

近義 同心同德；同心協力；同舟共濟。

反義 離心離德。

一手遮天（ㄧˋ ㄕㄡˇ ㄓㄜ ㄊㄧㄢ）

解釋 遮：遮蔽。一隻手就把天遮住。形容企圖以自己的手遮瞞天下人的耳目，使是非不明。

出處 唐．曹鄴〈讀李斯傳〉詩：「難將一人手，遮得天下目。」

例句 你犯下這樣的滔天大罪還妄想**一手遮天**，隱瞞一切，真是太天真了。

近義 隻手遮天；欺上瞞下；瞞天過海。

反義 上情下達。

一日三秋（ㄧˊ ㄖˋ ㄙㄢ ㄑㄧㄡ）

解釋 秋：指一年；三秋：指三年。一天沒有見面，就好像過了三年沒見一樣。形容離別後思念的心情非常深切。

出處 《詩經．王風．采葛》：「一日不見，如三秋兮。」

例句 他們倆成天膩在一起，只要分開一會兒，便覺得**一日三秋**。

近義 一日不見，如隔三秋；度日如年。

一日千里（ㄧˊ ㄖˋ ㄑㄧㄢ ㄌㄧˇ）

解釋 ①形容車、船等交通工具的速度很快。②比喻進步發展得非常迅速。

出處 《莊子．秋水》：「騏驥驊騮，一日而馳千里。」

例句 ①隨著科學技術的發達，許多交通工具都能**一日千里**，人與人之間的距離也就更近了。②科技的發展是**一日千里**，許多以前的夢想，在今日都一一實現了。

近義 日新月異；突飛猛進；與日俱增。

反義 一落千丈；江河日下；每下愈況。

一日之長（ㄧˊ ㄖˋ ㄓ ㄔㄤˊ）

解釋 ①指才能比別人稍強些。「長」讀ㄔㄤˊ。②指年紀比別人稍長，或資格比別人老。「長」讀ㄓㄤˇ。

出處 ①《新唐書．王珪傳》：「臣於數子，有一日之長。」②《論語．先進》：「以吾一日長乎爾。」

例句 ①林醫師是國內心臟科的權威，卻常自謙自己不過比別人稍有**一日之長**。②他在印刷方面有數十年的豐富經驗，卻常對新進員工自謙自己不過稍有**一日之長**。

近義 略勝一籌。

反義 稍遜一籌。

一木難支（ㄧˊ ㄇㄨˋ ㄋㄢˊ ㄓ）

解釋 一根木頭支撐不住要倒的大廈。比喻艱鉅的任務，不是一個人能夠完成的。

出處 隋．王通《文中子．事君》：「大廈將顛，非一木所支也。」

例句 這件艱鉅的任務，單靠誰都是**一木難支**，無法完成的。

近義 獨木難支；獨木難支大廈。

一毛不拔（ㄧˋ ㄇㄠˊ ㄅㄨˋ ㄅㄚˊ）

解釋 連一根毫毛也不願意拔。比喻非常的吝嗇自私。

出處 《孟子．盡心上》：「楊子取為我，拔一毛而利天下，不為也。」

解析 「一毛不拔」偏重於行為；「愛財如命」偏重於性格。

例句 他一向嗜財如命，一毛不拔，這次竟然會捐一大筆錢，真是太不可思議了。

近義 愛財如命；嗜財如命；鐵公雞。

反義 一擲千金；解囊相助；慷慨解囊。

一文不值（ㄧˋ ㄨㄣˊ ㄅㄨˋ ㄓˊ）

解釋 文：古代貨幣名，是很小的單位。一文錢的價值也沒有，比喻毫無價值。

出處 《史記．魏其武安侯列傳》：「生平毀程不識不直一錢」（直，同「值」。）

例句 他年輕時是個一文不值的小畫家，經過多年來的努力，終於成為畫壇舉足輕重的大師。

近義 半文不值。

反義 價值千金；價值連城。

一片冰心（ㄧˊ ㄆㄧㄢˋ ㄅㄧㄥ ㄒㄧㄣ）

解釋 形容淡泊名利，不熱中功名。

出處 唐．王昌齡〈芙蓉樓送辛漸〉詩：「洛陽親友如相問，一片冰心在玉壺。」

例句 他一向淡泊名利，一片冰心，從不與人計較得失。

近義 一片丹心；一片赤心。

反義 居心叵測。

一世之雄（ㄧˊ ㄕˋ ㄓ ㄒㄩㄥˊ）

解釋 世：代。當代中最傑出的人物。

出處 宋．蘇軾〈赤壁賦〉：「固一世之雄也，而今安在哉？」

例句 他不但留下了許多顯赫的豐功偉業，更為後世留下了一個完美的典範，真可稱是一世之雄。

近義 一世梟雄；一世豪傑。

反義 凡夫俗子；市井小民；販夫走卒。

一丘之貉（ㄧˋ ㄑㄧㄡ ㄓ ㄏㄜˊ）

解釋 丘：小土山；貉：一種形似狐狸的野獸。同一個山裏的貉。比喻都是同類，沒有差別。含有鄙視的意思。

出處 《漢書．楊惲傳》：「古與今，如一丘之貉。」

解析 「貉」不能唸成ㄌㄨㄛˋ；貉絨、貉子的「貉」唸ㄏㄠˊ。

例句 他們倆串通起來騙你的錢，本就是一丘之貉，你難道還看不出來。

近義 狐群狗黨；狼狽為奸。

一石兩鳥（ㄧˋ ㄕˊ ㄌㄧㄤˇ ㄋㄧㄠˇ）

解釋 用一顆石頭，打中了兩隻鳥。比喻做一件事可以獲得兩種好處。

例句 我們這次的行動，不但捉到了嫌犯，又引出幕後的主謀，真是一石兩鳥。

近義 一箭雙鵰；一舉兩得。

反義 事倍功半；徒勞無功。

一目十行（ㄧˊ ㄇㄨˋ ㄕˊ ㄏㄤˊ）

解釋 讀書時，一眼就能看十行文字。形容讀書的速度很快，記憶力很強。

出處 宋．劉克莊《雜記六言五首．二》：「五更三點待漏，一目十行讀書。」

解析 行，讀ㄏㄤˊ，不讀ㄒㄧㄥˊ。

例句 他從小就有一目十行的本事，所以小小年紀就已經有滿肚子的學問。

近義 十行俱下；過目不忘；過目成誦。

反義 尋行數墨。

一目了然（ㄧˊ ㄇㄨˋ ㄌㄧㄠˇ ㄖㄢˊ）

解釋 了然：明白。一看就可以清楚明白。

出處 《朱子語類》：「從高視下，一目了然。」

解析 「一目了然」偏重於一眼就看得明明白白；「一覽無遺」偏重於一看就全部看見。

例句 老師站在講台上放眼望去，不管誰作弊都可以一目了然。

近義 一望而知。

反義 管中窺豹；霧裏看花。

一字一珠（ㄧˊ ㄗˋ ㄧˋ ㄓㄨ）

解釋 ①唱出來的一個字就像一顆珍珠一樣。比喻歌聲圓潤。②稱讚文章寫得好。

出處 薛能〈贈歌者〉詩：「一字新聲一顆珠，囀喉疑是擊珊瑚。」②《儒林外史》第三回：「這樣文字，連我看一兩遍也不能解，直到三遍之後，才曉得是天地間之至文，真乃一字一珠！」

例句 那位女歌手，號稱歌壇的金嗓子，歌聲是一字一珠，婉轉美妙。

近義 珠圓玉潤。

一字千金（ㄧˊ ㄗˋ ㄑㄧㄢ ㄐㄧㄣ）

解釋 一字價值千金，形容詩文精妙，價值極高。

出處 《史記．呂不韋列傳》記載，呂不韋叫他的門客編了一部《呂氏春秋》，公布於咸陽市門，有能增減一字者，賞給千金。

例句 他這篇獲獎的文章，得到文壇上極高的評價，真可說是一字千金。

近義 一字連城；一辭莫贊；字字珠璣。

一字之師（ㄧˊ ㄗˋ ㄓ ㄕ）

解釋 改正一個字的老師。有些好詩文，經旁人改正一個字而更加完美，後稱改字者為「一字之師」或「一字師」。

出處 《五代史補》記載，唐代詩僧齊己的〈早梅〉詩有「前村深雪裏，昨夜數枝開」兩句，鄭谷認為「數枝」不能算早，就把「數枝」改為「一枝」，齊己非常佩服，當時就稱鄭谷為「一字師」。

例句 這首詩您雖只更正一字，卻使全詩增色不少，真可說是我的一字之師。

一字褒貶（一ˊ ㄗˋ ㄅㄠ ㄅㄧㄢˇ）

解釋 褒：讚揚；貶：給予不好的評價。
用一個字就表現了褒貶的意思。用來形容記事、論人措辭嚴格而有分寸。

出處 晉．杜預《春秋經傳集解．序》：「《春秋》雖以一字為褒貶，然皆須數句以成言。」

例句 史書對人物的評論是一字褒貶，令從政做官的人不可不慎！

一帆風順（一ˋ ㄈㄢ ㄈㄥ ㄕㄨㄣˋ）

解釋 比喻做事、工作非常順利，沒有阻礙。通常用來祝賀別人事業、前途進展順利。或對遠行的人說的祝福話。

出處 清．李寶嘉《官場現形記》第五十四回：「又凡是做官的人，如在運氣上，一帆風順的時候，就是出點小岔子，說無事也就無事。」

解析 「一帆風順」偏重表示中途無阻擋、無挫折；「無往不利」偏重表示處處順利。

例句 由於他具備過人的膽識及豐富的專業素養，使他在事業上一帆風順。

近義 一路順風；無往不利；萬事亨通。

反義 一波三折；事與願違；節外生枝。

一成一旅（一ˋ ㄔㄥˊ 一ˋ ㄌㄩˇ）

解釋 古代以方圓十里為一成，士兵五百人為一旅。比喻地狹兵少，勢力微弱。

出處 《左傳．哀公元年》：「有田一成，有眾一旅。」

例句 我方雖是勢單力薄，只有一成一旅，但只要團結起來，相信一定可以戰勝敵人。

一成不變（一ˋ ㄔㄥˊ ㄅㄨˋ ㄅㄧㄢˋ）

解釋 原來是說，刑法一經制定就不可改變。後用來比喻墨守成法，不知變通。

出處 《禮記．王制》：「刑者型也，型者成也，一成而不可變。」

解析 「一成不變」著重於事物本身沒有變化，多用來形容抽象的精神、想法，或做事方式；「原封不動」著重於外界力量對有關事物採取保留、不加改變的行為。

例句 你這種**一成不變**的做事方法，怎麼能應付現在多變的社會。

近義 因循守舊；原封不動；率由舊章。

反義 千變萬化；變化多端。

一衣帶水

解釋 像一條衣帶那樣窄的水，形容兩地之間相隔著像帶子一樣窄的水流。後來泛指江、河等水面不足以限制人的交通、來往。或形容兩地距離很近。

出處 隋朝初年，全國尚未統一。在長江以南的南朝皇帝陳後主大建宮室，生活奢侈，不問朝政，使得全國民不聊生，怨聲載道，隋文帝知道了就決定滅陳，他說：「我為百姓父母，豈可限一衣帶水不拯之乎？」

解析 「帶」不解釋成「帶領」。

例句 中日兩國是**一衣帶水**的鄰邦，自古以來就關係密切，人民往來頻繁。

近義 一水之隔；近在咫尺；望衡對宇。

反義 天各一方；天南地北；天涯海角。

一技之長

解釋 技：技能，本領；長：專長。指有某種特殊技能、專長。

出處 《鏡花緣》第六十四回：「凡琴棋書畫，醫卜星相，如有一技之長者，前來進謁，莫不優禮以待。」

解析 「技」不讀寫成「枝」。「長」不讀ㄓㄤˇ。

例句 在現代的社會中如果不具備高學歷又沒有**一技之長**，就很難與人競爭。

近義 一技之善；看家本領；拿手本領。

反義 一無所長；一無所能。

一步登天

解釋 比喻沒有經過必要的努力，很輕易地達到極高的地位或程度。

出處 《清稗類鈔．三十四》：「巡檢作巡撫，一步登天。」

解析 「步」右下無點，下部不寫成「少」。

例句 初入社會的年輕人，凡事都該按部就班，不要妄想**一步登天**。

近義 平步青雲；平步登天；飛黃騰達。

反義 一落千丈；循序漸進。

一決雌雄

解釋 雌雄：比喻勝負、高下。比喻雙方比出勝敗、高下。

出處 《史記．項羽本紀》：「願與漢王挑戰，決雌雄。」

例句 這兩隊的實力相當，雙雙打進了決賽，準備在冠軍賽中**一決雌雄**。

近義 一決高下；一決勝負；決一死戰。

反義 退避三舍；偃旗息鼓。

一見如故 ㄧˊ ㄐㄧㄢˋ ㄖㄨˊ ㄍㄨˋ

解釋 故：指老朋友。初次見面感覺就像認識很久的老朋友一樣。

出處 宋·張洎《賈氏譚錄》：「李鄴侯（泌）為相日，吳人顧況西遊長安，鄴侯一見如故。」

解析 「故」不解釋成「故意」或「原因」。

例句 他們倆本來互不認識，今日一見如故，便天南地北地聊開來了。

近義 一面如舊。

反義 反面不識；六親不認；翻臉不認人。

一見鍾情 ㄧˊ ㄐㄧㄢˋ ㄓㄨㄥ ㄑㄧㄥˊ

解釋 鍾：集中；鍾情：感情專注。指男女之間一見面就產生了感情。

出處 《西湖佳話·西泠韻迹》：「乃蒙郎君一見鍾情，故賤妾有感於心。」

解析 「一見鍾情」指一見面就有了很深的感情，語義較重一些；「一見傾心」指一見面就有了愛慕之心，語義稍輕。

例句 他們倆一見鍾情便陷入熱戀中，相處久了才發現彼此的個性並不適合。

近義 一見傾心；一見傾倒。

反義 蕭郎陌路。

一言九鼎 ㄧˋ ㄧㄢˊ ㄐㄧㄡˇ ㄉㄧㄥˇ

解釋 鼎：古代煮東西的器具，有兩耳三腳，多以青銅製成，非常重。一句話抵得上九鼎的重量，形容一個人說話很有分量，大家都會聽從，或者說了絕不改變。

出處 《史記·平原君虞卿列傳》：「毛先生（毛遂）一至楚而使趙重於九鼎大呂」。（九鼎、大呂，都是當時的寶器。）

例句 大哥說話向來一言九鼎，只要他答應過的事，一定都能兌現。

近義 一諾千金。

反義 言而無信；輕諾寡信。

一言以蔽之 ㄧˋ ㄧㄢˊ ㄧˇ ㄅㄧˋ ㄓ

解釋 蔽：遮，引申為概括。用一句話來概括全部。

出處 《論語·為政》：「《詩》三百，一言以蔽之，曰：『思無邪。』」

解析 ①「一言以蔽之」只宜用一句話概括出有關內容；「總而言之」表示總括，可用多句話或整段話。②「蔽」不可寫成「弊」。

例句 你拉拉雜雜的說了那麼多，一言以蔽之不就是要我們幫忙而已。

近義 要而言之；總而言之。

反義 一言難盡。

一言為定 ㄧˋ ㄧㄢˊ ㄨㄟˊ ㄉㄧㄥˋ

解釋 一句話說定了，不再更改或後悔。

出處《京本通俗小說．錯斬崔寧》：「這也是我沒計奈何，一言為定。」

解析「一言為定」強調雙方信守約定；「說一不二」強調說怎麼樣就怎麼樣，一般指個人說話算數。

例句 我們倆**一言為定**，十年後的今天，不管發生了什麼變化都要來這裏相見

近義 一諾千金；言而有信；說一不二。

反義 自食其言；言而無信；輕諾寡信。

一言難盡（一ˋ 一ㄢˊ ㄋㄢˊ ㄐㄧㄣˋ）

解釋 一句話不能把情況都說完。形容事情複雜曲折，不是一句話可以說得完的。

出處《元曲選．李直夫〈虎頭牌〉一》：「我一言難盡，來探你這歹孩兒索是遠路風塵。」

例句 你不在的這些年，家中發生了太多變化，真是**一言難盡**。

近義 一言難罄；說來話長。

反義 一言蔽之；一語道破；三言兩語。

一身是膽（一ˋ ㄕㄣ ㄕˋ ㄉㄢˇ）

解釋 形容極其勇敢，無所畏懼。

出處《三國志．蜀書．趙雲傳》注引《趙雲別傳》：「先主明旦自來，至雲營圍視昨戰處。曰：『子龍一身都是膽也！』」（子龍，趙雲的字。）

解析「一身是膽」著重於膽大。「無所畏懼」著重於不怕；「一身是膽」含褒義；「膽大包天」含貶義。

例句 侯警官果然**一身是膽**，單槍匹馬闖入匪窟救出肉票。

近義 無所畏懼；膽大包天。

反義 畏首畏尾；膽小如鼠。

一事無成（一ˊ ㄕˋ ㄨˊ ㄔㄥˊ）

解釋 形容人虛度光陰而毫無成就。

出處 唐．白居易〈除夕夜寄元微之〉詩：「鬢毛不覺白毿（ㄙㄢ）毿，一事無成百不堪。」（毿毿，毛髮細長的樣子。）

例句 他把所有資料清出來，想把這件案子理出個頭緒，卻仍然**一事無成**。

近義 一無所成；白首空歸；老大無成。

反義 一舉成功；大功告成；功成名就。

一刻千金（一ˊ ㄎㄜˋ ㄑㄧㄢ ㄐㄧㄣ）

解釋 比喻時間十分寶貴。

出處 宋．蘇軾〈春夜〉詩：「春宵一刻值千金，花有清香月有陰。」

解析「刻」不解釋成「雕刻」（如「刻舟求劍」）。

例句 還剩三天就要比賽了，現在時間對我們來說是**一刻千金**十分寶貴的。

近義 一寸光陰一寸金，寸金難買寸光陰。

反義 虛度年華；虛擲光陰。

一呼百諾（ㄧˋ ㄏㄨ ㄅㄞˇ ㄋㄨㄛˋ）

解釋 諾：答應，應諾。一人呼喚，有百人應諾。形容響應的人很多或一個人權勢顯赫，侍從很多。

出處 元．高明《琵琶記》雜劇：「聽上一呼，階下百諾。」

解析 「一呼百諾」使用範圍較窄；「一呼百應」使用範圍較寬。

例句 颱風過後各地都傳出災情，市長一呼百諾，許多人紛紛響應賑災活動。

近義 一呼百和；一呼百應。

反義 倡而不和；無人問津。

一往情深（ㄧˋ ㄨㄤˇ ㄑㄧㄥˊ ㄕㄣ）

解釋 一往：一直、一向。指對人或對事有著深厚的情感，且一直不變。

出處 《世說新語．任誕》：「桓子野每聞清歌，輒喚奈何，謝公聞之曰：『子野可謂一往有深情。』」（謝公，指謝安。子野，桓伊的字。）

解析 「往」不解釋成「向前」，如「一往無前」。

例句 從他對她細心體貼的小動作中，就可以看出他的確對她是一往情深。

近義 情深潭水。

反義 寡情薄義。

一念之差（ㄧˊ ㄋㄧㄢˋ ㄓ ㄔㄚ）

解釋 差：錯誤。一個念頭錯了。常指因此引起嚴重的後果。

出處 宋．朱熹《楚辭後語．鴻鵠歌題解》：「一念之差，基怨造禍，以至於此，固無兩全之理矣。」

例句 他當初也不過是一時起了貪念，沒想到這一念之差，讓他在牢裏蹲了半年。

一拍即合（ㄧˋ ㄆㄞ ㄐㄧˊ ㄏㄜˊ）

解釋 一拍擊就合於曲子的節奏。比喻人很容易、自然地結合起來。

例句 他們倆都是標準的電影迷，一談起電影，兩人便一拍即合。

近義 不謀而合。

反義 方枘圓鑿；格格不入。

一板一眼（ㄧˋ ㄅㄢˇ ㄧˋ ㄧㄢˇ）

解釋 板、眼：戲曲音樂的節拍。比喻做事踏實，有條不紊。

例句 他做事一向一板一眼，所以雖然工作了很多年，卻很少出錯。

近義 一板正經。

反義 馬馬虎虎；敷衍了事。

一波三折（ㄧˋ ㄅㄛ ㄙㄢ ㄓㄜˊ）

解釋 波：指書法中的捺；折：指寫字轉變筆鋒。原來是形容寫字時筆法的曲折頓挫。後用來比喻事情進行的不順利、阻礙很多。

出處　晉．王羲之〈題衛夫人筆陣圖後〉：「每畫一波，常三過折筆。」

解析　「折」不可寫成「拆」。

例句　原本一樁美好的姻緣，沒想到**一波三折**，使婚期一延再延。

反義　一帆風順；一氣呵成。

一狐之腋（ㄧˋ ㄏㄨˊ ㄓ ㄧˋ）

解釋　腋：這裏指狐狸腋下的皮毛。狐狸腋下的皮毛，是最珍貴的部分，可製皮裘。比喻稀少而珍貴的東西。

出處　《史記．趙世家》：「吾聞千羊之皮，不如狐之腋。」

例句　這種礦石產量雖然很少，但卻如**一狐之腋**般，非常珍貴。

一知半解（ㄧˋ ㄓ ㄅㄢˋ ㄐㄧㄝˇ）

解釋　形容知道得少，理解得不深、不透徹。

出處　宋．嚴羽《滄浪詩話》：「有透徹之悟，有但得一知半解之悟。」

解析　「解」不讀「解送」的ㄐㄧㄝˋ，不解釋成「分開」（如「難解難分」）。

例句　這本書我前後讀了五、六遍卻仍然**一知半解**，真是令人灰心。

近義　不求甚解；淺嘗輒止。

反義　通今博古；融會貫通。

一表人才（ㄧˋ ㄅㄧㄠˇ ㄖㄣˊ ㄘㄞˊ）

解釋　表：儀表。形容人儀態外表出眾。

出處　《東周列國志》第七十九回：「太子波前妃生子名夫差，年已二十六歲矣，生得昂藏英偉，一表人才。」

例句　看他長得相貌堂堂，**一表人才**，將來一定有一番作為。

近義　一表非凡；一表人物；儀表堂堂。

反義　其貌不揚；面目可憎。

一哄而散（ㄧˋ ㄏㄨㄥˋ ㄦˊ ㄙㄢˋ）

解釋　哄：喧嚷。形容人們隨便吵鬧地一下子散去。

出處　《醒世恆言》三十四：「眾人……一哄而散。」

例句　警察一到，剛才在這打架滋事的不良少年，全都**一哄而散**了。

近義　作鳥獸散。

反義　接踵而至；源源而來。

一柱擎天（ㄧˋ ㄓㄨˋ ㄑㄧㄥˊ ㄊㄧㄢ）

解釋　擎：支撐。一根柱子支撐住天。①比喻特立突出，如擎天的柱子。②比喻一個人負擔著國家所賦予的重責大任。

出處　《唐大詔令集．中和三年．賜陳敬瑄鐵券文》：「卿五山鎮地，一柱擎天。」

解析　「擎」不能唸成ㄐㄧㄥˋ。

例句　①這棟摩天大樓矗立在路旁，

頗有一柱擎天之勢。②他身負民族存亡，一柱擎天之任，每天都不敢稍有懈怠。

一面之雅

解釋 雅：交情。只見過一次面的交情，指交情不深。

出處 《漢書．谷永傳》：「永奏書謝鳳(王鳳)曰：『永斗筲(ㄕㄠ)之才，質薄學朽，無一日之雅……』。」(斗筲，比喻才識短淺；無一日之雅，意即素不相識，現多寫成一面之雅。)

例句 他們之間不過是一面之雅，談不上什麼交情。

近義 一日之雅；一面之交；一面之緣。

一面之詞

解釋 單方面的說詞。指雙方有爭執時，各自說有利於自己的言詞。

出處 《水滸傳》第三十四回：「只聽到劉高一面之詞，險不壞了他性命。」

例句 你現在說的都是你的一面之詞，等我全面了解之後，才能判斷這件事的對錯。

近義 片面之詞。

一倡三嘆

解釋 倡：通「唱」；嘆：讚嘆、唱和。一人唱，三人和。喻文字的情感豐富、情韻悠長。

出處 《荀子．禮論》：「清廟之歌，一倡而三嘆也。」

解析 「嘆」不可解釋成「哀嘆」(如「長吁短嘆」)。

例句 這首詩乍看並不出色，細細讀來才發現是一倡三嘆，餘韻無窮的好詩。

近義 餘味無窮。

一倡百和

解釋 倡：通「唱」。和：附和。一人首倡，百人附和。形容附和的人很多。

出處 清．江藩《漢學師承記．惠周惕》：「郢書燕說，一倡百和。」

解析 「和」不能唸成ㄏㄜˊ。

例句 他天生具有領袖的魅力，提出的意見，往往都是一倡百和，得到大家的認同。

近義 一唱百合；一唱眾和；一呼百應。

反義 曲高和寡。

一家之言

解釋 指有獨特的見解、自成一家的學派。

出處 漢．司馬遷〈報任少卿書〉：「亦欲以究天人之際，通古今之變，成一家之言。」

例句 李教授退休後一直努力地推廣

他獨創的學說，希望在有生之年能成一家之言。

近義 一家之說；一家之論；一家之學。

一家眷屬（ㄧˋ ㄐㄧㄚ ㄐㄩㄢˋ ㄕㄨˇ）

解釋 眷屬：親屬。
比喻出自於同一個流派。

出處 清．康有為《廣藝舟雙楫．本漢》：「《孔宙》、《曹全》是一家眷屬，皆以風神逸宕勝。」（孔宙、曹全，都是漢碑名。）

例句 這兩個流派雖然有不同的代表人物，但本質上卻相差不遠，都是一家眷屬。

一息尚存（ㄧˋ ㄒㄧ ㄕㄤˋ ㄘㄨㄣˊ）

解釋 只要還有一口氣在，表示已經到了生命的最後階段。

出處 宋．朱熹《朱子全書．論語．泰伯》：「一息尚存，此志不容少懈。」

解析 「一息尚存」多用於假定情況；「一息奄奄」、「奄奄一息」多用於已發生的情況。

例句 爸爸常說只要一息尚存，就會保護全家的安全。

近義 一息奄奄；奄奄一息。

一氣呵成（ㄧˊ ㄑㄧˋ ㄏㄜ ㄔㄥˊ）

解釋 呵：呼氣。
①形容文藝作品的結構完整、流暢。②比喻工作嚴密緊湊，一口氣做完，中間不停頓。

出處 清．李漁《閒情偶寄．賓白第四》：「北曲之介白者，每折不過數言。即抹去賓白而止閱填詞，亦皆一氣呵成，無有斷續，似並此數言亦可略而不備者。」

解析 「一氣呵成」多偏重在安排緊湊，迅速完成；「一鼓作氣」強調鼓足幹勁，趁熱打鐵。

例句 ①您這幅書法從頭到尾一氣呵成，氣勢磅礴，真是上等的佳作。②我今天下午一氣呵成，連跑了五個地方，把家中待辦的事，全辦妥了。

近義 一口吸盡西江水；一鼓作氣；一蹴而就。

反義 一波三折。

一脈相承（ㄧˊ ㄇㄞˋ ㄒㄧㄤ ㄔㄥˊ）

解釋 一個血統或派別世代承襲流傳下來。比喻人與人或事物之間是由同一個系統傳承而來。

出處 《歧路燈》第九十二回：「如今這兩個侄兒，雖分鴻臚、宜賓兩派，畢竟一脈相承，所以一個模樣。」

解析 「一脈相承」偏重於後對前的繼承；「衣鉢相傳」偏重於前對後的傳授。

例句 張家的雕刻在地方上享有盛名，他們的技法與特色，都是世代一脈相承。

近義 一脈相連；一脈相通；衣鉢相

傳。

反義 半路出家。

一針見血（ㄧˋ ㄓㄣ ㄐㄧㄢˋ ㄒㄧㄝˇ）

解釋 比喻文章、言論簡明扼要而能把握重點。

出處 《後漢書．郭玉傳》：「一針即瘥」。

例句 您的這番言論真是一針見血，說得對方啞口無言。

近義 一語中的；一語道破。

反義 不知就裏；言不及義；隔靴搔癢。

一馬當先（ㄧˋ ㄇㄚˇ ㄉㄤ ㄒㄧㄢ）

解釋 比喻走在最前面，起帶頭作用的。

出處 《水滸全傳》第九十六回：「（喬道青）即便勒兵列陣，一馬當先，雷震等將簇擁左右。」

解析 「一馬當先」可用人和其他事物；「身先士卒」限用於人，而且限用於領導人。

例句 正當雙方僵持不下時，他一馬當先衝上前去制服了對方。

近義 身先士卒；開路先鋒；遙遙領先。

反義 甘居中游；甘處下游；甘為人後。

一國三公（ㄧˋ ㄍㄨㄛˊ ㄙㄢ ㄍㄨㄥ）

解釋 一個國家裏有三個君主。比喻事權不統一，令人無所適從。

出處 《左傳．僖公五年》：「三國三公，吾誰適從？」

例句 這次的運動會之所以會辦得一團混亂，就是因為一國三公，讓大家無所適從。

近義 政出多門。

反義 天無二日；民無二王。

一張一弛（ㄧˋ ㄓㄤ ㄧˋ ㄔˊ）

解釋 張：拉開弓弦；弛：放鬆弓弦。比喻工作的緊鬆和生活的勞逸要適當調節。

出處 《禮記．雜記》：「一張一弛，文武之道也。」（文武，周文王和周武王。）

解析 「弛」不寫成「馳」。

例句 在現在緊張忙碌的社會中，若能運用一張一弛的哲學來調劑生活，人會變得更健康。

近義 有勞有逸；恩威並施；寬嚴並濟。

一掃而空（ㄧˋ ㄙㄠˇ ㄦˊ ㄎㄨㄥ）

解釋 掃得一點也不留。比喻完全清除乾淨的意思。

出處 宋．蘇軾〈題王逸少帖〉詩：「天門蕩蕩驚跳龍，出林飛鳥一掃空。」

例句 聽完他的解釋，先前的誤會和心中的不快就一掃而空了。

一敗塗地（ㄧˊ ㄅㄞˋ ㄊㄨˊ ㄉㄧˋ）

解釋 一：一旦；塗地：肝腦塗地的省文。一旦失敗就肝腦塗地。形容失敗到不可收拾的地步。

出處 《史記．高祖本紀》：「天下方擾，諸侯並起，今置將不善，一敗塗地。」

解析 「塗」不寫成「途」。

例句 這次挑戰盃我們匆促成軍，結果輸得**一敗塗地**。

近義 一潰千里；全盤皆輸；落花流水。

反義 不敗之地。

一貧如洗（ㄧˋ ㄆㄧㄣˊ ㄖㄨˊ ㄒㄧˇ）

解釋 形容窮得像洗過那樣的一無所有。

出處 元．關漢卿《山神廟裴度還帶》第一折：「小生幼習儒業，頗看詩書，爭奈小生一貧如洗。」

解析 「一貧如洗」多著眼於個人；「家徒四壁」著眼於家裏。

例句 他雖然已經窮到**一貧如洗**的地步，卻仍然不放棄追求自己的理想。

近義 身無長物；家徒四壁；囊空如洗。

反義 金玉滿堂；腰纏萬貫；萬貫家財。

一傅眾咻（ㄧˊ ㄈㄨˋ ㄓㄨㄥˋ ㄒㄧㄡ）

解釋 傅：教；咻：喧嚷。一個人在教導，許多人在旁邊擾亂。表示做事時幫助的人少，而阻礙的人多。

出處 《孟子．滕文公下》：「有楚大夫於此，欲其子之齊語也……一齊人傅之，眾楚人咻之，雖日撻而求其齊也，不可得矣。」意思是楚大夫要他兒子學齊國的方言，讓一個齊國人教他，而生活環境中的許多楚國人卻在干擾他，這樣即使每天鞭打他，要他說齊國方言，也是辦不到的。

解析 「咻」不寫成「休」。

例句 在這個學歷掛帥的社會中，你想要成為一位專職的運動選手難免會**一傅眾咻**，遭到許多阻礙。

一勞永逸（ㄧˋ ㄌㄠˊ ㄩㄥˇ ㄧˋ）

解釋 費一次勞力就可以得到永久的安逸。

出處 後魏．賈思勰《齊民要術．種苜蓿》：「此物長生，種者一勞永逸。」

例句 把這筆錢捐出去，就可以**一勞永逸**地解決這筆錢所引起的紛爭。

近義 暫勞永逸。

反義 苟安一時；勞而無功。

一廂情願（ㄧˋ ㄒㄧㄤ ㄑㄧㄥˊ ㄩㄢˋ）

解釋 廂，也作「向」、「相」、「嚮」。一廂：一邊，比喻單方面。指單方面主觀的願望，不考慮另一方面是否願意或客觀條件是否允許。

出處《兒女英雄傳》第十回：「一則保了這沒過門女婿的性命，二則全了這一廂情願媒人的臉面。」

例句 這不過是你一廂情願的想法，旁人可不一定會配合你。

近義 如意算盤。

反義 兩廂情願。

一場春夢（ㄧˋ ㄔㄤˇ ㄔㄨㄣ ㄇㄥˋ）

解釋 比喻人世的變化無常，就像做了一場夢一樣。

出處 張泌〈寄人〉詩：「倚柱尋思倍惆悵，一場春夢不分明。」

例句 他曾經一夕致富，卻因經營不善而宣告破產，這一切對他來說就像一場春夢一樣。

一揮而就（ㄧˋ ㄏㄨㄟ ㄦˊ ㄐㄧㄡˋ）

解釋 就：成功，完成。一動筆就寫成。形容才思敏捷，寫字、畫畫、作文很快就完成。又作「一揮而成」。

出處《宋史．文天祥傳》：「天祥以法天不息為對，其言萬餘，不為稿，一揮而成。」

解析「就」不解釋成「接近」（如「避重就輕」）。

例句 他一向才思敏捷，寫起文章總是一揮而就，從沒有搜索枯腸的樣子。

近義 一氣呵成；走筆成篇。

反義 江郎才盡。

一朝一夕（ㄧˋ ㄓㄠ ㄧˊ ㄒㄧ）

解釋 一日一夜。形容時間極為短促。

出處《周易．坤．文言》：「臣弒其君，子弒其父，非一朝一夕之故，其所由來者漸矣。」（漸，逐漸。）

解析「朝」不讀「改朝換代」的ㄔㄠˊ。

例句 這次颱風之所以會釀成如此嚴重的災害，絕非一朝一夕造成的。

近義 一時半刻。

反義 千秋萬載；窮年累月。

一無所有（ㄧˋ ㄨˊ ㄙㄨㄛˇ ㄧㄡˇ）

解釋 一：都，全。什麼都沒有。

出處《敦煌變文集．廬山遠公話》：「如水中之月，空裏之風，萬法皆無，一無所有，此即名為無形。」

解析 和「一貧如洗」都指什麼都沒有，但「一無所有」用途較廣，可用在各方面；而「一貧如洗」只能用在形容貧窮的程度上。

例句 上個月他的公司才宣告破產，這個月家中又被小偷洗劫一空，他現在真的是一無所有了。

近義 一貧如洗；兩手空空；空空如也。

反義 一應俱全；應有盡有。

一無長物（ㄧˋ ㄨˊ ㄓㄤˋ ㄨˋ）

解釋 一：都，全；長物：多餘的東西。

形容一點多餘的東西都沒有。

出處 清．曾樸《孽海花》第二十回：「吾倒替筱亭做了一句『綠毛龜伏瑪瑙泉』。倒是自己一無長物怎好？」

解析 「長」不讀「生長」的ㄓㄤˇ。

例句 他生性簡樸，家中除了必要物品外是**一無長物**。

一筆勾消 ㄧˋ ㄅㄧˇ ㄍㄡ ㄒㄧㄠ

解釋 用筆在有關問題上勾畫一下，表示事情、問題已經完結或取消。比喻把一切全部作廢、取消。

出處 宋．朱熹《五朝名臣言行錄．參政范文正公》：「公取班簿，視不才監司，每見一人姓名，一筆勾之。」

解析 「一筆勾消」的語義重點在「取消」上；「一筆抹殺」語義重點在「全盤否定」。

例句 過去的事就**一筆勾消**吧！今天開始我們試著重新做好朋友。

近義 一筆抹殺；全盤否定。

一筆抹殺 ㄧˋ ㄅㄧˇ ㄇㄛˇ ㄕㄚ

解釋 抹殺：抹掉。比喻把過去的功績、優點全部勾消或否定。

出處 清．錢謙益《錢牧齋尺牘．與遵王之二十二》：「許多考訂，皆元本所無，便可一筆抹殺耶！」

例句 你不能因為這次比賽的成績不好，就把他們過去的成績**一筆抹殺**。

近義 一筆勾消；全盤否定。

一絲一毫 ㄧˋ ㄙ ㄧˋ ㄏㄠˊ

解釋 比喻非常的細微。

出處 《二刻拍案驚奇》二十四：「任憑尊意應濟多少，一絲一毫盡算是尊賜罷了。」

解析 「毫」不寫成「豪」。

例句 為了早日偵破這件案子，張警官在現場做地毯式的搜查，**一絲一毫**的線索都不肯放過。

近義 一針一線；一星半點；針頭線腦。

反義 多如牛毛；車載斗量。

一絲不苟 ㄧˋ ㄙ ㄅㄨˋ ㄍㄡˇ

解釋 苟：苟且，馬虎。形容一個人做事認真、仔細，一點也不馬虎。

出處 《儒林外史》第四回：「上司訪知，見世叔一絲不苟，升遷就在指日。」

解析 「苟」不可寫成「狗」。

例句 你別看他平時粗枝大葉，辦起事來可是**一絲不苟**。

近義 一字不苟；丁是丁，卯是卯。

反義 馬馬虎虎；粗枝大葉；敷衍了事。

一絲不掛 ㄧˋ ㄙ ㄅㄨˋ ㄍㄨㄚˋ

解釋 ①佛教語，比喻人沒有一點雜念、牽掛。②形容人赤身裸體。

出處 ①《楞嚴經》：「一絲不掛，竿木隨身。」②宋．楊萬里〈清曉洪澤放閘〉詩：「放閘老兵殊耐冷，一絲不掛下冰灘。」

例句 ①自從他出家後就斷絕了對外的聯繫，虔心向佛，一絲不掛。②海水浴場裏常可以看到一絲不掛的小朋友在奔跑嬉戲。

近義 寸絲不掛；赤身裸體。

一視同仁（一ˊ ㄕˋ ㄊㄨㄥˊ ㄖㄣˊ）

解釋 表示對人不分厚薄，一律同等看待。

出處 唐．韓愈《昌黎先生集．原人》：「是故聖人一視而同仁，篤近而舉遠。」

例句 媽媽對我們一向一視同仁，從不偏袒任何一個人。

近義 不分畛域；無適無莫；等量齊觀。

反義 另眼相看；揀佛燒香；厚此薄彼。

一飯千金（一ˊ ㄈㄢˋ ㄑㄧㄢ ㄐㄧㄣ）

解釋 比喻厚報他人的恩惠。

出處 《史記．淮陰侯列傳》：漢代韓信少年貧困，在淮陰城下釣魚，有一個漂絮的老婦人，給他吃了幾十天飯，後來韓信封了楚王後，就拿千金報答她。後稱受恩而厚報為「一飯千金」。

例句 古代有韓信一飯千金的典範，如今我接受您這麼多的幫助，這一點小小的回報也是應該的。

近義 一飯之恩；一飯之德。

一飲一啄（一ˋ ㄧㄣˇ 一ˋ ㄓㄨㄛˊ）

解釋 指鳥類飲食隨心，生活順應自然，逍遙自在。比喻人薄於飲食，安於天命的定數，不作非分的要求。

出處 《莊子．養生主》：「澤雉十步一啄，百步一飲，不祈畜乎樊中。」（樊，籠。）

例句 他一向恬淡自適，過著一飲一啄、隨心所欲的生活。

一意孤行（一ˊ 一ˋ ㄍㄨ ㄒㄧㄥˊ）

解釋 形容不理別人的意見，按照個人的想法去做。

出處 《史記．張湯列傳》：「公卿相造請禹，禹終不報謝，務在絕知友賓客之請，孤立行一意而已。」（造，造訪，前來。）

解析 「一意孤行」重在固執地按自己的意思行事；「獨斷獨行」重在獨自做決定。

例句 他不接受大家的勸告，一意孤行，弄得最後血本無歸，還欠下了大筆的債。

近義 孤行己見；獨行其是；獨斷獨行。

反義 百依百順；言聽計從；屈己從人。

一概而論（一ˊ ㄍㄞˋ ㄦˊ ㄌㄨㄣˋ）

【解釋】概：以前量米麥時刮平斗斛的器具；一概：同一個標準，一律。不問事物或問題的性質，全部用同一個標準來評論或看待。

【出處】《楚辭．懷沙》：「同糅玉石兮，一概而相量。」（糅，混雜。）

【例句】這兩件事的性質、情況並不相同，理應分別處理，怎可**一概而論**。

【近義】相提並論；等量齊觀。

【反義】另眼相待；佛眼相加；不可同日而語。

一落千丈（ㄧˊ ㄌㄨㄛˋ ㄑㄧㄢ ㄓㄤˋ）

【解釋】原來是形容琴聲突然由高向低降落。後來泛指景況、地位、聲望、情緒等急遽下降。

【出處】唐．韓愈《昌黎先生集．聽穎師彈琴詩》：「躋攀分寸不可上，失勢一落千丈強。」

【解析】「落」不讀「落枕」的ㄌㄠˋ或「丟三落四」的ㄌㄚˋ。

【例句】自從外界傳出對球團不利的流言後，球員的士氣便**一落千丈**，成績也不理想。

【近義】一潰千里；江河日下；急轉直下。

【反義】一步登天；青雲直上；突飛猛進。

一葉知秋（ㄧˊ ㄧㄝˋ ㄓ ㄑㄧㄡ）

【解釋】從一片樹葉的凋落，便知道秋天將要來到。比喻從細微的跡象可以看出形勢的變化，或由部分現象推知全體。

【出處】《淮南子．說山》：「以小明大，見一葉落而知歲之將暮。」宋．唐庚《文錄》：「唐人有詩云：『山僧不解數甲子，一葉落知天下秋。』」

【解析】「一葉知秋」偏重表示從一點可以推想事態發展的趨向；「可見一斑」偏重表示從一點可以推知全貌。

【例句】從他愛惜物品的細微動作就可以**一葉知秋**，知道他是個勤儉的人。

【近義】可見一斑；見微知著。

一葉障目，不見泰山（ㄧˊ ㄧㄝˋ ㄓㄤˋ ㄇㄨˋ，ㄅㄨˋ ㄐㄧㄢˋ ㄊㄞˋ ㄕㄢ）

【解釋】障：遮；泰山：山東省境內的高山，古時認為是全國最高大的山。比喻被細小的事物蒙蔽，而看不到事物的全貌。

【出處】《鶡（ㄏㄜˊ）冠子．天則》：「夫耳之主聽，目之主明，一葉蔽目，不見泰山，兩耳塞豆，不聞雷霆。」

【例句】你只顧眼前小利而不作長遠打算，就像是**一葉障目，不見泰山**。

【近義】兩葉掩目。

一鼓作氣（ㄧˋ ㄍㄨˇ ㄗㄨㄛˋ ㄑㄧˋ）

【解釋】鼓：指敲戰鼓；作：振作起；氣：指勇氣。

原指作戰時第一次擊鼓可以鼓起戰

士前進的勇氣，現多形容趁氣勢強盛時，全力去做。

出處 《左傳．莊公十年》春秋時齊魯交戰，曹劌率魯軍大敗齊軍，魯莊公問曹劌勝利的原因？曹劌答：「夫戰，勇氣也。一鼓作氣，再而衰，三而竭。彼竭我盈，故克之。」

解析 「鼓」不解釋成「鼓勵」、「振奮」（如「鼓足幹勁」）。

例句 只剩下最後完成階段，我們就一鼓作氣，趕了一個通宵。

近義 一氣呵成；打鐵趁熱；乘勝直追。

一塵不染（ㄧˋ ㄔㄣˊ ㄅㄨˋ ㄖㄢˇ）

解釋 染：沾染。

佛家把色、聲、香、味、觸、法叫做「六塵」，把眼、耳、鼻、舌、身、意叫做「六根」，並認為「六塵」產生於「六根」，因此把「六根清淨」叫做「一塵不染」。原指佛教徒修行，摒除欲念，保持心地潔淨。後來多用以形容十分乾淨。

出處 宋．張耒《柯山集．臘初小雪後圃梅開》詩：「一塵不染香到骨，姑射（ㄧㄝˋ）仙人風露身。」（姑射，傳說中有仙人的山。）

解析 「染」右上從「九」，不寫成「丸」。

例句 外婆家雖然是幾十年的老屋，卻一直打掃得窗明几淨，一塵不染。

近義 六根清淨。

反義 同流合污；亂七八糟。

一網打盡（ㄧˋ ㄨㄤˇ ㄉㄚˇ ㄐㄧㄣˋ）

解釋 比喻全部逮住或徹底消滅。

出處 宋．魏泰《東軒筆錄》：「劉待制元瑜既彈蘇舜欽，而連坐者甚眾，同時俊彥為之一空。劉見宰相曰：『聊為相公一網打盡。』」

解析 「一網打盡」主要對象是敵人；「一掃而空」的對象適用於人、物及情感。

例句 警方佈下了天羅地網，要在這次行動中把在逃的通緝犯一網打盡。

近義 一掃而光；一掃而空。

反義 漏網之魚。

一語中的（ㄧˋ ㄩˇ ㄓㄨㄥˋ ㄉㄧˋ）

解釋 的：箭靶。

形容一句話就說中了事情的重點，就像射箭，一箭就射中了箭靶。

例句 主任不愧是經驗老道，在了解整個過程後，便一語中的指出我們錯誤的癥結。

近義 一針見血；一語道破。

反義 言不及義；詞不達意；離題萬里。

一語道破（ㄧˋ ㄩˇ ㄉㄠˋ ㄆㄛˋ）

解釋 道：說。

一句話就把真相或道理說穿。

出處 清．袁枚《隨園詩話》卷二：

「嘉善曹六圃廷棟，少宰蔘懷之孫，隱居不仕，自號慈山居士……余稱其詩專主性情。慈山寄札謝云：『老人生平苦心，被君一語道破。』」

解析 「道」不解釋成「道路」（如「光明大道」）。

例句 林醫師仔細聆聽過病人陳述病情後，便**一語道破**病徵所在。

近義 一針見血；一語中的；一語破的。

反義 言不及義；詞不達意；離題萬里。

一誤再誤 ㄧˊ ㄨˋ ㄗㄞˋ ㄨˋ

解釋 第一次已經錯了，第二次又錯了。形容一再犯錯。

出處 《宋史．魏王廷美傳》：「太宗嘗以傳國之意訪之趙普。普曰：『太祖已誤，陛下豈容再誤耶？』」

例句 這批貨原本趕著下個月上市，沒想到**一誤再誤**，只好延遲到明年再說了。

近義 一錯再錯。

一鳴驚人 ㄧˋ ㄇㄧㄥˊ ㄐㄧㄥ ㄖㄣˊ

解釋 一叫就使人震驚。比喻平常默默無聞，突然做出驚人的事情。

出處 《史記．滑稽列傳》：「此鳥不飛則已，一飛沖天；不鳴則已，一鳴驚人。」

解析 「鳴」不寫成「嗚」。

例句 沒想到平常默默無聞的他，竟在總決賽時**一鳴驚人**擊出滿貫全壘打。

近義 一飛沖天；一舉成名。

反義 語不驚人死不休。

一暴十寒 ㄧˊ ㄆㄨˋ ㄕˊ ㄏㄢˊ

解釋 暴：曬。曬一天，凍十天。比喻做事、學習沒有恆心。

出處 《孟子．告子上》記載：戰國時，孟軻遊歷到齊國，看到齊宣王做事忽冷忽熱，不能持久，就對他說：「雖有天下易生之物也，一日暴之，十日寒之，未有能生者也。」

解析 「暴」不能唸ㄅㄠˋ。

例句 學習任何的技術、知識都需要恆心、毅力，你這樣**一暴十寒**的練習怎麼會有成效。

近義 三天打魚，兩天曬網。

反義 持之以恆；滴水穿石；鍥而不捨。

一盤散沙 ㄧˋ ㄆㄢˊ ㄙㄢˋ ㄕㄚ

解釋 比喻力量分散、不團結。

出處 孫中山《建國方略．社會建設．自序》：「中國四方之眾，等於一盤散沙；此豈天生而然耶？實異族之專制有以致之也。」

例句 一個球隊不管經驗再豐富，球技再精湛，如果沒有團隊精神像**一盤散沙**，一樣不會有好成績。

反義 同心同德；眾志成城；萬眾一

心。

一箭雙鵰（ㄧˊ ㄐㄧㄢˋ ㄕㄨㄤ ㄉㄧㄠ）

解釋 鵰：一種凶猛的大鳥。發一箭就射中兩隻鵰。原來指射箭技術高超，後用來比喻做一件事達到兩方面的目的。

出處 《北史．長孫晟（ㄕㄥˋ）傳》記載，有人給長孫晟兩支箭，要他把正在天上飛著搶肉的兩隻鵰射下來，他騎馬趕去，兩隻鵰正糾纏在一起搏鬥，「遂一發雙貫焉」（一箭就把兩隻鵰貫在一起射下來了）。

解析 「箭」不寫成「刀劍」的「劍」。

例句 這個方法不但抓到了毒販，更引出了幕後的大毒梟，真是一箭雙鵰。

近義 一石二鳥；一舉兩得。

反義 魚死網破；賠了夫人又折兵。

一樹百穫（ㄧˊ ㄕㄨˋ ㄅㄞˇ ㄏㄨㄛˋ）

解釋 樹：種植。種一次收穫一百次。比喻培養人才有很大的收穫。

出處 《管子．權修》：「一樹一穫者，穀也；一樹十穫者，木也；一樹百穫者，人也。」

例句 培養人才可是一樹百穫的事，這比起花錢做包裝、廣告要有更大的利潤。

近義 百世之利；百年樹人。

反義 得不償失。

一諾千金（ㄧˊ ㄋㄨㄛˋ ㄑㄧㄢ ㄐㄧㄣ）

解釋 諾：許諾，諾言。一句諾言價值千金。比喻說話算數，有信用。

出處 《史記．季布欒布列傳》：「得黃金百斤，不如得季布一諾。」

例句 鄉長說話向來是一諾千金，他答應過的事，就一定會替我們辦到。

近義 一言九鼎；言無二諾。

反義 言而無信；食言而肥；輕諾寡言。

一龍一豬（ㄧˋ ㄌㄨㄥˊ ㄧˋ ㄓㄨ）

解釋 一個是龍，一個是豬。比喻兩個人，一個賢，一個不肖。相差懸殊。

出處 唐．韓愈《昌黎先生集．符讀書城南詩》：「兩家各生子，提孩巧相如；少則聚嬉戲，不殊同隊魚；三十骨骼成，乃一龍一豬。」

例句 他們倆人一個是傑出青年，一個是通緝要犯，一龍一豬，誰知道他們竟是從小一齊長大的玩伴。

一應俱全（ㄧˋ ㄧㄥ ㄐㄩˋ ㄑㄩㄢˊ）

解釋 一應：一切；俱：都。形容一切都具備，應有盡有。

出處 《兒女英雄傳》第九回：「那案子上調和作料一應俱全。」

解析 「俱」不寫成「具」。

例句 這間老店的店面雖小，裏面的物品卻是一應俱全，足以供給我們生活所需。

近義 應有盡有；取之不盡，用之不竭。

反義 一無所有；空空如也。

一臂之力（ㄧˋ ㄅㄧˋ ㄓ ㄌㄧˋ）

解釋 指不大的力量。常以「助一臂之力」表示從旁給予援手，幫一點忙。

出處 《元曲選．李壽卿〈伍員吹簫〉三》：「若得此人助我一臂之力，愁甚冤仇不報。」

解析 「臂」不換寫成「膊」。

例句 這件事我只能從旁助你**一臂之力**，主要的問題還是得靠你自己去解決。

近義 一手一足。

反義 回天之力。

一舉成名（ㄧˋ ㄐㄩˇ ㄔㄥˊ ㄇㄧㄥˊ）

解釋 舉：舉動，行動。

原來是指科舉時中了進士就天下聞名，後來泛指做事成功，聲名遠播。

出處 唐．韓愈《昌黎先生集．唐故國子司業竇公墓志銘》：「公一舉成名而東。」

解析 「一舉成名」偏重於「出了名」；「一鳴驚人」偏重於有驚人之舉。

例句 許多默默無名的選手，在這次奧運奪牌後，便**一舉成名**，成為全球注目的焦點。

近義 一鳴驚人；一舉成功。

反義 老大無成。

一舉兩得（ㄧˋ ㄐㄩˇ ㄌㄧㄤˇ ㄉㄜˊ）

解釋 做一件事而得到兩方面的收穫。

出處 漢．劉珍《東觀漢記．耿弇（ㄧㄢˇ）傳》：「吾得臨淄，即西安孤，必覆亡矣，所謂一舉兩得者也。」

例句 把舊衣送去回收中心，不但可以幫助別人，又可以避免浪費，真是**一舉兩得**。

近義 一石兩鳥；一箭雙鵰。

反義 雞飛蛋打；顧此失彼；賠了夫人又折兵。

一擲千金（ㄧˋ ㄓˋ ㄑㄧㄢ ㄐㄧㄣ）

解釋 擲：投，扔。

原指賭博時一注就投下千金。後用來形容任意揮霍金錢。

出處 唐．吳象之〈少年行〉：「一擲千金渾是膽，家無四壁不知貧。」

解析 「一擲千金」偏重在一次花錢數目很大或投入的賭注大；「揮金如土」重在對錢財的輕視，隨意花費。

例句 他平常生活相當儉樸，但買起骨董來常常是**一擲千金**，面不改色。

近義 揮金如土；揮霍無度。

反義 量入為出；勤儉持家。

一瀉千里（一ˊ ㄒㄧㄝˋ ㄑㄧㄢ ㄌㄧˇ）

解釋 瀉：水很快地往下流。形容江河奔流直下，直達千里。比喻文章或曲調的氣勢流暢、奔放。

出處 ①唐．李白〈贈從弟宣州長史昭〉詩：「長川豁中流，千里瀉吳會（ㄍㄨㄟˋ）。」②宋．陳亮《龍川文集．與辛幼安殿撰書》：「長江大河，一瀉千里。」

解析 「一瀉千里」不能誤用為「一落千丈」；「一瀉千里」在強調速度和距離遠，引申出氣勢磅礡之義。「一落千丈」強調跌落的深度，引申為氣勢頹敗。

例句 ①這條河流自山間奔流而下，一瀉千里好不壯觀。②他一向才思敏捷，寫成文章來總是一瀉千里，一氣呵成。

近義 一日千里；行雲流水。

反義 老牛破車；拖泥帶水；停滯不前。

一竅不通（一ˊ ㄑㄧㄠˋ ㄅㄨˋ ㄊㄨㄥ）

解釋 竅：孔竅，這裏指心竅。沒有一個竅是通的，古人把兩眼、兩耳、兩個鼻孔及嘴，合稱七竅。①比喻人什麼都不懂，現多指某人對某種技藝完全不懂。②指人不通情理。

出處 《呂氏春秋．過理》：「紂殺比干（商紂王的叔父，屢諫紂王，反被剖心處死）而視其心，不適也。孔子聞之，曰：『其竅通，則比干不死矣。』」高誘注：「紂性不仁，心不通，安於為惡，殺比干。故孔子言其一竅不通，若其通，則比干不見殺也。」

解析 「一竅不通」比喻愚鈍、不懂；「一無所知」形容閉塞、毫不知曉。

例句 ①他對繪畫根本一竅不通，現在居然開起畫展，真是匪夷所思。②他做人一向固執得一竅不通，只有對女朋友是百依百順。

近義 一無所知。

反義 無所不知；博古通今；融會貫通。

一薰一蕕（一 ㄒㄩㄣ 一 ㄧㄡˊ）

解釋 薰：香草；蕕：臭草。薰蕕放在一起，香氣往往會被臭氣掩蓋了。比喻善惡不同類，善常被惡掩蓋。

出處 《左傳．僖公四年》：「一薰一蕕，十年尚猶有臭。」

例句 就算是天性再淳良的孩子，把他放在這麼複雜的環境裏，一薰一蕕，遲早會學壞。

一蹶不振（一ˋ ㄐㄩㄝˊ ㄅㄨˋ ㄓㄣˋ）

解釋 蹶：跌倒，引申為失敗、挫折。

受挫折就再也振作不起來。

出處　《說苑．談叢》：「一蹶之故，卻足不行」。

解析　「一蹶不振」強調失敗造成的嚴重後果；「一敗塗地」則強調敗得很慘。

例句　他自從經商失敗後，便一蹶不振，每天渾渾噩噩地沈迷在酒精中。

近義　一敗塗地。

反義　東山再起；重整旗鼓；捲土重來。

一蹴而就（ㄧˊ ㄘㄨˋ ㄦˊ ㄐㄧㄡˋ）

解釋　蹴：踏；就：成功。腳一踏就可以成功，形容輕而易舉。

出處　宋．蘇洵《嘉祐集．上田樞密書》：「天下之學者，孰不欲一蹴而造聖人之域。」（孰，誰。造，達到。）

解析　「蹴」不能唸成ㄐㄧㄡˋ。

例句　他能有今天的成就，決非一蹴而就的，而是靠著他過人的膽識，與不斷的努力。

近義　一揮而就；一舉成功。

反義　欲速不達。

一籌莫展（ㄧˋ ㄔㄡˊ ㄇㄛˋ ㄓㄢˇ）

解釋　籌：竹籌，古代用來計數和計算的算籌，引申為謀畫、計畫。一根算籌也擺佈不開。比喻一點辦法也想不出來。

出處　《宋史．蔡幼學傳》：「多士盈庭而一籌不吐。」

解析　「籌」不寫成「愁」。

例句　他一向聰明絕頂，能言善道，但是一遇到感情問題，便笨口拙舌一籌莫展了。

近義　束手無策；無計可施。

反義　計出萬全；神機妙算。

一觸即發（ㄧˊ ㄔㄨˋ ㄐㄧˊ ㄈㄚ）

解釋　觸：碰；即：就。一碰觸就爆發。形容事態已發展到十分危險急迫的階段。

出處　梁啟超〈論中國學術思想變遷之大勢〉：「其機固有磅礴郁積，一觸即發之勢。」

解析　在形容形勢緊張時，「一觸即發」較「劍拔弩張」的語義重，但「一觸即發」不能用來比喻書法雄健。

例句　從敵方頻頻挑釁的動作看來，雙方的情勢已經十分緊張、一觸即發。

近義　如箭在弦；箭在弦上；劍拔弩張。

反義　引而不發。

一覽無遺（ㄧˋ ㄌㄢˇ ㄨˊ ㄧˊ）

解釋　覽：看；餘：剩餘。形容事物很簡單，一下子就看得清清楚楚，沒有任何遺漏。

出處　宋．朱熹《朱子語錄．學六》：

「遂閉門靜坐，不讀書百餘日，以收放心，卻去讀書，遂一覽無遺。」

解析「盡收眼底」強調盡收，全部看見，僅限於景物，且一般只用於俯瞰、遠眺；而「一覽無遺」則不限於任何事物。

例句 從頂樓的窗口望出去，可以把街頭的人們、景物一覽無遺。

近義 盡收眼底。

反義 目不暇給。

一鱗半爪（ㄧˋ ㄌㄧㄣˊ ㄅㄢˋ ㄓㄠˇ）

解釋 鱗：魚類的鱗片。龍在雲中，時隱時現，世人難見其全貌。比喻零星片斷的事物。

出處 趙執信《談龍錄》：「神龍者，屈伸變化，固無定體，恍惚望見者，第指其一鱗一爪，而龍之首尾完好，故宛然在也。」

解析「一鱗半爪」語意強調不完整；「東鱗西甲」強調散亂、無系統。

例句 這些漢朝遺留下來的史料，如今都只剩一鱗半爪殘缺不全了。

近義 東鱗西爪；蛛絲馬跡；雞零狗碎。

反義 渾然一體。

一饋十起（ㄧ ㄎㄨㄟˋ ㄕˊ ㄑㄧˇ）

解釋 饋：指吃飯。吃一頓飯要起來十次。形容事務繁忙。

出處《淮南子．氾論》：「禹之時以五音聽治……當此之時，一饋而十起，一沐而三捉髮，以勞天下之民。」

例句 自從他當上了民意代表後，每天南北奔波，競選期間更是忙碌得一饋十起。

近義 一沐三握髮；一飯三吐哺。

反義 遊手好閒；無所事事；飽食終日。

一畫

丁是丁，卯是卯（ㄉㄧㄥ ㄕˋ ㄉㄧㄥ，ㄇㄠˇ ㄕˋ ㄇㄠˇ）

解釋 丁：天干之一；卯：地支之一。干支一錯誤，就影響年月的記錄。「丁卯」又是「釘卯」的諧音。釘是器物接榫（ㄙㄨㄣˇ）的凸出部分，也就是榫頭，卯是器物接榫的凹入處，也就是卯眼。釘和卯不合就安不上。形容做事認真，不肯通融。

出處《紅樓夢》第四十三回：「明兒有了事，我丁是丁卯是卯，你也別抱怨！」

解析「卯」不寫成「卬」。

例句 教練做事向來是丁是丁，卯是卯，任何一個隊員違反了規定，他都絕不通融。

近義 丁一確二；說一不二；一是一，二是二。

反義 草草了事；馬馬虎虎。

七上八下 ㄑㄧ ㄕㄤˋ ㄅㄚ ㄒㄧㄚˋ

解釋 形容心神不寧、慌亂不安的樣子。也作「七上八落」。

出處 《水滸傳》第二十五回：「那胡正卿心頭十五個吊桶打水，七上八下。」

解析 「七上八下」一般和「心中」、「心裏」搭配使用；「忐忑不安」不受這種限制；「心慌意亂」、「心神不定」則不能和「心中」、「心裏」等搭配使用。

例句 他一聽到小弟出車禍的消息，心裏就**七上八下**地無心上班。

近義 六神無主；心神不定；忐忑不安。

反義 心平氣和；心安理得；穩如泰山。

七手八腳 ㄑㄧ ㄕㄡˇ ㄅㄚ ㄐㄧㄠˇ

解釋 形容大家一起動手，人多手雜的樣子。

出處 宋．釋普濟《五燈會元．德光禪師》：「上堂七手八腳，三頭兩面，耳聽不聞，眼覷不見，苦樂逆順，打成一片。」

解析 「七手八腳」偏重在雜亂，只用於指許多人；「手忙腳亂」偏重在忙亂，可指許多人，也可指一個人。

例句 賽跑時李同學不慎扭傷了腿，大家**七手八腳**地把他抬到醫務室。

近義 人多手雜；手忙腳亂。

反義 有條不紊；有板有眼；秩序井然。

七步之才 ㄑㄧ ㄅㄨˋ ㄓ ㄘㄞˊ

解釋 形容人文思敏捷。

出處 南朝．宋．劉義慶《世說新語．文學》記載，曹丕藉故要殺害他的弟弟曹植，命令曹植七步中成詩，不成就要殺他。曹植便立即寫成了一首詩。《北史．魏收傳》：「雖七步之才，無以過此。」

解析 「步」右下角無點，下部不寫成「少」。

例句 他一向自詡為**七步之才**，寫起文章來總是洋洋灑灑，一氣呵成。

近義 斗酒百篇；出口成章。

反義 才竭智疲；江郎才盡。

七拼八湊 ㄑㄧ ㄆㄧㄣ ㄅㄚ ㄘㄡˋ

解釋 把零碎的東西勉強湊合在一起。

例句 由於時間太急迫，很多同學都**七拼八湊**，草草地把報告繳上去。

七零八落 ㄑㄧ ㄌㄧㄥˊ ㄅㄚ ㄌㄨㄛˋ

解釋 形容零零散散，不集中的樣子。

出處 宋．釋惟白《建中靖國續燈錄．有文禪師》：「無味之談，七零八落。」

例句 一場大雨把院子裏的樹吹得**七零八落**，掉了滿地的落葉。

近義 零零散散；亂七八糟。

反義 井井有條；井然有序；整齊劃一。

七嘴八舌（ㄑㄧ ㄗㄨㄟˇ ㄅㄚ ㄕㄜˊ）

解釋 形容你一句，我一句，人多嘴雜，或形容眾人議論紛紛。

出處 清．袁枚《牘外餘言》：「楚公子圍，為虢之會，其時，子圍篡國之狀，人人知之，皆有不平之意。故晉大夫七嘴八舌，冷譏熱嘲，皆由於心之大公也。」

例句 每次開會時大家都是**七嘴八舌**，爭吵不休，最後總討論不出個結果來。

近義 人多嘴雜；眾說紛紜；議論紛紛。

反義 眾口一詞；異口同聲。

七擒七縱（ㄑㄧ ㄑㄧㄣˊ ㄑㄧ ㄗㄨㄥˋ）

解釋 擒：捉拿；縱：放。比喻有收有放地控制對方。傳說三國時諸葛亮為了鞏固蜀漢後方，曾七度生擒南蠻酋長孟獲，七次捉住了他都把他放掉，最後使孟獲真正心服，不再背叛。

出處 《三國志．蜀書．諸葛亮傳》裴松之注引《漢晉春秋》。

例句 他對你有**七擒七縱**的把握，才會對你毫無約束。

七竅生煙（ㄑㄧ ㄑㄧㄠˋ ㄕㄥ ㄧㄢ）

解釋 七竅：指兩眼、兩耳、兩鼻孔和口。形容氣憤到了極點，好像耳目口鼻都要冒出火來。

出處 《西遊記》第七十八回：「忽聞此言，嚇得三尺神散，七竅生煙。」

例句 你打碎了他的寶貝花瓶，恐怕會令他氣得**七竅生煙**。

二畫

三人成虎（ㄙㄢ ㄖㄣˊ ㄔㄥˊ ㄏㄨˇ）

解釋 比喻謠言說的人多，一再反覆，就會使人信以為真。

出處 《戰國策．魏策二》：「夫市之無虎明矣，然而三人言而成虎。」意思是說，市上明明沒有老虎，但有三個人謊報市上有虎，聽者就信以為真。

例句 這個傳言雖然聽來荒謬，但**三人成虎**，任其流傳下去，恐怕大眾會信以為真。

近義 一人傳虛，萬人傳實；以訛傳訛。

三人行必有我師（ㄙㄢ ㄖㄣˊ ㄒㄧㄥˊ ㄅㄧˋ ㄧㄡˇ ㄨㄛˇ ㄕ）

解釋 三人同行，其中必定有一個可以作為我模仿、學習的對象。比喻隨時隨地都有可供學習的對象，應該要虛心學習。

出處 《論語．述而》：「三人行，必有我師焉。擇其善者而從之，其不善者而改之。」

解析 「行」不讀「行列」的ㄏㄤˊ。

例句 「三人行必有我師」，所以隨時隨地都有可學習的對象。

三十六策，走為上計

解釋 遇到困難無計可施時，逃走是最好的辦法。

三十六計：瞞天過海、圍魏救趙、借刀殺人、以逸待勞、趁火打劫、聲東擊西、無中生有、暗度陳倉、隔岸觀火、笑裏藏刀、李代桃僵、牽牛過欄、打草驚蛇、借屍還魂、調虎離山、欲擒先縱、拋磚引玉、擒賊擒王、遠交近攻、指桑罵槐、偷龍轉鳳、關門捉賊、假痴假呆、上樓抽梯、樹上開花、喧賓奪主、釜底抽薪、混水摸魚、金蟬脫殼、假途滅虢、美人之計、空城之計、反間之計、苦肉之計、連環之計、走為上計。

出處 《南史．王敬則傳》：「檀公（檀道濟）三十六策，走為上計。」

例句 這裏的狀況愈來愈混亂，眼看就要失控了，我們還是「三十六策，走為上計」。

三三兩兩

解釋 三個、兩個地在一起。形容為數不多，零散成群的樣子。也作「兩兩三三」。

出處 宋．郭茂倩《樂府詩集》引晉人〈嬌女詩〉：「魚行不獨自，三三兩兩俱。」

解析 「兩」不寫成「二」。

例句 黃昏時，三三兩兩的行人在海邊散步，看來非常地悠閒自在。

近義 三三五五。

反義 成千上萬。

三元及第

解釋 三元：科舉時代鄉試、會試、殿試的第一名分別稱解元、會元、狀元，合稱三元；及第：科舉應試中選。

從鄉試到殿試都考中第一名。

出處 《孽海花．二》：「中間錢湘舲遂三元及第。」

例句 他當年可是三元及第的高材生，卻為了感情問題走上絕路，真是令人惋惜。

三心二意

解釋 形容拿不定主意、猶豫不決。

出處 《元曲選．關漢卿〈救風塵〉一》：「爭奈是匪妓，都三心二意。」

例句 如果你再三心二意下去，恐怕什麼機會都沒有了。

近義 心猿意馬。

反義 一心一意；全心全意；專心一意。

三令五申

解釋 申：告誡。

再三地命令告誡。

出處《史記．孫子吳起列傳》：「春秋時，齊國軍事家孫武拿著自己寫的孫子兵法去見吳王闔閭，吳王看後非常欽佩，問道：「可以試試練兵的方法嗎？」孫武說：「可以。」吳王又問：「用宮女來試驗行嗎？」孫武說：「可以。」於是「吳王出宮中美女得百八十人，孫子分為二隊……乃設鈇鉞，即三令五申之。」（鈇鉞，古代軍法用以殺人的斧頭。）

解析「三令五申」指申明的次數多，「三復斯言」指對含義體會思索的次數多，兩者所指內容不同。

例句 經過校長三令五申，沒想到還是有人遲到早退。

近義 三復斯言；耳提面命；諄諄教誨。

反義 枉費唇舌。

三占從二（ㄙㄢ ㄓㄢ ㄘㄨㄥˊ ㄦˋ）

解釋 占：卜卦。讓三個人一齊卜卦，聽從其中兩人一致的意見。比喻聽從多數人的意見。

出處《尚書．洪範》：「三人占，從二人之言。」

解析「占」不能唸成ㄓㄢˋ。

例句 既然每個決定都沒有把握，我們就三占從二，聽從多數人的意見吧！

三瓦兩舍（ㄙㄢ ㄨㄚˇ ㄌㄧㄤˇ ㄕㄜˋ）

解釋 宋、元時大城市裏妓院及各種娛樂場所的總稱。或指民房，極言其簡陋。

出處《水滸傳》第二回：「每日三瓦兩舍，風花雪月。」

例句 山區中運輸困難，居民稀少，只見三瓦兩舍，過著簡樸的生活。

三生有幸（ㄙㄢ ㄕㄥ ㄧㄡˇ ㄒㄧㄥˋ）

解釋 三生：佛教指前生、此生、來生為三生。經歷三生積修而來的福分，比喻非常難得的好運氣。多用以稱頌交得良友。

出處 元．王實甫《西廂記》第一本：「小生久聞老和尚清譽，欲來座下聽講，何期昨日不得相遇。今能一見，是小生三生有幸矣。」

例句 能遇到學識如此豐富又具有教學熱忱的老師，真是三生有幸。

近義 福星高照；鴻運高照。

反義 生不逢時；在劫難逃；禍不單行。

三年之艾（ㄙㄢ ㄋㄧㄢˊ ㄓ ㄞˋ）

解釋 艾：艾蒿，可以入藥，可用於針灸，越久越乾，效果越好。三年的陳艾。比喻凡事應事前先作好準備。

出處《孟子．離婁上》：「今之欲王者，猶七年之病求三年之艾也，苟為不畜（ㄒㄩˋ），終身不得。」

（畜，積蓄、儲備。）

例句 求學時所作的各種技能訓練，就好比**三年之艾**，出社會後才能運用自如。

三旬九食 ㄙㄢ ㄒㄩㄣˊ ㄐㄧㄡˇ ㄕˊ

解釋 三十天才吃九頓飯，形容家境貧困，得食艱難。

出處 晉．陶潛〈擬古〉詩：「三旬九遇食，十年著一冠。」

解析 「三旬九食」指貧窮得沒有飯吃；「併日而食」除用於形容生活困苦外，還指因工作忙而無暇吃飯。

例句 這些貧戶住在違建中，過著**三旬九食**的生活，現在又被趕得無家可歸，真是可憐。

近義 併日而食。

反義 飽食暖衣；豐衣足食。

三位一體 ㄙㄢ ㄨㄟˋ ㄧ ㄊㄧˇ

解釋 基督教稱耶和華為聖父，耶穌為聖子，聖父、聖子共有的神性為聖靈。雖然父子有別，而其神性卻融合為一，所以把聖父、聖子、聖靈稱為三位一體。現在泛指三個人、三種勢力或三件事物密切結合成為一個整體。

例句 他將公司重新整合，原來三分天下的勢力，現在變成**三位一體**了。

三折肱而成良醫 ㄙㄢ ㄓㄜˊ ㄍㄨㄥ ㄦˊ ㄔㄥˊ ㄌㄧㄤˊ ㄧ

解釋 三：指多次；肱：手臂。多次折斷手臂，也就能成為一個好醫生。比喻人多次遭遇挫折，則經驗豐富，知害之所在，自知避免。

出處 《左傳．定公十三年》：「三折肱，知為良醫。」

例句 他之所以能成為這方面的專家，還不是因為失敗多次，**三折肱而成良醫**了。

近義 久病成醫。

三言兩語 ㄙㄢ ㄧㄢˊ ㄌㄧㄤˇ ㄩˇ

解釋 兩三句話，形容言語簡短。

出處 《水滸傳》第六十一回：「若在家時，三言兩語，盤倒那先生。」

例句 現在這裏複雜的狀態，也不是**三言兩語**交代得清，你還是儘快趕來吧！

近義 言簡意賅；要言不煩。

反義 長篇大論；連篇累牘。

三豕涉河 ㄙㄢ ㄕˇ ㄕㄜˋ ㄏㄜˊ

解釋 比喻文字傳寫或刊印的訛誤。

出處 《呂氏春秋．察傳》：「子夏之晉，過衛，有讀史記者曰：『晉師三豕涉河。』子夏曰：『非也，是己亥也，夫己與三相近，豕與亥相似。』至於晉而問之，則曰晉師己亥涉河也」。

例句 這份刊物的品質粗劣，有許多**三豕涉河**的情況。

近義 郭公夏五。

三足鼎立
ㄙㄢ ㄗㄨˊ ㄉㄧㄥˇ ㄌㄧˋ

解釋 鼎：古代烹煮的炊器，多用青銅製成，圓形，一般有三條腿（也有少數方鼎是四條腿）。像鼎的三足並立。比喻三方面分立的局勢。

出處 《史記．淮陰侯列傳》：「三分天下，鼎足而居。」

例句 經過一段激烈的競爭後，現在已淘汰成三足鼎立的情況了。

近義 三分鼎峙；鼎足之勢。

反義 一統天下。

三姑六婆
ㄙㄢ ㄍㄨ ㄌㄧㄡˋ ㄆㄛˊ

解釋 泛指走門串戶，像三姑六婆一類的婦女。

解釋 指舊時職業不高尚的婦女，常藉著進出別人家的機會，說長道短、造謠生事。現指喜歡搬弄是非、揭人隱私的人。

出處 明．陶宗儀《輟耕錄》卷十：「三姑者，尼姑、道姑、卦姑也；六婆者，牙婆、媒婆、師婆（女巫）、虔婆（鴇母）、藥婆、穩婆（接生婆）也。」

例句 這些三姑六婆專門在背後說長道短，散布謠言。

三長兩短
ㄙㄢ ㄔㄤˊ ㄌㄧㄤˇ ㄉㄨㄢˇ

解釋 指意外的災禍或事故。多用作「災患」、「死亡」等不幸事件的委婉語。

出處 明．范文若《鴛鴦棒．恚剔》：「我還怕薄情郎折倒我的女兒，須一路尋上去，萬一有三長兩短，定要討個明白。」

解析 「長」不讀ㄓㄤˇ，「兩」不寫成「二」，「三長兩短」著重指意外的事。

例句 你一個人出門在外一定要多加小心，萬一有個三長兩短要如何向你父母交代。

近義 一差兩錯。

反義 相安無事。

三思而行
ㄙㄢ ㄙ ㄦˊ ㄒㄧㄥˊ

解釋 三：再三。指反覆考慮之後才去做。

出處 《論語．公冶長》春秋時，魯國大夫季文子，為人謹慎，凡事「三思而行」。

解析 「行」不讀「行列」的ㄏㄤˊ，不解釋成「行走」（如「三人行必有我師」）。

例句 這件事是牽一髮而動全身，你一定要考慮清楚，三思而行。

近義 謹言慎行。

反義 草率從事；輕舉妄動。

三貞九烈
ㄙㄢ ㄓㄣ ㄐㄧㄡˇ ㄌㄧㄝˋ

解釋 三為多數之始，九為多數之極，古代社會用來讚譽婦女的貞潔。

出處 《蝴蝶夢傳奇》：「婦人家三貞九烈，四德三從。」

三從：未嫁從父，既嫁從夫，夫死從子。

四德：婦德、婦言、婦容、婦功。

例句 古代社會兩性極不平等，要求婦女**三貞九烈**，男性卻可娶三妻四妾。

三從四德 ㄙㄢ ㄘㄨㄥˊ ㄙˋ ㄉㄜˊ

解釋 從：順從；三從：女子未嫁時要順從父親，嫁了以後要順從丈夫，丈夫死了以後要順從兒子（見《儀禮．喪服．子夏傳》）；四德：又稱「四行」，即婦德、婦言、婦容、婦功（見《周禮．天官．九嬪》）。

這是我國古代舊禮教中指稱婦女應有的美德。

例句 古代婦女遭受極不平等的待遇，不但要有**三從四德**，還得守三貞九烈。

三推六問 ㄙㄢ ㄊㄨㄟ ㄌㄧㄡˋ ㄨㄣˋ

解釋 指經過多次審訊。

出處 《水滸傳》第十二回：「三推六問，卻招做一時鬥毆殺傷，誤傷人命。」

例句 這件案子雖然複雜，但經過法官的**三推六問**，總算是水落石出了。

三教九流 ㄙㄢ ㄐㄧㄠˋ ㄐㄧㄡˇ ㄌㄧㄡˊ

解釋 三教：指儒教、道教、佛教；九流：指儒家、道家、陰陽家、法家、名家、墨家、縱橫家、雜家、農家者流。

指宗教、學術中的各種流派。現多指從事各行各業的人。

出處 宋．趙彥衛《雲麓漫鈔》六：「（梁武）帝問三教九流及漢朝舊事，了如目前。」

例句 這個地方出沒分子複雜，各種**三教九流**的人都有，你還是少來的好。

近義 九流十家。

三復斯言 ㄙㄢ ㄈㄨˋ ㄙ ㄧㄢˊ

解釋 三復：反覆多次；斯言：這句話。

重覆地體會、思索別人說的話。

出處 唐．白居易《白氏長慶集．李諒授壽州刺史薛公幹授泗州刺史制》：「《詩》云：『愷悌君子，人之父母。』朕三復斯言，往往興嘆。」

例句 你的一席話，我是**三復斯言**才終於體會你的心意。

三朝元老 ㄙㄢ ㄔㄠˊ ㄩㄢˊ ㄌㄠˇ

解釋 元老：年老而有聲望的大臣。

指連續受三個皇帝重用的大臣，現指經歷多、資格老的人。

出處 《後漢書．章帝紀》：「行太尉事節鄉侯熹（趙熹）三世在位，為國元老。」

例句 他進公司至今已是**三朝元老**，公司中的所有變遷，沒人比他更清楚了。

三陽開泰 ㄙㄢ ㄧㄤˊ ㄎㄞ ㄊㄞˋ

解釋 按照《周易》，正月為泰卦，三陽生於下；冬去春來，陰消陽長，有吉亨之象。因此以「三陽開泰」或「三陽交泰」來祝頌新年。

出處 《宋史．樂志》：「三陽交泰，日新惟良。」

例句 新春期間，處處可見三陽開泰的春聯。

三綱五常 ㄙㄢ ㄍㄤ ㄨˇ ㄔㄤˊ

解釋 綱：提網的總繩，比喻事物中居主要或支配的部分；三綱：原指君為臣綱，父為子綱，夫為婦綱；常：不變，引申為一定準則；五常即父義、母慈、兄友、弟恭、子孝。另說五常為仁、義、禮、智、信。泛指人倫大道。

出處 《白虎通．三綱六紀》：「三綱者，何謂也？謂君臣、父子、夫婦也。……故《含文嘉》曰：『君為臣綱，父為子綱，夫為婦綱。』」《書．泰誓．下》：「五常即五典，謂父義、母慈、兄友、弟恭、子孝。」漢．王充《論衡．問孔》：「五常之道，仁義禮智信也。」

例句 現今社會風氣敗壞、世風日下，三綱五常已不復見。

三緘其口 ㄙㄢ ㄐㄧㄢ ㄑㄧˊ ㄎㄡˇ

解釋 緘：封閉。用繩子在嘴上加了三道封條。比喻說話謹慎，或一句話也不肯說。

出處 漢．劉向《說苑．敬慎》：「孔子之周，觀於太廟，右陛之前有金人焉，三緘其口，而銘其背曰：『古之慎言人也，戒之哉，戒之哉！無多言，多言必敗。』」

解析 緘，讀ㄐㄧㄢ，不讀ㄒㄧㄢˊ。

例句 此事事關重大，所有參與人員皆三緘其口，不肯透露一點風聲。

近義 守口如瓶。

反義 呶呶不休；滔滔不絕。

三頭六臂 ㄙㄢ ㄊㄡˊ ㄌㄧㄡˋ ㄅㄧˋ

解釋 原指佛家守護神金剛夜叉的法相。後轉用以比喻人的神通廣大，本領高強。

出處 宋．釋道原《景德傳燈錄．汾州善昭禪師》：「曰：『如何是主中主？』主師曰：『三頭六臂擎天地，忿怒那吒撲帝鐘。』」

解析 「三頭六臂」強調本領大；「鬼斧神工」強調技術高。

例句 我又沒有三頭六臂，怎麼可能替你擺平所有事。

近義 神通廣大；鬼斧神工。

反義 黔驢之技；鼯鼠技窮。

三顧茅廬 ㄙㄢ ㄍㄨˋ ㄇㄠˊ ㄌㄨˊ

解釋 顧：拜訪；茅廬：草屋。三國時的諸葛亮隱居在隆中的茅廬裏，劉備為了請他出來幫助自己打天下，三次去拜訪，最後一次才見到諸葛亮。比喻誠心誠意地邀請人家。

出處 諸葛亮〈出師表〉：「先帝不以臣卑鄙，猥自枉屈，三顧臣於草廬之中。」

解析 「顧」不解釋成「看」（如「左顧右盼」）或「照顧」（如「顧此失彼」）。

例句 為了請他出馬擔任召集人，老闆不惜**三顧茅廬**。

近義 三請諸葛；卑禮厚幣。

三釁三浴 ㄙㄢ ㄒㄧㄣˋ ㄙㄢ ㄩˋ

解釋 三：多次。表示對人十分尊敬。

出處 《國語．齊語》：「比至。三釁三浴之。」韋昭注：「以香塗身曰釁，亦或為薰。」

例句 為了迎接教宗的到來，教徒們紛紛**三釁三浴**。

下不為例 ㄒㄧㄚˋ ㄅㄨˋ ㄨㄟˊ ㄌㄧˋ

解釋 下：指下一次；例：先例，可以作為依據的事例。這次做了以後，下次絕不能這樣做。表示只通融這一次。

出處 《宦海》第十八回：「既然如此，只此一次，下不為例如何？」

例句 姑念你們是初犯，這次就原諒你們，不過**下不為例**。

反義 如法炮製；依樣畫葫蘆。

下里巴人 ㄒㄧㄚˋ ㄌㄧˇ ㄅㄚ ㄖㄣˊ

解釋 春秋時代楚國一種較通俗的歌曲。後來泛指通俗的文藝作品。

出處 《文選．宋玉〈對楚王問〉》：「客有歌於郢中者，其始曰『下里巴人』，國中屬而和者數千人。……其為『陽春白雪』，國中屬而和者不過數十人。」（郢，楚國都城。屬，跟著。和，一起唱。）

例句 他寧願做個曲高和寡的作家，也不願寫暢銷而通俗的**下里巴人**。

近義 老嫗能解。

反義 陽春白雪。

下阪走丸 ㄒㄧㄚˋ ㄅㄢˇ ㄗㄡˇ ㄨㄢˊ

解釋 阪：斜坡；丸：彈丸。下斜坡時滾動的彈丸。比喻敏捷而不停滯；或說話流利，毫無阻礙。

出處 漢．荀悅《前漢紀》卷一：「君計莫若以黃屋朱輪以迎范陽令，使馳騖乎燕趙之郊，則邊城皆喜，相率而降。此由（猶）以下阪而走丸也。」

例句 在現在的情勢下推動改革計畫猶如**下阪走丸**，收效最大。

下筆成章 ㄒㄧㄚˋ ㄅㄧˇ ㄔㄥˊ ㄓㄤ

解釋 章：文章。一揮動筆，就寫成文章。形容文思敏捷，不假思索就寫成文章。

出處 《三國志．魏書．陳思王傳》：「言出為論，下筆成章。」

解析 「下筆成章」指寫作快；「出口成章」指口才好。

例句 他一直維持著寫作與閱讀的習慣，才有現在下筆成章的功夫。

近義 下筆立就；手不停揮；操筆直書。

反義 腸枯思竭。

上下其手（ㄕㄤˋ ㄒㄧㄚˋ ㄑㄧˊ ㄕㄡˇ）

解釋 比喻運用手段，任意顛倒是非黑白以方便自己行事。

出處 《左傳．襄公二十六年》記載楚國進攻鄭國，穿封戌俘虜了鄭將皇頡，王子圍要爭功，請伯州犁裁處。伯州犁有意偏袒王子圍，叫皇頡作證，並向皇頡暗示，「上其手曰：『夫子為王子圍，寡君之貴介弟也。』下其手曰：『此子為穿封戌，方城外之縣尹也。誰獲子？』囚曰：『頡遇王子，弱焉。』」（弱，敗。）

例句 在上位者如果上下其手，顛倒黑白，下位的人怎麼會不違法亂紀，胡作非為呢！

近義 高下其手；通同作弊。

上行下效（ㄕㄤˋ ㄒㄧㄥˊ ㄒㄧㄚˋ ㄒㄧㄠˋ）

解釋 效：仿效，模仿。

在上者怎樣做，在下者就跟著學。比喻在團體中具有影響力的人的所作所為，常常會被模仿、效法。

出處 《周禮．天官．太宰》疏：「上行之，下效之。」

解析 「效」不寫成「孝」。

例句 政府官員如果個個操守清明、嚴以律己，上行下效，民眾又怎會違法亂紀呢？

近義 上樑不正下樑歪；源濁流濁；鄒纓齊紫。

反義 以身作則；源清流潔。

上樹拔梯（ㄕㄤˋ ㄕㄨˋ ㄅㄚˊ ㄊㄧ）

解釋 引人上樹卻搬掉梯子。比喻誘人上前而斷其退路。

出處 《三國志．蜀志．諸葛亮傳》：「劉表愛少子琮，不悅長子琦，琦求自安之術於諸葛亮，亮輒拒卻，琦乃偕亮遊園，共上高樓而去其梯，使亮上而不能下。」

例句 為了請他出面擔任總策劃，我們不得不採取上樹拔梯的方式，先斷了他的後路。

近義 上樓去梯。

三畫

不一而足（ㄅㄨˋ ㄧ ㄦˊ ㄗㄨˊ）

解釋 同類的事物或情況很多，不止一件或一次。

出處 《公羊傳．文公九年》：「許夷狄者不一而足也。」

例句 近來這種駭人聽聞的案件是不一而足，又何止這一件。

近義 不勝枚舉；諸如此類。

反義 絕無僅有；獨一無二。

不二法門（ㄅㄨˋ ㄦˋ ㄈㄚˇ ㄇㄣˊ）

解釋 法門：佛教稱入道的門徑。

現在比喻處事最好的或獨一無二的方法。

出處《維摩詰經．入不二法門品》：「如我意者，於一切法無言無說，無示無識，離諸問答，是為入不二法門。」

例句 想成為一名優秀的運動員，不斷的努力與優異的天賦是**不二法門**。

不入虎穴，焉得虎子

解釋 焉：怎麼。不進老虎洞，怎麼能捉到小老虎？比喻不冒險犯難，就不能獲得成功。

出處《後漢書．班超傳》：「不入虎穴，不得虎子。」

例句 **不入虎穴，焉得虎子**，為了取得敵人的情報，只得深入敵軍陣營。

近義 甘冒虎口。

反義 知難而退。

不三不四

解釋 不像這也不像那。與「不倫不類」意思相似。不正經或不規矩。

出處《水滸傳》第七回：「（魯）智深見了，心裏早疑忌道：『這伙人不三不四，又不肯近前來，莫不要攧洒家。』」

解析「不三不四」可用來形容人來路不明、不正派；「非驢非馬」則沒有這種用法。

例句 這幫人看來**不三不四**，恐怕不是什麼正派的人，勸你還是離他們遠一點。

近義 不倫不類；非驢非馬；偷雞摸狗。

反義 正大光明；名正言順；堂堂正正。

不亢不卑

解釋 亢：高傲；卑：謙卑。既不高傲，也不自卑。

出處 清．曹雪芹《紅樓夢》五十六回：「他這遠愁近慮，不抗（亢）不卑。」

例句 他與外人談判，交涉時**不亢不卑**的態度，贏得了大家的信任。

近義 長揖不拜。

反義 妄自尊大；低聲下氣；卑躬屈膝。

不分皂白

解釋 皂：黑色。不分黑白。比喻不問是非曲直，只憑一時衝動就隨便採取行動。也作「不分青紅皂白」。

出處《詩經．大雅．桑柔》：「匪言不能，胡思畏忌。」箋：「胡之言何也，賢者見此事之是是非非，不能分別皂白言之於王也。」

解析「不分是非」只指不區分對與錯，沒有「不分皂白」中所含不問情由的意思。

例句 在真相未明前你就**不分皂白**地

前去理論，未免莽撞了些。

近義 涇渭不分；清濁不分；顛倒是非。

反義 是非分明；黑白分明。

不分軒輊（ㄅㄨˋ ㄈㄣ ㄒㄩㄢ ㄓˋ）

解釋 軒：車前高起的部分；輊：車後低下的部分；軒輊：指高低、輕重。不分高低、輕重。現在多用來比喻兩人不分高下，實力相當。

出處 《詩．小雅．六月》：「戎車既安，如軒如輊。」

例句 這兩人心算的能力簡直是不分軒輊。

近義 伯仲之間；並駕齊驅；旗鼓相當。

反義 天差地別；天淵之別；天壤之別。

不分畛域（ㄅㄨˋ ㄈㄣ ㄓㄣˇ ㄩˋ）

解釋 畛域：範圍、界限。不分範圍、界限。也比喻不分彼此。

出處 清．黃小配《廿載繁華夢》第二十九回：「我們善堂是不分畛域的，往時各省有了災荒，沒一處不去賑濟。」

例句 這件駭人聽聞的綁架案發生後，各界是不分畛域，同聲譴責。

不毛之地（ㄅㄨˋ ㄇㄠˊ ㄓ ㄉㄧˋ）

解釋 不毛：不長五穀。指荒涼、貧瘠的土地或未被開發的地區。

出處 《公羊傳．宣公十二年》：「錫（通賜）之不毛之地。」

例句 這片不毛之地經過商人炒作後，一夕之間價格暴漲。

近義 寸草不生；不食之地；蠻荒之地。

反義 天府之國；魚米之鄉；富饒之地。

不世之功（ㄅㄨˋ ㄕˋ ㄓ ㄍㄨㄥ）

解釋 不世：非常的，不是人世間所常有的。稀世罕見的功業。

出處 《後漢書．隗囂傳》：「足下將建伊、呂之業，弘不世之功。」（伊呂，伊尹和呂尚，伊尹輔佐商湯，呂尚輔佐周武王，都是開國元勛。）

例句 因為他的雄才大略，才創下了這番空前的不世之功。

近義 安邦之功；匡扶社稷；撥亂反正。

不主故常（ㄅㄨˋ ㄓㄨˇ ㄍㄨˋ ㄔㄤˊ）

解釋 故常：指舊的常規。不拘守舊規，也就是隨機應變的意思。

出處 《莊子．天運》：「其聲能短能長，能柔能剛，變化齊一，不主故常。」

例句 現在是非常時期，**不主故常**，大家要隨機應變。

反義 墨守成規；蕭規曹隨。

不刊之論（ㄅㄨˋ ㄎㄢ ㄓ ㄌㄨㄣˋ）

解釋 刊：削除，古代把字寫在竹簡上，有錯誤就削去。形容不能更改或不可磨滅的言論。

出處 漢．揚雄〈答劉歆書〉：「是懸諸日月不刊之書也。」

解析 「刊」不能解為「刊登」、「登載」。

例句 他生平最大的志願就是創作出流傳千古的**不刊之論**。

近義 不刊之典；不易之論。

反義 不經之談；迂闊之論；陳詞濫調。

不可一世（ㄅㄨˋ ㄎㄜˇ ㄧˊ ㄕˋ）

解釋 形容狂妄自大到了極點，自以為在當代沒有一個人能比得上他。

出處 宋．羅大經《鶴林玉露》：「荊公少時，不可一世士。獨懷刺候濂溪，三及門而三辭焉。」（荊公，指王安石。濂溪，指周敦頤。）

例句 他自以為是老闆面前的紅人，就仗勢欺人，常擺出一副**不可一世**的樣子。

近義 目空一切；妄自尊大；夜郎自大。

反義 妄自菲薄；虛懷若谷。

不可企及（ㄅㄨˋ ㄎㄜˇ ㄑㄧˋ ㄐㄧˊ）

解釋 企及：希望達到。形容遠遠趕不上。

出處 《唐文粹．柳冕〈答衢州鄭使君〉》：「不可企而及之者性也。」

例句 他的年紀雖小，但他仗義直言的勇氣卻是我們所**不可企及**的。

近義 不可逾越；高不可攀；望塵莫及。

反義 並駕齊驅；迎頭趕上；指日可待。

不可名狀（ㄅㄨˋ ㄎㄜˇ ㄇㄧㄥˊ ㄓㄨㄤˋ）

解釋 名：用語言說出；狀：描述，形容。不能夠用言語形容。

出處 晉．葛洪《神仙傳．麻姑》：「其衣有文章而非錦綺，光彩奪目，不可名狀。」

例句 這種失而復得的喜悅是**不可名狀**的。

近義 不可言宣；不可言喻；莫可名狀。

反義 不言而喻；一語破的；一語道破。

不可收拾（ㄅㄨˋ ㄎㄜˇ ㄕㄡ ㄕˊ）

解釋 收拾：整頓，整理。形容事物敗壞到難以整理。

出處 唐．韓愈《昌黎先生集．送高閑上人序》：「泊與淡相遭，頹墮委靡，潰敗不可收拾。」

例句 現今社會的治安已敗壞到了不

可收拾、人人自危的地步了。

近義 一塌胡塗；不可救藥；回天乏術。

不可言宣 ㄅㄨˋ ㄎㄜˇ ㄧㄢˊ ㄒㄩㄢ

解釋 言：言語；宣：表達。不能用語言文字表達。

出處 宋．釋道原《景德傳燈錄．天台山德韶國師》：「僧問：『諸法寂滅相，不可以言宣，和尚如何為人？』」

例句 這種失去心愛的人的心情是不可言宣。

近義 不可名狀；不可言喻；不可言傳。

反義 不言而喻；一說即明；一語道破。

不可思議 ㄅㄨˋ ㄎㄜˇ ㄙ ㄧˋ

解釋 指事理神奇奧妙，不是一般人能想像理解的。

出處 《維摩詰所說經．不思議品》：「諸佛菩薩有解脫，名不可思議。」

解析 「不可思議」和「不堪設想」都有「不能想像」的意思，但「不可思議」適用於神奇奧妙的事物或深奧的道理；「不堪設想」適用於前景有危險或後果很不好的事物。

例句 世界上有許多無法解釋、不可思議的事情，令人由不得不讚嘆大自然的神奇。

近義 匪夷所思；神乎其神。

反義 可想而知；合情合理；理所當然。

不可理喻 ㄅㄨˋ ㄎㄜˇ ㄌㄧˇ ㄩˋ

解釋 喻：使明白。不能夠用道理來使他明白。形容人態度專橫，不講道理。

出處 清．紀昀《閱微草堂筆記．姑妄聽之三》：「親串中一婦，無子而陰忮其庶子，侄若婿又媒孽短長，私黨膠固，殆不可以理喻。」

例句 只要你問心無愧，又何必理會那個不可理喻的人。

近義 強詞奪理；蠻橫無理。

反義 知書達理；通情達理。

不可終日 ㄅㄨˋ ㄎㄜˇ ㄓㄨㄥ ㄖˋ

解釋 終日：過完一天。連一天的日子也過不下去。

出處 語本《禮記．表記》：「不以一日使其躬，儳（ㄔㄢˊ）焉如不終日。」（儳焉，苟且地。）

例句 他目前下落不明、生死未卜，大夥都擔心地不可終日。

近義 如坐針氈；度日如年。

反義 安然無恙；無憂無慮。

不可勝數 ㄅㄨˋ ㄎㄜˇ ㄕㄥ ㄕㄨˇ

解釋 勝：盡。多得數不完，形容數量非常多。

出處 《墨子．非攻中》：「百姓之道疾病而死者，不可勝數。」

解析 「數」動詞，不讀成「不計其數」的「數（ㄕㄨˋ）」。

例句 近年來治安敗壞，竊盜案件多得簡直**不可勝數**。

近義 不計其數；不勝枚舉；數不勝數。

反義 屈指可數；寥寥無幾。

不平則鳴（ㄅㄨˋ ㄆㄧㄥˊ ㄗㄜˊ ㄇㄧㄥˊ）

解釋 受到不公平的待遇就會發出不滿的呼聲。

出處 語本唐．韓愈《昌黎先生集．送孟東野序》：「大凡物不得其平則鳴。」

例句 凡事**不平則鳴**，這些淳樸的農夫之所以會走上街頭，必定是受了不平的待遇。

近義 不平之鳴；水激則鳴。

反義 敢怒不敢言。

不打自招（ㄅㄨˋ ㄉㄚˇ ㄗˋ ㄓㄠ）

解釋 原指還沒用刑，自己就招認了罪行。現在比喻無意中透露了自己的壞主意或缺點。

出處 《警世通言》十三：「押司和押司娘不打自招，雙雙的問成死罪。」

例句 許多嫌犯被帶到犯罪現場時往往都會心虛得**不打自招**。

近義 自認不諱；此地無銀三百兩；司馬昭之心路人皆知。

反義 枉勘虛招；屈打成招。

不甘示弱（ㄅㄨˋ ㄍㄢ ㄕˋ ㄖㄨㄛˋ）

解釋 不甘心表示自己比別人差。

出處 《左傳．僖公八年》：「虢射曰：『期年狄必至，示之弱矣！』」

例句 聽到對方震天價響的加油聲，我方也**不甘示弱**地大聲加油。

近義 不甘人後；爭強好勝。

反義 甘居人後；甘拜下風；自愧不如。

不甘雌伏（ㄅㄨˋ ㄍㄢ ㄘ ㄈㄨˊ）

解釋 甘：甘心，情願；雌伏：雌鳥伏在那兒，比喻不進取，無所作為。指不甘心無所作為。

出處 語本《後漢書．趙典傳》：「大丈夫當雄飛，安能雌伏。」

例句 自從他的公司結束營業後，這些年來他一直**不甘雌伏**，隨時準備東山再起。

不由分說（ㄅㄨˋ ㄧㄡˊ ㄈㄣ ㄕㄨㄛ）

解釋 分說：辯白。不容許分析辯解。也作「不容分說」。

出處 《元曲選．無名氏〈爭報恩〉三》：「那廝不由分說，打將來，著我接住手，可又則一拳打倒在地。」

例句 警方循線找到嫌犯後，便**不由分說**地把他逮捕歸案。

近義 不容置喙；不容置辯。

反義 言無不盡；暢欲所言。

不由自主 ㄅㄨˋ ㄧㄡˊ ㄗˋ ㄓㄨˇ

解釋 由不得自己作主，無法控制自己。

出處 《紅樓夢》第八十一回：「我也不很記得了，但覺自己身子不由自主，倒像有什麼人，拉拉扯扯，要我殺人才好。」

解析 「身不由己」重在不能由自己作主，「不能自己」重在不能控制自己；而「不由自主」則包含著兩方面的意思，適用範圍較廣。

例句 看到這則慘絕人寰的新聞後，許多人都不由自主地流下淚來。

近義 不能自己；身不由己；情不自禁。

不白之冤 ㄅㄨˋ ㄅㄞˊ ㄓ ㄩㄢ

解釋 白：弄清楚，弄明白；冤：冤枉。無法申訴、得不到辯明而被迫含忍的冤屈。

出處 《東周列國志》第四十二回：「晅之逃，非貪生怕死，實欲為太叔伸不白之冤耳！」

例句 找到這件重要證物後，才洗清了他多年來承受的不白之冤。

近義 冤沈海底；覆盆之冤；覆盆難照。

反義 一一昭雪；明鏡高懸。

不亦樂乎 ㄅㄨˋ ㄧˋ ㄌㄜˋ ㄏㄨ

解釋 亦：也。①表示感到非常高興。②引申表示非常過癮。

出處 《論語．學而》：「有朋自遠方來，不亦樂乎？」

例句 我們分別數十年，今日有幸在他鄉相遇，真是不亦樂乎。

近義 其樂無窮；樂不可支。

反義 憂心忡忡；憂心如焚。

不共戴天 ㄅㄨˋ ㄍㄨㄥˋ ㄉㄞˋ ㄊㄧㄢ

解釋 戴：頂著。不跟仇敵在同一個天底下生活。形容仇恨極深，不能共存。

出處 《禮記．曲禮》：「父之讎，弗與共戴天。」

解析 「不共戴天」重在仇恨深，多用作敵人、仇恨的話，形容仇恨極深，不能與對方在同一個天底下生活著；「勢不兩立」重在指極端對立的狀態，不專指仇恨而言。

例句 我們之間有著不共戴天的仇恨，這輩子絕對不可能原諒你。

近義 你死我活；勢不兩立。

反義 水乳交融；情同手足；親密無間。

不同凡響 ㄅㄨˋ ㄊㄨㄥˊ ㄈㄢˊ ㄒㄧㄤˇ

解釋 凡響：平凡的音樂。形容事物特別出色，超出一般的水準。

例句 學過聲樂的人唱起歌來果然是婉轉動聽，不同凡響。

近義 出類拔萃；超塵拔俗；與眾不

同。

反義 不足為奇；平淡無奇。

不在其位，不謀其政
ㄅㄨˋ ㄗㄞˋ ㄑㄧˊ ㄨㄟˋ，ㄅㄨˋ ㄇㄡˊ ㄑㄧˊ ㄓㄥˋ

解釋 自己不擔任那種職務就不考慮那個職務的事情。表示凡事盡自己的責任，不必超越自己的身分，去干涉別人的事。

出處 《論語．泰伯》：「子曰：『不在其位，不謀其政。』」

例句 「不在其位，不謀其政」，這件事我實在不方便插手。

反義 牝雞司晨；越俎代庖。

不在話下
ㄅㄨˋ ㄗㄞˋ ㄏㄨㄚˋ ㄒㄧㄚˋ

解釋 原來多用在舊小說中，表示故事暫告一段落，轉入別的情節。現在形容事情是理所當然，不須解釋。

出處 《秦併六國平話》卷上：「趙王封李牧為武安君，其餘官員各加官賞，不在話下。」

例句 他們倆是從小一起長大的青梅竹馬，感情好自然是**不在話下**。

近義 理所當然。

反義 大書特書；至關緊要。

不夷不惠
ㄅㄨˋ ㄧˊ ㄅㄨˋ ㄏㄨㄟˋ

解釋 夷：殷末周初時的伯夷，堅決不作周朝的臣民；惠：春秋時魯國的柳下惠，三次被罷官都不肯離去。不像伯夷堅決不作官，也不像柳下惠留戀官位。比喻做事採取折衷的態度。

出處 漢．揚雄《法言．淵騫》：「不夷不惠，可否之間也。」

例句 他在官場打滾多年非常懂得**不夷不惠**的中庸之道。

不自量力
ㄅㄨˋ ㄗˋ ㄌㄧㄤˋ ㄌㄧˋ

解釋 不衡量自己的能力，去做達不到的事。指高估自己的能力。

出處 《左傳．隱公十一年》：「不度德，不量力。」

解析 「量」不讀ㄌㄧㄤˊ。

例句 就憑你一人的力量如何跟龐大的犯罪集團周旋，勸你不要**不自量力**。

近義 夸父追日；蚍蜉撼樹；螳臂當車。

反義 力所能行；量力而行。

不即不離
ㄅㄨˋ ㄐㄧˊ ㄅㄨˋ ㄌㄧˊ

解釋 即：接近。指對待別人的態度不太接近，也不太疏遠。

出處 《圓覺經》：「不即不離，無縛無脫。」

例句 他對每個人都保持著**不即不離**的態度，更加引起大家對他的好奇。

近義 不冷不熱；不親不疏；若即若離。

反義 寸步不離；形影不離；親密無間。

不吝金玉
ㄅㄨˋ ㄌㄧㄣˋ ㄐㄧㄣ ㄩˋ

解釋 吝：吝惜；金玉：比喻寶貴的意見。不吝惜寶貴的意見，指出缺點、錯誤，請人指教的客氣話。也作「不吝珠玉」。

出處 《初刻拍案驚奇》九：「老夫再欲請教，將〈滿江紅〉調賦『鶯』一首，望不吝珠玉，意下如何？」

例句 附上本人拙作一篇，還望您不吝金玉。

不忘溝壑
ㄅㄨˋ ㄨㄤˋ ㄍㄡ ㄏㄜˋ

解釋 溝壑：山溝。隨時準備為正義而棄屍山溝。形容人有為正義而獻身的準備。

出處 《孟子．滕文公下》：「志士不忘在溝壑。」

例句 獻身革命的青年，都是不忘溝壑，隨時做好犧牲的準備。

不折不扣
ㄅㄨˋ ㄓㄜˊ ㄅㄨˋ ㄎㄡˋ

解釋 折、扣：原為商業用語，商品依原價扣減百分之幾，叫做打折扣。一點不打折扣。表示完全的、十足的肯定。

解析 「折」不可寫成「析（ㄒㄧ）」或「拆（ㄔㄞ）」。

例句 他是個不折不扣的生意人，隨時不忘宣揚他的產品。

近義 原原本本；道道地地。

反義 七折八扣；討價還價；偷工減料。

不攻自破
ㄅㄨˋ ㄍㄨㄥ ㄗˋ ㄆㄛˋ

解釋 比喻論點不能成立，不需反辯就站不住腳。也指城邑不用攻打，就會因內部的混亂紛歧而潰敗。

出處 《東周列國志》第七十六回：「郢都無主，不攻自破。」

例句 這個組織內部派系鬥爭激烈，恐怕不久就會不攻自破。

反義 牢不可破；固若金湯；無懈可擊。

不求甚解
ㄅㄨˋ ㄑㄧㄡˊ ㄕㄣˋ ㄐㄧㄝˇ

解釋 原指讀書時只求明白內涵真意，而不拘泥於字句的解釋。現在多指學習不認真，不求深入透徹地理解。

出處 晉．陶潛《陶淵明集．五柳先生傳》：「好讀書，不求甚解。」

解析 「甚」不寫成「深（ㄕㄣ）」。

例句 你讀書只是囫圇吞棗，不求甚解，功課怎麼會進步。

近義 生吞活剝；囫圇吞棗；淺嘗輒止。

反義 拔樹尋根；尋根究底；融會貫通。

不求聞達
ㄅㄨˋ ㄑㄧㄡˊ ㄨㄣˊ ㄉㄚˊ

解釋 聞達：有名望，顯達。無意追求名聲、地位，不希望別人知道自己。

出處 諸葛亮〈前出師表〉：「苟全性命於亂世，不求聞達於諸侯。」

例句 他雖有過人的才識學問，卻**不求聞達**，寧願在人後做個幕僚。

近義 無意功名；淡泊名利。

反義 苟合求榮；追名逐利；熱衷功名。

不見天日 ㄅㄨˋ ㄐㄧㄢˋ ㄊㄧㄢ ㄖˋ

解釋 看不見天和太陽。比喻前程黑暗，過著悲慘而沒有希望的生活。

出處 清．張潮《虞初新志．孫嘉淦〈南遊記〉》：「幽林密箐，曲折其中，有時仰望，不見天日。」

例句 現今社會治安敗壞，人民終日生活在恐懼之中，過著**不見天日**的生活。

近義 暗無天日。

不見經傳 ㄅㄨˋ ㄐㄧㄢˋ ㄐㄧㄥ ㄓㄨㄢˋ

解釋 經傳：指被古人尊崇為典範的著作。經傳中沒有記載，比喻沒有來歷，缺乏根據，也指人或物沒有名氣。

出處 《鶴林玉露》六：「方寸地三字，雖不見經傳，卻亦甚雅。」

解析 「傳」不能唸成ㄔㄨㄢˊ。

例句 雖然在歷史上他是名**不見經傳**的小人物，但在本地他可是赫赫有名的人物。

近義 湮沒無聞。

反義 史不絕書；名垂青史；揚名四海。

不言而喻 ㄅㄨˋ ㄧㄢˊ ㄦˊ ㄩˋ

解釋 言：說明；喻：明白。不需要說明，就已經了解。形容事理很淺顯。

出處 《孟子．盡心上》：「施於四體，不言而喻。」

例句 從他的環境背景來推斷，他現在的行為表現自是**不言而喻**。

近義 不言自明；顯而易見。

不足為奇 ㄅㄨˋ ㄗㄨˊ ㄨㄟˊ ㄑㄧˊ

解釋 不值得奇怪，不是什麼了不起的。多指事物或現象很平常、很普通。

出處 《老殘遊記》第十回：「此也是自然之理，不足為奇。」

例句 他在家中是個倍受父母寵愛的小霸王，受不了學校的住宿生活也是**不足為奇**的事。

近義 司空見慣；習以為常；屢見不鮮。

反義 不同凡響；與眾不同；獨樹一幟。

不足為訓 ㄅㄨˋ ㄗㄨˊ ㄨㄟˊ ㄒㄩㄣˋ

解釋 訓：準則。不值得作為遵循或效法的準則。

出處 《左傳．僖公二十八年》：「以臣召君，不可為訓。」

例句 他的方法雖然收效很快，但卻背離了道德與誠信原則，**不足為**

訓。

近義 不足為據；事不可取。

反義 奉為圭臬；奉為楷模；事可師法。

不足掛齒（ㄅㄨˋ ㄗㄨˊ ㄍㄨㄚˋ ㄔˇ）

解釋 掛齒：說起、提起，放在口頭上。形容事情很小，不值得一提。

出處 《水滸全傳》第八十七回：「宋江答道：『無能小將，不足掛齒。』」

例句 這點舉手之勞原是我份內之事，不足掛齒。

近義 微不足道。

反義 大書特書；沒齒難忘。

不卑不亢（ㄅㄨˋ ㄅㄟ ㄅㄨˋ ㄎㄤˋ）

解釋 卑：低下。亢：也作「抗」，高傲。態度恰如其分，既不驕傲，也不謙卑。

出處 清．曹雪芹《紅樓夢》五十六回：「他這遠愁近慮，不抗（亢）不卑，他們奶奶就不是和咱們好，聽他這一番話，也必要自愧的變好了。」

例句 就在各家廠商使出渾身解數的同時，他不卑不亢的態度，反而取得客戶的信任，得到了訂單。

近義 有禮有節；長揖不跪。

反義 妄自尊大；卑躬屈膝；夜郎自大。

不到黃河心不死（ㄅㄨˋ ㄉㄠˋ ㄏㄨㄤˊ ㄏㄜˊ ㄒㄧㄣ ㄅㄨˋ ㄙˇ）

解釋 比喻不達到目的絕不罷休。現多用來比喻不到走投無路的地步不肯死心。

出處 清．李寶嘉《官場現形記》十七回：「這種人不到黃河心不死。」

例句 他是不到黃河心不死，在沒看到結果以前，他是絕對不會罷手的。

近義 不見棺材不掉淚；不到烏江不肯休；不到船翻不跳河。

反義 半途而廢；善罷甘休；適可而止。

不屈不撓（ㄅㄨˋ ㄑㄩ ㄅㄨˋ ㄋㄠˊ）

解釋 撓：彎曲。遇到挫折或在惡勢力前不屈服、不低頭。

出處 《漢書．敘傳下》：「樂昌篤實，不橈不詘。」（橈，通「撓」。詘，通「屈」。）

解析 「撓」不能唸成ㄧㄠˊ。

例句 他一直本著不屈不撓的精神，才能一再地突破困境，從失敗中站起來。

近義 百折不撓；堅韌不拔；寧死不屈。

反義 知難而退；卑躬屈膝。

不念舊惡（ㄅㄨˋ ㄋㄧㄢˋ ㄐㄧㄡˋ ㄜˋ）

解釋 不計較別人過去犯的錯誤或個人間的仇怨。

出處 《論語·公冶長》：「伯夷叔齊，不念舊惡，怨是用希。」（希，稀少。）

例句 這次的新產品發表會，希望貴公司能**不念舊惡**，大力幫忙。

近義 犯而不較；前嫌盡釋。

反義 耿耿於懷；睚眥必報；此仇不報非君子。

不拘一格 ㄅㄨˋ ㄐㄩ ㄧˋ ㄍㄜˊ

解釋 拘：拘泥，限制；格：規格，方式。不受某種規格、方法的局限。

出處 清·鄭燮《〈隨獵詩草〉〈花問堂詩草〉跋》：「紫瓊道人讀書精而不鶩（應為『騖』）博，詩則自寫性情，不拘一格，有何古人，何況今人！」

例句 他的詩作向來是獨樹一幟、**不拘一格**，常常在挑戰讀者慣有的思考模式。

近義 另闢蹊徑；自出機杼；別出心裁。

反義 老調重彈；如法炮製；拾人牙慧。

不知所云 ㄅㄨˋ ㄓ ㄙㄨㄛˇ ㄩㄣˊ

解釋 云：說。自謙的話，表示自己語無倫次。現在指思路混亂，說話為文抓不到重點，叫人摸不著頭緒。

出處 諸葛亮〈前出師表〉：「臨表涕泣，不知所云。」

例句 他一慌張，說起話來就語無倫次，**不知所云**。

近義 語無倫次；漫無條理。

反義 有條不紊；條清理晰。

不知所措 ㄅㄨˋ ㄓ ㄙㄨㄛˇ ㄘㄨㄛˋ

解釋 措：安置，處理。不知道怎麼辦才好。形容受窘或驚慌。

出處 《三國志·吳書·諸葛恪傳》：「哀喜交並，不知所措。」

解析 「措」不寫成「錯」。

例句 知道小妹失蹤的消息後，他便六神無主，**不知所措**。

近義 手忙腳亂；手足無措。

反義 不慌不忙；從容不迫；措置裕如。

不知進退 ㄅㄨˋ ㄓ ㄐㄧㄣˋ ㄊㄨㄟˋ

解釋 形容言語行動沒有分寸，輕舉妄動。

出處 宋·洪邁《容齋續筆·名將晚謬》：「慕容紹宗挫敗侯景，一時將帥皆莫及，而攻圍潁川，不知進退，赴水而死。」

例句 現正值危急存亡之秋，你卻這樣**不知進退**，差點壞了大事。

不近人情 ㄅㄨˋ ㄐㄧㄣˋ ㄖㄣˊ ㄑㄧㄥˊ

解釋 指性情或行為怪異，不合常理。

出處 《莊子·逍遙遊》：「大有逕庭，不近人情焉。」

例句 他不是走投無路，也不會求助於你，你現在拒絕他，未免太不近人情。

近義 不近情理；不通人情；言行乖張。

反義 通情達理。

不省人事 ㄅㄨˋ ㄒㄧㄥˇ ㄖㄣˊ ㄕˋ

解釋 省：知道。因昏迷而失去了知覺。也指不懂得人情世故。

出處 《張協狀元》戲文第三十二齣：「那勝花娘子……緊閉牙關，都不省人事。」

解析 「省」不能唸成ㄕㄥˇ。

例句 他出車禍以來一直昏迷，不省人事，情況恐怕不太樂觀。

近義 昏迷不醒；蒙昧無知。

反義 神清氣全；神清氣爽；通情達理。

不相上下 ㄅㄨˋ ㄒㄧㄤ ㄕㄤˋ ㄒㄧㄚˋ

解釋 分不出高低、好壞。形容程度相當。

出處 唐．陸龜蒙《甫里集．蠹化》：「桔之蠹……翳葉仰齒，如飢蠶之速，不相上下。」

例句 這兩部入圍電影的品質不相上下，令評審們大為頭痛。

近義 不分軒輊；伯仲之間；棋逢敵手；勢均力敵。

反義 大相逕庭；天差地遠；天壤之別；眾寡不敵。

不約而同 ㄅㄨˋ ㄩㄝ ㄦˊ ㄊㄨㄥˊ

解釋 事先沒有約定而彼此的看法或行動卻完全一致。

出處 《史記．平津侯主父列傳》：「（陳勝吳廣）不謀而俱起，不約而同會。」

解析 「不約而同」和「不謀而合」略有不同，「不約而同」重在事前沒有相約，指具體行動；「不謀而合」重在事前沒有商量，多指想法、看法。

例句 昨天有部新片上檔，大家竟不約而同地都去看了這部電影。

近義 不謀而合；不謀而同；英雄所見略同。

不衫不履 ㄅㄨˋ ㄕㄢ ㄅㄨˋ ㄌㄩˇ

解釋 衫：上衣；履：鞋。不著上衣，不穿鞋子。衣著不整齊的樣子。形容性情灑脫，不拘小節。

出處 《太平廣記．杜光庭〈虯髯客傳〉》：「不衫不履，裼（ㄒㄧˋ）裘而來。」（裼，袒開或脫去上衣。）

例句 他是個非常豁達、不衫不履的人，這點小事，他是不會放在心上的。

不忮不求 ㄅㄨˋ ㄓˋ ㄅㄨˋ ㄑㄧㄡˊ

解釋 忮：嫉妒；求：貪求。不嫉妒也不貪求。

出處《詩經．邶風．雄雉》：「不忮不求，何用不臧。」

例句 面對媒體一再地追問，他表示他的態度是**不忮不求**。

不苟言笑 ㄅㄨˋ ㄍㄡˇ ㄧㄢˊ ㄒㄧㄠˋ

解釋 苟：苟且，隨便。不隨便談笑說話。形容一個人的態度莊嚴穩重。

出處 語本《禮記．曲禮上》：「不苟笑」。

解析 「苟」不可讀寫成「拘（ㄐㄩ）」，也不寫成「狗」。

例句 他**不苟言笑**的態度，令人覺得非常難以親近。

近義 一本正經；正言厲色；笑比河清。

反義 談笑風生；嘻皮笑臉；謔浪笑傲。

不修邊幅 ㄅㄨˋ ㄒㄧㄡ ㄅㄧㄢ ㄈㄨˊ

解釋 邊幅：本指布帛的邊緣，引申為人的儀表、衣著。形容不拘小節。也比喻不注意衣衫、儀容的整潔。

出處 北齊．顏之推《顏氏家訓．序致》：「肆欲輕言，不修邊幅。」

解析 「不修邊幅」指不注重儀容、衣著；「不拘小節」指不注意生活細節瑣事，範圍較廣泛。

例句 他經營的公司倒閉後，終日精神恍惚，**不修邊幅**，彷彿換了個人似的。

近義 不拘小節；粗服亂頭；蓬頭垢面。

反義 衣冠楚楚；儀表堂堂。

不倫不類 ㄅㄨˋ ㄌㄨㄣˊ ㄅㄨˋ ㄌㄟˋ

解釋 倫：類；不倫：不同類。既不像這一類，也不像那一類。形容事物的外表或人的行為不正派或不合常態。

出處《紅樓夢》第六十七回：「王夫人聽了，早知道來意了。又見他說的不倫不類，也不便不理他。」

解析 「不倫不類」、「不三不四」可用來形容人來路不明、不正派，「非驢非馬」則沒有這種用法。

例句 時下年輕人不拘窠臼的思考模式，在老一輩人的眼裏，簡直是**不倫不類**。

近義 不三不四；非驢非馬。

不屑一顧 ㄅㄨˋ ㄒㄧㄝˋ ㄧˊ ㄍㄨˋ

解釋 不屑：不值得；顧：看。形容對某事物看不起，認為不值得一看。

出處 清．章學誠《章氏遺書補遺．上朱大司馬論文》：「而昌黎之於史學，實無所解……其敘列古人，若屈、孟、馬、揚之流，直以太史百三十篇與相如、揚雄辭賦同觀，以至規矩方圓如孟堅，卓識別裁如承祚，而不屑一顧盼焉，安可以言史學哉！」

例句 他過慣了奢華的生活，對這一點小錢根本是不屑一顧。

近義 付之一笑；嗤之以鼻。

反義 另眼相看；刮目相看。

不差累黍 ㄅㄨˋ ㄔㄚ ㄌㄟˇ ㄕㄨˇ

解釋 累、黍：古代兩種微小的重量單位名。

形容絲毫不差，也作「不失累黍」。

出處 《漢書．律歷志上》：「權輕重者，不失累黍。」

例句 他有多年的辦案經驗，揣測歹徒的行蹤，幾乎是不差累黍。

不恥下問 ㄅㄨˋ ㄔˇ ㄒㄧㄚˋ ㄨㄣˋ

解釋 不以向學問比自己差或職位比自己低的人請教為可恥。形容肯虛心向別人學習。

出處 《論語．公冶長》：「敏而好學，不恥下問。」

解析 「不恥下問」和「虛懷若谷」都表示為人謙虛，但「不恥下問」是主動向人請教或徵求意見，以改進工作；「虛懷若谷」則指心胸廣闊，能接受別人的意見，能容人。

例句 他雖具有博士學位，對自己不懂的事，仍勇於不恥下問。

近義 詢于芻蕘；聖人無常師。

反義 目空一切；自以為是；妄自尊大。

不能越雷池一步 ㄅㄨˋ ㄋㄥˊ ㄩㄝˋ ㄌㄟˊ ㄔˊ ㄧˊ ㄅㄨˋ

解釋 雷池：湖名，在安徽望江縣。比喻界限非常嚴明，一步也不能越過。

出處 《晉書．庾亮傳》記載，東晉成帝時，蘇峻藉反對庾亮為名，起兵攻打建康，而江州都督溫嶠知道後要帶兵去保衛建康，庾亮知道後，立刻寫信給溫嶠：「吾憂西陲，過於歷陽，足下無過雷池一步也。」意思是叫他待在原地，不要越過雷池到京城來。

例句 警方出動大批人力封鎖現場，使歹徒不能越雷池一步。

反義 破門而出；如入無人之境。

不偏不倚 ㄅㄨˋ ㄆㄧㄢ ㄅㄨˋ ㄧˇ

解釋 倚：偏。不偏向任何一方。

出處 宋．朱熹《中庸章句》注：「中庸者，不偏不倚，無過不及。」

例句 一顆全壘打球不偏不倚地擊中一位觀眾的頭部，讓他當場血流如注。

近義 中庸之道；無偏無黨。

反義 厚此薄彼；重此輕彼。

不動聲色 ㄅㄨˋ ㄉㄨㄥˋ ㄕㄥ ㄙㄜˋ

解釋 色：表情。不說話也沒有什麼表情。形容非常鎮靜、沈著。

出處 宋．歐陽修《歐陽文忠集．相州書錦堂記》：「至於臨大事，決大議，垂紳正笏，不動聲色，而措天下於泰山之安，可謂社稷之臣也。」

解析 「不動聲色」重在語言、表情沒有變化；「若無其事」重在行動舉止沒有改變。

例句 此刻情勢對我們相當不利，大家最好**不動聲色**，沈著應對。

近義 不動行色；若無其事。

反義 喜怒於色；聲色俱厲。

不情之請（ㄅㄨˋ ㄑㄧㄥˊ ㄓ ㄑㄧㄥˇ）

解釋 不近人情的要求。通常用作要求別人幫忙的客氣話。

出處 清．紀昀《閱微草堂筆記．灤陽消夏錄二》：「能邀格外之惠，還妾屍於彼墓，當生生世世，結草銜環。不情之請，唯君圖之！」

例句 這是我最後的辦法了，只希望你能夠答應這個**不情之請**。

不教而誅（ㄅㄨˋ ㄐㄧㄠˋ ㄦˊ ㄓㄨ）

解釋 教：教育；誅：殺戮。事先不教化百姓，不告訴百姓什麼是錯的，只要一觸犯就加以處罰或殺戮。

出處 《論語．堯曰》：「不教而殺謂之虐。」

例句 他現在的年紀根本是非不分，直接判他入獄就是**不教而誅**。

不速之客（ㄅㄨˋ ㄙㄨˋ ㄓ ㄎㄜˋ）

解釋 速：邀請。沒有經過邀請而自己來的客人。指意想不到的客人。

出處 《周易．需》：「有不速之客三人來，敬之終吉。」

解析 「速」不解釋成「迅速」。

例句 大家正在慶祝時，忽然來了一位**不速之客**，破壞了現場的氣氛。

近義 不召自來；不請自來。

不脛而走（ㄅㄨˋ ㄐㄧㄥˋ ㄦˊ ㄗㄡˇ）

解釋 脛：小腿；走：快跑。沒有腿而跑得很快。比喻事物用不著推行，就迅速地傳播、流行開來。

出處 劉勰《新論》：「玉無翼而飛，珠無脛而行。」

解析 「脛」不寫成「徑」。

例句 這件新聞警方雖然下令嚴加封鎖，但消息依然**不脛而走**。

反義 秘而不宣。

不逞之徒（ㄅㄨˋ ㄔㄥˇ ㄓ ㄊㄨˊ）

解釋 不逞：欲望沒能得到滿足。心懷不滿而搗亂鬧事的人。

出處 《左傳．襄公十年》：「故五族聚群不逞之人，因公子之徒以作亂。」

解析 「不逞之徒」多指搗亂鬧事的人；「不肖之徒」多指為非作歹的人。

例句 現今社會道德淪喪，處處可見**不逞之徒**肇事作亂。

近義 亡命之徒；不肖之徒。

反義 正人君子；志士仁人。

不勞而獲（ㄅㄨˋ ㄌㄠˊ ㄦˊ ㄏㄨㄛˋ）

解釋 原指不費勞力而獲得收成，現多指自己不努力而占有或享受別人的辛勞成果。

出處 《孔子．家語．入官》：「所求于邇，故不勞而得也。」

解析 「不勞而獲」偏重在自己不費勞力，而得到或占有別人的成果；「坐享其成」偏重在坐等享受別人的成果。

例句 現今社會貧富不均，財富得來太容易，造成許多人想不勞而獲。

近義 坐收漁利；坐享其成；漁翁得利。

反義 自力更生；自食其力。

不勝其煩（ㄅㄨˋ ㄕㄥ ㄑㄧˊ ㄈㄢˊ）

解釋 勝：禁得起。繁瑣得令人不能忍受。

出處 宋．陸游《老學庵筆記》三：「於是不勝其煩人情厭患（惡）。」

例句 自從他作品得獎的消息走漏後，每天面對無數媒體的訪問，令他不勝其煩。

近義 不堪其擾。

反義 不厭其煩。

不勝枚舉（ㄅㄨˋ ㄕㄥ ㄇㄟˊ ㄐㄩˇ）

解釋 枚舉：一個一個地列舉出來。形容數目很多，不能一個個地列舉出來。

出處 清．錢大昕《十駕齋養新錄．藝文志脫漏》：「而宋人撰述不見於志者，又復不勝枚舉。」

例句 這項計畫中的疏失，簡直是不勝枚舉，難怪一行動就失敗了。

近義 不可勝數；不計其數；舉不勝舉。

反義 屈指可數；寥若晨星；寥寥無幾。

不堪設想（ㄅㄨˋ ㄎㄢ ㄕㄜˋ ㄒㄧㄤˇ）

解釋 堪：能。預料將來的結果很壞或很危險。

出處 清．宣鼎《夜雨秋燈錄．刑房吏》：「翁閱至此，恍然曰：『此訟徒也，必與其子孫有深隙，意購此卷去，族滅一門，不堪設想。』」

解析 「不堪設想」和「不可思議」都有不能想像的意思，但「不堪設想」適用於前景危險或後果很不好的事物；「不可思議」則適用於奧妙神奇的事物或深奧的道理。

例句 如果綁匪知道我們報了案，後果就不堪設想了。

反義 不出所料；始料所及；意料之中。

不寒而慄（ㄅㄨˋ ㄏㄢˊ ㄦˊ ㄌㄧˋ）

解釋 慄：打顫，發抖。不寒冷而發抖。形容非常害怕。

出處 《史記．酷吏列傳》：「是日皆報殺四百餘人，其後郡中不寒而慄。」

解析 「慄」不寫成「粟（ㄙㄨˋ）」或「票（ㄆㄧㄠˋ）」。

例句 歹徒的殘暴和毫無人性，令人想起就覺得**不寒而慄**。

近義 心驚肉跳；毛骨悚然；膽戰心驚。

反義 了無懼色；無所畏懼。

不期而然 ㄅㄨˋ ㄑㄧˊ ㄦˊ ㄖㄢˊ

解釋 期：希望；然：如此。表示出乎意料之外。也說「不期然而然」。

出處 清．李漁《笠翁文集．喬復生王再來二姬傳》：「事之不期然而然者，往往不一而足。」

例句 原本大家對此事已不抱任何希望，沒想到竟**不期而然**地成功了。

近義 不約而同；出乎意料；始料不及。

反義 始料所及；料想如此；意料之中。

不期而遇 ㄅㄨˋ ㄑㄧˊ ㄦˊ ㄩˋ

解釋 期：約定日期。沒有事先約定卻在無意間碰上。也說「不期而會」。

出處 《穀梁傳．隱公八年》：「不期而會曰遇。」

解析 「不期而遇」多半指認識的人未經約定偶然相遇；「萍水相逢」指多半原先不認識的人偶然相遇。

例句 這些年來他們早已失去聯繫，沒想到今天竟在街上**不期而遇**。

近義 不期而會；邂逅相遇。

反義 失之交臂；燕約鶯期。

不欺暗室 ㄅㄨˋ ㄑㄧ ㄢˋ ㄕˋ

解釋 即使獨處在暗室中，也光明磊落，不做虧心事。

出處 駱賓王〈螢火賦〉：「類君子之有道，入暗室而不欺。」

例句 他為人光明磊落、**不欺暗室**，絕不會使這種小手段的。

近義 不愧屋漏。

不痛不癢 ㄅㄨˋ ㄊㄨㄥˋ ㄅㄨˋ ㄧㄤˇ

解釋 指事情無關緊要，或做事不徹底。

出處 《水滸全傳》第七回：「不癢不痛，渾身上或寒或熱；沒撩沒亂，滿腹中又飽又飢。」

例句 這麼少的罰金對許多業者來說根本是**不痛不癢**，他們寧可罰錢也不願改善設備。

近義 不關痛癢；無關緊要。

反義 一針見血；至關緊要；舉足輕重。

不登大雅之堂 ㄅㄨˋ ㄉㄥ ㄉㄚˋ ㄧㄚˇ ㄓ ㄊㄤˊ

解釋 大雅：高貴風雅；堂：廳堂。粗俗的文藝作品或粗俗的事物，有時也指沒有見過大場面的或不配參與大場面的人。

出處 明《一統志》記載：宋黃庭堅謫四川戎州時曾說：「安得奇士，盡刻杜甫兩川及夔州詩，使不雅之音復盈三八之耳哉」，楊素知道了，便在四川眉山建一殿堂，請黃庭堅寫上杜甫的詩，並將此堂命名為大雅。

例句 這種不登大雅之堂的作品，還是不發表的好。

近義 不登大雅。

反義 文質彬彬；高貴典雅；雅俗共賞。

不祧之祖（ㄅㄨˋ ㄊㄧㄠ ㄓ ㄗㄨˇ）

解釋 祧：古代帝王遠祖的祠堂；不祧：古代帝王家廟（祠堂）中祖先的神主，輩份遠的要依次遷入祧廟合祭，只有始祖（創業的第一代）永不遷入祧廟，因此叫「不祧」。不遷入祧廟的祖先。比喻創業的人或不可廢除的事物。

出處 清．梁章鉅《退庵論文》：「《史記》《漢書》兩家，乃文章不祧之祖，不可不熟讀。」

例句 他可是創黨的不祧之祖，要解決現在的紛爭，只有請他出馬了。

不稂不莠（ㄅㄨˋ ㄌㄤˊ ㄅㄨˋ ㄧㄡˇ）

解釋 稂：狼尾草；莠：狗尾草；稂、莠都是和穀子相似的野草。原指田中沒有野草。後專指既不像稂，又不像莠，比喻一個人不成材或沒有出息。

出處 《詩經．小雅．大田》：「既堅既好，不稂不莠。」

解析 「稂」不能唸成ㄌㄧㄤˊ，「莠」不能唸成ㄒㄧㄡˋ。

例句 他已經三十出頭卻依然遊手好閒，不稂不莠，令他父母十分擔心。

近義 不郎不秀；郎不郎，秀不秀。

反義 孺子可教。

不絕如縷（ㄅㄨˋ ㄐㄩㄝˊ ㄖㄨˊ ㄌㄩˇ）

解釋 絕：斷；縷：細線。原來比喻形勢非常危急，只有一線相連。後來也比喻事物不間斷或聲音微弱而悠長。原作「不絕若線」。

出處 《公羊傳．僖公四年》：「中國不絕若線。」

解析 「縷」不讀ㄌㄡˇ。

例句 期望改革的聲音，數十年來不絕如縷，未曾稍斷。

近義 千鈞一髮；岌岌可危；綿綿不斷。

反義 戛然而止。

不著邊際（ㄅㄨˋ ㄓㄠˊ ㄅㄧㄢ ㄐㄧˋ）

解釋 著：接觸到。比喻說話做事不切合實際情況。也作「不落邊際」。

出處 《水滸傳》第十八回：「在此不著邊際，怎生奈何？」

解析 「著」讀ㄓㄠˊ，不讀ㄓㄨㄛˊ、˙ㄓㄜ。

例句 他在記者會上從不正面回答記者問題，儘說些不著邊際的話。

近義 離題萬里；漫無邊際。

反義 一針見血；一語道破；切中要害。

不愧不怍

解釋 愧、怍：慚愧。形容人的行為光明磊落，問心無愧。

出處 《孟子．盡心上》：「仰不愧於天，俯不怍於人，二樂也。」

例句 他這輩子向來以誠待人，即使被逼下台，也自認**不愧不怍**。

近義 不欺暗室；不愧屋漏；俯仰無愧。

不愧屋漏

解釋 屋漏：古代屋內西北角安設小帳安放神像而不為人見的地方。雖在沒人的地方也行事端正，所做所為無愧於神明。

出處 《詩經．大雅．抑》：「相在爾室，尚不愧於屋漏。」

例句 他行事向來光明磊落，**不愧屋漏**，沒想到竟遭小人誣陷，黯然下台。

近義 不欺暗室；不愧不怍；俯仰無愧。

不經一事，不長一智

解釋 不經歷那件事情，就不能增長關於那件事情的知識。指智慧因閱歷漸廣而增加，一般指經過失敗取得教訓。原作「不因一事，不長一智。」

出處 《紅樓夢》第六十回：「俗語說：『不經一事，不長一智。』我如今知道了。」

解析 「智」不寫成「知」。

例句 經過這次事件他終於懂得要如何保護自己，真是**不經一事，不長一智**。

近義 吃一塹，長一智。

反義 重蹈覆轍。

不義之財

解釋 不應該得到的或來路不明的財物。

出處 漢．劉向《列女傳．母儀》：「田稷子相齊，受下吏之貨金百鎰，以遺其母。母曰：『子為相三年矣，祿未嘗多若此也，安所得此？』曰：『誠受之於下。』其母曰：『云云。不義之財，非吾有也；不孝之子，非吾子也。子起！』田稷子慚而出，反其金，自歸罪於齊王，請就誅焉。宣王聞之，大賞其母之義，遂捨稷子之罪。」（貨，賄賂。鎰，古代重量單位，二十兩或二十四兩。）

例句 你如果收了這筆**不義之財**，將來恐怕永無寧日，勸你三思而後行啊！

不落窠臼

解釋 窠臼：舊格式。

比喻不落俗套，有獨創風格。多指文章、藝術等創作品。

出處 宋．吳可〈學詩〉詩：「跳出少陵窠臼外，丈夫志氣本沖天。」（少陵，指杜甫。）

解析 「窠」不讀寫成「窩（ㄨㄛ）」或「巢（ㄔㄠˊ）」。

例句 近年來有許多新銳導演崛起，拍片風格都能獨樹一幟，不落窠臼。

近義 不落俗套；別具一格；別開生面；獨出心裁；獨闢蹊徑。

反義 因循守舊；如法炮製；墨守成規；依樣畫葫蘆。

不虞之譽 ㄅㄨˋ ㄩˊ ㄓ ㄩˋ

解釋 虞：預料；譽：稱讚。原來沒有料想到的讚揚。

出處 《孟子．離婁上》：「有不虞之譽，有求全之毀。」

例句 我不過隨手幫個忙，竟然得此不虞之譽，實在慚愧。

不違農時 ㄅㄨˋ ㄨㄟˊ ㄋㄨㄥˊ ㄕˊ

解釋 農民農作物耕種、管理、收穫的季節，都能按時興作，不被干擾。

出處 《孟子．梁惠王上》：「不違農時，穀不可勝食也。」

例句 一個體恤民意的政府必須不違農時，處處為民眾設想。

不聞不問 ㄅㄨˋ ㄨㄣˊ ㄅㄨˋ ㄨㄣˋ

解釋 聞：聽。不聽也不問有關事情的情況。形容對事情漠不關心。

出處 《兒女英雄傳》首回：「（唐明皇）除了選色徵歌之外，一概付之不聞不問。」

解析 「不聞不問」、「充耳不聞」都含有「不理睬」的意思。但「不聞不問」表示不關心，不過問；「充耳不聞」表示佯作沒聽到，拒絕別人的意見。

例句 社會上發生如此重大的刑案，你身為部長怎能不聞不問。

近義 充耳不聞；置若罔聞；漠不關心。

反義 噓寒問暖；體貼入微。

不舞之鶴 ㄅㄨˋ ㄨˇ ㄓ ㄏㄜˋ

解釋 譏笑人無能，有時也用來自謙。

出處 南朝．宋．劉義慶《世說新語．排調》記載，羊祜養了一隻鶴會舞蹈，有一次客人要求表演，那鶴卻一直不肯起舞。

例句 他雖然長得非常高壯，卻是隻不舞之鶴，對各類運動一點也不在行。

不稼不穡 ㄅㄨˋ ㄐㄧㄚˋ ㄅㄨˋ ㄙㄜˋ

解釋 稼：播種五穀；穡：收穫穀物。指不種田（工作）。

出處 《詩．魏風．伐檀》：「不稼不穡，胡取禾三百廛（ㄔㄢˊ）兮？」（廛，古代指一個農民所種的田。）詩的意思是，你不種田，不收割，為什麼要收三百個農民種的田裏的穀物？

例句 許多現代人**不稼不穡**，卻能投機致富，造成許多不勞而獲的錯誤觀念。

不蔓不枝 ㄅㄨˋ ㄇㄢˋ ㄅㄨˋ ㄓ

解釋 本來是說蓮莖不蔓生也不分枝。後用來稱讚文章簡潔流暢。

出處 宋．周敦頤《愛蓮說》：「中通外直，不蔓不枝。」

例句 他的文章**不蔓不枝**，正如他的人一般，從沒有一句廢話。

近義 言簡意賅；要言不煩。

反義 生拉硬扯；拖泥帶水。

不學無術 ㄅㄨˋ ㄒㄩㄝˊ ㄨˊ ㄕㄨˋ

解釋 學：學識，學問；術：技術。譏諷人沒有學問，沒有本領。

出處 《漢書．霍光傳》：「然光不學亡術，暗於大理。」（亡，通「無」。）

解析 「不學無術」和「胸無點墨」都可以形容學識淺薄，但「不學無術」還兼指沒有本事或能力；「胸無點墨」則只強調沒有學問。

例句 他整天遊手好閒，**不學無術**，縱使家財萬貫也終有敗光的一天。

近義 胸無點墨。

反義 博學多才；博學多能；學富五車。

不謀而合 ㄅㄨˋ ㄇㄡˊ ㄦˊ ㄏㄜˊ

解釋 謀：商量。事前沒有經過商量而彼此的意見或行動一致。

出處 晉．干寶《搜神記》卷二：「二人之言，不謀而合。」

解析 「不謀而合」和「不約而同」意義相似而有別，「不約而同」重在沒有相約，多指具體行動；「不謀而合」重在沒有商量，多指想法、主張、理想的相合。

例句 敵對公司的新產品，竟與我們**不謀而合**，不免令人懷疑公司中有人洩秘。

近義 不約而同；英雄所見略同。

反義 各行其是；同床異夢；齟齬不合。

不辨菽麥 ㄅㄨˋ ㄅㄧㄢˋ ㄕㄨˊ ㄇㄞˋ

解釋 菽：豆類。分不清豆子和麥子。形容愚昧無知。現指見識膚淺，缺乏實際知識。

出處 《左傳．成公十八年》：「周子有兄而無慧，不能辨菽麥。」

解析 「菽（ㄕㄨˊ）」不可讀寫成「椒（ㄐㄧㄠ）」。

例句 他從小就受到家人過分的溺愛保護，使他**不辨菽麥**，毫無生活能力。

近義 五穀不分。

不遺餘力（ㄅㄨˋ ㄧˊ ㄩˊ ㄌㄧˋ）

解釋 遺：留下。
毫無保留地把所有的力量全部使出來。

出處 《戰國策．趙策三》：「王曰：『秦之攻我也，不遺餘力矣，必以倦而歸也。』」

解析 「不遺餘力」、「盡心竭力」都有把所有的力量全部使出來的意思。但「盡心竭力」除了盡全力的意思外，還有「盡心」之意，是「不遺餘力」所沒有的。

例句 他在走紅之餘，對公益活動向來是**不遺餘力**、竭盡所能地回饋社會。

近義 全力以赴；竭盡全力；傾巢出動。

反義 拈輕怕重；好逸惡勞。

不翼而飛（ㄅㄨˋ ㄧˋ ㄦˊ ㄈㄟ）

解釋 翼：翅膀。
沒有翅膀卻突然飛去。比喻東西無故遺失。

出處 《管子．戒》：「管仲復於桓公曰：『無翼而飛者，聲也；無根而固者，情也；無方而富者，生也。』」

例句 我們一路上小心謹慎帶回的骨董花瓶，竟然在家中**不翼而飛**。

近義 無翼而飛。

反義 失而復得；合浦珠還。

不避湯火（ㄅㄨˋ ㄅㄧˋ ㄊㄤ ㄏㄨㄛˇ）

解釋 湯：滾燙的水。
形容不畏艱險，奮勇向前。

出處 《尹文子．大道上》：「越王勾踐謀報吳，欲人之勇，路逢怒蛙而軾之。比及數年，民無長幼，臨敵，雖湯火不避。」

例句 為了求得公理正義，宣揚革命理念，大夥都**不避湯火**，奮勇向前。

不豐不殺（ㄅㄨˋ ㄈㄥ ㄅㄨˋ ㄕㄚ）

解釋 豐：滿；殺（舊讀ㄕㄚˋ）：減少。
原指不奢侈，也不節省。後也表示數量不增不減。

出處 《禮記．禮器》：「禮不同，不豐不殺。」疏：「不豐者，應少不可多，是不豐也；不殺者，應多不可少，是不殺也。」

例句 奶奶的八十大壽辦得**不豐不殺**，賓主盡歡。

不識一丁（ㄅㄨˋ ㄕˋ ㄧ ㄉㄧㄥ）

解釋 連最簡單的「丁」字也不認識；一說「丁」是「個」字之誤，形容人一個字也不認識。又作「目不識丁」。

出處 《新唐書．張宏靖傳》：「天下無事，爾輩挽兩石弓，不如識一丁字。」

解析 「不識一丁」、「胸無點

墨」，都形容人沒有學問。「不識一丁」偏重於一字不識；「胸無點墨」偏重於沒有一點學識。

例句 這次政府失職而引起的民怨，就算是**不識一丁**的莽夫也憤而走上街頭。

近義 不識之無。

反義 滿腹經綸；學富五車。

不識大體（ㄅㄨˋ ㄕˋ ㄉㄚˋ ㄊㄧˇ）

解釋 大體：關係全局的道理。
不懂得有關大局的道理。也作「不知大體」。

出處 漢．桓譚《新論．言體》：「是以軍合則損，士眾散走；咎在不擇將。將與主俱不知大體者也。」

例句 在現在這個非常時期要懂得顧全大局，不要這麼**不識大體**。

近義 不達大體；不明大體；不知輕重。

反義 通盤考慮；顧全大局。

不識之無（ㄅㄨˋ ㄕˋ ㄓ ㄨˊ）

解釋 連最常見的「之」和「無」都不認識，形容人不識字，文化水準低。

出處 《唐書．白居易傳》：「其始生七月能展書，拇指之無兩字，雖試百數次不差。」

例句 地方上的選舉充斥著暴力、黑金，連這種**不識之無**的地痞流氓都選上了。

近義 不識一丁；目不識丁。

反義 腹笥便便；滿腹經綸。

不識抬舉（ㄅㄨˋ ㄕˋ ㄊㄞˊ ㄐㄩˇ）

解釋 抬舉：提拔。
責備人不知道或不肯接受別人的禮遇優待，反而辜負了別人的好意。

出處 明．高則誠《琵琶記．激怒當朝》：「告相公，這蔡狀元不識抬舉，恁般一頭好親事作成他，他倒千推萬阻。」

解析 「不識抬舉」、「不識好歹」都可表示辜負了別人對自己的好意。但「不識抬舉」有責備人不懂得別人對自己器重、提拔、稱讚的意思；「不識好歹」除了表示不懂得別人對自己的好意外，還可比喻不辨是非利害。

例句 他費盡心力提拔你，你卻毫不領情，難怪他要罵你**不識抬舉**了。

近義 不中抬舉；不識好歹。

反義 知情識趣。

不識時務（ㄅㄨˋ ㄕˋ ㄕˊ ㄨˋ）

解釋 時務：當前的潮流和形勢。
不認識當前的潮流和形勢。

出處 《後漢書．張霸傳》記載，東漢安帝時，鄧太后的哥哥鄧騭（ㄓˋ）專斷朝政，聽說張霸很有名望，就想與他結交，張霸疑惑不答，眾人笑其不識時務。

例句 他為了堅持自己的理想，寧願放棄都市中高薪的工作，而到鄉下當義工，難怪大夥都說他不識時務。

近義 不知好歹；不知進退。

反義 知世達務；審時度勢；識時達務。

不關痛癢 ㄅㄨˋ ㄍㄨㄢ ㄊㄨㄥˋ ㄧㄤˇ

解釋 比喻一件事無關緊要，沒有利害關係。

出處 《紅樓夢》第八回：「這裏雖還有兩三個老婆子，都是不關痛癢的，見李媽走了，也都悄悄的自尋方便去了。」

例句 為了安撫民眾的情緒，政府便隨便找幾個不關痛癢的官員下台。

近義 不痛不癢；浮皮搔癢；無關痛癢。

反義 一針見血；切中要害；舉足輕重。

不露圭角 ㄅㄨˋ ㄌㄡˋ ㄍㄨㄟ ㄐㄧㄠˇ

解釋 圭角：圭玉的稜角，比喻鋒芒。比喻不露鋒芒。

出處 宋．朱熹《朱子語類．論語》：「如寧武子，雖冒昧向前，不露圭角。」

例句 他雖然年紀很輕就有很大的成就，但卻能不露圭角，謙虛待人。

反義 鋒芒畢露。

不露聲色 ㄅㄨˋ ㄌㄡˋ ㄕㄥ ㄙㄜˋ

解釋 聲色：說話的聲音和臉上的表情。不讓心裏想的主意從說話和表情上流露出來。

出處 《資治通鑑．唐玄宗開元二十四年》：「好以甘言啖人，而陰中傷不露辭色。」

解析 「不露聲色」重在語言、表情的表現；「行若無事」重在行動舉止的表現。

例句 警方不露聲色地在此地佈署了龐大的警力，一舉逮捕了通緝犯。

近義 不動聲色；不動形色；行若無事。

反義 怒形於色；聲色俱厲。

不羈之材 ㄅㄨˋ ㄐㄧ ㄓ ㄘㄞˊ

解釋 羈：馬籠頭，比喻束縛。不受束縛的非凡之才。

出處 漢．司馬遷〈報任安書〉：「僕少負不羈之才，長無鄉曲之譽。」

例句 他從小就是個不受禮法拘束的不羈之材，常會有一些驚世駭俗的驚人之舉。

近義 不羈之士；逸材之人。

反義 凡夫俗子；平庸之輩；碌碌士子。

四畫

世代簪纓 ㄕˋ ㄉㄞˋ ㄗㄢ ㄧㄥ

解釋 世代：累世；纓：繫在頷下的帽帶，簪、纓，都是古代達官貴人的冠飾。

舊指世世代代都做高官的人家。

出處 《三國演義》六十回：「（張）松曰：『久聞公世代簪纓，何不立於廟堂，輔佐天子，乃區區作相府門下一吏乎？』」

例句 這一家人世代簪纓，是地方上非常有聲望的人家。

世外桃源 ㄕˋ ㄨㄞˋ ㄊㄠˊ ㄩㄢˊ

解釋 比喻理想中與世隔絕、生活安樂的人間樂土。

出處 晉．陶潛〈桃花源記〉描寫了一個與世隔絕、沒有遭受戰亂，安樂而美好的社會。

解析 「桃源」不寫成「桃園」。

例句 這個社區的環境優美寧靜，左右鄰居都能守望相助，真是人人嚮往的世外桃源。

近義 烏托邦；洞天福地。

反義 人間地獄。

世態炎涼 ㄕˋ ㄊㄞˋ ㄧㄢˊ ㄌㄧㄤˊ

解釋 世態：指社會上的人情事故，多指趨炎附勢；炎：熱，指親熱；涼：指冷淡。
形容世俗情態的冷暖盛衰與人心的反覆無常。

出處 《元曲選．無名氏〈凍蘇秦〉四》：「也索把世態炎涼心中暗忖。」

解析 「世態炎涼」指社會中充滿了趨炎附勢的人；「世風日下」指社會風氣越來越壞。

例句 歹徒在光天化日下行搶，卻沒有一個路人願意挺身相助，真是世態炎涼。

近義 世風日下；世情冷暖。

反義 不通世故；民淳俗厚。

五畫

丟三落四 ㄉㄧㄡ ㄙㄢ ㄌㄚˋ ㄙˋ

解釋 形容人非常健忘。也作「丟三忘四」。

出處 《紅樓夢》第六十七回：「咱們家沒人，俗語說的『夯（ㄏㄤ）雀兒先飛』，省的臨時丟三落四的不齊全，令人笑話。」

解析 「落」不能唸成ㄌㄨㄛˋ。

例句 他向來是丟三落四的個性，這麼重要的事，怎能交給他辦呢！

反義 過目不忘。

丟卒保車 ㄉㄧㄡ ㄗㄨˊ ㄅㄠˇ ㄐㄩ

解釋 象棋戰術用語。比喻犧牲次要的，保住主要的。

解析 「車」不能唸成ㄔㄜ。

例句 政府這種丟卒保車隨便找個代罪羔羊的作法，是無法平息民怨的。

丟盔棄甲 ㄉㄧㄡ ㄎㄨㄟ ㄑㄧˋ ㄐㄧㄚˇ

解釋 盔、甲：古代作戰時用的護頭帽和護身鐵。
形容作戰大敗後逃跑的狼狽相，也可比喻一般事情的失敗。

例句 在民眾團結一致，炮聲連連的抨擊下，這位怠忽職守的官員只有丟盔棄甲匆促下台。

近義 一敗塗地；落花流水；棄甲曳兵。

反義 得勝回朝；旗開得勝；滿載而歸。

七畫

並日而食 ㄅㄧㄥˋ ㄖˋ ㄦˊ ㄕˊ

解釋 並日：兩天合併成一天。兩天吃一天的飯，形容生活非常窮困。

出處 《禮記．儒行》：「篳門圭窬，蓬戶甕牖，易衣而出，並日而食。」

例句 為了實現自己的理想，就算是窮得並日而食他也要堅持下去。

近義 一貧如洗；三旬九食；家徒四壁。

反義 揮金如土；錦衣玉食；豐衣足食。

並行不悖 ㄅㄧㄥˋ ㄒㄧㄥˊ ㄅㄨˋ ㄅㄟˋ

解釋 悖：違背，抵觸。同時進行，彼此互不抵觸。

出處 《禮記．中庸》：「萬物並育而不相害，道並行而不相悖。」

解析 「並行不悖」指事物同時進行，彼此沒有矛盾；「齊頭並進」則僅指幾件事同時進行；「雙管齊下」可指兩件事情同時進行，也可指一件事同時採用兩種辦法進行。

例句 理想與現實有時難以並行不悖，如果能夠兼顧真是世上最難得的幸福。

近義 齊頭並進；雙管齊下。

反義 背道而馳。

並駕齊驅 ㄅㄧㄥˋ ㄐㄧㄚˋ ㄑㄧˊ ㄑㄩ

解釋 並駕：幾匹馬並排拉一輛車；齊驅：一齊快跑。比喻在地位、程度上齊頭並進，不分上下。

出處 南朝．梁．劉勰《文心雕龍．附會》：「並駕齊驅，而一轂（ㄍㄨˇ）統輻。」（轂，車輪中心的圓木。）

解析 「並駕齊驅」、「不相上下」都可表示程度相等，難分高低，但「不相上下」的適用範圍較廣，可用來形容人的智謀、年紀、生活、爭論等；「並駕齊驅」則不宜這樣使用。

例句 這兩人在傳播界的成就可說是並駕齊驅，不相上下。

近義 不相上下；並行不悖；勢均力敵。

反義 大相逕庭；分道揚鑣；背道而馳；南轅北轍。

【丨部】

三畫

中流砥柱（ㄓㄨㄥ ㄌㄧㄡˊ ㄉㄧˇ ㄓㄨˋ）

解釋 砥柱：山名，在河南省三門峽東，立於黃河急流之中，像柱石一般。黃河急流中的砥柱山，任憑河水沖擊屹立不動。比喻人屹立不搖，能擔當大任起支柱作用。

出處 《晏子春秋．內篇諫下》：「以人砥柱之中流。」

解析 「砥」不可寫成「底」或「低」。

例句 他從政後一直自勉，希望能成為社會的**中流砥柱**。

近義 一柱擎天；砥柱中流；棟樑之材。

反義 隨波逐流。

中流擊楫（ㄓㄨㄥ ㄌㄧㄡˊ ㄐㄧˊ ㄐㄧˊ）

解釋 中流：指江中；楫：船槳。比喻決心收復失土的壯烈氣概。

出處 《晉書．祖逖傳》記載：祖逖任豫州刺史，渡江北伐苻秦，中流擊楫而誓曰：「祖逖不能清中原而復濟者，有如大江！」

例句 他希望自己能有祖逖**中流擊楫**的豪氣，收復被侵占的國土。

近義 擊案而誓；擊楫渡江。

反義 苟安一隅；擊甕以和。

中飽私囊（ㄓㄨㄥ ㄅㄠˇ ㄙ ㄋㄤˊ）

解釋 中飽：貪官污吏，對上欺瞞政府，對下矇騙百姓，從中取得私利。指經手辦事的人從中貪污。

出處 《韓非子．外儲說右下》：「薄疑謂趙簡主曰：『君之國中飽。』簡主欣然而喜曰：『何如焉？』對曰：『府庫空虛於上，百姓貧餓於下，然而奸吏富矣。』」

例句 這件工程完成不到半年便故障頻傳，看來必定有人偷工減料，**中飽私囊**。

反義 兩袖清風。

【丶部】

二畫

凡事豫則立，不豫則廢（ㄈㄢˊ ㄕˋ ㄩˋ ㄗㄜˊ ㄌㄧˋ，ㄅㄨˋ ㄩˋ ㄗㄜˊ ㄈㄟˋ）

解釋 豫：事先準備。無論做什麼事若能事前先準備就會成功，沒有準備就會失敗。

出處 《禮記．中庸》：「凡事豫則立，不豫則廢。」（豫，同「預」。）

例句 **凡事豫則立，不豫則廢**，所以在年初做計畫是很重要的。

【丿部】

二　畫

久旱逢甘雨（ㄐㄧㄡˇ ㄏㄢˋ ㄈㄥˊ ㄍㄢ ㄩˇ）

解釋 逢：遇到。已經乾旱了很久，竟然遇到一場好雨。比喻盼望已久的事終於得到滿足的愉快心情。

出處 宋．洪邁《容齋隨筆》：「久旱逢甘雨，他鄉遇故知，洞房花燭夜，金榜掛名時。」

例句 這批藥品送達後，對這個傳染病肆虐的地區猶如久旱逢甘雨。

近義 喜降甘露；病重遇良醫。

反義 屋漏偏逢連夜雨。

三　畫

之死靡它（ㄓ ㄙˇ ㄇㄧˇ ㄊㄚ）

解釋 之：到；靡：沒有；它：別的。到死也沒有別的心。原指婦女立誓不改嫁。後也泛指至死不變。

出處 《詩經．鄘風．柏州》：「之死矢靡它。」

解析 「靡」不寫成「糜」，不解釋成「萎靡」（如「委靡不振」）。

例句 他尋求改革獨立的理念是之死靡它。

近義 之死不渝；矢志不移；忠貞不渝。

反義 心猿意馬；見異思遷；始亂終棄；喜新厭舊；朝三暮四。

九　畫

乘人之危（ㄔㄥˊ ㄖㄣˊ ㄓ ㄨㄟˊ）

解釋 乘：趁。趁別人有危難的時候，去要脅、打擊人家。

出處 《後漢書．蓋勛傳》：「謀事殺良，非忠也；乘人之危，非仁也。」

解析 「乘人之危」為直陳式成語；「落井下石」、「趁火打劫」等為比喻式的成語。

例句 這個集團專門乘人之危，利用他人周轉不靈時併吞其公司。

近義 趁火打劫；落井下石。

反義 拔刀相助；雪中送炭。

乘車戴笠（ㄔㄥˊ ㄔㄜ ㄉㄞˋ ㄌㄧˋ）

解釋 戴笠：即戴斗笠，貧賤者的裝束。比喻友情深厚，不因貧賤富貴而改變。

出處 古〈越謠歌〉：「君乘車，我戴笠，他日相逢下車揖；君擔簦，我跨馬，他日相逢為君下。」（簦，古代有柄的笠，類似雨傘。）

例句 這兩人從小一起長大，雖然乘車戴笠、境遇不同，卻未曾影響他們的友誼。

乘風破浪（ㄔㄥˊ ㄈㄥ ㄆㄛˋ ㄌㄤˋ）

解釋 乘：駕。現在多指趁著好時機前進。也用以比喻志向遠大，不怕困難。

出處 《宋書．宗慤（ㄑㄩㄝˋ）傳》：「慤年少時，炳（慤的叔父）問其所志，慤曰：『願乘長風，破萬里浪。』」

解析 「乘風破浪」、「披荊斬棘」，都有克服困難前進的意思。但「乘風破浪」有志向遠大、奮勇前進的意思；而「披荊斬棘」是清除各種阻止前進障礙的意思。

例句 我們當初懷著**乘風破浪**的心情到國外打天下，結果處處碰壁，只得意興闌珊地回來。

近義 長風破浪；披荊斬棘。

反義 畫地自限；裹足不前。

乘堅策肥（ㄔㄥˊ ㄐㄧㄢ ㄘㄜˋ ㄈㄟˊ）

解釋 堅：指堅固的車子；策：鞭打；肥：指肥壯的馬。乘坐堅固的車，驅策肥壯的馬。形容高官、富商的豪華生活。

出處 漢．晁錯〈論貴粟疏〉：「千里遨遊，冠蓋相望，乘堅策肥，履絲曳縞。」

例句 這條路上來來往往的盡是**乘堅策肥**的富商大官。

近義 朱輪華轂；乘堅驅良；鮮車怒馬。

反義 徒步當車；敝車羸馬；勤儉度日；駑馬柴車。

乘虛而入（ㄔㄥˊ ㄒㄩ ㄦˊ ㄖㄨˋ）

解釋 虛：空虛。趁著對方空虛沒有防備時入侵。

出處 《魏志．袁紹傳》：「將軍簡其精銳，分為奇兵，乘虛迭出，以擾河南。」

解析 「乘虛而入」指從對方防守或兵力最薄弱的地方進攻；「攻其不備」指在對方沒有防備時進攻。

例句 公司現正處於青黃不接的狀態，許多野心人士紛紛**乘虛而入**。

近義 攻其不備；乘隙而入；乘人之危；趁火打劫。

反義 無機可乘；無懈可擊。

乘興而來（ㄔㄥˊ ㄒㄧㄥˋ ㄦˊ ㄌㄞˊ）

解釋 乘興：趁一時的高興。原來是說趁當時正有興致而來。

出處 王徽之住在山陰時，有天晚上雪剛停，月色清明，忽然想起了戴逵，便乘著小舟到剡拜訪戴逵，經過了一夜才到卻不入門而回，旁人問他原因，他說：『本乘興而來，興盡而返，又何必一定要見到戴逵呢？』

例句 今日的陽明山之旅，大夥都是**乘興而來**，在山上度過愉快的一天。

反義 敗興而去。

乘龍快婿（ㄔㄥˊ ㄌㄨㄥˊ ㄎㄨㄞˋ ㄒㄩˋ）

解釋 喻令人滿意的好女婿。

出處 《列仙傳》中說：春秋時，蕭史善吹蕭，秦穆公的女兒弄玉也愛吹蕭，秦穆公就把女兒嫁給蕭史。幾年後，弄玉乘鳳，蕭史乘龍，升天而去。

例句 李老先生的乘龍快婿，不但孝順，對太太又體貼，彌補了他沒有兒子的缺憾。

近義 如意佳婿；東床快婿。

【乙部】

一畫

九牛一毛 ㄐㄧㄡˇ ㄋㄧㄡˊ ㄧˋ ㄇㄠˊ

解釋 從九條牛身上拔下一根毛來。比喻非常渺小，微不足道。

出處 漢．司馬遷〈報任少卿書〉：「假令僕伏法受誅，若九牛亡一毛，與螻蟻何以異？」（亡，失去。）

解析 「九牛一毛」、「滄海一粟」，都比喻極為渺小輕微。但「九牛一毛」多指極大數量中的極小部分；「滄海一粟」多指極為渺小的東西。

例句 這點小錢對你來說不過九牛一毛，對他卻有莫大的幫助，你就借給他吧！

近義 牛之一毛；滄海一粟；微不足道；微乎其微。

反義 九鼎大呂；恆河沙數；舉足輕重。

九牛二虎之力 ㄐㄧㄡˇ ㄋㄧㄡˊ ㄦˋ ㄏㄨˇ ㄓ ㄌㄧˋ

解釋 九頭牛和兩隻老虎的力氣。比喻極大的力量。

出處 《孤本元明雜劇．鄭德輝〈三戰呂布〉楔子》：「兄弟，你不知他靴尖點地，有九牛二虎之力，休要放他小歇。」

例句 我們費了九牛二虎之力才說服他參加比賽，你竟然還勸他退出。

近義 力舉千鈞；拔山舉鼎。

反義 手無縛雞之力。

九世之仇 ㄐㄧㄡˇ ㄕˋ ㄓ ㄔㄡˊ

解釋 九世：九代。九世以前的仇恨。形容積久不能化解的仇恨。

出處 《公羊傳．莊公四年》記載，春秋時，紀侯在周天子面前說齊哀公的壞話，周天子就煮死了齊哀公。後來齊哀公的後代齊襄公滅了紀國，復了九世之仇（從襄公上溯到哀公共九代）。

例句 這兩家好幾代以前就不和，累積的九世之仇，恐怕也不是一時解決得了的。

近義 深仇大恨；舊仇宿怨。

反義 情深潭水；深情厚意。

九死一生 ㄐㄧㄡˇ ㄙˇ ㄧˋ ㄕㄥ

解釋 形容情況極危險或經歷多次生

死關頭而幸存。

出處〈離騷〉：「亦余心之所善兮，雖九死其猶未悔。」劉良注：「雖九死無一生，未足悔恨。」

解析「九死一生」偏重在歷經死亡危險而存活下來；「大難不死」偏重在經歷了大災難而存活下來。

例句這對夫妻歷經了火場中**九死一生**的逃難經驗，感情益發堅固。

近義死裏逃生；虎口餘生；絕處逢生。

反義安然無恙；安然無事。

九鼎大呂 ㄐㄧㄡˇ ㄉㄧㄥˇ ㄉㄚˋ ㄌㄩˇ

解釋九鼎：夏禹鑄的九個鼎，象徵九州；大呂：鐘名，二者都是夏商周三代傳國的寶器。比喻地位高，分量重。

出處《史記．平原君列傳》：「毛先生（毛遂）一至楚，而使趙重於九鼎大呂。」

例句他在棒壇的地位好比**九鼎大呂**，這次兩聯盟的紛爭恐怕得請他出面解決了。

九霄雲外 ㄐㄧㄡˇ ㄒㄧㄠ ㄩㄣˊ ㄨㄞˋ

解釋九霄：指天空極高處，古人說天有九重（層）。比喻無限遠的地方，還引申為無影無蹤。

出處《元曲選．馬致遠〈黃粱夢〉二》：「恰便似九霄雲外，滴溜溜飛下一紙赦書來。」

例句他早把你的邀請拋到**九霄雲外**了，你還在這痴痴地等。

近義無影無踪；萬里高空。

反義近在咫尺；眉睫之間。

二畫

乞漿得酒 ㄑㄧˇ ㄐㄧㄤ ㄉㄜˊ ㄐㄧㄡˇ

解釋乞：求；漿：一般飲料。討點水解渴，卻得到一碗酒喝。比喻所得的超過所要求的。

出處《續博物志．一》：「太歲在丑，乞漿得酒，太歲在巳，販妻鬻子。」

例句他開店原來只求能糊口，沒想到**乞漿得酒**，生意愈做愈大。

七畫

乳狗噬虎 ㄖㄨˇ ㄍㄡˇ ㄕˋ ㄏㄨˇ

解釋乳狗：育子的母狗。母狗為了保護小狗，敢咬來犯的老虎。比喻在緊急情況下，力弱者也會奮勇起來搏鬥。

出處《淮南子．說林》：「乳狗之噬虎也，伏雞之搏狸也，恩之所加，不量其力。」

例句你不要以為這些弱勢團體好欺負，把他們逼急了也會有**乳狗噬虎**的情況發生。

乳臭未乾 ㄖㄨˇ ㄒㄧㄡˋ ㄨㄟˋ ㄍㄢ

解釋乳臭：奶腥味。

身上還有奶腥味。譏刺人年少無知。

出處《漢書．高帝紀》：「是口尚乳臭，不能當韓信。」

例句 這幾個乳臭未乾的小伙子，居然自己開店當老闆。

近義 口尚乳臭；少不更事；羽毛未豐；馬齒未落。

反義 少年老成；老成持重；後生可畏。

【亅部】

三畫

予取予求（ㄩˊ ㄑㄩˇ ㄩˊ ㄑㄧㄡˊ）

解釋 予：我。

從我這兒拿，從我這兒要。本指自我處求取財物，後指無限制地任意取求。

出處《左傳．僖公七年》：「唯我知女（ㄖㄨˇ），女專利而不厭，予取予求，不女疵瑕也。」（女，同「汝」，你。「不女疵瑕」，不指謫你的過失。）

例句 你的態度如果太過軟弱，這幫地痞流氓就會對你予取予求。

七畫

事不宜遲（ㄕˋ ㄅㄨˋ ㄧˊ ㄔˊ）

解釋 指事情急迫，要趕緊做，不宜拖延。

出處《元曲選．賈仲名〈蕭淑蘭〉四》：「事不宜遲，收拾了便令媒人速去。」

例句 既然大家都同意了，事不宜遲，今日就先把婚期給定了吧！

近義 刻不容緩。

反義 慢條斯理。

事半功倍（ㄕˋ ㄅㄢˋ ㄍㄨㄥ ㄅㄟˋ）

解釋 形容費力小而效果大。

出處 孟子曾對他的學生說：百姓受暴政的凌虐，從來沒有像現在這麼嚴重。只要有吃的喝的就好，不會有過高的要求。如果現在實行仁政，那麼老百姓就會像被顛倒吊起的人遇到了解救一般。「故事半古之人，功必倍之，……」意思是，只要做古人所做的一半，就可以得到比古人高出一倍的功效。

例句 讀書只要能做到預習與複習，並在上課時認真聽講，就能收到事半功倍的效果。

反義 事倍功半。

事必躬親（ㄕˋ ㄅㄧˋ ㄍㄨㄥ ㄑㄧㄣ）

解釋 躬親：親自。

任何事情都一定親自去做。

出處《禮記．月令》：「善相丘陵坂險原隰土地所宜，五穀所殖，以教導之，必躬親之。」

解析「事必躬親」指無論大小事都親自去做；「身臨其境」指親身到

了當事地點，但不一定親自去做。

例句 他現在已升任部長，卻一直保持著事必躬親的習慣。

近義 身體力行；事事躬親。

反義 超然物外；置身事外。

事在人為 ㄕˋ ㄗㄞˋ ㄖㄣˊ ㄨㄟˊ

解釋 事情的成敗取決於人的做與不做。

出處 《東周列國志》第六十九回：「事在人為耳，彼朽骨者何知？」

解析 「為」不讀「為什麼」的ㄨㄟˋ。

例句 這件事無論多困難，只要你努力去做，**事在人為**，必定有成功的一天。

近義 人定勝天；有志者事竟成。

反義 成事在天；長短有命；聽天由命。

事倍功半 ㄕˋ ㄅㄟˋ ㄍㄨㄥ ㄅㄢˋ

解釋 形容費力大而效果小。

出處 唐·白居易《白氏長慶集·為人上宰相書》：「故時未至，聖賢不進而求；時既來，聖賢不退而讓。蓋得之則不啻事半而功倍也；失之則不啻事倍而功半也。」

例句 這些工具都十分老舊，做起事來自然是費時費力，**事倍功半**。

反義 事半功倍。

事無常師 ㄕˋ ㄨˊ ㄔㄤˊ ㄕ

解釋 做事要隨機應變，不可死守一種作法。

出處 《鬼谷子·忤合》：「世無常貴，事無常師。」

例句 **事無常師**，如果你學不會隨機應變，如何應付商場上詭譎多變的情況。

事與願違 ㄕˋ ㄩˇ ㄩㄢˋ ㄨㄟˊ

解釋 事實的發展和願望相違背。也作「事與心違」。

出處 三國·魏·嵇康《嵇中散集·幽憤詩》：「事與願違，遘茲淹留。」

解析 「事與願違」強調事情的發展與願望有出入；「適得其反」強調結果和願望恰好相反。

例句 他策畫了一年多，想在此地蓋間商場，無奈**事與願違**，計畫始終無法實現。

近義 天違人願；欲益反損；適得其反。

反義 天從人願；如願以償；稱心如意。

事過境遷 ㄕˋ ㄍㄨㄛˋ ㄐㄧㄥˋ ㄑㄧㄢ

解釋 境：環境，情況；遷：移動，改變。事情過去了，情況也改變了。

解析 ①「境」不寫成「景」。②「事過境遷」與「滄海桑田」都形容事物隨著時間而有所改變，但「滄海桑田」著重指世事的變化非常大。

例句 他不是個會記恨的人，何況事過境遷這麼多年了，他恐怕早忘了。

近義 物換星移；時移物換；情隨事遷。

反義 依然如故；記憶猶新。

【二部】

二三其德（ㄦˋ ㄙㄢ ㄑㄧˊ ㄉㄜˊ）

解釋 二三：形容不專一。義同「三心二意」。

形容人讀書、做事不專心。

出處 《詩經．衛風．氓》：「士也罔極，二三其德。」

例句 選定了想讀的科系後就要專心一致地研讀，不可二三其德。

近義 三心二意；反覆無常；朝秦暮楚。

反義 一心一意；堅定不移；堅貞不貳。

二姓之好（ㄦˋ ㄒㄧㄥˋ ㄓ ㄏㄠˋ）

解釋 二姓：指結婚的男女兩家。

指兩家聯姻，結成姻親。

出處 《禮記．昏（婚）義》：「昏禮者，將合二姓之好，上以事宗廟，而下以繼後世也。」

例句 這兩人已愛情長跑了七年，今年終於要步上禮堂，共結二姓之好。

二畫

井井有條（ㄐㄧㄥˇ ㄐㄧㄥˇ ㄧㄡˇ ㄊㄧㄠˊ）

解釋 井井：整齊不亂的樣子。

形容有條有理，絲毫不亂。

出處 《荀子．儒效》：「井井兮其有理也。」

例句 他年紀雖然輕，但處理事情可是井井有條，毫不慌亂。

近義 井然有序；有條不紊；有條有理。

反義 亂七八糟；雜亂無章。

井水不犯河水（ㄐㄧㄥˇ ㄕㄨㄟˇ ㄅㄨˋ ㄈㄢˋ ㄏㄜˊ ㄕㄨㄟˇ）

解釋 比喻彼此界線分明，互不干擾。

出處 《紅樓夢》第六十九回：「我和他井水不犯河水，怎麼就沖了他？」

例句 我們兩家是井水不犯河水，你為何無緣無故前來挑釁？

近義 大路朝天，各走半邊；你走你的陽關道，我過我的獨木橋。

反義 同飲一江水；同穿一條褲。

井底之蛙（ㄐㄧㄥˇ ㄉㄧˇ ㄓ ㄨㄚ）

解釋 井底下的青蛙只能看到井口那麼大的一塊天。比喻眼界偏狹、見識短淺的人。

出處 《莊子．秋水》：「井蛙不可以語於海者，拘於虛也。」（拘，局限。虛，所居住的地方。）

解析 「井底之蛙」和「井蛙之見」

語源相同，但前者喻指見識短淺的人；後者喻指人的見識短淺。

例句　這是今年最流行的電子雞，你居然毫不知情，真是**井底之蛙**。

近義　坐井觀天；孤陋寡聞。

反義　見多識廣；高瞻遠矚。

五十步笑百步（ㄨˇ ㄕˊ ㄅㄨˋ ㄒㄧㄠˋ ㄅㄞˇ ㄅㄨˋ）

解釋　戰敗時逃跑五十步的譏笑逃跑一百步的。後比喻兩人有同樣的缺點或錯誤，程度上輕一些的就嘲笑另一人。

出處　戰國時，梁惠王非常好戰，有一次他問孟子說，他對國家大事都能盡心盡力，也愛護百姓，為什麼人民並沒有增多？孟子回答說：「我拿打仗作個比喻，在戰場上戰鼓一響，刀槍相接，戰敗的不免逃跑，假如一個士兵跑得慢，只跑了五十步，跑得快的已跑了一百步，「以五十步笑百步，則何如？」

解析　「步」下半部右邊無點，不寫成「少」。

例句　你們倆一個數學差，一個英文爛，就不必**五十步笑百步**，互相嘲笑了。

近義　不相上下；同浴譏裸；相去無幾。

反義　千差萬別；天差地遠；差若天淵。

五內如焚（ㄨˇ ㄋㄟˋ ㄖㄨˊ ㄈㄣˊ）

解釋　五內：指五臟。五臟像火燒一般。形容心裏焦急、難過。

出處　《後漢書．列女傳董祀妻》載蔡琰〈悲憤〉詩：「見此崩五內，恍惚生狂痴。」

解析　「五內如焚」與「五內俱焚」意義相似，但「五內俱焚」的程度較深，用在十萬火急，極度焦慮時，而「五內如焚」程度較輕，適用範圍較廣。

例句　墜機的消息傳來，許多機上乘客的家屬，都急得**五內如焚**。

近義　五內俱焚；心急如焚；急如星火。

反義　不慌不忙；從容不迫。

五日京兆（ㄨˇ ㄖˋ ㄐㄧㄥ ㄓㄠˋ）

解釋　京兆：京兆尹，古代官名。比喻任職時間短暫或凡事不作長遠打算。

出處　《漢書．張敞傳》記載，張敞做京兆尹的時候，因為別人的牽連將要受處分。這時他叫手下的一個小官吏辦理案件，這小官吏就拖延著不辦，並且私自回了家。家裏的人勸他不要這樣，這小官吏說：「今五日京兆耳，安能復案事！」張敞當時就把那個小吏逮捕，對他說「五日京兆竟何如？」並把他處死。

例句　這個暫代性的職位雖然只是**五日京兆**，但他仍然非常賣命地工作。

五世其昌 ㄨˇ ㄕˋ ㄑㄧˊ ㄔㄤ

解釋 世：代。
連續五代都很昌盛。指子孫繁多、有發展。多用以祝頌新婚。

出處《左傳·莊公二十二年》：「有媯之後，將育於姜，五世其昌，並於正卿。」

例句 主婚人在台上祝這一對新人五世其昌，瓜瓞綿綿。

近義 瓜瓞綿綿；枝繁葉茂。

反義 形影相弔；單枝獨葉；斷子絕孫。

五光十色 ㄨˇ ㄍㄨㄤ ㄕˊ ㄙㄜˋ

解釋 形容色彩繽紛、顏色豔麗。

出處 南朝·梁·江淹《江文通集·麗色賦》：「五光徘徊，十色陸離。」

解析 「五光十色」著重指色澤豔麗多樣；「氣象萬千」著重指景象的壯麗繽紛。

例句 許多舞廳裏五光十色，龍蛇雜處，並不適合年輕人。

近義 五彩繽紛；五顏六色；萬紫千紅。

反義 暗淡無光。

五花八門 ㄨˇ ㄏㄨㄚ ㄅㄚ ㄇㄣˊ

解釋 指五行陣和八門陣，是古代戰術中變化很多的兩種陣勢。比喻事物變化莫測，花樣繁多。

出處 清·張潮《虞初新志·孫嘉淦〈南遊記〉》：「群峰亂峙，四布羅列，如平沙萬幕，八門五花。」

解析 「五花八門」偏重指種類、變化繁多；「五光十色」偏重指色彩繁多。

例句 科學博物館陳列著各類五花八門的新奇物品，常讓許多小朋友們流連忘返。

近義 五光十色；形形色色；變幻莫測。

反義 枯燥乏味；單調刻板。

五馬分屍 ㄨˇ ㄇㄚˇ ㄈㄣ ㄕ

解釋 古代一種殘酷的死刑。把人頭和四肢分別拴在五匹馬上，讓馬向不同方向同時分馳，撕裂肢體。後用來比喻把完整的東西割裂開。

例句 古代有許多慘無人道的刑罰，五馬分屍就是其中一項。

五湖四海 ㄨˇ ㄏㄨˊ ㄙˋ ㄏㄞˇ

解釋 五湖：一指太湖附近的湖泊；另指五個大湖，即洞庭、巢湖、太湖、鄱陽湖、鑑湖（洪澤湖）。
本指中國本土，現泛指世界各地。

出處《全唐詩·呂岩〈絕句〉》：「斗笠為帆扇作舟，五湖四海任遨遊。」

解析 「五湖四海」、「四面八方」，都可指全國各地。但「五湖四海」還可指世界各地，「四面八方」則不能。「四面八方」還可指小範圍的四周環境；「五湖四海」

則不能。

例句 他一生最大的願望就是能遊遍五湖四海。

近義 四面八方。

反義 一村一鄉；一縣一地。

五體投地（ㄨˇ ㄊㄧˇ ㄊㄡˊ ㄉㄧˋ）

解釋 佛家語，兩肘、雙膝和頭部著地，是佛教最隆重的儀式，叫做五體投地。比喻敬佩到極點。

出處 《楞嚴經》卷一：「五體投地，長跪合掌，而白佛言。」

解析 「五體投地」指非常地崇拜、敬服，強調程度極甚；「甘拜下風」偏重在自認為不如對方，真心佩服；「心悅誠服」指從心裏真心信服，偏重不虛假；「甘居人後」可以指真心佩服別人，也可以指甘願在人之後，不求進步。

例句 這位選手神妙的球技與精準的判斷能力，常令後生小輩佩服得**五體投地**。

近義 心悅誠服；甘拜下風；頂禮膜拜。

反義 不甘示弱；不甘雌伏；決一雌雄。

【亠部】

一畫

亡羊補牢（ㄨㄤˊ ㄧㄤˊ ㄅㄨˇ ㄌㄠˊ）

解釋 亡：丟失；牢：牲口圈。羊跑掉了，再去修補羊圈，還不算晚。比喻發生錯誤之後，馬上想辦法補救還不算遲。

出處 戰國時，楚國的大臣莊辛看到朝政腐敗，便對楚襄王說：「你在宮裏的時候，左邊是州侯，右邊是夏侯；出去的時候，鄢陵君和壽陵君又隨著你。你和這四個人吃喝玩樂，不管國家大事。」襄王聽了很不高興，說：「你是老糊塗了吧！竟然說這種話來擾惑人心。」莊辛回答說：「如果你一定要寵信這四個人，楚國一定要滅亡的。你既然不信我的話，請允許我到趙國躲一躲，看事情到底會怎樣。」莊辛到了趙國才五個月，秦國果然派兵侵楚，襄王被迫流亡。這時，他才覺得莊辛的話是對的。於是趕緊派人把莊辛請來，問他還有什麼辦法。莊辛說：「見兔而顧犬，未為晚也；亡羊而補牢，未為遲也。」

例句 雖然這些年都虛度了，但**亡羊補牢**猶未為晚，只要現在開始都來得及。

近義 江心補漏；見兔顧犬；賊去關門。

反義 未雨綢繆；曲突徙薪；防患未然。

亡命之徒（ㄨㄤˊ ㄇㄧㄥˋ ㄓ ㄊㄨˊ）

解釋 命：名字；亡命：指逃脫戶籍，改變姓名逃亡在外。

原指因犯罪而化名逃亡在外的人。後指流氓、盜賊等犯法作惡不顧性命的人。

出處《史記．張耳陳餘列傳》：「張耳嘗亡命，游外黃。」（外黃：地名）。

解析「亡命之徒」指不顧性命犯法作惡的人；「不逞之徒」指心懷不滿伺機搗亂的人。

例句 這幫亡命之徒昨夜在街頭火拚，死傷非常慘重。

近義 不法之徒；不逞之徒。

反義 狷狳之士。

亡國之音 ㄨㄤˊ ㄍㄨㄛˊ ㄓ ㄧㄣ

解釋 原指哀傷而使人悲傷的聲音，後指淫靡的音樂。

出處《禮記．樂記》：「亡國之音哀以思，其民困也。」

例句 古人認為的亡國之音，在音樂種類繁多的今天看來，不過是流行樂的一部分。

近義 桑濮之音；鄭衛之音；靡靡之音。

反義 正音雅樂；高山流水；陽春白雪。

四畫

交口稱譽 ㄐㄧㄠ ㄎㄡˇ ㄔㄥ ㄩˋ

解釋 眾人同聲稱讚。

出處 唐．韓愈《昌黎先生集．柳子厚墓志銘》：「諸公要人……交口薦譽之。」

解析「交口稱譽」強調一致稱讚，但所指的人數不一定很多。

例句 楊小弟的孝行和善良的品性被媒體揭露後，受到眾人的交口稱譽。

近義 有口皆碑；頌聲載道。

反義 千夫所指；老鼠過街；怨聲載道；眾矢之的。

交淺言深 ㄐㄧㄠ ㄑㄧㄢˇ ㄧㄢˊ ㄕㄣ

解釋 指對交情不深的人談論深入密切的話。

出處《戰國策．趙策四》：「客有見人於服子（宓子賤）者，已而請其罪。服子曰：『公之客獨有三罪：望我而笑，是狎也；談語而不稱師，是倍也；交淺而言深，是亂也。』」（倍，背棄。）

例句 他不信任自己親近的人，反而是交淺言深，一味地向陌生人透露心事。

近義 交疏吐誠；傾蓋如故。

反義 話不投機。

交頭接耳 ㄐㄧㄠ ㄊㄡˊ ㄐㄧㄝ ㄦˇ

解釋 形容兩個人互相在耳邊低聲說話。

出處《前漢春秋平話》：「第二，筵上不得交頭接耳。」

解析「交頭接耳」僅指小聲說話的樣子；「竊竊私語」指暗中低聲講話。

例句 人事變動的消息傳來，眾人紛紛交頭接耳，商量因應的對策。

近義 低聲細語；竊竊私語。

反義 高談闊論。

交臂失之（ㄐㄧㄠ ㄅㄧˋ ㄕ ㄓ）

解釋 交臂：胳膊碰胳膊，指走得很靠近。形容錯過了接近的機會。

出處 《莊子．田子方》：「吾終身與汝交一臂而失之。」

解析 「交臂失之」偏重因未發覺而錯過了機會；「坐失良機」偏重因等待觀望而失去了機會。

例句 今年好不容易打入決賽，卻因失誤頻頻，而與冠軍交臂失之。

近義 坐失良機。

反義 當機立斷。

亦步亦趨（ㄧˋ ㄅㄨˋ ㄧˋ ㄑㄩ）

解釋 亦：也，同樣；步：慢走；趨：快走。人家慢走就跟著慢走，人家快走就跟著快走，形容處處模仿、追隨他人。

出處 《莊子．田子方》：「夫子步亦步，夫子趨亦趨」。

例句 巴黎的時裝永遠走在時代的尖端，全球的設計師都只能在其後亦步亦趨。

近義 人云亦云；步人後塵；鸚鵡學舌。

反義 別出心裁；標新立異；獨闢蹊徑。

七畫

亭亭玉立（ㄊㄧㄥˊ ㄊㄧㄥˊ ㄩˋ ㄌㄧˋ）

解釋 亭亭：聳立的樣子；玉立：比喻身長而秀美。形容少女身材細長秀美的樣子。

出處 清．沈復《浮生六記．閨房記樂》：「見冷香已半老，有女名憨園，瓜期未破，亭亭玉立，真『一泓秋水照人寒』者也。」

解析 「亭」不寫成「停」。

例句 沒想到才幾年不見，當年的黃毛小丫頭，現在已經亭亭玉立了。

近義 亭亭倩影。

反義 癡肥臃腫。

【人部】

人一己百（ㄖㄣˊ ㄧ ㄐㄧˇ ㄅㄞˇ）

解釋 別人一次就做好或學會的，自己要做一百次，學一百次。以百倍的努力趕上別人。勉勵人努力向學，有勤能補拙的意思。

出處 《禮記．中庸》：「一人能之，己百之；人十能之，己千之。果能此道矣，雖愚必明，雖柔必強。」

解析 「己」不寫成「已」或「巳」。

例句 他一直稟持著人一己百的原則念書，而成績也向來十分優秀。

近義 人十己千；勤能補拙；駑馬十駕。

反義 甘居人後；自甘墮落；自暴自棄。

人人自危（ㄖㄣˊ ㄖㄣˊ ㄗˋ ㄨㄟˊ）

解釋 每個人都感到自己有危險。

出處 《史記．李斯列傳》：「法令誅罰日益深刻，群臣人人自危，欲畔者眾。」

解析 「人人自危」偏重指當事人感到自身危險，語義較重；「人心惶惶」形容驚慌不安的樣子，語義較輕。

例句 自從公司傳出大幅裁員的消息後，員工們是人人自危。

近義 人心惶惶；提心吊膽。

反義 泰然自若；無所畏懼；鎮定自若。

人亡政息（ㄖㄣˊ ㄨㄤˊ ㄓㄥˋ ㄒㄧˊ）

解釋 指一個執政者死了，他生前所制定的一些政治措施便會隨著停頓。

出處 《禮記．中庸》：「其人存，則其政舉；其人亡，則其政息。」

例句 這些當年他提出的政策、建設，隨著他去世，也跟著人亡政息了。

反義 人存政舉。

人才輩出（ㄖㄣˊ ㄘㄞˊ ㄅㄟˋ ㄔㄨ）

解釋 輩出：一批接一批地出現。形容人才不斷地大量湧現。喻人才眾多。

出處 清．李漁《閒情偶寄．詞曲部》：「其中人才輩出，一人勝似一人，一作奇於一作。」

解析 「人才輩出」偏重於一批一批的人才湧現；「人才濟濟」強調現在已經有很多人才。

例句 這所學校陸續出了許多的部會首長，真是人才輩出。

近義 人才濟濟；龍騰虎躍。

反義 後繼無人；青黃不接。

人之常情（ㄖㄣˊ ㄓ ㄔㄤˊ ㄑㄧㄥˊ）

解釋 人們通常有的感情、言行或想法。

出處 南朝．梁．江淹《雜體詩三十首．序》：「又貴遠賤近，人之常情，重耳輕目，俗之恆弊。」

例句 喜新厭舊不過是人之常情，他有了新玩具，自然不要你的舊玩具了。

近義 人皆有之。

反義 刁鑽古怪；詭譎怪誕。

人云亦云（ㄖㄣˊ ㄩㄣˊ ㄧˋ ㄩㄣˊ）

解釋 云：說。

人家怎麼說，自己也怎麼說。形容沒有主見只會附和別人的意見。

出處 金．蔡松年〈槽聲同彥高賦〉詩：「槽床過竹春泉句，他日人云吾亦云。」

解析 「人云亦云」、「拾人牙

慧」、「鸚鵡學舌」都形容沒有主見，跟著別人說。但「人云亦云」的使用範圍較廣，所重覆的可以是別人的話，也可以是觀點；「拾人牙慧」大多是重覆別人的話，有時也可以是別人的觀點；「鸚鵡學舌」的使用範圍較窄，僅指重覆別人的話。

例句 在事情尚未獲得證實以前，不可**人云亦云**，散佈謠言。

近義 拾人牙慧；隨聲附和；鸚鵡學舌。

反義 各持己見；獨樹一幟。

人心不古（ㄖㄣˊ ㄒㄧㄣ ㄅㄨˋ ㄍㄨˇ）

解釋 人心已經不像古代人那麼忠厚淳樸了。常用於慨嘆現代人心險惡或人情澆薄。

出處 《鏡花緣》第二十七回：「只因三代之後，人心不古，撒謊的人過多，死後阿鼻地獄容留不下。」

例句 李老先生在大街上出了車禍，居然沒有人願意扶他一把，不免令他大嘆**人心不古**。

近義 人心叵測；人心莫測。

反義 古心古貌；古道熱腸。

人心向背（ㄖㄣˊ ㄒㄧㄣ ㄒㄧㄤˋ ㄅㄟˋ）

解釋 向：朝向，擁護；背：背離，反對。人民的擁護或反對。

出處 宋．朱熹《朱子語類．大學㈢》：「不然，則極天命人心之向背，以明好惡從違之得失。」

解析 「人心向背」是指人民所擁護或反對的，含有兩重意義；「人心所向」僅指人民所擁護的。

例句 他自稱十分了解**人心向背**，是下屆市長的最適合人選。

人心所向（ㄖㄣˊ ㄒㄧㄣ ㄙㄨㄛˇ ㄒㄧㄤˋ）

解釋 人民群眾所擁護、歸向的。

出處 《晉書．熊遠傳》：「人心所歸，惟道與義。」

解析 「人心所向」、「眾望所歸」，都可表示群眾一致擁護的意思。但「人心所向」一般用於事件，不用於人，有時也可用來表示擁戴某人為領袖，但著眼點仍是擁戴這件事，而不是某一個人；「眾望所歸」則多用於人。

例句 共產國家一個個瓦解，足以證明民主法治是大勢所趨，**人心所向**。

近義 天與人歸；眾望所歸。

反義 老鼠過街；眾矢之的；眾叛親離。

人心惟危（ㄖㄣˊ ㄒㄧㄣ ㄨㄟˊ ㄨㄟˊ）

解釋 指稱壞人心地險惡，不可揣測。

出處 《尚書．大禹謨》：「人心惟危。」

例句 你一人到外地求學，凡事都要小心，要知道**人心惟危**，不可不慎。

【近義】人心難測；居心叵測。

【反義】披肝瀝膽；開誠相見；襟懷坦白。

人以群分 ㄖㄣˊ ㄧˇ ㄑㄩㄣˊ ㄈㄣ

【解釋】指好壞人會各自形成集團，而能互相區別。指好人常和好人結成朋友，壞人常跟壞人結成一夥。

【出處】《周易．繫辭上》：「方以類聚，物以群分。」

【例句】你每天跟一些流裏流氣的人混在一起，別人當然會當你是流氓，要知道人以群分。

【近義】物以類聚；草木依類而生，禽獸分群而居。

人仰馬翻 ㄖㄣˊ ㄧㄤˇ ㄇㄚˇ ㄈㄢ

【解釋】人馬都翻倒在地。形容慘敗的狼狽相。也比喻亂得一塌糊塗，不可收拾。也作「馬翻人仰」。

【出處】清．蘧園《負曝閑談》第二十五回：「不過唱唱戲、請請客罷了，已經鬧得人仰馬翻了。」

【解析】「人仰馬翻」偏重形容戰敗時人馬翻倒的狼狽相；「潰不成軍」偏重形容慘敗時隊伍散亂的樣子；「轍亂旗靡」偏重形容慘敗時潰逃慌亂的樣子。

【例句】為了宴請友人，我們一上午都在廚房裏忙得人仰馬翻。

【近義】一塌糊塗；不可收拾；丟盔棄甲；轍亂旗靡。

【反義】大獲全勝；橫掃千軍。

人地生疏 ㄖㄣˊ ㄉㄧˋ ㄕㄥ ㄕㄨ

【解釋】形容初到一個地方，對當地的風土、人情都不熟。

【出處】《官場現形記》六十回：「想進去望望，究竟人地生疏，不敢造次。」

【例句】你們剛到，人地生疏的，還是由我們帶你們到處逛逛吧！

人多嘴雜 ㄖㄣˊ ㄉㄨㄛ ㄗㄨㄟˇ ㄗㄚˊ

【解釋】形容許多人在一起，意見繁雜，各言其是。

【出處】《紅樓夢》三十四回：「不論真假，人多嘴雜。」

【例句】公共場所裏難免人多嘴雜，我們還是私下再談吧！

【近義】七嘴八舌；人多口雜。

人死留名 ㄖㄣˊ ㄙˇ ㄌㄧㄡˊ ㄇㄧㄥˊ

【解釋】指人在生前建立了功績，可以留名於後世。勉勵人在生前要立德、立功、立言。

【出處】《新五代史．王彥章傳》：「彥章武人，不知書，常為俚語謂人曰：『豹死留皮，人死留名。』」

【例句】豹死留皮，人死留名，所以爺爺一生著書立說，努力不懈。

【近義】垂名千古；流芳百世；豹死留皮；萬古流芳。

【反義】同泥腐朽；泯滅無聞；遺臭萬年。

人老珠黃（ㄖㄣˊ ㄌㄠˇ ㄓㄨ ㄏㄨㄤˊ）

解釋 人老了容易衰殘而被輕視，就像珠子久了會變黃，不如新珠子值錢。

解析 「人老珠黃」多用於形容女子，較少形容男子。

例句 這位當年紅極一時的女星，現在**人老珠黃**，再也不復往日風采了。

人困馬乏（ㄖㄣˊ ㄎㄨㄣˋ ㄇㄚˇ ㄈㄚˊ）

解釋 人馬都困乏了。形容人馬奔走得疲勞不堪。通常指作戰、行軍或長途奔走的勞頓。

出處 元．無名氏《關雲長千里獨行》楔子：「那曹操偌近遠，領將軍兵，來到這裏，安營下寨，也正人困馬乏也。」

例句 走了一天的山路，**人困馬乏**的，大家都早早就寢了。

近義 筋疲力盡。

反義 精神抖擻。

人言可畏（ㄖㄣˊ ㄧㄢˊ ㄎㄜˇ ㄨㄟˋ）

解釋 人言：指流言蜚語；畏：怕。指輿論的力量是很可怕的，現多指群眾的批評、指責是一種很可怕的力量。

出處 《詩經．鄭風．將仲子》：「人之多言，亦可畏也。」

例句 你身為公眾人物，在外言行不可不慎，要知道**人言可畏**。

近義 三人成虎；眾口鑠金；曾參殺人。

反義 言之鑿鑿。

人定勝天（ㄖㄣˊ ㄉㄧㄥˋ ㄕㄥˋ ㄊㄧㄢ）

解釋 人的力量可以戰勝自然，改變命運。

出處 《史記．伍子胥列傳》：「吾聞之，人眾者勝天。」

例句 他一直相信**人定勝天**，從不肯向大自然屈服。

近義 事在人為。

反義 成事在天；長短有命；聽天由命。

人為刀俎，我為魚肉（ㄖㄣˊ ㄨㄟˊ ㄉㄠ ㄗㄨˇ，ㄨㄛˇ ㄨㄟˊ ㄩˊ ㄖㄡˋ）

解釋 刀俎：剁肉的刀和砧板，指宰割的工具。比喻力量薄弱，任人宰割，毫無反抗的餘地。

出處 《史記．項羽本紀》：「如今人方為刀俎，我為魚肉。」

例句 政府集權專制，人民過著「**人為刀俎，我為魚肉**」的日子，自然會起來反抗。

近義 任人宰割；俯仰由人；聽人擺佈。

人面桃花（ㄖㄣˊ ㄇㄧㄢˋ ㄊㄠˊ ㄏㄨㄚ）

解釋 重遊舊地，不見愛慕之人，表示悵惘及思念的心情，或指女子姿容美豔。

出處 唐．孟棨《本事詩．情感》記載，崔護在清明那天到城南去玩，到村子裏一戶人家去要點水喝，這家有個女子給他端了杯水來，獨自倚著桃樹脈脈含情地看著他。第二年清明，崔又到那裏，只見那家的房屋還在，但人去室空。他就在門上題了首詩：「去年今日此門中，人面桃花相映紅。人面祇今（一作「不知」）何處去，桃花依舊笑春風。」

例句 當年在此與她驚鴻一瞥，至今念念不忘，今日舊地重遊，只是徒增人面桃花之嘆。

人面獸心 ㄖㄣˊ ㄇㄧㄢˋ ㄕㄡˋ ㄒㄧㄣ

解釋 外貌像人，內心卻如野獸一般。比喻人的行為非常卑鄙、狠毒。

出處 《漢書·匈奴傳》：「被髮左衽，人面獸心。」

例句 這些人表面上與你稱兄道弟，卻在背地裏陷害你，真是人面獸心。

近義 衣冠禽獸；狼心狗肺。

反義 正人君子；面惡心善。

人浮於事 ㄖㄣˊ ㄈㄨˊ ㄩˊ ㄕˋ

解釋 浮：超過。表示人員過多或找工作的人多而就業的機會少。

出處 《禮記·坊記》：「君子與其使食浮於人也，寧使人浮於食。」

例句 今年公司決定縮減人事支出，避免有人浮於事的情況。

近義 人多事少；僧多事少；人浮於食。

反義 一夔已足；精兵簡政。

人情世故 ㄖㄣˊ ㄑㄧㄥˊ ㄕˋ ㄍㄨˋ

解釋 為人處世的道理。

出處 明·楊基《眉庵集·聞蟬》詩：「人情世故看爛熟，皎不如汚恭勝傲。」

解析 「世故」不寫成「事故」。

例句 社會上的人情事故，有時比工作能力更為重要。

近義 人情冷暖；世態淡涼。

人棄我取 ㄖㄣˊ ㄑㄧˋ ㄨㄛˇ ㄑㄩˇ

解釋 原指有眼光的商人廉價收購滯銷貨物，待機獲利。後多用以表示見解不同於他人。

出處 《史記·貨殖列傳》：「白圭樂觀時變，故人棄我取，人取我與。」原來是說，戰國時的白圭，用「人棄我取，人取我與」的辦法經商致富。

例句 他當年靠著獨特的眼光，人棄我取，低價買了一批貨後高價賣出，賺了一大筆錢。

人傑地靈 ㄖㄣˊ ㄐㄧㄝˊ ㄉㄧˋ ㄌㄧㄥˊ

解釋 傑：才能超過一般人。傑出人物的出生地或他曾到過那裏，該地因而著名。後多指傑出人物多生於靈秀之地。

出處 唐．王勃《王子安集．滕王閣序》：「人傑地靈，徐孺下陳蕃之榻。」

例句 此地山明水秀，人傑地靈，產生了許多知名的文人。

近義 鍾靈毓秀。

人無遠慮，必有近憂（ㄖㄣˊ ㄨˊ ㄩㄢˇ ㄌㄩˋ，ㄅㄧˋ ㄧㄡˇ ㄐㄧㄣˋ ㄧㄡ）

解釋 做事沒有長遠的打算，就會有眼前的憂患。指做事必須事前事後設想周到。

出處 《論語．衛靈公》：「子曰『人無遠慮，必有近憂。』」

例句 「人無遠慮，必有近憂」，是生涯規畫的最佳註解。

人琴俱亡（ㄖㄣˊ ㄑㄧㄣˊ ㄐㄩˋ ㄨㄤˊ）

解釋 人去世後，他生前使用的琴也隨之棄置，令人哀傷。

出處 南朝．宋．劉義慶《世說新語．傷逝》記載，王獻之（字子敬）去世時，王徽之知道後趕去，把獻之生前的琴取來，調了半天弦，總是調不好，悲痛地說：「子敬，子敬，人琴俱亡！」

解析 「琴」下部從「今」，不寫成「令」。

例句 他去世後，每每看到那支荒廢的琴，就不免令人心生人琴俱亡之嘆。

近義 人亡物在；見鞍思馬；睹物思人。

人微言輕（ㄖㄣˊ ㄨㄟˊ ㄧㄢˊ ㄑㄧㄥ）

解釋 微：職位低下；輕：不被重視。指人的社會地位低下，說話就不起作用。

出處 宋．蘇軾〈上執政乞度牒賑濟及因修廨宇書〉：「蓋人微言輕，理自當爾。」

例句 我不過是個小職員，人微言輕，恐怕幫不上你的忙。

近義 身輕言微。

反義 言重九鼎；舉足輕重。

人微權輕（ㄖㄣˊ ㄨㄟˊ ㄑㄩㄢˊ ㄑㄧㄥ）

解釋 指人的資格淺，聲望低，威權不足以服眾。

出處 《史記．司馬穰苴列傳》：「士卒未附，百姓不信，人微權輕。」

例句 他的資歷過淺，人微權輕，派他作代表，恐怕不足以服眾。

近義 人微言輕；官微權輕。

反義 舉足輕重。

人盡其才（ㄖㄣˊ ㄐㄧㄣˋ ㄑㄧˊ ㄘㄞˊ）

解釋 每個人都能充分發揮，貢獻自己的才能。

出處 《淮南子．兵略 》：「若乃人盡其才，悉用其力。」

解析 「人盡其才」、「量才錄用」都含有發揮每個人的才能的意思。但「人盡其才」偏重於「盡」，指「充分發揮」人的才能；「量才錄用」偏重於「量」，指依照才能運用。

例句 每個人如果都能針對自己的特質專長，從事自己喜歡的工作，才能做到人盡其才。

近義 野無遺賢；陳力就列。

反義 投閑置散；英雄無用武之地。

人聲鼎沸（ㄖㄣˊ ㄕㄥ ㄉㄧㄥˇ ㄈㄟˋ）

解釋 鼎，古時煮食的器具。形容人聲喧鬧吵雜，就像鍋裏的開水沸騰。

出處 明．馮夢龍《醒世恆言．劉小官雌雄兄弟》：「一日午後，劉方在店中收拾，只聽得人聲鼎沸。」

例句 這裏人聲鼎沸，從早到晚都是熱鬧非凡，人潮川流不息。

近義 人聲吵雜；沸沸揚揚。

反義 萬籟俱寂；萬籟無聲；鴉雀無聲。

二　畫

今非昔比（ㄐㄧㄣ ㄈㄟ ㄒㄧˊ ㄅㄧˇ）

解釋 現在已經不是過去所能比的了。形容變化很大。

出處 《元曲選．關漢卿〈謝天香〉四》：「小官今非昔比，官守所拘，功名在念，豈敢飲酒。」

例句 當年這裏可是數一數二的大都市，但是今非昔比，早不復往日的繁華了。

近義 昔不如今。

今是昨非（ㄐㄧㄣ ㄕˋ ㄗㄨㄛˊ ㄈㄟ）

解釋 發現了過去的錯誤，感悟到現在做的才是正確的。

出處 晉．陶潛《歸去來辭》：「實迷途其未遠，覺今是而昨非。」

例句 經過這次的事件後，他才感悟到今是昨非，決定洗心革面。

仁至義盡（ㄖㄣˊ ㄓˋ ㄧˋ ㄐㄧㄣˋ）

解釋 原指竭盡仁義之道，現在多指對人的幫助和愛護已做到最大的限度。

出處 《禮記．郊特牲》：「仁之至，義之盡也。」

例句 他為你耗費了如此多的時間、金錢，可說是仁至義盡了。

近義 知心著意；情至意盡。

反義 以怨報德；坐視不救；袖手旁觀。

什襲而藏（ㄕˊ ㄒㄧˊ ㄦˊ ㄘㄤˊ）

解釋 什襲：即「十襲」，把物品層層地包起來。形容很慎重地把物品珍藏起來。也作「什襲珍藏」。

出處 《藝文類聚．地部．石》引《闞（ㄎㄢˋ）子》說，宋國有個愚人得到一塊燕石，以為是至寶，用「革匱十重，緹（ㄊㄧˊ）巾十襲」把它收藏起來。

例句 這件玉手鐲可是我們的傳家之寶，當然得什襲而藏。

三畫

以一持萬（ㄧˇ ㄧ ㄔˊ ㄨㄢˋ）

【解釋】形容提綱挈領，抓住事情的重點、關鍵。

【出處】《荀子．儒效》：「以淺持薄，以古持今，以一持萬。」

【例句】這件事雖然千頭萬緒，但只要你能**以一持萬**，就能收到事半功倍的效果。

【近義】提綱挈領。

以一警百（ㄧˇ ㄧ ㄐㄧㄥˇ ㄅㄞˇ）

【解釋】指懲罰一人使眾人警戒。

【出處】《漢書．尹翁歸傳》：「及出行縣，不以無事時，其有所取也，以一警百，吏民皆服，恐懼改行自新。」

【例句】雖然你是初犯，但學校為收**以一警百**之效，所以對你嚴加處罰。

【近義】殺一警百；殺雞警猴。

以力服人（ㄧˇ ㄌㄧˋ ㄈㄨˊ ㄖㄣˊ）

【解釋】力：指強制的力量。用強制手段使人屈服。

【出處】《孟子．公孫丑上》：「以力服人者，非心服也，力不贍也。」（贍，足。）

【例句】你用強制手段**以力服人**，雖然收效很快，但不能使人心服口服。

【近義】以勢壓人。

【反義】口服心服；心悅誠服；以德服人。

以己度人（ㄧˇ ㄐㄧˇ ㄉㄨㄛˋ ㄖㄣˊ）

【解釋】度：揣度、推測。用自己的想法去猜測別人的心意。

【出處】《警世通言》十二：「徐信動了個惻隱之心，以己度人。」

【解析】①「度」不能唸成ㄉㄨˋ。②「以己度人」、「推己及人」都有以自己的想法去猜測別人的心思之意。但「推己及人」多指設身處地為別人著想，體諒別人，多含褒義；而「以己度人」則多指錯誤、主觀地揣測別人的心思，多含貶義。

【例句】每個人的環境、個性都不同，你不能**以己度人**，不考慮別人的狀況。

【近義】以小人之心，度君子之腹。

【反義】推己及人；設身處地；將心比心。

以升量石（ㄧˇ ㄕㄥ ㄌㄧㄤˊ ㄉㄢˋ）

【解釋】石：容量單位，漢代「石」、「斛」混用，宋代改五斗為斛，二斛為石，後以十升為一斗，十斗為一石。比喻以膚淺的見解來揣度深遠的道理。

【出處】《淮南子．繆稱》：「使舜度堯則可，使桀度堯，是猶以升量石也。」

【例句】你這種想法就好比**以升量石**，

未免太滑稽可笑了。

以文會友

解釋　透過文字來結交朋友。

出處　《論語．顏淵》：「君子以文會友，以友輔仁。」

例句　我們常藉著週六的讀書會，以文會友，增廣見聞。

以火救火

解釋　用火來撲救火災，不但不能制止，反而會助長火勢。

出處　《莊子．人間世》：「是以火救火，以水救水，名之曰益多。」

例句　現在情況危急，你跟著他只怕是以火救火，不但救不了他反而會害了他。

近義　以水救水；以湯止沸；火上加油。

反義　釜底抽薪。

以牙還牙

解釋　比喻報復時針鋒相對地還擊對方。

出處　《舊約全書．申命記》十九章：「你眼不可顧惜，要以命償命，以眼還眼，以牙還牙，以手還手，以腳還腳。」

例句　你們倆這樣以牙還牙，互不相讓，要爭鬥到何時。

近義　以眼還眼；針鋒相對；請君入甕；以其人之道，還治其人之身。

反義　犯而不校；退避三舍；逆來順受。

以石投水

解釋　就像石頭投在水中，水能完全接受。比喻與人互相投合。

出處　《文選．李康〈運命論〉》：「及其遭漢祖，其言也，如以石投水，莫之逆也。」

例句　這兩人合作搭檔真是以石投水，契合得不得了。

以冰致蠅

解釋　致：招引。用冰來招引蒼蠅。比喻不能實現的事情。

出處　《呂氏春秋．功名》：「以狸致鼠，以冰致蠅，雖工不能。」（狸，貓。）

例句　你的計畫雖然精細，但恐怕是以冰致蠅，沒有太大的效果。

以夷伐夷

解釋　夷：外族。引申為敵人。比喻利用敵人攻打敵人。也作「以夷制夷」。

出處　《後漢書．鄧訓傳》：「以夷伐夷，不宜禁護。」

例句　你這招以夷伐夷的計策雖然高明，但只怕敵人不會上當。

反義　和衷共濟。

以耳代目

解釋 把聽到的當成親眼見的。形容沒有親眼見到，專門聽信別人的話。

例句 新聞除了迅速外，正確才是最重要的，你這種**以耳代目**的方法是行不通的。

以卵投石 ㄧˇ ㄌㄨㄢˇ ㄊㄡˊ ㄕˊ

解釋 拿蛋去碰石頭。比喻自不量力，以弱攻強，必然招致毀滅。

出處 《荀子．議兵》：「以桀詐堯，譬之若以卵投石。」

例句 就憑你一人想對付武裝匪徒，無異於**以卵投石**，未免太自不量力。

近義 自不量力；蚍蜉撼樹；螳臂當車。

反義 泰山壓卵。

以攻為守 ㄧˇ ㄍㄨㄥ ㄨㄟˊ ㄕㄡˇ

解釋 以進攻當作防禦。指以主動進攻防止對方來犯的戰術。

出處 宋．陳亮《酌古論．先主》：「以攻為守，以守為攻，此兵之變也。」

解析 「為」不讀「為民除害」的ㄨㄟˋ。

例句 最好的防禦就是攻擊，我們採取**以攻為守**的策略，使對方招架不住而大獲全勝。

近義 制敵機先。

反義 以守為攻；以屈求伸；以退為進。

以身殉職 ㄧˇ ㄕㄣ ㄒㄩㄣˋ ㄓˊ

解釋 為了忠於工作職責而貢獻出自己的生命。

出處 《梁書．韋粲傳》：「（粲）謂仲禮曰：『下官才非禦侮，直欲以身殉國。』」（仲禮，司州刺史柳仲禮。）

解析 「以身殉職」多用於外人對死者的評定和讚揚；「以身許國」、「以身報國」多用於生者表達自己志願和決心。

例句 對於那些為了拯救民眾而**以身殉職**的消防隊員，他們偉大的人格，非常值得我們敬佩。

近義 以身許國；以身報國；為國捐軀。

反義 貪生怕死；臨陣脫逃。

以身試法 ㄧˇ ㄕㄣ ㄕˋ ㄈㄚˇ

解釋 身：自身；試：嘗試。不畏懼法律的制裁，故意去觸犯刑法。

出處 《漢書．王尊傳》：「明慎所職，毋以身試法。」

解析 「以身試法」指親身去做犯法的事，應用範圍較小；「知法犯法」指知道違法還故意觸犯法條；「明知故犯」可用於一般的犯錯、違規、犯法上，應用範圍較廣。

例句 你身為執法人員卻**以身試法**，更加的罪不可赦。

近義 目無王法；知法犯法。

反義 安分守己；奉公守法；遵紀守法。

以毒攻毒（ㄧˇ ㄉㄨˊ ㄍㄨㄥ ㄉㄨˊ）

解釋 攻：治。原指用毒藥治毒瘡等病。後比喻用同樣惡毒的方法制服對方。

出處 明．陶宗儀《輟耕錄》：「骨咄犀，蛇角也，其性至毒，而能解毒，蓋以毒攻毒也。」

例句 對付這種暴虐無道的人，我們最好採取以毒攻毒的方法。

近義 以牙還牙；以眼還眼；以暴易暴。

反義 反其道而行之。

以珠彈雀（ㄧˇ ㄓㄨ ㄊㄢˊ ㄑㄩㄝˋ）

解釋 喻做事輕重不分，得不償失。

出處 《莊子．讓王》：「以隋侯之珠，彈千仞之雀，世必笑之；是何也？則其所用者重，而所要者輕也。」

例句 為了整倒一間小公司，竟耗費如此龐大的人力、物力，這不是以珠彈雀嗎？

以蚓投魚（ㄧˇ ㄧㄣˇ ㄊㄡˊ ㄩˊ）

解釋 以蚯蚓作餌來釣魚。比喻做事能投合對方，而以些微的代價就能達到目的。

出處 《隋書．薛道衡傳》：「陳使傅縡（ㄗㄞˇ）聘齊，以道衡兼主客郎接對之。縡贈詩五日韻，道衡和之，南北稱美。魏收曰：『傅縡所謂以蚓投魚耳。』」

例句 真正聰明的人是懂得如何以蚓投魚、拋磚引玉的。

以退為進（ㄧˇ ㄊㄨㄟˋ ㄨㄟˊ ㄐㄧㄣˋ）

解釋 原指以謙遜取得德行的進步。後指以退讓作為爭取晉升的手段。

出處 漢．揚雄《法言．君子》：「昔乎顏淵以退為進，天下鮮儷焉。」（儷，成對。）

例句 他這招以退為進的計策果然高明，不僅挽救了原來的劣勢，而且使自己更上一層樓。

以規為瑱（ㄧˇ ㄍㄨㄟ ㄨㄟˊ ㄊㄧㄢˋ）

解釋 瑱：古人冠冕上垂在兩側以塞耳的玉。把他人的規勸當作塞耳的玉石。比喻不重視別人的規勸。

出處 《國語．楚語上》記載，白公子張規勸楚靈王，楚靈王很不高興地說：「你如再對我說這些，我雖不能採用，但我願把它放在耳朵裏。」子張說：「我說這些話是希望您採用的，不然，『其又以規為瑱也。』」

例句 大家對你好言相勸，你卻以規為瑱，將來如果出事恐怕也沒人會救你。

以訛傳訛（ㄧˇ ㄜˊ ㄔㄨㄢˊ ㄜˊ）

解釋 訛：謬誤。

把錯誤的消息再傳出去，比喻謠言越傳離事實愈遠。

出處 《紅樓夢》第五十一回：「古往今來，以訛傳訛，好事者竟故意的弄出這古跡來以愚人。」

例句 他明明好好地待在家裏，外界卻**以訛傳訛**說他遭綁架了。

近義 別風淮雨；謬種流傳。

反義 言之有據；言之鑿鑿；事出有因。

以湯止沸 ㄧˇ ㄊㄤ ㄓˇ ㄈㄟˋ

解釋 湯：開水。把開水澆入鍋裏去制止沸騰。比喻方法錯誤不但不能制止，反而助長它的威勢。

出處 《漢書．禮樂志》：「如以湯止沸，沸愈甚而無益。」

例句 這種登報阻止他進行的方法，無異於**以湯止沸**，只怕會更助長他的聲勢。

近義 負薪救火；挑雪填井。

反義 釜底抽薪；絕薪救火。

以湯沃雪 ㄧˇ ㄊㄤ ㄨㄛˋ ㄒㄩㄝˇ

解釋 湯：開水；沃：澆。開水澆在雪上（雪就溶化）。比喻事情輕而易舉，十分容易。

出處 《淮南子．兵略》：「若以水滅火，若以湯沃雪，何往而不遂，何之而不用。」（之，到。）

例句 如果你抓住了訣竅，這件事就好比**以湯沃雪**，可以輕而易舉地解決。

近義 以水滅火；以石擊蛋；反掌折枝。

反義 以卵投石；以火救火；抱薪救火。

以逸待勞 ㄧˇ ㄧˋ ㄉㄞˋ ㄌㄠˊ

解釋 逸：安閒；待：抵禦；勞：疲倦。自己安靜地養精蓄銳，等待敵人疲勞後，乘機出擊取勝。

出處 《孫子．軍爭》：「以近待遠，以佚待勞，以飽待飢，以治力者也。」

解析 「以逸待勞」、「守株待兔」都含有守候、等待，以取得成功的意思。但「守株待兔」多比喻努力爭取，而存僥倖心理，希望得到意外的收穫。「以逸待勞」則指自身養精蓄銳，等待敵人疲勞，乘機取勝。

例句 這場比賽，我方**以逸待勞**，獲勝的機率很大。

近義 守株待兔；靜以待敵；養精蓄銳。

反義 疲於奔命。

以貌取人 ㄧˇ ㄇㄠˋ ㄑㄩˇ ㄖㄣˊ

解釋 拿外貌來當作衡量、判斷人優劣的標準。

出處 《史記．仲尼弟子列傳》：「以貌取人，失之子羽。」

例句 社會上普遍存在著**以貌取人**的

不公平標準，致使人人不得不在意外表的裝飾。

近義 依貌取人；駿馬不在肥瘦。

反義 量才錄用。

以德報怨（ㄧˇ ㄉㄜˊ ㄅㄠˋ ㄩㄢˋ）

解釋 以恩德來報答別人對我的仇怨。

出處 《論語．憲問》：「或曰：『以德報怨，何如？』子曰：『何以報德？以直報怨，以德報德。』」

解析 「德」右下從「一」、「心」，不可漏掉橫筆。

例句 小李*以德報怨*的胸襟不但贏得了眾人的認同，連仇敵也對他感激不盡。

近義 以直報怨；澆瓜之惠。

反義 以怨報德；恩將仇報。

以暴易暴（ㄧˇ ㄅㄠˋ ㄧˋ ㄅㄠˋ）

解釋 以：用；易：替換。用殘暴代替殘暴。

出處 《史記．伯夷列傳》：「以暴易暴兮，不知其非矣。」

例句 你這種*以暴易暴*的態度，非但解決不了問題，反而會使問題更加嚴重。

近義 以暴易暴；以毒攻毒；以其人之道，還治其人之身。

反義 以德報怨；寬宏大量。

以鄰為壑（ㄧˇ ㄌㄧㄣˊ ㄨㄟˊ ㄏㄨㄛˋ）

解釋 壑：溝。把鄰國當作大水坑，把本國的洪水排洩到那裏去。比喻把困難或災禍轉嫁給別人。

出處 《孟子．告子下》裏說，白圭對孟軻說：我治理水患比大禹還強。孟軻說：你錯了，禹治理水患，是順著水的本性，「以四海為壑」；現在你是「以鄰國為壑」。

解析 「以鄰為壑」指把困難禍害轉嫁給別人；「嫁禍於人」則僅指把禍害或罪責轉嫁給別人，不包括困難。

例句 這種*以鄰為壑*的方法，非但沒有解決問題，反而會為自己增加問題。

近義 委過於人；嫁禍於人。

反義 代人受過；李代桃僵；助人為樂。

以儆效尤（ㄧˇ ㄐㄧㄥˇ ㄒㄧㄠˋ ㄧㄡˊ）

解釋 儆：告誡；尤：過錯。處罰一個壞人來警告那些學做壞事的人。

出處 《左傳．莊公二十一年》：「鄭伯效尤，其亦將有咎。」

解析 ①「儆」，讀ㄐㄧㄥˇ，不讀ㄐㄧㄥˋ。不寫作「敬」。②「以儆效尤」是指警告那些學做壞事的人，而「以一儆百」、「殺一儆百」除了這種意義外，還可用來警告其他一般人。

例句 校方會作出如此嚴厲的處分，只怕是為了*以儆效尤*。

近義 以一儆百；殺一儆百；殺雞警猴。

反義 尤而效之。

付之一炬（ㄈㄨˋ ㄓ ㄧˊ ㄐㄩˋ）

解釋 炬：火把。表示物品被火燒盡或某些事的成果全部被毀壞。

出處 清・陳康祺《郎潛紀聞》：「遍搜東南坊肆，得三百四十餘部，盡付諸一炬。」

解析 「炬」不可寫成「拒」或「距」。

例句 這一場大火，燒光了整棟大樓，他一生的心血也都**付之一炬**。

近義 付之丙丁；付之祝融；毀於洪爐。

反義 完好無損；完整無缺；原封未動。

付之一笑（ㄈㄨˋ ㄓ ㄧˊ ㄒㄧㄠˋ）

解釋 用笑一笑來回答、對待它。形容毫不在意，不值得理會。

出處 宋・陸游《老學庵筆記》卷四：「乃知朝士妄想，自古已然，可付一笑。」

例句 無論對方如何挑釁，修養極佳的他都只是**付之一笑**，毫不理會。

近義 一笑置之；不以為意。

反義 斤斤計較；追根究底。

付之東流（ㄈㄨˋ ㄓ ㄉㄨㄥ ㄌㄧㄡˊ）

解釋 付：交給。扔在向東流的江河之中，一去再不回來。比喻希望落空或前功盡棄。也作「付諸東流」。

出處 《元曲選・關漢卿〈金線池〉二》：「往常個侍衾裯（ㄔㄡˊ），都做了付東流。」（衾裯，泛指被褥等用具。）

例句 他一生的心血都在這一場大火中**付之東流**，令他幾近崩潰。

近義 前功盡棄；毀於一旦。

反義 大功告成；功德圓滿。

他山攻錯（ㄊㄚ ㄕㄢ ㄍㄨㄥ ㄘㄨㄛˋ）

解釋 他（本作「它」）山：別的山；攻錯：琢磨。借助別的山上的石頭來打磨玉器。原比喻別的賢才可作為本國的輔佐。後比喻借助他人的言行（一般多指朋友）來改正自己的缺點、錯誤。

出處 《詩經・小雅・鶴鳴》：「它山之石，可以為錯。」又：「它山之石，可以攻玉。」鄭玄箋：「它山喻異國。」

例句 研究別隊的比賽可以**他山攻錯**，改正自己的缺點。

近義 他山之石；他山之攻；他山之助。

反義 自以為是；故步自封；關閉自守。

仗馬寒蟬（ㄓㄤˋ ㄇㄚˇ ㄏㄢˊ ㄔㄢˊ）

解釋 仗馬：古代帝王參加祭祀、朝會巡視時作為儀仗的馬，仗馬出來時要保持肅靜。像皇宮外的立仗馬和深秋的知了一樣，比喻畏言而一句話也不敢說。

出處《舊唐書．李林甫傳》：「君等獨不見立仗馬乎！終日無聲而飫（ㄩˋ）三品芻豆，一鳴則斥之矣。」（飫，飽食。）

解析「仗馬寒蟬」指不敢說話的人；「噤若寒蟬」、「緘口不言」指一句話也不說。

例句 你別指望他替你出面說情，他可是仗馬寒蟬，貪生怕死的人。

仗勢欺人 ㄓㄤˋ ㄕˋ ㄑㄧ ㄖㄣˊ

解釋 仗：憑藉，依靠。

憑藉著勢力欺壓別人。

出處 元．費唐臣《蘇子瞻風雪貶黃州》第四折：「這廝每不聞，倚主欺客，仗富欺貧，仗勢欺人。」

解析「仗勢欺人」指仗著權勢欺壓別人；「以強凌弱」指憑著自己強大的力量欺凌弱小。

例句 你別以為背後有靠山就可以仗勢欺人，我們可不是任人宰割的病貓。

近義 以強凌弱；狐假虎威。

反義 抑強扶弱；除暴安良。

仗義執言 ㄓㄤˋ ㄧˋ ㄓˊ ㄧㄢˊ

解釋 仗義：主持正義。

秉持正義說公道話。也作「仗義直言」。

出處《警世通言》十二：「此人姓范名汝為，仗義直言，救民水火。」

解析「仗」不可解釋成兵器（如「明火執仗」）。

例句 新上任的鄉長為人急公好義，常為鄉民仗義執言。

近義 大公無私；公平正直；秉公直言。

反義 依草附木；夤緣權勢；趨炎附勢。

仗義疏財 ㄓㄤˋ ㄧˋ ㄕㄨ ㄘㄞˊ

解釋 仗義：主持正義；疏財：分散家財。

為了正義公理，拿出自己的錢財來幫助別人。也作「疏財仗義」。

出處 元．無名氏《張公藝九世同居》第二折：「父親生前說有張公藝，此人平昔仗義疏財。」

解析「仗義疏財」偏重指講義氣，樂於捐財行義；「慷慨解囊」偏重指大方，不吝惜，多指用錢財救助別人；「博施濟眾」指廣泛地施惠於眾人，不僅指錢財，也包括用各種辦法、措施救助眾人。

例句 他雖然並不富有，但常仗義疏財，救助朋友。

近義 博施濟眾；解囊相助；慷慨解囊。

反義 見利忘義；見錢眼開；謀財害命。

令人髮指（ㄌㄧㄥˋ ㄖㄣˊ ㄈㄚˇ ㄓˇ）

解釋 髮指：頭髮直豎起來，形容憤怒到極點的樣子。叫人憤怒得頭髮都豎了起來。

出處 《史記．刺客列傳》：「士皆瞋目，髮盡上指冠。」

例句 歹徒以這種殘暴的手法來對付一個無辜的小女孩，真是**令人髮指**。

近義 怒不可遏；怒髮衝冠；赫然大怒。

反義 一笑置之；心花怒放；手舞足蹈；興高采烈。

令行禁止（ㄌㄧㄥˋ ㄒㄧㄥˊ ㄐㄧㄣˋ ㄓˇ）

解釋 有令即行，有禁則止。指號令執行得非常嚴明，組織的紀律非常嚴格。

出處 《逸周書．文傳解》：「令行禁止，王始也。」

例句 本隊是**令行禁止**，紀律嚴明，由不得你違法亂紀。

近義 遵紀守法。

反義 目無法紀；違法亂紀。

仙山瓊閣（ㄒㄧㄢ ㄕㄢ ㄑㄩㄥˊ ㄍㄜˊ）

解釋 瓊閣：美玉建造的樓閣。比喻幻想中仙人居住的美妙境界。

出處 唐．白居易《白氏長慶集．長恨歌》：「忽聞海上有仙山，山在虛無縹緲間。樓閣玲瓏五雲起，其中綽約多仙子。」

例句 此地風光明媚，鳥語花香，彷彿是**仙山瓊閣**，令人心生嚮往。

四畫

伐毛洗髓（ㄈㄚˊ ㄇㄠˊ ㄒㄧˇ ㄙㄨㄟˇ）

解釋 本指神仙蛻皮換骨，永保健壯的身心。後比喻人脫胎換骨，重新做人。

出處 郭憲《洞冥記》：「吾三千歲一反骨洗髓，二千歲一剝皮伐毛，吾生來已三洗髓五伐毛矣。」

例句 經過這一次的經驗後，他似乎是**伐毛洗髓**，換了一個人似的。

近義 改頭換面；洗心革面；脫胎換骨。

反義 本性難移；惡習不改。

休戚相關（ㄒㄧㄡ ㄑㄧ ㄒㄧㄤ ㄍㄨㄢ）

解釋 休：喜；戚：憂愁。彼此之間的憂喜，禍福都有連帶關係。形容彼此的關係密切，利害一致。

出處 《元曲選．石君寶〈曲江池〉四》：「全無一點休戚相關之意。」

解析 「休戚相關」強調互相之間禍福相連，關係密切；「休戚與共」強調共同承受苦樂。

例句 面臨如此強大的敵人，大家的命運應是**休戚相關**，一致對外。

近義 休戚與共；息息相關；患難與共。

反義 漠不相關。

休戚與共

解釋 彼此之間的幸福、禍患都共同承受。形容彼此同甘共苦。

出處 《晉書．王導傳》：「吾與元規（庾亮字）休戚是同，悠悠之談，宜絕智者之口。」

解析 「休戚與共」強調共同承受苦樂；「休戚相關」強調互相間的禍福相連，利害不分開。

例句 家人之間的關係是休戚與共的，你怎麼可以放任弟弟墮落卻視而不見呢？

近義 休戚相關；息息相關。

反義 漠不相關。

休養生息

解釋 生息：繁衍人口。在動亂之後政府所作的減輕人民負擔、恢復生產、安定社會秩序、增加人口的措施，以恢復人民國家的元氣。

出處 唐．韓愈《昌黎先生集．平淮西碑》：「高宗中睿，休養生息。」

解析 「休養生息」、「養精蓄銳」都有休息、保養力量的意思。但「養精蓄銳」是養息精神、儲蓄力量的意思，多用於國力、軍力的培養或比賽前的準備；「休養生息」是休息、保養，繁殖人口的意思，用於大動亂或戰爭後恢復人民生產、元氣方面。

例句 經過這一次颱風的侵襲，目前政府採取休養生息的措施，使民眾能重整家園。

近義 與民休息。

反義 勞民傷財；窮兵黷武。

伏而咶天

解釋 咶：通「舐」，舔。趴向地面舔天。比喻方法錯誤，永遠達不到目的。

出處 《荀子．仲尼》：「是猶伏而咶天，救經而引其足也。」（經，上吊。）

例句 你希望他資助你，卻一再做出令他生氣的事，你這不是伏而咶天嗎？

任人唯賢

解釋 賢：有德有才的人。任用人只選擇那些品德良好、有才能的人。

出處 《尚書．咸有一德》：「任官惟賢材，左右惟其人。」

解析 「任人唯賢」指能任用賢才，強調「唯賢」；「知人善任」指善於發現和任用人才，強調「知人」；「量才錄用」指能根據人的才能任用人，強調「量才」。

例句 這間公司向來強調任人唯賢，不允許有靠關係、走後門的情形。

近義 任賢使能；量才錄用。

反義 任人唯親；順我者昌；雞犬升

天。

任其自流 ㄖㄣˋ ㄑㄧˊ ㄗˋ ㄌㄧㄡˊ

解釋 任：放任。
指對人、對事聽任其自由發展而不加以干涉、約束。也作「聽其自流」。

出處 《淮南子．脩務》：「聽其自流，待其自生，則鯀禹之功不立，而后稷之智不用。」

例句 他向來採取民主開放的教育方式，對孩子是**任其自流**，不加約束。

近義 放任自流；順其自然；聽其自然。

反義 因勢利導；倒行逆施；嚴加管教。

任重道遠 ㄖㄣˋ ㄓㄨㄥˋ ㄉㄠˋ ㄩㄢˇ

解釋 任：負擔。
負擔沉重，路程遙遠。比喻擔負的責任重大，而且要經歷長期的艱苦奮鬥。

出處 《論語．泰伯》：「士不可以不弘毅，任重而道遠。仁以為己任，不亦重乎？死而後已，不亦遠乎？」

解析 「任」不解釋成「承受」、「任用」；「重」不讀成ㄔㄨㄥˊ。

例句 在現今變動劇烈、面臨抉擇的關頭上，他非常清楚自己是**任重道遠**。

近義 任重致遠；負重致遠。

反義 拈輕怕重；避重就輕。

任勞任怨 ㄖㄣˋ ㄌㄠˊ ㄖㄣˋ ㄩㄢˋ

解釋 任：擔當；勞：勞苦。
熱心負責，不辭勞苦，不怕埋怨。

出處 漢．桓寬《鹽鐵論．刺權》：「蒙其憂，任其勞。」

解析 「任」不寫成「忍」，也不解釋成「任用」、「擔子」或「聽任」。

例句 他向來**任勞任怨**的工作，只求能對得起自己而不求任何的回報。

近義 埋頭苦幹。

反義 好逸惡勞；游手好閒；無所事事。

仰人鼻息 ㄧㄤˇ ㄖㄣˊ ㄅㄧˊ ㄒㄧˊ

解釋 鼻息：指呼吸。
仰賴別人呼出的空氣生活下去。比喻完全依賴別人，自己沒有獨立的能力。

出處 《後漢書．袁紹傳》：「袁紹孤客窮軍，仰我鼻息，譬如嬰兒在股掌之上，絕其哺乳，立可餓殺。」

解析 「仰人鼻息」偏重於自己不能自主，看人臉色行事，語義較重；「寄人籬下」偏重於依附、依靠別人，語義較輕。

例句 他畢業後非常急於找工作，希望能早日脫離**仰人鼻息**的生活。

近義 仰俯由人；仰承鼻息；寄人籬下。

反義 自力更生；獨立自主。

仰不愧天（一ㄤˇ ㄅㄨˋ ㄎㄨㄟˋ ㄊㄧㄢ）

解釋 指自省立身，行事光明磊落，心安理得，沒有做過壞事。

出處 《孟子．盡心上》：「仰不愧於天，俯不怍於人。」

例句 我立身行事是仰不愧天，俯不怍人，又何懼你的調查。

近義 不欺暗室；不愧屋漏；俯仰無愧；問心無愧。

反義 汗顏無地；無地自容；欺上瞞下。

仰事俯畜（一ㄤˇ ㄕˋ ㄈㄨˇ ㄒㄩˋ）

解釋 對上侍奉父母，對下撫育妻兒。泛指維持一家生活。

出處 《孟子．梁惠王上》：「仰足以事父母，俯足以畜妻子。」

解析 「畜」不能唸成ㄔㄨˋ。

例句 成家後為了仰事俯畜，維持全家的生活，他只得放棄許多單身時的興趣。

近義 養家餬口。

五畫

伯仲之間（ㄅㄛˊ ㄓㄨㄥˋ ㄓ ㄐㄧㄢ）

解釋 伯仲：兄弟排行的次序，長兄稱伯，次兄稱仲。比喻兩人的能力不相上下。

出處 三國．魏．曹丕《典論．論文》：「傅毅之於班固，伯仲之間耳。」

例句 這兩人的能力、學識都在伯仲之間，令人非常難以決定。

近義 不分軒輊；勢均力敵；旗鼓相當。

反義 天淵之別；望塵莫及。

佛口蛇心（ㄈㄛˊ ㄎㄡˇ ㄕㄜˊ ㄒㄧㄣ）

解釋 比喻嘴上說得十分仁善，心中卻暗藏惡毒。

出處 《岳傳》七十：「我面貌雖醜，心地卻是善良，不似你佛口蛇心。」

解析 「佛」不讀「彷佛」的ㄈㄨˊ。

例句 他雖然脾氣暴躁，但終究是個善良的人，總比你佛口蛇心來得真實可信。

近義 心口不一；口蜜腹劍；笑裏藏刀。

反義 心口如一；佛口佛心。

佛眼相看（ㄈㄛˊ 一ㄢˇ ㄒㄧㄤ ㄎㄢ）

解釋 比喻好心、仁善地對待，絕不加以傷害。

出處 《水滸傳》十三回：「是會的，將來還我，佛眼相看。」

例句 您的姪子來此居住，我們自當佛眼相看，對他多加照顧。

近義 青眼相加。

反義 視若仇敵；視若寇仇。

佛頭著糞（ㄈㄛˊ ㄊㄡˊ ㄓㄨㄛˊ ㄈㄣˋ）

解釋 佛頭上沾上了糞便。比喻被輕慢、褻瀆。

出處 宋・釋道原《景德傳燈錄・如會禪師》：「崔相公入寺，見鳥雀於佛頭上放糞，乃問師曰：『鳥雀還有佛性也無？』師云：『有。』崔云：『為什麼向佛頭上放糞？』師云：『是伊為什麼不向鷂子頭上放？』」

例句 他可是西藏的小活佛，卻在國外遭受到如此屈辱的待遇，真是**佛頭著糞**。

低三下四（ㄉㄧ ㄙㄢ ㄒㄧㄚˋ ㄙˋ）

解釋 形容地位的低下。也形容卑躬屈膝，卑微下賤的醜態。

出處 《儒林外史》第四十回：「我常州姓沈的，不是什麼低三下四的人家。」

解析 「低三下四」重在譏諷人卑微下賤，或形容人地位低下的意思，適用範圍較廣；「低聲下氣」重在表示說話態度恭順、謙卑，適用範圍較窄。

例句 他要不是到了走投無路的地步，絕不會**低三下四**地向你求救。

近義 低人一等；低聲下氣；卑躬屈膝。

反義 不亢不卑；妄自尊大；剛正不阿。

低首下心（ㄉㄧ ㄕㄡˇ ㄒㄧㄚˋ ㄒㄧㄣ）

解釋 形容甘心屈服順從的樣子。

出處 唐・韓愈〈祭鱷魚文〉：「刺史雖駑弱，亦安肯為鱷魚低首下心。」

解析 「低首下心」、「低聲下氣」都含有順從的意思，但「低首下心」形容屈服順從，著重形容人屈從的心理；「低聲下氣」形容說話恭順卑微，著重形容人說話時的神情。

例句 他這樣**低首下心**地懇求你，你就答應他吧！

近義 卑躬屈膝；俯首聽命。

反義 桀驁不馴；堅貞不屈。

低聲下氣（ㄉㄧ ㄕㄥ ㄒㄧㄚˋ ㄑㄧˋ）

解釋 形容謙卑或因為懼怕而說話小心恭順的樣子。

出處 《醒世恆言》九：「柳氏聽了丈夫言語，真個去敲那女兒的房門，低聲下氣的叫道……。」

解析 「低聲下氣」重在表示說話態度恭順小心，適用範圍窄；「低三下四」重在表示地位低下或沒有骨氣，低人一等的意思，適用範圍較廣。

例句 這件事原是他理虧，你犯不著跟他**低聲下氣**地道歉。

反義 出言不遜；盛氣凌人；趾高氣揚。

伶牙俐齒（ㄌㄧㄥˊ ㄧㄚˊ ㄌㄧˋ ㄔˇ）

解釋 伶、俐：靈活，乖巧。形容人口才很好，能言善道，能和人應答如流。

出處 《元曲選・無名氏〈殺狗勸夫〉

四》：「一任你百樣兒伶牙利齒。」

解析 「伶牙利齒」著重在口齒伶俐，善於與人應對；而「口若懸河」則強調口才好，說起話來滔滔不絕。

例句 小妹妹伶牙俐齒的，深得家人的寵愛。

近義 口若懸河；能言善辯。

反義 拙口笨腮；拙嘴笨腮。

作奸犯科（ㄗㄨㄛˋ ㄐㄧㄢ ㄈㄢˋ ㄎㄜ）

解釋 作奸：做壞事；犯科：違犯法律。

指專門為非作歹，做違法犯紀的勾當。

出處 諸葛亮〈出師表〉：「若有作奸犯科及為忠善者，宜付有司，論其刑賞。」（有司，指官吏。）

解析 「作奸犯科」與「違法亂紀」都有違法、做壞事的意思，但「作奸犯科」偏重為非作歹，語意較重；而「違法亂紀」偏重破壞紀律，語意較輕。

例句 他生平最大的志向就是希望能盡一己之力，將作奸犯科的人導入正途。

近義 貪贓枉法；違法亂紀；橫行不法。

反義 安分守己；奉公守己；遵紀守法。

作法自斃（ㄗㄨㄛˋ ㄈㄚˇ ㄗˋ ㄅㄧˋ）

解釋 立法者因自己所立之法害了自己，比喻自作自受。原作「作法自敝（弊）」。

出處 戰國時商鞅變法得罪了許多人，商鞅因而被迫逃亡，逃到函谷關時想投宿旅店，旅店主人不知道他就是商鞅，對他說：「商君立法，投宿若無身份證明，連我都連帶有罪。」商鞅長嘆說：「為法之敝，一至此哉！」

解析 「作法自斃」偏重於自己制定法令使自己受害；「作繭自縛」偏重於自己所作所為使自己受困。

例句 這條法令當初是你提出來的，現在可是作法自斃，自作自受。

近義 自作自受；自食其果；作繭自縛；咎由自取。

作舍道邊（ㄗㄨㄛˋ ㄕㄜˋ ㄉㄠˋ ㄅㄧㄢ）

解釋 比喻眾說紛紜，莫衷一是，難以成事。

出處 《後漢書．曹褒傳》：「諺言：『作舍道邊，三年不成。』」

例句 你這樣毫無主見，作舍道邊，事情何時才辦得成。

作威作福（ㄗㄨㄛˋ ㄨㄟ ㄗㄨㄛˋ ㄈㄨˊ）

解釋 形容人橫行霸道，濫用權勢來欺凌別人。

出處 《尚書．洪範》：「惟辟（ㄅㄧˋ）作福，惟辟作威，惟辟玉食，臣無有作福作威玉食。」（辟，君主。）

解析 「作威作福」偏重在憑藉權

勢、地位欺凌別人；「稱王稱霸」偏重在狂妄自大，獨斷獨行；「橫行霸道」偏重目無法紀，胡作非為。

例句 現在是民主法治的社會，你不要以為有權有勢就可以作威作福。

近義 飛揚跋扈；擅作威福；橫行霸道。

反義 和顏悅色；和藹可親；為民請命；愛民如子。

作壁上觀（ㄗㄨㄛˋ ㄅㄧˋ ㄕㄤˋ ㄍㄨㄢ）

解釋 壁，古代營寨周圍的高牆。壁壘，也叫營壘。

雙方作戰，自己站在壁壘上觀看。比喻不予幫助、坐視成敗的旁觀態度。

出處 秦朝末年，秦國包圍了趙國的鉅鹿，各地紛紛起義反秦。項羽率領楚軍渡河北上，與秦軍決戰。渡過漳河以後，他命令把渡船全鑿沈，飯鍋都砸破，甚至連岸邊的房屋也全燒光，每人只發三天糧食，表示只有拼命戰鬥，絕不後退。當時秦兵聲勢很大，其他各路軍隊躲在自己的營壘裏，不敢出來與秦軍交戰，「及楚出秦，諸將皆作壁上觀。」

解析 「作壁上觀」偏重在不幫助，坐視成敗；「袖手旁觀」偏重在不過問、不幫助；「冷眼旁觀」偏重在不動感情、漠不關心。

例句 歹徒在光天化日之下行搶，許多路人卻只在旁作壁上觀。

近義 冷眼旁觀；坐觀成敗；袖手旁觀。

反義 拔刀相助；相濡以沫；雪中送炭。

作繭自縛（ㄗㄨㄛˋ ㄐㄧㄢˇ ㄗˋ ㄈㄨˊ）

解釋 蠶吐絲作繭，把自己包在裏面。比喻人做事原來希望對自己有利，結果卻造成自己的困擾。也比喻自己束縛自己。

出處 《傳燈錄》：「志公坐禪，如蠶吐絲自縛。」

解析 「作繭自縛」與「作法自斃」都有自作自受的意思，但「作繭自縛」偏重於自己的所作所為使自己受困；而「作法自斃」偏重於自己制定法令使自己受害。

例句 事情都已經過去這麼多年了，你又何必作繭自縛，自己束縛自己。

近義 自作自受；自食其果；作法自斃。

反義 以鄰為壑；嫁禍於人。

似是而非（ㄙˋ ㄕˋ ㄦˊ ㄈㄟ）

解釋 表面上看來似乎是對的，實際上是錯的。

出處 《莊子．山木》：「周將處夫材與不材之間，似之而非也。」《後漢書．章帝紀》：「夫俗吏矯飾外貌，似是而非，揆之人事則悅耳，論之陰陽則傷化。」《孟子．盡心下》：「孔子曰：『惡似而非者：惡莠，恐其亂苗也；惡佞，恐其亂義也。』」

解析「是」不可解釋成「這」、「此」；「非」不可解釋成「不是」、或「非難」的「非」。

例句 這些冠冕堂皇、似是而非的回答，對解決問題一點幫助也沒有。

近義 類是而非。

反義 千真萬確；無可懷疑。

似曾相識（ㄙˋ ㄘㄥˊ ㄒㄧㄤ ㄕˋ）

解釋 好像曾經認識。形容見過的事物又再度出現。

出處 宋．晏殊《珠玉詞．浣溪沙》：「無可奈何花落去，似曾相識燕歸來，小園香徑獨徘徊。」

解析「曾」不讀「曾祖父」的ㄗㄥ。

例句 這篇文章看來似曾相識，恐怕有抄襲的嫌疑。

近義 一面之交。

反義 素昧平生；素不相識。

六畫

依依不捨（ㄧ ㄧ ㄅㄨˋ ㄕㄜˇ）

解釋 依依：戀慕的樣子。形容有了感情，捨不得分開的樣子。

出處《警世通言》十一：「次早，老婆婆起身，又留吃了早飯，臨去時依依不捨，在破箱子內取出一件不曾開拆的羅衫出來相贈。」

解析「依依不捨」可形容對人、對物的留戀，適用範圍較廣；「依依惜別」則只能用來形容人們分離時的留戀之情。

例句 大家雖然認識不過短短三天，但離去時卻都是依依不捨。

近義 依依惜別；依戀不捨；難捨難分。

反義 拂袖而去；揚長而去。

依流平進（ㄧ ㄌㄧㄡˊ ㄆㄧㄥˊ ㄐㄧㄣˋ）

解釋 指古代做官只要按照資歷自可循序升遷。

出處《南史．王騫傳》：「吾家本素族，自可依流平進，不須苟求也。」（素族，寒門，不做官的人家。）

例句 他生平也沒什麼偉大的抱負，只希望能依流平進，不作其它奢求。

依草附木（ㄧ ㄘㄠˇ ㄈㄨˋ ㄇㄨˋ）

解釋 古時迷信，指妖魔鬼怪附於草木上，為非作歹。現比喻依賴別人，或憑倚權勢的人。

出處《王周．巫廟》詩：「日既恃威福，歲久為精靈，依草與附木，誣詭殊不經。」

解析「依草附木」和「攀龍附鳳」、「趨炎附勢」都有巴結、依附權勢者的意思；但「依草附木」可用來喻指依附、假冒有某種名聲的人，後兩個成語則沒有此種用法。

例句 如果你有真才實學，又何必依草附木，仗勢欺人。

近義 趨炎附勢；攀龍附鳳。

反義 剛正不阿。

依然故我（一　ㄖㄢˊ　ㄍㄨˋ　ㄨㄛˇ）

解釋 仍舊是從前的老樣子。沒有任何改變、進展。

出處 《兒女英雄傳》第一回：「究竟到了出榜，還是個依然故我，也無味的很。」

解析 「依然故我」語義較窄，一般只能指人；「依然如故」則語義較寬，多用來指事物，也可以指人或抽象的概念。

例句 經過多次的勸說他卻**依然故我**，惡性不改，學校只好將他開除。

近義 一如既往；依然如故。

反義 一反常態；判若兩人；面目全非。

依樣葫蘆（一　一ㄤˋ　ㄏㄨˊ　ㄌㄨˊ）

解釋 比喻完全照著模仿，毫無創意。

出處 宋．魏泰《東軒筆錄》記載，陶谷指使他所親近的那些人在宋太祖面前推薦他，太祖笑著說：「頗聞翰林草制，皆撿前人舊本，改換詞語，此乃俗所謂依樣畫葫蘆耳。」陶谷寫了一首詩說：「官職須由生處有，才能不管用時無，堪笑翰林陶學士，年年依樣畫葫蘆。」

解析 「依樣葫蘆」強調模仿現成的形狀或方法；而「如法炮製」則專門強調仿效現成的方法。

例句 我不過是照你說的**依樣葫蘆**，才能做得又快又好。

近義 如法炮製；照貓畫虎。

反義 別出心裁；獨闢蹊徑；標新立異。

使臂使指（ㄕˇ　ㄅㄧˋ　ㄕˇ　ㄓˇ）

解釋 就像身體支配胳臂，胳臂支配手指那樣靈活自如，比喻指揮如意，毫無牽制。

出處 《漢書．賈誼傳》：「令海內之勢，如身之使臂，臂之使指，莫不制從。」

例句 陳家在此地具有很大的貢獻與絕對的權威，指揮民眾如**使臂使指**，莫不順從。

近義 得心應手。

例行公事（ㄌㄧˋ　ㄒㄧㄥˊ　ㄍㄨㄥ　ㄕˋ）

解釋 舊時官府中按照慣例處理或執行的公事。現多指照慣例辦事，不顧實際需要和效果的刻板形式主義的工作。

例句 這些檢查雖然只是**例行公事**，有時卻能發揮極大的效果。

近義 虛應故事。

來日方長（ㄌㄞˊ　ㄖˋ　ㄈㄤ　ㄔㄤˊ）

解釋 將來的日子長著。過去多用於勸人不要急於從事某一活動。現在有時可表示展望未來的發展。

例句 這次雖然失敗了，但不必氣餒，**來日方長**，我們終有成功的一天。

近義 大有可為；不可限量。

反義 來日苦短；來日無多。

來去分明（ㄌㄞˊ ㄑㄩˋ ㄈㄣ ㄇㄧㄥˊ）

解釋 將經手的事都整理得非常清楚，多指卸職或別人託付的事而言。形容為人光明磊落。

出處 《兒女英雄傳》第二十五回：「那時叫世人知我冰清玉潔，來去分明。」

例句 我為人一向**來去分明**，雖說我們是多年好友，但該有的程序還是不能少。

來者不拒（ㄌㄞˊ ㄓㄜˇ ㄅㄨˋ ㄐㄩˋ）

解釋 凡事來的一概不選擇、不拒絕。

出處 《孟子．盡心下》：「往者不追，來者不拒。」

解析 「來者不拒」適用範圍較廣，可指人、事、物各種情況都接受、不拒絕，而「有求必應」偏重別人對我有要求就答應，多指幫助別人。

例句 他對上門的生意向來是**來者不拒**，才會發生交不了貨的窘境。

近義 有求必應。

反義 拒人千里；拒之門外。

來龍去脈（ㄌㄞˊ ㄌㄨㄥˊ ㄑㄩˋ ㄇㄞˋ）

解釋 古時的風水相士把山脈比做一條龍，認為從頭到尾都像血脈似地連貫著，比喻一件事情的由來和變化。

出處 明．吾丘端《遠甓記牛眠指穴》：「此間前岡有塊好地，來龍去脈，靠嶺朝山，種種合格。」

解析 「來龍去脈」和「前因後果」都有指事情的起因和結果的意思。但「來龍去脈」重在指事情前後有關聯的線索；「前因後果」重在指事情的全部過程。

例句 事後他召開記者會，把事情的**來龍去脈**清清楚楚地交代一遍。

近義 始末緣由；前因後果。

反義 來歷不明。

侃侃而談（ㄎㄢˇ ㄎㄢˇ ㄦˊ ㄊㄢˊ）

解釋 侃侃：剛直的樣子。形容說話理直氣壯，從容不迫的樣子。

出處 《論語．鄉黨》：「朝與下大夫言，侃侃如也。」

解析 ①侃，讀ㄎㄢˇ。②「侃侃而談」重在形容談話理直氣壯，從容不迫；「慷慨陳辭」重在形容慷慨激昂的樣子；「高談闊論」重在形容談話內容廣博或不切實際；「娓娓而談」重在形容說話連續而不知疲倦。

例句 他在這次的座談會中，**侃侃而**

談他的改革理念。

近義 高談闊論；娓娓而談；慷慨陳辭。

反義 沈吟不語；閑口無言；默默不語。

佩韋自緩（ㄆㄟˋ ㄨㄟˊ ㄗˋ ㄏㄨㄢˇ）

解釋 韋：熟皮，皮繩；緩：不急。
佩帶著韋來警惕自己急躁的性情。

出處 《韓非子．觀行》：「西門豹之性急，故佩韋以自緩；董安于之性緩，故佩弦以自急。」意思是西門豹的性情急躁，所以在身上佩帶著韋來提醒自己要似皮繩那樣有彈性；董安于性情緩慢，他就在身上佩著弦來提醒自己要像弓弦那樣緊張。

例句 你急躁的個性差點毀了整個計畫，你該**佩韋自緩**，好好警惕自己了。

佹得佹失（ㄍㄨㄟˇ ㄉㄜˊ ㄍㄨㄟˇ ㄕ）

解釋 佹：偶然。
偶然得到，偶然間失去。

出處 《列子．力命》：「佹佹成者，俏成者也，初非成也。佹佹敗者，俏敗者也，初非敗也。」（俏，通「肖」，相似。俏成俏敗，似成似敗，不是真成真敗。）

例句 這意外取得的成果也在意外中失去，**佹得佹失**，似乎冥冥中皆有定數。

近義 俏成俏敗。

侔色揣稱（ㄇㄡˊ ㄙㄜˋ ㄔㄨㄞˇ ㄔㄥˋ）

解釋 侔：等同；揣：估量；稱：好。
摹擬比量，後用來形容描摹物色都能恰到好處。

出處 《文選．謝惠連〈雪賦〉》：「抽子秘思，騁子妍辭，侔色揣稱，為寡人賦之。」

例句 這位作家一向觀察入微，下筆自然**侔色揣稱**，寫就一篇篇動人的好文章。

七畫

信口開河（ㄒㄧㄣˋ ㄎㄡˇ ㄎㄞ ㄏㄜˊ）

解釋 信口：隨口說出；河：同「合」。
毫無根據，隨口亂說。

出處 《元曲選．無名氏〈爭報恩〉三》：「那妮子一尺水翻騰做一丈波，怎當他只留支刺，信口開合。」

解析 「信口開河」、「信口雌黃」都有隨口亂說的意思，但「信口雌黃」多指隨便誣陷、亂造謠言。「信口開河」是形容「不加思索」而亂說；「信口雌黃」有的是不加思索，但大多是懷有惡意的。

例句 他有多次**信口開河**的紀錄，對他所作的承諾你可不能全信。

近義 信口雌黃；胡言亂語；胡說八道。

反義 言必有據；言之鑿鑿。

信口雌黃（ㄒㄧㄣˋ ㄎㄡˇ ㄘ ㄏㄨㄤˊ）

解釋 信：隨意；雌黃：一種礦物，黃赤色，可作顏料。古時寫字用黃紙，寫錯了就用雌黃塗抹。比喻不問事實，隨口亂說。

出處 王衍喜歡清談，推崇老子和莊子。他在講老、莊的玄理時，手裏總是拿著一把玉柄拂塵，表現出十分寧靜從容的態度。有時他把義理講錯了就隨口改正，於是，人們說他是「口中雌黃」。

解析 「信口雌黃」往往含有歪曲或捏造事實的意思；「信口開河」則沒有，「信口開河」有時可指海闊天空、漫無邊際地談話。「信口雌黃」有時也可表示不負責任地隨口亂說，可與「信口開河」換用，但前者的語氣重於後者。

例句 看他言辭閃爍，前後矛盾，就知道他根本是在信口雌黃。

近義 妄下雌黃；信口開河；胡言亂語；胡說八道。

反義 言必有據；言之鑿鑿。

信及豚魚（ㄒㄧㄣˋ ㄐㄧˊ ㄊㄨㄣˊ ㄩˊ）

解釋 豚：小豬。連對豚、魚那樣微賤的動物都講信用。形容信用昭著。

出處 《周易．中孚．彖（ㄊㄨㄢˋ）辭》：「豚魚吉，信及豚魚也。」注：「魚者蟲之隱者也，豚者獸之微賤者也。爭競之道不興，中信之德淳著，則雖微隱之物，信皆及之。」

例句 他是個說話算話、信及豚魚的人，他答應你的事你大可放心。

近義 言而有信。

反義 言而無信；食言而肥；輕諾寡信。

信手拈來（ㄒㄧㄣˋ ㄕㄡˇ ㄋㄧㄢˇ ㄌㄞˊ）

解釋 信手：隨手；拈：用指頭捏取東西。隨手取來。形容寫文章時詞彙或材料豐富，不用思考，便自然而從容的創作出好作品。

出處 宋．釋普濟《五燈會元．報恩禪師》：「昔日德山臨濟信手拈來，便能坐斷十方，壁立千仞。」

解析 「信手拈來」指隨手可得，多用於寫作；「唾手可得」強調得到的容易，多指一般事物。

例句 他的資賦優異，文思敏捷，信手拈來就是一篇好詩、好文章。

近義 唾手可得；意到筆隨。

反義 絞盡腦汁；搜索枯腸。

信而有徵（ㄒㄧㄣˋ ㄦˊ ㄧㄡˇ ㄓㄥ）

解釋 信：確實，可信；徵：同「證」，證據。所說的話確實而且有證據。也作「信而有證」。

出處 《左傳．昭公八年》：「君子之言，信而有徵。」

解析 「信而有徵」偏重指證據可靠；「有案可稽」偏重指有記載可以查證。

例句 這個消息是信而有徵，絕不是空穴來風。

近義 有案可稽；有憑有據。

反義 無憑無據；無稽之談；道聽塗說。

信馬由繮（ㄒㄧㄣˋ ㄇㄚˇ ㄧㄡˊ ㄐㄧㄤ）

解釋 信：聽憑。騎馬漫無目的地閒逛，比喻沒有主見，隨外力左右自己的想法、作法。

出處 《歧路燈》十四回：「這四五年來，每日信馬由繮，如在醉夢中一般。」

例句 他身為局長卻**信馬由繮**，完全沒有主見。

近義 信步而行。

反義 規行矩步。

信誓旦旦（ㄒㄧㄣˋ ㄕˋ ㄉㄢˋ ㄉㄢˋ）

解釋 旦旦：誠懇的樣子。誓言說得極其誠懇。

出處 《詩經．衛風．氓》：「信誓旦旦，不思其反。」

解析 「信誓旦旦」多指對人發誓；「言而有信」指一般說話講信用。

例句 他前天才**信誓旦旦**地說要戒煙，沒想到兩天不到又故態復萌。

近義 指天誓日；海誓山盟。

反義 出爾反爾；自食其言；言而無信。

信賞必罰（ㄒㄧㄣˋ ㄕㄤˇ ㄅㄧˋ ㄈㄚˊ）

解釋 信：確實。有功必賞，有罪必罰，賞罰嚴明，態度公正。

出處 《韓非子．外儲說右上》：「信賞必罰，其足以戰。」

例句 他**信賞必罰**的態度，使得隊上紀律嚴明，隊員對他非常信服。

近義 賞功罰罪；賞罰分明。

侯服玉食（ㄏㄡˊ ㄈㄨˊ ㄩˋ ㄕˊ）

解釋 穿王侯的衣服，吃珍奇的食物。形容極其奢華的生活。

出處 《漢書．敘傳》：「侯服玉食，敗俗傷化。」

例句 他揮金如土、**侯服玉食**的生活，引起歹徒的覬覦而綁架了他的幼子。

近義 列鼎而食；炊金饌玉；酒池肉林；錦衣玉食。

反義 布衣蔬食；粗茶淡飯；節衣縮食。

侯門似海（ㄏㄡˊ ㄇㄣˊ ㄙˋ ㄏㄞˇ）

解釋 豪門貴族的宅院似海般深廣。形容權貴人家的門禁森嚴，老百姓不能進入。

出處 唐朝時，崔郊家貧，將一女婢賣給連帥，但崔郊非常思念她，某日婢外出掃墓，與崔郊二人相見不覺傷心涕泣，後崔郊題了一首〈贈去婢〉詩：「公子王孫逐後塵，綠珠垂淚滴羅巾，侯門一入深如海，從此蕭郎似路人。」

解析 「侯」不寫成「時候」的「候」。

例句 她嫁進豪宅才知侯門似海，處處受限，沒有一點自由。

近義 深宅大院。

反義 小門小戶；小家小院；柴門茅舍。

便宜行事（ㄅㄧㄢˋ ㄧˊ ㄒㄧㄥˊ ㄕˋ）

解釋 便宜：方便，適宜。不及請示，自行根據當時當地的情況，決定適當的處理方法。又作「便宜從事」、「便宜施行」。

出處 《史記．蕭相國世家》：「何守關中……輒奏上，可，許以從事；即不及奏上，輒以便宜施行，上來以聞。」

解析 ①「便」不能唸成ㄆㄧㄢˊ。②「便宜行事」和「見機行事」都有靈活辦事的意思。但「便宜行事」多指上級授權其自行處理；「見機行事」多指自動的臨時靈活變通。

例句 此地交通受阻，對外通訊全告中斷，我們只有便宜行事，自行解決。

近義 見機行事。

俗不可耐（ㄙㄨˊ ㄅㄨˋ ㄎㄜˇ ㄋㄞˋ）

解釋 耐：忍耐。庸俗得令人無法忍受。

出處 《聊齋志異．沂水秀才》：「一美人置白金一鋌，可三四兩許，秀才掇內袖中。美人取巾，握手笑出，曰：『俗不可耐！』」

例句 她自以為打扮得流行時髦，在我看來是俗不可耐。

近義 俗不堪耐。

反義 文質彬彬；溫文爾雅；雍容文雅。

八畫

俯仰之間（ㄈㄨˇ ㄧㄤˇ ㄓ ㄐㄧㄢ）

解釋 俯：低頭；仰：抬頭。在頭一低一抬的時間裏。形容時間短促。

出處 《漢書．晁錯傳》：「以大為小，以強為弱，在俯仰之間耳。」

例句 困擾我們一下午的事，沒想到他在俯仰之間便解決了。

近義 撚指之間；彈指之間；轉眼之間。

反義 長年累月。

俯仰由人（ㄈㄨˇ ㄧㄤˇ ㄧㄡˊ ㄖㄣˊ）

解釋 俯仰：低頭和抬頭，泛指一舉一動。形容所有行動都受人控制、支配。

出處 《莊子．天運》：「且子獨不見夫桔槔（ㄍㄠ）者乎？引之則俯，舍之則仰，彼人之所引，非引人也，故俯仰而不得罪於人。」（桔槔，設在井上的一種汲水的設備。）

解析 「俯仰由人」強調被人控制；「仰人鼻息」強調依賴別人。

例句 他從小自由獨立慣了，現在要他過這種俯仰由人的日子，他當然不願意。

近義 仰人鼻息；受制於人。

反義 獨立自主。

俯拾即是 ㄈㄨˇ ㄕˊ ㄐㄧˊ ㄕˋ

解釋 俯：低頭，彎腰。只要彎下身子去揀，到處都是那些東西。形容為數很多而且容易得到。

出處 唐．司空圖《詩品．自然》：「俯拾即是，不取諸鄰。」

解析 「俯拾即是」和「比比皆是」、「觸目皆是」都可形容數目很多，但「俯拾即是」有非常容易得到的意思，「比比皆是」、「觸目皆是」則沒有。但後兩個成語可用來形容建築物、某種場所、某種人等，「俯拾即是」則不能。

例句 只要你用心體會，幸福、快樂是俯拾即是的。

近義 比比皆是；觸目皆是。

反義 了了無幾；屈指可數。

俯首帖耳 ㄈㄨˇ ㄕㄡˇ ㄊㄧㄝ ㄦˇ

解釋 像狗見了主人那樣低頭貼著耳朵。形容卑躬屈膝、馴服順從的樣子。

出處 唐．韓愈〈應科目時與人書〉：「若俯首帖耳，搖尾而乞憐者，非我之志也。」

解析 「帖」不讀「請帖」的ㄊㄧㄝˇ或「字帖」的ㄊㄧㄝˋ。

例句 他對上司俯首帖耳的醜態真令人覺得可恥。

近義 百依百順；卑躬屈膝；俯首聽命。

反義 桀驁不馴。

倦鳥知還 ㄐㄩㄢˋ ㄋㄧㄠˇ ㄓ ㄏㄨㄢˊ

解釋 飛倦的鳥也知道要飛回巢裏。比喻人在外奔波沈浮，心起倦意，想要回家休息。

出處 陶潛〈歸去來辭〉：「鳥倦飛而知還。」

例句 在外奔波了十幾年，他總算倦鳥知還，回到老家，安度老年。

借刀殺人 ㄐㄧㄝˋ ㄉㄠ ㄕㄚ ㄖㄣˊ

解釋 比喻自己不出面，挑撥或利用別人去陷害、消滅對方。

出處 《紅樓夢》十六回：「坐山看虎鬥，借刀殺人。」

例句 他聰明絕頂，以借刀殺人的方法利用別人除去心腹之患，自己卻逍遙法外。

近義 借客報仇；借風使船；嫁禍於人。

反義 借花獻佛；殺人留名；敢做敢當。

借古諷今 ㄐㄧㄝˋ ㄍㄨˇ ㄈㄥˋ ㄐㄧㄣ

解釋 借：假託；諷：譏諷。假託古代的事物來影射、諷刺、攻擊現實。

解析 「借古諷今」、「借古喻今」，都有假托古代的事物來影射現實的意思。當強調、諷刺的意思時，用「借古諷今」；當強調譬喻的意思時，用「借古喻今」較明確。

例句 他學歷史出身，寫的評論文章中常見借古諷今的例子。

近義 以古非今；借古喻今。

反義 開門見山；直言不諱。

借花獻佛 ㄐㄧㄝˋ ㄏㄨㄚ ㄒㄧㄢˋ ㄈㄛˊ

解釋 比喻用別人的東西做人情，送給別人。

出處 《元曲選．無名氏〈殺狗勸夫．楔子〉》：「既然哥哥有酒，我們借花獻佛，與哥哥上壽咱。」

解析 「佛」不讀寫成熱血沸騰的「沸（ㄈㄟˋ）」，也不寫成「拂」。

例句 這根本不是出自他的手筆，他只不過是拿現成的來借花獻佛罷了。

近義 順水人情；慷人之慨。

反義 借刀殺人。

借屍還魂 ㄐㄧㄝˋ ㄕ ㄏㄨㄢˊ ㄏㄨㄣˊ

解釋 人死後屍體腐朽，可將魂靈附著於他人的新屍體而復活，現比喻舊事物以新姿態、新形式出現。

出處 《元曲選》：「我如今著你屍還魂，屍體是小李屠，魂靈是岳壽。」

例句 這些不合格的貨物必須全數銷毀，以免不肖業者借屍還魂。

近義 死灰復燃；捲土重來。

反義 斬草除根；趕盡殺絕。

借箸代籌 ㄐㄧㄝˋ ㄓㄨˋ ㄉㄞˋ ㄔㄡˊ

解釋 箸：筷子；籌：竹製的籌碼，用來計算數量的東西，每根籌代表一定的數量，引申為計畫、籌劃。借你的筷子來指畫當時的形勢。表示代人設計或策劃。

出處 《漢書．張良傳》：「良從外來謁漢王。漢王方食，曰：『客有為我計橈楚權者。』……良曰：『臣請借前箸以籌之。』」

例句 如果貴公司欠缺這方面的人才，我可以借箸代籌為貴公司策劃。

借題發揮 ㄐㄧㄝˋ ㄊㄧˊ ㄈㄚ ㄏㄨㄟ

解釋 假借某事作為藉口，藉以發表自己真正的意見。

出處 清．石玉琨《三俠五義》四十八回：「聖上即借題發揮道：『你為何叫盤桅鼠？』」

例句 你對這次的計畫有什麼不滿不妨直說，犯不著拐彎抹角借題發揮。

近義 指桑罵槐；旁敲側擊。

反義 直言不諱；直接了當。

倚老賣老

解釋 倚：憑恃。
自以為年紀大，閱歷豐富，而賣弄老資格，瞧不起別人。

出處 《元曲選．無名氏〈謝金吾〉一》：「我盡讓你說幾句便罷，則管裏倚老賣老，口裏嘮嘮叨叨的說個不了。」

解析 「倚」不寫成「依」。

例句 我們尊重你是長者，但你也不能**倚老賣老**，完全不接受別人的意見。

近義 夜郎自大；趾高氣昂。

反義 提攜後輩；資淺齒少。

倚門倚閭

解釋 閭：里巷的門。
形容父母殷切盼望子女歸來的心情。

出處 《戰國策．齊策六》：「王孫賈年十五，事閔王。王出走，失王之處。其母曰：『女（汝）朝出而晚來，則吾倚門而望；女（汝）暮出而不還，則吾倚閭而望。』」

例句 自從他的女兒被綁架後，他終日**倚門倚閭**，心急如焚。

近義 引領而望；倚門佇望；望穿秋水；望眼欲穿。

倚馬可待

解釋 站在即將出發的戰馬前起草文件，可以立刻完成。比喻文思敏捷，為文迅速。

出處 南朝．宋．劉義慶《世說新語．文學》：「喚袁倚馬前令作，手不輟筆，俄得七紙，殊可觀。」

例句 身為一名記者，必須文思敏捷，**倚馬可待**，才能符合新聞的時效性。

近義 一揮而就；七步成詩。

反義 才竭智疲；江郎才盡；搜索枯腸。

倒打一耙

解釋 用以比喻人犯了錯誤或做了壞事不承認，反而責備別人。

出處 《西遊記》中的豬八戒用釘耙作武器，常用倒打一耙的戰術打敗對手。

例句 你這種**倒打一耙**的詭計是行不通的，現場有許多看見你行兇的證人。

近義 反咬一口；推卸責任；諉過他人。

反義 代人受過；李代桃僵。

倒行逆施

解釋 原來是說做事違背常理，任意妄為。

出處 《史記．伍子胥列傳》說，春秋時伍子胥為父報仇，領著吳國的軍隊攻打楚國，把楚平王的屍體挖掘出來，鞭打了三百下。申包胥責備他，他回答說：「吾日暮途遠，吾故倒行而逆施之。」

解析 「倒」不讀ㄉㄠˇ。「逆」不解釋成「抵觸」（如「忠言逆耳」）。

例句 歷史一再地告誡我們施行仁政，才能長治久安，倒行逆施，只會加速滅亡。

近義 逆天違理；悖理犯義。

反義 因勢利導；順水推舟；順天應人。

倒持泰阿 ㄉㄠˋ ㄔˊ ㄊㄞˋ ㄜ

解釋 泰阿：寶劍名。倒拿著寶劍，把劍柄交給別人，比喻輕率地把權柄讓給別人，自己反受其害。也作「泰阿倒持」。

出處 《漢書．梅福傳》：「倒持泰阿，授楚其柄。」

解析 「阿」不能唸成ㄚ。

例句 你如果再不過問公司的事，難保不會發生大權旁落、倒持泰阿的事。

近義 大權旁落；授人以柄。

反義 大權在握；大權獨攬。

倒海翻江 ㄉㄠˋ ㄏㄞˇ ㄈㄢ ㄐㄧㄤ

解釋 原來是說水勢浩大。後用來比喻成就了極艱難的事業，或形容聲勢力量的盛大。也作「翻江倒海」。

出處 宋．陸游〈夜宿陽山磯抵雁翅浦詩〉：「五更顛風吹急雨，倒海翻江洗殘暑。」

解析 「倒海翻江」、「排山倒海」重在聲勢大或力量雄偉；「翻天覆地」重在變化巨大。

例句 這股改革治安的風潮如倒海翻江，傳遍了整個台灣。

近義 天翻地覆；波瀾壯闊；排山倒海。

倒載干戈 ㄉㄠˋ ㄗㄞˋ ㄍㄢ ㄍㄜ

解釋 載：裝載，放置；干戈：古代的兩種兵器。把武器倒放，表示停戰。後也用來表示天下太平。也作「倒置干戈」。

出處 《禮記．樂記》：「倒載干戈，包之以虎皮……然後天下知武王之不復用兵也。」

例句 在現今這種倒載干戈、民生樂利的社會中，人人都可以安心過自己的生活。

倒懸之急 ㄉㄠˋ ㄒㄩㄢˊ ㄓ ㄐㄧˊ

解釋 懸：掛。被綑綁兩足倒掛的急難。比喻困苦之極。

出處 《後漢書．臧洪傳》：「北鄙將告倒懸之急。」

例句 颱風過後，山區對外交通中斷，已斷糧數日，亟待政府救助解倒懸之急。

近義 危在旦夕；岌岌可危；累卵之危。

反義 救民水火；解民倒懸。

俾晝作夜

解釋 俾：使。把白天當作黑夜。形容生活荒淫，晝夜顛倒。

出處 《詩經．大雅．蕩》：「靡明靡晦，式號式呼，俾晝作夜。」

例句 自從他炒股票賺了大錢後，便俾晝作夜，過著荒淫無度的生活。

九畫

停辛佇苦

解釋 停：停留；佇：久立。辛苦纏身，長期不去。形容備受艱辛困苦。

出處 唐．李商隱《玉谿生詩集．河內》詩：「梔子交加香蓼繁，停辛佇苦留待君。」

例句 他一輩子停辛佇苦，好不容易小有積蓄，沒想到又染上重病，真是命途多舛。

停雲落月

解釋 陶潛曾寫停雲詩懷念友人，杜甫思念李白詩句中曾提到落月，後人便以停雲、落月來表示對親友的思念。

出處 晉．陶潛〈停雲詩序〉：「停雲，思親友也。」唐．杜甫〈夢李白〉詩：「落月滿屋梁，猶疑照顏色。」

例句 你出國至今已逾三年，停雲落月，對你的思念未曾稍減。

假公濟私

解釋 假：借；濟：助成。假借公家的名義或力量，謀取個人的私利。

出處 《元曲選．無名氏〈陳州糶米〉一》：「他假公濟私，我怎肯和他干罷了也呵！」《警世通言》二一：「你把我看做施恩望報的小輩，假公濟私的奸人，是何道理？」

解析 「假公濟私」強調假公的名義來謀私利，「損公肥私」強調損害公益來中飽私囊，語意較前者重。

例句 許多公務員假公濟私，利用上班時間辦理私事，非常要不得。

近義 假公營私；損公肥私。

反義 大公無私；公而忘私；洗手奉職。

假途滅虢

解釋 假：借；途：道路；虢：春秋時的小國。假托借路的名義，實際上卻將該國消滅。

出處 《左傳．僖公五年》記載，晉國向虞國借路，要過境虞國攻打虢國，虞國答應了晉國要求，結果晉國在滅了虢國之後，回國途中把虞國也滅了。

解析 虢，讀ㄍㄨㄛˊ，不讀ㄏㄨˇ。

例句 他提出的條件雖然優厚，但為免他是假途滅虢，我們還是拒絕的好。

近義 過河拆橋。

偃武修文（ㄧㄢˇ ㄨˇ ㄒㄧㄡ ㄨㄣˊ）

解釋 偃：停止；修：修明，致力於。指停止武備，致力提倡文教。

出處 《尚書．武成》：「王來自商，至於豐，乃偃武修文。」（豐，地名。）

解析 「偃武修文」與「歸馬放牛」、「馬放南山」都有結束戰爭的意思，但「偃武修文」除指戰爭結束外，尚有提倡文教、治理國家之意。而「歸馬放牛」、「馬放南山」等則僅表示結束戰爭。

例句 近年來，我國偃武修文致力於教育改革，淨化人心，已收到相當好的成果。

近義 馬放南山；歸馬放牛。

反義 窮兵黷武。

偃旗息鼓（ㄧㄢˇ ㄑㄧˊ ㄒㄧ ㄍㄨˇ）

解釋 偃：放倒。放倒戰旗，停敲戰鼓。原指軍中肅靜無聲、毫無動靜使敵人不易察覺。後來比喻休戰或暫時隱蔽，中止活動。

出處 《三國志．蜀志．趙雲傳》裴松之注引《趙雲別傳》說，趙雲從曹操軍隊的包圍中衝殺出來，回到自己的營寨，「更大開門，偃旗息鼓」，曹操看到這種情況，恐怕內有埋伏，就帶著追兵回去了。

解析 「偃旗息鼓」多用於軍隊和集體，不可用在個人，偏重在隱祕義；「銷聲匿跡」使用範圍較廣，可用於集體、個人或事物，偏重在隱藏義。

例句 兩隊今日偃旗息鼓，休兵一天，準備明日再戰。

近義 鳴金收兵；銷聲匿跡。

反義 大張旗鼓；重振旗鼓；捲土重來。

側目而視（ㄘㄜˋ ㄇㄨˋ ㄦˊ ㄕˋ）

解釋 側目：斜著眼睛。斜著眼睛看人，不敢正視的樣子。形容敬畏的情態。也形容憤恨又畏懼，不敢正視的樣子。

出處 《戰國策．秦策一》：「妻側目而視，側耳而聽。」

解析 「側目而視」和「怒目而視」都形容憤怒、不滿地看人，但「側目而視」重在表示因不滿、敬畏而不敢正視，程度較輕；而「怒目而視」則重在表示憤怒。

例句 他在台上義憤填膺的樣子，引起眾人側目而視。

近義 怒目而視；橫眉冷眼。

反義 目不斜視。

偷工減料（ㄊㄡ ㄍㄨㄥ ㄐㄧㄢˇ ㄌㄧㄠˋ）

解釋 不顧工程或產品的品質，私自扣減工時、工序和用料。

出處《兒女英雄傳》第二回：「這下游一帶的工程都是偷工減料做的，斷靠不住。」

解析「偷工減料」強調不按規程進行，暗中降低要求，扣減用料；「粗製濫造」強調製作過程馬虎草率，做工粗糙。

例句 捷運尚未通車就頻頻故障，其中必定有人**偷工減料**。

反義 一絲不苟。

偷天換日 ㄊㄡ ㄊㄧㄢ ㄏㄨㄢˋ ㄖˋ

解釋 比喻暗中以假換真，改變重大事物的真相來蒙混、欺騙別人。

出處 清·朱佐朝《漁家樂傳奇》：「願將身代入金屋，做個偷天換日，因風動燭。」

解析「偷天換日」和「移花接木」、「偷梁換柱」都有用手段欺騙別人的意思。但「偷天換日」重在改變重大事物的真相，「移花接木」重在變換原來的人或事物，而「偷梁換柱」多指以假代替真實，用於一般事物。

例句 我們已經準備要將這件事公諸於世，你休想私自**偷天換日**。

近義 弄虛作假；移花接木；偷梁換柱。

反義 真實無妄；貨真價實。

偷合取容 ㄊㄡ ㄏㄜˊ ㄑㄩˇ ㄖㄨㄥˊ

解釋 偷：苟且。苟且迎合他人，以求得容身之處。

出處《史記·白起王翦傳》：「然不能輔秦建德，固其根本，偷合取容。」

例句 社會上到處充斥著唯利是圖、**偷合取容**的小人。

偷梁換柱 ㄊㄡ ㄌㄧㄤˊ ㄏㄨㄢˋ ㄓㄨˋ

解釋 比喻玩弄手法，暗中以假的代替真的。

出處《紅樓夢》第九十七回：「偏偏鳳姐想出一條偷梁換柱之計。」

解析 就語義言，「偷梁換柱」，比喻偷換事物的內容，多指以假的代替真的；「偷天換日」比喻隱瞞重大事物的真相；「移花接木」一般比喻暗中更換一種事物或以轉頭去尾、東拼西湊的手法來改變事物的本來面目。

例句 他想以**偷梁換柱**的手法蒙混過關，沒想到還是被發現了。

近義 移花接木；偷天換日。

十畫

傍人門戶 ㄅㄤˋ ㄖㄣˊ ㄇㄣˊ ㄏㄨˋ

解釋 傍：依靠，依附。依附在別人的大門上。比喻寄人籬下，依賴別人生活。

出處 宋·蘇軾《東坡志林》：「吾輩不肖，方傍人門戶，何暇爭閒氣耶！」

例句 你也該自己出去找工作了，總不能一直過著**傍人門戶**的生活。

傅粉施朱（ㄈㄨˋ ㄈㄣˇ ㄕ ㄓㄨ）

解釋 傅：敷，搽；朱：紅色，這裏指胭脂。搽粉點胭脂，原形容古代男子修飾面容，化妝打扮。現多比喻掩蓋過失或掩飾事物的本來面目。

出處 北齊．顏之推《顏氏家訓．勉學》：「貴游子弟，多無學術……無不薰衣剃面，傅粉施朱。」

解析 「傅」右部從「甫、寸」，不寫成「付」。

例句 自己的過失自己要有勇氣承擔，一味地傅粉施朱，只怕是欲蓋彌彰。

近義 描眉畫眼；塗脂抹粉。

反義 本來面目；廬山真面目。

十一畫

債台高築（ㄓㄞˋ ㄊㄞˊ ㄍㄠ ㄓㄨˊ）

解釋 形容欠債很多。

出處 戰國時代，周赧王欠債很多，無法歸還，被債主逼債，周赧王便躲在宮中的一座高臺上，不敢下來。後人便把這個高臺子叫「逃債臺」。

例句 他經商失敗，目前是債台高築，怎麼可能還有錢借你。

近義 負債累累。

反義 金玉滿堂；腰纏萬貫。

傾國傾城（ㄑㄧㄥ ㄍㄨㄛˊ ㄑㄧㄥ ㄔㄥˊ）

解釋 傾：傾倒；城：國。形容所有人都為之傾倒的絕色女子。也作「傾城傾國」。

出處 漢朝的音樂家李延年曾告訴漢武帝說：「北方有佳人，絕世而獨立，一顧傾人城，再顧傾人國。」漢武帝問世上真有這樣的絕世美女嗎？李延年就把自己的妹妹介紹給他，這就是歷史上著名的美女——李夫人。

例句 她靠著傾國傾城的容貌，無論到哪裏都倍受歡迎。

近義 沈魚落雁；花容月貌；閉月羞花；絕代佳人。

反義 東施效顰；奇醜無比。

傾盆大雨（ㄑㄧㄥ ㄆㄣˊ ㄉㄚˋ ㄩˇ）

解釋 比喻雨勢急驟，像大盆水傾注而下。

出處 宋．蘇軾〈雨意〉詩：「煙擁雲巒雲擁腰，傾盆大雨定明朝。」

例句 昨夜的一場傾盆大雨，使得許多低窪地區都淹水了。

近義 大雨滂沱；銀河倒瀉。

反義 牛毛細雨；雨絲風片。

傾家蕩產（ㄑㄧㄥ ㄐㄧㄚ ㄉㄤˋ ㄔㄢˇ）

解釋 傾：倒出；蕩：弄光。把全部家產用盡。也作「傾家竭產」。

出處 《三國志．蜀書．董和傳》：「貨殖之家，侯服玉食，婚姻葬送，傾家竭產。」

例句 為了救回被綁架的兒子，他就算傾家蕩產也在所不惜。

反義 招財進寶；興家立業。

傷天害理 ㄕㄤ ㄊㄧㄢ ㄏㄞˋ ㄌㄧˇ

解釋 形容做事違背天理，過於凶狠殘忍，滅絕人性。

出處 《聊齋志異．呂無病》：「勒索傷天害理之錢，以吮人痛痔者耶！」

解析 「傷」不解釋成「傷痕」（如「遍體鱗傷」）或防礙（如「無傷大雅」）。「害」不解釋成「禍害」（如「為民除害」）。

例句 舉頭三尺有神明，你做出這種傷天害理的事，必然會遭到報應。

近義 殘無人道；喪心病狂；喪盡天良。

反義 樂善好施。

傷風敗俗 ㄕㄤ ㄈㄥ ㄅㄞˋ ㄙㄨˊ

解釋 傷：損害；敗：破壞。敗壞良好風俗。常用來責備人行為不正當。

出處 韓愈〈諫迎佛骨表〉：「傷風敗俗，傳笑四方，非細事也。」

例句 近來隨處可見穿著暴露的檳榔西施，真是傷風敗俗。

近義 有傷風化。

反義 民淳俗厚；移風易俗。

十二畫

僧多粥少 ㄙㄥ ㄉㄨㄛ ㄓㄡ ㄕㄠˇ

解釋 本來指人數眾多而吃的東西很少，不夠分配，現在多指職位少而求職的人多。

出處 《蔡廷鍇自傳．困守家鄉》：「二十九日，王皓明到來，將活動經過略談，縣長缺粥少僧多，謀縣長及專員不知千百計，再求我親筆信致羅卓英主席。」

解析 「僧多粥少」指職位或東西不夠分配；「供不應求」偏重指東西不足人們的需求。

例句 近年來經濟不景氣，失業率暴增，在僧多粥少的情況下，一個缺額往往有數十人來應徵。

近義 供不應求。

反義 人浮於事；供過於求。

十三畫

儀態萬方 ㄧˊ ㄊㄞˋ ㄨㄢˋ ㄈㄤ

解釋 儀態：容貌，姿態。形容容貌姿態非常美好。

出處 《玉臺新詠．張衡〈同聲歌〉》：「素女為我師，儀態盈萬方。」

例句 當年的野丫頭，沒想到經過三年的學校生活洗禮，出落得儀態萬方。

近義 風姿綽約；婀娜多姿。

反義 東施效顰。

價值連城 ㄐㄧㄚˋ ㄓˊ ㄌㄧㄢˊ ㄔㄥˊ

解釋 價：價格；連城：連成一片的

許多城市。

形容物品非常珍貴。

出處《史記．廉頗藺相如列傳》記載，戰國時，趙國得了一塊寶玉叫和氏璧，秦王提出要用十五座城池交換。

解析「價值連城」與「無價之寶」都有形容物品十分珍貴的意思，「價值連城」重在珍貴的程度達到如連成一片的許多城市一樣；「無價之寶」重在「價值無法估計」。習慣用法上，「價值連城」往往只能用於具體的珍寶；「無價之寶」既可以指具體物品，也可以指其他精神財富。

例句這塊得來不易的寶玉在他心目中可是價值連城，你出多少錢，他都不會賣的。

近義無價之寶；價值千金。

反義一文不值；一錢不值。

十五畫

優孟衣冠（ㄧㄡ ㄇㄥˋ ㄧ ㄍㄨㄢ）

解釋優孟：春秋時楚國著名藝人。①指演員表演戲劇。②形容裝扮得像真的一樣。

出處《史記．滑稽列傳》記載，優孟，春秋時楚國伶人，滑稽多智，常以談笑旁敲側擊地勸說楚王。楚相孫叔敖死後，兒子很窮，優孟就穿戴了孫叔敖生前的衣冠去見楚莊王，神態和孫叔敖一模一樣。莊王以為孫叔敖復生，便讓他做宰相。優孟趁機對楚莊王進行規勸，終於感動楚王，敖子得以封官授爵，以改善生活。

解析「優孟衣冠」指穿戴古人衣冠登場演戲；「粉墨登場」指化好了妝登場演戲。

例句他現在雖是個成功的生意人，但他最大的興趣卻是優孟衣冠。

近義粉墨登場。

反義還我初服。

優柔寡斷（ㄧㄡ ㄖㄡˊ ㄍㄨㄚˇ ㄉㄨㄢˋ）

解釋優柔：遲疑不決；寡：少。形容做事猶豫不決，缺乏決斷力。

出處《韓非子．亡征》：「緩心而無成，柔茹而寡斷，好惡無決，而無所定立者，可亡也。」

解析「優柔寡斷」和「舉棋不定」、「猶豫不決」都是形容人沒有決斷力、拿不定主意，但「優柔寡斷」多用來形容人的性格，而「舉棋不定」、「猶豫不決」多指對事情拿不定主意。

例句你這種優柔寡斷的性格會讓你喪失許多機會。

近義猶豫不決；舉棋不定；躊躇不決。

反義當機立斷；毅然決然。

【儿部】

二畫

元元本本

解釋 原指探究事物的根由原因。現指事物的全部過程或全部情況。

出處 《文選．班固〈西都賦〉》：「元元本本，殫見洽聞。」

例句 你必須把事情的前因後果，元元本本的交代清楚，否則你是脫不了嫌疑的。

允文允武

解釋 形容能文能武，文武兼備。

出處 《詩經．魯頌．泮水》：「允文允武，昭假烈祖。」

例句 從小父親就對我們作多方面的訓練，希望我們能成為**允文允武**的青年。

近義 文武雙全；能文能武。

反義 一無所能；百無一能。

三畫

充耳不聞

解釋 充：堵塞。塞住耳朵不聽。形容存心不聽別人的話。

出處 《詩經．鄘風．旄丘》：「褎（ㄧㄡˋ）如充耳。」

解析 「充」不能解作「充滿」。「充耳不聞」表示假裝沒聽到，把別人的話置之不理；「不聞不問」表示不關心，不過問。

例句 他對家人的勸告**充耳不聞**，執意要一個人登奇萊險峰。

近義 置若罔聞；聽而不聞。

反義 耳熟能詳；洗耳恭聽。

兄弟鬩牆

解釋 鬩：爭吵。原指兄弟失和，在家中爭吵。後比喻內部不和，互相爭鬥。

出處 《詩經．小雅．棠棣》：「兄弟鬩於牆，外禦其侮。」

解析 「兄弟鬩牆」偏重指兄弟不和；互相爭鬥；「煮豆燃萁」、「相煎何急」偏重指兄弟互相殘殺。

例句 這一對兄弟分屬不同球隊，今日對壘，只得**兄弟鬩牆**。

近義 同室操戈；骨肉相殘；煮豆燃萁。

反義 兄友弟恭；長枕大被。

四畫

光天化日

解釋 光天：白天；化日：太平無事的日子。原形容太平盛世。後比喻大庭廣眾，人人共見的地方。

出處 《儒林外史》十九回：「如此惡

棍，豈可一刻容於光天化日之下。」

例句 現今社會治安日益敗壞，竟有人在光天化日之下公然行搶。

近義 大庭廣眾；眾目睽睽。

反義 浮雲蔽日；暗無天日。

光怪陸離 ㄍㄨㄤ ㄍㄨㄞˋ ㄌㄨˋ ㄌㄧˊ

解釋 光怪：奇異的光彩；陸離：參差錯雜的樣子。

形容奇形怪狀、五顏六色。

出處 《儒林外史》第五十五回：「那柴燒的一塊一塊的，結成就和太湖石一般，光怪陸離。」

解析 「光怪陸離」指奇怪的顏色、形狀，可形容具體事物，亦可形容繁雜的社會現象，而「斑駁陸離」只可形容具體的東西和色彩。

例句 在這位前衛藝術家的個展中，處處可見光怪陸離的作品。

近義 五彩繽紛；五色斑斕。

光明磊落 ㄍㄨㄤ ㄇㄧㄥˊ ㄌㄟˇ ㄌㄨㄛˋ

解釋 磊落：胸懷坦蕩。

形容胸懷坦白，心地光明。

出處 宋．朱熹《朱子語類．易上繫上》：「譬如人光明磊落底便是好人，昏昧迷暗底便是不好人。」

解析 「光明磊落」偏重形容人的品格；「光明正大」偏重形容行為。

例句 我行事向來光明磊落，你如果有任何疑問，儘管去查。

近義 不欺暗室；光明正大；光風霽月。

反義 詭計多端。

光前裕後 ㄍㄨㄤ ㄑㄧㄢˊ ㄩˋ ㄏㄡˋ

解釋 光前：使祖先增光；裕後：為子孫造福。

稱頌他人功業偉大可光耀祖先，庇蔭子孫。

出處 《元曲選．宮大用（范張雞黍）三折》：「似這般光前裕後，一靈兒可也知不？」

解析 「光前裕後」重在表示為後人造福；「光前耀後」重在表示光耀於後人；「光前啟後」則重在表示給後人啟示；「震古爍今」強調震驚古代，且光耀現代，程度比前三句要重。

例句 他一直非常努力，希望能有所成就光前裕後。

近義 光前耀後；震古爍今。

光風霽月 ㄍㄨㄤ ㄈㄥ ㄐㄧˋ ㄩㄝˋ

解釋 霽：雨雪停止。

雨過天晴時明淨的景象。比喻人品清明高尚，胸懷灑落。

出處 《宋史．周敦頤傳》：「胸懷灑落，如光風霽月。」

解析 「霽」不要讀寫成「齊（ㄑㄧˊ）」。

例句 他從政多年，依然維持光風霽月的人格，絲毫不為金權所動。

近義 光明正大；光明磊落；襟懷坦

白。

光彩奪目（ㄍㄨㄤ ㄘㄞˇ ㄉㄨㄛˊ ㄇㄨˋ）

解釋 奪目：耀眼。
形容光彩極為鮮艷耀眼。

出處 《醒世恆言》十三：「不消幾日，繡就長幡，用根竹竿插起，果然是光彩奪目。」

例句 天黑後，街燈映在淡水河上，顯得**光彩奪目**。

反義 黯然失色。

先入為主（ㄒㄧㄢ ㄖㄨˋ ㄨㄟˊ ㄓㄨˇ）

解釋 以先聽見的話或先得知的意見為主，而排斥或不相信後來的意見。

出處 《漢書．息夫躬傳》：「無以先入之語為主。」

例句 他並沒有傳說中的壞脾氣，這恐怕都是你**先入為主**的看法。

近義 先入之見。

先天不足（ㄒㄧㄢ ㄊㄧㄢ ㄅㄨˋ ㄗㄨˊ）

解釋 中醫把人在母體腹中孕育時及接受遺傳的情況，好的稱為先天充足，反之稱為先天不足。比喻事物的根基不好。

出處 《鏡花緣》第二十六回：「小弟聞得仙人與虛合體，日中無影；又老人之子，先天不足，亦或日中無影。」

例句 這片海埔新生地的條件原本就是**先天不足**，無論你多麼辛勤的耕種，收成總是比不上別人。

反義 得天獨厚。

先見之明（ㄒㄧㄢ ㄐㄧㄢˋ ㄓ ㄇㄧㄥˊ）

解釋 明：指眼光。
能事先預料事物發展的判斷力。

出處 《後漢書．楊彪傳》：「愧無日（ㄇㄧˋ）磾（ㄉㄧ）先見之明，猶懷老牛舐犢之愛。」

例句 今天所發生的事，都被你一一料中，你果然有**先見之明**。

近義 未卜先知；遠見卓識。

反義 鼠目寸光。

先知先覺（ㄒㄧㄢ ㄓ ㄒㄧㄢ ㄐㄩㄝˊ）

解釋 智慧、知覺、才能比一般人高超，對事理的認識較一般人為早的人。

出處 《孟子．萬章上》：「使先知覺後知，使先覺覺後覺也。」

例句 他非常善於分析、觀察，所以總是能**先知先覺**。

近義 未卜先知；先見之明；料事如神。

反義 事後諸葛。

先斬後奏（ㄒㄧㄢ ㄓㄢˇ ㄏㄡˋ ㄗㄡˋ）

解釋 斬：砍頭；奏：臣子對皇帝報告。
先把人處決，再向上報告。現在比喻事情未經請示，先把事情處理了，造成既成事實，再向上級報告。

出處《後漢書．酷吏傳序》：「故臨民之職，專事威斷，族滅姦軌，先行後聞。」注：「先行刑，後聞奏也。」

解析「斬」不可寫成「蔪」或「暫」。

例句 他辦事常擅作主張，先斬後奏因此沒多久就被開除了。

近義 先行後聞。

反義 承風希旨。

先發制人（ㄒㄧㄢ ㄈㄚ ㄓˋ ㄖㄣˊ）

解釋 指凡事先下手爭取主動，就可以制伏別人。

出處 秦末，陳勝、吳廣在大澤鄉起義。會稽太守殷通，請項梁去商討當時的政治形勢。項梁說：「現在江西一帶都反秦，這是上天要消滅秦朝。先發制人，後發制於人。」後來，項梁叫項羽殺了殷通，自己繼任會稽太守，並當眾宣布起兵反秦。

解析「先發制人」指先下手制服別人；「先聲奪人」指用聲勢壓倒對方。

例句 比賽一開始，雙方選手都積極進攻，希望能先發制人，立於主動地位。

近義 先聲奪人；先下手為強。

反義 後發制人。

先意承旨（ㄒㄧㄢ ㄧˋ ㄔㄥˊ ㄓˇ）

解釋 旨：意旨。揣摩上級或長輩的心意，在他們沒想到前就先去做，以博得歡心。

出處《禮記．祭義》：「先意承志，諭父母於道。」

例句 他當了幾年助理之後，現在非常善於察言觀色，先意承旨。

近義 見風使舵；阿其所好。

先睹為快（ㄒㄧㄢ ㄉㄨˇ ㄨㄟˊ ㄎㄨㄞˋ）

解釋 睹：看。把能先看到當作快樂的事（多指文藝作品），形容想看到的急切心情。

出處 唐．韓愈〈與李勃書〉：「若景星卿雲，爭先睹之為快。」

例句 這部電影的首映場，吸引了大批希望先睹為快的觀眾。

反義 什襲珍藏。

先憂後樂（ㄒㄧㄢ ㄧㄡ ㄏㄡˋ ㄌㄜˋ）

解釋 意思是憂慮在天下人之前，而安樂在天下人之後。也指事先能費心思慮，則事後容易得到安樂。形容對人民疾苦的關心。

出處 宋．范仲淹〈岳陽樓記〉：「先天下之憂而憂，後天下之樂而樂。」

例句 從政的人如果沒有先憂後樂的胸襟，就很容易沈迷於爭權奪利中。

近義 先公後私；先苦後樂；以天下為己任。

反義 損公肥私；假公濟私；自掃門前雪。

先聲後實（ㄒㄧㄢ ㄕㄥ ㄏㄡˋ ㄕˊ）

解釋 聲：聲勢；實：實力。

先以聲勢懾服敵人，再以實力攻戰。

出處 《漢書．韓信傳》：「兵故有先聲而後實者。」

例句 無論他到何處比賽都會吸引大批球迷為他加油，往往能收**先聲後實**之效。

近義 先聲奪人。

先聲奪人（ㄒㄧㄢ ㄕㄥ ㄉㄨㄛˊ ㄖㄣˊ）

解釋 作戰時，先以強大的聲勢來打擊敵人的士氣。後也比喻做事搶先別人一步。

出處 《左傳．昭公二十一年》：「軍志有之，先人有奪人之心。」（先人，指行事在別人之先。）

解析 「先聲奪人」指用聲勢壓倒對方；「先發制人」指先下手制服別人。

例句 你別被他的氣勢震懾住，他不過是想**先聲奪人**，虛張聲勢。

近義 先發制人；先聲後實。

反義 後發制人。

先禮後兵（ㄒㄧㄢ ㄌㄧˇ ㄏㄡˋ ㄅㄧㄥ）

解釋 兵：動用武力，採取強硬手段。

先和對方講道理，與人爭鬥前，先以禮貌相待，如果行不通，再使用強硬手段或以武力解決。

出處 《三國演義》第十一回：「劉備遠來救援，先禮後兵，主公當用好言答之。」

解析 「兵」不可解釋成「士兵」（如「兵強馬壯」）。

例句 所有的球賽開打前，幾乎都有先握手致意、**先禮後兵**的習慣。

反義 敬酒不吃，吃罰酒。

五畫

克己奉公（ㄎㄜˋ ㄐㄧˇ ㄈㄥˋ ㄍㄨㄥ）

解釋 克己：約束自己；奉公：以公事為重。

現指對自己要求嚴格，一心為團體。

出處 《後漢書．祭（ㄓㄞˋ）遵傳》：「遵為人廉約小心，克己奉公。」

解析 「克己奉公」偏重表示對自己要求嚴格；「潔己奉公」、「廉潔奉公」偏重表示自身操守廉潔；「一心為公」偏重表示全心全意；「枵腹從公」偏重表示不顧個人私利。

例句 他向來**克己奉公**、清廉無私，卻依然被捲入這場風波之中，不免令他大嘆時運不濟。

近義 大公無私；廉潔奉公；潔己奉公。

反義 假公濟私；損公肥私；營私舞

弊。

克己復禮 ㄎㄜˋ ㄐㄧˇ ㄈㄨˋ ㄌㄧˇ

解釋 克：約束；復：反。約束自己身心，使言行能回復和符合禮的要求。

出處 《論語．顏淵》：「克己復禮為仁。」皇侃《義疏》：「克猶約也，復猶反也，言若能自約檢己身，返反於禮中，則為仁也。」

例句 如果人人都能克己復禮，社會上就能一片祥和。

克紹箕裘 ㄎㄜˋ ㄕㄠˋ ㄐㄧ ㄑㄧㄡˊ

解釋 克：能夠；紹：繼承；箕：畚箕；裘：皮襖。喻子孫能夠繼承父業。

出處 《禮記．學記》：「良冶之子，必學為裘；良弓之子，必學為箕。」（良冶，善於冶煉的人家；良弓，善於造弓的人家。）」意思是善於冶煉之家的子弟，看到父兄化鐵修補鐵器，因此他們也能學著補綴獸皮，製成皮襖；善於造弓之家的子弟，看到父兄把牛角揉製成弓，他們也學著把柳條製成畚箕。後來就用「克紹箕裘」比喻子孫能繼承祖、父的事業。

例句 他辛苦了一輩子才建立起的事業，當然希望自己的子孫能克紹箕裘。

近義 肯堂肯構。

克勤克儉 ㄎㄜˋ ㄑㄧㄣˊ ㄎㄜˋ ㄐㄧㄢˇ

解釋 克：能。既勤勞，又節儉。

出處 《尚書．大禹謨》：「克勤於邦，克儉於家。」

例句 爺爺奶奶過慣了克勤克儉的日子，非常看不慣年輕人揮霍無度的花錢方式。

反義 好吃懶做；好逸惡勞；游手好閒。

克盡厥職 ㄎㄜˋ ㄐㄧㄣˋ ㄐㄩㄝˊ ㄓˊ

解釋 克：能夠；厥：其，他的。能夠盡他的責任，完成自身的任務。

例句 他雖然具有良好的背景，但上任以來一直都是兢兢業業，希望能克盡厥職。

六畫

兔死狗烹 ㄊㄨˋ ㄙˇ ㄍㄡˇ ㄆㄥ

解釋 烹：燒煮食物。兔子死了，用來獵兔子的狗也就可以煮來吃了。意思是為帝王效勞盡力的人，事成後往往會被拋棄以至殺害。

出處 《史記．越王句踐世家》：「飛鳥盡，良弓藏；狡兔死，走狗烹。」

解析 「烹」不能唸成ㄏㄥ或ㄒㄧㄤˇ。

例句 這些人當初費盡心力為他助

選，沒想到他當選後就**兔死狗烹**，把所有人都趕走。

近義 鳥盡弓藏；過河拆橋。

反義 論功行賞。

兔死狐悲（ㄊㄨˋ ㄙˇ ㄏㄨˊ ㄅㄟ）

解釋 比喻因同類的死或失敗而感到悲傷。

出處 《宋史．李金傳》：「狐死兔泣，李氏、夏氏寧獨存。」

解析 「狐」右部從「瓜」，不寫成「爪」。

例句 近年來經濟不景氣，同行紛紛關門倒店，不免令我們也**兔死狐悲**起來。

近義 物傷其類；狐兔之悲。

反義 幸災樂禍。

兔起鳧舉（ㄊㄨˋ ㄑㄧˇ ㄈㄨˊ ㄐㄩˇ）

解釋 鳧：野鴨。像兔子奔跑、野鴨起飛。比喻行動敏捷、迅速。

出處 《呂氏春秋．論威》：「知其不可久處，則知所兔起鳧舉，死惛（ㄏㄨㄣ）兵之地。」（惛，神智不清。）

例句 這支球隊的球員普遍都十分年輕，個個都如**兔起鳧舉**般敏捷、迅速。

近義 兔起鶻落。

反義 安步當車；老牛拉車；慢條斯理。

兔起鶻落（ㄊㄨˋ ㄑㄧˇ ㄏㄨˊ ㄌㄨㄛˋ）

解釋 鶻：打獵用的鷹一類的猛禽。兔子剛起來，鶻就猛撲下去。形容動作敏捷。又比喻書畫、作文章時下筆迅速，筆法雄健。

出處 宋．蘇軾〈文與可畫篔簹谷偃竹記〉：「振筆直遂，以追其所見，如兔起鶻落，少縱則逝矣。」

解析 鶻，讀ㄏㄨˊ，不讀ㄍㄨˇ。

例句 這位大師果然名不虛傳，寫起字來是**兔起鶻落**，雄健有力。

近義 兔起鳧舉。

兔絲燕麥（ㄊㄨˋ ㄙ ㄧㄢˋ ㄇㄞˋ）

解釋 兔絲：植物名，一名女蘿。一種寄生的蔓草。像兔絲那樣有絲之名而不能織，像燕麥那樣有麥之名而不能食，比喻有名無實。

出處 《魏書．李崇傳》：「今國子雖有學官之名，而無教授之實，何異兔絲燕麥、南箕北斗哉！」

例句 這些掛名顧問的人就好比**兔絲燕麥**，做的都是有名無實的事。

十二畫

兢兢業業（ㄐㄧㄥ ㄐㄧㄥ ㄧㄝˋ ㄧㄝˋ）

解釋 兢兢：小心謹慎的樣子；業業：擔心害怕的樣子。形容做事小心謹慎，認真踏實。

出處 《尚書．皋陶謨》：「兢兢業業，一日二日萬錢。」

解析「兢」不能唸成ㄐㄧㄥˋ。

例句 他雖有十幾年的工作經驗，但每天仍然兢兢業業，從不敷衍塞責。

近義 小心謹慎；朝乾夕惕。

反義 敷衍了事；敷衍塞責。

【入部】

入不敷出（ㄖㄨˋ ㄅㄨˋ ㄈㄨ ㄔㄨ）

解釋 敷：足夠。收入不夠支出。形容經濟困難。

出處 清．曹雪芹《紅樓夢》一百零七回：「但是家怎麼蕭條，入不敷出。」

例句 自從家中又添了一名嬰兒後，更感到入不敷出，經濟愈來愈困難。

近義 寅吃卯糧。

反義 腰纏萬貫；綽綽有餘。

入木三分（ㄖㄨˋ ㄇㄨˋ ㄙㄢ ㄈㄣ）

解釋 原形容書法筆力遒勁，後比喻見解、議論的深刻，或描寫得十分酷似。

出處 東晉大書法家王羲之的書法享有很高的聲譽。王羲之寫的字既秀麗又蒼勁，傳說有一次他把字寫在木板上，拿給雕刻工照著刻下來，刻工發現墨痕透入木板有三分厚。

解析「分」不讀ㄈㄣˋ，不可解釋成「分離」（如「分崩離析」）；「辨別」（如「不分皂白」）；「適量」（如「恰如其分」）或「分秒」（如「爭分奪秒」）。

例句 他這篇書法寫得入木三分，看來很有得獎的希望。

近義 力透紙背；栩栩如生；維妙維肖；鞭辟入裏。

反義 不著邊際；味同嚼蠟。

入主出奴（ㄖㄨˋ ㄓㄨˇ ㄔㄨ ㄋㄨˊ）

解釋 以自己所尊奉的宗教、學派或學說為主，以所排斥的為奴，指學術上的門戶之見。也作「出奴入主」。

出處 唐．韓愈《昌黎先生集．原道》：「其言道德仁義者，不入於楊，則入於墨；不入於老，則入於佛。入於彼，必出於此。入者主之，出者奴之。」

解析「入主出奴」多指學術上的門戶之見，排斥他說；「排斥異己」、「黨同伐異」則適用於社團、組織、黨派等團體。

例句 學術研究工作應該彼此合作交流，排斥異己、入主出奴只會自我設限。

近義 排斥異己。

反義 一視同仁；百家爭鳴。

入室操戈（ㄖㄨˋ ㄕˋ ㄘㄠ ㄍㄜ）

解釋 操：拿；戈：古代像矛之類的兵器。

進我的屋子，拿起我的武器來進攻我，比喻就對方的論點來反駁他。

出處《後漢書·鄭玄傳》記載：「何休著有〈公羊墨守〉、〈左氏膏肓〉、〈穀梁廢疾〉三篇文章。鄭玄讀後，便作了「發〈墨守〉、針〈膏肓〉、起〈廢疾〉」三篇文章來駁斥何休的見解。何休見了鄭玄的文章後，感慨地說：『康成入吾室，操吾矛，以伐我乎？』」

例句 對方論點錯誤百出，你不妨入室操戈，讓他啞口無言。

入境問禁

解釋 境：疆界；禁：禁止的事。

進入別的國家或地方，先要了解當地的法禁，以免觸犯。也作「入境問俗」。

出處《禮記·曲禮上》：「入竟（境）而問禁，入國而問俗，入門而問諱。」

例句 東南亞的許多小國都各有其獨特的風俗，我們前往觀光時要懂得入境問禁。

近義 入境問俗；入鄉問俗；入境問俗。

入境隨俗

解釋 到一個新地方要問清楚當地的禁忌、習俗，順應當地的風俗習慣。

例句 用手吃飯是此地特有的習慣，你不妨入境隨俗，也試試吧！

近義 入國問禁；入鄉問俗；入境問俗。

入幕之賓

解釋 幕：帳幕；賓：客人。

①本形容彼此關係密切，引申為參與機要的人，後指幕僚。②喻婦女私姘的男子。

出處《晉書·郗超傳》：「謝安與王坦之嘗詣溫（桓溫）論事，溫令超帳中臥聽之，風動帳開，安笑曰：『郗生可謂入幕之賓矣！』」（郗超字嘉賓，這裏一語雙關。）

例句 市長聘用了各方面學有專精的學者做為他的入幕之賓，使他的政策能照顧到各層面。

二畫

內省不疚

解釋 省：省察，反省；疚：慚愧、悔恨。

自己反省而沒有感到慚愧不安的事情。

出處《論語·顏淵》：「內省不疚，夫何憂何懼！」

解析「省」不能唸成ㄕㄥˇ。

例句 你只要能做到內省不疚，就可以坦然而不畏懼他人的眼光。

內視反聽

解釋 視：指反省。

向內反省檢查，向外聽取別人的意

見。也作「反聽內視」。

出處《史記．商君列傳》：「反聽之謂聰，內視之謂明，自勝之謂強。」

例句 他最大的優點就是能內視反聽，不斷改進自己的行為。

內憂外患（ㄋㄟˋ ㄧㄡ ㄨㄞˋ ㄏㄨㄢˋ）

解釋 指國家內部的動亂和外來的侵略。

出處《管子．戒》：「君外捨而不鼎饋，非有內憂，必有外患。」

解析「內憂外患」偏重指內部有動亂又有外來的侵擾，較具體，語義較重；「內外交困」偏重指內部和對外關係同時出現各式各樣的困難。前者一般只用於國家、集團；後者既可用於國家、集團，也可以用於家庭。

例句 現今國家正處於內憂外患之際，如果大家不能和平共處，恐有亡國之虞。

近義 內外交困；國步艱難。

反義 四海昇平；長治久安；國泰民安。

四畫

全軍覆沒（ㄑㄩㄢˊ ㄐㄩㄣ ㄈㄨˋ ㄇㄛˋ）

解釋 覆沒：船翻沈。整個軍隊完全被消滅。比喻事情徹底失敗。

出處《舊唐書．李希烈傳》：「官軍皆為其所敗，荊南節度使張伯儀全軍覆沒。」

解析「全軍覆沒」、「片甲不回」，都有完全潰敗的意思，但「片甲不回」的語義比「全軍覆沒」重。「全軍覆沒」還可比喻事情徹底失敗，「片甲不回」則不行。

例句 這次班上報考律師竟然全軍覆沒，沒有一個同學錄取。

近義 片甲不存；全軍俱沒。

反義 大獲全勝；凱旋而歸。

六畫

兩小無猜（ㄌㄧㄤˇ ㄒㄧㄠˇ ㄨˊ ㄘㄞ）

解釋 猜：猜疑。天真無邪的幼年男女在一起相處融洽，毫無猜忌。

出處 唐．李白〈長干行〉詩：「同居長干里，兩小無嫌猜。」

例句 五歲的小弟竟然向三歲的小表妹求婚，真是兩小無猜。

近義 天真無邪；竹馬之好；青梅竹馬。

反義 授受不親。

兩全其美（ㄌㄧㄤˇ ㄑㄩㄢˊ ㄑㄧˊ ㄇㄟˇ）

解釋 全：成全，顧全。處理事情能顧全兩方面，使雙方都能獲得圓滿的解決。

出處《元曲選．無名氏〈連環記〉三回》：「司徒，你若肯與了我呵，堪可兩全其美也。」

【解析】「兩全其美」一般指使雙方都滿意；「皆大歡喜」則指使所有人或各方面都滿意。

【例句】他想了一個**兩全其美**的方法，終於解決了這個左右為難的窘態。

【近義】一舉兩得；皆大歡喜。

【反義】玉石俱焚；兩敗俱傷。

兩豆塞耳 ㄌㄧㄤˇ ㄉㄡˋ ㄙㄜˋ ㄦˇ

【解釋】兩耳被豆子塞住，就聽不到聲音了。比喻被細小的事物蒙蔽，以致聽而不聞，無法了解事物的真相。

【出處】《鶡冠子．天則》：「夫耳之主聽，目之主明。一葉蔽目，不見泰山；兩豆塞耳，不聞雷霆。」

【例句】你最好把整件事從頭至尾徹底釐清，以免有**兩豆塞耳**的情況出現。

兩面三刀 ㄌㄧㄤˇ ㄇㄧㄢˋ ㄙㄢ ㄉㄠ

【解釋】比喻陰險狡猾，背地裏詆毀他人，挑撥是非。

【出處】《元曲選．〈灰闌記〉二》：「倒說我兩面三刀，我搬調你甚的來？」

【解析】「兩面三刀」、「陽奉陰違」都有玩弄手法、表裏不一的意思，但「陽奉陰違」僅限於表面遵從，暗中違背這種情況，且只用於下級對上級、晚輩對長輩；而「兩面三刀」語義較廣，不受這些限制。

【例句】他為人陰險狡猾是個**兩面三刀**的人，你最好不要和他交往以免被利用。

【近義】口是心非；陽奉陰違。

【反義】光明磊落；披肝瀝膽；開誠布公。

兩敗俱傷 ㄌㄧㄤˇ ㄅㄞˋ ㄐㄩˋ ㄕㄤ

【解釋】俱：都。雙方爭鬥，都受到損傷。

【出處】《戰國策．秦策二》：「有兩虎爭人而鬥者，管莊子將刺之，管與止之，曰：『虎者戾蟲，人者甘餌也。今兩虎爭人而鬥，小者必死，大者必傷。子待傷虎而刺之，則是一舉而兼兩虎也。』」

【解析】「俱」右半部為三橫，不可寫成兩橫；「俱」不寫成「具」。

【例句】你明知道他是有婦之夫還與他交往，結果必定導致**兩敗俱傷**。

【近義】兩虎相鬥。

【反義】兩全其美。

兩袖清風 ㄌㄧㄤˇ ㄒㄧㄡˋ ㄑㄧㄥ ㄈㄥ

【解釋】比喻做官廉潔，沒有餘財，兩袖中除了清風之外，別無所有。

【出處】元．高文秀《好酒趙元遇上皇》第一折：「兩袖清風和月偃，一壺春色透瓶香。」元．魏初《青崖集．送楊季海》詩：「交親零落鬢如絲，兩袖清風一束詩。」《七俠五義》：「作了一任縣尹，兩袖清風，一貧如洗。」

解析 「袖」左偏旁不寫成「ネ」。

例句 他雖然從政多年，退休後卻依然是兩袖清風，令人敬佩。

近義 一清如水；廉潔奉公。

反義 中飽私囊；貪贓枉法；營私舞弊。

【八部】

八斗之才 ㄅㄚ ㄉㄡˇ ㄓ ㄘㄞˊ

解釋 才：文才，才華。比喻人非常有才華。

出處 宋．無名氏《釋常談．八斗之才》：「文章多，謂之八斗之才。謝靈運嘗曰：『天下才有一石，曹子建獨占八斗，我得一斗，今天下共分一斗。』」

例句 這位學者常自認是八斗之才，從不把別人放在眼裏。

近義 才高八斗；才華洋溢。

八仙過海，各顯神通 ㄅㄚ ㄒㄧㄢ ㄍㄨㄛˋ ㄏㄞˇ，ㄍㄜˋ ㄒㄧㄢˇ ㄕㄣˊ ㄊㄨㄥ

解釋 八仙：傳說中的漢鍾離、張果老、韓湘子、鐵拐李、呂洞賓、曹國舅、藍采和、何仙姑等八個神仙；神通：古印度的宗教說法，修行有成就的人能具備各種神妙的能力，叫做神通，後比喻本領。比喻各有一套辦法或各自拿出本領。

出處 《西遊記》第八十一回：「正是八仙同過海，獨自顯神通。」

例句 為了通過檢定考，同學們是八仙過海，各顯神通，各種本領都使出來了。

八拜之交 ㄅㄚ ㄅㄞˋ ㄓ ㄐㄧㄠ

解釋 八拜：古代世交子弟謁見長輩的禮節。舊時稱結拜的兄弟、姊妹為八拜之交。

出處 《紫釵記．吹臺避暑》：「俺二人以八拜之交，同三軍之事。」

例句 他們倆是八拜之交的兄弟，感情更甚於親兄弟。

近義 金蘭之交。

八面威風 ㄅㄚ ㄇㄧㄢˋ ㄨㄟ ㄈㄥ

解釋 形容聲勢廣大，威風十足的樣子。

出處 《董穀．碧理雜存》：「聖天子六龍護駕，大將軍八面威風。」

解析 「八面威風」重在表示各方面都很威風，一般不可用來形容具體動作；「威風凜凜」重在表示氣勢，威嚴使人敬畏，常用來形容具體的動作。

例句 這位王牌投手一上場便顯得八面威風，順利解決了這一局的危機。

近義 威風凜凜；神氣十足。

八面玲瓏 ㄅㄚ ㄇㄧㄢˋ ㄌㄧㄥˊ ㄌㄨㄥˊ

解釋 玲瓏：明亮清澈的樣子，後指人機靈。原指窗戶寬敞明亮。後多用以形容為人處事手腕圓滑，處事周密、面面俱到。

出處 馬熙〈開窗看雨詩〉：「八面玲瓏得月多。」

例句 身為一名公關人員，待人接物**八面玲瓏**是非常重要的一個特質。

近義 左右逢源。

二畫

六尺之孤

解釋 六尺：指尚未長大成年，因周代一尺只相當於現在六寸。古代指尚未成年的孤兒。

出處 《論語．泰伯》：「可以托六尺之孤，可以寄百里之命，臨大節而不可奪也。」

例句 這對夫妻在一場火災中雙雙罹難，留下一對**六尺之孤**，非常需要各界的援助。

六神無主

解釋 六神：道教的說法，人的心、肺、肝、腎、脾、膽各有神靈主宰，稱為六神，指人的精神。形容心慌意亂，不知所措。也作「六神不安」。

出處 《官場現形記》第二回：「這一天更不曾睡覺，替他弄這樣弄那樣，忙了個六神不安。」

解析 「六神無主」、「心驚肉跳」，都可形容驚懼不安。「六神無主」偏重指驚慌；「心驚肉跳」偏重指恐懼。「六神無主」可形容著急得不知如何是好，「心驚肉跳」則不能；「心驚肉跳」可表示預感有災禍降臨而深感不安，還可形容心神不寧，緊張不安；「六神無主」則不行。

例句 這突如其來的變故嚇得她不知所措，**六神無主**。

近義 心慌意亂；手足無措；張惶失措。

反義 泰然處之；從容不迫。

六親不認

解釋 六親：父、母、妻、子、兄、弟，泛指所有的親屬。形容不通人情世故，忘親背祖。現也指不講情面，照章辦事，不徇私情。

出處 《管子．牧民》：「上服度則六親固。」注：「六親謂父、母、兄、弟、妻、子。」

解析 「六親不認」與「鐵面無私」都有公正無私之義，但「六親不認」除了形容辦事公正、不講情面外，還可指為人卑劣、無情無義；「鐵面無私」則沒有這些意義和用法。

例句 他辦起案來**六親不認**，就算是親朋好友違法，他也是照抓不誤。

近義 大公無私；公正無私；鐵面無私。

反義 親如家人；親如骨肉。

公報私仇

解釋 指藉著處理公事的方便，趁機報復私人的仇恨。

出處 《警世通言》三：「小弟初然被謫，只道荊公恨我摘其短處，公報私仇。」

例句 他一上任便公報私仇，把從前得罪他的人，全數開除。

近義 假公濟私。

反義 大義滅親。

公正無私

解釋 做事公正，沒有私心。

出處 《淮南子．脩務》：「若夫堯眉八彩，九竅通詞，而公正無私，一言而萬民齊。」

解析 「公正無私」偏重在公平、不偏袒；「剛正無私」偏重在剛直、不迎合權勢；「鐵面無私」偏重在嚴明、不畏懼權勢。

例句 這位法官公正無私的操守，贏得了許多小市民的信任。

近義 守正不阿；剛正無私；鐵面無私。

反義 徇私舞弊；損公肥私。

公而忘私

解釋 為了公務而忘了私事。現多用來形容全心為民服務的精神。

出處 《漢書．賈誼傳》：「故化成俗定，則為人臣者主耳忘身，國耳忘家，公耳忘私，利不苟就，害不苟就，唯義所在。」

例句 他悲天憫人的胸懷，常使他公而忘私，錯過了許多與家人相處的時間。

近義 一心為公；大公無私；捨己為公。

反義 自私自利；假公濟私；損公肥私。

五畫

兵不血刃

解釋 兵：兵器；刃：刀鋒。形容未經殺戮就取得勝利。

出處 《荀子．議兵》：「故近者親其善，遠方慕其德，兵不血刃，遠邇來服。」

例句 對方選手頻頻失誤，讓我們兵不血刃的便連得三分。

近義 所向無敵。

反義 血流成河；血流漂杵；屍橫遍野。

兵不厭詐

解釋 厭：滿足；詐：欺騙。原指用兵打仗，要盡可能採用詭譎多變的計謀來迷惑敵人。也指為了達到目的，不妨使用詭詐的手段。

出處 《孫子．計篇》：「兵者，詭道也。」唐．李荃注：「軍不厭詐。」《三國演義》第三十回：「（曹）操亦笑曰：『豈不聞「兵不厭詐」！』」《韓非子．難一》：「兵陣之間，不厭詐偽。」

例句 所謂兵不厭詐，在危急時不妨使些小手段。

近義 兵不厭權；軍不厭詐。

反義 先禮後兵。

兵來將擋，水來土掩
（ㄅㄧㄥ ㄌㄞˊ ㄐㄧㄤˋ ㄉㄤˇ，ㄕㄨㄟˇ ㄌㄞˊ ㄊㄨˇ ㄧㄢˇ）

解釋 掩：遮蔽，蓋住。

不管對方使用何種方法，都有應付的對策。本作「兵來將敵，水來土堰」。

出處 《古今雜劇〈雲台門聚二十八將〉一》：「兵來將敵，水來土堰，兄弟也你領兵就隨著我來，不可延遲也。」

例句 既然決定走這行，自然是兵來將擋，水來土掩。

兵荒馬亂
（ㄅㄧㄥ ㄏㄨㄤ ㄇㄚˇ ㄌㄨㄢˋ）

解釋 形容戰亂時動蕩不安的景象。

也作「兵慌馬亂」。

出處 明．陸華甫《雙鳳齊鳴記》上二十一：「亂紛紛東逃西竄，鬧烘烘兵慌馬亂，一路奔回氣尚喘。」

例句 在那個兵荒馬亂的年代，多少人流離失所，妻離子散。

近義 兵戈擾攘；兵連禍結；烽火連天。

反義 太平盛世；天下太平；國泰民安。

兵連禍結
（ㄅㄧㄥ ㄌㄧㄢˊ ㄏㄨㄛˋ ㄐㄧㄝˊ）

解釋 兵：指戰爭。

戰爭接連而來，災禍連續不斷。

出處 《漢書．匈奴傳下》：「兵連禍結，三十餘年。」

例句 近來中東地區兵連禍結，勸你過幾年再去玩吧！

近義 兵荒馬亂。

反義 天下太平；安居樂業；國泰民安。

兵貴神速
（ㄅㄧㄥ ㄍㄨㄟˋ ㄕㄣˊ ㄙㄨˋ）

解釋 用兵的法則貴在行動迅速，使敵人捉摸不定，措手不及。

出處 《三國志．魏書．郭嘉傳》：「太祖將征袁尚……嘉言曰：『兵貴神速。』」

例句 兵貴神速，這支球隊仗著年輕，常以速戰速決的方式進攻，打得對方措手不及。

反義 疲勞戰術；緩兵之計。

兵臨城下
（ㄅㄧㄥ ㄌㄧㄣˊ ㄔㄥˊ ㄒㄧㄚˋ）

解釋 臨：到達。

敵軍已開到城下，比喻形勢十分危急。

出處 《元曲選．無名氏〈誶范叔〉一》：「有一日兵臨城下，將至濠邊，四下裏安環，八下裏拽炮，人平了你宅舍，馬踐了你庭堂。」

例句 現在敵軍已兵臨城下，如果再沒有因應的對策，只怕國家就要亡了。

近義 大軍壓境。

六畫

具體而微（ㄐㄩˋ ㄊㄧˇ ㄦˊ ㄨㄟˊ）

解釋 已具有其全體，不過局面、規模較小。

出處 《孟子．公孫丑上》：「子游、子張，皆有聖人之一體，冉牛、閔子、顏淵則具體而微。」

例句 這間體育館雖然規模較小，卻是具體而微，各項設備都十分齊全。

近義 麻雀雖小，五臟俱全。

反義 一鱗半爪；東鱗西爪。

其貌不揚（ㄑㄧˊ ㄇㄠˋ ㄅㄨˋ ㄧㄤˊ）

解釋 不揚：醜陋。形容人的外貌很醜陋，有時也可以形容器物。

出處 《左傳．昭公二十八年》：「今子少不揚，子若無言，吾幾失子矣。」杜注：「顏貌不揚顯。」

解析 「貌」右部從「皃」，不可寫成「兒」。

例句 這些菜雖然其貌不揚，卻是十分新鮮可口。

反義 花容月貌；眉清目秀。

八畫

兼容並包（ㄐㄧㄢ ㄖㄨㄥˊ ㄅㄧㄥˋ ㄅㄠ）

解釋 容：容納；包：包含。把各方面全都容納包括進來。比喻包含容納非常廣大。

出處 《史記．司馬相如列傳》：「必將崇論閎議，創業垂統，為萬世規。故馳騖乎兼容並包，而勤思乎參天貳地。」

例句 這篇小說兼容並包了許多大師的風格，卻沒有屬於自己的特色。

近義 兼收並蓄；兼容並蓄；無所不包。

反義 掛一漏萬；二者不可得兼。

兼程並進（ㄐㄧㄢ ㄔㄥˊ ㄅㄧㄥˋ ㄐㄧㄣˋ）

解釋 兼、並：一倍，加倍。在同樣的時間中比平常多走一倍的路。形容以加倍的速度趕路，各方面同時前進。也作「兼程而進」。

出處 《紅樓夢》第十六回：「賈璉這番進京，若按站走時，本該出月到家，因聽見元春喜信，遂晝夜兼程而進，一路俱各平安。」

例句 我們比預定的行程晚了好幾個鐘頭，大家只好兼程並進地趕路。

兼權熟計（ㄐㄧㄢ ㄑㄩㄢˊ ㄕㄡˊ ㄐㄧˋ）

解釋 兼：指同時顧到各方面；權：比較，衡量；熟：精細，深入。思考檢查得非常周詳細密，各方面都能權衡，比較其利弊得失。

出處 《荀子．不苟》：「見其可欲也，則必前後慮其可惡也者；見其可利也，則必前後慮其可害也者；而兼權之，熟計之，然後定其欲惡取捨。」

例句 他的思慮非常周密，能夠兼權熟計，這件事我們最好聽聽他的意見。

兼聽則明，偏信則暗

解釋 明：指看事清楚；暗：昏暗，糊塗。

聽取各方面的意見就能了解事情的真實情況，單聽信一方面的話，就無法認清事情的真相。

出處 漢·王符《潛夫論·明暗》：「君之所以明者，兼聽也；其所以暗者，偏信也。」

例句 「**兼聽則明，偏信則暗**」，判定事情的是非對錯前必須先掌握充分的資料，才不易被蒙蔽。

【冂部】

四畫

再接再厲

解釋 接：交戰；厲：同「礪」，磨刀。

交戰一次返回馬上磨刀，準備再戰，比喻一次又一次地繼續努力，勇往直前，毫不放鬆。

出處 孟郊〈鬥雞聯句〉：「一噴一醒然，再接再礪乃。」（乃，助詞，表示語氣結束。）

解析 「再接再厲」，「不屈不撓」、「馬不停蹄」，都有勇往直前不放鬆的意思，但「再接再厲」偏重指繼續努力；「不屈不撓」偏重指勇往直前；「馬不停蹄」偏重指不斷前進。

例句 失敗並不可恥，**再接再厲**、勇往直前的精神比成功都來得可貴。

近義 不屈不撓；馬不停蹄。

反義 一蹶不振；停滯不前；節節退敗。

【冖部】

七畫

冠冕堂皇

解釋 冠冕：古代帝王、官吏的禮帽，引申為體面；堂皇：氣勢盛大的樣子。

比喻光明正大、高貴榮顯的樣子。也比喻外表很體面（實際並不如此）。

出處 《兒女英雄傳》第二十二回：「他們如果空空水洞洞，心裏沒這樁事，使該合我家常瑣屑無所不談，怎麼倒一派的冠冕堂皇，甚至『安驥』兩個字都不肯提在話下？」

解析 「冠冕堂皇」與「堂而皇之」都有莊嚴正大的意思，但「冠冕堂皇」不表示有氣派的意思，前面可加「很」、「非常」、「十分」

等；「堂而皇之」可表示有氣派，前面一般不可加「很」、「十分」、「非常」等。

例句 許多官員常在表面上說些冠冕堂皇的話，而私下卻對自己的言行毫不負責。

近義 堂而皇之。

反義 鬼鬼祟祟；偷偷摸摸。

冠蓋如雲（ㄍㄨㄢ ㄍㄞˋ ㄖㄨˊ ㄩㄣˊ）

解釋 冠：古代官吏的禮帽；蓋：車篷；如雲：形容很多。舊時形容在集會時有很多的官吏、士紳。

出處 《文選．班固〈西都賦〉》：「冠蓋如雲，七相五公。」

例句 這間公司的開幕酒會冠蓋如雲，使投資人信心倍增，沒想到半年不到就惡性倒閉。

冠蓋相望（ㄍㄨㄢ ㄍㄞˋ ㄒㄧㄤ ㄨㄤˋ）

解釋 冠：古代官吏的禮帽；蓋：車篷。形容政府的使者、官員、賓客往來不斷。

出處 《戰國策．魏策四》：「魏使人求救於秦，冠蓋相望，秦救不出。」

例句 某政府要員的父親過八十大壽，使得原本寧靜的鄉間突然變得冠蓋相望。

八畫

冤家路窄（ㄩㄢ ㄐㄧㄚ ㄌㄨˋ ㄓㄞˇ）

解釋 冤家：仇人。仇人在狹路上相遇，來不及迴避。比喻不願相見的人偏偏遇見。

出處 《西遊記》第四十五回：「我等……正欲下手擒拿，他卻走了。今日還在此間，正所謂冤家路窄。」

解析 「冤家路窄」強調「路窄」，容易遇見，無法迴避；「狹路相逢」強調「相逢」在「狹路」上互不相讓，不能相容。

例句 他為了躲債而逃到國外，沒想到居然還是遇到了債主，真是冤家路窄。

近義 狹路相逢。

反義 交臂失之。

冥頑不靈（ㄇㄧㄥˊ ㄨㄢˊ ㄅㄨˋ ㄌㄧㄥˊ）

解釋 冥頑：愚笨；靈：聰明。形容愚昧頑固，不可理喻。

出處 唐．韓愈《昌黎先生集．祭鱷魚文》：「不然，則是鱷魚冥頑不靈，刺史雖有言，不聞不知也。」

解析 「冥」頂上無一點，不可寫成「宴會」的「宴」。

例句 事情已到了這等地步，你還不知悔改，真是冥頑不靈。

近義 一竅不通；愚昧無知。

反義 聰明伶俐。

冢中枯骨（ㄓㄨㄥˇ ㄓㄨㄥ ㄎㄨ ㄍㄨˇ）

解釋 冢：隆起的墳墓。

墳墓中的枯骨。比喻人沒有能力、毫無作為，和墓中的枯骨一樣。

出處《三國志．蜀志．先主傳》：「袁公路（袁術）豈憂國忘家者邪？冢中枯骨，何足介意！」。

例句 他胸懷大志卻一直不能有所作為，總覺得自己如同**冢中枯骨**般。

近義 九泉之人；飯囊衣架。

反義 一世之雄；不世之材。

【冫部】

四畫

冰肌玉骨（ㄅㄧㄥ ㄐㄧ ㄩˋ ㄍㄨˇ）

解釋 肌：皮膚。

形容女子肌膚如冰瑩潔，如玉光潤。也形容梅花的傲寒鬥艷。

出處 宋．蘇軾〈洞仙歌〉詞：「冰肌玉骨，自清涼無汗。」

例句 她生得**冰肌玉骨**，才進門，就吸引了全場的注意。

近義 冰肌雪膚；膚如凝脂。

冰炭不相容（ㄅㄧㄥ ㄊㄢˋ ㄅㄨˋ ㄒㄧㄤ ㄖㄨㄥˊ）

解釋 比喻兩種性質相反的事物完全對立。

出處《楚辭．東方朔〈七諫〉》：「冰炭不可以相並兮，吾固知命之不長。」

例句 你們倆真是**冰炭不相容**，才見面就吵鬧不休。

近義 冰火不同爐；冰炭不投。

反義 水乳交融。

冰凍三尺，非一日之寒（ㄅㄧㄥ ㄉㄨㄥˋ ㄙㄢ ㄔˇ，ㄈㄟ ㄧˊ ㄖˋ ㄓ ㄏㄢˊ）

解釋 水結成三尺厚的冰，不是由於一天的寒冷。比喻事態的形成，不是一朝一夕造成的。

出處 明．蘭陵笑笑生《金瓶梅詞話》九十二回：「冰厚三尺，非一日之寒。」

例句 **冰凍三尺，非一日之寒**，你們倆之間的誤會恐怕也不是一朝一夕造成的。

近義 聚沙成塔。

反義 一蹴而就。

冰消瓦解（ㄅㄧㄥ ㄒㄧㄠ ㄨㄚˇ ㄐㄧㄝˇ）

解釋 瓦解：製瓦時，先把泥土製成圓筒形，然後作三等分，就是瓦坯；比喻事物的分裂、分離。就像冰融化、瓦分解一樣，比喻事情完全消失或崩潰。也作「瓦解冰消」。

出處 隋煬帝〈勞楊素手詔〉：「霧廓雲除，冰消瓦解。」

解析 「冰消瓦解」不但比喻事物的崩潰，也可以比喻問題的解除；而「土崩瓦解」多用來比喻徹底垮台，不可收拾，語義較重。

例句 經過這一次的意外後，他們之間的誤會都**冰消瓦解**，感情更穩定了。

近義 土崩瓦解；渙然冰釋。

反義 積重難返。

冰清玉潔（ㄅㄧㄥ ㄑㄧㄥ ㄩˋ ㄐㄧㄝˊ）

解釋 形容操守如清玉般清白高潔。也比喻官吏辦事清明公正。

出處 桓譚《新論．妄瑕》：「伯夷、叔齊，冰清玉潔。」

例句 他冰清玉潔的個性，容不下任何營私舞弊的行為，勸你還是潔身自愛的好。

近義 冰清玉潤；冰壺秋月。

反義 寡廉鮮恥；蠅營狗苟。

冰清玉潤（ㄅㄧㄥ ㄑㄧㄥ ㄩˋ ㄖㄨㄣˋ）

解釋 潤：溫潤。原比喻岳父、女婿都是出色的人物，意思是岳父像冰那樣高潔，女婿像玉那樣溫潤。後人用作岳父女婿的代稱。現比喻人格高潔，溫和謙沖。

出處 《晉書．衛玠傳》：「玠妻父樂廣有海內重名，議者以為婦公冰清，女婿玉潤。」（過去也稱翁婿為「冰玉」）

例句 他在聲勢如日中天時急流勇退，過著不問世事的生活，這種冰清玉潤的性格足為後人的典範。

近義 冰清玉潔。

五畫

冷言冷語（ㄌㄥˇ ㄧㄢˊ ㄌㄥˇ ㄩˇ）

解釋 從側面或反面說些含有譏諷意味的話。

出處 《鏡花緣》第十八回：「多九公被兩個女子冷言冷語，只管催逼，急的滿面青紅，恨無地縫可鑽。」

例句 他心情已經不好了，你還在旁冷言冷語的，他當然會更加生氣。

近義 冷言熱語；冷語冰人；冷嘲熱諷。

反義 甜言蜜語；語重心長。

冷若冰霜（ㄌㄥˇ ㄖㄨㄛˋ ㄅㄧㄥ ㄕㄨㄤ）

解釋 形容人態度嚴肅、冷靜，不可接近。

出處 清．馮起鳳《昔柳摭談．秋風自悼》：「（女）出語如松風，睨其神色，冷若冰霜。」

例句 她雖長得美艷動人，但冷若冰霜的模樣，卻使得別人不敢親近。

近義 冷酷無情。

反義 古道熱腸；和藹可親；熱情洋溢。

冷眼旁觀（ㄌㄥˇ ㄧㄢˇ ㄆㄤˊ ㄍㄨㄢ）

解釋 用冷靜或冷淡的態度在旁觀看，不給予任何意見。

出處 《拍案驚奇》十三回：「卻只是冷眼旁觀，任主人家措置。」

解析 「冷眼旁觀」和「袖手旁觀」都有在旁觀看不插手管的意思，但「冷眼旁觀」強調態度冷淡，坐視不管；而「袖手旁觀」還含有該管而不管的意思。

例句 家中兄弟為了爭奪遺產而鬧上

法庭，只有他始終置身事外，冷眼旁觀。

近義 作壁上觀；坐視不管；袖手旁觀。

反義 見義勇為；助人為樂；鼎力相助。

冷嘲熱諷（ㄌㄥˇ ㄔㄠˊ ㄖㄜˋ ㄈㄥˋ）

解釋 冷：不熱情，引申為嚴峻、尖銳；熱：溫度高，引申為辛辣。形容用各種尖銳、辛辣的語言譏笑諷刺別人。也作「冷譏熱嘲」。

出處 清．袁枚《牘外餘言》：「楚公子圍為虢之會，其時子圍簒國之狀，人人知之，皆有不平之意，故晉大夫七嘴八舌，冷譏熱嘲，皆由於心之大公也。」

解析 「嘲」不寫成「潮」。

例句 身為一名公眾人物，就要有接受世人冷嘲熱諷的心理準備。

近義 冷言冷語。

反義 滿腔熱情。

【凵部】

二畫

凶終隙末（ㄒㄩㄥ ㄓㄨㄥ ㄒㄧˋ ㄇㄛˋ）

解釋 隙：嫌隙，仇。

指起先友好，後來發生不愉快甚至互相仇恨。形容交友有始無終，起先很要好後來卻變成仇人。

出處 《後漢書．王丹傳》：「張、陳凶其終，蕭、朱隙其末，故知全之者鮮矣。」李賢注：「張耳、陳餘初為刎頸交，後構隙，耳後為漢將兵，殺陳餘於泜（ㄉㄧ）水之上。蕭育字次君，朱博字子元，二人為友，著聞當代，後有隙不終。」

例句 他為人狡詐，你現在和他要好，難保將來不會變成凶終隙末。

三畫

出人意表（ㄔㄨ ㄖㄣˊ ㄧˋ ㄅㄧㄠˇ）

解釋 意表：意想之外。

出乎人們意料之外。

出處 宋．蘇軾〈舉何去非換文資狀〉：「其論歷史所以廢興成敗，皆出人意表。」

解析 「出人意表」、「出其不意」都有出乎意料之外的意思，但「出人意表」是出於「人們」的意料之外；而「出其不意」是出於「對方」的意料之外。「出其不意」可用來表示在敵人意料不到的時機出擊；「出人意表」則不能。

例句 他們倆正準備對簿公堂時，沒想到劇情急轉直下，變成圓滿的結局，真是出人意表。

近義 出其不意；出乎意料；始料未及。

反義 不出所料；始料所及。

出人頭地（ㄔㄨ ㄖㄣˊ ㄊㄡˊ ㄉㄧˋ）

【解釋】意思是讓這個人高出一頭。後用來形容超越眾人而顯露於當世。

【出處】北宋．歐陽修是當時的文壇領袖，喜歡提攜後輩，讀了蘇軾送給他的文章，十分讚賞，在寫給著名詩人梅堯臣的信中說：「吾當避此人出一頭地。」

【解析】①「頭」不寫成「走投無路」的「投」。②「出人頭地」、「高人一等」都有超出一般人的意思。但「出人頭地」指一個人的前途、成就超越眾人；而「高人一等」多指一個人的某一種本領、技能超越一般人。

【例句】他從小過著寄人籬下的日子，所以一直非常努力，希望有一天能出人頭地。

【近義】出類拔萃；高人一等；超群絕倫。

【反義】庸庸碌碌；碌碌無能；濫竽充數。

出口成章 ㄔㄨ ㄎㄡˇ ㄔㄥˊ ㄓㄤ

【解釋】原作「出言成章」。說的話都成為規範。現多形容學問淵博，文思敏捷。

【出處】《淮南子．脩務》：「作事成法，出言成章。」

【例句】李教授博學多聞，出口成章，同學們都很喜歡上他的課。

【近義】七步之才；咳唾成珠；錦心綉口。

【反義】才竭智疲；江郎才盡；腸枯思竭。

出水芙蓉 ㄔㄨ ㄕㄨㄟˇ ㄈㄨˊ ㄖㄨㄥˊ

【解釋】芙蓉：荷花。初放的荷花，清新艷麗。①比喻詩文寫得清新。②比喻女子的姿容清新艷麗。

【出處】①南朝．梁．鍾嶸《詩品》：「謝（靈運）詩如芙蓉出水。」②宋．王洋〈明妃曲〉：「大明宮內宴呼韓，出水芙蓉鑑裏看。」

【例句】她清新而充滿靈氣的模樣，走在林蔭大道上，猶如出水芙蓉。

【近義】初發芙蓉；秋水芙蓉；傾城傾國。

【反義】鉤章棘句；雕章琢句。

出生入死 ㄔㄨ ㄕㄥ ㄖㄨˋ ㄙˇ

【解釋】語意原指從出生到死亡。後來形容冒生命危險，隨時有犧牲的可能。

【出處】《老子》五十章：「出生入死，生之徒十有三，死之徒十有三。」（徒，借作「途」。）

【解析】和「赴湯蹈火」都有不避艱險，不顧生命危險的意思。但「出生入死」著重在不顧生命危險，程度比「赴湯蹈火」深。「赴湯蹈火」常跟「在所不辭」、「心甘情願」等連用，也經常用在「不惜」、「不辭」、「不怕」、「敢於」、「勇於」這些詞語的後面，而「出生入死」一般不能這樣用。

例句 為了探聽敵情，許多潛伏在敵區的情治人員都冒著**出生入死**的危險。

近義 赴湯蹈火；視死如歸。

反義 貪生怕死。

出沒無常 ㄔㄨ ㄇㄛˋ ㄨˊ ㄔㄤˊ

解釋 出現和隱沒都沒有一定規律，讓人無法捉摸。

出處 明．徐宏祖《徐霞客遊記．滇遊日記》：「又西北平行者一里，下眺嶺西深墜而下，而杳不可見，嶺東屏峙而上，而出沒無常。」

例句 這些山老鼠在山區盜伐林木，**出沒無常**，讓主管單位傷透腦筋。

近義 神出鬼沒；神出鬼入。

出谷遷喬 ㄔㄨ ㄍㄨˇ ㄑㄧㄢ ㄑㄧㄠˊ

解釋 谷：幽谷；喬：喬木，枝幹高大的樹木。從幽谷出來，遷移到高大的喬木上，即從低處遷到高處。過去多用來祝賀人家遷居。

出處 《詩經．小雅．伐木》：「出自幽谷，遷於喬木。」

例句 搬家後，李伯伯特地來祝賀我們**出谷遷喬**。

出乖露醜 ㄔㄨ ㄍㄨㄞ ㄌㄡˋ ㄔㄡˇ

解釋 乖：謬誤的。形容在眾人面前出醜。又作「出乖弄醜」。

出處 金．董解元《西廂》卷六：「已恁地出乖弄醜，潑水再難收。」

例句 他今晚表現失常，在許多重要的人物面前**出乖露醜**，令他十分懊惱。

近義 丟人現眼。

出其不意 ㄔㄨ ㄑㄧˊ ㄅㄨˋ ㄧˋ

解釋 原指作戰時，趁敵方不注意時進行襲擊。後來也泛指趁別人沒有防備時行動。

出處 《孫子．計篇》：「出其無意，攻其無備。」

解析 不要把「意」寫成「義」，或把「其」寫成「奇」。

例句 這個**出其不意**的戰術果然達到了效果，讓我方最後反敗為勝。

近義 出乎意料。

反義 不出所料。

出奇制勝 ㄔㄨ ㄑㄧˊ ㄓˋ ㄕㄥˋ

解釋 制勝：取勝。原意是兩軍對陣，使出奇兵戰勝敵人。現也指用別人意想不到的策略來取勝。

出處 《孫子．勢篇》：「凡戰者，以正合，以奇勝。故善出奇者，無窮如天地，不竭如江河。」（正，指在敵人正面的軍隊。）

解析 ①不要把「制」寫作「致」（ㄓˋ）。②「出奇制勝」重在戰略上出敵不意，取得勝利；「克敵制勝」重在打敗敵人，取得勝利；

「旗開得勝」重在一開始就取得勝利。

例句 總冠軍賽時，我方換上從未出場的新人，果然出奇制勝，獲得冠軍。

出神入化 ㄔㄨ ㄕㄣˊ ㄖㄨˋ ㄏㄨㄚˋ

解釋 神：神妙；化：化境，極高超的境界。形容文學、藝術或技藝達到了非常高超神妙的境界。

出處 明．高棅《唐詩品匯．總序》：「觀者苟非窮精闡微，超神入化，玲瓏透徹之悟，則莫能得其門，而臻其壼。」

例句 他出神入化的球技，看得全場球迷如痴如醉。

近義 神乎其技；神乎其神。

反義 出乖露醜；技止此耳。

出將入相 ㄔㄨ ㄐㄧㄤˋ ㄖㄨˋ ㄒㄧㄤˋ

解釋 出外征戰則為將，回朝則為宰相。形容人文武兼備，得意顯赫。

出處 《舊唐書．李德裕傳》：「出將入相，三十年不復重遊。」

例句 他的五個子女個個都是出將入相，成就非凡的人物。

近義 文武雙全；出入將相；資兼文武。

反義 一官半職；一階半職。

出爾反爾 ㄔㄨ ㄦˇ ㄈㄢˇ ㄦˇ

解釋 爾：你。原意是你怎樣對人，別人就怎樣對你。今多比喻人的言行前後矛盾，反覆無常。

出處 《孟子．梁惠王下》：「出乎爾者，反乎爾者也。」

解析 「出爾反爾」、「反覆無常」、「言而無信」，都有不講信用的意思；但「出爾反爾」重在表示前後自相矛盾；「反覆無常」重在表示變動不定；而「言而無信」重在表示說話不算數。

例句 你這種出爾反爾的態度，是無法立足社會，取信於人的。

近義 反覆無常；言而無信。

反義 一言九鼎；一諾千金；言而有信。

出類拔萃 ㄔㄨ ㄌㄟˋ ㄅㄚˊ ㄘㄨㄟˋ

解釋 出：超過；類：同類；拔：超出；萃：草叢生的樣子，比喻聚集在一起的人或物。形容品德、才能特出，超過一般人。

出處 《孟子．公孫丑上》：「出於其類，拔乎其萃。」

解析 ①不要把「萃」讀成ㄗㄨˊ。②「出類拔萃」和「鶴立雞群」都形容超出一般人之上，但「出類拔萃」只重在形容一個人的品德、才能超越平常；「鶴立雞群」可指儀表，也可指品德、才能的突出。

例句 他這輩子最驕傲的事，就是教出了許多出類拔萃的學生。

近義 出人頭地；超群絕倫；鶴立雞群。

反義 碌碌無能；濫竽充數。

【刀部】

刀光劍影（ㄉㄠ ㄍㄨㄤ ㄐㄧㄢˋ ㄧㄥˇ）

解釋 只見刀的閃光、劍的形影，引申為殺氣騰騰的場面。

例句 這些年來他過膩了**刀光劍影**的日子，一直想走上正途，過常人的生活。

近義 刀光血影；劍拔弩張。

反義 偃旗息鼓；鳴金收兵。

刀耕火種（ㄉㄠ ㄍㄥ ㄏㄨㄛˇ ㄓㄨㄥˇ）

解釋 古代山區的農耕法，在播種前先砍倒草木燒燼成灰，用灰肥田，以利開墾。泛指原始的耕作方法。也作「刀耕火耨」或「火耨刀耕」。

出處 《新唐書．嚴震傳》：「梁漢之間，刀耕火耨。」（耨，除草。）

解析 種，讀ㄓㄨㄥˇ，不讀ㄓㄨㄥˋ。

例句 山區居民至今仍過著**刀耕火種**、自給自足的生活。

反義 深耕細作；精耕細作。

刁鑽古怪（ㄉㄧㄠ ㄗㄨㄢ ㄍㄨˇ ㄍㄨㄞˋ）

解釋 刁鑽：狡詐，古怪。形容人性情奸猾狡詐、怪異稀奇。

出處 《紅樓夢》第二十七回：「他素昔眼空心大，是個頭等刁鑽古怪東西。」

解析 「刁」不寫成「刀」。

例句 這位投手自創了一種**刁鑽古怪**的球路，讓打擊者頻頻揮空棒。

近義 稀奇古怪；詭譎怪誕。

反義 人之常情；不足為奇；平淡無奇。

二　畫

分一杯羹（ㄈㄣ ㄧˋ ㄅㄟ ㄍㄥ）

解釋 羹：肉汁。分取其中的一份，表示分享利益。

出處 《史記．項羽本紀》記載，秦末，楚漢相爭，劉邦的父親為項羽所俘。其後兩軍相持，項羽派人對劉邦說：「今不急下，吾烹太公。」劉邦說：「吾翁即若（汝）翁，必欲烹而（爾）翁，則幸分我一杯羹。」

例句 自從他成名後，許多以前避不見面的親戚紛紛前來想**分一杯羹**。

近義 分我杯羹。

分庭抗禮（ㄈㄣ ㄊㄧㄥˊ ㄎㄤˋ ㄌㄧˇ）

解釋 庭：堂階前；抗（伉）：對等，相當。古代賓主相見時，賓客和主人分別站在庭院的兩邊，相對行禮表示地位平等。比喻彼此以平等的禮節相待，或形容競賽雙方旗鼓相當。

出處《莊子·漁父》：「萬乘（ㄕㄥˋ）之主，千乘之君，見夫子未嘗不分庭伉禮。」

解析 ①「庭」不要寫成「廳」。②「分庭抗禮」和「平起平坐」都可以指彼此平等。但「分庭抗禮」含有分列兩旁、相對站立的意思，所以能用來形容互相競爭、對抗，而「平起平坐」只強調同起同坐，沒有這種用法。

例句 今天這兩支球隊的實力相當，足以分庭抗禮，必定會有場精彩的比賽。

近義 平分秋色；勢均力敵。

反義 甘拜下風；自愧不如；和衷共濟。

分崩離析（ㄈㄣ ㄅㄥ ㄌㄧˊ ㄒㄧ）

解釋 離析：散開。形容國家分裂瓦解，人民各懷異心。

出處《論語·季氏》：「遠人不服，而不能來也；邦分崩離析，而不能守也。」

解析 ①不要把「析」寫成「折」或「拆」。②「分崩離析」強調組織內部之間的分裂、不團結，「土崩瓦解」強調整個組織徹底潰敗、垮臺，語意較前者為重。「四分五裂」可以用於形容一般性的事物，「分崩離析」極少這樣用。

例句 這支當年三連霸的球隊，如今跳槽、挖角風波不斷，已是分崩離析了。

近義 土崩瓦解；四分五裂。

反義 同心同德；和衷共濟；精誠團結。

分道揚鑣（ㄈㄣ ㄉㄠˋ ㄧㄤˊ ㄅㄧㄠ）

解釋 鑣：馬口中所銜的鐵環；揚鑣：指驅馬前進。形容分路而行。比喻雙方才力相當，各有千秋。或比喻彼此志趣不同而各行其是。

出處《南史·裴子野傳》：「蘭陵蕭琛言其評論可與《過秦》《王命》分路揚鑣。」

解析 不要把「鑣」寫成「標」。

例句 他們倆原是社團中的正副會長，後來卻因理念不合而分道揚鑣。

近義 各奔東西；各奔前程；背道而馳。

反義 志同道合；並行不悖；並駕齊驅。

切磋琢磨（ㄑㄧㄝ ㄘㄨㄛ ㄓㄨㄛˊ ㄇㄛˊ）

解釋 原指把骨頭、象牙、玉石、石頭等製成器物的加工動作；「切」指加工骨頭，「磋」指加工象牙，「琢」指加工玉石，「磨」指加工石頭。比喻學習和研究問題，互相討論，取長補短。

出處《詩經·衛風·淇奧》：「如切如磋，如琢如磨。」

解析「切」不可讀成「一切」的

ㄑㄧㄝˋ。

例句 這一對兄弟雖然所學不同，卻常在一起**切磋琢磨**，討論功課。

反義 不相為謀。

切膚之痛 ㄑㄧㄝˋ ㄈㄨ ㄓ ㄊㄨㄥˋ

解釋 切：密切，貼近；切膚：指與自身關係密切。親身感受的痛苦。比喻感受極為深切。

出處 《聊齋志異．寃獄》：「受萬罪於公門，竟屬切膚之痛。」

解析 「切」不能唸成ㄑㄧㄝ。

例句 小弟做出這樣的行為，讓我們深感**切膚之痛**。

反義 無關痛癢。

切齒腐心 ㄑㄧㄝˋ ㄔˇ ㄈㄨˇ ㄒㄧㄣ

解釋 切齒：牙齒互相磨切。形容怨恨到極點，也作「切齒拊心」。

出處 《史記．刺客列傳》：「此臣之日夜切齒腐心也。」

解析 「切」不能唸成ㄑㄧㄝ。

例句 他心中時時懷著**切齒腐心**的仇恨，對任何人都心存警戒。

近義 咬牙切齒；恨入骨髓。

反義 愛如珍寶。

四畫

刎頸之交 ㄨㄣˇ ㄐㄧㄥˇ ㄓ ㄐㄧㄠ

解釋 刎：割脖子；頸：脖子；交：交情，友誼。

以性命相許，生死與共。

出處 《史記．廉頗藺相如列傳》：「卒相與驩，為刎頸之交。」

解析 「刎頸之交」、「莫逆之交」，都指交情很好的朋友。但「刎頸之交」著重於可同生死共患難的朋友；而「莫逆之交」的「莫逆」作「沒有抵觸」解，著重於互相心意契合。

例句 他不知暗地裏陷害了你多少次，你還當他是**刎頸之交**。

近義 患難之交；莫逆之交。

反義 狐朋狗友；酒肉朋友。

五畫

別出心裁 ㄅㄧㄝˊ ㄔㄨ ㄒㄧㄣ ㄘㄞˊ

解釋 別：另外；心裁：出於個人的創造和裁斷。另想出一種與眾不同的新風格、新主義。

出處 《鏡花緣》四十五回：「但這倮兒有三十餘口之多，不知賢妹可能別出心裁，另有泡製？」

解析 ①不要把「裁」寫成「栽」。②：「別出心裁」、「別具匠心」都含有想法獨特、與眾不同的意思，有時可換用，區別在於：「心裁」與「匠心」含義不同，前者指心中的設計、籌劃；後者指巧妙的心思，一般指文學藝術方面的創造性構思。

例句 他為了替女兒慶生，設計了一個別出心裁的生日宴會。

近義 自出心裁；別出機杼；別具心裁。

反義 千篇一律；步人後塵。

別出機杼 ㄅㄧㄝˊ ㄔㄨ ㄐㄧ ㄓㄨˋ

解釋 機杼：織布機。比喻作文的命意構思。也比喻寫作不因襲前人，另有創新。

出處 宋，樓鑰《攻媿集．跋李伯和所藏書畫〈薄薄酒〉二篇》：「詞人務以相勝，似不若別出機杼。」

例句 這幾首詞寫得非常符合現代人的心情，別出機杼，令人印象深刻。

近義 自出心裁；別出心裁；別具心裁。

反義 千篇一律；步人後塵。

別有天地 ㄅㄧㄝˊ ㄧㄡˇ ㄊㄧㄢ ㄉㄧˋ

解釋 天地：指境界。另有一種特殊的境界。也形容藝術作品或風景引人入勝。

出處 唐．李白〈山中問答〉詩：「桃花流水窅（ㄧㄠˇ）然去，別有天地非人間。」（窅然，深遠的樣子。）

例句 這一間毫不起眼的小店，進來後卻是別有天地，室內設計得新奇而別緻。

近義 別有洞天；別有乾坤。

反義 平淡無奇。

別有用心 ㄅㄧㄝˊ ㄧㄡˇ ㄩㄥˋ ㄒㄧㄣ

解釋 用心：居心，打算。另有企圖、打算。現在多指心裏打著壞主意。

出處 清．吳趼人《二十年目睹之怪現狀》第九十九回：「王太尊也是說他辦事可靠，那裏知道他是別有用心的呢。」

例句 他今天的態度忽然有了一百八十度的大轉變，似乎是別有用心。

近義 居心不良；居心叵測。

反義 光明磊落；襟懷坦白。

別具匠心 ㄅㄧㄝˊ ㄐㄩˋ ㄐㄧㄤˋ ㄒㄧㄣ

解釋 匠心：巧妙的心思。具有與眾不同的巧妙構思。常指文學藝術方面的構思。

出處 唐．張祜〈題王右丞山水障〉詩：「精華在筆端，咫尺匠心難。」

例句 這首詩顛覆了文字的慣用法，是一首別具匠心、充滿實驗性質的作品。

近義 別出心裁；獨出心裁；獨闢蹊徑。

反義 亦步亦趨；步人後塵；襲人故智。

別具隻眼 ㄅㄧㄝˊ ㄐㄩˋ ㄓ ㄧㄢˇ

解釋 形容具有獨到的見解。也作「獨具隻眼」、「別具慧眼」。

出處 宋．楊萬里《誠齋集．送彭元忠縣丞北歸詩》：「近來別具一隻眼，要踏唐人最上關。」

例句 沒想到看來纖細瘦小的她，居然有如此強大的爆發力，教練果然是**別具隻眼**。

近義 獨到之見；獨具慧眼。

反義 步人後塵；拾人牙慧；襲人故智。

別風淮雨 ㄅㄧㄝˊ ㄈㄥ ㄏㄨㄞˊ ㄩˇ

解釋 「列風淫雨」的誤寫，「別」本作「列」，「淮」本作「淫」，因字形相似而寫錯。指文字訛誤或寫別字。

出處 梁．劉勰《文心雕龍．練字》：「《尚書大傳》有『別風淮雨』，《帝王世紀》云『列風淫雨』。『別』『列』『淮』『淫』字似潛移。『淫』『列』義當而不奇，『淮』『別』理乖新異。」（列，通「烈」。列風，大風。）

例句 這段文字語焉不詳，令人丈二金剛摸不著頭腦，恐怕有**別風淮雨**之誤。

別開生面 ㄅㄧㄝˊ ㄎㄞ ㄕㄥ ㄇㄧㄢˋ

解釋 形容另尋途徑，開創新的風格、面貌。

出處 唐．杜甫〈丹青引〉詩：「凌煙功臣少顏色，將軍下筆開生面。」趙次公注：「凌煙畫像，顏色已暗，而曹將軍重為之畫，故云開生面。」

例句 這場**別開生面**的開幕賽，吸引了眾多的球迷到現場。

近義 別具一格；別有風味；獨樹一幟。

反義 千篇一律；陳陳相因。

別樹一幟 ㄅㄧㄝˊ ㄕㄨˋ ㄧˋ ㄓˋ

解釋 樹：豎立；幟：旗幟。另外豎起一面旗幟。比喻另創格調，自成一家。

出處 清．袁枚《隨園詩話》卷七：「唐義山、香山、牧之、昌黎，同學杜者，今其詩集，都是別樹一幟。」

例句 這位日籍投手**別樹一幟**的投球姿勢，使他贏得了「龍捲風」的美譽。

近義 自成一家；獨闢蹊徑。

反義 步人後塵；拾人牙慧。

別鶴孤鸞 ㄅㄧㄝˊ ㄏㄜˋ ㄍㄨ ㄌㄨㄢˊ

解釋 別：離別；鸞：鳳凰。失偶的鶴，孤單的鸞。比喻夫妻分離。

出處 三國．魏．嵇康《嵇中散集．琴賦》：「王昭、楚妃，千里別鶴。」晉．陶潛《陶淵明集．擬古》詩：「上弦驚別鶴，下弦操孤鸞。」

例句 許多家庭為了移民，夫婦倆人變成**別鶴孤鸞**，必須分隔兩地。

利令智昏 ㄌㄧˋ ㄌㄧㄥˋ ㄓˋ ㄏㄨㄣ

解釋 利：金錢，利益；智：理智。受私利引誘而失去了理智，不辨是非。

出處《史記．平原君傳贊》：「鄙語曰：『利令智昏。』平原君貪馮亭邪說，使趙陷長平兵四十餘萬眾，邯鄲幾亡。」

解析「利令智昏」強調私利使頭腦昏亂而喪失了理智，程度較強；「利欲薰心」著重在貪欲迷住了心竅，程度不及前者。

例句 像他這麼聰明的人竟會為了這一點小錢挺而走險，真是利令智昏。

近義 利欲薰心；財迷心竅。

反義 利不虧義；見利思義。

利析秋毫 ㄌㄧˋ ㄒㄧ ㄑㄧㄡ ㄏㄠˊ

解釋 利：利益；秋毫：動物秋後新換的絨毛，比喻極細微的東西。意思是分析利益所在，雖像秋毫那樣細微的東西也沒有錯過。後用來形容理財的精細。

出處《史記．平準書》：「三人言利，事析秋毫矣。」（三人，指桑弘羊、東郭咸陽、孔儀。）

例句 他是個天生的生意人，向來是利析秋毫，錙銖必較。

利欲薰心 ㄌㄧˋ ㄩˋ ㄒㄩㄣ ㄒㄧㄣ

解釋 利欲：名利的欲望；薰心：迷住了心。貪圖名利的欲望蒙蔽了心志。

出處 宋．黃庭堅《山谷集．贈別李次翁》：「利欲薰心，隨人翕（ㄒㄧˋ）張。」（翕，合。）

解析「利欲薰心」著重在利欲蒙蔽了心志；「利令智昏」強調私利使頭腦昏亂，喪失了理智。

例句 你竟為了這一點小錢做出這種傷天害理的事，真是利欲薰心。

近義 見利忘義；利令智昏；財迷心竅。

反義 一芥不取；見利思義；淡泊名利。

刪繁就簡 ㄕㄢ ㄈㄢˊ ㄐㄧㄡˋ ㄐㄧㄢˇ

解釋 刪：除去；就：從，趨向。刪除繁雜不必要的，使之趨於簡明、精煉。

出處《鏡花緣》第八十九回：「都像這樣，卻也不難，大約刪繁就簡，只消八百韻也就夠了。」

例句 這些繁瑣的條文規則，洋洋灑灑的竟有上千條，實在有刪繁就簡的必要。

近義 刪蕪就簡。

反義 拖泥帶水；連篇累牘；繁言蔓詞。

六畫

刻不容緩 ㄎㄜˋ ㄅㄨˋ ㄖㄨㄥˊ ㄏㄨㄢˇ

解釋 緩：拖延。形容事情急迫，一刻也不能拖延。

出處《鏡花緣》第四十回：「到胎前產後以及難產各症，不獨刻不容緩，並且兩命攸關。」

解析 「刻不容緩」多指形勢緊迫，不能拖延；「迫不急待」多指心情急迫，不能等待。

例句 這位病人現正大量出血，情況相當危急，急救工作**刻不容緩**。

近義 事不宜遲；迫不及待；迫在眉睫；燃眉之急。

反義 遷延時日；曠日持久。

刻舟求劍 ㄎㄜˋ ㄓㄡ ㄑㄧㄡˊ ㄐㄧㄢˋ

解釋 比喻固執刻板，不知變通，不知變化。

出處 《呂氏春秋．察今》裏說，有個楚國人乘船過江，船正行駛時把劍掉進江裏，他立即在船身劍落水的地方刻了個記號，說：「我的劍是從這兒掉下去的。」等船靠岸了，他就從做上記號的地方下水去找劍，結果自然找不到。

解析 「刻舟求劍」、「守株待兔」、「按圖索驥」、「膠柱鼓瑟」都有不知變通的意思，但略有不同；「刻舟求劍」重在不知隨著形勢而變化；「守株待兔」重在死守狹隘的經驗；「按圖索驥」重在死守成規；「膠柱鼓瑟」重在自我束縛，不知變通。

例句 在非常時期必須使出非常手段，你這樣**刻舟求劍**是行不通的。

近義 守株待兔；按圖索驥；膠柱鼓瑟。

反義 因事制宜；見機行事；隨機應變。

刻骨銘心 ㄎㄜˋ ㄍㄨˇ ㄇㄧㄥˊ ㄒㄧㄣ

解釋 銘：在石頭或金屬器物上刻字。形容感受深刻，無法忘記，多用來形容對別人的感激。也作「銘心刻骨」。

出處 《水滸全傳》第八十回：「萬望太尉慈憫，救拔深陷之人，得瞻天日，刻骨銘心，誓圖死報。」

解析 「刻骨銘心」、「沒齒不忘」，都可表示感念恩情，永遠不忘。但「刻骨銘心」適用範圍較廣，還可比喻仇恨極深，印象極深；「沒齒難忘」則沒有這種用法。

例句 義父對他的養育之恩，他是**刻骨銘心**，永難忘懷。

近義 永誌不忘；銘諸肺腑。

反義 浮光掠影；拋到九霄雲外。

刻畫無鹽 ㄎㄜˋ ㄏㄨㄚˋ ㄨˊ ㄧㄢˊ

解釋 無鹽：古代醜女。描繪醜女，冒犯美人。比喻拿醜的來比喻美的，比擬的不恰當。

出處 《晉書．周顗傳》：「何乃刻畫無鹽，唐突西施也！」

例句 我的才學恐不及他的一半，怎能與他相比，您這不是**刻畫無鹽**嗎！

刻鵠類鶩 ㄎㄜˋ ㄏㄨˊ ㄌㄟˋ ㄨˋ

解釋 鵠：天鵝；類：似，像；鶩：鴨。刻天鵝不像，但像個鴨子。意思是仿效得雖然不太逼真，但相去不遠。

出處 《後漢書．馬援傳》：「效伯高不得，猶為謹敕之士，所謂刻鵠不成尚類鶩者也。」

例句 這一場模仿秀雖然略顯生澀，但是刻鵠類鶩，意思到了。

近義 邯鄲學步；畫虎類犬；畫虎刻鵠。

刺刺不休 ㄘˋ ㄘˋ ㄅㄨˋ ㄒㄧㄡ

解釋 刺刺：多話的樣子。形容話多，說個不停。

出處 唐．韓愈《昌黎先生集．送殷員外序》：「丁寧顧婢子，語刺刺不能休。」

解析 「刺」不讀寫成「乖刺、刺謬」的「刺（ㄌㄚˋ）」。

例句 她今天終於看到心儀已久的偶像，回家後是刺刺不休，興奮了一下午。

近義 呶呶不休；喋喋不休；絮絮叨叨。

反義 仗馬寒蟬；噤若寒蟬；默默無言。

刺股懸梁 ㄘˋ ㄍㄨˇ ㄒㄩㄢˊ ㄌㄧㄤˊ

解釋 股：大腿；梁：屋梁。刺股：戰國時蘇秦游說秦王不成，回家發奮讀書，想睡時，以錐子自刺其股；懸梁：漢朝的孫敬讀書睏倦時，將頭髮用繩子拴在梁上，一打盹就會驚醒。比喻人刻苦好學非常用功。也作「懸梁刺股」。

出處 《元曲選．無名氏〈馬陵道〉楔子》：「想著咱轉筆抄書幾度春，常則是刺股懸梁不厭勤。」

解析 「刺」左部從「朿」，不可寫成「束」；「股」不可寫成「骨」。

例句 為了擠進升學的窄門，許多的年輕學子不得不過著刺股懸梁的日子。

近義 孫康映雪；囊螢照書；鑿壁偷光。

反義 一暴十寒；三天打魚，兩天曬網。

刮目相待 ㄍㄨㄚ ㄇㄨˋ ㄒㄧㄤ ㄉㄞˋ

解釋 刮目：擦亮眼睛，指去掉過去的看法；待：看待，對待。指別人已有顯著的進步，要以全新的眼光看待他。

出處 三國時，呂蒙聽了孫權的勸告，認真讀書，進步很快。後來魯肅去拜訪他，魯肅本來也看不起呂蒙，哪知一談防務，呂蒙講得頭頭是道。魯肅頓時改變態度說：「我一直以為你能武不能文，現在學識這麼淵博，已經不是從前在吳下的呂蒙了。」呂蒙笑著說：「士別三日，即更刮目相待。」

解析 「刮目相待」指去掉以前的看法，以新的眼光看人，重在看到別人的進步；「另眼相看」重在特別重視或以新的眼光看對方，不同於一般看待。

例句 這一年來他的技巧突飛猛進，成績也精進不少，令人**刮目相待**。

近義 另眼相看；另眼相待。

反義 一視同仁；不屑一顧。

七畫

削足適履（ㄒㄩㄝˋ ㄗㄨˊ ㄕˋ ㄌㄩˇ）

解釋 適：適應；履：鞋。為了適應小鞋，把腳削去一塊；比喻無原則的勉強遷就不合適的事。

出處 《淮南子．說林》：「夫所以養而害所養，譬猶削足而適履，殺頭而便冠。」（殺，減小。冠，帽子。）

解析 削，不讀ㄒㄧㄠ。

例句 許多年輕女孩，為了參加選美而拚命減肥，餓壞了身體，這不是**削足適履**嗎？

近義 截趾適履。

反義 因事制宜；隨機應變。

前仆後繼（ㄑㄧㄢˊ ㄆㄨ ㄏㄡˋ ㄐㄧˋ）

解釋 仆：倒下。前面的倒下了，後面的繼續往前衝，現形容英勇壯烈的向前邁進，不怕危險，不畏犧牲。

出處 秋瑾《秋瑾集．弔吳烈士樾》詩：「前仆後繼人應在。」

解析 「前仆後繼」指前面的人倒下了，後面的緊跟上去；「前赴後繼」則是指前面的人上去，後面的也跟著上去。

例句 自己創業的風險雖大，但崇尚自由、不喜拘束的現代人，還是**前仆後繼**地去做。

近義 前赴後繼；奮不顧身。

反義 後繼無人；臨陣脫逃。

前功盡棄（ㄑㄧㄢˊ ㄍㄨㄥ ㄐㄧㄣˋ ㄑㄧˋ）

解釋 以前所有的努力完全白費。

出處 《史記．周紀》：「一舉不得，前功盡棄。」

解析 「前功盡棄」強調以前的努力成績完全白費了；「功虧一簣」強調差一點就可成功。

例句 烤箱的溫度過高，讓我們辛苦一天做的蛋糕全部**前功盡棄**。

近義 功敗垂成；功虧一簣。

反義 大功告成；功成名就。

前因後果（ㄑㄧㄢˊ ㄧㄣ ㄏㄡˋ ㄍㄨㄛˇ）

解釋 事情的起因和結果，指事情的全部過程。

出處 《南齊書．高逸傳》：「今樹以前因，報以後果。」

例句 你得把事情的**前因後果**交代一遍，我才能評斷誰是誰非。

近義 來龍去脈。

反義 來歷不明。

前車之鑑 ㄑㄧㄢˊ ㄔㄜ ㄓ ㄐㄧㄢˋ

解釋 前車：前面的車子；鑑：鏡子。比喻前人的失敗，後人可以當作借鏡，避免再犯相同的過錯。

出處《漢書．賈誼傳》：賈誼上書給漢文帝，引用夏、商、周三代都統治了幾百年，而秦王朝只傳二世就滅亡的歷史，勸導文帝：「前車覆，後車戒。」要改進政治措施，記取教訓。

例句 他交友不慎而誤入歧途以致毀了自己的一生，就是你最好的前車之鑑。

近義 引以為戒；引為鑑戒；以古鑑今。

反義 重蹈覆轍。

前事不忘，後事之師 ㄑㄧㄢˊ ㄕˋ ㄅㄨˋ ㄨㄤˋ，ㄏㄡˋ ㄕˋ ㄓ ㄕ

解釋 記取過去的經驗教訓，可以作為以後做事的借鏡。

出處《戰國策．趙策一》：「前事之不忘，後事之師。」

例句 前事不忘，後事之師，這次草率行事帶來的慘痛經驗，就是你今後最好的教訓。

近義 前覆後戒；前人失腳，後人把滑。

反義 重蹈覆轍。

前呼後擁 ㄑㄧㄢˊ ㄏㄨ ㄏㄡˋ ㄩㄥ

解釋 前面有人吆喝著開路，後面有人圍著保護。形容達官貴人出行時隨從眾多的盛況。也作「後擁前呼」。

出處《兒女英雄傳》十三回：「落後便是那河臺，鳴鑼喝道，前呼後擁的過去。」

例句 他出門時總有一堆保鏢前呼後擁，絲毫沒有一點隱私與自由。

近義 一呼百諾；前呼後應；鳴鑼開道。

反義 輕車簡從。

前度劉郎 ㄑㄧㄢˊ ㄉㄨˋ ㄌㄧㄡˊ ㄌㄤˊ

解釋 度：次，回。稱離去又回來的人為前度劉郎。

出處 南朝．宋．劉義慶《幽明錄》裏說，東漢時的劉晨和阮肇曾在天台山遇到神仙，回鄉後二人又再度重回天台。

解析「度」不寫成「渡」。

例句 事隔一年我重遊舊地，竟又遇到前度劉郎。

反義 一去不復返。

前倨後恭 ㄑㄧㄢˊ ㄐㄩˋ ㄏㄡˋ ㄍㄨㄥ

解釋 倨：傲慢，怠慢。先前傲慢無禮後又謙卑恭敬，譏笑唯利是圖、態度轉變迅速的人。

出處《戰國策．秦策一》記載，蘇秦在秦國遊說失敗後回家，嫂子不給他做飯。後遊說六國合縱抗秦，身佩六國相印，榮歸故里，嫂子見了他就跪拜在地。蘇秦問：「嫂何前倨而後卑（《史記》作「恭」）也？」

解析 「恭」下從「小（心）」不可寫成「氺（水）」。

例句 你這種前倨後恭的態度，不僅改變不了別人先前對你的印象，還會令人生厭。

近義 前倨後卑。

八畫

剖腹藏珠（ㄆㄡˇ ㄈㄨˋ ㄘㄤˊ ㄓㄨ）

解釋 把肚子剖開收藏珍珠。比喻為物傷身，輕重倒置。

出處 《資治通鑑．唐紀．太宗貞觀元年》：「上（唐太宗）謂侍臣曰：『吾聞西域賈胡得美珠，剖身而藏之。』」

例句 為了賺錢而冒如此大的風險，無異於剖腹藏珠，根本是本末倒置。

剜肉補瘡（ㄨㄢ ㄖㄡˋ ㄅㄨˇ ㄔㄨㄤ）

解釋 比喻用有害的辦法暫救眼前的急難，而完全不計後果。

出處 唐．聶夷中〈傷田家〉詩：「二月賣新絲，五月糶新穀，醫得眼前瘡，剜卻心頭肉。」

例句 許多學生為了提振精神而吸食安非他命，無異於剜肉補瘡。

近義 飲鴆止渴；牽蘿補屋；漏脯充飢。

剛正不阿（ㄍㄤ ㄓㄥˋ ㄅㄨˋ ㄜ）

解釋 剛正：剛強正直；阿：曲從，迎合。
堅持原則，不曲從權勢。

出處 《聊齋志異．一官員》：「濟南同知吳公，剛正不阿。」

解析 ①「阿」不能唸成ㄚ。②「剛正不阿」偏重指人的品格正直、不曲從；「守正不阿」偏重指人辦事的態度公正、不徇私。

例句 他不畏強權、剛正不阿的辦事態度，贏得了許多小市民的讚賞。

近義 正直無阿；守正不阿；剛正無私。

反義 蠅營狗苟。

剛柔相濟（ㄍㄤ ㄖㄡˊ ㄒㄧㄤ ㄐㄧˋ）

解釋 ①待人處世能軟硬兼施，恩威並用。②比喻兩個剛柔相異的人相處在一起卻能截長補短，相輔相成。

出處 清．吳德旋《初月樓古文緒論》：「文章之道，剛柔相濟。」

解析 濟，讀ㄐㄧˋ，不讀ㄐㄧˇ。

例句 他處世圓滑，剛柔相濟，每一個屬下都對他言聽計從。

剛愎自用（ㄍㄤ ㄅㄧˋ ㄗˋ ㄩㄥˋ）

解釋 剛：強硬；愎：任性，固執；自用：只憑自己的主觀意識行事。指人性情強硬、任性，不接受別人的勸告。

出處 《金史．赤盞合喜傳》：「性剛愎，好自用。」

解析 ①不要把「愎」讀成ㄈㄨˋ，不要寫成「腹」。②「剛愎自用」，偏重在固執任性而專斷，「師心自用」偏重在以老師自居而自以為是。

例句 你這種剛愎自用、不接受勸告的態度，必定會害了自己。

近義 一意孤行；固執己見；師心自用；獨斷專行。

反義 從善如流；虛懷若谷。

十畫

割席絕交 ㄍㄜ ㄒㄧˊ ㄐㄩㄝˊ ㄐㄧㄠ

解釋 古人席地而坐，割席表示不願與對方同坐，有絕交的意思。指朋友間因志趣不合而斷絕往來。

出處 《世說新語．德行》：「管寧、華歆嘗同席讀書，有乘軒過門者，寧讀如故，歆廢書出看，寧割席分坐，曰：『子非吾友也！』」

例句 你如果執意要做這種違背良心的事，我只好和你割席絕交了。

割雞焉用牛刀 ㄍㄜ ㄐㄧ ㄧㄢ ㄩㄥˋ ㄋㄧㄡˊ ㄉㄠ

解釋 比喻做小事情不必費大力氣或大材不能小用。也作「殺雞焉用牛刀」。

出處 《論語．陽貨》：「子之武城，聞弦歌之聲。夫子莞爾而笑曰：『割雞焉用牛刀！』」

例句 割雞焉用牛刀，這種小事交給我處理就好了。

近義 大材小用；牛鼎烹雞。

反義 小材大用。

十三畫

劈頭蓋臉 ㄆㄧ ㄊㄡˊ ㄍㄞˋ ㄌㄧㄢˇ

解釋 劈：正對著，衝著；蓋：蒙，壓下來。指正對著頭、臉。形容來勢兇猛。

出處 明．施耐庵《水滸傳》十四回：「（晁蓋）奪過士兵手裏棍棒，劈頭劈臉便打。」

解析 「劈」不可讀寫成「辟（ㄆㄧˋ）」。

例句 他一進門，便劈頭蓋臉地質問大家為什麼不等他。

近義 鋪天蓋地。

反義 強弩之末。

劍及履及 ㄐㄧㄢˋ ㄐㄧˊ ㄌㄩˇ ㄐㄧˊ

解釋 及：到達；履：鞋，引申為腳步。形容奮起速行，毫不鬆懈。

出處 《左傳．宣公十四年》記載，楚莊王派往齊國的使者申舟路過宋國時被宋人所殺，「楚子聞之，投袂而起，屨及於窒皇，劍及於寢門之外，車及於蒲胥之市。」（楚子，楚莊王。窒皇，寢門的甬道。意思是楚莊王聞訊之後，急於出兵給申舟報仇，立即奔跑出去，以致給他拿鞋的人追到窒皇，給他拿劍的人追到寢門之外，駕車的人追到蒲胥之市才追上他。）

例句 他劍及履及的辦事態度，很快就贏得了公司同仁的信任。

劍拔弩張 ㄐㄧㄢˋ ㄅㄚˊ ㄋㄨˇ ㄓㄤ

解釋 劍從鞘裏拔出來了，弓也張開了。形容形勢緊張，一觸即發。後也比喻書法氣勢雄健。

出處 《斷書》：「其字如龍拏虎踞，劍拔弩張。」

解析 在形容形勢緊張的意義方面，「一觸即發」較「劍拔弩張」語意重，但「一觸即發」不能比喻書法雄健。

例句 他們之間有許多新仇舊恨，這次在球場相遇不免劍拔弩張，一場廝殺。

近義 一觸即發；箭在弦上。

反義 太平無事；心平氣和。

劍戟森森 ㄐㄧㄢˋ ㄐㄧˇ ㄙㄣ ㄙㄣ

解釋 戟：古代兵器；森森：草木茂密的樣子。比喻人心險惡，就像劍戟遍布般尖銳可畏。

出處 《北史．李義深傳》：「義深有當事才用，而心胸險峭，時人語曰：『劍戟森森李義深。』」

例句 許多天真單純的年輕學子，進入社會後，不需太長的時間就能體會社會中的劍戟森森。

劍頭一吷 ㄐㄧㄢˋ ㄊㄡˊ ㄧ ㄒㄩㄝ

解釋 劍頭：指劍把處的小孔；吷：很小的聲音。比喻無足輕重的言論。

出處 《莊子．則陽》：「夫吹管也，猶有嗃（ㄒㄧㄠˋ）也；吹劍首者，吷而已矣。堯舜，人之所譽也。道堯舜於戴晉人之前，譬猶一吷也。」意思是在魏國賢者戴晉人面前稱道堯舜，就像吹劍環頭小孔發出的很小的一點聲音罷了。

解析 「吷」不能唸成ㄐㄩㄝˊ。

例句 我的這點意見不過是劍頭一吷，起不了什麼大作用。

【力部】

力不從心 ㄌㄧˋ ㄅㄨˋ ㄘㄨㄥˊ ㄒㄧㄣ

解釋 心裏想做而力量不夠。

出處 《後漢書．西域傳》：「今使者大兵未能得出，如諸國力不從心，東西南北自在也。」

解析 「力不從心」與「力不能及」都有做不到的意思，但「力不從心」強調心裏想做卻做不到；「力不能及」則沒有這層含義。

例句 李伯伯常感嘆年紀一大往往感覺力不從心，使不上力。

近義 力不能及；力不勝任；無能為力；心有餘而力不足。

反義 得心應手；輕而易舉。

力爭上游 ㄌㄧˋ ㄓㄥ ㄕㄤˋ ㄧㄡˊ

解釋 上游：河的上流。

比喻盡力求取上進。

出處 清．趙翼《甌北詩鈔．閒居讀書作》：「所以才智人，不肯自棄暴，力欲爭上游，性靈乃其要。」

例句 這位獨臂投手**力爭上游**的故事，給所有對棒球有興趣的人莫大的鼓勵。

近義 一馬當先；不為人後；爭先恐後。

反義 甘居人後；甘處下游。

力挽狂瀾（ㄌㄧˋ ㄨㄢˇ ㄎㄨㄤˊ ㄌㄢˊ）

解釋 挽：挽救，挽回；狂瀾：猛烈的巨浪。

比喻盡力挽回頹敗的局勢。

出處 唐．韓愈《昌黎先生集．進學解》：「障百川而東之，回狂瀾於既倒。」

解析 「力狂挽瀾」強調挽回險惡的局勢；「扭轉乾坤」強調徹底使局面改觀。

例句 現在這種混亂而低靡的局面，非常需要一個夠份量的人出面**力挽狂瀾**。

近義 扭轉乾坤。

反義 一敗塗地；不可收拾；大勢已去。

力排眾議（ㄌㄧˋ ㄆㄞˊ ㄓㄨㄥˋ ㄧˋ）

解釋 力：竭力；排：排除；眾議：各種議論。

為了達到自己的目的，竭力排除各種議論。

出處 《三國演義》第四十三回目：「諸葛亮舌戰群儒，魯子敬力排眾議。」

解析 「議」不寫成「義」或「意」。

例句 他當初**力排眾議**提拔的一些人，卻在他失勢時落井下石，真是毫無道義。

近義 舌戰群儒。

反義 集思廣益。

力透紙背（ㄌㄧˋ ㄊㄡˋ ㄓˇ ㄅㄟˋ）

解釋 ①形容書法遒勁有力。②形容寫文章的功力深厚，造語精煉。

出處 ①唐．顏真卿〈述張長史十二意筆法意記〉：「當其用鋒，常欲使其透過紙背。」②清．趙翼《甌北詩話．陸放翁詩》：「（古體詩）意在筆先，力透紙背。」

例句 這幅字寫得筆力遒勁，**力透紙背**，掛在房裏增添了許多陽剛之氣。

近義 入木三分；筆力扛鼎；鞭辟入裏。

反義 輕描淡寫。

三畫

功成不居（ㄍㄨㄥ ㄔㄥˊ ㄅㄨˋ ㄐㄩ）

解釋 居：當，占有。

後用以形容立功之後不把功勞歸於自己。

出處 《老子》二章：「生而不有，為而不恃，功成而不居」。

解析 「功成不居」指成功了，不把功勞歸於自己；「勞不矜功」指勞苦努力後，也不誇耀自己的功勞。

例句 現在的社會中，搶別人功勞的很多，**功成不居**的卻是少之又少。

近義 功成身退；勞不矜功。

反義 功臣自居；居功自恃。

功成名遂 ㄍㄨㄥ ㄔㄥˊ ㄇㄧㄥˊ ㄙㄨㄟˋ

解釋 遂：成就。事業和名聲都取得了，也作「功成名立」。

出處 《史記．范睢傳》：「昔者中山之國，地方五百里，趙獨吞之，功成名遂而利附焉。」

例句 他年紀輕輕便已**功成名遂**，但對他來說恐怕並不是件好事。

近義 功成名就；名利雙收。

反義 一事無成；壯志未酬；身敗名裂。

功成身退 ㄍㄨㄥ ㄔㄥˊ ㄕㄣ ㄊㄨㄟˋ

解釋 身：自身，自己。立了大功後自己就該引退，以免遭忌而惹禍上身。

出處 《老子》九章：「功遂身退天之道。」

解析 「功成身退」指立了功後主動引退；「急流勇退」偏重在順境時主動辭官。

例句 他在最危急時挺身而出，又在完成時**功成身退**，這樣的情操真是令人讚賞。

近義 急流勇退。

功敗垂成 ㄍㄨㄥ ㄅㄞˋ ㄔㄨㄟˊ ㄔㄥˊ

解釋 垂：將要。事情將要成功的時候，卻遭到了失敗。含有惋惜的意思。

出處 《孽海花》二十九回：「毋使臨渴而掘井，功敗垂成。」

解析 「功敗垂成」就時間上說，指臨近成功卻失敗了；「功虧一簣」就功力上說，指只差一點功力卻未成功。

例句 愈是接近完成就愈要小心，否則**功敗垂成**就太可惜了。

近義 功虧一簣；前功盡棄。

反義 大功告成。

功德無量 ㄍㄨㄥ ㄉㄜˊ ㄨˊ ㄌㄧㄤˋ

解釋 功德：原指功業與德行，佛教用以指念佛、誦經、布施等活動行善為「功」，心善為「德」；無量：難以計算。用以稱頌人的功勞、恩德非常偉大，給別人深厚的恩惠和德澤。

出處 《漢書．丙吉傳》：「所以擁全神靈，成育聖躬，功德已無量矣。」

例句 他放棄了大醫院的高薪工作，到這個窮鄉僻壤行醫，真是**功德無量**。

反義 罪大惡極；罪孽深重。

功虧一簣（ㄍㄨㄥ　ㄎㄨㄟ　ㄧˊ　ㄎㄨㄟˋ）

解釋 虧：欠，差；簣：盛土的筐。築九仞高的土山，只差一筐土而不能完成。比喻一件事只差最後一點未能完成。含惋惜的意思。

出處 《尚書．旅獒（ㄠˊ）》：「為山九仞，功虧一簣。」（仞，合古時七尺，一說合八尺。）

解析 不要把「簣」讀成ㄍㄨㄟˋ。

例句 這件事已進行到這個地步，你務必要堅持下去，否則功虧一簣，先前的努力都白費了。

近義 功敗垂成；虧於一簣。

反義 大功告成；功成名就。

五　畫

助桀為虐（ㄓㄨˋ　ㄐㄧㄝˊ　ㄨㄟˊ　ㄋㄩㄝˋ）

解釋 桀：夏代的最後一個統治者，相傳是個暴君；虐：殘暴。幫助夏桀做暴虐的事。比喻幫助惡人做壞事。

出處 《史記．留侯世家》：「今始入秦，即安其樂，此所謂『助桀為虐』。」

例句 他是黑幫領袖，你如果投票給他，無異於助桀為虐。

近義 為虎作倀；為虎添翼。

反義 助人為樂；除暴安良；樂善好施。

七　畫

勇往直前（ㄩㄥˇ　ㄨㄤˇ　ㄓˊ　ㄑㄧㄢˊ）

解釋 勇敢地向前進，無所畏懼。

出處 李珥〈革舊習文〉：「不能勇往直前，以有所成就。」

例句 為了在這個排外的社會中出人頭地，他一直毫不畏懼地勇往直前。

近義 義無反顧。

反義 望而卻步；逡巡不前；裹足不前。

九　畫

動輒得咎（ㄉㄨㄥˋ　ㄓㄜˊ　ㄉㄜˊ　ㄐㄧㄡˋ）

解釋 動輒：每每，往往；咎：罪過。做事往往會遭到責怪或無理的處分。

出處 唐．韓愈《昌黎先生集．進學解》：「跋前躓後，動輒得咎。」

解析 不要把「輒」讀成ㄔㄜ。

例句 他猶豫不決、朝三暮四的個性，常常令屬下覺得動輒得咎。

近義 搖手觸禁。

反義 無往不利；徑情直遂。

十　畫

勞民傷財（ㄌㄠˊ　ㄇㄧㄣˊ　ㄕㄤ　ㄘㄞˊ）

解釋 動員大批人力使人民勞苦，又耗費錢財。批評一個無益且濫用人力物力的措施。

出處 《周易．節》：「不傷財，不害民。」

例句 現今經濟不景氣，一切從簡，這種鋪張浪費、**勞民傷財**的活動，還是少辦為妙。

近義 費財勞民；糜餉勞師。

反義 人盡其力；物盡其用。

勞苦功高（ㄌㄠˊ ㄎㄨˇ ㄍㄨㄥ ㄍㄠ）

解釋 辛勤勞苦立下了很大的功勞。

出處 《史記．項羽本紀》：「勞苦而功高如此，未有封侯之賞，而聽細說，欲誅有功之人。」

例句 這些年來他為了全隊的成績，付出了所有的心力，可說是**勞苦功高**。

近義 功德無量；汗馬功勞；豐功偉績。

反義 死有餘辜；罪大惡極。

勞師動眾（ㄌㄠˊ ㄕ ㄉㄨㄥˋ ㄓㄨㄥˋ）

解釋 勞：使勞累；師：軍隊。原指出動大批軍隊，現指做一件事或工程，動用大量人力或指濫用人力。

出處 明．吳承恩《西遊記》四十三回：「兄長既來赴席，為何又勞師動眾。」

解析 「勞師動眾」與「勞民傷財」有別，「勞師動眾」僅指動用大批人力，但「勞民傷財」除了指動用人力外，還指花費了大筆金錢。

例句 爺爺事前就已經交代過，這次他過八十大壽，大家吃個飯就好，不要**勞師動眾**。

近義 興師動眾。

反義 一夔已足。

勞燕分飛（ㄌㄠˊ ㄧㄢˋ ㄈㄣ ㄈㄟ）

解釋 勞：伯勞鳥。比喻雙方離別，不易再相見。

出處 古樂府〈東飛伯勞歌〉：「東飛伯勞西飛燕，黃姑織女時相見。」

解析 「勞」不能解作「勞苦」。

例句 他們倆相戀了十年才結婚，沒想到不到一年就**勞燕分飛**，步上了離婚一途。

十一畫

勢不兩立（ㄕˋ ㄅㄨˋ ㄌㄧㄤˇ ㄌㄧˋ）

解釋 勢：情勢；立：存在，生存。彼此的仇恨非常深，不能共存。也作「誓不兩立」。

出處 《史記．孟嘗君傳》：「此雌雄之國也，勢不兩立。」

解析 「誓不兩立」重在矛盾大，也用來形容仇恨深，適用面比較廣泛；「不共戴天」重在仇恨深，只適用於人。

例句 從這個情勢看來，這兩家人是愈吵愈兇，恐怕是**勢不兩立**了。

近義 不共戴天；勢不兩全。

反義 親密無間。

勢如破竹（ㄕˋ ㄖㄨˊ ㄆㄛˋ ㄓㄨˊ）

解釋 形勢像破竹子一樣，劈開幾節之後，下面的就順著刀子分開來了。形容作戰或工作節節勝利，毫無阻礙。也形容不可阻擋的氣勢。

出處 《晉書．杜預傳》：「杜預攻打吳國，出兵才十天，就占領了長江下游各城鎮，杜預想趁節節勝利的形勢，一舉滅掉吳國。可是有人說吳國立國已久，恐怕很難打垮它，而且又逢雨季，行軍不便，不如明年春天再集中力量攻打。杜預不以為然，說：「……今兵威已振，譬如破竹，數節之後，迎刃而解。」後來，杜預帶兵繼續前進，很快地滅了吳國。

解析 「勢如破竹」、「勢不可當」、「銳不可當」，都可形容氣勢迅猛，區別在於：「勢如破竹」重點在「如破竹」；「勢不可當」、「銳不可當」重點在於「不可當」。在強調節節勝利，毫無阻礙時，用「勢如破竹」較恰當；當強調氣勢不可抵擋時，用「勢不可當」或「銳不可當」較恰當。

例句 他察覺出對手的弱點後，便勢如破竹，使比賽呈一面倒的情勢。

近義 勢不可當；銳不可當。

反義 寸步難行；節節敗退。

勢均力敵（ㄕˋ ㄐㄩㄣ ㄌㄧˋ ㄉㄧˊ）

解釋 雙方力量相等，不分上下。也作「力均勢敵」。

出處 《南史．劉穆之傳》：「……力敵勢均，終相吞咀。」

解析 「勢均力敵」多指勢力相當；「旗鼓相當」除指力量相當外，還可指地位相當。

例句 今天晚上的比賽，雙方實力勢均力敵，精彩可期。

近義 棋逢對手；旗鼓相當。

反義 以卵擊石；卵石不敵；泰山鴻毛。

十五畫

勵精圖治（ㄌㄧˋ ㄐㄧㄥ ㄊㄨˊ ㄓˋ）

解釋 勵：同「厲」，振作；圖：謀取。振奮精神，整治國家。

出處 《宋史．神宗紀》：「厲精圖治，將大有為。」

例句 國家愈是處在困境，我們愈是要勵精圖治，振奮精神。

近義 平治天下；奮發圖強。

反義 喪權辱國；禍國殃民。

【勹部】

三畫

包藏禍心（ㄅㄠ ㄘㄤˊ ㄏㄨㄛˋ ㄒㄧㄣ）

解釋 形容人心裏藏著壞主意。

出處 《左傳．昭公元年》：「將恃大國之安靖己，而無乃包藏禍心以圖之。」

解析 「藏」不讀「寶藏」的ㄗㄤˋ。

例句 這個人言辭閃鑠，**包藏禍心**，你還是少與他交往為妙。

近義 心術不正；居心叵測。

反義 心地善良；胸無城府。

包羅萬象（ㄅㄠ ㄌㄨㄛˊ ㄨㄢˋ ㄒㄧㄤˋ）

解釋 羅：網羅，搜集；萬象：各方面的情況。形容內容豐富、應有盡有。

出處 《黃帝宅經》卷上：「所以包羅萬象，舉一千從。」

解析 「包羅萬象」與「應有盡有」都是形容內容繁多，但「包羅萬象」側重在內容的豐富、繁雜；而「應有盡有」側重在內容的齊全、完備。

例句 這間量販店中的商品，真是應有盡有，**包羅萬象**，令人目不暇給。

近義 無所不包；應有盡有。

反義 一無所有；空空如也；掛一漏萬。

【匕部】

匕鬯不驚（ㄅㄧˇ ㄔㄤˋ ㄅㄨˋ ㄐㄧㄥ）

解釋 匕：古代的一種勺子；鬯：古代祭祀用的香酒；匕鬯：指祭祀。形容軍紀嚴明，軍隊所到之處，百姓照常活動，沒有受到干擾。

出處 《周易．震》：「震驚百里，不喪匕鬯。」

例句 我軍紀律嚴明，雖然進入他國境內，仍可做到**匕鬯不驚**。

二畫

化干戈為玉帛（ㄏㄨㄚˋ ㄍㄢ ㄍㄜ ㄨㄟˊ ㄩˋ ㄅㄛˊ）

解釋 干戈：古兵器，指打仗；玉帛：玉器和絲織品，古代諸侯會盟朝聘所帶的禮物，這裏指和好。比喻將戰爭轉變為和平。

出處 《論語．季氏》：「謀動干戈於邦內。」又〈陽貨〉：「禮云禮云，玉帛云乎哉？」

例句 李伯伯出面調停，希望這兩家能**化干戈為玉帛**。

近義 化敵為友；一笑泯恩仇。

反義 水火不容；不共戴天；誓不兩立。

化腐朽為神奇（ㄏㄨㄚˋ ㄈㄨˇ ㄒㄧㄡˇ ㄨㄟˊ ㄕㄣˊ ㄑㄧˊ）

解釋 將壞的、死板的、無用的東西變成好的、靈巧的、有用的。

出處 《莊子．知北遊》：「腐朽復化為神奇。」

例句 她的雙手十分靈巧，經過她的精心佈置，果然是**化腐朽為神奇**。

近義 出神入化；荒山變良田；廢墟見高樓。

反義 宮殿成廢墟；化珍寶為瓦礫。

化險為夷（ㄏㄨㄚˋ ㄒㄧㄢˇ ㄨㄟˊ ㄧˊ）

解釋 險：險阻；夷：平安，平坦。

使危險轉為平安。

出處 清．曾樸《孽海花》二十七回：「以後還望中堂忍辱負重，化險為夷。」

例句 這一路上多虧他的沈著穩定，我們才能化險為夷。

近義 轉危為安。

反義 風雲突變；燕雀處堂；臨深履薄。

【匚部】

四畫

匠心獨運 ㄐㄧㄤˋ ㄒㄧㄣ ㄉㄨˊ ㄩㄣˋ

解釋 匠心：巧妙的心思，常指文學藝術方面創造性的構思。形容獨特的藝術巧思。

出處 清．平步青《霞外攟屑》卷七：「文之模擬龍門，似有套話填寫者，使人厭棄，至匠心獨運之作，色韻古雅，掌故淹通，實與荊川方駕。」（龍門，指司馬遷。荊川，指唐順之。）

例句 這間屋子的佈置非常符合屋主的需求，處處可見設計者的匠心獨運。

近義 別出心裁；獨出心裁；獨具匠心。

反義 人云亦云；亦步亦趨；襲人故技；依樣畫葫蘆。

八畫

匪夷所思 ㄈㄟˇ ㄧˊ ㄙㄨㄛˇ ㄙ

解釋 匪：非，不是；夷：平常。指事情太離奇，是一般人所想像不到的。

出處 《周易．渙》：「渙有丘，匪夷所思。」

例句 向來高唱單身主義的他，竟與認識不到三天的李小姐閃電結婚，真是匪夷所思。

近義 不可思議；出人意表；異乎尋常。

反義 不足為奇；平淡無奇。

【匸部】

二畫

匹夫之勇 ㄆㄧˇ ㄈㄨ ㄓ ㄩㄥˇ

解釋 匹夫：原指平民中的男子，後泛指一個普通人。指不用智謀，單憑個人血氣的小勇。

出處 《孟子．梁惠王下》：「此匹夫之勇，敵一人者也。」

例句 你明知寡不敵眾，卻硬要替人強出頭，真是匹夫之勇。

近義 有勇無謀；血氣之勇。

匹夫有責 ㄆㄧˇ ㄈㄨ ㄧㄡˇ ㄗㄜˊ

解釋 匹夫：原指平民中的男子，後泛指一個普通人。

泛指每個人都有責任，多指天下興亡的責任。

出處 明．顧炎武《日知錄》中說：「保天下者，匹夫之賤，與有責焉耳矣。」

解析 ①「責」不要誤寫成「職」。②通常前面都和「天下興亡」、「民族興亡」、「國家興亡」連用。

例句 現今社會，只要局勢一緊張，移民人口便增加，還談什麼天下興亡，匹夫有責。

近義 責無旁貸。

【十部】

十生九死 ㄕˊ ㄕㄥ ㄐㄧㄡˇ ㄙˇ

解釋 形容經歷非常多的危難。

出處 唐．韓愈《昌黎先生集．八月十五贈張功曹》詩：「十生九死到官所，幽居默默如藏逃。」

例句 他冒著十生九死的危險才攀上珠峰，雖然因而失去了雙手，他也毫不後悔。

十目所視，十手所指 ㄕˊ ㄇㄨˋ ㄙㄨㄛˇ ㄕˋ，ㄕˊ ㄕㄡˇ ㄙㄨㄛˇ ㄓˇ

解釋 形容一個人的言行被許多人監督著，不能有絲毫的隱藏。

出處 《禮記．大學》：「曾子曰：『十目所視，十手所指，其嚴乎！』」

例句 身為公眾人物，常是十目所視，十手所指，言行不能有絲毫的偏差。

十全十美 ㄕˊ ㄑㄩㄢˊ ㄕˊ ㄇㄟˇ

解釋 形容一切完美，毫無缺陷。

出處 《筆生花》第一回：「似恁般，才貌郎君當世少，十全十美足堪誇。」

解析 「十全十美」和「完美無缺」都有完滿、美好、沒有缺點的意思，但「十全十美」重在條件、設備等齊全美好；「完美無缺」重在完善、美好、沒缺點。

例句 他事事都要求十全十美的個性，常讓周遭的人倍感壓力。

近義 白璧無瑕；完美無缺；盡善盡美。

反義 白璧微瑕；美中不足；蠅異點玉。

十年樹木，百年樹人 ㄕˊ ㄋㄧㄢˊ ㄕㄨˋ ㄇㄨˋ，ㄅㄞˇ ㄋㄧㄢˊ ㄕㄨˋ ㄖㄣˊ

解釋 樹：培植。比喻培養人材是長久之計，也表示培養人材是很不容易的。

出處 《管子．權修》：「一年之計，莫如樹穀；十年之計，莫如樹木；終身之計，莫如樹人。」

例句 十年樹木，百年樹人，教育可是需要非常慎重的百年大計。

反義 朝夕之策；權宜之計。

十羊九牧 ㄕˊ ㄧㄤˊ ㄐㄧㄡˇ ㄇㄨˋ

解釋 十隻羊，九個人放牧。比喻民少官多，賦歛剝削很嚴重。

出處 《隋書．楊尚希傳》：「當今郡縣，倍多於古。或地無百里，數縣並置；或戶不滿千，二郡分領……所謂民少官多，十羊九牧。」

例句 這個國家十羊九牧，人民苦不堪言，每年都有不少的人民流亡到他國。

近義 人浮於事。

十室九空 ㄕˊ ㄕˋ ㄐㄧㄡˇ ㄎㄨㄥ

解釋 室：人家。十戶人家中有九家是空的。形容因災荒、戰亂使得百姓窮困、流亡的慘象。

出處 王安石詩：「四方三面戰，十室九家空。」

解析 「十室九空」形容貧困無物或逃亡的慘象；「家徒四壁」僅形容非常貧困，使用範圍較小。

例句 經過那一場血腥的戰爭後，國中十室九空，人民流離失所。

近義 家破人亡；流離失所；餓莩遍野。

反義 民豐物阜；安居樂業；國泰民安。

十拿九穩 ㄕˊ ㄋㄚˊ ㄐㄧㄡˇ ㄨㄣˇ

解釋 形容辦事非常準確或很有把握。

出處 《兒女英雄傳》十回：「只怕這事倒有個十拿九穩。」

解析 ①「穩」不可寫成「隱」。②「十拿九穩」和「萬無一失」都有「很有把握」的意思。但「十拿九穩」著重於「有所得」，而「萬無一失」則著重於「無所失」。

例句 這次的比賽，他看來是自信滿滿、十拿九穩的。

近義 勝券在握；萬無一失；穩操勝算。

反義 模稜兩可。

十惡不赦 ㄕˊ ㄜˋ ㄅㄨˋ ㄕㄜˋ

解釋 十惡：中國古代刑律所規定的不可饒恕的十種重大罪名，即：謀反、謀大逆、謀叛、惡逆、不道、大不敬、不孝、不睦、不義、內亂等，至隋代正式以「十惡」罪名規定於法典，沿用到清代；赦：赦免，饒恕。形容罪大惡極，不能赦免。

出處 張九齡〈東封赦書〉：「大辟罪已下，罪無輕重……咸赦除之，惟十惡死罪，不在此限。」

例句 你做出如此慘無人道的事，簡直是十惡不赦，罪不容誅。

近義 罪不容誅；罪該萬死；惡貫滿盈。

反義 功德無量；放下屠刀，立地成佛。

十萬火急 ㄕˊ ㄨㄢˋ ㄏㄨㄛˇ ㄐㄧˊ

解釋 形容事情非常緊急，刻不容

緩。

出處 姚雪垠《李自成》第一卷第三十二章：「恰在這時，文書房太監把幾封十萬火急的文書送到養心殿內司禮監掌印太監和秉筆太監的值房中來。」

解析 「十萬火急」強調事情的緊急；「刻不容緩」強調必須立即行動，不許耽擱。

例句 這件事**十萬火急**，片刻耽誤不得，全體人員正嚴陣以待。

近義 急如星火；刻不容緩。

十載寒窗（ㄕˊ ㄗㄞˇ ㄏㄢˊ ㄔㄨㄤ）

解釋 載：年；寒窗，指在寒冷的窗下讀書。形容長期苦讀的生活。也作「十年窗下」。

出處 《元曲選．無名氏〈凍蘇秦〉三》：「我想那耕牛無宿料，倉鼠可兀的有餘糧，十載寒窗，捱不出齏鹽況。」

例句 他歷經**十載寒窗**的苦讀，終於在今年拿到了博士學位。

近義 懸梁刺股；囊螢映雪。

反義 玩日愒歲。

一畫

千山萬水（ㄑㄧㄢ ㄕㄢ ㄨㄢˋ ㄕㄨㄟˇ）

解釋 形容山川壯麗或比喻所經路途非常艱險、遙遠。也作「萬水千山」。

出處 張喬〈寄維揚故人詩〉：「千山萬水玉人遙。」

例句 他為了找尋幼時的救命恩人，即使走遍**千山萬水**也在所不辭。

近義 山長水遠；水遠山遙；關山迢遞。

反義 一水之隔；近在咫尺；康莊大道。

千人所指（ㄑㄧㄢ ㄖㄣˊ ㄙㄨㄛˇ ㄓˇ）

解釋 千人：很多人；指：指責。受到眾人的指責，形容輿論的力量之大。

出處 《漢書．王嘉傳》：「里諺曰：『千人所指，無病而死。』」

例句 這件事他雖然在法律上站得住腳，但受**千人所指**，逼得他不得不改變決定。

近義 眾矢之的；群起而攻；萬人唾罵。

反義 人心所向；有口皆碑；眾望所歸。

千方百計（ㄑㄧㄢ ㄈㄤ ㄅㄞˇ ㄐㄧˋ）

解釋 想盡或用盡一切辦法、計謀。

出處 宋．朱熹《朱子語類》三十五：「譬如捉賊相似，須是著起氣力精神，千方百計去趕捉他。」

解析 「千方百計」是想盡、用盡一切辦法，語義較重；「想方設法」是指多方面想辦法，語義較輕。

例句 他用盡**千方百計**才取得這張證明，你千萬要好好保存。

近義 絞盡腦汁；費盡心機；想方設法。

反義 一籌莫展；束手無策；無所用心；無計可施。

千古絕唱（ㄑㄧㄢ ㄍㄨˇ ㄐㄩㄝˊ ㄔㄤˋ）

解釋 絕唱：指詩文創作的最佳作品。自古以來最好的作品。

出處 清．黃周星《補張靈崔瑩合傳》：「我高季迪〈梅花〉詩，乃千古絕唱。」

例句 他費盡心思，填了一首詞，就自認為是千古絕唱，值得大家傳誦。

近義 無與倫比；歎為觀止。

反義 老生常談；陳腔濫調。

千言萬語（ㄑㄧㄢ ㄧㄢˊ ㄨㄢˋ ㄩˇ）

解釋 形容要說的話很多。

出處 唐．鄭谷〈燕〉詩：「千言萬語無人會，又逐流鶯過短牆。」

例句 這次你出國後我們恐怕沒有再見的機會了，心中雖有千言萬語又不知從何說起。

近義 一言難盡。

反義 一言半語；三言兩語；無話可說。

千里之行，始於足下（ㄑㄧㄢ ㄌㄧˇ ㄓ ㄒㄧㄥˊ，ㄕˇ ㄩˊ ㄗㄨˊ ㄒㄧㄚˋ）

解釋 千里遠的路程也是從第一步開始的。比喻事情的成功都是由小而大逐漸積累的。

出處 《老子》六十四章：「合抱之木，生於毫末；九層之台，起於累土；千里之行，始於足下。」

例句 千里之行，始於足下，與其在這討論路途的遙遠，不如早點起程吧！

近義 萬丈高樓平地起。

反義 一步登天；一蹴可幾；空中樓閣。

千里之堤，潰於蟻穴（ㄑㄧㄢ ㄌㄧˇ ㄓ ㄊㄧˊ，ㄎㄨㄟˋ ㄩˊ ㄧˇ ㄒㄩㄝˋ）

解釋 潰：潰決。千里長的大堤防，由於有一個小小的螞蟻洞而崩潰。比喻小處不注意就會釀成大禍。

出處 《韓非子．喻老》：「千丈之堤，以螻蟻之穴潰；百尺之室，以突隙之熛焚。」（突，煙囪。）

例句 「千里之堤，潰於蟻穴」，做檢查工作時，任何一個小細節都不可放過。

千里迢迢（ㄑㄧㄢ ㄌㄧˇ ㄊㄧㄠˊ ㄊㄧㄠˊ）

解釋 迢迢：遙遠的樣子。形容路途非常遙遠。

出處 《古今小說》十六：「辭親別弟到山陽，千里迢迢客夢長。」

解析 「迢」不能唸成ㄓㄠ。

例句 他千里迢迢地自美國趕回，沒想到卻仍來不及見爺爺的最後一面。

近義 山遙路遠；關山迢遞。

反義 一衣帶水；一箭之地；近在咫

尺。

千里鵝毛 ㄑㄧㄢ ㄌㄧˇ ㄜˊ ㄇㄠˊ

解釋 比喻禮物雖輕但情意深厚。

出處 宋．蘇軾〈揚州以土物寄少游〉詩：「且同千里寄鵝毛，何用孜孜飲麋鹿。」

例句 這些東西雖不值錢，但是他大老遠帶來的，**千里鵝毛**，情意感人。

近義 物薄情厚；禮輕情義重。

反義 束帛加璧。

千呼萬喚 ㄑㄧㄢ ㄏㄨ ㄨㄢˋ ㄏㄨㄢˋ

解釋 經過再三的邀請、催促。

出處 唐．白居易《白氏長慶集．琵琶行》：「千呼萬喚始出來，猶抱琵琶半遮面。」

例句 這齣舞台劇幾經波折，在**千呼萬喚**之下，終於上演。

近義 三催四請。

千金之子 ㄑㄧㄢ ㄐㄧㄣ ㄓ ㄗˇ

解釋 舊時稱富家子弟。

出處 《史記．袁盎鼂錯傳》：「臣聞千金之子，坐不垂堂。」

例句 他是個凡事都要人侍候的**千金之子**，所以大家都不願與他來往。

近義 五陵少年；膏粱子弟。

反義 清寒子弟；繩樞之子。

千金買骨 ㄑㄧㄢ ㄐㄧㄣ ㄇㄞˇ ㄍㄨˇ

解釋 比喻求賢才的急切。也作「千金市骨」。

出處 《戰國策．燕策一》記載，燕昭王想要招攬人才，郭隗給他講了一個故事：古代一個君主懸賞千金買千里馬，三年後，發現了一匹千里馬，當去買的時候馬已死了，就用五百金買下了馬的屍骨。於是，不到一年，就買到了三匹千里馬。

例句 這間新開幕的公司現在是**千金買骨**，急欲延攬人才。

近義 求才若渴；求賢若渴；招賢納士。

千門萬戶 ㄑㄧㄢ ㄇㄣˊ ㄨㄢˋ ㄏㄨˋ

解釋 ①形容屋宇深廣，門戶眾多。②形容住宅的稠密。

出處 《史記．孝武本紀》：「作建章宮，度為千門萬戶。」

例句 這附近以前是荒無人煙，沒想到不過短短五年就成為**千門萬戶**的住宅區。

近義 人煙稠密；千家萬戶；門戶眾多。

反義 赤地千里；荒無人煙。

千秋萬歲 ㄑㄧㄢ ㄑㄧㄡ ㄨㄢˋ ㄙㄨㄟˋ

解釋 形容時間長遠。用作祝人長壽。也用作「死」的代語。又作「萬歲千秋」。

出處 ①《梁書．南平王偉傳》：「千秋萬歲誰傳此者？」②《韓非子．顯學》：「今巫祝之祝人曰：『使若千秋萬歲』。千秋萬歲之聲聒耳，而一日之壽無征於人。」③《史記·梁孝王世家》：「上與梁王燕飲，嘗從容言曰：『千秋萬歲後，傳於王。』」

例句 他常說自己不是求一朝一夕的名利，而是千秋萬歲的不朽大業。

近義 千秋萬世。

反義 一朝一夕；俯仰之間。

千軍萬馬 ㄑㄧㄢ ㄐㄩㄣ ㄨㄢˋ ㄇㄚˇ

解釋 形容兵馬很多。也形容聲勢浩大。

出處 《南史·陳慶之傳》：「洛中謠曰：『名軍大將莫自牢，千兵萬馬避白袍。』」

例句 這部戰爭片耗費巨資拍攝千軍萬馬的激戰場面，相當驚心動魄。

近義 投鞭斷流；浩浩蕩蕩；旌旗蔽空。

反義 一兵一卒；兵微將寡；單槍匹馬。

千鈞一髮 ㄑㄧㄢ ㄐㄩㄣ ㄧˋ ㄈㄚˇ

解釋 鈞：古代重量單位，一鈞為三十斤。用一根頭髮懸掛著三萬斤重的東西。比喻非常危急。

出處 韓愈〈與孟尚書〉：「其危如一髮引千鈞。」

解析 「千鈞一髮」強調「緊急」的程度；「危如累卵」強調「危險」的程度。

例句 在這千鈞一髮之際，還好他及時抓住了欄杆才不致失足墜樓。

近義 危在旦夕；危如累卵；岌岌可危；刻不容緩。

反義 安如泰山；安然無恙。

千萬買鄰 ㄑㄧㄢ ㄨㄢˋ ㄇㄞˇ ㄌㄧㄣˊ

解釋 以高價求得好鄰居。形容好鄰居的可貴。

出處 《南史·呂僧珍傳》：「初，宋季雅罷南康郡，市宅，居僧珍宅側。僧珍問宅價，曰：『一千一百萬。』怪其貴。季雅曰：『一百萬買宅，一千萬買鄰。』」

例句 他四處搬遷選屋，只求能千萬買鄰。

近義 孟母擇鄰；萬貫結鄰；居必擇鄰。

反義 以鄰為壑。

千載一時 ㄑㄧㄢ ㄗㄞˇ ㄧˋ ㄕˊ

解釋 載：年。歷千年才有一次機會。形容機會難得。

出處 王羲之〈與會稽王牋〉：「遇千載一時之運，顧力屈於當年。」

例句 這可是千載一時的機會，你如果沒有把握住，恐怕再沒有下次了。

近義 千載難逢；百年不遇；萬世一時。

反義 司空見慣；家常便飯。

千載難逢（ㄑㄧㄢ ㄗㄞˇ ㄋㄢˊ ㄈㄥˊ）

解釋 載：年。一千年也難得遇到。形容機會的難得。

出處 《全齊文．庾杲之〈臨終上表〉》：「臣以凡庸，謬徼昌運，獎擢之厚，千載難逢。」

解析 載，不讀ㄗㄞˋ，也不解釋成「運載」（如「車載斗量」）。

例句 這次的天文奇景，可是**千載難逢**的機會，吸引了非常多的市民上天文台。

近義 千載一時；百年不遇；萬世一時。

反義 司空見慣；習以為常。

千端萬緒（ㄑㄧㄢ ㄉㄨㄢ ㄨㄢˋ ㄒㄩˋ）

解釋 端：頭；緒：絲頭。形容事物繁複，不易整理。也作「千條萬緒」。

出處 三國．魏．曹植《自誡令》：「（王）機等吹毛求疵，千端萬緒，然終無可言者。」

例句 這件事情**千端萬緒**，恐怕得花上一段時間才釐得清。

近義 千絲萬縷；心亂如麻；盤根錯節；錯綜複雜。

反義 井井有條；有條不紊；提綱挈領。

千嬌百媚（ㄑㄧㄢ ㄐㄧㄠ ㄅㄞˇ ㄇㄟˋ）

解釋 嬌：柔嫩可愛；媚：美好。形容女子美好的容貌與神態。也作「千嬌百態」、「百媚千嬌」。

出處 唐．張鷟《遊仙窟》：「千嬌百媚，造次無可比方；弱體輕身，談之不能備盡。」

例句 這位女星**千嬌百媚**的神態，一出場就吸引了所有人的目光。

近義 風情萬種；娉婷裊娜；綽約多姿。

反義 東施效顰；貌似嫫母。

千慮一得（ㄑㄧㄢ ㄌㄩˋ ㄧˋ ㄉㄜˊ）

解釋 原意是愚笨的人的意見也有可取之處。後多用為發表意見後自謙的話。又作「一得之愚」。

出處 《晏子春秋．內篇雜下》：「愚人千慮，必有一得。」

例句 這項建議是我的**千慮一得**，還希望你們能納入考慮。

近義 愚人千慮。

反義 千慮一失；尺有所短。

千篇一律（ㄑㄧㄢ ㄆㄧㄢ ㄧˊ ㄌㄩˋ）

解釋 形容詩文的內容或說話、做事都一個樣，毫無變化。

出處 明．王世貞《藝苑卮言》四：「張為稱白樂天……千篇一律，詩道未成，慎勿輕看，最能易人心手。」

例句 這種**千篇一律**的文章，根本不值得一讀。

近義 千人一面；千人一律；如出一

轍。

反義 千變萬化；五花八門。

千頭萬緒 ㄑㄧㄢ ㄊㄡˊ ㄨㄢˋ ㄒㄩˋ

解釋 頭緒很多。形容事情複雜紛亂。也作「萬緒千頭」。

出處 《兒女英雄傳》第十九回：「一時左思右想，千頭萬緒，心裏倒大大的為起難來。」

例句 這件事處理起來是千頭萬緒，恐怕得花上一陣子。

近義 千絲萬縷；心亂如麻；錯綜複雜。

反義 井井有條；有條不紊；提綱挈領。

千錘百煉 ㄑㄧㄢ ㄔㄨㄟˊ ㄅㄞˇ ㄌㄧㄢˋ

解釋 錘、煉：指打鐵煉鋼，除去雜質。比喻經過多次的鍛煉、考驗。也比喻文章、作品經過多次的鍛煉才能精煉有力。

出處 清．清翼《甌北詩話》卷一：「詩家好作奇句警語，必千錘百煉而後能成。」

解析 「千錘百煉」比喻經過長期艱苦考驗，「身經百戰」形容經過的戰鬥多。

例句 這些年來他歷經了千錘百煉，才能有今日的成就。

近義 字斟句酌；精益求精；雕章琢句。

反義 一揮而就；信手拈來；率爾操觚。

千巖萬壑 ㄑㄧㄢ ㄧㄢˊ ㄨㄢˋ ㄏㄨㄛˋ

解釋 巖：山崖；壑：坑谷，深溝。形容重山疊嶺，雄偉壯麗。

出處 南朝．宋．劉義慶《世說新語．言語》：「顧長康（顧愷之）從會稽還，人問山川之美。顧云：『千巖競秀，萬壑爭流，草木蒙蘢其上，若雲興霞蔚。』」

例句 這區千巖萬壑的景象十分壯觀，年年都吸引了數以萬計的觀光客。

近義 千山萬壑；重岩疊障。

千變萬化 ㄑㄧㄢ ㄅㄧㄢˋ ㄨㄢˋ ㄏㄨㄚˋ

解釋 形容變化無窮。

出處 漢．賈誼〈鵩鳥賦〉：「千變萬化兮，未始有極。」

解析 「千變萬化」偏重變化極多；「千差萬別」則強調區別之大。

例句 山區的景致千變萬化，讓許多登山客流連忘返。

近義 瞬息萬變；變化多端；變化無窮。

反義 一成不變；萬變不離其宗。

二畫

升堂入室 ㄕㄥ ㄊㄤˊ ㄖㄨˋ ㄕˋ

解釋 升：登上；堂：古代宮室的前屋；室：古代宮室的後屋。登上廳堂，進入內室。原指造詣的高深；入室為最高境界，升堂僅次於入室。後泛指人在學問或技藝方面有高深的造詣。也作「入室升堂」。

出處 《論語．先進》：「由也升堂矣，未入於室也。」

解析 「升堂入室」指有高深的造詣；「登峰造極」指達到最高境界，後者比前者語義重。

例句 他拜師習藝多年，靠著不斷地努力與過人的天賦，現在總算是升堂入室了。

近義 出類拔萃；登峰造極；精益求精。

反義 一知半解；不學無術。

三畫

半斤八兩 ㄅㄢˋ ㄐㄧㄣ ㄅㄚ ㄌㄧㄤˇ

解釋 八兩即半斤。輕重相等。比喻彼此不分上下。

出處 宋．釋普濟《五燈會元．慈照禪師》：「秤頭半斤，秤尾八兩。」

例句 你們倆一個遲到九分鐘，一個遲到十分鐘，根本是半斤八兩，還互相指責對方。

近義 不分上下；未分軒輊；勢均力敵；旗鼓相當。

反義 天差地遠；天淵之別；以鎰稱銖。

半青半黃 ㄅㄢˋ ㄑㄧㄥ ㄅㄢˋ ㄏㄨㄤˊ

解釋 莊稼半熟半不熟。比喻事物或思想未達成熟階段。

出處 宋．朱熹《朱子全書．學》：「今既要理會，也理會取透；莫要半青半黃，下梢都不濟事。」

例句 他不過是個學生，思想半青半黃，竟成為民運的領導人。

半信半疑 ㄅㄢˋ ㄒㄧㄣˋ ㄅㄢˋ ㄧˊ

解釋 有點相信，又有點懷疑。

出處 三國．魏．嵇康《嵇中散集．答釋難宅無吉凶攝生論》：「苟卜筮所以成相，虎可卜而地可擇，何為半信而半不信耶？」

例句 這件事實在太過曲折離奇，眾人不免半信半疑。

近義 將信將疑；疑信參半。

反義 堅信不疑；深信不疑；確信不疑。

半面之交 ㄅㄢˋ ㄇㄧㄢˋ ㄓ ㄐㄧㄠ

解釋 曾見過一次而不太熟悉的人。

出處 《後漢書．應奉傳》李賢注引謝承《後漢書》記載，應奉的記憶力非常好，有個車匠曾於門中露半面看他，幾十年後，應奉在路上見到這位車匠還認得他並和他打招呼。

例句 我和他不過半面之交，對他也不甚了解，無法提供你們資料。

近義 半面之舊。

半推半就 ㄅㄢˋ ㄊㄨㄟ ㄅㄢˋ ㄐㄧㄡˋ

解釋 推：推辭；就：靠近。

形容故意作態，心中已答應卻假意推辭的樣子。

出處 元．王實甫《西廂記》第四本：「半推半就，又驚又愛。」

例句 看她半推半就的樣子，心中應該早已答應了。

近義 半羞半喜；欲拒還迎；邊推邊就。

反義 一拍就響；一點就著；五體投地；心應口應。

半途而廢 ㄅㄢˋ ㄊㄨˊ ㄦˊ ㄈㄟˋ

解釋 廢：停止。

比喻沒有恆心，事情沒做完就停止了。

出處 《禮記．中庸》：「君子遵道而行，半途而廢，吾弗能已矣。」

解析 「半途而廢」、「淺嘗輒止」都含有事情沒有做完就停止的意思，但「半途而廢」適用面較廣，工作、事業、學習、研究上都可使用，「淺嘗輒止」多用於學習上，有時也用於研究；「半途而廢」多帶有惋惜的意味，「淺嘗輒止」則沒有。

例句 這件事既然由我們負責，不管再困難也要完成，決不能半途而廢。

近義 功虧一簣；有始無終；前功盡棄。

反義 持之以恆；晝夜不捨；鍥而不捨。

半路出家 ㄅㄢˋ ㄌㄨˋ ㄔㄨ ㄐㄧㄚ

解釋 出家：指當和尚或尼姑。

年紀很大了才去當和尚或尼姑。比喻不是本行出身，中途才學著做某一行。

出處 《西遊記》第三十二回：「這和尚是半路出家的。」

例句 打棒球，他雖然是半路出家，但比起那些從小打到大的選手，他可是毫不遜色。

近義 半路修行；修文棄武；棄文從商。

反義 科班出身；操持本行。

六畫

卓爾不群 ㄓㄨㄛˊ ㄦˇ ㄅㄨˋ ㄑㄩㄣˊ

解釋 卓爾：高高直立的樣子；不群：跟一般人不一樣。

形容人的能力、才幹超乎尋常，與眾不同。

出處 《漢書．河間獻王傳贊》：「夫唯大雅，卓爾不群。」

解析 「卓爾不群」既形容人的能力、才幹出眾，也可形容詩文、藝術品的高妙特出；「超群出眾」只能形容人的才智出眾。「出類拔萃」可形容人，也可形容詩文、藝術品或生物。

例句 他靠著卓爾不群的才智再加上自己的努力，年紀很輕時就當上了外交部長。

近義 出類拔萃；超群出眾；鶴立雞

群。

【反義】一無所能；庸庸碌碌；碌碌無能。

卑躬屈膝（ㄅㄟ ㄍㄨㄥ ㄑㄩ ㄒㄧ）

【解釋】卑躬：低頭彎腰；屈膝：下跪。形容諂媚、奉承別人的樣子。

【出處】清．墅西逸叟原著（毛祥麟改寫）《孀姝殊遇》：「今一旦欲其卑躬屈膝，辱充下陳，宜其寧死不願也。」

【解析】「躬」不寫成「恭」，「膝」不要讀成ㄑㄧ。

【例句】他在上司前**卑躬屈膝**、阿諛奉承的樣子，真令人不恥。

【近義】奴顏婢膝；卑躬屈節；俯首帖耳；搖尾乞憐。

【反義】不屈不撓；矢志不移；寧死不屈。

七畫

南枝北枝（ㄋㄢˊ ㄓ ㄅㄟˇ ㄓ）

【解釋】南面山坡上的梅花向陽，所以先開；北面山坡上的梅花受寒，所以後開。比喻人的遭遇、苦樂不同。

【出處】《全唐詩．李嶠〈鷓鴣〉》：「可憐鷓鴣飛，飛向樹南枝。南枝日照暖，北枝霜露滋。」

【例句】他們倆雖是同班同學，然而畢業後卻是**南枝北枝**，境遇大不相同。

南金東箭（ㄋㄢˊ ㄐㄧㄣ ㄉㄨㄥ ㄐㄧㄢˋ）

【解釋】西南的華山產的金石，東南的會稽產的竹箭。比喻優秀的人才。

【出處】《爾雅．釋地》：「東南之美者，有會稽之竹箭焉。……西南之美者，有華山之金石焉。」

【例句】這次新招考進來的同事個個都是**南金東箭**，非常優秀。

南柯一夢（ㄋㄢˊ ㄎㄜ ㄧˊ ㄇㄥˋ）

【解釋】柯，樹枝。南柯太守淳于棼因一場夢悟出人生無常的道理。比喻人世的繁華富貴無常，猶如一場夢一般。

【出處】唐．李公佐《南柯太守傳》裏說，淳于棼夢入大槐安國，娶了公主，做了南柯太守，榮華富貴，顯赫一時。醒來發現大槐安國就是他家大槐樹下的一個螞蟻洞，槐樹的最南一枝就是南柯郡。

【例句】他炒地皮賺了大錢，又因賭博而變得一文不名，回想起這一切猶如**南柯一夢**。

【近義】一場春夢；黃粱一夢；春夢無痕。

南面百城（ㄋㄢˊ ㄇㄧㄢˋ ㄅㄞˇ ㄔㄥˊ）

【解釋】南面：古君主聽政坐北朝南，指尊位；百城：上百的城市。形容統治者的尊榮、富有。

出處 《魏書．逸士傳．李謐》：「丈夫擁書萬卷，何假南面百城？」

解析 「百城」不寫成「北城」。

例句 現在已是民主時代，他仍想做個南面百城的皇帝。

近義 百城之富；南面之貴。

反義 平民百姓；貧賤之民。

南風不競 ㄋㄢˊ ㄈㄥ ㄅㄨˋ ㄐㄧㄥˋ

解釋 南風：指南方的音樂；競：強勁。南方的音樂柔弱無力。原比喻楚軍衰弱不振，戰鬥力差。後用以比喻競賽失利或競賽的一方力量不強。

出處 《左傳．襄公十八年》記載，晉國聽說楚國要來攻打他們，師曠說：「不要緊，『吾驟歌北風，又歌南風，南風不競，多死聲，楚必無功。』（驟，屢次。）」

解析 「競」不寫成「竟」或「兢」。

例句 這支隊伍看來南風不競，士氣低弱，沒想到竟一舉拿下冠軍。

近義 死氣沈沈。

反義 勇冠三軍；鬥志昂揚。

南腔北調 ㄋㄢˊ ㄑㄧㄤ ㄅㄟˇ ㄉㄧㄠˋ

解釋 形容說話口音不純，夾雜著各地方言，也泛指各地方言。

出處 《儒林外史》十二回：「兩邊一副箋紙的聯，上寫著：『兩間東倒西歪屋，一個南腔北調人。』」

解析 「調」不讀「風調雨順」的ㄊㄧㄠˊ，不解釋成「調動」（如「調虎離山」）。

例句 他的口音聽來南腔北調的，不知道是什麼地方的人。

近義 方音方言；怪腔怪調。

反義 中原雅音。

南箕北斗 ㄋㄢˊ ㄐㄧ ㄅㄟˇ ㄉㄡˇ

解釋 箕、斗：星宿名，一個像簸箕，一個像盛酒的斗，當它們一同出現在南方之時，箕在南，斗在北。比喻有名無實的人物或器具。

出處 《詩經．小雅．大東》：「維南有箕，不可以簸揚；維北有斗，不可以挹酒漿。」

例句 這些餐廳櫥窗中美麗的樣品，看來令人垂涎欲滴，卻都是南箕北斗。

近義 兔絲燕麥。

南轅北轍 ㄋㄢˊ ㄩㄢˊ ㄅㄟˇ ㄔㄜˋ

解釋 轅：夾在車前牲口旁的兩根長木；轍：車輪子輾過的痕跡。打算往南的車子卻向北開。比喻背道而馳，行動和目的相反。

出處 《申鑒．雜言下》：「先民有言，適楚而北轅者曰：『吾馬良、用多、御善。』此三者益侈，其去楚亦遠矣。」

例句 他畢業後開了間咖啡店，這與他從政的理想簡直是南轅北轍。

近義 北轅適楚；東道西躔；背道而

馳。

反義 有志一同；殊途同歸。

南鷂北鷹（ㄋㄢˊ ㄧㄠˋ ㄅㄟˇ ㄧㄥ）

解釋 鷂、鷹：兩種凶猛鳥，比喻嚴峻的人。比喻為人剛直嚴峻。

出處 《晉書．崔洪傳》：「叢生棘刺，來自博陵，在南為鷂，在北為鷹。」（博陵，崔洪的故鄉。）

例句 總教練管理球隊時嚴肅剛直的態度，就好比**南鷂北鷹**。

十畫

博士買驢（ㄅㄛˊ ㄕˋ ㄇㄞˇ ㄌㄩˊ）

解釋 博士：古代學官名。譏諷他人文辭繁瑣，不得要領。也作「三紙無驢」。

出處 北齊．顏之推《顏氏家訓．勉學》：「鄴下諺云：『博士買驢，書券三紙，未有驢字。』」（書券，寫契約。）

例句 這篇文章瑣瑣碎碎的寫了上千字，仍不知所云，真是**博士買驢**。

博古通今（ㄅㄛˊ ㄍㄨˇ ㄊㄨㄥ ㄐㄧㄣ）

解釋 博：廣博。通曉古今的事情。形容學問淵博。

出處 《孔子家語．觀周》：「孔子謂南宮敬叔曰：『吾聞老聃博古知今。』」

例句 隔壁的李伯伯雖看來毫不起眼，卻是個**博古通今**的飽學之士。

近義 知今博古；博學多聞。

反義 孤陋寡聞；胸無點墨。

博聞強志（ㄅㄛˊ ㄨㄣˊ ㄑㄧㄤˊ ㄓˋ）

解釋 志：記。見聞廣博，記憶力強。也寫作「博聞強識」。

出處 《荀子．解蔽》：「博聞強志，不合王制，君子賤之。」

解析 「博聞強志」、「見多識廣」都含有見識廣博的意思，其區別在於「博聞強志」有記憶力強的意思，「見多識廣」則沒有；同樣表示見識廣，「博聞強志」重於知識面寬；「見多識廣」重於閱歷多。

例句 他除了是個**博聞強志**的學者外，又具備過人的精力，才能擔任如此繁重的工作。

近義 見多識廣；強記洽聞；博學多記。

反義 孤陋寡聞；粗通文墨；胸無點墨。

【卜部】

卜晝卜夜（ㄅㄨˇ ㄓㄡˋ ㄅㄨˇ ㄧㄝˋ）

解釋 原指占卜日夜的吉凶，後多形容不分晝夜地飲酒作樂。

出處 《左傳．莊公二十二年》記載，齊桓公任命敬仲為工正後，到敬仲家去。敬仲設酒宴招待他，桓公喝得很高興，說：點起燈來接著喝下去。敬仲說：「臣卜其晝，未卜其夜，不敢。」

例句 他自從繼承了家中龐大的遺產後，常常卜晝卜夜地玩樂。

近義 玩日愒歲；韶光虛擲。

反義 夙夜匪懈；夜以繼日。

【卩部】

四畫

危在旦夕 ㄨㄟˊ ㄗㄞˋ ㄉㄢˋ ㄒㄧˋ

解釋 旦：早晨；夕：晚上；旦夕：早晚，形容極短的時間。

危險就在眼前，隨時會降臨。

出處 《三國演義》第二回：「天下危在旦夕，陛下尚自與閹宦共飲耶？」

解析 「夕」不可寫成「歹」。

例句 他昨晚心臟病發，現在正在加護病房急救，危在旦夕。

近義 危如累卵；岌岌可危；朝不保夕。

反義 安如泰山；安如磐石；穩如泰山。

危如累卵 ㄨㄟˊ ㄖㄨˊ ㄌㄟˇ ㄌㄨㄢˇ

解釋 危險得像堆起來的蛋一樣，非常容易倒塌破碎。比喻情況非常危險。

出處 《戰國策．秦策四》：「當是時，衛危於累卵。」

解析 ①「卵」不可寫成「印」。②「危如累卵」和「危在旦夕」都有「十分危險」的意思。但「危如累卵」著重指危險的程度；「危在旦夕」則著重指危險很快就要發生。③「危如累卵」多用於地方的防守、房屋的傾塌等事物，不用於人的生命。

例句 昨夜風狂雨急，山區有多處坍方，這幾間山邊的山屋是危如累卵。

近義 危若朝露；岌岌可危；積薪厝火；燕巢飛幕。

反義 安如泰山；安如磐石；穩如泰山。

危如朝露 ㄨㄟˊ ㄖㄨˊ ㄓㄠ ㄌㄨˋ

解釋 朝露：早晨的露珠。

危險得像早晨的露珠，陽光一照就會消失。比喻很危險。

出處 《史記．商君列傳》：「君之危若朝露，尚將欲延年益壽乎？」

解析 「朝」不能唸成ㄔㄠˊ。

例句 隊上經費不足，現在是危如朝露，隨時都有被解散的可能。

近義 危如累卵；搖搖欲墜。

反義 穩如泰山；巋然不動。

危言危行 ㄨㄟˊ ㄧㄢˊ ㄨㄟˊ ㄒㄧㄥˋ

解釋 危：正。

講正直的話，做正直的事。形容正直不苟的言行。

出處《論語．憲問》：「邦有道，危言危行。」

解析「危」不解釋成「危險」（如「危如累卵」）。

例句 他身為一名法官卻不能**危言危**行，反而收紅包、走後門，真是不應該。

近義 直道而行；剛正不阿。

反義 見風使舵；諂言媚語。

危言聳聽 ㄨㄟˊ ㄧㄢˊ ㄙㄨㄥˇ ㄊㄧㄥ

解釋 危言：荒誕誇張的話；聳聽：使聽話的人吃驚。故意說些驚人的話，讓人聽了感到震驚、害怕。

出處《世說新語．排調》：「桓玄，殷仲堪、顧愷之等人共作「危語」，最後殷仲堪的部屬說：『盲人騎瞎馬，夜半臨深池。』」

解析「危言聳聽」和「駭人聽聞」都有「使人聽了感到吃驚」的意思。但「危言聳聽」指的是故意歪曲、捏造、無中生有的事情；「駭人聽聞」指的是驚人的殘暴事件。

例句 近來常有人假借神怪之名，**危言聳聽**，騙財騙色，你可千萬不要上當。

近義 駭人聽聞；聳人聽聞。

五畫

即鹿無虞 ㄐㄧˊ ㄌㄨˋ ㄨˊ ㄩˊ

解釋 即：就，接近；虞：虞官，掌管山澤的官。意思是追捕野鹿時，如果沒有虞官幫助，便會勞無所獲。比喻如不具良好的形勢就草率從事，必然徒勞無功。

出處《周易．屯》：「即鹿無虞，惟入於山林。」

例句 你在不清楚對方的環境、條件前就決定跳槽，這無異是**即鹿無虞**，恐怕會損失慘重。

七畫

卻之不恭 ㄑㄩㄝˋ ㄓ ㄅㄨˋ ㄍㄨㄥ

解釋 卻：推辭，拒絕。如果拒絕了就顯得不恭敬。後用作收受禮物或邀請時的客套話。

出處《孟子．萬章下》：「卻之為不恭」。

解析「恭」下從「小（心）」，不寫成「氺（水）」。

例句 大夥的盛情邀約，我看你是**卻之不恭**，不如欣然接受吧！

近義 盛情難卻；情不可卻。

反義 受之有愧；嚴詞拒絕。

八畫

卿卿我我 ㄑㄧㄥ ㄑㄧㄥ ㄨㄛˇ ㄨㄛˇ

解釋 卿：古代君臣、長輩對晚輩的稱謂，相當於「你」。夫妻間親暱的稱呼或形容夫婦之間的親暱情態。

出處 南朝．宋．劉義慶《世說新語．惑溺》：「王安豐婦常卿安豐，安豐曰：『婦人卿婿，於禮為不敬，後勿復爾。』婦曰：『親卿愛卿，是以卿卿；我不卿卿，誰當卿卿？』遂恆聽之。」

例句 昨天還見他們倆卿卿我我的，怎麼今天就反目成仇了。

【厂部】

七畫

厚此薄彼（ㄏㄡˋ ㄘˇ ㄅㄛˊ ㄅㄧˇ）

解釋 重視或優待一方，而輕視冷淡另一方。形容對彼此待遇截然不同。

出處 《梁書．賀琛傳》：「並欲薄于此而厚于彼，此服雖降，彼服則隆。」

解析 「薄」右下部從「甫、寸」，不寫成「専」。

例句 他對所有前來求助的市民都一視同仁，決不會厚此薄彼。

近義 重此失彼；恤近忽遠；揀佛燒香。

反義 一視同仁；等量齊觀；無適無莫。

厚顏無恥（ㄏㄡˋ ㄧㄢˊ ㄨˊ ㄔˇ）

解釋 顏：臉面。厚著臉皮，不知羞恥。

出處 《文選．孔稚圭〈北山移文〉》：「豈可使芳杜厚顏，薜荔蒙恥。」（蒙，一本作「無」。）

解析 「厚顏無恥」、「恬不知恥」重在不知恥；「寡廉鮮恥」包含不廉潔、不知恥兩方面；「無恥之尤」則是指無恥的程度到了極點。

例句 他為了達到目的，使出各種厚顏無恥的手段，真是不知羞恥。

近義 恬不知恥；無恥之尤；寡廉鮮恥。

反義 汗顏無地；無以自容。

八畫

原始要終（ㄩㄢˊ ㄕˇ ㄧㄠ ㄓㄨㄥ）

解釋 探求事物的起源與結果。也作「原始反終」。

出處 《周易．繫辭下》：「《易》之為書也，原始要終，以為質也。」

例句 他研究學問總是原始要終，研究個透徹。

原封不動（ㄩㄢˊ ㄈㄥ ㄅㄨˋ ㄉㄨㄥˋ）

解釋 封：緘封，封口。照原樣未經改變。

出處 《元曲選．王仲文〈救孝子〉四》：「我可也原封不動，送還你吧。」

解析 「原封不動」著重於外界力量未對事物加以改變；「一成不變」著重於事物本身沒有改變。

例句 他送給李小姐的禮物被原封不動地退了回來，讓他灰心極了。

近義 一成不變；紋絲未動。

反義 改頭換面；面目全非；偷梁換柱。

厝火積薪 ㄘㄨㄛˋ ㄏㄨㄛˇ ㄐㄧ ㄒㄧㄣ

解釋 厝：同「措」，放置；薪：柴草。把火放在成堆的柴草下面。比喻隱藏著很大的危險。也作「積薪厝火」。

出處 漢．賈誼《新書．數寧》：「夫抱火厝之積薪之下，而寢其上，火未及燃，因謂之安，方今之世，何以異此。」

例句 你身上成天掛著價值不菲的珠寶，不等於**厝火積薪**，隨時有被搶的危險嗎？

近義 危如累卵；燕巢幕上。

反義 曲突徙薪；杜漸防萌；防患未然。

十三畫

厲兵秣馬 ㄌㄧˋ ㄅㄧㄥ ㄇㄛˋ ㄇㄚˇ

解釋 厲：磨；兵：兵器；秣：餵。把兵器磨好，把馬餵飽。形容做好了戰鬥準備，也指事前做好準備工作。又作「秣馬利（厲）兵」。

出處 《左傳．僖公三十三年》：春秋時，秦國偷襲鄭國。鄭國商人弦高，在路上看見秦軍人馬，知道大事不妙。弦高一面應付秦軍，一面派人通知鄭穆公：「鄭穆公使視客館，則束載厲兵秣馬矣。」

解析 ①「厲」不寫成「勵」或「歷」。②「厲兵秣馬」、「嚴陣以待」都有做好戰鬥準備的意思。但「嚴陣以待」有等待著敵人的意思，「厲兵秣馬」則沒有。「厲兵秣馬」重在形容人員的行動，而「嚴陣以待」重在形容整個軍隊的陣勢。

例句 比賽的日子快到了，大家都**厲兵秣馬**，準備大顯身手一番。

近義 秣馬蓐食；選兵秣馬；嚴陣以待。

反義 解甲倒戈；解甲歸田。

【厶部】

三畫

去偽存真 ㄑㄩˋ ㄨㄟˋ ㄘㄨㄣˊ ㄓㄣ

解釋 排除虛假的，留下真實的。

出處 《繼傳燈錄．褒禪傅禪師》：「權衡在手，明鏡當台，可以摧邪輔正，可以去偽存真。」

例句 報上常有許多求職陷阱，找工作前得先**去偽存真**，以免上當受騙。

近義 去蕪存菁；披沙揀金。

反義 魚目混珠；濫竽充數。

九畫

參差不齊（ㄘㄣ ㄘ ㄅㄨˋ ㄑㄧˊ）

解釋 長短高低不齊。

出處 漢．揚雄《法言．序目》：「國君將相，卿士名臣，參差不齊，一概諸聖。」

解析 ①「參差」不能唸成ㄘㄢ ㄔㄚ。②「參差不齊」、「良莠不齊」，都有不整齊的意思，但「參差不齊」是指長短、高低、大小、不齊；「良莠不齊」則指好的、壞的都混在一起。

例句 這支隊伍的程度參差不齊，有人曾得到冠軍，有人在初賽就被淘汰了。

近義 良莠不齊；參差錯落；錯落不齊。

反義 井井有條；井然有序；整齊劃一。

【又部】

二畫

及時行樂（ㄐㄧˊ ㄕˊ ㄒㄧㄥˊ ㄌㄜˋ）

解釋 及時：抓緊時機。把握時機，尋歡作樂。

出處 《漢樂府．西門行》：「夫為樂，為樂當及時。」

例句 他辛勤工作了一輩子，卻換來一身病痛，所以他常勸我們要及時行樂。

及鋒而試（ㄐㄧˊ ㄈㄥ ㄦˊ ㄕˋ）

解釋 及：趁，當；鋒：鋒利。比喻乘軍隊士氣旺盛時加以運用。後比喻乘有利時機，及時行動。

出處 《漢書．高帝紀》：「吏卒皆山東之人，日夜企而望歸，及其鋒而用之，可以有大功。」

例句 現在情勢正好，我們若能及鋒而試，成功的機率就非常大了。

近義 一鼓作氣；打鐵趁熱；見機行事。

反義 坐失良機；遷延過時。

反求諸己（ㄈㄢˇ ㄑㄧㄡˊ ㄓㄨ ㄐㄧˇ）

解釋 求：尋找，追究；諸：「之於」的合音。自我反省。

出處 《孟子．離婁上》：「行有不得者，皆反求諸己。」

例句 你在要求別人之前要先反求諸己，問問自己能否做到。

近義 一日三省；反躬自省；嚴以律己。

反義 委過他人；怨天尤人。

反客為主（ㄈㄢˇ ㄎㄜˋ ㄨㄟˊ ㄓㄨˇ）

解釋 客人反過來成為主人。比喻違反主客關係，變被動為主動。

出處 《三國演義》第七十一回：「此

乃反客為主之法。」

解析 「反客為主」、「喧賓奪主」都有客人反過來成了主人的意思，但「反客為主」還可比喻由被動變成主動；「喧賓奪主」則含由客位奪取主位的意思。

例句 我們到別人的球場打球，卻**反客為主**，帶了龐大的啦啦隊到現場加油。

近義 喧賓奪主。

反脣相稽 ㄈㄢˇ ㄔㄨㄣˊ ㄒㄧㄤ ㄐㄧ

解釋 稽：計較。反過口來責問對方。也作「反脣相譏」（譏，諷刺、指謫。）。

出處 《漢書．賈誼傳》：「婦姑不相說，則反脣而相稽。」（婦姑，兒媳婦和婆婆。說，同「悅」。）

例句 這一對歡喜冤家常因意見不合便**反脣相稽**，大吵大鬧。

近義 反咬一口。

反義 反躬自責；俯首自問。

反掌折枝 ㄈㄢˇ ㄓㄤˇ ㄓㄜˊ ㄓ

解釋 反掌：把手掌反過來。折枝：「枝」通「肢」，指身體，折枝即彎腰鞠躬；枝或指樹枝，即折取樹枝。反掌、折枝都是非常容易的事，比喻事情非常容易。

例句 這事對她來說如**反掌折枝**，你儘管放心交給她處理。

近義 易如反掌；探囊取物；輕而易舉。

反義 移山填海；磨杵成針；難如登天。

反經行權 ㄈㄢˇ ㄐㄧㄥ ㄒㄧㄥˊ ㄑㄩㄢˊ

解釋 經：常道；權：指權宜的辦法。在必要的時候，不守常道，採權宜之計。

出處 《史記．太史公自序》：「諸呂為從，謀弱京師，而勃（周勃）反經合於權。」

例句 在這緊要關頭，我們只好**反經行權**，暫時放棄原則。

反裘負芻 ㄈㄢˇ ㄑㄧㄡˊ ㄈㄨˋ ㄔㄨˊ

解釋 反裘：反穿皮襖（古人穿裘毛朝外，反穿則毛在裏）；負芻：負薪，背柴。反穿皮襖（怕磨掉毛）背柴。①形容貧窮勞苦。②比喻愚昧不知輕重本末。

出處 ①《晏子春秋．內篇》：春秋時，晏嬰到晉國去，經過中牟，遇越石父「反裘負芻」。②《鹽鐵論．非鞅》：「無異於愚人反裘而負薪，愛其毛，不知其皮盡也。」

例句 你不處理這些緊急事件，卻去辦理那些枝微末節的事，這不等於**反裘負芻**嗎？

反璞歸真 ㄈㄢˇ ㄆㄨˊ ㄍㄨㄟ ㄓㄣ

解釋 璞：未經雕琢的玉石。

比喻回到原始簡樸的自然狀態，又作「歸真反璞」。

出處《戰國策．齊策四》：「歸真反璞，則終身不辱。」

例句 近百年來人類文明急速發展，現階段似乎已到極點，有反璞歸真的趨勢。

近義 還淳反樸；歸全反真。

反覆無常（ㄈㄢˇ ㄈㄨˋ ㄨˊ ㄔㄤˊ）

解釋 無常：變化不定。一會兒這樣，一會兒又那樣，形容多變而沒有一定。

出處 南朝．梁．費昶〈行路難〉詩：「當年反覆無常定。」

解析 「反覆無常」和「翻雲覆雨」都含有變化不定的意思，但有區別，「翻雲覆雨」有玩弄權術、興風作浪的意思，「反覆無常」則不能這樣用。

例句 他說話向來是反覆無常的，就算是他答應的事，你也別太認真。

近義 朝三暮四；朝秦暮楚；翻雲覆雨。

反義 一諾千金；一言為定；始終如一；言而有信。

六畫

取之不盡，用之不竭（ㄑㄩˇ ㄓ ㄅㄨˋ ㄐㄧㄣˋ，ㄩㄥˋ ㄓ ㄅㄨˋ ㄐㄧㄝˊ）

解釋 拿不完，用不盡。形容非常豐富，任人取用而不會枯竭。

出處 宋．蘇軾〈前赤壁賦〉：「取之無禁，用之不竭。」

例句 人類一旦破壞了生態的平衡，地球上的資源就不再是取之不盡，用之不竭了。

近義 千倉萬箱；取之不盡，用之有餘。

反義 一無所有；空空如也。

取而代之（ㄑㄩˇ ㄦˊ ㄉㄞˋ ㄓ）

解釋 奪取別人的地位而代替他。後用以表示拿這個代替那個。

出處《史記．項羽本紀》：「秦始皇帝遊會稽，渡浙江，梁與籍俱觀。籍曰：『彼可取而代也。』」

例句 他非常擔心自己會長的位子會被人取而代之，所以終日都戰戰兢兢的。

近義 拔幟易幟。

取精用弘（ㄑㄩˇ ㄐㄧㄥ ㄩㄥˋ ㄏㄨㄥˊ）

解釋 精：精華；用：享受；弘：大。指從所占有的豐富資料中汲取精華。引申為取材精確，功效廣大。

出處《左傳．昭公七年》：「蕞（ㄗㄨㄟˋ）爾國，而三世執其政柄，其用物也弘矣，其取精也多矣。」（蕞爾，小的樣子。）

例句 這篇論文的內容精確而豐富，看得出作者是取精用弘，相當用心。

近義 披沙揀金；沙裡淘金。

受寵若驚（ㄕㄡˋ ㄔㄨㄥˇ ㄖㄨㄛˋ ㄐㄧㄥ）

【解釋】寵：寵愛。受到特別的寵愛而感到意外和不安。也作「被寵若驚」。

【出處】《老子》十三章：「得之若驚，失之若驚，是謂寵辱若驚。」

【解析】「寵」不讀寫成「籠（ㄌㄨㄥˊ）」。

【例句】平日十分嚴肅的李小姐，今天竟對他嫣然一笑，讓他不免**受寵若驚**。

【近義】寵辱若驚。

【反義】寵辱不驚；寵辱皆忘。

【口部】

口耳之學（ㄎㄡˇ ㄦˇ ㄓ ㄒㄩㄝˊ）

【解釋】從道聽塗說中知道的片斷知識。

【出處】《荀子．勸學》：「小人之學也，入乎耳，出乎口，口耳之間則四寸耳，曷（何）足以美七尺之軀哉！」

【例句】這種未經證實的**口耳之學**，你聽聽就好，不足採信。

【近義】耳食之學；記問之學；道聽塗說。

【反義】真才實學；真知灼見。

口血未乾（ㄎㄡˇ ㄒㄩㄝˋ ㄨㄟˋ ㄍㄢ）

【解釋】古代君主在訂約的時候，要飲血或以血抹口來盟誓，所以「口血未乾」表示訂約不久，隨即毀約、背信。多用於責備背約。

【出處】《左傳．襄公九年》：「與大國盟，口血未乾，而背之，可乎？」

【解析】「口血未乾」多指口頭訂立的盟約；而「墨汁未乾」則指書面簽訂的協定或聲明。

【例句】這紙合約不過簽了一個月，**口血未乾**你就毀約，未免太沒信用了吧！

【近義】墨跡未乾；墨汁未乾。

【反義】信誓旦旦；息壤在彼。

口角春風（ㄎㄡˇ ㄐㄧㄠˇ ㄔㄨㄣ ㄈㄥ）

【解釋】口角：嘴邊；春風：古人認為它能使萬物生長。比喻替別人說好話，成人之美。

【出處】《歧路燈》第九十六回：「你近日與道台相與，萬望口角春風，我就一步升天。」

【例句】這件事多虧你在旁**口角春風**，才能順利完成，改天自當好好謝你。

【近義】為人說項。

口是心非（ㄎㄡˇ ㄕˋ ㄒㄧㄣ ㄈㄟ）

【解釋】嘴裏說的話與心裡想的互相違背。指心口不一致。

【出處】漢．桓譚《新論．辨惑》：「道必當傳其人。得其人，道路相遇，輒教之；如非其人，口是而心非者，雖寸斷支解，而道猶不出也。」

解析 「口是心非」指心口不一；「陽奉陰違」指表面上一套，背後裏又是另一套；「口蜜腹劍」指嘴甜心狠。

例句 他雖然嘴上不答應，但看來是**口是心非**，心裏早就躍躍欲試了！

近義 口蜜腹劍；心口不一；陽奉陰違。

近義 心口如一；言行一致。

口若懸河 ㄎㄡˇ ㄖㄨㄛˋ ㄒㄩㄢˊ ㄏㄜˊ

解釋 說話滔滔不絕，像河水傾瀉下來一樣。形容人說話流利，能言善辯。

出處 唐．韓愈《昌黎先生集．石鼓歌》：「安能以此上論列，願借辯口如懸河。」

解析 「口若懸河」只指說話流利；「滔滔不絕」除形容說話外，還可形容水不停的流。「口若懸河」、「滔滔不絕」偏重形容口才好，而「侃侃而談」偏重於說話時的從容神態。

例句 他談起理想時總是**口若懸河**、滔滔不絕，但從沒見他付諸行動。

近義 舌燦蓮花；侃侃而談；能言善道；語如貫珠。

反義 拙口鈍辭；張口結舌；笨口拙舌。

口碑載道 ㄎㄡˇ ㄅㄟ ㄗㄞˋ ㄉㄠˋ

解釋 口碑：比喻德行為群眾稱頌，就像文字刻在碑上一樣。滿路都是稱頌的聲音。形容一個人處處受到稱頌。

出處 明．張煌《張蒼水集．甲辰九月感懷在獄中作》詩：「口碑載道是還非，誰識蹉跎心事違。」

例句 這個社區的制度、設備都非常完善，**口碑載道**，是其他社區模仿的對象。

近義 有口皆碑；家喻戶曉；頌聲載道。

反義 口誅筆伐；怨聲載道；惡名昭彰；遺臭萬年。

口誅筆伐 ㄎㄡˇ ㄓㄨ ㄅㄧˇ ㄈㄚˊ

解釋 誅、伐：征討，聲討。用言語或文字宣布他人的罪狀，加以譴責和聲討。

出處 明．汪廷訥《三祝記．同謫》：「他捐廉棄恥，向權門富貴貪求，全不知口誅筆伐是詩人句，壟上墦（ㄈㄢˊ）間識者羞。」（墦，墳墓。）

例句 你這種不負責任、傷天害理的行為，必定會遭到眾人的**口誅筆伐**。

近義 大張撻伐；鳴鼓攻之。

反義 交口稱譽；頌聲載道；歌功頌德。

口蜜腹劍 ㄎㄡˇ ㄇㄧˋ ㄈㄨˋ ㄐㄧㄢˋ

解釋 喻人話說得很甜，心地卻很毒。

出處 唐玄宗時的宰相李林甫，有一套逢迎拍馬屁的手段，對名望、才華和功勞比自己高的人，總是千方百計地排擠、打擊；與人接觸，表面上裝出一副平易近人的樣子，可是暗地裏卻加以誣陷。日子久了，他這種兩面的手法被人們看穿了，大家背地裏都說他：「林甫口有蜜，腹有劍。」

解析 ①「蜜」不寫成「密切」的「密」。「劍」不寫成「弓箭」的「箭」。②「口蜜腹劍」、「佛口蛇心」指嘴甜心狠；「笑裏藏刀」指外貌和善，心裏狠毒；「兩面三刀」指玩弄手段，挑撥是非。

例句 你別看他一副很和善，話說得很動聽的樣子，其實是個**口蜜腹劍**的人。

近義 口是心非；佛口蛇心；笑裏藏刀。

反義 心口如一；佛口佛心；表裏如一。

口誦心惟（ㄎㄡˇ ㄙㄨㄥˋ ㄒㄧㄣ ㄨㄟˊ）

解釋 誦：朗讀；惟：思考。一面朗讀，一面思考它的意義和道理。

出處 唐．韓愈《昌黎先生集．上襄陽于相公書》：「口詠其言，心惟其義。」

例句 這些道理對你來說雖然有點深奧，但只要你常常**口誦心惟**，總有一天會體會出當中的道理。

口說無憑（ㄎㄡˇ ㄕㄨㄛ ㄨˊ ㄆㄧㄥˊ）

解釋 指只有口說，沒有實物為證，不足採信。

出處 《元曲選．喬孟符〈揚州夢〉四》：「咱兩個口說無憑。」

例句 雖然你答應我了，但**口說無憑**，還是先立個字據吧！

近義 空口說白話。

反義 立字為據；立約為證；鑿鑿可據。

二畫

可歌可泣（ㄎㄜˇ ㄍㄜ ㄎㄜˇ ㄑㄧˋ）

解釋 泣：不出聲地哭。形容英勇悲壯的事跡感人極深。也作「可歌可涕」。

出處 清．王琬《堯峰文鈔．計甫草中州集序》：「幸得追隨其步趨，而相與上下往覆其議論，無不動心駭魄，可歌可涕。」

例句 這些在戰爭中發生的**可歌可泣**的事跡，都一一地被拍成電影。

近義 驚天地，泣鬼神。

反義 千夫所指；萬人唾棄；遺臭萬年。

可操左券（ㄎㄜˇ ㄘㄠ ㄗㄨㄛˇ ㄑㄩㄢˋ）

解釋 左券：古代契約分為左右兩半，雙方各執一半，左券常用作索償的憑證。比喻對事情的成功非常有把握。

出處《史記．田敬仲世家》：「公常執左券以責於秦韓。」

解析「券」不能唸成ㄐㄩㄢˋ。

例句只要辦妥了這件事，就可操左券，成功的機率就非常大了。

近義穩操勝券。

古井無波 ㄍㄨˇ ㄐㄧㄥˇ ㄨˊ ㄅㄛ

解釋古井：枯井。比喻人心中沈靜沒有雜念，如枯井沒有波瀾。古時多用以稱婦女守貞節。

出處唐．孟郊《孟東野集．烈女操》詩：「波瀾誓不起，妾心古井水。」

例句她守寡多年，已是古井無波，現在正專心致力於幼教工作。

近義心如木石；心如古井。

古色古香 ㄍㄨˇ ㄙㄜˋ ㄍㄨˇ ㄒㄧㄤ

解釋古香：古書畫的絹或紙因年久而生的氣味。形容器物、藝術作品或室內陳設具有古雅的色彩和情調。也作「古香古色」。

出處清．黃丕烈《士禮居藏書題跋記．塵史》：「是書雖非毛氏所云何元朗本及伊舅氏仲木本，然古色古香溢於楮墨，想不在二本下也。」

例句他非常喜愛古董家俱，家中佈置得古色古香的。

近義古意盎然。

古往今來 ㄍㄨˇ ㄨㄤˇ ㄐㄧㄣ ㄌㄞˊ

解釋從古到今。

出處《文選．潘岳〈西征賦〉》：「古往今來，邈矣悠哉！」（邈（ㄇㄧㄠˇ），悠、遠。）

例句古往今來，歷史一再地告訴我們暴政必亡，惟有施行仁政才能長治久安。

近義亙古亙今。

古道熱腸 ㄍㄨˇ ㄉㄠˋ ㄖㄜˋ ㄔㄤˊ

解釋古道：上古時代的風俗習慣，形容厚道；熱腸：熱心腸。形容待人真摯、熱情，樂於幫助別人。也作「熱腸古道」。

出處清．李寶嘉《官場現形記》第四十四回：「幾個人當中，畢竟是老頭子秦梅士古道熱腸。」

例句自從李媽媽搬來之後，就常常灑掃街道，幫助鄰居照顧小孩，真是古道熱腸。

近義滿腔熱忱；熱心快腸。

反義人心不古；冷若冰霜；冷酷無情。

古調獨彈 ㄍㄨˇ ㄉㄧㄠˋ ㄉㄨˊ ㄊㄢˊ

解釋古調：古代的曲調。比喻人的行為或所寫的文章不合時宜。

出處唐．劉長卿《劉隨州集．聽彈琴》詩：「冷冷（ㄌㄧㄥˊ）七弦上，靜聽松風寒，古調雖自愛，今人多不彈。」（泠泠，形容聲音清越。）

例句 在這個時間就是金錢的年代，只有李先生古調獨彈，一切依循古禮行事。

司空見慣（ㄙ ㄎㄨㄥ ㄐㄧㄢˋ ㄍㄨㄢˋ）

解釋 司空：古代官名。

形容經常看到的事物不足為奇。

出處 司空李紳邀請劉禹錫宴飲。席間有歌舞助興，劉禹錫喝得大醉，寫了一首詩贈給李紳：「高髻雲鬟宮樣裝，春風一曲杜韋娘，司空見慣渾閒事，斷盡江南刺史腸。」杜韋娘是唐時的一種曲調，詩的前兩句是描寫美麗的舞姿和動人的歌聲；後兩句的大意是：你這位「司空」見慣了這種奢華絢麗的場面，可是我這清廉的「蘇州刺史」卻難得見到這種場面，所以覺得很激動。

解析 「空」不讀「空閒」的ㄎㄨㄥˋ。「見」不解釋成「意見」。

例句 他從事法醫多年，對這種血肉模糊的畫面早就司空見慣。

近義 習以為常；屢見不鮮。

反義 少見多怪；鮮為人知；鳳毛麟爪。

司馬昭之心，路人皆知（ㄙ ㄇㄚˇ ㄓㄠ ㄓ ㄒㄧㄣ ㄌㄨˋ ㄖㄣˊ ㄐㄧㄝ ㄓ）

解釋 比喻人人皆知的陰謀、野心。

出處 三國時，魏國的司馬氏專權，不把年輕的皇帝曹髦放在眼裏。曹髦氣憤不過，說：「司馬昭之心，路人所知也！吾不能坐受廢辱，今日當與卿自出討之。」

例句 他一再表明不再參選的決心，但司馬昭之心，路人皆知。

近義 一目了然；世人皆知；無人不曉。

反義 知人知面不知心。

另起爐灶（ㄌㄧㄥˋ ㄑㄧˇ ㄌㄨˊ ㄗㄠˋ）

解釋 另：另外。

比喻重新做起。也比喻合作的一方脫離，開始另一個新局面。

出處 《鏡花緣》第十四回：「不但忍飢不能吃飽，並且三次、四次之類，還令吃而再吃，必至鬧到『出而哇之』，飯糞莫辨，這才另起爐灶。」

例句 他與人合作一年後便另起爐灶，自己創業去了。

近義 另闢蹊徑；改弦易轍；重起爐灶。

反義 抱殘守缺；重彈舊調；墨守成規。

另眼相看（ㄌㄧㄥˋ ㄧㄢˇ ㄒㄧㄤ ㄎㄢˋ）

解釋 形容對某人、某事特別重視。也形容對方已不同於往日，應與眾不同的對待，也作「另眼相待」。

出處 《紅樓夢》七回：「不過仗著這些功勞情分，有祖宗時，都另眼相看，如今誰肯為難他？」

例句 他工作兩年後，已從過去青澀的模樣脫胎換骨，不得不令人另眼相看。

近義 另眼看待；刮目相看。

反義 一視同仁；等量齊觀。

史不絕書（ㄕˇ ㄅㄨˋ ㄐㄩㄝˊ ㄕㄨ）

解釋 書：指記載。

歷史上不斷有這類的記載。形容歷史上經常發生的事情。

出處 《左傳．襄公二十九年》：「魯之於晉也，職貢不乏，玩好時至，公卿大夫，相繼於朝，史不絕書。」

解析 「史不絕書」與「數見不鮮」都指常見的事，但「史不絕書」指歷史上常有記載，而「數見不鮮」指時常都可以看到的，不一定是史書記載的，所指範圍較廣。

例句 施行暴政者，終將自取滅亡，這種事是史不絕書。

近義 不乏其例；屢見不鮮；數見不鮮。

反義 不見經傳；史無前例。

叱咤風雲（ㄔˋ ㄓㄚˋ ㄈㄥ ㄩㄣˊ）

解釋 叱咤：發怒聲。

怒喝一聲，就使風雲變色。形容聲勢威力極大，足以左右世局。

出處 駱賓王〈代徐敬業討武氏檄〉：「叱咤則風雲變色。」

解析 「咤」不讀寫成「姹（ㄔㄚˋ）」，（美麗）。」

例句 隔壁的李老先生，當年可是個叱咤風雲的人物。

近義 氣吞山河；氣壯山河；氣勢磅礴。

反義 大勢已去；無足輕重；微不足道。

三　畫

吉人天相（ㄐㄧˊ ㄖㄣˊ ㄊㄧㄢ ㄒㄧㄤˋ）

解釋 吉人：善人；相：幫助，保佑。

認為好人會獲得上天的眷顧。多用作對別人遭遇危險或困難時的安慰語。

出處 《左傳．宣公三年》：「石癸曰：『……姞，吉人也，后稷之元妃也。今公子蘭，姞甥也，天或啟之，必將為君，其後必蕃。』」

解析 「相」不能唸成ㄒㄧㄤ。

例句 這次的山難只有你大難不死，真是吉人天相。

近義 大難不死，必有後福；逢凶化吉。

反義 禍從天降。

吉光片羽（ㄐㄧˊ ㄍㄨㄤ ㄆㄧㄢˋ ㄩˇ）

解釋 吉光：古代神話中的神馬名；片羽：一片羽毛。

比喻殘存、罕見的藝術珍品。

出處 明．焦竑（ㄏㄨㄥˊ）《澹園集．李氏焚書序》：「斷管殘瀋，等於吉光片羽。」（瀋，指用墨汁寫下的字。）

例句 對於這些前人遺留下來的吉光

片羽，我們要善盡保護的職責。

近義 秦磚漢瓦；稀世珍品；鳳毛麟角。

反義 一文不值；俯拾即是；遍地可見。

同仇敵愾 ㄊㄨㄥˊ ㄔㄡˊ ㄉㄧˊ ㄎㄞˋ

解釋 同仇：一致對付仇敵；愾：怨恨；憤怒；敵愾：對敵人的憤恨。共同一致地對付共同的敵人。

出處 《詩經．秦風．無衣》：「與子同仇。」

解析 「愾」不能唸成ㄑㄧˋ。

例句 對於這個在地方上作威作福的地痞流氓，大家都**同仇敵愾**。

近義 人神共憤。

反義 同室操戈；自相殘殺。

同日而語 ㄊㄨㄥˊ ㄖˋ ㄦˊ ㄩˇ

解釋 比喻相提並論。也作「同年而語」。

出處 《漢書．息夫躬傳》：「臣與祿異議，未可同日而語也。」

解析 「同日而語」與「相提並論」意思相近，但「同日而語」多用在否定句，往往指時間上的差異，而「相提並論」強調指放在一起談論比較，不分彼此上下。

例句 現在的情況，不可與過去**同日而語**，必須重新評估。

近義 一概而論；相提並論；等量齊觀。

反義 另眼看待。

同甘共苦 ㄊㄨㄥˊ ㄍㄢ ㄍㄨㄥˋ ㄎㄨˇ

解釋 甘：甜的。比喻同歡樂，共患難。

出處 《戰國策．燕策一》：「燕王吊死問生，與百姓同其甘苦。」

解析 「同甘共苦」指有福同享，有難同當；而「同舟共濟」多指在遇到難題、困境時，同心協力一起克服困難。

例句 經過那一段**同甘共苦**的日子後，他們倆的感情更加堅定了。

近義 同舟共濟；休戚與共；患難與共。

反義 明爭暗鬥；鉤心鬥角；爾虞我詐。

同舟共濟 ㄊㄨㄥˊ ㄓㄡ ㄍㄨㄥˋ ㄐㄧˋ

解釋 舟：船；濟：渡河。一起坐一條船過河。比喻利害相同，患難與共。

出處 《淮南子．兵略》：「同舟而濟於江，卒遇風波，百卒之子，捷捽招杼船，若左右手，不以相德，其憂同也。」

解析 「同舟共濟」、「風雨同舟」都含有利害相同，患難與共，共同克服困難的意思，其區別在於：「同舟共濟」著重於「共濟」，指大家要同心協力，互相幫忙；而「風雨同舟」著重於「風雨」，指大家要共渡「難關」。

例句 雖然這條路上阻礙重重，但只要我們能同舟共濟，相信一定能克服難關。

近義 同心協力；和衷共濟；風雨同舟。

反義 離心離德。

同床異夢 ㄊㄨㄥˊ ㄔㄨㄤˊ ㄧˋ ㄇㄥˋ

解釋 異：不同。比喻同做一件事，卻各有各的打算。或形容夫妻間感情不睦。

出處 宋．陳亮〈與朱元晦秘書書〉：「同床各做夢，周公且不能學得，何必一一論到孔明哉？」

例句 他們倆看起來是合作無間，但了解他們的人都知道，他們是同床異夢，各懷鬼胎。

近義 各懷鬼胎；貌合神離。

反義 心心相印；夫唱婦隨；志同道合。

同室操戈 ㄊㄨㄥˊ ㄕˋ ㄘㄠ ㄍㄜ

解釋 操：拿起；戈：古代的兵器。一家人動刀相殘。比喻兄弟爭吵或內部紛爭。

出處 清．江藩《宋學淵源記序》：「為宋學者，不第攻漢儒而已也，抑且同室操戈矣。」（不第，不但。）

例句 你們倆身處同一支球隊，怎麼可以同室操戈，自相殘殺。

近義 兄弟鬩牆；自相殘殺；煮豆燃萁。

反義 兄友弟恭；同舟共濟；相親相愛。

同流合汙 ㄊㄨㄥˊ ㄌㄧㄡˊ ㄏㄜˊ ㄨ

解釋 言行與混濁的風俗、世道相合。後指跟隨壞人一起做壞事。

出處 《孟子．盡心下》：「同乎流俗，合乎汙世。」

解析 「同流合汙」、「隨波逐流」都表示跟著別人走，但「同流合汙」偏重於一起做壞事，「隨波逐流」則偏重於沒有主見。

例句 原本潔身自愛的他，沒想到入隊還不滿一年就和大夥同流合汙。

近義 沆瀣一氣；狼狽為奸；隨波逐流。

反義 明哲保身；潔身自愛。

同病相憐 ㄊㄨㄥˊ ㄅㄧㄥˋ ㄒㄧㄤ ㄌㄧㄢˊ

解釋 比喻因遭遇到相同的不幸或痛苦而互相同情。

出處 《吳越春秋．闔閭內傳》：「同病相憐，同憂相救。」

解析 「同病相憐」與「物傷其類」意思相近，但「同病相憐」多指有同樣不幸遭遇的雙方互相同情，而「物傷其類」則指因同類遭到不幸而悲傷。

例句 他認識了和他同病相憐的小李後，便一見如故，成了莫逆之交。

近義 芝焚蕙嘆；物傷其類；兔死狐悲。

同條共貫 ㄊㄨㄥˊ ㄊㄧㄠˊ ㄍㄨㄥˋ ㄍㄨㄢˋ

解釋 條：枝條；貫：錢串。長在一根枝條上，穿在同一串錢上。比喻事理一貫相通。

出處 《漢書．董仲舒傳》：「帝王之道，豈不同條共貫歟？」

例句 這些事理都是**同條共貫**的，了解其中一條，就應該能舉一反三。

同惡相求（ㄊㄨㄥˊ ㄜˋ ㄒㄧㄤ ㄑㄧㄡˊ）

解釋 求：求助。形容壞人彼此狼狽為奸，互相勾結。又作「同惡相助」、「同惡相濟」。

出處 《左傳．昭公十三年》：「同惡相求，如市賈（ㄍㄨˇ）焉。」

例句 這些經營違法事業者，竟**同惡相求**，狼狽為奸，勢力愈來愈大。

近義 同惡相助；同惡相濟；朋比為奸；狐群狗黨。

反義 相與為善；與人為善。

同聲相應，同氣相求（ㄊㄨㄥˊ ㄕㄥ ㄒㄧㄤ ㄧㄥˋ，ㄊㄨㄥˊ ㄑㄧˋ ㄒㄧㄤ ㄑㄧㄡˊ）

解釋 相近的聲音互相呼應，相同的氣味互相融合。比喻同類的或志趣相同的人互相呼應，自然結合。

出處 《周易．乾》：「同聲相應，同氣相求。水流濕，火就燥。雲從龍，風從虎。」

例句 公司中這幾個「**同聲相應，同氣相求**」的人，共同組織了登山社。

近義 情投意合；聲應氣求。

反義 南轅北轍；針鋒相對；格格不入。

吐故納新（ㄊㄨˇ ㄍㄨˋ ㄋㄚˋ ㄒㄧㄣ）

解釋 本指人體呼吸，吐出二氧化碳，吸進新鮮氧氣，為道家的養生法之一。引申為新陳代謝。

出處 《莊子．刻意》：「吹呴（ㄒㄩˇ）呼吸，吐故納新。」（呴，吹氣。）

例句 這裏的空氣非常新鮮，相當適宜做有氧運動，藉以**吐故納新**。

近義 推陳出新。

反義 因循守舊；抱殘守缺；陳陳相因。

各有千秋（ㄍㄜˋ ㄧㄡˇ ㄑㄧㄢ ㄑㄧㄡ）

解釋 千秋：千年，指流傳久遠。比喻各有專長，各有優點。

出處 《文明小史》第六十回：「兄弟擔著這個責任，時時揑著一把汗，諸君流芳遺臭，各有千秋，何必在這裏頭混呢？」

例句 這兩位參賽者都十分優秀，**各有千秋**，讓評審一時無法決定。

近義 各有所長；春蘭秋菊；環肥燕瘦。

各自為政（ㄍㄜˋ ㄗˋ ㄨㄟˊ ㄓㄥˋ）

解釋 為政：處理政事。表示各人按自己的主張辦事，不顧整體也不與別人合作。或指政令不統一，各自頒布政令。

出處 《左傳．宣公二年》記載，公元前六○七年，宋鄭交戰。宋國的主帥華元在作戰前，殺羊犒賞部下，但沒有賞給他的御者(趕車的)羊斟。羊斟懷恨在心，作戰時，他對華元說：「疇(ㄔㄡˊ)昔之羊子為政，今日之事我為政。」(疇者，日前。)於是他就把車子趕進了鄭軍的陣地，華元因而被俘。

解析 「政」不寫成「正」。

例句 這兩兄弟一起繼承了父親的公司卻不肯合作，形成各自為政的狀態。

近義 各不相謀；各行其是；各謀其政。

反義 通力合作；統籌兼顧；萬眾一心；團結一致。

各行其是 ㄍㄜˋ ㄒㄧㄥˊ ㄑㄧˊ ㄕˋ

解釋 各人按自己的意見做。形容思想、行動不一致。

出處 清．吳趼人《痛史》第二十一回：「我之求死，你之求生，是各行其是。」

解析 「各行其是」、「自行其是」都是有按照自己意見做的意思，其區別在於「各」和「自」。當強調思想、行動不一致時，用「各行其是」；當強調不聽別人意見，堅持自己的想法和做法時，用「自行其是」。

例句 自從發生那次爭吵後，他們倆便各行其是，互不來往了。

近義 各自為政；各執一詞。

反義 同心協力；團結一致。

各抒己見 ㄍㄜˋ ㄕㄨ ㄐㄧˇ ㄐㄧㄢˋ

解釋 抒：表達，發表。各人充分發表自己的見解。

出處 《鏡花緣》第七十四回：「據我主意，何不各抒己見，出個式子，豈不新鮮些？」

解析 「各抒己見」重在充分表達自己的意見；「暢所欲言」重在痛快地說出自己想說的話；「舌無留言」重在說出自己知道的所有事情。

例句 你們不妨各抒己見，我才能了解你們真正的需要。

近義 舌無留言；知無不言；暢所欲言。

反義 不由分說；不容置喙。

各持己見 ㄍㄜˋ ㄔˊ ㄐㄧˇ ㄐㄧㄢˋ

解釋 每人都堅持自己的意見。

出處 清．黃鈞宰《金壺七墨．堪輿》：「然此輩執術疏，謀生急，信口欺詐，甚至徒毀其師，子譏其父，各持己見，彼此相非。」

解析 「各持己見」指各自堅持自己的意見，語意較輕；「固執己見」指頑固地堅持自己的意見，不肯改變或聽從他人，語意較重。

例句 你們倆如果都各持己見，不肯讓步，這件事恐怕永遠無法完成。

近義 言人人殊；固執己見。

反義 人云亦云；眾口一詞；捨己從人；隨聲附和。

各執一詞

解釋 執：堅持。各人堅持自己的說法，且都認為自己的意見正確。

出處 《醒世恆言》二十九：「是已牌時分，夾到日已倒西，兩下各執一詞，難以定招。」

例句 他們倆到了警局後雙方各執一詞，互相指責對方違規。

近義 各執己見。

反義 眾口一詞；異口同聲。

各得其所

解釋 原來表示各如其所願。後來也表示每個人或事物都有適當的安置。

出處 《周易．繫辭下》：「交易而退，各得其所。」

例句 這樣的安排，大家都各得其所，可充分發揮自己的特長。

近義 如魚得水；各得其宜；得其所哉。

反義 大材小用；適得其反；牛鼎烹雞。

向火乞兒

解釋 乞兒：乞丐。近火以取暖的乞丐。比喻趨炎附勢、奔走權門的人。

出處 五代．王仁裕《開元天寶遺事》卷下：「張九齡見朝之文武僚屬趨附楊國忠，爭求富貴，惟九齡未嘗及門，楊甚銜之。九齡嘗與識者議曰：『今日之朝彥皆是向火乞兒，一旦火燼灰冷，暖氣何在？當凍屍裂體，棄骨於溝壑中，禍不遠矣。』」

例句 這些人都不過是向火乞兒，一旦你失勢後，他們便投靠他人了。

向平之願

解釋 向平：東漢時的向長，字子平。子女的婚嫁之事稱為「向平之願」，子女都已婚嫁稱為「向平願了」。

出處 《後漢書．逸民傳》記載，向長隱居不仕，待子女養育成人，男婚女嫁後，就漫遊五嶽名山，不知所終。

例句 他退休後，只等完成了向平之願，就要雲遊四海去了。

向隅而泣

解釋 對著牆角哭泣。形容孤獨絕望而悲哀。

出處 漢．劉向《說苑．貴德》：「今有滿堂飲酒者，有一人獨索然向隅而泣，則一堂之人皆不樂矣。」

解析 「隅」不能唸成ㄡˇ。

例句 大家聊得正開心時，只有她向隅而泣，不知受了什麼委屈。

反義 受寵若驚。

向壁虛構

解釋 比喻憑空捏造。原意是說，魯恭王從孔子故居牆壁中發現古文經書，當時有許多人不相信，說是好奇者故意改變正字，向著孔氏的牆壁憑空虛構出來的。

出處 漢．許慎《說文解字序》：「鄉（向）壁虛造不可知之書，變亂常行，以耀於世。」（耀，眩惑。）

例句 這件事實在太過離奇巧合，不免令人懷疑有向壁虛構之嫌。

近義 憑空捏造。

反義 有案可稽；鑿鑿有據。

名士風流 ㄇㄧㄥˊ ㄕˋ ㄈㄥ ㄌㄧㄡˊ

解釋 名士的風度和品格。後指鄙視世俗禮法，好談玄理。

出處 《後漢書．方術傳》：「漢世之所謂名士者，其風流可知矣。」南朝．宋．劉義慶《世說新語．品藻》：「有人問袁侍中曰：『殷仲堪何如韓康伯？』答曰：『理義所得優劣，乃復未辨。然門庭蕭寂，取然有名士風流，殷不及韓。』」

例句 他常與人相約談論一些言不及義的話，卻自認為是名士風流。

名山事業 ㄇㄧㄥˊ ㄕㄢ ㄕˋ ㄧㄝˋ

解釋 指著作事業。

出處 《史記．太史公自序》：「藏之名山，副在京師，伏後世聖人君子。」

例句 他退休後致力於名山事業，希望能將自己的經驗，留傳給後世。

名不副實 ㄇㄧㄥˊ ㄅㄨˋ ㄈㄨˋ ㄕˊ

解釋 副：相稱，符合。名聲和實際才學不一致，指人空有虛名。

出處 三國．魏．劉劭《人物志．效難》：「中情之人，名不副實，用之有效，始名由眾退，而實從事章，此草創之常失也。」

解析 ①「副」不可寫成「附」。②「名不副實」、「有名無實」都有空有虛名的意思，其區別在於：「名不副實」表示實際跟名聲不相稱；「有名無實」表示空有名聲，並無實際。「有名無實」的語義較「名不副實」重。

例句 他不過是個無所事事的老人，但名片上卻印了一大堆頭銜，真是名不副實。

近義 名過其實；有名無實；徒有虛名。

反義 名不虛傳；名實相副；名副其實。

名不虛傳 ㄇㄧㄥˊ ㄅㄨˋ ㄒㄩ ㄔㄨㄢˊ

解釋 名聲與實際相符，不是徒具虛名。

出處 《三國演義》四十五回：「兵精糧足，名不虛傳。」

解析 「名不虛傳」和「名副其實」意義有近似之處，但「名不虛傳」指事實與流傳的盛名相符，「名副其實」指名稱與事實相符。

例句 這位大廚果然是**名不虛傳**，做的菜是又精緻又美味。

近義 名副其實；名實相副。

反義 名不符實；名過其實；有名無實；徒有其名。

名正言順 ㄇㄧㄥˊ ㄓㄥˋ ㄧㄢˊ ㄕㄨㄣˋ

解釋 名義正當，說話才能理直氣壯，站得住腳。後指做事理由正當而充分，含有理直氣壯的意思。

出處 《論語．子路》：「名不正則言不順。」

例句 我們必須先取得營業執照，才能**名正言順**地在此地開業。

近義 理直氣壯；理所當然。

反義 理屈詞窮。

名列前茅 ㄇㄧㄥˊ ㄌㄧㄝˋ ㄑㄧㄢˊ ㄇㄠˊ

解釋 前茅：古代行軍的時候，前面的偵察部隊中有人拿著茅草當作旗子，遇到敵人或敵情有變化就舉起茅草作為信號告訴後面的部隊。比喻名次列在前面。

出處 《左傳．宣公十二年》：「前茅慮無。」

解析 「茅」不要錯寫成「矛」。「名列前茅」表示名次在前，可能是第一，也可能是第二、第三，可用於多種事情或場合；「獨占鰲頭」表示排名第一，一般只用於考試、比賽之類的事情或場合。

例句 這支成績向來**名列前茅**的球隊，今年成績卻大幅滑落，已連敗十二場了。

近義 首屈一指；獨占鰲頭。

反義 名落孫山；榜上無名。

名存實亡 ㄇㄧㄥˊ ㄘㄨㄣˊ ㄕˊ ㄨㄤˊ

解釋 只留下空名，實際上已不存在了。

出處 唐．韓愈《昌黎先生集．處州孔子廟碑》：「邵邑皆有孔子廟，或不能修事，雖沒博士弟子，或役於有司，名存實亡，失其所業。」

解析 「名存實亡」的「名」多指「名義」，表示原有的實際內容現在已經不存在，只剩下名義了；「有名無實」的「名」既可指「名義」，也可指「名聲」，表示本來就沒有實際內容。

例句 這支球隊的重要球員都遭挖角，只剩下一些新進球員，可說是**名存實亡**。

近義 有名無實；徒有虛名。

反義 名副其實；名實相副。

名垂後世 ㄇㄧㄥˊ ㄔㄨㄟˊ ㄏㄡˋ ㄕˋ

解釋 後世：後代。名聲一直流傳到後代。

出處 《三國志．魏書．臧洪傳》：「身著圖象，名垂後世。」

例句 他生平最大的夢想就是著書立說，**名垂後世**。

近義 名垂青史；青史留名；萬古流芳。

反義 遺臭萬年。

名副其實 ㄇㄧㄥˊ ㄈㄨˋ ㄑㄧˊ ㄕˊ

解釋 副：相稱，符合。名聲或名稱與實際內涵一致。

出處 清．袁枚《隨園詩話》卷五：「如欲狀元之名副其實，則狀元二字，胸中不可一日忘也。」

解析 ①不要把「名」寫成「明」。②「名不虛傳」的「名」指「名聲」，且多指好名聲；而「名實相副」、「名副其實」的「名」可以指「名聲」，也可以指「名稱」、「名分」等，且好壞都可以用。

例句 她的事業非常成功，又能照顧好家庭，真是名副其實的女強人。

近義 名不虛傳；名實相副。

反義 有名無實；名不副實；徒有其名。

名落孫山 ㄇㄧㄥˊ ㄌㄨㄛˋ ㄙㄨㄣ ㄕㄢ

解釋 比喻沒有考上或選拔時未被錄取。

出處 宋．范公偁《過庭錄》記載：孫山考取了最後一名舉人，他先回到家鄉，有人問孫山，自己的兒子考中了沒，孫山隨手寫了兩句詩：「解名盡處是孫山，賢郎更在孫山外。」意思是：榜上最後一名是我孫山，您的兒子落在我孫山的後面，當然沒有被錄取。

例句 看他沮喪的樣子，就知道這次恐怕又名落孫山了。

近義 榜上無名。

反義 金榜題名；榜上有名；獨占鰲頭。

名過其實 ㄇㄧㄥˊ ㄍㄨㄛˋ ㄑㄧˊ ㄕˊ

解釋 聲名大於實際內涵，徒有虛名而不實際。

出處 漢．韓嬰《韓詩外傳》一：「名過其實者損。」

例句 外傳他的才華出眾，今日一見不過如此，恐怕是名過其實。

近義 有名無實；名不符實。

反義 名副其實；名實相副。

名滿天下 ㄇㄧㄥˊ ㄇㄢˇ ㄊㄧㄢ ㄒㄧㄚˋ

解釋 聲名遍傳天下，形容人聲名極大，無人不知。也作「名高天下」。

出處 《管子．白心》：「名滿於天下，不若其已也。」

例句 他不過三十出頭，就已是名滿天下的國際巨星了。

近義 四海聞名；名揚四海；遐邇聞名。

反義 不見經傳；默默無聞。

名聞遐邇 ㄇㄧㄥˊ ㄨㄣˊ ㄒㄧㄚˊ ㄦˇ

解釋 遐：遠；邇：近。聲名傳揚到各地，遠近皆知。也作「遐邇聞名」。

出處 《魏書．崔浩傳》：「奚斤辯捷智謀，名聞遐邇。」

例句 他是國內唯一的諾貝爾文學獎得主，在文學方面的成就是名聞遐邇。

近義 名揚天下；名揚四海；舉世聞名。

反義 無聲無息；默默無聞。

名韁利鎖（ㄇㄧㄥˊ ㄐㄧㄤ ㄌㄧˋ ㄙㄨㄛˇ）

解釋 韁：駕牲口用的韁繩；鎖：鎖鏈。比喻名和利就像韁繩和鎖鏈把人束縛住一樣。

出處 宋．柳永《樂章集．夏雲峰》詞：「向此免名韁利鎖，虛費光陰。」

解析 「鎖」不可寫成「銷」。

例句 他深知名韁利鎖的道理，從不與人爭名奪利。

合浦珠還（ㄏㄜˊ ㄆㄨˇ ㄓㄨ ㄏㄨㄢˊ）

解釋 合浦：漢代的郡名，在今廣西合浦縣東北。比喻珍貴的東西失而復得。也作「珠還合浦」。

出處 《後漢書．循吏孟嘗傳》記載，合浦位在海邊，出產珍珠，由於官吏濫採，使得珍珠蚌都遷到別的地方去了。後來孟嘗做了合浦太守，革除了過去的弊端，珍珠蚌又都回來了。

例句 他遺失了一串心愛的項練，一直希望有好心人能合浦珠還。

近義 久別重逢；失而復得；前度劉郎。

反義 一去不返；不脛而走；不翼而飛。

吃一塹，長一智（ㄔ ㄧˊ ㄑㄧㄢˋ，ㄓㄤˇ ㄧˊ ㄓˋ）

解釋 塹：壕溝，引申為挫折。「吃一塹」意思是受到一次栽到溝裏的教訓。形容受一次挫折，便得到一次教訓，增長一分見識。

出處 《左傳．昭公二十九年》：「衛侯來獻其乘馬，曰啟服，塹而死。」杜注：「墮塹死也。」

解析 「塹」不可寫成「嶄」。

例句 他曾因貪小便宜而吃大虧，現在變得非常謹慎小心，真是吃一塹，長一智。

吃裏扒外（ㄔ ㄌㄧˇ ㄆㄚˊ ㄨㄞˋ）

解釋 不忠於所屬團體，反而暗地幫助別人。

例句 你居然私下放水，幫助敵隊，真是吃裏扒外。

四畫

否極泰來（ㄆㄧˇ ㄐㄧˊ ㄊㄞˋ ㄌㄞˊ）

解釋 否、泰：《周易》中的兩個卦名，天地交叫做「泰」，指順利；不交叫做「否」，指失利。比喻惡運到了極點，好運將要來到，「否」可轉化為「泰」。也作「否去泰來」。

出處 《吳越春秋．句踐入臣外傳》：「時過於期，否終則泰。」

解析 「否」不能唸成ㄈㄡˇ。

例句 他辛苦了一輩子，現在兒女都事業有成，總算是否極泰來。

近義 苦盡甘來；時來運轉；轉禍為福。

反義 泰極而否；福過災生；樂極生悲。

呆若木雞 ㄉㄞ ㄖㄨㄛˋ ㄇㄨˋ ㄐㄧ

解釋 呆得像木頭雞一樣。現多用來形容因恐懼或驚訝而發愣的樣子。也作「蠢若木雞」。

出處 《莊子．達生》裏記載：齊王請紀渻子馴養鬥雞，齊王心急，只過了十天就去催問，紀渻子說鬥雞還不夠沈著。又過了十天，齊王再問，紀渻子說鬥雞還有火氣，不行。直到四十天後，紀渻子才說：「現在差不多了。雖然別的雞在叫，牠好像沒有聽到似的，一點反應都沒有，『望之似木雞矣！』」後來這隻雞果然每鬥必勝。

解析 「呆若木雞」和「目瞪口呆」都形容發愣的樣子，雖然都是從形體上來描繪吃驚發愣的樣子，但部位不同，吃驚的程度也有差別。「呆若木雞」形容全身都像木雞似地呆著，程度較重；「目瞪口呆」從眼睛不動、嘴不能說等面部表情來形容發愣的樣子。

例句 車子突然打滑衝出路旁，嚇得全車乘客都呆若木雞。

近義 目瞪口呆；泥塑木雕；瞠目結舌。

反義 見機行事；隨機應變。

吳下阿蒙 ㄨˊ ㄒㄧㄚˋ ㄚ ㄇㄥˊ

解釋 吳下：指長江下游南岸一帶；阿蒙：指三國時吳國大將呂蒙。比喻人學識尚淺。原指只有膽識、武略而沒有學識的人。後用來譏諷人沒有才學、技能。

出處 《三國志．吳志．呂蒙傳注》記載：孫權向呂蒙和蔣欽說：「你們現在擔任國家要職，應該要多讀書，修養品性。」呂蒙便發憤念書，學問也越來越好，後來魯肅去拜訪他，發覺他的學問淵博，論事幾乎說不過他，就拍著呂蒙的背說：我從前以為你是只有武略的人，現在看來你的學識淵博，「非復吳下阿蒙。」

例句 他現在的學識、能力都非常優秀，早已不是當年的吳下阿蒙。

吳牛喘月 ㄨˊ ㄋㄧㄡˊ ㄔㄨㄢˇ ㄩㄝˋ

解釋 江淮一帶氣候炎熱，水牛畏熱，見到月亮懷疑是太陽，就喘起氣來。比喻因疑心而害怕。

出處 南朝．宋．劉義慶《世說新語．言語》：「臣猶吳牛，見月而喘。」

例句 老師找他私下談話，他便吳牛喘月，擔心自己會被退學。

近義 杯弓蛇影；風聲鶴唳；草木皆兵。

君子之交淡如水（ㄐㄩㄣ ㄗˇ ㄓ ㄐㄧㄠ ㄉㄢˋ ㄖㄨˊ ㄕㄨㄟˇ）

解釋 指君子間的交往，有分寸、距離，雖平淡卻能持久。

出處 《莊子．山木》：「且君子之交淡若水，小人之交甘若醴。」

例句 君子之交淡如水，好朋友也可以偶爾聯絡，不一定要天天見面。

告朔餼羊（ㄍㄨˋ ㄕㄨㄛˋ ㄒㄧˋ ㄧㄤˊ）

解釋 告朔：古代諸侯每月初一謁宗廟的祭禮；餼羊：告朔祭廟作祭品的羊。

周代制度，天子上年向諸侯頒發下年曆書，諸侯把曆書藏在宗廟裏，每月初一殺一隻羊致祭告朔，然後聽政。魯文公起，既不於月初親自祭廟，也不聽政，只每逢初一殺一隻羊了事。後比喻虛應故事，徒具形式。

出處 《論語．八佾》：「子貢欲去告朔之餼羊。」

解析 「告」不能唸成ㄍㄠˋ，「餼」不能唸成ㄑㄧˋ。

例句 這些手續不過是告朔餼羊，既沒意義又浪費時間。

吹毛求疵（ㄔㄨㄟ ㄇㄠˊ ㄑㄧㄡˊ ㄘ）

解釋 疵：小毛病。

吹開皮膚上的毛去尋找瑕疵。比喻故意挑剔別人的缺點、錯誤。

出處 《韓非子．大體》：「不吹毛而求小疵。」

解析 ①不要把「疵」寫成「庇」（ㄆㄧˋ）。②「吹毛求疵」、「求全責備」都指對人對事十分苛求，其區別在於：「求全責備」有要求完美的意思，而「吹毛求疵」是指故意挑剔缺點、瑕疵。「吹毛求疵」的動機一般是不好的，而「求全責備」的動機可以是不好的，也可以是好的。

例句 這份計畫已十分完美、周詳，我看他是吹毛求疵，故意找麻煩。

近義 吹毛索疵；吹毛索瘢；挑毛揀刺。

反義 取長補短；揚長避短；棄瑕錄用。

吹影鏤塵（ㄔㄨㄟ ㄧㄥˇ ㄌㄡˋ ㄔㄣˊ）

解釋 鏤：雕刻。

用嘴吹影子，在塵土微粒上雕刻。比喻不見形跡，不切實際。

出處 《關尹子．一宇》：「言之如吹影，思之如鏤塵。」

例句 這種不切實際、吹影鏤塵的想法，恐怕只能視為夢想。

近義 浮光掠影。

吹簫吳市（ㄔㄨㄟ ㄒㄧㄠ ㄨˊ ㄕˋ）

解釋 春秋時，伍子胥在吳國的街市吹簫乞食。比喻行乞街頭。也作「吳市吹簫」。

出處 《史記．范雎蔡澤列傳》：「伍子胥橐載而出昭關，夜行晝伏，至於陵水，無以糊其口，膝行蒲伏，稽首肉袒，鼓腹吹篪（ㄔˊ），乞食於吳市。」裴駰集解引徐廣曰：「篪，一作簫。」

例句 他經商失敗，所有積蓄付之一炬，如今只能吹簫吳市，令人同情。

吸風飲露（ㄒㄧ ㄈㄥ ㄧㄣˇ ㄌㄨˋ）

解釋 不吃飯，以風、露代替食物和飲料。指神仙不食人間煙火的生活。

出處 《莊子．逍遙遊》：「藐姑射之山，有神人居焉。……不食五穀，吸風飲露。」

例句 看她纖細的模樣，似乎是吸風飲露、不食人間煙火的仙子。

吮癰舐痔（ㄕㄨㄣˇ ㄩㄥ ㄕˋ ㄓˋ）

解釋 癰：一種化膿的皮膚病；舐：舔。

用嘴吸他人的膿疱，用舌頭舔他人的痔。形容諂媚之徒巴結權貴的無恥行為。

出處 《莊子．列禦寇》：「秦王有病召醫，破癰潰痤者，得車一乘，舐痔者，得車五乘。」

例句 許多人為了求取名利，即使要吮癰舐痔也在所不惜。

吠形吠聲（ㄈㄟˋ ㄒㄧㄥˊ ㄈㄟˋ ㄕㄥ）

解釋 吠：狗叫。

一隻狗看見人影吠叫起來，許多狗聽到聲音也跟著叫。比喻不察真偽，隨聲附和。

出處 漢．王符《潛夫論．賢難》：「諺云：『一犬吠形，百犬吠聲。』」

解析 「吠形吠聲」和「人云亦云」、「隨聲附和」都有跟在別人後面說的意思，但後兩個成語偏重沒有主見，不辨是非；「吠形吠聲」偏重不辨真假，用於貶義，感情色彩強烈。

例句 這些記者在真相未明前便吠形吠聲，才會出現這種疏失。

近義 人云亦云；隨聲附和。

含血噴人（ㄏㄢˊ ㄒㄧㄝˇ ㄆㄣ ㄖㄣˊ）

解釋 比喻用惡毒的手段污蔑、攻擊他人。也作「血口噴人」。

出處 宋．釋普濟《五燈會元．慧方禪師》：「含血噀（ㄒㄩㄣˋ）人，先污其口。」（噀，噴。）

解析 「含血噴人」、「惡語中傷」、「造謠中傷」著重以不實的謠言、壞話來誹謗、陷害人；「含沙射影」則是用語言以間接影射的手法從側面來攻擊人。

例句 這家雜誌社為了銷售量，不惜含血噴人，捏造事實，誹謗公眾人物。

近義 出言不遜；含沙射影；造謠中傷；惡語中傷。

反義 口角春風。

含沙射影（ㄏㄢˊ ㄕㄚ ㄕㄜˋ ㄧㄥˇ）

解釋 傳說有一種叫蜮（ㄩˋ）的動物，在水中含沙噴射人的影子，使人生病。比喻暗中攻擊或陷害人。現在也指影射。

出處 唐．白居易《白氏長慶集．讀史》詩：「含沙射人影，雖病人未知。」

例句 你這種含沙射影、暗中造謠的手法，是非常不道德的。

近義 指桑罵槐；造謠中傷；暗箭傷人。

含垢忍辱 ㄏㄢˊ ㄍㄡˋ ㄖㄣˇ ㄖㄨˇ

解釋 垢：指恥辱。

容忍恥辱。也作「忍辱含垢」。

出處 《後漢書．列女傳．曹世叔妻》：「忍辱含垢，常若畏懼。」

解析 「含垢忍辱」重在忍受恥辱；「忍氣吞聲」重在抑制氣憤，不使流露。

例句 這位反對黨的領袖，當年曾含垢忍辱，過了十幾年的牢獄生活。

近義 含垢包羞；含垢忍恥。

反義 忍無可忍；是可忍，孰不可忍。

含垢納汙 ㄏㄢˊ ㄍㄡˋ ㄋㄚˋ ㄨ

解釋 含：心裏懷著；納：接受。忍受羞恥和汙辱。

本指國君應有容忍恥辱的度量。也轉用以形容汙穢聚集之處，或指包容壞人、壞事。

出處 《左傳．宣公十五年》：「諺曰：高下在心，川澤納汙，山藪藏疾，瑾瑜匿瑕，國君含垢。」

解析 「含垢納汙」、「藏垢納汙」都指包容壞人、壞事，但「含垢納汙」原指有容忍恥辱和汙蔑的器量；「藏垢納汙」則沒有這種意思。同樣指包容壞人、壞事，「含垢納汙」較少用，「藏垢納汙」則常見。

例句 這個住宅區看似高級，其實含垢納汙，隱藏了許多色情行業在其中。

近義 藏汙納垢。

含英咀華 ㄏㄢˊ ㄧㄥ ㄐㄩˇ ㄏㄨㄚˊ

解釋 英、華：花，這裏指精華；咀：咀嚼。

將精華含在口中細細咀嚼。比喻仔細體會詩文的精華。

出處 唐．韓愈《昌黎先生集．進學解》：「沈浸醲（ㄋㄨㄥˊ）郁，含英咀華。」

解析 「咀」不讀ㄗㄨㄟˇ。

例句 他非常善於含英咀華，並能融會貫通，表現在自己的作品中。

反義 生吞活剝；囫圇吞棗。

含哺鼓腹 ㄏㄢˊ ㄅㄨˇ ㄍㄨˇ ㄈㄨˋ

解釋 哺：口中所含的食物；腹：肚子。

嘴裏含著食物，吃飽了就遊玩。原是古人想像中原始社會無憂無慮的生活。用來形容太平時，人民歡樂的景象。

出處 《莊子．馬蹄》：「夫赫胥氏之時，民居不知所為，行不知所之，含哺而熙，鼓腹而遊。」這裏是說人們含哺如嬰兒，鼓腹如童子，天真純樸，沒有詐偽。

例句 他非常痛惡現在人心的險惡，希望能回到上古時代人民含哺鼓腹的生活。

含情脈脈 ㄏㄢˊ ㄑㄧㄥˊ ㄇㄛˋ ㄇㄛˋ

解釋 脈脈：凝視的樣子。形容心中有無限情思要向人傾訴的樣子。也作「脈脈含情」。

出處 《楚辭．九思》：「目脈脈兮寤終朝。」

解析 「含情脈脈」與「溫情脈脈」都有含情欲吐的意思，其區別在於：「含情脈脈」的「情」多指男女之間的愛情；而「溫情脈脈」的「情」泛指人與人之間的感情，其語義範圍較大。

例句 他唱歌時含情脈脈的神情，令許多歌迷為之瘋狂。

近義 眉目傳情；溫情脈脈。

反義 冷心冷面；冷若冰霜。

含飴弄孫 ㄏㄢˊ ㄧˊ ㄋㄨㄥˋ ㄙㄨㄣ

解釋 飴：軟糖；弄：戲弄。含著糖逗孫子玩。形容晚年自得其樂的悠閒生活。

出處 《後漢書．明德馬皇后傳》：「吾但當含飴弄孫，不能復關政矣。」

例句 他辛勤了大半輩子，退休後過著含飴弄孫的日子，好不自在。

近義 貽養天年。

含糊其辭 ㄏㄢˊ ㄏㄨˊ ㄑㄧˊ ㄘˊ

解釋 說話籠統，不清楚、不明確。

出處 《東周列國志》第五十七回：「二人先受(屠)岸賈之囑，含糊其辭，不肯替趙氏分辯。」

例句 他們雖辯稱自己沒有涉案，卻對當天的行程含糊其辭，交代不清。

近義 閃爍其辭；隱約其辭。

反義 直言不諱；直截了當；單刀直入。

含蓼問疾 ㄏㄢˊ ㄌㄧㄠˇ ㄨㄣˋ ㄐㄧˊ

解釋 蓼：一種苦味的水草。含著辛苦，問候疾病。舊時比喻君主與軍民同甘共苦。

出處 《三國志．蜀書．先主傳》注引習鑿齒文：「觀其所以結物情者，豈徒投醪撫寒，含蓼問疾而已哉！」

例句 歷史上長治久安的朝代，都有含蓼問疾、愛民如子的君主。

吟風弄月 ㄧㄣˊ ㄈㄥ ㄋㄨㄥˋ ㄩㄝˋ

解釋 吟：吟詠；弄：玩弄，玩賞。詩人作詩多以風花雪月為題材，故稱作詩為吟風弄月。後多指作品內容空虛，脫離現實。

出處《文苑英華．范傳正〈李翰林白墓誌銘〉》：「吟風詠月，席地幕天。」

例句 這種**吟風弄月**、毫無真實感情的文章，是無法打動人心的。

近義 詠月嘲風。

五　畫

味如嚼蠟（ㄨㄟˋ ㄖㄨˊ ㄐㄩㄝˊ ㄌㄚˋ）

解釋 味道像嚼蠟一樣。形容文章或說話枯燥無味。也作「味同嚼蠟」。

出處《楞嚴經》：「我無欲心，應汝行事，於橫陳時，味如嚼蠟。」

解析「味如嚼蠟」、「索然無味」、「枯燥無味」，都可形容文章或講話毫無味道。其區別在於：「索然無味」偏重於毫無興味；「枯燥無味」偏重於枯燥、單調；「味如嚼蠟」偏重於無味之極，如同「嚼蠟」。

例句 這部冗長而粗糙的電影，真是看的**味如嚼蠟**。

近義 味如雞肋；枯燥無味；索然寡味；興味索然。

反義 妙趣橫生；津津有味；膾炙人口；饒有風味。

味如雞肋（ㄨㄟˋ ㄖㄨˊ ㄐㄧ ㄌㄜˋ）

解釋 雞肋：雞的肋骨。吃起來肉不多，丟了又可惜，比喻沒有多大意義又不忍捨棄的東西。比喻對事情的興趣淡薄或所得的實惠很小。

出處《三國志．魏書．武帝紀》裴松之注引《九州春秋》說，曹操帶兵攻打漢中，不能取勝。出了個口令叫「雞肋」。楊修聽到後就收拾行裝。別人問他原因，楊修說：雞肋這東西，吃起來肉不多，扔掉了又可惜，曹操出這個口令，看來是想退兵了。

例句 這門學科他毫無興趣，又不願意放棄，讀起來是**味如雞肋**。

咄咄怪事（ㄉㄨㄛˋ ㄉㄨㄛˋ ㄍㄨㄞˋ ㄕˋ）

解釋 咄咄：表示驚嘆的聲音。形容不合理、令人難以理解的怪事。

出處 南朝．宋．劉義慶《世說新語．黜免》裏說，殷浩被罷官以後，成天用手對空寫字，別人暗中觀察，發現他寫的是「咄咄怪事」四個字。

解析「咄」不能唸成ㄔㄨ。

例句 許多車輛在經過這個地區後便神祕失蹤，真是**咄咄怪事**。

近義 殷浩書空。

反義 不足為怪；見怪不怪。

咄咄逼人（ㄉㄨㄛˋ ㄉㄨㄛˋ ㄅㄧ ㄖㄣˊ）

解釋 咄咄：使人驚懼的聲音。①形容說話傷人，令人難受。現在形容盛氣凌人，使人難堪。②驚嘆事物逼真至極。

出處 南朝．宋．劉義慶《世說新語．排調》：「桓南郡（桓玄）與殷荊州（殷仲堪）語次……後作危語……殷有一參軍在坐，云：『盲人騎瞎馬，夜半臨深池。』殷云：『咄咄逼人。』」因殷仲堪瞎了一隻眼。

解析 ①「咄」不能唸成ㄔㄨ。②就現代用法而言，在形容人的言辭、態度逼人時，「咄咄逼人」偏重氣勢洶洶，「盛氣凌人」偏重驕橫傲慢；③「盛氣凌人」只能指人的態度，而「咄咄逼人」還可用於人之外的其他事物。

例句 他強勢而咄咄逼人的態度，讓大家都不願與他合作。

近義 氣勢洶洶；盛氣凌人；鋒芒逼人。

反義 平易近人。

呼之即來，揮之即去（ㄏㄨ ㄓ ㄐㄧˊ ㄌㄞˊ，ㄏㄨㄟ ㄓ ㄐㄧˊ ㄑㄩˋ）

解釋 即：就，立刻；揮：揮手。一召喚就來，一揮手就去。指任意支配別人。

出處 宋．蘇軾〈王仲儀真贊序〉：「至於緩急之際，決大策，安大眾，呼之則來，揮之則散者，唯世臣巨室為能。」

解析 「即」不可寫成「既」。

例句 在這裏，大家的地位都是同等的，沒有人可任你**呼之即來，揮之即去**。

近義 招之即來；揮之即去；頤指氣使。

反義 呼之不來，揮之不去。

呼之欲出（ㄏㄨ ㄓ ㄩˋ ㄔㄨ）

解釋 形容畫像非常逼真，似乎叫他一聲就會從畫裏走出來。也形容文學作品中，人物的描寫十分生動。

出處 宋．蘇軾〈郭忠恕畫贊〉：「恕先在焉，呼之或出。」

解析 「呼之欲出」、「躍然紙上」都形容繪畫或文字描寫十分逼真，其區別在於：「呼之欲出」的適用對象限於人和動物；而「躍然紙上」則可用於一般景物。

例句 故事進行至此，凶手已**呼之欲出**，只有你毫無頭緒，不知是誰。

近義 活靈活現；栩栩如生；躍然紙上。

反義 平淡無奇；畫虎類犬。

呼朋引類（ㄏㄨ ㄆㄥˊ ㄧㄣˇ ㄌㄟˋ）

解釋 呼：召喚；類：指同類。召引來同類、同黨的人。也作「引類呼朋」、「呼朋引伴」。

出處 明．張居正《張文忠公全集．乞鑑別忠邪以定國是疏》：「……然後呼朋引類，借勢乘權，恣其所欲為。」

例句 生性愛交朋友的大哥，每到假日便**呼朋引類**地邀大家一起出遊。

近義 呼朋引伴；呼朋引友。

反義 狼狽為奸。

呼風喚雨（ㄏㄨ ㄈㄥ ㄏㄨㄢˋ ㄩˇ）

解釋 古代精通法術的術士，具有隨意呼風喚雨的能力。現在比喻人們具有支配自然的偉大力量，或指人神通廣大。

出處 《三國演義》第一回：「角得此書，曉夜攻習，能呼風喚雨。」

例句 他的勢力龐大，在地方上有**呼風喚雨**的本事，這件事交給他處理，一定能擺平。

近義 神通廣大；興雲致雨；興妖作怪。

呼雉喝盧（ㄏㄨ ㄓˋ ㄏㄜˋ ㄌㄨˊ）

解釋 賭博擲骰子時的呼叫聲。古時摴蒱（ㄕㄨ ㄆㄨˊ，一種賭博遊戲。）共五個骰子，每個上面塗黑，下面塗白，其中有兩個刻犢，兩個刻雉。擲時全黑為盧，二雉三黑的為雉，擲時希望得到全黑而高聲呼盧。指稱賭博。也作「喝盧呼雉」。

出處 唐．李白《李太白詩．少年行》：「呼盧百萬終不惜，報讎千里如咫尺。」

例句 李先生嗜賭成性，你只要循著**呼雉喝盧**的聲音循去，必定能找到他。

近義 呼么喝六；呼盧叫雉。

呶呶不休（ㄋㄠˊ ㄋㄠˊ ㄅㄨˋ ㄒㄧㄡ）

解釋 呶呶：說話嘮叨。絮絮叨叨地說個不停。

出處 唐．韓愈《昌黎先生．五箴》：「汝不懲邪？而呶呶以害其生邪？」

解析 ①「呶」不能唸成ㄋㄨˊ。②「呶呶不休」重於說話嘮叨；「滔滔不絕」指說話連續不斷。

例句 你成天**呶呶不休**地說個不停，大家當然不願與你交往。

近義 滔滔不絕。

反義 沈默寡言。

和光同塵（ㄏㄜˊ ㄍㄨㄤ ㄊㄨㄥˊ ㄔㄣˊ）

解釋 塵：塵俗，世俗。比喻隱藏聰明才智，不顯露於外，不突出自己。

出處 《老子》四章：「和其光，同其塵。」

例句 他深知人世的險惡與黑暗，寧願**和光同塵**，從不鋒芒外露。

近義 不露圭角；不露鋒芒。

和衷共濟（ㄏㄜˊ ㄓㄨㄥ ㄍㄨㄥˋ ㄐㄧˋ）

解釋 和衷：指同心；濟：渡水。比喻同心協力，共渡困難。

出處 《尚書．皋陶謨》：「同寅協恭，和衷哉！」（寅，敬。同寅，互相恭敬。）

解析 「和衷共濟」多用在關係全局安危的大事上，含有共同克服困難的意思；「同心協力」適用面廣，可指一般事情，不拘大、小事，重在強調團結一心。

例句 雖然近來是內憂外患，弊病叢生，但只要大家能和衷共濟，一定能再創佳績。

近義 同舟共濟；同心協力；風雨同舟。

反義 各行其是；各從其志；離心離德。

和盤托出（ㄏㄜˊ ㄆㄢˊ ㄊㄨㄛ ㄔㄨ）

解釋 和：連同。端東西時連同盤子一起托了出來。比喻毫無保留地將自己知道的全部說出。

出處 《墨浪子．西湖佳話》：「和盤都托出，閨閣惹風流。」

例句 他受不了周遭環境的壓力，便將隱藏多年的祕密和盤托出。

近義 全盤托出；傾箱倒篋；罄其所有。

反義 守口如瓶；留有餘地；緘口不言。

和璧隋珠（ㄏㄜˊ ㄅㄧˋ ㄙㄨㄟˊ ㄓㄨ）

解釋 比喻極其名貴的珍寶。

出處 《韓非子．解老》：「和氏之璧，不飾以五彩；隋侯之珠，不飾以銀黃；其質至美，物不足以飾之。」

例句 這次參展的作品，可都是和璧隋珠、非常珍貴的作品。

和顏悅色（ㄏㄜˊ ㄧㄢˊ ㄩㄝˋ ㄙㄜˋ）

解釋 顏：本指額頭，引申為面容、臉色。形容態度和善可親。

出處 《陶潛．江革傳》：「和顏悅色，以盡歡心。」

解析 「和顏悅色」著重在臉部表情祥和；「和藹可親」著重在對人態度可親，多用在長輩對晚輩；而「平易近人」著重在不擺架子，容易接近。

例句 他平日待人總是和顏悅色的，今天不知出了什麼事，一點小狀況就令他暴跳如雷。

近義 平易近人；和藹可親；笑容可掬。

反義 冷若冰霜；疾言厲色；橫眉豎目；聲色俱厲。

周而復始（ㄓㄡ ㄦˊ ㄈㄨˋ ㄕˇ）

解釋 一遍完了又重新一遍地輪轉。形容不斷循環。也作「終而復始」。

出處 《史記．三皇記（司馬貞補撰）》：「金木輪環，周而復始。」

例句 這些情況是周而復始地發生，不免令人懷疑有人暗中操控。

近義 周而復生；循環往復。

反義 一去不復返。

咎由自取（ㄐㄧㄡˋ ㄧㄡˊ ㄗˋ ㄑㄩˇ）

解釋 咎：罪過，災禍。罪過、災禍患都是自己招來的。

出處 清．吳趼人《二十年目睹之怪現狀》第七十回：「然而據我看來，他實在是咎由自取。」

解析 「咎由自取」偏重自招災禍，自作自受，語氣較輕；「罪有應得」偏重指理應受罰，含罰當其罪之意，語氣較重。

例句 你平常辦事太過粗率隨便，會發生這樣的結果，也是你**咎由自取**。

近義 自作自受；自食其果；作繭自縛；罪有應得。

反義 飛來橫禍；無妄之災；禍從天降。

六畫

咬文嚼字（ㄧㄠˇ ㄨㄣˊ ㄐㄩㄝˊ ㄗˋ）

解釋 形容過分地斟酌字句。現在多用於諷刺人迂腐、不知變通。

出處 《元曲選．無名氏〈殺狗勸夫〉四》：「吱，使不的你咬文嚼字。」

解析 「咬文嚼字」、「字斟句酌」都有斟酌字句的意思，其區別在於：「字斟句酌」是仔細地斟酌、推敲每字每句的意思，用來稱讚人談話、寫作的態度極為慎重；「咬文嚼字」指過分地斟酌字句、不知變通，用來諷刺人在一字一句上做工夫，卻不能領會文章的精神內涵。

例句 寫作文章當力求流暢清晰，不須一味地**咬文嚼字**。

近義 字斟句酌；尋行數墨。

反義 不假思索；率爾操觚。

咬牙切齒（ㄧㄠˇ ㄧㄚˊ ㄑㄧㄝˋ ㄔˇ）

解釋 形容非常痛恨、憤怒的樣子。

出處 《水滸傳》七十回：「眾多兄弟被他打傷，咬牙切齒，盡要來殺張清。」

解析 「咬牙切齒」、「恨之入骨」、「切齒痛恨」，都表示痛恨到極點，其區別在於：「咬牙切齒」和「切齒痛恨」著眼於仇恨的神態、樣子；「恨之入骨」著眼於仇恨的程度。

例句 由於歹徒的手法相當殘暴，令民眾**咬牙切齒**，憤怒不已。

近義 切齒痛恨；切齒腐心；恨之入骨；深惡痛絕。

反義 笑容可掬。

哀而不傷（ㄞ ㄦˊ ㄅㄨˋ ㄕㄤ）

解釋 哀：悲哀；傷：傷害，妨害。形容詩歌、音樂優美雅致，感情適度。也比喻做事適中，沒有過與不及之處。

出處 《論語．八佾》：「〈關雎〉，樂而不淫，哀而不傷。」

例句 這首歌聽來**哀而不傷**，感情的表達恰到好處。

反義 哀毀骨立。

哀兵必勝（ㄞ ㄅㄧㄥ ㄅㄧˋ ㄕㄥˋ）

解釋 由於被壓迫、受欺侮而情緒悲憤的軍隊往往能激起鬥志而打勝仗。

出處《老子》六十九章：「禍莫大於輕敵，輕敵幾喪吾寶。故抗兵相加，哀者勝矣。」（寶，指身體。）

例句 這支遭到各方壓迫、排擠的隊伍，居然一舉拿下冠軍，果然是哀兵必勝。

反義 驕兵必敗。

哀感頑艷 ㄞ ㄍㄢˇ ㄨㄢˊ ㄧㄢˋ

解釋 頑：愚笨；艷：慧美。

原來是形容一個歌童唱的歌悲惻動人，使愚笨和慧美的人都被感動，後來轉用以評述某些文藝作品的文詞悽惻感人。

出處《文選．繁欽〈與魏文帝箋〉》：「淒入肝脾，哀感頑艷。」

例句 這本散文集的內容都是作者的親身經驗，寫得非常深刻動人、哀感頑艷。

哀毀骨立 ㄞ ㄏㄨㄟˇ ㄍㄨˇ ㄌㄧˋ

解釋 哀毀：因悲痛而損壞了身體；骨立：形容瘦得只剩下骨頭在支撐著。

因親喪悲痛而瘦得只剩下一把骨頭。後指因過度哀傷而使健康受影響。

出處《後漢書．韋彪傳》：「孝行純至，父母卒，哀毀，三年不出廬寢，服竟，羸瘠骨立異形，醫療數年乃起。」

解析「銷毀骨立」、「形銷骨立」只指身體過分消瘦；「哀毀骨立」指因過分悲傷而消瘦。

例句 她連續遭受喪子與喪夫之痛，哀毀骨立，形容憔悴。

近義 形銷骨立；銷毀骨立。

反義 哀而不傷。

哀鴻遍野 ㄞ ㄏㄨㄥˊ ㄅㄧㄢˋ ㄧㄝˇ

解釋 哀鴻：哀鳴的大雁，比喻悲哀呼號的災民。

比喻到處都是呻吟呼號，流離失所的災民。

出處《詩經．小雅．鴻雁》：「鴻雁于飛，哀鳴嗷嗷。」

解析 不要把「遍」寫成「偏」。

例句 戰爭會使人民流離失所，哀鴻遍野，執政者不可不慎。

近義 民生塗炭；哀鴻滿路。

反義 民康物阜；安居樂業；國泰民安。

咳唾成珠 ㄎㄜˊ ㄊㄨㄛˋ ㄔㄥˊ ㄓㄨ

解釋 咳唾：比喻談吐、議論。吐詞發論成為珠玉。比喻有權勢者的言談受人重視。或比喻文詞優美。也作「咳唾生珠」。

出處《後漢書．趙壹傳》：「《刺世疾邪賦》：『勢家多所宜，咳唾自成珠。』」

解析「咳唾成珠」與「字字珠璣」都指文詞精練優美，但「咳唾成珠」偏重指言談，而「字字珠璣」則偏重形容文字。

例句 如果你能多閱讀，多練習，假以時日也能成為咳唾成珠的偉大作家。

近義 字字珠璣；鋪錦列繡。

反義 佶屈聱牙；詞不達意。

咫尺天涯

解釋 咫：周制八寸為咫，十寸為尺。咫尺：比喻距離很短。比喻雖然相距很近，但因為很難相見，感覺像是遠在天邊一樣。

出處 元．王舉之《折桂令．蝦鬚簾》：「咫尺天涯，別是乾坤。」

解析 ①「咫」不寫成「只」。②「涯」不要讀成ㄞˊ（捱），不要寫成「山崖」的「崖」。

例句 這些年來大夥各忙各的，雖住在同一個社區，卻彷彿是咫尺天涯，難得相見。

近義 咫尺天涯；階前萬里。

反義 天涯若比鄰。

咫尺萬里

解釋 咫尺：比喻距離很近。形容在短小的篇幅裏，畫出了遼闊深遠的景象。也作「咫尺千里」。

出處 《南史．竟陵文宣王子良傳》：「於扇上圖山水，咫尺之內，便覺萬里為遙。」

例句 這幅畫具有咫尺萬里的氣象，令人賞心悅目，精神為之一振。

近義 咫尺天涯；咫尺千里。

反義 天涯若比鄰。

七畫

唐突西施

解釋 唐突：冒犯；西施：春秋美女。冒犯西施。比喻冒犯或衝撞了女性。

出處 南朝．宋．劉義慶《世說新語．輕詆》：「何乃刻畫無鹽以唐突西子也！」（無鹽，戰國時的醜女。）

例句 你拿她和那位國際巨星相比，未免太唐突西施了。

八畫

啞口無言

解釋 形容被人質問或駁斥時理屈詞窮、答不出話的樣子。

出處 《拍案驚奇》十一回：「周四啞口無言，面如槁木。」

例句 這位律師在法庭上的問話，句句正中要害，逼得被告啞口無言。

近義 目瞪口呆；閉口藏舌；張口結舌。

反義 口若懸河；侃侃而談；滔滔不絕。

啞然失笑

解釋 啞然：笑聲；失笑：情不自禁地笑起來。見到或聽到好笑的事忍不住笑出聲來。

出處 《吳越春秋．越王無餘外傳》：「禹乃啞然而笑。」

解析 「啞然失笑」、「忍俊不禁」都含有忍不住發笑的意思，其區別在於：「忍俊不禁」偏重於「忍不住」，可指笑了出來，也可指要笑，但未笑出來；而「啞然失笑」指已經笑了出來，而且笑出聲來。

例句 看到小弟弟天真滑稽的模樣，大家都忍不住啞然失笑。

近義 忍俊不禁。

反義 泣不成聲；痛哭流涕；聲淚俱下。

問道於盲（ㄨㄣˋ ㄉㄠˋ ㄩˊ ㄇㄤˊ）

解釋 盲：瞎子。向瞎子問路。比喻向無知的人求教，常用作謙辭。也作「求道於盲」。

出處 唐．韓愈《昌黎先生集．答陳生書》：「是所謂藉聽於聾，求道於盲。」

解析 「盲」不讀寫成「膏肓」的「肓（ㄏㄨㄤ）」。

例句 我學的是歷史，你拿物理方面的問題問我，不等於問道於盲嗎？

近義 借聽於聾。

唯利是圖（ㄨㄟˊ ㄌㄧˋ ㄕˋ ㄊㄨˊ）

解釋 唯：只有，唯獨。一心只是貪圖利益，別的什麼都不顧。原作「唯利是視」。

出處 《左傳．成公十三》記載：春秋時，秦、晉兩國訂了盟約，但沒有多久，秦國卻又和狄人、楚國聯合，唆使他們去打晉國。由於秦國背約，晉國便派呂相去和秦國絕交，呂相說：「大王過去就說過，余雖與晉出入，余唯利是視。」

解析 「唯利是圖」、「利欲薰心」都含有「只顧貪財圖利」的意思，其區別在於：「唯利是圖」著重指人一貫圖利的本質；「利欲薰心」著重指人一時迷了心竅的醜態。

例句 這些唯利是圖的生意人，居然為了賺錢而販賣病死豬肉，實在是毫無道德。

近義 利令智昏；利欲薰心；見利忘義；見錢眼開。

反義 見利思義；淡泊名利；富貴浮雲。

唯我獨尊（ㄨㄟˊ ㄨㄛˇ ㄉㄨˊ ㄗㄨㄣ）

解釋 唯：只有。只有自己最尊貴。原來是佛教推崇釋迦牟尼的話，後轉用以形容極端自高自大，認為自己最了不起。

出處 宋．釋道原《景德傳燈錄．洪進禪師》：「古聖才生下，便周行七步，目顧四方云：『天上天下，唯我獨尊。』」

解析 「唯我獨尊」、「妄自尊大」都有狂妄自大的意思，其區別在於：「妄自尊大」含有實際上沒有多大本領而盲目狂妄自大的意思；

而「唯我獨尊」強調狂妄自大到了自以為只有自己最了不起的地步。

例句 現在有許多自小倍受寵愛的獨子，長大後，難免養成**唯我獨尊**的性格。

近義 妄自尊大。

反義 妄自菲薄；自輕自賤；虛懷若谷；謙虛謹慎。

唯命是從 ㄨㄟˊ ㄇㄧㄥˋ ㄕˋ ㄘㄨㄥˊ

解釋 完全聽從命令，絲毫不敢反抗。

出處 《左傳·昭公十二年》：「今周與四國，服事君王，將唯命是從，豈其愛鼎！」

解析 「唯命是從」、「唯唯諾諾」都表示恭順聽從的意思，其區別在於：「唯命是聽」著重指完全服從的行為；「唯唯諾諾」著重指順從附和的樣子。「唯命是聽」一般用於下對上；而「唯唯諾諾」則沒有這樣的限制。

例句 軍隊中講究的是**唯命是從**，不允許有我行我素的行為出現。

近義 百依百順；言聽計從；唯唯諾諾。

反義 我行我素；桀驁不馴。

唯唯否否 ㄨㄟˊ ㄨㄟˊ ㄈㄡˇ ㄈㄡˇ

解釋 唯唯：謙卑的應答聲；否否：他人說否，就隨著說否。形容膽小怕事，阿諛順從。

出處 《史記．太史公自序》：「唯唯否否不然。」

解析 「唯」不能唸成ㄨㄟˇ。

例句 你這種膽小怕事、**唯唯否否**的態度，如何贏得大家的信任？

近義 百依百順；言聽計從；唯唯諾諾；唯命是從。

反義 妄自尊大；我行我素；桀驁不馴。

唯唯諾諾 ㄨㄟˊ ㄨㄟˊ ㄋㄨㄛˋ ㄋㄨㄛˋ

解釋 唯唯：謙卑的應答；諾諾：連聲應答，表示順從。形容順從附和，不敢表示不同意見的樣子。

出處 《韓非子．八姦》：「未命而唯唯，未使而諾諾，先意承旨，觀貌察色，以先主心者也。」

解析 依教育部「國語一字多音審訂表」，「唯」單音ㄨㄟˊ。

例句 對大家的要求，他向來是**唯唯諾諾**，以致於增加了許多額外的工作。

近義 百依百順；唯命是從；唯唯否否。

反義 妄自尊大；我行我素；桀驁不馴。

九畫

喧賓奪主 ㄒㄩㄢ ㄅㄧㄣ ㄉㄨㄛˊ ㄓㄨˇ

解釋 喧：聲音大而嘈雜。賓：客人。奪：這裏指壓倒、超過。客人的喧鬧聲蓋過主人的聲音。比喻客人占了主人的地位。或外來、次要的事物占了原來、主要事物的位置。

解析 「喧」不可寫成「宣」。

例句 他在台上又唱又跳的，早已喧賓奪主，搶了主人的風采。

近義 反客為主。

啼笑皆非 ㄊㄧˊ ㄒㄧㄠˋ ㄐㄧㄝ ㄈㄟ

解釋 啼：哭。哭也不是，笑也不是。形容處境尷尬。

出處 唐．孟棨《本事詩》載南朝．陳．徐德言之妻樂昌公主詩：「笑啼都不敢，方驗作人難。」

解析 「啼笑皆非」、「哭笑不得」的意思很相近，其區別在於：「哭笑不得」形容處境尷尬；「啼笑皆非」主要形容既令人難受又令人發笑的一種狀態，也能形容處境尷尬。「啼笑皆非」的應用範圍比「哭笑不得」廣。

例句 小弟問了個敏感而直接的問題，讓大家啼笑皆非，不知如何回答。

近義 哭笑不得。

啼飢號寒 ㄊㄧˊ ㄐㄧ ㄏㄠˊ ㄏㄢˊ

解釋 啼：哭泣；號：號叫。因飢餓寒冷而啼哭。形容飢寒交迫的貧困生活。

出處 唐．韓愈《昌黎先生集．進學解》：「冬暖而兒號寒，年豐而妻啼飢。」

解析 ①「號」不能唸成ㄏㄠˋ。②「啼飢號寒」強調形容飢寒難忍的悲涼情景，「飢寒交迫」強調指飢寒交加，前者語意較重。

例句 生活環境的惡劣與政府的無能，使得這個地區的居民常是啼飢號寒。

近義 飢寒交迫；嗷嗷待哺。

反義 暖衣飽食；豐衣足食。

喜出望外 ㄒㄧˇ ㄔㄨ ㄨㄤˋ ㄨㄞˋ

解釋 出乎意料的喜悅。

出處 宋．蘇軾〈與李之儀書〉：「辱書尤數，喜出望外。」

解析 「喜出望外」、「喜從天降」都表示意外的喜悅，其區別在於：「喜出望外」強調意外的高興；「喜從天降」強調(高興事)突然出現；「喜出望外」偏重形容心情；「喜從天降」偏重指事件。

例句 失散多年的大哥，最近竟和家裏取得聯繫，不免令大家喜出望外。

近義 大喜過望；喜不自勝；喜從天降。

反義 怒不可遏；悲不自勝；愁眉苦臉；憂心如焚。

喜形於色 ㄒㄧˇ ㄒㄧㄥˊ ㄩˊ ㄙㄜˋ

解釋 形：表現；色：臉色。內心的喜悅流露在臉上。

出處 唐．裴庭裕《東觀奏記》卷上：「上悅安平不妒，喜形於色。」

解析 「喜形於色」和「笑容可掬」都有「臉上流露喜悅」的意思。但「喜形於色」是發自內心而表露於臉上的喜悅，而「笑容可掬」則只著重形容面部表情。

例句 他獲得這項競賽的冠軍後，一直是**喜形於色**的。

近義 眉飛色舞；眉開眼笑；笑容可掬。

反義 愁眉不展；愁眉苦臉；憂形於色。

喜怒無常 ㄒㄧˇ ㄋㄨˋ ㄨˊ ㄔㄤˊ

解釋 一會兒高興，一會兒生氣，喜怒不定。

出處 《紅樓夢》第二十七回：「寶玉和黛玉是從小兒一處長大的，他兄妹間多有不避嫌疑之處，嘲笑不忌，喜怒無常。」

例句 他的脾氣古怪，**喜怒無常**，大夥都不願意與他親近。

喜從天降 ㄒㄧˇ ㄘㄨㄥˊ ㄊㄧㄢ ㄐㄧㄤˋ

解釋 形容意想不到的喜事突然出現或聽到意外的好消息。

出處 《儒林外史》第三回：「老太太迎著出來，見小子不瘋，喜從天降。」

例句 老太太趕到失事現場，才知道自己的兒子是唯一的生還者，不免**喜從天降**。

近義 大喜過望；喜出望外；喜不自勝。

反義 禍從天降。

喜逐顏開 ㄒㄧˇ ㄓㄨˊ ㄧㄢˊ ㄎㄞ

解釋 顏：臉色。形容心中高興、笑容滿面的樣子。

出處 《儒林外史》第七回：「學道看罷，不覺喜逐顏開。」

例句 店剛開幕時，生意不太穩定，一直到最近才漸入佳境，令她**喜逐顏開**。

近義 眉開眼笑；笑容可掬；喜上眉稍；喜眉笑眼。

反義 愁眉不展；愁眉苦臉；愁眉鎖眼。

喪心病狂 ㄙㄤˋ ㄒㄧㄣ ㄅㄧㄥˋ ㄎㄨㄤˊ

解釋 喪失理智，像發了瘋一樣。也形容喪失人性，行為舉止極為荒謬。

出處 《宋史．范如圭傳》中提到：南宋時，金派使者來臨安，秦檜想讓金使住在祕書省。當時范如圭極力反對：「祕書省是機要重地，怎可讓仇敵住在這裏。」金使來後，范如圭就單獨給秦檜寫了一封信，譴責秦檜見識短淺，喪權辱國。信中寫到：「公不喪心病狂，奈何為此，必遺臭萬世矣。」

解析 「喪心病狂」著重指人殘暴到了瘋狂的程度，語意較重；「喪盡天良」著重指人狠毒，語意較輕。

例句 那個滅門血案的凶手，簡直是喪心病狂，在一夜之間，竟奪去了六條人命。

近義 喪盡天良。

反義 與人為善；樂善好施。

喪家之狗（ㄙㄤˋ ㄐㄧㄚ ㄓ ㄍㄡˇ）

解釋 原指有喪事人家的狗，後指無家可歸的狗。比喻人失意不得志，極為頹喪、狼狽、沒有歸宿的樣子。

出處 《史記．孔子世家》記載：春秋末期，孔子為了宣傳自己的學說，到諸侯各國去遊說，可是處處碰壁。有一次，他帶著弟子來到鄭國，剛進城門，就走散了，弟子們分頭去找。子貢向一個老百姓打聽，那人說：「我看見東門口站著一個古怪的老頭子，『纍纍若喪家之狗。』」子貢趕到東門，果然找到了孔子，就把剛才的話告訴孔子，孔子聽了，笑道：「相貌是小節，沒有什麼，唯有說我像『喪家之狗』，才是確切啊！」

解析 喪，讀ㄙㄤˋ，不讀ㄙㄤ。「喪家之狗」和「亡命之徒」都是指逃亡在外的人。但後者多指不顧性命作惡的人；而前者指逃亡得極為狼狽的人，不單指好人或壞人。

例句 這些日子來，他工作沒有著落，又時時遭人逼債，簡直是喪家之狗。

喪盡天良（ㄙㄤˋ ㄐㄧㄣˋ ㄊㄧㄢ ㄌㄧㄤˊ）

解釋 喪：喪失。形容失去理性良心，心腸歹毒到了極點。

出處 《鏡花緣》第十二回：「訟端既起，……惟期聳聽，不管喪盡天良。」

例句 這位殘暴的凶手，連幾個月大的小嬰兒也不放過，簡直是喪盡天良。

近義 喪心病狂。

反義 菩薩心腸；樂善好施。

喋喋不休（ㄉㄧㄝˊ ㄉㄧㄝˊ ㄅㄨˋ ㄒㄧㄡ）

解釋 喋喋：說話不止。嘮嘮叨叨，說個沒完。

出處 《聊齋志異．鴝鵒》：「鳥曰：『臣要浴。』王命金盆貯水，開籠令浴。浴已，飛檐間梳翎抖羽，尚與王喋喋不休。」

解析 「喋喋不休」與「滔滔不絕」都形容人說話不止的樣子，但「喋喋不休」多指人嘮叨瑣碎，含貶義；而「滔滔不絕」多指人說話順暢流利，含褒義。

例句 他一路上都喋喋不休地敘述他的陳年往事，讓大夥避之唯恐不及。

近義 呶呶不休；絮絮不休；滔滔不絕。

反義 三緘其口；緘口不言；默不作聲；噤若寒蟬。

單刀直入 ㄉㄢ ㄉㄠ ㄓˊ ㄖㄨˋ

解釋 原來比喻認定目標，勇猛精進。後來比喻直接切入問題的核心，不作緩衝語。

出處 宋．釋道原《景德傳燈錄．盧州澄心院旻德和尚》：「若是作家戰將，便請單刀直入。」

解析 「單刀直入」常含有直接抓住問題的要害進行議論，「開門見山」通常指一開始就進入所要談的主題。

例句 他向來不喜歡別人拐彎抹角的，你不妨**單刀直入**地發問吧！

近義 一針見血；直截了當；開門見山。

反義 拐彎抹角；閃爍其詞；旁敲側擊；隱晦曲折。

單槍匹馬 ㄉㄢ ㄑㄧㄤ ㄆㄧ ㄇㄚˇ

解釋 一個人單身上陣。比喻沒有旁人幫助，憑個人的力量單獨行動。也作「匹馬單槍」。

出處 五代．楚．江遵〈烏江〉詩：「兵散弓殘挫虎威，單槍匹馬突重圍。」

例句 他當年**單槍匹馬**到紐約打天下，不出三年，公司已小有規模了。

近義 孤軍作戰；單身匹馬；單人獨騎。

反義 人多勢眾；千軍萬馬；成群結隊。

唾手可得 ㄊㄨㄛˋ ㄕㄡˇ ㄎㄜˇ ㄉㄜˊ

解釋 唾手：往手上吐唾液。比喻事情非常容易做到或得到。也作「唾手可取」。

出處 《後漢書．公孫贊傳注引》：「始天下兵起，我謂唾手可決。」

解析 ①「唾」唸ㄊㄨㄛˋ，不唸ㄔㄨㄟˊ。

例句 雖然大家都不看好他，他仍自信滿滿地說這件事是**唾手可得**。

近義 手到擒來；垂手可得；輕而易舉。

反義 大海撈針；水中撈月。

唾面自乾 ㄊㄨㄛˋ ㄇㄧㄢˋ ㄗˋ ㄍㄢ

解釋 比喻受了侮辱而極度寬容、忍耐。

出處 《唐書．婁師德傳》記載，婁師德的弟弟將要到代州上任，辭別時，婁師德告誡他遇事忍耐，他弟弟說：「如果有人把唾沫吐在我臉上，我就擦掉它算了。」婁師德說：「這還不夠，你擦掉它，就違反了人家要發洩怒氣的原意，應該讓它自己乾。」

解析 「唾面自乾」偏重指極度忍受他人侮辱；「逆來順受」偏重指能忍受惡劣的環境或他人無禮的對待。

例句 你如果能做到**唾面自乾**，將來無論受到何種侮辱，必定都能不動怒。

近義 犯而不較；忍氣吞聲；逆來順

受。

反義 以眼還眼；以牙還牙；睚眦必報。

喙長三尺（ㄏㄨㄟˋ ㄔㄤˊ ㄙㄢ ㄔˇ）

解釋 喙：嘴。

嘴有三尺長。形容人善於言辭。

出處 《莊子．徐無鬼》：「丘願有喙長三尺。」

例句 這位律師向來有顛倒黑白的本事，果然是喙長三尺，辯才無礙。

十　畫

嗟來之食（ㄐㄧㄝ ㄌㄞˊ ㄓ ㄕˊ）

解釋 嗟：不客氣的招呼聲，相當於現在的「喂」。

表示輕蔑、帶侮辱性的施捨。

出處 《禮記．檀弓下》記載，有一年，齊國大荒，黔敖準備了些食物放在路邊，分送給災民，有個飢民瞇著眼睛走來了，黔敖就對他喊道：「嗟！來食！」那飢民睜大了眼瞪著黔敖說：「我就是因為不吃嗟來之食才餓到這樣子的。」黔敖當即道歉，但那飢民堅決不吃，終於餓死了。

解析 嗟，讀ㄐㄧㄝ，不讀ㄐㄩㄝˊ。

例句 他斷然拒絕別人的嗟來之食，誓死維護自己的尊嚴。

反義 仁漿義粟。

嗜痂有癖（ㄕˋ ㄐㄧㄚ ㄧㄡˇ ㄆㄧˇ）

解釋 嗜：愛好；痂：瘡口或傷口表面的硬殼。

形容有些人有特殊的癖好。

出處 《南史．劉穆之傳》：「邕（ㄩㄥ，穆之孫）性嗜食瘡痂，以為味似鰒（ㄈㄨˋ）魚。」

解析 「嗜」不可讀寫成「耆（ㄑㄧˊ）」。

例句 他是嗜痂有癖，常吃腐敗與發酵的食物，這種癖好實在令人不敢恭維。

近義 逐臭之夫。

嗤之以鼻（ㄔ ㄓ ㄧˇ ㄅㄧˊ）

解釋 嗤：譏笑，表示蔑視。

自鼻子發出冷笑聲，表示輕蔑、瞧不起。

出處 清．頤瑣《黃繡球》第七回：「其初在鄉自立一學校，說於鄉，鄉人笑之；說於市，市人非之；請於巨紳貴族，更嗤之以鼻。」

例句 雖然許多人都對我們的理想嗤之以鼻，但我們仍毫不灰心。

近義 不屑一顧；付之一笑；睨而視之。

反義 另眼相看；刮目相看。

嗚呼哀哉（ㄨ ㄏㄨ ㄞ ㄗㄞ）

解釋 嗚呼：文言嘆詞。

原來泛用以表示悲哀。後來作哀悼死者的話，（多用於祭文中）。有時借指死亡，也寫作「於（ㄨ）乎哀哉」。

出處《左傳．哀公十六年》：「嗚呼哀哉，尼父！無自律！」

解析「嗚」不寫成「鳴」。

例句 嗚呼哀哉！她在一年內連續遭受喪夫與喪子之痛，怎不令她痛不欲生。

十一畫

嘗鼎一臠（ㄔㄤˊ ㄉㄧㄥˇ ㄧˋ ㄌㄨㄢˊ）

解釋 鼎：古代用以烹煮的食器；臠：切成塊的肉。品嘗鼎中的一塊肉，就可知其餘食物的滋味，比喻根據部分可以推知全體。

出處《呂氏春秋．察今》：「嘗一肘臠肉而知一鑊之味，一鼎之調。」

解析「嘗鼎一臠」重在從部分推知全體；「一葉知秋」、「見微知著」還可指從細微跡象看出全體的變化趨勢。

例句 他自認自己只需**嘗鼎一臠**，就能推知其餘作品的優勢。

近義 一葉知秋；見微知著。

嘔心瀝血（ㄡˇ ㄒㄧㄣ ㄌㄧˋ ㄒㄧㄝˇ）

解釋 嘔：吐；瀝：滴。比喻費盡心思。多指在工作、事業、文藝創作上用心的艱苦。

出處 唐朝詩人李賀作詩，通常不先立題目，而是每天早上騎一匹馬，讓書僮背著書囊跟著，遇有心得，立即寫成詩句，放在書囊中，回家後，再整理成篇。李賀的身體向來不好，他母親非常擔心，所以經常查看他的書囊，如果裏面詩句太多，便忍不住責備他說：「是兒要嘔出心乃已耳。」

例句 這部電影是他**嘔心瀝血**、費時十年拍攝而成，沒想到票房十分不理想，令他十分沮喪。

近義 挖空心思；苦心孤詣；搜索枯腸。

反義 無所用心；敷衍了事；敷衍塞責。

嘆為觀止（ㄊㄢˋ ㄨㄟˊ ㄍㄨㄢ ㄓˇ）

解釋 嘆：讚賞。讚嘆所見的事物已好到了極點。

出處《左傳·襄公二十九年》記載，吳季札在魯國觀賞音樂、舞蹈，在看到韶箾（ㄕㄨㄛˋ）舞時，說：「觀止矣，若有他樂，吾不敢請已。」（箾，簫。韶箾，古樂名。）

例句 這位國際巨星演唱會的舞台聲光、特技，真是令人**嘆為觀止**。

嘉言懿行（ㄐㄧㄚ ㄧㄢˊ ㄧˋ ㄒㄧㄥˊ）

解釋 嘉、懿：美，好。美好高尚的言語行為。又作「嘉言善行」。

出處 漢．劉向《新序．雜事一》：「然遠至舜禹而次及於周秦以來，古人之嘉言善行亦往往而在也。」

例句 每次回想起爺爺生前的**嘉言懿行**，就會讓我們對自己的言行更加謹慎。

近義 懿言嘉行；懿言佳行。

嗷嗷待哺（ㄠˊ ㄠˊ ㄉㄞˋ ㄅㄨˇ）

解釋 嗷嗷：哀鳴聲；哺：餵養。形容飢餓時急於求食的樣子。或形容天災人禍使人民饑餓哀號的慘狀。

出處 《詩經．小雅．鴻雁》：「鴻雁于飛，哀鳴嗷嗷。」

例句 為了扶養三個嗷嗷待哺的子女，他不得不處處兼差賺錢。

近義 眾口嗷嗷；嗷嗷無告。

反義 鼓腹含哺；飽食暖衣。

嘖有煩言（ㄗㄜˊ ㄧㄡˇ ㄈㄢˊ ㄧㄢˊ）

解釋 嘖：爭論；煩言：氣憤或不滿的話。議論紛紛，抱怨責備。

出處 《左傳．定公四年》：「會同難，嘖有煩言，莫之治也。」

解析 「嘖有煩言」指一人或幾個人有不滿或抱怨的話；「怨聲載道」指滿路上的人或所有的人都在抱怨。

例句 這項不便民的措施實行後，大家都嘖有煩言，怨聲載道。

近義 怨聲載道。

反義 交口稱譽；嘖嘖稱讚。

十二畫

嘩眾取寵（ㄏㄨㄚˊ ㄓㄨㄥˋ ㄑㄩˇ ㄔㄨㄥˇ）

解釋 以新奇的言論迎合群眾心理，以博取眾人的誇獎和歡心。

出處 《漢書．藝文志》：「然惑者既失精微，而辟者又隨時抑揚，違離道本，苟以嘩眾取寵，後進循之，是以五經乖析，儒學寖衰。」（辟，邪辟，不誠實。）

解析 「嘩」不讀ㄏㄨㄚ。

例句 現今許多的電視節目品質低劣、嘩眾取寵，需要徹底加以改革。

反義 腳踏實地；實事求是。

十三畫

噤若寒蟬（ㄐㄧㄣˋ ㄖㄨㄛˋ ㄏㄢˊ ㄔㄢˊ）

解釋 噤：閉口不作聲。像冷天的知了那樣不能鳴叫。形容不敢作聲說話。

出處 《後漢書．杜密傳》：「劉勝位為大夫，見禮上賓，而知善不薦，聞惡無言，隱情惜己，自同寒蟬，此罪人也。」

解析 「噤若寒蟬」、「鉗口結舌」重在形容因害怕而不敢說話；「張口結舌」則多用來形容因緊張或驚嚇而說不出話來。

例句 老師大喝一聲，嚇得原來吵鬧不休的小朋友個個噤若寒蟬。

近義 張口結舌。

反義 口若懸河；暢所欲言。

器宇軒昂（ㄑㄧˋ ㄩˇ ㄒㄩㄢ ㄤˊ）

解釋 器宇，指人的風度、儀表；軒昂，氣度不凡的樣子。形容人的胸襟、度量、儀表樣樣都高超不凡。

出處 明．羅貫中《三國演義》四十三回：「張昭見孔明丰神飄灑，器宇軒昂，料到此人必來遊說。」

例句 他從小就立志長大後要當一個**器宇軒昂**的軍人。

近義 意氣軒昂；器宇不凡。

反義 萎靡不振；無精打采。

噬臍莫及 ㄕˋ ㄑㄧˊ ㄇㄛˋ ㄐㄧˊ

解釋 獵人為了麝的臍而獵殺麝，所以麝在緊急時會咬臍以求自保，如果已經被捕想噬臍也來不及了。形容後悔已經晚了，又作「噬臍何及」。

出處 《左傳．莊公六年》：「若不早圖，後君噬臍，其及圖之乎？」

解析 噬，讀ㄕˋ不讀ㄕˊ。

例句 你開車上路前不做檢查，等到在路上零件失靈時才知**噬臍莫及**。

近義 後悔莫及；悔之晚矣；悔之無及。

反義 亡羊補牢；未雨綢繆。

十七畫

嚴刑峻法 ㄧㄢˊ ㄒㄧㄥˊ ㄐㄩㄣˋ ㄈㄚˇ

解釋 峻：嚴厲。

嚴厲的刑法，苛刻的法令。也作「峻法嚴刑」。

出處 《漢書．丙吉傳》：「吉捍拒大難，不避嚴刑峻法。」

例句 新加坡實行**嚴刑峻法**以來，收到十分卓著的成效。

嚴陣以待 ㄧㄢˊ ㄓㄣˋ ㄧˇ ㄉㄞˋ

解釋 嚴：嚴整。

指以充分準備、整齊嚴正的陣勢，等待著敵人，或指事前做好準備工作，等待事情來到。

出處 《資治通鑑．漢記．光武帝建武三年》：「甲辰，帝親勒六軍，嚴陣以待之。」

解析 ①「待」不可寫成「侍」。②「嚴陣以待」和「枕戈待旦」都有「警惕性高，等待敵人來攻擊」的意思。但「枕戈待旦」指睡覺時仍心存戒備，等待著殺敵。「嚴陣以待」重在做好了充分準備，以嚴正整齊的陣勢，等待來犯的敵人。

例句 周末將有長官來巡視，部隊中每個人都**嚴陣以待**。

近義 枕戈待旦；厲兵秣馬；壁壘森嚴。

反義 刀槍入庫；馬放南山；高枕無憂；偃旗息鼓。

嚴懲不貸 ㄧㄢˊ ㄔㄥˊ ㄅㄨˋ ㄉㄞˋ

解釋 懲：處分，懲罰；貸：寬容，饒恕。

嚴厲懲罰，絕不寬容。

出處 蔡東藩《慈禧太后演義》第十四回：「當下宣召內務府總管，訓斥一頓，限他年內告成，否則嚴懲不貸。」

解析 「懲」不能唸成ㄓㄥˇ。

例句 為了維持隊上良好的紀律，教練對犯錯的人向來是嚴懲不貸。

反義 姑息養奸；寬大為懷；縱虎歸山。

十九畫

囊空如洗（ㄋㄤˊ ㄎㄨㄥ ㄖㄨˊ ㄒㄧˇ）

解釋 囊：口袋。口袋裏什麼都沒有，就像剛用水沖洗過的一樣，形容身無一文錢。

出處 杜甫〈空囊詩〉：「囊空恐羞澀，留得一錢看。」

例句 他對金錢毫無概念，花錢從不知節制，每到月底，往往是囊空如洗。

近義 一文不名；一貧如洗；家徒四壁；家貧如洗。

反義 金玉滿堂；堆金積玉；腰纏萬貫。

【囗部】

二畫

四大皆空（ㄙˋ ㄉㄚˋ ㄐㄧㄝ ㄎㄨㄥ）

解釋 四大：印度古代認為地、水、火、風是構成一切物質的元素，叫做「四大」，佛教卻指這四大都是妄相，四大分離即歸空寂。這是佛教的說法，指世界上一切都是空虛的。

出處 《金瓶梅》六五回：「一心無掛，四大皆空。」

例句 經過這許多的挫折、歷練後，他決定皈依佛門，做一個四大皆空的出家人。

四分五裂（ㄙˋ ㄈㄣ ㄨˇ ㄌㄧㄝˋ）

解釋 形容分散、支離破碎。

出處 《戰國策．魏策一》：「張儀為秦連橫，說魏王曰：『魏南與楚而不與齊，則齊攻其東；東與齊而不與趙，則趙攻其北；不合於韓，則韓攻其西；不親於楚，則楚攻其南；此所謂四分五裂之道也。』」

解析 「分」不讀「分量」的ㄈㄣˋ。

例句 經過這一次的挖角風波，整個球隊變得四分五裂。

近義 七零八落；土崩瓦解；支離破碎。

反義 天下一家；完整無缺。

四平八穩（ㄙˋ ㄆㄧㄥˊ ㄅㄚ ㄨㄣˇ）

解釋 形容說話、做事穩當、公正，不會出差錯。

出處 《水滸傳》第四十四回：「戴宗、楊林看裴宣時，果然好表人物，生得面白肥胖，四平八穩，心中暗喜。」

解析 「四平八穩」指物體擺得平穩或做事穩當，而「穩如泰山」則多指處事的態度很穩當。

例句 他做事向來是小心謹慎、**四平八穩**的，這件事交給他，你大可放心。

近義 四亭八當；穩如泰山。

四面楚歌 ㄙˋ ㄇㄧㄢˋ ㄔㄨˇ ㄍㄜ

解釋 比喻孤立無援、四面受敵的險惡處境。

出處 《史記．項羽本紀》記載：楚漢相爭時，由於漢軍勢眾，直逼垓（ㄍㄞ）下，把項羽團團圍住。夜裏，項羽聽到四面傳來楚國的山歌，不禁吃驚地說：「難道劉邦已經得到楚地了嗎？為什麼他的部隊裏面楚人這麼多呢？」其實，這是張良的計謀，故意教唱楚歌來動搖楚軍的軍心。最後項羽帶著僅有的八百名騎兵，逃至烏江江畔，自殺而死。

例句 你就是做人不夠圓滑，樹敵太多，才會落得今天**四面楚歌**的下場。

近義 四面受敵；危機四伏；孤立無援；腹背受敵。

反義 歌舞昇平。

四海為家 ㄙˋ ㄏㄞˇ ㄨㄟˊ ㄐㄧㄚ

解釋 四海：古人認為中國四面都有海環繞，所以用「四海」指全國各處。原意是占有四海、統治全國的意思，後來泛指人居無定所，到處都可以當作自己的家。

出處 《漢書．高帝紀》：「天子以四海為家。」

解析 「四海為家」指到處為家，居無定所；「四海一家」形容天下統一，猶如一家。

例句 他生性毫放不羈，不拘小節，非常嚮往船員們**四海為家**的生活。

近義 天下為家；四海一家；浪跡江湖。

反義 安土重遷；落葉歸根。

四通八達 ㄙˋ ㄊㄨㄥ ㄅㄚ ㄉㄚˊ

解釋 四面八方都有路可通，形容交通非常便利，也作「四通五達」。

出處 《子華子．晏子問黨》：「其途之所出，四通而八達。」

例句 這個城市的交通系統**四通八達**，非常便捷。

近義 四通五達；四會五達；四衢八街；六通四辟。

反義 水斷路絕。

四體不勤，五穀不分 ㄙˋ ㄊㄧˇ ㄅㄨˋ ㄑㄧㄣˊ ㄨˇ ㄍㄨˇ ㄅㄨˋ ㄈㄣ

解釋 四體：四肢；勤：勞動。不肯勞動四肢，分不清五穀的人，泛用以形容不事生產、不工作的人。

出處 《論語．微子》記載：有一次子路跟隨孔丘出外，途中子路落在後面找不到孔丘了，正好遇上一位鋤草的老太爺。子路問他說：「子見夫子乎？」那老太爺說：「四體不勤，五穀不分，孰為夫子？」

例句 他向來信奉人生以服務為目的，最看不起那些四體不勤，五穀不分的人。

囚首垢面 ㄑㄡˊ ㄕㄡˇ ㄍㄡˋ ㄇㄧㄢˋ

解釋 不梳理頭髮有如囚犯；不洗臉如居喪；形容儀容、衣著不整齊。

出處 《漢書．王莽傳上》：「世父大將軍鳳病，莽侍疾，親嘗藥，亂首垢面，不解衣帶連月。」

例句 自從他找到工作後，便一改往日囚首垢面的模樣，每日都精神抖擻、英姿煥發的。

三畫

因人成事 ㄧㄣ ㄖㄣˊ ㄔㄥˊ ㄕˋ

解釋 因：依靠。依靠別人辦好事情。

出處 《史記．平原君虞卿列傳》：「毛遂曰：『公等碌碌，所謂因人成事者也。』」

例句 他根本毫無實力，今天之所以會得獎，完全是因人成事。

近義 附人驥尾。

反義 成人之美；為人作嫁。

因小失大 ㄧㄣ ㄒㄧㄠˇ ㄕ ㄉㄚˋ

解釋 為了小利而誤了大事。

出處 《兒女英雄傳》第二十三回：「倘然因小失大，轉為不妙。」

例句 如果為了貪圖眼前小利而賠了商譽，未免就因小失大了。

近義 爭雞失羊；惜指失掌；掘室求鼠。

反義 亡羊得牛；因小見大。

因地制宜 ㄧㄣ ㄉㄧˋ ㄓˋ ㄧˊ

解釋 制：制定，規定；宜：適當。按照各地的情況，採取適當的措施。

出處 《吳越春秋．闔閭內傳》：「夫築城郭，立倉庫，因地制宜，豈有天氣之數，以威鄰國者乎？」

例句 許多先進國家的政策、制度雖行之有年，但仍不可全盤套用，需因地制宜。

近義 相機行事；隨機應變。

反義 生搬硬套；刻舟求劍；膠柱鼓瑟。

因利乘便 ㄧㄣ ㄌㄧˋ ㄔㄥˊ ㄅㄧㄢˋ

解釋 因、乘：憑藉，依靠。憑藉時勢的便利。

出處 漢．賈誼〈過秦論〉：「因利乘便，宰割天下，分裂河山。」

例句 他之前並未抱定走這行的決心，完全是因利乘便，順應時勢。

因材施教 ㄧㄣ ㄘㄞˊ ㄕ ㄐㄧㄠˋ

解釋 因：依照；施：實行，施加。依照受教者的不同而採取不同的方法，施行不同的教育。

出處 《論語．為政》：「子游問孝……」「子夏問孝……」朱熹注引程頤曰：「子游能養而或失於敬，子夏能直義而或少溫潤之色，各因其材之高下與其所失而告之，故不同也。」

例句 李老師向來能**因材施教**，循序漸進，所以深受同學們的愛戴。

近義 因人而異；因人施教；因人制宜。

反義 一張方子吃藥。

因事制宜（ㄧㄣ ㄕˋ ㄓˋ ㄧˊ）

解釋 根據不同的事情而有適當的措施，比喻能不拘泥成規、靈活辦事。

出處《漢書．韋賢傳》：「朕聞明王之御世也，遭時為法，因事制宜。」

例句 理論與現實有相當大的差距，你在處理事情時要懂得**因事制宜**。

近義 相機行事；隨機應變。

反義 刻舟求劍；膠柱鼓瑟。

因陋就簡（ㄧㄣ ㄌㄡˋ ㄐㄧㄡˋ ㄐㄧㄢˇ）

解釋 因：就，將就；陋：簡陋。遷就既有的簡陋條件，勉強將就著用。

出處《文選．劉歆〈移書讓太常博士〉》：「苟因陋就簡，分文析字，煩言碎辭，學者罷（ㄆㄧˊ）老且不能究其一藝。」（罷：同「疲」。）

例句 這些年來經濟一直不景氣，大家只得**因陋就簡**地使用這些老舊的設備。

近義 修舊利廢。

反義 大手大腳；鋪張浪費。

因時制宜（ㄧㄣ ㄕˊ ㄓˋ ㄧˊ）

解釋 順應時機作出最適當的處理。

出處《漢書．韋賢傳》：「漢承亡秦絕學之後，祖宗之制因時施宜。」

解析 「制」不解釋成「達到、取得」（如「克敵制勝」）。

例句 他年紀雖長，但非常懂得**因時制宜**，作出最適當的決定。

近義 見機而作；見機行事；隨機應變。

反義 守株待兔；刻舟求劍。

因循守舊（ㄧㄣ ㄒㄩㄣˊ ㄕㄡˇ ㄐㄧㄡˋ）

解釋 因循：循舊不改。沿襲以往的做法，不加改革。指態度保守，不求改進。

出處《漢書．百官公卿表上》：「秦兼天下，建皇帝之號，立百官之職，漢因循而不革。」

解析 「因循守舊」、「故步自封」都有守舊、停頓不前的意思，其區別在於：「因循守舊」偏重於「守舊」，多指墨守成規，不接受新事物；「故步自封」偏重於「停頓」，多指不進取、自我設限；「因循守舊」的意義跟「墨守成規」、「抱殘守缺」相近；「故步自封」跟「裹足不前」相近。

例句 商場上的競爭如此激烈，你一味地因循守舊，恐怕不久就會被淘汰了。

近義 因循苟且；抱殘守缺；墨守成規；蕭規曹隨。

反義 革故鼎新；除舊佈新；標新立異。

因循苟且 ㄧㄣ ㄒㄩㄣˊ ㄍㄡˇ ㄑㄧㄝˇ

解釋 因循：沿襲，照著做。苟且：草率隨便，得過且過。

形容人做事草率，不求改進，得過且過。

例句 你這種因循苟且、得過且過的態度，如何能贏得他人的信任。

近義 敷衍了事。

因勢利導 ㄧㄣ ㄕˋ ㄌㄧˋ ㄉㄠˇ

解釋 因：順著；勢：趨勢；利導：引導。

順著事物自然發展的趨勢加以利用引導。

出處 《史記．孫子傳》記載：魏國進攻韓國，韓向齊國求援，齊國以田忌為將，孫臏為帥，起兵攻魏。齊以逐日減灶的方法製造齊軍大量逃亡的假象，誘惑魏軍。等魏軍追到馬陵的險要地區，齊軍立即加以包圍，一時萬箭齊發，魏軍全部被殲滅。當時，孫臏曾對田忌說：「善戰者，因其勢而利導之。」

解析 「因勢利導」有導引事情往正常道路發展的意思；而「順水推舟」僅指見機行事以應付事態發展的意思。

例句 李老師非常善於因勢利導，依各人不同的個性而輔導每個人選擇適合的科系。

近義 因風吹火；引船就岸；順水推舟。

反義 逆水行舟。

因禍為福 ㄧㄣ ㄏㄨㄛˋ ㄨㄟˊ ㄈㄨˊ

解釋 遭遇災禍，由於處理得當，因而轉禍為福。

出處 《史記．蘇秦列傳》：「智者舉事，因禍為福，轉敗為功。」

解析 在禍、福的轉因上，「因禍為福」多指因人為處理得當，而能轉禍為福；「因禍得福」則指偶然的時來運轉。

例句 他因為摔斷腿而結識了當護士的女朋友，真是因禍為福。

近義 因禍得福；轉禍為福；塞翁失馬。

反義 福倚禍伏；禍福倚伏。

因噎廢食 ㄧㄣ ㄧㄝ ㄈㄟˋ ㄕˊ

解釋 噎：食物阻塞喉嚨；廢：停止。

因為怕吃東西會卡了喉嚨，就不再吃飯，比喻偶然受一次挫折或發生一點小問題，就放棄更重要的事。

出處 《呂氏春秋．蕩兵》：「有以饐（噎）死者，欲禁天下之食，悖。」（悖，不合理、荒謬。）

解析 「噎」不可寫成「咽」。

例句 失敗並不可恥，就怕你因噎廢食，自此不敢再放膽嚐試。

近義 以噎廢食；聞噎廢食。

反義 百折不撓；勇往直前。

回天乏術（ㄏㄨㄟˊ ㄊㄧㄢ ㄈㄚˊ ㄕㄨˋ）

解釋 回天：比喻移轉極難挽回的局勢；乏：缺乏；術：方法。比喻事情已成定局，無法挽回。

出處 清·馮起鳳《昔柳摭談·秋風自悼》：「但木已成舟，回天乏術。」

例句 距離投票日只剩兩天，你的支持率仍敬陪末座，恐怕是**回天乏術**。

近義 回天無力；積重難返。

反義 力挽狂瀾；回天之力；回天再造。

回心轉意（ㄏㄨㄟˊ ㄒㄧㄣ ㄓㄨㄢˇ ㄧˋ）

解釋 回：掉轉。改變以往的態度或想法，重新考慮，不再堅持過去的成見或主張。

出處 元·無名氏《瘸李氏詩酒玩江亭》第三折：「不問那裏，尋將他來，勸的他回心轉意。」

解析 「回心轉意」指心意、看法、態度的改變；「幡然悔悟」指想法徹底轉變、認識錯誤，僅用於犯錯或有罪的人。

例句 他和女友分手多年，仍癡心盼望她能**回心轉意**。

近義 浪子回頭；痛改前非；幡然悔悟。

反義 死心塌地；執迷不悟。

回光返照（ㄏㄨㄟˊ ㄍㄨㄤ ㄈㄢˇ ㄓㄠˋ）

解釋 由於日落時的光線反射，使天空出現暫時發亮的情況，比喻人將死時神志忽然清醒的現象，也比喻事物滅亡前表面上的短暫繁榮。

出處 宋·釋普濟《五燈會元·道楷禪師》：「凡聖皆是夢言，佛及眾生並為增語，到這裏回光返照，撒手承當。」

解析 不要把「返」寫成「反」。

例句 他今天看來精神異常地好，大家都害怕是**回光返照**。

回頭是岸（ㄏㄨㄟˊ ㄊㄡˊ ㄕˋ ㄢˋ）

解釋 回頭：指徹悟。佛家語：「苦海無邊，回頭是岸。」意思是只要覺悟，就能達到彼岸，借用來比喻犯了錯誤的人只要悔改向善，就可以重新做人。

出處 宋·朱熹《朱子語類·孟子》：「適見道人題壁云：『苦海無邊，回頭是岸。』」

例句 這些年來你走上歧路，生活糜爛，但相信只要你能改過，**回頭是岸**，大家仍會接納你的。

近義 改邪歸正；放下屠刀，立地成佛。

反義 至死不悟；怙惡不悛；執迷不悟。

四畫

困知勉行（ㄎㄨㄣˋ ㄓ ㄇㄧㄢˇ ㄒㄧㄥˊ）

【解釋】發奮苦學以求知，勉力強制以踐行。

【出處】《禮記．中庸》：「或困而知之」、「或勉強而行之。」

【例句】他年幼失學，但這些年來他困知勉行，終於拿到了學士學位。

【近義】困勉下學。

困獸猶鬥（ㄎㄨㄣˋ ㄕㄡˋ ㄧㄡˊ ㄉㄡˋ）

【解釋】猶：還要。被圍困的野獸還要作最後的掙扎，比喻雖陷於絕境仍竭力掙扎，不肯屈服。

【出處】《左傳．宣公十二年》記載春秋時代，晉、楚交戰，晉軍大敗。主將荀林父向晉景公請罪，自願處死，晉景公同意。但士貞子勸阻說：「當年在城濮大敗楚國時，大家都很高興，可是文公卻十分憂慮。他說：『困獸猶鬥況國相乎？』後來聽說楚成王命令成得臣自殺了。這時先王才露出笑臉說：『這等於晉國又勝了一次，楚國又敗了一次。』如果我們殺了荀林父，那就等於讓楚國又勝一次，我們又敗一次。」晉景公聽了，覺得有道理，就免了荀林父的死罪。

【例句】警方雖已鎖定特定對象，但仍嚴陣以待，不敢掉以輕心，因為困獸猶鬥。

【近義】困獸思鬥；狗急跳牆。

【反義】束手就擒；坐以待斃；坐以待亡。

囤積居奇（ㄉㄨㄣˋ ㄐㄧ ㄐㄩ ㄑㄧˊ）

【解釋】囤積：積存，貯藏。指大量購存商品，待機高價出售以獲取暴利的投機行為。

【解析】「囤積居奇」指以囤積貨物來謀取暴利；「操奇計贏」著重指以操縱和控制市場來謀利；「奇貨可居」著重指為達到私利而故意壟斷某種東西或技藝。

【例句】自從傳出米酒將漲價的消息後，許多商人就準備囤積居奇，獲取暴利。

【近義】奇貨可居；操奇計贏。

囫圇吞棗（ㄏㄨˊ ㄌㄨㄣˊ ㄊㄨㄣ ㄗㄠˇ）

【解釋】囫圇：完整的東西。把整個棗子咽下去，不加咀嚼，不辨滋味，也比喻學習時生吞活剝，不求深刻的理解。

【出處】《古今雜劇．吳昌齡．二郎收豬八戒劇一》：「我見你須臾下禮有蹺蹊，我這裏囫圇吞棗不知酸淡。」

【解析】在學習上，「囫圇吞棗」和「生吞活剝」都有不求深刻了解的意思，但「囫圇吞棗」偏重不求甚解，而「生吞活剝」則是指生硬地套用別人的言論、經驗。

例句 你如果讀書只是為了聯考，囫圇吞棗，怎麼能夠融會貫通，有深刻的了解呢？

近義 不求甚解；生吞活剝；食古不化。

反義 心領神會；條分縷析；融會貫通。

五畫

固若金湯（ㄍㄨˋ ㄖㄨㄛˋ ㄐㄧㄣ ㄊㄤ）

解釋 金：指金城，金屬造的城牆；湯：指湯池，滾燙的護城河。形容所守的城池或陣地非常堅固。

出處 唐．沈佺期〈從幸漢故青門應制〉詩：「何必金湯固，無為道德藩。」

解析 「固若金湯」和「堅如磐石」都形容事物的穩固牢靠，但「固若金湯」大多跟「防守」有關聯，多形容城鎮、陣地、防線等的牢固，只用於「物」，而不用於「人」。「堅如磐石」大多用來形容建築物的堅固，也比喻集團、組織、國家的堅強。

例句 這支球隊的外野是固若金湯，很少發生失誤。

近義 堅如磐石；堅不可摧；銅牆鐵壁。

反義 不堪一擊；危如累卵。

固執己見（ㄍㄨˋ ㄓˊ ㄐㄧˇ ㄐㄧㄢˋ）

解釋 堅持自己的意見，不聽旁人的勸告。

出處 《宋史．陳宓傳》：「固執己見，動失人心。」

例句 這種工作，講究的是團隊合作，你這樣固執己見，只怕會有很多的盲點。

近義 一意孤行；自以為是；剛愎自用。

反義 信馬由韁；從善如流；從諫如流。

八畫

國士無雙（ㄍㄨㄛˊ ㄕˋ ㄨˊ ㄕㄨㄤ）

解釋 國士：國內最有才幹的人。形容一個人才能出眾，國中找不到第二個，泛用以稱讚當代傑出的人才。

出處 《史記．淮陰侯列傳》：「諸將易得耳，至如信者，國士無雙。」

解析 「國士無雙」專指傑出的人才；而「天下無雙」、「獨步天下」既可指人，也可指事物、本領等。

例句 您是國士無雙，有機會與您共事，真是莫大的榮幸。

近義 世不出二；蓋世無雙；獨步天下。

反義 天獨有偶。

國色天香（ㄍㄨㄛˊ ㄙㄜˋ ㄊㄧㄢ ㄒㄧㄤ）

解釋 原指牡丹花，後形容美豔的女子，也作「天香國色」。

出處《摭異記》：「唐文皇好詩，大和中賞牡丹，上謂程修己曰：『今京邑人傳牡丹詩，誰為首出？』對曰：『中書舍人李正封詩：天香夜染衣，國色朝酣酒。』」

例句 她非但有過人的工作能力，又生得國色天香，讓她在職場上無往不利。

近義 國色天姿；國色無雙；傾國傾城。

反義 其貌不揚；面目可憎。

十畫

圓鑿方枘（ㄩㄢˊ ㄗㄠˊ ㄈㄤ ㄖㄨㄟˋ）

解釋 鑿：榫眼；枘：榫頭。方榫頭插不進圓榫眼，比喻彼此不相投合，也作「方枘圓鑿」。

出處《文選．宋玉〈九辯〉》：「圓鑿而枘兮，吾固知其鉏（ㄐㄩˇ）鋙（ㄩˇ）而難入。」（鉏鋙，不相配合。）

例句 他們倆人的個性是天差地別、圓鑿方枘，現在居然要合夥做生意，真令人意外。

近義 格格不入。

反義 水乳交融。

十一畫

圖窮匕見（ㄊㄨˊ ㄑㄩㄥˊ ㄅㄧˇ ㄒㄧㄢˋ）

解釋 圖：地圖；窮：盡；匕：匕首，短劍；見：同「現」，顯露。比喻事情發展到了最後階段，真相或本意完全顯露出來。

出處《戰國策．燕策》記載：戰國時，荊軻奉燕太子丹之命去刺殺秦王，他在地圖中藏著一把鋒利的匕首。獻圖時，當地圖展到最後，露出了匕首，荊軻舉起匕首，奮力擲向秦王，卻沒有刺中，荊軻因而當場被殺。

解析 ①「見」不可讀成ㄐㄧㄢˋ。②「匕」不寫成「七」。

例句 他們暗中勾結挪用公款，沒想到最後圖窮匕見，雙雙入獄。

近義 東窗事發；露出馬腳。

圖謀不軌（ㄊㄨˊ ㄇㄡˊ ㄅㄨˋ ㄍㄨㄟˇ）

解釋 圖謀：暗中謀畫；軌：法則。不軌：越出常規，不守法度。指暗中計畫不利他人或國家的事。

出處《晉書．王彬傳》：「因勃然數敦曰：『兄才旌犯順，殺戮忠良，圖謀不軌，禍及門戶。』」

解析「圖」不解釋成「地圖」（如「圖窮匕見」）。

例句 他行為詭異，似乎是圖謀不軌，你對他可得多加防範。

近義 作奸犯科；違法亂紀。

反義 安分守己；奉公守法；循規蹈矩。

【土部】

土牛木馬（ㄊㄨˇ ㄋㄧㄡˊ ㄇㄨˋ ㄇㄚˇ）

解釋 用泥捏的牛，用木製的馬，比喻徒有虛名而無實用的東西。

出處 《關尹子．八籌》：「知物之偽者，不必去物，譬如見土牛木馬，雖情存牛馬之名，而心忘牛馬之實。」

例句 這些虛名就好比**土牛木馬**，對你沒有任何實質上的幫助。

土崩瓦解（ㄊㄨˇ ㄅㄥ ㄨㄚˇ ㄐㄧㄝˇ）

解釋 土地崩塌，瓦片分解，比喻天下潰亂離散，已完全不可收拾。

出處 《史記．秦始皇本紀》：「秦之積衰，天下土崩瓦解。」

解析 ①「解」不讀「起解」的ㄐㄧㄝˋ。②「土崩瓦解」多比喻徹底垮台，不可收拾，語義較重。而「瓦解冰消」不但可比喻事物的崩潰，還可比喻問題的解決，適用範圍較廣。

例句 自從這兩兄弟正式決裂後，整個公司就**土崩瓦解**了。

近義 分崩離析；四分五裂；瓦解冰消。

反義 如日中天；牢不可破。

土豪劣紳（ㄊㄨˇ ㄏㄠˊ ㄌㄧㄝˋ ㄕㄣ）

解釋 土豪：鄉里間欺壓善良的惡霸；劣紳：卑劣的知識分子。指仗勢欺人的鄉間豪紳。

出處 《南史．韋鼎傳》：「州中有土豪，外修邊幅，而內行不軌。」

例句 在法治社會中，居然還有**土豪劣紳**欺壓百姓，真是匪夷所思。

土壤細流（ㄊㄨˇ ㄖㄤˇ ㄒㄧˋ ㄌㄧㄡˊ）

解釋 比喻事物雖然很細微，但不斷積累，就能發生巨大的作用。

出處 《史記．李斯列傳》：「泰山不讓土壤，故能成其大；河海不擇細流，故能就其深。」

例句 這些反對的聲音，就好比**土壤細流**，勢必會對未來造成巨大的影響。

三畫

地利人和（ㄉㄧˋ ㄌㄧˋ ㄖㄣˊ ㄏㄜˊ）

解釋 地利：地理條件好；人和：得人心。表示地理條件好又能得人心。

出處 《孟子．公孫丑下》：「天時不如地利，地利不如人和。」

例句 他仗著**地利人和**，一開賽就取得了六連勝。

四畫

坐不垂堂（ㄗㄨㄛˋ ㄅㄨˋ ㄔㄨㄟˊ ㄊㄤˊ）

解釋 垂堂：近屋簷處。指不敢近屋簷坐，怕瓦落傷身，比喻保身自愛。

出處 《史記．司馬相如傳》：「家累千金，坐不垂堂。」

例句 他行事非常小心謹慎，坐不垂堂，沒想到人算不如天算，還是出了個大錯。

坐井觀天 ㄗㄨㄛˋ ㄐㄧㄥˇ ㄍㄨㄢ ㄊㄧㄢ

解釋 坐在井底看天，比喻眼界狹小，所見有限。

出處 唐．韓愈《昌黎先生集．原道》：「坐井而觀天，曰天小者，非天小也。」

解析 「坐井觀天」、「管窺蠡測」都有眼界狹隘的意思，其區別在於：「管窺蠡測」還有所知非常膚淺、零碎的意思，「坐井觀天」則沒有。

例句 你應該多出去看看，才不致坐井觀天，眼界狹隘。

近義 以管窺天；管中窺豹；管窺蠡測；牖中窺日。

反義 見多識廣；高瞻遠矚。

坐以待斃 ㄗㄨㄛˋ ㄧˇ ㄉㄞˋ ㄅㄧˋ

解釋 斃：死。坐著等死。譏諷他人不求上進，苟且偷生。

出處 《新五代史．任圜傳》：「然坐而待斃，曷若伏而俟命。」

例句 我們不能在這裏坐以待斃，總得想個方法離開這裏。

近義 引頸受戮；束手就擒；束手待斃。

反義 死裏逃生；困獸猶鬥；垂死掙扎。

坐立不安 ㄗㄨㄛˋ ㄌㄧˋ ㄅㄨˋ ㄢ

解釋 坐著、站著都不安穩。形容心神不定、煩躁的樣子。

出處 《水滸傳》第四十回：『張順見了宋江，喜從天降，便拜道：『哥哥吃官司，兄弟坐立不安，又無路可救。』

例句 看他一副坐立不安的樣子，不知道又做了什麼壞事。

近義 如坐針氈；坐臥不安；坐臥不寧。

反義 安之若素；處之泰然；鎮定自若。

坐吃山空 ㄗㄨㄛˋ ㄔ ㄕㄢ ㄎㄨㄥ

解釋 不事生產，只知消費而不工作，以致貧乏窮困。

例句 你如果不工作，只靠遺產過活，總有一天會坐吃山空。

近義 坐耗山空。

反義 開源節流；強本節用。

坐地分贓 ㄗㄨㄛˋ ㄉㄧˋ ㄈㄣ ㄗㄤ

解釋 原指自己不用親自去偷竊、搶劫，坐在家裏分取同夥偷盜來的贓物。現多指盜賊搶奪或官員貪汙後共同分取得來的財物。

出處 明．無名氏《八義雙桂記》十六：「昨日新發下一個坐地分贓的強盜下來，至今家信未通，不免取他出來騰那一番，豈不是好。」

解析 「坐地分贓」指坐分偷竊搶掠或貪汙受賄所得的財物；「坐收漁利」指利用別人之間的衝突，從中獲益。

例句 這些搶匪正在**坐地分贓**時，警方及時趕到，將他們一網打盡。

近義 坐收漁利；坐地分帳。

坐言起行（ㄗㄨㄛˋ ㄧㄢˊ ㄑㄧˇ ㄒㄧㄥˊ）

解釋 形容勇於實行或言行必須一致。

出處 《荀子．性惡》：「故坐而言之，起而可設，張而可施行。」

例句 他是個**坐言起行**的人，他許下的承諾就一定會實現。

近義 言行合一。

反義 坐而論道；紙上談兵；徒托空言。

坐享其成（ㄗㄨㄛˋ ㄒㄧㄤˇ ㄑㄧˊ ㄔㄥˊ）

解釋 不付出心力，享受別人努力的成果。

出處 清．葉廷琯《鷗陂漁話．葛蒼公傳》：「欲使他人幹事，彼坐享其成，必誤公事。」

例句 他準備等所有工作都就序後，才回來**坐享其成**。

近義 不勞而獲；坐收其利；坐收漁利。

反義 自力更生；自給自足；自食其利。

坐擁百城（ㄗㄨㄛˋ ㄩㄥ ㄅㄞˇ ㄔㄥˊ）

解釋 百城：一百座城。比喻藏書豐富。

出處 《魏書．李謐（ㄇㄧˋ）傳》：「丈夫擁書萬卷，何假南面百城。」（意思是：只要擁有一萬卷書，何必一定要做上管轄百城的大官。）

例句 他博學多聞，**坐擁百城**，讀書向來是他最喜歡的事。

近義 左圖右史；汗牛充棟；萬籤插架。

坐觀成敗（ㄗㄨㄛˋ ㄍㄨㄢ ㄔㄥˊ ㄅㄞˋ）

解釋 旁觀別人成敗，不插手過問。

出處 《史記．田叔列傳》：「見兵事起，欲坐觀成敗，見勝者，欲合從（ㄗㄨㄥˋ）之。」

例句 他對這些年來的風風雨雨已心灰意冷，現在是完全置身事外，**坐觀成敗**。

近義 作壁上觀；袖手旁觀；隔岸觀火。

反義 見義勇為；拔刀相助。

五畫

坦腹東床（ㄊㄢˇ ㄈㄨˋ ㄉㄨㄥ ㄔㄨㄤˊ）

解釋 稱女婿，也作「東床快婿」。

出處 南朝．宋．劉義慶《世說新語．雅量》：「郗太傅（鑒）在京口，遣門生與王丞相（導）書，求女婿。丞相語郗信：『君往東廂，任意選之。』門生歸，白郗曰：『王家諸郎，亦皆可嘉，聞來覓婿，咸自矜持，唯有一郎在東床上，坦腹臥，如不聞。』郗公曰：『正此好。』訪之，乃是逸少，因嫁女與焉。」（逸少，王羲之的字。）

例句 李老先生對女兒選的這位坦腹東床，滿意得不得了。

六畫

垂涎三尺（ㄔㄨㄟˊ ㄒㄧㄢˊ ㄙㄢ ㄔˇ）

解釋 涎：口水。口水流下來三尺長，原形容嘴饞想吃的樣子，現多形容非常想得到某種東西的樣子。

解析 ①不要把「垂」寫成「唾」（ㄊㄨㄛˋ）或把「涎」讀成ㄧㄢˊ。②「垂涎三尺」和「垂涎欲滴」意義相近，但「垂涎三尺」的語意比「垂涎欲滴」強。

例句 這一頓豐盛的晚餐，看來真令人垂涎三尺。

近義 垂涎欲滴；饞涎欲滴。

反義 拾金不昧。

垂涎欲滴（ㄔㄨㄟˊ ㄒㄧㄢˊ ㄩˋ ㄉㄧ）

解釋 嘴饞得口水都快要流下來了，形容非常貪饞的樣子，現也形容看到好東西想占為己有的樣子。

出處 唐．柳宗元《河東先生集．招海賈文》：「更笑疊怒，垂涎閃舌兮。」

例句 大夥兒走了大半天的路，一看到桌上豐盛的晚餐，個個是垂涎欲滴。

近義 垂涎三尺；食指大動；饞涎欲滴。

城下之盟（ㄔㄥˊ ㄒㄧㄚˋ ㄓ ㄇㄥˊ）

解釋 敵人兵臨城下，而被迫簽訂的屈辱性的盟約，比喻戰敗降服。

出處 《左傳．桓公十二年》：「楚伐絞……大敗之，為城下之盟而還。」

例句 雖然我軍勢單力薄，但大家寧願拚一死戰也不願訂下城下之盟。

城狐社鼠（ㄔㄥˊ ㄏㄨˊ ㄕㄜˋ ㄕㄨˇ）

解釋 城上的狐狸，土地廟裏的老鼠，比喻倚仗權勢為非作歹的人，也作「社鼠城狐」。

出處 《說苑．善說》：「且夫狐者，人之所攻也，鼠者，人之所燻也。臣未嘗見稷狐見攻、社鼠見燻也，何則？所託者然也。」

解析 「城狐社鼠」、「牛鬼蛇神」都指為非作歹的人，其區別在於：「牛鬼蛇神」泛指各類醜物或各種各樣的壞人，而「城狐社鼠」則專指有所依恃的壞人，前者的語義範圍較廣。

例句 公司中難免會有一些城狐社鼠，仗勢欺人，令人非常不恥。

近義 稷蜂社鼠。

城門失火，殃及池魚（ㄔㄥˊ ㄇㄣˊ ㄕ ㄏㄨㄛˇ，ㄧㄤ ㄐㄧˊ ㄔˊ ㄩˊ）

解釋 殃：災禍；池：護城河。城門失火，人們到護城河裏打水救火，水被打乾了，魚也就死了，比喻無緣無故受連累，也作「池魚之禍」、「池魚之殃」。

出處 北齊．杜弼〈檄梁文〉：「但恐楚國亡猿，禍延林木，城門失火，殃及池魚。」

例句 巷口的店關門後，連帶我們的生意也變差了，真是**城門失火，殃及池魚**。

八畫

堅甲利兵 ㄐㄧㄢ ㄐㄧㄚˇ ㄌㄧˋ ㄅㄧㄥ

解釋 兵：武器。堅固的鎧甲與銳利的兵刃，泛指精良的武器裝備。

出處 《孟子．梁惠王上》：「可使制梃以撻秦楚之堅甲利兵矣。」

例句 我們雖然沒有**堅甲利兵**，但靠著地形的優勢與出奇不意的戰略，依然打贏了這場戰爭。

近義 兵強馬壯；強兵勁旅；精甲銳兵。

反義 烏合之眾；殘兵敗將。

堅壁清野 ㄐㄧㄢ ㄅㄧˋ ㄑㄧㄥ ㄧㄝˇ

解釋 壁：城牆，堡壘。堅守營壘使敵人無法攻入，清除野外未收割的作物，使敵人缺糧無法久駐，這是兵家應敵的計策之一。

出處 《晉書．後趙載記．石勒》：「勒所過路次，皆堅壁清野，採掠無所獲，軍眾大飢，士眾相食。」

例句 我們誘敵深入我方，並實施**堅壁清野**的政策，果然大獲全勝。

近義 固壁清野。

堆金積玉 ㄉㄨㄟ ㄐㄧㄣ ㄐㄧ ㄩˋ

解釋 形容非常富有。

出處 唐．李賀《昌谷集．嘲少年》詩：「堆金積玉誇豪毅。」

例句 縱然有**堆金積玉**的家產，也買不了時間與健康。

近義 金玉滿堂；堆金疊玉；萬貫家財。

反義 家貧如洗；家徒四壁；囊空如洗。

執迷不悟 ㄓˊ ㄇㄧˊ ㄅㄨˋ ㄨˋ

解釋 形容堅持錯誤而不悔悟改過。

出處 《梁書．武帝紀》：「若執迷不悟，拒逆王師，大眾一臨，刑茲罔赦。」

例句 你如果再這樣**執迷不悟**下去，會賠上一輩子的。

近義 至死不悟；死不悔改；頑固不化。

反義 迷途知返；浪子回頭；朝聞夕改；懸崖勒馬。

九畫

堤潰蟻穴 ㄊㄧˊ ㄎㄨㄟˋ ㄧˇ ㄒㄩㄝˋ

解釋 堤壩由於螞蟻洞而潰決，比喻小處不注意就會釀成大禍。

出處《後漢書．陳寵傳》：「臣聞輕者重之端，小者大之源，故堤潰蟻孔，氣洩針芒，是以明者慎微，知者識幾。」（幾，指事物細微的動向）。

例句 這些小問題現在看來不重要，但堤潰蟻穴，未來卻有可能會釀成大禍。

十畫

塞翁失馬 ㄙㄞˋ ㄨㄥ ㄕ ㄇㄚˇ

解釋 塞：邊界上的險要地方。比喻雖暫時受到損失，但以長遠的眼光看來，也許會得到好處，表示福禍無常。

出處《淮安子．人間》記載：古代有一個住在邊塞上的牧馬人，有一天他養的馬跑到胡地去了。當時知道這件事的人都來安慰他，這個人的父親說：「這未必不是一件好事？」過了幾個月，這匹走失的馬不但回來了，還引來了胡地的一匹駿馬。

解析 ①「塞」不讀「堵塞」的ㄙㄞ或「敷衍塞責」的ㄙㄜˋ。②「塞翁失馬」和「亡羊補牢」合稱「失馬亡羊」。

例句 他雖然扭傷了腳，不能參加旅行，但塞翁失馬，焉知非福，卻因而結識了新女友。

近義 亡羊得牛；北叟失馬；安知非福；因禍為福。

反義 泰極而否；福過災生；樂極生悲。

十一畫

墓木已拱 ㄇㄨˋ ㄇㄨˋ ㄧˇ ㄍㄨㄥˇ

解釋 拱：雙手合圍。墓地種的樹已經長到可以雙手合抱那麼粗了，比喻人已去世很久（多用於慨嘆）。

出處《左傳．僖公三十二年》：「爾何知？中壽，爾墓之木拱矣！」

例句 他學成歸國後，尋找多年前資助他的恩人，沒想到他去世多年，墓木已拱。

十二畫

墜茵落溷 ㄓㄨㄟˋ ㄧㄣ ㄌㄨㄛˋ ㄏㄨㄣˋ

解釋 茵：古代車上的墊席；溷：糞坑。樹上的花有的落在褥子上，有的掉在廁所裏，比喻人的機遇不同而有高下貴賤之分，也作「飄茵落溷」。

出處《南史．范縝傳》：「（竟陵王）子良問曰：『君不信因果，何得富貴貧賤？』縝曰：『人生如樹花同發，隨風而墮，自有拂簾幌墜於茵席之上，自有關籬牆落於糞溷之中。』」

例句 大家都是同一所學校畢業的，

但壁茵落溷，際遇卻各有不同。

十三畫

壁壘分明（ㄅㄧˋ ㄌㄟˇ ㄈㄣ ㄇㄧㄥˊ）

解釋 壁壘：軍營四周的短牆。形容彼此界限分明、清楚，不相混淆。

解析 「壁壘分明」、「涇渭分明」都含有區別得很清楚的意思，其區別在於：①「涇渭分明」可比喻是非清楚、好壞分明，「壁壘分明」則不行；②同樣表示區分得很清楚，「壁壘分明」指對立的界限清楚，而「涇渭分明」指兩種事物截然不同。

例句 他們倆雖是親兄弟，但彼此黨派、立場不同，**壁壘分明**。

近義 涇渭分明。

十四畫

壓倒元白（ㄧㄚ ㄉㄠˇ ㄩㄢˊ ㄅㄞˊ）

解釋 元白：指唐代詩人元稹、白居易。比喻作品勝過同時代有名作者的作品。

出處 五代．王定保《唐摭言》卷三記載：宰相楊嗣復一次請客，元稹、白居易、楊汝士都即席作詩，楊的詩最好，元稹、白居易都嘆服。這天楊汝士喝得大醉，回去對子弟們說：「我今日壓倒元白。」

例句 他以一個新銳作家之姿，一鳴驚人，**壓倒元白**，勇奪年度文學大獎。

【士部】

四畫

壯士斷腕（ㄓㄨㄤˋ ㄕˋ ㄉㄨㄢˋ ㄨㄢˋ）

解釋 比喻當機立斷，毫不猶豫。

出處 《三國志．魏書．陳泰傳》：「古人有言，蝮蛇螫（ㄓㄜ）手，壯士解其腕。」（意思是：蝮蛇有劇毒，手腕被蛇咬了之後，有膽量的人就立即截斷被咬的地方，免得毒性蔓延到全身。）

例句 為了讓計畫得以繼續進行，他不得不施行**壯士斷腕**的手段，開除一批人。

壯志未酬（ㄓㄨㄤˋ ㄓˋ ㄨㄟˋ ㄔㄡˊ）

解釋 酬：實現。偉大的志向還沒有實現。

出處 唐．李頻〈春日思歸〉詩：「壯志未酬三尺劍，故鄉空隔萬重山。」

解析 「酬」不讀寫成「售（ㄕㄡˋ）」，也不寫成「籌」。

例句 他為了養家活口，不得不中斷自己的理想，卻常感嘆自己**壯志未酬**。

反義 如願以償；夙願得償；志得意滿。

壯志凌雲 ㄓㄨㄤˋ ㄓˋ ㄌㄧㄥˊ ㄩㄣˊ

解釋 壯志：宏偉的志願。形容志向宏大，高入雲霄。

出處 《後漢書．張儉傳》：「莫不憐其壯志。」《史記．司馬相如傳》：「飄飄有凌雲之氣。」

解析 「凌」不可寫成「陵」。

例句 他年輕時是一名壯志凌雲、充滿抱負的青年，現在卻成了為五斗米折腰、庸庸碌碌的上班族。

近義 志在千里；志在四方；凌雲之志；雄心壯志。

反義 人貧志短；胸無大志；無所作為。

十一畫

壽比南山 ㄕㄡˋ ㄅㄧˇ ㄋㄢˊ ㄕㄢ

解釋 壽命像終南山那樣長久，多用於祝賀別人長壽。

出處 《詩經．小雅．天保》：「如月之恆，如日之升，如南山之壽。」

例句 在爺爺八十大壽的誕辰上，許多人都祝賀他壽比南山。

近義 松柏之壽；萬壽無疆；壽山福海；壽同松喬。

反義 天不假年；短壽促命。

壽終正寢 ㄕㄡˋ ㄓㄨㄥ ㄓㄥˋ ㄑㄧㄣˇ

解釋 壽終：年紀很大才死去；正寢：舊式住宅的正房。指年老時在家安然死去，也比喻事物的消亡。

出處 《封神演義》第十一回：「紂王立身大呼曰：『你道朕不能善終，你自誇壽終正寢，非侮君而何！』」

例句 李老伯過完九十大壽的隔天，就在睡夢中壽終正寢了。

近義 老死牖下；終其天年；壽滿天年。

反義 天年不遂；死於非命。

【夊部】

七畫

夏爐冬扇 ㄒㄧㄚˋ ㄌㄨˊ ㄉㄨㄥ ㄕㄢˋ

解釋 夏天的爐子，冬天的扇子，比喻所為不合時宜，不適合當前需要。

出處 漢．王充《論衡．逢遇》：「作無益之能，納無補之說，以夏進爐，以冬奏扇，為所不欲得之事，獻所不欲聞之語，其不遇禍幸矣。」

例句 你的幫忙對他來說是夏爐冬扇，不但對他沒有幫助，反而增加了他的麻煩。

【夕部】

二畫

外強中乾（ㄨㄞˋ ㄑㄧㄤˊ ㄓㄨㄥ ㄍㄢ）

解釋 形容外表強壯、內部虛弱。

出處 《左傳．僖公十五年》記載晉國將攻打秦國，晉惠公要用鄭國的馬拉他的戰車，慶鄭勸他改用本國的馬，說外來的馬跟人配合不好，到作戰時一緊張，可能就「張脈僨（ㄈㄣˋ）興，外強中乾，進退不可，周旋不能。」（僨興，沸騰。）

解析 「外強中乾」、「色厲內荏」都含有外表強悍、內在虛弱的意思。其區分在於：「外強中乾」多指力量，「外強」表示外表強壯，「中乾」表示內部虛弱；「色厲內荏」多指精神狀態，「色厲」表示表面上姿態強硬，「內荏」表示實際上內心軟弱。

例句 這個企業外觀看來是非常富麗堂皇，其實內部已瀕臨倒閉邊緣，根本是**外強中乾**。

近義 色厲內荏；羊質虎皮。

反義 外怯內勇；外弱內強。

外圓內方（ㄨㄞˋ ㄩㄢˊ ㄋㄟˋ ㄈㄤ）

解釋 比喻人外表柔順平易近人，實際卻很認真嚴肅。

例句 她看來非常平易近人，但相處後才發現她是個**外圓內方**、做事一板一眼的人。

近義 外柔內剛。

三畫

夙夜匪懈（ㄙㄨˋ ㄧㄝˋ ㄈㄟˇ ㄒㄧㄝˋ）

解釋 夙夜：早晚；匪：不。從早到晚都不敢疏忽大意，形容工作勤奮盡職。

出處 《詩經．大雅．烝民》：「既明且哲，以保其身；夙夜匪懈，以事一人。」

解析 ①夙，讀ㄙㄨˋ，不讀ㄈㄥˋ。②「夙夜匪懈」指日夜不停的勤勞；「夙興夜寐」指早起晚睡的勤勞，語意較前者輕。

例句 他是個標準的工作狂，一工作起來，可以**夙夜匪懈**，不吃不睡的。

近義 夙興夜寐；朝乾夕惕。

反義 遊手好閒；飽食終日。

夙興夜寐（ㄙㄨˋ ㄒㄧㄥ ㄧㄝˋ ㄇㄟˋ）

解釋 夙：早；興：起來；寐：睡。早起晚睡，形容勤奮不懈。

出處 《詩經．衛風．氓》：「夙興夜寐，靡有朝（ㄓㄠ）矣。」

解析 「寐」上從「宀」，不可寫成「穴」。

例句 這些年來他**夙興夜寐**，終於闖出自己的一片天。

近義 夙夜匪懈；宵衣旰食；朝乾夕

惕。

反義 好逸惡勞；飽食終日。

多多益善（ㄉㄨㄛ ㄉㄨㄛ ㄧˋ ㄕㄢˋ）

解釋 益：更加。

愈多愈好。

出處 《史記．淮陰侯列傳》記載，劉邦問韓信說：像我這樣能帶多少兵？韓信回答說：您最多能帶十萬。又問：那你又能帶多少？韓信說：「臣多多而益善耳。」

例句 現代人賺錢都是多多益善，像他這種賺夠生活費就收攤的人，真是不多見了。

近義 貪多務得。

反義 寧缺毋濫。

多事之秋（ㄉㄨㄛ ㄕˋ ㄓ ㄑㄧㄡ）

解釋 秋：年歲。

形容國家不安定、多災多難的時候。

出處 宋．孫光憲《北夢瑣言》卷十二：「所以多事之秋，滅跡匿端，無為綠林之嚆矢也。」

解析 「秋」不解釋成「秋天」。

例句 今年各地都傳出各種災情，真是個多事之秋。

近義 風雨飄搖；風雲變幻；時運多艱。

反義 河清海晏；風平浪靜；國泰民安。

多財善賈（ㄉㄨㄛ ㄘㄞˊ ㄕㄢˋ ㄍㄨˇ）

解釋 賈：作買賣。

本錢多，生意就做得開，比喻有所憑藉，事情就容易辦成。

出處 《韓非子．五蠹》：「鄙諺曰：『長袖善舞，多錢善賈。』此言多資之易為工也。」

解析 「賈」不能唸成ㄐㄧㄚˇ。

例句 你的資金不足，做生意當然容易失敗，要知道多財善賈。

近義 多財善沽；長袖善舞。

反義 象齒焚身。

多愁善感（ㄉㄨㄛ ㄔㄡˊ ㄕㄢˋ ㄍㄢˇ）

解釋 形容人的感情豐富脆弱，容易發愁或傷感。

例句 她非常敏感纖細、多愁善感，所以她的作品很容易打動人心。

反義 木人石心；木石心腸；鐵石心腸。

多藏厚亡（ㄉㄨㄛ ㄘㄤˊ ㄏㄡˋ ㄨㄤˊ）

解釋 厚：大；亡：失。

財貨儲藏得多，往往會招致他人的窺伺而蒙受很大的損失。

出處 《老子》四十四章：「是故甚愛必大費，多藏必厚亡。」

例句 為免多藏厚亡，他行事總是非常低調，不願過分招搖。

多難興邦（ㄉㄨㄛ ㄋㄢˋ ㄒㄧㄥ ㄅㄤ）

解釋 邦：國家。

國家面臨許多災難會激起人民克服困難的決心，因而團結一致使國勢興盛起來。

出處 《左傳·昭公四年》：「或多難以固其國，啟(開)其疆土；或無難以喪其國，失其守宇。」

解析 「難」不能唸成ㄋㄢˊ。

例句 「多難興邦」，這許多的挫折、磨難，正是促使我們更團結，強盛的考驗。

反義 死於安樂。

五畫

夜不閉戶 ㄧㄝˋ ㄅㄨˋ ㄅㄧˋ ㄏㄨˋ

解釋 夜裏睡覺不用關門，形容社會治安良好。

出處 《禮記·禮運》：「是故謀閉而不興，盜竊亂賊而不作，故外戶而不閉，是謂大同。」

解析 「戶」不解釋成「戶口」。

例句 在這個小城鎮中，人人互相幫助，彼此毫無戒心，真正做到夜不閉戶。

近義 門不夜關。

反義 雞犬不寧。

夜以繼日 ㄧㄝˋ ㄧˇ ㄐㄧˋ ㄖˋ

解釋 白天不夠用，夜晚接著工作，比喻人勤奮不倦地工作。

出處 《孟子·離婁下》：「其有不合者，仰而思之，夜以繼日。」

解析 「朝乾夕惕」偏重形容勤奮謹慎的樣子；「焚膏繼晷」、「夜以繼日」、「不捨晝夜」偏重形容人勤奮、不知疲倦。

例句 經過這些天來，大家夜以繼日地趕工，終於在交貨日前完工了。

近義 通宵達旦；焚膏繼晷。

反義 飽食終日。

夜長夢多 ㄧㄝˋ ㄔㄤˊ ㄇㄥˋ ㄉㄨㄛ

解釋 比喻經過的時間過長，事情可能發生不利的變化。

出處 清·呂留良《家書》：「薦舉事近復紛紜，夜長夢多，恐將來有意外，奈何！」

解析 「長」，不讀ㄓㄤˇ。

例句 為免夜長夢多，今天我們就先把這件事決定下來吧！

反義 放長線，釣大魚；從長計議。

夜雨對床 ㄧㄝˋ ㄩˇ ㄉㄨㄟˋ ㄔㄨㄤˊ

解釋 原指朋友久別後相聚，傾心交談，後因蘇軾、蘇轍兄弟唱和的詩中屢引此言，就轉用以表示兄弟團聚，也作「對床夜雨」。

出處 唐·韋應物〈示鎮元常〉詩：「寧知風雨(一作「雪」)夜，復此對床眠。」

例句 這些年來常想起當年夜雨對床的日子，不免對你倍覺思念。

夜郎自大 ㄧㄝˋ ㄌㄤˊ ㄗˋ ㄉㄚˋ

解釋 夜郎：我國漢代西南方的一個小國。比喻見識短淺、妄自尊大。

出處 《史記·西南夷傳》記載：夜

郎，我國漢代西南方的一個小國，和漢朝的一個縣差不多大。夜郎國的國王很驕傲，自以為普天之下他的國家最大。當漢朝派使臣去訪問他的時候，夜郎國王竟不知天高地厚地問：「漢孰與我大？」

例句 你不過有這麼一點小本領，就自以為是天下第一，未免太夜郎自大了。

近義 自高自大；妄自尊大；唯我獨尊。

反義 自輕自賤；妄自菲薄。

十一畫

夢筆生花 ㄇㄥˋ ㄅㄧˇ ㄕㄥ ㄏㄨㄚ

解釋 比喻人的才思橫逸，文筆大有長進。

出處 《南史．江淹傳》：「江淹少時，夢人授五色筆，由是文藻日新。」

例句 這幾年的歷練讓他的文筆精進，夢筆生花，再不似往日的青澀。

反義 才竭志疲；江郎才盡；腸枯思竭。

【大部】

大刀闊斧 ㄉㄚˋ ㄉㄠ ㄎㄨㄛˋ ㄈㄨˇ

解釋 比喻辦事果斷而有魄力，或比喻人凡事能從大處著手，求根本解決之道。

出處 《兒女英雄傳》第二十一回：「姑娘向來大刀闊斧，於這些小事不大留心。」

解析 「大刀闊斧」和「雷厲風行」都可以形容工作有氣魄，但前者主要在表示果斷、有魄力，後者則偏重在表示迅速、嚴格，而且大多用在政令的貫徹執行。

例句 經過這一番大刀闊斧的改革之後，公司內部顯得欣欣向榮。

近義 雷厲風行。

反義 畏首畏尾。

大千世界 ㄉㄚˋ ㄑㄧㄢ ㄕˋ ㄐㄧㄝˋ

解釋 本是佛教的說法，現在泛指新奇有趣的人世種種。

出處 《大智度論》中說：合四大洲日月諸天為一「世界」，合「世界」一千為「小千世界」，合「小千世界」一千為「中千世界」，合「中千世界」一千為「大千世界」。

解析 「大千世界」和「花花世界」都指人世間，但「花花世界」還常指繁華的吃喝玩樂的地方，「大千世界」則沒有這種用法。

例句 他來自一個閉塞的鄉間，初次來到這個大都市接觸大千世界，凡事都覺得新鮮有趣。

近義 三千世界；花花世界。

大公無私 ㄉㄚˋ ㄍㄨㄥ ㄨˊ ㄙ

解釋 形容人非常公正、沒有私心。

出處 清・龔自珍《龔定庵(ㄢ)集・論私》：「且今之大公無私者，有楊、墨之賢耶？」

解析 「大公無私」、「鐵面無私」都是沒有私心的意思，其區別在於：「鐵面無私」一般用在處理問題時。當形容人非常公正、毫無私心時，只宜用「大公無私」。同樣指處理問題的態度時，「大公無私」著重於「公正」、毫不偏私；「鐵面無私」著重於「鐵面」—不畏權勢、不講情面。

例句 他處事向來**大公無私**，你不必擔心他會私心偏袒誰。

近義 大公至正；公正無私；至公無私。

反義 自私自利；徇私枉法；假公濟私；損公肥私。

大功告成 ㄉㄚˋ ㄍㄨㄥ ㄍㄠˋ ㄔㄥˊ

解釋 功：事業。巨大艱難、任務宣告完成，原作「大功畢成」。

出處 《漢書・王莽傳上》：「諸生、庶民大和會，十萬眾並集，平作二旬，大功畢成。」

解析 「功」不寫成「工」。

例句 只要再經過一星期的測試，捷運就**大功告成**，正式宣告通車。

近義 功德圓滿；完事大吉。

反義 功敗垂成；功虧一簣。

大巧若拙 ㄉㄚˋ ㄑㄧㄠˇ ㄖㄨㄛˋ ㄓㄨㄛˊ

解釋 若：似，像；拙：笨。真正巧惠的人，不自炫耀，看來像很笨拙的樣子。

出處 《老子》四十五章：「大直若屈，大巧若拙，大辯若訥。」(訥，說話不流利。)

解析 「大巧若拙」、「大智若愚」都指很聰明的人表面上好像很笨。但前者側重在「巧」，適用於靈巧、反應迅速的人；後者側重在「智」，適用於有學識、智慧的人。

例句 他外表看來雖不起眼，但實際上卻是**大巧若拙**、非常有才華的人。

近義 大智若愚；深藏若虛。

反義 鋒芒畢露；露才揚己。

大名鼎鼎 ㄉㄚˋ ㄇㄧㄥˊ ㄉㄧㄥˇ ㄉㄧㄥˇ

解釋 鼎鼎：盛大的樣子。形容極富盛名，也作「鼎鼎大名」。

出處 清・李寶嘉《官場現形記》第二十四回：「你一到京打聽人家，像他這樣大名鼎鼎，還怕有不曉得的。」

解析 「大名鼎鼎」、「赫赫有名」都形容名聲很大。其區別是：「赫赫有名」的應用範圍較廣，可以指人，也可以指事物；可以指具體的，也可以指抽象的。「大名鼎鼎」一般用於人，偶爾用於事物，但不能用於抽象的概念。

例句 沒想到這位貌不驚人的先生，居然就是大名鼎鼎的金像獎影帝。

近義 名滿天下；聞名遐邇；赫赫有名；舉世聞名。

反義 不見經傳；無名小卒；碌碌無聞；默默無聞。

大而化之（ㄉㄚˋ ㄦˊ ㄏㄨㄚˋ ㄓ）

解釋 原指大而能化，現形容做事隨便，不小心謹慎。

出處 《孟子．盡心下》：「充實而有光輝之謂大，大而化之之謂聖。」

例句 像你這種大而化之的個性，難怪辦起事來會錯誤連連。

大而無當（ㄉㄚˋ ㄦˊ ㄨˊ ㄉㄤˋ）

解釋 當：底。表示過大而不實用。

出處 《莊子．逍遙遊》：「吾聞言於接輿，大而無當，往而不返，吾驚怖其言，猶河漢而無極也。」

解析 「當」不讀ㄉㄤ。

例句 他說話向來是大而無當，你聽過必須自己再加以衡量。

近義 玉卮無當。

大吹大擂（ㄉㄚˋ ㄔㄨㄟ ㄉㄚˋ ㄌㄟˊ）

解釋 多比喻大肆宣揚，言辭過分誇張不實。

出處 《水滸傳》十八回：「單說山寨裏，宰了兩頭黃牛、十個羊、五個豬，大吹大擂筵席。」

解析 「大吹大擂」重在表示大肆宣揚；「自吹自擂」重在表示自我吹噓。

例句 他逢人便大吹大擂，敘述他昨晚的奇遇。

近義 大吹法螺；自吹自擂。

反義 不矜不伐。

大含細入（ㄉㄚˋ ㄏㄢˊ ㄒㄧˋ ㄖㄨˋ）

解釋 形容文章內容的博大精深。

出處 《文選．揚雄〈解嘲〉》：「大者含元氣，細者入無間。」

例句 這篇文章大含細入，非常值得一讀。

大快人心（ㄉㄚˋ ㄎㄨㄞˋ ㄖㄣˊ ㄒㄧㄣ）

解釋 指惡人或惡行受到懲罰或打擊，使人們心裏非常痛快。

出處 鑄雪齋抄本《聊齋志異．崔猛》眉批：「英雄做事，大快人心。」

例句 犯案累累的士林之狠終於被逮捕，真是大快人心。

近義 拍手稱快；皆大歡喜；額手稱慶。

反義 五內如焚；民怨沸騰；怨聲載道。

大快朵頤（ㄉㄚˋ ㄎㄨㄞˋ ㄉㄨㄛˇ ㄧˊ）

解釋 頤，下巴。朵頤，吃東西時腮幫子活動的樣子。形容享受美食時吃得十分痛快的樣子。

例句 大家周末下午相約到一家著名的海產店，準備大快朵頤一番。

反義 食不知味。

大旱雲霓 ㄉㄚˋ ㄏㄢˋ ㄩㄣˊ ㄋㄧˊ

解釋 霓：虹的一種，又稱副虹，顏色比虹稍淡。乾旱之時人們渴望下雨，形容非常盼望、渴求。

出處 《孟子．梁惠王下》：「若大旱之望雲霓也。」

例句 風災過後，這個小鎮對外通訊全告中斷，居民等待救援如**大旱雲霓**。

大材小用 ㄉㄚˋ ㄘㄞˊ ㄒㄧㄠˇ ㄩㄥˋ

解釋 比喻才高位低，不能充分發揮作用。

出處 宋．陸游《劍南詩稿，送辛幼安殿撰造朝》詩：「大才小用古所嘆，管仲蕭何實流亞。」

例句 他曾是個大飯店的廚師，現在卻在擺路邊攤，未免太**大材小用**了。

近義 牛刀割雞；牛鼎烹雞；以珠彈雀。

反義 小材大用；陳力就列。

大言不慚 ㄉㄚˋ ㄧㄢˊ ㄅㄨˋ ㄘㄢˊ

解釋 說話誇大，不合事實，不知道害羞。

出處 《論語．憲問》：「其言之不怍，則為之也難。」朱注：「大言不慚，則無必為之志，而不自度其能否矣。欲踐其言，豈不難哉！」

例句 他不過買了一套世界文學名著，就**大言不慚**地說他看完了世界文學名著。

近義 口出狂言；大吹大擂；自吹自擂。

大放厥詞 ㄉㄚˋ ㄈㄤˋ ㄐㄩㄝˊ ㄘˊ

解釋 厥：其，他的。原指盡力鋪陳詞藻，現指大發議論。

出處 唐．韓愈《昌黎先生集．祭柳子厚文》：「玉佩瓊琚，大放厥詞。」

解析 「大發議論」為中性成語；「大放厥詞」則含貶義。

例句 記者會上來了幾名不速之客**大放厥詞**，讓當事人不知如何是好。

近義 大發議論。

反義 竊竊私語。

大相逕庭 ㄉㄚˋ ㄒㄧㄤ ㄐㄧㄥˋ ㄊㄧㄥˊ

解釋 逕庭：相差很遠。形容彼此相距十分懸殊。

出處 《莊子．逍遙遊》：「吾驚怖其言，猶河漢而無極也；大相逕庭，不近人情焉。」

解析 「大相逕庭」和「天壤之別」都有「相差很遠」的意思，但前者還有彼此矛盾的意思，而後者則只強調差別很大。

例句 他們倆的個性、背景根本**大相逕庭**，居然合夥做生意，真是令人意外。

近義 天差地別；天壤之別。

反義 大同小異；不相上下；相差無幾。

大庭廣眾 ㄉㄚˋ ㄊㄧㄥˊ ㄍㄨㄤˇ ㄓㄨㄥˋ

解釋 指人很多而公開的場所，也作「廣庭大眾」。

出處 《新唐書．張行成傳》：「左右文武臣將相材，奚用大庭廣眾與大量較，捐萬乘之尊，與臣下爭功哉！」

解析 「大庭廣眾」和「眾目睽睽」都表示人數眾多的場合，但前者僅指人多的公開場合；後者則指許多人注視著的場合，強調眾人注意地看。

例句 居然有人在大庭廣眾下搶劫，真是無法無天。

近義 光天化日；眾目睽睽；稠人廣眾。

大書特書 ㄉㄚˋ ㄕㄨ ㄊㄜˋ ㄕㄨ

解釋 書：寫文章。指事件重要，值得特別加以記載、評論。

出處 唐．韓愈《昌黎先生集．答元侍御書》：「而足下年尚強，嗣德有繼，將大書特書，屢書不一書而已也。」（甄濟、甄逢父子的事蹟，連元侍御（元稹）本人都樂於表彰他們的功勞，都要慎重地寫入史書。）

例句 這次的和平協議，平息了兩國數百年來的戰爭，非常值得大書特書。

反義 不在話下；不足齒數；何足掛齒。

大海撈針 ㄉㄚˋ ㄏㄞˇ ㄌㄠ ㄓㄣ

解釋 尋得的機會十分渺小，比喻事情成功的機會十分渺茫，也作「東海撈針」。

出處 清．吳趼人《二十年目睹之怪現狀》第七回：「這卻是大海撈針似的，那裏捉得他著。」

解析 「大海撈針」和「水中撈月」都有徒勞無功、白費力氣的意思。但「水中撈月」指根本辦不到；「大海撈針」則指很難辦到，機會渺茫。

例句 要找出十幾年前滅門血案的兇手，恐怕是大海撈針，難上加難。

近義 水中撈月；難於上天。

反義 手到擒來；唾手可得；探囊取物。

大逆不道 ㄉㄚˋ ㄋㄧˋ ㄅㄨˋ ㄉㄠˋ

解釋 逆：叛逆；不道：指不合傳統道德。比喻罪大惡極，原作「大逆無道」。

出處 《漢書．楊惲傳》：「為妖惡言，大逆不道，請逮捕治。」

例句 你為人子女竟然毆母弒父，簡直是大逆不道。

近義 犯上作亂。

反義 赤膽忠心；披肝瀝膽。

大張旗鼓 ㄉㄚˋ ㄓㄤ ㄑㄧˊ ㄍㄨˇ

解釋 張：陳設，佈置。

大規模地擺開旗鼓，比喻聲勢和規模很大。

出處 清．張春帆《宦海》第九回：「李參戎帶著這些人陸續出了鎮南關，便大張旗鼓，排齊隊伍，浩浩蕩蕩，向前進發。」

例句 他生意雖然失敗了，但最近又看他**大張旗鼓**，似乎準備東山再起。

近義 揚鑼搗鼓。

反義 偃旗息鼓。

大莫與京 ㄉㄚˋ ㄇㄛˋ ㄩˇ ㄐㄧㄥ

解釋 莫：沒有；京：高，大。

大得沒有其他的東西可以相比，形容非常大。

出處 語本《左傳．莊公二十年》：「莫之與京。」

例句 海的遼闊是**大莫與京**，能夠包容萬事萬物。

大處落墨 ㄉㄚˋ ㄔㄨˇ ㄌㄨㄛˋ ㄇㄛˋ

解釋 指繪畫或文章從主要的地方著筆，比喻做事要從大處著眼，首先解決主要問題。

出處 清．李寶嘉《官場現形記》第二十回：「你老哥也算得會用的了，真正闊手筆！看你不出，倒是個大處落墨的。」

例句 他處事非常有經驗，向來懂得**大處落墨**，循序漸進地做去。

近義 大處著眼；大處落眼；大處著墨。

反義 小處入手；尋枝摘葉。

大喜過望 ㄉㄚˋ ㄒㄧˇ ㄍㄨㄛˋ ㄨㄤˋ

解釋 過：超過；望：希望。

超過自己原來的希望，指出乎意料的歡喜。

出處 《史記．黥布列傳》：「上方踞床洗，召布入見，布甚大怒，悔來，欲自殺。出就舍，帳御食飲從官，如漢王居，布又大喜過望。」

解析 「大喜過望」和「喜出望外」都指因超乎預料而特別高興，但有區別：前者指結果比希望的還好，是早有期望的；後者指出乎意料之外，是沒有想到的。

例句 奶奶看到失蹤三天的孫子平安歸來，不免**大喜過望**。

近義 喜出望外。

反義 大失所望；事與願違。

大惑不解 ㄉㄚˋ ㄏㄨㄛˋ ㄅㄨˋ ㄐㄧㄝˇ

解釋 原意是說極糊塗的人一輩子不懂道理，後來表示非常迷惑，無法了解真相，含有不滿或質問的意思。

出處 《莊子．天地》：「大惑者終身不解。」

解析 「惑」不寫成「或」。

例句 這件事情非常曲折離奇，當中有許多疑點一直無法釐清，真令人大惑不解。

近義 百思莫解。

反義 迎刃而解；恍然大悟；茅塞頓開；豁然開朗。

大智若愚 ㄉㄚˋ ㄓˋ ㄖㄨㄛˋ ㄩˊ

解釋 真正具有聰明智慧的人在表面上好像很愚笨。

出處 宋．蘇軾〈賀歐陽修致仕啟〉：「大勇若怯，大智如愚。」

解析 「大智若愚」、「大巧若拙」都指聰明的人表面上好像很笨，但前者重在「智」，適用於有學識才幹的人；後者則重在「巧」，適用於有技藝的人。

例句 沒想到外表毫不起眼的他，竟一下子就解開了我們心中的疑慮，果然是**大智若愚**啊！

近義 大巧若拙；外愚內智。

大發雷霆 ㄉㄚˋ ㄈㄚ ㄌㄟˊ ㄊㄧㄥˊ

解釋 霆：極響的雷。比喻大發脾氣，怒聲斥責。

出處 清．吳趼人《二十年目睹之怪現狀》第七十四回：「符老爺登時大發雷霆起來，把那獨腳桌子一掀。」

解析 「大發雷庭」和「怒不可遏」都形容十分憤怒。但「大發雷霆」重「聲」不重「形」，多形容發怒時高聲斥責；「怒不可遏」重「形」不重「聲」，形容憤怒的情緒從表情上不可遏止地流露出來。

例句 你實在犯不著為了這一點小事就**大發雷霆**，損人不利己嘛！

近義 惱羞成怒；怒不可遏；勃然大怒；暴跳如雷。

反義 心平氣和；平心靜氣；息事寧人。

大勢所趨 ㄉㄚˋ ㄕˋ ㄙㄨㄛˇ ㄑㄩ

解釋 大勢：整個局勢；趨：向，往。整個時局、潮流發展的趨向。

出處 宋．陳亮《龍川集．上孝宗皇帝第三書》：「天下大勢之所趨，非人力之所能移也。」

解析 「趨」不讀寫成「去（ㄑㄩˋ）」。

例句 這件事恐怕是**大勢所趨**，不是你能決定的。

近義 人心所向；如水赴壑。

反義 大勢已去；大事去矣。

大義滅親 ㄉㄚˋ ㄧˋ ㄇㄧㄝˋ ㄑㄧㄣ

解釋 親：親屬。為了維護道義，對犯罪的親人不徇私情，使之受到應有的懲罰。

出處 《左傳．隱公四年》記載春秋時期，州吁殺了哥哥衛桓公，自立為國君。州吁和他的心腹石厚商量，怎樣才能鞏固地位。石厚的父親石碏認為：「假如你和州吁親自去請陳桓公代向周天子請命討封，就能鞏固統治地位。」州吁、石厚就帶了禮物親自到陳國去。同時，石碏已秘密派人送信給陳桓公，請他幫忙殺掉州吁、石厚。後來，陳桓公果然把他們扣留並把州吁處死。對於石厚，大家認為他是石碏的兒子，應該從寬處理。石碏不同意，派了家臣去把石厚殺了。當時史官評論這件事，認為：「子從弒君之賊，國之大逆，不可不除，故曰大義滅親。」

例句 他執勤時抓到正在聚賭的父親，但職責所在，也只能**大義滅親**。

近義 以義割恩。

反義 公報私仇；結黨營私。

大腹便便 ㄉㄚˋ ㄈㄨˋ ㄆㄧㄢˊ ㄆㄧㄢˊ

解釋 便便：肥大的樣子。
形容腹部肥大的胖子，或指孕婦。

出處《後漢書．邊韶傳》：「邊孝先，腹便便。」

解析 ①「便」不能唸成ㄅㄧㄢˋ。②「大腹便便」重在表示肚腹肥大突出；「腦滿腸肥」則指身體肥胖、飽食終日、無所用心的人。

例句 這位**大腹便便**的孕婦，在大太陽下擠公車，真是辛苦。

近義 腦滿腸肥。

反義 形銷骨立；面黃肌瘦；骨瘦如柴。

大醇小疵 ㄉㄚˋ ㄔㄨㄣˊ ㄒㄧㄠˇ ㄘ

解釋 醇：酒味濃、純；疵：毛病。
大體上純正而在細節上略有缺點。

出處 唐．韓愈《昌黎先生集．讀〈荀子〉》：「孟氏，醇乎醇者也。荀與揚，大醇而小疵。」（揚，指揚雄。）

例句 這件作品是**大醇小疵**，大體上說來還算不錯。

大器晚成 ㄉㄚˋ ㄑㄧˋ ㄨㄢˇ ㄔㄥˊ

解釋 大器：比喻大才。
原來是說，大材需要長時間才能成器，後來轉用來指人老了才建立事業或有可觀的成就。

出處《老子》四十一章：「大器晚成，大音希聲。」

例句 他一直到六十歲才大學畢業，拿到學士學位，真是**大器晚成**。

反義 老大無成。

大興土木 ㄉㄚˋ ㄒㄧㄥ ㄊㄨˇ ㄇㄨˋ

解釋 興：創辦，興起。
大規模地興建工程，多指蓋房子。

出處 宋．洪邁《容齋三筆．卷十一．宮室土木》：「大中祥符間，奸佞之臣，罔真宗之符瑞，大興土木之役，以為通宮玉清昭應之建。」

例句 這個地區近來正**大興土木**地增建大樓，附近的房價恐怕又要上漲了。

大聲疾呼 ㄉㄚˋ ㄕㄥ ㄐㄧˊ ㄏㄨ

解釋 疾：急。
指高聲呼喊，今多用以表示大力提

倡或號召。

出處 唐．韓愈《昌黎先生集．後十九日復上宰相書》：「行且不息，以蹈於窮餓之水火，其既危且亟矣，大其聲而疾呼矣！」

例句 近年來因嚼檳榔而罹患口腔癌的人口逐年攀升，以致政府**大聲疾呼**人民不要吃檳榔。

反義 不聲不響；低聲細語；輕聲細語。

大謬不然（ㄉㄚˋ ㄇㄧㄡˋ ㄅㄨˋ ㄖㄢˊ）

解釋 謬：錯誤；然：如此，這樣。非常荒謬，與事實相差很遠。

出處 漢．司馬遷〈報任少卿書〉：「事乃有大謬不然者。」

例句 他講得一口流利的英文，大家都以為他是僑生，其實**大謬不然**，他是土生土長的台灣人。

近義 大錯特錯；荒謬絕倫。

反義 千真萬確；理所當然；無庸置疑。

大驚小怪（ㄉㄚˋ ㄐㄧㄥ ㄒㄧㄠˇ ㄍㄨㄞˋ）

解釋 形容對於不足為奇的事情過分驚訝。

出處 宋．朱熹《朱文公文集．答林擇之》：「要須把此事來做一平常事看，樸實頭做將去，久之自然見效，不必如此大驚小怪，起模畫樣也。」

解析 「大驚小怪」指對不足為奇的事情過分驚訝；「少見多怪」指對很平常的事情也感到新奇、驚訝，含有見識少的意思。

例句 現在的年輕人都普遍流行染髮，你實在不必**大驚小怪**。

近義 少見多怪；蜀犬吠日。

反義 不足為奇；見怪不怪。

大輅椎輪（ㄉㄚˋ ㄌㄨˋ ㄓㄨㄟ ㄌㄨㄣˊ）

解釋 大輅：古代大車；椎輪：沒有輻條的原始車輪，比喻初創的事物還不完善。比喻事物是由簡陋階段開始，而逐漸進步完善的，後也用以指稱創始者。

出處 梁．蕭統〈文選序〉：「椎輪為大輅之始，大輅寧有椎輪之質。」

例句 現在正值公司的草創時期，正是**大輅椎輪**，許多制度還未臻完善。

一畫

天之驕子（ㄊㄧㄢ ㄓ ㄐㄧㄠ ㄗˇ）

解釋 驕子：父母溺愛驕縱的兒子，或老天爺的寵兒。漢朝人稱匈奴為天之驕子，意謂匈奴為天所嬌寵，故極強盛，後來也指特別幸運、受寵的人。

出處 《漢書．匈奴傳》：「南有大漢，北有強胡。胡者，天之驕子也。」

例句 他從小就是倍受寵愛的**天之驕子**，沒吃過一點苦、受過一點挫折。

天有不測風雲（ㄊㄧㄢ ㄧㄡˇ ㄅㄨˋ ㄘㄜˋ ㄈㄥ ㄩㄣˊ）

解釋 不測：料想不到。比喻有些事很難預料，或比喻人有難以預料的災禍。

出處 《張協狀元》戲文三十二齣：「天有不測風雲，人有旦夕禍福。」

例句 「天有不測風雲」，為了預作防範，保險是許多現代人的選擇。

近義 飛災橫禍；禍從天降。

天衣無縫（ㄊㄧㄢ ㄧ ㄨˊ ㄈㄥˋ）

解釋 天仙做的衣服沒有縫兒，比喻詩文渾然天成，沒有一點雕琢的痕跡；也比喻事物周密無缺，沒有一點破綻或缺點。

出處 前蜀．牛嶠《靈怪錄》裏說：郭翰在月夜乘涼，忽然一個仙女從天上下來，自稱是織女。郭翰問她的衣服為什麼沒有縫兒。織女答道：「天衣本非針線為也。」

解析 ①「縫」不可寫成「逢」。②「天衣無縫」著重指渾然一體、嚴密無缺點，多用於事物、詩文；「完美無缺」著重指完善美好無缺點，既可用於人，也可用於事物。

例句 他以為已把事情做得**天衣無縫**，沒想到百密一疏，還是被逮捕了。

近義 十全十美；完美無缺；渾然一體；無懈可擊。

反義 破綻百出；掛一漏萬；漏洞百出。

天作之合（ㄊㄧㄢ ㄗㄨㄛˋ ㄓ ㄏㄜˊ）

解釋 指婚姻完美如天所配的，泛用以祝賀別人婚姻美滿。

出處 《詩經．大雅．大明》：「文王初載，天作之合。」（文王娶太姒是天所配合的。）

例句 這一對金童玉女真是**天作之合**，令人非常羨慕。

近義 天公作合；佳偶天成。

反義 彩鳳隨鴉。

天昏地暗（ㄊㄧㄢ ㄏㄨㄣ ㄉㄧˋ ㄢˋ）

解釋 形容天色昏暗，也比喻政治腐敗或社會混亂。

出處 《元曲選．無名氏〈貨郎擔〉四》：「又值天昏地暗雨漣漣。」

例句 近來社會上發生了許多搶案、凶殺案，一片**天昏地暗**，令人不寒而慄。

近義 昏天暗地；暗無天日。

反義 天朗氣清；晴空萬里。

天花亂墜（ㄊㄧㄢ ㄏㄨㄚ ㄌㄨㄢˋ ㄓㄨㄟˋ）

解釋 佛教神話說，梁武帝時雲光法師講經，感動了上天，天上紛紛撒下了花來。形容說話言詞巧妙動聽，多指過分誇張，不切實際。

出處 《心地觀經．序品》：「六欲諸天來供養，天華亂墜偏虛空。」

解析 「天花亂墜」多指說話語言過

分誇張、不切實際；「娓娓動聽」指說話時的形象委婉、懇切。

例句 這些推銷員個個都能言善道，話說得天花亂墜的。

近義 娓娓動聽。

反義 語不驚人。

天怒人怨 ㄊㄧㄢ ㄋㄨˋ ㄖㄣˊ ㄩㄢˋ

解釋 比喻執政者暴虐無道，引起普遍的怨恨，也作「人怨天怒」。

出處 《後漢書．袁紹傳》：「自是士林憤痛，人怨天怒，一夫奮臂，舉州同聲。」

例句 他為了一己之私，向鄰國發動戰爭，以致民不聊生、天怒人怨。

近義 人神共憤；民怨沸騰；怨聲載道。

反義 頌聲載道。

天倫之樂 ㄊㄧㄢ ㄌㄨㄣˊ ㄓ ㄌㄜˋ

解釋 天倫：父子、兄弟等親屬關係。指家庭之樂。

出處 唐．李白〈春夜宴從弟桃花園序〉：「會桃李之芳園，序天倫之樂事。」

例句 他雖然曾是紅極一時的天王巨星，有廣大的影迷，但最令他留戀的還是家中的天倫之樂。

反義 妻離子散。

天荒地老 ㄊㄧㄢ ㄏㄨㄤ ㄉㄧˋ ㄌㄠˇ

解釋 形容經過的時間非常久，也作「地老天荒」。

出處 唐．李賀《昌谷集．致酒行》詩：「吾聞馬周昔作新豐客，天荒地老無人識。」

例句 他曾經一再對女友發誓會愛她直到天荒地老，沒想到不到半年便移情別戀了。

近義 千秋萬世；天長地久。

反義 為期不遠；俯仰之間；彈指之間。

天馬行空 ㄊㄧㄢ ㄇㄚˇ ㄒㄧㄥˊ ㄎㄨㄥ

解釋 天馬：漢代西域大宛產的好馬。天馬在空中飛馳，比喻才思奔放、不受拘束。

出處 明．劉廷振〈薩天錫詩集序〉：「其所以神化而超出於眾表者，殆猶天馬行空而步驟不凡。」

解析 「天馬行空」多用來比喻詩文、書法的奔放飄逸；而「無拘無束」、「縱橫馳騁」則多用來形容行動、作風的自由奔放。

例句 從他提出的希奇古怪問題中，可以想見他的思考模式是自由自在、天馬行空的。

近義 無拘無束；縱橫馳騁。

天高地厚 ㄊㄧㄢ ㄍㄠ ㄉㄧˋ ㄏㄡˋ

解釋 比喻仁德、恩情深厚。現在多用「不知天高地厚」比喻不知人情、事理的輕重、利害。

出處《詩經．小雅．正月》：「謂天蓋高，不敢不局；謂地蓋厚，不敢不蹐。」（局、蹐，不舒展的樣子。）

解析「天高地厚」、「天覆地載」都形容恩澤深厚，但「天高地厚」還可比喻人情、事理的輕重、利害，「天覆地載」則不能。

例句 小弟去過阿里山後，便揚言下次要征服喜馬拉雅山，真是不知**天高地厚**。

近義 恩同再造；恩重如山。

天崩地坼 ㄊㄧㄢ ㄅㄥ ㄉㄧˋ ㄔㄜˋ

解釋 坼：裂開。天坍塌，地裂開。形容倒塌或爆炸的強烈聲音或比喻重大的變動，也作「地坼天崩」。

出處《史記．魯仲連鄒陽傳》：「天崩地坼，天子下席，東藩之臣因期後至，則斮。」

例句 這次的大地震使得整個城市**天崩地坼**，面目全非，死傷非常慘重。

近義 天崩地陷；天塌地陷；天翻地覆；地坼天崩。

天理昭彰 ㄊㄧㄢ ㄌㄧˇ ㄓㄠ ㄓㄤ

解釋 天理：天道。報應不爽，不容壞人作惡。

出處《京本通俗小說．錯斬崔寧》：「今日天理昭然，一一是他親口招承。」

例句 **天理昭彰**，你如果昧著良心做出傷天害理的事，將來必定會遭報應。

天造地設 ㄊㄧㄢ ㄗㄠˋ ㄉㄧˋ ㄕㄜˋ

解釋 猶如天地自然生成，比喻事物配合得非常理想。

出處《曹組艮．嶽賦》：「山嶽之大，天造地設。」

解析「設」不解釋成「設想」（如「設身處地」）。

例句 這一對新人郎才女貌，真是**天造地設**的一對。

近義 鬼釜神工；渾然天成。

天經地義 ㄊㄧㄢ ㄐㄧㄥ ㄉㄧˋ ㄧˋ

解釋 經：常道；義：正理。比喻天地間歷史不變、不可更改的真理，也指理所當然，不容置疑。

出處《左傳．昭公二十五年》：「天之經也，地之義也。」

解析「天經地義」強調本該如此、完全不可改變的；「理所當然」指按道理應當如此，語意較前者輕。

例句 這些權利與自由，在你看來是**天經地義**，但是共產國家卻要人民付出血汗去爭取。

近義 毋庸置疑；理所當然。

反義 大謬不然；荒謬絕倫；豈有此理。

天誅地滅 ㄊㄧㄢ ㄓㄨ ㄉㄧˋ ㄇㄧㄝˋ

解釋 誅：殺有罪的人。行為是天地所不容因而被消滅，多用於誓言或咒罵人。

出處《水滸傳》第四十四回：「如有毫釐昧心，天誅地滅。」

例句 自古到今，違背天道、倒行逆施者，勢必會遭到**天誅地滅**。

近義 天地不容；天理難容。

反義 罪不當誅。

天奪之魄（ㄊㄧㄢ ㄉㄨㄛˊ ㄓ ㄆㄛˋ）

解釋 魄：魂魄，靈魂。

天奪去了他的靈魂，比喻將要死亡或面臨大災難，也作「天奪其魄」。

出處《左傳·宣公十五年》：「不及十年，原叔（趙同）必有大咎，天奪之魄矣！」

例句 這家店經營不善，**天奪之魄**，恐怕不出半年就會走上關門一途。

天網恢恢，疏而不漏（ㄊㄧㄢ ㄨㄤˇ ㄏㄨㄟ ㄏㄨㄟ，ㄕㄨ ㄦˊ ㄅㄨˋ ㄌㄡˋ）

解釋 天網：天道的網，指自然的懲罰；恢恢：寬廣的樣子。

原指天道像廣闊的大網，看起來很稀疏，但絕不會放過一個壞人，用以形容犯罪的人終將受到懲罰。

出處《老子》七十三章：「天網恢恢，疏而不失。」

例句 逃亡多年的兇手，終於在今天被捕了，真是**天網恢恢，疏而不漏**。

近義 天羅地網；插翅難逃。

反義 逍遙法外；漏網之魚；鴻飛冥冥。

天翻地覆（ㄊㄧㄢ ㄈㄢ ㄉㄧˋ ㄈㄨˋ）

解釋 形容變動極大或秩序大亂。

出處 唐·劉商〈胡笳十八拍〉詩：「天翻地覆誰得知，如今正南看北斗。」

解析「覆」不可寫成「復」。

例句 沒想到一點小小的流言就把整個股市攪得**天翻地覆**。

近義 天塌地陷；掀天揭地；翻江倒海。

天羅地網（ㄊㄧㄢ ㄌㄨㄛˊ ㄉㄧˋ ㄨㄤˇ）

解釋 羅：捕鳥的網。

天作為羅，地作為網。上下四方都佈置羅網，比喻防範得非常嚴密。

出處《宣和遺事·前集》：「值天羅地網災。」

解析「羅」不解釋成「羅列」（如「星羅棋布」。）「網」不可寫成「綱」。

例句 警方早在此地佈下了**天羅地網**，只等逃犯自己送上門來。

近義 天網恢恢；天道難飛；插翅難飛。

反義 逃之夭夭；鴻飛冥冥。

天壤之別（ㄊㄧㄢ ㄖㄤˇ ㄓ ㄅㄧㄝˊ）

解釋 天壤：天上和地下。

比喻相差很遠，差別極大，也作「天淵之別」。

出處 晉·葛洪《抱朴子·論仙》：「趨捨所尚，耳目之欲，其為不同，已有天壤之覺（較），冰炭之乖矣。」

【解析】「天壤之別」和「大相逕庭」都有相差很遠的意思。但前者只強調差別極大；而後者還有互相矛盾的意思。

【例句】他們倆雖是雙胞胎，但個性上卻有**天壤之別**。

【近義】天淵之別；天壤之判；差若天淵。

【反義】大同小異；不分上下；半斤八兩；毫無二致。

天懸地隔（ㄊㄧㄢ ㄒㄩㄢˊ ㄉㄧˋ ㄍㄜˊ）

【解釋】兩者相差極遠，比喻非常懸殊，也作「天地懸隔」。

【出處】《南史．陸厥傳》：「一人之思，遲速天懸；一人之文，工拙壤隔。」（壤，地）。

【例句】這對兄弟一個文靜害羞、一個活潑好動，個性簡直是**天懸地隔**。

【近義】天差地遠。

【反義】半斤八兩；相差無幾。

夫唱婦隨（ㄈㄨ ㄔㄤˋ ㄈㄨˋ ㄙㄨㄟˊ）

【解釋】丈夫說什麼，妻子就完全隨和，比喻夫妻相處非常和睦，步調一致。

【出處】《關尹子》：「夫者倡，婦者隨。」

【解析】「夫唱婦隨」、「鸞鳳和鳴」重在形容夫妻感情和睦；而「舉案齊眉」、「相敬如賓」則重在形容夫妻間相互尊敬的樣子。

【例句】這對夫妻一個是導演、一個是編劇，**夫唱婦隨**，真是令人羨慕。

【近義】相敬如賓；琴瑟和鳴；舉案齊眉；鸞鳳和鳴。

【反義】天壤王郎；夫妻反目；河東獅吼；琴瑟不調。

太倉稊米（ㄊㄞˋ ㄘㄤ ㄊㄧˊ ㄇㄧˇ）

【解釋】太倉：古時京師儲穀的大倉；稊米：小米。太倉裏的一粒米，比喻非常微小。

【出處】《莊子．秋水》：「計中國之在海內，不似稊米之在大倉乎？」（大，同「太」。）

【例句】與浩瀚的宇宙相比，人人都不過是**太倉稊米**，是非得失就沒什麼好計較。

【近義】九牛一毛；太倉一粟；滄海一粟。

【反義】碩大無朋。

二畫

失之交臂（ㄕ ㄓ ㄐㄧㄠ ㄅㄧˋ）

【解釋】交臂：因彼此靠近，手臂碰到手臂。兩人雖很接近，卻仍錯失了認識的機會，比喻原有很好的機會去接近某人某物，但卻錯過了。

【出處】《莊子．田子方》：「吾終身與汝交一臂而失之。」

【解析】「失之交臂」偏重因未察覺而

錯失機會；「坐失良機」偏重因等待、觀望而失去機會。

例句 這次原本有幸一睹閣下的廬山真面目，卻仍失之交臂，令人非常遺憾。

近義 坐失良機；操刀不割。

反義 狹路相逢。

失之東隅，收之桑榆

解釋 東隅：指日出處；桑榆：日將落時餘光在桑榆之間，因用以指日落處。

比喻在這邊受到損失，在另一邊卻得到了好處。

出處《後漢書．馮異傳》載劉秀《勞馮異詔》：「始雖垂翅回溪，終能奮翼澠池。可謂失之東隅，收之桑榆。」

解析「隅」不可讀成ㄡˇ，也不可寫成「偶」。

例句 這次他雖未獲得升遷的機會，卻被一知名企業挖角，真可說是失之東隅，收之桑榆。

失之毫釐，差之千里

解釋 失：過錯，失誤；毫、釐：重量和長度的小單位；差：錯誤。

開頭時稍微有一點誤差，結果就會造成很大的錯誤，也作「差之毫釐，謬以千里。」

出處《大戴禮記．保傅》：「《易》曰：『正其本，萬物理；失之毫釐，差之千里』；故君子慎始也。」

例句 雖然只是一個小小的錯字，意思卻全然不同，真是失之毫釐，差之千里。

失魂落魄

解釋 形容心神紊亂不寧，精神恍惚不定。

出處《拍案驚奇》三十回：「爭奈一個似鬼使神差，一個似失魂落魄。」

解析「神不守舍」形容由於受到某種外因影響而精神恍惚不集中；「失魂落魄」則形容因受了極大的震驚而喪失意識，神情失常的樣子，程度較「神不守舍」重。

例句 看他一副失魂落魄的樣子，大概是女朋友又出國了。

近義 喪魂失魄；魂不附體；魂飛魄散。

反義 安之若素；神色不驚；泰然處之。

三畫

夸父追日

解釋 指不自量力。

出處《列子．湯問》記載：古代有個夸父，不自量力地想要追趕太陽，追到隅谷時感到非常口渴，先後飲盡了黃河和渭河的水，感覺仍然不夠，又往北方的一個大湖去喝水，但沒到那裏就渴死了。

例句 他想靠自己的力量完成教育改革、淨化社會的工作，真是夸父追日，自不量力。

五畫

奉公守法 ㄈㄥˋ ㄍㄨㄥ ㄕㄡˇ ㄈㄚˇ

解釋 奉：奉行，遵守。遵守國家規定的法令制度，不徇私舞弊。

出處 《元曲選．無名氏〈陳州糶米．楔子〉》：「則要你奉公守法，束杖理民。」

例句 他雖然曾是個前科累累的罪犯，但現在已改邪歸正成為一個奉公守法的公民。

近義 克己奉公；遵紀守法。

反義 胡作非為；無法無天；違法亂紀。

奉行故事 ㄈㄥˋ ㄒㄧㄥˊ ㄍㄨˋ ㄕˋ

解釋 奉行：遵照執行；故事：舊日辦事的老規矩。依照舊例做事。

出處 《漢書．魏相傳》：「相明《易經》有師法，好觀漢故事及便宜章奏，以為古今異制，方今務在奉行故事而已。」

例句 在這個老機構中許多人都是奉行故事，不思創新。

近義 例行公事。

奉命唯謹 ㄈㄥˋ ㄇㄧㄥˋ ㄨㄟˊ ㄐㄧㄣˇ

解釋 奉命：恭敬地接受命令；唯：只有；謹：小心謹慎。形容小心謹慎地服從命令的樣子。

出處 明．陶宗儀《輟耕錄．高麗氏守節》：「諸官奉命唯謹。」

例句 他對上司向來是奉命唯謹，從來不敢稍有違抗。

奉為圭臬 ㄈㄥˋ ㄨㄟˊ ㄍㄨㄟ ㄋㄧㄝˋ

解釋 奉：信奉；圭臬：圭是測日影的器具，臬是射箭的靶子，因此把圭臬比喻為事物的標準。把某些事物、言論奉為準則。

出處 杜甫〈八哀詩〉：「圭臬星經奧，蟲篆丹青廣。」

例句 他締造了偉大的成就，所以許多人都將他的言行奉為圭臬。

反義 不足為訓。

奇貨可居 ㄑㄧˊ ㄏㄨㄛˋ ㄎㄜˇ ㄐㄩ

解釋 奇貨：珍奇的東西；居：囤積。把珍貴罕見的貨物囤積起來，等待高價再出售。

出處 《史記．呂不韋傳》記載：戰國時，秦國的公子子楚在趙國當人質，處境相當艱苦，呂不韋當時正在邯鄲做生意，知道了這件事，非常同情他，認為「此奇貨可居」，於是花錢培養他，替他送厚禮給秦王寵妃，終於把子楚召回秦國，後來做了秦國國君，呂不韋也做了丞相。

解析 ①「居」不可解釋成「居住」。②「奇貨可居」著重指為達到私利而囤積或壟斷某種東西或技藝；「囤積居奇」則僅指以囤積貨物來謀取暴利。

例句 自從傳出這位歌星息影的消息後，他的相關產品便顯得奇貨可居。

近義 囤積居奇；操奇計贏。

反義 平價和唇。

奄奄一息（ㄧㄢˇ ㄧㄢˇ ㄧˊ ㄒㄧˊ）

解釋 奄奄：呼吸微弱的樣子。形容將要死亡，氣息非常微弱。

出處 《警世通言》十五：「此時秀童奄奄一息，爬走不動了。」

解析 「奄奄一息」是形容將要死亡，氣息非常微弱，語義重於「氣息奄奄」，當一個人還能說不少話的時候，最好用「氣息奄奄」。

例句 原來奄奄一息的他，經過醫生們的合力搶救後，終於挽回一命。

近義 氣息奄奄。

反義 生氣勃勃；生龍活虎；活蹦亂跳。

奔相走告（ㄅㄣ ㄒㄧㄤ ㄗㄡˇ ㄍㄠˋ）

解釋 走：快跑。形容遇到特別使人興奮或震驚的消息時，人們奔跑著互相轉告。也作「奔走相告」。

出處 《國語．魯語下》：「士有陪乘，告奔走也。」

解析 「走」不解釋成「走路、步行」。

例句 他贏得冠軍的消息經過大夥的奔相走告，很快就傳遍了大街小巷。

近義 門到戶說。

十三畫

奮不顧身（ㄈㄣˋ ㄅㄨˋ ㄍㄨˋ ㄕㄣ）

解釋 奮勇向前，不顧個人安危。

出處 漢．司馬遷〈報任少卿書〉：「常思奮不顧身，以殉國家之急。」

例句 許多消防隊員為了拯救民眾常常奮不顧身，真令人敬佩。

近義 赴湯蹈火；奮不顧身。

反義 畏縮不前；畏葸不前。

【女部】

二畫

奴顏婢膝（ㄋㄨˊ ㄧㄢˊ ㄅㄧˋ ㄒㄧ）

解釋 顏：面容。形容卑躬屈節、討好巴結的醜態。

出處 晉．葛洪《抱朴子．交際》：「以奴顏婢睞者為曉解當世。」

解析 婢，讀ㄅㄧˋ，不讀ㄅㄟ。

例句 他為了升遷，不惜奴顏婢膝的逢迎、拍馬屁，真令人不恥。

近義 奴顏媚骨；低三下四；卑躬屈

膝。

反義 大義凜然；高風亮節；趾高氣昂。

奴顏媚骨
ㄋㄨˊ ㄧㄢˊ ㄇㄟˋ ㄍㄨˇ

解釋 媚：諂媚。

形容卑躬屈膝地逢迎、討好別人。

例句 看他那副**奴顏媚骨**的模樣，想必是個拍馬屁的高手。

近義 低三下四；奴顏婢膝；卑躬屈膝。

反義 正氣凜然；高風亮節；威武不屈；剛正不阿。

三畫

妄自尊大
ㄨㄤˋ ㄗˋ ㄗㄨㄣ ㄉㄚˋ

解釋 狂妄地自高自大，看不起別人。

出處 《後漢書．馬援傳》記載：東漢初年，全國仍然有一些割據勢力，公孫述是其中勢力最大的。當時，名將馬援想去投靠公孫述。可是到了那裏，公孫述卻大擺皇帝架子。馬援十分失望，就離開了。後來，有人向他問起公孫述的情況，馬援說：「子陽井底蛙耳，而妄自尊大，不如專意東方。」

例句 你不要因為這一點小小的成就就**妄自尊大**，要知道人外有人，天外有天。

近義 自高自大；自命不凡；狂妄自大；唯我獨尊。

反義 妄自菲薄；自輕自賤；折節下士；屈己待人。

妄自菲薄
ㄨㄤˋ ㄗˋ ㄈㄟˇ ㄅㄛˊ

解釋 妄：胡亂；菲薄：小看，輕視。

隨便輕率地看輕自己。指自輕自賤。

出處 諸葛亮〈出師表〉：「不宜妄自菲薄，引喻失義，以塞忠諫之路也。」

解析 「妄自菲薄」和「自暴自棄」都有「過分看輕自己」的意思。但「自暴自棄」重在不知自愛，甘於墮落，除了指心理狀態，還指行動表現，語意比較重。「妄自菲薄」重在不切實際地過分輕視自己，多指心理狀態，語意比較輕。

例句 這次比賽雖然沒有得名，但你也不必**妄自菲薄**，看輕自己。

近義 自輕自賤；自慚形穢。

反義 妄自尊大；夜郎自大。

好大喜功
ㄏㄠˋ ㄉㄚˋ ㄒㄧˇ ㄍㄨㄥ

解釋 一心一意想立大功。形容人喜好表面、浮誇的作風。

出處 《新唐書．太宗紀》：「至其牽於多愛，復立浮圖，好大喜功，勤兵於遠，此中材庸主之所常為。」

解析 ①「好」不能唸成ㄏㄠˇ。②「好大喜功」偏重指想建立大功；「急功近利」重在急於取得功效，以謀求眼前利益。

例句 棒球講究的是團體合作，你這種好大喜功的個人英雄主義會害了整個球隊的。

近義 好高騖遠；居功自傲；矜功自伐；急功好利。

反義 功成不居；功成身退；實事求是。

好為人師（ㄏㄠˋ ㄨㄟˊ ㄖㄣˊ ㄕ）

解釋 不謙虛，喜歡以教育別人的人物自居。

出處 《孟子．離婁上》：「人之患在好為人師。」

解析 「好為人師」指喜歡以教育別人的姿態出現；「為人師表」指在各方面可以作為別人學習的榜樣。

例句 他好為人師，不過懂得一點皮毛就以專家自居，常常指導別人。

近義 妄自尊大；夜郎自大。

反義 不恥下問；移樽就教；韜光養晦。

好事多磨（ㄏㄠˇ ㄕˋ ㄉㄨㄛ ㄇㄛˊ）

解釋 磨：阻礙。

一件好事往往會受到許多阻礙，表示美好的事物，往往不易成就。

解析 「磨」不要寫成「摩」。

例句 他們倆的婚事受到許多阻礙，婚期一延再延，真是好事多磨。

近義 好事天慳；好事多慳。

反義 一帆風順。

好高騖遠（ㄏㄠˋ ㄍㄠ ㄨˋ ㄩㄢˇ）

解釋 騖：馬快跑，引申為追求。

不切實際地追求過高或過遠的目標。

出處 《宋史．程顥傳》：「病學者厭卑近而騖高遠，卒無成焉。」

解析 好，讀ㄏㄠˋ，不讀ㄏㄠˇ。

例句 你年紀輕輕的，不要好高騖遠，應該腳踏實地自基礎做起。

近義 不自量力；好大喜功。

反義 量力而行；腳踏實地；穩紮穩打。

好景不常（ㄏㄠˇ ㄐㄧㄥˇ ㄅㄨˋ ㄔㄤˊ）

解釋 景：光景，時機。

好的情況不能一直持續下去，常用來表達感傷的心情。

例句 餐廳剛開幕時，賓客絡繹不絕，沒想到好景不常，不出一個月就變得十分冷清。

好逸惡勞（ㄏㄠˋ ㄧˋ ㄨˋ ㄌㄠˊ）

解釋 惡：討厭，憎恨。

貪圖安逸，厭惡勞動。

出處 《後漢書．方術傳．郭玉》：「其為療也，有四難焉：自用意而不任臣，一難也；將身不謹，二難也；骨節不強，不能使藥，三難也；好逸惡勞，四難也。」

解析 ①不要把「好」念成ㄏㄠˇ，「惡」唸成ㄜˋ。②「好逸惡勞」含有貪圖安逸和厭惡勞動兩方面的意思，語義較重，適用面較廣；「好吃懶做」重在貪圖吃喝玩樂，適用面較窄。

例句 你這種**好逸惡勞**、一天到晚游手好閒的態度要如何成家立業呢？

近義 好吃懶做；游手好閒。

反義 吃苦耐勞。

好整以暇（ㄏㄠˋ ㄓㄥˇ ㄧˇ ㄒㄧㄚˊ）

解釋 整：有秩序，整齊；暇：空閒，從容。形容既整齊又從容不迫的樣子。

出處 《左傳·成公十六年》：「日臣之使於楚也，子重問晉國之勇，臣對曰：『好以眾整。』曰：『又何如？』臣對曰：『好以暇。』」

例句 現在的局勢雖然十分緊張，但總教練仍是**好整以暇**，不慌不忙地喝茶。

近義 從容不迫。

反義 侷促不安；跼蹐不安。

如火如荼（ㄖㄨˊ ㄏㄨㄛˇ ㄖㄨˊ ㄊㄨˊ）

解釋 荼：荼靡，開白花的茅草。原指軍容盛大。現在用來比喻氣勢旺盛或熱烈。

出處 《國語·吳語》記載：春秋末年，吳王夫差和晉定公爭做諸侯盟主。吳王夫差為了顯示自己的威風，一天夜裏把吳軍三萬人擺成三個正方形的陣容，中軍全部白衣白甲，白色旗幟和纓有白色羽毛的短箭，「望之如荼」；左軍，紅衣紅旗和纓有紅色羽毛的短箭，「望之如火」；右軍，黑衣黑旗，恰似濃雲密布。第二天一早，吳王親自鳴鼓，三萬士軍，一齊呼應，高昂的聲音，震得像山崩地裂一般。晉定公見此聲勢，只好讓吳王做了盟主。

解析 「荼」不能唸成ㄔㄚˊ，不能寫成「茶」。

例句 距離運動會只剩下半個月了，所有的籌備活動正**如火如荼**的展開。

近義 風起雲湧；洶湧澎湃。

反義 一潭死水。

如出一轍（ㄖㄨˊ ㄔㄨ ㄧˋ ㄔㄜˋ）

解釋 轍：車輪所壓出的痕跡。像從同一個車輪所壓出的痕跡。比喻言論或行動完全一樣。

出處 盧諶〈贈劉琨詩〉：「惟同大觀，萬塗一轍。」

解析 「轍」不可寫成「撤」。

例句 他們倆的說法**如出一轍**，不免令人懷疑他們事前商量過。

近義 一模一樣；千篇一律；同出一轍；毫無二致。

反義 大相逕庭；迥然不同；截然不同。

如坐針氈（ㄖㄨˊ ㄗㄨㄛˋ ㄓㄣ ㄓㄢ）

解釋 像坐在插了針的氈上一樣。比喻心中十分不安。

出處 《晉書·愍懷太子遹傳》記載：杜錫學識淵博為太子中舍人。愍懷太子不求長進。杜錫常常勸告他，太子不悅，派人在杜錫坐的氈子中插了許多針，杜錫不知此事，坐下時被刺得鮮血直流。

解析「芒刺在背」和「如坐針氈」都是比喻心中十分不安，但前者語意窄，一般只指因有所畏懼而引起的心神不寧；後者語意較寬，可用於因恐懼、羞愧、急躁、期待等各種原因所引起的心神不安。

例句 他昨天下午偷東西的事被父母知道後，讓他一整天**如坐針氈**。

近義 芒刺在背；坐立不安；坐臥不寧；惴惴不安。

反義 安之若素；行若無事；若無其事。

如法炮製（ㄖㄨˊ ㄈㄚˇ ㄆㄠˊ ㄓˋ）

解釋 炮製：用烘、炒等方法製造中藥。依照古法，炮製中藥。比喻依照舊規矩處理事情。

出處《兒女英雄傳》五回：「等明日早走，依舊如法炮製，也不怕他飛上天去。」

解析「炮」不能唸成ㄆㄠˋ。

例句 如果這個方法管用，下回我們就**如法炮製**，依照辦理就可以了。

近義 照貓畫虎；依樣畫葫蘆。

反義 不落窠臼；別出心裁；獨闢蹊徑。

如虎添翼（ㄖㄨˊ ㄏㄨˇ ㄊㄧㄢ ㄧˋ）

解釋 像老虎長了翅膀。比喻本領很大的人又增加新的力量，能力更大，或凶惡的人得到援助，更加凶惡。

出處《三國演義》三十九回：「今玄德得諸葛亮為輔，如虎生翼矣。」

解析 ①「添」右部下從「小」，不可寫成「小」。②「如虎添翼」、「錦上添花」都有好上加好的意思，但「如虎添翼」多表示使強的更強；而「錦上添花」則多指使美上加美。

例句 球隊裏新進了一名優秀的三壘手後便**如虎添翼**，一連打了三連勝。

近義 助我張目；錦上添花。

如狼似虎（ㄖㄨˊ ㄌㄤˊ ㄙˋ ㄏㄨˇ）

解釋 形容人如虎狼那樣凶暴、殘忍。

出處《元曲選．無名氏〈來生債〉二》：「我則待要錢妝的你來如狼似虎。」

例句 這些放高利貸的個個**如狼似虎**，你千萬不要和他們來往。

近義 狼子野心；豺狼成性。

反義 心慈面軟；慈悲為懷。

如魚得水（ㄖㄨˊ ㄩˊ ㄉㄜˊ ㄕㄨㄟˇ）

解釋 像魚得到水一樣。比喻得到跟自己相投合的人或適合自己的環境。

出處《三國志．諸葛亮傳》記載：東漢末年，劉備為了請諸葛亮出來輔助他創立基業，曾「三顧茅廬」向他求教。諸葛亮分析了當時軍事、政治形勢，建議劉備與曹操、孫權鼎足而立，占據荊州，奪取益州，對外結交孫權，對內安撫百姓，劉備非常贊成諸葛亮的主張，和諸葛亮同吃同睡，感情很好。關羽和張飛看了，心裏很不自在，劉備便對他們說：「孤之有孔明，猶魚之有水也。」

解析 ①「魚」不可寫成「漁」。②「如魚得水」指一方得到了最需要的人事或最適合的環境；「如魚似水」指兩方面關係密切，不可分離。

例句 小弟自從參加排球校隊後，簡直是**如魚得水**，每天快樂的不得了。

近義 水乳交融；志同道合；涸魚得水。

反義 如魚失水；格格不入。

如喪考妣（ㄖㄨˊ ㄙㄤˋ ㄎㄠˇ ㄅㄧˇ）

解釋 考：父親；妣：母親。好像死了父母一般的哀傷。比喻極為哀痛。

出處 《尚書．舜典》：「二十有八載，帝乃殂落，百姓如喪考妣。」

解析 「喪」不讀「治喪」的ㄙㄤ。

例句 也不過是輸了一場球賽，你們也犯不著個個**如喪考妣**的吧！

近義 肝腸寸斷；哀痛欲絕；悲不自勝。

反義 喜從天降；樂不可支；興高采烈；歡天喜地。

如湯沃雪（ㄖㄨˊ ㄊㄤ ㄨㄛˋ ㄒㄩㄝˇ）

解釋 湯：熱水；沃：澆。像把熱水澆在雪上，雪立即消融一樣。比喻事情極易解決。

出處 《文選．枚乘〈七發〉》：「小飯大歠（ㄔㄨㄛˋ），如湯沃雪。」（歠，飲，啜。）

例句 只要能請他出面幫忙，這件事便能**如湯沃雪**般順利解決。

近義 以湯沃雪；如運諸掌；不費吹灰之力。

如意算盤（ㄖㄨˊ ㄧˋ ㄙㄨㄢˋ ㄆㄢˊ）

解釋 比喻只憑自己主觀、隨心所欲的計畫、打算。

出處 《官場現形記》第四十四回：「好便宜！你倒會打如意算盤，十三個半月工錢，只付三個月。」

例句 他公司的營運狀況已經出現轉機，你的**如意算盤**，恐怕得泡湯了。

近義 一廂情願。

反義 事與願違。

如雷貫耳（ㄖㄨˊ ㄌㄟˊ ㄍㄨㄢˋ ㄦˇ）

解釋 貫：貫穿，進入。像雷聲傳入耳朵那樣響亮。比喻人的名聲極大。

出處 《元曲選．無名氏〈凍蘇秦〉》

一》：「久聞先生大名，如雷貫耳，今日幸遇尊顏，實乃小生萬幸。」

解析 「貫」上部不寫成「毋」或「母」。

例句 你的大名是如雷貫耳，我們對你是久仰多時。

近義 大名鼎鼎；遐邇聞名；遠近馳名；赫赫有名。

反義 無聲無息；默默無聞；鮮為人知。

如夢初醒（ㄖㄨˊ ㄇㄥˋ ㄔㄨ ㄒㄧㄥˇ）

解釋 好像作夢剛醒。比喻忽然醒悟過來。

出處 《警世通言》二：「今日被老子點破了前生，如夢初醒。」

解析 「如夢初醒」和「茅塞頓開」都形容忽然頓悟。「如夢初醒」意即恍然大悟，忽然覺醒過來；而「茅塞頓開」則是指人在思路閉塞或愚昧無知中忽然開竅。

例句 經過教練的指點，他才如夢初醒地發現自己的毛病所在。

近義 如醉方醒；恍然大悟；茅塞頓開。

反義 執迷不悟。

如墜煙霧（ㄖㄨˊ ㄓㄨㄟˋ ㄧㄢ ㄨˋ）

解釋 好像掉入煙霧瀰漫的大海裏。比喻迷失方向，找不到頭緒，茫然不知要領。也作「如墜煙海」。

出處 唐．李白〈嘲魯儒〉詩：「問以經濟策，茫如墜煙霧。」

例句 她曖昧不明的態度，讓大家如墜煙霧不明就裏。

如影隨形（ㄖㄨˊ ㄧㄥˇ ㄙㄨㄟˊ ㄒㄧㄥˊ）

解釋 比喻兩人的關係親密，不能分離。也比喻兩件事物的關係密切、相從。

出處 《管子．明法解》：「故君臣之間，明別主尊臣卑。如此則下之從上也，如響之應聲；臣之法主也，如景之隨形。」（景，同「影」）

解析 「如影隨形」和「形影不離」都有「常在一起，不分離」的意思，但「形影不離」多用於人。

例句 你這樣如影隨形地跟著他，只怕會帶來反效果，讓他倍覺壓迫。

近義 如膠似漆；形影不離；形影相隨。

反義 同床異夢；格格不入；貌合神離。

如數家珍（ㄖㄨˊ ㄕㄨˇ ㄐㄧㄚ ㄓㄣ）

解釋 數：計算；家珍：家藏的珍寶。像數說家中的珍寶那樣清楚。比喻敘述事情清楚、熟悉。

解析 「如數家珍」、「一五一十」都可表示敘述得清楚。其區別在於：「一五一十」著重於講的內容的完整和詳盡；「如數家珍」著重於對所講內容的熟悉。

例句 他是個超級球迷，對職棒歷年來的事蹟是如數家珍。

近義 一清二楚；瞭如指掌。

反義 一無所知。

如膠似漆（ㄖㄨˊ ㄐㄧㄠ ㄙˋ ㄑㄧ）

解釋 比喻結合得非常堅固。形容友情或感情的親密、堅固。原作「如膠如漆」。

出處 漢·韓嬰《韓詩外傳》九：「夫實之與實，如膠如漆。」

例句 鄰家的李伯伯與李伯母結婚數十年仍如膠似漆，令人羨慕不已。

近義 水乳交融；如影隨形；形影不離。

反義 日月參辰；同床異夢；貌合神離。

如獲至寶（ㄖㄨˊ ㄏㄨㄛˋ ㄓˋ ㄅㄠˇ）

解釋 好像得到最珍貴的東西。形容獲得心愛之物後，大喜過望的心情。

出處 宋·李光〈與胡邦衡書〉：「忽蜀僧行密至，袖出寂照庵三字，如獲至寶。」

解析 ①不要把「獲」讀成ㄏㄨˋ。②用來形容對所得到的東西非常珍視和喜愛。

例句 他生日時收到一輛腳踏車，簡直是如獲至寶般興奮。

近義 如獲至珍。

反義 一無所獲；一無所得；如棄敝屣。

如臨大敵（ㄖㄨˊ ㄌㄧㄣˊ ㄉㄚˋ ㄉㄧˊ）

解釋 臨：面對，碰到。好像碰到強大的敵人一般。形容處於戒備森嚴的狀態。

出處 清·吳趼人《痛史》第三回：「鄂州守將張士傑，時時都作準備，旌旗蔽日，習鬥連宵，無間寒暑，總是如臨大敵。」

例句 為了準備招待下午要來的客戶，他一副如臨大敵似的，整天慌慌張張。

反義 一笑置之；不屑一顧；付之一笑。

如蟻附羶（ㄖㄨˊ ㄧˇ ㄈㄨˋ ㄕㄢ）

解釋 附：依傍。像螞蟻圍著有羶味的羊肉般。比喻前往依附的人很多。

出處 《莊子·徐无鬼》：「蟻慕羊肉，羊肉羶也」。

解析 「如蟻附羶」、「趨炎附勢」都可表示依附有錢有勢的人的意思，其區別在於：「如蟻附羶」只可指一群人；「趨炎附勢」則不論多寡都適用。

例句 近來股市大漲，前景看好，吸引許多人如蟻附羶地投入股市。

近義 趨之若鶩；趨炎附勢。

如願以償（ㄖㄨˊ ㄩㄢˋ ㄧˇ ㄔㄤˊ）

解釋 償：滿足。按照自己所希望的實現了。

出處 《曾國藩·批牘·署安徽藩司

何璟稟陳管見數端伏候裁擇由》：「惟軍情瞬息千變，不知將來能如願以償耳否。」

解析 「償」不能唸ㄕㄤˇ。「如願以償」、「心滿意足」僅只強調願望實現的滿足心情，而「志得意滿」則多強調自鳴得意的樣子，重在外貌。

例句 贏得奧運金牌是他多年來的心願，終於在今年如願以償了。

近義 心滿意足；正中下懷；求仁得仁；稱心如意。

反義 天違人願；好事多磨；事與願違。

如釋重負 ㄖㄨˊ ㄕˋ ㄓㄨㄥˋ ㄈㄨˋ

解釋 釋：放下；負：負擔。像放下沈重負擔那樣的輕鬆。

出處 《穀梁傳．昭公二十九年》：「昭公出奔，民如釋重負。」

解析 「釋」不可寫成「譯」、「擇」。「釋」不解釋成「消除、融化」（如「渙然冰釋」）。

例句 聯考過後，大夥如釋重負，紛紛相約到郊外輕鬆一下。

反義 千鈞重負；如牛負重。

四畫

妙不可言 ㄇㄧㄠˋ ㄅㄨˋ ㄎㄜˇ ㄧㄢˊ

解釋 美妙到了極點，無法用語言形容。

出處 宋．周紫芝《竹坡詩話》：「詩中用雙疊字易得句……若杜少陵『風吹客衣日杲杲，樹繞離思花冥冥』，『無邊落木蕭蕭下，不盡長江滾滾來』，則又妙不可言。」

例句 這個突如其來的結尾，安排得恰到好處，真是妙不可言。

反義 平淡無奇。

妙手回春 ㄇㄧㄠˋ ㄕㄡˇ ㄏㄨㄟˊ ㄔㄨㄣ

解釋 妙手：技能高明的人；回春：恢復生機。稱讚醫生醫術高明，能使病危的人痊癒。

出處 清．李寶嘉《官場現形記》二十回：「藥鋪門裏門外足足掛著二三塊匾額，……什麼『扁鵲復生』，什麼『妙手回春』，什麼『是乃仁術』，匾上的字句一時也不清楚。」

解析 「妙手回春」和「起死回生」都形容醫術高明，把將要死的人醫活。但「妙手回春」著重於稱讚醫生的醫術高明；「起死回生」具有雙重含義，可形容醫術高明，也可比喻手段高超。

例句 林醫師醫術高超能妙手回春，許多病患都不遠千里來請他醫治。

近義 手到病除；起死回生。

反義 不可救藥；回天乏術；庸醫殺人；藥石無功。

妙語解頤 ㄇㄧㄠˋ ㄩˇ ㄐㄧㄝˇ ㄧˊ

解釋 頤：面頰；解頤：指大笑。巧妙、風趣的語言使人大笑。

出處《漢書．匡衡傳》：「匡說詩，解人頤。」顏師古注引如淳曰：「使人笑不能止也。」

解析 頤，讀ㄧˊ，不讀ㄧㄥˊ。

例句 他說話非常幽默、詼諧，常妙語解頤，引得全場哈哈大笑。

近義 妙語連珠；妙趣橫生；談笑風生。

反義 拙嘴笨腮；陳腔濫調；語言無味。

妖言惑眾 ㄧㄠ ㄧㄢˊ ㄏㄨㄛˋ ㄓㄨㄥˋ

解釋 妖言：荒誕離奇、騙人的話。用荒誕離奇的邪說欺騙、蠱惑群眾。

出處《漢書．眭（ㄙㄨㄟ）弘傳》：「妄設妖言惑眾，大逆不道。」

解析「惑」不寫成「或」。

例句 這些江湖術士利用人性弱點、妖言惑眾，趁人之危騙取大筆金錢，非常不應該。

近義 造謠惑眾；惑人耳目；謠言惑眾；蠱惑人心。

五　畫

委曲求全 ㄨㄟˇ ㄑㄩ ㄑㄧㄡˊ ㄑㄩㄢˊ

解釋 委曲：使自己受委屈。勉強遷就他人或環境，以求得事情的完成。

出處《漢書．嚴彭祖傳》：「凡通經術，固當修行先王之道，何可委曲從俗，苟求富貴乎？」

解析 ①可用於個人之間，也可用於國家、團體之間。②不要把「曲」寫成「屈」。

例句 他為了兩家的和諧，只得委曲求全，居中調解。

近義 委曲求全；委曲周全；相忍為國；逆來順受。

反義 寧死不屈；寧為玉碎，不為瓦全。

姑妄言之 ㄍㄨ ㄨㄤˋ ㄧㄢˊ ㄓ

解釋 姑：姑且；妄：胡亂。姑且隨便說說。形容不負責的說話態度。

出處《莊子．齊物論》：「予嘗為女（ㄖㄨˇ）妄言之，女以妄聽之。」

例句 看他說得口沫橫飛，不過都是姑妄言之，不可盡信。

反義 言之鑿鑿；有根有據；鑿鑿有據。

姑息養奸 ㄍㄨ ㄒㄧ ㄧㄤˇ ㄐㄧㄢ

解釋 姑息：過於寬容、放縱。養：養成，助長；奸：指壞人、壞事。毫無原則的過分寬容就會助長壞人、壞事。

出處《禮記．檀弓》：「細人之愛人也以姑息。」

解析「姑息養奸」指因寬容而助長壞人、壞事；「養癰遺患」、「養虎遺患」偏重縱容壞人、壞事而給自己留下禍患。

例句 你一再縱容他們的行為，只怕會姑息養奸，使他們走上歧路。

近義 養虎遺患；養癰遺患。

反義 嚴懲不貸。

姍姍來遲（ㄒㄧㄢ ㄒㄧㄢ ㄌㄞˊ ㄔˊ）

解釋 姍姍：行走緩慢的樣子。原來形容女子從容緩步的樣子，表示慢慢吞吞地來晚了。多以譏諷人遲到。

出處 《漢書．孝武李夫人傳》：「立而望之，偏何姍姍其來遲。」

解析 「姍」讀ㄒㄧㄢ，不讀ㄕㄢ，不寫作「跚」。

例句 電影開演大半天了你才姍姍來遲，我們只好換一部看。

近義 慢條斯理；蝸行牛步。

反義 動如脫兔；捷足先登。

始作俑者（ㄕˇ ㄗㄨㄛˋ ㄩㄥˇ ㄓㄜˇ）

解釋 俑：古代用以陪葬的木偶或陶偶。第一個製作陪葬土木偶的人。比喻首開惡例或惡端的人。

出處 《孟子．梁惠王上》：「仲尼曰：『始作俑者，其無後乎！』為其像人而用之也。」

解析 ①俑，讀ㄩㄥˇ，不讀ㄩㄥ。②「始作俑者」指首開惡例的人，且引起後人跟從；「罪魁禍首」指做壞事的主謀、首惡。

例句 他是帶領檳榔西施這股風潮的始作俑者。

近義 罪魁禍首。

始終不渝（ㄕˇ ㄓㄨㄥ ㄅㄨˋ ㄩˊ）

解釋 渝：改變，違背。自始至終一直不變。比喻意志堅定，貫徹到底。

出處 《晉書．謝安傳》：「安雖居朝寄，然東山之志，始末不渝，每形於言色。」

解析 ①渝，讀ㄩˊ，不讀ㄩˋ。②「始終不渝」著重指前後一樣；「終身不渝」著重指一輩子都不改變。

例句 他一再表明自己對國家的忠貞是始終不渝的，然而暗地裏早已在準備移民了。

近義 矢志不渝；始終如一；終身不渝。

反義 反覆無常；有始無終；見異思遷；朝秦暮楚。

始終如一（ㄕˇ ㄓㄨㄥ ㄖㄨˊ ㄧ）

解釋 從開始到結束都一樣。指能堅持，不改變。也作「終始如一」。

出處 《荀子．議兵》：「慮必先事而申之以敬，慎終如始，終始如一，夫是之謂大吉。」

解析 「始終如一」、「一如既往」都含有不會改變的意思，其區別在於：「始終如一」強調自始至終不改變；「一如既往」強調和從前一樣。「始終如一」強調始終堅持，從不間斷；「一如既往」則並不強調此意。

例句 他一生都在研究天文，對天文的熱情是始終如一，未曾稍減。

近義 始終不渝；善始善終。

反義 反覆無常；有始無終；虎頭蛇尾；朝令夕改。

始亂終棄（ㄕˇ ㄌㄨㄢˋ ㄓㄨㄥ ㄑㄧˋ）

解釋 亂：淫亂，玩弄。先加以玩弄，後來又遺棄不顧。多指男性玩弄女性的行徑。

出處 唐．元稹《會真記》：「始亂之，終棄之。」

例句 這位情場老手，對許多女性始亂終棄，現在竟敗在一個小女生手中，真是報應。

反義 白首偕老；白頭到老。

六　畫

姹紫嫣紅（ㄔㄚˋ ㄗˇ ㄧㄢ ㄏㄨㄥˊ）

解釋 姹：美麗；嫣：美豔。形容各色嬌艷的花朵。

出處 明．湯顯祖《牡丹亭．驚夢》：「原來姹紫嫣紅開遍，似這般都付與斷井頹垣。」

解析 「姹紫嫣紅」和「萬紫千紅」都有多彩多姿的意思，但「姹紫嫣紅」的意思偏重在嬌艷，只用來形容花卉；「萬紫千紅」偏重在繁榮，不僅可以形容美麗的春色，也可以比喻事物的豐富多采或景象的興盛繁榮。

例句 這一片姹紫嫣紅、花團錦簇的花園，真是令人心曠神怡，精神為之一振。

近義 五彩繽紛；花團錦簇；萬紫千紅。

威武不屈（ㄨㄟ ㄨˇ ㄅㄨˋ ㄑㄩ）

解釋 強權、武力都不能使人屈服。

出處 《孟子．滕文公》：「富貴不能淫，貧賤不能移，威武不能屈，此之謂大丈夫。」

解析 「屈」不可寫成「曲」。

例句 他剛烈正直、威武不屈的個性，正是司法界所欠缺的人才。

近義 堅貞不屈；寧死不屈。

反義 卑躬屈膝。

威脅利誘（ㄨㄟ ㄒㄧㄝˊ ㄌㄧˋ ㄧㄡˋ）

解釋 用暴力逼迫，用利益引誘。形容軟硬兼施，使別人屈服。

例句 李老先生對這片果園有深厚的感情，不論別人如何威脅利誘，他都不肯賣掉。

八　畫

婦人之仁（ㄈㄨˋ ㄖㄣˊ ㄓ ㄖㄣˊ）

解釋 仁：仁慈。形容小恩小惠。

出處 《史記．淮陰侯列傳》：「項王見人，恭敬慈愛，言語嘔嘔（ㄒㄩ），人有疾病，泣涕分食飲。至使人有功，當封爵者，印刓（ㄨㄢˊ）敝，忍不能予。此所謂婦人之仁也。」（嘔嘔，和悅的樣子。刓敝，稜角磨光了。」

例句 你這種婦人之仁，只怕永遠做不了優秀的政治家。

反義 木石心腸；鐵石心腸。

十一畫

嫠不恤緯（ㄌㄧˊ ㄅㄨˋ ㄒㄩˋ ㄨㄟˇ）

解釋 嫠：寡婦；恤：憂慮；緯：緯紗，織布的橫線。寡婦不憂慮緯紗少，織不成布，只怕亡國。比喻憂國忘身。

出處《左傳．昭公二十四年》：「嫠不恤其緯，而憂宗周之隕，為將及焉。」

例句 我們國家雖小，但如果能做到人人團結一致、嫠不恤緯，必定有強盛的一天。

十二畫

嬉笑怒罵（ㄒㄧ ㄒㄧㄠˋ ㄋㄨˋ ㄇㄚˋ）

解釋 嬉：遊戲。形容人性情不拘小節，高興就笑，生氣就罵。後來形容不拘守規格，任意發揮寫成的妙文。

出處 宋．黃庭堅〈東坡先生真贊〉：「東坡之酒，赤壁之笛，嬉笑怒罵，皆成文章。」

例句 這位文壇才女，文筆生動自然，無論嬉笑怒罵，都是一篇篇的好文章。

【子部】

子虛烏有（ㄗˇ ㄒㄩ ㄨ ㄧㄡˇ）

解釋 漢朝司馬相如作〈子虛賦〉，虛構「子虛」、「烏有先生」和「亡是公」三人互相問答。子虛的意思是並非真實；烏有指哪有此人。後來就把不真實的或不存在的人、事叫做「子虛烏有」。

出處《漢書．敘傳下》：「文豔用寡，子虛烏有，寓言淫麗，托風終始，多識博物，有可觀采，蔚為辭宗，賦頌之首。」

例句 這種荒謬絕倫的事情想來也是子虛烏有、憑空捏造的。

近義 烏有先生；憑虛公子。

反義 千真萬確；無可置疑。

孑然一身（ㄐㄧㄝˊ ㄖㄢˊ ㄧ ㄕㄣ）

解釋 孑：單獨。形容孤孤單單的一個人。

出處《兒女英雄傳》十九回：「他聽得仇人已死，大事已完，剩了自己孑然一身，無可留戀。」

解析 不要把「孑」寫成「子」或唸成ㄗˇ。

例句 他隻身到台灣奮鬥了數十年，沒想到退休後仍是孑然一身，無依無靠。

近義 形影相弔；孤苦伶仃；煢煢孑立。

反義 三親六眷；三親六故。

一畫

孔武有力（ㄎㄨㄥˇ ㄨˇ ㄧㄡˇ ㄌㄧˋ）

解釋 孔：甚，很。

形容人非常威武而有力量。

出處 《詩經．鄭風．羔裘》：「羔裘豹飾，孔武有力。」

解析 「孔武有力」指勇猛、有力；「拔山舉鼎」則偏重有力量，且有氣概不凡的意思。

例句 沒想到外表粗獷、**孔武有力**的他，私下竟如此溫文儒雅。

近義 扛鼎拔山；拔山舉鼎；拔海蕩山。

反義 弱不禁風；無拳無勇。

三畫

字字珠璣（ㄗˋ ㄗˋ ㄓㄨ ㄐㄧ）

解釋 璣：不圓的珠。

每個字都是珍珠。比喻文章的字句優美、有智慧。

出處 《兒女英雄傳》第一回：「怎奈他『文齊福不至』，會試了幾次，任憑是篇篇錦繡，字字珠璣，會不上一名進士，到了四十歲開外，還依然是個老孝廉。」

解析 「咳唾成珠」偏重形容言談；「字字珠璣」偏重形容文字。

例句 這段格言真是**字字珠璣**，希望你能時時銘記在心。

近義 一字千金；妙語如珠；錦心繡口。

反義 陳腔濫調。

字斟句酌（ㄗˋ ㄓㄣ ㄐㄩˋ ㄓㄨㄛˊ）

解釋 對文章中的每字、每句都仔細地斟酌、推敲。形容說話或寫作時的態度慎重。

出處 清．紀昀《閱微草堂筆記．灤陽消夏錄一》：「《論語》《孟子》，宋儒積一生精力，字斟句酌，亦斷非漢儒所及。」

解析 「雕章琢句」和「字斟句酌」都指對文章字句的精心推敲，但前者一般指忽略文章的內容，而片面地在字句上下功夫，含貶義；而後者一般只指對文章字句仔細推敲、認真修改，沒有貶抑意味。

例句 生性謹慎的他，說起話來總是小心翼翼、**字斟句酌**的。

近義 咬文嚼字；雕章琢句。

反義 率爾操觚。

四畫

孜孜不倦（ㄗ ㄗ ㄅㄨˋ ㄐㄩㄢˋ）

解釋 孜孜：也作「孳孳」，努力不懈的樣子。

形容勤奮努力，毫不倦怠。

出處 《三國志．蜀書．向朗傳》：「乃更潛心典籍，孜孜不倦。」

解析 「孜孜不倦」、「終日乾乾」和「篤行不倦」都是形容勤奮努力的樣子，但有區別：「孜孜不倦」

多用在學習和研究上；「終日乾乾」則多用於工作；「篤行不倦」多用於實行自己的主張。

例句 為了考上理想的學校，許多年輕學子終日孜孜不倦地讀書，無法享受應有的青春歡笑。

近義 夜以繼日；終日乾乾；篤行不倦。

反義 一暴十寒；中道而廢；好逸惡勞；飽食終日。

五畫

孤臣孽子（ㄍㄨ ㄔㄣˊ ㄋㄧㄝˋ ㄗˇ）

解釋 孤臣：被國君遺棄、孤立無助的臣子；孽子：古時稱不是正妻所生的兒子。

比喻處於憂患困苦中的人。

出處 《孟子．盡心上》：「獨孤臣孽子，其操心也危，其慮患也深，故達。」

解析 「孽」讀ㄋㄧㄝˋ，不讀ㄧㄝˋ。

例句 歷史上有許多被放逐的孤臣孽子，因為環境的困頓反而促使他們有偉大的成就。

反義 亂臣賊子；獨夫民賊。

孤注一擲（ㄍㄨ ㄓㄨˋ ㄧˊ ㄓˋ）

解釋 注：賭博所下的錢；孤注：把所有的錢併作一注；擲：指賭錢時擲骰子。

賭徒在輸急時把所有的錢併作一注押上去。比喻在危急時用盡所有力量作最後的一次冒險。

出處 《宋史．寇準傳》記載：宋真宗時，契丹入侵，宰相寇準請宋真宗親自出戰，到了澶（ㄔㄢˊ）州。宋兵士氣大振，終於獲得勝利。事後，宋真宗稱讚寇準獻策有功，而王欽若卻說：「陛下聽說過賭博嗎？賭錢的人在他輸急的時候，會把身上所有的錢都押上，這就叫做『孤注』。寇準請陛下親自督戰，陛下正是寇準的『孤注』。」

解析 ①不要把「擲」讀成「鄭」（ㄓㄥˋ）。②「孤注一擲」和「破釜沈舟」都有「做最後一次拚搏」的意思。但「孤注一擲」重在盡所有力量做最後的一次冒險，「破釜沈舟」重在下決心決一勝負。

例句 這是我們最後的機會，我們不得不孤注一擲，放手一搏。

近義 一擲乾坤；破釜沈舟。

反義 穩操勝算。

孤芳自賞（ㄍㄨ ㄈㄤ ㄗˋ ㄕㄤˇ）

解釋 比喻自命清高，自我欣賞；也指人品格高潔，懷才不遇。

出處 宋．張孝祥〈念奴嬌．過洞庭〉詞：「應念嶺表經年，孤芳自賞，肝膽冰雪。」

解析 「孤芳自賞」以花喻人，偏重表現清高的「心態」；「自我陶醉」指沈浸在某種情境之中，偏重表現自我欣賞的「情緒」；「自命不凡」直陳自認為不同凡響，偏重表現驕傲自滿的心態。

例句 他雖有滿腹的才能，卻始終無法一展長才，只得**孤芳自賞**了。

近義 古調獨彈；自命不凡；自命清高。

反義 自愧弗如；自慚形穢。

孤苦伶仃 ㄍㄨ ㄎㄨˇ ㄌㄧㄥˊ ㄉㄧㄥ

解釋 孤：很小就沒有父母；伶仃：孤獨沒有依靠。

生活困苦孤單，無依無靠。

出處 《文選．李密〈陳情表〉》：「臣少多疾病，九歲不行，伶仃孤苦，至於成立。」

解析 「孤苦伶仃」偏重形容人生活困苦，無依無靠；「形單影隻」只指孤單單一個人，不一定生活困苦。

例句 他從小就沒有父母，一個人**孤苦伶仃**的，所以他現在非常珍惜自己的家庭生活。

近義 孑然一身；形影相弔；形單影隻；無依無靠。

反義 兒孫滿堂；兒孫繞膝。

孤陋寡聞 ㄍㄨ ㄌㄡˋ ㄍㄨㄚˇ ㄨㄣˊ

解釋 寡：少。

學識短淺，見聞貧乏。

出處 《禮記．學記》：「獨學而無友，則孤陋而寡聞。」

解析 「孤陋寡聞」偏重於學識淺陋；「淺見寡識」、「寡見鮮聞」則偏重於見聞極少。

例句 這件事情早已鬧得滿城風雨，你竟然毫不知情，真是**孤陋寡聞**。

近義 淺見寡聞；寡聞少見；寡見鮮聞。

反義 見多識廣；博古通今；博學多聞。

孤家寡人 ㄍㄨ ㄐㄧㄚ ㄍㄨㄚˇ ㄖㄣˊ

解釋 孤家、寡人，都是古代帝王的自稱。

現在比喻單獨一人。

出處 清．吳趼人《二十年目睹之怪現狀》第六十五回：「到了今日，雲岫竟變了孤家寡人了。」

解析 「孤家寡人」指單獨一個人；「隻身孤影」則指無依無靠，孤獨的一個人。

例句 他已經四十多歲了，仍是**孤家寡人**一個，大家都替他非常著急。

近義 孤身隻影；形影相弔；隻身孤影。

孤掌難鳴 ㄍㄨ ㄓㄤˇ ㄋㄢˊ ㄇㄧㄥˊ

解釋 一個巴掌拍不出聲音來。比喻一個人力量薄弱，不能有所作為。

出處 《韓非子．功名》：「一手獨拍，雖疾無聲。」

解析 「孤掌難鳴」比喻孤立無援，難以有所作為；「獨木難支」比喻無法挽回頹倒之勢，指難以支撐。

例句 他知道自己一個人恐怕**孤掌難鳴**，於是呼朋引伴找了許多人壯膽。

近義 獨木難支；獨木不成林。

反義 人多勢眾；眾志成城。

孤雲野鶴 ㄍㄨ ㄩㄣˊ ㄧㄝˇ ㄏㄜˋ

解釋 指生活悠閒自在、不求名利的隱士。又作「野鶴孤雲」。

出處 唐．劉長卿《劉隨州集．送方外上人》詩：「孤雲將野鶴，豈向人間住。」

解析 「孤」不要寫成「狐」。

例句 他看多了社會人心的險惡，寧願一個人在山上過著孤雲野鶴的日子。

孤雛腐鼠 ㄍㄨ ㄔㄨˊ ㄈㄨˇ ㄕㄨˇ

解釋 孤雛：孤單的幼鳥，指為微小之物；腐鼠：腐爛的老鼠，指可棄之物。比喻微賤不足道的人或物。

出處 《後漢書．竇憲傳》：「(憲)以賤直(值)奪沁水公主園田……後發覺，帝大怒，召憲切責曰：『……國家棄憲，如孤雛腐鼠耳。』」

解析 「孤雛腐鼠」多比喻微不足道的人，有時也可指物品；「蛛網塵埃」多比喻微不足道的物品，不可比喻人；「塵飯塗羹」、「陶犬瓦雞」則比喻無用的物品，一般不能用來比喻人。

例句 他毫不重視民生問題，視人民如孤雛腐鼠，以致民怨四起，人心思變。

近義 陶犬瓦雞；蛛網塵埃；塵飯塗羹。

反義 人中之龍；不世之才。

十三畫

學以致用 ㄒㄩㄝˊ ㄧˇ ㄓˋ ㄩㄥˋ

解釋 致用：使之應用於實際。把學到的知識實際運用，強調學習要能用於實際。

例句 許多人在選擇志願時並不清楚自己的興趣所在，以致有相當大比例的人沒有學以致用。

反義 學非所用。

學而不厭 ㄒㄩㄝˊ ㄦˊ ㄅㄨˋ ㄧㄢˋ

解釋 厭：厭倦，滿足。努力學習，沒有厭倦、滿足的時候。形容好學。

出處 《論語．述而》：「默而識(ㄕˋ)之，學而不厭，誨人不倦。」

解析 「學而不厭」強調好學不厭倦；「手不釋卷」強調勤奮學習。

例句 他生性好奇、學而不厭，每次都見他孜孜不倦地念書。

近義 手不釋卷；孜孜不倦；韋編三絕。

反義 一暴十寒；不求甚解；淺嘗輒止。

學富五車 ㄒㄩㄝˊ ㄈㄨˋ ㄨˇ ㄐㄩ

解釋 五車：指五車書。形容書讀得多，學問豐富。

出處 《莊子．天下》：「惠施多方，其書五車。」

解析 「學富五車」形容書讀得多，學問豐富；「學貫天人」偏重指知識淵博，高於他人；「滿腹經綸」形容人有才氣，見解多；「見多識廣」指見聞廣博。

例句 李教授自幼飽讀詩書，**學富五車**，這點小問題你請教他準沒錯。

近義 博古通今；博學多聞；滿腹詩書；滿腹經綸。

反義 才疏學淺；不學無術；不通文墨；胸無點墨。

十四畫

孺子可教（ㄖㄨˊ ㄗˇ ㄎㄜˇ ㄐㄧㄠˋ）

解釋 孺子：兒童，後生。稱讚年輕人有潛力、值得造就。

出處 《史記．留侯世家》記載：張良在下邳避難時，遇到一位老人。老人故意把鞋子掉在橋下，叫張良去取來給他穿上，張良都照辦了，老人說：「孺子可教矣。」於是約定日期再見，最後把《太公兵法》傳授給張良。

例句 老師不過點了他兩句，他就能舉一反三，老師不免高興地說：「**孺子可教**。」

【宀部】

三畫

守口如瓶（ㄕㄡˇ ㄎㄡˇ ㄖㄨˊ ㄆㄧㄥˊ）

解釋 守口：緊閉住嘴不說。形容說話謹慎，不輕易洩密。

出處 《諸經要集．九》：「防意如城，守口如瓶。」

例句 這件事尚未獲得證實以前，他對外一直**守口如瓶**，不肯透露一點風聲。

近義 秘而不宣；諱莫如深。

反義 走露風聲；東窗事發；信口開河。

守正不阿（ㄕㄡˇ ㄓㄥˋ ㄅㄨˋ ㄜ）

解釋 阿：偏袒。謹守正道，形容人態度公正無私，也作「守正不撓（ㄋㄠˊ）」。

出處 《史記．禮記》：「循法守正者見侮於世。」

例句 他奉公守法、**守正不阿**的態度雖然得罪了不少人，卻贏得了民眾的信任。

近義 剛正不阿。

反義 卑躬屈膝。

守株待兔（ㄕㄡˇ ㄓㄨ ㄉㄞˋ ㄊㄨˋ）

解釋 株：露在地面上的樹樁子。比喻死守狹隘的經驗，不知變通或妄想不勞而獲、坐享其成或不必經過努力就能僥倖成功。

出處 《韓非子．五蠹》記載：宋國有個農夫，在耕田時，忽然有一隻兔子撞在樹幹上死了。這個農夫毫不費力地得了一隻兔子，於是他扔掉鋤頭，終日守在樹下，結果不但沒有等到第二隻兔子，田地也因此荒蕪了。」

解析 ①「株」不可寫成「珠」。②「守株待兔」、「刻舟求劍」、「按圖索驥」、「膠柱鼓瑟」都有不知變通的意思，但有區別：「守株待兔」重在死守狹隘的經驗；「刻舟求劍」重在不知隨著形勢而變化；「按圖索驥」重在死守成規；「膠柱鼓瑟」重在自我束縛、不知變通。

例句 你這種**守株待兔**的作法，要等到何時才看得到成效。

近義 坐享其成；刻舟求劍；膠柱鼓瑟。

反義 相機行事；通權達變；隨機應變。

守望相助 ㄕㄡˇ ㄨㄤˋ ㄒㄧㄤ ㄓㄨˋ

解釋 指鄰居互相照顧、幫助，以防止盜賊或其他災害。

出處 《孟子．滕文公上》：「出入相友，守望相助，疾病相扶持，則百姓親睦。」

例句 在這個社區中，鄰居們都能**守望相助**，所以很少有竊盜案發生。

守經達權 ㄕㄡˇ ㄐㄧㄥ ㄉㄚˊ ㄑㄩㄢˊ

解釋 經：常道，原則；權：權宜，因事制宜。能謹守正道，遇事又能通權達變。又作「守經行權」、「守經達變」。

例句 他做事向來能**守經達權**，所以很得上司的信任。

安土重遷 ㄢ ㄊㄨˇ ㄓㄨㄥˋ ㄑㄧㄢ

解釋 重：難。形容留戀本鄉本土，不願輕易遷移到外地。

出處 《漢書．元帝紀》：「安土重遷，黎民之性；骨肉相附，人情所願也。」

解析 重，不讀ㄔㄨㄥˊ。

例句 這裏住的都是十幾年的老鄰居，人人都是**安土重遷**、不願離開。

近義 故土難離；戀土難移。

反義 天下為家；四海為家；離鄉背井。

安之若素 ㄢ ㄓ ㄖㄨㄛˋ ㄙㄨˋ

解釋 安：心安；素：平常，往常。毫不在意，心情平靜如平常一般。

出處 清．金埴《不下帶編》卷一：「雖屢乏所需，而安之若素。」

解析 「安之若素」、「隨遇而安」都可表示對任何遭遇都不介意的意思，其區別在於：「安之若素」大多指遇到困窘的遭遇，能平靜如往常；「隨遇而安」表示能適應任何環境，不一定指遇到什麼事。

例句 發生這麼嚴重的問題，他依然**安之若素**，真令人佩服。

近義 隨遇而安；既來之，則安之。

反義 見異思遷；喜新厭舊；棄舊圖新。

安分守己 ㄢ ㄈㄣˋ ㄕㄡˇ ㄐㄧˇ

解釋 分：指本分。指安於現狀、守本分。

出處 《古今小說》一：「這首詞名為〈西江月〉，是勸人安分守己，隨緣作樂，莫為酒色財氣四字損卻精神，虧了行止。」

解析 ①「分」不能唸成ㄈㄣ。②「安分守己」和「循規蹈矩」都有「守本分，不越軌」的意思，但「安分守己」偏重在守本分，不為非作歹；「循規蹈矩」則偏重在守規矩。

例句 他看來如此**安分守己**，怎麼可能會做出這種喪盡天良的事。

近義 安常守分；奉公守法；循規蹈矩。

反義 胡作非為；為非作歹。

安步當車 ㄢ ㄅㄨˋ ㄉㄤˋ ㄐㄩ

解釋 安：安詳，不慌不忙；步：步行。慢慢地走，當作是坐車，稱人能安貧守節。現在多用以表示不乘車而從容不迫地步行。

出處 《戰國策．齊策四》：「晚食以當肉，安步以當車，無罪以當貴，清淨貞正以自虞。」

解析 「車」，不讀ㄔㄜ。

例句 李老先生雖沒有年輕人的體力，但他仍然**安步當車**地走完全程。

近義 以步代車。

反義 駟馬高車。

安身立命 ㄢ ㄕㄣ ㄌㄧˋ ㄇㄧㄥˋ

解釋 安身：容身，指在某地居住或生活；立命：使精神安定。指生活有著落，精神有寄託。

出處 宋．釋道原《景德傳燈錄．湖南長沙景岑禪師》：「僧問：『學人不據地時如何？』師云：『汝向什麼處安身立命？』」

例句 他一輩子浪跡天涯，現在終於在一個小鎮裏娶妻生子，**安身立命**。

反義 浪跡萍蹤；萍飄蓬轉；飄蓬斷梗。

安居樂業 ㄢ ㄐㄩ ㄌㄜˋ ㄧㄝˋ

解釋 安：安心；居：住的地方；樂：喜歡；業：職業。形容人們安定地生活，對所從事的工作感到滿意。

出處 《漢書．貨殖傳》：「各安其居而樂其業，甘其食而美其服。」

例句 這個小鎮上的居民個個**安居樂業**，沒有偷盜、搶奪的事情。

近義 安土樂業。

反義 一夕九徙；民不聊生；流離失所；顛沛流離。

安常處順 ㄢ ㄔㄤˊ ㄔㄨˇ ㄕㄨㄣˋ

解釋 安：習慣於；常：平常，正常；處：居住，居於。安於平穩的生活，依自然的方式行事。

出處 《莊子．養生主》：「適來，夫子時也；適去，夫子順也。安時而處順，哀樂不能入也。」（適，偶然。時，平常。處順，原指順乎自然。）

解析 「處」不能唸成ㄔㄨˋ。

例句 許多人汲汲營營了一輩子，才發現安常處順才是最快樂的生活方式。

安貧樂道 ㄢ ㄆㄧㄣˊ ㄌㄜˋ ㄉㄠˋ

解釋 安貧：安於貧困；樂道：以守道為樂。安處於貧困的生活，不受外物的引誘，仍以守道為樂。這是儒家所提倡的立身處世的態度。

出處 《後漢書．韋彪傳》：「安貧樂道，恬於進趣，三輔諸儒莫不仰慕之。」

例句 在功利主義盛行的社會中，他依然安貧樂道，以自己的方式生活。

近義 甘貧樂道；守道安貧。

反義 貧賤驕人；嫌貧愛富；離經叛道。

四畫

完璧歸趙 ㄨㄢˊ ㄅㄧˋ ㄍㄨㄟ ㄓㄠˋ

解釋 完：完整無缺；璧：平圓形中間有孔的玉。比喻把原物完整地歸還原主。

出處 《史記．藺相如傳》記載：戰國時，秦昭王願以十五座城換取趙國的一塊「和氏璧」。當時秦強趙弱，趙王不敢拒絕，又怕上當。後來藺相如自願帶著璧到秦國去。他說：「秦果換城，璧請留秦，果不換城，相如請以完璧歸趙。」他到秦國，見秦王沒有誠意，就將璧完好地送回趙國。

解析 「璧」不可寫成「壁」。

例句 幾經波折後，這幅世界名畫終於完璧歸趙了。

近義 完璧奉趙；物歸原主。

反義 久假不歸。

五畫

官官相護 ㄍㄨㄢ ㄍㄨㄢ ㄒㄧㄤ ㄏㄨˋ

解釋 指官員間互相包庇。也作「官官相為」。

出處 《元曲選．喬夢符〈兩世姻緣〉四》：「也是俺官官相為，你可甚賢賢易色。」

解析 「官官相護」偏重指做官的互相包庇、袒護；「貓鼠同眠」偏重指上司縱容、袒護下屬做壞事。

例句 就算你手中握有再充分的證據，恐怕也抵不過他們官官相護。

近義 貓鼠同眠。

反義 發奸擿伏。

官樣文章（ㄍㄨㄢ ㄧㄤˋ ㄨㄣˊ ㄓㄤ）

解釋 本指堂皇典雅的進呈文字。後多比喻徒具形式的例行公事或措施。

出處 宋·李昂英《文溪集·示兒用許廣文韻》詩：「官樣詞章惟典雅，心腔理義要深幾。」

例句 他的這些作法都不過是**官樣文章**，做做表面工夫罷了。

近義 官樣詞章；例行公事。

宜室宜家（ㄧˊ ㄕˋ ㄧˊ ㄐㄧㄚ）

解釋 宜：和睦。家庭和順，夫婦和睦。用以賀人結婚。

出處 《詩經·周南·桃夭》：「之子于歸，宜其室家。」

例句 大姊結婚時許多人都祝福他白頭偕老，**宜室宜家**。

六畫

室如懸磬（ㄕˋ ㄖㄨˊ ㄒㄩㄢˊ ㄑㄧㄥˋ）

解釋 懸：掛；磬：古代石製樂器，懸掛在架上敲擊。屋裏像掛著的石磬一樣，下面空無所有，形容生活貧困、一無所有。

出處 《國語·魯語上》：「齊侯曰：『室如懸磬，野無青草，何恃而不恐？』」

例句 這位老先生的家中是**室如懸磬**、一貧如洗，亟待各界伸出援手。

近義 家徒四壁；家貧如洗。

反義 金玉滿堂；家貲巨萬；堆金積玉。

室邇人遠（ㄕˋ ㄦˇ ㄖㄣˊ ㄩㄢˇ）

解釋 邇：近。相距很近，屋裏的人卻似相隔很遠。本指男女思慕而不得見，後表示對遠人的思念或對死者的悼念。也作「室邇人遐（ㄒㄧㄚˊ）」（遐，遠。）

出處 《詩經·鄭風·東門之墠（ㄕㄢˋ）》：「其室則邇，其人甚遠。」

例句 這些年來他們倆是**室邇人遠**，無時無刻不在惦記對方。

七畫

害群之馬（ㄏㄞˋ ㄑㄩㄣˊ ㄓ ㄇㄚˇ）

解釋 比喻危害群體的人。

出處 《莊子·徐无鬼》：「夫為天下者，亦奚以異乎牧馬者哉？亦去其害馬者而已矣」。

例句 你如果不加緊練習，儘快進入狀況，恐怕會成為隊上的**害群之馬**。

近義 敗群之羊。

家弦戶誦（ㄐㄧㄚ ㄒㄧㄢˊ ㄏㄨˋ ㄙㄨㄥˋ）

解釋 弦：弦歌，用琴瑟伴奏來吟誦詩歌。

家家戶戶都在傳誦。形容好的詩文傳播得非常廣泛。

出處 清．李漁《閒情偶寄．詞曲部》：「百種亦不能盡佳，十有一二可列高、王之上，其不致家弦戶誦，出於二劇爭雄者，以其是雜劇而非全本。」

例句 這一本優美的詩集，近幾年來已是家弦戶誦，人手一冊。

家徒四壁 ㄐㄧㄚ ㄊㄨˊ ㄙˋ ㄅㄧˋ

解釋 徒：只；壁：牆壁。家裏除了四面牆壁之外什麼都沒有。形容家境非常貧困。

出處 《史記．司馬相如列傳》：「文君夜亡奔相如，相如乃與馳歸成都，家居徒四壁立。」

解析 「家徒四壁」、「家貧如洗」、「一貧如洗」都表示生活非常窮困，而「囊空如洗」常形容一時手頭拮据。

例句 他生性好賭，工作了許多年仍是家徒四壁。

近義 一貧如洗；室如懸磬；貧無立錐；環堵蕭然。

反義 金玉滿堂；堆金積玉；萬貫家財；豐衣足食。

家貧如洗 ㄐㄧㄚ ㄆㄧㄣˊ ㄖㄨˊ ㄒㄧˇ

解釋 家裏窮得像水沖洗過一樣，什麼都沒有。形容家境非常困苦、貧窮。

出處 《醒世恆言》二十五：「多感娘子厚意，屢相寬慰。只是家貧如洗，衣食無聊。」

例句 他因為錯誤的投資而賠上一生的積蓄，現在是身無分文、家貧如洗。

近義 一貧如洗；家徒四壁。

反義 堆金積玉；萬貫家財；腰纏萬貫。

家喻戶曉 ㄐㄧㄚ ㄩˋ ㄏㄨˋ ㄒㄧㄠˇ

解釋 喻：明白；曉：知道。家家戶戶都知道。形容人人皆知。

出處 《論語．泰伯》：「民可使由之，不可使知之。」程注：「聖人設教，非不欲人家喻而戶曉也。」

例句 他出了一本暢銷書後，便成了一位家喻戶曉的知名作家。

近義 人人皆知；人盡皆知；眾所周知。

反義 一無所知；秘而不宣；聞所未聞。

家無儋石 ㄐㄧㄚ ㄨˊ ㄉㄢˋ ㄉㄢˋ

解釋 儋：古容量單位，兩石（二十斗）為儋；儋石：又作「擔石」，形容糧食不多。家裏沒有存糧。形容家境清貧，只能勉強維持生活。也作「家無擔石」。

出處 《漢書．揚雄傳上》：「家產不過十金，乏無儋石之儲。」

例句 他雖然做官多年，仍是兩袖清風、家無儋石。

家給人足 ㄐㄧㄚ ㄐㄧˇ ㄖㄣˊ ㄗㄨˊ

解釋 給：豐足，富裕。

家家富裕，人人飽暖。又作「人給家足」。

出處 《史記．太史公自序》：「要曰強本節用，則人給家足之道也。」

解析 「給」不能唸成ㄍㄟˇ。「豐衣足食」可指個人和國家集體；「家給人足」、「家給民足」則不能指個人。

例句 現代人的生活雖然富有、家給人足，卻生活在暴力與犯罪的威脅之下，沒有免於恐懼的權利。

近義 飽衣暖食；綽有餘裕；豐衣足食。

反義 並日而食；饑寒交迫。

宵衣旰食 ㄒㄧㄠ ㄧ ㄍㄢˋ ㄕˊ

解釋 宵：夜間；旰：日落時。

天沒亮就起床，天黑了才吃飯。舊時指帝王勤於政事。也作「旰食宵衣」。

出處 《舊唐書．劉蕡（ㄈㄣˊ）傳》：「若夫任賢惕厲，宵衣旰食，宜黜左右之纖佞，進股肱之大臣。」

解析 旰，讀ㄍㄢˋ，不讀ㄍㄢ。

例句 自從他當上市長後，日日宵衣旰食，勤於政事，幾乎沒有時間與家人相處。

近義 夙夜匪懈；宵旰勤勞；朝乾夕惕；廢寢忘食。

反義 無所事事；飽食終日；養尊處優。

容光煥發 ㄖㄨㄥˊ ㄍㄨㄤ ㄏㄨㄢˋ ㄈㄚ

解釋 容光：面容上的神彩；煥發：光彩四射的樣子。

臉上散發出光彩。形容人身體健康、精神飽滿。

出處 《聊齋志異．阿繡》：「母亦喜，為之盥濯，竟妝，容光煥發。」

解析 ①「煥」不寫成「渙」或「換」。②「容光煥發」強調面貌上的光彩和身體健康；「神采奕奕」偏重於精神興奮和情緒高昂。

例句 自從你參加游泳班後，每天看來都是神采奕奕、容光煥發的。

近義 神采奕奕；神采飛揚；精神煥發。

反義 垂頭喪氣；萎靡不振；無精打采；黯然神傷。

八畫

寅吃卯糧 ㄧㄣˊ ㄔ ㄇㄠˇ ㄌㄧㄤˊ

解釋 寅、卯：地支順序第三、第四位。

在寅年就把卯年的糧食吃完了。比喻預先挪用以後的費用，入不敷出，不夠用了。

出處 《明臣奏議．畢自嚴〈蠲錢糧疏〉》：「大都民間止有此物力，寅支卯糧，則卯年之逋，勢也。」

解析 在形容經濟困乏、虧空的意義上，「入不敷出」表示造成這種局面的原因；「寅吃卯糧」則是應付這種局面的方法。

例句 這個月才過了一半，你就挪用下月的生活費，這樣寅吃卯糧，何時才會有存款呢？

近義 入不敷出；左支右絀；供不應求。

反義 供過於求；綽有餘裕；綽綽有餘。

寄人籬下（ㄐㄧˋ ㄖㄣˊ ㄌㄧˊ ㄒㄧㄚˋ）

解釋 寄：依附。籬：籬笆。原指寫作文章抄襲別人。後指依附別人過日子。

出處 《南史．張融傳》：「丈夫當刪詩書……何至因循寄人籬下？」

解析 「寄人籬下」、「仰人鼻息」都含有依靠別人、不能自主的意思，其區別在於：「寄人籬下」偏重於「依附、依靠」；「仰人鼻息」偏重於「不能自主」，必須由人支配過活。

例句 他每天都非常努力地工作，就是希望能早日擺脫寄人籬下的生活。

近義 仰人鼻息；依草附木；傍人門戶。

反義 自力更生；自食其力；獨立自主。

密雲不雨（ㄇㄧˋ ㄩㄣˊ ㄅㄨˋ ㄩˇ）

解釋 陰雲密布而未下雨。比喻事件已醞釀成熟，但還沒有爆發。也比喻恩澤不能普及人民。或哭時沒有眼淚。

出處 《周易．小畜》：「密雲不雨，自我西郊。」

例句 這件事籌備多時卻一直是密雲不雨，無法順利進行。

九　畫

富國強兵（ㄈㄨˋ ㄍㄨㄛˊ ㄑㄧㄤˊ ㄅㄧㄥ）

解釋 使國家富有、兵力強大。

出處 《戰國策．秦策一》：「臣聞之，欲富國者，務廣其地；欲強兵者，務富其民。」

例句 他一直以富國強兵作為他施政治國的目標。

近義 國富民強。

富貴浮雲（ㄈㄨˋ ㄍㄨㄟˋ ㄈㄨˊ ㄩㄣˊ）

解釋 把富貴看得像浮雲那樣微不足道。後也比喻富貴變化無常。

出處 《論語．述而》：「不義而富且貴，於我如浮雲。」

例句 在經歷這許多大風大浪後，他才體認到富貴浮雲，快樂、健康才是人生最重要的。

富麗堂皇（ㄈㄨˋ ㄌㄧˋ ㄊㄤˊ ㄏㄨㄤˊ）

解釋 富麗：宏偉美麗；堂皇：氣勢盛大。

形容建築宏偉，陳設華麗，也比喻文章辭藻華麗。

出處 《兒女英雄傳》三十四回：「只見當朝聖人出的是三個富麗堂皇的題目。」

解析 「富麗堂皇」偏重氣勢大，「金碧輝煌」偏重色彩豔。「富麗堂皇」可用來形容文辭，「金碧輝煌」則不能。

例句 這家餐廳佈置得**富麗堂皇**、美侖美奐，但消費卻非常平價。

近義 金碧輝煌；美侖美奐。

反義 茅茨土階；窮巷掘門；質樸無華。

十一畫

寧死不屈 ㄋㄧㄥˊ ㄙˇ ㄅㄨˋ ㄑㄩ

解釋 寧願犧牲性命也不肯屈服。

出處 明．趙弼《宋進士袁鏞忠義傳》：「以大義拒敵，寧死不屈，竟燎身於烈焰中。」

解析 「寧死不屈」強調對敵人不屈服，多用來形容意志堅強；「視死如歸」強調為正義事業而不怕犧牲生命的精神。

例句 他雖遭敵軍俘虜，但仍堅持自己的理念，**寧死不屈**。

近義 至死不屈；堅貞不屈；寧折不彎。

反義 卑躬屈膝；苟且偷生；貪生怕死。

寧為玉碎，不為瓦全 ㄋㄧㄥˊ ㄨㄟˊ ㄩˋ ㄙㄨㄟˋ，ㄅㄨˋ ㄨㄟˊ ㄨㄚˇ ㄑㄩㄢˊ

解釋 寧做玉器被打碎，不願做陶器而保全。比喻寧願為正義犧牲，不願苟全性命。

出處 《北齊書．元景安傳》：「大丈夫寧可玉碎，不能瓦全。」

解析 ①「為」不讀ㄨㄟˋ，不解釋成「為了」。②「寧為玉碎，不為瓦全」表示寧願為正義事業而犧牲，決不屈辱偷生；「寧死不屈」表示寧可死也決不向敵人屈服。

例句 這件事我是「**寧為玉碎，不為瓦全**」，絕對不可能答應你的。

近義 威武不屈；堅貞不屈；寧死不屈。

反義 卑躬屈膝；屈身喪志；屈節辱命。

寧為雞口，無為牛後 ㄋㄧㄥˊ ㄨㄟˊ ㄐㄧ ㄎㄡˇ，ㄨˊ ㄨㄟˊ ㄋㄧㄡˊ ㄏㄡˋ

解釋 牛後：牛的肛門。寧可小而居前，不願大而居後。比喻寧可在局面小的地方自主，不願在局面大的地方任人支配。

出處 《戰國策．韓策一》：「臣聞鄙語曰：『寧為雞口，無為牛後。』」

例句 他是「**寧為雞口，無為牛後**」才願意屈就在這個小地方。

近義 雞口牛後。

寧缺毋濫 ㄋㄧㄥˊ ㄑㄩㄝ ㄨˊ ㄌㄢˋ

解釋 濫：不加選擇，過度，過多。寧可不足，也不願降低標準造成浮濫不當的情況。

出處《左傳．襄公二十六年》：「善為國者，賞不僭，而刑不濫。……若不幸而過，寧僭勿濫。」

解析「毋」不可寫成「母」；「濫」不可寫成「爛」。

例句他一直抱著寧缺毋濫的態度，所以這麼多年來還是單身。

近義寧遺勿濫。

反義多多益善；貪多務得；備位充數；濫竽充數。

寡不敵眾 ㄍㄨㄚˇ ㄅㄨˋ ㄉㄧˊ ㄓㄨㄥˋ

解釋寡：少，敵：抵擋。少數抵擋不住多數。也作「寡不勝眾」。

出處《孟子．梁惠王上》：「然則小固不可以敵大，寡固不可以敵眾，弱固不可以敵強。」

解析「寡不敵眾」指眾寡力量的對峙；「眾寡懸殊」指眾寡力量的對比。

例句敵軍勢力龐大，我軍寡不敵眾，只得先撤退。

近義眾寡懸殊。

反義棋逢對手；旗鼓相當；勢均力敵。

寡廉鮮恥 ㄍㄨㄚˇ ㄌㄧㄢˊ ㄒㄧㄢˇ ㄔˇ

解釋寡、鮮：少。形容不知廉恥。

出處《文選．司馬相如〈喻巴蜀檄〉》：「寡廉鮮恥，而俗不長厚也。」

解析①「鮮」不能唸成ㄒㄧㄢ。②「寡廉鮮恥」、「恬不知恥」都有不知羞恥的意思，其區別在於：「寡廉鮮恥」有不廉潔、操守差的意思；而「恬不知恥」常表示做了壞事後毫不在乎、心安理得的樣子。

例句為了賺錢，許多人是寡廉鮮恥，不擇手段。

近義厚顏無恥；恬不知恥；無恥之尤。

反義光明磊落；廉潔奉公；潔身自好。

寥若晨星 ㄌㄧㄠˊ ㄖㄨㄛˋ ㄔㄣˊ ㄒㄧㄥ

解釋寥：稀疏。稀稀疏疏地就像早晨的星星一樣。形容稀少的樣子。

出處謝朓〈京路夜發詩〉：「曉星正寥落。」

解析「晨」不可寫成「辰」。

例句為了一圓明星夢，許多人前仆後繼地灌唱片，但真能成為巨星的卻是寥若晨星。

近義屈指可數；寥寥可數。

反義不計其數；不勝枚舉；多如牛毛；俯拾即是。

寥寥無幾 ㄌㄧㄠˊ ㄌㄧㄠˊ ㄨˊ ㄐㄧˇ

解釋寥寥：稀少，孤單。形容非常稀少，沒有幾個。

出處《文選．左思．詠史詩》：「寥寥空宇內，所講在玄虛。」

解析 「寥寥無幾」形容的數目比較抽象，較少用來計算日期；「屈指可數」形容的數目較具體，能夠用來計算日期。

例句 在淳樸的鄉間裏，到了晚上八點左右，行人就寥寥無幾了。

近義 屈指可數；寥若晨星；寥寥可數。

反義 不可數計；不計其數；多如牛毛。

實事求是（ㄕˊ ㄕˋ ㄑㄧㄡˊ ㄕˋ）

解釋 實事：指客觀存在的一切事物；求：指研究。比喻按照事物的實際情況辦事，不誇大也不縮小。

出處 《漢書．河間獻王傳》記載：「劉德喜歡研究學問，曾經閱讀並蒐集過很多先秦時代的古書，掌握豐富的資料，認真地從事學術研究和歷史的考證工作。班固寫漢書時，為劉德寫了河間獻王傳，說他的治學態度是：「修學好古，實事求是」。

解析 「實事求是」不可寫成「實是求事」。

例句 他做事一直秉持著實事求是的精神，從不會浮說不實。

近義 有一得一。

反義 弄虛作假；嘩眾取寵；彈空說嘴。

實繁有徒（ㄕˊ ㄈㄢˊ ㄧㄡˇ ㄊㄨˊ）

解釋 繁：多；徒：徒眾，群眾。實在有不少這樣的人。形容參與的人很多。

出處 《尚書．仲虺之誥》：「簡賢附勢，實繁有徒。」

例句 這位名作家的新書發表會，吸引了大批的讀者，實繁有徒。

近義 大有人在；不乏其人。

反義 絕無僅有；寥寥無幾。

察言觀色（ㄔㄚˊ ㄧㄢˊ ㄍㄨㄢ ㄙㄜˋ）

解釋 察、觀：仔細地看；色：臉色。觀察別人的言語和臉色來推測他的心意。

出處 《論語．顏淵》：「察言而觀色，慮以下人。」

解析 「察言觀色」、「鑒貌辨色」都含有觀察對方來揣摹他的心思的意思。其區別在於：「察言觀色」除了觀察外，還有琢磨別人言語的意思；「鑒貌辨色」則沒有。

例句 他年紀雖小，但非常善於察言觀色，深受長輩們的喜愛。

近義 察顏觀色；鑒貌辨色。

察察為明（ㄔㄚˊ ㄔㄚˊ ㄨㄟˊ ㄇㄧㄥˊ）

解釋 察察：分析明辨，這裏指對細小的事情看得清楚；明：精明。專就小事情苛求以表示自己的精明。形容人只苛察小事。

出處 《晉書．皇甫謐（ㄇㄧˋ）傳》：「欲溫溫而和暢，不欲察察而明切也。」

例句 她凡事斤斤計較，察察為明，所以人緣一直很差。

十二畫

寬宏大量 ㄎㄨㄢ ㄏㄨㄥˊ ㄉㄚˋ ㄌㄧㄤˋ

解釋 寬宏：器量大。

形容人的胸襟度量很大，也作「寬宏大度」。

出處 《元曲選．無名氏〈漁樵記〉三》：「我則道相公不知打我多少，原來那相公寬宏大量。」

解析 「寬宏大量」可形容人本身的度量，也可形容對人對事的度量，且多指對犯錯的人或處理案情的態度；「豁達大度」則只指人本身的胸懷、度量。

例句 他是個寬宏大量的人，你只要誠心向他道歉，他一定會原諒你的。

近義 大度包容；方寸海納；寬大為懷；豁達大度。

反義 小肚雞腸；鼠肚雞腸。

寬猛相濟 ㄎㄨㄢ ㄇㄥˇ ㄒㄧㄤ ㄐㄧˋ

解釋 寬：寬厚；猛：猛烈，嚴厲。

治理國家或管理眾人，寬大和嚴厲的方法交互配合使用。

出處 《左傳．昭公二十年》：「政寬則民慢，慢則糾之以猛；猛則民殘，殘則施之以寬。寬以濟猛，猛以濟寬，政是以和。」

解析 「寬猛相濟」強調寬、猛應該相互配合使用；「寬猛兼施」是說寬、猛應該同時使用。

例句 他的治國理念是寬猛相濟，平時對民眾十分寬仁，在必要時則施以嚴刑。

近義 恩威並施；寬猛兼施。

反義 嚴刑峻法。

審時度勢 ㄕㄣˇ ㄕˊ ㄉㄨㄛˋ ㄕˋ

解釋 審：詳查，細究；度：揣度，估計。

觀察、研究時機，正確地估計形勢。

解析 「度」不能唸成ㄉㄨˋ。

例句 這個計畫，經過我們審時度勢後才付諸實行。

近義 審時定勢；識時通變；識時達務。

反義 不識時務。

十六畫

寵辱不驚 ㄔㄨㄥˇ ㄖㄨˇ ㄅㄨˋ ㄐㄧㄥ

解釋 寵：榮耀。

無論得寵或受辱都不動心，把得失置之度外。

出處 《老子》十三章：「寵辱若驚。」

例句 他坐上這個職務時，就打定了寵辱不驚、專心扮好自己角色的主意。

十七畫

寶刀未老 (ㄅㄠˇ ㄉㄠ ㄨㄟˋ ㄌㄠˇ)

解釋 比喻人雖老，精神、體力或本領仍不減當年。

出處 《穀梁．僖公二年傳》：「孟勞者，魯之寶刀也。」

例句 他之所以答應參賽，只為了證明自己是**寶刀未老**。

近義 老當益壯。

寶山空回 (ㄅㄠˇ ㄕㄢ ㄎㄨㄥ ㄏㄨㄟˊ)

解釋 寶山：蘊藏、聚積寶物的山。進入寶山卻空手回來。比喻機會雖好，卻一無所獲。

出處 《鏡花緣》二十八回：「若臨歧舌不知韻，如入寶山空手回。」

例句 你跟著這位大師這麼多年卻一無所獲，真是**寶山空回**。

【寸部】

寸步不離 (ㄘㄨㄣˋ ㄅㄨˋ ㄅㄨˋ ㄌㄧˊ)

解釋 寸步：非常短的距離。隨時隨地在一起，一步也不離開。

出處 《述異記》：「吳黃龍中，吳郡海鹽有陸東，妻朱氏，亦有容止，夫妻相重，寸步不離，時人號為比肩人。」

解析 「步」右下角無點，不可寫成「少」。

例句 在這條陌生而崎嶇的山路上，大夥都**寸步不離**地跟著領隊。

近義 如影隨形；如膠似漆；形影不離；形影相隨。

反義 不即不離；若即若離。

寸步難行 (ㄘㄨㄣˋ ㄅㄨˋ ㄋㄢˊ ㄒㄧㄥˊ)

解釋 原指走路困難。比喻處境困難，事情難以進行。

出處 《元曲選．鄭廷玉〈楚昭公〉四》：「想當年在小舟中，寸步難移。」

解析 「難」不讀「災難」的ㄋㄢˋ；「行」不讀「行列」的ㄏㄤˊ。

例句 在這泥濘濕滑、**寸步難行**的山路上，竟有座宏偉的廟宇，真令人感佩。

近義 步履維艱；進退維谷；跼天蹐地。

反義 一步登天；暢通無阻。

寸草不留 (ㄘㄨㄣˋ ㄘㄠˇ ㄅㄨˋ ㄌㄧㄡˊ)

解釋 寸草：比喻極微小的東西。形容斬除得很乾淨、徹底。

出處 《兒女英雄傳》十一回：「如今天理昭彰，惹著了這殺人如戲的十三妹，殺了個『寸草不留』，自在逍遙的走了。」

例句 經過這次核能爆炸後，這方圓百里的路上，幾乎是**寸草不留**。

近義 斬草除根；趕盡殺絕；雞犬不留。

反義 留有餘地。

寸草春暉（ㄘㄨㄣˋ ㄘㄠˇ ㄔㄨㄣ ㄏㄨㄟ）

解釋 寸草：小草，比喻兒女的心力像小草那樣微弱；春暉：春天的陽光。比喻父母的恩惠深重，子女難報其萬一。

出處 唐．孟郊《孟東野詩集．遊子吟》：「誰言寸草心，報得三春暉。」

例句 寸草春暉，父母的養育之恩，子女一世都難報其萬一。

寸陰尺璧（ㄘㄨㄣˋ ㄧㄣ ㄔˇ ㄅㄧˋ）

解釋 極短的時間就像大塊的璧玉一樣珍貴。比喻時光的寶貴。

出處 《淮南子．原道》：「聖人不貴尺之璧而重寸之陰，時難得而易失也。」

例句 你每天渾渾噩噩地過日子，簡直是浪費生命，要知道寸陰尺璧啊！

寸陰若歲（ㄘㄨㄣˋ ㄧㄣ ㄖㄨㄛˋ ㄙㄨㄟˋ）

解釋 寸陰：日影移動一寸，比喻極短的時間。形容期盼、想念的殷切。

出處 《北史．韓禽傳》：「詔曰：『班師凱入，誠知非遠，相思之甚，寸陰若歲。』」

例句 自從與你分別後，我是寸陰若歲，無時無刻不在思念你。

六畫

封妻蔭子（ㄈㄥ ㄑㄧ ㄧㄣˋ ㄗˇ）

解釋 古代官吏由於有功於國家，妻子得以受封誥，兒子也可以世襲官位。也作「蔭子封妻」。

出處 《元曲選．戴善夫〈風光好〉四》：「枉了我一年獨守冰霜志，指望你封妻蔭子。」

解析 「蔭」不能唸成ㄧㄣ。

例句 他雖然當了大官，得以封妻蔭子，但卻很少有時間與家人相處。

封豕長蛇（ㄈㄥ ㄕˇ ㄔㄤˊ ㄕㄜˊ）

解釋 封：大；豕：豬。大豬長蛇。比喻貪婪橫暴的人物或集團。

出處 《左傳．定公四年》：「吳為封豕長蛇，以薦食上國。」杜注：「言吳貪害如蛇豕。」

例句 這個集團專門以低價吞併經營不善的公司，簡直是封豕長蛇。

近義 社鼠城狐；封豨修蛇；豺狼虎豹。

八畫

專橫跋扈（ㄓㄨㄢ ㄏㄥˋ ㄅㄚˊ ㄏㄨˋ）

解釋 跋扈：霸道，不講理；專橫：專斷、蠻橫。獨斷獨行，蠻不講理。

出處 《後漢書．梁冀傳》：「帝少而聰慧，知冀（梁冀）驕橫，嘗朝群臣，目冀曰：『此跋扈將軍也。』」

解析 「專橫跋扈」指專斷蠻橫，不講理；「飛揚跋扈」指放縱不羈，目空一切。

例句 現在有許多小霸王，從小就受到父母家人的寵愛，養成長大後**專橫跋扈**的個性。

近義 飛揚跋扈；專擅跋扈；橫行霸道；獨斷專行。

反義 卑以自牧；虛己以聽；謙卑自牧。

將功贖罪（ㄐㄧㄤ ㄍㄨㄥ ㄕㄨˊ ㄗㄨㄟˋ）

解釋 贖：彌補，抵償。立功勞來抵償所犯的罪過。也作「將功折罪」。

出處 《三國演義》第五十一回：「昔吾三人結義時，誓同生死。今雲長雖犯法，不忍違卻前盟。望權記過，容將功贖罪。」

例句 他一上場就打了支深遠的全壘打，替他昨天的失誤**將功贖罪**。

近義 立功贖罪；將功補過；帶罪立功；罪以功除。

反義 居功自恃。

將伯之助（ㄑㄧㄤ ㄅㄛˊ ㄓ ㄓㄨˋ）

解釋 將：請求；伯：長者。請求長者的幫助。一般用作請人幫忙的客氣話。也指別人對自己的幫助。

出處 《詩經．小雅．正月》：「將伯助予。」

解析 「將」不能唸成ㄐㄧㄤ或ㄐㄧㄤˋ。

例句 這次的工作非常繁複、困難，希望能有您的**將伯之助**指導我們。

九畫

尋行數墨（ㄒㄩㄣˊ ㄏㄤˊ ㄕㄨˇ ㄇㄛˋ）

解釋 墨：指字。順著行數字。形容讀書只拘泥於字句，專在文字上下工夫，而不明白通篇大義。

出處 朱熹〈易詩〉：「須知三絕韋編者，不是尋行數墨人。」

例句 像你這樣囫圇吞棗、**尋行數墨**的讀書方式，怎麼能了解書中的真義呢！

尋根究底（ㄒㄩㄣˊ ㄍㄣ ㄐㄧㄡˋ ㄉㄧˇ）

解釋 徹底找出事情發生的根源。

出處 《紅樓夢》第一百二十回：「似你這樣尋根究底，便是刻舟求劍，膠柱鼓瑟了。」（「底」也作「柢」。）

例句 他如果有一段不願告訴你的過去，你也不要再**尋根究底**了。

近義 追根究底；追本溯源；探本窮源；推本溯源。

反義 不求甚解；淺嘗輒止。

尋章摘句（ㄒㄩㄣˊ ㄓㄤ ㄓㄞ ㄐㄩˋ）

解釋 摘：摘錄。指讀書不深究要旨，依章逐句搜尋，摘取文章的片斷詞句。

出處 《三國志．吳書．孫權傳注》：

「雖有餘閒，博覽書傳歷史，藉采奇異，不效諸生尋章摘句而已。」

例句 對於這些文學名著我都是反覆研究欣賞，可不是尋章摘句地瀏覽而已。

近義 搜章摘句。

反義 自出心裁；標新立異；獨闢蹊徑。

十一畫

對牛彈琴（ㄉㄨㄟˋ ㄋㄧㄡˊ ㄊㄢˊ ㄑㄧㄣˊ）

解釋 比喻對愚笨的人講大道理或向外行人說內行話，都是白費口舌，有看不起對方的意思。現在也用來譏笑人說話、做事不看對象。

出處 《莊子．齊物論》：「非所明而明之」晉．郭象注：「是猶對牛鼓簧耳。」

解析 「彈」不讀ㄉㄢˋ。

例句 你跟他這種老粗談什麼藝術、哲學，簡直是對牛彈琴。

近義 無的放矢；語不擇人。

反義 有的放矢；對症下藥。

對症下藥（ㄉㄨㄟˋ ㄓㄥˋ ㄒㄧㄚˋ ㄧㄠˋ）

解釋 醫生針對病症用藥。也作「對症（證）用藥」。比喻針對事情的情況、癥結，制定解決的辦法。

出處 宋．陽枋《字溪集．編類錢氏小兒方證》：「故能察病論證，對證用藥，如指諸掌。」

解析 「對症下藥」偏重在針對某事某物採取措施，且多指治病或消除弊端；「有的放矢」偏重在言行目的明確針對某事某物。

例句 這次發生的問題，看來雖然嚴重，但只要能對症下藥就可以逐漸改善。

近義 有的放矢。

反義 無的放矢；對牛彈琴。

對答如流（ㄉㄨㄟˋ ㄉㄚˊ ㄖㄨˊ ㄌㄧㄡˊ）

解釋 答話像流水一樣迅速流暢。形容反應敏捷，口才好。也作「應答如流」。

出處 《陳書．儒林傳．戚袞》：「袞精彩自若，對答如流，簡文帝深加嘆賞。」

解析 「答」不寫成「荅」。

例句 他第一次上台作簡報，不慌不忙，與客戶對答如流，贏得了上司的信任。

【小部】

小心翼翼（ㄒㄧㄠˇ ㄒㄧㄣ ㄧˋ ㄧˋ）

解釋 翼翼：恭敬的樣子。形容舉動十分恭敬、謹慎，一點也不敢疏忽。

出處 《詩經．大雅．大明》：「維此文王，小心翼翼」。

解析 ①「翼」不可寫成「意」。②「小心翼翼」和「戰戰兢兢」一樣有小心謹慎的意思，但「戰戰兢兢」含有害怕的意思。「小心翼翼」含有恭敬的意思。

例句 為了得到一個準確的結果，我們在每一個步驟上都小心翼翼的。

近義 戰戰兢兢；謹小慎微；謹言慎行。

反義 粗心大意；粗枝大葉；漫不經心；膽大妄為。

小巧玲瓏 ㄒㄧㄠˇ ㄑㄧㄠˇ ㄌㄧㄥˊ ㄌㄨㄥˊ

解釋 玲瓏：靈巧、可愛的樣子。形容器物的形體精巧、可愛。

出處 宋．辛棄疾《稼軒長短句．臨江仙》：「莫笑吾家巷壁小，棱層勢欲摩空。相知唯有主人翁；有心雄泰華，無意巧玲瓏。」

解析 ①「瓏」不可寫成「龍」或「隴」。②「小巧玲瓏」多形容物體小而精細；「玲瓏剔透」除形容物體精巧外，還帶有澄澈透明感；「嬌小玲瓏」則形容人身材矮小可愛。

例句 這些小巧玲瓏的裝飾品，非常受學生們的歡迎。

近義 玲瓏剔透；嬌小玲瓏。

反義 碩大無朋；龐然大物。

小巫見大巫 ㄒㄧㄠˇ ㄨ ㄐㄧㄢˋ ㄉㄚˋ ㄨ

解釋 巫：古代自稱能用舞降神的人。原意是小巫見到大巫，就不能施展他的法術。後來比喻高下相差很大，相形見絀。

出處 《太平御覽．莊子》：「小巫見大巫，拔茅而棄，此其所以終身弗如也。」

例句 登上喜馬拉雅山，才知道從前登的山都是小巫見大巫。

近義 相形見絀；相形失色。

反義 不相上下；半斤八兩；相去無幾。

小家碧玉 ㄒㄧㄠˇ ㄐㄧㄚ ㄅㄧˋ ㄩˋ

解釋 指小戶人家的女兒。

出處 古樂府〈碧玉歌〉：「碧玉小家女，不敢攀貴德。」

例句 他雖貴為豪門少東，卻執意娶個鄰家的小家碧玉。

反義 大家閨秀。

小鳥依人 ㄒㄧㄠˇ ㄋㄧㄠˇ ㄧ ㄖㄣˊ

解釋 依：依戀。像小鳥那樣依偎著人。比喻少女或小孩怯弱可愛的樣子。

出處 《舊唐書．長孫無忌傳》：「譬如飛鳥依人，自加憐愛。」

例句 她依偎在男友身旁那一副小鳥依人的模樣，真惹人憐愛。

小題大作 ㄒㄧㄠˇ ㄊㄧˊ ㄉㄚˋ ㄗㄨㄛˋ

解釋 明清科舉時代以四書文句命題的稱做小題，以五經文句命題的稱做大題。用做五經文的章法來做四書文的，便稱為小題大作。後比喻把小事渲染成大事來處理。

出處 《紅樓夢》第七十三回：「沒有

什麼，只不過他們小題大作罷了。」

例句 這不過是件單純的個案，你實在不必大加渲染附會，小題大作。

反義 大題小作。

一畫

少不更事 ㄕㄠˇ ㄅㄨˋ ㄍㄥ ㄕˋ

解釋 更：經歷。年紀輕，經歷世事不多。也作「少不經事」。

出處 《晉書．周顗（ㄧˇ）傳》：「顗曰：『君少年未更事。』」

解析 ①少，讀ㄕㄠˇ，不讀ㄕㄠˋ。②「少不更事」指年紀輕、閱歷少；「羽毛未豐」比喻年幼、不成熟。

例句 他常回想起自己在少不更事的年紀裏做的那些荒唐事。

近義 羽毛未豐；初出茅廬；涉世未深。

反義 少年老成；老成持重；見多識廣。

少安毋躁 ㄕㄠˇ ㄢ ㄨˊ ㄗㄠˋ

解釋 少：稍微，暫時。勸人暫緩一會兒，不要急躁。也作「少安無躁」。

出處 唐．韓愈《昌黎先生集．答呂毉山人書》：「方將坐足下三浴而三熏之，聽僕之所為，少安無躁。」

解析 ①少，讀ㄕㄠˇ，不讀ㄕㄠˋ。②「少安毋躁」指勸人耐心等待、不要急躁；「處之泰然」和「安之若素」都指人遇事沈著不驚慌。

例句 在情況尚未明朗前，我勸你還是少安毋躁，靜觀其變的好。

近義 安之若素；處之泰然。

反義 心急如焚；坐立不安；迫不及待；暴跳如雷。

少年老成 ㄕㄠˋ ㄋㄧㄢˊ ㄌㄠˇ ㄔㄥˊ

解釋 老成：閱歷多，經驗豐富。老練成熟。人雖很年輕，做事卻十分沈穩持重。現有時表示年輕人缺乏朝氣。

例句 他從小父母離異，因此養成他獨立自主、少年老成的性格。

近義 老成持重；暮氣沈沈。

反義 少不更事；年幼無知；涉世未深。

少見多怪 ㄕㄠˇ ㄐㄧㄢˋ ㄉㄨㄛ ㄍㄨㄞˋ

解釋 見識少的人，遇事便以為可怪。後常用以嘲人見識短淺。

出處 《牟子》：「少所見，多所怪，睹橐（ㄊㄨㄛˊ）駝，謂馬腫背。」（橐駝，駱駝。）

解析 ①少，讀ㄕㄠˇ，不讀ㄕㄠˋ。②「少見多怪」偏重指人見識短淺；「蜀犬吠日」用於譏諷人無知，貶義較重。

例句 這是今年最流行的挑染，你不要少見多怪了。

近義 大驚小怪；蜀犬吠日。

反義 司空見慣；見多識廣。

【尸部】

尸位素餐（ㄕ ㄨㄟˋ ㄙㄨˋ ㄘㄢ）

解釋 尸位：占有職位而不做事；素餐：吃閒飯。原來形容空占職位，不做事情。後來有時也用於自謙，表示沒做什麼事情。也作「素餐尸位」。

出處 《漢書．朱雲傳》：「今朝廷大臣，上不能匡主，下亡（無）以益民，皆尸位素餐。」

解析 「尸位素餐」指空占職位不做事；「玩忽職守」指對工作馬馬虎虎，不負責任。

例句 許多公務員尸位素餐，整天喝茶看報不做事，浪費納稅人的錢。

近義 尸祿素餐；竊位素餐。

反義 克盡厥職；忠於職守。

尸居餘氣（ㄕ ㄐㄩ ㄩˊ ㄑㄧˋ）

解釋 餘氣：殘餘的一點氣。指人軀殼雖在，僅剩下一點氣息。形容人即將死亡。後多指人暮氣沈沈，無所作為。

出處 《晉書．宣帝紀》：「司馬公尸居餘氣，形神已離，不足慮矣。」

例句 自從輸了那一場比賽之後，他便像尸居餘氣般，每天毫無生氣的。

近義 奄奄一息；苟延殘喘；暮氣沈沈。

反義 生龍活虎；生氣勃勃。

一畫

尺有所短，寸有所長（ㄔˇ ㄧㄡˇ ㄙㄨㄛˇ ㄉㄨㄢˇ，ㄘㄨㄣˋ ㄧㄡˇ ㄙㄨㄛˇ ㄔㄤˊ）

解釋 尺雖長，難免有不足之時，寸雖短，卻也有過長之處。比喻各有長處，也各有短處，萬事萬物皆有可取之處，也作「尺短寸長」。

出處 《楚辭．卜居》：「夫尺有所短，寸有所長，物有所不足，智有所不明，數有所不逮，神有所不通。」

例句 在這個團體裏，每個人都有他適合與擅長的部分，正所謂「尺有所短，寸有所長」。

尺幅萬里（ㄔˇ ㄈㄨˊ ㄨㄢˋ ㄌㄧˇ）

解釋 幅：布帛的寬度，引申為書畫面或地面的廣狹；尺幅：指一尺見方的畫幅。形容圖畫篇幅雖小，可是氣勢廣闊、意境深遠。原作「咫尺萬里」。

出處 徐安貞〈題襄陽圖詩〉：「圖書空咫尺，千里意悠悠。」

例句 這小小的一幅畫，卻是尺幅萬里，氣象雄偉，令人看後神往不已。

四畫

局促不安 ㄐㄩˊ ㄘㄨˋ ㄅㄨˋ ㄢ

解釋 局促：拘束。形容尷尬、拘束的樣子。也作「侷促不安」。

出處 《聊齋志異．鴉頭》：「話間妮子頻來出入，王局促不安，離席告別。」

例句 這一頓三人談判的晚餐，吃得大夥局促不安。

近義 局促不寧；踧踖不安。

反義 落落大方；舉止大方。

尾大不掉 ㄨㄟˇ ㄉㄚˋ ㄅㄨˋ ㄉㄧㄠˋ

解釋 掉：搖動。尾巴太大就不好搖動。比喻部下勢力強大，不聽上級的調動、指揮。也作「末大不掉」。

出處 《左傳．昭公十一年》：「末大必折，尾大不掉。」

解析 「掉」不解釋成「丟掉」。

例句 他把太多的權利交給下屬，造成現在尾大不掉的情況。

反義 強幹弱枝。

五　畫

屈打成招 ㄑㄩ ㄉㄚˇ ㄔㄥˊ ㄓㄠ

解釋 屈：冤枉；招：招認。用嚴刑拷打逼供，使嫌犯招認罪行。

出處 《元曲選．無名氏〈神奴兒〉四》：「不由分訴，拖到官中，三推六問，吊拷掤扒，屈打成招。」

解析 「屈」不寫成「彎曲」的「曲」。

例句 在現代民主法治的社會中，居然還有警察將嫌犯屈打成招的事，真是不可思議。

近義 枉勘虛招；苦打成招。

反義 不打自招。

屈指可數 ㄑㄩ ㄓˇ ㄎㄜˇ ㄕㄨˇ

解釋 扳一扳手指就可以計算出數量，形容數目不多。

出處 宋．歐陽修〈唐安公美政頌〉：「今文化之盛，其書屈指可數者，無三四人。」

解析 「屈指可數」形容的數目較具體，能夠用來計算日期；「寥寥無幾」形容的數目比較抽象，不能用來計算日期。

例句 這所學校的審核標準非常嚴格，每年能通過檢定考試、順利畢業的人是屈指可數。

近義 寥若晨星；寥寥可數；寥寥無幾；鳳毛麟爪。

反義 不可勝數；不勝枚舉；數不勝數。

居心叵測 ㄐㄩ ㄒㄧㄣ ㄆㄛˇ ㄘㄜˋ

解釋 居心：存心；叵：不可；測：推測。心存險惡，令人難以猜測。

出處 《世說新語．言語》：「卿居心不淨。」

解析 ①不要把「叵」寫成「巨」。②「居心叵測」、「別有用心」都含「有壞念頭」的意思，其區別在於：「別有用心」表示居心不良；「居心叵測」表示存心險惡，語意較前者重。

例句 他的言辭閃爍，看來**居心叵測**，你最好對他多加提防。

近義 心懷叵測；包藏禍心；為鬼為蜮。

反義 光明正大；光明磊落；胸懷坦白。

居安思危（ㄐㄩ ㄢ ㄙ ㄨㄟˊ）

解釋 處在安全的環境裏，仍要想到可能發生的危險。

出處 《左傳．襄公十一年》：「《書》曰：『居安思危。』思則有備，有備無患，敢以此規。」

例句 現在的環境雖然安定，但大家仍應**居安思危**，對敵人嚴加防範。

近義 未雨綢繆；有備無患。

反義 高枕無憂；高枕而臥；燕雀處堂。

六畫

屋上建瓴（ㄨ ㄕㄤˋ ㄐㄧㄢˋ ㄌㄧㄥˊ）

解釋 建：翻覆；借作「瀽（ㄐㄧㄢˇ）」，傾倒、潑出。瓴：盛水的瓶子。在屋上倒翻瓶子裏的水。比喻居高臨下，不可阻擋的形勢。

出處 《漢書．高帝紀下》：「地勢便利，其以下兵於諸侯，譬猶居高屋之上建瓴水也。」

例句 我軍攻占山頭，以**屋上建瓴**之勢，一舉殲滅敵軍。

八畫

屠門大嚼（ㄊㄨˊ ㄇㄣˊ ㄉㄚˋ ㄐㄩㄝˊ）

解釋 屠門：賣肉的地方。經過肉舖而裝出大嚼的樣子。比喻對渴望而得不到的東西，暫且憑想像以自慰。

出處 三國．魏．曹植〈與吳季重書〉：「過屠門而大嚼，雖不得肉，貴且快意。」

例句 他的腳受傷無法參加旅行，只好看看風景照片**屠門大嚼**一番。

近義 望梅止渴；畫餅充飢。

屠龍之技（ㄊㄨˊ ㄌㄨㄥˊ ㄓ ㄐㄧˋ）

解釋 屠：宰殺。喻空有高超的技能，卻不切實用，無處施展。

出處 《莊子．列禦寇》裏說：朱泙（ㄆㄧㄥˊ）漫跟隨支離益學殺龍的本領，耗費了所有的家財，花了三年時間才學成功，但卻沒有地方可用那套本領。

例句 你這身本領雖高，不過卻是**屠龍之技**，很難派得上用場。

十一畫

屢見不鮮 (ㄌㄩˇ ㄐㄧㄢˋ ㄅㄨˋ ㄒㄧㄢˇ)

解釋 鮮：原來寫成「數（ㄕㄨㄛˋ）見不鮮」，秦時用語，表示常來的客人時時都可看見他，不必特別為他準備鮮美的食物。現在則用來形容事物常常見到，並不稀奇。

解析 「屢見不鮮」偏重在常常見到，多用於事物；「層出不窮」偏重在不斷出現，有時還含有變化多樣的意思。

例句 這種假借算命騙財騙色的手法在本地屢見不鮮，你一個外地人可得多加留意。

近義 司空見慣；習以為常；層出不窮。

反義 少見多怪；見所未見；前所未見。

屢試不爽 (ㄌㄩˇ ㄕˋ ㄅㄨˋ ㄕㄨㄤˇ)

解釋 爽：差錯。經過多次試驗，結果都和預期的一樣。

出處 《聊齋志異．冷生》：「每途中逢徒步客，拱手謝曰：『適忙，不遑下騎，勿罪。』言未已，驢已蹶然伏道上，屢試不爽。」

例句 以這種方法治療失眠非常有效，且屢試不爽，你不妨試試。

十二畫

層出不窮 (ㄘㄥˊ ㄔㄨ ㄅㄨˋ ㄑㄩㄥˊ)

解釋 層：重複，接連不斷；窮：盡，完。連接不斷地出現，形容事物或言論變化多端。

出處 唐．韓愈《昌黎先生集．貞曜先生墓志》：「神施鬼設，間見層出。」

解析 「窮」不可解釋成「貧窮」。

例句 自從施行新制度後，問題層出不窮，似乎有改進的必要。

近義 生生不已；雨後春筍；屢見不鮮；層見疊出。

反義 曇花一現。

履穿踵決 (ㄌㄩˇ ㄔㄨㄢ ㄓㄨㄥˇ ㄐㄩㄝˊ)

解釋 履：鞋；踵：腳後跟；決：破裂。鞋穿破了，腳後跟也破裂了。形容很窮的樣子。

出處 《莊子．讓王》：「捉襟而肘見，納履而踵決。」

例句 他失業了好一陣子，全家的生活都陷入困境，過著履穿踵決的日子。

履舄交錯 (ㄌㄩˇ ㄒㄧˋ ㄐㄧㄠ ㄘㄨㄛˋ)

解釋 履：單底鞋；舄：複底鞋。坐席外鞋子很多很亂（古人脫鞋入席）。形容賓客眾多。

出處 《史記．滑稽列傳》：「履舄交錯，杯盤狼藉。」

解析 「舄」不可讀寫成「寫（ㄒㄧㄝˇ）」。

例句 爺爺的生日宴會上賀客盈門，履舄交錯，令爺爺十分開心。

近義 門庭若市；高朋滿座。

履險如夷（ㄌㄩˇ ㄒㄧㄢˇ ㄖㄨˊ ㄧˊ）

解釋 履：行走；夷：平地。行走在險峻的地方像走在平地上一樣。比喻在困難、危險的處境中能保持鎮定，安然度過。

出處 孫綽〈庾冰碑〉：「履險思夷，處滿思沖。」

例句 選在這個時機開店，雖然必須冒非常大的風險，但他都能**履險如夷**，安然度過。

近義 夷險一致。

反義 裹足不前。

【山部】

山雞舞鏡（ㄕㄢ ㄐㄧ ㄨˇ ㄐㄧㄥˋ）

解釋 比喻顧影自憐。

出處 南朝．宋．劉敬叔《異苑》卷三：「山雞愛其毛羽，映水則舞。魏武時，南方獻之，帝欲其鳴舞而無由。公子蒼舒（曹沖）令置大鏡其前，雞鑑形而舞不知止，遂之死。」

例句 他非常自戀，常常**山雞舞鏡**，沈浸在自己的世界中，無視他人的存在。

近義 孤芳自賞；顧影自憐。

山明水秀（ㄕㄢ ㄇㄧㄥˊ ㄕㄨㄟˇ ㄒㄧㄡˋ）

解釋 形容山水秀麗，風景優美。

出處 宋．黃庭堅〈驀（ㄇㄛˋ）山溪．贈衡陽陳湘〉：「眉黛斂秋波，盡湖南，山明水秀。」

例句 這一路上**山明水秀**，令人心曠神怡，早忘了旅途的疲憊。

近義 山青水秀；山光水色；山青水綠。

反義 童山濯濯。

山肴野蔌（ㄕㄢ ㄧㄠˊ ㄧㄝˇ ㄙㄨˋ）

解釋 肴：魚肉等葷菜；蔌：野菜。指野味及蔬菜。

出處 宋．歐陽修《歐陽文忠集．醉翁亭記》：「山肴野蔌，雜然而前陳者，太守宴也。」

解析 蔌，讀ㄙㄨˋ，不讀ㄕㄨˋ。

例句 這幾天住在山上，吃著**山肴野蔌**，過著與世無爭的生活，令人忘了許多煩憂。

近義 粗茶淡飯。

反義 山珍海味；山珍海錯。

山雨欲來風滿樓（ㄕㄢ ㄩˇ ㄩˋ ㄌㄞˊ ㄈㄥ ㄇㄢˇ ㄌㄡˊ）

解釋 大雨就要到來。比喻重大事件即將爆發前的氣氛和跡象。

出處 唐．許渾《丁卯集．咸陽城東樓》詩：「溪雲初起日沈閣，山雨欲來風滿樓。」

例句 這幾天，公司的氣氛異常凝重，彷彿有**山雨欲來風滿樓**的跡象。

山珍海味（ㄕㄢ ㄓㄣ ㄏㄞˇ ㄨㄟˋ）

解釋 海陸所產的珍貴食品。原作「山珍海錯」。

出處 唐．韋應物《韋刺史詩集．長安道》詩：「山珍海錯棄藩，烹犢炰（ㄆㄠˊ）羔如折葵。」

例句 現代人天天山珍海味，導致營養過剩而產生許多文明病。

近義 珍肴異饌；龍肝鳳膽。

反義 山肴野蔌；家常便飯；粗茶淡飯。

山高水長（ㄕㄢ ㄍㄠ ㄕㄨㄟˇ ㄔㄤˊ）

解釋 原比喻人品高潔，像山和水一樣永久流傳，也比喻恩德、情誼的深厚。

出處 宋．范仲淹《范文正公集．嚴先生祠堂記》：「雲山蒼蒼，江水泱泱，先生之風，山高水長。」

例句 他對此地居民的恩德是山高水長，讓人非常敬佩。

山盟海誓（ㄕㄢ ㄇㄥˊ ㄏㄞˇ ㄕˋ）

解釋 誓言如山海般永恆而堅定，多指愛情要像山和海一樣永恆不變。也作「海誓山盟」。

出處 宋．趙長卿《惜香樂府．賀新郎》：「終待說山盟海誓，這恩情到此非容易。」

解析 「盟」不寫成「萌芽」的「萌」。

例句 他們倆當年曾立下山盟海誓，沒想到仍踏上分手一途。

近義 信誓旦旦；指天誓日。

反義 背信忘義。

山窮水盡（ㄕㄢ ㄑㄩㄥˊ ㄕㄨㄟˇ ㄐㄧㄣˋ）

解釋 窮：盡。山和水都到了盡頭，前面再沒有路可走了。比喻窮困至極，陷入絕境。

出處 《官場現形記》四十七回：「及至山窮水盡，一無法想，然後定他一個罪名。」

例句 他要不是到了山窮水盡的地步，也不會出此下策，你就原諒他吧！

近義 日暮途窮；走投無路；窮途末路。

反義 柳暗花明；前程萬里；絕處逢生。

四畫

岌岌可危（ㄐㄧˊ ㄐㄧˊ ㄎㄜˇ ㄨㄟˊ）

解釋 岌岌：山高陡峭，非常危險的樣子。形容情勢非常危險，將要傾覆或滅亡。

出處 語本《孟子．萬章上》：「天下殆哉，岌岌乎！」

解析 「岌岌可危」、「搖搖欲墜」都形容非常危險，都可指地位、制度等即將崩潰。其區別在於：「搖搖欲墜」可形容人或東西即將由上往下墜落，「岌岌可危」則不能。

例句 經過這一場颱風，這間山邊的小屋，更顯得**岌岌可危**了。

近義 千鈞一髮；危如累卵；危在旦夕。

反義 安如泰山；安如磐石；固若金湯；堅如磐石。

七畫

峨冠博帶（ㄜˊ ㄍㄨㄢ ㄅㄛˊ ㄉㄞˋ）

解釋 峨冠：高帽子。博帶：寬腰帶。

原是古代士大夫的裝束。比喻穿著禮服。

出處 《元曲選．關漢卿〈謝天香〉一》：「恰才耆卿說道，『好覷謝氏』，必定是峨冠博帶一個名士大夫。」

解析 ①「冠」不可寫成「盜寇」的「寇」；②「博」左從「十」，右上角是「甫」。

例句 看你這身**峨冠博帶**的，應該是要出席正式場合吧！

八畫

崢嶸歲月（ㄓㄥ ㄖㄨㄥˊ ㄙㄨㄟˋ ㄩㄝˋ）

解釋 崢嶸：高峻的樣子，引申為才能特出的意思。

形容不平凡的年月。

出處 宋．廖行之《沁園春．和蘇宣教韻》：「崢嶸歲月，分陰可惜，一日三秋。」

例句 他常想起自己當年的**崢嶸歲月**，才覺得自己沒有白走這一遭。

崑山片玉（ㄎㄨㄣ ㄕㄢ ㄆㄧㄢˋ ㄩˋ）

解釋 崑：崑崙山。

崑崙山許多玉石中的一塊，本表示謙遜，後比喻眾美中之傑出者。

出處 《晉書．郤詵（ㄒㄧㄢ）傳》：「累遷雍州刺史，武帝於東堂會送，問詵曰：『卿自以為何如？』詵對曰：『臣舉賢良對策，為天下第一，猶桂林之一枝，崑山之片玉。』」

例句 他在這一行表現非常傑出，可說是**崑山片玉**，受到許多人矚目。

十一畫

嶄露頭角（ㄓㄢˇ ㄌㄨˋ ㄊㄡˊ ㄐㄧㄠˇ）

解釋 嶄：突出的樣子。

比喻才能和本領非常突出。也作「初露頭角」。

出處 唐．韓愈《昌黎先生集．柳子厚墓志銘》：「雖少年，已自成人，能取進士第，嶄然見頭角。」

解析 ①「嶄」不可寫成「斬」。②「嶄露頭角」偏重非常突出地顯露；「初露頭角」、「初露鋒芒」偏重剛開始顯露。

例句 他不過二十出頭就在房地產業**嶄露頭角**，闖出自己的一片天。

近義 初露頭角；脫穎而出；鋒芒畢露，頭角崢嶸。

反義 不見圭角；不露圭角；不露鋒芒。

【巛部】

川流不息（ㄔㄨㄢ ㄌㄧㄡˊ ㄅㄨˋ ㄒㄧ）

解釋 川：河流。息：停止。像流水般不停止。比喻來往的人或車輛、船隻很頻繁。

出處 梁．周興嗣《千字文》：「似蘭斯馨，如松之盛，川流不息，淵澄取映。」

解析 ①「川」不可寫成「穿」。②「川流不息」、「絡繹不絕」都有人、船、車、馬往來頻繁的意思。其區別在於：「絡繹不絕」多指人車往同一方向接連不斷地行進；而「川流不息」則指來來往往連續不斷的人車，不一定往同一方向。

例句 這條街上的人潮總是川流不息，所以房價也特別地高。

近義 車水馬龍；絡繹不絕；熙來攘往。

【工部】

工力悉敵（ㄍㄨㄥ ㄌㄧˋ ㄒㄧ ㄉㄧˊ）

解釋 工力：功夫和力量；悉：完全；敵：相等。表示雙方程度完全相等，不分上下。常指藝術方面的造詣。

出處 宋．計有功《唐詩紀事．上官昭容》：「唯沈（沈佺期）宋（宋之問）二詩不下；又移時，一紙飛墜，競取而觀，乃沈詩也。及聞其評曰：『二詩工力悉敵。』」

解析 「工力悉敵」多指工夫和才力相當；而「旗鼓相當」和「勢均力敵」則多指勢力和力量相當。

例句 他們倆的小說是工力悉敵，上市後的銷售量也呈現勢均力敵的狀況。

近義 棋逢敵手；旗鼓相當；勢均力敵；銖兩悉稱。

反義 卵石不敵；高下懸殊。

工欲善其事，必先利其器（ㄍㄨㄥ ㄩˋ ㄕㄢˋ ㄑㄧˊ ㄕˋ ㄅㄧˋ ㄒㄧㄢ ㄌㄧˋ ㄑㄧˊ ㄑㄧˋ）

解釋 器：指工具。工匠要使工作完善，首先要有精良的工具。

出處 《論語．衛靈公》：「子曰：工欲善其事，必先利其器。」

例句 「工欲善其事，必先利其器」，要做好這分工作，必須先準備好所有的工具。

二畫

巧言如簧（ㄑㄧㄠˇ ㄧㄢˊ ㄖㄨˊ ㄏㄨㄤˊ）

解釋 簧：樂器裏薄葉狀的發聲振動體。形容假話說得很巧妙動聽。

出處 《詩經．小雅．巧言》：「巧言如簧，顏之厚矣。」

例句 他是個**巧言如簧**的人，與他合作，你可得非常小心。

近義 花言巧語；伶牙俐齒；能言善辯。

反義 拙嘴笨腮；笨嘴笨舌；笨口拙舌。

巧言令色（ㄑㄧㄠˇ ㄧㄢˊ ㄌㄧㄥˋ ㄙㄜˋ）

解釋 巧言：動聽而虛偽的話；令色：討好別人的表情。話說得很動聽，臉色裝得很和善，想討人喜歡的樣子。

出處 《尚書．皋陶謨》：「何畏乎巧言令色孔壬。」（孔，大。壬，奸佞，壞人。）

解析 「令」不可解釋成「命令」（如「令行禁止」）。

例句 他根本沒有真才實學，都是靠諂媚逢迎、**巧言令色**爬上去的。

近義 巧言善色。

反義 正言厲色；疾言厲色；聲色俱厲。

巧取豪奪（ㄑㄧㄠˇ ㄑㄩˇ ㄏㄠˊ ㄉㄨㄛˊ）

解釋 巧取：騙取；豪奪：用強力奪取。用欺詐與強暴的手段取得想要的東西。也作「豪奪巧取」。

出處 宋代畫家米友仁經常向人要古畫描摹，而摹完以後，總是拿摹本和真本一起送還主人，請主人自己認選，由於他模仿技術很高，主人往往把摹本當真本收回，米友仁也因此獲得了許多名貴的真本古畫。有人把他這種行為稱為「巧取豪奪」。

解析 ①「豪」不可寫成「毫」。

例句 他當初靠著**巧取豪奪**獲得的家產，如今也因錯誤的投資在一夕間付諸流水。

近義 鵲巢鳩占。

反義 仗義疏財；樂善好施。

巧奪天工（ㄑㄧㄠˇ ㄉㄨㄛˊ ㄊㄧㄢ ㄍㄨㄥ）

解釋 人工的精巧勝過天然生成的東西。形容技藝精妙。

出處 趙孟頫〈贈放煙火者〉詩：「人間巧藝奪天工。」

例句 這件玲瓏剔透的雕刻品真是**巧奪天工**，令人讚嘆。

近義 妙手天成；鬼斧神工。

反義 平淡無奇。

左支右絀（ㄗㄨㄛˇ ㄓ ㄧㄡˋ ㄔㄨˋ）

解釋 支：支持，支付；絀：不夠。本指射箭時左臂撐弓、屈右臂扣弦之法。後轉指應付了左面，右面又感到不夠。表示財力或能力不足，窮於應付。

出處 《戰國策．西周策》：「養由基曰：『……子何不代我射之也？』客曰：『我不能教子支左屈右』」。

例句 每到月底，公司的財務便顯得**左支右絀**，窮於應付。

近義 捉襟見肘；顧此失彼。

反義 左右逢源；得心應手；應付自如。

左右逢源（ㄗㄨㄛˇ ㄧㄡˋ ㄈㄥˊ ㄩㄢˊ）

解釋 逢：遇到；源：水源。

原來是說工夫到家後，自然取之不竭，用之不盡。後來比喻做事順利無礙、無往不利。

出處《孟子．離婁下》：「資之深，則取之左右逢其原。」（原，同「源」。）

例句 他非常善於交際，跟每個人都保持良好的關係，使他在工作時總能左右逢源。

近義 心手相應；得心應手。

反義 左右為難；左支右絀。

左右開弓（ㄗㄨㄛˇ ㄧㄡˋ ㄎㄞ ㄍㄨㄥ）

解釋 雙手都能射箭。比喻雙手一起動作或幾方面都在進行。

出處《元曲選．白仁甫〈梧桐雨．楔子〉》：「臣左右開弓，一十八般武藝，無有不會。」

例句 為了趕在規定日期前完工，我們決定採取左右開弓、雙管齊下的方式。

近義 雙管齊下。

左輔右弼（ㄗㄨㄛˇ ㄈㄨˇ ㄧㄡˋ ㄅㄧˋ）

解釋 輔、弼：古代輔助帝王或太子的官。引申為左右輔助的意思。

出處《晉書．潘尼傳》：「左輔右弼，前疑後承。」

例句 他這次之所以能順利當選，應該要歸功於兩位幕僚左輔右弼的幫忙。

近義 左膀右臂。

七畫

差之毫釐，謬以千里（ㄔㄚ ㄓ ㄏㄠˊ ㄌㄧˊ，ㄇㄧㄡˋ ㄧˇ ㄑㄧㄢ ㄌㄧˇ）

解釋 差：錯誤；毫、釐：重量和長度的小單位，十毫為一釐；謬：差錯。

開始時有一點小錯誤，結果就會造成很大錯誤。也作「失之毫釐，謬以千里」；「差之毫釐，失之千里」。

出處《漢書．司馬遷傳》：「差以毫釐，謬以千里。」

例句 這兩件東西雖然只有一字之差，但「差之毫釐，謬以千里」，功用卻是完全不同。

差強人意（ㄔㄚ ㄑㄧㄤˊ ㄖㄣˊ ㄧˋ）

解釋 差：稍微，比較；強：振奮。

原意為還算能振奮人心。現在表示大體上還算不錯，還能夠使人滿意。

出處《漢書．吳漢傳》記載：東漢光武帝劉秀拜吳漢為大司馬。每次出征，吳漢都在劉秀左右，忠心耿耿。有時打了敗仗，吳漢總是鼓勵大家振作精神準備再戰。有一次劉秀見吳漢不在身邊，就叫人去看看他在幹什麼。去的人回報說：「大司馬正在檢查刀槍，準備進攻的武器。」劉秀聽了，又感動又讚歎地說：「吳公差強人意」。

解析 「差」不讀「出差」的ㄔㄞ；「差錯」的ㄔㄚˋ或「參差」的ㄘ；「強」不讀「強詞奪理」的ㄑㄧㄤˇ。

例句 新進的小李雖然表現不如預期搶眼，但還算**差強人意**了。

反義 大失所望。

【己部】

己所不欲，勿施於人（ㄐㄧˇ ㄙㄨㄛˇ ㄅㄨˋ ㄩˋ，ㄨˋ ㄕ ㄩˊ ㄖㄣˊ）

解釋 自己不願的事，不要施加到別人身上。

出處 《論語．顏淵》：「出門如見大賓，使民如承大祭。己所不欲，勿施於人。在邦無怨，在家無怨。」

例句 「**己所不欲，勿施於人**」，這種吃力不討好的事，你還是留著自己做吧！

近義 推己及人。

反義 強人所難；趕鴨子上架。

【巾部】

二　畫

布衣疏食（ㄅㄨˋ ㄧ ㄕㄨ ㄕˊ）

解釋 穿布衣，吃粗飯。形容生活儉樸。

出處 《漢書．王吉傳》：「去位家居，亦布衣疏食。」

例句 他雖有千萬家產卻一向樂善好施，自己仍過著**布衣疏食**的生活。

布帛菽粟（ㄅㄨˋ ㄅㄛˊ ㄕㄨˊ ㄙㄨˋ）

解釋 布：棉麻織物；帛：絲織品的總稱；菽：豆類的總稱；粟：黍稷粱秫的總稱。比喻日常生活中不可缺少的事物。

出處 《宋史．程頤傳》：「其言之旨，若布帛菽粟然。」

例句 日常生活中他只要求**布帛菽粟**無缺，從不奢求昂貴的物質享受。

布鼓雷門（ㄅㄨˋ ㄍㄨˇ ㄌㄟˊ ㄇㄣˊ）

解釋 布鼓：布製的鼓；雷門：古代會稽（今浙江省紹興）的城門口，設有大鼓。比喻在高手面前賣弄本領，貽笑大方。

出處 《漢書．王尊傳》：「毋持布鼓過雷門。」顏師古注：「雷門，會稽城門也，有大鼓，越（指今浙江省）擊此鼓，聲聞洛陽；布鼓，謂以布為鼓，故無聲。」

例句 他可是上屆奧運桌球的金牌選手，你找他挑戰根本是**布鼓雷門**。

近義 班門弄斧。

七畫

師心自用 ㄕ ㄒㄧㄣ ㄗˋ ㄩㄥˋ

解釋 師心：以心為師，原指心領神會，這裏是只相信自己的意思。形容固執己見，自以為是，也作「師心自任」。

出處 唐．陸贄《陸宣公集．奉天請數對群臣兼許令論事狀》：「又況不及中才，師心自用，肆於上人，以遂非拒諫，孰有不危者乎？」

解析 「師心自用」偏重在以老師自居而自以為是；「剛愎自用」偏重在固執任性，不接受別人的意見。

例句 像你這樣師心自用，不接受別人的建議，做起事來難免會有盲點。

近義 剛愎自用；獨斷專行。

反義 不恥下問；從善如流；聞過則喜。

師出有名 ㄕ ㄔㄨ ㄧㄡˇ ㄇㄧㄥˊ

解釋 師：軍隊；名：名義，引申為理由。出兵必須有正當的理由。比喻做事要有理由。

出處 《禮記．檀弓下》：「師必有名。」

例句 我們這次出兵是為了援助鄰近弱國，師出有名，所以打了勝仗。

近義 名正言順；師直為壯。

反義 師出無名。

師出無名 ㄕ ㄔㄨ ㄨˊ ㄇㄧㄥˊ

解釋 沒有正當的理由而出兵。也泛指做事沒有正當的理由。

出處 《漢書．高帝紀》：「兵出無名，事故不成。」

解析 「師」不可解釋成「老師」。

例句 這些國家無故攻打鄰國，師出無名，難怪會遭到失敗。

近義 師起無名。

反義 師出有名；師直為壯。

席不暇暖 ㄒㄧˊ ㄅㄨˋ ㄒㄧㄚˊ ㄋㄨㄢˇ

解釋 席：坐席；暇：空閒。連席子也來不及坐暖。形容工作忙碌，無法久坐。

出處 南朝．宋．劉義慶《世說新語．德性》：「陳（陳蕃）曰：『武王式商容之閭，席不暇暖，吾之禮賢，有何不可？』」

例句 自從他當選議員後，為了幫助選民，常常日夜奔波、席不暇暖。

近義 不遑暇食；日不暇給；席不暇溫；廢寢忘食。

反義 游手好閒；飽食終日。

席珍待聘 ㄒㄧˊ ㄓㄣ ㄉㄞˋ ㄆㄧㄣˋ

解釋 席：坐席，席位；珍：寶玉；席珍：席上的寶玉。比喻具有美善的才德。指懷才待用。

出處 《禮記．儒行》：「儒有席上之珍以待聘。」

例句 他現在雖然是賦閒在家，不過他可是一位席珍待聘的人才。

十一畫

幕天席地（ㄇㄨˋ ㄊㄧㄢ ㄒㄧˊ ㄉㄧˋ）

解釋 以天為幕，以地為席。形容胸襟曠達。也作「席地幕天」。

出處 《文選．劉伶〈酒德頌〉》：「幕天席地，縱意所如。」

例句 每到假日，他總喜歡一個人到郊外過著**幕天席地**的生活。

十二畫

幡然改圖（ㄈㄢ ㄖㄢˊ ㄍㄞˇ ㄊㄨˊ）

解釋 圖：計畫、打算。形容很快改變原來的計畫。也作「翻然改圖」。

出處 《三國志．蜀志．呂凱傳》：「將軍若能翻然改圖，易跡更步，古人不難追，鄙士何足宰哉！」

解析 「幡然改圖」強調改變之快，一般只指人的打算和想法。「改弦更張」、「改弦易轍」語義範圍較大，可指改變整體的方針、計畫或辦法等。

例句 經過這件事後，他**幡然改圖**，準備把店收起來，改行當攝影師。

近義 改弦易轍；改弦更張。

反義 一成不變；至死不變。

【干部】

干雲蔽日（ㄍㄢ ㄩㄣˊ ㄅㄧˋ ㄖˋ）

解釋 干：冒犯，衝；蔽：遮擋。形容樹木高大、茂密，高入雲霄，遮蔽日光。

出處 《後漢書．丁鴻傳》：「干雲蔽日之木，起於蔥青。」

例句 在這個未開發的山區中，古木參天，**干雲蔽日**，非常適合做森林浴。

二畫

平分秋色（ㄆㄧㄥˊ ㄈㄣ ㄑㄧㄡ ㄙㄜˋ）

解釋 比喻雙方勢均力敵，各得一半。

出處 宋．李樸〈中秋〉詩：「平分秋色一輪滿，長伴雲衢千里明。」

例句 這一對兄弟競爭了大半輩子，到頭來發現兩人的成就仍是**平分秋色**。

近義 並駕齊驅；勢均力敵。

反義 以卵擊石；寡不敵眾。

平心靜氣（ㄆㄧㄥˊ ㄒㄧㄣ ㄐㄧㄥˋ ㄑㄧˋ）

解釋 心平氣和，態度冷靜。也作「平心定氣」。

出處 宋．呂本中《官箴》：「須平心定氣，與之委曲。」

解析 ①「靜」不可寫成「乾淨」的「淨」。②「平心靜氣」、「心平氣和」都表示心境平靜，不感情用事，但有細微差別：「平心靜氣」偏重於「平心」，表示內心的寧靜，多與「激動」相對；「心平氣和」偏重於「氣和」，表示態度溫和，多與「急躁」（態度）、「激烈」相對。

例句 不管對方如何挑釁，修養極佳的他仍然能保持平心靜氣。

近義 心平氣和。

反義 火冒三丈；氣急敗壞；暴跳如雷。

平白無故 ㄆㄧㄥˊ ㄅㄞˊ ㄨˊ ㄍㄨˋ

解釋 平白：憑空。事情的發生毫無原因，指無緣無故。也作「平白無辜」。

出處 《紅樓夢》第六十一回：「這樣說，你竟是平白無辜的人了，拿你來頂缸的。」

解析 「平白無故」語意較「無緣無故」重，多用於較嚴重的事件；而「無緣無故」的語意較輕，但適用範圍較廣。

例句 他進公司不過三天，就平白無故地被捲入這場紛爭之中。

近義 無緣無故。

反義 事出有因。

平地風波 ㄆㄧㄥˊ ㄉㄧˋ ㄈㄥ ㄅㄛ

解釋 比喻突然發生的意外糾紛或變故。也作「平地波瀾」。

出處 唐．杜荀鶴〈將過湖南經馬當山廟因書三絕〉之二：「只怕馬當山下水，不知平地有風波。」

例句 這件事原本十分順利，沒想到平地風波，突然發生意外而被迫停擺。

近義 晴天霹靂。

反義 太平無事；風平浪靜。

平步青雲 ㄆㄧㄥˊ ㄅㄨˋ ㄑㄧㄥ ㄩㄣˊ

解釋 青雲：指高空，比喻官位很高。比喻毫不費力，一下子達到很高的境界或地位。也作「平地青雲」。

出處 《醒世姻緣》八十三：「狄爺是平步青雲，天來的大喜事。」

解析 「官運亨通」偏重指做官升官順利；「平步青雲」偏重指發跡升官極快。

例句 他自從換了新工作後，便平步青雲，一路升遷。

近義 一步登天；扶搖直上；青雲直上；飛黃騰達。

反義 一落千丈；削職為民。

平易近人 ㄆㄧㄥˊ ㄧˋ ㄐㄧㄣˋ ㄖㄣˊ

解釋 態度和藹可親，容易與人親近。原作「平易近民」。

出處 《史記．魯周公世家》：「平易近民，民必歸之。」

解析 「平易近人」指人沒有架子，通常用在上司或有聲望的名人、學者；而「和藹可親」指態度溫和，多用在長輩。

例句 他為人親切，非常平易近人，所以身邊總有非常多的朋友。

近義 和藹可親；和顏悅色。

反義 咄咄逼人；盛氣凌人。

平起平坐

解釋 比喻輩分、地位相等。以平等的禮節對待人。

出處 《儒林外史》第三回：「你若同他拱手作揖，平起平坐，這就是壞了學校規矩。」

解析 ①「坐」不寫成「座位」的「座」。②「平起平坐」、「分庭抗禮」都含有地位平等的意思，其區別在於：「平起平坐」可指權力相等，「分庭抗禮」不行；「分庭抗禮」僅用於雙方，「平起平坐」還可用於多方；「分庭抗禮」可比喻互相對立，爭奪權力，「平起平坐」不能。

例句 他的能力、經歷都非常資深，卻常自謙自己不能與其他董事**平起平坐**。

近義 分庭抗禮。

反義 天淵之別；天壤之別；霄壤之別。

平淡無奇

解釋 平平常常，沒有特別的地方。

出處 《兒女英雄傳》第十九回：「聽起安老爺這幾句話，說得來也平淡無奇，瑣碎得緊。」

解析 「平淡無奇」、「平鋪直敘」都有平平淡淡的意思，都可形容說話和文章的內容。其區別在於：「平淡無奇」強調沒有特色、突出之處；「平鋪直敘」強調沒有起伏，重點不突出。

例句 這件事說來也是**平淡無奇**，不知怎麼會引起如此大的風波。

近義 平鋪直敘。

反義 不同凡響。

平鋪直敘

解釋 形容說話或寫文章時用直接敘述鋪陳的手法，沒有曲折變化，重點不突出。

出處 清．錢謙益《初學集》：「吾讀子瞻〈司馬溫公行狀〉之類，平鋪直序（敘），以為古今未有此體。」

解析 「敘」不可寫成「序」，「敘」是陳述；而「序」是順序，依次排列的意思，兩字有別。

例句 這篇小說太過**平鋪直敘**，毫無高潮起伏，難怪吸引不了讀者的興趣。

近義 平淡無奇。

反義 妙趣橫生；指聲音波瀾起伏。

三畫

年高德劭

解釋 劭：美。
年紀大而德行美好的人。

出處 漢．揚雄《法言．孝至》：「年彌高而德彌邵（劭）者，是孔子之徒與！」

解析 「年高德劭」和「德高望重」都指德性美好的老年人，但前者強調「年高」，而後者強調「望重」。

例句 他是位年高德劭的長者，總能以他的經驗指導我們作出最正確的選擇。

近義 年高德重；年高望重；齒德俱尊。

反義 晚節不保。

年富力強（ㄋㄧㄢˊ ㄈㄨˋ ㄌㄧˋ ㄑㄧㄤˊ）

解釋 年富：未來的年歲還長。指年輕、精力充沛。

出處 《論語．子罕》：「後生可畏」。朱熹注：「孔子言後生年富力強，足以積學而有待，其勢可畏。」

例句 他們雖然經驗不豐富，但年富力強，充滿幹勁，一樣把餐廳經營得有聲有色。

近義 年輕力壯；身強力壯。

反義 老態龍鍾；風燭殘年；桑榆晚景。

五畫

幸災樂禍（ㄒㄧㄥˋ ㄗㄞ ㄌㄜˋ ㄏㄨㄛˋ）

解釋 看見別人遭受災禍不但不同情反而高興。

出處 北齊．顏之推《顏氏家訓．誡兵》：「若居承平之世，睥睨宮闈，幸災樂禍……比皆陷身滅族之本也。」

解析 ①「幸」不可寫成「辛」。②「樂」不讀「音樂」的ㄩㄝˋ。

例句 大家都是同行，你不該幸災樂禍，也許下次就輪到你了。

近義 親痛仇快。

反義 同病相憐；兔死狐悲。

【广部】

六畫

度日如年（ㄉㄨˋ ㄖˋ ㄖㄨˊ ㄋㄧㄢˊ）

解釋 過一天像過一年那樣漫長。形容日子不好過。

出處 柳永〈戚氏詞〉：「孤館度日如年。」

解析 ①不要把「度」誤寫成「渡」。②「一日三秋」只適用於指人思念殷切，而「度日如年」適用面較廣，可形容的情況較多。

例句 自從你去當兵後，他簡直是度日如年，每天都渾渾噩噩地過日子。

近義 一日三秋；以日為年。

反義 日月如梭；白駒過隙；光陰似箭。

度德量力（ㄉㄨㄛˋ ㄉㄜˊ ㄌㄧㄤˋ ㄌㄧˋ）

解釋 度：量，計算。估量自己的德望，衡量自己的能力。表示在行動前對自己作充分的估量。

出處 《左傳．隱公十一年》：「度德而處之，量力而行之。」

解析 「度」不能唸成ㄉㄨˋ。

例句 他在參選前已度德量力，作了充分的評估。

八畫

康莊大道 ㄎㄤ ㄓㄨㄤ ㄉㄚˋ ㄉㄠˋ

解釋 寬闊平坦、四通八達的道路。

出處 《史記．孟子荀卿列傳》：「於是齊王嘉之，自如淳於髡以下，皆命曰列大夫，為開康莊之衢。」

例句 他常感嘆為何自己的人生路程如此崎嶇，而別人似乎都是一帆風順的**康莊大道**。

近義 光明大道；陽關大道。

反義 羊腸小道；崎嶇小路。

庸人自擾 ㄩㄥ ㄖㄣˊ ㄗˋ ㄖㄠˇ

解釋 庸人：平凡的人。

本來無事而自找麻煩，徒增困擾。

出處 《唐書．陸象先傳》記載：唐代蒲州刺史陸象先，有一次在處理罪犯時只是責備了罪犯幾句，沒有判刑。他的錄事（相當於現在的秘書）說：「這樣的罪犯應該判處杖刑。」陸象先說：「天下本無事，庸人自擾之。」

解析 「庸人自擾」比「杞人憂天」語義寬，除了指不必要的憂慮、恐懼外，「庸人自擾」還有自找麻煩、自討苦吃的意思。

例句 你如果想要成功就該放手去做，別再**庸人自擾**，猜忌他人。

近義 無病自疚；杞人憂天；庸人自召。

反義 自得其擾。

庸中佼佼 ㄩㄥ ㄓㄨㄥ ㄐㄧㄠˇ ㄐㄧㄠˇ

解釋 庸：指平凡的人；佼佼：美好。

在眾多平常人中才能比較特出的。

出處 《後漢書．劉盆子傳》：「卿所謂鐵中錚錚，庸中佼佼者也。」

例句 這麼多人前仆後繼地做這件事，只有他闖出了自己的名號，可說是**庸中佼佼**了。

十二畫

廢寢忘食 ㄈㄟˋ ㄑㄧㄣˇ ㄨㄤˋ ㄕˊ

解釋 不去睡覺，又忘記吃飯。形容專心致志地做某一件事情。

出處 《顏氏家訓．勉學》：「元帝在江荊間，復所愛惜，故置學生親為教授，廢寢忘食。」

解析 「寢」上從「宀」不從「穴」。

例句 他為了參加這次的比賽，每天**廢寢忘食**的工作。

近義 孜孜不倦；夜以繼日；廢食失寢。

反義 無所用心；飽食終日。

廣陵絕響 ㄍㄨㄤˇ ㄌㄧㄥˊ ㄐㄩㄝˊ ㄒㄧㄤˇ

解釋 廣陵：指古琴曲〈廣陵散〉；絕響：失傳的樂曲。比喻失傳的學問或技藝。

出處 《晉書．嵇康傳》記載：嵇康善於彈奏〈廣陵散〉，沒有傳授給人。後被司馬昭所害，臨刑時要求把琴拿來，又彈了一遍，說：「〈廣陵散〉於今絕矣。」

例句 現代人願意學習皮影戲的是愈來愈少了，也許再過幾年，這項技藝終會成為**廣陵絕響**。

廣開言路 ㄍㄨㄤˇ ㄎㄞ ㄧㄢˊ ㄌㄨˋ

解釋 開放人們發表意見，即博採眾議。

出處 《後漢書．來歷傳》：「朝廷廣開言事之路，故且一切假貸。」

例句 自從新市長上任後，便**廣開言路**，希望能聽取各方的意見。

近義 從善如流；從諫如流。

反義 閉目塞聽。

【廴部】

五畫

延年益壽 ㄧㄢˊ ㄋㄧㄢˊ ㄧˋ ㄕㄡˋ

解釋 延：延長；益：增加。延長歲數，增加壽命，多用作祝頌的話。

出處 《文選．宋玉〈高唐賦〉》：「延年益壽千萬歲。」

解析 「益」不解釋成利益。

例句 這項新產品標榜可**延年益壽**，因此吸引了許多老人家購買。

近義 龜鶴延年；龜鶴遐齡。

反義 天不假年；未終天年；短壽促命。

延頸企踵 ㄧㄢˊ ㄐㄧㄥˇ ㄑㄧˋ ㄓㄨㄥˇ

解釋 延頸：伸長脖子；企踵：抬起腳跟。形容盼望殷切。也作「延頸舉踵」。

出處 《漢書．蕭望之傳》：「天下之士，延頸企踵。爭願自效，以輔高明。」

例句 這架飛機遭挾持後，許多乘客的家屬都在機場上**延頸企踵**地等待。

近義 引領而望；企足而待；翹首企足。

【廾部】

四畫

弄巧成拙 ㄋㄨㄥˋ ㄑㄧㄠˇ ㄔㄥˊ ㄓㄨㄛˊ

解釋 本想投機取巧，結果反而誤事。

出處 黃庭堅〈拙軒頌〉：「弄巧成拙，為蛇畫足。」

解析 「弄巧成拙」偏重在想要賣弄聰明反而壞了事；「畫蛇添足」，偏重在無中生有，多做了有害無益的事。

例句 他本想給朋友一個意外驚喜，沒想到**弄巧成拙**，惹得大家不開心。

近義 刻鵠似鶩；畫虎類犬；畫蛇添足。

反義 恰到好處；恰如其分。

十一畫

弊絕風清 ㄅㄧˋ ㄐㄩㄝˊ ㄈㄥ ㄑㄧㄥ

解釋 完全沒有貪汙舞弊的事情，風氣十分清明良好。多指政治風氣。

出處 《宋文鑑．周敦頤〈拙賦〉》：「上安下順，弊絕風清。」

例句 自從他擔任法務部長以來，就以**弊絕風清**為目標。

近義 宿弊一清。

反義 積重難返。

【弓部】

一畫

弔民伐罪 ㄉㄧㄠˋ ㄇㄧㄣˊ ㄈㄚˊ ㄗㄨㄟˋ

解釋 征伐有罪的統治者，以撫慰被壓迫的百姓。也作「伐罪弔民」。

出處 《宋書．索虜傳》：「吊民伐罪，積後己之情。」

例句 他認為自己出兵是為了**弔民伐罪**，解救百姓於水深火熱中。

近義 為民請命；除暴安良。

反義 助紂為虐；為虎作倀；草菅人命。

引人入勝 ㄧㄣˇ ㄖㄣˊ ㄖㄨˋ ㄕㄥˋ

解釋 勝：勝境，美妙的境地。引人進入美妙的境地。現多指風景名勝或文藝作品非常吸引人。

出處 南朝．宋．劉義慶《世說新語．任誕》：「王衛軍云：『酒正自引人箸勝地。』」

解析 ①「勝」不可寫成「盛」。②「勝」不解釋成「勝利」（如「克敵制勝」）或「承受」（如「不勝枚舉」）。

例句 此地山明水秀，鳥語花香，**引人入勝**，難怪年年都吸引非常多的觀光客。

反義 味同嚼蠟；索然寡味；興味索然。

引足救經 ㄧㄣˇ ㄗㄨˊ ㄐㄧㄡˋ ㄐㄧㄥ

解釋 引：拉；經：縊，上吊自殺。拉著上吊的人的腳來解救他。比喻本想救人反而害人。

出處 《荀子．彊國》：「是猶伏而咶（ㄕˋ）天，救經而引其足也。」

例句 他的心情已經很糟了，你還淨說些悲慘的事，這不是**引足救經**嗎？

引狼入室

解釋 引：招引。把壞人引到家裏，比喻自招禍患。

出處 《元曲選．張國寶〈羅李郎〉楔子》：「我不是引的狼來屋裏窩，尋的蚰蜒鑽耳朵。」

解析 「引」不解釋成「引用」（如「引經據典」），「牽引」（如「引車賣漿」）或「拉開」（如「引而不發」）。

例句 看他一副不安好心的樣子，你還請他到家中坐客，這不是引狼入室嗎？

近義 開門揖盜。

反義 閉門不納。

引商刻羽

解釋 商、羽：五音名。指講究聲律、造詣很深而有最高成就的音樂演奏。

出處 《文選．宋玉〈對楚王問〉》：「引商刻羽，雜以流徵（ㄓˇ），國中屬而和者，不過數人而已。是其曲彌高，其和彌寡。」

例句 這場演奏會果然是引商刻羽，聽得觀眾如癡如醉。

引經據典

解釋 引：援引；據：依據。引用經典中的話作為說話、作文的依據。也作「引經據古」。

出處 《後漢書．荀淑傳》：「引據大義，正之經典。」

解析 「引經據典」強調引用的權威性，「旁徵博引」強調引用的廣泛，二者不能換用。

例句 為了增加說服力，他寫作時總喜歡引經據典。

近義 引古援今；旁徵博引。

反義 不見經傳。

引繩排根

解釋 比喻互相聯合起來排斥別人。也作「引繩批根」。

出處 《漢書．灌夫傳》：「及竇嬰失勢，亦欲倚夫（灌夫）引繩排根生平慕之後棄者。」

例句 在這次內鬥中，只有他挺身而出主持公道，沒想到卻遭他人引繩排根，逼他退出。

五畫

弦歌不輟

解釋 輟：停止。讀書的聲音不停止，比喻文教風氣非常興盛，或指人講誦不休。

出處 《莊子．秋水》：「孔子遊於匡，宋人圍之數匝，而弦歌不惙。」（惙，通「輟」）。

例句 自從社區中成立讀書會之後，整個社區中是弦歌不輟，瀰漫著一股讀書風。

七畫

弱不勝衣（ㄖㄨㄛˋ ㄅㄨˋ ㄕㄥ ㄧ）

解釋 勝：擔任，承受。
瘦弱得連衣服的重量都承受不起。多形容女性嬌弱不堪。

出處 《荀子．非相》：「葉公子高微小短瘠（ㄐㄧˊ），行若將不勝其衣。」（瘠，瘦。）

解析 「勝」，讀ㄕㄥ，不解釋成「勝利」（如「百戰百勝」）。

例句 沒想到原本壯碩的他，卻在一場大病中變得弱不勝衣。

近義 如不勝衣；弱不禁風。

反義 身強力壯。

弱不禁風（ㄖㄨㄛˋ ㄅㄨˋ ㄐㄧㄣ ㄈㄥ）

解釋 禁：擔當，承受。
形容人瘦弱得好像禁不起風吹。

出處 唐．杜甫〈江雨有懷鄭典設〉詩：「弱雲狼藉不禁風。」

解析 「禁」不能唸成ㄐㄧㄣˋ，也不能寫成「經」。

例句 看他一副弱不禁風的樣子，恐怕禁不起這一路上的風吹雨淋。

近義 弱不勝衣；蒲柳之姿。

反義 身強力壯。

弱肉強食（ㄖㄨㄛˋ ㄖㄡˋ ㄑㄧㄤˊ ㄕˊ）

解釋 弱：弱者；強：強者。
弱者的肉是強者的食物。比喻弱者被強者欺凌、併吞。

出處 唐．韓愈《昌黎先生集．送浮屠文暢師序》：「弱之肉，強之食。」

解析 ①「食」不讀ㄙˋ。②「弱肉強食」、「倚強凌弱」都指強者欺凌弱者，其區別在於：「弱肉強食」除欺凌外，還含有「併吞」的意思，「倚強凌弱」則沒有這個意思。

例句 現在的社會是弱肉強食，適者生存，你如果不夠出色，很快就會被淘汰。

近義 以強凌弱；倚強凌弱。

反義 抑強扶弱；鋤強扶弱。

八畫

張口結舌（ㄓㄤ ㄎㄡˇ ㄐㄧㄝˊ ㄕㄜˊ）

解釋 結舌：舌頭像打了結，不能活動。
形容由於理屈或緊張、害怕，說不出話來。也作「鉗口結舌」。

出處 《兒女英雄傳》第二十三回：「公子被他問的張口結舌，面紅過耳，坐在那裏只管發怔。」

解析 「張口結舌」偏重形容緊張或理屈時說不出話來；而「瞠目結舌」偏重於形容驚訝、恐懼時說不出話來；「鉗口結舌」多指有話不敢說。

例句 他看到小妹妹跌到河裏，當場嚇得張口結舌，說不出話。

近義 啞口無言；鉗口結舌；瞠目結舌。

反義 口若懸河；侃侃而談；滔滔不

絕。

張牙舞爪 ㄓㄤ ㄧㄚˊ ㄨˇ ㄓㄠˇ

解釋 原來形容野獸發威的樣子。現在多用來比喻惡人凶惡的樣子。

出處《兒女英雄傳》七回：「那婦人才站起來，張牙舞爪地說道。」

解析「張牙舞爪」、「青面獠牙」都形容凶相，其區別在於：「張牙舞爪」多指姿態凶惡，而「青面獠牙」多指面貌凶惡。

例句 他在街頭與人爭吵，那副張牙舞爪的樣子實在令人害怕。

近義 凶相畢露；青面獠牙。

張冠李戴 ㄓㄤ ㄍㄨㄢ ㄌㄧˇ ㄉㄞˋ

解釋 冠：帽子。

把姓張的帽子戴在姓李的頭上。比喻名實不符，弄錯了對象或事實。

出處 明．田藝蘅《留青日札．張公帽賦》：「俗諺云：『張公帽掇在李公頭上。』有人作賦云：『物各有主，貌貴相宜；竊張公之帽也，假李老而戴之。』」

解析「冠」不讀「冠軍」的ㄍㄨㄢˋ，不可寫成「寇」。「戴」不可寫成「載」。

例句 這兩件事根本是毫不相干，你不要張冠李戴，胡亂牽扯。

張皇失措 ㄓㄤ ㄏㄨㄤˊ ㄕ ㄘㄨㄛˋ

解釋 張皇：慌張；失措：舉動失去常態。

慌張害怕，不知道該怎麼辦。

出處 元．楊景賢《西遊記》第一本：「你看他脅肩諂笑，趨前退後，張皇失措。」

例句 發生意外時，千萬不可張皇失措，鎮定下來，才有解決問題的可能。

近義 手足無措；倉皇失措；驚慌失措。

反義 安之若素；泰然自若；從容不迫。

強人所難 ㄑㄧㄤˇ ㄖㄣˊ ㄙㄨㄛˇ ㄋㄢˊ

解釋 勉強他人做不能做到的或不願做的事情。

出處 唐．白居易《白氏長慶集．贈友詩五首》：「不求士所無，不強人所難。」

解析「強」不解釋成「強大」(如「強中乾」、「強弩之末」。)

例句 如果他不願意參加，你又何必強人所難。

近義 勉為其難；強按牛頭。

反義 心甘情願。

強弩之末 ㄑㄧㄤˊ ㄋㄨˇ ㄓ ㄇㄛˋ

解釋 弩：古代發射箭的機械。比喻力量已經衰弱，起不了什麼作用。

出處《漢書．韓安國傳》：「彊弩之末，力不能入魯縞。」

解析「強」不讀「強詞奪理」的ㄑㄧㄤˇ，也不讀「倔強」的ㄐㄧㄤˋ，

「末」不寫成「未」。

例句 經過長達八年的戰爭，日軍已是**強弩之末**，不久就舉白旗投降了。

近義 強弓之末。

反義 勢不可當。

強聒不舍 ㄑㄧㄤˇ ㄍㄨㄚ ㄅㄨˋ ㄕㄜˇ

解釋 聒：嘈雜，喧嚷；舍：放棄。不停地訓誨別人。

出處 《莊子．天下》：「雖天下不取，強聒而不舍者也」。

例句 許多老年人總習慣對年輕人**強聒不舍**，但往往都會帶來反效果。

強詞奪理 ㄑㄧㄤˇ ㄘˊ ㄉㄨㄛˊ ㄌㄧˇ

解釋 強：勉強。形容無理強辯。

出處 《三國演義》第四十三回：「座上一人忽曰：『孔明所言，皆強詞奪理，均非正論，不必再言。』」

解析 「強」不能唸成ㄑㄧㄤˊ。

例句 你這番毫無邏輯的辯解，簡直是**強詞奪理**。

近義 蠻不講理；蠻橫無理。

反義 以理服人；理直氣壯；義正詞嚴。

強幹弱枝 ㄑㄧㄤˊ ㄍㄢˋ ㄖㄨㄛˋ ㄓ

解釋 幹：樹幹。比喻加強中央勢力，減弱地方勢力。

出處 《漢書．地理志》：「蓋以強幹弱支，非獨為奉山園也。」

例句 許多新興國家在局勢尚未穩定前，大半都施行**強幹弱枝**政策。

十二畫

彈丸之地 ㄉㄢˋ ㄨㄢˊ ㄓ ㄉㄧˋ

解釋 彈丸：彈弓所用的泥丸、石丸或鐵丸。比喻極小的地方。

出處 《戰國策．秦策》：「誠不知秦力之所至，此彈丸之地，猶不予也。」

解析 「立錐之地」多指極小的安身之處；而「彈丸之地」通常比喻某地面積小。

例句 在寸土寸金的都會裏，就算是**彈丸之地**，價錢也貴得驚人。

近義 方寸之地；立錐之地。

彈冠相慶 ㄊㄢˊ ㄍㄨㄢ ㄒㄧㄤ ㄑㄧㄥˋ

解釋 彈冠：撣去帽子上的塵土；慶：賀喜。比喻因即將任官而互相慶賀。

出處 《漢書．王吉傳》：「吉與貢禹為友，世稱『王陽在位，貢公彈冠』，言其取捨同也。」（王吉，字子陽，故稱王陽意思是說：他們兩人愛好、抱負相同，王陽做了官，必然要引薦貢禹去做官。）

例句 如果他這次能選上市長，他的親信左右都可以**彈冠相慶**了。

近義 以手加額；額手稱慶。

反義 免死狐悲。

十四畫

彌天大罪 ㄇㄧˊ ㄊㄧㄢ ㄉㄚˋ ㄗㄨㄟˋ

解釋 彌：滿。
極大的罪惡。也作「迷天大罪」。

出處《孽海花》二十九回：「你自己犯了彌天大罪，私買軍火，謀為不軌，還想賴嗎？」

例句 他一時氣憤，犯下了彌天大罪，現在後悔也來不及了。

近義 逆天大罪；滔天大罪，罪大惡極。

反義 功德無量。

彌月之喜 ㄇㄧˊ ㄩㄝˋ ㄓ ㄒㄧˇ

解釋 指小孩出生後滿一個月，用以賀人生子滿月的詞。

出處《詩經．大雅．生民》：「誕彌厥月，先生如達。」

例句 大姊的小孩滿月後，大家都來分享她的彌月之喜。

【彡部】

四畫

形格勢禁 ㄒㄧㄥˊ ㄍㄜˊ ㄕˋ ㄐㄧㄣˋ

解釋 格：受阻礙。禁：制止。
形容事情被形勢牽制、拘束而不能進行。

出處《史記．孫子吳起列傳》：「救鬥者不搏撠（ㄐㄧˇ），批亢擣虛，形格勢禁，則自為解耳。」

例句 雖然大家都有心要闖出一番好成績，但現今經濟不景氣，形格勢禁的，誰都無能為力。

形單影隻 ㄒㄧㄥˊ ㄉㄢ ㄧㄥˇ ㄓ

解釋 形：指人。
孤單一個人、一個影子。形容孤獨無依，沒有伴侶。

出處 唐．韓愈《昌黎先生集．祭十二郎文》：「兩世一身，形單影隻。」

解析「形單影隻」和「形影相弔」都形容孤獨，但「形單影隻」重在孤獨無伴侶；「形影相弔」重在孤苦、無依靠。

例句 高先生的家人全都移民到加拿大，只剩他形單影隻地留在台灣。

近義 孑然一身；形影相弔；孤苦伶仃。

反義 高朋滿座。

形影不離 ㄒㄧㄥˊ ㄧㄥˇ ㄅㄨˋ ㄌㄧˊ

解釋 像形體和影子那樣分不開。形容彼此關係非常親密，經常互相伴隨。

出處《莊子．在宥》：「大人之教，若形之於影，聲之於響。」注：「大人之於天下何心哉？猶影響之隨形聲耳。」

解析「形影不離」、「如影隨形」

都拿「形」和「影」的關係作比喻，形容關係密切，不可分離。其區別在於：「形影不離」形容雙方關係親密；而「如影隨形」可以指雙方關係親密、不分開，也可以指一廂情願的死纏不放。

例句 他們倆正當熱戀，每天都是**形影不離**、如膠似漆的。

近義 如影隨形；形影相隨。

反義 不即不離；若即若離；貌合神離。

形影相弔 ㄒㄧㄥˊ ㄧㄥˇ ㄒㄧㄤ ㄉㄧㄠˋ

解釋 弔：慰藉。
只剩自己的身體和影子在互相慰問。形容隻身孤立，無人相依。

出處 《三國志．魏書．陳思王植傳》：「形影相弔，五情愧赧。」

解析 「形影不離」和「形影相弔」都是講身體和影子的關係，但有區別：「形影不離」以「形」和「影」的不可分離來形容兩人的關係十分親密，常常在一起。「形影相弔」只有「形」和「影」的互相慰問，來形容既無同伴又無同情者的孤單。兩者皆可用於人與人，有時也可用於人和物。

例句 自從李伯母去世後，只剩孤苦無依的李伯伯一人**形影相弔**。

近義 孑然一身；形單影隻；煢煢獨立。

形銷骨立 ㄒㄧㄥˊ ㄒㄧㄠ ㄍㄨˇ ㄌㄧˋ

解釋 形容身體非常消瘦。

出處 《聊齋志異．葉生》：「形銷骨立，痴若木偶。」

解析 「形銷骨立」形容身體非常消瘦；「哀毀骨立」指因過度悲傷而消瘦。

例句 每回在電視上看到**形銷骨立**的難民，都不免令人鼻酸。

近義 骨瘦如柴；瘦骨嶙峋。

反義 大腹便便；心廣體胖；腦滿腸肥。

八畫

彬彬有禮 ㄅㄧㄣ ㄅㄧㄣ ㄧㄡˇ ㄌㄧˇ

解釋 彬彬：文質兼備的樣子，後用以形容文雅。
形容文雅而有禮貌。

出處 《論語．雍也》：「文質彬彬，然後君子。」

解析 「彬彬有禮」、「文質彬彬」、「溫文爾雅」都可形容人態度溫和，舉止斯文。其區別在於：「彬彬有禮」偏重於外在對人有禮貌；「文質彬彬」和「溫文爾雅」則內外兼備。

例句 新來的小張對人總是**彬彬有禮**的，讓大家都對他留下了好印象。

近義 文質彬彬；溫文爾雅。

反義 傲慢無禮；蠻橫無禮。

十一畫

彰善癉惡（ㄓㄤ ㄕㄢˋ ㄉㄢˋ ㄜˋ）

解釋 彰：表揚；癉：憎恨。表揚善的，憎恨作惡的。

出處 《尚書．畢命》：「彰善癉惡，樹之風聲。」

例句 市長向來秉持著彰善癉惡的原則，鼓勵市民多做好事。

近義 激濁揚清；懲惡揚善；懲惡勸善。

【彳部】

五畫

彼一時，此一時（ㄅㄧˇ ㄧˋ ㄕˊ，ㄘˇ ㄧˋ ㄕˊ）

解釋 表示過去的時機、情況和現在不同，不能合為一談。

出處 《孟子．公孫丑下》：「彼一時，此一時也。」

例句 他年少時雖曾迷失過，但「彼一時，此一時」，現在已是個人人稱譽的優秀青年了。

近義 今非昔比。

反義 一概而論；同日而語；相提並論；等量齊觀。

六畫

待人接物（ㄉㄞˋ ㄖㄣˊ ㄐㄧㄝ ㄨˋ）

解釋 物：眾人。指一個人對人處世的態度。

出處 宋．朱熹《朱子語類．論語》：「且看《論語》，如〈鄉黨〉等處，待人接物，千頭萬狀，是多少般，聖人只是這一個道理做出去。」

例句 他年紀雖輕，但待人接物卻極有分寸，實屬難得。

近義 立身處世；為人處世。

待價而沽（ㄉㄞˋ ㄐㄧㄚˋ ㄦˊ ㄍㄨ）

解釋 沽：賣。等待高價出售。比喻某些人等待時機出來作官。

出處 《論語．子罕》：「沽之哉！沽之哉！我待賈（價）者也」。

例句 拍賣會上，各種國寶級的名家畫作，正待價而沽呢！

近義 囤積居奇；待價藏珠；藏器待時。

後生可畏（ㄏㄡˋ ㄕㄥ ㄎㄜˇ ㄨㄟˋ）

解釋 後生：年輕的晚輩。表示年輕人的未來不可限量，成就可能超越前人。

出處 《論語．子罕》：「後生可畏，焉知來者之不如今也。」

例句 現今科技日新月異，不少小學生已是電腦高手，讓我們不得不大歎後生可畏！

近義 青出於藍；後來居上。

反義 少不更事；不堪造就。

後來居上（ㄏㄡˋ ㄌㄞˊ ㄐㄩ ㄕㄤˋ）

解釋 原意是說，資格淺的新進反居資格老的人之上，表示不以為然的意思。後稱後來的人或事物超越先前的。

出處《史記．汲鄭列傳》：「陛（ㄅㄧˋ）下用群臣，如積薪耳，後來者居上。」

解析「後來居上」可用於人，也可用於組織、團體、地區、部門等，不僅指資格淺的反居資格老的之上，還可指落後的超過先進的，使用範圍較廣；「青出於藍」僅用於人，不可指落後的超過先進的。

例句 中國大陸經過十年的文化大革命，科技、經濟、藝術活動因而停擺，使得一些原本較落後的小國反而**後來居上**。

近義 後生可畏；青出於藍。

反義 後不僭先。

後起之秀 ㄏㄡˋ ㄑㄧˇ ㄓ ㄒㄧㄡˋ

解釋 秀：特別優異的。

後輩中崛起的優秀人物。本作「後來之秀」。

出處《晉書．王忱傳》：「卿風流俊望，真後來之秀！」

例句 陳導演才拍第一部電影，就在國際影展上贏得大獎，可說是電影界的**後起之秀**。

近義 青出於藍；後生可畏。

反義 老馬識途。

後顧之憂 ㄏㄡˋ ㄍㄨˋ ㄓ ㄧㄡ

解釋 顧：回頭看，照顧。

擔心日後或後方發生問題或出亂子。

出處《魏書．李沖傳》：「朕以仁明忠雅，委以台司之寄，使我出境無後顧之憂。」

例句 瑞士完善的福利制度，使人民享有良好的生活品質，沒有**後顧之憂**。

近義 後顧之慮；顧內之憂。

反義 後顧無憂；高枕無憂。

七畫

徒勞無功 ㄊㄨˊ ㄌㄠˊ ㄨˊ ㄍㄨㄥ

解釋 徒：徒然，白白地。

白費力氣，沒有一點成就或好處。

出處《兒女英雄傳》十六回：「否則你便百般求他問他，也是徒勞無益。」

例句 這間工廠的老闆是蓄意地惡性倒閉，員工們無論如何抗爭，恐怕都是**徒勞無功**。

近義 勞而無功；緣木求魚。

反義 事半功倍。

八畫

得寸進尺 ㄉㄜˊ ㄘㄨㄣˋ ㄐㄧㄣˋ ㄔˇ

解釋 得到一寸又想進一尺。比喻貪婪的欲望越來越大。

出處《戰國策．秦策三》：「范雎曰：『……王不如遠交而近攻，得寸則王之寸，得尺亦王之尺也。』」

解析 「得寸進尺」和「貪得無厭」都有「貪心不滿足」的意思。但「得寸進尺」是比喻性的，「貪得無厭」是直接陳述的。對田地、領土的侵占用「得寸進尺」；對金錢財物的占有，用「貪得無厭」。

例句 這是我們讓步的最大極限，你們最好接受這個條件，不要再**得寸進尺**了。

近義 貪心不足；貪得無厭；得隴望蜀。

反義 寸進尺退；知足不辱；知足常樂。

得不償失 ㄉㄜˊ ㄅㄨˋ ㄔㄤˊ ㄕ

解釋 償：抵補。付出的功夫很多，獲得的成果卻很少，抵不上付出的。

出處 宋．蘇軾〈和子由除日見寄〉詩：「感時嗟事變，所得不償失。」

例句 股市熱絡時，許多人投下大筆資金，想趁機撈一筆，如今股價狂跌，不少投資人因此賠了老本，真是**得不償失**。

近義 因小失大；明珠彈雀；隋珠彈雀。

反義 一本萬利；亡羊得牛；亡戟得矛；事半功倍。

得天獨厚 ㄉㄜˊ ㄊㄧㄢ ㄉㄨˊ ㄏㄡˋ

解釋 具有特別優越的條件，指所處的環境或所具備的條件特別優厚。

出處 清．洪亮吉《北江詩話》二：「辛酉年三月十五日在舍間看牡丹詩：得天獨厚開盈尺，與月同圓到十分。」

解析 「厚」不可寫成「原」。

例句 他在繪畫方面的能力是**得天獨厚**的，如果能持續練習，一定能成為一名優秀的畫家。

反義 先天不足。

得心應手 ㄉㄜˊ ㄒㄧㄣ ㄧㄥˋ ㄕㄡˇ

解釋 心手相應，做起事來自然順手。形容技藝純熟。也形容做事非常順手。也作「得手應心」。

出處 《莊子．天道》：「不徐不疾，得之於手而應於心。」

解析 ①不要把「應」讀成ㄧㄥ。②「得心應手」和「揮灑自如」都形容技藝純熟，但「得心應手」泛指一切技藝方面的純熟程度；「揮灑自如」著重在善於運用筆墨，多指書畫和寫文章方面。有時為了強調語氣，還把這兩句成語連起來用。

例句 王先生做起菜來**得心應手**，真不愧是本屆美食大賽的冠軍。

近義 心手相應；左右逢源；隨心所欲。

反義 左支右絀；捉襟見肘；進退維谷。

得魚忘筌 ㄉㄜˊ ㄩˊ ㄨㄤˋ ㄑㄩㄢ

解釋 筌：捕魚用的竹器。捕得了魚就忘記了筌，比喻成功以後就忘了賴以成功的事物、條件。

出處《莊子．外物》：「筌者所以在魚，得魚而忘筌。」

例句 許多人在成功之後，便**得魚忘筌**，不知感恩圖報。

近義 兔死狗烹；鳥盡弓藏。

反義 飲水思源。

得意忘形（ㄉㄜˊ ㄧˋ ㄨㄤˋ ㄒㄧㄥˊ）

解釋 形容人高興得失去常態。

出處《晉書．阮籍傳》：「當其得意，忽忘形骸。」

解析「得意忘形」與「得意洋洋」都可形容非常得意，但「得意忘形」強調得意的程度，只形容情緒、姿態，現多為貶義；「得意洋洋」可形容情緒、姿態或表情，是中性詞。

例句 小王在獲知中了第一特獎後，**得意忘形**地跳了起來。

近義 沾沾自喜；得意洋洋；顧盼自雄。

反義 垂頭喪氣。

得意忘言（ㄉㄜˊ ㄧˋ ㄨㄤˋ ㄧㄢˊ）

解釋 得：得到；言：語言。語言是達意的，已經領會其中的含義，就不再需要語言了。現多表示互相默喻，心照不宣。

出處《莊子．外物》：「筌（ㄑㄩㄢˊ）者所以在魚，得魚而忘筌。蹄者所以在兔，得兔而忘蹄。言者所以在意，得意而忘言。」（筌，捕魚用的竹器。）

例句 所謂佛法的最高意境，是只可意會不可言傳的，正所謂**得意忘言**。

近義 心照不宣。

得道多助，失道寡助（ㄉㄜˊ ㄉㄠˋ ㄉㄨㄛ ㄓㄨˋ，ㄕ ㄉㄠˋ ㄍㄨㄚˇ ㄓㄨˋ）

解釋 行事堅持正義就能得到多方面的支助，違背正義必然陷於孤立。

出處《孟子．公孫丑下》：「得道者多助，失道者寡助。」

例句 一個受人愛戴的法官，總是能秉持公正的立場來辦案，也許就是「**得道多助，失道寡助**」這個道理吧！

近義 得人者昌，失人者亡。

得過且過（ㄉㄜˊ ㄍㄨㄛˋ ㄑㄧㄝˇ ㄍㄨㄛˋ）

解釋 且：暫且。不作長遠打算，過一天算一天，苟且度日。

出處 明．陶宗儀《輟耕錄．寒號蟲》：「寒號蟲至深冬嚴寒之際，毛羽脫落，索然如鷇（ㄍㄨˇ），遂自鳴曰：『得過且過。』」

解析「得過且過」偏重在過一天算一天，不作長遠打算；「苟且偷安」偏重在貪圖安逸、不思振作；「苟且偷生」偏重在貪圖生存；「因循苟安」偏重在依循舊規，不求改進。

例句 如果你總是抱著得過且過的心態生活，永遠不可能有出人頭地的一天。

近義 苟且偷生；敷衍了事；敷衍塞責。

反義 聞雞起舞；兢兢業業；殫精竭力；奮發圖強。

得隴望蜀 ㄉㄜˊ ㄌㄨㄥˇ ㄨㄤˋ ㄕㄨˇ

解釋 隴：古代地名，約當今甘肅省東部；蜀：古代地名，約當今四川省中西部。比喻人貪得無厭、不知足。

出處 《後漢書．岑彭傳》裏說：東漢初年，隗（ㄨㄟˇ）囂（ㄒㄧㄠ）和公孫述分別占據隴地和蜀地，劉秀派岑彭等帶兵攻隗囂的西城和上邽兩地，在給岑彭的信中說：「兩城若下，便可帶兵南擊蜀虜。人苦不知足，既平隴，復望蜀。」

解析 「得隴望蜀」、「得寸進尺」、「貪得無厭」都指人貪心不知足，但語氣上「得隴望蜀」最輕，「得寸進尺」居次，「貪得無厭」語氣最重。

例句 這些野心勃勃的國家，在第一次大戰時，得隴望蜀，對一個又一個的弱國進行侵略。

近義 得寸進尺；貪心不足；貪得無厭。

反義 知足不辱；知足常樂。

徙宅忘妻 ㄒㄧˇ ㄓㄞˊ ㄨㄤˋ ㄑㄧ

解釋 徙：遷移。搬家忘記帶妻子，比喻辦事荒唐、粗心。

出處 《孔子家語．賢君》：「哀公問於孔子曰：『寡人聞忘之甚者，徙而忘其妻，有諸？』」

例句 你竟然犯了這麼離譜的錯誤，這簡直是徙宅忘妻嘛！

從心所欲 ㄘㄨㄥˊ ㄒㄧㄣ ㄙㄨㄛˇ ㄩˋ

解釋 隨自己的心意去做，卻不會超越法度。

出處 《論語．為政》：「七十而從心所欲，不逾矩。」

解析 「從心所欲」指隨意行事、不受拘束；「一意孤行」指固執地依照自己的意見行事，不聽勸告。

例句 人生在世如果能活得從心所欲，應該是最完美、幸福的一種狀態。

近義 為所欲為。

反義 身不由己；事與願違。

從長計議 ㄘㄨㄥˊ ㄔㄤˊ ㄐㄧˋ ㄧˋ

解釋 用較長的時間慎重地商量考慮，即不急於作決定。

出處 《三國演義》五十六回：「皇叔且休煩惱，與孔明從長計議。」

解析 「長」不讀「拔苗助長」的ㄓㄤˇ，「從」不讀「從容不迫」的ㄘㄨㄥ。

例句 這件事情看來十分棘手，我們還是回去從長計議的好。

【近義】放長線，釣大魚。

【反義】當機立斷；操切從事。

從容不迫 ㄘㄨㄥ ㄖㄨㄥˊ ㄅㄨˋ ㄆㄛˋ

【解釋】不慌不忙，毫不急迫。

【出處】《文選．王褒．四子講德論》：「君子動作有應，從容得度。」

【解析】①不要把「從」讀成ㄘㄨㄥˊ。②「從容不迫」和「慢條斯理」都有不慌不忙的意思，但「從容不迫」多用於驚險危難的場面，著重於態度上的沈著鎮靜；「慢條斯理」多用於平時說話和做事時形體動作的快慢。

【例句】他雖然是第一次主持晚會，但看來不慌不忙、**從容不迫**，頗有大將之風。

【近義】好整以暇；從容自如；鎮定自若。

【反義】手足無措；手忙腳亂；張皇失措；驚慌失措。

從容就義 ㄘㄨㄥ ㄖㄨㄥˊ ㄐㄧㄡˋ ㄧˋ

【解釋】就義：指為正義而犧牲。非常鎮靜、安然地為正義犧牲。

【出處】謝枋得〈卻聘書詩〉：「慷慨赴死易，從容就義難。」

【例句】林覺民為了國家民族**從容就義**，這種情操是現代年輕人所欠缺的。

【近義】視死如歸。

【反義】貪生怕死。

從善如流 ㄘㄨㄥ ㄕㄢˋ ㄖㄨˊ ㄌㄧㄡˊ

【解釋】從善：聽從好的、正確的意見；如流：像流水一樣，比喻迅速。指樂意接受別人正確的意見、勸告。

【出處】《左傳．成公八年》記載春秋時，晉國的中軍元帥欒書（即欒武子）聽從知莊子（荀首）、范文子（士燮）、韓獻子（韓厥）三人的意見，沒有攻打楚國，轉而攻打沈國，取得了勝利。左傳的作者左丘明讚揚欒書說：「從善如流，宜哉！」

【解析】「從善如流」重在表示接受別人的勸告，適用範圍廣；「從諫如流」重在表示接受規勸，只限於下對上、晚輩或朋友的規勸、意見。

【例句】部長最大的優點就是**從善如流**，能接受各界的建議。

【近義】言聽計從；從諫如流；朝聞夕改。

【反義】一意孤行；固執己見；剛愎自用。

從善如登 ㄘㄨㄥ ㄕㄢˋ ㄖㄨˊ ㄉㄥ

【解釋】從：順從；登：升高。聽從善言或學好如同登山般困難，比喻學好不容易。

【出處】《國語．周語下》：「諺曰：『從善如登，從惡如崩。』」韋昭注：「如登，喻難；如崩，喻易。」

例句 雖說從善如登，但對那些曾迷失自己的青少年，我們仍不應放棄他們。

九畫

循名責實（ㄒㄩㄣˊ ㄇㄧㄥˊ ㄗㄜˊ ㄕˊ）

解釋 循：按照；責：求。依其名份、職位來考察實際內容、工作，要求名實相符，原作「循名督實」。

出處 《韓非子．定法》：「因任而授官，循名而責實。」

例句 公司中的每個部門、每個員工都應要求循名責實，才能收到最好的效率。

循序漸進（ㄒㄩㄣˊ ㄒㄩˋ ㄐㄧㄢˋ ㄐㄧㄣˋ）

解釋 循：依照，沿著。依照次序，逐步向前推進。

出處 《論語．憲問》：「不怨天，不尤人，下學而上達。」朱熹注：「不得於天而不怨天，不合於人而不尤人，但知下學而自然上達；此但自言其反己自修、循序漸進耳。」

解析 「循序漸進」、「按部就班」都指按照一定程序。其區別在於：「按部就班」是按照一定的步驟；「循序漸進」是依照次序，逐漸深入或提升的意思。

例句 你只要依照這份計畫書循序漸進，日後一定能看到效果。

近義 由淺入深；按部就班；循次而進。

反義 一步登天；拔苗助長。

循規蹈矩（ㄒㄩㄣˊ ㄍㄨㄟ ㄉㄠˇ ㄐㄩˇ）

解釋 循：遵照；規、矩：圓規和角尺，畫圓和畫方的工具，引申為一切行為的標準。形容一個人行為良好，能遵守紀律和制度。

出處 朱熹〈答方賓王書〉：「循塗守轍，猶言循規蹈矩云爾。」

解析 「循規蹈矩」和「安分守己」意思相近，但著重點不同；「循規蹈矩」形容人守規矩，不隨意行動；「安分守己」形容人守本分，不做壞事。

例句 他雖然自幼就是個循規蹈矩的好學生，但現在的成就卻比不上當年調皮搗蛋的同學。

近義 安分守己；安常守分。

反義 胡作非為；無法無天；肆無忌憚。

循循善誘（ㄒㄩㄣˊ ㄒㄩㄣˊ ㄕㄢˋ ㄧㄡˋ）

解釋 循循：有次序的樣子；誘：引導。表示善於有步驟地引導、教育，指教導得法。

出處 《論語．子罕》：「夫子循循然，善誘人。」

解析 「循循善誘」指善於引導別

人；「諄諄教導」指耐心、懇切地教導人。

例句 這些徘徊在犯罪邊緣的青少年，有幸遇到**循循善誘**的張老師，才能迷途知返。

近義 誨人不倦；諄諄教誨。

反義 誤人子弟。

十畫

微言大義（ㄨㄟˊ ㄧㄢˊ ㄉㄚˋ ㄧˋ）

解釋 微言：含義深遠的言論；大義：合於正道的義理。泛指精微的語言中所包含的深遠意義。

出處 《漢書．藝文志》：「昔仲尼沒而微言絕，七十子喪而大義乖。」

解析 「微」不解釋成「微小」（如「微乎其微」）；「大義」不寫成「大意」。

例句 《論語》這本書中雖只是孔子師生間簡單的對話，卻包含了許多**微言大義**。

近義 微言大指；微言精義。

十二畫

德高望重（ㄉㄜˊ ㄍㄠ ㄨㄤˋ ㄓㄨㄥˋ）

解釋 德：品德；高：崇高。望：聲望。品德高尚，聲望很高，稱頌年長者道德高尚且有很高的聲望。

出處 《晉書．簡文三子傳》：「元顯因諷禮官下議，稱己德隆望重，既錄百揆，內外群僚皆應盡敬。」

解析 「德高望重」和「年高德劭」都適用於品德高尚的老年人，但前者強調「望重」，後者強調「年高」。

例句 公司中的內鬥近來愈演愈烈，看來只有請出**德高望重**的李老伯才能平息這場紛爭。

近義 年高德劭；德隆望尊；德厚流光。

反義 德薄望輕。

【心部】

心力交瘁（ㄒㄧㄣ ㄌㄧˋ ㄐㄧㄠ ㄘㄨㄟˋ）

解釋 瘁：勞累。精神和體力都極度勞累，表示付出最大的心力。

出處 清．百一居士《壺天錄》卷上：「由此心力交瘁，患疾遂卒。」

例句 離婚後為了扶養與教育正值叛逆青春期的兒子，讓她**心力交瘁**。

近義 精疲力盡。

反義 心寬體胖；精神抖擻；精神煥發。

心口如一（ㄒㄧㄣ ㄎㄡˇ ㄖㄨˊ ㄧ）

解釋 心裏想的和嘴上說的完全一致。形容為人誠實、直爽。

出處 《鏡花緣》第六十五回：「董花鈿道：『紫芝妹妹嘴雖利害，好在心口如一，直截了當，倒是一個極爽快的。』」

解析 「心口如一」重在想的和說的一樣；「言行一致」重在說的和做的一樣；「表裏如一」則包含了以上兩種，指內外一致。

例句 他是個心口如一、非常好相處的人，在他面前你絲毫不需矯揉造作。

近義 表裏如一；表裏一致。

反義 口是心非；心口不一。

心不在焉（ㄒㄧㄣ ㄅㄨˋ ㄗㄞˋ ㄧㄢ）

解釋 焉：於此。心神不定，形容精神不集中。

出處 《禮記．大學》：「心不在焉，視而不見，聽而不聞，食而不知其味。」

解析 可形容人在聽講、讀書時的狀態，也可形容某種動作、神態。

例句 他一直惦記著晚上和女朋友的約會，在課堂上一直是心不在焉的。

近義 漫不經心。

反義 全神貫注；專心致志；聚精會神。

心心相印（ㄒㄧㄣ ㄒㄧㄣ ㄒㄧㄤ ㄧㄣˋ）

解釋 相印：相合。彼此心意不用說明就能互相了解，多形容男女的感情相通，心意一致。

出處 清．尹會一《健餘先生尺牘．答劉古衡書》：「數年相交，久已心心相印。」

例句 看他們倆心心相印，幸福又滿足的模樣真令旁人羨慕。

近義 心有靈犀；情投意合。

反義 同床異夢；格格不入；貌合神離。

心手相應（ㄒㄧㄣ ㄕㄡˇ ㄒㄧㄤ ㄧㄥˋ）

解釋 原指寫字時運筆熟練，隨心所欲，後來也泛用以形容技藝熟練。

出處 《南史．豫章友獻王嶷傳》：「筆力勁駿，心手相應。」

解析 「應」不讀「應該」的ㄧㄥ，不解釋成「應允」（如「有求必應」）；「應付」（如「應接不暇」）或「應該」（如「應有盡有」）。

例句 這位極負盛名的大師當眾揮毫，果然是筆力遒勁，心手相應。

近義 得心應手；揮灑自如。

反義 所謀輒左。

心平氣和（ㄒㄧㄣ ㄆㄧㄥˊ ㄑㄧˋ ㄏㄜˊ）

解釋 心情平靜，態度溫和。

出處 宋．蘇軾〈菜羹賦〉：「先生心平而氣和，故雖老而體胖。」

例句 如果你不能心平氣和地談，我們就沒什麼好討論的。

近義 心平氣定；平心靜氣。

反義 大發雷霆；勃然大怒；氣急敗壞；暴跳如雷。

心有靈犀一點通 ㄒㄧㄣ ㄧㄡˇ ㄌㄧㄥˊ ㄒㄧ ㄧˋ ㄉㄧㄢˇ ㄊㄨㄥ

解釋 靈犀：犀牛角，過去傳說犀牛是靈異的獸，角中有條與腦部相通的線，感應非常靈敏。比喻兩人能互相感應對方的心意，心靈能互相溝通。

出處 唐·李商隱〈無題〉詩：「身無彩鳳雙飛翼，心有靈犀一點通。」

例句 這對雙胞胎一個跌了一跤，另一個也覺得腳有些疼，真是**心有靈犀一點通**。

近義 一點靈犀；心心相印；情投意合。

反義 格格不入；貌合神離。

心灰意懶 ㄒㄧㄣ ㄏㄨㄟ ㄧˋ ㄌㄢˇ

解釋 灰心喪氣，意志消沈不想有所作為。也作「意懶心灰」。

出處 《喬吉·玉交枝曲》：「不是我心灰意懶，怎陪伴愚眉肉眼。」

解析 「心灰意懶」、「萬念俱灰」都表示很灰心、意志消沈的意思，其區別在於：「心灰意懶」可形容長期，或一時的灰心失望；而「萬念俱灰」形容遭受極其沈重打擊後的失望心情，不宜形容一時的灰心失望。「萬念俱灰」的語義比「心灰意懶」重。

例句 他努力了大半年依然不見成效，不免令他**心灰意懶**的。

近義 灰心喪志；萬念俱灰。

反義 鬥志昂揚；雄心勃勃；雄心壯志；意氣風發。

心血來潮 ㄒㄧㄣ ㄒㄧㄝˇ ㄌㄞˊ ㄔㄠˊ

解釋 來潮：潮水上漲。比喻一時興起，心裏突然產生了某種想法。

出處 《鏡花緣》第六回：「我們一時心血來潮，自然即去相救。」

解析 「心血來潮」、「靈機一動」都含有突然想起什麼的意思，其區別在於：「心血來潮」產生的是「某個念頭」；「靈機一動」產生的是「主意」、「辦法」。「靈機一動」一般是在面臨問題時臨時出現的，而「心血來潮」則沒有這種限制。

例句 她一時**心血來潮**起了個大早，到花市買了一大束玫瑰。

近義 靈機一動。

反義 心血退潮。

心直口快 ㄒㄧㄣ ㄓˊ ㄎㄡˇ ㄎㄨㄞˋ

解釋 形容性情直爽，話不經考慮就說出來。也作「口快心直」。

出處 《元曲選·張國賓〈羅李郎〉四》：「哥哥是心直口快射糧軍。」

解析 「心直口快」、「快人快語」都有「人直爽，說話爽快」的意思，其區別在於：「心直口快」偏重「心直」指性情直爽，有話就說。「快人快語」則偏重「快語」，指說話爽快、痛快。

例句 她向來**心直口快**、口沒遮攔的，你把祕密告訴她之後，祕密便不再是祕密了。

近義 言無粉飾；快人快語。

反義 守口如瓶；欲言又止。

心花怒放 ㄒㄧㄣ ㄏㄨㄚ ㄋㄨˋ ㄈㄤˋ

解釋 怒：形容氣勢盛大；怒放：盛開。形容快樂、興奮到極點。也作「心花怒開」。

出處 清．李寶嘉《文明小史》第六十回：「平中丞此時喜得心花怒放，連說：『難為他了，難為他了。』」

解析 「怒」不解釋成「憤怒」（如「怒火衝天」）。

例句 你這一席言不由衷的讚美，卻聽得他心花怒放、喜不自勝的。

近義 欣喜若狂；興高采烈；歡欣鼓舞。

反義 心如死灰；肝腸寸斷；痛不欲生。

心急如焚 ㄒㄧㄣ ㄐㄧˊ ㄖㄨˊ ㄈㄣˊ

解釋 焚：燒。心裏急得像火燒一樣。

出處 《才調集．韋莊〈秋日早行〉》詩：「行人自是心如火，兔走烏飛不覺長。」

例句 每一個走失小孩的家長都是心急如焚的，只有全國人民提高警覺、守望相助，才能杜絕這類事件的發生。

近義 急如星火；迫不及待。

反義 不慌不忙；從容不迫；處之泰然。

心悅誠服 ㄒㄧㄣ ㄩㄝˋ ㄔㄥˊ ㄈㄨˊ

解釋 悅：高興，愉快；服：服氣。真心誠意地信服。

出處 《孟子．公孫丑上》：「以力服人者，非心服也，力不贍也；以德服人，中心悅而誠服也。」

解析 「心悅誠服」指打從心底真心信服，偏重不虛假；「五體投地」指極端地崇拜、敬服，強調程度極甚；「甘拜下風」偏重在自認不如對方，真心佩服。

例句 江教練不但神機妙算，且對每一位球員的習性都瞭如指掌，其他教練對他莫不心悅誠服。

近義 五體投地；心服口服；拳拳服膺。

心勞日拙 ㄒㄧㄣ ㄌㄠˊ ㄖˋ ㄓㄨㄛˊ

解釋 拙：笨拙，引申為窘困。指費盡心力地作偽巧飾，使自己疲累不堪仍於事無補，且情況越來越糟。

出處 《尚書．周官》：「作德心逸日休，作偽心勞日拙。」（逸，安逸。休，喜慶，順利。意思是說：做好事的人心地坦然，無所顧慮，事情便越來越順利；弄虛作假的人，費盡心機，百般巧飾，事情卻越來越不順手。）

解析 「心勞日拙」指費盡心力作假，情況反而更壞；「心餘力絀」指有心做好卻力不足。

例句 你不針對自己的缺點改進，反而一味地掩飾，當然落得**心勞日拙**的下場。

近義 心餘力絀。

反義 心逸日休。

心照不宣（ㄒㄧㄣ ㄓㄠˋ ㄅㄨˋ ㄒㄩㄢ）

解釋 照：知道；宣：說出。彼此心裏明白，不用說出來。

出處 《文選．潘岳〈夏侯常侍誄〉》：「心照神交，唯我與子。」

解析 「心照不宣」、「心領神會」都含有心裏已領會、不用說出來的意思，其區別在於：「心照不宣」多指雙方心裏明白；而「心領神會」通常指一方明白了另一方的意思。

例句 他們倆秘密交往的消息早已傳遍公司，大家都**心照不宣**罷了。

近義 心照神交；心領神會；心融神會。

反義 一竅不通；大惑不解；百思不解。

心猿意馬（ㄒㄧㄣ ㄩㄢˊ ㄧˋ ㄇㄚˇ）

解釋 形容心思、意念不定，就如猿猴輕躁、快馬奔馳一樣，也作「意馬心猿」。

出處 唐《敦煌變文．維摩詰經．菩薩品》：「卓定深沉莫測量，心猿意馬罷顛狂。」

解析 「心猿意馬」、「心不在焉」都有心思不專注的意思，但有區別：「心猿意馬」是忽而想這忽而想那，心思變化無常的意思；「心不在焉」是心思不在這裏的意思，形容思想不集中。

例句 這兩件工作你必須盡快作決定，如果再**心猿意馬**的，只怕所有的機會都會消失。

近義 三心二意；心不在焉；見異思遷。

反義 全神貫注；專心一致；聚精會神。

心腹之患（ㄒㄧㄣ ㄈㄨˋ ㄓ ㄏㄨㄢˋ）

解釋 心腹：比喻要害。比喻隱藏在內部、難以根除的禍患。

出處 《左傳．哀公十一年》：「越在我，心腹之疾也。」

例句 能幹的小張一直是主任的**心腹之患**，這次的裁員名單，恐怕少不了他。

近義 心腹大患；腹心之疾；慶父不死，魯難未已。

心領神會（ㄒㄧㄣ ㄌㄧㄥˇ ㄕㄣˊ ㄏㄨㄟˋ）

解釋 領：接受；會：理解。不用對方明說，心裏已經徹底領悟理解了。

出處 明．李東陽《懷麓堂詩話》：「苟非心領神會，自有所得，雖日提耳而教之，無益也。」

例句 一時之間大家都不明白教練的意思，只有他心領神會地點了點頭。

近義 心照不宣；心心相印；神會心契。

反義 大惑不解；百思不解。

心廣體胖（ㄒㄧㄣ ㄍㄨㄤˇ ㄊㄧˇ ㄆㄢˊ）

解釋 廣：開闊，坦率；胖：安詳，舒坦。

本指人內心無愧，心胸開闊，身體自然舒泰安適，現多表示人因心裏安逸，無所牽掛而身體自然趨於肥胖（ㄆㄤˋ）。

出處 《禮記．大學》：「富潤屋，德潤身，心廣體胖。」

例句 李太太向來相信心廣體胖，所以對自己日益發福的身材絲毫不以為意。

近義 大腹便便；心寬體胖；腦滿腸肥。

反義 心力交瘁；形銷骨立；骨瘦如柴；瘦骨嶙峋。

心懷叵測（ㄒㄧㄣ ㄏㄨㄞˊ ㄆㄛˇ ㄘㄜˋ）

解釋 叵：不可。心裏藏著難以猜測的陰謀、詭計。

出處 《三國演義》第五十七回：「馬岱諫曰：『曹操心懷叵測，叔父若往，恐遭其害。』」

解析 叵不能唸成ㄐㄩˋ。

例句 看他言辭閃爍，似乎心懷叵測，你最好對他多加防範。

近義 心懷鬼胎；存心不良；別有用心；居心不良。

反義 心懷坦白；光明磊落；襟懷坦白。

心曠神怡（ㄒㄧㄣ ㄎㄨㄤˋ ㄕㄣˊ ㄧˊ）

解釋 曠：開朗；怡：愉快。心情開朗，精神愉快。

出處 宋．范仲淹《范文正公集．岳陽樓記》：「登斯樓也，則有心曠神怡，寵辱皆忘，把酒臨風，其喜洋洋者矣。」

解析 「怡」不可寫成「貽」。

例句 今日春光明媚，大夥在這世外桃源飲茶聊天，真是心曠神怡。

近義 心開色喜；游目騁懷。

反義 心慌意亂；憂心忡忡。

心驚肉跳（ㄒㄧㄣ ㄐㄧㄥ ㄖㄡˋ ㄊㄧㄠˋ）

解釋 形容十分恐懼不安，常作為災禍來臨的前兆。

出處 《拍案驚奇》三十回：「初召之時，就有些心驚肉跳。」

解析 「心驚肉跳」、「六神無主」都可形容驚懼不安，其區別在於：「心驚肉跳」除形容心神不寧、緊張不安外，還可作為預感有災禍臨身，「六神無主」不能。而「六神無主」可形容著急得不知如何是好，「心驚肉跳」不能。

例句 出國前夕，一直覺得心驚肉跳，似乎會有不祥的事發生。

近義 心驚膽戰；魂不附體。

反義 神色自若；處之泰然；鎮定自若。

心驚膽戰（ㄒㄧㄣ ㄐㄧㄥ ㄉㄢˇ ㄓㄢˋ）

解釋 戰：發抖。形容恐懼、害怕到極點。

出處 元．陳以仁《雁門關存孝打虎》第三折：「生熬的兩家事，心驚膽戰，力困神乏」。

解析 「心驚膽戰」、「提心吊膽」都有非常害怕的意思，其區別在於：當強調擔心、不放心時可用「提心吊膽」；強調既害怕又驚慌的意思時，宜用「心驚膽戰」。

例句 眼見風雨愈來愈大，我們住在這山邊搖搖欲墜的小屋裏，不免**心驚膽戰**起來。

近義 心驚肉跳；提心吊膽；戰戰兢兢。

反義 神色不驚；泰然自若。

一畫

必恭必敬（ㄅㄧˋ ㄍㄨㄥ ㄅㄧˋ ㄐㄧㄥˋ）

解釋 必：一定；恭：有禮貌。形容十分恭敬的樣子。

出處 《詩經．小雅．小弁》：「維桑與梓，必恭敬止。」

例句 平常玩世不恭的他卻對師父向來是**必恭必敬**的。

近義 肅然起敬。

三畫

忘恩負義（ㄨㄤˋ ㄣ ㄈㄨˋ ㄧˋ）

解釋 負：背棄。忘掉別人對自己的恩德，做出背棄正義、對不起別人的事情。

出處 《元曲選．楊文奎〈兒女團圓〉二》：「他怎生忘恩負義？」

解析 ①「恩」不可寫成「思」。②「忘恩負義」指不顧別人的恩情，做出對不起別人的事；「見利忘義」指為了私利而不講信義。

例句 你竟然做出這種**忘恩負義**的事情，也怪不得別人與你斷絕來往。

近義 以怨報德；見利忘義；背信棄義；恩將仇報。

反義 一飯千金；結草銜環；飲水思源。

志大才疏（ㄓˋ ㄉㄚˋ ㄘㄞˊ ㄕㄨ）

解釋 疏：淺薄。志向很大而能力微薄，不足以達成志向。也作「才疏志大」。

出處 《後漢書．孔融傳》：「融負其高氣，志在靖難，而才疏意廣，迄無成功。」

解析 「志大才疏」指志向大，而能力差；「眼高手低」指眼界要求高，實際能力小。

例句 你有如此遠大的抱負當然是件好事，只怕是**志大才疏**很難成功。

近義 才疏意廣；志大才庸；眼高手

低。

反義 才高意廣。

志同道合 ㄓˋ ㄊㄨㄥˊ ㄉㄠˋ ㄏㄜˊ

解釋 形容彼此理想、志趣一致，所從事的事業也相同。

出處 《三國志．魏書．陳思王植傳》：「昔伊尹之為媵臣，至賤也，呂尚之處屠釣，至陋也，及其見舉於湯武周文，誠道合志同，玄謨神通。」

解析 「志同道合」多指彼此理想、志向一致；「情投意合」多指彼此感情融洽相合。

例句 人生在世若能和志同道合的朋友一起為理想努力，真是樂事一件。

近義 心心相印；情投意合；意氣相投。

反義 不相為謀；同床異夢；格格不入；貌合神離。

忍俊不禁 ㄖㄣˇ ㄐㄩㄣˋ ㄅㄨˋ ㄐㄧㄣ

解釋 忍俊：含笑；不禁：不能自制。忍不住要笑出來。

出處 唐．趙璘《因話錄．徵部》：「戲作考詞狀：『當有千有萬，忍俊不禁，考上下。』」

例句 原來滿腔怒火的父親，看到小弟可愛的模樣也忍俊不禁地笑了出來。

近義 笑不可抑；啞然失笑。

反義 悲不自勝；潸然淚下。

忍氣吞聲 ㄖㄣˇ ㄑㄧˋ ㄊㄨㄣ ㄕㄥ

解釋 忍氣：忍受怒氣；吞聲：不敢出聲。受了氣勉強忍耐，不敢說出來。也作「吞聲忍氣」。

出處 《元曲選．關漢卿〈魯齋郎〉楔子》：「你不如休和他爭，忍氣吞聲罷。」

解析 「忍氣吞聲」和「逆來順受」都有「忍受不合理的對待」的意思，但有區別：「忍氣吞聲」重在受了氣勉強忍耐著；「逆來順受」則完全是採取情願的順從態度，而且指的範圍更廣。

例句 他獨自借宿在姨媽家中，受了委屈也只能忍氣吞聲，暗自飲泣。

近義 忍辱含垢；飲恨吞聲；飲泣吞聲。

反義 忍無可忍。

忍辱負重 ㄖㄣˇ ㄖㄨˇ ㄈㄨˋ ㄓㄨㄥˋ

解釋 能忍受屈辱，承擔重任。

出處 《三國志．吳書．陸遜傳》：「國家所以屈諸君使相承望者，以僕有尺寸可稱，能忍辱負重故也。」

解析 「重」不讀「重覆」的ㄔㄨㄥˊ。「負」不解釋成「擔子」（如「如釋重負」）、「背著」（如「負荊請罪」）、「仗恃」（如

「負險固守」）。

例句 為了革命事業，我們只得**忍辱負重**，藏匿在各處。

近義 臥薪嘗膽。

反義 忍無可忍。

忐忑不安（ㄊㄢˇ ㄊㄜˋ ㄅㄨˋ ㄢ）

解釋 忐忑：心神不定。形容心神很不安定。

出處 清．李寶嘉《官場現形記》三十四回：「我本是一個沒有省分的人，現在忽然歸了特旨班，即日就可補缺。因此心上忐忑不定。」

解析 ①「忐忑」不可讀寫成「上下」。②「忐忑不安」、「七上八下」都形容心神不定，有時可換用，其區別在於：「忐忑不安」還可形容表情，「七上八下」不能；「忐忑不安」多用於書面，「七上八下」多用於口語。

例句 他一想到下午的考試，心中不免**忐忑不安**起來。

近義 七上八下；坐立不安；惴惴不安。

反義 若無其事；泰然自若；鎮定自若。

四畫

快人快語（ㄎㄨㄞˋ ㄖㄣˊ ㄎㄨㄞˋ ㄩˇ）

解釋 豪爽人說話直爽。

出處 宋．釋道原《景德傳燈錄．南源道明禪師》：「快馬一鞭，快人一言。」

解析 「快人快語」偏重形容人說話直爽；「心直口快」偏重於形容性格直爽。

例句 她這一席話說得是針針見血，句句正中要害，令人不得不佩服她的**快人快語**。

近義 心直口快；快人一言。

反義 支吾其詞；吞吞吐吐；慢聲細語。

快馬加鞭（ㄎㄨㄞˋ ㄇㄚˇ ㄐㄧㄚ ㄅㄧㄢ）

解釋 鞭策快馬。形容飛快地駛過。也比喻快上加快。

出處 宋．王安石《臨川集．送純甫如江南》：「此去還知苦相憶，歸時快馬亦須鞭。」

解析 「快馬加鞭」、「馬不停蹄」都可用於騎馬奔馳，都可表示做事快速的意思，但有區別：用於騎馬時，「快馬加鞭」形容騎得飛快，「馬不停蹄」則指不停頓地前進；用於做事，「快馬加鞭」表示快上加快，「馬不停蹄」則表示一直在做，毫不停歇。

例句 經過連日來**快馬加鞭**地趕工，終於在月底前順利交貨。

近義 馬不停蹄。

反義 老牛破車；蝸行牛步。

忠言逆耳（ㄓㄨㄥ ㄧㄢˊ ㄋㄧˋ ㄦˇ）

解釋 逆耳：不順耳，不中聽。

忠誠的勸告常令人聽來不舒服，難以接受。

出處《孔子家語．六本》：「良藥苦於口而利於病，忠言逆於耳而利於行。」

例句 這些勸告雖然不怎麼好聽，但忠言逆耳，你還是考慮一下吧！

近義 良藥苦口。

忽忽不樂 ㄏㄨ ㄏㄨ ㄅㄨˋ ㄌㄜˋ

解釋 忽忽：心中愁亂、失意的情態。形容若有所失而不快樂的樣子。

出處《史記．梁孝王世家》：「意忽忽不樂。」

解析「怏怏不樂」指心中有所不滿而悶悶不樂。「悒悒不樂」指心中愁苦而不快樂。

例句 他一進門就一副忽忽不樂的樣子，半天都沒開口說一句話。

近義 怏怏不樂；鬱鬱不樂；悒悒不樂。

反義 樂不可支；興高采烈；歡天喜地。

念茲在茲 ㄋㄧㄢˋ ㄗ ㄗㄞˋ ㄗ

解釋 念：記念；茲：此，這個。念念不忘某件事情。

出處《尚書．大禹謨》：「帝念哉！念茲在茲，釋茲在茲。」

解析「茲」不讀寫成「慈（ㄘˊ）」。

例句 他雖然出社會二十多年而且事業有成了，但心中念茲在茲的依然是小時候父母對他的教誨。

近義 念念不忘。

反義 置之度外；置之腦後。

五畫

怪誕不經 ㄍㄨㄞˋ ㄉㄢˋ ㄅㄨˋ ㄐㄧㄥ

解釋 怪誕：荒唐，離奇；經：常理。古怪荒誕，毫無根據。

出處《漢書．王尊傳贊》：「譎詭不經，好為大言。」

解析「誕」不可讀成ㄧㄢˊ。

例句 這種怪誕不經的小說非常能滿足民眾的好奇，在市場上常占有一定的比率。

近義 刁鑽古怪；天方夜譚；荒誕無稽。

反義 有案可稽。

怡然自得 ㄧˊ ㄖㄢˊ ㄗˋ ㄉㄜˊ

解釋 怡然：安適、愉快的樣子。形容心中安適、愉快而滿足的樣子。

出處《列子．黃帝》：「黃帝既悟，怡然自得。」

解析「怡然自得」偏重指精神上的愉悅；「悠然自得」偏重指生活上的悠閒；「揚揚自得」偏重指外表上得意的樣子。

例句 看他一個人怡然自得在湖上划船的模樣，真是令人羨慕。

近義 自得其樂；悠然自得；揚揚自

得。

反義 忽忽不樂；悵然若失；惘然若失。

怒不可遏（ㄋㄨˋ ㄅㄨˋ ㄎㄜˇ ㄜˋ）

解釋 遏：止。

憤怒到難以抑制的地步。

出處 清．李寶嘉《官場現形記》第二十七回：「賈大少爺正在自己動手掀王師爺的鋪蓋，被王師爺回來從門縫裏瞧見了，頓時氣憤填膺，怒不可遏。」

解析 「怒不可遏」、「怒火中燒」、「怒形於色」都表示十分憤怒，其區別在於：當僅指內心極為憤怒時，宜用「怒火中燒」；「怒不可遏」往往伴有憤怒的語言和行動；而「怒形於色」一般僅指憤怒的情緒從表情上流露出來。

例句 父親知道小弟再度行竊被捕，頓時氣憤填膺、**怒不可遏**。

近義 大發雷霆；怒火中燒；怒氣衝天。

反義 喜不自勝；樂不可支。

怒火中燒（ㄋㄨˋ ㄏㄨㄛˇ ㄓㄨㄥ ㄕㄠ）

解釋 中：心中。

憤怒的火焰在心中燃燒，形容心中懷著極大的憤怒。

解析 「怒不可遏」常用來修飾聲音、吼聲一類的詞；而「怒火中燒」不能。

例句 當他知道有人在老闆面前扯他後腿時，不免**怒火中燒**。

近義 怒氣衝天；怒髮衝冠。

反義 喜笑顏開；歡天喜地。

怒髮衝冠（ㄋㄨˋ ㄈㄚˇ ㄔㄨㄥ ㄍㄨㄢ）

解釋 憤怒得頭髮直豎，把帽子都頂起來了，形容氣憤到極點的樣子。

出處 《史記．藺相如傳》記載：戰國時代，秦王聽說趙國有一塊寶玉「和氏璧」，而願以十五個城池交換。」趙王派藺相如送璧到秦國。但秦王沒有交付十五個城池的意思，藺相如就對秦王說：「和氏璧中有點小毛病，我指給大王看。」「相如因持璧卻立倚柱，怒髮上衝冠」，大聲斥責秦王沒有交城池的誠意，並說：「如果你想強奪，我願同『和氏璧』一起撞在柱子上。」秦王怕璧真的撞碎，同意五日後接玉交城池。藺相如知道秦王不會交付趙國十五個城池，就偷偷地把和氏璧送回趙國。

例句 政府竟對手無寸鐵的百姓進行血腥鎮壓，任何一個血性青年都不免**怒髮衝冠**。

近義 怒不可遏；怒火滿腔；怒氣衝天。

反義 心平氣和；平心靜氣；眉開眼笑。

急公好義（ㄐㄧˊ ㄍㄨㄥ ㄏㄠˋ ㄧˋ）

解釋 形容人熱心公益，見義勇為。

出處 清．錢謙益《錢牧齋尺牘．卷上．答口口口》：「使急公好義者信從，而吝嗇頑鈍者不得不聽。」

解析 好，不讀ㄏㄠˇ。「急公好義」、「見義勇為」都是做合乎正義的事情，其區別在於：「急公好義」有熱心公益的意思；「見義勇為」有奮勇去做的意思。

例句 村長非常**急公好義**，常為了替村民們排難解紛、爭取福利而犧牲自己的時間、金錢。

近義 一心為公；大公無私；見義勇為。

反義 自私自利；見利忘義；損公肥私。

急功近利 ㄐㄧˊ ㄍㄨㄥ ㄐㄧㄣˋ ㄌㄧˋ

解釋 功：成就，成效。
急於求成，貪圖眼前利益。

出處 漢．董仲舒《春秋繁露．對膠西王》：「仁人者，正其道不謀其利，修其理不急其功。」

解析 「急功近利」重在急於取得功效，以圖眼前利益；「好大喜功」偏重於一心想要建立大功。

例句 現今社會充斥著**急功近利**的人，像他這種為大眾無私付出一生心力的人已經不多見了。

近義 急於求成；急於事功。

反義 光風霽月。

急如星火 ㄐㄧˊ ㄖㄨˊ ㄒㄧㄥ ㄏㄨㄛˇ

解釋 星火：流星。
急得像一閃而過的流星，比喻情勢非常急迫。

出處 《文選．李密〈陳情表〉》：「州司臨門，急於星火。」

解析 「星火」不解釋成「星星之火」。

例句 交稿日在即，他才完成了全書的一半，現在是每天**急如星火**、沒日沒夜地趕工。

近義 十萬火急；刻不容緩；間不容髮；燃眉之急。

反義 不慌不忙；從容不迫；慢條斯理。

急流勇退 ㄐㄧˊ ㄌㄧㄡˊ ㄩㄥˇ ㄊㄨㄟˋ

解釋 比喻人不留戀眼前名位，在順利或得意時及早引退，以避免未來的禍害或失意。

出處 宋．蘇軾〈贈善相程杰〉詩：「火色上騰雖有數，急流勇退豈無人！」

解析 「急流勇退」和「知難而退」都有「主動退卻」的意思，但「急流勇退」是指在順利時引退下來，「知難而退」則偏重在困難時不敢前進。

例句 這位部長在他的事業如日中天時，決定**急流勇退**，毫不戀棧眼前的權勢。

近義 功成身退；趁勢落篷。

反義 急流勇進；義無反顧；駑馬戀棧。

急管繁弦 ㄐㄧˊ ㄍㄨㄢˇ ㄈㄢˊ ㄒㄧㄢˊ

解釋 形容樂曲的節拍急促繁複，音色豐富多變，也作「繁弦急管」。

出處 唐．白居易《白氏長慶集．憶舊遊》詩：「修蛾慢臉燈下醉，急管繁弦頭上催。」

例句 用餐時，餐廳正播放著**急管繁弦**，讓我們原本悠閒輕鬆的心情頓時變得急促起來。

近義 急竹繁絲；管弦繁奏。

反義 輕歌慢舞。

怨天尤人 ㄩㄢˋ ㄊㄧㄢ ㄧㄡˊ ㄖㄣˊ

解釋 尤：責怪。怨恨命運，責怪別人。形容人不如意時一味埋怨或歸罪於客觀環境。

出處 《論語．憲問》：「不怨天，不尤人。」

解析 「尤」不可寫成「由」；不解釋成「過錯」（如「以敬效尤」）。

例句 她在人生路上雖然一再遭遇挫折，但從不**怨天尤人**，只當是上天對她的考驗。

近義 怨天怨地；埋天怨地。

反義 反求諸己；自怨自艾。

怨聲載道 ㄩㄢˋ ㄕㄥ ㄗㄞˋ ㄉㄠˋ

解釋 載：充滿。怨恨的聲音充滿道路。形容人民強烈不滿。

出處 《警世通言》四：「民間怨聲載道，天變迭興。」

解析 ①「載」不可寫成「戴」。②「怨聲載道」偏重表示怨恨的普遍，到處充滿了抱怨聲；「民怨沸騰」偏重表示怨恨的程度已達極點。

例句 這條擾民的規定公佈之後，民眾立刻**怨聲載道**。

近義 天怒人怨；民怨沸騰；民怨盈途。

反義 口碑載道；有口皆碑；頌聲載道。

怙惡不悛 ㄏㄨˋ ㄜˋ ㄅㄨˋ ㄑㄩㄢ

解釋 怙：依靠，憑恃；悛：改過，悔改。表示一個人只知作惡，不肯悔改。

出處 《左傳．隱公六年》：「長惡不悛，從自及也。」

解析 ①不要把「怙」唸成ㄍㄨˇ，或寫作「估」。②不要把「悛」唸成ㄐㄩㄣ，或寫作「俊」。

例句 對這種前科累累、**怙惡不悛**的人，應該從重量刑，才能達到嚇阻的效果。

近義 至死不悟；執迷不悟；頑固不化。

反義 回頭是岸；改邪歸正；洗心革面；幡然悔悟。

六畫

恍如隔世 ㄏㄨㄤˇ ㄖㄨˊ ㄍㄜˊ ㄕˋ

解釋 恍：好似，宛如；世：三十年為一世。

好像隔了一世。表示因為人事、景物變化很大而生的感慨。

出處 宋．范成大《吳船錄下》：「發常州，平江親戚故舊來相迓（ㄧㄚˋ）者，陸續於道，恍然如隔世焉。」（迓，迎接。）

例句 他歷劫歸來，在機場看到迎接自己的親友，不覺恍如隔世。

近義 隔世之感。

恍然大悟 ㄏㄨㄤˇ ㄖㄢˊ ㄉㄚˋ ㄨˋ

解釋 恍然：猛一下清醒的樣子；悟：心裏明白。

忽然間明白覺悟，也作「豁然大悟」。

出處 《紅樓夢》九十五回：「大家此時恍然大悟。」

解析 ①「恍」不可讀成ㄍㄨㄤ（光），不寫成「晃」。「悟」不寫成「錯誤」的「誤」。②「恍然大悟」只表示思想上忽然明白了；「豁然開朗」還表示心胸、環境、情況等，從幽暗轉為開闊、明朗。

例句 這個外國人對本地的人文風土十分熟悉，待他表明幼時曾在此居住，大家才恍然大悟。

近義 茅塞頓開；豁然開朗；豁然貫通。

反義 大惑不解；百思不解。

恰如其分 ㄑㄧㄚˋ ㄖㄨˊ ㄑㄧˊ ㄈㄣˋ

解釋 分：分寸，合適的分際。

形容說話或辦事正合分寸。

出處 清．李綠園《歧路燈》一百零八回：「賞分輕重，俱是閻仲端酌度，多寡恰如其分，無不欣喜。」

解析 「分」不能唸成ㄈㄣ。

例句 小張到公司雖然沒多久，但為人處事都能恰如其分，相當受到上司的喜愛。

近義 恰到好處。

反義 過猶不及。

恆河沙數 ㄏㄥˊ ㄏㄜˊ ㄕㄚ ㄕㄨˋ

解釋 本佛經用語。恆河：印度大河。像恆河裏的沙那樣多得無法計算。

形容數量極多。

出處 《金剛經》：「諸恆河所有沙數寧為多不。」

例句 這類的著作在國內如恆河沙數，勸你還是換個題目。

近義 多如牛毛；車載斗量；數不勝數。

反義 九牛一毛；屈指可數；鳳毛麟角；寥若晨星。

恃才傲物 ㄕˋ ㄘㄞˊ ㄠˋ ㄨˋ

解釋 恃：依靠，憑藉。

仗著自己有才能而傲氣凌人。

出處 《南史．蕭子顯傳》：「恃才傲物，宜謚曰驕。」

例句 真正有才識的人應該懂得學無止境而謙沖自牧，像你這樣恃才傲物只會暴露自己的無知。

近義 妄自尊大；露才揚己。

反義 不矜不伐；謙沖自牧。

恬不知恥 ㄊㄢˊ ㄅㄨˋ ㄓ ㄔˇ

解釋 恬：安然。恥：恥辱，羞慚。不在乎、不知羞恥。

出處 唐．馮贄《雲仙雜記》卷八引《醉仙圖記》：「倪芳飲後，必有狂怪，恬然不恥。」

例句 像他這種見風轉舵、**恬不知恥**的人，你還是離他遠一點的好。

近義 不知羞恥；厚顏無恥。

反義 無地自容。

恬不為怪 ㄊㄢˊ ㄅㄨˋ ㄨㄟˊ ㄍㄨㄞˋ

解釋 恬：安然。安然地不認為奇怪。形容對不合理或異常的現象視若無睹、不以為怪。

出處 《漢書．賈誼傳》：「至於俗流失，世壞敗，因（固）恬而不知怪。」

解析 「恬」不能唸成ㄍㄨㄚ或ㄕㄜˊ。

例句 他從事新聞工作多年，對這些公眾人物表裏不一的現象早就**恬不為怪**了。

恫瘝在抱 ㄊㄨㄥ ㄍㄨㄢ ㄗㄞˋ ㄅㄠˋ

解釋 恫瘝：疾苦；抱：懷中。視人民的疾苦如自己受苦一般。

出處 《尚書．康誥》：「恫瘝乃身。」蔡沈集傳：「視民之不安，如疾痛在乃身。」

例句 他掌政多年卻一直懷著**恫瘝在抱**、視民如子的胸懷，才能深受人民的愛戴。

近義 人饑己溺；視民如傷；愛民如子。

恩將仇報 ㄣ ㄐㄧㄤ ㄔㄡˊ ㄅㄠˋ

解釋 用仇恨的方式報答對自己有恩的人。

出處 《古今小說》二：「你這房親事還虧母舅作成你的，你今日恩將仇報，反去破壞了做兄弟的姻緣，又害了顧小姐一命，汝心何安？」

解析 ①「將」不讀「兵將」的ㄐㄧㄤˋ。「恩將仇報」、「以怨報德」都表示「以恨來報答恩惠」的意思。其區別在於：「恩將仇報」是以「仇恨」來報答，往往會嚴重地傷害恩人，甚至置之於死地；「以怨報德」是以「怨恨」報答，可以是傷害恩人甚至置之於死地，也可以是令其不快而已。

例句 當初你落魄時，他處處幫你，現在你成功了，卻對他**恩將仇報**，你於心何忍。

近義 以怨報德；忘恩負義；負德辜恩。

反義 以德報怨；知恩報恩。

息事寧人 ㄒㄧ ㄕˋ ㄋㄧㄥˊ ㄖㄣˊ

解釋 息：平息；寧：使安定。原意是執政不製造事端、擾害百姓。後來轉指不擴大糾紛，儘量把事情平息下來，使人們相安無事。

出處《後漢書．章帝紀》：「冀以息事寧人，敬奉天氣。」

例句 這件事最好能息事寧人、私下和解，如果告上法庭，恐怕對大家都不好。

近義 排難解紛。

反義 火上加油；挑撥是非；惹事生非；煽風點火。

七畫

悃愊無華（ㄎㄨㄣˇ ㄅㄧˋ ㄨˊ ㄏㄨㄚˊ）

解釋 悃愊：至誠；華：浮華。形容真心誠意而無華飾。

出處《後漢書．章帝紀》：「安靜之吏，悃愊無華。」

解析 ①「愊」不能唸成ㄈㄨˋ。②「悃愊無華」一般只用於人；「悃質無華」、「樸素無華」既可用於人，亦可用於詩文或事物。

例句 他也許不幽默、不浪漫，不能討你歡欣，但他絕對是個悃愊無華的人。

近義 悃質無華；樸素無華。

反義 華而不實；虛有其表。

悔不當初（ㄏㄨㄟˇ ㄅㄨˋ ㄉㄤ ㄔㄨ）

解釋 悔：後悔，悔悟；當初：開頭。後悔開始時做了這樣的決定或選擇。

出處 唐．薛昭緯〈謝銀工〉詩：「早知文字多辛苦，悔不當初學冶銀。」

解析「初」是「衤（衣）」字旁，不是「礻（示）」字旁。

例句 他為了貪圖一時的享受，卻必須在將來付出更大的代價，現在的他是悔不當初呀。

近義 悔之晚矣；追悔莫及。

反義 今是昨非；幡然悔悟。

悖入悖出（ㄅㄟˋ ㄖㄨˋ ㄅㄟˋ ㄔㄨ）

解釋 悖：不合理。用不正當的方法得來的財物，也會被他人以不正當的方法奪去，或不正當得來的錢財又被胡亂花掉。

出處《禮記．大學》：「貨悖而入者，亦悖而出。」

例句 你賺這種不義之財，當然會悖入悖出，轉眼就花得不知去向。

患得患失（ㄏㄨㄢˋ ㄉㄜˊ ㄏㄨㄢˋ ㄕ）

解釋 患：憂慮。沒得到時怕得不到，得到後又害怕失去。形容太在意個人得失，得失心太重。

出處《論語．陽貨》：「其未得之也，患得之；既得之，患失之。」

例句 他一心一意想考上公務人員，以致每天患得患失的。

近義 斤斤計較；錙銖必較。

反義 公而忘私。

患難之交（ㄏㄨㄢˋ ㄋㄢˋ ㄓ ㄐㄧㄠ）

解釋 交：交情，朋友。
指一起經歷艱苦、危難而互相幫助的朋友。

出處 《禮記·儒行》：「儒有聞善以相告也，見善以相示，爵位相先也，患難相死也。久相待也，遠相致也，其任舉有如此者。」

解析 「患難之交」指互相扶持、交情深厚的朋友；而「難兄難弟」重在共過患難或困境相同。

例句 他們倆從小一起長大，一起念書，一起創業，是標準的**患難之交**。

近義 生死之交；刎頸之交；難兄難弟。

反義 一面之交；泛泛之交；狐群狗黨；酒肉朋友。

患難與共（ㄏㄨㄢˋ ㄋㄢˋ ㄩˇ ㄍㄨㄥˋ）

解釋 一起承擔災禍、困難，一起為艱苦的處境奮鬥。

出處 《史記．越王句踐世家》：「越王為人長頸鳥喙，可與共患難，不可與共樂。」

解析 「患難與共」偏重指共同度過難關；「休戚相關」、「休戚與共」偏重在關係密切。

例句 他們倆是**患難與共**的好夥伴，曾經攜手度過無數的難關。

近義 同甘共苦；和衷共濟；風雨同舟。

反義 落井下石；過河拆橋。

八畫

情不自禁（ㄑㄧㄥˊ ㄅㄨˋ ㄗˋ ㄐㄧㄣ）

解釋 禁：抑制。
感情激動，控制不住自己。

出處 唐·徐堅《初學記》引梁·劉遵〈七夕穿針〉詩：「步月如有意，情來不自禁。」

解析 ①「禁」不能唸成ㄐㄧㄣˋ。②「情不自禁」的原因在「情」上，只用來形容整個人；「不由自主」的原因較廣，不單指「情」，也可以是其他因素，不僅能形容整個人，也可以形容身體某部分。

例句 聽到如此美妙的旋律，讓人**情不自禁**地翩翩起舞。

近義 不由自主；情難自禁。

反義 不動聲色。

情同手足（ㄑㄧㄥˊ ㄊㄨㄥˊ ㄕㄡˇ ㄗㄨˊ）

解釋 手足：比喻兄弟。
情誼深厚，如同兄弟。也作「情若手足」。

出處 《封神演義》第四十一回：「辛環曰：『名雖各姓，情同手足。』」

例句 他們倆曾經勢如水火，如今卻因同在外地讀書而變得**情同手足**。

近義 如兄如弟；親如兄弟；親如手足。

反義 一面之交；泛泛之交；勢如水火。

情有可原（ㄑㄧㄥˊ ㄧㄡˇ ㄎㄜˇ ㄩㄢˊ）

解釋 原：原諒。衡量實情所犯的過失，還有可原諒的地方。

出處 《後漢書．霍諝（ㄒㄩˇ）傳》：「光之所至，情既可原，而守闕連年，終不見理。」

例句 處在如此惡劣的環境下，讓他們不得不參加幫派以求自保，想來也是情有可原。

反義 情理難容。

情投意合（ㄑㄧㄥˊ ㄊㄡˊ ㄧˋ ㄏㄜˊ）

解釋 投：合得來。形容雙方思想、感情融洽和心意契合。

出處 明．史槃《鶼釵記》三十一：「聽他笑語如百和，想是情投意合。」

解析 「投」不可解釋成「投奔」（如「走投無路」）、「碰觸」（如「五體投地」）。

例句 他們倆初次見面便相談甚歡，看來是情投意合，前景看好。

近義 志同道合；意氣相投。

反義 不相為謀；同床異夢；貌合神離。

情見乎辭（ㄑㄧㄥˊ ㄒㄧㄢˋ ㄏㄨ ㄘˊ）

解釋 見：即「現」，表現；辭：言辭。泛指真摯的情意完全表現在言語文辭中。

出處 《周易．繫辭下》：「爻象動乎內，吉凶見乎外，功業見乎變，聖人之情見乎辭。」孔穎達疏：「聖人之情見乎爻象之辭也。」

例句 他寫的這封文辭懇切、情見乎辭的情書，似乎真的打動了張小姐。

近義 聲情並茂。

反義 不知所云；詞不達意。

情見勢屈（ㄑㄧㄥˊ ㄒㄧㄢˋ ㄕˋ ㄑㄩ）

解釋 見：即「現」，顯露；勢：形勢，處境。實情敗露，又處於劣勢的地位。

出處 《史記．淮陰侯列傳》：「情見勢屈，曠日糧竭。」

例句 這幾場比賽下來，我方是情見勢屈，冠軍恐怕要拱手讓人了。

情急智生（ㄑㄧㄥˊ ㄐㄧˊ ㄓˋ ㄕㄥ）

解釋 情況緊張危險時，忽然想出了好辦法。

出處 清．李寶嘉《官場現形記》第二十回：「俗話說的好，情急智生。」

例句 眼見比賽即將結束，教練突然情急智生，下達強迫取分的戰術，使我方反敗為勝。

近義 人急生智；急中生智。

反義 一籌莫展；束手無策；無計可施。

情景交融（ㄑㄧㄥˊ ㄐㄧㄥˇ ㄐㄧㄠ ㄖㄨㄥˊ）

解釋 交融：相互融合。內心情感與景物互相融合，常用來形容詩文、繪畫給人的觀感。

例句 這一段文字敘述真是**情景交融**，讓讀者能深刻體會作者當時的感受。

情隨事遷（ㄑㄧㄥˊ ㄙㄨㄟˊ ㄕˋ ㄑㄧㄢ）

解釋 思想、感情隨著情況的改變而變化。

出處 晉．王羲之〈蘭亭集序〉：「情隨事遷，感慨係之矣。」

解析 「情隨事遷」、「事過境遷」都含有隨著事情的變化而起變化的意思。但「情隨事遷」是指思想、感情隨著變化，而「事過境遷」則是指客觀環境隨著變化。

例句 這些年來發生了太多事，**情隨事遷**，讓他成長改變了不少。

近義 事過境遷。

惜指失掌（ㄒㄧˊ ㄓˇ ㄕ ㄓㄤˇ）

解釋 惜：吝惜，捨不得。因為不肯失掉一個指頭而失去了整個手掌。比喻因小失大。

出處 《南史．恩幸傳．阮佃夫》記載：阮佃夫想要占有何恢家的一個歌女，何恢不肯給。阮佃夫惱羞成怒地說：「惜指失掌耶？」

例句 許多電視節目為了收視率，而播出未經證實的消息，最後卻吃上了官司而停播，這不是**惜指失掌**嗎！

近義 因小失大。

惜墨如金（ㄒㄧˊ ㄇㄛˋ ㄖㄨˊ ㄐㄧㄣ）

解釋 墨：寫字用的墨。形容寫字、作畫、作文不輕易下筆，力求精鍊。

出處 宋．費樞《釣磯立談》：「李營丘（成）惜墨如金。」

解析 「惜」不可寫成「借」。

例句 這位作家向來是**惜墨如金**，整篇文章找不到一個贅字。

反義 率爾操觚。

悼心失圖（ㄉㄠˋ ㄒㄧㄣ ㄕ ㄊㄨˊ）

解釋 悼：哀傷；圖：謀畫。因心中悲痛而無心力謀畫。

出處 《左傳．昭公七年》：「孤與其二三臣悼心失圖。」

例句 大夥經歷了這次慘痛的教訓，不免**悼心失圖**，無心準備下星期的比賽。

惡衣惡食（ㄜˋ ㄧ ㄜˋ ㄕˊ）

解釋 衣服破舊，飲食粗劣。形容物質條件很差。

出處 《論語．里仁》：「士志於道而恥惡衣惡食者，未足與議也。」

例句 他在國外留學期間，曾度過多年**惡衣惡食**的日子，此後無論再險惡的環境他都能適應。

反義 錦衣玉食；豐衣足食。

惡貫滿盈（ㄜˋ ㄍㄨㄢˋ ㄇㄢˇ ㄧㄥˊ）

解釋 貫：穿錢的繩子；盈：滿。罪惡極多，一件件貫穿已經到了盈滿的地步。形容罪大惡極。

出處《尚書·泰誓》：「商罪貫盈，天命誅之。」傳：「紂之為惡，一以貫之，惡貫已滿，天畢其命。」

例句 這對兄弟在短短兩年內犯下數十起殺人強盜案件，真是惡貫滿盈，天理難容。

近義 死有餘辜；罪大惡極；罪不容誅。

反義 豐功偉績；放下屠刀，立地成佛。

惡濕居下（ㄨˋ ㄕ ㄐㄩ ㄒㄧㄚˋ）

解釋 惡：憎惡，討厭；下：低窪處。厭惡潮濕卻自處於低窪近水的地方。比喻行動與願望相違背。

出處《孟子·公孫丑上》：「是猶惡濕而居下也。」

解析「惡」不能唸成ㄜˋ。

例句 你不喜歡在外奔波卻選擇了業務員的工作，這不是惡濕居下嗎！

悲天憫人（ㄅㄟ ㄊㄧㄢ ㄇㄧㄣˇ ㄖㄣˊ）

解釋 天：天命；憫：哀憐。指悲嘆時世艱困，憐憫百姓疾苦。

出處〈爭臣論〉：「誠畏天命而悲人窮也。」

例句 一個國家的領導者，如果沒有悲天憫人的胸懷，就很容易因權勢而迷失自己。

悲喜交集（ㄅㄟ ㄒㄧˇ ㄐㄧㄠ ㄐㄧˊ）

解釋 悲傷和喜悅交相而至。

出處《晉書·王廙（一ˋ）傳·中興賦》：「當大明之盛，而守局遐外，不得奉瞻大禮，聞問之日，悲喜交集。」

解析「悲喜交集」、「百感交集」都指不同的感情同時交織在一起，其區別在於：「百感交集」指各種感想、感慨交織在一起；「悲喜交集」則指悲傷和喜悅交織在一起。

例句 父親看到歷劫歸來的小弟，不免悲喜交集，笑淚滿面。

近義 百感交集；悲喜交加。

反義 心如死灰。

悲歡離合（ㄅㄟ ㄏㄨㄢ ㄌㄧˊ ㄏㄜˊ）

解釋 悲傷，歡樂，分離，團聚。指人生中的各種遭遇。也作「悲歡合散」、「離合悲歡」。

出處 宋·蘇軾〈水調歌頭·丙辰中秋兼懷子由〉：「人有悲歡離合，月有陰晴圓缺，此事古難全。」

例句 這部電影將人生中的悲歡離合刻畫得細膩深刻，令人感動不已。

近義 喜怒哀樂。

惠而不費（ㄏㄨㄟˋ ㄦˊ ㄅㄨˋ ㄈㄟˋ）

解釋 惠：施惠，給人好處；費：耗費。

施惠於人，自己又無所耗費。常用以形容有實利而不需多費錢財的事。

出處《論語．堯曰》：「因民之所利而利之，斯不亦惠而不費乎？」

例句 把這些多餘的衣物捐出來，對我來說是**惠而不費**的事，何樂而不為呢！

九畫

惱羞成怒 ㄋㄠˇ ㄒㄧㄡ ㄔㄥˊ ㄋㄨˋ

解釋 惱：忿恨；羞：羞慚。因懊惱、羞愧到了極點而大發脾氣。

出處 清．李寶嘉《官場現形記》六回：「那撫台見是如此，知道協台有心瞧他不起，一時惱羞成怒。」

解析 「惱羞成怒」含有發怒的原因；「勃然大怒」則只表現發怒的樣子。

例句 受不了大夥的譏諷嘲笑，他頓時**惱羞成怒**，大發雷霆。

近義 勃然大怒；氣急敗壞。

反義 喜氣洋洋；興高采烈；歡天喜地。

惺惺作態 ㄒㄧㄥ ㄒㄧㄥ ㄗㄨㄛˋ ㄊㄞˋ

解釋 惺惺：假惺惺、假意的樣子。形容裝模作樣，故作姿態。

例句 他根本不懂英語，卻在餐廳裏**惺惺作態**，故作閱讀的樣子。

惺惺相惜 ㄒㄧㄥ ㄒㄧㄥ ㄒㄧㄤ ㄒㄧˊ

解釋 惺惺：聰慧機靈。惜：愛惜。聰慧機靈的人憐惜與自己同類的人。

出處 明．施耐庵《水滸傳》一回：「惺惺惜惺惺，好漢惜好漢。」

解析 「惺惺」不寫成「猩猩」。

例句 他們倆經過一席長談，發覺彼此的性格、理想都十分相似，不免起了**惺惺相惜**之感。

近義 好漢惜好漢；惺惺惜惺惺。

反義 文人相輕；同業其仇。

惴惴不安 ㄓㄨㄟˋ ㄓㄨㄟˋ ㄅㄨˋ ㄢ

解釋 惴惴：恐懼、擔憂的樣子。形容因為恐懼或擔心而心神不寧的樣子。

出處《詩經．秦風．黃鳥》：「臨其穴，惴惴其栗。」

解析 ①「惴」不可讀成ㄔㄨㄢˇ。②「惴惴不安」和「憂心忡忡」都有「憂愁不安」的意思，有時可以通用。但「惴惴不安」重在因擔心受怕而不安；「憂心忡忡」重在「憂愁」，因心事重重而不安。

例句 他擔心自己得了癌症，在檢查報告出來前，一直顯得**惴惴不安**。

近義 七上八下；忐忑不安；提心吊膽。

反義 安之若素；泰然自若；處之泰然。

愚公移山 ㄩˊ ㄍㄨㄥ ㄧˊ ㄕㄢ

解釋 比喻做事只要有毅力，再困難的事也能完成。

出處 《列子．湯問》篇記載：北山有個愚公，將近九十歲了，家門前有兩座大山擋住了出路，一座叫太行山，一座叫王屋山。愚公下決心剷平這兩座山。有個叫智叟的笑他，愚公說：我死了以後有兒子，兒子又有孫子，子子孫孫是沒有窮盡的。這兩座山，卻不會再增高，怎麼會挖不平呢？」於是每天都不斷地挖山，終於，感動了上帝，把兩座山背走了。

例句 這件事做起來工程非常浩大繁瑣，但只要我們秉持愚公移山的精神去做，相信終有成功的一日。

近義 精衛填海；鐵杵磨針。

反義 苟且偷生；得過且過。

惶恐不安 ㄏㄨㄤˊ ㄎㄨㄥˇ ㄅㄨˋ ㄢ

解釋 驚慌、恐懼得不能安寧。

出處 《漢書．王莽傳下》：「人民正營」。顏師古注：「正營，惶恐不安之意也。」

例句 他聽說大哥今天搭的飛機遭到劫機，一整天都顯得惶恐不安。

近義 恐懼不安；惶惶不安，驚懼不安。

反義 安之若素；處之泰然；鎮定自若。

意在言外 ㄧˋ ㄗㄞˋ ㄧㄢˊ ㄨㄞˋ

解釋 作文或語言的真正意思在言語、文辭之外。指詩文的真正意思雖未明確說出，而讀者卻可以體會得到。

出處 宋．司馬光《迂叟詩話》：「古人為詩，貴於意在言外，使人思而得之。」

例句 這是一部寓意豐富、意在言外的電影，留給觀眾很大的思考空間。

意在筆先 ㄧˋ ㄗㄞˋ ㄅㄧˇ ㄒㄧㄢ

解釋 指寫字、作畫前，先構思再下筆。也指作詩、文前已經構思成熟。也作「意在筆前」、「意存筆先」。

出處 晉．王羲之《題衛夫人筆陣圖後》：「夫欲書者，先乾研墨，凝神靜思，預想字形大小、偃仰、平直、振動，令筋脈相連，意在筆前，然後作字。」

例句 他寫作詩文向來是意在筆先，在腦中先構思成熟再下筆。

近義 胸有成竹。

意氣用事 ㄧˋ ㄑㄧˋ ㄩㄥˋ ㄕˋ

解釋 憑主觀、偏激而產生的任性情緒處理事情。

出處 清．吳敬梓《儒林外史》四十六回：「至今想來，究竟還是意氣用事。」

解析 「意氣」不寫成「義氣」。

例句 這件事關係著整個社區的福利，你可要耐心處理，不可意氣用事。

近義 感情用事。

意氣風發

解釋 意氣：意志和氣概。

形容精神振奮，氣概豪邁。

解析 「意氣風發」偏重表示氣概豪邁；而「慷慨激昂」偏重表示情緒激越。

例句 這幾年他**意氣風發**地在商場上闖出了自己的名號。

近義 鬥志昂揚；精神煥發；精神抖擻。

反義 垂頭喪氣；萎靡不振；暮氣沈沈。

感同身受

解釋 身：親身。

心裏感激得就像親身受到對方的恩惠一樣。多用於代人向對方致謝。或表示心裏的感覺就像親身經歷一樣。

出處 《王闓致潘鄭盦書》：「宋生獲留，尤仰亭毒，書啟家所謂『感同身受』者也。」

例句 對於你的遭遇我是**感同身受**，今後一定會盡全力幫助你的。

近義 感激不已；感激涕零。

感激涕零

解釋 涕：眼淚；零：滴落。

感激得掉下眼淚。形容非常感激。

出處 唐．劉禹錫《劉夢得文集．平蔡行詩》：「路旁老人憶舊事，相與感激皆涕零。」

例句 這些自火場中逃過一劫的居民，莫不對消防隊員**感激涕零**。

近義 感同身受；感激不盡；銘感五內。

反義 無動於衷。

想入非非

解釋 非非：佛教的說法，指虛幻的境界。

比喻脫離實際，幻想無法實現的事。

出處 《愣嚴經》：「如存不存，若盡不盡，如是一類，名非想非非想處。」

解析 在想法不切實際的意義上，「異想天開」偏重指想法不切實際、不合情理；「想入非非」偏重指幻想無法實現的事；「胡思亂想」偏重指思路混亂。

例句 她不過單純地想找個舞伴，你不要**想入非非**了。

近義 胡思亂想；異想天開；癡心妄想。

反義 腳踏實地；腳履實地。

愛不釋手

解釋 釋：放下，放開。

喜愛到不肯放手的地步。

出處 《兒女英雄傳》第三十五回：「他看了也知道愛不釋手，不曾加得圈點，便粘了個批語。」

解析 「愛不釋手」、「手不釋卷」都含有不肯放下的意思。其區別在於：「愛不釋手」有喜愛的意思；「手不釋卷」含有勤奮、用功的意思，有時含有（看書）入迷的意思，「愛不釋手」則沒有。

例句 他向來喜愛骨董，今天看到這件珍奇寶物，不免令他愛不釋手。

近義 不忍釋手；把玩不厭。

反義 棄若敝屣。

愛屋及烏（ㄞˋ ㄨ ㄐㄧˊ ㄨ）

解釋 愛那個人而連帶地愛護停留在他屋上的烏鴉。比喻愛那個人而連帶地喜愛跟他有關係的人或物。

出處 《尚書大傳．大戰》：「愛人者，兼其屋上之烏。」

解析 「烏」不讀寫成「鳥(ㄋㄧㄠˇ)」。

例句 老師是父親的好友，愛屋及烏，對我特別照顧。

反義 殃及池魚。

愛莫能助（ㄞˋ ㄇㄛˋ ㄋㄥˊ ㄓㄨˋ）

解釋 原意是因為隱而不見，所以無法幫助他。後指雖然同情，但無力幫助。

出處 《詩經．大雅．烝民》：「愛莫助之。」

解析 「愛莫能助」、「心有餘而力不足」都有心裏想做，但無法去做的意思。其區別在於：「愛莫能助」強調內心同情、愛惜，卻因本身力量不足，或客觀上不允許，而無法幫助。「心有餘而力不足」之所以不能做，只是因為力量不足。

例句 我非常同情你的遭遇，但我實在愛莫能助。

近義 有心無力；愛莫之助；心有餘而力不足。

反義 有求必應；相濡以沫；解囊相助。

惹是生非（ㄖㄜˇ ㄕˋ ㄕㄥ ㄈㄟ）

解釋 招惹是非，引起爭端、製造麻煩。也作「惹是招非」。

出處 《古今小說》三十六：「如今再說一個富家，安分守己，並不惹是生非。」

例句 父親一再告誡小弟，出門在外一定要潔身自愛，不可惹是生非。

近義 招風攬火；造謠生事；無事生非。

反義 安分守己；息事寧人；排難解紛。

愁雲慘霧（ㄔㄡˊ ㄩㄣˊ ㄘㄢˇ ㄨˋ）

解釋 形容淒慘暗淡的景象。也作「雲愁霧慘」。

出處 《元曲選．武漢臣〈生金閣〉四》：「我則見黯黯的愁雲慘霧迷。」

例句 自從父親生病後，全家便陷入愁雲慘霧之中。

反義 撥雲見日。

十畫

慎終追遠（ㄕㄣˋ ㄓㄨㄥ ㄓㄨㄟ ㄩㄢˇ）

解釋 慎：謹慎；終：壽終。辦理喪事必須謹慎敬重；祭祀祖先，雖然時間久遠，仍必須保持誠敬追念。

出處 《論語．學而》：「曾子曰：『慎終追遠，民德歸厚矣。』」

例句 中國人向來注重**慎終追遠**，對祖先保持著崇敬的態度。

十一畫

慶父不死，魯難未已（ㄑㄧㄥˋ ㄈㄨˇ ㄅㄨˋ ㄙˇ，ㄌㄨˇ ㄋㄢˋ ㄨㄟˋ ㄧˇ）

解釋 慶父：春秋時魯莊公的弟弟，一再製造魯國內亂，先後殺掉兩個國君。不除去慶父，魯國的災難就不會結束。比喻不把製造內亂的罪魁禍首消除，國家就會不得安寧。

出處 《左傳．閔公元年》：「不去慶父，魯難未已。」

解析 「父」不能唸成ㄈㄨˋ。

例句 「**慶父不死，魯難未已**」，要解決國內的紛亂情形，首先得除去領頭作亂的人。

近義 心腹大患。

憂心如焚（ㄧㄡ ㄒㄧㄣ ㄖㄨˊ ㄈㄣˊ）

解釋 憂愁得心裏像火燒一樣。形容非常憂愁、焦慮。

出處 《詩經．小雅．節南山》：「憂心如惔，不敢戲談。」（惔：ㄊㄢˊ，焚燒。）

解析 「憂心如焚」比喻內心焦慮不安，程度較重；「憂心忡忡」是直述心中憂慮，偏重指憂慮的樣子。

例句 大哥爬山失蹤的消息傳來後，大家都坐立不安、**憂心如焚**。

近義 憂心忡忡；憂心如搗。

反義 高枕無憂；無憂無慮。

憂心忡忡（ㄧㄡ ㄒㄧㄣ ㄔㄨㄥ ㄔㄨㄥ）

解釋 忡忡：憂慮不安的樣子。心中憂慮不安的樣子。

出處 《詩經．召（ㄕㄠˋ）南．草蟲》：「未見君子，憂心忡忡。」

解析 ①「忡」不能唸成ㄓㄨㄥ。②「憂心忡忡」是直述心中憂慮不安，偏重形容憂慮的樣子；「憂心如焚」是比喻內心焦慮不安，程度較重。

例句 知道遠在美國的大姊生病後，母親就一直**憂心忡忡**的。

近義 憂心如焚；憂心如搗。

反義 高枕無憂；喜氣洋洋；無憂無慮。

慷慨解囊（ㄎㄤˇ ㄎㄞˇ ㄐㄧㄝˇ ㄋㄤˊ）

解釋 慷慨：豪爽，大方。形容人豪爽，不吝嗇地拿出錢幫助別人。

解析 「慷慨解囊」偏重在「慷

慨」，助人毫不吝嗇；「樂善好施」偏重在一向「樂善」，樂於做好事助人；「解衣推食」偏重在「解」、「推」，不顧自己地幫助別人。

例句 他的收入雖然不多，但遇到需要幫忙的人，他都非常願意慷慨解囊。

近義 解衣推食；樂善好施。

反義 一毛不拔；錙銖必較。

慷慨激昂（ㄎㄤˇ ㄎㄞˇ ㄐㄧ ㄤˊ）

解釋 慷慨：意氣高昂；激昂：振奮昂揚。

形容情緒高昂，精神振奮。也作「激昂慷慨」。

出處 唐．柳宗元《河東先生集．上權德輿補闕溫卷決進退啟》：「今將慷慨激昂，奮攘布衣。」

解析 「慷慨激昂」偏重指情緒激動、振奮；「意氣風發」偏重表示氣概昂揚。

例句 他天生具有領袖的魅力，每次在台上慷慨激昂地演講時都能吸引非常多觀眾。

近義 鬥志昂揚；意氣風發。

反義 萎靡不振；垂頭喪氣。

慢條斯理（ㄇㄢˋ ㄊㄧㄠˊ ㄙ ㄌㄧˇ）

解釋 形容說話或做事有條有理、不慌不忙，或指慢慢吞吞、從容遲緩的樣子。

出處 《儒林外史》第一回：「老爺親自在這裏傳你家兒子說話，怎的慢條斯理！」

例句 他做事向來是慢條斯理的，所以不容易出錯。

近義 不慌不忙；從容不迫。

反義 大刀闊斧；斬釘截鐵；慌慌張張。

慘澹經營（ㄘㄢˇ ㄉㄢˋ ㄐㄧㄥ ㄧㄥˊ）

解釋 慘澹：苦費心思；經營：謀劃並從事某項事情。

本來是說作畫之前的苦心構思。後來形容費盡心思謀劃或從事某種事情或事業。

出處 唐．杜甫〈丹青引〉詩：「詔謂將軍拂絹素，意匠慘澹經營中。」

解析 「慘澹經營」偏重境況困難，條件艱苦地經營；「苦心經營」偏重費盡心思經營。

例句 近來經濟不景氣，附近的商家生意都不好，大家都是慘澹經營。

近義 苦心經營。

慘無人道（ㄘㄢˇ ㄨˊ ㄖㄣˊ ㄉㄠˋ）

解釋 慘：狠毒，殘暴。

形容極端狠毒、殘暴、沒有人性。

解析 「慘無人道」重在沒有人性，可形容殘暴行為的施行者；「慘絕人寰」重在表示殘暴的程度，多形容景象，語義比前者重。

例句 當年日軍在南京進行大屠殺，奪去了數十萬手無寸鐵、無辜百姓的生命，真是慘無人道。

近義 滅絕人性；慘絕人寰。

反義 仁心仁義。

慘絕人寰（ㄘㄢˇ ㄐㄩㄝˊ ㄖㄣˊ ㄏㄨㄢˊ）

解釋 人寰：人世。
形容人世上再沒有這麼悲慘的事了。

解析 ①不要把「慘」寫成「殘」（ㄘㄢˊ）。②「慘絕人寰」和「慘無人道」都形容慘毒殘酷，但在程度上「慘絕人寰」較重，一般用來形容「景象」、「悲痛」等等由於殘酷手段所造成的後果，不能用來形容人，「慘無人道」則可以用來形容人。

例句 這件**慘絕人寰**的滅門血案，引起全國人民一片嘩然。

近義 滅絕人性；慘無人道。

慘綠少年（ㄘㄢˇ ㄌㄩˋ ㄕㄠˋ ㄋㄧㄢˊ）

解釋 慘綠：深綠色，身穿深綠色衣服的少年。
指風度翩翩的年輕男子。

出處 《張固・幽閒鼓吹》：「潘炎拜禮部侍郎，會同列，其妻簾中視之，問末座慘綠少年何人，曰：『補闕杜黃裳。』夫人曰：「此人全別，必是有名卿相。」

例句 李伯伯常提及他當年也是位風度翩翩的**慘綠少年**。

慾壑難填（ㄩˋ ㄏㄨㄛˋ ㄋㄢˊ ㄊㄧㄢˊ）

解釋 慾：慾望；壑：山溝。
慾望像深溝一樣很難填平，形容貪念物欲不能滿足。

出處 清・李寶嘉《文明小史》十二回：「我們的銀錢有限，他們慾壑難填，必至天荊地棘一步難行。」

例句 這幫歹徒的**慾壑難填**，如果任由他們敲榨下去，就算是金山銀山也有花完的一天。

近義 貪多務得；貪得無厭。

反義 一介不取；不忮不求。

十二畫

憤世嫉俗（ㄈㄣˋ ㄕˋ ㄐㄧˊ ㄙㄨˊ）

解釋 憤：憎恨，不滿；世、俗：指當時的社會現狀；嫉：仇恨，痛恨。
對當時的社會現狀不滿，也作「憤世嫉邪」。

出處 唐・韓愈《昌黎先生集・雜說三》：「將憤世嫉邪，長往而不來者之所為乎？」

例句 他自從被人誣諂而丟官之後，便顯得**憤世嫉俗**。

近義 憤時嫉俗；憤世嫉邪。

反義 同流合污；隨俗浮沈；隨波逐流。

十三畫

應有盡有（ㄧㄥ ㄧㄡˇ ㄐㄧㄣˋ ㄧㄡˇ）

解釋 應該有的統統有，形容非常齊全。

出處《宋史．江夷傳》：「人所應有盡有，人所應無盡無者，其江智深乎！」

解析①「應」不讀ㄧㄥˋ。②「應有盡有」可指物，也可指人；「一應俱全」多指物，一般不指人。

例句 近來開設了許多大型的量販店，裏面的物品是包羅萬象、應有盡有。

近義 一應俱全；包羅萬象。

反義 一無所有；空空如也。

應接不暇 ㄧㄥ ㄐㄧㄝ ㄅㄨˋ ㄒㄧㄚˊ

解釋 暇：空閒。原指景物繁多使人來不及欣賞，後來也形容事情很多，使人來不及應付。

出處 南朝．宋．劉義慶《世說新語．言語》：「從山陰道上行，山川自相映發，使人應接不暇。」

解析「應」不可讀成ㄧㄥˋ；「暇」不可寫成「瑕」。

例句 今天是國定假日，店裏的客人川流不息，令人應接不暇。

近義 目不暇接；窮於應付；應接不暇。

反義 一覽無遺；盡收眼底；應付自如；應付裕如。

應對如流 ㄧㄥˋ ㄉㄨㄟˋ ㄖㄨˊ ㄌㄧㄡˊ

解釋 應答像流水一樣，形容人答話非常敏捷、流利。

出處《南史．徐勉傳》：「雖文案填積，坐客充滿，應對如流，手不停筆。」

解析「應」不可讀成ㄧㄥ。

例句 小弟學英文不過短短兩年，已能和外國人應對如流了。

近義 對答如流；應對不窮。

反義 張口結舌；期期艾艾。

十五畫

懲一警百 ㄔㄥˊ ㄧ ㄐㄧㄥˇ ㄅㄞˇ

解釋 懲罰少數人以警戒更多的人。

出處《漢書．尹翁歸傳》：「以一警百。」

例句 校方恐怕是為了懲一警百，才對你做出如此嚴厲的懲罰。

近義 殺一警百；殺雞儆猴。

反義 賞一勸百。

懲忿窒欲 ㄔㄥˊ ㄈㄣˋ ㄓˋ ㄩˋ

解釋 懲：警戒，制止；窒：阻塞，堵死。平息忿怒，克制情慾。

出處《周易．損》：「君子以懲忿窒欲。」

例句 你如果能痛下懲忿窒欲的工夫，往後再遇到困難時便能輕鬆應付了。

懲前毖後 ㄔㄥˊ ㄑㄧㄢˊ ㄅㄧˋ ㄏㄡˋ

解釋 懲：警戒；毖：謹慎。

把以前的錯誤當作教訓，使自己以後能謹慎小心，不再犯類似的錯。

出處 《詩經．周頌．小毖》：「予其懲而毖後患。」

例句 犯錯並不可恥，但要懂得懲前毖後，避免再犯。

近義 前車可鑒；前人失腳，後人把滑。

反義 一誤再誤；重蹈覆轍。

懲羹吹齏（ㄔㄥˊ ㄍㄥ ㄔㄨㄟ ㄐㄧ）

解釋 懲：警戒；羹：五味調和的濃汁，這裏指熱的羹湯；齏：細切的冷食菜肉。

被熱羹湯過的人，心懷戒懼，吃冷食菜肉也要吹一下。比喻遇事小心過甚。

出處 《楚辭．九章．惜誦》：「懲於羹者而吹齏兮，何不變此志也。」

例句 他自從被倒會後，對處理錢財方面的事物便顯得懲羹吹齏。

十六畫

懷瑾握瑜（ㄏㄨㄞˊ ㄐㄧㄣˇ ㄨㄛˋ ㄩˊ）

解釋 瑾、瑜：美玉。

衣裏懷著瑾，手裏拿著瑜。比喻人具有純潔、優美的品德。

出處 《楚辭．九章．懷沙》：「懷瑾握瑜兮，窮不知所示。」

例句 他雖然命運坎坷，一再遭人誣諂，但仍具有懷瑾握瑜的高潔品德。

近義 抱瑜握瑾。

反義 寡廉鮮恥。

懸河瀉水（ㄒㄩㄢˊ ㄏㄜˊ ㄒㄧㄝˋ ㄕㄨㄟˇ）

解釋 像瀑布那樣傾瀉不止。比喻文辭奔放，說話滔滔不絕。

出處 南朝．宋．劉義慶《世說新語．賞譽》：「郭子玄（象）語議如懸河瀉水，注而不竭。」

例句 這位生涯規畫專家果然有其獨特的魅力，說起話來如懸河瀉水般，吸引了滿場觀眾。

近義 口若懸河；滔滔不絕。

反義 張口結舌；期期艾艾。

懸崖勒馬（ㄒㄩㄢˊ ㄧㄞˊ ㄌㄜˋ ㄇㄚˇ）

解釋 勒：收住繮繩，使馬止步。

比喻到了危險的邊緣及時醒悟回頭，也作「臨崖勒馬」。

出處 清．紀昀《閱微草堂筆記》八：「書生懸崖勒馬，可謂大智矣。」

解析 「勒」不能唸成ㄌㄟ。

例句 只要你能懸崖勒馬，恢復正常的生活，我們隨時歡迎你回來。

近義 迷途知返；浪子回頭；幡然悔悟。

反義 至死不悟；怙惡不悛；執迷不悟。

懸壺濟世（ㄒㄩㄢˊ ㄏㄨˊ ㄐㄧˋ ㄕˋ）

解釋 指掛牌行醫以救助世人的苦難。

出處 後漢書的費長房傳中記載：費長房曾做過市場的管理員，市場中有個賣藥的老翁，他在街頭掛了一個壺，等到生意做完了，就跳入壺中。所以後來的人就把行醫稱為「懸壺」。

例句 他從小就立志將來要成為一名懸壺濟世的醫生。

【戈部】

二畫

戎馬倥傯（ㄖㄨㄥˊ ㄇㄚˇ ㄎㄨㄥˇ ㄗㄨㄥˇ）

解釋 戎馬：指軍事；倥傯：繁忙。形容因軍務而四處奔走、忙碌。

出處 清．百一居士《壺天錄》卷上：「然至於戎馬倥傯，大勢已烈，隻手難撐，不得不以一死報國家。」

例句 將軍這幾年由於戎馬倥傯，連過年過節都無法與家人團聚。

近義 軍務倥傯。

反義 偃旗息鼓；解甲歸田。

成人之美（ㄔㄥˊ ㄖㄣˊ ㄓ ㄇㄟˇ）

解釋 指助人成就好事或實現其願望。

出處 《論語．顏淵》：「君子成人之美，不成人之惡。」

例句 他向來寬宏大量，樂於成人之美，這件事託他辦理必定會成功。

近義 助人為樂。

反義 成人之惡；委過於人；嫁禍於人。

成也蕭何，敗也蕭何（ㄔㄥˊ ㄧㄝˇ ㄒㄧㄠ ㄏㄜˊ，ㄅㄞˋ ㄧㄝˇ ㄒㄧㄠ ㄏㄜˊ）

解釋 蕭何：漢高祖劉邦的丞相。成事由於蕭何，壞事也由於蕭何。比喻事情的成敗好壞都由於同一個人。

出處 宋．洪邁《容齋續筆》：「韓信為人告反，呂后欲召，恐其不就。乃與蕭相國謀，紿（ㄉㄞˋ）信入賀，即被誅。信之為大將軍，實蕭何所薦，今其死也，又出其謀。故俚語有『成也蕭何，敗也蕭何』之語。」（紿，誑騙。）

例句 他當初帶領大家打入亞洲市場，如今卻捲款潛逃，使公司一蹶不振，真是「成也蕭何，敗也蕭何」。

成仁取義（ㄔㄥˊ ㄖㄣˊ ㄑㄩˇ ㄧˋ）

解釋 為了實踐仁義而獻出生命。

出處 《論語．衛靈公》：「志士仁人，無求生以害仁，有殺身以成仁。」

例句 他的一生都在為革命事業奮鬥，這種成仁取義的精神，令後人緬懷不已。

近義 殺身成仁；捨身取義。

反義 苟且偷生。

成竹在胸（ㄔㄥˊ ㄓㄨˊ ㄗㄞˋ ㄒㄩㄥ）

解釋 比喻處理事情前心裏已有定

見，也作「胸有成竹」。

出處 蘇軾〈文與可畫篔簹谷偃竹記〉：「畫竹必先得成竹於胸中。」

解析 「成竹在胸」、「心中有數」都有心裏有底的意思，其區別在於：「成竹在胸」強調事前對問題已有解決辦法，而神態鎮定自若；「心中有數」強調對客觀情況已有所了解。

例句 他一副**成竹在胸**的樣子，看來已做了萬全的準備。

近義 心中有數。

成事不足，敗事有餘（ㄔㄥˊ ㄕˋ ㄅㄨˋ ㄗㄨˊ，ㄅㄞˋ ㄕˋ ㄧㄡˇ ㄩˊ）

解釋 不能把事情辦好，反而把事情弄得更壞、更糟。

出處 清·李綠園《歧路燈》一〇五回：「部裏書辦們，成事不足，壞事有餘。」

例句 由於你的介入使得原來快成功的案子被迫取消，你真是「**成事不足，敗事有餘**」。

反義 玉成其事。

成家立業（ㄔㄥˊ ㄐㄧㄚ ㄌㄧˋ ㄧㄝˋ）

解釋 指人建立家庭，並經營、創造事業。

出處 宋·釋普濟《五燈會元·惟素山主》：「問：『牛頭未見四祖時如何？』師曰：『成家立業。』曰：『見後如何？』曰：『立業成家。』」

解析 「成家立業」強調結婚並開創自己的事業；「安家立業」則多指安置家庭並在一個地方長期生活工作。

例句 他在外國求學、生活，現在都已**成家立業**，儼然是一個外國人了。

反義 中饋乏人；中饋猶虛；靡室靡家。

成敗利鈍（ㄔㄥˊ ㄅㄞˋ ㄌㄧˋ ㄉㄨㄣˋ）

解釋 鈍：不鋒利，不順利。指事情的得失順逆。

出處 諸葛亮〈後出師表〉：「臣鞠躬盡瘁，死而後已，至於成敗利鈍，非臣之明所能逆睹也。」

例句 這件事的**成敗利鈍**恐怕得留給後人來評斷了。

三　畫

我行我素（ㄨㄛˇ ㄒㄧㄥˊ ㄨㄛˇ ㄙㄨˋ）

解釋 行：做；素：平素。不管別人怎樣，只按照自己平常的主張去做。

出處 《禮記·中庸》：「君子素其位而行，不願乎其外。」

例句 他雖然才剛被記一支大過，卻依舊**我行我素**，對師長的勸告絲毫不以為意。

近義 依然故我；獨行其是。

反義 一反常態；一改故轍；唯命是從；唯命是聽。

八畫

戟指怒目（ㄐㄧˇ ㄓˇ ㄋㄨˋ ㄇㄨˋ）

解釋 戟指：豎起食指、中指指著人。手指指著人，眼睛睜得大大的，形容盛怒時指責他人的樣子。

例句 當老師知道他的學生在外行竊時，不免戟指怒目，大發雷霆。

十畫

截長補短（ㄐㄧㄝˊ ㄔㄤˊ ㄅㄨˇ ㄉㄨㄢˇ）

解釋 截（絕）：割斷。把長的部分割下來接補短的，比喻截取長處來彌補短處，也作「絕長補短」。

出處 《孟子．滕文公上》：「今滕，絕長補短，將五十里也。」

解析 「長」不讀「拔苗助長」的ㄓㄤˇ。

例句 他們倆一個有耐力，一個有衝勁，一起合作正足以截長補短。

近義 取長補短；捨短用長；裒多益寡。

反義 絕短續長。

截趾適屨（ㄐㄧㄝˊ ㄓˇ ㄕˋ ㄐㄩˋ）

解釋 趾：腳；屨：麻鞋，鞋。割去腳趾來遷就鞋子的大小，比喻一味不合理的遷就湊合，也作「刖趾適屨」。

出處 《後漢書．荀爽傳》：「截趾適屨，孰云其愚。」

例句 為了維持身材你情願挨餓傷身，這簡直是截趾適屨。

近義 殺頭便冠；膠柱鼓瑟。

反義 量體裁衣；隨機應變。

十一畫

戮力同心（ㄌㄨˋ ㄌㄧˋ ㄊㄨㄥˊ ㄒㄧㄣ）

解釋 戮力：努力。同心合力。也作「同心戮力」。

出處 《墨子．尚賢》：「《湯誓》曰：『聿求元聖，與之戮力同心，以治天下。』」

解析 「戮」不讀寫成「戳（ㄔㄨㄛ）」或「截（ㄐㄧㄝˊ）」。

例句 這次班際壁報比賽，全班同學戮力同心，終於奪得了冠軍。

近義 同心協力；齊心合力；齊心協力；團結一致。

反義 各不相謀；各自為政；離心離德。

十二畫

戰戰兢兢（ㄓㄢˋ ㄓㄢˋ ㄐㄧㄥ ㄐㄧㄥ）

解釋 兢兢：小心謹慎的樣子。形容非常畏懼而謹慎的樣子。

出處 《詩經．小雅．小旻》：「戰戰兢兢，如臨深淵，如履薄冰。」

解析 「兢」不可寫成「競」。「兢」不能唸成ㄐㄧㄥˋ。

例句 他是個律己甚嚴的人，工作時總是**戰戰兢兢**，力求完美。

近義 小心翼翼；謹慎小心。

反義 神色自若；臨危不懼；膽大妄為。

十三畫

戴月披星 ㄉㄞˋ ㄩㄝˋ ㄆㄧ ㄒㄧㄥ

解釋 形容早出晚歸，也形容在夜間趕路極為辛勞。也作「披星戴月」。

出處 元．無名氏《鄭月蓮秋夜雲窗夢》第三折：「這其間戴月披星，禁寒受冷。」

例句 他為了趕在月底前交貨，每天**戴月披星**，在工廠與家庭間奔波。

近義 風餐露宿；櫛風沐雨。

反義 好逸惡勞；好吃懶做；無所事事。

戴盆望天 ㄉㄞˋ ㄆㄣˊ ㄨㄤˋ ㄊㄧㄢ

解釋 頭上頂著盆來看天。原為漢代諺語。比喻行為和目的相反。

出處 漢．司馬遷〈報任少卿書〉：「僕以為戴盆何以望天。」

例句 許多候選人極盡諂媚、巴結選民的作法，無異於**戴盆望天**，不但拉攏不了選民，反而會引起反感。

近義 顧此失彼。

反義 公私兼顧；兩全其美。

【戶部】

戶限為穿 ㄏㄨˋ ㄒㄧㄢˋ ㄨㄟˊ ㄔㄨㄢ

解釋 戶限：門檻（ㄎㄢˇ）；穿：透，破。踏破了門檻。形容進出來訪的人很多。

例句 自從他當選市長後，家中每天都賀客盈門，**戶限為穿**。

近義 門庭若市。

反義 門可羅雀。

四畫

所向披靡 ㄙㄨㄛˇ ㄒㄧㄤˋ ㄆㄧ ㄇㄧˇ

解釋 披靡：草木隨風倒伏。比喻潰散。比喻力量所到之處，敵對者紛紛潰散，阻擋不了。

出處 《五代史通俗演義》十回：「晉王躍馬大呼，麾騎衝突，所向披靡。」

解析 「所向披靡」、「所向無敵」都形容力量強大，無往不勝，常可換用，其區別在於：「所向披靡」是比喻性的形容，形容所到之處一切如草木隨風倒伏，無所阻擋；「所向無敵」是直陳性的，表示力量到達之處沒有敵手。

例句 這支去年的冠軍隊伍自參賽以來**所向披靡**，還未嚐過敗績。

近義 所向無敵；所向無前。

反義 望風而逃；潰不成軍。

【手部】

手不釋卷 ㄕㄡˇ ㄅㄨˋ ㄕˋ ㄐㄩㄢˋ

解釋 卷：書籍。手裏的書捨不得放下。形容勤學不倦或看書入迷。

出處 《三國志．吳志．呂蒙傳．注》：「光武當兵馬之務，手不釋卷。」

解析 ①「釋」不可寫成「擇」。②古時候的書，不是裝訂成冊，而是貼成一長篇，兩端有軸，可以捲起來，所以叫做「卷」。③「手不釋卷」和「愛不釋手」都有「不肯放手」的意思。但「愛不釋手」泛指喜愛的各種東西；「手不釋卷」專指愛讀書，手不肯把書放開。

例句 李老先生雖然早已退休，卻仍然手不釋卷，好學不已。

近義 孜孜不倦；韋編三絕；學而不厭；懸梁刺股。

反義 一暴十寒。

手足無措 ㄕㄡˇ ㄗㄨˊ ㄨˊ ㄘㄨㄛˋ

解釋 措：安放。手腳都不知道該放在哪兒好。形容慌張得不知如何是好。

出處 《論語．子路》：「刑罰不中，則民無所措手足。」

解析 ①「措」不可寫成「錯」。②「手足無措」和「束手無策」都有「不知怎麼辦才好」的意思。但「手足無措」偏重於慌亂，多指短暫的情況；「束手無策」偏重於想不出對付的辦法，語意較「手足無措」重。

例句 新來的張先生，第一次上台作簡報時緊張得手足無措、面紅耳赤。

近義 不知所措；手忙腳亂；驚慌失措。

反義 泰然自若；從容不迫；鎮定自若。

手到病除 ㄕㄡˇ ㄉㄠˋ ㄅㄧㄥˋ ㄔㄨˊ

解釋 手一到病就除去了。形容醫術高明，能迅速找到病因予以治療。

出處 《警世通言》三十：「小員外道：『我會醫的是狂病，不願受謝，只要許下成婚，手到病除。』」

例句 王醫師不但醫術精湛，手到病除，難得的是他是一位關心病人的好醫師。

近義 妙手回春；起死回生；藥到病除。

反義 不可救藥；庸醫殺人。

手到擒來 ㄕㄡˇ ㄉㄠˋ ㄑㄧㄣˊ ㄌㄞˊ

解釋 擒：捉。比喻情事情能隨心所欲，毫不費力就成功了。也作「手到拿來」。

出處 《元曲選．康進之〈李逵負荊〉四》：「管教他甕中捉鱉，手到拿來。」

解析 「手到擒來」常可用於指不需多費力就可得到；「唾手可得」常用於東西得來的容易。

例句 他入行二十年，人面極廣，這類的案子對他來說是**手到擒來**。

近義 反掌折枝；易如反掌；唾手可得。

反義 大海撈針。

手無寸鐵 ㄕㄡˇ ㄨˊ ㄘㄨㄣˋ ㄊㄧㄝˇ

解釋 鐵：指武器。形容空著雙手，一點武器都沒有。

出處 《聊齋志異．黃將軍》：「黃怒甚，手無寸鐵，即以兩手握騾足，舉而投之。」

例句 這個集權政府竟對**手無寸鐵**的人民進行血腥鎮壓，引起許多國家同聲譴責。

近義 赤手空拳。

反義 披堅執銳；荷槍實彈。

手舞足蹈 ㄕㄡˇ ㄨˇ ㄗㄨˊ ㄉㄠˋ

解釋 蹈：腳踏地。形容非常高興時不覺手足舞動的樣子。

出處 《孟子．離婁上》：「樂則生矣，生則惡可已也。惡可已，則不知足之蹈之，手之舞之。」

解析 ①「蹈」不解釋成「踐踏」。不可寫成「稻」，不可讀成ㄊㄠ。②「手舞足蹈」和「興高采烈」都有「非常高興」的意思。但「手舞足蹈」重在動作表現，「興高采烈」重在形容心情。

例句 小弟知道全家星期天要去郊遊時，高興得**手舞足蹈**。

近義 欣喜若狂；興高采烈；歡欣鼓舞。

反義 悶悶不樂；愁眉苦臉；鬱鬱寡歡。

才高八斗 ㄘㄞˊ ㄍㄠ ㄅㄚ ㄉㄡˇ

解釋 形容才學淵博，文才很高。

出處 《南史．謝靈運傳》中曾提到：「天下才共一石，曹子健獨得八斗，我得一斗，自古及今共用一斗。」意思是：天下的才氣如果加起來有一石，曹子健一個人就占了八斗，我謝靈運占一斗，從古到今的其他人不過占一斗。

例句 李教授學識淵博，**才高八斗**，每學期都吸引滿堂的學生上他的課。

近義 七步之才；滿腹經綸；學富五車。

反義 才疏學淺；不學無術；胸無點墨。

才疏學淺 ㄘㄞˊ ㄕㄨ ㄒㄩㄝˊ ㄑㄧㄢˇ

解釋 疏：淺薄。謙稱自己的才能、學識都非常空疏淺薄。

出處 《老殘遊記》第六回：「一則深知自己才疏學淺，不稱揄揚。」

解析 「才疏學淺」指學問、才能很淺薄，多用作自謙的客氣話；「目不識丁」指的是沒有學問，不識一字。

例句 他從事法律工作二十年，是這方面的專才，卻一再謙稱自己才疏學淺，不足以擔此重任。

近義 不學無術；志大才疏；粗通文墨。

反義 七步之才；才高八斗；博學多聞；學富五車。

二畫

打家劫舍（ㄉㄚˇ ㄐㄧㄚ ㄐㄧㄝˊ ㄕㄜˋ）

解釋 劫：搶劫；舍：居住的房子。指盜匪搶奪別人財物的行為。

出處 《元曲選．武漢臣〈玉壺春〉四》：「見俫子撅天撲地，不弱如打家劫舍殺人賊。」

例句 在兵荒馬亂的戰爭時期，總有些打家劫舍的盜匪在地方上作亂。

近義 打家劫盜；殺人越貨。

打草驚蛇（ㄉㄚˇ ㄘㄠˇ ㄐㄧㄥ ㄕㄜˊ）

解釋 原來比喻懲罰某人，以警告他人。後多比喻行動不慎密，致使對方有了防備。

出處 段成式《酉陽雜俎》記載：南唐王魯做當塗（今安徽省當塗縣）縣官時，貪贓枉法，搜刮民財。一次，有人控告他手下的主簿（小官）營私舞弊，收人賄賂。王魯判決時說：「汝雖打草，吾已驚蛇。」意思是說，人民雖是控告主簿貪汙，卻已使王魯受驚。

例句 現在最好的做法就是靜觀其變，輕舉妄動只怕會打草驚蛇。

反義 文風不動；紋絲不動。

打鐵趁熱（ㄉㄚˇ ㄊㄧㄝˇ ㄔㄣˋ ㄖㄜˋ）

解釋 趁著鐵燒紅的時候趕緊錘打。比喻趁著有利的時機或條件，趕緊去做。

例句 現在時機正好，我們打鐵趁熱，一舉推出五件新品一定可以再創銷售新高點。

三畫

扣人心弦（ㄎㄡˋ ㄖㄣˊ ㄒㄧㄣ ㄒㄧㄢˊ）

解釋 形容音樂演奏或故事情節令人十分激動。也作「動人心魄」、「動人心弦」。

出處 《儒林外史》第二十四回：「那秦淮到了有月色的時候，越是夜色已深，更有那細吹細唱的船來，淒清委婉，動人心魄。」

解析 「扣人心弦」、「動人心魄」在形容使人十分激動的意義上相同，有時可換用，但「動人心魄」有時可指使人震驚，「扣人心弦」則無此用法。

例句 這部電影拍得唯美動人，扣人心弦，感動了世界各地的觀眾。

近義 扣人心弦；動人心脾；感人肺

腑。

反義 平淡無味；索然寡味。

扣盤捫燭（ㄎㄡˋ ㄆㄢˊ ㄇㄣˊ ㄓㄨˊ）

解釋 扣：敲擊；捫：撫摸。

比喻認識不深、不正確而招致錯誤。

出處 宋．蘇軾〈日喻〉：「生而眇者不識日，問之有目者。或告之曰：日之狀如銅盤。」扣盤而得其聲。他日聞鐘，以為日也。或告之曰：『日之光如燭。』捫燭而得其形。他日揣籥（ㄩㄝˋ），以為日也。」（籥，一種古代管樂器。）

例句 你這種學習方法無異於**扣盤捫燭**，得到的終究不是全面徹底的了解。

四畫

抗塵走俗（ㄎㄤˋ ㄔㄣˊ ㄗㄡˇ ㄙㄨˊ）

解釋 抗：高舉，引申為表現；塵：塵容，塵世的儀容；走：奔走。形容熱中名利，奔走鑽營。

出處 南朝．齊．孔稚圭《北山移文》：「焚芰制而裂荷衣，抗塵容而走俗狀。」

解析 「抗塵走俗」偏重表示庸俗的狀貌；「蠅營狗苟」偏重表示無恥鑽營的手段，程度也更重。

例句 在功利掛帥的社會中，**抗塵走俗**的人多，肯無私付出的人卻少之又少。

近義 奔走鑽營；蠅營狗苟。

反義 奔逸絕塵；超然物外；超塵出俗。

扶危濟困（ㄈㄨˊ ㄨㄟˊ ㄐㄧˋ ㄎㄨㄣˋ）

解釋 扶：幫助，支持；濟：救濟。救濟、幫助處境危急、生活困苦的人。也作「濟困扶危」。

出處 元．王實甫《西廂記》第二本楔子：「則為那善文能武人千里，憑著這濟困扶危書一緘，有勇無慚。」

例句 他是個樂善好施、**扶危濟困**的人，附近的居民大都受過他的幫助。

近義 拯危扶弱；解民倒懸。

反義 乘人之危；趁火打劫；落井下石。

扶搖直上（ㄈㄨˊ ㄧㄠˊ ㄓˊ ㄕㄤˋ）

解釋 扶搖：急遽盤旋而上的旋風。形容急遽、迅速地上升。也可形容人仕途得意，事業發展極快。

出處 《莊子．逍遙遊》：「鵬之徙於南冥也，水擊三千里，摶扶搖而上者九萬里。」

解析 「扶搖直上」和「青雲直上」都有一直上升的意思，但「青雲直上」一般只指職務、地位的上升，「扶搖直上」除此之外還可指數字、數量或其他事物的直線上升，範圍較「青雲直上」大。

例句 他從政以來，勤政愛民，廣受地方百姓的愛戴，官位扶搖直上。

近義 平步青雲；青雲直上。

反義 一落千丈；仕途坎坷。

批亢擣虛（ㄆㄧ ㄎㄤˋ ㄉㄠˇ ㄒㄩ）

解釋 批：用手打；亢：咽喉，比喻要害。

比喻抓住要害，乘虛而入。

出處 《史記．孫子吳起列傳》：「救鬥者不搏撠，批亢擣虛，形格勢禁，則自為解耳。」（撠，以手持戟刺人。）

例句 教練常教導我們以批亢擣虛的手法打敗對手。

批郤導窾（ㄆㄧ ㄒㄧˋ ㄉㄠˇ ㄎㄨㄢˇ）

解釋 批：擊；郤：同「隙」；窾：空。

在骨頭接合處劈開，無骨處就勢分解。比喻處理問題時，善於從關鍵處入手，而能獲得順利解決。

出處 《莊子．養生主》：「批大郤，導大窾。」

例句 這個問題看來是十分複雜棘手，但只要能批郤導窾，就可輕易解決。

折足覆餗（ㄓㄜˊ ㄗㄨˊ ㄈㄨˋ ㄙㄨˋ）

解釋 餗：鼎裏的食物。

意思是鼎足斷了，鼎裏的食物翻掉。比喻力不勝任而致敗事。

出處 《周易．繫辭下》：「《易》曰：『鼎折足，覆公餗，其形渥，凶。』言不勝其任也。」

例句 你派一個新來的生手處理這麼重大的新聞，恐怕會折足覆餗。

近義 舉鼎絕臏。

反義 游刃有餘。

折戟沈沙（ㄓㄜˊ ㄐㄧˇ ㄔㄣˊ ㄕㄚ）

解釋 戟：古代的一種兵器。

戟折斷了埋沒在泥沙裏，成了廢鐵。形容慘重的失敗。

出處 唐．杜牧〈赤壁〉詩：「折戟沈沙鐵未銷，自將磨洗認前朝。東風不與周郎便，銅雀春深鎖二喬。」

例句 這場比賽打得天昏地暗，我方是折戟沈沙、損失慘重。

近義 丟盔棄甲；棄甲曳兵。

折衝尊俎（ㄓㄜˊ ㄔㄨㄥ ㄗㄨㄣ ㄗㄨˇ）

解釋 衝：古時用以衝擊敵城的戰車；折衝：挫敗敵人；尊俎：酒器和放肉的祭器，指宴飲。

原來指在杯酒言歡之間制勝對方。泛指外交談判。

出處 《晏子春秋．雜上》：「不出尊俎之間，而折衝於千里之外。」

例句 他是個談判高手，單槍匹馬就能折衝尊俎。

投其所好（ㄊㄡˊ ㄑㄧˊ ㄙㄨㄛˇ ㄏㄠˋ）

解釋 投：迎合。

迎合他人的好惡，針對別人的喜好去做。

出處 《初刻拍案驚奇》十八：「富翁

見說是丹術，一發投其所好。」

例句 小張為了拉攏客戶，不得不投其所好，陪他打球聊天。

近義 阿諛逢迎。

投桃報李（ㄊㄡˊ ㄊㄠˊ ㄅㄠˋ ㄌㄧˇ）

解釋 比喻彼此間互相贈答和回報。

出處 《詩經．大雅．抑》：「投我以桃，報之以李。」

例句 現在他刻意資助你，將來你也不免得**投桃報李**，好好報答他。

近義 桃來李答；禮尚往來。

反義 水米無交。

投筆從戎（ㄊㄡˊ ㄅㄧˇ ㄘㄨㄥˊ ㄖㄨㄥˊ）

解釋 戎：軍隊。

扔掉筆去參加軍隊。比喻棄文就武。

出處 《漢書．班超傳》記載：東漢時的班超，原來靠給官府抄寫維持生活。有一次，他把筆扔在地上，嘆氣說：「大丈夫應該到邊疆去建立功業，怎麼能老是這樣埋頭於筆墨生涯呢！」

解析 「戎」不可寫成「戒」、「戍」。「從」不讀「從容」的ㄘㄨㄥ。

例句 國難當頭，許多青年紛紛**投筆從戎**，志願上前線。

近義 棄文就武。

反義 偃武修文。

投閒置散（ㄊㄡˊ ㄒㄧㄢˊ ㄓˋ ㄙㄢˇ）

解釋 投、置：放。

指放在閒散的位置，擔任不重要的工作。

出處 唐．韓愈《昌黎先生集．進學解》：「投閒置散，乃分（ㄈㄣˋ）之宜。」（分，本分。宜，應該。）

例句 他雖有滿腔的抱負，但因得罪了上司而被**投閒置散**，所以一直鬱鬱寡歡。

投鼠忌器（ㄊㄡˊ ㄕㄨˇ ㄐㄧˋ ㄑㄧˋ）

解釋 要用東西投擲老鼠，又恐怕砸碎了老鼠附近的器物。比喻做事時有所顧忌，怕得罪或傷害第三者而不敢放手做。

出處 《漢書．賈誼傳》：「里諺曰：『欲投鼠而忌器。』此善喻也。鼠近於器，尚憚不投，恐傷其器，況於貴臣之近主乎！」

解析 「忌」上從「己」，不可寫成「已」或「巳」。

例句 大家雖看不慣他的作風，但因他有個縣長父親，**投鼠忌器**，誰也不敢得罪他。

近義 畏首畏尾；踟躕不前。

反義 大刀闊斧；當機立斷；肆無忌憚。

投機取巧（ㄊㄡˊ ㄐㄧ ㄑㄩˇ ㄑㄧㄠˇ）

解釋 迎合時機，用不正當的手段謀求個人的私利。

出處 《莊子．天地》：「功利機巧。」

例句 他平日處處投機取巧、占人便宜，沒想到這次竟也上當受騙，吃了大虧。

投鞭斷流 ㄊㄡˊ ㄅㄧㄢ ㄉㄨㄢˋ ㄌㄧㄡˊ

解釋 把所有的馬鞭丟在江裏，可以截斷水流。形容軍隊人多勢眾或兵力強大。

出處 《晉書．載記第十三．苻堅》記載：前秦的苻堅在帶兵攻打東晉王朝時驕傲地說：「以吾之眾旅，投鞭於江，足斷其流。」

例句 我方人數眾多足以投鞭斷流，敵方見狀莫不棄械投降。

抓耳撓腮 ㄓㄨㄚ ㄦˇ ㄋㄠˊ ㄙㄞ

解釋 形容焦急、忙亂或苦悶而又無法可施的樣子。

出處 《西遊記》第二回：「孫悟空在旁聞講，喜得他抓耳撓腮，眉花眼笑。」

例句 他為了約心儀的王小姐一起吃晚餐，已經抓耳撓腮、腸枯思竭了一下午。

抑揚頓挫 ㄧˋ ㄧㄤˊ ㄉㄨㄣˋ ㄘㄨㄛˋ

解釋 抑揚：降低和升高；頓挫：停頓和轉折。形容音樂的旋律或語調高低變化多端、曲折優美。

出處 宋．張戒《歲寒堂詩話》卷上：「而子建（曹植）詩，委婉之情，灑落之韻，抑揚頓挫之氣，固不可以優劣論也。」

例句 這位廣播員的語調抑揚頓挫，聽來十分悅耳。

承先啟後 ㄔㄥˊ ㄒㄧㄢ ㄑㄧˇ ㄏㄡˋ

解釋 承受前人的遺教，開創未來的事業。多指事業、學問等方面。

出處 《兒女英雄傳》第三十六回：「此後這副承前啟後的千斤擔兒好不輕鬆爽快。」

解析 「承先啟後」①和「承上啟下」的意義相近，但「承先啟後」多指繼承過去，開展未來的事業，而「承上啟下」多指文章中前後文意的銜接關係。②不要把「啟」寫成「起」。

例句 他自知擔任著承先啟後的角色，所以一直兢兢業業不敢怠惰。

近義 承上啟下；繼往開來。

五畫

拒諫飾非 ㄐㄩˋ ㄐㄧㄢˋ ㄕˋ ㄈㄟ

解釋 諫：勸告，古時指規勸君主；飾：掩飾，遮掩；非：錯誤。拒絕別人善意的勸告，反而用花言巧語掩飾自己的錯誤。

出處 《荀子．成相》：「拒諫飾非，愚而上同，國必禍。」（上同，苟且地迎合在上者的意見。）

例句 為了使自己的技術更加精進，你應該廣納眾人的意見，拒諫飾非只會讓你停滯不前。

近義 諱疾忌醫。

反義 納諫如流；從諫如流。

招兵買馬 ㄓㄠ ㄅㄧㄥ ㄇㄞˇ ㄇㄚˇ

解釋 從各方面招攬兵源，購買馬匹，以擴充組織的武裝力量，也作「招軍買馬」。

出處 元．高文秀《劉玄德獨赴襄陽會》第一折：「依著憑兄弟，則在古城積草屯糧，招軍買馬。」

解析 「招兵買馬」指招收願意參加自己一方的人以擴大自己的力量；「招降納叛」指招收敵方投降、叛變的人來擴大自己的勢力。

例句 為了成立一支球隊，他四處**招兵買馬**，尋找選手。

近義 招降納叛。

招搖過市 ㄓㄠ ㄧㄠˊ ㄍㄨㄛˋ ㄕˋ

解釋 招搖：故意炫耀自己，引起別人注意。做事虛張聲勢或賣弄風情，以引起別人的注意。

出處 《史記．孔子世家》：「（衛）靈公與夫人同車，宦者雍渠參乘，出，使孔子為次乘，招搖市過之。」

解析 「招搖過市」指虛張聲勢、炫耀自己以引人注意；「白日衣繡」、「衣繡晝行」指故意炫耀自己的富貴。

例句 這支勇奪年度總冠軍的隊伍，沿街敲鑼打鼓，**招搖過市**。

近義 白日衣繡；衣繡晝行；嘩眾取寵。

反義 深藏若虛；韜光養晦。

招搖撞騙 ㄓㄠ ㄧㄠˊ ㄓㄨㄤˋ ㄆㄧㄢˋ

解釋 招搖：故意炫耀自己，引起別人注意。假借他人名義，進行欺詐、矇騙以誘取財物。

出處 《清會典事例．刑部吏律職制》：「學臣應用員役，儻有招搖撞騙及受賄傳遞等弊，提調不行訪拿究治者，亦交部議處。」

例句 近來有許多金光黨利用人性的弱點**招搖撞騙**，大家千萬要小心。

近義 抗塵走俗；欺世盜名。

招權納賄 ㄓㄠ ㄑㄩㄢˊ ㄋㄚˋ ㄏㄨㄟˋ

解釋 招權：弄權，攬權；納賄：接受賄賂。指奸臣只知竊取職權，接受賄賂。

出處 《漢書．季布傳》：「辯士曹丘生數招權顧金錢。」

例句 許多貪官污吏早把妻小送到國外，一個人在國內**招權納賄**，令人不恥。

近義 貪贓枉法。

反義 兩袖清風；廉潔奉公；弊絕風清。

披沙揀金 ㄆㄧ ㄕㄚ ㄐㄧㄢˇ ㄐㄧㄣ

解釋 披：撥開，分開。從大量的事物中細心挑選，去粗存精。

出處 唐．劉知幾《史通．直書》：「然則歷考前史，徵諸直詞，雖古人糟粕，真偽相亂，而披沙揀金，有時獲寶。」

例句 人事室的同仁們為了招募新人，近來正忙著從龐大的應徵函中披沙揀金。

近義 去偽存真；沙裏掏金。

反義 兼收並蓄。

披星戴月 ㄆㄧ ㄒㄧㄥ ㄉㄞˋ ㄩㄝˋ

解釋 披：覆蓋。戴：頭上頂著。形容早出晚歸，非常辛苦。

出處 唐．呂岩〈七言絕句〉：「擊劍夜深歸甚處，披星戴月折麒麟。」

解析 ①「戴」不可寫成「載」。②「披星戴月」與「櫛風沐雨」都有辛勞的意思，但辛苦的方式不同。前者是早出晚歸的辛勞，後者是在野外奔走、風吹雨打的辛勞。

例句 他半工半讀，天天披星戴月地往來奔波，但他絲毫不以為苦。

近義 風餐露宿；櫛風沐雨。

反義 好吃懶做；好逸惡勞；無所事事。

披肝瀝膽 ㄆㄧ ㄍㄢ ㄌㄧˋ ㄉㄢˇ

解釋 披：打開；瀝：滴下。比喻對人對事竭誠盡心，非常忠誠。

出處 宋．司馬光《司馬文正公集．上體要疏》：「雖訪問所不及，猶將披肝瀝膽，以效其區區之忠。」

例句 他為了公司披肝瀝膽，奉獻了所有的心力，現在卻遭人誣陷，令他萬念俱灰。

近義 赤膽忠心；肝腦塗地；肝膽相照。

反義 虛情假義；鉤心鬥角；爾虞我詐。

披荊斬棘 ㄆㄧ ㄐㄧㄥ ㄓㄢˇ ㄐㄧˊ

解釋 披：分開；斬：割斷；荊、棘：叢生的多刺植物。比喻在創業過程中清除障礙，克服重重困難。

出處 《後漢書．馮異傳》：「異朝京師引見，帝謂公卿曰：『是我起兵時主簿也，為吾披荊棘，定關中。』」

解析 ①「披」不解釋成「覆蓋」（如「披星戴月」）或「披露」（如「披肝瀝膽」）。②「棘」左右都是「朿」不要寫成「束」。

例句 這間公司是他披荊斬棘，一手創辦而成的，所以他對公司有著深厚而不為人知的感情。

近義 涉危履險。

披堅執銳 ㄆㄧ ㄐㄧㄢ ㄓˊ ㄖㄨㄟˋ

解釋 堅：指堅固的護身衣；銳：指兵器。身上穿著堅固的盔甲，手上拿著鋒利的武器。

出處 《戰國策．楚策》：「吾披堅執銳，赴強敵而死，此猶一卒也，不若奔諸侯。」

例句 近來情勢緊張，雙方軍隊都**披堅執銳**，隨時準備放手一搏。

近義 披甲執戟；荷槍實彈；擐甲執兵。

反義 手無寸鐵；赤手空拳；解甲釋兵。

拔刀相助 ㄅㄚˊ ㄉㄠ ㄒㄧㄤ ㄓㄨˋ

解釋 形容見義勇為，幫助被欺負的弱者。

出處 《元曲選．馬致遠〈陳摶高臥〉》：「每縱酒，路見不平，拔刀相助。」

解析 「拔刀相助」和「見義勇為」都形容幫助人的正義行動。「拔刀相助」重在用武力幫助被欺負的人；「見義勇為」則指以各種方式從事正義的行為活動，不單指武力。

例句 當時多虧你**拔刀相助**，才能順利將肉票救出。

近義 見義勇為。

反義 見死不救；坐視不管；袖手旁觀。

拔山扛鼎 ㄅㄚˊ ㄕㄢ ㄍㄤ ㄉㄧㄥˇ

解釋 無論拔山舉鼎都毫無困難，形容力氣極大。

出處 《史記．項羽本紀》：「籍長八尺餘，力能扛鼎。」又：「項王乃悲歌慷慨，自為詩曰：『力拔山兮氣蓋世……。』」

例句 這位奧運舉重金牌選手是位**拔山扛鼎**、力大無窮的勇士。

拔本塞源 ㄅㄚˊ ㄅㄣˇ ㄙㄜˋ ㄩㄢˊ

解釋 本：樹根；源：水源。拔出樹的根，堵塞水的源頭。比喻捨棄事物的根本源頭。

出處 《左傳．昭公九年》：「伯父若裂冠毀冕，拔本塞源，專棄謀主，雖戎狄其何有餘一人？」（伯父，稱晉平公。）

例句 如果將中國文化教材自基礎課程中刪去，無異於**拔本塞源**，將使中國文化逐漸消失。

拔來報往 ㄅㄚˊ ㄌㄞˊ ㄅㄠˋ ㄨㄤˇ

解釋 拔、報（通「赴」）：迅速。匆匆地跑來，又急促地跑去。指往來頻繁。

出處 《禮記．少儀》：「毋拔來，毋報往。」

解析 「拔」不能解釋為「拔除」。

例句 為了搶播最新的開票結果，許多新聞記者**拔來報往**，疲於奔命。

拔茅連茹 ㄅㄚˊ ㄇㄠˊ ㄌㄧㄢˊ ㄖㄨˊ

解釋 茅：白茅，一種多年生的草；茹：植物根部互相牽連的樣子。比喻古代賢人互相引薦，拔擢一個人就可以引進許多人。

出處 《周易．泰》：「拔茅茹以其匯。」王弼注：「茅之為物，拔其根而相牽引者也。茹，相牽引之貌。」

例句 公司錄用你的目的，就是希望能拔茅連茹，藉你引進更多的新人。

拔犀擢象（ㄅㄚˊ ㄒㄧ ㄓㄨㄛˊ ㄒㄧㄤˋ）

解釋 犀、象：都是巨獸，比喻不同一般的人物；擢：拔，提拔。比喻提拔傑出的人材。

出處 宋．王洋《東牟集．與丞相論鄭武子狀》：「敕局數人，其間固有拔犀擢象見稱一時者，然而析理精微，旁通注意，鮮如克。」（克，即鄭武子。）

例句 他的眼光獨到，向來能拔犀擢象，至今已培育出許多優秀的人才。

拔幟易幟（ㄅㄚˊ ㄓˋ ㄧˋ ㄓˋ）

解釋 幟：旗子；易：變換。拔去別人的旗子，換上自己的。比喻取而代之。

出處 《史記．淮陰侯列傳》記載：韓信率領漢軍攻打趙國，作戰前，安排了兩千人埋伏在趙軍附近，交戰後，漢軍假裝敗退，引出趙軍全部出來追擊，這時埋伏的漢軍就占據了趙軍的營壘，拔去趙軍的旗子，插上漢軍的旗子。趙軍回來時，以為趙軍的將領全部被捉了，頓時全部潰亂。

例句 經過這次縣市長選舉後，許多地方都拔幟易幟選出了新的縣市長。

拔樹尋根（ㄅㄚˊ ㄕㄨˋ ㄒㄩㄣˊ ㄍㄣ）

解釋 比喻追根究柢。

出處 《孤本元明雜劇．無名氏〈涇奔記〉二》：「我恰待饒舌調脣，怎當他拔樹尋根。」

例句 這次颱風帶來十分嚴重的災情，我們得拔樹尋根找出原因來。

拋磚引玉（ㄆㄠ ㄓㄨㄢ ㄧㄣˇ ㄩˋ）

解釋 拋出磚去，引回玉來。比喻自己先後發表粗淺的意見或文章，目的在於引出別人的高見或佳作，表示謙虛。

出處 《景德傳燈錄．從諗禪師》：「比來拋磚引玉，卻引得一箇墼子。」

解析 「引」不可解釋成「引用」（如「引經據點」）、「拉、拉弓」（如「引而不發」、「引車賣漿」）或「惹」（如「引火燒身」）。

例句 李老先生率先捐出自己的積蓄，希望能拋磚引玉促使大家踴躍捐款。

近義 引玉之磚。

拋頭露面（ㄆㄠ ㄊㄡˊ ㄌㄨˋ ㄇㄧㄢˋ）

解釋 拋：暴露。舊指婦女出現在大庭廣眾之中（傳統道德認為是不體面的事），現指人公開露面。

出處　明．許仲琳《封神演義》三十二回：「他是女流，倘被朝廷拿問，露面拋頭，武成王體面何在。」

解析　「拋」不解釋成「扔、投擲」。

例句　現在有許多職業婦女都能在工作上獨當一面，比起從前不得**拋頭露面**的時代要自由多了。

反義　足不出戶；深居簡出；隱姓埋名。

拈花惹草（ㄋㄧㄢˇ ㄏㄨㄚ ㄖㄜˇ ㄘㄠˇ）

解釋　拈：用手指拿東西。花、草：這裏用來比喻女子。惹：沾染，引起。比喻男子到處留情，勾引女性。

出處　《紅樓夢》二十一回：「今年纔二十歲，也有幾分人材，又兼生情輕薄，最喜拈花惹草。」

例句　他常在外**拈花惹草**，你最好經過慎重考慮再和他交往。

抽薪止沸（ㄔㄡ ㄒㄧㄣ ㄓˇ ㄈㄟˋ）

解釋　抽去鍋下的柴草使鍋裏的開水不再沸騰。比喻從根本上解決問題。

出處　北齊．魏收〈為侯景叛移梁朝文〉：「抽薪止沸，剪草除根。」

例句　這件工程弊端叢生，想要改善恐怕得**抽薪止沸**，從根本上做起了。

近義　釜底抽薪；斬草除根；趕盡殺絕。

反義　揚湯止沸；擔雪塞井。

拍案叫絕（ㄆㄞ ㄢˋ ㄐㄧㄠˋ ㄐㄩㄝˊ）

解釋　案：桌子；絕：獨一無二。拍桌叫好。形容非常讚賞。

出處　《紅樓夢》七十回：「眾人拍案叫絕，都說『果然翻得好！自然這首為尊。』」

解析　「拍案叫絕」、「讚不絕口」都表示很稱讚的意思，其區別在於：「拍案叫絕」的對象一般為詩文、言論和人的做法；「讚不絕口」除此以外，還可用於人、物等。應用範圍較廣。

例句　這部電影的結尾真是神來之筆，令人**拍案叫絕**。

近義　拍案稱奇；擊節嘆賞；讚不絕口。

抵掌而談（ㄓˇ ㄓㄤˇ ㄦˊ ㄊㄢˊ）

解釋　抵掌：擊掌，鼓掌。形容毫無拘束、非常融洽地暢所欲言。

出處　《戰國策．秦策一》：「見說趙王於華屋之下，抵掌而談。」

解析　①「抵」，讀ㄓˇ，不讀ㄉㄢˇ。②「抵掌而談」一般指兩人對談，而「暢所欲言」多指在集體場合發表談論。

例句　他們倆第一次見面便一見如故，**抵掌而談**一直到深夜。

近義　暢所欲言。

反義 守口如瓶。

抱殘守缺 ㄅㄠˋ ㄘㄢˊ ㄕㄡˇ ㄑㄩㄝ

解釋 原來比喻泥古守舊。現在多比喻過於保守，不肯接受新事物。也作「保殘守缺」。

出處 清．顧炎武《國朝漢學師承記》：「二君以瑰異之質，負經世之才……豈若抱殘守缺之俗儒，尋章摘句之世士也哉！」

解析 「抱殘守缺」偏重在守舊方面，多指不願放棄舊的，不肯接受新的；「故步自封」偏重安於現狀，不事進取，不求進步；「因循守舊」則重在遵守舊的一套，不肯革新。

例句 現代的社會競爭如此激烈，你一味地抱殘守缺，很快就會被淘汰的。

近義 因循守舊；故步自封；墨守成規。

反義 不主故常；革故鼎新；推陳出新；標新立異。

抱頭鼠竄 ㄅㄠˋ ㄊㄡˊ ㄕㄨˇ ㄘㄨㄢˋ

解釋 抱著頭像老鼠亂竄一樣地倉皇逃跑，現多形容人狼狽逃走的樣子。

出處 宋．蘇軾〈代侯公說項羽辭〉：「夫陸賈，天下之辯士，吾前日遣之，智窮辭屈，抱頭鼠竄。」

解析 「抱頭鼠竄」重在形容逃跑時的狼狽相，含貶義；「逃之夭夭」重在表示逃得不知去向，含詼諧意味。

例句 警察一來，這群在街頭打架鬧事的混混，立刻抱頭鼠竄。

近義 逃之夭夭；狼奔鼠竄；捧頭鼠竄；落荒而逃。

反義 得勝回朝；凱旋而歸。

抱薪救火 ㄅㄠˋ ㄒㄧㄣ ㄐㄧㄡˋ ㄏㄨㄛˇ

解釋 薪：柴。比喻用錯誤的方法解決問題，反而使問題愈來愈糟，也作「負薪救火」。

出處 《戰國策．魏策三》：「以地事秦，譬猶抱薪而救火也，薪不盡則火不止。」

解析 「抱薪救火」與「火上加油」都有「使火更加擴大」的意思，但「抱薪救火」重在「方法錯誤」，往往用於「不自覺」，使用的範圍較廣；「火上加油」重在「增加」與「助長」，往往指「故意的」，多用來形容「增加別人的憤怒和促使事態擴大」。

例句 晉用外國與年輕球員來解決職棒球員不足的問題，無異於抱薪救火，只會使問題愈來愈嚴重。

近義 以火救火；揚湯止沸；潑油救火。

反義 未雨綢繆；曲突徙薪；釜底抽薪。

抱關擊柝 ㄅㄠˋ ㄍㄨㄢ ㄐㄧ ㄊㄨㄛˋ

解釋 抱關：守關的人；擊柝：敲梆巡夜的人。

比喻地位低微的小官。

出處 《孟子．萬章下》：「辭尊居卑，辭富居貧，惡乎宜乎？抱關擊柝。」

解析 「柝」不能唸成ㄔㄞ。

例句 他看多了官場上的黑暗與醜陋，寧願待在鄉下做個**抱關擊柝**的小官。

拖泥帶水 ㄊㄨㄛ ㄋㄧˊ ㄉㄞˋ ㄕㄨㄟˇ

解釋 比喻做事不乾脆俐落或說話、寫文章不簡潔。

出處 宋．嚴羽《滄浪詩話．詩法》：「語貴灑脫，不可拖泥帶水。」

例句 他乾脆俐落、不**拖泥帶水**的工作態度，很快就贏得了長官的器重。

近義 牽絲攀藤；繁冗拖沓。

反義 言簡意賅；乾脆俐落；簡明扼要。

六畫

按兵不動 ㄢˋ ㄅㄧㄥ ㄅㄨˋ ㄉㄨㄥˋ

解釋 按兵：也作「案兵」，停兵不進。

原指作戰時暫不行動，以觀察情勢，也指做事時暫不行動以觀察變化。

出處 《武備志》：「儂志高守邕州，狄青懼崙崙關險阨為所據，乃按兵不動。」

例句 情勢已十分危急，將軍卻依然**按兵不動**，不知有何妙計。

近義 按甲不出；案甲休兵。

反義 傾巢出動；聞風而動；聞風而起。

按部就班 ㄢˋ ㄅㄨˋ ㄐㄧㄡˋ ㄅㄢ

解釋 部、班：門類，次序；就：歸於。

原指寫文章時結構安排得當。後形容做事按照一定的條理，遵循一定的順序。

出處 《文選．陸機〈文賦〉》：「然後選義按部，考辭就班。」

解析 ①「部」不能寫成「步」。②「按部就班」和「循序漸進」都有按照一定的步驟、程序而進行的意思；但「按部就班」多強調工作、計畫有條理，「循序漸進」則強調學習、訓練能逐步漸進。

例句 如果你能依照書上的方法，**按部就班**地練習，相信很快就能學會。

近義 循序漸進；循規蹈矩。

反義 一步登天；不主故常；越次超倫。

按圖索驥 ㄢˋ ㄊㄨˊ ㄙㄨㄛˇ ㄐㄧˋ

解釋 索：尋找；驥：良馬。

依畫好的圖樣尋求好馬。比喻辦事拘泥於舊法，現指按照資料、線索去尋找事物。

出處 明．楊慎《藝林伐山》記載：春秋時秦國孫陽（即伯樂）善於識別好馬，他寫了一部《相馬經》，書中畫了各種好馬的圖像，供人們參考。書中曾說千里馬的主要特徵是高腦門、大眼睛，伯樂的兒子拿著《相馬經》去尋找千里馬，看見一隻癩蛤蟆就捉回來，對父親說：「我找到了一匹好馬，和你書上說的差不多。」伯樂又好氣又好笑，就對兒子說：「這匹馬很會跳，可是不能騎啊！」

解析 「按圖索驥」重在死守成規，拘泥教條；「刻舟求劍」重在不知隨著變化的形式而變化；「守株待兔」重在死守狹隘的經驗；「膠柱鼓瑟」重在自我束縛，不能動彈。

例句 這張說明書的指示十分清楚，我們只要按圖索驥就能把所有的東西準備齊全。

近義 刻舟求劍；按部就班；率由就章；膠柱鼓瑟。

反義 見機行事；隨機應變。

拭目以待（ㄕˋ ㄇㄨˋ ㄧˇ ㄉㄞˋ）

解釋 拭目：擦眼睛。擦亮了眼睛等待著。形容期望十分殷切或確信某件事情會出現。

出處 《三國演義》第四十三回：「朝廷舊臣，山林隱士，無不拭目而待。」

解析 「拭」不可寫成「試」。

例句 這部即將上演的電影勇奪了七項奧斯卡金像獎，影迷們早就拭目以待了。

近義 拭目以觀；翹足引領。

持之有故，言之成理（ㄔˊ ㄓ ㄧㄡˇ ㄍㄨˋ，ㄧㄢˊ ㄓ ㄔㄥˊ ㄌㄧˇ）

解釋 故：根據。無論見解、意見都是有根據的。

出處 《荀子．非十二子》：「然而其持之有故，其言之成理。」

例句 他的這番見解是持之有故，言之成理，在場人士無不點頭稱是。

近義 有憑有據；鑿鑿有據。

反義 空口無憑；信口開河。

持平之論（ㄔˊ ㄆㄧㄥˊ ㄓ ㄌㄨㄣˋ）

解釋 形容言論公平、公正。

出處 《漢書．杜周傳》：「延年論議持平，合和朝廷，皆此類也。」

例句 他的這一番話雖然沒有切中要害，但倒也不失為持平之論。

持盈保泰（ㄔˊ ㄧㄥˊ ㄅㄠˇ ㄊㄞˋ）

解釋 盈：盛滿；泰：平安。指在富貴極盛時告誡自己要謹慎保持既有的成果。

出處 《晉書．樂志》：「攬英雄，保持盈。」

例句 他非常懂得持盈保泰的道理，才能使自己的公司歷久不衰。

指不勝屈（ㄓˇ ㄅㄨˋ ㄕㄥ ㄑㄩ）

解釋 指：手指頭；屈：彎曲。

形容數量很多，數都數不完。

出處 清．袁枚《小倉山房文集．與孫俌（ㄈㄨˇ）之秀才書》：「凡此之類，指不勝屈。」

例句 他雖不承認犯案，但出面指認他的人卻是**指不勝屈**，由不得他狡辯。

近義 不可勝數；恆河沙數；數不勝數。

反義 屈指可數；寥寥無幾；寥寥可數。

指手畫腳 ㄓˇ ㄕㄡˇ ㄏㄨㄚˋ ㄐㄧㄠˇ

解釋 說話時手腳比畫、舞動的樣子。形容說話放肆或得意忘形的樣子。現在多用來形容亂加指點、批評的樣子。

出處 《水滸傳》第十四回：「劉唐大怒，拍著胸前叫道：『不怕，不怕！』便趕上來。這邊雷橫便指手畫腳也趕攏來。」

例句 他自以為有見地在會場上**指手畫腳**，殊不知更加暴露了自己的無知。

近義 比手畫腳；評頭論足；頤指氣使。

反義 斂手束腳；謹言慎行。

指日可待 ㄓˇ ㄖˋ ㄎㄜˇ ㄉㄞˋ

解釋 指日：規定日期，即日。形容一件事情即日可以實現，為期不遠了。

出處 諸葛亮〈出師表〉：「漢室之隆，可計日而待也。」

例句 他年紀輕輕就有如此精湛的球技，想必當上國手的日子也是**指日可待**。

近義 計日而待；為期不遠。

反義 俟河之清；遙遙無期；曠日持久。

指桑罵槐 ㄓˇ ㄙㄤ ㄇㄚˋ ㄏㄨㄞˊ

解釋 指著桑樹罵槐樹。比喻不從正面而借指其他方面來影射罵人。

出處 《紅樓夢》第十六回：「偏一點兒，他們就指桑罵槐的抱怨。」

例句 他有滿腹的怨氣又不敢得罪客戶，只得**指桑罵槐**自己宣洩一番。

近義 指東罵西；旁敲側擊；借題發揮。

反義 心直口快；直言不諱；開門見山。

指鹿為馬 ㄓˇ ㄌㄨˋ ㄨㄟˊ ㄇㄚˇ

解釋 比喻顛倒黑白，混淆是非。

出處 《史記．秦二世紀》記載：秦二世時，丞相趙高陰謀篡奪王位，但又怕群臣不服，所以先來測驗一下。他把一隻鹿獻給秦二世，並說這是馬。秦二世笑著說：「丞相弄錯了，把鹿說成了馬。」趙高就問左右大臣，有的不說話；有的為了討好趙高，便說是馬；有的說是鹿。事後，趙高就在暗中把說鹿的人殺了。

例句 這些禍國殃民的官員，為圖一己的利私，不惜指鹿為馬，顛倒是非。

近義 指黑為白；混淆是非；顛倒是非。

反義 是非分明；涇渭分明；循名責實。

指揮若定（ㄓˇ ㄏㄨㄟ ㄖㄨㄛˋ ㄉㄧㄥˋ）

解釋 若：如；定：定局。形容作戰時指揮調度的神態從容鎮定。

出處 唐．杜甫〈詠懷古跡〉詩之五：「伯仲之間見伊呂，指揮若定失蕭曹。」

例句 他雖然只是代總教練，不過他在場上指揮若定的架勢，已經令人留下深刻的印象。

近義 穩操左券；穩操勝券；穩操勝算。

反義 瞎子摸象。

指腹為婚（ㄓˇ ㄈㄨˋ ㄨㄟˊ ㄏㄨㄣ）

解釋 舊時雙方父母為腹中胎兒訂定婚約。

出處 《魏書．王寶興傳》：「尚書盧遐妻，崔浩女也。初寶興母與遐妻俱孕，浩謂曰：『汝等將來所生，皆我之自出，可指腹為親。』」

例句 舊時指腹為婚的陋習，造成了許多不美滿又不可抗拒的婚姻。

近義 指腹為親。

括囊守祿（ㄍㄨㄚ ㄋㄤˊ ㄕㄡˇ ㄌㄨˋ）

解釋 括囊：緊閉袋口，比喻不輕易說話；祿：官俸。說話謹慎以保住官位。

出處 《周易．坤》：「六四，括囊，無咎無譽。」

例句 這位市長向來謹守括囊守祿的原則，從不輕易發表意見以免得罪任何一人。

拾人牙慧（ㄕˊ ㄖㄣˊ ㄧㄚˊ ㄏㄨㄟˋ）

解釋 拾：揀取；牙慧：別人說過的話。比喻抄襲別人的意見、文字或言語。

出處 《世說新語．文學篇》：「殷中軍浩云：『康伯未得我牙後慧。』」

解析 「人云亦云」、「拾人牙慧」常用來指創作或研究沒有新見解；「隨聲附和」、「鸚鵡學舌」則沒有這種用法。

例句 這篇論文全都是拾人牙慧，毫無創見，根本不值得一讀。

近義 拾人涕唾；拾人牙後；鸚鵡學舌。

反義 自出胸臆；自出機杼；別出心裁；獨闢蹊徑。

拾人涕唾（ㄕˊ ㄖㄣˊ ㄊㄧˋ ㄊㄨㄛˋ）

解釋 比喻抄襲、重複別人的言論或意見。

出處 宋．嚴羽《滄浪詩話．答吳景仙書》：「僕之《詩辨》……是自家閉門鑿破此片田地，即非傍人籬壁拾人涕唾得來者。」

解析　「拾人涕唾」比喻抄襲別人的意見；「人云亦云」指附和別人說的話。

例句　如果你一直拾人涕唾，毫無自己的創意、風格，恐怕永遠做不了獨當一面的設計師。

近義　人云亦云；拾人牙慧；拾人牙後。

反義　自出機杼；別出心裁；獨樹一幟；獨闢蹊徑。

拾金不昧（ㄕˊ ㄐㄧㄣ ㄅㄨˋ ㄇㄟˋ）

解釋　金：原指金錢，現泛指貴重物品；昧：隱藏。撿到他人的財物時，不隱藏起來，設法交還原主。

出處　清・李綠園《歧路燈》百八回：「把家人名分扯倒，又表其拾金不昧。」

解析　「拾金不昧」指撿到他人的財物不據為己有，強調人的品德好；「路不拾遺」指路上丟失的東西無人拾取占為己有，形容社會風氣好。

例句　這位拾金不昧的計程車司機，不但送回所有的珠寶，還拒絕了失主的酬金，真是令人佩服。

近義　路不拾遺。

反義　見錢眼開；見財起意；監守自盜。

挑雪填井（ㄊㄧㄠ ㄒㄩㄝˇ ㄊㄧㄢˊ ㄐㄧㄥˇ）

解釋　比喻白費力氣，徒勞無功。

出處　唐・顧況〈行路難三首〉：「君不見擔雪塞井空用力，炊沙作飯豈堪吃！」

例句　你的學習方法錯誤，無異於挑雪填井，再怎麼努力練習，也是白費力氣。

挑撥離間（ㄊㄧㄠˇ ㄅㄛ ㄌㄧˊ ㄐㄧㄢˋ）

解釋　挑撥：引動，挑逗；離間：拆散，隔開。從中搬弄是非，挑起爭端，使別人相互有意見，不和睦。

解析　「間」不能唸成ㄐㄧㄢ。

例句　雖然不斷有人從中挑撥離間，但他們對彼此堅定的互信，使他們的關係絲毫不受影響。

近義　挑撥是非；搬弄是非。

反義　息事寧人；排難解紛。

拳拳服膺（ㄑㄩㄢˊ ㄑㄩㄢˊ ㄈㄨˊ ㄧㄥ）

解釋　拳拳：牢牢抓住的樣子，引申為誠懇、深切；膺：胸。牢牢地謹記在心中，盡力持守，不使失去。

出處　《禮記・中庸》：「得一善則拳拳服膺而弗失之矣。」

例句　新進的小張一直把教練對他的教誨拳拳服膺，所以進步得很快。

七畫

振振有辭（ㄓㄣ ㄓㄣ ㄧㄡˇ ㄘˊ）

解釋 振振：理直氣壯的樣子。
理直氣壯地辯個不停。

出處 《左傳．僖公五年》：「均服振振，取虢之旂。」（均服，戎衣。虢，音ㄍㄨㄛˊ，國名；旂，音ㄑㄧˊ，旗子。）

例句 雖然他振振有辭地辯稱自己沒有涉案，但又對昨晚的行蹤交代不清，不免令人起疑。

近義 侃侃而談；理直氣壯。

反義 理屈詞窮；啞口無言。

振聾發聵（ㄓㄣˋ ㄌㄨㄥˊ ㄈㄚ ㄎㄨㄟˋ）

解釋 聵：耳聾。
比喻驚醒矇昧無知的人。

出處 清．袁枚《隨園詩話補遺》卷一：「梁昭明太子與湘東王書云：『未聞吟詠性情，反擬《內則》之篇；操筆寫志，更摹《酒誥》之作。』此數言，振聾發聵，想當時必有迂儒曲士以經學談詩者。」

解析 「聵」不可唸成ㄍㄨㄟˋ。

例句 您的這番言論真是振聾發聵，點醒不少沒有認清真相的人。

近義 當頭棒喝；醍醐灌頂。

捕風捉影（ㄅㄨˇ ㄈㄥ ㄓㄨㄛ ㄧㄥˇ）

解釋 比喻說話或做事虛幻不實，毫無事實根據。又作「繫風捕影」。

出處 宋．朱熹《朱子全書．學二》：「若悠悠地，似做不做，如捕風捉影，有甚長進！」

解析 「捕風捉影」和「無中生有」都表示缺少事實，都含貶義。但「捕風捉影」重在表示說話沒有確實根據，「無中生有」則重在表示憑空捏造。

例句 這本雜誌中有許多毫無根據、捕風捉影的報導，恐有混淆大眾視聽的嫌疑。

近義 無中生有；無事生非。

反義 確鑿不移；鐵證如山。

捉衿肘見（ㄓㄨㄛ ㄐㄧㄣ ㄓㄡˇ ㄒㄧㄢˋ）

解釋 捉衿：整頓衣襟；見：同「現」，露出來。
原指衣服破爛，生活窮困。後來比喻顧此失彼，無法應付。也作「捉襟見肘」。

出處 《莊子．讓王》：「捉衿而肘見。」

解析 ①「肘」不可寫成「肋」。②「捉衿肘見」偏重於「困窘」；「顧此失彼」偏重於窮於應付；「左支右絀」一般只用於財力或能力不足以應付，適用範圍較前者窄。

例句 自從李小姐離職後，會計部門便顯得捉衿肘見，到了月底還發不出薪水。

近義 右支右絀；衣不蔽體；履穿踵決；顧此失彼。

反義 綽有餘裕；應付自如。

挺身而出（ㄊㄧㄥˇ ㄕㄣ ㄦˊ ㄔㄨ）

解釋 勇敢地站出來。

出處 元．王實甫《西廂記》第二本：「小生挺身而出，作書與杜將軍，庶幾得免夫人之禍。」

解析 「挺身而出」、「自告奮勇」都指主動出來擔當某項任務，其區別在於：「挺身而出」一般指在較困難、危急的情況下行動；「自告奮勇」大多指在一般情況下行動。

例句 他常在緊要關頭**挺身而出**為大家爭取福利，所以是最適當的會長候選人。

近義 自告奮勇。

反義 知難而退；畏縮不前。

八畫

捲土重來（ㄐㄩㄢˇ ㄊㄨˇ ㄔㄨㄥˊ ㄌㄞˊ）

解釋 形容受挫或失敗後集中所有力量企圖恢復。

出處 唐．杜牧〈題烏江亭〉詩：「勝敗兵家事不期，包羞忍恥是男兒；江東子弟多才俊，捲土重來未可知。」

解析 「捲土重來」、「東山再起」、「死灰復燃」都有重新再來的意思，其區別在於：「捲土重來」可喻指重新回到失敗時退出的地方，「東山再起」則不能；「死灰復燃」可喻指思想、風氣等抽象事物，「捲土重來」則不能。

例句 他上次參加市長選舉雖然失利，不過這次他又**捲土重來**，希望能一舉拿下市長寶座。

近義 死灰復燃；東山再起；重振旗鼓。

反義 一蹶不振；偃旗息鼓；銷聲匿跡。

探囊取物（ㄊㄢˋ ㄋㄤˊ ㄑㄩˇ ㄨˋ）

解釋 手伸到口袋裏取東西。比喻事情極容易辦成，毫不費力。

出處 《新五代史．南唐世家》：「中國用吾為相，取江南如探囊中物爾。」

解析 「探囊取物」多用於物品；「甕中捉鱉」多用於人。

例句 黃隊已蟬連數屆冠軍，拿下決賽權，對他們來說猶如**探囊取物**。

近義 手到擒來；唾手可得；甕中捉鱉。

反義 水中撈月；海底撈針；挾山超海；緣木求魚。

探驪得珠（ㄊㄢˋ ㄌㄧˊ ㄉㄜˊ ㄓㄨ）

解釋 驪：驪龍，黑龍。古人傳說驪龍頷下有千金之珠。比喻做文章抓住了題中要害。

出處 《莊子．列禦寇》裏說：黃河邊上有個窮人，泅入深水，得到一顆價值千金的珍珠。他爸爸說：「這樣名貴的珠子，肯定是在萬丈深淵中，驪龍下巴底取來的。」

例句 這篇文章是**探驪得珠**、完全切中要害，一上報就引起相當大的回響。

探賾索隱 ㄊㄢˋ ㄗㄜˊ ㄙㄨㄛˇ ㄧㄣˇ

解釋 賾：深奧，玄妙；隱：秘密。指探索深奧的道理、搜索隱微的事跡。

出處 《周易．繫辭上》：「探賾索隱，鉤深致遠。」

例句 這位文壇大師，為了**探賾索隱**已隱居不問世事多年。

捷足先得 ㄐㄧㄝˊ ㄗㄨˊ ㄒㄧㄢ ㄉㄜˊ

解釋 捷：快，敏捷。行動迅速的人先達到目的，或先得到所求的東西。

出處 《史記．淮陰侯列傳》記載：楚漢相爭時，劉邦怕大將韓信叛變，封他為齊王。韓信的手下蒯（ㄎㄨㄞˇ）通，勸他背叛劉邦，和楚、漢三分天下。韓信顧念劉邦待他的好處，沒有照蒯通的話去做。後來，劉邦依靠韓信滅了楚霸王項羽，從此就不信任韓信，解除了他的兵權，又降為「淮陰侯」。韓信不滿，暗中準備起事。結果被劉邦的妻子呂后騙進宮去，當場處死，韓信臨死時後悔沒聽蒯通的話。劉邦知道後，就把蒯通抓來，要把他處死。蒯通說道：「秦朝失去了他的統治權，好比失去一隻鹿，四方都在追逐牠，但『高材捷足者先得焉』（只有有才能又聰明的人才能首先得到牠！）當時的形勢很亂，誰都想取得像你今天這樣的地位，如果這樣說都有罪，那要處死的人太多了。」

例句 為了能**捷足先得**占到好位子，許多觀眾在前一天夜裏就開始排隊了。

近義 疾足先得；逐兔先得。

反義 姍姍來遲；瞠乎其後。

措手不及 ㄘㄨㄛˋ ㄕㄡˇ ㄅㄨˋ ㄐㄧˊ

解釋 措手：著手處理、應付。事情來得太快，出乎意料，來不及應付。

出處 元．無名氏《關雲長千里獨行》楔子：「我和哥哥今夜晚間，領著軍兵，直至曹營劫寨，走一遭去，我則殺他一個措手不及！」

解析 「措手不及」重在表示來不及應付，「手足無措」則重在表示不知怎麼辦好。

例句 隊上一下走了五名選手，一時之間令教練**措手不及**，不知如何應付明日的比賽。

近義 手足無措；猝不及防；驚慌失措。

反義 泰然處之；措置裕如；應付自如。

措置裕如 ㄘㄨㄛˋ ㄓˋ ㄩˋ ㄖㄨˊ

解釋 措置：安排，料理。處理事情從容不迫而完成得很好。

例句 他在這行已有十幾年的經驗，任何的突發狀況他都能**措置裕如**。

掩人耳目（ㄧㄢˇ ㄖㄣˊ ㄦˇ ㄇㄨˋ）

解釋 遮掩別人的耳朵和眼睛。比喻以假象欺騙、矇蔽他人。

出處 《西遊記》第十六回：「廣謀道：『依小孫之見，如今換聚東山大小房頭，每人要乾柴一束。……那兩個和尚卻不都燒死？又好掩人耳目。袈裟豈不是我們傳家之寶？』」

例句 他們倆相戀多時，但為了**掩人耳目**，從不在人前交談。

近義 混淆視聽。

反義 以正視聽。

掩耳盜鈴（ㄧㄢˇ ㄦˇ ㄉㄠˋ ㄌㄧㄥˊ）

解釋 掩：捂住；盜：偷。比喻自己欺騙自己。原作「盜鐘掩耳」或「掩耳盜鐘」。

出處 《呂氏春秋．自知》記載：春秋時，晉國的智伯把范氏滅掉後，有人看見范氏家的一口鐘，想將它偷走，可是鐘既大又重，背不動，於是打算用錘子把鐘敲碎後一塊一塊地背走。錘子敲鐘發出洪亮的聲音，他又害怕別人聽到鐘聲，就把自己的耳朵捂住，以為自己聽不到，別人也聽不到。

解析 「掩耳盜鈴」和「自欺欺人」都有「自己欺騙自己」的意思。但「掩耳盜鈴」專指自己欺騙自己，「自欺欺人」除了這個意思外，還有「欺騙別人」的意思。

例句 你自以為掩飾得很好，只怕是**掩耳盜鈴**，外界早已傳得滿城風雨了。

近義 自欺欺人；掩目捕雀；掩鼻偷香。

掉以輕心（ㄉㄧㄠˋ ㄧˇ ㄑㄧㄥ ㄒㄧㄣ）

解釋 不經意，輕忽。現指對事情採取漫不經心的態度。

出處 唐．柳宗元《河東先生集．答韋中立論師道書》：「故吾每為文章，未嘗敢以輕心掉之。」

解析 「掉以輕心」偏重指不經意、不重視；「漫不經心」偏重指隨便、不在乎、不認真。

例句 這件事的影響深遠，牽涉範圍廣泛，大家千萬不可**掉以輕心**。

近義 等閒視之；漫不經心。

反義 一絲不苟；專心致志；鄭重其事。

掛一漏萬（ㄍㄨㄚˋ ㄧ ㄌㄡˋ ㄨㄢˋ）

解釋 掛住一個，漏掉一萬個。形容考慮事情很不完備、遺漏很多。

出處 馬建忠《文通．序》：「掛一漏萬，知所不免。」

例句 我們最好在事前多演練幾遍，以免**掛一漏萬**。

近義 顧此失彼。

反義 包羅萬象；面面俱到；無所不包。

捫心自問（ㄇㄣˊ ㄒㄧㄣ ㄗˋ ㄨㄣˋ）

解釋 捫：按，摸。摸著胸口自己問自己。指自我反省、檢討。

出處 唐．白居易《白氏長慶集．卯時酒》：「捫心私自語，自語誰能會？」

例句 成果雖然不能盡如人意，但我們捫心自問，都已盡了最大的努力。

近義 三省吾身；反躬自省。

推三阻四（ㄊㄨㄟ ㄙㄢ ㄗㄨˇ ㄙˋ）

解釋 假借各種藉口來推托、阻撓。

出處 《元曲選．無名氏〈鴛鴦被〉一》：「非是我推三，推三阻四；這事情應難，應難造次。」

例句 你是出面調停的最佳人選，就別再推三阻四了。

近義 千推萬阻；推三宕四；婉言謝絕。

反義 自告奮勇；挺身而出；當仁不讓。

推己及人（ㄊㄨㄟ ㄐㄧˇ ㄐㄧˊ ㄖㄣˊ）

解釋 用自己的心意推想別人的心意，替人著想。

出處 朱熹〈與范直閣書〉：「學者之於忠恕，未免參校彼己，推己及人則宜。」

解析 ①「己」不可寫成「已」。②「推己及人」、「以己度人」都有用自己的心思去推度別人心思的意思，但兩詞意義不同：「推己及人」多指設身處地替別人著想，而「以己度人」則多指錯誤、主觀地揣測別人。

例句 他小小年紀就懂得推己及人，真是難能可貴啊！

近義 易地而處；設身處地；將心比心。

推心置腹（ㄊㄨㄟ ㄒㄧㄣ ㄓˋ ㄈㄨˋ）

解釋 推自己的赤心置於別人的腹中。比喻以真心誠意待人。

出處 《後漢書．光武帝紀上》記載：西漢末年，劉秀打敗了銅馬軍，卻仍然讓他們留在自己原來的部隊裏，把他們當作自己人，於是大家私下說：「蕭王（劉秀）推赤心置人腹中，安得不投死乎？」（意思是：劉秀能夠以誠待人，完全信任別人。）

例句 他一向對朋友推心置腹的，這次卻被朋友害得傾家蕩產，讓他傷透了心。

近義 肝膽相照；坦誠相見；披肝瀝膽。

反義 鉤心鬥角；虛情假意；虛與委蛇；爾虞我詐。

推本溯源（ㄊㄨㄟ ㄅㄣˇ ㄙㄨˋ ㄩㄢˊ）

解釋 溯：逆著水流走，引申為探求原委。追溯根源，尋求原因。

出處 《史記．曆書》：「推本天元，順承厥意。」

例句 為了釐清這位作家的背景，我們只得**推本溯源**，一步步往上探尋。

推波助瀾 ㄊㄨㄟ ㄅㄛ ㄓㄨˋ ㄌㄢˊ

解釋 瀾：大波浪。
從旁推動事物發展，或幫助別人製造聲勢。多用在糾紛、鬥爭上。

出處 《朱子全書．治道》：「此等議，正是推波助瀾。」

解析 「推」不解釋成「推斷」（如「推己及人」）；「推托」（如「推三阻四」）或「推讓」（如「推食解衣」）。

例句 當初要不是你們倆在旁**推波助瀾**，這件事也不會鬧得滿城風雨。

近義 火上澆油；煽風點火；興風作浪。

反義 大事化小；息事寧人；釜底抽薪。

推陳出新 ㄊㄨㄟ ㄔㄣˊ ㄔㄨ ㄒㄧㄣ

解釋 泛指一切事物的除舊換新。或在舊有的基礎上開創新局面、新方法。

出處 宋．費袞《梁溪漫志》引東坡帖：「吳子野勸食白粥，云能推陳出新，利膈養胃。」

解析 「推陳出新」和「新陳代謝」、「除舊佈新」都有「以新代替舊」的意思，但「新陳代謝」主要指生物排除廢物，吸收養料，新的代替舊的過程；「除舊佈新」主要指除去舊的、佈置新的；「推陳出新」主要指對舊的東西通過篩選淘汰，從而創造出新的東西來。

例句 市場上的競爭如此激烈，我們只有不斷地**推陳出新**，才能保持優勢。

近義 革故鼎新；除舊佈新。

反義 因循守舊；抱殘守缺；墨守成規。

推燥居濕 ㄊㄨㄟ ㄗㄠˋ ㄐㄩ ㄕ

解釋 意思是把乾的地方讓給幼兒，自己睡在孩子便溺後的濕處。形容父母養育兒童的辛勤勞苦。

出處 明．孫瑴《孝經援神契》：「母之於子也，鞠養殷勤，推燥居濕，絕少分甘。」

例句 父母對子女是**推燥居濕**，不求回報的，世上再沒有一種事物比得上親情的偉大。

推襟送抱 ㄊㄨㄟ ㄐㄧㄣ ㄙㄨㄥˋ ㄅㄠˋ

解釋 襟、抱：指心意。比喻彼此坦誠相見。

出處 《南史．張充傳》：「與儉（王儉）書曰：『……所可通夢交魂，推襟送抱者，唯丈人而已。』」

例句 他們倆是從小一起長大、**推襟送抱**的朋友，對彼此簡直是瞭若指掌。

近義 肝膽相照；坦誠相見；推心置腹。

反義 鉤心鬥角；虛與委蛇；爾虞我

詐。

排山倒海 ㄆㄞˊ ㄕㄢ ㄉㄠˇ ㄏㄞˇ

解釋 排：推開。把高山推開，把大海翻過來。形容來勢兇猛，聲勢巨大。

出處 宋·楊萬里《誠齋集·五·六月二十四日病起喜雨聞鶯……之二》：「病勢初來敵頗強，排山倒海也難當。」

解析 ①「倒」不讀「倒果為因」的ㄉㄠˋ。②「排山倒海」、「翻江倒海」重在聲勢大或力量雄偉；而「翻天覆地」重在變化巨大。

例句 這次的疫情排山倒海而來，不出一星期已經傳遍全省各地。

近義 移山倒海；翻天覆地；翻江倒海。

排難解紛 ㄆㄞˊ ㄋㄢˋ ㄐㄧㄝˇ ㄈㄣ

解釋 排除困難，調解糾紛。現多指調停雙方爭執或為人解危。

出處《史記·魯仲連鄒陽列傳》：「所貴於天下之士者，為人排患釋難解紛亂而無取也。」

解析「難」不讀「難解難分」的ㄋㄢˊ。

例句 要不是有你在旁排難解紛，他們倆恐怕早已大打出手了。

近義 排患解難。

反義 火上澆油；袖手旁觀；推波助瀾；惹是生非。

捨己為人 ㄕㄜˇ ㄐㄧˇ ㄨㄟˋ ㄖㄣˊ

解釋 為了他人而犧牲個人的利益。

出處《論語·先進》：「吾與點也！」朱熹注：「曾點之學……初無捨己為人之意。」

解析「為」不讀ㄨㄟˊ。

例句 林老師為了救出火場中的學童，不惜犧牲自己的生命，這種捨己為人的精神，足以為後人的楷模。

近義 捨己救人；捨己從人；捨己為公。

反義 損人利己；損公肥私。

捨本逐末 ㄕㄜˇ ㄅㄣˇ ㄓㄨˊ ㄇㄛˋ

解釋 捨：放棄；逐：追求。放棄主要、根本的，而注重次要、枝節的。形容人不顧重要問題，只注意細微末節、無關緊要的事。也作「捨本求末」。

出處《晉書·熊遠傳》：「農桑不修，遊食者多，皆由去本逐末故也。」

解析「捨本逐末」指做事不從根本上著手而在細枝末節上下功夫，有捨棄主要之意；「本末倒置」指把事物的主要與次要方面弄顛倒了，並不捨棄一方。

例句 學習知識當從根本開始，你一味地強背歷屆試題，根本是捨本逐末的作法。

近義 本末倒置；輕重倒置。

反義 丟車保帥；強本節用。

捨生忘死

解釋 不顧個人生死、安危。

出處 元．關漢卿《鄧夫人苦痛哭存孝》第二折：「說與俺能爭好鬥的番官，捨生忘死家將。」

例句 為了爭自由、人權，許多義士**捨生忘死**，以自己的生命與強權爭鬥。

近義 出生入死；視死如歸；奮不顧身。

反義 苟且偷生；貪生怕死。

捨生取義

解釋 為了維護正義、真理而犧牲生命。

出處 《孟子．告子上篇》：「生亦我所欲也，義亦我所欲也，二者不可得兼，捨生取義者也。」意思是說：生命是我想要的，義也是我想要的，當這兩件不能同時兼顧時，寧可犧牲生命來維護正義。

例句 在這個功利掛帥的社會裏，人人汲汲於名利，能**捨生取義**的，是少之又少。

近義 殺生成仁。

反義 苟且偷生；貪生怕死；貪生害義。

捨我其誰

解釋 捨：放棄，除去。除我之外，再沒有別人可以擔當了。形容自視極高，自任極重。

出處 《孟子．公孫丑下》：「如欲平治天下，當今之世，捨我其誰也？」

例句 他自視甚高，常覺世界大同的重責大任**捨我其誰**。

捨近求遠

解釋 放棄近的，去追求遠的。比喻做事不得要領。

出處 《後漢書．臧宮傳》：「捨近謀遠者，勞而無功；捨遠謀近者，逸而有終。」

例句 這附近有一家很好的餐廳，你實在不必**捨近求遠**到處找餐廳。

掌上明珠

解釋 比喻珍貴。原指極鍾愛的人。後轉指受父母特別疼愛的子女（多指女兒）。

出處 晉．傅玄《鶉觚集．短歌行》：「昔君視我，如掌中珠；何意一朝，棄我溝渠。」

解析 「掌上明珠」和「連城之璧」都比喻極其珍貴，但「掌上明珠」多用於人，而「連城之璧」多用於物。

例句 她自小就倍受父母呵護，被視同**掌上明珠**，從不知生活的辛苦。

近義 心肝寶貝；連城之璧。

反義 眼中釘，肉中刺。

掂斤播兩

解釋 掂、播：放在手上估量東西的輕重。

比喻在瑣碎的事情上斤斤計較。

出處《西廂記》第一本：「盡著你說短論長，一任待掂斤播兩。」

例句 你只要守住大原則，不需要在細節上掂斤播兩的。

近義 分斤掰兩；斤斤計較；掂斤估兩。

九畫

揀精揀肥（ㄐㄧㄢˇ ㄐㄧㄥ ㄐㄧㄢˇ ㄈㄟˊ）

解釋 比喻非常嚴格、苛刻地挑剔。

出處《儒林外史》第二十七回：「像娘這樣費心，還不討他說個是，只要揀精揀肥，我也犯不著要效他這個勞。」

例句 你一味地揀精揀肥，恐怕到四十歲也找不到適合的對象。

近義 精挑細選。

揆情度理（ㄎㄨㄟˊ ㄑㄧㄥˊ ㄉㄨㄛˋ ㄌㄧˇ）

解釋 揆、度：衡量，推測。按照情理來估計、推測。

出處《兒女英雄傳》第三十三回：「揆情度理想了去，此中也小小的有些天理人情。」

解析「度」不能唸成ㄉㄨˋ。

例句 他經過一番揆情度理之後，才想出一個兩全其美的辦法。

插科打諢（ㄔㄚ ㄎㄜ ㄉㄚˇ ㄏㄨㄣˋ）

解釋 科：指古典戲曲中的表情和動作；諢：引人發笑的詼諧話。指穿插在舊戲曲裏的各種滑稽的談笑和動作。

出處 明．高則誠《琵琶記．副末開場》：「休論插科打諢。」

例句 他生性幽默，常藉著插科打諢來消滅大家的工作壓力。

近義 詼笑科諢。

反義 不苟言笑。

插翅難飛（ㄔㄚ ㄔˋ ㄋㄢˊ ㄈㄟ）

解釋 插上翅膀也飛不了。比喻難以逃脫。也作「插翅難逃」。

出處《野叟曝言》七十一：「這樣圍牆，插翅難飛！」

例句 警方已佈下天羅地網，想必他是插翅難飛。

近義 天羅地網；四面楚歌；腹背受敵。

反義 逃之夭夭；漏網之魚；鴻飛冥冥。

提心吊膽（ㄊㄧ ㄒㄧㄣ ㄉㄧㄠˋ ㄉㄢˇ）

解釋 形容心情非常擔心、害怕。

出處《西遊記》第十七回：「眾僧聞得此言，一個個提心吊膽，告天許願。」

解析「吊」不可寫成「掉」。

例句 一聽說小妹深夜還沒回家，大家都提心吊膽的生怕她發生意外。

近義 心驚肉跳；忐忑不安；膽戰心驚。

反義 心安理得；安之若素；處之泰

然；鎮定自若。

提綱挈領（ㄊㄧˊ ㄍㄤ ㄑㄧㄝˋ ㄌㄧㄥˇ）

解釋 綱：魚網的總繩；挈：提，舉；領：衣領。

舉起網繩，拎起衣領。比喻掌握住事情的重要部分。也作「提綱舉領」。

出處《宋史．職官志》八：「提綱而眾目張，振領而群毛理。」

解析「綱舉目張」強調抓住事物的關鍵以帶動其他環節；「提綱挈領」強調掌握重點，簡明扼要。

例句 這份提綱挈領的筆記，可以讓你在考試前迅速抓到重點。

近義 以一持萬；振領提綱；綱舉目張。

揭竿而起（ㄐㄧㄝ ㄍㄢ ㄦˊ ㄑㄧˇ）

解釋 揭：舉起；竿：旗竿。

高舉旗幟，起來反抗。原指秦末陳勝、吳廣發動農民起義時的情況，後泛指人民起義。

出處 漢．賈誼〈過秦論〉：「斬木為兵，揭竿為旗。」

解析「竿」不可寫成「杆」。

例句 如果執政者橫徵暴斂，不顧百姓疾苦，人民總有一天會揭竿而起反抗政府的。

揮汗成雨（ㄏㄨㄟ ㄏㄢˋ ㄔㄥˊ ㄩˇ）

解釋 原來形容人數眾多，擁擠不堪。後也形容出汗很多。流下的汗水就像下雨一樣多。

出處《戰國策．齊策一》：「臨淄之途，車轂擊，人肩摩，連衽成帷，舉袂成幕，揮汗成雨。」

解析「揮金如土」和「一擲千金」都是形容十分奢侈浪費，不同的是「揮金如土」主要是形容對金錢很輕視、隨意花費，「一擲千金」則偏重指一次花很多錢或很大的賭注。

例句 大家在烈日下打球，個個都口乾舌燥，揮汗成雨。

近義 汗出如漿；汗流浹背；揮汗成漿。

揮金如土（ㄏㄨㄟ ㄐㄧㄣ ㄖㄨˊ ㄊㄨˇ）

解釋 揮：散。

形容非常奢侈浪費。把金錢當作泥土一樣花費。

出處 宋．周密《齊東野語》卷二：「揮金如土，視官爵如等閒。」

解析「揮金如土」、「一擲千金」都形容非常奢侈浪費，但「揮金如土」偏重在對錢財的輕視，隨意花費；「一擲千金」則偏重在一次花錢數目很大或投入的賭注很大。

例句 就算有萬貫家產，也經不起你這種揮金如土的花錢方式。

近義 一擲千金；日食萬錢；用錢如水；揮霍無度。

反義 一毛不拔；分斤掰兩；克勤克儉；愛財如命。

揮灑自如（ㄏㄨㄟ ㄙㄚˇ ㄗˋ ㄖㄨˊ）

解釋 揮：揮動筆桿；灑：灑墨。形容作文、寫字或作畫時筆墨運用自如不受拘束，多形容寫字或作畫的技巧非常純熟。

出處 《三國演義》第五十七回：「吊君鄱陽，蔣幹來說；揮灑自如，雅量高志。」

解析 「揮灑自如」、「得心應手」都含有很自如、很熟練的意思，其區別在於：「得心應手」是心裏怎麼想，手裏就怎麼做，偏重於心手相應、順利如意，而「揮灑自如」則偏重於運用自如，不受拘束。

例句 他的才氣洋溢，寫起文章是揮灑自如、毫不費力。

近義 得心應手；運用自如；運筆如飛。

揚眉吐氣（ㄧㄤˊ ㄇㄟˊ ㄊㄨˇ ㄑㄧˋ）

解釋 揚起眉頭，吐出了胸中憋著的那口氣。形容人擺脫長期受壓抑和欺凌的困苦處境後，心情舒暢快活的樣子。

出處 唐．李白〈與韓荊州書〉：「何惜階前盈尺之地，不使白揚眉吐氣，激昂青雲耶？」（盈，滿。）

解析 「揚」不可寫成「楊」。「吐」讀ㄊㄨˇ，不讀ㄊㄨˋ。

例句 球隊已連續墊底好幾年，今年總算是揚眉吐氣，拿到了冠軍。

近義 意氣風發。

反義 心灰意冷；灰心喪氣；垂頭喪氣。

揚湯止沸（ㄧㄤˊ ㄊㄤ ㄓˇ ㄈㄟˋ）

解釋 湯：開水；揚湯：把開水從鍋裏舀起來再倒回去。用揚湯的辦法使水不沸騰。比喻辦法不徹底，僅能救急，沒有從根本上解決問題。

出處 《三國志．魏書．劉廙（ㄧˋ）傳》：「揚湯止沸，使不焦爛。」

例句 這種補救方法無異於揚湯止沸，根本無法解決問題。

近義 挑雪填井；負薪救火；救火揚沸。

反義 抽薪止沸；釜底抽薪；絕薪止火。

揠苗助長（ㄧㄚˋ ㄇㄧㄠˊ ㄓㄨˋ ㄓㄤˇ）

解釋 揠：拔。比喻不管事物的發展規律，急求速成，不但無益，反而把事物弄糟。又作「拔苗助長」。

出處 《孟子．公孫丑》記載：宋國有個人嫌秧苗長得太慢，就把苗一棵棵地拔高，以為這樣一來，苗就可以長得快了。回到家裏，他還誇口說：「今天可把我累壞了，我幫助秧苗長高啦！」他的兒子跑到田裏一看，只見拔起的苗都枯死了。

解析 ①「揠」讀ㄧㄚˋ，不讀ㄧㄢˇ。②不要把「長」讀成ㄔㄤˊ。

例句 現代的父母常不顧孩童的吸收

能力而一味地強加灌輸各類知識、技能，無異於揠苗助長。

近義 急於求成；欲速不達；適得其反。

反義 水到渠成；瓜熟蒂落；循序漸進。

十畫

搬弄是非（ㄅㄢ ㄋㄨㄥˋ ㄕˋ ㄈㄟ）

解釋 搬弄：挑撥。向雙方挑撥離間，故意引起糾紛。

出處 《元曲選．李壽卿〈伍員吹簫〉一》：「他在平公面前，搬弄我許多是非。」

例句 李小姐非常喜於**搬弄是非**，只要有她在的地方總是糾紛不斷、雞犬不寧。

近義 惹是生非。

搜索枯腸（ㄙㄡ ㄙㄨㄛˇ ㄎㄨ ㄔㄤˊ）

解釋 比喻絞盡腦汁，拚命苦思苦想。

出處 宋．盧仝〈謝孟諫議惠茶歌〉：「三碗搜枯腸，唯有文章五千卷。」

例句 他為了寫封情書給女友，已經**搜索枯腸**了好幾個小時。

近義 挖空心思；苦思冥想；絞盡腦汁。

反義 不假思索；率爾成章；率爾操觚。

搔頭弄姿（ㄙㄠ ㄊㄡˊ ㄋㄨㄥˋ ㄗ）

解釋 賣弄姿態以媚惑他人，多用於女性。

出處 《後漢書．李固傳》：「……遂共作飛章虛誣固罪曰：『……大行在殯，路人掩涕。固獨胡粉飾貌，搔頭弄姿，……曾無慘怛傷悴之心。』」

例句 這位女星在台上不斷地**搔頭弄姿**，希望能吸引觀眾的目光。

近義 擠眉弄眼。

反義 一本正經。

損人利己（ㄙㄨㄣˇ ㄖㄣˊ ㄌㄧˋ ㄐㄧˇ）

解釋 損害別人以圖利自己。

出處 《舊唐書．陸象先傳》：「為政者理則可矣，何必嚴刑樹威。損人益己，恐非仁恕之道。」

解析 「損人利己」指為了自己利益而損害他人；「損公肥私」指以損害公家利益來圖利個人。

例句 把垃圾倒在別人家門前是一種**損人利己**的行為，奉勸大家最好不要做。

近義 損公肥私；自私自利。

反義 大公無私；捨己為人；捨己為公。

損兵折將（ㄙㄨㄣˇ ㄅㄧㄥ ㄓㄜˊ ㄐㄧㄤˋ）

解釋 折：損失。兵和將都有大量傷亡，形容作戰失敗，損失軍士將領。

出處 元．無名氏《關雲長千里獨行》

第三折：「丞相，咱不可與他交鋒。想雲長在十萬軍中，刺了顏良，誅了文丑；俺如今領兵與他交戰，丞相也枉則損兵折將。」

解析 「損兵折將」指受部分損失；「片甲不回」指全軍被消滅，語意較前者重。

例句 這一場勢均力敵的拉鋸戰打下來，我方損兵折將，潰不成軍。

近義 片甲不回。

反義 大獲全勝；旗開得勝；戰果赫赫。

搖尾乞憐（ㄧㄠˊ ㄨㄟˇ ㄑㄧˇ ㄌㄧㄢˊ）

解釋 狗搖著尾巴向主人乞求愛憐。形容卑躬屈膝地逢迎、諂媚別人，希望得到一點好處。

出處 韓愈〈應科目時與人書〉：「若俛手帖耳，搖尾而乞憐者，非我之志也。」

解析 「乞」不可寫成「吃」。「憐」不可寫成「鄰」。

例句 這些大官身旁總不乏一些趨炎附勢、搖尾乞憐的人。

近義 乞哀告憐。

搖脣鼓舌（ㄧㄠˊ ㄔㄨㄣˊ ㄍㄨˇ ㄕㄜˊ）

解釋 利用口才進行遊說或煽動。

出處 《莊子．盜跖（ㄓˊ）》：「搖脣鼓舌，擅生是非。」

例句 他禁不住別人在旁不斷地搖脣鼓舌，終於答應出面競選。

近義 鼓舌掀簧；搖筆弄舌。

搖搖欲墜（ㄧㄠˊ ㄧㄠˊ ㄩˋ ㄓㄨㄟˋ）

解釋 墜：落下來。形容極不牢固、快要倒塌崩落的樣子。

出處 《大戴禮．武王踐阼》：「若風將至，必先搖搖。」

解析 「搖搖欲墜」偏重指建築物、物品、地位等快要倒塌；「風雨飄搖」則多指大環境動蕩、不穩固。

例句 自從這家銀行發生擠兌風波後，其財務狀況便發生危機，搖搖欲墜。

近義 危機四伏；危如累卵；岌岌可危；風雨飄搖。

反義 安如磐石；固若金湯；堅如磐石。

搖旗吶喊（ㄧㄠˊ ㄑㄧˊ ㄋㄚˋ ㄏㄢˇ）

解釋 原指古代作戰時，搖著旗子，大聲喊叫，以助長聲勢。比喻給別人助長聲勢。

出處 《元曲選．喬孟符〈兩世姻緣〉三》：「你這般搖旗吶喊，簸土揚沙。」

例句 這支成績低迷的球隊，多虧了熱情的球迷在旁搖旗吶喊，才終於贏得這場比賽。

十一畫

摧枯拉朽（ㄘㄨㄟ ㄎㄨ ㄌㄚ ㄒㄧㄡˇ）

解釋 枯：乾枯的樹；朽：朽爛的

樹。摧毀腐朽的東西，形容極容易摧毀，多指軍事行動，原作「摧枝折腐」。

出處《漢書．異姓諸侯王表》：「鐫金石者難為功，摧枯朽者易為力。」

解析「摧枯拉朽」強調非常容易，毫不費力；「勢如破竹」強調一鼓作氣，節節勝利，毫無阻礙。「摧枯拉朽」比喻很容易地摧毀敵人或事物，特別適於比喻打垮其他勢力；「勢如破竹」泛指氣勢強大，除指軍事、比賽外，還可指一般事件，適用範圍較廣。

例句爭取主權與自由的思想早已深植人心，所以有人登高一呼，情勢就如摧枯拉朽，不可遏抑。

近義拉枯折朽；勢如破竹。

反義固若金湯；堅不可摧；堅如磐石。

摧陷廓清

解釋摧陷：摧毀；廓清：肅清。把敵人的勢力破壞、清除，比喻掃蕩過去壞的積習、風氣。

出處唐．李漢〈昌黎先生集序〉：「嗚呼！先生於文，摧陷廓清之功，比於武事，可謂雄不常者矣。」

例句警方這次的掃黑行動，展現了前所未見的魄力，勢必摧陷廓清才停止。

摩拳擦掌

解釋形容行動前人們積極準備、躍躍欲試的樣子。

出處《元曲選．無名氏〈爭報因二〉》：「那妮子舞旋旋摩拳擦掌，叫叮叮拽巷囉街。」

解析「摩拳擦掌」偏重形容行動前精神振奮的樣子，具褒義；「躍躍欲試」偏重形容想動手試一試的急切心理；「蠢蠢欲動」偏重形容匪類、歹徒等，有所企圖或準備出來活動。

例句區運會將在明天展開，選手們個個摩拳擦掌，準備好好表現一番。

近義擄衣奮臂；躍躍欲試。

摩肩接踵

解釋踵：腳跟。肩頭相摩擦，腳跟相連接，形容人多而擁擠。

出處《晏子春秋》：「比肩繼踵而至。」

例句北市淡水捷運線通車後吸引了大批的人潮，人人摩肩接踵，擁擠不堪。

近義摩肩擦背；摩肩如雲。

反義三三兩兩；踽踽獨行。

摩頂放踵

解釋放：至，到。

從頭頂到腳跟都磨傷了。形容人不辭勞苦、捨己救世的行為。

出處《孟子．盡心上》：「墨子兼愛，摩頂放踵，利天下為之。」

解析 ①「放」不能唸成ㄈㄤˇ。②「摩頂放踵」、「鞠躬盡瘁」都表示不辭勞苦，其區別在於：「摩頂放踵」多指捨己救世的行為，而「鞠躬盡瘁」則多指為國家、人民努力奮鬥。

例句 他為了宣揚自己的理念，即使摩頂放踵也毫不在意。

近義 摩頂滅踵；鞠躬盡瘁。

反義 好逸惡勞。

十二畫

撲朔迷離 ㄆㄨ ㄕㄨㄛˋ ㄇㄧˊ ㄌㄧˊ

解釋 撲朔：指兔腳亂動；迷離：指眼睛半閉。

原指兩兔併走，很難辨別是雄是雌，後來形容事情錯綜複雜、真相難辨。

出處 古樂府〈木蘭詩〉中提到「雄兔腳撲朔，雌兔眼迷離，兩兔傍地走，安能辨我是雄雌」。（意思是說：「雄兔的腳步跳躍，雌兔的眼模糊朦朧，兩隻兔靠在一起，如何去辨別是雄是雌？」）

解析 ①「朔」不可寫成「塑」。②「撲朔迷離」和「眼花繚亂」在意義上有相近之處，都有「不易看清」的意思。但「撲朔迷離」重在指錯綜複雜的事物；「眼花撩亂」重在指一時分辨不清。

例句 這個事件如羅生門般撲朔迷離，至今已出現了不下幾十種說法。

近義 錯綜複雜。

反義 一目了然。

撥雲見日 ㄅㄛ ㄩㄣˊ ㄐㄧㄢˋ ㄖˋ

解釋 撥開雲霧重見天日。比喻衝破黑暗，見到光明。

出處《水滸傳》二十八回：「今日幸得相見義士一面，愚男如撥雲見日一般。」

例句 他在比賽失利後一直鬱鬱寡歡，多虧了你的鼓勵才讓他撥雲見日。

撥亂反正 ㄅㄛ ㄌㄨㄢˋ ㄈㄢˇ ㄓㄥˋ

解釋 亂：指亂世；反：回復。

治平亂世，回歸正道。現也指除去禍亂，重新回歸正道。

出處《公羊傳．哀公十四年》：「撥亂世，反諸正，莫近諸《春秋》。」

解析「撥亂反正」偏重改正混亂狀態，回歸正軌；「正本清源」偏重從根本源頭上整頓。

例句 現今社會正義不明，是非不分，正需要像你這樣懷抱理想的人來撥亂反正。

近義 正本清源；撥亂反正。

反義 危而不持；養亂助變。

十三畫

操刀必割（ㄘㄠ ㄉㄠ ㄅㄧˋ ㄍㄜ）

解釋 操：拿。

拿著刀一定要割東西。比喻機會在手中時要及時把握，馬上付諸行動。

出處 《六韜．文韜．守土》：「日中必彗，操刀必割，執斧必伐。」（彗，曝曬）。

例句 他是個非常善於把握機會、**操刀必割**的人，所以機會總是比別人多。

操之過急（ㄘㄠ ㄓ ㄍㄨㄛˋ ㄐㄧˊ）

解釋 操：持。

形容辦事不衡量本末先後，太過急躁。

出處 《詩．大雅．江漢》箋：「非可兵操切之也。」

解析 「操之過急」、「急於事功」、「急於求成」都含有做事急著要成功的意思，其區別在於：「操之過急」可指做成一件事，也可指解決一個問題；而「急於事功」和「急於求成」都指急著做成一件事，不指解決一個問題。

例句 這件事牽涉的範圍太廣，不宜**操之過急**，我們還是暫時緩一緩的好。

近義 急於求成；急功近利；操切從事。

反義 三思而行；從長計議。

操奇計贏（ㄘㄠ ㄑㄧˊ ㄐㄧˋ ㄧㄥˊ）

解釋 操：抓住；奇：奇貨，難得的貨物；贏：盈餘，利潤。

形容商人屯積奇貨以牟暴利。

出處 《漢書．食貨志》：「商賈大者積貯倍息，小者坐列販賣操其奇贏。」

例句 他準備自國外進口一批據說有神奇療效的藥品，希望能**操奇計贏**。

擇善固執（ㄗㄜˊ ㄕㄢˋ ㄍㄨˋ ㄓˊ）

解釋 擇：選擇；固執：堅守不變。

選擇正確的道理，不輕易改變。

出處 《禮記．中庸》：「誠之者，擇善而固執之者。」

例句 社會上有許多的陷阱、誘惑，只要你能**擇善固執**，就不會輕易上當受騙。

擘肌分理（ㄅㄛˋ ㄐㄧ ㄈㄣ ㄌㄧˇ）

解釋 擘：分開，分析；理：肌膚的紋理。

比喻分析事理非常細密。

出處 《文選．張衡〈西京賦〉》：「剖析毫釐，擘肌分理。」注：「雖毫釐肌理之間，亦能分擘。」

例句 他非常善於**擘肌分理**，是個思路非常清晰的人，對於這類複雜的案件，你不妨請教他。

十四畫

擢髮難數（ㄓㄨㄛˊ ㄈㄚˇ ㄋㄢˊ ㄕㄨˇ）

解釋 擢：拔。

拔下頭髮來數都數不清。形容罪行多得無法計算。

出處 《史記．范雎蔡澤列傳》記載：戰國時，魏國的范雎（ㄐㄩ），跟隨須賈（ㄍㄨˇ）出訪齊國。齊襄王聽說范雎很有才幹，便派人送金錢酒食給范雎。須賈以為范雎把魏國的機密洩露給齊國，回國後就告發范雎。范雎因而化名張祿逃到秦國做了宰相。後來秦國發兵攻魏，魏國派須賈去求和，才知道化名張祿的就是范雎。須賈連忙脫掉上衣，跪下向范雎請罪。范雎問須賈：「你有多少罪？」須賈惶恐地回答說：「擢賈之髮以續賈之罪，尚未足。」

例句 秦始皇殘暴無道，不知有多少無辜百姓慘死在他手下，他的罪行真是擢髮難數。

近義 十惡不赦；罪不容誅；罪該萬死；罄竹難書。

十五畫

擲地有聲（ㄓˊ ㄉㄧˋ ㄧㄡˇ ㄕㄥ）

解釋 形容一篇文章非常有分量、有價值。

出處 《晉書．孫綽傳》：「嘗作天台山賦，以示范榮期云：『卿試擲地，當作金石聲也。』」（意思是說：孫綽曾經寫了一篇《天台山賦》，拿給范榮期看並說：「您如果把這篇文章丟到地上，一定會發出像金石般清脆的聲音。」）

例句 您的這篇文章，擲地有聲，引起無數讀者的回響。

攀龍附鳳（ㄆㄢ ㄌㄨㄥˊ ㄈㄨˋ ㄈㄥˋ）

解釋 龍、鳳：比喻有權勢的人。

原指人臣跟從英明君主而建立功業，現多比喻巴結或投靠有權勢的人。

出處 《後漢書．光武本紀》：「攀龍鱗，附鳳翼。」

例句 他從不努力工作，一心只想著如何巴結權貴、攀龍附鳳。

近義 接貴攀高；趨炎附勢；攀龍托鳳。

反義 不附權貴；甘貧樂道；安貧樂道；甘貧守道。

【支部】

支吾其詞（ㄓ ㄨˊ ㄑㄧˊ ㄘˊ）

解釋 支吾：用含混的言語搪塞。

形容對事情有所隱瞞，用不相干的話來搪塞應付。

出處 《文明小史》十四：「孟傳義至此，只得支吾其詞。」

解析 「支吾其詞」偏重用含糊的話

搪塞應付；「隱約其詞」偏重用隱晦曲折的話，避開真相。

例句 他為了保護自己的偶像地位，每回有人問起他的婚期，他總是**支吾其詞**。

近義 含糊其詞；閃爍其詞；隱約其詞。

反義 直言不諱；直截了當；開門見山。

支離破碎（ㄓ ㄌㄧˊ ㄆㄛˋ ㄙㄨㄟˋ）

解釋 支離：殘缺不全。形容四分五裂，殘破不全。

出處 清．汪琬《堯峰文鈔．答陳靄公論文書一》：「僕嘗遍讀諸子百氏大家名流與夫神仙浮屠之書矣……而及其求之以道，則小者多支離破碎而不合，大者乃敢於披猖磔裂，盡決去聖人畔岸，而剪拔其藩離。」

例句 這本書借給班上同學傳閱，沒想到送回時已**支離破碎**、殘缺不全了。

近義 七零八落；四分五裂；殘缺不全。

反義 完整無缺；完美無缺；金甌無缺。

【攴部】

二畫

收回成命（ㄕㄡ ㄏㄨㄟˊ ㄔㄥˊ ㄇㄧㄥˋ）

解釋 撤銷已經發布的命令、指示或決定。

出處 《五代史通俗演義》二十二回：「適啟流言，震動全蜀，請收回成命。」

例句 這條命令一公布，沒想到引起人民相當大的反彈，紛紛罷工抗議，有關單位只得**收回成命**。

三畫

改邪歸正（ㄍㄞˇ ㄒㄧㄝˊ ㄍㄨㄟ ㄓㄥˋ）

解釋 歸：回到。改正過去的錯誤，洗心革面，不再做壞事。

出處 《西遊記》十四回：「這等真是可賀！可賀！這纔叫做改邪歸正。」

解析 ①「邪」不寫成「歪斜」的「斜」。②「改邪歸正」和「棄暗投明」都指從壞的轉到好的方面來。但「改邪歸正」偏重於不再做壞事；「棄暗投明」著重在政治立場上的改變。

例句 這些人雖然曾犯錯，但現在既然**改邪歸正**，我們就給他們重新做人的機會。

近義 改過向善；洗心革面；棄暗投明。

反義 至死不悟；怙惡不悛；執迷不悟。

改弦更張（ㄍㄞˇ ㄒㄧㄢˊ ㄍㄥ ㄓㄤ）

解釋 改換、調整樂器上的弦，使聲音和諧，比喻改變方針、計劃或辦法。

出處 《漢書．董仲舒傳》：「竊譬之琴瑟不調，甚者必解而更張之，乃可鼓也。」

解析 更，讀ㄍㄥ，不讀ㄍㄥˋ。

例句 這條通路既然受到阻礙，我們只好**改弦更張**，另外尋求行銷管道。

近義 改弦易轍；改張易調；幡然改圖。

反義 重蹈覆轍；舊調重彈。

改弦易轍 ㄍㄞˇ ㄒㄧㄢˊ ㄧˋ ㄔㄜˋ

解釋 易：更換；轍：車輪輾下的痕跡，這裏指道路。樂器調換琴弦，車子改換行車道路。比喻變更方向、計畫或作法。

出處 唐．白居易《白氏長慶集．王公亮可商州刺史制》：「況商士瘠，商人貧，可以靜理而阜安，不宜改弦而易轍。」

解析 ①「轍」不可寫成「撤」。②「改弦更張」重在去舊更新、改變作法，「改弦易轍」則除改變作法，還用於改變方向、道路等。

例句 這項廣受人民歡迎的措施，不宜輕易地**改弦易轍**。

近義 改弦更張；改轅易轍；改張易調；解弦更張。

反義 老調重彈；重蹈覆轍。

改過自新 ㄍㄞˇ ㄍㄨㄛˋ ㄗˋ ㄒㄧㄣ

解釋 自新：自己重新做人。改正缺失，重新做人。

出處 《史記．孝文紀》：「妾傷夫死者不可復生，刑者不可復屬，雖復欲改過自新，其道無由也。」

解析 「改過自新」偏重在重新做人；「改邪歸正」偏重在回到正路；「洗心革面」偏重在徹底悔改。

例句 他既然下決定**改過自新**，你就再給他一次機會吧！

近義 改邪歸正；洗心革面；脫胎換骨。

反義 死不悔改；怙惡不悛；執迷不悟。

改頭換面 ㄍㄞˇ ㄊㄡˊ ㄏㄨㄢˋ ㄇㄧㄢˋ

解釋 指表面上改變而實質上並未改變，現指改變原來面貌。

出處 唐．寒山〈可畏輪迴苦〉詩：「改頭換面孔，不離舊時人。」

例句 這位導演以全新的手法將這部老電影**改頭換面**，令觀眾耳目一新。

近義 面目一新；面目全非。

反義 本來面目；依然如故；依然故我。

攻城略地 ㄍㄨㄥ ㄔㄥˊ ㄌㄩㄝˋ ㄉㄧˋ

解釋 略：掠奪。攻占敵人的城池，掠奪他們的土地。亦作「攻城掠地」。

出處《淮南子．兵略》：「攻城略地，莫不降下。」

例句 這個集團有計畫地**攻城略地**，希望在一年之內門市可以遍佈世界各地。

四　畫

放下屠刀，立地成佛

解釋 這原是佛教勸人改惡從善的話，後用以比喻作惡的人一旦決心悔改，不再為非作歹，立刻就能修成正果，成為好人。也作「放下屠刀，立便成佛。」

出處 宋．釋普濟《五燈會元．東山覺禪師》：「廣額正是個殺人不眨眼底漢，颺下屠刀，立地成佛。」

例句 **放下屠刀，立地成佛**，只要你有心向善，永遠都不會嫌晚。

近義 回頭是岸。

反義 至死不悟；死不改悔；怙惡不悛。

放之四海而皆準

解釋 四海：我國古代認為中國四面都是海洋，因此用「四海」指全國各處，後也指全世界各處；準：準確。永恆不變的行為準則，無論在世界各角落都能行得通。

出處《禮記．祭義》：「推而放諸東海而準，推而放諸西海而準，推而放諸南海而準，推而放諸北海而準。」

例句 微笑與和善的態度處處受人歡迎，這可是**放之四海而皆準**的法則。

放浪形骸

解釋 放浪：放縱，不受拘束；形骸：形體。指放蕩的人不受世俗禮法的束縛。形容人行為放縱，不守禮法。

出處 晉．王羲之〈蘭亭集序〉：「或因寄所托，放浪形骸之外。」

解析「放浪形骸」重在不受世俗禮法約束，不含貶義；「為所欲為」重在任意而行，甚至違反法紀，含貶義。

例句 自從受到那次重大的打擊後，他便開始自暴自棄，**放浪形骸**。

近義 放蕩不羈；為所欲為。

反義 安分守己；規行矩步；循規蹈矩。

放蕩不羈

解釋 放蕩：放縱，不受拘束；羈：拘束。行為放肆，不受約束。

出處《晉書．王長文傳》：「少以才學知名，而放蕩不羈，州府辟命皆不就。」

解析「放蕩不羈」通常指人的一貫表現和性格；「放浪形骸」多指人一時的表現，通常不指人的性格。

例句 誰也想不到這個**放蕩不羈**的浪

子，在結婚後竟變得如此循規蹈矩。

近義 放浪形骸；放縱不羈。

反義 安分守己；規行矩步；循規蹈矩。

五畫

故弄玄虛 ㄍㄨˋ ㄋㄨㄥˋ ㄒㄩㄢˊ ㄒㄩ

解釋 玄虛：指讓人不可捉摸的東西。故意玩弄手段，使人莫測高深。

出處 《儒林外史》第十五回：「想著他老人家，也就是個不守本分，慣弄玄虛。尋了錢又混用掉了，而今落得這個收場。」

例句 這些幻術和異象都是那些神棍為了詐財而在故弄玄虛。

反義 實事求是。

故步自封 ㄍㄨˋ ㄅㄨˋ ㄗˋ ㄈㄥ

解釋 比喻人做事不求改進，安於現狀。也作「固步自封」。

出處 「故步自封」偏重在停頓、不想改革、不求進步；「抱殘守缺」偏重在守舊、不學習新知識、不接受新事物。

例句 這種封鎖對外通訊不與外界接觸的作法，只會造成故步自封、抱殘守缺的情況。

近義 因循守舊；畫地自限；墨守成規；裹足不前。

反義 不主故常；不法常可；標新立異。

故態復萌 ㄍㄨˋ ㄊㄞˋ ㄈㄨˋ ㄇㄥˊ

解釋 復：又；萌：發生。以前不好的行為舉止又逐漸恢復。形容重犯老毛病。

出處 《官場現形記》第十二回：「遇見撫台下來大閱，他便臨期招募，暫時彌縫；只等撫台一走，仍然是故態復萌。」

解析 「故態復萌」偏重指重犯過去不好的行為；「重蹈覆轍」偏重指重犯過去的錯誤。

例句 他受傷後好不容易安分地待在家中，沒想到傷一好立刻又故態復萌了。

近義 故伎重施；重蹈覆轍。

反義 一改故轍；改頭換面；洗心革面。

七畫

敝帚千金 ㄅㄧˋ ㄓㄡˇ ㄑㄧㄢ ㄐㄧㄣ

解釋 敝：破舊的。自家的一把舊掃帚，卻把它看得價值千金。比喻珍視自己的東西，縱使很破舊，自己卻非常珍視。也作「敝帚自珍」。

出處 漢．劉珍《東觀漢紀．光武帝紀》：「家有敝帚，享之千金。」

例句 這張他親手做的書桌，外表雖然粗糙，但他可是敝帚千金，喜愛得不得了。

近義 敝帚自珍。

反義 視如敝屣；棄如敝屣。

敝帚自珍（ㄅㄧˋ ㄓㄡˇ ㄗˋ ㄓㄣ）

解釋 敝：破舊的；珍：貴重，愛惜。比喻自己的東西即使不好，也十分珍惜。常用作自謙詞。

出處 《東觀漢記．光武帝紀》：「家有敝帚，享之千金。」

解析 「敝帚自珍」、「敝帚千金」同出一源，基本意義相同。其區別在於：「敝帚自珍」是由「敝帚千金」發展而來，同樣表示對自己的東西很珍惜，後者語義較重。

例句 這篇文章雖然寫得不怎麼樣，但他可是**敝帚自珍**，得意得不得了。

近義 敝帚千金。

反義 棄如敝屣。

救亡圖存（ㄐㄧㄡˋ ㄨㄤˊ ㄊㄨˊ ㄘㄨㄣˊ）

解釋 拯救國家的危亡，謀求國家的生存。

例句 許多年輕人放棄家庭、學業投身革命事業都是為了國家人民，**救亡圖存**。

近義 救國救民。

反義 賣國求榮。

教學相長（ㄐㄧㄠˋ ㄒㄩㄝˊ ㄒㄧㄤ ㄓㄤˇ）

解釋 教授者與學習者之間的學識、修養互相、促進共同增長。

出處 《禮記．學記》：「學然後知不足，教然後知困。知不足然後能自反也；知困然後能自強也；故曰：『教學相長也。』」

解析 「相」不讀「相貌」的ㄒㄧㄤˋ；「長」不讀ㄔㄤˊ。

例句 藉著教你的機會，我也發現了不同的觀點，有了不同的體會，這正是**教學相長**的意義。

近義 相輔相成。

九畫

敬而遠之（ㄐㄧㄥˋ ㄦˊ ㄩㄢˇ ㄓ）

解釋 原指尊敬鬼神而又不宜接近。後指對惡人不得罪也不接近。

出處 《論語．雍也》：「敬鬼神而遠之。」

例句 大家對這位刁蠻任性的大小姐都**敬而遠之**，儘量與她保持距離。

近義 恭而遠之。

敬謝不敏（ㄐㄧㄥˋ ㄒㄧㄝˋ ㄅㄨˋ ㄇㄧㄣˇ）

解釋 謝：推辭；不敏：不聰明，沒有才能。謙稱自己能力不夠而謝絕某事。

出處 《左傳．襄公三十一年》：「（趙文子）使士文伯謝不敏焉。」

解析 「謝」不解釋成「凋落、衰退」（如「新陳代謝」）。

例句 這項工作不但艱鉅，還可能會危及家人的安全，我只好**敬謝不**

敏。

近義 另請高明；婉言謝絕。

反義 毛遂自薦；自告奮勇；捨我其誰；當仁不讓。

十一畫

敷衍塞責 ㄈㄨ ㄧㄢˇ ㄙㄜˋ ㄗㄜˊ

解釋 敷衍：做事不認真；塞責：搪塞責任。

出處 清．譚嗣同《報貝元征》：「而肄業不過百數十人，又不過每月應課，支領獎餼，以圖敷衍塞責。」

解析 「敷衍塞責」與「敷衍了事」都有「做事不認真」的意思，但「敷衍塞責」重在搪塞責任；「敷衍了事」重在草草了結。②不要把「塞」誤寫成「寨」。

例句 像你這種敷衍塞責的態度，難怪錯誤百出，頻頻出狀況。

近義 虛與委蛇；敷衍了事。

反義 一絲不苟；盡心竭力。

數見不鮮 ㄕㄨㄛˋ ㄐㄧㄢˋ ㄅㄨˋ ㄒㄧㄢ

解釋 數：屢次；鮮：新殺的鳥獸。經常來的客人就不宰殺禽畜招待。後來指事物經常見到，並不新奇。

出處 《史記．酈生陸賈列傳》：「一歲中往來過他客，率不過再三過，無久慁為公也。」（慁，音ㄏㄨㄣˋ，打擾。）

解析 ①「數」不能唸成ㄕㄨˋ。②「數見不鮮」偏重在多次見到；「層出不窮」偏重在不斷出現，有時還含變化多樣的意思。

例句 他在醫院工作多年，生老病死早已數見不鮮。

近義 司空見慣；習以為常；層出不窮。

反義 少見多怪；前所未見。

數典忘祖 ㄕㄨˇ ㄉㄧㄢˇ ㄨㄤˋ ㄗㄨˇ

解釋 典：典籍，指過去的禮制、歷史。比喻忘本。現在也用來比喻對於本國歷史的無知。

出處 《左傳．昭公十五年》記載：春秋時，晉國大夫籍談，是晉國司典（掌管典制文書的官）的後代。有一次，籍談出使周朝，宴席間周景王問他晉國為什麼沒有貢獻器物。籍談說：「晉國從來沒有受到王室的賞賜，所以沒有貢獻器物。」周景王說：「從晉國的始祖唐叔開始，就不斷受到王室的賜器，而你身為晉國司典的後代，怎麼連這些歷史事實都忘掉了呢。」宴席散後，周景王說：「籍談真是『數典而忘其祖』，把老祖宗都忘掉了。」

解析 「數」不讀「數目」的ㄕㄨˋ；不讀「數見不鮮」的ㄕㄨㄛˋ。

例句 現在有許多小留學生對本國的歷史文化一無所知，甚至一句國語也不會，真是數典忘祖。

反義 飲水思源。

【文部】

文人相輕（ㄨㄣˊ ㄖㄣˊ ㄒㄧㄤ ㄑㄧㄥ）

解釋 指文人總以為自己的文章高人一等而互相輕視，彼此瞧不起。

出處 三國．魏．曹丕《典論．論文》：「文人相輕，自古而然。」

例句 這兩人常在報上互相攻擊、批評對方，恐怕也是因為**文人相輕**。

文不加點（ㄨㄣˊ ㄅㄨˋ ㄐㄧㄚ ㄉㄧㄢˇ）

解釋 點：修改。文章一氣寫成，無需修改。形容文思敏捷。

出處 《文選．禰衡〈鸚鵡賦〉序》：「衡因為賦，筆不停綴，文不加點。」

解析 「點」不解釋成「標點」。

例句 他才思敏捷，**文不加點**，請他擔任文案再適合不過了。

近義 一揮而就；下筆成章；援筆立就。

反義 三紙無驢；才竭智疲；江郎才盡。

文不對題（ㄨㄣˊ ㄅㄨˋ ㄉㄨㄟˋ ㄊㄧˊ）

解釋 指作文、談話的內容與題目不相關或答非所問。

例句 你這篇文章之所以分數很低，倒不是因為內容不好，而是你根本**文不對題**。

近義 離題萬里。

文以載道（ㄨㄣˊ ㄧˇ ㄗㄞˋ ㄉㄠˋ）

解釋 載：裝載。文章是用來闡述、宣揚聖人的道理。

出處 宋．周敦頤《通書．文辭章》：「文，所以載道也。」

解析 「載」不寫成「戴」。

例句 在現在自由開放的社會中，各種書籍、言論充斥，**文以載道**已愈來愈少見了。

文恬武嬉（ㄨㄣˊ ㄊㄧㄢˊ ㄨˇ ㄒㄧ）

解釋 文：文官；恬：安閒、安然；武：武將；嬉：玩樂。形容文武官員苟且偷安、荒淫腐化。

出處 唐．韓愈《昌黎先生集．平淮西碑》：「相臣將臣，文恬武嬉，習熟見聞，以為當然。」

解析 「恬」不寫成「甜」或讀寫成「刮（ㄍㄨㄚ）」。「嬉」不讀寫成「喜（ㄒㄧˇ）」。

例句 這個國家的官員**文恬武嬉**，難怪會遭到亡國的命運。

反義 文治武功；文修武備。

文風不動（ㄨㄣˊ ㄈㄥ ㄅㄨˋ ㄉㄨㄥˋ）

解釋 文：同「紋」，些微。絲毫不動搖。

出處 《紅樓夢》第二十九回：「偏生

那玉堅硬非常，摔了一下，竟文風不動。」

例句 所有的人都出去打籃球了，唯獨他坐在位子上文風不動，絲毫不受影響。

反義 搖搖欲墜；搖擺不定。

文過飾非 ㄨㄣˊ ㄍㄨㄛˋ ㄕˋ ㄈㄟ

解釋 文、飾：掩飾。過、非：錯誤。用假話掩飾自己的過失、錯誤。也作「飾非文過」。

出處 唐．劉知幾《史通．曲筆》：「其有舞辭弄札，飾非文過。」

解析 「文過飾非」偏重在找藉口、找理由掩飾自己的過失或錯誤；「諱疾忌醫」偏重在怕別人批評，不願接受別人的幫助。

例句 你犯了錯非但不知悔改，反而文過飾非，難怪他不肯原諒你。

近義 拒諫飾非；掩非飾過；諱疾忌醫。

反義 欲蓋彌彰；聞過則喜。

文質彬彬 ㄨㄣˊ ㄓˋ ㄅㄧㄣ ㄅㄧㄣ

解釋 文：文采；質：實質；彬彬：文質兼備的樣子。今多形容男子舉止文雅，態度斯文有禮。

出處 《論語．雍也》：「文質彬彬，然後君子。」

解析 「文質彬彬」指舉止斯文、有禮貌；「溫文爾雅」指態度溫和、有風度。

例句 沒想到平日縱橫球場的球員們，穿上便服也有文質彬彬的一面。

近義 彬彬有禮；溫文爾雅。

反義 俗不可耐。

【斗部】

斗轉參橫 ㄉㄡˇ ㄓㄨㄢˇ ㄘㄢ ㄏㄥˊ

解釋 斗轉：北斗星的柄轉了方向；參：星名，二十八宿（ㄒㄧㄡˋ）之一，白虎七宿的末一宿；參橫：參宿橫在一邊。指天將亮時。也作「參橫斗轉」。

出處 《宋史．樂志》：「斗轉參橫將旦。」

解析 ①「參」不能唸成ㄙㄢ。②「斗轉參橫」指天將亮的時候；「星移斗轉」表示歲月流逝或一夜間時間的推移。

例句 工作了一整夜，不知不覺已斗轉參橫，天就快亮了。

近義 斗轉參斜；斗轉星移；星移斗轉。

斗筲之人 ㄉㄡˇ ㄕㄠ ㄓ ㄖㄣˊ

解釋 筲：竹器，用來盛米飯。像斗和筲一般大小的器具。比喻氣量狹窄，見識短淺的人。

出處 《論語．子路》：「曰：『今之從政者何如？』子曰：『噫，斗筲之人，何足算也！』」

【解析】「筲」讀ㄕㄠ，不讀ㄒㄧㄠ。

【例句】你跟這種斗筲之人計較，不也顯得你器量狹小。

【近義】斗筲之材；斗筲之徒；斗筲之輩。

【反義】棟梁之材；蓋世英才。

【斤部】

斤斤計較 ㄐㄧㄣ ㄐㄧㄣ ㄐㄧˋ ㄐㄧㄠˋ

【解釋】斤斤：苛細，瑣屑。形容注意細微瑣事，連一絲一毫也要計較。

【出處】《詩經．周頌．執競》：「自彼成康，奄有四方，斤斤其明。」

【解析】「斤斤計較」指在細微的事物上也要計較，適用範圍較廣；「錙銖必較」指一錙一銖也要計較，多用於財利。

【例句】他不過是個小孩子，你何必跟他斤斤計較。

【近義】分斤掰兩；錙銖必較。

【反義】慷慨解囊。

七畫

斬草除根 ㄓㄢˇ ㄘㄠˇ ㄔㄨˊ ㄍㄣ

【解釋】比喻徹底除去禍源，不留後患。也作「剪草除根」。

【出處】《左傳．隱公六年》：「為國家者，見惡如農夫之務去草焉，芟（ㄕㄢ）夷蘊崇之，絕其本根，勿使能殖，則善者信矣。」（芟夷，除草。蘊崇，積聚、堆積。）

【解析】「斬草除根」和「趕盡殺絕」都有「徹底消滅」的意思。但「斬草除根」重在形容徹底消滅，徹底根除，使之不再產生；「趕盡殺絕」重在廣度上，形容全面消滅，一點不留。

【例句】這次的掃黑行動務必要**斬草除根**，還給善良百姓一個乾淨的社會。

【近義】拔本塞源；除惡務盡；趕盡殺絕。

【反義】放虎歸山；養虎遺患；養癰遺患。

斬釘截鐵 ㄓㄢˇ ㄉㄧㄥ ㄐㄧㄝˊ ㄊㄧㄝˇ

【解釋】比喻處理事情或說話堅決果斷，毫不猶豫。

【出處】《朱子全書．孟子》：「看來惟是孟子說得斬釘截鐵。」

【解析】①「斬」不可寫成「嶄」。②「斬釘截鐵」強調堅決果斷；「直截了當」強調乾脆爽快；「當機立斷」強調果斷和能立即抓住時機。

【例句】他當初**斬釘截鐵**地表示屆時一定可以如期完成，沒想到交貨日仍然延期了。

【近義】直截了當；乾脆俐落；當機立斷。

【反義】拖泥帶水；猶豫不決；優柔寡斷。

八畫

斯文掃地（ㄙ ㄨㄣˊ ㄙㄠˇ ㄉㄧˋ）

解釋 斯文：文人或儒士。喻讀書人品性不端，道德墮落。

出處 清．袁枚《隨園詩話》卷十三：「其子厚齋與余鄰居交好，和余《落花》云：『乍驚彼美從天降，直覺斯文掃地來。』」

例句 這些結夥搶劫的嫌犯，竟然都是各大學的在校生，真是斯文掃地。

九畫

新陳代謝（ㄒㄧㄣ ㄔㄣˊ ㄉㄞˋ ㄒㄧㄝˋ）

解釋 代謝：指時序變化、循環，引申為更迭、交替。

原指生物體更新除舊的過程，現在也泛指一切事物除舊更新的過程。

解析 ①「代」不寫成「伐」。②「新陳代謝」、「推陳出新」都含有淘汰舊的產生新的意思，其區別在於：「新陳代謝」是客觀的規律，「推陳出新」是主觀努力的結果；「推陳出新」可指方針政策，「新陳代謝」不能。

例句 雖然年年都有老球員退休，但年年也都有新球員加入，這就是自然的新陳代謝。

近義 吐故納新；推陳出新。

反義 一成不變；因循守舊。

十四畫

斷章取義（ㄉㄨㄢˋ ㄓㄤ ㄑㄩˇ ㄧˋ）

解釋 形容引證文章或談話，只截取合乎己意的一句或一段，不顧作者原意。

出處 春秋時，各國官員在外交場合，常以唸《詩經》裏的詩句來暗示自己的看法。但只挑選某詩的某個章節，來透露他當時的心情，這叫做「斷章取義」。例如有一次晉、魯等國聯合進攻秦國，聯軍到了涇水後，晉國大夫叔向為了渡河問題去請教魯國大夫叔孫豹的意見，叔孫豹唸了《詩經．匏（ㄆㄠˊ）有苦葉》第一章。叔向一聽，知道他主張堅決渡河，於是回去就開始準備船隻了。《匏有苦葉》共四章，叔孫豹唸的這一章裏，意思是，不管水深水淺，一定要渡過河去。至於這首詩全篇的意思，並不單是這一點。

解析 不要把「義」誤寫成「意」或「議」。

例句 這篇不實的文章完全是把原作者的話斷章取義，是非常不負責的做法。

近義 掐頭去尾；斷章截句。

反義 照本宣科。

斷簡殘編（ㄉㄨㄢˋ ㄐㄧㄢˇ ㄘㄢˊ ㄅㄧㄢ）

解釋 簡：古代用來寫字的木、竹片；編：穿簡的細長皮條。

指殘缺不全的文字、書籍。又作「斷編殘簡」。

出處 《宋史．歐陽修傳》：「好古嗜學，凡周、漢以降金石遺文，斷編殘簡，一切掇拾。」

例句 這些斷簡殘編都是非常寶貴的古文獻，現在只能在圖書館看到了。

近義 書缺簡脫；斷墨殘楮。

斷爛朝報（ㄉㄨㄢˋ ㄌㄢˋ ㄔㄠˊ ㄅㄠˋ）

解釋 朝報：古代朝廷刊布皇帝詔令和官員章奏之類的文件。指殘缺破爛、缺少參考價值的歷史文書、典籍。

出處 《宋史．王安石傳》：「黜《春秋》之書，不使列於學官，至戲目為斷爛朝報。」

解析 「朝」不能唸成ㄓㄠ。

例句 這些堆積如山的斷爛朝報，趁這次大掃除全都扔了吧！

斷鶴續鳧（ㄉㄨㄢˋ ㄏㄜˋ ㄒㄩˋ ㄈㄨˊ）

解釋 截短鶴的長腿，去接野鴨的短腿。比喻做事違反自然規律。

出處 《莊子．駢拇》：「長者不為有餘，短者不為不足，是故鳧脛雖短，續之則憂；鶴脛雖長，斷之則悲。」

例句 凡事若能順其自然最易成功，斷鶴續鳧只怕會徒勞無功。

斷齏畫粥（ㄉㄨㄢˋ ㄐㄧ ㄏㄨㄚˋ ㄓㄡ）

解釋 斷：切；齏：鹹菜之類的食物。形容非常貧苦的生活。

出處 宋．釋文瑩《湘山野錄》記載：范仲淹少時家貧，在長白山僧寺裏讀書，經常煮一鍋粥，等到凝結後，用刀畫為四塊，早晚各取食兩塊，再切上一點鹹菜作為全天食物。

例句 為償還這筆龐大的債務，他只得過著斷齏畫粥的生活。

近義 單食瓢飲。

【方部】

方寸已亂（ㄈㄤ ㄘㄨㄣˋ ㄧˇ ㄌㄨㄢˋ）

解釋 方寸：指心。指心緒已經煩亂。

出處 《三國志．蜀志．諸葛亮傳》記載：徐庶原來是劉備的謀士，但曹操接走了徐的母親，並要她寫信告訴徐庶。徐庶得到這消息後，對劉備說：「本欲與將軍共圖王霸之業者，以此方寸之地也。今已失老母，方寸亂矣。」

解析 「已」不寫成「己」或「巳」。

例句 他的家人相繼遇害，他又被歹徒挾持，現在方寸已亂，如何準確地描述當天的情況。

近義 六神無主；心慌意亂；心亂如

疵。

反義 安之若素；鎮定自若；泰然自若。

方興未艾 ㄈㄤ ㄒㄧㄥ ㄨㄟˋ ㄞˋ

解釋 方：正在；艾：停止。形容形勢或事物正在興盛、蓬勃地發展，未到窮盡的時候。

出處 《左傳．哀公二年》：「憂未艾也。」

解析 ①「興」不讀「興趣」的ㄒㄧㄥˋ。②「方興未艾」偏重指發展勢力還未停止；「蒸蒸日上」偏重指發展速度快。

例句 雖然傳出多起減肥塑身的糾紛，但這股風氣至今仍是方興未艾。

近義 如日中天；風起雲湧；蒸蒸日上。

反義 大勢已去；日暮途窮；江河日下；每況愈下。

六畫

旁門左道 ㄆㄤˊ ㄇㄣˊ ㄗㄨㄛˇ ㄉㄠˋ

解釋 指邪道妖術，或比喻不依正道做事。也作「左道旁門」。

出處 《禮記．王制》疏：「左道謂邪道，地道尊右，右為貴，故正道為右，不正道為左。」

例句 他這個人專走旁門左道，做事向來不光明磊落，你可千萬不要跟他合作。

近義 異端邪說；邪魔歪道。

旁若無人 ㄆㄤˊ ㄖㄨㄛˋ ㄨˊ ㄖㄣˊ

解釋 旁：旁邊；若：好像。好像旁邊沒有人。形容態度自然，目無他人，也形容高傲，目中無人。

出處 《史記．刺客列傳》：「高漸離擊筑，荊軻和而歌於市中，相樂也。已而相泣，旁若無人者。」

解析 「旁若無人」、「目中無人」、「目空一切」都可形容人自高自大、十分傲慢的樣子，其區別在於：「旁若無人」偏重於態度，「目中無人」和「目空一切」偏重於心中的想法。

例句 他在馬路上高歌，一副旁若無人、悠閒自在的模樣。

近義 目中無人；目空一切。

旁敲側擊 ㄆㄤˊ ㄑㄧㄠ ㄘㄜˋ ㄐㄧ

解釋 比喻不直接從正面表明本意，而從側面曲折地說出來。或指不從正面而以間接暗示手法來探聽消息。

出處 清．吳趼人《二十年目睹之怪現狀》第二十回：「只不過不應該這樣旁敲側擊，應該要明亮亮的叫破了他。」

解析 「側」不可寫成「測」。

例句 你有問題請直截了當地說出來，不需要拐彎抹角，旁敲側擊。

近義 拐彎抹角；指桑罵槐；借題發揮。

反義 直言不諱；開門見山；單刀直入。

旁徵博引

解釋 徵：收集；博：廣博。形容作文、說話多方引用材料作為依據、例證。

解析 「旁徵博引」和「引經據典」都有「引用別的材料作為依據、例證」的意思。但「旁徵博引」重在作為證據的資料很多，「引經據典」重在引用經典著作為依據。

例句 這位主持人真是博學多聞，說起話來總是**旁徵博引**。

近義 引經據典；廣徵博引。

反義 杞宋無徵。

旅進旅退

解釋 旅：眾人，引申為共同。眾人共進共退，指有紀律的行動引申為隨眾進退，無所建樹。原作「進旅退旅」。

出處 《禮記．樂記》：「今夫古樂，進旅退旅。」注：「旅，俱也。俱進俱退，言齊一也。」

例句 這次的遊行大部分的民眾都是**旅進旅退**，並不清楚活動的訴求。

近義 亦步亦趨；俱進俱退；隨波逐流。

反義 自有肺腸；自行其事。

七畫

旋乾轉坤

解釋 旋：轉動；乾：八卦之一，指天；坤：八卦之一，指地。回轉天地。比喻力量之大足以從根本改變局面，也作「旋轉乾坤」。

出處 唐．韓愈〈潮州謝上表〉：「陛下即位以來，躬自聽斷，旋乾轉坤。」

例句 新市長一上任就展現出**旋乾轉坤**的力量，使整個城市氣象一新。

近義 力挽狂瀾；回天之力；扭轉乾坤。

反義 回天乏術。

十畫

旗開得勝

解釋 形容軍隊戰鬥力強，一出兵就打勝仗，也比喻事情一開始就獲得成功。常與「馬到成功」連用。

出處 元．無名氏《閥閱舞射柳捶丸記》第四折：「托賴主人洪福，旗開得勝，馬到成功，剿除匈奴，平定了醜虜。」

解析 「旗開得勝」偏重於得勝，較常用於比賽；「馬到成功」偏重於成功，較常用於工作、事業；「手到擒來」偏重於捉拿到，較常用於捉人或取東西。

例句 我方球員人數雖然不足，但憑著強烈的求勝意志，開幕戰便**旗開**

得勝。

近義 出手得盧；馬到成功。

反義 一潰千里；一觸即潰；潰不成軍。

旂鼓相當（ㄑㄧˊ ㄍㄨˇ ㄒㄧㄤ ㄉㄤ）

解釋 旂、鼓：古時軍隊中發號施令的工具。

比喻雙方勢均力敵，不相上下。

出處 《後漢書．隗囂傳》記載：東漢劉秀稱帝後，仍然有一些人擁有重兵，各霸一方。經過五年的征戰，只剩下隗囂和公孫述兩支軍隊。後來，隗囂也歸附了。劉秀待他為上賓，並想利用隗囂的勢力鉗制公孫述。劉秀寫信給隗囂說：「如今子陽到漢中三輔，願因將軍兵馬，旂鼓相當。」意思是希望能憑藉隗囂的部隊和公孫述抗衡。

解析 「旂鼓相當」偏重在力量、氣勢上對等，而「棋逢對手」偏重在本領、能力上相當。

例句 這兩支球隊的實力旂鼓相當，今天必定有一場精彩的球賽。

近義 工力悉敵；半斤八兩；棋逢對手；勢均力敵。

反義 大相徑庭；天壤之別；眾寡懸殊。

【无部】

五畫

既來之，則安之（ㄐㄧˋ ㄌㄞˊ ㄓ ㄗㄜˊ ㄢ ㄓ）

解釋 既：已經；來之：使之來；安之：使之安。

原意是已經來歸附的人，就要使他們安心生活。後多表示既然來了，就要安下心來。

出處 《論語．季氏》：「故遠人不服，則修文德以來之，既來之，則安之。」

解析 「既」不可寫成「即」。

例句 既來之，則安之，既然已經來到這裏，我們就耐心等待，靜觀其變吧！

既往不咎（ㄐㄧˋ ㄨㄤˇ ㄅㄨˋ ㄐㄧㄡˋ）

解釋 咎：責備。

對已經過去的事不再追究、責備，也作「不咎既往」。

出處 《論語．八佾》：「成事不說，遂事不諫，既往不咎。」

解析 「既」不可寫成「即」。

例句 既然你有心悔改，我們也就既往不咎，只希望你今後能好好表現。

近義 寬大為懷。

反義 嚴懲不貸。

【日部】

日上三竿（ㄖˋ ㄕㄤˋ ㄙㄢ ㄍㄢ）

解釋 太陽已經升得有三根竹竿那樣高了。形容時間不早了。也作「日高三竿」。

出處 《南齊書．天文志》：「永明五年十一月丁亥，日出高三竿，失色赤黃。」

例句 已經日上三竿了他還不起床，昨晚大概又玩到半夜才回來。

日中為市（ㄖˋ ㄓㄨㄥ ㄨㄟˊ ㄕˋ）

解釋 市：做買賣。指古代在市集以物易物的買賣。

出處 《周易．繫辭下》：「日中為市，致天下之民，聚天下之貨，交易而退，各得其所。」

例句 古人以日中為市，現代人卻是一天二十四小時都可以買到你需要的東西。

日升月恆（ㄖˋ ㄕㄥ ㄩㄝˋ ㄏㄥˊ）

解釋 升：日出；恆：月上弦，指逐漸圓滿。像太陽剛剛升起，月亮逐漸圓滿。比喻如日月般興盛、長久。

出處 《詩經．小雅．天保》：「如月之恆，如日之升。」

例句 希望我們合夥開的這間餐廳，能如日升月恆般長久、興盛。

日月經天，江河行地（ㄖˋ ㄩㄝˋ ㄐㄧㄥ ㄊㄧㄢ，ㄐㄧㄤ ㄏㄜˊ ㄒㄧㄥˊ ㄉㄧˋ）

解釋 經：經過。像太陽和月亮每天經過天空，江河流經大地一樣。原來比喻事情明顯、清楚。後也比喻功業、德行的光輝有目共睹，為人人所景仰。

出處 《後漢書．馮衍傳》：「其事昭昭，日月經天，河海帶地，不足以比。」

例句 他的發現對人類的貢獻有如日月經天，江河行地，拯救了無數人。

日理萬機（ㄖˋ ㄌㄧˇ ㄨㄢˋ ㄐㄧ）

解釋 機：機要、政務。原指帝王每天處理紛繁的政務。現多用以形容處理政務的繁忙。

出處 《尚書．皋陶謨》：「一日二日萬機」。

例句 他雖然是日理萬機，但仍然常常抽空陪孩子做功課。

近義 一日萬機。

反義 尸位素餐。

日就月將（ㄖˋ ㄐㄧㄡˋ ㄩㄝˋ ㄐㄧㄤ）

解釋 就：成就；將：前進。每天、每月都有進步，表示一個人的學業日有長進，不斷累積。

出處 《詩經．周頌．敬之》：「日就月將，學有緝熙於光明。」（緝熙，光明的樣子。）

解析 「將」不能唸成ㄐㄧㄤˋ。

例句 他剛轉學時成績很差，但日就月將，漸漸地已經能趕上同學了。

日新月異（ㄖˋ ㄒㄧㄣ ㄩㄝˋ ㄧˋ）

解釋 每日每月都有新的變化，形容發展、進步很快，不斷出現新事物、新氣象。

出處 《易經．繫辭》：「富有之謂大業，日新之謂盛德。」

解析 「異」不解釋成「奇特」。（如「異想天開」）。

例句 現代的科技日新月異，我們可以透過電腦網路得知世界各地最新的資料、消息。

近義 一日千里；突飛猛進；與日俱增。

反義 一成不變；一仍舊慣；一落千丈；江河日下。

日暮途遠（ㄖˋ ㄇㄨˋ ㄊㄨˊ ㄩㄢˇ）

解釋 太陽落山了，而目的地還很遠，比喻計窮力盡，走投無路。

出處 《史記．伍子胥列傳》記載：戰國時，楚平王的太子建有兩個老師—伍奢與費無忌。費無忌替太子到秦國接秦女結婚，因秦女長得很美，費無忌便慫恿楚平王收做妃子。費無忌雖因此取得平王的信任，但怕將來太子建繼位後對他不利，就常在平王面前說太子的壞話，於是太子就被調往邊境，後來又派人殺害太子，監禁伍奢，並且想殺害他的兩個兒子伍尚和伍員（伍子胥）。伍子胥逃到吳國，幫助吳王闔閭攻打楚國。這時楚平王已死，伍子胥就掘墳開棺，對平王的屍體，狠狠地鞭打了三百下。伍子胥的老友申包胥知道後，責備他太過分。伍子胥說：「吾日暮途遠，故倒行而逆施之。」

解析 ①「暮」不可寫成「幕」。②「日暮途遠」和「山窮水盡」都有「走投無路」的意思。「日暮途遠」重在到了沒落、滅亡的階段；「山窮水盡」重在陷入絕境。

例句 我們現在的處境已是日暮途遠，如果這個月的生意依然不好就得關門大吉了。

近義 走投無路；窮途末路。

反義 柳暗花明；絕處逢生；漸入佳境。

日積月累（ㄖˋ ㄐㄧ ㄩㄝˋ ㄌㄟˇ）

解釋 形容長時間不斷地積累。

出處 《宋史．喬行簡傳》：「日積月累，氣勢益張。」

解析 「日積月累」強調長期的積累；「積少成多」強調越積越多。

例句 他今天之所以會有如此高超的球技都是從小苦練，日積月累而來的。

近義 集腋成裘；聚沙成塔；積少成多。

反義 日削月朘；日削月鑠。

日薄西山（ㄖˋ ㄅㄛˊ ㄒㄧ ㄕㄢ）

解釋 薄：迫近。

太陽迫近西山，即將落下。比喻人年老力衰，即將死亡。

出處 李密從小由祖母撫養，他學問廣博，才華出眾，做過尚書郎。蜀亡後，晉武帝司馬炎要他擔任「太子洗馬」的官職。李密因祖母年邁多病，不願離開故鄉，於是上表給晉武帝，陳說他不能出來做官的苦衷。表中說：我以一個亡國俘虜的身分，受到這麼隆重的提拔，難道我還敢猶豫嗎？「但以劉日薄西山，氣息奄奄，人命危淺，朝不慮夕。」所以我目前不能離開而遠去。

解析 「薄」不可寫成「簿」。

「薄」不能唸成ㄅㄠˊ。

例句 他生平最大的願望就是重回故鄉，如今已**日薄西山**，希望恐怕要落空了。

近義 日暮途窮；桑榆暮景；窮途末路。

反義 方興未艾；如日中天；旭日東升；蒸蒸日上。

四畫

易如反掌（ㄧˋ ㄖㄨˊ ㄈㄢˇ ㄓㄤˇ）

解釋 易：容易；反掌：將手掌反過來。

形容像翻一下手掌那麼容易。

出處 《文選．枚乘〈上書諫吳王〉》：「變所欲為，易於反掌，安於泰山。」

解析 「易如反掌」、「輕而易舉」都表示事情容易辦，其區別在於：「易如反掌」的容易程度超過「輕而易舉」。而在否定句中，強調事情很難辦時，一般用「輕而易舉」，而較少用「易如反掌」。

例句 他精通英文，翻譯的工作對他來說是**易如反掌**。

近義 反掌之易；易如拾芥；唾手可得；輕而易舉。

反義 大海撈針；挾山超海；難於登天。

明日黃花（ㄇㄧㄥˊ ㄖˋ ㄏㄨㄤˊ ㄏㄨㄚ）

解釋 黃花：菊花。

原來是說重陽節一過，菊花就會凋謝，便沒有什麼可以玩賞的了。後用以比喻過時的事物。

出處 宋．蘇軾〈九日次韻王鞏〉詩：「相逢不用忙歸去，明日黃花蝶也愁。」

例句 他以前的那段感情早已成了**明日黃花**，你又何必耿耿於懷呢？

近義 事過境遷。

明火執仗（ㄇㄧㄥˊ ㄏㄨㄛˇ ㄓˊ ㄓㄤˋ）

解釋 明火：點著火把；執仗：拿著武器。

原指強盜在夜裏點著火把公開搶劫。現形容毫無顧忌的行動。

出處 《元曲選．無名氏〈盆兒鬼〉二》：「何曾明火執仗，無非赤手求財。」

解析「明火執仗」偏重於公開、毫不隱蔽；而「明目張膽」偏重於大膽，毫無顧忌，語義較寬。

例句 這兩家賭場竟在光天化日之下明火執仗，公然在街上打起群架。

近義 明目張膽；肆無忌憚。

反義 光明磊落；堂堂正正；暗箭傷人。

明正典刑（ㄇㄧㄥˊ ㄓㄥˋ ㄉㄧㄢˇ ㄒㄧㄥˊ）

解釋 正：端正；典刑：法律。明確地依照法律，當眾處死（舊時多用於處決犯人的公文或布告中）。

出處 宋．呂頤浩《忠穆集．辭免赴召乞納節致札子》：「如是托疾，自當明正典刑；如委實抱病，伏望天慈，放臣閒退。」

解析「典刑」不可寫成「典型」。

例句 像他這種惡行重大的人，自該明正典刑，怎麼可以繼續讓他逍遙法外。

反義 明刑不戮。

明目張膽（ㄇㄧㄥˊ ㄇㄨˋ ㄓㄤ ㄉㄢˇ）

解釋 原來是指有膽識，無所畏懼。現在形容公開地、毫無顧忌地做壞事。

出處《晉書．王敦傳》：「今日之事，明目張膽，為六軍之首，寧忠臣而死，不無賴而生矣。」

解析「明目張膽」、「明火執仗」都形容毫無顧忌地公開做壞事，其區別在於：「明目張膽」著重於非常大膽，肆無忌憚；「明火執仗」著重於十分公開，毫不隱蔽。

例句 這兩人竟然在街上明目張膽地公然搶劫，簡直是目無王法。

近義 明火執仗；肆無忌憚。

反義 鬼鬼祟祟；偷偷摸摸。

明知故犯（ㄇㄧㄥˊ ㄓ ㄍㄨˋ ㄈㄢˋ）

解釋 明明知道不對，卻故意去做。後也用以指人知法犯法。

出處 宋．釋普濟《五燈會元．保軒禪師》：「僧問：『不欲無言，略憑施設時如何？』」師曰：『知而故犯。』」

解析「明知故犯」指明明知道違犯規章、制度、紀律，還要去犯；「知法犯法」指知道違法還故意去做；「以身試法」指親自去做犯法的事，適用範圍較小。

例句 半夜翻牆出去是違反規定的行為，你身為隊長，為什麼要明知故犯。

近義 知法犯法；執法犯法。

反義 知過必改；奉公守法；遵紀守法。

明恥教戰（ㄇㄧㄥˊ ㄔˇ ㄐㄧㄠˋ ㄓㄢˋ）

解釋 教導士兵，使士兵知道懦弱退縮就是恥辱，而能奮勇殺敵致勝。

出處《左傳．僖公二十二年》：「明恥教戰，求殺敵也。」

例句 教官平日上課的目的，不外乎為了**明恥教戰**，使我們能負起保衛國家的責任。

明修棧道，暗度陳倉 ㄇㄧㄥˊ ㄒㄧㄡ ㄓㄢˋ ㄉㄠˋ ㄢˋ ㄉㄨˋ ㄔㄣˊ ㄘㄤ

解釋 棧道：傍山架木而成的道路；度：過；陳倉：古縣名，在今陝西寶雞市東，是關中、漢中間的交通要道。指作戰時使敵人注意正面，而從側面突然襲擊的戰略。

出處 《史記．淮陰侯列傳》中記載：秦末劉邦率領起義軍攻下咸陽，秦王朝被推翻。項羽仗著力量強大，自立為西楚霸王，把巴、蜀、漢中四十一縣劃歸劉邦，封他為漢王。劉邦聽從了韓信的計策，在往南鄭的途中，把經過的棧道都燒了，表示以後不打算再回關中，消除項羽對他的疑忌。不久，劉邦就帶兵繞道從故道（在今陝西鳳縣西北）出兵，攻取三秦之地。

例句 除了對付他臺面上的攻擊，還得小心他**明修棧道，暗度陳倉**，私下偷襲。

近義 鬼鬼祟祟；偷偷摸摸。

反義 明火執仗；明目張膽。

明哲保身 ㄇㄧㄥˊ ㄓㄜˊ ㄅㄠˇ ㄕㄣ

解釋 明哲：明智。原指明智的人善於保全自己，不參與可能危及己身的事。現在指只保持個人利益，對原則性問題不置可否。

出處 《詩經．大雅．烝民》：「既明且哲，以保其身。」

解析 「明哲保身」偏重於保全自己的生命；「潔身自好」偏重於保持自己的名節。

例句 他為人十分小心謹慎，深諳如何**明哲保身**，這類會危及他安全的事，他是絕不會參加的。

近義 全身遠禍；潔身自好；獨善其身。

反義 同流合污；飛蛾撲火；奮不顧身。

明珠暗投 ㄇㄧㄥˊ ㄓㄨ ㄢˋ ㄊㄡˊ

解釋 把閃閃發光的珍珠投到黑暗的地方。比喻貴重物品落到不識貨的人手裏，也比喻才智之士沒有得到重視或好人誤入了壞群。

出處 《史記．魯仲連鄒陽列傳》：「臣聞明月之珠，夜光之璧，以暗投人於道路，人無不按劍相眄者，何則？無因而至前也。』」

解析 「明珠暗投」偏重指才智之士或珍貴之物落入不賞識、不識貨的人的手中；「懷才不遇」偏重指人不得志、不被重視。前者既可用於人也可用於物；後者只可用於人。

例句 他空有滿腹才能卻**明珠暗投**，始終遇不到一個賞識他的人。

近義 滄海遺珠；懷才不遇。

反義 千金買骨；蛟龍得水。

明珠彈雀 ㄇㄧㄥˊ ㄓㄨ ㄊㄢˊ ㄑㄩㄝˋ

解釋 用夜明珠當彈丸來射鳥雀。比喻得不償失。本作「隋珠彈雀」。

出處 漢．揚雄《太玄經．唐》：「明珠彈於飛肉，其得不復。測曰：明珠彈肉，費不當也。」

例句 你竟以全市民眾的生命來交換一塊不毛之地，這不是以明珠彈雀嗎！

明眸皓齒 ㄇㄧㄥˊ ㄇㄡˊ ㄏㄠˋ ㄔˇ

解釋 眸：眼珠；皓：潔白。明亮的眼睛，潔白的牙齒。多用來形容女子的美貌。

出處 唐．杜甫〈哀江頭〉詩：「明眸皓齒今何在？血汚遊魂歸不得。」

例句 她雖然打扮得十分樸素，但明眸皓齒的模樣，依然十分吸引人。

近義 皓齒朱脣；蛾眉皓齒；螓首蛾眉。

反義 尖嘴猴腮；獐頭鼠目。

明察秋毫 ㄇㄧㄥˊ ㄔㄚˊ ㄑㄧㄡ ㄏㄠˊ

解釋 察：看到；秋毫：秋天鳥獸身上新長的細毛。比喻目光敏銳，連極細微的事物都看得清楚。

出處 《孟子．梁惠王上》：「明足以察秋毫之末，而不見輿薪，則王許之乎？」

解析 「明察秋毫」偏重看得仔細；「洞若觀火」偏重看得清楚；「瞭如指掌」偏重瞭解得徹底，前二者只適用來指事物，後者也適用於人。

例句 老經驗的張警官向來能明察秋毫，這件案子由他處理必定很快就能水落石出。

近義 洞若觀火。

反義 視而不見；霧裏看花。

明槍易躲，暗箭難防 ㄇㄧㄥˊ ㄑㄧㄤ ㄧˋ ㄉㄨㄛˇ，ㄢˋ ㄐㄧㄢˋ ㄋㄢˊ ㄈㄤˊ

解釋 比喻公開的攻擊尚容易對付，暗中的陷害則難以預防。也作「明槍暗箭」。

出處 元．無名氏《劉千病打獨角牛》雜劇第二折：「一了說，明槍好躲，暗箭難防。」

例句 他表面上雖然頻頻向你示好，但明槍易躲，暗箭難防，私下你還是得提防他。

反義 同心協力；肝膽相照。

明鏡高懸 ㄇㄧㄥˊ ㄐㄧㄥˋ ㄍㄠ ㄒㄩㄢˊ

解釋 比喻居官清明，判案公正無私，也作「明鑑高懸」。

出處 杜甫〈洗兵馬〉詩：「司徒清鑑懸明鏡，尚書氣與秋天香。」

例句 這位法官明鏡高懸，如果你是冤枉的，他一定會還你一個清白的。

反義 沈冤莫白。

昏天黑地 ㄏㄨㄣ ㄊㄧㄢ ㄏㄟ ㄉㄧˋ

解釋 形容天色昏暗，不能辨清方

向。也比喻社會黑暗、混亂、沒有秩序。也作「昏天暗地」。

出處 元．關漢卿《詐妮子調風月》第二折：「去年時沒人將我拘管收拾，打秋千，閒鬥草，直到個昏天黑地。」

解析 「昏天黑地」、「天昏地暗」都可形容天色昏暗，但「昏天黑地」常用來比喻社會黑暗，而「天昏地暗」較少這樣用。

例句 自從賭博風吹進棒球後，整個職棒是**昏天黑地**，不知有多少場比賽是放水作假的。

近義 天昏地暗；暗無天日。

反義 光天化日；青天白日；開雲見日；豁然開朗。

五畫

春秋筆法（ㄔㄨㄣ ㄑㄧㄡ ㄅㄧˇ ㄈㄚˇ）

解釋 孔子修訂《春秋》寓褒貶、別善惡的筆法，後因稱文筆曲折而意含褒貶的文字為「春秋筆法」。

出處 《史記．孔子世家》：「至於為春秋，筆則筆，削則削，子夏之徒不能贊一辭。」

例句 他身為一個社會評論者，常期許自己下筆要謹慎，要做到**春秋筆法**。

春風化雨（ㄔㄨㄣ ㄈㄥ ㄏㄨㄚˋ ㄩˇ）

解釋 本指和煦的春風、滋潤的夏雨能長養萬物。比喻良好教育的普遍深入。也常用來稱頌師長的恩澤、教誨。

出處 《孟子．盡心上》：「有如時雨化之者。」

例句 李老師如**春風化雨**般潛移默化的教學方式，使他的學生都十分感謝他。

近義 春風風人；春風夏雨；夏雨雨人。

反義 誤人子弟。

春風風人（ㄔㄨㄣ ㄈㄥ ㄈㄥˋ ㄖㄣˊ）

解釋 風人：比喻教育人。比喻及時給人以教育、恩惠或幫助。

出處 漢．劉向《說苑．貴德》：「吾不能以春風風人，吾不能以夏雨雨人，吾窮必矣！」

解析 第一個「風」字，是名詞，讀ㄈㄥ，第二個「風」字是動詞，讀ㄈㄥˋ。「春風風人」與「夏雨雨人」合用，簡稱「春風夏雨」。

例句 李教授一直期許自己能夠**春風風人**，盡自己的力量改善社會風氣。

近義 春風化雨；春風夏雨；夏雨雨人。

反義 誤人子弟。

春風得意（ㄔㄨㄣ ㄈㄥ ㄉㄜˊ ㄧˋ）

解釋 舊時用「春風得意」指進士及第，現在多用來形容人官場、考場順利或做事順利如意。

出處 唐．孟郊《孟東野詩集．登科後》：「春風得意馬蹄疾，一日看盡長安花。」

例句 他考上大學後，春風得意的樣子，和考前簡直判若兩人。

近義 洋洋得意；揚揚自得。

反義 悵然若失。

春風滿面（ㄔㄨㄣ ㄈㄥ ㄇㄢˇ ㄇㄧㄢˋ）

解釋 形容滿臉喜氣洋溢的樣子。

出處 《警世通言》一：「摔碎瑤琴鳳尾寒，子期不在對誰彈！春風滿面皆朋友，欲覓知音難上難。」

例句 看他春風滿面的樣子，一定又交了新的女朋友。

近義 喜笑顏開。

反義 愁眉不展；愁眉苦臉；愁眉鎖眼。

春蚓秋蛇（ㄔㄨㄣ ㄧㄣˇ ㄑㄧㄡ ㄕㄜˊ）

解釋 比喻書法拙劣，像春天蚯蚓和秋天蛇的行跡那樣彎曲。

出處 《晉書．王羲之傳》：「（蕭）子雲近出，擅名江表，然僅得成書，無丈夫之氣，行行（ㄏㄤˊ）若縈春蚓，字字如綰秋蛇。」

例句 你這幅如春蚓秋蛇的字，大概沒幾個人看得懂。

春華秋實（ㄔㄨㄣ ㄏㄨㄚ ㄑㄧㄡ ㄕˊ）

解釋 華：花。春天開花，秋天結果。①比喻文采和德行都有所得。②比喻文章的品質、風格不同。

出處 ①《顏氏家訓．勉學》：「夫學者猶種樹也，春玩其華，秋登其實。講論文章，春華也；修身利行，秋實也。」②《三國志．魏志．刑顒傳》裏說：曹植「君採庶子之春華，忘家丞之秋實。」意思是曹植採取了庶子（即劉楨）的文采，而忘掉了家丞（即刑顒）的德行。

例句 老師常希望我們在他的門下求學，能夠春華秋實，樣樣兼備。

近義 銜華佩實。

反義 白首空歸；老大無成。

春露秋霜（ㄔㄨㄣ ㄌㄨˋ ㄑㄧㄡ ㄕㄨㄤ）

解釋 原指子孫在春秋兩季有感於時序的變化而祭祀祖先。表示對祖先的追念。也比喻恩澤和威嚴。

出處 《禮記．祭義》：「霜露既降，君子履之，必有淒愴之心，非其寒之謂也；春，雨露既濡，君子履之，必有怵惕之心，如將見之。」

例句 爺爺雖然去世多年，但後代子孫們卻能時時感受他的春露秋霜。

昭然若揭（ㄓㄠ ㄖㄢˊ ㄖㄨㄛˋ ㄐㄧㄝ）

解釋 昭然：明白的樣子；揭：高舉。形容真相大白，一切都已顯現出來了。

出處 《莊子．達生》：「昭昭乎若揭日月而行也。」

解析「揭」不能解作「揭開」。

例句 他的罪行是昭然若揭，他卻還想掩飾、抵賴，真是令人不恥。

近義 原形畢露；真相大白；暴露無遺；顯而易見。

反義 諱莫如深。

是古非今（ㄕˋ ㄍㄨˇ ㄈㄟ ㄐㄧㄣ）

解釋 認為古代的對，現代的不對。現指對古代事物全盤肯定而對現代事物全盤否定的態度。

出處《漢書．元帝紀》：「俗儒不達時宜，好是古非今，使人眩於名實，不知所守，何足委任！」

例句 你如果不試著瞭解現代人的想法，一味地是古非今，恐怕會和年輕人距離愈來愈遠。

星火燎原（ㄒㄧㄥ ㄏㄨㄛˇ ㄌㄧㄠˊ ㄩㄢˊ）

解釋 燎原：火燒原野。一點小火，可以燒盡整個草原。比喻細微的事情足以造成大災禍。

出處《尚書．盤庚上》：「若火之燎於原，不可嚮邇。」

解析「原」不可寫成「源」。

例句「星火燎原」，一根未熄的煙蒂或一點小火花都足以釀成森林大火，不可不慎。

近義 土壤細流；蟻穴潰堤。

反義 曲突徙薪。

星移斗轉（ㄒㄧㄥ ㄧˊ ㄉㄡˇ ㄓㄨㄢˇ）

解釋 斗：指北斗星。指星斗的位置轉變了。形容時間、季節的改變。

出處《元曲選．喬夢符〈兩世姻緣〉二》：「他便眼巴巴簾下等，直等到星移斗轉二三更。」

例句 他為了趕在明天把作品完成，今晚便一直工作到星移斗轉。

近義 斗轉參橫。

反義 長繩繫日。

星羅棋布（ㄒㄧㄥ ㄌㄨㄛˊ ㄑㄧˊ ㄅㄨˋ）

解釋 羅：羅列，分布。像天上星星那樣羅列，像棋盤上棋子那樣分布。形容數量很多，散布的範圍很廣。又作「棋布星羅」、「星羅雲布」。

出處《文選．班固〈西都賦〉》：「列卒周匝，星羅雲布。」

解析「星羅棋布」使用範圍較廣，強調事物散布範圍很廣，數量很多。「鱗次櫛比」使用範圍較窄，多指建築物排列有序。

例句 不過短短數年間，他的信徒便星羅棋布，遍布全省。

近義 鱗次櫛比。

反義 寥若晨星；寥寥可數。

六畫

時不可失（ㄕˊ ㄅㄨˋ ㄎㄜˇ ㄕ）

解釋 時：時機。

緊緊抓住時機，不可錯失。

出處《國語．晉語》：「時不可失，喪不可久。」

例句 這可是賽夏族十年一次的矮靈大祭，時不可失，許多人連夜上山一睹究竟。

近義 機不可失。

時不我與（ㄕˊ ㄅㄨˋ ㄨㄛˇ ㄩˇ）

解釋 時：時機，時間；我與：「與我」的倒裝。

再沒有時間給我了。表示時機不利於我，嗟嘆機會錯過，追悔不及。也作「歲不我與」。

出處 三國．魏．嵇康《嵇中散集．幽憤詩》：「實恥訟冤，時不我與！」

解析「時不我與」強調時間的寶貴；「歲月如流」強調時間過得快。

例句 看到年輕的球員們一個個都展現了傲人的成績，他不得不大嘆時不我與了。

近義 時不我待；歲月不居。

反義 來日方長。

時乖命蹇（ㄕˊ ㄍㄨㄞ ㄇㄧㄥˋ ㄐㄧㄢˇ）

解釋 時：時運；命：命運；乖、蹇：不順利。

時運不順，命運不好。

出處《元曲選．白仁甫〈牆頭馬上〉二》：「早是抱閒怨，時乖運蹇。」

例句 他雖有滿腹的理想抱負，卻常感嘆時乖命蹇，沒有機會一展長才。

近義 時乖運舛。

反義 否極泰來；時來運轉；時運亨通。

七畫

晨昏定省（ㄔㄣˊ ㄏㄨㄣ ㄉㄧㄥˋ ㄒㄧㄥˇ）

解釋 定：安頓臥具；省：問安。

古代子女侍奉父母的日常禮節，晚間服侍就寢，早晨省視問安。比喻盡孝道。

出處《禮記．曲禮上》：「凡為人子之禮，冬溫而夏清（ㄐㄧㄥˋ），昏定而晨省。」（清，涼。）

解析「省」不能唸成ㄕㄥˇ。

例句 他雖然公務繁忙，但事母至孝，晨昏定省，實是難能可貴。

八畫

普天同慶（ㄆㄨˇ ㄊㄧㄢ ㄊㄨㄥˊ ㄑㄧㄥˋ）

解釋 普：全面。

指全國、全世界的人都在慶祝。

出處《晉書．禮志下》：「今皇太子國之儲副，既已崇建，普天同慶，謂應上禮奉賀。」

例句 如果真有世界大同、天下一家的一天，必定將普天同慶，薄海歡騰。

反義 怨聲載道。

晴天霹靂（ㄑㄧㄥˊ ㄊㄧㄢ ㄆㄧ ㄌㄧˋ）

解釋 霹靂：強烈的雷聲。比喻突然發生使人震驚的消息。本作「青天霹靂」。

出處 宋．王令《王令集．卷九．寄滿子權》詩：「九原黃土英靈活，萬古青天霹靂飛。」陸游〈九月四日雞未鳴起作詩〉：「放翁病過秋，忽起作醉墨，正如久蟄龍，青天飛霹靂。」

例句 這個突如其來的消息猶如**晴天霹靂**，讓大夥面面相覷。

近義 五雷轟頂；平地風波；平地一聲雷。

反義 喜從天降。

智勇雙全（ㄓˋ ㄩㄥˇ ㄕㄨㄤ ㄑㄩㄢˊ）

解釋 稱讚人同時具有智謀與勇氣。

出處 《元曲選．張國賓〈薛仁貴．楔子〉》：「憑著你孩兒學成武藝，智勇雙全，若在兩陣之間，怕不馬到成功。」

解析 「智勇雙全」、「有勇有謀」都指既勇敢，又有智謀；「文武雙全」指文才與武德兼備。

例句 許多的體育競賽講究的都是**智勇雙全**，決不是單靠蠻力就可以贏得比賽的。

近義 文武雙全；有勇有謀。

反義 有勇無謀；無拳無勇。

智圓行方（ㄓˋ ㄩㄢˊ ㄒㄧㄥˊ ㄈㄤ）

解釋 智：智謀，謀慮；行：行為；方：方正。智慮圓通、靈活，行為方正、不苟且。

出處 《淮南子．主術》：「凡人之言曰，心欲小而志欲大，智欲員（圓）而行欲方，能欲多而事欲鮮。」

例句 他出社會多年，一直是**智圓行方**，你遇到困難時不妨請教他。

九畫

暗送秋波（ㄢˋ ㄙㄨㄥˋ ㄑㄧㄡ ㄅㄛ）

解釋 秋波：指美女的眼睛像秋天的水波一樣清澈、明亮。原指暗中以眉目傳情，後引申為暗中獻媚、勾搭。

出處 元．白仁甫《東牆記》一折：「可意人，一見了心下如何忍，遠送秋波眼角情。」

例句 她頻頻對你**暗送秋波**，你還不懂她的意思，真是不解風情。

近義 眉來眼去；眉目傳情。

暗度陳倉（ㄢˋ ㄉㄨˋ ㄔㄣˊ ㄘㄤ）

解釋 陳倉：古代地名，在陝西省寶雞縣的東部。比喻暗中行事，多用在男女私通方面。

出處 《史記．淮陰侯列傳》記載：楚漢相爭時，項羽封劉邦為漢中王，劉邦率領眾人進入漢中，並把棧道燒了表示沒有背叛之心，但後來劉邦又用了韓信的計謀，暗中出兵陳倉，攻取三秦之地。

解析 常和「明修棧道」連用，寫成「明修棧道，暗度陳倉」。

例句 他們倆早已暗度陳倉多年，外人多半知情，唯獨他太太被蒙在鼓裏。

近義 鬼鬼祟祟；偷偷摸摸。

反義 明火執仗；明目張膽。

暗無天日 ㄢˋ ㄨˊ ㄊㄧㄢ ㄖˋ

解釋 一片黑暗，看不見天和太陽。形容社會黑暗、無天理。

出處 《聊齋志異．鴞頭》：「妾幽室之中，暗無天日。」

解析 「暗無天日」和「水深火熱」都形容人民受苦受難，但「暗無天日」泛指社會各方面，所指的範圍較廣，「水深火熱」則專指人民的生活。

例句 近來有許多北韓的官員受不了暗無天日的日子，紛紛向南韓投誠。

近義 天昏地暗；昏天黑地。

反義 重見天日；開雲見日；撥雲見日。

暗箭傷人 ㄢˋ ㄐㄧㄢˋ ㄕㄤ ㄖㄣˊ

解釋 暗箭：從暗處放出來的箭。比喻暗中用手段陷害別人。

出處 《七俠五義》三十一回：「你敢用暗箭傷人，萬不能與你們干休。」

解析 「暗箭傷人」和「含沙射影」都比喻暗中陷害別人，但「暗箭傷人」使用的手段包括語言、行動、文的、武的，在程度上較「含沙射影」為重；「含沙射影」的手段則只指語言、文字等方面。此外「含沙射影」還有影射某人某事的意思。

例句 你這種暗箭傷人、四處散佈流言攻擊對方的手段，未免太不光明磊落了。

近義 為鬼為魅。

反義 正大光明；明火執仗。

十一畫

暮鼓晨鐘 ㄇㄨˋ ㄍㄨˇ ㄔㄣˊ ㄓㄨㄥ

解釋 寺廟中早晚用以報時的鐘鼓。比喻使人覺醒、警悟的語言。也作「晨鐘暮鼓」。

出處 唐．李咸用〈山中〉詩：「朝鐘暮鼓不到耳，明月孤雲長掛情。」

例句 您的一席話如暮鼓晨鐘般，讓我恍然大悟，突然想通了許多事。

近義 暮鼓朝鐘。

暴戾恣睢 ㄅㄠˋ ㄌㄧˋ ㄗˋ ㄙㄨㄟ

解釋 暴戾：凶狠，殘暴；恣睢：放縱，任意做壞事。殘暴凶狠，胡作非為。

出處 《史記．伯夷列傳》：「暴戾恣睢，聚黨數千人，橫行天下。」

解析 「睢」不能寫成「睢」，也不唸成ㄐㄩ。「戾」不讀寫成「淚ㄌㄟˋ」。

例句 在警方的大力掃黑之下，這幫暴戾恣睢的歹徒終於繩之以法，真是大快人心。

近義 窮兇惡極。

暴虎馮河（ㄅㄠˋ ㄏㄨˇ ㄆㄧㄥˊ ㄏㄜˊ）

解釋 暴虎：空手打虎；馮河：涉水過河。比喻有勇無謀，僅憑血氣之勇冒險行事。

出處 《詩經．小雅．小旻》：「不敢暴虎，不敢馮河。」

解析 「馮」，讀ㄆㄧㄥˊ，不讀ㄈㄥˊ。

例句 就憑你一個人，要向那幫窮兇惡極的人討回公道，無異於暴虎馮河。

近義 有勇無謀。

暴跳如雷（ㄅㄠˋ ㄊㄧㄠˋ ㄖㄨˊ ㄌㄟˊ）

解釋 大怒時像打雷一樣猛烈。形容盛怒的樣子。

出處 《儒林外史》第五十四回：「賣人參的聽了，啞吧夢見媽，說不出的苦，急的暴跳如雷。」

解析 「暴跳如雷」和「大發雷霆」都形容大發脾氣，但「暴跳如雷」是從動作上形容，「大發雷霆」則是從聲音上來表現憤怒的情緒。

例句 教練一聽說隊上有人參與賭博，在比賽時放水，不禁暴跳如雷。

近義 大發雷霆。

反義 心平氣和；平心靜氣。

暴殄天物（ㄅㄠˋ ㄊㄧㄢˇ ㄊㄧㄢ ㄨˋ）

解釋 暴：損害，糟蹋；殄：滅絕；天物：指鳥獸、草木等。原指滅絕、殘害自然產生之物。後指任意糟蹋、損害物品。

出處 《尚書．武成》：「今商王受無道，暴殄天物，害虐烝民。」（商王受，即商王紂。）

解析 ①「殄」不能唸成ㄓㄣ。②「暴殄天物」多指糟蹋糧食、衣物等；而「鋪張浪費」多指追求排場，浪費人力、金錢；「日食萬錢」與「食錢方丈」則指生活奢靡、浪費。

例句 姊姊為了減肥，只吃了一小口就把剩餘的飯菜倒掉，真是暴殄天物。

十二畫

曇花一現（ㄊㄢˊ ㄏㄨㄚ ㄧˊ ㄒㄧㄢˋ）

解釋 曇花：印度梵語優曇鉢花的簡稱，開花時間非常短促。原來比喻事物不常見。後比喻事物一出現很快就消失。

出處 《妙法蓮華經．方便品第二》：「佛告舍利弗，如是妙法，如優曇鉢花，時一現耳。」

解析 「曇」不可寫成「壜」。

例句 這個貪汚腐敗的政府，猶如曇花一現般，執政不久後便面臨了瓦解的命運。

近義 好景不常；過眼雲煙；電光石火。

反義 流芳百世；萬古長青；萬古流芳。

十五畫

曠日持久（ㄎㄨㄤˋ ㄖˋ ㄔˊ ㄐㄧㄡˇ）

解釋 曠：荒廢。荒廢時間，拖延很久。

出處 《戰國策．趙策四》：「今得強趙之兵，以杜燕將，曠日持久數歲。」

解析 「持」不寫成「特」。

例句 老人福利問題曠日持久，懸而未決，逼得老人們不得不走上街頭，爭取自己的權益。

近義 曠日引月；曠日彌久。

反義 一時半刻；一朝一夕；指日可待。

【曰部】

二畫

曲突徙薪（ㄑㄩ ㄊㄨˊ ㄒㄧˇ ㄒㄧㄣ）

解釋 突：煙囪；徙：遷移；薪：柴。

把煙囪改建成彎的，把灶旁的柴搬開，避免發生火災。比喻事先採取措施，防止危險發生。

出處 《漢書．霍光傳》中記載：有一個客人看到主人家中的煙囪很直，柴火又堆在旁邊，就勸主人把煙囪弄彎，把木柴移開，否則容易失火，主人不聽，後來果然發生了火災，鄰居們都幫忙救火，許多人都因此受了傷，後來主人設宴謝謝大家，並視受傷的人為上賓，而不顧那個事前勸他的人，有人就說：「今論功而請賓，曲突徙薪亡恩澤，焦頭爛額者為上客耶！」

解析 「徙」不可讀寫成「徒ㄊㄨˊ」。

例句 任何新的措施在實行前都應曲突徙薪，先做好萬全的準備。

近義 未雨綢繆；防患未然。

反義 亡羊補牢；江心補漏；臨渴掘井；臨陣磨槍。

曲高和寡（ㄑㄩˇ ㄍㄠ ㄏㄜˋ ㄍㄨㄚˇ）

解釋 曲：曲調；和：跟著別人唱；寡：少。

樂曲的格調越高雅，能跟著唱的就越少。原來比喻知音難得。現在比喻作品不通俗，能了解的人不多。或用以形容懷才不遇。

出處 《文選．宋玉．對楚王問》中記載：有個客人在都城裏唱歌，起初他唱「下里」、「巴人」，跟著他唱的有幾千人，後來唱「陽阿」、「薤露」，跟著唱的有幾百人，等到唱「陽春」、「白雪」時，跟著唱的不過幾十人，「是其曲彌高，其和彌寡。」

解析 「和」不能唸成ㄏㄜˊ。「曲」不可讀成「彎曲」的ㄑㄩ。

例句 您的作品太過深奧難懂，難免**曲高和寡**，引不起一般人的共鳴。

近義 陽春白雪。

反義 下里巴人；雅俗共賞。

曲終奏雅 ㄑㄩˇ ㄓㄨㄥ ㄗㄡˋ ㄧㄚˇ

解釋 雅：雅樂。
樂曲到終結處奏出了雅正的樂音，比喻文章或藝術表現在結尾時顯得特別精彩。

出處 《史記．司馬相如列傳》：「相如雖多虛辭濫說，然其要歸引之節儉。此與《詩》之風諫何異！揚雄以為靡麗之賦，勸百風一，猶馳騁鄭衛之聲，曲終而奏雅，不已虧乎？」

例句 這部電影拍得荒腔走板，雖在末尾力圖振作、**曲終奏雅**，但觀眾大多已離席了。

曲意逢迎 ㄑㄩ ㄧˋ ㄈㄥˊ ㄧㄥˊ

解釋 曲意：委曲己意；逢迎：迎合。
形容不惜違反自己的本意去迎合別人的意思。

出處 《三國演義》第八回：「（董）卓偶染小疾，貂蟬衣不解帶，曲意逢迎，卓心愈喜。」

解析 「曲」不可寫成「屈服」的「屈」。

例句 同事們十分不恥他對上司**曲意逢迎**、阿諛諂媚的態度。

近義 阿其所好；阿諛逢迎；阿諛取容。

反義 剛正不阿。

三　畫

更僕難數 ㄍㄥ ㄆㄨˊ ㄋㄢˊ ㄕㄨˇ

解釋 更：換；僕：僕人；數：說。
換了幾班侍者，賓主要說的話還是說不完。
形容事物繁多，難以一一陳述。

出處 《禮記．儒行》：「遽數之不能終其物，悉數之乃留，更僕未可終也。」

例句 自從你離開後，這裏發生了許多事，我是**更僕難數**，一時沒法說得詳盡。

近義 不可勝數；恆河沙數；數不勝數。

反義 屈指可數；寥寥可數。

八　畫

曾參殺人 ㄗㄥ ㄕㄣ ㄕㄚ ㄖㄣˊ

解釋 指曾參的母親懷疑兒子殺人的事。比喻流言可畏。

出處 《戰國策．秦策二》：「費人有與曾子同名族者而殺人。人告曾子母曰：『曾參殺人。』曾子之母曰：『吾子不殺人。』織自若。有頃焉，人又曰：『曾參殺人。』其母尚織自若也。頃之，一人又告之曰：『曾參殺人。』其母懼，投杼逾牆而走。」

例句 這雖然是莫虛有的罪名，但漫天的謠言卻逼得他不得不舉家移民，真是曾參殺人。

近義 曾母投杼。

曾經滄海

解釋 形容經歷豐富，或曾有過深刻而難忘的經驗。

出處 唐．元稹《元氏長慶集．離思》詩：「曾經滄海難為水，除卻巫山不是雲。」

例句 每每憶及那一段令他刻骨銘心的過往，都令他有曾經滄海之慨。

近義 歷經滄桑。

反義 涉世不深。

【月部】

月暈而風，礎潤而雨

解釋 暈：指太陽或月亮周圍出現的光環；礎：柱子底下的石墩；潤：濕潤。

月亮周圍出現光環就會刮風，礎石濕潤了就會下雨。比喻事情發生前必定有徵兆。

出處 宋．蘇洵〈辨姦論〉：「月暈而風，礎潤而雨，人人知之。」

例句 「月暈而風，礎潤而雨」，再突然的事件也必有其細微的徵兆可察。

二畫

有口皆碑

解釋 碑：紀功碑，比喻稱譽。人人稱讚。

出處 宋．釋普濟《五燈會元．太平安禪師》：「勸君不用鐫（ㄐㄩㄢ）頑石，路上行人口似碑。」

解析 「有口皆碑」重在人人稱譽；「口碑載道」、「頌聲載道」重在處處充滿了稱頌的話。

例句 這間餐廳不但菜色美味而且乾淨衛生，附近居民是有口皆碑。

近義 口碑載道；交口稱譽；頌聲載道；讚不絕口。

反義 怨聲載道。

有目共睹

解釋 睹：看見。所有人的眼睛都看見。形容非常明顯，為眾人所共見。

出處 清．錢謙益《錢牧齋尺牘．與王貽上》：「如卿雲在天，有目共睹。」

例句 他勤政愛民的作風是大家有目共睹，這次遭人陷害，鄉民們都自動發起聲援活動。

近義 顯而易見。

反義 視而不見；習焉不察。

有名無實
ㄧㄡˇ ㄇㄧㄥˊ ㄨˊ ㄕˊ

解釋 徒有虛名而無實際，即名義與實質不相符。

出處 《國語．晉語八》：「宣子曰：『吾有卿之名而無其實。』」

解析 「有名無實」、「名不符實」的「名」可以指名義、名聲，也可以指名稱；「有名無實」指有虛名而無實際，多指好名；「名不符實」指名與實不一致，可以指好名，也可以指壞名；「徒有虛名」的「名」多指好的名義、名聲，一般不指名稱。

例句 他名片上的頭銜雖然很多，不過都是些**有名無實**的虛職。

近義 名不符實；名存實亡；徒有虛名。

反義 名不虛傳；名副其實。

有志竟成
ㄧㄡˇ ㄓˋ ㄐㄧㄥˋ ㄔㄥˊ

解釋 竟：終於。只要意志堅定，最後一定成功。

出處 《後漢書．耿弇（ㄧㄢˇ）傳》：「將軍前在南陽，建此大策，常以為落落難合，有志者事竟成也。」

例句 修築山區道路是一件非常艱鉅的工作，但大家稟著**有志竟成**的決心，依然把它完成了。

近義 愚公移山；磨杵成針。

有勇無謀
ㄧㄡˇ ㄩㄥˇ ㄨˊ ㄇㄡˊ

解釋 只有膽量，沒有智謀。比喻做事或打仗只有血氣之勇，而缺乏計畫、智謀。

出處 陸贄〈論兩河及淮西利害狀〉：「武俊蕃種，有勇無謀。」

例句 在球場上除了勇氣與體力外，智謀也占了很重要的地位，**有勇無謀**是成不了事的。

反義 智勇雙全。

有恃無恐
ㄧㄡˇ ㄕˋ ㄨˊ ㄎㄨㄥˇ

解釋 恃：倚仗，依靠。因為有所倚靠就無所畏懼或顧忌。

出處 《左傳．僖公二十六年》：「室如懸罄，野無青草，何恃而不恐？」（罄，同「磬」，樂器。）

解析 「有恃無恐」、「有備無患」都含有「有所倚仗而沒有顧慮」的意思，其區別在於：「有恃無恐」強調有依靠；「有備無患」強調有準備。當表示有特殊勢力撐腰而放膽行事，近乎囂張的意思時，只能用「有恃無恐」。

例句 許多黑道份子因為有政界人士在背後撐腰而**有恃無恐**。

有教無類
ㄧㄡˇ ㄐㄧㄠˋ ㄨˊ ㄌㄟˋ

解釋 類：類別。無論貧富貴賤都給以教育。

出處 《論語．衛靈公》：「子曰：『有教無類』」。

例句 義務教育是不分貧富貴賤、**有教無類**，使全民都有受教育的機會。

近義 一視同仁；等量齊觀。

反義 因人而異。

有條不紊（ㄧㄡˇ ㄊㄧㄠˊ ㄅㄨˋ ㄨㄣˋ）

解釋 條：秩序；紊：亂。事物處理得有條有理，一點不亂。

出處 《尚書．盤庚上》：「若網在綱，有條而不紊。」

解析 「有條不紊」除可形容工作、佈置有條理，也可指說話、作文條理清楚，或隊伍有秩序；「有板有眼」一般只可形容說話、做事有條不紊；「有條有理」則偏重形容工作的安排、物件的佈置，也形容說話、作文條理清楚。

例句 這一堆混亂的文件資料，經過他的整理，立即變得有條不紊、井然有序。

近義 井井有條；井然有序；有條有理；秩序井然。

反義 狼藉不堪；亂七八糟；雜亂無章。

有眼無珠（ㄧㄡˇ ㄧㄢˇ ㄨˊ ㄓㄨ）

解釋 比喻見識短淺沒有識別事物的能力。

出處 《元曲選．無名氏〈舉案齊眉〉一》：「就似那薰蕕般各別難同處，怎比你有眼卻無珠。」

解析 「有眼無珠」、「有眼不識泰山」都可比喻沒有識別人物的能力，其區別在於：「有眼無珠」比喻對人或事沒有識別能力，不限用於人；「有眼不識泰山」比喻認不出地位很高或很著名的人物。

例句 這隻手錶品質如此粗劣，一眼就可看出是仿冒品，你卻花了大錢買下，真是有眼無珠。

近義 有眼如盲。

反義 明若觀火；明察秋毫。

有備無患（ㄧㄡˇ ㄅㄟˋ ㄨˊ ㄏㄨㄢˋ）

解釋 患：禍患，災難。事先有所準備就可以免除禍患。

出處 《尚書．說命中》：「惟事事，乃其有備，有備無患。」

解析 「有備無患」指有準備就可以避免禍患；「未雨綢繆」單純比喻要事先作好準備。

例句 他向來篤信有備無患，所以家中囤積了大批的日用品。

近義 未雨綢繆；曲突徙薪；防患未然。

反義 亡羊補牢；江心補漏；臨陣磨槍；臨渴掘井。

有聲有色（ㄧㄡˇ ㄕㄥ ㄧㄡˇ ㄙㄜˋ）

解釋 形容表演得精采動人。也形容敘述或描繪得十分生動。

出處 清．洪亮吉《北江詩話》一：「寫月有聲有色如此，後人復何從著筆耶？」（指唐朝．李白、杜甫之詠月詩。）

例句 他雖然對經營咖啡店是完全外行，但是一年下來，他仍經營得有聲有色。

近義 栩栩如生；繪聲繪色。

反義 死氣沈沈；枯燥乏味。

四畫

朋比為奸（ㄆㄥˊ ㄅㄧˋ ㄨㄟˊ ㄐㄧㄢ）

解釋 朋比：互相勾結。形容壞人結成集團串通做壞事。

出處 《三國演義》第一回：「後張讓、趙忠、封諝、段珪、曹節、侯覽、蹇碩、程曠、夏惲、郭勝十人朋比為奸，號為『十常侍』。」

例句 這兩人**朋比為奸**，已經聯手犯下數起強盜勒索的案子。

近義 狼狽為奸。

反義 公正無私；同心協力。

七畫

望子成龍（ㄨㄤˋ ㄗˇ ㄔㄥˊ ㄌㄨㄥˊ）

解釋 望：盼望，希望；龍：古代傳說中一種能興雲作雨的神異動物，過去把龍作為帝王的象徵，後來引申為高貴、珍異的象徵。希望兒子能出人頭地、成大器。

出處 清．文康《兒女英雄傳》三十六回：「天如望子成名比自己功名念切，還加幾倍。」

例句 現代父母無不**望子成龍**，常逼得小朋友為了補習疲於奔命。

望文生義（ㄨㄤˋ ㄨㄣˊ ㄕㄥ ㄧˋ）

解釋 文：文字，指字面；義：意義。只按照字面上去牽強附會，斷章取義，不推求確切的含義。

出處 清．王念孫《讀書雜志．戰國策第三．虎摯》：「鮑、吳皆讀『摯』為『前有摯獸』之『摯』，望文生義，近於皮傅矣。」

解析 「望文生義」、「顧名思義」之意義大有區別，不能混淆：「望文生義」指閱讀時不推求真正含義，只按照字面上作牽強附會的解釋；而「顧名思義」則指看到名稱就可以聯想到它的含義。

例句 他把這篇古文翻譯得錯誤百出，一看就知道是犯了**望文生義**的毛病。

近義 郢書燕說；牽強附會。

望而卻步（ㄨㄤˋ ㄦˊ ㄑㄩㄝˋ ㄅㄨˋ）

解釋 看到了就往後退縮，形容非常害怕面臨困難或危險。

出處 清．袁枚《隨園詩話補遺》卷七：「今藏園、甌北兩才子詩，鬥險爭新，余望而卻步。」

解析 「望而卻步」與「望而生畏」都有「看到了就害怕」的意思，但「望而卻步」重在行動，向後退縮；「望而生畏」重在心情，產生畏怕。

例句 他滿身刺青、一臉橫肉的長相，令人**望而卻步**。

近義 畏縮不前；望而生畏。

反義 勇往直前；臨危不懼。

望門投止（ㄨㄤˋ ㄇㄣˊ ㄊㄡˊ ㄓˇ）

解釋 止：步履。見有人家就去投宿，求得暫時的存身之處。形容避難或出奔時的急迫情況。

出處《後漢書．張儉傳》：「儉得亡命，困迫遁走，望門投止。」

例句 為了逃避仇家的追殺，他只得連夜出奔，望門投止。

反義 自食其力。

望洋興嘆（ㄨㄤˋ ㄧㄤˊ ㄒㄧㄥ ㄊㄢˋ）

解釋 原指看到別人的偉大，才感到自己的渺小。後比喻做事力量不足或缺乏條件而感到無可奈何。

出處 莊子秋水裏記載：秋天時，許多江水都匯集到河流裏來。於是，河伯（相傳中的河神）心裏非常高興，以為天底下數他最了不起了。可是等他順著流水往東走到北海的時候，向東面一看，望見無邊無際的海洋，他這才感到自己的渺小，仰望著海神自歎不如。

例句 看到這件得獎作品設計得如此完美與精巧，不得不令我們望洋興嘆。

近義 束手無策；無計可施；無能為力。

望穿秋水（ㄨㄤˋ ㄔㄨㄢ ㄑㄧㄡ ㄕㄨㄟˇ）

解釋 秋水：指眼睛。把眼睛都望穿了。形容對遠地親友盼望得非常殷切。

出處 元．王實甫《西廂記》第三本：「望穿他盈盈秋水，蹙（ㄘㄨˋ）損他淡淡春山。」（春山，比喻眉。）

解析 「望穿秋水」、「望眼欲穿」都形容盼望殷切。有時可換用，但有區別：「望穿秋水」一般用來形容對遠地親友盼望的殷切；而「望眼欲穿」則不限於此，應用範圍較廣。

例句 選舉前候選人無不大開支票，宣揚施政理念，當選後卻讓小市民望穿秋水，也不見支票兌現。

近義 引領而望；延頸企踵；依門倚閭；望眼欲穿。

望風披靡（ㄨㄤˋ ㄈㄥ ㄆㄧ ㄇㄧˇ）

解釋 披靡：草木隨風散倒，比喻軍隊潰散。比喻作戰中被對方的聲勢所震懾，老遠地看到來勢勇猛，未經戰鬥就潰敗了。也作「應風披靡」。

出處《文選．司馬相如〈上林賦〉》：「應風披靡，吐芳揚烈。」

解析 「望風披靡」著重指軍隊毫無戰鬥力；「望風而逃」著重形容潰散逃跑的樣子。

例句 我們隊上的球員個個技巧精湛，有強大的爆發力，尚未開打，敵隊已望風披靡。

近義 望風而逃；望風而潰。

反義 所向披靡；所向無敵。

望梅止渴 ㄨㄤˋ ㄇㄟˊ ㄓˇ ㄎㄜˇ

解釋 比喻願望無法達成，只好用空想來安慰自己。

出處 《世說新語．假譎》記載：東漢末年，曹操征伐張綉。行軍路上，因為斷絕了水源，將士們非常口渴，曹操指著前方騙他們說：「前面有大片的梅樹林，樹上結滿了梅子，酸甜可口，到那裏摘梅子吃，可以解渴。」兵士們聽說有梅子吃，嘴裏直流口水，也就不那麼渴了。

例句 計畫被迫停擺後，我們只得望梅止渴，做做模型來安慰自己。

近義 畫餅充饑。

望眼欲穿 ㄨㄤˋ ㄧㄢˇ ㄩˋ ㄔㄨㄢ

解釋 把眼睛都快望穿了。形容盼望、想念的殷切。

出處 唐．杜甫〈寄岳州賈司馬六丈巴州嚴八使君兩閣老五十韻〉詩：「舊好腸堪斷，新秋（一作「愁」）眼欲穿。」

例句 這些年來一直沒有你的消息，真是令我望眼欲穿。

近義 延頸企踵；依門倚閭；望穿秋水。

望塵莫及 ㄨㄤˋ ㄔㄣˊ ㄇㄛˋ ㄐㄧˊ

解釋 及：趕上。遠遠望著前面人馬行走時飛揚起來的塵土，追趕不上。比喻別人進展很快，自己卻遠遠落後。也作「望塵不及」。

出處 《後漢書．趙咨傳》記載：東漢時，趙咨曾任敦煌太守。後來調任東海宰相，在途中經過滎陽，縣令曹皓在大路旁迎接他。但是趙咨為了不驚動地方官吏，沒有停留。等到曹皓追至滎陽城外時，只遠遠看到前面人馬的行塵而追趕不上了。

解析 「望塵莫及」偏重指趕不上；「高不可攀」偏重指不能達到。

例句 這家公司產品的精良，實在是令人望塵莫及。

近義 不可企及；瞠乎其後。

反義 名列前茅；後來居上；遙遙領先；獨占鼇頭。

望聞問切 ㄨㄤˋ ㄨㄣˊ ㄨㄣˋ ㄑㄧㄝ

解釋 中醫的用語。望，指觀氣色；聞，指聽聲息；問，指詢症狀；切，指摸脈象；合稱四診。指中醫診斷病症的四種方法。

出處 元．施惠《幽閨記傳奇．抱恙離鸞》：「末：翁太醫你還要看症真仔細下藥。淨：這等待我再望聞問切。」

例句 這位醫師的醫技精湛，透過望聞問切就能準確地推斷病人的病情。

八畫

期期艾艾 ㄑㄧ ㄑㄧ ㄞˋ ㄞˋ

解釋 形容口吃，或有難言之隱的人說話不流利。

出處 《史記．張丞相列傳》裏說：周昌口吃，一說話總要重覆說「期期」。南朝．宋．劉義慶《世說新語．言語》裏說：鄧艾口吃，一開口就要說「艾艾」。

例句 辯才無礙的他，只要碰上心儀的王小姐，立刻變得期期艾艾。

近義 結結巴巴。

反義 口若懸河；伶牙俐齒。

朝三暮四 ㄓㄠ ㄙㄢ ㄇㄨˋ ㄙˋ

解釋 原來比喻用詐術欺騙人。後來用以比喻變化多端，反覆無常。

出處 《莊子．齊物論》中記載：古時有個養猴的人，很懂得猴子的心理，有一次，他分橡子給猴子，說：「每天早上給你們三顆，晚上給你們四顆，可以嗎？」猴子一聽早上才給三顆，都很生氣。他馬上改口說：「那麼早上給你們四顆，晚上給你們三顆吧！」猴子一聽早上比原來增加了一顆，都很高興。

解析 「朝」不能唸成ㄔㄠˊ。

例句 身為一個決策者，言出必行是很重要的，你這樣朝三暮四，民眾當然會無所適從。

近義 反覆無常；朝秦暮楚。

反義 始終不渝；始終如一。

朝不保夕 ㄓㄠ ㄅㄨˋ ㄅㄠˇ ㄒㄧ

解釋 朝：早晨；夕：傍晚。早晨保不住晚上會發生什麼情況。形容形勢危急難保。

出處 《五代史．通俗演義》十五回：「唐軍尚未薄城，城內已一夕數驚，朝不保夕了。」

解析 「朝」不唸成ㄔㄠˊ。

例句 要求他下台的聲浪一波波襲來，看來他的位子是朝不保夕了。

近義 危在旦夕；岌岌可危。

朝不謀夕 ㄓㄠ ㄅㄨˋ ㄇㄡˊ ㄒㄧ

解釋 朝：早晨；謀：謀劃，打算；夕：傍晚。早晨不考慮晚上該怎麼辦。形容苟且偷安或形勢危急，只能顧眼前了。又作「朝不慮夕」。

出處 《左傳．昭公元年》：「吾儕（ㄔㄞˊ）偷食，朝不謀夕。」（吾儕，我輩，我們。）

解析 「朝」不能唸成ㄔㄠˊ。

例句 這些居民已是三餐不繼、朝不謀夕了，現在連唯一的棲身之所都要被拆除，真是情何以堪。

近義 朝不保夕；朝不及夕。

反義 長算遠略；從長計議。

朝令暮改 ㄓㄠ ㄌㄧㄥˋ ㄇㄨˋ ㄍㄞˇ

解釋 早晨下的命令，晚上又改變了。形容法令時常改變，使人無所適從。也作「朝令夕改」。

出處 漢．鼂錯〈論貴粟疏〉：「急政暴虐，賦斂不時，朝令而暮改。」

解析 「朝」不能唸成ㄔㄠˊ。

例句 所有的政策在施行前都必須經過慎密的思考，你這樣**朝令暮改**必會引起民怨。

近義 反覆無常；出爾反爾；朝更夕改。

反義 一成不變；言之不渝；蕭規曹隨。

朝秦暮楚 ㄓㄠ ㄑㄧㄣˊ ㄇㄨˋ ㄔㄨˇ

解釋 朝：早晨；秦、楚：周代的兩個諸侯國名。

戰國時秦楚兩大強國互相對立，時常打仗，其他國家根據自己的利害，時而助秦，時而助楚。比喻反覆無常。也形容居住飄泊不定。

解析 「朝」不能唸成ㄔㄠˊ。

例句 你如果不能改掉這個猶豫不決、**朝秦暮楚**的個性，再多的機會也會錯失。

近義 心猿意馬；反覆無常；朝三暮四。

反義 矢志不二；始終不渝；始終如一。

朝乾夕惕 ㄓㄠ ㄑㄧㄢˊ ㄒㄧ ㄊㄧˋ

解釋 乾：乾乾，勤勞、強健的樣子。惕：小心謹慎。

形容日夜勤奮不敢懈怠。舊時多用以稱頌帝王或大臣。

出處 《周易．乾》：「君子終日乾乾，夕惕若厲，無咎。」

解析 ①「朝」不能唸成ㄔㄠˊ。②「朝乾夕惕」偏重勤奮而謹慎小心；「焚膏繼晷」、「夜以繼日」、「不捨晝夜」偏重勤奮而不知疲倦。

例句 自從他選上市長後便**朝乾夕惕**，絲毫不敢懈怠。

近義 不捨晝夜；夜以繼日；焚膏繼晷。

反義 得過且過；無所用心；飽食終日。

朝聞夕改 ㄓㄠ ㄨㄣˊ ㄒㄧ ㄍㄞˇ

解釋 早上聽見自己的過失，晚上就改正。指人勇於改過。也作「朝過夕改」。

出處 《晉書．周處傳》：「古人貴朝聞夕改，君前途尚可，且患志之不立，何憂名之不彰！」

例句 現今政府官員普遍缺乏**朝聞夕改**的勇氣，只知一味地掩飾，導致民怨愈積愈深。

【木部】

木已成舟 ㄇㄨˋ ㄧˇ ㄔㄥˊ ㄓㄡ

解釋 舟：船。

木頭已經做成船，比喻事情已成定局，不能挽回或改變了。

出處 《鏡花緣》三十五回：「到了明日，木已成舟，眾百姓也不能求我釋放，我也有詞可託了。」

例句 不管你贊不贊成，這件事是**木已成舟**，一切都定案就緒了。

近義 生米煮成熟飯。

反義 未定之天。

木本水源（ㄇㄨˋ ㄅㄣˇ ㄕㄨㄟˇ ㄩㄢˊ）

解釋 本：樹木的根；源：水的源頭。比喻推究事物的根本或事情的原因。

出處 《左傳．昭公九年》：「王使詹桓伯辭於晉曰：『……我在伯父，猶衣服之有冠冕，木水之有本源，民人之有謀主也。』」

例句 任何事都該有個木本水源，總不會憑空而生。

近義 追本溯源。

一畫

本末倒置（ㄅㄣˇ ㄇㄛˋ ㄉㄠˋ ㄓˋ）

解釋 本：樹根，比喻事物的根本；末：樹梢，比喻事物的枝節；置：放置。比喻把先後、輕重的位置弄顛倒了。

出處 金．缺名《綏德州新學記》：「然非知治之審，則亦未嘗不本末倒置。」

解析 「本末倒置」和「捨本逐末」都是講次序處理不當，但「本末倒置」是把主次的位置顛倒了，「捨本逐末」是捨棄主要的，追求次要的。

例句 他為了賺取學費，每天打工到深夜，卻在上課時睡覺，真是本末倒置。

近義 捨本逐末；輕重倒置。

反義 崇本抑末；輕重緩急。

未卜先知（ㄨㄟˋ ㄅㄨˇ ㄒㄧㄢ ㄓ）

解釋 卜：占卜，算卦。尚未占卜前就先知道結果。指能預知未來的事，形容有先見之明。

出處 《元曲選．無名氏〈桃花女〉三》：「賣弄殺周易陰陽誰知你，還有個未卜先知意。」

解析 「未卜先知」指對事情有先見之明；「料事如神」含讚揚的語氣，指預測結果非常準確。

例句 他似乎有未卜先知的能力，我們的秘密行動完全被他料中。

近義 料事如神；諸葛再世。

未可厚非（ㄨㄟˋ ㄎㄜˇ ㄏㄡˋ ㄈㄟ）

解釋 厚：重；非：責備。不可以過分責備、非難。指事出有因，不可加以過分的責難。

出處 《漢書．王莽傳中》：「後頗覺悟，曰：『英（馮英）亦未可厚非。』復以英為長沙連率。」

例句 他為妹妹隱藏過錯，這也是人之常情，未可厚非，你就不要再責備他了。

近義 無可非議；無可指責。

反義 一無是處；全盤否定。

未定之天（ㄨㄟˋ ㄉㄧㄥˋ ㄓ ㄊㄧㄢ）

解釋 佛家認為天有三十三重，未定之天，指還沒有肯定在天的哪一重。比喻事情的結局還不明確。

出處 清．吳楚材、吳調侯《古文觀止．蘇軾．三槐堂銘》：「蓋嘗手植三槐於庭，曰：『吾子孫必有三公者』」注：「未定之天。」

例句 錄取與否還在**未定之天**，你卻急著慶祝，未免太樂觀了。

近義 未定之數。

未雨綢繆 ㄨㄟˋ ㄩˇ ㄔㄡˊ ㄇㄡˊ

解釋 綢繆：用繩索纏捆。原意指未下雨時，就要把門窗捆綁牢固。後比喻事前做好準備工作。

出處 《詩經．豳風．鴟鴞》：「迨天之未陰雨，徹彼桑土，綢繆牖戶。」

解析 「繆」不可寫成「謬」，不可讀作ㄇㄧㄠˋ或ㄇㄧㄡˋ。

例句 現在的環境雖然很穩定，但我們仍**未雨綢繆**，先替自己預留後路。

近義 曲突徙薪；有備無患；防患未然。

反義 亡羊補牢；江心補漏；臨渴掘井；臨陣磨槍。

二　畫

朽木糞土 ㄒㄧㄡˇ ㄇㄨˋ ㄈㄣˋ ㄊㄨˇ

解釋 朽木：爛木頭；糞土：髒土、臭泥。比喻不堪造就的人或無用的東西。

出處 《論語．公冶長》裏說，有一次孔子的學生宰予白晝打盹，孔子就罵宰予說：「朽木，不可雕也；糞土之牆，不可圬也。」

解析 「朽」不可寫成「圬、污」

例句 他在你眼中猶如**朽木糞土**，但跳槽到別隊後卻被視為瑰寶，屢屢締造佳績。

近義 不堪造就；朽木不雕；糞土之牆。

反義 孺子可教。

三　畫

東之高閣 ㄕㄨˋ ㄓ ㄍㄠ ㄍㄜˊ

解釋 比喻棄置不用。

出處 《晉書．庾翼傳》記載：東晉的庾翼是一個很有軍事才能的將領，他是東晉三朝元老庾亮的弟弟，庾亮死後，庾翼代其鎮守武昌。當時，朝中大臣杜義和殷浩等人，都是些徒有虛名、華而不實的人物，只會誇談、說空話。庾翼非常討厭他們，常對人說：「此輩宜東之高閣，俟天下太平，然後議其任耳。」，意思是，對待這種人只能置之不理，等天下太平了再來考慮任用他們。

解析 「東之高閣」、「置之不理」和「什襲而藏」都有放在一邊的意思，但「東之高閣」著重在「棄置不用」，多指具體的東西；「置之不理」著重在「不管不理」，多指事情或人物；「什襲而藏」指將心愛的東西珍重地收藏起來。

例句 退休後他便把球棒束之高閣，現在要重回球場難免有一點生疏。

近義 置若罔聞；置之不理；置之度外。

反義 愛不釋手。

束手待斃 ㄕㄨˋ ㄕㄡˇ ㄉㄞˋ ㄅㄧˋ

解釋 斃：死。

捆起手來等死。比喻遇到困難無計可施、坐等失敗。

出處 《三國演義》七回：「兵臨城下，將至河邊，豈可束手待斃？」

例句 他雖知大勢已去，但仍不願束手待斃，準備使出全力一搏。

近義 引頸就戮；束手就擒；坐以待斃。

反義 決一死戰；困獸猶鬥；垂死掙扎。

束手就擒 ㄕㄨˋ ㄕㄡˇ ㄐㄧㄡˋ ㄑㄧㄣˊ

解釋 擒：活捉。

形容無力反抗而被捉拿。

出處 《儒林外史》八回：「寧王鬧了兩年，不想被新建伯王守仁一陣殺敗，束手就擒。」

例句 歹徒被警方團團圍住，自知無力反抗，只好束手就擒。

近義 引頸就戮；束手待斃；坐以待斃。

反義 決一死戰；困獸猶鬥；垂死掙扎，負隅頑抗。

束手無策 ㄕㄨˋ ㄕㄡˇ ㄨˊ ㄘㄜˋ

解釋 策：辦法。

像手被捆住一樣，一點辦法也沒有。形容遇到問題時沒有解決的辦法。

出處 《宋季三朝政要》：「檜（秦檜）死而逆亮（金主完顏亮）南牧，孰不束手無策。」

解析 ①「策」下部從「朿」不寫成「束」。②「束手無策」和「一籌莫展」都有想不出一點辦法的意思。「束手無策」偏重於對客觀造成的困境方面；「一籌莫展」偏重於指自己本身想不出任何辦法。

例句 這次的事件是有始以來的最大危機，大家卻都束手無策，一點辦法也想不出來。

近義 一籌莫展；束手待斃；無計可施。

反義 足智多謀；急中生智；情急生智。

束縕請火 ㄕㄨˋ ㄩㄣˋ ㄑㄧㄥˇ ㄏㄨㄛˇ

解釋 縕：亂麻；請火：乞火，討火。

搓亂麻為引火繩，向人求火種。比喻求助於人。

出處 《漢書．蒯通傳》：「里婦夜亡肉，姑以為盜，怒而逐之。婦晨去，過所善諸母，語以事而謝

（謝，辭別。）之。里母曰：『女（汝）安行，我今令而（爾）家追女（汝）矣。』即束緼請火於亡肉家，曰：『昨暮夜，犬得肉，爭鬥相殺，請火治之。』亡肉家遽追呼其婦。」

例句 我實在解決不了這個難題，只得**束緼請火**，求助於你了。

李代桃僵 ㄌㄧˇ ㄉㄞˋ ㄊㄠˊ ㄐㄧㄤ

解釋 僵：乾枯。

本來是用桃李共患難來比喻兄弟同甘共苦。後轉為比喻互相頂替或代人受過。

出處 古樂府〈雞鳴〉：「桃生露井上，李樹生桃傍。蟲來嚙（ㄋㄧㄝˋ）桃根，李樹代桃僵。樹木身相代，兄弟還相忘。」

例句 按規定，如果他本人無法出席，就必須取消他的資格，怎麼可以**李代桃僵**，由你出面呢！

近義 代人受過；張冠李戴。

反義 委過於人；嫁禍於人。

杜門卻掃 ㄉㄨˋ ㄇㄣˊ ㄑㄩㄝˋ ㄙㄠˋ

解釋 杜：堵塞；卻掃：不再灑掃迎客。

形容閉門謝客，不與外界接觸，以清靜自適。

出處 《魏書．逸士傳．李謐》：「每曰：『丈夫擁書萬卷，何假南面』遂絕跡下帷，杜門卻掃。」

例句 他息影後便**杜門卻掃**，很少公開露面了。

近義 杜門自絕；杜門謝客。

杞人憂天 ㄑㄧˇ ㄖㄣˊ ㄧㄡ ㄊㄧㄢ

解釋 比喻沒有必要或無根據的憂慮。

出處 《列子．天瑞》記載：古時候，杞國有個人，老是擔心天會塌下來，以至於憂慮得吃不下飯，睡不好覺。唐朝詩人李白〈梁甫吟〉一詩中用了這個典故，有「杞國無事憂天傾」的詩句。

解析 「庸人自擾」比「杞人憂天」的語義寬，除了可與後者一樣指不必要的憂慮、恐懼外，更常指無事生事、自找麻煩、自討苦吃。

例句 如果世界末日快到了，也不是你阻擋得了的，你又何必**杞人憂天**。

近義 杞人之憂；庸人自擾。

反義 高枕無憂；無憂無慮。

四畫

枕戈待旦 ㄓㄣˇ ㄍㄜ ㄉㄞˋ ㄉㄢˋ

解釋 旦：天亮。

枕著兵器等待天明。比喻殺敵報國的急切心情，一刻也不敢鬆懈。

出處 《晉書．劉琨傳》：「吾枕戈待旦，志梟（ㄒㄧㄠ）逆虜。」（梟，懸頭示眾。逆虜，敵人。）

解析 「戈」不寫成「弋」。

例句 近來敵方一再挑釁，情勢十分緊張，三軍將士們都在備戰狀態，枕戈待旦。

近義 枕戈待敵；枕戈寢甲，嚴陣以待。

反義 高枕無憂；高枕而臥；解甲歸田。

東山再起（ㄉㄨㄥ ㄕㄢ ㄗㄞˋ ㄑㄧˇ）

解釋 指某種力量、勢力、組織失敗後，恢復力量再振作起來。

出處 唐．杜甫《暮秋．枉裴道州手札，率爾遣興，寄遞近呈蘇渙侍御》：「無數將軍西第成，早作丞相東山起。」

解析 「東山再起」和「死灰復燃」都有「重新活動起來」的意思。但「東山再起」只用於人的方面，包括某種勢力、組織等，「死灰復燃」除用於人外，還用於抽象或具體的「事物」，如某種舊思想、病害等等。

例句 他今天挑戰總冠軍雖然失敗了，但他卻毫不灰心，準備明年東山再起。

近義 死灰復燃；重整旗鼓；捲土重來。

反義 一蹶不振。

東床快婿（ㄉㄨㄥ ㄔㄨㄤˊ ㄎㄨㄞˋ ㄒㄩˋ）

解釋 快婿：稱心的女婿。稱別人的女婿。

出處 南朝．宋．劉義慶《世說新語．雅量》：「郗太傅（鑒）在京口，遣門生與王丞相（導）書，求女婿。……門生歸白郗曰：『王家諸郎亦皆可嘉，聞來覓婿，咸自矜持，唯有一郎，在東床上坦腹臥，如不聞。』郗公云：『正此好！』訪之，乃是逸少（羲之），因嫁女與焉。」（坦腹，露腹。）

例句 這位精通詩書琴棋的青年才俊，正是林家的東床快婿。

近義 乘龍快婿；乘龍佳婿。

東施效顰（ㄉㄨㄥ ㄕ ㄒㄧㄠˋ ㄆㄧㄣˊ）

解釋 效：仿效。顰：皺眉頭。喻以醜拙學美好，非但不美，反益增其醜，泛指模仿者的愚蠢可笑。

出處 《莊子．天運》記載：西施是春秋時越國美女。據說她有心疼病，病了就按著胸口，皺著眉頭。同村有個醜女見了，覺得這樣很美，也學西施按胸皺眉的樣子，結果更加醜了。後來人們就稱那個醜女為「東施」。

解析 不要把「顰」讀作ㄅㄧㄣˋ。

例句 你有自己獨特的韻味，又何必東施效顰，反而顯得可笑。

近義 弄巧成拙；邯鄲學步。

反義 另闢蹊徑；別開生面；獨出心裁。

東海揚塵（ㄉㄨㄥ ㄏㄞˇ ㄧㄤˊ ㄔㄣˊ）

解釋 東海變成陸地，揚起灰塵。比喻世事無常、變化不定。

出處 《神仙傳．王遠》傳說神仙麻姑對王方平說：「向到蓬萊，水淺於往略半也。東海行復揚塵乎？」

例句 離鄉四十年，重遊舊地已是東海揚塵，景物全非，怎不令人慨嘆。

近義 滄海桑田。

東窗事發（ㄉㄨㄥ ㄔㄨㄤ ㄕˋ ㄈㄚ）

解釋 比喻秘密商議的事被知道了，多指不正當的罪行、陰謀被揭發。

出處 明．田汝成《西湖遊覽志餘》記載，宋朝秦檜曾和他老婆王氏在東窗下密謀殺害岳飛。檜死後，王氏叫方士招魂，看見秦檜在陰司受刑。秦檜對方士說：「可煩傳語夫人，東窗事發矣。」

例句 他早料到有東窗事發的一天，所以先把財產轉移，全家移民了。

近義 露出馬腳。

東鱗西爪（ㄉㄨㄥ ㄌㄧㄣˊ ㄒㄧ ㄓㄠˇ）

解釋 原指畫龍時龍體被雲遮住，只是東畫一片龍鱗，西畫一隻龍爪，看不到龍的全身。比喻事物零碎、不全。

出處 梁啟超〈清議報一百冊祝辭〉：「雖復東鱗西爪，不見全牛，然其願所集注，不在形質，而在精神。」

解析 「鱗」不可寫成「麟」；「爪」不可寫成「瓜」。

例句 兒時的照片大多已殘缺不全，他只能靠著這些東鱗西爪慢慢拼湊回憶。

近義 一鱗半爪；一鱗半甲。

反義 和盤托出；渾然一體。

杳如黃鶴（ㄧㄠˇ ㄖㄨˊ ㄏㄨㄤˊ ㄏㄜˋ）

解釋 杳：見不到蹤影。比喻毫無消息，一去不見蹤影。

出處 唐．崔顥（ㄏㄠˋ）《崔顥集．黃鶴樓詩》：「黃鶴一去不復返，白雲千載空悠悠。」

解析 「杳」不要寫成「查」或「渺」。杳讀作ㄧㄠˇ，不可讀成ㄇㄧㄠˇ。

例句 他自從畢業後便杳如黃鶴，完全失去了消息。

近義 泥牛入海；杳無音信；杳無蹤跡。

反義 合浦還珠。

杳無音信（ㄧㄠˇ ㄨˊ ㄧㄣ ㄒㄧㄣˋ）

解釋 杳：幽暗，見不到蹤影。形容一去就毫無消息。

出處 宋．黃孝邁〈詠水仙〉詞：「驚鴻去後，輕拋素，杳無音信。」

解析 「杳」不讀寫成「邈（ㄇㄧㄠˇ）」。

例句 小弟上個月走失後，至今仍杳無音信，讓全家人都十分擔心。

近義 音信全無；杳如黃鶴。

反義 合浦還珠；再度劉郎；音耗不絕。

杯弓蛇影（ㄅㄟ ㄍㄨㄥ ㄕㄜˊ ㄧㄥˇ）

解釋 比喻疑神疑鬼，自相驚擾。

出處《晉書．樂廣傳》記載：晉朝的樂（ㄩㄝˋ）廣有一次請人吃飯，掛在牆上的弓正好照在客人的酒杯裏。有個客人正想喝酒，看見杯裏彷彿有條小蛇在游動，心裏很不自在，又不好意思不喝，回家後就得了病。樂廣知道後，又請他來喝酒，仍坐在原處，問他：「你看到酒杯裏有什麼嗎？」客人說：「跟上次見到的一樣。」樂廣把牆上掛著的那張弓取了下來，再問他：「現在還有蛇影嗎？」客人這才恍然大悟，患了長久的病一下子就好了。

解析「杯弓蛇影」、「草木皆兵」都有疑神疑鬼、見到虛幻的現象就妄自驚恐的意思。其區別在於：「草木皆兵」偏重形容戰敗者或畏敵者非常恐懼的心理。「杯弓蛇影」偏重於妄自驚擾，強調不必要的疑慮、驚慌。

例句 自從他接到那通恐嚇電話後，整天杯弓蛇影，疑神疑鬼的。

近義 風聲鶴唳；草木皆兵；疑神疑鬼。

杯水車薪（ㄅㄟ ㄕㄨㄟˇ ㄔㄜ ㄒㄧㄣ）

解釋 車薪：一車柴草。

用一杯水來救一車著火的柴草。比喻力量太小，無濟於事。也作「杯水輿薪」。

出處《孟子．告子上》：「猶以一杯水救一車薪之火也。」

例句 育幼院前一陣子雖然收到一些捐款，但與巨大的債務相比，這根本是杯水車薪。

近義 於事無補；杯水輿薪；無濟於事。

杯盤狼藉（ㄅㄟ ㄆㄢˊ ㄌㄤˊ ㄐㄧˊ）

解釋 狼藉：像狼窩裏的草那樣散亂。

形容宴飲後，桌上杯盤碗筷散亂的樣子。

出處《史記．滑稽列傳》：「履舄交錯，杯盤狼藉。」

解析 不要把「藉」唸成ㄐㄧㄝˋ或寫成「籍」。

例句 慶功宴上大家瘋狂地慶祝，直到杯盤狼藉才漸漸散去。

枉尺直尋（ㄨㄤˇ ㄔˇ ㄓˊ ㄒㄩㄣˊ）

解釋 枉：彎曲；直：伸；尋：古量名，八尺，一說七尺。

屈折的只有一尺，伸直的卻有一尋。比喻在小處吃了虧，在大處卻得到更多的好處。

出處《孟子．滕文公下》：「枉尺而直尋，宜若可為也。」

例句 這件事表面上看來是吃虧，其實是枉尺直尋，以後會帶來更大的好處。

枉費心機（ㄨㄤˇ ㄈㄟˋ ㄒㄧㄣ ㄐㄧ）

解釋 枉：白白地，徒然。

徒勞無功，白白地耗費心思。也作

「枉用心機」、「枉費心計」。

出處　《元曲選，無名氏〈隔江鬥智〉二》：「你使著這般科段，敢可也枉用心機。」

解析　「枉費心機」指白用心；「勞而無功」指白費力。

例句　他是出了名的鐵公雞，你要他捐款修路，根本是**枉費心機**。

近義　枉費心力；勞而無功。

枉道速禍（ㄨㄤˇ ㄉㄠˋ ㄙㄨˋ ㄏㄨㄛˋ）

解釋　枉：屈曲；速：召至。做事不循正道容易招致災禍。

出處　司馬光〈訓儉示康〉：「君子多欲則貪慕富貴，枉道速禍。」

例句　你為了貪求物質享受而不擇手段，終會**枉道速禍**。

五　畫

柔心弱骨（ㄖㄡˊ ㄒㄧㄣ ㄖㄨㄛˋ ㄍㄨˇ）

解釋　形容性情柔和。善良、不驕不忌的人。

出處　《列子．湯問》：「其國名曰終北……人性婉而從物，不競不爭，柔心而弱骨，不驕不忌。」

例句　像他這般**柔心弱骨**的人，怎麼可能會做出這種傷天害理的事。

柔茹剛吐（ㄖㄡˊ ㄖㄨˊ ㄍㄤ ㄊㄨˇ）

解釋　柔：弱；茹：吃；剛：強。吞軟吐硬，比喻欺弱避強，欺善怕惡。

出處　《詩經．大雅．烝民》：「人亦有言，柔則茹之，剛則吐之。」

例句　他是個典型的**柔茹剛吐**的人，你在他手下辦事，切記凡事要據理力爭。

近義　欺善怕惡。

柔腸寸斷（ㄖㄡˊ ㄔㄤˊ ㄘㄨㄣˋ ㄉㄨㄢˋ）

解釋　腸子一寸一寸地斷裂。形容極其傷心難過。

出處　清．褚人獲《堅瓠四集．寃家》：「山遙水遠，魚雁無憑，夢寐相思，柔腸寸斷，所謂寃家者四也。」

例句　早上傳來失蹤多日的丈夫已經遇害的消息，令她**柔腸寸斷**，哀痛欲絕。

近義　心如刀絞；肝腸寸斷；哀痛欲絕。

反義　心花怒放；樂不可支；歡天喜地。

枯木朽株（ㄎㄨ ㄇㄨˋ ㄒㄧㄡˇ ㄓㄨ）

解釋　枯朽的樹木。比喻衰老無用的人。

出處　《史記．鄒陽傳》：「有人先談，則以枯木朽株，樹功而不忘。」

解析　「枯木朽株」意指衰弱的力量或老病之人；「朽木糞土」則偏重指不堪造就的人或無用之物。

例句　我這把年紀已經是**枯木朽株**了，這麼繁瑣的工作你還是交給別人吧！

近義 老弱殘兵；風中殘燭；桑榆晚景。

反義 蒼松翠柏。

枯木逢春（ㄎㄨ ㄇㄨˋ ㄈㄥˊ ㄔㄨㄣ）

解釋 枯樹遇上春天，又恢復了生命力。也作「枯樹逢春」。比喻久處困境而忽然獲得生機。

出處 《元曲選．無名氏〈凍蘇秦〉四》：「恰便似旱苗才得雨，枯樹恰逢春。」

解析 「枯木逢春」偏重瀕死復生；「絕處逢生」、「久旱逢雨」偏重轉危為安。

例句 他換了新工作後猶如**枯木逢春**，一掃過去的陰霾，重又精神煥發。

近義 久旱逢雨；枯樹生花；絕處逢生。

反義 雪上加霜；黃楊厄閏。

枯楊生稊（ㄎㄨ ㄧㄤˊ ㄕㄥ ㄊㄧˊ）

解釋 稊：通「荑」，植物嫩芽。枯萎的楊樹又長了嫩芽。比喻老夫娶少妻或老年得子。

出處 《周易．大過》：「九二，枯楊生稊，老夫得其女妻。」

例句 他年近七十還娶了個二十出頭的美嬌娘，真是**枯楊生稊**。

枯樹生華（ㄎㄨ ㄕㄨˋ ㄕㄥ ㄏㄨㄚ）

解釋 原比喻誠心可以感動萬物而達到成功。後比喻重新獲得生機。

出處 《三國志．魏書．劉廙傳》：「起煙於寒灰之上，生華於已枯之木。」（華，同「花」）。

例句 這支隊伍已連續幾年殿後，今年特地遠從美國聘來新教練，希望能**枯樹生華**，使成績好轉。

近義 旱苗得雨；枯木逢春；枯樹再生。

反義 黃楊厄閏；雪上加霜。

枵腹從公（ㄒㄧㄠ ㄈㄨˋ ㄘㄨㄥˊ ㄍㄨㄥ）

解釋 枵腹：空著肚子。餓著肚子辦理公事。形容工作勤奮，不顧私利。

出處 范成大〈歙石眉子硯〉詩：「寶物何曾救枵腹，但憂文君遠山蹙。」

例句 為了服務大眾，縱使公司連年虧損，他依然**枵腹從公**，不願放棄。

近義 公而忘私；克己奉公。

反義 假公濟私；損公肥私。

柳暗花明（ㄌㄧㄡˇ ㄢˋ ㄏㄨㄚ ㄇㄧㄥˊ）

解釋 形容綠柳成蔭，繁花似錦的景象。也比喻經過絕望後出現的新局面。

出處 宋．陸游《劍南詩稿．遊山西村》：「山重水覆疑無路，柳暗花明又一村。」

解析 「柳」右偏旁為「卯」，不可寫成「印」。

【例句】公司連年虧損，眼見就要倒閉了，沒想到柳暗花明，竟接到數量如此龐大的訂單。

【近義】花紅柳綠；桃紅柳綠；豁然開朗。

【反義】山窮水盡；走投無路。

六畫

根深蒂固（ㄍㄣ ㄕㄣ ㄉㄧˋ ㄍㄨˋ）

【解釋】蒂：花或瓜果跟枝莖相連的部分。比喻基礎牢固，不可動搖。又作「根深柢固」。

【出處】《韓非子．解老》：「柢固則生長，根深則視久。」

【解析】「根深蒂固」重在表示根底、基礎牢固，不易動搖；「堅如磐石」重在表示本身堅牢，不可動搖；「盤根錯節」重在表示枝節交錯糾結，情況複雜，難以處理。

【例句】他的生活習慣、觀念、想法都已經根深蒂固，要改變他恐怕不是件容易的事。

【近義】堅如磐石；盤根錯節。

【反義】無本之木；無源之水；搖搖欲墜；頭重腳輕。

栩栩如生（ㄒㄩˇ ㄒㄩˇ ㄖㄨˊ ㄕㄥ）

【解釋】栩栩：活潑生動的樣子。形容文學、藝術作品表現得非常生動逼真，好像活的一樣。

【出處】《負曝閒談》第二十一回：「四壁俱鑲嵌著紫檀紅木，雕刻就的山水人物翎毛花卉，無不栩栩如生。」

【解析】「栩栩如生」和「躍然紙上」都能形容繪畫或描寫的生動、逼真，但「栩栩如生」既能形容文字的描寫或繪畫的生動、逼真，也能形容說話或雕塑的生動、逼真。而「躍然紙上」則限於「紙上」，不能形容說話或雕塑。

【例句】這幅素描真是栩栩如生，把他的神韻、特質表達得淋漓盡致。

【近義】呼之欲出；活靈活現；惟妙惟肖；躍然紙上。

桑間濮上（ㄙㄤ ㄐㄧㄢ ㄆㄨˊ ㄕㄤˋ）

【解釋】桑間：古時衛國的地名，在濮水上。指淫風流行或男女幽會的地方。

【出處】《禮記．樂記》：「桑間濮上之音，亡國之音也；其政散，其民流。」

【例句】這種桑間濮上男女幽會的地方，常有不良分子出沒，你一個女學生最好不要單獨前往。

【反義】高山流水；黃鐘大呂。

桑榆暮景（ㄙㄤ ㄩˊ ㄇㄨˋ ㄐㄧㄥˇ）

【解釋】桑榆：古傳說日落時餘輝照在桑榆樹上，指傍晚；暮景：黃昏的景象。比喻晚年。

出處 三國．魏．曹植《曹子建集．贈白馬王彪詩》：「年在桑榆間，影響不能追。」

解析 「桑榆暮景」比喻人到晚年；「風燭殘年」比喻人近死亡的年紀。

例句 他年輕時意氣風發，目中無人，到了現在桑榆暮景落得孤苦無依的下場。

近義 老態龍鍾；風燭殘年；桑榆之年。

反義 如日方升；年富力強；春秋鼎盛；風華正茂。

桀犬吠堯（ㄐㄧㄝˊ ㄑㄩㄢˇ ㄈㄟˋ ㄧㄠˊ）

解釋 桀：夏朝的暴君；堯：古代聖君。比喻竭誠事主，而不辨主人之善惡。

出處 《文選．鄒陽〈獄中上吳王書〉》：「桀之狗可使吠堯。」（狗，一本作「犬」。）

解析 「桀犬吠堯」含貶義，指一心為其壞主子效力，「各為其主」、「各事其主」則指各自為自己的主子做事效力，不分好人與壞人。

例句 你替這種無惡不作、欺壓善良的人賣命，不是等於桀犬吠堯嗎？

近義 各為其主；狗吠非主。

桀驁不馴（ㄐㄧㄝˊ ㄠˋ ㄅㄨˋ ㄒㄩㄣˊ）

解釋 桀驁：性情乖戾；馴：馴服。形容人性情暴烈，毫不馴順。

出處 《漢書．匈奴傳》：「其桀驁尚如斯，安肯以愛子而為質乎？」

例句 他成了家、當了父親之後，一改過去桀驁不馴的個性，變得穩重而有責任了。

近義 桀驁不軌；橫行無忌。

反義 千依百順；百依百順；俯首帖耳。

格格不入（ㄍㄜˊ ㄍㄜˊ ㄅㄨˋ ㄖㄨˋ）

解釋 格格：阻礙，抵觸。互相抵觸、阻隔，不能結合在一起。

出處 袁枚〈寄房師鄧遜齋先生書〉：「以前輩之典型，合後來之花樣，自然格格不入。」

解析 ①「格」不可寫成「阻隔」的「隔」。②「格格不入」偏重在互相抵觸，「方枘圓鑿」偏重在不能相合，而沒有互相抵觸的意思。

例句 他們倆相處了一陣子才發現彼此個性南轅北轍，根本格格不入。

近義 水火不容；方枘圓鑿；方底圓蓋。

反義 水乳交融；志同道合；情投意合。

格殺勿論（ㄍㄜˊ ㄕㄚ ㄨˋ ㄌㄨㄣˋ）

解釋 格殺：打死。舊指對拒捕或違反禁令的人可以當場打死而不按殺人論罪。

出處 《周禮．秋官．朝士》鄭司農注：「無故入人室宅廬舍，上人車船，牽引人欲犯法者，其時格殺之無罪。」

例句 以前的刑罰殘忍而不仁道，常有違反禁令便格殺勿論的情形。

反義 人命關天。

桃李不言，下自成蹊（ㄊㄠˊ ㄌㄧˇ ㄅㄨˋ ㄧㄢˊ ㄒㄧㄚˋ ㄗˋ ㄔㄥˊ ㄒㄧ）

解釋 蹊：小路。桃李花開，不須言語，自能引人注目使人，爭相歸趨，其下自然成徑。比喻人誠信，實事求是，不須多費言辭，自然得人信任。

出處 《史記．李將軍列傳》：「諺曰：『桃李不言，下自成蹊』，此言雖小，可以喻大也。」

解析 「蹊」不可寫成「溪」。

例句 他向來認為「桃李不言，下自成蹊」，所以一直以誠待人，從不作表面功夫。

近義 實至名歸。

反義 沽名釣譽；嘩眾取寵。

桃李滿門（ㄊㄠˊ ㄌㄧˇ ㄇㄢˇ ㄇㄣˊ）

解釋 桃李：桃樹和李樹，比喻栽培的學生或優秀人才。比喻一個人到處都有學生。

出處 《資治通鑑．唐則天皇后》記載，狄仁傑推薦姚崇等數十人，後來多成為名臣，有人對狄仁傑說：「天下桃李悉在公門矣。」

例句 林老師教書數十年，早已桃李滿門，政府官員中，就有好幾位是他的學生。

近義 河汾門下；桃李滿天下。

反義 誤人子弟。

七畫

梁上君子（ㄌㄧㄤˊ ㄕㄤˋ ㄐㄩㄣ ㄗˇ）

解釋 竊賊、小偷的代稱。

出處 《後漢書．陳寔傳》記載，一個竊賊夜間到陳寔家偷東西，躲在屋梁上，陳寔把他叫做「梁上君子」。

解析 「梁上君子」為小偷的代稱，含詼諧意味；「鼠竊狗盜」指小竊小盜，含鄙夷的意味。

例句 近來竊案頻傳，為了防範這些梁上君子，家中只好裝上鐵門鐵窗。

近義 江洋大盜；鼠竊狗盜。

反義 仁人君子；正人君子。

梧鼠技窮（ㄨˊ ㄕㄨˇ ㄐㄧˋ ㄑㄩㄥˊ）

解釋 梧鼠：原作鼫（ㄕˊ）鼠，訛寫作鼯（ㄨˊ）鼠，後又訛作「梧鼠」；窮：窘困。傳說鼫鼠有五技（能飛不能過屋，能緣不能窮木，能游不能渡谷，能穴不能掩身，能走不能先人），但都不專精，因而受困。比喻技能不專精，雖多無益。

出處 《荀子．勸學》：「螣（ㄊㄥˊ）蛇無足而飛，梧鼠五技而窮。」

例句 他一個人在台上表演了半小

時，看來已經梧鼠技窮了。

棄如敝屣 ㄑㄧˋ ㄖㄨˊ ㄅㄧˋ ㄒㄧˇ

解釋 棄：拋棄；敝屣：破鞋子。像扔掉破爛的鞋子那樣把他扔掉。比喻毫不珍惜地拋棄掉。

出處 《孟子．盡心上》：「舜視棄天下，猶棄敝屣也。」

解析 「敝」不可寫成「弊」或「蔽」；「屣」不可寫成「履」。

例句 球團當年把這位天王級的投手視若珍寶，沒想到他受傷後就被棄如敝屣。

近義 視如敝屣；視如草芥；棄置不顧。

反義 如獲至寶；視若珍寶。

棄甲曳兵 ㄑㄧˋ ㄐㄧㄚˇ ㄧˋ ㄅㄧㄥ

解釋 棄：拋棄；甲：古代作戰時的護身衣，用皮革或金屬做成；曳：拖著；兵：兵器。形容戰敗時兵士丟棄鎧甲、拖著兵器逃跑的狼狽相。

出處 《孟子．梁惠王上》：「填然鼓之，兵刃既接，棄甲曳兵而走。」

解析 「曳」右上角無點，不可讀成ㄒㄧㄝˋ。

例句 由於雙方實力相差懸殊，開打沒多久，只見一方棄甲曳兵，潰不成軍。

近義 一敗塗地；丟盔棄甲；潰不成軍。

反義 斬將搴旗；旗開得勝。

棄暗投明 ㄑㄧˋ ㄢˋ ㄊㄡˊ ㄇㄧㄥˊ

解釋 比喻離開黑暗邪惡而投向光明正道。

出處 《三國演義》第十四回：「（曹將軍）今日陣前，見公之勇，十分敬愛，故不忍以健將決死戰，特遣寵來奉邀。公何不棄暗投明，共成大業？」（寵，滿寵自稱。）

解析 「棄暗投明」重在改變環境；「改邪歸正」重在改變思想和行為。

例句 為了鼓勵幫派分子棄暗投明，政府下令二月前自首者既往不咎。

近義 改邪歸正；放下屠刀。

反義 投敵變節；認賊作父；認敵為友。

棄瑕錄用 ㄑㄧˋ ㄒㄧㄚˊ ㄌㄨˋ ㄩㄥˋ

解釋 棄：捨棄；瑕：玉上的斑點，比喻錯誤、過失。寬貸原來的過失，重新任用。比喻進用犯過錯的人。

出處 《後漢書．袁紹傳》：「廣羅英雄，棄瑕錄用。」

解析 「錄」不可解釋成「記錄」。

例句 只要你能棄瑕錄用，我一定會努力表現，一雪前恥。

反義 求全責任。

條分縷析 ㄊㄧㄠˊ ㄈㄣ ㄌㄩˇ ㄒㄧ

解釋 縷：線。一條一縷地分析。形容分析得深入細密、有條有理。

出處 清．黃燁照《重訂評注文選》序：「鍾君淡齋與（於）晴川投契最深，重訂之役，慨然捐貲，再壽梨棗，俾操觚之家，得以條分縷析，由藩翰而窺堂奧。」

解析 「縷」不可讀成ㄌㄡˊ。

例句 經過他的**條分縷析**，我們才對目前混亂的情況有了初步的認識。

近義 剖析入微；條析理分；擘肌分理。

反義 治絲益棼；粗枝大葉。

桴鼓相應（ㄈㄨˊ ㄍㄨˇ ㄒㄧㄤ ㄧㄥˋ）

解釋 桴：鼓槌。比喻彼此互相應和，藉以助長聲勢。

出處 《漢書．李尋傳》：「順之以善政，則和氣可立致，猶枹鼓之相應也。」（枹，同「桴」。）

解析 「桴」不可寫成「浮」或「俘」。

例句 這次的新品上市，不但請來明星促銷，還同時舉辦大抽獎，希望能**桴鼓相應**，造成轟動。

近義 前呼後應；首尾相應。

反義 針鋒相對。

八畫

森羅萬象（ㄙㄣ ㄌㄨㄛˊ ㄨㄢˋ ㄒㄧㄤˋ）

解釋 森：眾多；羅：羅列。指宇宙間各種繁多而有秩序的現象。也作「萬象森羅」。

出處 宋．釋道原《景德傳燈錄．池州稽山章禪師》：「投子吃茶次，謂師曰：『森羅萬象，總在遮一碗茶裏。』師便覆卻茶云：『森羅萬象在什麼處？』」

例句 除了愛情，人間其他的**森羅萬象**也都值得你關心留戀，為什麼要想不開呢？

近義 五花八門；包羅萬象；形形色色。

反義 碩果僅存。

棋逢對手（ㄑㄧˊ ㄈㄥˊ ㄉㄨㄟˋ ㄕㄡˇ）

解釋 逢：碰到。下棋碰上了實力相當的對手。比喻雙方，本領不相上下。也作「棋逢敵手」。

出處 唐．杜荀鶴《唐風集．觀棋》詩：「有時逢敵手，對局到深更。」

解析 「棋逢對手」偏重在本領、能力的相當，「旗鼓相當」偏重在力量、氣勢上對等。

例句 他已獨霸網壇多年，這次**棋逢對手**，王座是岌岌可危。

近義 工力悉敵；勢均力敵；旗鼓相當。

反義 天差地遠；以卵擊石；泰山壓頂；眾寡懸殊。

椎心泣血（ㄓㄨㄟ ㄒㄧㄣ ㄑㄧˋ ㄒㄧㄝˋ）

解釋 椎心：搥擊心胸；泣血：悲傷

得把眼睛都哭出血來。形容悲痛到了極點。

出處《文選．李陵〈答蘇武書〉》：「此陵所以仰天椎心而泣血也。」

例句 這起令他椎心泣血的慘案發生後，他足足有半年如同行屍走肉，活在陰影之中。

近義 呼天搶地；泣血稽顙；捶胸頓足。

九畫

椿萱並茂（ㄔㄨㄣ ㄒㄩㄢ ㄅㄧㄥˋ ㄇㄠˋ）

解釋 椿：長壽的大椿，用以象徵父親；萱：種在北堂使人忘憂的萱草，用以象徵母親。比喻父母都健在。

出處《幼學故事瓊林．祖孫父子》：「父母俱存，謂之椿萱並茂。」

例句 他最引以為傲的就是家庭和樂，椿萱並茂。

楚弓楚得（ㄔㄨˇ ㄍㄨㄥ ㄔㄨˇ ㄉㄜˊ）

解釋 比喻自己的東西雖然失去，而取得者仍是自家人。

出處《孔子家語．好生》：「楚王失弓，楚人得之，又何求之？」

例句 他在家中丟了一隻金筆，想來反正是楚弓楚得，也就不去找了。

楚囚對泣（ㄔㄨˇ ㄑㄧㄡˊ ㄉㄨㄟˋ ㄑㄧˋ）

解釋 楚囚：本指春秋時被俘到晉國的楚國人鍾儀（見《左傳．成公九年》），後用以比喻處境窘迫的人。比喻在國破家亡時或其他惡劣環境下含悲忍受，無計可施。

出處《世說新語．言語》記載，東晉一些由北方過江的士大夫們，經常在郊區的新亭飲宴。有一次周顗（ㄧˇ）嘆息說：風景依舊，國家的河山卻變樣了！在座很多人聽了都不禁流下淚來。只有王導不以為然地說：「當共戮力王室，克復神州，何至作楚囚相對！」

例句 環境已經惡劣到這種地步，我們只得做楚囚對泣，毫無他法。

近義 一籌莫展；束手待斃。

反義 中流擊楫。

楚材晉用（ㄔㄨˇ ㄘㄞˊ ㄐㄧㄣˋ ㄩㄥˋ）

解釋 楚、晉：春秋時代的諸侯國名。楚國的人才為晉國所用。比喻本國的人才外流被別國使用。

出處《左傳．襄公二十六年》：「如杞梓皮革，自楚往也，雖楚有材，晉實用之。」杞（ㄑㄧˇ）、梓（ㄗˇ）都是樹木名。意思是，像杞、梓這樣上等的木材和皮革，都是從楚國運來的，雖然楚國有這些原料，但卻讓晉國使用。

例句 近來有許多留學生回國就業，過去楚材晉用的情形就少見了。

十畫

槁木死灰 ㄍㄠˇ ㄇㄨˋ ㄙˇ ㄏㄨㄟ

解釋 槁：乾枯。如枯木死灰般寂然。比喻毫無生氣或心情非常消沈。

出處 《莊子．齊物論》：「形固可使如槁木，而心固可使如死灰乎？」郭象注：「死灰槁木，取其寂寞無情耳。」（形，形體。）

解析 「槁木死灰」偏重形容形貌；「萬念俱灰」偏重形容心態。

例句 大家辛苦訓練了一年卻仍擺脫不了墊底的命運，個個垂頭喪氣，如**槁木死灰**。

近義 心如死灰；古井無波；形槁心灰；萬念俱灰。

反義 生氣勃勃；生龍活虎；意氣風發。

十一畫

標新立異 ㄅㄧㄠ ㄒㄧㄣ ㄌㄧˋ ㄧˋ

解釋 特創新意，顯示自己與眾不同。

出處 南朝．宋．劉義慶《世說新語．文學》：「支道林在白馬寺中，將馮太常（馮懷）共語，因及《逍遙》，支卓然標新理於二家之表，立異義於眾賢之外。」

例句 他為了吸引眾人的注意，常常奇裝異服，**標新立異**。

近義 別出新裁；獨出心裁；獨樹一幟；獨闢蹊徑。

反義 亦步亦趨；因循守舊；墨守成規。

模稜兩可 ㄇㄛˊ ㄌㄥˊ ㄌㄧㄤˇ ㄎㄜˇ

解釋 對問題正反兩面含含糊糊，不表示明確的態度。

出處 《新唐書．蘇味道傳》記載：蘇味道是唐代人，相傳九歲便能寫文章，二十歲就考上進士。他的文章和李嶠齊名，人稱「蘇李」，在武則天時做過宰相。這人做了宰相後，處理事情從來不肯表示明確的態度，總是含含糊糊，常謂人曰：「決事不欲明白，誤則有悔，模稜持兩端，可也。」故號「模稜手」。

解析 「模稜兩可」偏重於有表態，但說話不明確，這樣也可以，那樣也可以；「不置可否」偏重於不表態，不說話。

例句 你這種**模稜兩可**的態度只會令屬下無所適從。

近義 不置可否；未置可否；含糊其辭。

反義 旗幟鮮明。

樂不可支 ㄌㄜˋ ㄅㄨˋ ㄎㄜˇ ㄓ

解釋 支：支撐。形容快樂到極點。

出處 《後漢書．張堪傳》：「桑無附枝，麥穗兩歧，張君為政，樂不可支。」

解析 「樂不可支」與「欣喜若狂」都有快樂到極點的意思，但「樂不可支」重在「不能支持」；「欣喜若狂」重在「失去控制」，語意更重。

例句 看他一副樂不可支的模樣，一定是抽中了大獎。

近義 喜不自勝；歡天喜地；歡欣雀躍。

反義 肝腸寸斷；哀痛欲絕；痛不欲生。

樂不思蜀（ㄌㄜˋ ㄅㄨˋ ㄙ ㄕㄨˇ）

解釋 比喻沈迷安樂不思振作。

出處 蜀漢的後主劉禪，在蜀漢滅亡後，被俘虜到北方洛陽，有一天劉禪和司馬文王一起飲酒吃飯，席上故意請四川的藝人來表演，旁邊的人看了都十分感傷，只有劉禪仍然感到非常開心。後來司馬文王問劉禪想不想念故鄉四川，劉禪回答說：「此間樂，不思蜀」意思是在這裏很快樂，並不想念四川。

例句 在這裏度了兩個月的假之後，大家都樂不思蜀，不願回學校了。

近義 樂以忘憂；樂而忘返；樂而忘歸。

反義 勿忘在莒；狐死首丘。

樂天知命（ㄌㄜˋ ㄊㄧㄢ ㄓ ㄇㄧㄥˋ）

解釋 天：大自然。順應天道的安排，守分知命。

出處 《周易．繫辭上》：「樂天知命，故不憂。」疏：「任自然之理，故不憂也。」

例句 他向來樂天知命，即使遭遇再大的困難也不會讓他灰心喪志。

近義 安貧樂道；知足常樂；達觀知命。

反義 好高騖遠；杞人憂天。

樂此不疲（ㄌㄜˋ ㄘˇ ㄅㄨˋ ㄆㄧˊ）

解釋 形容對某一事物發生興趣，非常喜好，沈溺其中，不覺疲倦。又作「樂此不倦」。

出處 《後漢書．光武帝紀下》：「我自樂此，不為疲也。」

例句 她自從學會燒菜後便樂此不疲，每天都嘗試煮不同的菜色。

反義 淺嘗輒止。

樂極生悲（ㄌㄜˋ ㄐㄧˊ ㄕㄥ ㄅㄟ）

解釋 快樂到極點往往會轉而發生悲哀的事情，指行樂須有節制。原作「樂極則悲」。

出處 《史記．滑稽列傳》：「故曰酒極則亂，樂極則悲。」

解析 「樂」不讀ㄩㄝˋ。

例句 他好不容易存下一筆錢買了幢房子，沒想到樂極生悲，第二天就出了車禍。

近義 泰極而否；樂不可極；樂極哀生。

反義 否極泰來；苦盡甘來。

十二畫

橫七豎八 ㄏㄥˊ ㄑㄧ ㄕㄨˋ ㄅㄚ

解釋 有的橫，有的豎，形容雜亂不整齊的樣子。

出處 《水滸傳》第三十四回：「原來舊有數百人家，卻被火燒做白地，一片瓦礫場上，橫七豎八，殺死的男人婦女，不計其數。」

例句 經過一整天的長途跋涉，大夥到了旅舍便**橫七豎八**地倒在床上睡著了。

近義 亂七八糟；橫三倒四。

反義 井井有條；井然有序；有條不紊。

橫行霸道 ㄏㄥˊ ㄒㄧㄥˊ ㄅㄚˋ ㄉㄠˋ

解釋 形容壞人胡作非為，蠻不講理。也作「霸道橫行」。

出處 《紅樓夢》第九回：「一任薛蟠橫行霸道，他不但不去管約，反而助紂為虐討好兒。」

解析 「橫行霸道」和「作威作福」都有胡作非為、蠻橫不講理的意思，但「作威作福」還有濫用權勢的意思，只能用來形容人。而「橫行霸道」只有胡作非為、不講理的意思，不但可用來形容人，也可以用來形容團體、組織。

例句 這次警方大力掃黑，終於把那些在地方上**橫行霸道**的幫派分子逮捕歸案。

近義 作威作福；胡作非為；專橫跋扈。

反義 安分守己；奉公守法；循規蹈矩。

橫征暴斂 ㄏㄥˊ ㄓㄥ ㄅㄠˋ ㄌㄧㄢˋ

解釋 橫：強橫；征、斂：征稅，搜刮。執政者對百姓濫征捐稅，殘酷地搜刮人民財富。

出處 《兩晉通俗演義》二十七回：「凌尚縱令棗崧諸人，橫征暴斂，荼毒生靈。」

解析 「橫征暴斂」指搜刮民財的方式、程度；「敲骨吸髓」指對人殘酷地壓榨、剝削，適用面較寬。

例句 這種**橫征暴斂**、魚肉鄉民的政府，難怪會受到人民的唾棄。

近義 征斂無度；敲骨吸髓。

反義 輕徭薄賦。

橫衝直撞 ㄏㄥˊ ㄔㄨㄥ ㄓˊ ㄓㄨㄤˋ

解釋 形容毫無顧忌地亂衝亂闖。也作「直衝橫撞」。

出處 《三國演義》第五十九回：「龐德、馬岱見操將齊出，麾兩翼鐵騎，橫衝直撞，混殺將來。」

例句 這兩輛車在路上**橫衝直撞**，連續撞倒了好幾輛車。

近義 狠奔豕突；肆無忌憚。

反義 直道而行。

樹大招風 ㄕㄨˋ ㄉㄚˋ ㄓㄠ ㄈㄥ

解釋 比喻個人的名聲太大往往惹人注意，招來別人的嫉妒或攻擊。

出處《金瓶梅》四十八回：「正是樹大招風風損樹，人為名高名喪身。」

解析「招」不寫成「號召」的「召」。

例句 這件事之所以會引起喧然大波，都是因為你的名氣太響亮，樹大招風。

近義 名高喪人；象齒焚身。

樹倒猢猻散 ㄕㄨˋ ㄉㄠˇ ㄏㄨˊ ㄙㄨㄣ ㄙㄢˋ

解釋 猢猻：獮猴的一種，身上有密毛，生活在我國北方山林中。樹倒下了，猢猻就散開了，比喻靠山或為首領的人一垮臺，那些依靠他的人也就一哄而散了。

出處《說郛》記載：南宋的曹咏是宰相秦檜（ㄎㄨㄞˋ）的親戚，他善於奉承、拍馬屁，靠著秦檜飛黃騰達起來。曹咏的大舅子厲德新卻看不起他，曹咏很生氣。厲德新在家鄉做「里正」（類似村長或鄉長），曹咏就叫地方官處處刁難他，但厲德新始終不屈服。後來，秦檜死了，曹咏也被貶官新州（今廣東新興）。厲德新便寫了一篇賦，題為樹倒猢猻散，差人送給曹咏，譏諷他依附秦檜，秦檜死了，他也跟著垮臺。

例句 他在市長任內因收受賄款被捕入獄後，身旁的跟班也都一哄而散了，真是樹倒猢猻散。

機關用盡 ㄐㄧ ㄍㄨㄢ ㄩㄥˋ ㄐㄧㄣˋ

解釋 形容費盡心機。也作「機關算盡」。

出處 宋．黃庭堅《山谷別集詩注．牧童》：「多少長安名利客，機關用盡不如君。」

解析 ①「機關」不解釋成「單位」（如「政府機關」）。②「機關用盡」、「無計可施」僅指心機計謀；而「黔驢技窮」多指本領，也可指心機、計謀。「黔驢技窮」含本來的本領或伎倆有限的意思；而「機關用盡」、「無計可施」沒有這種意思。

例句 這件事我已經機關用盡仍解決不了，現在只有順其自然了。

近義 挖空心思；處心積慮；絞盡腦汁。

反義 無計可施；黔驢技窮。

十三畫

櫛風沐雨 ㄐㄧㄝˊ ㄈㄥ ㄇㄨˋ ㄩˇ

解釋 櫛：梳頭髮；沐：洗頭髮。以風梳髮，以雨洗頭。形容辛勞奔波，不避風雨。

出處《莊子．天下》：「沐甚風，櫛疾雨。」

例句 他為了使育幼院能維持下去，所以天天四處奔波，櫛風沐雨地籌措經費。

近義 披星戴月；餐風露宿。

反義 養尊處優。

十八畫

權宜之計（ㄑㄩㄢˊ ㄧˊ ㄓ ㄐㄧˋ）

解釋 權宜：變通的措施。指為了應付某種情況而暫時採取的辦法。

出處 《後漢書．朱暉傳》：「以威略權宜，盡誅賊渠帥。」

例句 這是為了度過難關的**權宜之計**，你就勉為其難地答應吧！

反義 百年大計；長籌遠路。

【欠部】

四畫

欣欣向榮（ㄒㄧㄣ ㄒㄧㄣ ㄒㄧㄤˋ ㄖㄨㄥˊ）

解釋 欣欣：草木茂盛的樣子；榮：茂盛。原指草木長得茂盛的樣子。現在比喻事業蓬勃發展，繁榮興盛。

出處 晉．陶潛《陶淵明集．歸去來辭》：「木欣欣以向榮。」

解析 「欣欣向榮」常用以形容事物繁榮、興盛的情況；「如日方升」和「蒸蒸日上」則常形容事業、聲望、生產等的提高、進步情況。

例句 在公司同仁的共同努力之下，業績大幅成長，一片**欣欣向榮**。

近義 如日方昇；蒸蒸日上。

反義 日薄西山；江河日下。

七畫

欲速不達（ㄩˋ ㄙㄨˋ ㄅㄨˋ ㄉㄚˊ）

解釋 速：快；達：到。過分性急求快，反而達不到目的。

出處 《論語．子路》：「無欲速，無見小利；欲速則不達，見小利則大事不成。」

解析 「欲速不達」強調急於求成的結果；「揠苗助長」強調急於求成的行動。

例句 他匆匆忙忙地出門趕火車，沒想到在路上扭傷了腳，進退不得，真是**欲速不達**。

近義 拔苗助長；揠苗助長。

反義 水到渠成；瓜熟蒂落。

欲蓋彌彰（ㄩˋ ㄍㄞˋ ㄇㄧˊ ㄓㄤ）

解釋 蓋：遮掩；彌：更加；彰：明顯。想要掩蓋所犯過失的真相，結果反而使過失暴露得更加明顯。

出處 《左傳．昭公三十一年》：「或求名而不得，或欲蓋而名章。」（章，同「彰」。）

解析 「彌」不可解釋成「滿、遍」（如「彌天大謊」）。

例句 事情爆發後，他**欲蓋彌彰**地辯解，更加重了他的嫌疑。

近義 此地無銀三百兩。

欲罷不能（ㄩˋ ㄅㄚˋ ㄅㄨˋ ㄋㄥˊ）

解釋 罷：停，歇。

本指學習心切，後轉泛指興之所至或迫於形勢，無法中途斷然停止。

出處 《論語．子罕》：「夫子循循然，善誘人，博我以文，約我以禮，欲罷不能。」

例句 演唱會將結束時，觀眾情緒沸騰到極點，使歌手欲罷不能，又連唱了好幾首歌。

近義 羝羊觸藩；進退兩難；騎虎難下。

反義 進退自如。

欲擒故縱（ㄩˋ ㄑㄧㄣˊ ㄍㄨˋ ㄗㄨㄥˋ）

解釋 擒：捉拿；縱：放縱。

為了要捉拿他，故意先放開他，使他放鬆戒備。比喻為了更好地控制，故意先放鬆一步。

出處 《兒女英雄傳》第十三回：「無如他著書的要作這等欲擒故縱的文章，我說書的也只得這等依頭順尾的演說。」

例句 警方是欲擒故縱，希望他引出更多的同夥，所以才遲遲不逮捕他。

八畫

欺世盜名（ㄑㄧ ㄕˋ ㄉㄠˋ ㄇㄧㄥˊ）

解釋 世：世人；盜：竊取；名：名譽。

欺騙當時的人，以盜取不真實的名聲。

出處 蘇洵〈辨姦論〉：「王衍之為人，容貌言語，固有以欺世以盜名者。」

例句 他是個欺世盜名的偽善者，大眾總有一天會發現他的真面目。

近義 沽名釣譽；阿世釣名；盜名竊譽；惑世盜名。

反義 正大光明；功成不居；光明磊落；高風亮節。

十畫

歌功頌德（ㄍㄜ ㄍㄨㄥ ㄙㄨㄥˋ ㄉㄜˊ）

解釋 歌、頌：頌揚。

用語言、文字或詩歌來頌揚他人的功績、德業。

出處 《史記．周本紀》：「民皆歌樂之，頌其德。」

解析 「歌功頌德」偏重在宣揚人的功德，指頌揚的內容；「樹碑立傳」偏重在使人的名聲久傳，指頌揚的形式和方法。

例句 這種歌功頌德的傳記，不但真實性有待商榷，內容也乏善可陳。

近義 口碑載道；交口稱譽；樹碑立傳。

反義 怨聲載道。

歌舞昇平（ㄍㄜ ㄨˇ ㄕㄥ ㄆㄧㄥˊ）

解釋 昇平：太平。

形容太平盛世，唱歌跳舞以慶祝太平。

出處 《孽海花》六回：「一班醉生夢死

的達官貴人，卻又個個興高采烈，歌舞昇平起來。」

例句 過慣了**歌舞昇平**的日子，情勢突然緊張時，人民就顯得無所適從。

近義 太平盛世。

反義 兵荒馬亂；烽火連天；雞犬不寧。

【止部】

止戈為武 ㄓˇ ㄍㄜ ㄨㄟˊ ㄨˇ

解釋 戈：古代兵器。「止」與「戈」兩個字合成一個「武」字，表示能平息天下的干戈戰爭，才是武的真義。

出處 《左傳．宣公十二年》：「楚子（楚莊王）曰：『夫文，止戈為武。』」

例句 研發武器可不是為了挑起戰爭，要知道，**止戈為武**，和平才是戰爭的最終目的。

一畫

正中下懷 ㄓㄥˋ ㄓㄨㄥˋ ㄒㄧㄚˋ ㄏㄨㄞˊ

解釋 下懷：指自己的心意。正好符合自己的心意。

出處 《水滸傳》第六十三回：「蔡福聽了，心中暗喜：『如此發放，正中下懷。』」

解析 「中」不能唸成ㄓㄨㄥ。

例句 他早就想遠離城市，這次公司派他到鄉下分部工作，真是**正中下懷**。

近義 正中其懷。

反義 大失所望。

正本清源 ㄓㄥˋ ㄅㄣˇ ㄑㄧㄥ ㄩㄢˊ

解釋 從根本上加以整頓，從源頭上加以清理。表示從根本上徹底解決問題。

出處 《漢書．刑法志》：「豈宜惟思所以清源正本之論，刪定律令。」

解析 「正本清源」偏重澄清本源；「撥亂反正」偏重改正混亂狀態回歸正軌。

例句 要杜絕球員賭博放水的風氣，必須**正本清源**，先從禁止黑道簽賭做起。

近義 端本正源；撥亂反正。

反義 頭痛醫頭，腳痛醫腳。

正言厲色 ㄓㄥˋ ㄧㄢˊ ㄌㄧˋ ㄙㄜˋ

解釋 正：嚴正；厲：嚴肅，嚴厲。話語嚴正，態度嚴肅。

出處 《紅樓夢》第十九回：「黛玉見他說的鄭重，又且正言厲色，只當是真事。」

解析 「正言厲色」偏重說話言詞嚴正；「疾言厲色」偏重說話憤怒。

例句 他向來是嘻皮笑臉的，今天開會時突然**正言厲色**的，讓大家嚇了一跳。

近義 正色直言；疾言厲色。

反義 巧言令色；和顏悅色；嘻皮笑臉。

正氣凜然（ㄓㄥˋ ㄑㄧˋ ㄌㄧㄣˇ ㄖㄢˊ）

解釋 正氣：正直而光明正大的作風；凜然：令人敬畏的樣子。形容因行為純正剛直、光明正大而令人敬畏的樣子。

例句 雖然不斷有人對他抹黑造謠，但他一直是光明磊落，正氣凜然的。

近義 正義凜然。

正襟危坐（ㄓㄥˋ ㄐㄧㄣ ㄨㄟˊ ㄗㄨㄛˋ）

解釋 襟：衣襟；危坐：端正地坐著。正一正衣襟，端正地坐著。形容嚴肅恭敬的樣子。

出處 《史記．日者列傳》：「宋忠、賈誼瞿然而悟，獵纓正襟危坐。」

解析 「正」不讀「正月」的ㄓㄥ。「危」不可解釋成「危險」（如「岌岌可危」、「危如累卵」）。

例句 進入會場後大家都感染到那股凝重的氣氛，不免都正襟危坐起來。

近義 肅然危坐；整衣危坐。

反義 嘻皮笑臉。

二畫

此地無銀三百兩（ㄘˇ ㄉㄧˋ ㄨˊ ㄧㄣˊ ㄙㄢ ㄅㄞˇ ㄌㄧㄤˇ）

解釋 比喻想要隱瞞、掩飾，結果反而使真相更加暴露。

出處 在民間故事裏，說是有一個人得了三百兩銀子，害怕被別人偷走，於是把銀子埋在地底下，卻在上面插了個牌子，寫了：「此地無銀三百兩」幾個字，結果銀子被鄰居王二偷走了。王二也插了個牌子，上寫：「隔壁王二不曾偷。」

例句 他一再表明自己是清白的並無涉案，真是此地無銀三百兩。

近義 不打自招；欲蓋彌彰；露出馬腳。

反義 不露風聲；事以密成；財不露白。

三畫

步人後塵（ㄅㄨˋ ㄖㄣˊ ㄏㄡˋ ㄔㄣˊ）

解釋 後塵：走路時後面揚起的塵土。跟在別人後面走。比喻追隨、模仿別人。

出處 清．吳趼人《二十年目睹之怪現狀》第九十四回：「其實這件事，首先是廣東辦開的頭，其次是湖北，此刻江南也辦了，職道不過步趨他人後塵罷了。」

例句 這種攝影方法並非我獨創，多年前早已有人使用過，我不過步人後塵罷了。

近義 亦步亦趨。

反義 獨闢蹊徑。

步步為營 ㄅㄨˋ ㄅㄨˋ ㄨㄟˊ ㄧㄥˊ

解釋 軍隊每前進一步就設下一道營壘，形容進軍謹慎嚴密，有時也比喻行動、做事的謹慎、小心。

出處 《三國演義》第七十一回：「可激勸士卒，拔寨前進，步步為營，誘淵來戰而擒之。」

例句 這一場總冠軍賽，雙方勢均力敵，我們得**步步為營**才是。

近義 穩紮穩打。

反義 輕舉妄動。

步履維艱 ㄅㄨˋ ㄌㄩˇ ㄨㄟˊ ㄐㄧㄢ

解釋 步履：行走；維：文言助詞；艱：困難。

行動很困難。一般指老人或病人行動不便。也作「步履艱難」。

出處 《鏡花緣》第二十回：「吾聞尊處向有纏足之說……何以兩足殘缺，步履艱難，卻又為美？」

解析 「步履維艱」、「寸步難行」都有行走困難的意思，其區別在於：「步履維艱」多指老人或病人行動不便；「寸步難行」不這樣用。同樣表示走路困難，「寸步難行」在程度上遠超過「步履維艱」。

例句 經過一年的復健，他從**步履維艱**到今天健步如飛，大家都覺得是奇蹟。

近義 寸步難行。

反義 身輕體健；健步如飛。

四畫

歧路亡羊 ㄑㄧˊ ㄌㄨˋ ㄨㄤˊ ㄧㄤˊ

解釋 歧路：岔道；亡：丟失。

比喻事理複雜多變，使求道的人易走錯方向，找不到真理。

出處 《列子．說符》裏說，楊子的鄰居丟了羊，出動全家又請了楊子的僮僕一起去找羊。楊子說：「丟了一隻羊，為什麼要這麼多的人去找呀？」鄰人說：「路上岔道多。」人們回來了，楊子問：「羊找到了嗎？」回答說：「沒找到！」又問：「為什麼丟了呢？」回答說：「岔路上又有岔路，不知牠跑到哪條路上，只好回來了。」心都子說：「大道以多歧亡羊，學者以多方喪生。」

解析 「歧」不可讀成ㄓ（枝）。

例句 現在的社會選擇多，誘惑也多，如果不確立自己的方向難免會**歧路亡羊**。

近義 多歧亡羊。

反義 殊途同歸。

十二畫

歷歷在目 ㄌㄧˋ ㄌㄧˋ ㄗㄞˋ ㄇㄨˋ

解釋 歷歷：清楚，分明。

分明、清楚地出現在眼前。

出處 唐．杜甫〈歷歷〉詩：「歷歷開元事，分明在眼前。」

例句 經過這麼多年，當年的慘痛經驗依然歷歷在目，令人無法忘懷。

近義 記憶猶新；歷歷可見。

反義 霧裡看花。

十四畫

歸心似箭

解釋 形容想回家的心情十分急切。

出處 《鏡花緣》第二十六回：「徐承志歸心似箭，即同妹子商議，帶著斌兒同回故鄉。」

例句 當初大夥興致勃勃地出門，在外旅行了半個月後，個個卻都歸心似箭。

反義 流連忘返；三過家門而不入。

歸根結蒂

解釋 蒂：瓜果和枝莖相連的部分。歸結到事物的本質、根本上。

出處 《老子》十六章：「夫物芸芸，各復歸其根。」

例句 這件事之所以會引起軒然大波，歸根結蒂就是當初溝通不良。

【歹部】

二畫

死不瞑目

解釋 瞑目：閉眼。死了也不閉眼。指人將死的時候，心裏還有放不下的事情。也形容抱恨而死，心有不甘。

出處 《三國志．吳書．孫堅傳》：「堅曰：卓（董卓）逆天無道，蕩覆王室，今不夷汝三族，懸示四海，則吾死不瞑目。」

解析 「瞑」不可寫成「冥」。

例句 這場屠殺案件中有許多無辜的人遭到誤殺而死不瞑目。

近義 抱恨終天。

反義 死而無怨；含笑九泉。

死心塌地

解釋 形容主意已定，決不改變。

出處 《水滸傳》三十三回：「不恁地時，兄長如何肯死心塌地。」

解析 「死心塌地」指主意已定，不再改變，中性成語；「至死不悟」指對錯誤永不悔悟，只用於貶義。

例句 她目前的生活不但三餐不繼，還得背負龐大的債務，但她依然死心塌地地跟著男友。

近義 至死不悟；至死不渝。

反義 三心二意；回心轉意；猶豫不決。

死皮賴臉

解釋 形容不顧廉恥地糾纏不清。

出處 《紅樓夢》第二十四回：「還虧是我呢！要是別的，死皮賴臉的三日兩頭兒來纏舅舅。」

例句 他已經被林小姐拒絕了好幾次，卻依然死皮賴臉地纏著人家。

近義 死乞白賴；涎皮賴臉。

死有餘辜（ㄙˇ ㄧㄡˇ ㄩˊ ㄍㄨ）

解釋 辜：罪。

即使處死刑也抵償不了他的罪過。形容人罪大惡極。

出處《漢書．路溫舒傳》：「蓋奏當之成，雖咎（ㄐㄧㄡˋ）繇（皐陶）聽之，猶以為死有餘辜。」

解析「死有餘辜」、「罪該萬死」都形容罪惡極大，都含有即使處死也抵償不了的意思。其區別在於：「死有餘辜」只用來形容罪惡極大；而「罪該萬死」，多用作請求對方寬恕的自責之詞，所犯的不一定是極大的罪惡。

例句 這個取走八條人命的凶手，雖然被判了三個死刑，仍令人覺得是死有餘辜。

近義 十惡不赦；罪不容誅；罪大惡極；罪該萬死。

反義 功標青史；百身何贖。

死灰復燃（ㄙˇ ㄏㄨㄟ ㄈㄨˋ ㄖㄢˊ）

解釋 死灰：燃燒後餘下的灰燼；燃：燒著。

灰燼重又燃著，原來比喻失勢者重新得勢。後也比喻已經消失的事物又重新活動起來（多指壞事）。

出處《史記．韓安國傳》記載：西漢時的韓安國，曾做過中大夫，後來因犯了國法，被關在監獄裏。獄中有一個名叫田甲的獄吏侮辱他，他氣憤地說：「死灰獨不復燃乎？」田甲回答：「如果死灰復燃，我就尿一泡尿澆滅它。」不料韓安國出獄後當了不小的官，田甲嚇得偷偷地逃走了。韓安國知道後，嚴厲地表示：田甲如果不趕快回來，就殺他全家，田甲無可奈何，就跑去向韓安國請罪。出乎意料，韓安國並沒有懲罰他，只是笑著對他說：「現在你可以撒尿了。」就這樣，了結了兩人之間的前嫌。

解析「死灰復燃」既可用於人，也可用於其他事物，為貶義成語；「東山再起」一般用於人，為褒義成語。

例句 在警方的強力取締下，流動攤販雖然消失了一陣子，不過沒多久便又死灰復燃了。

近義 東山再起；起死回生；捲土重來。

反義 一蹶不振。

死裏逃生（ㄙˇ ㄌㄧˇ ㄊㄠˊ ㄕㄥ）

解釋 形容從極危險的境遇中逃脫出來，幸免於死。

出處 元．王實甫《西廂記》第二本：「半萬賊兵，卷浮雲片時掃淨，俺一家兒死裏逃生。」

解析「死裏求生」強調與死難鬥爭求得生存；「死裏逃生」強調從危險境地中逃脫。

例句 經過上次火場中死裏逃生的經驗後，他們夫妻倆更珍惜彼此了。

近義 死地求生；死裏求生。

反義 坐以待斃。

五畫

殃及池魚（ㄧㄤ ㄐㄧˊ ㄔˊ ㄩˊ）

解釋 殃：危害；池：護城河。城門著了火，人們為救火，到護城河裏去打水，河水乾了，使魚遭了殃。比喻無故受到連累。

出處 《呂氏春秋．必己》：「宋桓司馬有寶珠，抵罪出亡。王使人問珠之所在，曰：『投之池中。』於是竭澤而求之，無得，魚死焉。此言禍福之相及也。」

例句 捷運局施工難免會殃及池魚，對周邊的商店造成相當大的影響。

六畫

殊途同歸（ㄕㄨ ㄊㄨˊ ㄊㄨㄥˊ ㄍㄨㄟ）

解釋 殊：不同；歸：歸宿，結局。從不同的道路走到同一目的地。比喻採取的方法不同，但得到的結果是一樣的。也作「同歸殊途」、「殊途同致」。

出處 《周易．繫辭下》：「天下同歸而殊途，一致而百慮。」

解析 「殊途同歸」偏重指採取的方法不同，可以達到一樣的目的、結果；「異曲同工」偏重指採用不同的方法、做法，可以取得同樣好的效果。

例句 這兩種不同的方法其實是殊途同歸，得到的效果是一樣的。

近義 江河同歸；殊途同歸；異曲同工。

反義 分道揚鑣。

八畫

殘山剩水（ㄘㄢˊ ㄕㄢ ㄕㄥˋ ㄕㄨㄟˇ）

解釋 殘破的山河。比喻亡國或經過變亂以後的國土景物。也作「剩水殘山」。

出處 唐．杜甫〈陪鄭廣文游何將軍山林〉：「剩水滄江破，殘山碣石開。」

例句 經過這一場浩劫，原本的錦繡山河，如今只有殘山剩水，令人不勝唏噓。

近義 半壁河山。

反義 金甌無缺。

殘杯冷炙（ㄘㄢˊ ㄅㄟ ㄌㄥˇ ㄓˋ）

解釋 炙：烤肉。吃剩殘餘的酒肉。指豪門富家對貧寒人家的施捨。

出處 北齊．顏之推《顏氏家訓．雜藝》：「不可令有稱譽，見役勛貴，處之下坐，以取殘杯冷炙之辱。」

解析 ①「炙」不寫作「灸」。②「殘杯冷炙」多指宴席上吃剩的酒菜；「殘羹剩飯」指一般吃剩下的飯菜。

例句 他經商失敗後妻離子散，淪落到三餐不繼，只能到處向人分一些殘杯冷炙。

近義 殘茶剩飯；餘杯冷炙。

十二畫

殫見洽聞 ㄉㄢ ㄐㄧㄢˋ ㄑㄧㄚˋ ㄨㄣˊ

解釋 殫：殆盡；洽：普遍。形容學問淵博。

出處 漢．班固〈西都賦〉：「元元本本，殫見洽聞。」

例句 他飽讀詩書，殫見洽聞，你和他多相處必定能吸收更多的知識。

近義 見多識廣；博物洽聞；博聞多見。

反義 孤陋寡聞；寡聞少見；鮮見寡聞。

【殳部】

六畫

殷鑒不遠 ㄧㄣ ㄐㄧㄢˋ ㄅㄨˋ ㄩㄢˇ

解釋 鑒：同「鑑」，鏡子；殷鑒：可以作為殷朝借鏡的往事。前人失敗的教訓就在眼前，指應以前事為借鏡。

出處 《詩經．大雅．蕩》：「殷鑒不遠，在夏后之世。」

例句 前不久才有人因收賄而被收押，殷鑒不遠，你可千萬別再犯同樣的錯了。

近義 以往鑒來；前車之鑒；前事不忘，後事之師。

反義 重蹈覆轍。

七畫

殺一儆百 ㄕㄚ ㄧ ㄐㄧㄥˇ ㄅㄞˇ

解釋 殺一個人來警戒其他人，不要再犯相同的錯誤。

出處 清．龔自珍《定庵文集．送欽差大臣侯官林公序》：「以上三難，送難者皆天下黠猾游說，而貌為老成迂拙者也。……宜殺一儆百。」

解析 ①「儆」，讀ㄐㄧㄥˇ，不讀ㄐㄧㄥˋ。②「殺一儆百」強調懲處一個人以警戒多數人；「殺雞警猴」強調懲處甲以警告乙，懲處者和警告者都有特定對象。

例句 為了杜絕類似的情況再發生，只好嚴懲這次的主事者，以收殺一儆百之效。

近義 殺雞警猴；罰一勸百；懲一儆百；殲一警百。

反義 賞一勸百。

殺人不眨眼 ㄕㄚ ㄖㄣˊ ㄅㄨˋ ㄓㄚˇ ㄧㄢˇ

解釋 形容壞人殺人成性，非常殘忍好殺。

出處 曾慥〈高齋漫錄〉：「佛印禪師為王觀文陞坐云：『此一瓣香，

奉為掃煙塵博士，護世界天王殺人不眨眼上將軍，立地成佛大居士。』王公大喜，以其久帥多專誅也。」

解析 「殺人如草」強調輕視人命，任意殺人；「殺人如麻」強調殺的人數量非常多。

例句 這些死刑犯都曾是殺人不眨眼的凶手，卻都在行刑前皈依佛門，徹底地懺悔。

近義 殺人如草；殺人如麻。

反義 好生之德；行好積德。

殺人越貨 ㄕㄚ ㄖㄣˊ ㄩㄝˋ ㄏㄨㄛˋ

解釋 越：搶劫。指殺害人、搶劫財貨的盜匪行為。

出處 《尚書．康誥》：「殺越人於貨，暋（ㄇㄧㄣˇ）不畏死。」（暋，頑固，強悍。）

解析 「生殺予奪」指倚仗權勢任意處置他人性命財產的凶惡行為；「殺人越貨」指殺人搶奪財貨的盜匪行徑。

例句 這一帶常有殺人越貨的搶匪出沒，你經過可得特別小心。

近義 殺人劫財。

殺身成仁 ㄕㄚ ㄕㄣ ㄔㄥˊ ㄖㄣˊ

解釋 仁：儒家道德的最高準則。意思是為了成就仁德，而犧牲生命。現指為了正義理想而犧牲生命。

出處 《論語．衛靈公》：「志士仁人，無求生以害仁，有殺身以成仁。」

解析 「仁」不可寫成「人」。

例句 為了拯救全國的百姓，他不惜殺身成仁。

近義 成仁取義；捨生取義。

反義 苟且偷生；降志辱身；貪生怕死；賣身求榮。

殺氣騰騰 ㄕㄚ ㄑㄧˋ ㄊㄥˊ ㄊㄥˊ

解釋 殺氣：凶惡的氣氛；騰騰：氣勢旺盛的樣子。形容殺伐的氣勢很盛。

出處 《喻世明言》二十二：「真箇是威風凜凜，殺氣騰騰。」

例句 看他一臉殺氣騰騰的樣子，為免他犯下大錯，你還是快去把他攔下。

殺雞取卵 ㄕㄚ ㄐㄧ ㄑㄩˇ ㄌㄨㄢˇ

解釋 比喻貪圖眼前的小利，而損害了長遠的利益。

解析 「殺雞取卵」常用於口語，多指具體事物；「竭澤而漁」常用於書面，多指較重大的事情。

例句 你如果能繼續經營，必定會有更多的利潤，變賣土地根本是殺雞取卵。

近義 飲鴆止渴；焚林而獵；竭澤而漁。

反義 量力而行。

殺雞焉用牛刀 ㄕㄚ ㄐㄧ ㄧㄢ ㄩㄥˋ ㄋㄧㄡˊ ㄉㄠ

解釋 殺雞哪用得上宰牛刀。比喻處理小事不須用大才。原作「割雞焉用牛刀」。

出處 《論語．陽貨》：「子之武城，聞弦歌之聲。夫子莞爾而笑，曰：『割雞焉用牛刀？』」

例句 **殺雞焉用牛刀**，這點小事交給我處理就可以了。

近義 大材小用；牛鼎烹雞。

反義 小材大用。

殺雞警猴 ㄕㄚ ㄐㄧ ㄐㄧㄥˇ ㄏㄡˊ

解釋 比喻懲罰一個人以警戒他人。

出處 清．李寶嘉《官場現形記》五十三回：「俗話說得好，叫做『殺雞駭猴』，拿雞子宰了，那猴兒自然害怕。」

解析 也可以寫作「殺一儆（ㄐㄧㄥˇ）百」。

例句 公司這次之所以會懲處這些人，還不是藉以**殺雞警猴**，警告更多的人。

近義 殺一儆百；懲一警百。

反義 賞一勸百。

九畫

毀家紓難 ㄏㄨㄟˇ ㄐㄧㄚ ㄕㄨ ㄋㄢˋ

解釋 毀家：分散家產；紓：解除，緩和。捐出全部的家產，以解救國難。

出處 《左傳．莊公三十年》：「鬥穀於（ㄨ）菟為令尹，自毀其家，以紓楚國之難。」

解析 「難」不能唸成ㄋㄢˊ。

例句 在這種非常時期，大家都願**毀家紓難**，捐出所有的積蓄。

近義 赤心報國；精忠報國。

反義 賣國求榮。

十一畫

毅然決然 ㄧˋ ㄖㄢˊ ㄐㄩㄝˊ ㄖㄢˊ

解釋 毅然：堅定果敢；決然：堅決地。形容意志堅強果決、毫不退縮。

出處 清．李寶嘉《官場現形記》五十八回：「竇士豪得了這封信，所以毅然決然，借點原由同洋人反對。」

例句 他為了學好英文，**毅然決然**地隻身前往美國遊學去了。

近義 殺伐決斷；堅定不移；斬釘截鐵；當機立斷。

反義 猶豫不決；優柔寡斷；遲疑不決；舉棋不定。

【毋部】

二畫

每下愈況 ㄇㄟˇ ㄒㄧㄚˋ ㄩˋ ㄎㄨㄤˋ

解釋 況：明顯。比喻越從低微的事物上推求，就越能看出道的真實情況，看清事物的真相。後來用作「每況愈下」，意義也有轉變，表示事情的狀況越來越壞。

出處 《莊子．知北遊》裏記載，東郭子問莊子說：「道在什麼地方？」莊子回答說：「無所不在。」東郭子要莊子說具體一些，莊子就從螻蟻說起，直到稗草、磚瓦、大小便等，都是道所在的地方。莊子說：「要滿足你的要求把道的真相說清楚，就像市場上的牙人用腳踏豬來估量它的肥瘦一樣，『每下愈況也』。」意思是說，越踏在豬的下部（即腳脛上），就越能看出牠的肥瘦（因為腳脛是最難肥的部位）。

解析 「每況愈下」偏重在「愈下」，多指形勢、情況越來越糟；「江河日下」偏重在「日下」，多指國勢、事物、景象一天不如一天，語意更重。

例句 雜貨店的生意是每下愈況了，我們應該先做好轉業的準備。

近義 江河日下；等而下之。

反義 漸入佳境；蒸蒸日上。

【比部】

比上不足，比下有餘（ㄅㄧˇ ㄕㄤˋ ㄅㄨˋ ㄗㄨˊ，ㄅㄧˇ ㄒㄧㄚˋ ㄧㄡˇ ㄩˊ）

解釋 雖比不了上者，但卻足以超過下者。

出處 晉．張華〈鷦鷯賦〉：「將以上方不足而下比有餘」（方，比。）

例句 他一向覺得自己的生活是比上不足，比下有餘，因此十分地樂天知命。

比比皆是（ㄅㄧˋ ㄅㄧˋ ㄐㄧㄝ ㄕˋ）

解釋 比比：到處，處處。
形容非常普遍，到處都是。

出處 《戰國策．秦策》：「犯白刃蹈煨灰，斷死於前者，比比是也。」

例句 像你這樣虔誠的信徒比比皆是，難怪那位神棍每年可以詐財上千萬元。

近義 俯拾即是；觸目皆是。

反義 屈指可數；聊勝於無；寥寥無幾。

比肩繼踵（ㄅㄧˋ ㄐㄧㄢ ㄐㄧˋ ㄓㄨㄥˇ）

解釋 比：並；比肩：肩膀靠肩膀；踵：腳跟；繼踵：腳尖碰腳跟。
形容人多擁擠的樣子。也作「比肩隨踵」。

出處 《晏子春秋．雜下》：「臨淄三百閭，張袂成陰，揮汗成雨，比肩繼踵而在。何為無人？」

例句 一年一度的台北燈會，總能吸引成千上萬的人潮，比肩繼踵地來參觀。

近義 比肩隨踵；挨肩擦背；摩肩接踵。

反義 闃無一人；踽踽獨行。

【毛部】

毛骨悚然（ㄇㄠˊ ㄍㄨˇ ㄙㄨㄥˇ ㄖㄢˊ）

解釋 毛：毛髮；骨：脊梁骨；悚然：害怕的樣子。毛髮豎起，脊梁骨發冷。形容人驚懼、害怕的樣子。

出處 《醒世恆言》三十四回：「忽然一陣冷風，吹得毛骨悚然。」

解析 「毛骨悚然」、「不寒而慄」都形容害怕、恐懼。其區別在於：「毛骨悚然」語意比「不寒而慄」重。在形容遇見極其可怖、怪異、陰森等景象而產生的恐怖感時多用「毛骨悚然」。「毛骨悚然」還可形容冷，「不寒而慄」不能。

例句 小妹看了一部令人**毛骨悚然**的恐怖片後，晚上嚇得不敢睡覺。

近義 不寒而慄；魂飛魄散；膽戰心驚。

反義 安之若素；泰然自若；無所畏懼。

毛遂自薦（ㄇㄠˊ ㄙㄨㄟˋ ㄗˋ ㄐㄧㄢˋ）

解釋 毛遂：人名；薦：推薦，介紹。比喻自告奮勇，自我推薦。

出處 《史記．平原君傳》記載：戰國時，秦國的軍隊包圍了趙國國都邯鄲，趙王派平原君趙勝到楚國去求救。平原君要挑選二十個能文能武的門客作為隨員，可是只選出了十九個人，還差一個人。這時，門客中有一個叫毛遂的，就向平原君自我推薦，要求同去。經過考問，平原君認為毛遂很有口才，就同意了。他們到了楚國，平原君和楚王談了一上午沒有結果。毛遂就提了寶劍上殿，對楚王陳述利害，楚王才同意出兵聯合抗秦。這件外交大事，就靠著毛遂的口才而取得了成功。

解析 「毛遂自薦」偏重於自我介紹，向別人推薦自己；「自告奮勇」偏重於自己主動提出來去做某件事情。

例句 這次的工作雖然困難，但非常富有挑戰性，所以公司中有許多人**毛遂自薦**。

近義 自告奮勇；挺身而出；請自隗始。

反義 急流勇退；婉言謝絕；善為我辭。

七畫

毫髮不爽（ㄏㄠˊ ㄈㄚˇ ㄅㄨˋ ㄕㄨㄤˇ）

解釋 毫：細毛；髮：頭髮；爽：差錯，失誤。形容一點也不差，沒有半點失誤。

出處 《聊齋志異．邑人》：「呼鄰問之，則市肉方歸，言其片數、斤數，毫髮不爽。」

例句 他在這行已有數十年的經驗，

總能把新品上市的時機把握得恰到好處，毫髮不爽。

近義 不差累黍；如出一轍；毫無二致；毫釐不爽。

反義 大相徑庭；天差地遠；天壤之別；判然不同。

【氏部】

一畫

民不聊生 ㄇㄧㄣˊ ㄅㄨˋ ㄌㄧㄠˊ ㄕㄥ

解釋 聊：依賴。人民生活困苦，無以維生。

出處 《史記．張耳陳餘傳》：「財匱力盡，民不聊生。」

解析 「民不聊生」偏重指人民無法生活；「生靈塗炭」偏重指人民遭受災難，語意較重。

例句 在那段全球經濟危機時期，處處充滿天災人禍，**民不聊生**。

近義 生靈塗炭。

反義 民康物阜；家給人足；國泰民安。

民以食為天 ㄇㄧㄣˊ ㄧˇ ㄕˊ ㄨㄟˊ ㄊㄧㄢ

解釋 人民仰賴糧食維生。形容糧食極為重要。

出處 《漢書．酈食其傳》：「王者以民為天，而民以食為天。」

例句 **民以食為天**，一個國家要強盛，先要滿足人民的民生需求。

民怨沸騰 ㄇㄧㄣˊ ㄩㄢˋ ㄈㄟˋ ㄊㄥˊ

解釋 人民的怨恨情緒達到極點，就像開水沸騰了一樣。形容百姓對官吏的怨恨到了極點。

出處 清．袁枚《隨園詩話補遺》卷十：「王荊公行新法，自知民怨沸騰，乃《詠雪》云：『勢大直疑埋地盡，功成才見放春回。村農不識仁民意，只望青天萬里開。』」

解析 「民怨沸騰」表示怨恨的程度已經到達了極點；「怨聲載道」表示怨恨的普遍，四處都充滿怨聲。

例句 連年的災荒與貪官污吏的橫徵暴斂，使得**民怨沸騰**，人心思變。

近義 怨聲載道。

反義 近悅遠來；頌聲載道；歌功頌德。

民脂民膏 ㄇㄧㄣˊ ㄓ ㄇㄧㄣˊ ㄍㄠ

解釋 脂、膏：油脂。比喻人民用血汗換來的財富，多指人民供輸給官方的財物。

出處 《水滸傳》第九十四回：「庫藏糧餉，都是民脂民膏。」

例句 昏庸的滿清政府搜刮**民脂民膏**興建宮廷花園，使得民怨沸騰。

【气部】

六畫

氣宇軒昂（ㄑㄧˋ ㄩˇ ㄒㄩㄢ ㄤˊ）

解釋 氣宇：人的儀表、氣概；軒昂：精神飽滿、不平凡的樣子。形容人的氣概風度不凡，精神飽滿，也作「器宇軒昂」。

出處 《醒世恆言》二十九回：「生得豐姿瀟灑，氣宇軒昂，飄飄有出塵之表。」

例句 人群中看他氣宇軒昂、風度翩翩的樣子，想必不是位簡單的人物。

近義 意氣軒昂；器宇不凡。

反義 萎靡不振。

氣吞山河（ㄑㄧˋ ㄊㄨㄣ ㄕㄢ ㄏㄜˊ）

解釋 氣勢可以吞沒山河。形容氣魄雄偉不可遏抑。

出處 元．金仁傑《蕭何月夜追韓信》第二折：「背楚投漢，氣吞山河；知音未遇，彈琴空歌。」

解析 「氣吞山河」著眼於氣魄宏大，常形容人的氣概；「氣勢磅礴」強調於氣勢雄偉，常形容事物和「山」、「水」等；「氣貫長虹」含有正氣凜然、氣勢旺盛之義。

例句 每個新朝代、新國家的創始者都有氣吞山河的氣概，才能成就如此偉大不凡的事業。

近義 氣壯山河；氣貫長虹；氣勢磅礴。

反義 氣息奄奄；萎靡不振。

氣味相投（ㄑㄧˋ ㄨㄟˋ ㄒㄧㄤ ㄊㄡˊ）

解釋 投：投合。思想作風和志趣、情調能彼此互相投合。

出處 《鏡花緣》第六十二回：「前者妹子同表妹舜英進京，曾與此女中途相遇，因他學問甚優，兼之氣味相投，所以結伴同行。」

解析 「情投意合」常用指男女之間感情融洽，志趣相投；「氣味相投」、「臭味相投」、「志同道合」一般不這樣用。

例句 他們才認識不久便發現彼此一見如故、氣味相投，便結伴同遊歐洲去了。

近義 志同道合；臭味相投；情投意合；意氣相投。

反義 方枘圓鑿；分道揚鑣；格格不入。

氣息奄奄（ㄑㄧˋ ㄒㄧ ㄧㄢ ㄧㄢ）

解釋 奄奄：氣息微弱的樣子。形容呼吸微弱、快要停止的樣子。

出處 《文選．李密〈陳情表〉》：「但以劉（李密的祖母劉氏）日薄西山，氣息奄奄，人命危淺，朝不慮夕。」

解析 「氣息奄奄」形容非常虛弱，語意較輕；「奄奄一息」指臨近死亡，只剩一口氣，語意較重。

例句 他年近九十，百病纏身，近來更是**氣息奄奄**，危在旦夕了。

近義 尸居餘氣；奄奄一息；苟延殘喘。

反義 生氣勃勃；血氣方剛；身強力壯。

氣貫長虹（ㄑㄧˋ ㄍㄨㄢˋ ㄔㄤˊ ㄏㄨㄥˊ）

解釋 氣：氣概；貫：貫穿。形容氣勢旺盛，可以貫穿長虹。

出處 《禮記．聘義》：「氣如白虹。」

解析 「氣貫長虹」含有正氣凜然、氣勢旺盛之義；「氣吞山河」著眼於氣魄雄偉，常形容人的氣概。

例句 誰都想不到隔壁的老先生，當年可是一位**氣貫長虹**、叱咤風雲的大將軍。

近義 氣吞山河；氣壯山河；氣勢磅礴。

反義 氣息奄奄。

氣象萬千（ㄑㄧˋ ㄒㄧㄤˋ ㄨㄢˋ ㄑㄧㄢ）

解釋 氣象：景象。形容自然景色的豐富多樣，變化多端，非常壯觀。

出處 宋．范仲淹《范文正公集．岳陽樓記》：「朝暉夕陰，氣象萬千。」

解析 「氣象萬千」著重指景象的壯麗紛繁；「五光十色」著重指色澤豔麗多樣。

例句 玉山國家公園的景致壯觀、**氣象萬千**，令人心曠神怡。

近義 五光十色；光怪陸離；萬紫千紅。

反義 千篇一律。

【水部】

水中撈月（ㄕㄨㄟˇ ㄓㄨㄥ ㄌㄠ ㄩㄝˋ）

解釋 比喻徒勞無功，永遠不能實現，也作「水中捉月」。

出處 宋．黃庭堅《山谷集．沁園春》詞：「鏡裏拈花，水中捉月，覷著無由得近伊。」

解析 「水中撈月」和「海底撈針」都有徒勞無功、白費力氣的意思，但「水中撈月」重在根本不能辦到，「海底撈針」重在難以辦到。

例句 他們倆合作多年，早培養出絕佳的默契，你想拉其中一個當你的夥伴，恐怕是**水中撈月**，白費工夫。

近義 徒勞無功；海底撈針。

反義 垂手可得；探囊取物；甕中捉鱉。

水乳交融（ㄕㄨㄟˇ ㄖㄨˇ ㄐㄧㄠ ㄖㄨㄥˊ）

解釋 融：融合。水和乳汁融合在一起，比喻關係極其融洽或思想感情結合得十分緊密。

出處 《老殘遊記》第十九回：「幾日工夫，同吳二擾（攪）得水乳交融。」

例句 他們倆一個寫詞，一個譜曲，早是**水乳交融**的夥伴。

近義 如膠似漆；如魚得水；形影相隨。

反義 水火不容；冰炭不投；格格不入。

水到渠成（ㄕㄨㄟˇ ㄉㄠˋ ㄑㄩˊ ㄔㄥˊ）

解釋 水流到的地方自然就會成渠。比喻時機成熟，事情自然會順利完成。

出處 宋．蘇軾〈答秦太虛書〉：「度囊中尚可支一歲有餘，至時別作經書。水到渠成，不須預慮，以此胸中都無一事。」

解析 「瓜熟蒂落」多指自然形成的事物，而「水到渠成」是指經過自己一番努力而成功。

例句 這件事我早已安排妥當，只待時機成熟，自然能**水到渠成**。

近義 瓜熟蒂落；順理成章。

反義 揠苗助長。

水泄不通（ㄕㄨㄟˇ ㄒㄧㄝˋ ㄅㄨˋ ㄊㄨㄥ）

解釋 泄：同「洩」，流出。形容人群聚集，十分擁擠或包圍控制得十分嚴密。

出處 宋．釋普濟《五燈會元．慧明禪師》：「佛法若也水泄不通，便教上座無安身立命處。」

解析 「通」不可解釋成「通曉、懂得」（如「通今博古」）。

例句 百貨公司大減價，吸引了成千上萬的人潮把附近擠得**水泄不通**。

反義 暢通無阻。

水深火熱（ㄕㄨㄟˇ ㄕㄣ ㄏㄨㄛˇ ㄖㄜˋ）

解釋 比喻人民生活處境極端痛苦，無法生存。

出處 《孟子．梁惠王下》記載：戰國時，有一次燕國國內大亂，齊宣王派匡章乘機攻打燕國，在燕國人民的歡迎擁護之下取得勝利。戰後，齊宣王很得意，認為只用了五十天就把燕國攻下是天意，想趁此併吞燕國。孟子對他說：「這不是什麼天意，而是民心！燕國人民為了擺脫苦難，所以才提酒送菜來歡迎您。如果您併吞燕國，而不把燕國人民從水火似的暴政下救出來，那就『如水益深，如火益熱』（好比水更深、火更熱），人民的苦難更重了，他們也會轉而對抗齊國的。」

例句 北非的生活條件極差，國家又十分貧窮，人民如處在**水深火熱**之中。

近義 水火之中；生靈塗炭。

反義 安居樂業。

水落石出（ㄕㄨㄟˇ ㄌㄨㄛˋ ㄕˊ ㄔㄨ）

解釋 本來是寫自然景色，後轉用比喻事情的真相終於大白。

出處 宋．歐陽修《歐陽文忠集．醉翁亭記》：「野芳發而幽香，佳木秀而繁陰，風霜高潔，水落而石出者，山間之四時也。」

解析 「水落石山」強調到一定時候事情的真相自然清楚；「真相大白」強調被掩飾的真實情況徹底顯現。前者指最後結果，後者指本來面目。

例句 這件案子牽扯的範圍層次日益升高，恐怕永遠不會有**水落石出**的一天。

近義 真相大白；圖窮匕見。

反義 沈冤莫白；冤沈大海。

水滴石穿（ㄕㄨㄟˇ ㄉㄧ ㄕˊ ㄔㄨㄢ）

解釋 水不停地滴下來，能把石頭滴穿。比喻只要努力不懈，力量雖小也能成功。

出處 宋．羅大經《鶴林玉露》：「張乖崖為崇陽令，一吏自庫中出，巾下有一錢。乖崖杖之。吏曰：『一錢何足道？乃杖我也！』乖崖援筆判曰：『一日一錢，千日千錢，繩鋸木斷，水滴石穿。』」

解析 「水滴石穿」和「跬步千里」都有只要有恆心就能達到目的的意思。但「水滴石穿」偏重指力量雖小，只要努力不懈也能完成艱難的事，而「跬步千里」偏重在積少可以成多。

例句 你現在的球技雖差，但只要你持之以恆地練習，終會**水滴石穿**練就一身精湛的球技。

近義 跬步千里；鍥而不捨；繩鋸木斷；鐵杵成針。

反義 一暴十寒；半途而廢；功虧一簣；前功盡棄。

水性楊花（ㄕㄨㄟˇ ㄒㄧㄥˋ ㄧㄤˊ ㄏㄨㄚ）

解釋 就像水性流動，楊花飄蕩，比喻輕薄而用情不專的女子。

出處 《福志全書．刑名部．姦情》：「婦人水性楊花，焉有不為所動。」

例句 她雖長得明豔動人，但卻是個**水性楊花**、用情不專的女子。

水漲船高（ㄕㄨㄟˇ ㄓㄤˇ ㄔㄨㄢˊ ㄍㄠ）

解釋 漲：也作「長」。水位增高，船的位置也就跟著提高，比喻隨著所憑藉對象的增長而提升。

出處 宋．釋普濟《五燈會元．繼徹禪師》：「眼中無翳，空裏無花，水長船高，泥多佛大。」

解析 「漲」，讀ㄓㄤˇ，不讀ㄓㄤˋ。

例句 自從傳出他將退出職棒的消息後，他的球員卡也跟著**水漲船高**，價格暴漲了好幾倍。

近義 泥多佛大。

一畫

永垂不朽（ㄩㄥˇ ㄔㄨㄟˊ ㄅㄨˋ ㄒㄧㄡˇ）

解釋 永：長久；垂：傳於後世。指光輝事蹟或偉大的精神長久流傳，永不磨滅。

出處 《魏書．高祖紀下》：「雖不足綱範萬度，永垂不朽，且可釋滯目前，釐整時務。」

例句 這位民運領袖雖然去世了，但他的精神卻**永垂不朽**，一直保留在人民的心中。

近義 永垂千古；流芳百世；萬古長存；萬古流芳。

反義 遺臭萬年。

二畫

求仁得仁（ㄑㄧㄡˊ ㄖㄣˊ ㄉㄜˊ ㄖㄣˊ）

解釋 求仁德便得到仁德。後來表示一個人的作為正好如了心願，或指心安理得。

出處 《論語．述而》：「求仁而得仁，又何怨？」

例句 他為了打贏這場官司，不惜花了十年的時間，幾乎傾家蕩產，但他卻認為是**求仁得仁**。

近義 如願以償。

反義 求之不得。

求田問舍（ㄑㄧㄡˊ ㄊㄧㄢˊ ㄨㄣˋ ㄕㄜˋ）

解釋 舍：房屋。謀求買田置地。形容人只知謀置家產而無遠大志向。也作「問舍求田」。

出處 《三國志．魏書．陳登傳》：「備（劉備）曰：『君（許汜）有國士之名，今天下大亂，帝主失所，望君憂國忘家，有救世之意；而君求田問舍，言無可采。是元龍（陳登）所諱也。』」

例句 他只知**求田問舍**，對未來卻毫無大志。

求全之毀（ㄑㄧㄡˊ ㄑㄩㄢˊ ㄓ ㄏㄨㄟˇ）

解釋 毀：毀謗。為了追求完美而招致的毀謗。

出處 《孟子．離婁上》：「有不虞之譽，有求全之毀。」

例句 他處世謹慎、事事求完美的態度難免招致**求全之毀**。

求全責備（ㄑㄧㄡˊ ㄑㄩㄢˊ ㄗㄜˊ ㄅㄟˋ）

解釋 責：求；備：齊全。要求十全十美、毫無缺陷。

出處 《兒女英雄傳》三十六回：「非我見你既中了個舉，轉這等苦口求全責備。」

解析 ①「責」不能解釋為「責怪」。②「求全責備」強調要求完美；「吹毛求疵」則是故意挑剔。

例句 他是個完美主義者，事事**求全責備**，在他手下辦事，可得處處小心謹慎。

近義 吹毛求疵。

反義 降格以求；淺希近求；棄瑕錄用。

三畫

汗牛充棟（ㄏㄢˋ ㄋㄧㄡˊ ㄔㄨㄥ ㄉㄨㄥˋ）

解釋 汗牛：使牛出汗；棟：屋子。書籍很多，搬運時會使牛累得出汗，收藏時要放滿整個屋子，形容藏書很多。

出處 唐．柳宗元《河東先生集．陸文通先生墓志》：「其為書，處則充棟宇，出則汗牛馬。」

例句 他的藏書是**汗牛充棟**，你在別處查不到的資料，他一定都有。

近義 左圖右史；汗牛塞屋；坐擁百城；浩如煙海。

反義 寥若晨星；寥寥無幾。

汗流浹背（ㄏㄢˋ ㄌㄧㄡˊ ㄐㄧㄚˊ ㄅㄟˋ）

解釋 浹：濕透。出汗多，濕透脊背。原形容非常惶恐或慚愧。現在也形容滿身大汗。

出處 《後漢書．伏皇后紀》：「操（曹操）出顧左右，汗流浹背。」

解析 ①不要把「浹」寫成「夾」。②在形容出汗很多的意義上，「汗流浹背」比「揮汗如雨」程度輕。「汗流浹背」還可形容惶恐、慚愧；「揮汗如雨」則無此用法。

例句 今年夏天真是炎熱異常，只要稍一活動就會**汗流浹背**。

近義 汗如雨下；汗出如漿；揮汗如雨。

反義 神色不動；鎮定自若。

汗馬功勞（ㄏㄢˋ ㄇㄚˇ ㄍㄨㄥ ㄌㄠˊ）

解釋 汗馬：騎馬作戰時馬都跑出汗來了，比喻征戰的勞苦。原指在戰爭中立下的功勞。現在也指在工作中做出的貢獻。

出處 《戰國策．楚策》一：「里數雖多，不費汗馬之勞。」

解析 「汗馬功勞」和「犬馬之勞」有明顯的區別，不可誤用：「犬馬之勞」重在效勞，指像狗像馬那樣地為主人效勞；「汗馬功勞」重在功勞，指勞苦地立下了功勞。

例句 他當年曾經為公司立下許多**汗馬功勞**，現在中風了，我們怎能棄他不顧！

近義 勞苦功高；提劍汗馬；豐功偉績。

反義 毛髮之功；徒勞無功。

江心補漏（ㄐㄧㄤ ㄒㄧㄣ ㄅㄨˇ ㄌㄡˋ）

解釋 船到江河中央才想到要補漏洞。比喻補救太遲，已無濟於事。

出處 《元曲選．關漢卿〈救風塵〉一》：「恁時節船到江心補漏遲。」

例句 事情已經大致底定你才開始想辦法，這不是**江心補漏**、無濟於事嗎？

反義 未雨綢繆；曲突徙薪。

江河日下（ㄐㄧㄤ ㄏㄜˊ ㄖˋ ㄒㄧㄚˋ）

解釋 江河的水越流越趨向下游。比喻事物、局勢一天天衰敗。

出處 《野叟曝言》一：「江河日下，

敎化凌夷，弟若遇時，欲復大司徒典敎之敎，以論秀書升之法得真儒。」

解析「江河日下」偏重在「日下」，多指國勢、事物、景象一天不如一天，語意較重；「每況愈下」偏重在「愈下」，多指形勢、情況愈來愈糟。

例句 近年來，隨著這條老街的沒落，店裏的生意也是**江河日下**、一天不如一天了。

近義 一落千丈；每況愈下；急轉直下。

反義 方興未艾；欣欣向榮；蒸蒸日上；漸入佳境。

江郎才盡 ㄐㄧㄤ ㄌㄤˊ ㄘㄞˊ ㄐㄧㄣˋ

解釋 比喻人的文思枯窘、減退。

出處《南史．江淹傳》記載：江淹年輕時，詩文在當時文壇上非常受重視，大家稱他為「江郎」。可是到了晚年，江淹的才思卻大大減退，寫出的詩文大不如前，人們都說「江郎才盡」了。當時還有一個傳說：有一天晚上，江淹夢見一個人，自稱是郭璞（晉代著名的文學家）。這個人對江淹說：「我有一枝筆，留在你那裏已經好多年了，可以還給我了。」江淹向懷裏一摸，果然有一枝五彩色筆，就還給了郭璞。從此，江淹就寫不出精彩的文句了。

解析「江郎才盡」指文思枯竭；「黔驢技窮」指技法、本領用完。

例句 當年他囊括國內各項寫作大獎，現在卻寫不出一篇完整的文章，恐怕是**江郎才盡**了。

近義 才竭智疲；計窮智短；黔驢技窮。

反義 文思泉湧；文思敏捷；思如泉湧；夢筆生花。

四畫

汲汲營營 ㄐㄧˊ ㄐㄧˊ ㄧㄥˊ ㄧㄥˊ

解釋 汲汲：努力不息的樣子；營營：追逐求取的樣子。形容人急切地追逐功名利祿的樣子。

出處 歐陽修〈送徐無黨南歸序〉：「方其用心與力之勞，亦何異眾人之汲汲營營，而忽焉以死者。」

例句 忙碌的現代人大多**汲汲營營**於名利，像他這種堅持理想不妥協的人，恐怕不多了。

反義 兩袖清風；清心寡欲；虛懷若谷。

沁人心脾 ㄑㄧㄣˋ ㄖㄣˊ ㄒㄧㄣ ㄆㄧˊ

解釋 原指吸入芳香、涼爽的空氣或飲進清涼的飲料，使人感到舒適，也用來形容文學作品美好、感人之深，如浸透心脾之中。也作「沁人心腑」。

出處 宋．林洪〈冷泉亭〉：「一泓清可沁詩脾。」

例句 這部電影刻畫感情細膩、深刻，真是沁人心脾令人心動的好電影。

近義 沁人心肺；哀感頑豔；感人肺腑；蕩氣迴腸。

反義 味同嚼蠟；枯燥無味。

沈魚落雁（ㄔㄣˊ ㄩˊ ㄌㄨㄛˋ ㄧㄢˋ）

解釋 魚見了沈入水底，雁見了降落沙洲，形容女子的容貌美麗。

出處 《莊子．齊物論》：「毛嬙、麗姬，人之所美也；魚見之深入，鳥見之高飛，麋鹿見之決驟，四者孰知天下之正色哉？」

例句 他一再誇說自己的妹妹貌美如花，今日一見果真有**沈魚落雁**之貌。

近義 如花似玉；花容月貌；閉月羞花；傾國傾城。

反義 無鹽之貌；貌似無鹽。

決一雌雄（ㄐㄩㄝˊ ㄧ ㄘ ㄒㄩㄥˊ）

解釋 決：判斷，決定；雌雄：本為雌性與雄性，引申為勝敗、高下。決定勝敗、高下。

出處 《史記．項羽本記》：「願與漢王挑戰，決雌雄。」

例句 他付出所有的心力來練球，就是希望有朝一日能與各國選手**決一雌雄**。

近義 一決高下；決一勝負；決一死戰。

反義 甘拜下風；退避三舍；善罷甘休。

沐猴而冠（ㄇㄨˋ ㄏㄡˊ ㄦˊ ㄍㄨㄢˋ）

解釋 沐猴：獼猴；冠：戴帽子。獼猴戴帽子。比喻裝得像人，而實際行為卻不像，常諷刺人依附惡勢力，只有人形而無人性。

出處 《史記．項羽本紀》：「人言楚人沐猴而冠耳，困然。」

解析 「冠」不可寫成「寇」。

例句 他本來只是個小混混，卻靠著賄選當上了議員，真是**沐猴而冠**。

近義 衣冠沐猴；徒有其表；虛有其表。

反義 秀外慧中；弸中彪外。

沒齒不忘（ㄇㄛˋ ㄔˇ ㄅㄨˋ ㄨㄤˋ）

解釋 齒：指年齡；沒齒：一輩子。一輩子也不會忘記。也作「沒齒難忘」。

出處 《聊齋志異．長亭》：「異史氏曰：『……且婿既愛女而救其父，止宜置昔怨而仁化之，刀復狎弄於危急之中，何怪其沒齒不忘也。』」

解析 「沒齒不忘」直述一輩子不忘，多指不忘別人的大恩大德；「銘心刻骨」比喻永遠不忘，既可指不忘大恩大德，也可指不忘深仇大恨或印象極深的東西。

例句 教練栽培我的大恩大德，我**沒**

齒不忘，只希望有朝一日能以好成績報答。

近義 永誌不忘；刻骨銘心；銘心刻骨；銘諸肺腑。

沆瀣一氣（ㄏㄤˋ ㄒㄧㄝˋ ㄧ ㄑㄧˋ）

解釋 沆瀣：夜間的水氣。比喻彼此的志氣相投合。

出處 《南部新書．戊》記載：唐朝乾符年間，僖宗皇帝派崔沆擔任主考官，有個名叫崔瀣的考生被主考官取中。因為他們兩個人都姓崔，兩個人的單名連起來是「沆瀣」兩個字，所以人們說他倆是「座主門生，沆瀣一氣」。

例句 他們倆一直是非常投合的好朋友，現在更合夥開店，真是沆瀣一氣。

近義 臭味相投；氣味相投。

反義 格格不入；方枘圓鑿。

五畫

泥牛入海（ㄋㄧˊ ㄋㄧㄡˊ ㄖㄨˋ ㄏㄞˇ）

解釋 泥塑的牛一掉到海裏就會融化。比喻一去不返。

出處 宋．釋道原《景德傳燈錄．潭州龍山和尚》：「洞山又問：『和尚見個什麼道理，便住此山？』師云：『我見兩個泥牛鬥入海，直至如今無消息。』」

解析 「泥牛入海」、「杳如黃鶴」都可比喻人一去不返，其區別在於：「泥牛入海」常形容事情毫無消息或預料事情將毫無希望，「杳如黃鶴」則不能。

例句 他年前投信到報社，至今仍如**泥牛入海**，毫無音訊。

近義 一去不返；有去無回；杳無音信；杳如黃鶴。

反義 合浦珠還。

泥多佛大（ㄋㄧˊ ㄉㄨㄛ ㄈㄛˊ ㄉㄚˋ）

解釋 泥多，佛像就塑得大。比喻憑藉愈大，徒弟愈多，聲勢就愈大，成就功業就能愈宏偉。

出處 宋．釋普濟《五燈會元．曇華禪師》：「十五日已前，水長船高；十五日已後，泥多佛大。」

例句 這個幫派的信徒遍佈全省，現在是**泥多佛大**，人人都得對他們禮讓三分。

泥沙俱下（ㄋㄧˊ ㄕㄚ ㄐㄩˋ ㄒㄧㄚˋ）

解釋 泥和沙一同跟著水沖下來。比喻好壞不等的人或事物都混雜在一起。

出處 清．袁枚《隨園詩話》卷一：「人稱才大者，如萬里黃河，與泥沙俱下。余以為，此粗才，非大才也。」

例句 這支隊伍裏是**泥沙俱下**，隊員程度參差不齊，恐怕很難拿到好成績。

近義 牛驥同皂；魚龍混雜；龍蛇混雜。

反義 涇渭分明；涇濁渭清。

泥塑木雕（ㄋㄧˊ ㄙㄨˋ ㄇㄨˋ ㄉㄧㄠ）

解釋 泥巴做成的和木頭刻成的偶像。比喻人像雕像般呆板、沒有反應。

出處 《醒世姻緣》五十六：「就是泥塑木雕的人，也要有些顯應。」

解析 「塑」不可寫成「朔」。

例句 你怎麼當眾提起他的傷心事，你把他當成**泥塑木雕**、毫無感覺的人嗎！

近義 呆若木雞。

反義 生龍活虎；活蹦亂跳；精神抖擻。

河東獅吼（ㄏㄜˊ ㄉㄨㄥ ㄕ ㄏㄡˇ）

解釋 河東：古代郡名，柳姓的郡望（魏晉至隋唐時顯貴的家族）。比喻嫉妒心強而又凶悍的婦人。

出處 洪邁《容齋三筆．陳季常》記載：宋朝陳季常的妻子柳氏非常凶悍善妒，每次請客，只要有歌妓，柳氏就一邊拿木杖敲打牆壁，一邊大叫，客人都因此紛紛散去，蘇軾就寫了一首詩笑陳季常：「忽聞河東獅子吼，拄杖落手心茫然。」河東是借用杜甫的詩：「河東女兒身姓柳」，暗指柳氏，獅子吼是佛家語，比喻威嚴。整句的意思是：突然聽到柳氏像獅子般的吼叫，嚇得拐杖掉落在地上，心中一片茫然。

例句 他太太是出了名的**河東獅吼**，所以大家都不會勉強他出去玩。

近義 季常之懼。

河清海晏（ㄏㄜˊ ㄑㄧㄥ ㄏㄞˇ ㄧㄢˋ）

解釋 河：指黃河；晏：平靜。古代認為黃河水清，大海平靜為太平之兆。比喻太平盛世。也作「海晏河清」。

出處 唐．鄭錫〈日中有王字賦〉：「河清海晏，時和歲豐。」

例句 現今社會的政治腐敗，貪官污吏四處橫行，不知何時才有**河清海晏**的一天。

近義 四海昇平；國泰民安。

反義 兵荒馬亂；兵連禍結；滄海橫流。

河清難俟（ㄏㄜˊ ㄑㄧㄥ ㄋㄢˊ ㄙˋ）

解釋 河：黃河；俟：等待。黃河水清的日子很難等到。比喻時間遙遙無期，難以等待。

出處 《左傳．襄公八年》：「周詩有之曰：『俟河之清，人壽幾何？』」

例句 賭博的風氣由來已久且遍佈世界各地，要想杜絕恐怕是**河清難俟**。

河魚腹疾（ㄏㄜˊ ㄩˊ ㄈㄨˋ ㄐㄧˊ）

解釋 河魚：腹疾的代稱。魚爛先從腹內起，故世稱腹瀉為河魚腹疾。

出處 《左傳．宣公十二年》：「河魚腹疾奈何？」

例句 一向成績優異的他，這幾天苦於河魚腹疾，以致考試成績一落千丈。

沽名釣譽（ㄍㄨ　ㄇㄧㄥˊ　ㄉㄧㄠˋ　ㄩˋ）

解釋 沽：買；釣：騙取。故意做作或使用虛偽矯飾的手段以騙取名譽。

出處 《紅樓夢》第三十六回：「可知那些死的，都是沽名釣譽，並不知君臣的本義。」

解析 ①不要把「沽」寫成「估」。②「沽名釣譽」指用不正當的手段騙取名譽，語意較輕；「欺世盜名」指用欺騙世人的手段竊取名譽，語意較重。

例句 他在參選前四處捐款、訪問育幼院，恐怕都是**沽名釣譽**的手段。

近義 沽名干譽；欺世盜名。

反義 不求聞達。

沾沾自喜（ㄓㄢ　ㄓㄢ　ㄗˋ　ㄒㄧˇ）

解釋 沾沾：暗自歡喜的樣子。自以為很好而高興、得意的樣子。

出處 《史記・魏其武安侯列傳》：「魏其者，沾沾自喜耳。」

例句 看他一副**沾沾自喜**的樣子，似乎不知道大難就要臨頭了。

近義 自鳴得意；洋洋自得；得意洋洋。

反義 心灰意懶；灰心喪氣；垂頭喪氣。

波瀾壯闊（ㄅㄛ　ㄌㄢˊ　ㄓㄨㄤˋ　ㄎㄨㄛˋ）

解釋 瀾：大浪。比喻聲勢雄壯或規模雄偉。

出處 南朝・宋・鮑照《鮑參軍集・登大雷岸與妹書》：「旅客貧辛，波路壯闊。」

解析 「波瀾壯闊」和「洶湧澎湃」都可形容水勢浩大，但「波瀾壯闊」偏重於雄偉壯觀，常用來形容文章的氣勢；「洶湧澎湃」偏重於聲勢猛烈，常用來形容感情激盪。

例句 他一直憧憬將來能做個水手，終年在**波瀾壯闊**的大海上生活。

近義 洶湧澎湃；浩浩蕩蕩；萬馬奔騰。

油腔滑調（ㄧㄡˊ　ㄑㄧㄤ　ㄏㄨㄚˊ　ㄉㄧㄠˋ）

解釋 形容語言輕浮，態度不誠懇。

出處 清・王士禎《師友詩傳錄》：「作詩學力與性情必兼具而後愉快。愚意以為學力深始能見性情；若不多讀書、多貫穿而遽言性情，則開後學油腔滑調、信口成章之惡習矣。」

解析 「油腔滑調」往往著眼於「腔調」、「態度」；「油嘴滑舌」往往著眼於所說的話。

例句 這一群人個個都是**油腔滑調**的，你跟他們在一起可得小心。

近義 油嘴滑舌；油嘴油舌。

反義 一本正經；正言厲色。

油嘴滑舌（ㄧㄡˊ　ㄗㄨㄟˇ　ㄏㄨㄚˊ　ㄕㄜˊ）

解釋 形容人說話圓滑、輕浮，不誠懇。

出處 《鏡花緣》第二十一回：「這鳥為甚不是禽鳴，倒學狗叫？俺看他油嘴滑舌，南腔北調，到底算個甚麼！」

解析 「油嘴滑舌」往往著眼於耍嘴皮子說的話；「油腔滑調」往往著眼於腔調、態度。

例句 看他**油嘴滑舌**的樣子，跟他合作可得非常小心。

近義 弄嘴掉舌；油腔滑調。

反義 一本正經；義正辭嚴。

沿波討源（ㄧㄢˊ ㄅㄛ ㄊㄠˇ ㄩㄢˊ）

解釋 沿著水流尋找源頭。比喻根據線索探討事物的本源。

出處 《文選．陸機〈文賦〉》：「或沿波而討源。」

例句 他研究學問一直抱著**沿波討源**的精神，才能發現古書中的許多錯誤。

沿門托缽（ㄧㄢˊ ㄇㄣˊ ㄊㄨㄛ ㄅㄛ）

解釋 缽：僧尼的食器；托缽：僧人以手托缽沿門乞食。形容人挨戶乞討、化緣。

出處 清．袁枚《隨園詩話》卷四：「（張少儀）徒步入都，為父贖罪，……沿門托缽，尚缺五百餘金。」

例句 他曾是大戶人家的公子，沒想到破產後竟成了**沿門托缽**的乞丐。

治絲益棼（ㄓˋ ㄙ ㄧˋ ㄈㄣˊ）

解釋 治：整理；益：越發，更加；棼：紛亂。整理蠶絲不找頭緒，結果越弄越亂。比喻做事不得要領，結果愈弄愈亂。

出處 《左傳．隱公四年》：「臣聞以德和民，不聞以亂；以亂，猶治絲而棼之也。」

例句 他初次經手公司的帳務，沒想到**治絲益棼**、愈弄愈糟。

近義 以火救火；揚湯止沸。

反義 庖丁解牛；釜底抽薪。

泰山北斗（ㄊㄞˋ ㄕㄢ ㄅㄟˇ ㄉㄡˇ）

解釋 泰山是古人認為最高的山，北斗七星為天上最顯著的星座。比喻有名望且被人們尊重、景仰的人物。

出處 《新唐書．韓愈傳》：「自愈沒，其言大行，學者仰之如泰山北斗云。」

例句 他可是地方上的**泰山北斗**，這件事請他出面一定可以擺平。

近義 德高望重。

泰山壓卵（ㄊㄞˋ ㄕㄢ ㄧㄚ ㄌㄨㄢˇ）

解釋 泰山壓在蛋上。以強大的力量壓在脆弱的東西上，比喻力量懸殊，強大的一方必然摧毀弱小的一方。

出處 《晉書．孫惠傳》：「猛獸吞狐，泰山壓卵。」

例句 這支夢幻球隊以**泰山壓卵**之姿，把所有的隊伍打得落花流水。

近義 泰山壓頂。

反義 以卵擊石。

泰山壓頂 ㄊㄞˋ ㄕㄢ ㄧㄚ ㄉㄧㄥˇ

解釋 泰山壓在頭頂上。比喻困難重重，壓力極大。

出處 《兒女英雄傳》第六回：「一個棍起處似泰山壓頂，打下來舉手無情。」

例句 這件案子現在是**泰山壓頂**，困難重重，恐怕永遠沒有破案的一天。

近義 泰山壓卵。

泰然自若 ㄊㄞˋ ㄖㄢˊ ㄗˋ ㄖㄨㄛˋ

解釋 泰然：安然不以為意的樣子。安閒自在，從容不迫。形容在緊急情況下態度鎮靜，毫不慌亂。

出處 宋．范浚〈心箴〉：「天君泰然，百體從令。」

解析 「泰然自若」和「行若無事」都含有遇事鎮定、不慌亂的意思。「泰然自若」著重在沈著、靜定；「行若無事」著重在不當回事。

例句 他目前雖然承受著極大的壓力，卻仍然**泰然自若**、不慌不忙的。

近義 神色自若；泰然處之；鎮定自若。

反義 心驚膽戰；忐忑不安；戰戰兢兢；驚慌失措。

六畫

洋洋大觀 ㄧㄤˊ ㄧㄤˊ ㄉㄚˋ ㄍㄨㄢ

解釋 洋洋：盛大、眾多的樣子；大觀：豐富多彩的景象。形容數量和種類多采多姿，豐富可觀。

出處 《莊子．天地》：「夫道，覆載萬物者也，洋洋乎大哉！」

例句 他的收藏品真是**洋洋大觀**，可以媲美博物館了。

近義 琳琅滿目；蔚為壯觀。

洋洋灑灑 ㄧㄤˊ ㄧㄤˊ ㄙㄚˇ ㄙㄚˇ

解釋 洋洋：盛大，眾多；灑灑：連綿不斷的樣子。形容文章的篇幅很長且文詞優美、暢達。

出處 宋．張端義《貴耳集》：「誦諸尊宿語錄，先後次序數百言，灑灑可聽。」

例句 他為了挽回女友的心，**洋洋灑灑**地寫了一封十幾頁、文情並茂的信。

近義 洋洋萬言。

反義 三言兩語；言簡意賅；要言不煩。

洪水猛獸 ㄏㄨㄥˊ ㄕㄨㄟˇ ㄇㄥˇ ㄕㄡˋ

解釋 比喻危害極大的禍害。

出處 《孟子．滕文公下》：「昔者禹抑洪水，而天下平；周公兼夷狄，驅猛獸，而百姓寧。」

解析「洪水猛獸」、「潑天大禍」都表示極大的禍害，但大有區別：「洪水猛獸」多比喻危害極大的事物或極為殘暴的力量；「潑天大禍」多指人闖下的大禍，也指其他大災禍。

例句 他們一家人在地方上經營賭場、色情行業，無惡不作，居民無不視其為**洪水猛獸**。

近義 天災人禍；潑天大禍。

流水不腐，戶樞不蠹（ㄌㄧㄡˊ ㄕㄨㄟˇ ㄅㄨˋ ㄈㄨˇ，ㄏㄨˋ ㄕㄨ ㄅㄨˋ ㄉㄨˋ）

解釋 戶樞：門的轉軸；蠹：蛀蟲，這裏指蛀蝕。

流動的水不會腐臭，經常轉動的門軸不會被蛀蝕。比喻經常運動的東西，可以歷久不壞。

出處《呂氏春秋．盡數》：「流水不腐，戶樞不螻，動也。」

例句「**流水不腐，戶樞不蠹**」，你只要經常運動，就可以一直保持健康、有活力的身體。

流言蜚語（ㄌㄧㄡˊ ㄧㄢˊ ㄈㄟˇ ㄩˇ）

解釋 毫無根據的謠言，多指背後議論、誣蔑或挑撥、離間的壞話。也作「流言飛文」、「流言飛語」。

出處《史記．魏其武安侯列傳》：「乃有蜚語，為惡言聞上。」

解析 ①不要把「蜚」寫成「非」。②「流言蜚語」和「無稽之談」都可指沒有根據的話。但「流言蜚語」多用來指那種出於險惡的用心、躲在背後散布的壞話。「無稽之談」只是指出這是沒有根據的話，並不是蓄意在背後造謠。

例句 你千萬不要因為這些毫無根據的**流言蜚語**，就對一個素昧平生的人有了成見。

近義 無稽之談；蜚短流長。

反義 言之鑿鑿；鑿鑿有據。

流芳百世（ㄌㄧㄡˊ ㄈㄤ ㄅㄞˇ ㄕˋ）

解釋 流：流傳，傳布；芳：香，比喻美名。

美好的名聲永遠留傳於後世。

出處 南朝．宋．劉義慶《世說新語．尤悔》：「桓公（桓溫）臥語曰：『作此寂寂，將為文景所笑。』既而屈起坐曰：『既不能流芳百世，亦不足復遺息萬載耶？』」

解析「流芳百世」可指人，也可指事件；「名垂青史」一般僅指人，由史書流傳。

例句 這些為了救國救民而犧牲奉獻的烈士們，必定能**流芳百世**，永垂不朽。

近義 千古流芳；名垂青史；彪炳千古；萬古流芳。

反義 臭名遠揚；遺臭萬年。

流金鑠石（ㄌㄧㄡˊ ㄐㄧㄣ ㄕㄨㄛˋ ㄕˊ）

解釋 流、鑠：銷熔，熔化。

使金屬銷熔成液體，或使石頭溶化。形容天氣非常炎熱，已到了能使金石融化的地步。也作「鑠石流金」。

出處 《楚辭．招魂》：「十日代出，流金鑠石些。」

解析 「鑠」不要讀成「樂（ㄌㄜˋ）」。

例句 由於地球的臭氧層遭到破壞，夏天的氣溫逐年上升，正午時更是**流金鑠石**，令人難以忍受。

近義 焦金鑠石；驕陽似火。

反義 冰天雪地；滴水成冰。

流連忘返 ㄌㄧㄡˊ ㄌㄧㄢˊ ㄨㄤˋ ㄈㄢˇ

解釋 形容留戀沈迷某些景物，捨不得離去。

出處 《孟子．梁惠王下》：「從流下而忘反謂之流，從流上而忘反謂之連。」

解析 「流連忘返」重在忘記回家，多指人對景物、地方的留戀感情；「戀戀不捨」重在不願捨棄，可對人、對景或對某地的依戀感情。

例句 這裏山明水秀、鳥語花香的，常使得遊客們**流連忘返**，不忍離去。

近義 樂而忘返；樂不思蜀；戀戀不捨。

流離失所 ㄌㄧㄡˊ ㄌㄧˊ ㄕ ㄙㄨㄛˇ

解釋 流離：流徙，逃難；失所：失去安身的地方。在外轉徙流浪，失去了安身的地方。

解析 《詩經．王風．葛藟》朱熹集傳：「世衰民散，有去其鄉里家族，而流離失所者，作此詩以自歎。」

例句 這次的颱風不但造成許多道路交通中斷，房屋傾倒，更使得許多居民**流離失所**。

近義 離鄉背井；無家可歸；顛沛流離。

反義 安居樂業。

津津有味 ㄐㄧㄣ ㄐㄧㄣ ㄧㄡˇ ㄨㄟˋ

解釋 津津：有滋味或興趣濃厚的樣子。形容特別有滋味、有興趣。

出處 《石點頭》四：「聽見做娘的說的津津有味。」

例句 八點檔的連續劇，故事高潮起伏不定，充滿了戲劇張力，吸引許多女性同胞**津津有味**地收看。

近義 津津樂道；興致勃勃。

反義 味同嚼蠟；索然無味；清湯寡水。

津津樂道 ㄐㄧㄣ ㄐㄧㄣ ㄌㄜˋ ㄉㄠˋ

解釋 津津：興趣濃厚的樣子；樂道：樂於談論。指很感興趣而常常談論。

出處 《新論．崇學》：「道象之妙，非言不津津。」

解析 「津津樂道」和「津津有味」

都形容講話時興致勃勃，但「津津樂道」著重在談論上，而不涉及其他；「津津有味」所指的範圍比較廣泛，不僅指談論，也可以形容看到、聽到、感到。

例句 他徒手制服三名闖入家中歹徒的事，至今一直為人們所**津津樂道**。

近義 津津有味；興致勃勃。

反義 索然寡味；閉口藏舌；緘口不言。

洞天福地（ㄉㄨㄥˋ ㄊㄧㄢ ㄈㄨˊ ㄉㄧˋ）

解釋 道教所指的神仙居住的名山勝境，有十大洞天，三十六小洞天，七十二福地。後用以比喻名山，勝境。也作「福地洞天」。

出處 明．高則誠《琵琶記．牛氏規奴》：「這般福地洞天，自有仙姝玉女。」

例句 這裏是**洞天福地**，在這住久了，人似乎也感染到此地的靈氣。

洞見癥結（ㄉㄨㄥˋ ㄐㄧㄢˋ ㄓㄥ ㄐㄧㄝˊ）

解釋 洞：透徹；癥結：腹內結塊的病。形容觀察銳利，能清楚看到問題的關鍵或病徵的所在。

出處 《史記．扁鵲倉公列傳》：「扁鵲以其言飲藥三十日，視見桓一方人。以此視病，盡見五臟癥結。」

解析 「癥」不能唸成ㄓㄥˋ。

例句 他經驗豐富，見多識廣，向來能**洞見癥結**，這份合作計畫，你不妨請他拿個主意。

近義 洞若觀火。

反義 霧裡看花。

洞若觀火（ㄉㄨㄥˋ ㄖㄨㄛˋ ㄍㄨㄢ ㄏㄨㄛˇ）

解釋 看事物十分明白清楚，好像看火一樣。比喻觀察事物清楚透徹。

出處 清．錢謙益《錢牧齋尺牘．致郎制台》：「老祖台察吏安民，洞若觀火。」

解析 「洞若觀火」和「瞭如指掌」都有「看得很清楚、明白」的意思。但「洞若觀火」多指對事理的觀察，偏重在觀察徹底；「瞭如指掌」多指對情況的了解（包括事物和人的情況），偏重在了解清楚。

例句 他的觀察力敏銳，看事情是**洞若觀火**，這件事請他去調查是再適合不過了。

近義 一目了然；明察秋毫；洞見癥結。

反義 如墮煙海；看朱成碧；霧裏看花。

洞燭其奸（ㄉㄨㄥˋ ㄓㄨˊ ㄑㄧˊ ㄐㄧㄢ）

解釋 洞：透徹，深入；燭：照亮。形容看透對方的陰謀詭計，也作「洞察其奸」。

出處 《鏡花緣》第十二回：「倘明哲君子，洞察其奸，於家中婦女不時正言規勸，以三姑六婆視為寇仇，……他又何所施其伎倆？」

例句 還好你觀察力敏銳，能**洞燭其奸**，才讓我們不致上當受騙。

洗心革面（ㄒㄧˇ ㄒㄧㄣ ㄍㄜˊ ㄇㄧㄢˋ）

解釋 革面：改變舊面目。比喻徹底改過自新，也作「革面洗心」。

出處 《周易．繫辭上》：「聖人以此洗心。」

解析 「洗心革面」強調徹底悔改；「改頭換面」強調只是變換表面形式。

例句 經過上次的教訓，他彷彿**洗心革面**，完全變了一個人似的。

近義 改惡從善；悔過自新；脫胎換骨。

反義 怙惡不悛。

洗耳恭聽（ㄒㄧˇ ㄦˇ ㄍㄨㄥ ㄊㄧㄥ）

解釋 形容專心、恭敬地聽別人講話，是請人講話時說的客氣話。

出處 元．周權《此山集．秋霽》詩：「酒醒誰鼓《松風操》，炷罷爐熏洗耳聽。」

例句 你對我們的計畫有任何建議，儘管直說，我們一定會**洗耳恭聽**。

近義 側耳靜聽；傾耳細聽。

反義 充耳不聞；東風馬耳；秋風過耳；掩耳蹙額。

洗垢求瘢（ㄒㄧˇ ㄍㄡˋ ㄑㄧㄡˊ ㄅㄢ）

解釋 洗去污垢，尋找疤痕。比喻故意挑剔別人的缺點或過失。也作「洗垢索瘢」。

出處 漢．趙壹〈刺世疾邪賦〉：「所好，則鑽皮出其毛羽；所惡，則洗垢求其瘢痕。」

例句 他處處對你**洗垢求瘢**，恐怕是對你有成見。

活龍活現（ㄏㄨㄛˊ ㄌㄨㄥˊ ㄏㄨㄛˊ ㄒㄧㄢˋ）

解釋 龍：古代傳說的一種靈怪動物。指說話作文或繪畫非常生動逼真，使人感到就像親眼看到的一樣。也作「活靈活現」。

出處 《警世通言》五：「再說王氏聞丈夫凶信，初時也疑惑，被呂寶說得活龍活現，也信了。」

解析 「活龍活現」、「栩栩如生」、「維妙維肖」都含有很逼真的意思，其區別在於：「活龍活現」著重於像親眼看見一樣；「栩栩如生」著重於像活的一樣；「維妙維肖」著重於非常精妙。

例句 大家起初都不相信他制服搶匪的事，但他把過程說得**活龍活現**，由不得大家不相信。

近義 呼之欲出；栩栩如生；繪聲繪影；躍然紙上。

洶湧澎湃（ㄒㄩㄥ ㄩㄥˇ ㄆㄥ ㄆㄞˋ）

解釋 洶湧：水奔騰向上湧的樣子；澎湃：波浪相互激盪的聲音。形容聲勢浩大，無法阻擋。

出處 《文選．司馬相如〈上林賦〉》：

「沸乎暴怒，洶湧澎湃。」（沸乎，水湧起的樣子。）

解析 「洶湧澎湃」和「波瀾壯闊」都可形容水勢浩蕩或比喻聲勢浩大。但「洶湧澎湃」偏重於聲勢猛烈，常用來形容感情激盪；「波瀾壯闊」偏重於雄偉壯觀，常用來形容文章的氣勢。

例句 他長期居住在內陸，第一次看到**洶湧澎湃**的大海，心中激動不已。

近義 波瀾壯闊；浩浩蕩蕩；萬馬奔騰。

反義 波瀾不驚；風平浪靜。

洛陽紙貴（ㄌㄨㄛˋ ㄧㄤˊ ㄓˇ ㄍㄨㄟˋ）

解釋 稱譽某種著作流傳很廣，風行一時。

出處 《晉書．文苑傳》記載：左思寫〈三都賦〉，構思了十年，寫成以後，搶著抄寫的人極多，以致洛陽的紙都漲價了。

例句 這本書一上市就蔚為風潮，一時之間**洛陽紙貴**，供不應求。

近義 一字千金。

七畫

涇渭分明（ㄐㄧㄥ ㄨㄟˋ ㄈㄣ ㄇㄧㄥˊ）

解釋 涇、渭：甘肅、陝西境內的兩條河，古人認為渭水清，涇水濁（實際是涇水比渭水清），兩水在陝西境內合流時，清濁分得很清楚。比喻人或事物的好壞、善惡就像涇水和渭水的清濁一樣，分得清清楚楚。

出處 《古今小說》十：「守得一十四歲時，他胸中漸漸涇渭分明，瞞他不得了。」

解析 ①「渭」不可寫成「謂」。②同樣表示區分得很清楚，「涇渭分明」指兩種事物截然不同；「壁壘分明」指兩者對立的界限分明。

例句 他向來是**涇渭分明**，這種與黑道掛鉤的事，他是絕對不會做的。

近義 是非分明；黑白分明；渭濁涇清；旗幟鮮明。

反義 不分皂白；是非不分；涇渭不分；混淆黑白。

海角天涯（ㄏㄞˇ ㄐㄧㄠˇ ㄊㄧㄢ ㄧㄚˊ）

解釋 涯：邊際，盡頭。形容非常偏僻遙遠的地方。也作「天涯海角」。

出處 唐．白居易《白氏長慶集．春生》詩：「春生何處暗周遊，海角天涯遍始休。」

解析 「海角天涯」指非常遙遠的地方；「天南地北」指兩者相距的遠或談話漫無邊際。

例句 他走遍了**海角天涯**，幾乎要放棄時，才在一個小村落找到了失散多年的兒子。

近義 天南地北；遠在天邊。

反義 一衣帶水；近在咫尺；望衡對

字。

海底撈月（ㄏㄞˇ ㄉㄧˇ ㄌㄠ ㄩㄝˋ）

解釋 比喻白費力氣，根本達不到目的。

出處 《拍案驚奇》二十回：「一面點起民壯，分頭追捕，多應是海底撈月，那尋一個？」

解析 「海底撈月」和「大海撈針」都比喻目標難以實現。但「海底撈月」是指尋找虛幻不實之物，不可能獲得，而「大海撈針」是指雖然很難到達，卻仍有達到的可能。

例句 他成天想上山拜師學藝，練就一身高強的武藝，真是**海底撈月**，異想天開。

近義 大海撈針；水中撈月；緣木求魚。

反義 手到擒來；探囊取物；甕中捉鱉。

海底撈針（ㄏㄞˇ ㄉㄧˇ ㄌㄠ ㄓㄣ）

解釋 比喻極困難或不可能成功的事。也作「水底撈針」。

出處 《初刻拍案驚奇》二十回：「一面點起民壯，分頭追捕，多應是海底撈針，那尋一個？」

解析 ①也作「大海撈針」。②「海底撈針」和「海底撈月」都比喻很難找到或目的很難實現，往往可以通用。

例句 事情已經過了十幾年你才想要找出當年的凶手，這不是**海底撈針**嗎？

近義 水中撈月；海中撈月；挾山超海。

反義 手到擒來；易如反掌；探囊取物；唾手可得。

海屋添籌（ㄏㄞˇ ㄨ ㄊㄧㄢ ㄔㄡˊ）

解釋 籌：籌碼。本指長壽，後常用作祝人壽辰的吉祥話。

出處 宋．蘇軾《東坡志林》卷二：「嘗有三老人相遇，或問之年。一人曰：『海水變桑田時，吾輒下一籌，爾來吾籌已滿十間屋。』」

例句 李爺爺八十大壽時，大夥都前往祝他**海屋添籌**、子孫滿堂。

近義 壽比南山。

海枯石爛（ㄏㄞˇ ㄎㄨ ㄕˊ ㄌㄢˋ）

解釋 海枯：海水乾涸；石爛：石頭風化成為灰土。形容經歷的時間極長。表示意志堅定，永不改變，多用為男女相戀時，表示永不變心的誓詞。

出處 元．王實甫《西廂記》第五本：「這天高地厚情，直到海枯石爛時，此時作念何時止？」

例句 他為了挽回女友的心，不惜當眾下跪，說自己的真情是**海枯石爛**，至死不渝。

近義 之死靡它；天荒地老；矢志不渝。

反義 一朝一夕；俯仰之間；彈指之

間。

海誓山盟 ㄏㄞˇ ㄕˋ ㄕㄢ ㄇㄥˊ

解釋 誓、盟：發誓，盟約。指山海為誓言，表示愛情要像山海那樣地永恆堅定。也作「山盟海誓」。

出處 宋・辛棄疾〈南鄉子・贈妓〉：「別淚沒些些，海誓山盟總是賒。」

例句 他們倆結婚不過兩年就協議離婚，當年的**海誓山盟**也都隨著煙消雲散。

近義 天長地久；地老天荒；指天誓日；海枯石爛。

反義 背信棄義。

海闊天空 ㄏㄞˇ ㄎㄨㄛˋ ㄊㄧㄢ ㄎㄨㄥ

解釋 像海一樣的遼闊、天一樣的沒有邊際。比喻人的心胸開闊，無拘無束。或比喻想像、談話漫無邊際、沒有重點。

出處 《石點頭》三：「海闊天空，知在何處。」

例句 經過大夥這幾天來對他的開導、關心，他好不容易才**海闊天空**，坦然許多。

近義 大海長空；無邊無際；漫無邊際。

海市蜃樓 ㄏㄞˇ ㄕˋ ㄕㄣˋ ㄌㄡˊ

解釋 蜃：大蛤蜊。指光線經不同密度的空氣層發生反射或折射時，把遠處景物顯示在眼前的幻景。多發生在海邊和沙漠地區，古人誤認為是蜃吐氣而成。比喻虛幻、不存在的事物。

出處 《史記・天官書》：「海旁蜃氣象樓台。」

解析 ①不要把「蜃」寫成「脣」。②「海市蜃樓」和「空中樓閣」都用來比喻脫離實際的虛幻事物。但「海市蜃樓」多指幻景，多比喻容易幻滅的「希望」、虛幻的「前景」等；而「空中樓閣」著重在比喻沒有基礎的空想、空談等。

例句 你如果不能付諸行動，這一切的計畫都不過是**海市蜃樓**、一場幻影。

近義 空中樓閣；虛無縹緲；鏡花水月。

涓滴歸公 ㄐㄩㄢ ㄉㄧ ㄍㄨㄟ ㄍㄨㄥ

解釋 涓滴：小水點，比喻極小或極少的東西。非所應得的財物，雖然極少極微，自己絕不侵占，比喻官吏清廉。

出處 《官場現形記》三十三回：「真正涓滴歸公，一絲一毫不敢亂用。」

例句 他做官多年卻從不收受紅包、回扣，真正做到一介不取、**涓滴歸公**。

近義 一介不取。

反義 中飽私囊。

涉筆成趣 ㄕㄜˋ ㄅㄧˇ ㄔㄥˊ ㄑㄩˋ

解釋 涉筆：動筆或著筆；趣：風致、意味。

形容一動筆寫作，筆下就充滿了趣味、情致。

出處 陶潛〈歸去來辭〉：「園日涉以成趣。」

例句 他是個幽默風趣、才情洋溢的人，隨意揮灑無不**涉筆成趣**。

反義 枯燥無味；索然無味。

浮光掠影（ㄈㄨˊ ㄍㄨㄤ ㄌㄩㄝˋ ㄧㄥˇ）

解釋 浮光：指水面上的反光；掠影：一閃而過的影子。

水面的反光，一閃而過的影子。比喻觀察不細緻，印象不深刻或指文章言論膚淺、不著邊際。

出處 清．馮班《常熟二馮先生集．滄浪詩話糾謬》：「滄浪論詩，止是浮光掠影，如有所見，其實腳跟未曾點地。」

解析 ①「掠」不寫成「略」。②「浮光掠影」和「走馬看花」都有「觀察事物不深入細致，印象不深」的意思。但「浮光掠影」往往偏重在印象不深，人和事物都是它的適用對象；「走馬看花」則著重於觀察事物上的不深入、不細致，適用對象只限於人。

例句 這篇文章不過是**浮光掠影**，對問題的癥結、重點都是輕描淡寫地帶過。

近義 走馬觀花；蜻蜓點水。

反義 入木三分；下馬看花。

浮家泛宅（ㄈㄨˊ ㄐㄧㄚ ㄈㄢˋ ㄓㄞˊ）

解釋 泛：浮行；宅：住宅。

形容以船為家，長期在水上生活，漂泊不定，也作「泛宅浮家」。

出處 《新唐書．張志和傳》：「顏真卿為湖州刺史，志和來謁，真卿以舟敝漏，請更之。志和曰：『願為浮家泛宅，往來苕（ㄊㄧㄠˊ）霅（ㄓㄚˊ）間。』」（苕、霅，湖州境內的兩條溪水。）

例句 在這個水上之都，居民們都是**浮家泛宅**，形成一個非常有趣的現象。

浮雲朝露（ㄈㄨˊ ㄩㄣˊ ㄓㄠ ㄌㄨˋ）

解釋 朝：早晨。

像飄浮的雲，難以捉摸，像早晨的露水，瞬間就消失了。比喻人生的短暫，世事無常。

出處 《周書．蕭大圜傳》：「嗟乎，人生若浮雲朝露，……執燭夜遊，驚其迅邁。」

解析 「朝」不能唸成ㄔㄠˊ。

例句 你如果時時謹記人生如**浮雲朝露**，就不會還在浪費生命。

浩如煙海（ㄏㄠˋ ㄖㄨˊ ㄧㄢ ㄏㄞˇ）

解釋 浩：廣大，眾多；煙海：茫茫大海，比喻廣大繁多。

形容事物繁多。

出處 晁補之〈北渚亭賦〉：「眾物居之，浩若煙海。」

解析「浩如煙海」可形容各種事物繁多，適用範圍廣；「汗牛充棟」只形容書多。

例句 中國的典籍，**浩如煙海**，其中所蘊含的知識、經驗更是取之不盡。

近義 左圖右史；汗牛充棟。

反義 屈指可數；寥若晨星；寥寥無幾。

浩浩蕩蕩（ㄏㄠˋ ㄏㄠˋ ㄉㄤˋ ㄉㄤˋ）

解釋 本指水勢廣闊浩大。後來形容規模、氣勢浩大，蔓延長遠的樣子。

出處《尚書．堯典》：「湯（ㄕㄤ）湯洪水方割，蕩蕩懷山襄陵，浩浩滔天。」

例句 我們一行人**浩浩蕩蕩**地參加馬拉松路跑，沒想到一小時後只剩下寥寥無幾的選手跑到終點。

近義 洶湧澎湃；萬馬奔騰。

反義 冷冷清清；寥若晨星；寥寥無幾。

浩然之氣（ㄏㄠˋ ㄖㄢˊ ㄓ ㄑㄧˋ）

解釋 浩然：盛大的樣子。泛用以形容至大至剛的正氣。

出處《孟子．公孫丑上》：「吾善養吾浩然之氣。」

例句 我們學校的宗旨就是要培養正直而充滿**浩然之氣**的國民。

涅而不緇（ㄋㄧㄝˋ ㄦˊ ㄅㄨˋ ㄗ）

解釋 涅：礦物名，古代用作黑色染料；緇：黑色。用涅染也染不黑。比喻雖居濁處而不受污染，不受壞環境的影響。

出處《論語．陽貨》：「不曰白乎，涅而不緇。」

解析 緇，讀ㄗ。

例句 他雖然出生於龍蛇雜處的環境中，卻**涅而不緇**，絲毫沒有市井之徒的氣質。

近義 守身如玉；潔身自好。

反義 同流合污。

浸潤之譖（ㄐㄧㄣˋ ㄖㄨㄣˋ ㄓ ㄗㄣˋ）

解釋 浸潤：東西受水浸透即漸漬；譖：讒言。形容讒言漸積，如水的浸潤，逐漸滲透。

出處《論語．顏淵》：「浸潤之譖，膚受之愬，不行焉，可謂明也已矣。」

例句 他是個非常客觀、理性的人，這些**浸潤之譖**是不會對他造成影響的。

八畫

淡妝濃抹（ㄉㄢˋ ㄓㄨㄤ ㄋㄨㄥˊ ㄇㄛˇ）

解釋 妝：妝扮；抹：塗抹。形容淡雅和濃艷兩種不同的妝扮。

出處 宋．蘇軾〈飲湖上初晴後雨〉詩：「若把西湖比西子，淡妝濃抹總相宜。」

例句 大姊是天生麗質，無論是**淡妝濃抹**，都有她獨特的韻味。

淺斟低唱（ㄑㄧㄢˇ ㄓㄣ ㄉㄧ ㄔㄤˋ）

解釋 斟：倒酒。緩緩地喝酒，輕聲地吟唱。形容一個人清閒享樂的情態。

出處 宋．柳永〈樂章集．鶴沖天〉詞：「忍把浮名，換了淺斟低唱。」

例句 他平日工作非常緊張、忙碌，一到假日總是**淺斟低唱**，以疏緩工作壓力。

淺嘗輒止（ㄑㄧㄢˇ ㄔㄤˊ ㄓㄜˊ ㄓˇ）

解釋 輒：就。稍微嘗試一下就停止了。比喻學習上不願更進一步的嘗試。

解析 在指學習時，「淺嘗輒止」偏重在不深入；「浮光掠影」偏重在不細致。

例句 他對各類的技能、知識都有興趣，但往往都是**淺嘗輒止**，所以至今一事無成。

近義 不求甚解；走馬看花；浮光掠影；蜻蜓點水。

反義 孜孜不倦；深稽博考，尋根究底；鍥而不捨。

淋漓盡致（ㄌㄧㄣˊ ㄌㄧˊ ㄐㄧㄣˋ ㄓˋ）

解釋 淋漓：浸溼的樣子。比喻盡情、酣暢；盡致：達到極點。形容文章、說話表達得詳盡、暢達。

出處 《兒女英雄傳》三十回：「我也沒姐姐說得這等透徹，這等淋漓盡致。」

解析 不要把「致」寫成「至」。

例句 最末這一場戲，沒有任何的對白、音樂，卻把劇中人的落沒、悲淒發揮得**淋漓盡致**。

近義 淋漓酣暢；痛快淋漓；酣嬉淋漓。

反義 支支吾吾；吞吞吐吐；閃爍其辭。

涸轍鮒魚（ㄏㄜˊ ㄔㄜˋ ㄈㄨˋ ㄩˊ）

解釋 涸轍：乾土上的車輪痕跡；鮒：小魚。乾車輪溝裏的小魚。比喻處境十分艱困，正需要別人的救急，也作「涸轍之鮒」。

出處 《莊子．外物》裏說，莊周在路上看見乾車輪溝裏有條小魚，小魚請求莊周給牠一升半斗的水來救活牠。莊周說：「好，等我到南方去，把西江的水引來救你。」小魚說：「我只不過想得到一升半斗的水來活命而已，照你這樣說，那還不如到乾魚店去找我吧。」

解析 「轍」不可寫成「徹」或「撤」。

例句 這一家人的經濟狀況本來就很差，經過這一場火災更有如**涸轍鮒魚**，亟待各界伸出援手。

近義 嗷嗷待哺。

淒風苦雨（ㄑㄧ ㄈㄥ ㄎㄨˇ ㄩˇ）

解釋 淒風：寒冷的風；苦雨：久下成災的雨。形容風雨不斷，天氣惡劣，也比喻處境悲慘淒涼，也作「苦雨淒風」。

出處 《左傳．昭公四年》：「春無淒風，秋無苦雨。」

例句 熬過那一段淒風苦雨的日子後，他彷彿變了一個人似的，再也不是以前任性的少爺了。

淪肌浹髓（ㄌㄨㄣˊ ㄐㄧ ㄐㄧㄚˊ ㄙㄨㄟˇ）

解釋 淪：浸沒在水裏；浹：濕透。沒入肌肉和骨髓。比喻感受很深刻。

出處 宋．朱熹《朱子全書．論語》：「今須且將此一段反覆思量，渙然冰釋，怡然理順，使自會淪肌浹髓。」

例句 經過這一段淪肌浹髓的戀情後，他似乎成長不少，再也不是以前的小男生了。

近義 刻骨銘心；鏤心刻骨。

反義 無動於衷。

深入淺出（ㄕㄣ ㄖㄨˋ ㄑㄧㄢˇ ㄔㄨ）

解釋 用淺近的語言、文字表達深奧的道理。

出處 清．袁枚《隨園詩話》卷七：「王維構思，走入醋甕。今讀其詩，從容和雅，如天衣之無縫，深入淺出，方臻此境。」

例句 這本書以深入淺出的方式介紹易經，非常適合初學者閱讀。

反義 高深莫測；隱晦曲折。

深文周納（ㄕㄣ ㄨㄣˊ ㄓㄡ ㄋㄚˋ）

解釋 深文：苛刻地制定或援用法律條文；周：周密；納：使別人陷入；周納：盡力使別人陷入。指執法非常嚴峻苛刻，陷人入罪。

出處 《史記．汲鄭列傳》：「刀筆吏專深文巧詆，陷人於罪，使不得反其真。」

例句 制定法律的目的在防止犯罪、保護好人，並非深文周納、陷人入罪。

近義 深文羅織；鍛鍊周納；鍛鍊羅織。

深居簡出（ㄕㄣ ㄐㄩ ㄐㄧㄢˇ ㄔㄨ）

解釋 簡：簡省。居住在深山隱僻的地方，很少外出。後用以指人居家不常出門。

出處 唐．韓愈《昌黎先生集．送浮屠文暢師序》：「夫獸深居而簡出，懼物之為己害也。」

解析 「深居簡出」指少出門；「杜門不出」指不出門。

例句 他曾經是紅極一時的明星，自從退出影壇後便深居簡出，不問世事了。

近義 足不出戶；杜門不出；杜門卻掃。

反義 抛頭露面。

深思熟慮（ㄕㄣ ㄙ ㄕㄡˊ ㄌㄩˋ）

解釋 深：周詳；熟：細致、審慎。反覆、再三地深入考慮。

出處 宋·蘇軾《策別第九》：「而其人亦得深思熟慮，周旋於其間，不過十年，將必有卓然可觀者也。」

解析 「深思熟慮」偏重在考慮得細致；「深謀遠慮」偏重在考慮得深遠。

例句 這件事影響深遠，你最好深思熟慮後再作決定。

近義 深謀遠慮；深思遠慮；殫精竭慮。

反義 不假思索；心血來潮；輕舉妄動。

深根固柢（ㄕㄣ ㄍㄣ ㄍㄨˋ ㄉㄧˇ）

解釋 柢：樹根。根基穩固而不可動搖。

出處 《老子》五十九章：「有國之母，可以長久，是謂深根固柢，長生久視之道。」

解析 「深根固柢」重在表示根基牢固，不易動搖；「盤根錯節」重在表示枝節交錯糾結，情況複雜，難以處理。

例句 這家公司有二十年的歷史了，在本地是深根固柢，你大可放心地投資。

近義 盤根錯節。

反義 搖搖欲墜；頭重腳輕。

深惡痛絕（ㄕㄣ ㄨˋ ㄊㄨㄥˋ ㄐㄩㄝˊ）

解釋 惡：厭惡。形容對某人某事厭惡、痛恨到了極點。

出處 《老殘遊記》第九回：「然宋儒固多不是，然尚有是處；若今之學宋儒者，直鄉愿而已，孔孟所深惡而痛絕者也！」

解析 ①「惡」不能唸成ㄜˋ。②「深惡痛絕」、「疾惡如仇」都含有很痛恨的意思，其區別在於：「疾惡如仇」是憎恨壞人、壞事，如同憎恨仇敵一般的意思；「深惡痛絕」是厭惡、憎恨到極點的意思，沒有指明對象。

例句 他向來對賭博深惡痛絕，你要向他租房子開賭場恐怕很困難。

近義 切齒痛恨；切齒腐心；切齒憤盈；疾惡如仇。

反義 情同手足；感激涕零；親密無間。

深溝高壘（ㄕㄣ ㄍㄡ ㄍㄠ ㄌㄟˇ）

解釋 軍隊紮營，把壕溝掘深，把壁壘築高。比喻建構強固的防禦工事，嚴守陣地，也作「高壘深溝」。

出處 《韓非子·說林下》：「將軍怒，將深溝高壘；將軍不怒，將懈怠。」

例句 為了長期抗戰，我們必須築起深溝高壘，嚴陣以待。

深厲淺揭（ㄕㄣ ㄌㄧˋ ㄑㄧㄢˇ ㄑㄧˋ）

解釋 厲：涉水；揭：提起衣裳。涉淺水時可以撩起衣服過去，涉深水時撩起衣服也無用，只能連衣下去。比喻行動要因時制宜，隨機應變。

出處 《詩經．邶風．匏有苦葉》：「深則厲，淺則揭。」

解析 「揭」在這裏不能唸作ㄐㄧㄝ。

例句 這次新品上市的情況與以往不同，大家要**深厲淺揭**，不可拘泥於以往的經驗。

深謀遠慮（ㄕㄣ ㄇㄡˊ ㄩㄢˇ ㄌㄩˋ）

解釋 計畫周密，考慮得很深遠。

出處 漢．賈誼〈過秦論上〉：「深謀遠慮，行軍用兵之道，非及曩（ㄋㄤˇ）時之士也。」（曩時，以往。）

解析 「深謀遠慮」和「深思熟慮」都有「深入周密考慮」的意思。但「深謀遠慮」除了考慮、思索這一層意思外，還有策畫、計畫這一層意思，偏重在考慮的周密和長遠。「深思熟慮」偏重在考慮得深入、透徹。

例句 教練向來是**深謀遠慮**，對方的戰術、策略他都瞭如指掌。

近義 足智多謀；深思熟慮；深思遠慮。

反義 輕舉妄動；輕慮淺謀；魯莽從事。

深藏若虛（ㄕㄣ ㄘㄤˊ ㄖㄨㄛˋ ㄒㄩ）

解釋 虛：空。將寶貨隱藏，好像並無其物一般。比喻有真才實學的人不在人前賣弄、炫耀。

出處 《史記．老子韓非列傳》：「良賈（ㄍㄨˇ）深藏若虛。」

例句 他雖然不常發表意見，但一發言便正中要害，真是**深藏若虛**。

近義 不露鋒芒；被褐懷玉。

反義 自吹自擂；炫玉自售；鋒芒畢露。

淮南雞犬（ㄏㄨㄞˊ ㄋㄢˊ ㄐㄧ ㄑㄩㄢˇ）

解釋 比喻攀附別人而獲得顯貴的人。

出處 《神仙傳．劉安》記載，漢朝淮南王劉安白日升天後，殘留下的丹藥撒在庭院裏，雞啄狗舔後也都升了天。

例句 他本身並無真才實學，今天能爬到這樣的地位也不過是**淮南雞犬**罷了。

九畫

游刃有餘（ㄧㄡˊ ㄖㄣˋ ㄧㄡˇ ㄩˊ）

解釋 刃：刀口，刀鋒；游刃：揮動刀刃，刀在骨縫間活動；有餘：有餘地。比喻工作熟練，有實際經驗，解決問題毫不費事。

出處《莊子．養生主》中寫到，有個廚師宰牛的技術很熟練。文惠君看了以後，讚嘆地說：「技術竟然能夠高明到這種程度！」這個廚師說：「我為什麼能達到這樣的熟練程度呢？不只是因為我的技術熟練，而是由於掌握了其中的規律。我已經完全摸清楚了牛的骨骼結構，所以我的刀雖然用了十九年，解剖了幾千頭牛，而我的刀刃還像剛磨過的那樣鋒利。因為牛的骨節之間總有一定的空隙，我的刀刃又磨得很薄，用這樣的刀刃來分解有空隙的牛骨節，是寬綽而大有餘地的。」

解析①「刃」不可寫成「刀」。②「游刃有餘」偏重指做事有經驗，輕而易舉就能做成；「應付裕如」偏重指對人對事採取的辦法從容、不費力。

例句 他有數十年的開車經驗，這種路況他絕對是**游刃有餘**。

近義 庖丁解牛；得心應手；應付裕如。

反義 半青半黃。

渾水摸魚（ㄏㄨㄣˊ ㄕㄨㄟˇ ㄇㄛ ㄩˊ）

解釋 渾水：濁水。

比喻利用紊亂的局面從中攫取不正當的利益，又作「混水摸魚」。

解析「渾水摸魚」指趁混亂的時候撈好處；「趁火打劫」是趁別人有危險時去撈好處，適用環境不同。

例句 他當了兩年兵什麼都沒學會，**渾水摸魚**、逢迎拍馬屁的功夫倒是練得很純熟。

近義 趁火打劫。

反義 不欺暗室。

渾渾噩噩（ㄏㄨㄣˊ ㄏㄨㄣˊ ㄜˋ ㄜˋ）

解釋 渾渾：深大的樣子；噩噩：嚴肅的樣子。

用以形容渾厚嚴正的樣子。現在多用以形容糊里糊塗、無知的樣子。

出處 漢．揚雄《法言．問神》：「虞夏之書渾渾爾，商書灝灝爾，周書噩噩爾。」

解析「渾渾噩噩」、「糊里糊塗」都有認識模糊或混亂的意思，其區別在於：強調愚昧無知時，較常用「渾渾噩噩」；強調不知事理時，用「糊里糊塗」較宜。

例句 他失戀後整天過著**渾渾噩噩**的日子，一直到遇見了現在的女友才振作起來。

近義 冥頑不靈；愚昧無知；糊里糊塗。

反義 耳聰目明；百伶百俐。

渙然冰釋（ㄏㄨㄢˋ ㄖㄢˊ ㄅㄧㄥ ㄕˋ）

解釋 渙然：分散的樣子。

流散、消失得像冰塊消融一樣。比喻積恨或嫌隙已完全消釋。

出處《老子》十五章：「渙兮若冰之將釋。」

例句 經過了一夜長談，他們之間多年的誤會終於渙然冰釋。

近義 冰消瓦解；煙消雲散。

十畫

源遠流長（ㄩㄢˊ ㄩㄢˇ ㄌㄧㄡˊ ㄔㄤˊ）

解釋 河流的源頭很遠，經過的地方很多。比喻本源深遠而流傳長久。

出處 唐．白居易《白氏長慶集．海州刺史裴君夫人李氏墓志銘並序》：「夫源遠者流長，根深者枝茂。」

解析 「長」不可讀成ㄓㄤˇ。

例句 中國文化**源遠流長**，其中蘊含著許多老祖宗的智慧與經驗。

近義 文江學海；源深流長；源廣流長。

溫文爾雅（ㄨㄣ ㄨㄣˊ ㄦˇ ㄧㄚˇ）

解釋 溫文：態度溫和、有禮貌；爾雅：文雅。形容人的態度溫和，舉止端正。

出處 《聊齋志異．陳錫九》：「太守愕然曰：『此名士之子，溫文爾雅，烏能成賊！』」

解析 「溫文爾雅」指人態度溫和、有風度；「文質彬彬」指舉止斯文、有禮。

例句 這位看起來**溫文爾雅**的年輕人，沒想到就是前日搶劫殺人的凶手。

近義 文質彬彬；雍容爾雅；雍容嫻雅。

反義 不修邊幅；俗不可耐；野腔無調。

溫故知新（ㄨㄣ ㄍㄨˋ ㄓ ㄒㄧㄣ）

解釋 溫：溫習；故：舊的。溫習已學過的東西，又有新的體會，獲得新的知識。

出處 《論語．為政》：「子曰：『溫故而知新，可以為師矣。』」

例句 **溫故知新**是學習任何知識技能的不二法門。

溫柔敦厚（ㄨㄣ ㄖㄡˊ ㄉㄨㄣ ㄏㄡˋ）

解釋 溫：指臉色和藹；柔：性情柔和；敦厚：對人寬厚。溫順平和，對人寬厚。

出處 《禮記．經解》：「溫柔敦厚，《詩》教也。」

例句 他在參加比賽時仍不失其**溫柔**敦厚的本性。

滄海一粟（ㄘㄤ ㄏㄞˇ ㄧˊ ㄙㄨˋ）

解釋 粟：小米粒。比喻人在天地之間，有如大海中的一粒穀子。比喻非常渺小。

出處 宋．蘇軾〈前赤壁賦〉：「寄蜉蝣於天地，渺滄海之一粟。」

解析 ①不要把「粟」寫成「栗」（ㄌㄧˋ，栗子）。②「滄海一粟」、「九牛一毛」都比喻極為渺小輕微，其區別在於：「滄海一粟」多指極為渺小的東西；而「九牛一毛」多指極大數量中的極小力量。

例句 你的遭遇在現今社會中只是**滄海一粟**，恐怕很難引起世人的注意。

近義 九牛一毛；太倉一粟。

滄海桑田（ㄘㄤ ㄏㄞˇ ㄙㄤ ㄊㄧㄢˊ）

解釋 大海變為桑田，桑田變為大海。比喻世事變化很大，人生無常。也簡稱「滄桑」。

出處 晉．葛洪《神仙傳．麻姑》：「麻姑自說云，接侍以來，已見東海三為桑田。」

解析 「滄海桑田」、「白雲蒼狗」都比喻世事變幻。其區別在於「滄海桑田」強調世事變化很大；「白雲蒼狗」強調世事變化無常。

例句 經過這麼多年已是**滄海桑田**，那些往事也都已灰飛煙滅。

近義 白雲蒼狗；東海揚塵；桑田碧海；蒼黃翻覆。

反義 一成不變；始終如一。

滄海橫流（ㄘㄤ ㄏㄞˇ ㄏㄥˊ ㄌㄧㄡˊ）

解釋 滄：同「蒼」，深青色；滄海：指大海；橫流：水往四處泛濫。比喻政治混亂，社會動蕩不安。

出處 《晉書．王尼傳》：「常歎曰：『滄海橫流，處處不安也。』」

例句 當今的社會是**滄海橫流**，人人自危，移民的人口更是逐年攀升。

近義 洪水橫流。

反義 四海昇平；國泰民安。

滄海遺珠（ㄘㄤ ㄏㄞˇ ㄧˊ ㄓㄨ）

解釋 大海裏的珍珠被採珠者所遺漏。比喻埋沒人才或被埋沒的人才。

出處 《新唐書．狄仁傑傳》：「仲尼稱觀過知仁，君可謂滄海遺珠矣。」

例句 這次活動的名額只有五個，難免會有**滄海遺珠**之憾。

反義 珊瑚在網；野無遺賢。

滔滔不絕（ㄊㄠ ㄊㄠ ㄅㄨˋ ㄐㄩㄝˊ）

解釋 滔滔：連續不斷的樣子。形容話多而連續不斷。也作「滔滔不竭」。

出處 《鏡花緣》第十八回：「多九公見紫衣女子所說書名倒像素日讀熟一般，口中滔滔不絕。」

例句 他談起理想、抱負總是**滔滔不絕**，卻從未見他付諸行動。

近義 口若懸河；侃侃而談；懸河瀉水。

反義 拙口鈍辭；期期艾艾；噤若寒蟬。

十一畫

滾瓜爛熟（ㄍㄨㄣˇ ㄍㄨㄚ ㄌㄢˋ ㄕㄡˊ）

解釋 形容背誦得非常純熟流利。

出處 《儒林外史》第十一回：「五六歲上請先生開蒙，就讀的是《四書》

《五經》；十一、二歲就講書、講文章，先把一部王守溪的稿子讀的滾瓜爛熟。」

解析 「瓜」不可寫成「爪」；「爛」不可寫成「濫」。

例句 為了得到好成績，他早把每課的課文都背得**滾瓜爛熟**。

近義 倒背如流。

滴水穿石 ㄉㄧ ㄕㄨㄟˇ ㄔㄨㄢ ㄕˊ

解釋 屋檐流下的水滴，時間長了能把石頭滴穿。比喻只要能堅持不懈，就一定能成功。

出處 周曇〈晉門〉詩：「徒言滴水能穿石，其奈堅貞匪石心。」

解析 「滴水穿石」和「跬步千里」都有只要有恆心就能達到目的的意思。但「滴水穿石」偏重在力量雖小，只要努力不懈也能完成艱難的事；「跬步千里」偏重在積少可以成多。

例句 你不要小看每天三十分鐘的練習，要知道**滴水穿石**，一年後必定能練得十分純熟。

近義 跬步千里；磨杵成針；繩鋸木斷。

反義 半途而廢；功虧一簣；前功盡棄。

漏脯充飢 ㄌㄡˋ ㄈㄨˇ ㄔㄨㄥ ㄐㄧ

解釋 漏：臭；脯：肉乾。拿腐臭的肉乾充飢。比喻只顧眼前而不顧日後的害處。

出處 晉．葛洪《抱朴子．嘉遯》：「咀漏脯以充飢，酣鴆酒以止渴也。」

例句 借高利貸來償還賭債的作法，無異於**漏脯充飢**，只會使問題更嚴重。

近義 飲鴆止渴。

漏網之魚 ㄌㄡˋ ㄨㄤˇ ㄓ ㄩˊ

解釋 比喻逃過懲處、制裁的罪犯或逃脫的敵人。

出處 《史記．酷吏列傳》：「網漏於吞舟之魚。」

例句 他是十年前滅門血案的**漏網之魚**，沒想到十年之後仍是難逃法網。

反義 網中之魚；甕中之鱉。

滿目瘡痍 ㄇㄢˇ ㄇㄨˋ ㄔㄨㄤ ㄧˊ

解釋 瘡痍：創傷。滿目：所見全是；滿：遍。形容戰亂或災荒後社會中殘破、淒涼的景象。

出處 唐．杜甫〈北征〉詩：「乾坤含瘡痍，憂虞何時畢？」

例句 經過一夜的大火後，原來美侖美奐的大樓變得**滿目瘡痍**。

近義 千瘡百孔；荊棘銅駝；瘡痍彌目。

反義 欣欣向榮；萬象更新。

滿坑滿谷 ㄇㄢˇ ㄎㄥ ㄇㄢˇ ㄍㄨˇ

解釋 形容聚集的人、物極多。

出處《莊子．天運》：「在谷滿谷，在坑滿坑。」

例句 為了一睹國際巨星的風采，會場內外聚集了**滿坑滿谷**的人。

近義 比比皆是；觸目皆是。

反義 屈指可數；寥若晨星；寥寥無幾。

滿招損，謙受益（ㄇㄢˇ ㄓㄠ ㄙㄨㄣˇ，ㄑㄧㄢ ㄕㄡˋ ㄧˋ）

解釋 驕傲自滿會招致失敗，謙遜虛心會得到好處。

出處《尚書．大禹謨》：「滿招損，謙受益，時乃天道。」

解析「損」不可寫成「捐」。

例句 **滿招損，謙受益**，你雖然拿下這次比賽的大獎，態度仍應保持謙虛。

近義 益謙虧盈。

滿城風雨（ㄇㄢˇ ㄔㄥˊ ㄈㄥ ㄩˇ）

解釋 原來形容充滿了風雨，後比喻消息一經傳出，就到處轟動起來，喧鬧不安。

出處《冷齋夜話》記載：宋朝有個窮苦的讀書人叫潘大臨，寫得一手好詩，有一年的重陽節，他接到朋友謝天逸寫來的信，問他有沒有新作品，潘大臨回信說：「秋天的景物，件件都可以寫出好的詩句來，可惜現實弄得你沒心思去寫。昨天我正閉目養神，忽然聽到樹林裏傳來風雨聲，十分美妙，於是起身提筆在牆上寫道：『滿城風雨迎重陽』。哪知剛寫了這麼一句，突然門外來了官吏催繳賦稅，壞了我的詩興，使我無法寫下去。所以只有這一句寄給你。」

解析「滿城風雨」和「眾說紛紜」都可形容人們的議論很多。但「滿城風雨」是由於事件本身的出奇或重要而引起轟動；「眾說紛紜」僅指某一事件傳出多種說法，不一定是件重大或出奇的事，而且在程度上不及「滿城風雨」嚴重。

例句 這次市長的改選案鬧得**滿城風雨**，看來一時之間還沒有辦法平息。

近義 眾說紛紜；議論紛紛。

滿面春風（ㄇㄢˇ ㄇㄧㄢˋ ㄔㄨㄣ ㄈㄥ）

解釋 春風：指笑容。滿臉笑容，喜氣洋溢的樣子，也作「春風滿面」。

出處《元曲選．王實甫〈麗春堂〉一》：「得勝歸來喜笑濃，氣昂昂卷長虹，飲千鍾滿面春風。」

解析「滿面春風」偏重於喜氣洋溢、和悅得意的神情；「笑容滿面」、「笑容可掬」只偏重臉上含笑，而不一定有得意之義。

例句 看他近來**滿面春風**的樣子，一定是女朋友答應他的求婚了。

近義 笑容可掬；笑容滿面；笑逐顏開；喜氣洋洋。

反義 愁眉苦臉；愁眉不展；愁眉鎖眼；愁容滿面。

滿腹經綸 ㄇㄢˇ ㄈㄨˋ ㄐㄧㄥ ㄌㄨㄣˊ

解釋 腹：肚子；經綸：原指整理蠶絲，比喻政治才能。比喻人才識豐富，很有才能。也作「經綸滿腹」。

出處 《歧路燈》第五十五回：「我看其人博古通今，年逾五旬，經綸滿腹，誠可為令婿楷模。」

解析 「滿腹經綸」形容有才氣，多指人見解、道理多；「學富五車」形容讀書多。

例句 他雖有滿腹經綸，但在仕途上一直不順利，已經準備下鄉歸隱了。

近義 博學多才；滿腹珠璣；學富五車。

反義 才疏學淺；不識一丁；不學無術；胸無點墨。

漸入佳境 ㄐㄧㄢˋ ㄖㄨˋ ㄐㄧㄚ ㄐㄧㄥˋ

解釋 比喻興味逐漸濃厚或境遇逐漸好轉。

出處 《晉書．顧愷之傳》記載：顧愷之每次吃甘蔗都是從尾巴吃到前端，別人覺得很奇怪，就問他為什麼，他說這樣才能越來越甜，「漸入佳境」。

例句 經過一段時間的集訓，全隊才漸入佳境，慢慢步上軌道。

近義 柳暗花明。

反義 每況愈下。

漫不經心 ㄇㄢˋ ㄅㄨˋ ㄐㄧㄥ ㄒㄧㄣ

解釋 漫：隨便。形容用心不專，不放在心上。

出處 清．章學誠《章氏遺書．家書一》：「今使逐日以所讀之書與文，作何領會札而記之，則不致於漫不經心。」

解析 ①不要把「漫」寫成「慢」。②「漫不經心」和「漠不關心」都有「不注意、不留心」的意思。但「漫不經心」重在「隨便」，相當於「不留心」；「漠不關心」重在「冷淡」，相當於「不關心」。

例句 你就是常常漫不經心的，才會出了這麼大的錯誤。

近義 心不在焉；粗心大意；掉以輕心。

反義 一絲不苟；全神貫注；專心致志。

滌瑕蕩穢 ㄉㄧˊ ㄒㄧㄚˊ ㄉㄤˋ ㄏㄨㄟˋ

解釋 滌、蕩：清除；瑕：玉上的斑點，比喻缺點。比喻除去汙穢，改革舊的惡習。

出處 《文選．班固〈東都賦〉》：「於是百姓滌瑕蕩穢，而鏡至清。」

例句 犯錯並不可恥，只要你能滌瑕蕩穢、重新做人，未來仍然大有可為。

近義 滌垢洗瑕；滌穢蕩瑕。

反義 因循守舊；陳陳相因；蹈常襲故。

十二畫

潛移默化（ㄑㄧㄢˊ ㄧˊ ㄇㄛˋ ㄏㄨㄚˋ）

解釋 形容人的思想或性格不知不覺受到環境或別人的影響而發生變化。原作「潛移暗化」。

出處 北齊．顏之推《顏氏家訓．慕賢》：「潛移暗化，自然似之。」

解析 可以形容人的思想、作風、性格、習慣等的改變，不能形容具體動作，或物品的變化。

例句 他曾經是個不良少年，但在好友的**潛移默化**之下，性格已與往日大不相同。

近義 耳濡目染；潛移默運。

反義 一成不變。

十三畫

激濁揚清（ㄐㄧ ㄓㄨㄛˊ ㄧㄤˊ ㄑㄧㄥ）

解釋 激：沖去；濁：髒水；清：清水。除去壞人，獎勵好人。比喻除惡揚善。也作「揚清激濁」。

出處 《唐書．王珪傳》：「至如激濁揚清，嫉惡好善，臣於數子，亦有一日之長。」

例句 傳播媒體不應為了銷售量而嘩眾取寵，要能發揮**激濁揚清**的功能。

近義 彰善癉惡；隱惡揚善；懲惡揚善。

反義 蔽美揚惡；藏汙納垢；藏穢納汙。

十四畫

濟濟一堂（ㄐㄧˇ ㄐㄧˇ ㄧ ㄊㄤˊ）

解釋 濟濟：形容人多；堂：大廳。形容許多人聚集在一起。

出處 《尚書．大禹謨》：「濟濟有眾。」

解析 ①「濟」不能唸成ㄐㄧˋ。②「濟濟一堂」偏重指參加集會的人眾多；「座無虛席」偏重指觀眾、聽眾多；「高朋滿座」指賓客眾多。

例句 老教練七十大壽的宴席上，曾受教於他的子弟，**濟濟一堂**向他祝壽。

近義 坐無虛席；高朋滿座。

反義 天各一方；如鳥獸散。

濫竽充數（ㄌㄢˋ ㄩˊ ㄔㄨㄥ ㄕㄨˋ）

解釋 竽：一種簧管樂器；充數：湊數。比喻沒有本領的人混進來冒充，占據某一職位。

出處 《韓非子．內儲說上》記載：戰國時，齊國的君主齊宣王喜歡聽吹竽，每次都要三百人一齊吹奏。當時，有個根本不會吹竽的南郭先生也混在中間充數。後來齊宣王死了，他的兒子齊湣（ㄇㄧㄣˇ）王也喜歡聽吹竽，但要聽獨奏。南郭先生知道混不下去，只好逃之夭夭了。

解析 ①不要把「濫」寫成「爛」，「竽」寫成「竿」或「芋」。②「濫竽充數」指沒有本領的人冒充有本領，差的充作好的；「魚目混珠」指用假的冒充真的。

例句 他靠著團長的提拔才能在隊上**濫竽充數**，其實哪裏是真有歌藝。

近義 尸位素餐；名不副實；魚目混珠。

反義 名副其實；貨真價實；寧缺毋濫。

【火部】

火上加油 ㄏㄨㄛˇ ㄕㄤˋ ㄐㄧㄚ ㄧㄡˊ

解釋 比喻增加別人的憤怒或使事態更加擴張或惡化。

出處 《元曲選．無名氏〈陳州糶米〉二》：「我從來不劣方頭，恰便是火上澆油。」

解析 「火上加油」使事態擴大的可以是人，也可以是事物等；「煽風點火」使事態擴大的則多限於人的言語挑撥、鼓動。

例句 他現在正在氣頭上，你還故意提他的糗事，這不是**火上加油**嗎？

近義 火上燒油；推波助瀾；煽風點火；變本加厲。

反義 冷水澆頭；息事寧人；排難解紛。

火樹銀花 ㄏㄨㄛˇ ㄕㄨˋ ㄧㄣˊ ㄏㄨㄚ

解釋 形容節日（特指元宵）放燈，焰火燦爛、繁盛的景象。

出處 唐．蘇味道〈正月十五夜〉詩：「火樹銀花合，星橋鐵鎖開。」

例句 每年的元宵節燈會總是一片**火樹銀花**，吸引全省成千上萬的遊客。

近義 燈火輝煌；懸燈結彩。

反義 暗淡無光；漆黑一團。

火燒眉毛 ㄏㄨㄛˇ ㄕㄠ ㄇㄟˊ ㄇㄠˊ

解釋 比喻事態非常急迫。

出處 宋．釋普濟《五燈會元．蔣山法泉禪師》：「問：『如何是急切一句？』師曰：『火燒眉毛』。」

例句 這件事已經**火燒眉毛**了，你還慢條斯理地說不用急。

近義 十萬火急；刻不容緩；迫在眉睫；燃眉之急。

反義 從容不迫。

四畫

炊沙作飯 ㄔㄨㄟ ㄕㄚ ㄗㄨㄛˋ ㄈㄢˋ

解釋 煮沙子作飯。比喻白費力氣，徒勞無功。

出處 《朱子全書．大學》：「如此而望有所得，是炊沙而欲其成飯也。」

例句 你想訓練這幫烏合之眾參加比賽拿冠軍，無異於**炊沙作飯**，白費功夫。

炙手可熱（ㄓˋ ㄕㄡˇ ㄎㄜˇ ㄖㄜˋ）

解釋 炙：烤，燒。

比喻大權在握，氣焰熾盛。

出處 《新唐書．崔鉉傳》：「時語曰：『鄭（鄭魯）、楊（楊紹復）、段（段瑰）、薛（薛蒙），炙手可熱。』」

解析 ①「炙」，讀ㄓˋ，不可讀寫成「灸（ㄐㄧㄡˇ）」；②「炙手可熱」重在有權有勢，不可一世；「舉足輕重」重在實力強大，左右局勢。

例句 他剛當選年度風雲人物，是新聞界**炙手可熱**、爭相邀請的對象。

近義 勢焰可畏；舉足輕重。

反義 無足輕重。

五畫

為人作嫁（ㄨㄟˋ ㄖㄣˊ ㄗㄨㄛˋ ㄐㄧㄚˋ）

解釋 原意是貧女沒有錢置備嫁衣，卻年年替別人縫嫁衣。比喻徒然為別人辛苦忙碌，而自己沒有得到好處。

出處 唐．秦韜玉《秦韜玉詩集．貧女》：「苦恨年年壓金線，為他人作嫁衣裳。」

例句 這種**為人作嫁**、吃力不討好的工作，只怕你做不了多久就會叫苦連天。

近義 依人作嫁。

反義 不勞而獲；坐享其成；使鬼推磨。

為人捉刀（ㄨㄟˋ ㄖㄣˊ ㄓㄨㄛ ㄉㄠ）

解釋 捉：持，拿。

表示替人寫作文章或做事。

出處 南朝．宋．劉義慶《世說新語．容止》：「魏武將見匈奴使，自以形陋不足雄遠國，使崔季珪代，常自捉刀立床頭。既畢，令間諜問曰：『魏王何如？』匈奴使答曰：『魏王雅望非常，然床頭捉刀人，此乃英雄也。』」（魏武，指曹操。）

例句 他向來在幕後**為人捉刀**，所以你雖然沒聽過他的名字，他的大作你卻一定讀過。

為虎作倀（ㄨㄟˋ ㄏㄨˇ ㄗㄨㄛˋ ㄔㄤ）

解釋 倀：古時傳說被老虎吃掉的人，死後變成倀鬼，專門引誘人來給虎吃。

比喻做壞人的幫凶，助人作惡。

出處 《聽雨紀談．倀褫》：「字書謂倀為虎傷。蓋人或不幸而罹於虎口，其神魂不散，必被虎所役，為之前導。」

解析 「為」不能唸成ㄨㄟˊ；「倀」不能唸成ㄓㄤ。

例句 你**為虎作倀**替那些賭徒牽線，跟那些真正涉及賭博的人一樣可惡。

近義 助紂為虐；助桀為虐；為虎添翼；為虎傅翼。

反義 為民除害；除暴安良；鋤強扶弱。

為虎添翼 ㄨㄟˋ ㄏㄨˇ ㄊㄧㄢ ㄧˋ

解釋 給虎安上翅膀。比喻做惡人的幫凶或助長惡人的氣焰、聲勢。

出處 《逸周書．寤儆》：「無（為）虎傅翼，將飛入邑，擇人而食。」

解析 ①「為」不能唸成ㄨㄟˊ。②「為」不解釋成「做，當」（如「為人師表」）。

例句 這些不肖警察收受賄款、包庇違法營業場所，簡直是為虎添翼。

近義 助紂為虐；為虎作倀。

反義 為民除害；除暴安良。

為非作歹 ㄨㄟˊ ㄈㄟ ㄗㄨㄛˋ ㄉㄞˇ

解釋 非、歹：壞事。做壞事。

出處 《元曲選．白樸〈牆頭馬上劇〉二》：「不是我敢為非敢作歹，他也有風情有手策。」

解析 「為非作歹」、「為所欲為」、「胡作非為」都表示任意做壞事的意思，其區別在於：「為非作歹」和「胡作非為」只指做壞事；「為所欲為」多指做壞事，也可指做一般的事情。

例句 這幫成天為非作歹的小混混被捕入獄後，社區中便平靜了不少。

近義 為所欲為；胡作非為。

反義 安分守己；循規蹈矩。

為富不仁 ㄨㄟˊ ㄈㄨˋ ㄅㄨˋ ㄖㄣˊ

解釋 指富人為求自己發財，多半貪詐而不寬厚。

出處 《孟子．滕文公上》：「為富不仁矣，為仁不富矣。」

解析 為，讀ㄨㄟˊ，不讀ㄨㄟˋ。

例句 為謀求更大的利益，這些建築商想盡辦法逼走當地居民，真是為富不仁。

反義 為仁不富。

六　畫

烏合之眾 ㄨ ㄏㄜˊ ㄓ ㄓㄨㄥˋ

解釋 像烏鴉那樣暫時聚合的一羣。比喻倉促集合、毫無組織紀律的群眾。

出處 《漢書．酈食其傳》：「足下起烏合之眾，收散亂之兵。」

解析 「烏」不可寫成「鳥」。

例句 這些烏合之眾一遭到警方的驅離便不顧遊行的目的，四處逃竄了。

近義 一盤散沙；瓦合之卒；烏合之徒。

烏飛兔走 ㄨ ㄈㄟ ㄊㄨˋ ㄗㄡˇ

解釋 烏、兔：指太陽和月亮，古代傳說太陽中有三足烏，所以稱太陽為「金烏」；又傳說月亮中有兔，所以稱月亮為「玉兔」。形容時光流逝得很快，也作「兔走烏飛」。

出處 唐・韓琮〈春愁〉詩：「金烏長飛玉兔走，青鬢長青古無有。」

例句 這一別**烏飛兔走**，竟已離鄉二十年，舊時的玩伴都不復見了。

近義 日月如梭；白駒過隙；光陰似箭。

反義 一日三秋；寸陰若歲；度日如年。

烏焉成馬 ㄨ ㄧㄢ ㄔㄥˊ ㄇㄚˇ

解釋 烏、焉、馬三字形體相近，容易誤寫。形容傳抄訛誤。

出處 古諺：「書經三寫，烏焉成馬。」

例句 古書上常有因傳抄而**烏焉成馬**的錯誤，在閱讀時不可不慎。

烏煙瘴氣 ㄨ ㄧㄢ ㄓㄤˋ ㄑㄧˋ

解釋 瘴氣：熱帶山林中的一種濕熱空氣。比喻秩序混亂，氣氛惡劣，人事不諧調。

出處 《兒女英雄傳》第二十一回：「何況問話的又正是海馬周三，烏煙瘴氣這班人，他那性格兒怎生憋得住。」

解析 「瘴」不可寫成「障」。

例句 大家在晚會中玩得正起勁時，沒想到來了一羣不速之客把氣氛弄得**烏煙瘴氣**的。

近義 烏七八糟。

反義 井然有序；水木清華；河清海晏；弊絕風清。

七畫

烽火連天 ㄈㄥ ㄏㄨㄛˇ ㄌㄧㄢˊ ㄊㄧㄢ

解釋 烽火：古時邊防報警的煙火，後來用「烽火」代指戰爭。形容戰火燒遍各地，戰況十分激烈。

解析 不要把「烽」誤寫成「鋒」或「峰」。

例句 經歷了那一段**烽火連天**的歲月，這城市已不復往日的繁榮、熱鬧。

近義 狼煙四起；烽煙四起；烽火相連；烽鼓不息。

反義 河清海晏；國泰民安。

八畫

焚林而獵 ㄈㄣˊ ㄌㄧㄣˊ ㄦˊ ㄌㄧㄝˋ

解釋 獵：打獵。焚燒山林來獵捕野獸。比喻貪圖眼前利益，不顧將來。

出處 《淮南子・主術》：「故先王之法……不涸澤而魚，不焚林而獵。」

例句 你這種做法無異於**焚林而獵**，雖然獲得了眼前的利益，卻也斷了自己未來的生計。

近義 殺雞取卵；竭澤而魚。

反義 留有餘地。

焚琴煮鶴（ㄈㄣˊ ㄑㄧㄣˊ ㄓㄨˇ ㄏㄜˋ）

解釋 把鶴煮了，把琴燒了。比喻魯莽庸俗的人糟蹋美好的事物。也作「煮鶴焚琴」。

出處 宋．胡仔《苕溪漁隱叢話》引《西清詩話》：「義山《雜纂》，品目數十，蓋以文滑稽者。其一曰殺風景，謂清泉濯足，花下曬褌，背山起樓，燒琴煮鶴。」《醒世恆言》三：「正是：『焚琴煮鶴從來有，惜玉憐香幾個知。』」

例句 你居然把這個明朝年間的骨董花瓶當作存錢筒，真是焚琴煮鶴。

焚膏繼晷（ㄈㄣˊ ㄍㄠ ㄐㄧˋ ㄍㄨㄟˇ）

解釋 焚：燒；膏：油脂，指燈燭；晷：日光。點著燈燭接替日光來照明。形容夜以繼日勤奮地工作或學習。

出處 唐．韓愈《昌黎先生集．進學解》：「焚膏油以繼晷，恒兀（ㄨˋ）兀以窮年。」（兀兀，刻苦用功的樣子。）

解析 ①「晷」不可讀寫成「咎（ㄐㄧㄡˋ）」。②「焚膏繼晷」、「夜以繼日」、「不捨晝夜」偏重於勤奮不知休息；「朝乾夕惕」偏重於勤奮謹慎。

例句 他為了趕在年底前交出企畫案，已焚膏繼晷、不眠不休地工作了好幾天。

近義 不捨晝夜；孜孜不倦；夜以繼日。

反義 得過且過；無所用心；飽食終日。

焦頭爛額（ㄐㄧㄠ ㄊㄡˊ ㄌㄢˋ ㄜˊ）

解釋 原形容頭部被火燒成重傷。比喻做事棘手、十分狼狽窘迫的情況。

出處 《三國演義》四十回：「到四更時分，人馬困乏，軍士大半焦頭爛額。」

例句 他為了籌備今年的晚會，已經忙得焦頭爛額，你就不要再去煩他了。

近義 狼狽不堪；頭破血流。

反義 從容不迫；游刃有餘。

無人問津（ㄨˊ ㄖㄣˊ ㄨㄣˋ ㄐㄧㄣ）

解釋 津：渡口；問津：詢問渡口，比喻探求途徑或嘗試。比喻沒有人再前去嘗試或詢問。

出處 晉．陶潛〈桃花源記〉：「後遂無問津者。」

解析 「津」不可解釋成「津津有味」。

例句 這家服飾店以前是顧客絡繹不絕的，自從發生凶殺案後就無人問津了。

近義 打入冷宮。

反義 門庭若市；移樽就教。

無中生有（ㄨˊ ㄓㄨㄥ ㄕㄥ ㄧㄡˇ）

解釋 形容憑空捏造事實。

出處 《老子．四十》：「天下萬物生於有，有生於無。」

解析 「捕風捉影」和「無中生有」都表示缺少事實，都含貶義。但「捕風捉影」重在表示沒有根據、缺乏事實；「無中生有」則重在表示憑空捏造。

例句 這件事根本是他**無中生有**，你如果不相信，儘管放手去調查。

近義 子虛烏有；憑空捏造。

反義 千真萬確；確鑿不移。

無孔不入（ㄨˊ ㄎㄨㄥˇ ㄅㄨˋ ㄖㄨˋ）

解釋 孔：小洞。比喻滲透力強，不放過一切機會，有空洞就鑽。

出處 清．李寶嘉《官場現形記》第三十五回：「況且上海辦捐的人，鑽頭覓縫，無孔不入。」

例句 這些**無孔不入**的記者，逼得他現在連家都不敢回了。

近義 無所不至；鑽頭覓縫。

反義 無機可乘；無隙可乘。

無以復加（ㄨˊ ㄧˇ ㄈㄨˋ ㄐㄧㄚ）

解釋 不能夠再增加。形容已達到極點。無法再增加提高了。

出處 《漢書．王莽傳下》：「且令萬世之後無以復加也。」

例句 這些歹徒竟在光天化日之下殺警奪槍，真是罪惡滔天，**無以復加**。

近義 登峰造極；嘆為觀止。

無出其右（ㄨˊ ㄔㄨ ㄑㄧˊ ㄧㄡˋ）

解釋 出：超出；右：上，古代把右邊作為上位。指他的才能、成就已達極點，沒有能勝過他（或他們）的。

出處 《漢書．高帝紀下》：「賢趙臣田書，孟維等十人，召見與語，漢延臣無能出其右者。」

例句 他的演技精湛，已連奪數次大獎，放眼國內恐怕是**無出其右**。

近義 天下第一；無與倫比。

無可厚非（ㄨˊ ㄎㄜˇ ㄏㄡˋ ㄈㄟ）

解釋 非：責備；厚非：過分的責備。形容一個人因某些原因犯了一些小錯誤，有值得諒解的地方，不必過分地苛責。

出處 《漢書．王莽傳中》：「曰：（馮）英亦未可厚非。」

例句 現正值交通黑暗期，塞車狀況是司空見慣，偶爾遲到也是**無可厚非**。

近義 無可非議；無可指摘。

反義 一無是處。

無地自容（ㄨˊ ㄉㄧˋ ㄗˋ ㄖㄨㄥˊ）

解釋 沒有地方可以讓自己容身。形容羞愧到了極點。

出處 《兒女英雄傳》第九回：「把個張姑娘羞的無地自容。」

例句 他上課打瞌睡被老師當場點

名，讓他羞愧地無地自容。

近義 汗顏無地；無地容身；愧怍無地。

反義 心安理得；恬不知恥；厚顏無恥。

無妄之災 ㄨˊ ㄨㄤˋ ㄓ ㄗㄞ

解釋 無妄：也作「毋望」，意想不到的。形容意外、無故得到的災禍。

出處 《周易．無妄》：「六三，無妄之災。或繫之牛，行人之得，邑人之災。」意思是有人把牛繫在路上，被過路人牽走了，住在鄰近的人平白地受到懷疑和搜捕。後來形容意外的災禍。

例句 他因為和通緝犯同名同姓，而被警方逮捕，偵訊了一夜，真是無妄之災。

近義 飛來橫禍。

反義 喜從天降。

無事生非 ㄨˊ ㄕˋ ㄕㄥ ㄈㄟ

解釋 本來沒有事卻故意製造事端，惹出是非來。

出處 《鏡花緣》第五十八回：「有不安本分的強盜，有無事生非的強盜。」

例句 這些三姑六婆總喜歡無事生非，對她們說的話，你大可不必放在心上。

近義 惹是生非。

反義 息事寧人。

無咎無譽 ㄨˊ ㄐㄧㄡˋ ㄨˊ ㄩˋ

解釋 咎：過錯；譽：美名。既沒有惡行可說，也沒有善行可稱。形容一個人的行為表現很平常。

出處 《周易．坤》：「六四，括囊，無咎無譽。」

例句 他在工作上一向是表現平平，無咎無譽，這次突然創下全公司最高業績，令大家深感訝異。

無往不利 ㄨˊ ㄨㄤˇ ㄅㄨˋ ㄌㄧˋ

解釋 所到之處，都非常順利，沒有阻礙。

出處 《鏡花緣》第九十回：「此後皓月當空，一無渣滓，諸位才女定是無往不利。」

例句 你如果能遵循這一套辦法去做，保證你日後無往不利。

近義 一帆風順。

反義 動輒得咎。

無所不用其極 ㄨˊ ㄙㄨㄛˇ ㄅㄨˋ ㄩㄥˋ ㄑㄧˊ ㄐㄧˊ

解釋 原意是無處不用盡心力。現指為達目的不擇手段地對付。形容壞人極端殘暴，壞事做盡。

出處 《禮記．大學》：「《詩》曰：『周雖舊邦，其命惟新。』是故君子無所不用其極。」

解析 「無所不用其極」、「無所不為」都有壞事做盡的意思，其區別在於：「無所不用其極」著眼於做壞事的程度，做到了極點；「無所不為」著眼於做壞事的範圍，指任何壞事都做。

例句 他為了爭取出國進修的機會，簡直是無所不用其極，連尊嚴都不顧了。

近義 不擇手段；無所不至；無所不為。

反義 留有餘地；無所用心。

無所事事（ㄨˊ ㄙㄨㄛˇ ㄕˋ ㄕˋ）

解釋 事事：做事情（前一「事」字為動詞，做；後一「事」字為名詞，事情）。閒著不做任何事情，懶散無聊的樣子。

出處 清．李漁《笠翁一家言．秦淮健兒傳》：「邑使者禁屠牛，健兒無所事事，取向所屠牛皮及骨角往瓜、揚間售之，得三十金。」

例句 你與其成天無所事事，不如去學個一技之長。

近義 游手好閒；無所作為；飽食終日。

反義 日理萬機；焚膏繼晷。

無所適從（ㄨˊ ㄙㄨㄛˇ ㄕˋ ㄘㄨㄥˊ）

解釋 適：往，到；從：跟從。不知跟從誰才好。比喻徬徨無主，不知如何是好。

出處 《左傳．僖公四年》：「一國三公，吾誰適從。」

解析 「從」不讀「從容」的ㄘㄨㄥ。

例句 他這種曖昧不明、無可無不可的態度，叫大家感到無所適從。

近義 一國三公；政出多門；莫衷一是。

反義 胸有成竹。

無法無天（ㄨˊ ㄈㄚˇ ㄨˊ ㄊㄧㄢ）

解釋 法：法紀；天：指天理，也指道理。不遵守法紀的約束。形容人不顧天理法律，肆無忌憚地橫行霸道。

出處 《紅樓夢》第三十三回：「該死的奴才！你在家不讀書也罷了，怎麼又做出這些無法無天的事來！」

例句 這兩名歹徒竟然在鬧區公然搶劫，實在是無法無天。

近義 目無王法；胡作非為，肆無忌憚。

反義 安分守己；循規蹈矩。

無的放矢（ㄨˊ ㄉㄧˋ ㄈㄤˋ ㄕˇ）

解釋 的：靶心；矢：箭。沒有目標地亂放箭。指說話、做事沒有明確的目的，現多指沒有事實根據的惡意攻訐。

解析 「的」不能唸成．ㄉㄜ。

例句 你這番毫無事實根據的評論，根本是惡意攻擊，無的放矢。

反義 一針見血；有的放矢；對症下藥。

無風起浪（ㄨˊ ㄈㄥ ㄑㄧˇ ㄌㄤˋ）

解釋 比喻平白無故地生出是非爭端

來。

出處 宋．釋普濟《五燈會元．慈辯禪師》：「黑相白相，擔枷過狀；了不了兮，無風起浪。」

例句 這件喧騰一時的新聞經過多方查證之後才發現根本是**無風起浪**。

近義 無中生有；無事生非。

反義 事出有因。

無病呻吟（ㄨˊ ㄅㄧㄥˋ ㄕㄣ ㄧㄣˊ）

解釋 呻吟：病痛時的低哼。本來沒病卻裝作有病的神態。比喻沒有真實感情而裝腔作勢地嘆息、憂傷。

出處 宋．辛棄疾《稼軒長短句．臨江仙》：「百年光景百年心，更歡須嘆息，無病也呻吟。」

解析 「吟」右部從「今」，不可寫成「令」。

例句 像這種毫無真實感情、**無病呻吟**的文章，是引不起讀者的共鳴的。

近義 裝腔作勢；矯揉造作。

無能為力（ㄨˊ ㄋㄥˊ ㄨㄟˊ ㄌㄧˋ）

解釋 不能施展力量，即力量不及。多指沒有能力去做好某件事情或解決某個問題。

出處 《左傳．隱公四年》：「衛國褊小，老夫耄矣，無能為也。」

例句 這件事你必須靠自己的力量解決，我恐怕是**無能為力**。

近義 力不勝任。

反義 勝任愉快；駕輕就熟。

無偏無黨（ㄨˊ ㄆㄧㄢ ㄨˊ ㄉㄤˇ）

解釋 偏：偏袒；黨：偏倚。形容一個人待人處世非常公正、不偏袒。

出處 《尚書．洪範》：「無偏無黨，王道蕩蕩。」

例句 會長向來是**無偏無黨**，這件事我們就請他作個裁決吧！

近義 大公無私。

無動於衷（ㄨˊ ㄉㄨㄥˋ ㄩˊ ㄓㄨㄥ）

解釋 衷：內心。內心想法一點也不受感動或影響。

出處 清．袁枚《隨園詩話補遺》卷一：「出入權貴人家，能履朱門如蓬戶，則炎涼之意，自無所動於中。」

例句 連日來家中發生許多大事，但他依然談笑風生，似乎**無動於衷**。

近義 古井無波；麻木不仁；鐵石心腸。

反義 情不自禁；感人肺腑；感激涕零。

無理取鬧（ㄨˊ ㄌㄧˇ ㄑㄩˇ ㄋㄠˋ）

解釋 毫無道理地向人尋事、搗亂。

出處 唐．韓愈〈答柳柳州食蝦蟆〉詩：「鳴聲相呼和，無理只取鬧。」

例句 年底是大家最忙碌的時候，你卻吵著要去渡假，簡直是**無理取**

闊。

近義 胡攪蠻纏；惹是生非；興風作浪。

反義 理直氣壯；據理力爭。

無傷大雅（ㄨˊ ㄕㄤ ㄉㄚˋ ㄧㄚˇ）

解釋 大雅：指雅正、正經。形容不損害本質的優越性，沒有多大妨礙。

出處 《二十年目睹之怪現狀》二十五回：「像這種當個頑意兒，不必問他真的假的，倒也無傷大雅。」

例句 對於這種無傷大雅的玩笑，你就不要放在心上。

近義 無傷大體；無關大局；無關緊要。

無微不至（ㄨˊ ㄨㄟ ㄅㄨˋ ㄓˋ）

解釋 沒有一個細微的地方不照顧到。形容關懷、照顧得非常細微周到。

出處 清．李沂《秋心閣詩話》：「然非多讀古人之詩，即多作亦無用，譬無源之水，立見其涸矣。」

例句 大嫂不但把大哥照顧得無微不至，甚至對全家人都能體貼入微。

近義 體貼入微。

反義 不聞不問；不關痛癢；漠不關心。

無與倫比（ㄨˊ ㄩˇ ㄌㄨㄣˊ ㄅㄧˇ）

解釋 倫比：類比。沒有類似的事能比得上的。

出處 唐．韓愈《昌黎先生集．諫迎佛骨表》：「數千百年以來，未有倫比。」

解析 「與」不讀「參與」的ㄩˋ。

例句 中國瓷器的精美、細緻，在世界上是無與倫比的。

近義 超群絕倫；無出其右；蓋世無雙；獨一無二。

反義 天外有天；強中更有強中手。

無精打采（ㄨˊ ㄐㄧㄥ ㄉㄚˇ ㄘㄞˇ）

解釋 精：精神；采：神采，興致。形容情緒低落，精神不振。

出處 清．曹雪芹《紅樓夢》二十五回：「小紅……取了噴壺而回，無精打采，自向房內躺著。」

解析 「無精打采」多指一時的精神狀態，很少用於長期的精神狀態；「萎靡不振」則多指長期的精神狀態，較少用於一時的精神狀態。

例句 看他一副無精打采的樣子，就知道昨天的比賽一定又輸了。

近義 灰心喪氣；垂頭喪氣；萎靡不振。

反義 神采奕奕；容光煥發；精神煥發。

無價之寶（ㄨˊ ㄐㄧㄚˋ ㄓ ㄅㄠˇ）

解釋 用錢也買不到的寶物。指極其稀有、珍貴的寶物。

出處 宋．釋道原《景德傳燈錄．大安禪師》：「汝諸人各自有無價大寶，從眼門放光，照山河大地。」

解析「無價之寶」、「奇珍異寶」都可指稀有的寶物，其區別在於：「無價之寶」除了指珍貴的東西之外，還指本身不一定很珍貴但在某些人心目中很珍貴的東西；而「奇珍異寶」一般指本身確實很珍貴的寶物。

例句 這些飾品在你眼中可能不值一文，但在他心中可是無價之寶。

近義 奇珍異寶；和璧隋珠；價值連城。

反義 一文不值；一錢不值。

無稽之談（ㄨˊ ㄐㄧ ㄓ ㄊㄢˊ）

解釋 稽：考查。沒有根據、不可信的話。

出處《尚書．大禹謨》：「無稽之言勿聽。」

解析「無稽之談」多指荒唐、沒有根據的話；「流言蜚語」多指誣蔑性、挑撥性的險惡言語。

例句 這些捕風捉影、毫無根據的報導，恐怕都是無稽之談。

近義 不經之談；胡說八道；道聽塗說。

反義 有的放矢；言之鑿鑿；鑿鑿有據。

無窮無盡（ㄨˊ ㄑㄩㄥˊ ㄨˊ ㄐㄧㄣˋ）

解釋 窮、盡：完。形容數量極多，沒有極限、止境。

出處 宋．晏殊《珠玉詞．踏莎行》：「無窮無盡是離愁，天涯地角尋思遍。」

例句 你如果不儘快出面澄清，這類的報導恐怕會無窮無盡。

近義 無盡無休；漫無邊際；層出不窮。

反義 山窮水盡；屈指可數。

無遠弗屆（ㄨˊ ㄩㄢˇ ㄈㄨˊ ㄐㄧㄝˋ）

解釋 屆：到達；弗屆：不能到達。沒有什麼地方不能到達。形容人或事的影響力極大，再遠的地方都到得了。

出處《尚書．大禹謨》：「惟德動天，無遠弗屆。」

例句 透過大眾傳播工具無遠弗屆的力量，世界各角落發生的事，我們都能立即知道。

無懈可擊（ㄨˊ ㄒㄧㄝˋ ㄎㄜˇ ㄐㄧ）

解釋 懈：鬆懈，破綻，漏洞。找不到任何的漏洞、破綻。表示人的行為嚴謹或事件、事物的完美、周全。

出處《孫子．計》：「攻其無備，出其不意。」曹操注：「擊其懈怠，出其空虛。」

解析「無懈可擊」指沒有可以被人攻擊挑剔之處；「無機可乘」指毫無機會可利用。

例句 你這篇動人心弦的演講簡直是無懈可擊，令人讚嘆。

近義 天衣無縫；無瑕可擊；無機可乘。

反義　破綻百出；漏洞百出。

無獨有偶（ㄨˊ ㄉㄨˊ ㄧㄡˇ ㄡˇ）

解釋　雖然是很罕見的事物，但卻意外地又出現一次。

例句　上星期小弟抽中第一特獎，沒想到無獨有偶，大哥今天又中了大獎。

反義　天下無雙；絕無僅有；獨一無二。

無濟於事（ㄨˊ ㄐㄧˋ ㄩˊ ㄕˋ）

解釋　濟：幫助。對事情毫無幫助。

出處　《兒女英雄傳》第三回：「只恐太倉一粟，無濟於事。」

例句　事情已經發展到這個地步，你再做任何的補救工作也是無濟於事。

近義　於事無補；杯水車薪。

無邊風月（ㄨˊ ㄅㄧㄢ ㄈㄥ ㄩㄝˋ）

解釋　風月：清風明月，指美好的景色。形容大自然中極其美好的風景。

出處　元．白挺《湛淵集．西湖賦》：「春雨為觀，香月為鄰，水竹院落，無邊風月，見天地心以志之。」

例句　在難得的假期裏，全家人徜徉在無邊風月之中，真是人生一大樂事。

煮字療飢（ㄓㄨˇ ㄗˋ ㄌㄧㄠˊ ㄐㄧ）

解釋　比喻讀書人賣文以維生。

出處　黃庚〈雜詠詩〉：「耽書自笑已成癖，煮字原來不療飢。」

例句　他為了拍電影賠上了所有的財產，現在只得過著煮字療飢的生活。

煮豆燃萁（ㄓㄨˇ ㄉㄡˋ ㄖㄢˊ ㄑㄧˊ）

解釋　燃：燒；萁：豆秸。燃燒豆萁來煮豆子。比喻兄弟相逼、骨肉相殘。

出處　《世說新語．文學》記載：曹丕和曹植都是曹操的兒子。曹植生性聰明，據說十歲時便能作詩，深得曹操寵愛。曹丕對曹植的才能非常妒忌，想藉故把他除掉。曹丕稱帝（魏文帝）以後，有一次命令曹植在七步之內作出一首詩，否則就殺掉他。曹植略加思索，吟道：「煮豆持作羹，漉菽以為汁；萁在釜下燃，豆在釜中泣。本是同根生，相煎何太急。」後人稱這首詩為「七步詩」。曹丕聽了後也覺得對弟弟太過分了，臉上露出慚愧的神色。

解析　「萁」不可讀成ㄐㄧ。

例句　為了爭遺產，這兩兄弟竟然煮豆燃萁，真是太不應該了。

近義　兄弟鬩牆；同室操戈；骨肉相殘；禍起蕭牆。

反義　伯歌季舞；情同手足；讓棗推梨。

九畫

煙消雲散（ㄧㄢ ㄒㄧㄠ ㄩㄣˊ ㄙㄢˋ）

解釋 像煙和雲一般消散無痕。比喻事情過去後便消失得乾乾淨淨。

出處 元．張養浩《天淨沙曲》：「更著十年試看，煙消雲散，一杯誰與共歌歡。」

解析 「風流雲散」和「煙消雲散」都指消逝得不見蹤跡，主要區別是：前者偏重於流動、分散，只用來指人；後者偏重於散失、消除，多指事物。

例句 經過這些年，那些往事早就煙消雲散，你又何苦再提起。

近義 冰消瓦解；風流雲散。

反義 史不絕書。

煙視媚行（ㄧㄢ ㄕˋ ㄇㄟˋ ㄒㄧㄥˊ）

解釋 煙視：瞇著眼看；媚行：慢慢地走。形容靦腆、害羞的樣子。

出處 《呂氏春秋．不屈》：「人有新取婦者，婦至，宜安矜，煙視媚行。」

例句 大嫂想起自己剛嫁過門時煙視媚行和現在粗聲粗氣的模樣相比，簡直有天壤之別。

煙霞痼疾（ㄧㄢ ㄒㄧㄚˊ ㄍㄨˋ ㄐㄧˊ）

解釋 形容人愛好山水成為不可改變的癖好。

出處 《新唐書．田游岩傳》：「高宗幸嵩山……謂曰：『生生比佳否？』答曰：『臣所謂泉石膏肓，煙霞痼疾者。』」

例句 他承認自己有煙霞痼疾，除了遊山玩水他一概不愛。

照本宣科（ㄓㄠˋ ㄅㄣˇ ㄒㄩㄢ ㄎㄜ）

解釋 宣科：指道士唸經。照樣子宣讀。形容死板地照本子唸，不能靈活發揮、運用。

出處 元．關漢卿《西蜀夢》三折：「也不用僧人持咒，道士宣科。」

例句 演講稿已請人擬好，屆時你只要照本宣科就可以了。

近義 一成不變。

反義 添油加醋；斷章取義。

煢煢孑立（ㄑㄩㄥˊ ㄑㄩㄥˊ ㄐㄧㄝˊ ㄌㄧˋ）

解釋 煢煢：孤獨無依的樣子；孑：孤單。形容一個人孤零零、無依無靠的樣子。

出處 《文選．李密〈陳情表〉》：「煢煢孑立，形影相弔。」

例句 這些年來她一直東奔西跑地過著煢煢孑立的生活，直到遇見你才真正安定下來，有了屬於自己的家。

近義 形單影隻；孤苦伶仃；煢煢無依。

十畫

熙來攘往（ㄒㄧ ㄌㄞˊ ㄖㄤˇ ㄨㄤˇ）

解釋 熙：和樂的樣子；攘：擾亂。形容人來人往、紛亂熱鬧的景象。

出處 清．李寶嘉《官場現形記》第八回：「只見這弄堂裏面，熙來攘往，攘擊肩摩；那出進的轎子，更覺絡繹不絕。」

解析 ①「攘」不可寫成「嚷」。②「熙」左上部不寫成「臣」，右上部不寫成「巳」或「己」。

例句 每個周末，這條街上的行人總是**熙來攘往**，熱鬧非凡。

近義 車水馬龍；熙熙攘攘；摩肩接踵。

反義 冷冷清清；杳無人跡；踽踽獨行。

熙熙攘攘（ㄒㄧ ㄒㄧ ㄖㄤˇ ㄖㄤˇ）

解釋 熙熙：和樂的樣子；攘攘：紛亂的樣子。形容人來人往、紛亂熱鬧的樣子。也作「熙來攘往」。

出處 《史記．貨殖列傳》：「天下熙熙，皆為利來；天下攘攘，皆為利往。」

例句 逢年過節前，迪化街上行人總是**熙熙攘攘**，車水馬龍。

近義 人來人往；車水馬龍；熙來攘往；摩肩接踵。

反義 杳無人跡；路斷人稀；闃無一人。

十一畫

熟能生巧（ㄕㄡˊ ㄋㄥˊ ㄕㄥ ㄑㄧㄠˇ）

解釋 事情做得熟練，自然能找到竅門，做得巧妙。

出處 北宋的陳堯咨善於射箭，一天，他在射箭場上表演射箭本領，一箭射出，把一根很細的樹枝射斷了，人們同聲喝采。有個賣油的老頭看了以後，不以為然地說：「沒有什麼了不起，只不過是手法熟練罷了。」陳堯咨聽了很生氣，問道：「你這老頭子有什麼本事，竟敢輕視我！」老頭說：「不是我輕視你，只是從我幾十年的賣油生涯中得知，事情做熟了就能掌握竅門。」說著，他便從油擔上取下一個葫蘆，在葫蘆口上放了一個銅錢，然後打了一桶油，高高舉起往葫蘆裏倒，只見倒下去的油像一條線一樣，穿過銅錢的小孔，流進葫蘆裏。油倒完了，他把銅錢拿給大家看，錢孔周圍竟連一點油跡也沒沾上，大家讚嘆不已。老頭笑著對陳堯咨說：「我這也沒有什麼了不起，只不過熟能生巧罷了。」

例句 這件工作看來雖然複雜，但**熟能生巧**，只要多練習，自然能掌握訣竅。

近義 游刃有餘。

十二畫

燈紅酒綠（ㄉㄥ ㄏㄨㄥˊ ㄐㄧㄡˇ ㄌㄩˋ）

解釋 形容奢侈、靡爛的腐化生活。

出處 清．李寶嘉《官場現形記》第十四回：「江山船的窗戶是可以捲起來的，十二隻船統通可以望見，燈紅酒綠，甚是好看。」

解析 「燈紅酒綠」和「紙醉金迷」都形容糜爛的生活。但前者偏重於腐化、糜爛，多用於宴樂場面；後者偏重於豪華、奢侈。

例句 自從他成名後，一直過著**燈紅酒綠**的生活，完全忘了當初和朋友們約定的理想。

近義 花天酒地；紙醉金迷；醉生夢死。

反義 布衣疏食；粗茶淡飯；簞食瓢飲。

燕頷虎頸（ㄧㄢˋ ㄏㄢˋ ㄏㄨˇ ㄐㄧㄥˇ）

解釋 形容人的相貌威武。

出處 《後漢書．班超傳》：「超問其狀，相者指曰：『生燕頷虎頸，飛而食肉，此萬里侯相也。』」

例句 看他生得**燕頷虎頸**，決非等閒之輩，現在雖然只是一名服務生，將來必定大有作為。

燃眉之急（ㄖㄢˊ ㄇㄟˊ ㄓ ㄐㄧˊ）

解釋 像火燒眉毛那樣的緊急。比喻事情非常急迫，也作「燒眉之急」。

出處 《歧路燈》第四十回：「（惠養民）一心要將銀子撤出來，送還家中抵債，以解胞兄燃眉之急。」

解析 「燃眉之急」和「十萬火急」都是「情況非常緊急」的意思。但「燃眉之急」一般用來形容心情、事情或狀態等；「十萬火急」一般用來形容書信、命令或行動等。

例句 多虧你及時把貨送來，才解了我們的**燃眉之急**。

近義 火燒眉毛；刻不容緩；迫在眉睫。

反義 從容不迫。

十三畫

營私舞弊（ㄧㄥˊ ㄙ ㄨˇ ㄅㄧˋ）

解釋 營：謀求；舞：玩弄；弊：指壞事。玩弄欺騙手段，謀求私利，做犯法的事。

出處 清．吳趼人《二十年目睹之怪現狀》第十四回：「南洋兵船雖然不少，叵耐管帶的一味知道營私舞弊，那裏還有公事在他心上。」

解析 「營私舞弊」、「循私舞弊」都指玩弄手段做違法的事，其區別在於「循私」和「營私」：「營私舞弊」指為自己謀求私利而舞弊；「循私舞弊」指曲從私情，為照顧私人關係而舞弊。

例句 新上任的法務部長立誓要抓清那些**營私舞弊**的官員。

近義 徇私舞弊；徇私廢公；假公濟

私。

反義 克己奉公；奉公守法；兩袖清風；廉潔奉公。

十六畫

爐火純青（ㄌㄨˊ ㄏㄨㄛˇ ㄔㄨㄣˊ ㄑㄧㄥ）

解釋 純青：本指道家煉丹快成功時爐火的火焰會從紅色轉成青色。後比喻技術或學問達到成熟、完美的境界，功力十分深厚。

出處 清．曾樸《孽海花》二十五回：「到了現在，可已到了爐火純青的氣候，正是兄弟們各顯身手的時期。」

例句 這位老球員縱橫球場十餘年，球技已達到**爐火純青**的地步。

近義 出神入化；鬼斧神工；登峰造極；盡善盡美。

反義 初學乍練；等而下之。

【爪部】

四畫

爭先恐後（ㄓㄥ ㄒㄧㄢ ㄎㄨㄥˇ ㄏㄡˋ）

解釋 爭著向前，唯恐落居他人之後。

出處 《二十年目睹之怪現狀》五十二回：「所以一聽了這話，便都爭先恐後地去了。」

解析 「爭先恐後」一般指動作、情況；「力爭上游」、「不甘人後」一般用於思想、意志。

例句 風聞有位巨星正在街頭錄影，眾人紛紛**爭先恐後**地想一睹他的真面目。

近義 力爭上游；不甘人後；不甘示弱。

反義 甘居人後；甘居下游；畏縮不前；躊躇不前。

【爻部】

七畫

爽然若失（ㄕㄨㄤˇ ㄖㄢˊ ㄖㄨㄛˋ ㄕ）

解釋 爽然：失意的樣子。形容一個人神態恍惚、心中空虛無所依據的樣子。

出處 《史記．屈原賈生列傳》：「讀〈鵩鳥賦〉，同死生，輕去就，又爽然自失矣。」

例句 他聽說尋找多年的恩人竟然在去年去世了，心中不免**爽然若失**。

近義 悵然若失。

十畫

爾虞我詐（ㄦˇ ㄩˊ ㄨㄛˇ ㄓㄚˋ）

解釋 爾：你；虞：欺騙。彼此互相欺騙、玩弄手段。形容人心的險惡，也作「爾詐我虞」。

出處 《左傳．宣公十五年》記載春秋時，楚莊王帶兵圍攻宋國的國都，攻了九個月都攻不下。楚莊王採納了臣子的計策，一面在陣地上造房子，讓宋國覺得楚軍要長期圍攻；一面打發該回去種地的士兵回國。但宋國仍舊沒有屈服，後來派了大夫華元乘黑夜與楚軍主將子反交涉，表明了絕不投降的決心。後來楚國和宋國訂了和約，和約上寫著：「我無爾詐，爾無我虞」，意思是說：我們絕不欺騙你們，你們也不必防備我們。

例句 他們倆表面上看來是互相合作的好同事，但暗地裏卻是**爾虞我詐**的。

近義 勾心鬥角；明爭暗鬥。

反義 肝膽相照；推心置腹；開誠布公。

【片部】

片甲不留 ㄆㄧㄢˋ ㄐㄧㄚˇ ㄅㄨˋ ㄌㄧㄡˊ

解釋 甲：盔甲，借指戰士。形容作戰時慘敗，全軍覆沒。

出處 元．無名氏《黃鶴樓》第一折：「貧道祭風，周瑜舉火，黃蓋詐降，燒曹兵八十三萬，片甲不回。」

例句 小弟和爺爺下棋，不一會就被殺得**片甲不留**。

近義 片甲不回；片甲無存；全軍覆沒。

片言隻字 ㄆㄧㄢˋ ㄧㄢˊ ㄓ ㄗˋ

解釋 片言：簡短的幾句話。指零碎的文字材料。也形容極短少的文字，也作「隻字片言」。

出處 《文選．陸機〈謝平原內史表〉》：「片言隻字，不關其間。」

例句 你出國後要記得常常寫信回來，即使是**片言隻字**也能使家人安心。

近義 一言半語；三言兩語；片言隻語。

反義 千言萬語；長篇大論；洋洋灑灑。

【牛部】

牛刀小試 ㄋㄧㄡˊ ㄉㄠ ㄒㄧㄠˇ ㄕˋ

解釋 牛刀：宰牛的刀，比喻大才。比喻大才初次任職，就已顯露出他的才幹。

出處 宋．蘇軾〈送歐陽主簿赴官韋城〉詩：……「讀遍牙籤三萬軸，欲來小邑試牛刀。」

例句 今天的預賽不過是**牛刀小試**，決賽時才能看見各個選手的實力。

牛山濯濯 ㄋㄧㄡˊ ㄕㄢ ㄓㄨㄛˊ ㄓㄨㄛˊ

解釋 牛山：山名，在今山東省臨淄縣南；濯濯：草木不生、光禿禿的樣子。牛山上光禿禿的，形容山區沒有草木。也借喻人禿頭。

出處 《孟子．告子上》：「牛山之木嘗美矣，以其郊於大國也，斧斤伐之，可以為美乎？是其日夜之所息，雨露之所潤，非無萌蘖之生焉，牛羊又從而牧之，是以若彼濯濯也。」

例句 這座山近年來遭人濫墾濫伐，如今已變得**牛山濯濯**。

牛衣對泣（ㄋㄧㄡˊ ㄧ ㄉㄨㄟˋ ㄑㄧˋ）

解釋 牛衣：牛被，以草麻編製，給牛禦寒遮雨的東西。睡在牛衣中，相對哭泣。形容貧賤夫妻同處困境、相對悲泣的情景。

出處 《漢書．王章傳》：「初，章為諸生，學長安，獨與妻居。章疾病，無被，臥牛衣中，與妻決，涕泣。」（決，通「訣」，分別）

例句 公司雖然倒閉了，但為了小孩，你們要振作起來，不能只是**牛衣對泣**。

牛鬼蛇神（ㄋㄧㄡˊ ㄍㄨㄟˇ ㄕㄜˊ ㄕㄣˊ）

解釋 頭似牛的鬼，身似蛇的妖魔。泛指妖魔鬼怪，比喻形形色色的各種惡人。

出處 唐．杜牧〈李賀詩序〉：「牛鬼蛇神，不足為其荒誕虛幻也。」

例句 巷口的紅茶店常有一些**牛鬼蛇神**出沒，勸你還是少去為妙。

近義 牛頭馬面；妖魔鬼怪；魑魅魍魎。

反義 仁人君子；正人君子。

牛鼎烹雞（ㄋㄧㄡˊ ㄉㄧㄥˇ ㄆㄥ ㄐㄧ）

解釋 牛鼎：盛牛之鼎，古代能容納全牛的大型煮食器；烹：煮。用足以容納一整頭牛的大鍋煮一隻雞，比喻大才小用。

出處 《後漢書．邊讓傳》：「傳曰：『函牛之鼎以烹雞，多汁則淡而不可食，少汁則熬而不可熟。』此言大器之於小用，固有所不宜也。」

例句 像您這種人到我們小公司當職員，豈不是**牛鼎烹雞**？

近義 牛刀割雞。

牛驥同皂（ㄋㄧㄡˊ ㄐㄧˋ ㄊㄨㄥˊ ㄗㄠˋ）

解釋 牛：比喻囚犯、獄卒；驥：千里馬，比喻君子；皂：同「皁」，馬槽。比喻賢能與不肖等各種層次不同的人混雜在一起，受到同等的待遇。

出處 漢．鄒陽〈獄中上書梁王〉：「使不羈之士與牛驥同皂。」

例句 一個單位在用人時如果不能排除人情關說，就很難避免**牛驥同皂**的情況。

牛溲馬勃（ㄋㄧㄡˊ ㄙㄡ ㄇㄚˇ ㄅㄛˊ）

解釋 牛溲：車前草；馬勃：馬屁

菌，一種菌類植物。兩種極普通的中草藥。比喻極卑微、低賤的人或物；或指東西雖不值錢，卻有用處。也作「馬勃牛溲」。

出處 唐．韓愈《昌黎先生集．進學解》：「牛溲馬勃，敗鼓之皮，俱收並蓄，待用無遺者，醫師之良也。」

例句 這些小零件就好比**牛溲馬勃**，留著總能發揮它的功用。

近義 竹頭木屑；敗鼓之皮。

反義 金枝玉葉。

二畫

牝牡驪黃（ㄆㄧㄣˋ ㄇㄨˇ ㄌㄧˊ ㄏㄨㄤˊ）

解釋 牝牡：雌雄；驪：黑色馬。比喻認識事物不應只計較外表，要注重內在實質。

出處《列子．說符》記載，伯樂推薦九方皋給秦穆公去找良馬，三個月的時間便找著了。穆公問是什麼樣的馬，回答說「牝而黃」。叫人去看，「則牡而驪」，穆公因此就責備伯樂。伯樂嘆氣說：「若皋之所觀，天機也。得其精而忘其粗，在其內而忘其外；見其所見，不見其所不視，視其所視，而遺其所不見。若皋之相馬，乃有貴乎馬者也。」一試之下，果然是匹好馬。

例句 無論**牝牡驪黃**，只要有實力，本公司是任人唯才。

牝雞司晨（ㄆㄧㄣˋ ㄐㄧ ㄙ ㄔㄣˊ）

解釋 牝雞：母雞；司：掌管。母雞代替公雞晨啼。比喻婦人越權專政。也作「牝雞晨鳴」。

出處《尚書．牧誓》：「古人有言曰：『牝雞無晨。』牝雞之晨，惟家之索。」（索，盡。）

解析「牝」（雌性）不可寫成「牡」（雄性）。

例句 在不尊重婦權的年代，掌權的婦女往往被認作是**牝雞司晨**，承受著非常大的壓力。

近義 垂簾聽政；越俎代庖。

反義 牝雞無晨。

三畫

牢不可破（ㄌㄠˊ ㄅㄨˋ ㄎㄜˇ ㄆㄛˋ）

解釋 堅固得不可摧毀，常用來形容觀念、制度、習俗等形成後難以改變。

出處 唐．韓愈《昌黎先生集．平淮西碑》：「併為一談，牢不可破。」

例句 運動精神是所有運動項目中**牢不可破**的最高法則。

近義 安如磐石；固若金湯；堅不可摧；顛撲不破。

反義 一盤散沙；一觸即潰；不堪一擊。

四畫

物以類聚

解釋 各種東西都按種類聚集在一起。比喻壞人互相勾結。形容各種人或物，因同類而往往會聚集在一起。

出處 《周易．繫辭上》：「方以類聚，物以群分。」

例句 這一群人不但習慣類似，連愛好都大致相同，真是**物以類聚**。

近義 人以群分；各從其類；類聚群分。

反義 牛驥同皂。

物換星移

解釋 物換：景物改變；星移：星辰的位置移動。形容時序變遷，景物亦隨之更動。

出處 唐．王勃《王子安集．滕王閣序》：「閒雲潭影日悠悠，物換星移幾度秋。」

例句 離鄉多年，如今舊地重遊，只覺**物換星移**，景物截然不同了。

近義 滄海桑田。

物傷其類

解釋 比喻因同類的死亡，聯想到自己可能會受到相同的遭遇而悲痛起來。

出處 《水滸傳》第二十八回：「豈不聞兔死狐悲，物傷其類？」

例句 看到隊友們一個個都因放水收賄而被捕，其他的球員都不免難過起來，真是**物傷其類**。

近義 兔死狐悲。

反義 幸災樂禍。

物極必反

解釋 極：到達頂點。宇宙現象循環不已，發展到了頂點，必定朝相反方向轉化。

出處 《鶡冠子．環流》：「物極則反，命曰環流。」

例句 事情雖然順利，但也不可太過得意，小心**物極必反**，狀況急轉直下反而會遇到解決不了的難題。

近義 否極泰來；物盛則衰；樂極生悲。

反義 物極不反。

物腐蟲生

解釋 腐：腐爛，敗壞。東西本身腐敗後就會生蟲。比喻內部先有弱點而後被外人乘機侵害。

出處 《荀子．勸學》：「肉腐出蟲，魚枯生蠹。」

例句 公司內部成員如果鉤心鬥角，就難免**物腐蟲生**，使外人有機可乘了。

六畫

特立獨行

解釋 特：獨特；立：立身。形容志行操守獨特高潔、不隨波逐流。

出處《禮記．儒行》：「其特立獨行，有如此者。」

例句 他向來都是特立獨行，今天會有這種驚人之舉，我一點也不覺得意外。

近義 獨樹一幟。

反義 同流合汚；隨波逐流。

七畫

牽一髮而動全身（ㄑㄧㄢ ㄧˋ ㄈㄚˇ ㄦˊ ㄉㄨㄥˋ ㄑㄩㄢˊ ㄕㄣ）

解釋 牽一根頭髮就帶動全身。比喻動一個極小的部分卻帶來極大的影響。

出處 清．龔自珍《龔定庵全集．自春徂秋偶有所觸詩》：「一髮不可牽，牽之動全身。」

例句 這件事影響深遠，可說是牽一髮而動全身，你可得小心考慮才是。

牽強附會（ㄑㄧㄢ ㄑㄧㄤˇ ㄈㄨˋ ㄏㄨㄟˋ）

解釋 附會：把不相關的事物說成有聯繫。形容勉強湊合。

出處 宋．鄭樵《通志．總敘》：「天地之間，災祥萬種，人間禍福，冥不可知。……董仲舒以陰陽之學，倡為此說，本於《春秋》，牽合附會。」

解析 ①「強」不讀「強壯」的ㄑㄧㄤˊ或「倔強」的ㄐㄧㄤˋ。②「牽強附會」、「穿鑿附會」都形容生拉硬扯、勉強湊合。當強調硬把不相關的事勉強拉在一起時，宜用「牽強附會」；當強調硬要把講不通的講通時，宜用「穿鑿附會」。

例句 你這種牽強附會的說法，要如何贏得大家的認同呢！

近義 生拉硬扯；穿鑿附會；郢書燕說；望文生義。

反義 理所當然；順理成章。

牽腸掛肚（ㄑㄧㄢ ㄔㄤˊ ㄍㄨㄚˋ ㄉㄨˋ）

解釋 牽：拉。形容思念深切，放不下心。也作「牽腸割肚」。

出處 元．鄭廷玉《冤家債主》雜劇第四折：「張善友牽腸掛肚，怎下的眼睜睜死生別路。」

解析 「牽腸掛肚」強調惦念之情，多用於對人對事的不放心；「耿耿於懷」強調心中有事，不能忘卻，多用於對不愉快事件的心情的描述。

例句 小弟每回去登山，總是讓全家人都為他牽腸掛肚。

近義 念念不忘。

反義 無牽無掛。

牽蘿補屋（ㄑㄧㄢ ㄌㄨㄛˊ ㄅㄨˇ ㄨ）

解釋 蘿：女蘿。把蘿藤引上房頂來補草屋。形容生活拮据，挪東補西。

出處 唐．杜甫〈佳人〉詩：「侍婢賣珠回，牽蘿補茅屋。」

例句 他雖窮得牽蘿補屋，卻從不肯放棄自己的理想。

牽攣乖隔（ㄑㄧㄢ ㄌㄨㄢˊ ㄍㄨㄞ ㄍㄜˊ）

解釋 牽攣：牽繫不絕。形容彼此心相牽繫，但身卻相距遙遠。

出處 白居易〈與元微之書〉：「牽攣乖隔，各欲白首。」

例句 為了生活，我們居住在不同的城市，和你**牽攣乖隔**，不知不覺已逾三年。

犁庭掃閭（ㄌㄧˊ ㄊㄧㄥˊ ㄙㄠˇ ㄌㄩˊ）

解釋 閭：里巷，里巷的門。把庭院犁平為田，把村莊掃蕩成廢墟。比喻徹底摧毀敵人。也作「犁庭掃穴」。

出處 《漢書．匈奴傳下》：「固已犁其庭，掃其閭，郡縣而置之。」

例句 政府這次下定決心要**犁庭掃閭**，徹底剷除黑道勢力。

十畫

犖犖大者（ㄌㄨㄛˋ ㄌㄨㄛˋ ㄉㄚˋ ㄓㄜˇ）

解釋 犖犖：分明的樣子。事理顯著而重要的部分。也作「犖犖大端」。

出處 《史記．天官書》：「此其犖犖大者，若至委曲小變，不可勝道。」

例句 這件事牽涉的範圍複雜而廣泛，這不過是其中**犖犖大者**，其他的細微末節還不知有多少呢！

反義 毛舉細務；細微末節。

【犬部】

犬牙相錯（ㄑㄩㄢˇ ㄧㄚˊ ㄒㄧㄤ ㄘㄨㄛˋ）

解釋 錯：雜，交叉。形容交界線非常曲折，如狗牙般參差不齊。也比喻多種因素牽連的複雜情況，或雙方力量互相牽制。

出處 《史記．文帝紀》：「高帝封五子弟，地犬牙相錯，此所謂盤石之宗也。」

例句 這兩個國家的領土**犬牙相錯**，自古以來關係就非常密切。

近義 犬牙相制；參差不齊；縱橫交錯。

反義 整齊劃一。

犬馬之勞（ㄑㄩㄢˇ ㄇㄚˇ ㄓ ㄌㄠˊ）

解釋 犬馬：古時臣子對君主常自比為犬馬，表示願意如犬馬般為主人效勞。現在用「犬馬之勞」表示心甘情願為別人效勞的謙詞。

出處 《三國演義》二十一回：「玄德曰：『公既奉詔討賊，備敢不效犬馬之勞？』」

例句 各位曾在我最落魄時救助過我，今後各位如有需要我幫忙的地方，我當效**犬馬之勞**。

近義 犬馬之力。

二畫

犯（ㄈㄢˋ）而（ㄦˊ）不（ㄅㄨˋ）校（ㄐㄧㄠˋ）

解釋 犯：觸犯；校：計較。別人觸犯了自己，也能包容不計較。

出處 《論語．泰伯》：「曾子曰：『以能問於不能，以多問於寡，有若無，實若虛，犯而不校，昔者吾友，嘗從事於斯矣。』」

解析 「校」不能唸成ㄒㄧㄠˋ。

例句 他是個寬宏大量的人，向來**犯而不校**，這種小事他是不會放在心上的。

近義 逆來順受；唾面自乾。

反義 針鋒相對；睚眥（眦）必報；錙銖必較；以眼還眼，以牙還牙。

四畫

狂（ㄎㄨㄤˊ）奴（ㄋㄨˊ）故（ㄍㄨˋ）態（ㄊㄞˋ）

解釋 故態：老樣子，老脾氣。狂士的老毛病、老脾氣。

出處 《後漢書．嚴光傳》裏說，東漢隱士嚴光跟光武帝劉秀本來是同學。司徒侯霸也與嚴光是老朋友。有一次侯霸差人去請光相見，光投一札給來人，口授說：「君房（侯霸字）足下：位至鼎足，甚善。懷仁輔義天下悅，阿諛順旨要（腰）領絕。」侯霸把這封信奏光武帝，帝笑曰：「狂奴故態也！」

例句 幾年不見，你也老大不小了，怎麼仍是一副**狂奴故態**沒有改變。

五畫

狗（ㄍㄡˇ）仗（ㄓㄤˋ）人（ㄖㄣˊ）勢（ㄕˋ）

解釋 比喻走狗、奴才倚仗著主人的權勢，欺壓他人，橫行無忌。

出處 《紅樓夢》第七十四回：「我不過看著太太的面上，你又有幾歲年紀，叫你一聲媽媽；你就狗仗人勢，天天作耗，在我們跟前逞臉。」

解析 「狗仗人勢」比喻走狗、奴才仗著主子的勢力欺壓他人，而「狐假虎威」是比喻藉別人的勢力嚇唬人、欺負人。

例句 你不要以為經理是你親戚就可以**狗仗人勢**，到處欺負人。

近義 仗勢欺人；狐假虎威。

狗（ㄍㄡˇ）血（ㄒㄧㄝˇ）噴（ㄆㄣ）頭（ㄊㄡˊ）

解釋 形容被責罵得很厲害。也作「狗血淋頭」。

出處 《儒林外史》第三回：「范進因沒有盤費，走去同丈人商議，被胡屠戶一口啐在臉上，罵了一個狗血噴頭。」

例句 剛放完假，小張頭一天上班就出了大錯，被經理罵得**狗血噴頭**。

近義 出口不遜；咒天罵地。

反義 瞻情顧意。

狗尾續貂 ㄍㄡˇ ㄨㄟˇ ㄒㄩˋ ㄉㄧㄠ

解釋 貂：一種毛皮珍貴的動物，古代皇帝的侍從，用貂的尾巴作帽子的裝飾。比喻濫設官爵。後來轉用以比喻用不好的東西接在好東西的後面。比喻事物後不如前，好壞不相稱（多指文藝作品）。或謙稱為既有的文章再寫續文。

出處 《晉書．趙王倫傳》記載，當時由於任官太濫，貂尾不足，就用狗尾代替。因此人們譏誚說：「貂不足，狗尾續。」

例句 許多經典名片的續集都是**狗尾續貂**，不但比不上原片，還破壞了觀眾的美好印象。

狗急跳牆 ㄍㄡˇ ㄐㄧˊ ㄊㄧㄠˋ ㄑㄧㄤˊ

解釋 比喻人在被逼得走投無路時，往往會不擇手段，做最後的掙扎。

出處 《敦煌變文集．燕子賦》：「人急燒香，狗急驀牆。」

例句 他也是被逼得**狗急跳牆**，才會犯下這件不可饒恕的滔天大罪。

近義 垂死掙扎；急不暇擇。

反義 坐以待斃；束手就擒。

狗彘不若 ㄍㄡˇ ㄓˋ ㄅㄨˋ ㄖㄨㄛˋ

解釋 彘：豬。形容人的行為極為卑劣，連豬狗都不如。也作「豬狗不如」。

出處 《荀子．榮辱》：「則是人也，而曾狗彘之不若也。」

解析 彘，讀ㄓˋ。

例句 這幫歹徒犯下這樣傷天害理的事，簡直是**狗彘不若**。

近義 衣冠禽獸；行同狗彘；禽獸不若。

反義 高風亮節。

狐埋狐搰 ㄏㄨˊ ㄇㄞˊ ㄏㄨˊ ㄏㄨˊ

解釋 搰：挖掘。狐性多疑，剛埋藏一物，隨即出來察看。比喻人疑慮太多，不能成事。

出處 《國語．吳語》：「狐埋之而狐搰之，是以無成功。」

解析 「搰」不能唸成ㄍㄨˇ。

例句 事情已經決定了你還**狐埋狐搰**，猶豫再三，何時才能辦成呢？

近義 疑神疑鬼。

反義 堅信不疑；深信不疑。

狐假虎威 ㄏㄨˊ ㄐㄧㄚˇ ㄏㄨˇ ㄨㄟ

解釋 假：借著，利用。比喻借別人的威勢來恐嚇人。

出處 《戰國策．楚策一》記載，一次老虎要吃狐狸，狐狸欺騙老虎說：「天帝讓我為百獸之長，你若不信，就在我後面走一趟，看看百獸見了我是不是都很害怕」。老虎就跟牠一齊走了。百獸看見牠們果然都紛紛遠逃。老虎不知道百獸是害怕自己，還以為真的在怕狐狸呢！

解析 ①「狐」不可寫成「孤」或「抓」。②「狐假虎威」是比喻借別人的勢力嚇唬人、欺負人；而「狗仗人勢」是比喻走狗、奴才仗著主人的威勢欺壓他人。

例句 他仗著背後有人撐腰，常常**狐假虎威**，在地方上作威作福。

近義 仗勢欺人；狗仗人勢。

狐群狗黨（ㄏㄨˊ ㄑㄩㄣˊ ㄍㄡˇ ㄉㄤˇ）

解釋 比喻勾結在一起的一幫壞人。

出處 《元曲選．無名氏〈氣英布〉四》：「逐著那狐群狗黨。」

例句 這一幫**狐群狗黨**聚在一起，不知又要做什麼壞事。

近義 一丘之貉；狐朋狗友。

反義 刎頸之交；良朋益友；患難之交；鸞交鳳友。

狐裘羔袖（ㄏㄨˊ ㄑㄧㄡˊ ㄍㄠ ㄒㄧㄡˋ）

解釋 裘：皮衣；羔：小羊。狐皮襖上用羊皮做袖子。比喻整體很好，只是有一些小瑕疵。

出處 《左傳．襄公十四年》：「余不說初矣，余狐裘而羔袖。」

解析 「狐裘羔袖」多指人而言；「白璧微瑕」既可指人，也可指物；「大醇小疵」多指物而言。

例句 雖然他的人品學養都十分優秀，卻也難免**狐裘羔袖**，有酗酒的不良嗜好。

近義 大醇小疵；白璧微瑕。

反義 狗尾續貂。

六畫

狡兔三窟（ㄐㄧㄠˇ ㄊㄨˋ ㄙㄢ ㄎㄨ）

解釋 狡猾的兔子有三個洞穴。比喻藏身計慮的周密，便於保身避禍。

出處 《戰國策．齊策四》記載，馮驩對孟嘗君說：「狡兔有三窟，僅得免其死耳；今君有一窟，未得高枕而臥也，請為君復鑿二窟。」

解析 不要把「窟」唸成ㄑㄩ。

例句 他不論做什麼事都會先預留後路，真是**狡兔三窟**。

七畫

狼子野心（ㄌㄤˊ ㄗˇ ㄧㄝˇ ㄒㄧㄣ）

解釋 狼子雖小，卻具有凶惡的本性。比喻凶惡殘暴的人本性狠毒、放縱，難以感化。

出處 《左傳．宣公四年》：「諺曰：『狼子野心』是乃狼也，其可畜（ㄒㄩˋ）乎！」

解析 「狼」不可寫「狠」。

例句 大家苦口婆心的勸他，他卻依然故我，真是**狼子野心**，本性難改。

近義 狠心狗肺；蛇蠍心腸；陰險毒辣。

反義 與人為善。

狼心狗肺（ㄌㄤˊ ㄒㄧㄣ ㄍㄡˇ ㄈㄟˋ）

解釋 比喻心腸如狼、狗那樣狠毒、凶惡。

出處 《醒世恆言》：「那知這賊憑般狠心狗肺，負義忘恩！」

解析 「肺」的右部不寫成「市」。

例句 你竟然把當初幫助過你的人害得傾家蕩產，真是**狼心狗肺**，忘恩負義。

近義 心狠手辣；狼子野心；蛇蠍心腸。

反義 心慈面軟；慈悲為懷。

狼吞虎嚥（ㄌㄤˊ ㄊㄨㄣ ㄏㄨˇ ㄧㄢˋ）

解釋 形容吃東西粗魯又急猛的樣子，也作「狼餐虎嚥」。

出處 《西遊記》第五十二回：「迎著裏面燈光，一個個狼餐虎嚥，正都吃東西哩。」

例句 看他們個個**狼吞虎嚥**的樣子，好像都餓了好幾天似的。

近義 朵頤大嚼；風掃殘雲。

反義 細嚼慢嚥；細嚼緩咽。

狼奔豕突（ㄌㄤˊ ㄅㄣ ㄕˇ ㄊㄨˊ）

解釋 豕：豬；突：衝撞。像狼那樣奔跑，像豬那樣闖。比喻人四處逃奔、橫衝直撞。一作「豕突狼奔」。

出處 明・歸莊《萬古愁》：「有幾個狼奔豕突的燕和趙，有幾個狗屠驢飯的奴和盜。」

解析 「狼奔豕突」只用於群體；「抱頭鼠竄」可指個人也可指群體，形容逃跑時的狼狽相。

例句 這些小混混在街頭打架滋事，一聽到警察來了便全都**狼奔豕突**，四處逃竄了。

近義 抱頭鼠竄；橫衝直撞。

狼狽為奸（ㄌㄤˊ ㄅㄟˋ ㄨㄟˊ ㄐㄧㄢ）

解釋 傳說狽跟狼是同類的野獸，狼後二足短，狽的前二足短，故狽行動時要趴在狼身上，沒有狼就不能行動。狼狽經常勾結、傷害牲畜，因此用「狼狽為奸」比喻壞人互相勾結為惡。

出處 《酉陽雜俎》：「狽前足絕短，每行，常駕於狼腿上，狽失狼則不能。故世言事乖者稱狼狽。」

例句 這倆兄弟**狼狽為奸**，合作犯下數十起竊案。

近義 沆瀣一氣；朋比為奸。

反義 光明磊落；高風亮節。

狼煙四起（ㄌㄤˊ ㄧㄢ ㄙˋ ㄑㄧˇ）

解釋 狼煙：就是烽火，古代邊境遇有外敵入侵就燒狼糞報警。形容到處都有戰爭或國內動蕩不安的景象。

例句 這個地區長年都是動蕩不安，**狼煙四起**，你到當地旅遊可得千萬小心。

近義 烽火連天。

反義 四海昇平。

狹路相逢（ㄒㄧㄚˊ ㄌㄨˋ ㄒㄧㄤ ㄈㄥˊ）

解釋 原指在很窄的道路上相遇，無地可讓。後來比喻仇人相遇，無法避免衝突。

出處 古樂府〈相逢行〉：「相逢狹路間，道隘不容車。」

解析 「狹路相逢」強調相逢於狹路，各不相讓，不能相容；「冤家路窄」強調路窄，容易碰見，無法迴避。

例句 我們今天既然**狹路相逢**，不如把多年來的積怨做個了斷。

近義 冤家路窄。

十一畫

獐頭鼠目（ㄓㄤ ㄊㄡˊ ㄕㄨˇ ㄇㄨˋ）

解釋 中國的相術家稱頭尖露骨者為獐頭，眼圓而小稱鼠目，都是奸邪之相。形容人面目醜惡猥瑣，心術不正。

出處 《舊唐書．李揆傳》：「龍章鳳姿之士不見用，獐頭鼠目之子乃求官。」

例句 看他長得**獐頭鼠目**的，絕非善類，你們的合作事宜，最好再多加考慮。

近義 尖嘴猴腮；面目可憎；蛇頭鼠眼。

反義 眉清目秀；相貌堂堂；濃眉大眼。

十三畫

獨木不成林（ㄉㄨˊ ㄇㄨˋ ㄅㄨˋ ㄔㄥˊ ㄌㄧㄣˊ）

解釋 一棵樹成不了森林。比喻力量薄弱，孤立無援，成不了事。

出處 漢．崔駰《達旨》：「高樹靡陰，獨木不林。」

例句 我們雖致力延續布袋戲的生命，但**獨木不成林**，還需要大眾的認同才行。

獨木難支（ㄉㄨˊ ㄇㄨˋ ㄋㄢˊ ㄓ）

解釋 一根木頭支撐不住要倒的大廈。比喻一個人的力量不足以支撐全局。也作「一木難支」。

出處 隋．王通《文中子．事君》：「大廈將顛，非一木所支也。」

解析 「獨木難支」指難以支撐，比喻無法挽回頹倒之勢；「孤掌難鳴」指難以成事，比喻孤立無援。

例句 隊上雖然有奧運金牌選手，但**獨木難支**，全隊的總成績仍不盡理想。

近義 一木難支；孤掌難鳴。

反義 一柱擎天；中流砥柱；眾志成城。

獨占鰲頭（ㄉㄨˊ ㄓㄢˋ ㄠˊ ㄊㄡˊ）

解釋 鰲頭：宮殿門前玉台階上的巨鰲浮雕。舊時科舉進士發榜時，規定狀元站在這裏迎榜，因此中狀元稱為「獨占鰲頭」。後來比喻居於首位。

出處 《元曲選．無名氏〈陳州糶米〉楔子》：「殿前曾獻升平策，獨占鼇頭第一名。」

解析 「獨占鼇頭」指科舉殿試取得進士第一名；「雁塔題名」、「金榜題名」則只指殿試考中進士。

例句 他已蟬連好幾屆的桌球冠軍，今年又是他**獨占鼇頭**。

近義 首屈一指；無出其右。

反義 名落孫山。

獨善其身（ㄉㄨˊ ㄕㄢˋ ㄑㄧˊ ㄕㄣ）

解釋 獨：唯獨，單是；善：好，維護。

原形容人專力修養自己的品德。現指只顧自己好，不顧團體或別人的事。

出處 《孟子．盡心上》：「窮則獨善其身，達則兼濟天下。」

例句 現代人往往都是**獨善其身**，對公眾事物漠不關心，才會讓惡勢力日漸坐大。

近義 全身遠害；明哲保身；潔身自好。

反義 兼善天下；奮不顧身。

獨當一面（ㄉㄨˊ ㄉㄤ ㄧˊ ㄇㄧㄢˋ）

解釋 獨立擔當重任，或領導一個方面的工作。

出處 《史記．留侯世家》：「而漢王之將，獨韓信可屬大事，當一面。」

解析 「當」不讀ㄉㄤˋ，也不可解釋成「面臨」（如「當仁不讓」），「抵擋」（如「銳不可當」）或「相稱」（如「門當戶對」）。

例句 經過這些年的歷練，她已經成為**獨當一面**的主管了。

近義 一方之任；人自為戰。

反義 仰人鼻息；隨聲附和。

獨樹一幟（ㄉㄨˊ ㄕㄨˋ ㄧˊ ㄓˋ）

解釋 樹：豎立；幟：旗幟。

單獨打起一面旗號。比喻自成一家，開創一個新局面。也作「獨豎一幟」。

出處 清．袁枚《隨園詩話》卷六：「歐公學韓文，而所作文全不似韓，此八家中所以獨樹一幟也。」

解析 「獨樹一幟」、「獨具一格」等各有所指；「獨到之處」可以指人或事物與眾不同的各個方面。

例句 雖然經濟不景氣，但這家店憑著**獨樹一幟**的風格，仍然創下傲人的業績。

近義 自成一家；標新立異；獨出新裁；獨闢蹊徑。

反義 人云亦云；亦步亦趨；步人後塵；拾人牙慧。

獨闢蹊徑（ㄉㄨˊ ㄆㄧˋ ㄒㄧ ㄐㄧㄥˋ）

解釋 蹊徑：小路。

獨自開闢一條新路。比喻獨創新法。也寫作「獨闢畦徑」。

出處 清．沈德潛《說詩晬語》：「杜子美獨闢畦徑。」

例句 這位作家的風格是**獨闢蹊徑**，引起藝文界一陣討論的風潮。

近義 別開生面；獨具一格；獨樹一幟。

反義 步人後塵；蹈常襲故；襲人故智。

十五畫

獸聚鳥散（ㄕㄡˋ ㄐㄩˋ ㄋㄧㄠˇ ㄙㄢˋ）

解釋 像獸類聚集、鳥類飛散。比喻聚散無常。

出處 《漢書．主父偃傳》：「夫匈奴，獸聚而鳥散，從之如搏景。今以陛下盛德攻匈奴，臣竊危之。」（景，同「影」。）

例句 這些賭徒**獸聚鳥散**，賭場又四處遷移，讓警方抓不勝抓。

十六畫

獻可替否（ㄒㄧㄢˋ ㄎㄜˇ ㄊㄧˋ ㄈㄡˇ）

解釋 獻：進；替：廢；否：不可。進獻善言以止不善，表示臣對君勸善規過、建議興革。

出處 《左傳．昭公二十年》：「君所謂可，而有否焉，臣獻其否，以成其可；君所謂否，而有可焉，臣獻其可，以去其否。」

例句 這些官員們都有一批幕僚人員在背後**獻可替否**，才能使各類施政更加完善。

【玄部】

六畫

率由舊章（ㄕㄨㄞˋ ㄧㄡˊ ㄐㄧㄡˋ ㄓㄤ）

解釋 率由：沿襲，依照。完全按照舊的規矩、制度辦事。

出處 《詩經．大雅．假樂》：「不愆不忘，率由舊章。」

解析 「率」不讀ㄌㄩˋ，不解釋成「率領」。

例句 新上任的市長竟然**率由舊章**，完全不思改革、振興市政。

近義 因循守舊；墨守成規；蕭規曹隨。

反義 不主故常；別出新裁；標新立異。

率爾操觚（ㄕㄨㄞˋ ㄦˇ ㄘㄠ ㄍㄨ）

解釋 率爾：貿然，隨便地；操：持；觚：木簡；操觚：指作文章。拿起木簡就寫。形容寫作態度不嚴肅，不加考慮便輕率為文。

出處 晉．陸機〈文賦〉：「或操觚以率爾，或含毫而邈然。」

例句 現在有許多作家都是**率爾操觚**，才會有如此大的出書量，卻沒有一本好書。

率獸食人（ㄕㄨㄞˋ ㄕㄡˋ ㄕˊ ㄖㄣˊ）

解釋 驅使野獸欺詐百姓，比喻暴政害民。

出處 《孟子．梁惠王上》：「庖有肥肉，廄有肥馬，民有飢色，野有餓莩（ㄆㄧㄠˇ），此率獸而食人也。」

例句 一個執政者如果只知道壓榨人民，自己卻酒池肉林，何異於**率獸食人**。

【玉部】

玉石俱焚（ㄩˋ ㄕˊ ㄐㄩˋ ㄈㄣˊ）

解釋 玉和石頭一同燒毀。比喻不論好壞同歸於盡。

出處 《尚書．胤征》：「火炎崑岡，玉石俱焚。」

解析 「玉石俱焚」與「同歸於盡」都有一起毀滅的意思，但「玉石俱焚」僅用在好的和壞的一起毀滅，「同歸於盡」則沒有好壞的分別。「同歸於盡」可表示和敵人力拚的決心勇氣，「玉石俱焚」則沒有這種意思。

例句 她個性十分激烈，如果不依照她的意思去做，恐怕會落得**玉石俱焚**的下場。

近義 同歸於盡；蘭艾同焚。

四畫

玩火自焚（ㄨㄢˊ ㄏㄨㄛˇ ㄗˋ ㄈㄣˊ）

解釋 玩火的反倒把自己燒死。比喻做壞事的人最後自食惡果。

出處 春秋時，衛國的州吁，是衛莊公寵妾所生的兒子，喜歡濫用武力。莊公死後，桓公繼位。後來州吁殺死桓公，自立為君，並聯合宋、陳、蔡等國攻打鄭國。魯隱公問大夫眾仲，州吁前途如何，眾仲回答說：「他逞強好戰，就好比玩火，如果不及時收斂，必然會把自己燒死。」後來，州吁果然被衛國大夫石碏引誘到陳國殺死了。

解析 「玩火自焚」比喻做冒險的事或害人的勾當，結果使自己受害，或自取滅亡；「作繭自縛」比喻做了某事反使自己受禁錮、受困擾，或使自己在感情上苦惱，無法自拔。

例句 這種收取回扣、包庇工程的行為無異於**玩火自焚**，最後會把自己的前程也毀了。

近義 作繭自縛。

玩世不恭（ㄨㄢˊ ㄕˋ ㄅㄨˋ ㄍㄨㄥ）

解釋 玩世：用消極、遊戲的態度對待生活；不恭：不嚴肅。輕視或嘲弄當時的世俗禮法，以輕謾、消極的態度對待世事。

出處 《聊齋志異．顛道人》：「異史氏曰：……予鄉殷生文屏，畢司農之妹夫也，為人玩世不恭。」

解析 「恭」下部從「小（心）」，不寫成「氺（水）」。

例句 你這種**玩世不恭**的態度，將來要如何成家立業呢！

近義 遊戲人間；遊戲塵寰。

玩物喪志（ㄨㄢˊ ㄨˋ ㄙㄤˋ ㄓˋ）

解釋 喪：失去；志：指進取的志向。沈迷於玩賞某些事物而喪失本有的志氣。

出處 《尚書．旅獒》：「玩人喪德，玩物喪志。」

解析 「喪」不讀「喪事」的ㄙㄤ。

例句 你如果一直沈迷於漫畫中，難保不會**玩物喪志**，自毀前途。

五畫

玲瓏剔透（ㄌㄧㄥˊ ㄌㄨㄥˊ ㄊㄧ ㄊㄡˋ）

解釋 玲瓏：精巧。原形容器物精巧細緻。現多指人聰明靈活。

出處 《兒女英雄傳》二十三回：「又是一對玲瓏剔透的新媳婦。」

例句 這件**玲瓏剔透**的水晶花瓶真是令人愛不釋手。

近義 透徹玲瓏。

反義 粗製濫造。

六畫

班門弄斧（ㄅㄢ ㄇㄣˊ ㄋㄨㄥˋ ㄈㄨˇ）

解釋 班：魯班，我國古代的巧匠。在魯班門前舞弄斧頭。比喻不自量力，在行家面前賣弄本領。

出處 宋．歐陽修《歐陽文忠公集．與梅聖俞》：「昨在真定，有詩七八首，今錄去，班門弄斧，可笑可笑。」

解析 不要把「班」寫成「板」（ㄅㄢˇ）或「搬」（ㄅㄢ）。

例句 我們不過是現學現賣，怎麼敢在您這位大師面前**班門弄斧**。

近義 布鼓雷門。

反義 程門立雪。

班荊道故（ㄅㄢ ㄐㄧㄥ ㄉㄠˋ ㄍㄨˋ）

解釋 班：鋪開；荊：黃荊，一種落葉灌木；道：談說；故：過去的事情。用黃荊鋪地，坐在上面談說過去的事情。形容朋友異鄉相逢，共話舊情。

出處 《左傳．襄公二十六年》：「伍舉奔鄭，將遂奔晉。聲子將如晉，遇之於鄭郊，班荊相與食，而言復故。」

例句 他在路上遇到小學同學，不免**班荊道故**，一直聊到深夜才回家。

珠胎暗結（ㄓㄨ ㄊㄞ ㄢˋ ㄐㄧㄝˊ）

解釋 珠胎：珠在蚌蛤中，比喻懷孕。喻男女未有正式的婚姻關係而女方已懷了胎兒。

例句 看他們倆匆匆宣布結婚，就知道她早已**珠胎暗結**。

珠圓玉潤（ㄓㄨ ㄩㄢˊ ㄩˋ ㄖㄨㄣˋ）

解釋 潤：潤滑，光滑。

像珠子那樣圓，像玉石那樣溫潤。形容歌聲優美或文辭自然、流暢。

出處 清．周濟《詞辨》：「北宋詞多就景敘情，故珠圓玉潤，四照玲瓏。」

例句 她**珠圓玉潤**的歌聲吸引了滿場的熱烈掌聲。

近義 珠輝玉麗。

珠聯璧合（ㄓㄨ ㄌㄧㄢˊ ㄅㄧˋ ㄏㄜˊ）

解釋 璧：美玉。

珍珠聯成串，美玉放在一起。比喻美好的事物同時匯集在一起。但現多用以祝賀人新婚，比喻男女匹配相當。

出處 庾信〈鄭常神道碑〉：「開國承家，珠聯璧合。」

例句 他們倆在家世、學歷各方面都十分匹配，真是**珠聯璧合**、天造地設的一對。

近義 人才薈萃；日月合璧；鸞翔鳳集。

七畫

理直氣壯（ㄌㄧˇ ㄓˊ ㄑㄧˋ ㄓㄨㄤˋ）

解釋 直：正確，合理。

理由正確充分，說話的氣勢壯盛。

出處 《醒世恆言》七：「（錢青）只為自反無愧，理直氣壯，昂昂的步到顏家門首。」

例句 這件事他分明理虧，卻還**理直氣壯**地找人理論。

近義 振振有詞；義正詞嚴。

反義 理屈詞窮；張口結舌。

現身說法（ㄒㄧㄢˋ ㄕㄣ ㄕㄨㄛ ㄈㄚˇ）

解釋 原來是佛教的說法，意思是佛能夠現出種種身形向眾生說法。後來比喻以親身經歷作例證來說明道理或勸導人。

出處 《楞嚴經》：「我與彼前，皆現其身，而為說法，令其成就。」

解析 「身」不可寫成「生」。「說」不讀「遊說」的ㄕㄨㄟˋ。「法」不解釋成「方法」（如「想方設法」）或「法律」（如「執法如山」）。

例句 他為了勸導青少年遠離毒品，不惜**現身說法**，拿自己的親身經歷來說明。

近義 言傳身教。

八畫

琳琅滿目（ㄌㄧㄣˊ ㄌㄤˊ ㄇㄢˇ ㄇㄨˋ）

解釋 琳琅：精美的玉石，比喻珍異的物品、文章或人才。

眼前充滿了美玉。比喻所見都是優美、珍貴的東西。

出處 南朝．宋．劉義慶《世說新語．容止》：「有人詣王太尉，遇安豐、大將軍、丞相在坐，往別屋見季胤、平子；還語人曰：『今日之行，觸目見琳琅珠玉。』」

例句 假日玉市裏**琳琅滿目**的美玉，

常常吸引許多購買的人潮。

近義 美不勝收。

反義 滿目瘡痍。

琵琶別抱（ㄆㄧˊ ㄆㄚˊ ㄅㄧㄝˊ ㄅㄠˋ）

解釋 舊指婦女改嫁。現也指女子另結新歡。

出處 唐．白居易〈琵琶行〉：「猶抱琵琶半遮面。」

例句 自從他的女友**琵琶別抱**後，他就一直鬱鬱寡歡。

近義 棄舊圖新。

反義 白頭偕老；從一而終。

九畫

瑕不掩瑜（ㄒㄧㄚˊ ㄅㄨˋ ㄧㄢˇ ㄩˊ）

解釋 瑕：玉上的斑點；掩：掩蓋；瑜：美玉。

比喻雖有小缺點卻掩蓋不了優點。

出處 《禮記．聘義》：「瑕不掩瑜，瑜不掩瑕，忠也。」

解析 「瑕不掩瑜」強調缺點遮不住優點；「瑕瑜互見」指缺點和優點同時並存。

例句 這件作品雖小有瑕疵但**瑕不掩瑜**，依然是件難得一見的好作品。

近義 白璧微瑕；瑕瑜互見。

瑕瑜互見（ㄒㄧㄚˊ ㄩˊ ㄏㄨˋ ㄐㄧㄢˋ）

解釋 瑕：玉上的斑點；瑜：美玉。形容物品本身優缺點並存，或指優劣的人事物並存。

出處 清．李漁《閒情偶寄．詞曲部》：「凡作傳奇，當於開筆之初，以至脫稿之後，隔日一刪，逾月一改，始得淘沙得金，無瑕瑜互見之失矣。」

解析 「瑕瑜互見」表示既有優點也有缺點；「瑕不掩瑜」強調缺點遮不住優點。

例句 這些做法都是有好有壞、**瑕瑜互見**，只能選擇其中缺點最少、優點最多的做。

近義 前功後過；瑕瑜錯陳。

反義 十全十美；白璧無瑕；完美無缺。

十二畫

璞玉渾金（ㄆㄨˊ ㄩˋ ㄏㄨㄣˊ ㄐㄧㄣ）

解釋 璞玉：未經雕琢的玉；渾金：未經冶煉的金子。指天然美質，沒有經過人工修飾。比喻人質樸純真，毫不做作。也作「渾金璞玉」。

出處 南朝．宋．劉義慶《世說新語．賞譽》：「王戎目山巨源如璞玉渾金，人皆欽其寶，莫知名其器。」

例句 他才剛畢業，還是塊**璞玉渾金**，恐怕無法適應公司中複雜的人際關係。

近義 古貌古心。

反義 人心不古。

十三畫

環肥燕瘦（ㄏㄨㄢˊ ㄈㄟˊ ㄧㄢˋ ㄕㄡˋ）

解釋 環：唐玄宗的寵妃楊玉環，體胖；燕：漢成帝的皇后趙飛燕，體瘦。形容美女的體態不同，卻各具其美。

出處 宋．蘇軾〈孫莘老求墨妙亭〉詩：「杜陵評書貴瘦硬，此論未公無不憑。短長肥瘦各有態，玉環飛燕誰敢憎。」

例句 這些女星們雖然是**環肥燕瘦**，卻各有各的迷人之處。

十五畫

瓊樓玉宇（ㄑㄩㄥˊ ㄌㄡˊ ㄩˋ ㄩˇ）

解釋 瓊：美玉，泛指精美的東西；玉宇：傳說中仙人的住所。本指月中宮殿，後形容華麗、精美的樓閣。

出處 蘇軾〈水調歌頭〉：「我欲乘風歸去，又恐瓊樓玉宇，高處不勝寒。」

例句 這幢海邊的別墅，在月光下看來華麗精美，彷佛一座**瓊樓玉宇**。

近義 雕梁畫棟；雕闌玉砌。

反義 土階茅屋；荊室蓬戶；蓬戶柴門。

【瓜部】

瓜田李下（ㄍㄨㄚ ㄊㄧㄢˊ ㄌㄧˇ ㄒㄧㄚˋ）

解釋 經過瓜田，不彎腰提鞋子；走過李樹下面，不舉手整理帽子：避免被人懷疑偷瓜、摘李子。比喻處於易引起嫌疑的處境。也作「瓜李之嫌」。

出處 古樂府〈君子行〉：「君子防未然，不處嫌疑間，瓜田不納履，李下不整冠。」

例句 現在主人不在，我們還是離開的好，以免有**瓜田李下**之嫌。

近義 正冠李下；正冠納履；束裝盜金。

瓜剖豆分（ㄍㄨㄚ ㄆㄡˇ ㄉㄡˋ ㄈㄣ）

解釋 像瓜被剖開，豆從莢裏裂出一樣。比喻國土被人侵占分割。也作「豆剖瓜分」。

出處 南朝．宋．鮑照〈蕪城賦〉：「出入三代，五百餘載，竟瓜剖而豆分。」

解析 「瓜剖豆分」指國土被分割，可能是內部分裂所致，也可能是被外來侵略者瓜分；「蠶食鯨吞」只指國土被外來侵略者一步步侵占，瓜分。

例句 中國在滿清末年，由於政府的無能而使國土被各國**瓜剖豆分**。

近義 蠶食鯨吞。

反義 金甌無缺。

瓜熟蒂落 ㄍㄨㄚ ㄕㄡˊ ㄉㄧˋ ㄌㄨㄛˋ

解釋 蒂：花或瓜果跟枝莖相連部分。瓜熟了，瓜蒂自然就脫落。比喻條件或時機成熟，自然能順利成功。

出處 《雲笈七籤．元氣論》：「瓜熟蒂落，啐啄同時。」（啐，嚐，辨別滋味。）

解析 「瓜熟蒂落」和「水到渠成」都比喻時機成熟，事情自然順利成功。但「水到渠成」多指經過充分努力而達到成功；「瓜熟蒂落」多指自然而然的成功。

例句 這件事強求不來，一旦時機成熟了，自然會瓜熟蒂落。

近義 水到渠成。

反義 欲速不達；揠苗助長。

【瓦部】

瓦釜雷鳴 ㄨㄚˇ ㄈㄨˇ ㄌㄟˊ ㄇㄧㄥˊ

解釋 釜：鍋。聲音低沈的砂鍋發出雷鳴般的響聲。比喻庸人得志，占據高位。

出處 《楚辭．卜居》：「黃鐘毀棄，瓦釜雷鳴。」

例句 這個毫無才能的小人，就靠著逢迎、拍馬屁，不但當上了大官還常大放厥詞，真是瓦釜雷鳴。

近義 瓦罐雷鳴。

反義 黃鐘毀棄。

十三畫

甕中之鱉 ㄨㄥˋ ㄓㄨㄥ ㄓ ㄅㄧㄝ

解釋 甕：大罈子；鱉：甲魚。大罈子裏的甲魚。比喻已在掌握之中、逃跑不了的對象。

出處 《警世通言》二十四：「沈洪見店中人多，恐怕出醜。想道：甕中之鱉，不怕他走了，權耐幾日，到我家中，何愁不從。」

解析 「甕中之鱉」指欲捉的對象已無法脫逃；「甕中捉鱉」偏重於做事有把握。

例句 他被警方團團圍住，已是甕中之鱉，逃不掉了。

近義 釜底游魚；網中之魚；囊中物爾。

反義 死裡逃生；逃之夭夭；絕處逢生；漏網之魚。

甕中捉鱉 ㄨㄥˋ ㄓㄨㄥ ㄓㄨㄛ ㄅㄧㄝ

解釋 甕：大罈子。比喻要得到的對象已在掌握之中。形容很有把握。

出處 《元曲選．康進之〈李逵負荊〉四》：「管教他甕中捉鱉，手到拿來。」

解析 「中」不讀「百發百中」的ㄓㄨㄥˋ。

例句 警方已在毒窟周邊佈下天羅地網，準備來個甕中捉鱉。

近義 十拿九穩；手到擒來；探囊取物；穩操勝券。

反義 大海撈針；水中撈月；挾山超海。

甕牖繩樞（ㄨㄥˋ ㄧㄡˇ ㄕㄥˊ ㄕㄨ）

解釋 牖：窗；樞：門戶的轉軸。用破甕做窗戶，用繩子做門軸。形容貧窮的人家。也作「繩樞甕牖」。

出處 賈誼〈過秦論〉：「陳涉甕牖繩樞之子，甿隸之人。」

例句 他雖然出身於**甕牖繩樞**之家，卻從不自暴自棄，靠著自己的力量完成了大學學業。

近義 室如懸磬；家徒四壁；環堵蕭然。

反義 金玉滿堂。

【甘部】

甘之如飴（ㄍㄢ ㄓ ㄖㄨˊ ㄧˊ）

解釋 甘：甜，引申為情願、樂意；飴：麥芽糖漿。把它看得像糖一樣甜。比喻雖處在艱困的環境，卻能安心樂意，不以為苦。

出處 宋．文天祥〈正氣歌〉：「鼎鑊甘如飴，求之不可得。」（鼎鑊，古代一種烹人的刑具。）

解析 「飴」，不可讀成ㄊㄞˊ。

例句 她只要能和自己的孩子在一起，不管環境再苦，她都能**甘之如飴**。

近義 心甘情願。

反義 迫不得已；悔不當初。

甘拜下風（ㄍㄢ ㄅㄞˋ ㄒㄧㄚˋ ㄈㄥ）

解釋 甘：心甘情願。表示真心佩服，自認不如對方，願居下位。

出處 《鏡花緣》第五十二回：「亭亭聽了，不覺連連點頭道：『如此議論，才見讀書人自有卓見，實是家學淵源，妹子甘拜下風。』」

解析 ①不要把「拜」寫成「敗」。②「甘拜下風」偏重在比較之後自認為不如對方，真心佩服。「心悅誠服」指從心眼裏真心信服，含有欽佩、尊重的意思。「五體投地」指非常崇拜、敬服。「甘居人後」可以指真心佩服別人，也可以指甘願在人之後，不求進步。

例句 看到對手的灌籃神技，我們只能望球興嘆，**甘拜下風**。

近義 五體投地；心悅誠服；甘居人後。

反義 不甘示弱；不甘雌伏；不甘後人。

四畫

甚囂塵上（ㄕㄣˋ ㄒㄧㄠ ㄔㄣˊ ㄕㄤˋ）

解釋 囂：喧鬧。

人聲喧嚷，塵土飛揚。形容消息四處流傳，眾口喧騰。

出處 《左傳．成公十六年》記載春秋時，晉、楚交戰。楚王和「太宰」伯州犁登車，瞭望晉軍。楚王邊看邊問：「晉軍中那幾個人騎著馬奔來跑去，幹什麼啊？」伯州犁答：「這是在召集各軍將領。」楚王問：「你看有很多人聚集在一起。」伯州犁答：「這是在商量作戰計畫。」觀察了一會兒，楚王發現晉軍陣地上人聲喧嘩，塵土飛揚，又問：「甚囂（大聲喧鬧），且塵上矣（塵土飛揚），這是在幹什麼？」伯州犁答：「這是他們在填井平灶，準備擺開陣勢了。」根據這些記載，後人將「甚囂，且塵上矣」概括為「甚囂塵上」這句成語。

解析 「囂」不可寫成「器」。

例句 關於她自殺的流言已傳遍各地，**甚囂塵上**，逼得她不得不出面澄清。

近義 喧囂一時；滿城風雨。

反義 銷聲匿跡；無聲無息。

【生部】

生不逢辰（ㄕㄥ ㄅㄨˋ ㄈㄥˊ ㄔㄣˊ）

解釋 辰：時，時機。感嘆時運不佳，多遇到挫折。也作「生不逢時」。

出處 《詩經．大雅．桑柔》：「我生不辰。」

例句 這位在少棒時極負盛名的選手，已屆不惑之年職棒才興起，令他不免大嘆**生不逢辰**。

近義 命途多舛；時乖命蹇。

反義 三生有幸；生逢其時。

生吞活剝（ㄕㄥ ㄊㄨㄣ ㄏㄨㄛˊ ㄅㄛ）

解釋 比喻生硬地抄襲或模仿別人的言論，而未能瞭解或吸收。

出處 劉肅《大唐新語．諧謔》記載：河北棗強縣（今河北冀縣）有個縣尉叫張懷慶，專愛抄襲名人詩句，冒充風雅。有一次，朝中大臣李義府寫了一首詩：「鏤月為歌扇，裁雲作舞衣；自憐回雪態，好取洛川歸」。張懷慶竟把這首詩整篇照抄，只在每句前面硬添上兩個字：「生情鏤月為歌扇，出性裁雲作舞衣；照鏡自憐回雪態，來時好取洛川歸。」有人譏笑張懷慶這種的抄襲手段為：「活剝張昌齡，生吞郭正一！」

解析 「生吞活剝」和「食古不化」都有「生硬地搬用」的意思，但「食古不化」專指生硬地搬用古人的意思；「生吞活剝」是泛指生硬地搬用古今中外各方面的東西。

例句 這部手法粗糙的電影，處處可見模仿痕跡，根本是**生吞活剝**以前的經典名片。

近義 生搬硬套；囫圇吞棗。

反義 融會貫通。

生於憂患，死於安樂（ㄕㄥ ㄩˊ ㄧㄡ ㄏㄨㄢˋ，ㄙˇ ㄩˊ ㄢ ㄌㄜˋ）

解釋 憂患可磨練人的鬥志，使人因而得生；安樂使人怠惰，因而致死。用於警戒人不可沈迷於安樂。

出處 《孟子．告子下》：「人恆過，然後能改；困於心，衡於慮，而後作；徵於色，發於聲，而後喻，入則無法家拂士，出則無敵國外患者，國恆亡。然後知生於憂患，而死於安樂也。」

解析 「樂」不可讀「奏樂」的ㄩㄝˋ。

例句 愈是處在安樂的環境中，就愈要提高警戒，要知道**生於憂患，死於安樂**。

生花妙筆（ㄕㄥ ㄏㄨㄚ ㄇㄧㄠˋ ㄅㄧˇ）

解釋 筆頭上開出花來，用來讚美別人的文章寫得好。

出處 五代．王仁裕《開元天寶遺事．夢筆頭生花》：「李太白少時，夢所用之筆頭上生花，後天才贍（ㄕㄢˋ）溢，名聞天下。」（贍，充足。）

例句 他不但對運動在行，還有一枝**生花妙筆**，寫得一手撼人心弦的好文章。

近義 夢筆生花。

生殺予奪（ㄕㄥ ㄕㄚ ㄩˇ ㄉㄨㄛˊ）

解釋 予：給予；奪：剝奪。表示一個人能控制、決定別人的生命財產；指人具有無上的權威。

出處 《荀子．王制》：「貴賤殺生予奪一也。」

解析 「予」不能唸成ㄩˊ。

例句 古代帝王都是**生殺予奪**，手中握有無上的權勢、力量。

反義 人微權輕。

生榮死哀（ㄕㄥ ㄖㄨㄥˊ ㄙˇ ㄞ）

解釋 生時受人崇敬，死後使人哀痛。用來稱譽被敬重的死者。

出處 《論語．子張》：「其生也榮，其死也哀。」

例句 他這一生備受世人尊重，可說是**生榮死哀**，沒有白活了。

生龍活虎（ㄕㄥ ㄌㄨㄥˊ ㄏㄨㄛˊ ㄏㄨˇ）

解釋 比喻身手矯健，生氣勃勃。

出處 《兒女英雄傳》第十六回：「你是不曾見過他那等的光景，就如生龍活虎一般！」

例句 他的腳傷痊癒後，又在見他球場上**生龍活虎**地展現精湛的球技。

近義 生氣勃勃；龍騰虎躍。

反義 死氣沈沈；老氣橫秋；暮氣沈沈。

生靈塗炭（ㄕㄥ ㄌㄧㄥˊ ㄊㄨˊ ㄊㄢˋ）

解釋 生靈：指百姓；塗炭：泥沼和炭火，比喻困苦。形容人民如生活在泥炭之中，非常困苦。

出處 《尚書．仲虺（ㄏㄨㄟˇ）之誥》：

「有夏昏德，民墜塗炭。」

解析 「生靈塗炭」偏重指人民遭受災難；「民不聊生」偏重指人民無法生活。

例句 北韓近年來天災頻傳，**生靈塗炭**，許多官員都紛紛向外投誠。

近義 生靈塗地；民生塗炭；民不聊生。

反義 國泰民安；安居樂業。

【田部】

二畫

男盜女娼（ㄋㄢˊ ㄉㄠˋ ㄋㄩˇ ㄔㄤ）

解釋 男的偷盜，女的賣淫。指人的行為卑劣，不知羞恥，或用來形容世風敗壞。

出處 清·吳趼人《二十年目睹之怪現狀》第四回：「據他說起來，這兩個道台、一個知縣的行徑，官場中竟是男盜女娼的了。」

例句 這一對男女簡直是**男盜女娼**，在全省犯下無數案件，這次雙雙落網真是大快人心。

四畫

畏首畏尾（ㄨㄟˋ ㄕㄡˇ ㄨㄟˋ ㄨㄟˇ）

解釋 畏：害怕。形容瞻前顧後、顧忌重重的疑懼狀態。

出處 《左傳·文公十七年》：「古人有言曰：『畏首畏尾，身其餘幾？』」

解析 「畏首畏尾」和「瞻前顧後」都有「顧慮重重」的意思。但「畏首畏尾」重在膽小怕事；「瞻前顧後」重在猶豫不決，此外還可形容考慮周密。

例句 如果當初能當機立斷，不**畏首畏尾**，也許事情早就解決了。

近義 縮手縮腳。

反義 勇往直前；無所畏懼。

六畫

略勝一籌（ㄌㄩㄝˋ ㄕㄥˋ ㄧ ㄔㄡˊ）

解釋 籌：計數的算籌。比較起來，略強一點兒。也作「稍勝一籌」。

出處 《聊齋志異·辛十四娘》：「公子忽謂生曰：『諺云：「場中莫論文」，此言今知其謬。小生所以忝出君上者，以起處略高一籌耳。』」

例句 這次比賽我們占了地利之便而**略勝一籌**，下次交手，輸贏就很難說了。

近義 高人一著；高出一籌；棋高一著。

反義 略遜一籌；稍遜一籌。

略識之無（ㄌㄩㄝˋ ㄕˋ ㄓ ㄨˊ）

解釋 之、無：唐·白居易在〈與元九書〉中說，他在生下六、七個月的時候，乳母就教他認識了「之」

字和「無」字。後來就用「之、無」代表最簡單的字。

形容識字不多。

出處 《二十年目睹之怪現狀》九回：「最可笑的，還有一班市儈，不過略識之無，因為豔羨那些斗方名士，要跟著他學，出了錢叫人代作了來，也送去登報。」

例句 這一幫人不過**略識之無**，就在此大放厥辭，談什麼改革建設。

近義 一知半解；才疏學淺。

反義 博古通今；滿腹經綸；學富五車。

異口同聲 ㄧˋ ㄎㄡˇ ㄊㄨㄥˊ ㄕㄥ

解釋 形容所有人的說法完全相同。

出處 《抱朴子．道意》：「左右小人，並云不可，阻之者眾，本無至心，而諫怖者，異口同聲。」

解析 「異口同聲」可以是許多人，也可以是兩個以上的少數人；「眾口一辭」則指許多人說的一樣。

例句 他們倆從小吵到大，唯獨在這件事上，難得的**異口同聲**，取得共識。

近義 眾口一辭；異口同辭。

反義 七嘴八舌；各執一詞；眾說紛紜；議論紛紛。

異曲同工 ㄧˋ ㄑㄩˇ ㄊㄨㄥˊ ㄍㄨㄥ

解釋 曲：樂曲；工：細致，巧妙。不同的曲調卻同樣美妙、精巧。比喻事物雖然不同，但效果一樣好、一樣出色。

出處 唐．韓愈〈進學解〉：「子雲、相如同工異曲。」

解析 「異曲同工」偏重指採用不同的方法、做法可以取得同樣好的效果；「殊途同歸」偏重指採用不同的方法、道路可以達到一樣的目的或得到相同的結果。

例句 這兩道菜的做法與味道雖然不同，但材料卻有**異曲同工**之妙。

近義 江河同歸；殊途同歸。

異軍突起 ㄧˋ ㄐㄩㄣ ㄊㄨˊ ㄑㄧˇ

解釋 異軍：另一支兵。

比喻另一種新生的力量突然興起。

出處 《史記．項羽本紀》：「陳嬰者，故東陽令史……（東陽）少年欲立嬰便為王，異軍蒼頭特起。」（蒼頭，用青色頭巾裹頭。）

例句 賽前大家一致看好紅隊，沒想到黃隊卻**異軍突起**，奪得冠軍。

異想天開 ㄧˋ ㄒㄧㄤˇ ㄊㄧㄢ ㄎㄞ

解釋 異：奇特。

比喻想法離奇、不切實際。

出處 《二十年目睹之怪現狀》二回：「想著這個人扮了官去做賊，卻是異想天開，只是未免玷辱了官場了。」

解析 在想法不切實際的意義上，「異想天開」偏重指想法離奇、不同一般；「想入非非」偏重指虛幻縹渺；「胡思亂想」偏重指思路混亂。

例句 他突然異想天開地扛著鋤頭，說是要上山去尋寶。

近義 胡思亂想；想入非非。

七畫

畫地自限（ㄏㄨㄚˋ ㄉㄧˋ ㄗˋ ㄒㄧㄢˋ）

解釋 在地上畫一個範圍，自己限制自己。形容某個人本來可以做得更好，但他卻把自己限定在某個範圍內，不求上進。

例句 你的才能應該不止於此，勸你不可畫地自限，該力求突破才是。

畫地為牢（ㄏㄨㄚˋ ㄉㄧˋ ㄨㄟˊ ㄌㄠˊ）

解釋 原指在地上畫個框框，讓罪犯站在中間，作為牢獄。後來比喻只許在規定好的範圍內活動。

出處 漢．司馬遷〈報任少卿書〉：「故士有畫地為牢，勢不可入。」

解析 「牢」不解釋成「牢固」。

例句 你如果簽下這份終身約，不是等於畫地為牢，一輩子都沒有別的出路嗎？

反義 自由自在；破門而出；無拘無束。

畫虎類狗（ㄏㄨㄚˋ ㄏㄨˇ ㄌㄟˋ ㄍㄡˇ）

解釋 類：似，像。比喻好高騖遠，終無成就，反被人作為笑柄。也作「畫虎類犬」。

出處 東漢名將馬援曾寫信給他侄子，提到有個俠客杜季良為人豪放好義，但馬援不希望侄子學他，因「效季良不得，陷為天下輕薄子，所謂畫虎不成反類狗者也。」

例句 早告訴你這道料理難度很高，你卻執意要表演一手，現在畫虎類狗反被譏笑了吧！

近義 弄巧成拙；刻鵠成鶩；畫虎刻鵠。

畫脂鏤冰（ㄏㄨㄚˋ ㄓ ㄌㄡˋ ㄅㄧㄥ）

解釋 在凝固的油脂或冰上繪畫雕刻，一旦融化就都沒有了。比喻徒勞無功。

出處 《鹽鐵論．殊路》：「故內無其質，而外學其文，雖有賢師良友，若畫脂鏤冰，費日損功。」

例句 你看來就不是運動員的架子，花了這麼多時間練習，卻好比畫脂鏤冰般白費工夫。

近義 白費心力；徒勞無功。

畫蛇添足（ㄏㄨㄚˋ ㄕㄜˊ ㄊㄧㄢ ㄗㄨˊ）

解釋 比喻多此一舉，弄巧成拙。

出處 《戰國策．齊策二》記載：楚國有個人在祭過祖先以後，賞給辦事人員一壺酒。辦事人員很多，他們商量說：「要是每人嘗一口，一定不過癮，倒不如讓一個人喝個痛快！」於是大家商量了一個辦法：每人在地上畫一條蛇，誰畫得快畫得像，誰就喝那壺酒。比賽開始後，有個人不一會就畫成了。他一面把酒壺拿過來，一面說：「我給蛇添上腳吧！」這時，另一個也畫好了，就把酒壺搶過去說：「蛇本來沒有腳，你又為什麼要為牠畫腳呢？」就大口地喝起酒來。

【解析】「畫蛇添足」和「弄巧成拙」都有「本想賣弄聰明，結果反而做了蠢事」的意思。但「畫蛇添足」著重在事情做過了頭；「弄巧成拙」著重在賣弄自己的聰明。

【例句】事情既然已經圓滿結束，你就不要再**畫蛇添足**多做解釋了。

【近義】多此一舉；弄巧成拙。

【反義】恰到好處；恰如其分；適可而止。

畫餅充飢（ㄏㄨㄚˋ ㄅㄧㄥˇ ㄔㄨㄥ ㄐㄧ）

【解釋】畫個餅來解餓。比喻只有虛名而無實質，或以空想來自我安慰。

【出處】《三國志．魏志．盧毓傳》記載：三國時代，魏國的第二代君王曹睿（ㄖㄨㄟˋ）有個最親信的大臣名叫盧毓（ㄩˋ）。有一次曹睿叫盧毓推薦一個適當的人當「中書郎」，並且對他說：「選舉莫取有名，名如畫地作餅，不可啖也。」意思是不要推薦只有虛名而沒有才幹的人。

【例句】你每天大談這些做不到的理想、抱負，無異於**畫餅充飢**，不如找個安定的工作來得實在。

【近義】指雁為羹；屠門大嚼；望梅止渴。

畫龍點睛（ㄏㄨㄚˋ ㄌㄨㄥˊ ㄉㄧㄢˇ ㄐㄧㄥ）

【解釋】比喻在繪畫作文時，在重要的地方添上一筆，使全篇更加生動、傳神。

【出處】《歷代名畫記．梁》記載：梁代畫家張僧繇（ㄧㄠˊ）在金陵（現在的南京）安樂寺的牆上畫了四條龍，都沒有畫上眼睛。有人問他，為什麼不給龍畫上眼睛。他說：「點上眼睛，龍會飛走。」聽的人不相信，偏要請他畫上。他就把其中兩條龍的眼睛點上，突然間，閃電打雷，風雨交加，兩條龍震破了牆飛天而去。

【解析】「睛」不可寫成「晴」。

【例句】她臨時加上的這一段表演，果然有**畫龍點睛**的效果，將晚會帶到最高潮。

【近義】神來之筆。

【反義】多此一舉；畫蛇添足。

八畫

當仁不讓（ㄉㄤ ㄖㄣˊ ㄅㄨˋ ㄖㄤˋ）

【解釋】表示遇到應該做的事，就要積極、主動地去做，毫不推辭。

【出處】《論語．衛靈公》：「當仁不讓於師」朱熹注：「當仁，以仁為己任也，，雖師亦無所遜。言當勇往而必為也。」

【解析】「當仁不讓」和「義不容辭」都指遇到應做的事情不推託。但「當仁不讓」是從情理上著眼，對事敢於承當，積極主動；「義不容辭」著重於道義上應該這樣做，推託不得。

例句 他是班上公認的運動健將，代表班上參加比賽，他自然是**當仁不讓**。

近義 自告奮勇；責無旁貸；義不容辭；義無反顧。

反義 作壁上觀；袖手旁觀；推三阻四；臨陣脫逃。

當行出色（ㄉㄤ ㄏㄤˊ ㄔㄨ ㄙㄜˋ）

解釋 當行：內行。

形容精通某一方面的才藝，並且非常出色。

出處 明．胡震亨《唐音癸籤》卷六：「如老杜之入蜀，篇篇合作，語語當行，初學所當法也。」

解析 「行」不能唸成ㄒㄧㄥˊ。

例句 她在服裝設計方面的造詣絕對是**當行出色**，請她擔任這次的服裝指導，必可使整齣戲生色不少。

當局者迷，旁觀者清（ㄉㄤ ㄐㄩˊ ㄓㄜˇ ㄇㄧˊ，ㄆㄤˊ ㄍㄨㄢ ㄓㄜˇ ㄑㄧㄥ）

解釋 原指下棋的和看棋的人。當事人往往因為對利害得失考慮得太多，容易迷惑不清，旁觀的人由於冷靜、客觀，反而能把問題看得清楚。

出處 《舊唐書．元行衝傳》：「當局稱迷，旁觀見審。」（審，很清楚地知道。）

例句 **當局者迷，旁觀者清**，你自陷其中如何能釐清真相呢？

近義 當事者迷，旁觀者明。

當務之急（ㄉㄤ ㄨˋ ㄓ ㄐㄧˊ）

解釋 當前所有應做的事中最緊要、急迫的。

出處 《孟子．盡心上》：「當務之為急。」

解析 「當務之急」和「當今之務」語源相同，意有差別：「當務之急」強調在諸多要辦的事情中最急需辦理的；「當今之務」指當前急需要辦的事情。

例句 事情既然已發展到這個地步，**當務之急**就是先揪出那些從中破壞的敗類。

近義 先務之急；當今之務；燃眉之急。

反義 不急之務。

當機立斷（ㄉㄤ ㄐㄧ ㄌㄧˋ ㄉㄨㄢˋ）

解釋 形容事情到了關鍵時刻，能毫不猶豫地作出決斷。原作「應機立斷」。

出處 《文選．陳琳〈答東阿王箋〉》：「拂鐘無聲，應機立斷。」

解析 ①不要把「機」寫成「即」。②「當機立斷」重在迅速做出決定；「壯士斷腕」重在緊要關頭毅然犧牲局部以保存整體。

例句 還好大哥**當機立斷**把小妹送到醫院，否則後果恐怕是不堪設想。

近義 壯士斷腕；斬釘截鐵；毅然決

然；操刀必割。

反義 猶豫不決；當斷不斷；舉棋不定；優柔寡斷。

當頭棒喝 ㄉㄤ ㄊㄡˊ ㄅㄤˋ ㄏㄜˋ

解釋 佛教禪宗語。喝：大聲喝斥。禪宗和尚接待初學的人，常不問情由，即給以一棒，或大喝一聲，要對方不假思索地立即回答問題，以考驗其對佛理領會的程度。後來泛指使人覺悟的警告。也作「當頭一棒」。

出處 《鏡花緣》第四十回：「他這『百花』二字，我一經入耳，倒像把我當頭一棒，只覺心中生出無限牽掛。」

解析 不要把「喝」讀成ㄏㄜ。

例句 你這一番話猶如**當頭棒喝**，使他自酒精毒品中重新振作起來。

近義 振聾發聵；暮鼓晨鐘；醍醐灌頂。

十七畫

疊床架屋 ㄉㄧㄝˊ ㄔㄨㄤˊ ㄐㄧㄚˋ ㄨ

解釋 床上加床，屋下架屋，比喻重覆。

出處 《顏氏家訓．序致》：「魏晉以來所著諸子，理事重複遞相模斅，猶屋下架屋，床上施床耳。」

解析 「疊床架屋」偏重於重覆、不精簡；「畫蛇添足」則偏重於多此一舉，無益而有害。

例句 這些部門的工作內容重覆，根本就是**疊床架屋**，浪費公帑。

近義 床上安床；屋上架屋；畫蛇添足。

反義 簡明扼要。

【疒部】

五畫

疾言厲色 ㄐㄧˊ ㄧㄢˊ ㄌㄧˋ ㄙㄜˋ

解釋 說話急迫，臉色很嚴厲。形容對人發怒時的樣子。

出處 《官場現形記》五十四回：「那梅大老爺的臉色已經平和了許多，就是問話的聲音也不像先前之疾言厲色了。」

解析 「疾言遽色」重在形容慌張的樣子；「疾言厲色」重在形容發怒的神情。

例句 比賽放水的消息一傳出，教練便**疾言厲色**地訓斥大家，千萬不可與賭博沾上關係。

近義 疾聲厲色；聲色俱厲。

反義 和顏悅色；和藹可親。

疾言遽色 ㄐㄧˊ ㄧㄢˊ ㄐㄩˋ ㄙㄜˋ

解釋 說話急躁，神色慌張。

出處 《後漢書．劉寬傳》：「雖在倉卒，未嘗疾言遽色。」

例句 大哥生性沈穩，無論再緊急的情況，也從不曾看他疾言遽色。

疾風知勁草 ㄐㄧˊ ㄈㄥ ㄓ ㄐㄧㄥˋ ㄘㄠˇ

解釋 只有經過猛烈大風的考驗，才能知道什麼樣的草是強勁的。比喻在危難時才能顯示出一個人的堅強意志與堅貞的節操。

出處 《後漢書．王霸傳》：「光武謂霸曰：『潁川從我者皆逝，而子獨留。努力！疾風知勁草。』」

解析 「疾」不寫成「急」或「嫉」。

例句 疾風知勁草，經過這次的事件，只有你依然不為所動，讓大家總算相信你的忠誠。

近義 板蕩識忠臣；路遙知馬力；歲寒知松柏之後凋。

疾惡如仇 ㄐㄧˊ ㄜˋ ㄖㄨˊ ㄔㄡˊ

解釋 疾（也作「嫉」）：憎恨。痛恨壞人、壞事如同痛恨仇敵一樣。

出處 《後漢文．陳蕃傳》：「又前山陽太守翟超，東海相黃浮，奉公不撓，疾惡如仇。」

解析 「疾惡如仇」重在憎恨壞人、壞事，可用於人的性格；「深惡痛絕」則只強調厭惡、憎恨程度到了極點。

例句 小弟一向疾惡如仇，怎麼可能會做出這種傷天害理的事。

近義 同仇敵愾；深惡痛絕。

反義 同流合汚；與世沈浮。

病入膏肓 ㄅㄧㄥˋ ㄖㄨˋ ㄍㄠ ㄏㄨㄤ

解釋 膏肓：我國古代醫學上把心尖脂肪叫「膏」，心臟和膈膜之間叫「肓」。據說「膏肓」是藥力達不到的地方。形容病勢嚴重到了無藥可救的地步。比喻事態嚴重到不可挽救的地步。

出處 《左傳．成公十年》：「疾不可為也，在肓之上，膏之下，攻之不可，達之不及，藥不至焉，不可為也。」

解析 ①「肓」不能寫成「盲」或唸成ㄇㄤˊ。②「病入膏肓」強調病重；「不可救藥」強調無法醫治。

例句 這個國家的執政黨腐敗到極點，已經是病入膏肓了，要救國唯有革命一途。

近義 不可救藥；不治之症；病入骨髓。

反義 不藥而癒；疥癬之疾。

疲於奔命 ㄆㄧˊ ㄩˊ ㄅㄣ ㄇㄧㄥˋ

解釋 奔命：為執行命令而四處奔走。形容忙於奔走應付以致筋疲力盡。

出處 《左傳．成公七年》：「余必使爾疲於奔命以死。」

解析 「疲於奔命」指因被迫到處奔忙應付而非常疲憊；「疲憊不堪」、「筋疲力盡」單純指十分勞累。

例句 為了採訪到這起血案的最新消息，大家都疲於奔命，忙得人仰馬翻。

近義 疲憊不堪；筋疲力盡；精疲力竭。

反義 以逸待勞。

七畫

痛心疾首（ㄊㄨㄥˋ ㄒㄧㄣ ㄐㄧˊ ㄕㄡˇ）

解釋 痛心：指悲憤到極點；疾首：頭疼。形容痛恨、厭惡到了極點。

出處 《左傳·成公十三年》：「諸侯備聞此言，斯是用痛心疾首，暱（ㄋㄧˋ）就寡人。」（備，盡。是用，因此。暱就，親近。）

解析 「痛心疾首」和「咬牙切齒」都是形容痛恨到了極點，但「痛心疾首」多用在文章中，重在「痛」的心情上；「咬牙切齒」多作口語，重在「恨」的神態、表情上。

例句 教練一想到這些從小帶到大的球員竟然與黑社會掛鈎，不免痛心疾首。

近義 恨之入骨；深惡痛絕；悲憤填膺。

反義 大喜過望；樂不可支。

痛改前非（ㄊㄨㄥˋ ㄍㄞˇ ㄑㄧㄢˊ ㄈㄟ）

解釋 痛：徹底；非：過錯。徹底改正以前所犯的錯誤。

出處 《鏡花緣》十四回：「只要痛改前非，一心向善，雲的顏色也就隨心變換。」

解析 「痛改前非」強調徹底改正錯誤；「改過自新」強調自覺改正錯誤，並有重新做人的意思。

例句 經過這次的教訓，他發誓將痛改前非，重新做人。

近義 改過自新；改邪歸正；洗心革面；重新做人。

反義 至死不悟；怙惡不悛；執迷不悟。

痛定思痛（ㄊㄨㄥˋ ㄉㄧㄥˋ ㄙ ㄊㄨㄥˋ）

解釋 經過痛苦以後，回想當時的痛苦，有吸取教訓、警惕未來的意思。

出處 唐·韓愈《昌黎先生集·與李翱（ㄠˊ）書》：「如痛定之人，思當痛之時，不知何能自處也。」

例句 職棒經過這次的賭博放水醜聞後，必定要痛定思痛、洗心革面，才能重新吸引球迷進場。

反義 至死不悟。

十四畫

癡人說夢（ㄔ ㄖㄣˊ ㄕㄨㄛ ㄇㄥˋ）

解釋 癡：傻。本來是說，對癡人說荒唐的話而癡人信以為真。後用來諷刺人說荒誕不實的話。

出處 宋·惠洪《冷齋夜話·癡人說夢夢中說夢》：「僧伽龍朔（唐高宗

年號）中游江淮間，其跡甚異。有問之曰：『汝何姓？』答曰：『姓何。』又問之曰：『何國人？』答曰：『何國人。』唐．李邕作碑，不曉其言，乃書傳曰：『大師姓何，何國人。』此正所謂對癡人說夢耳。」

解析 「白日作夢」是幻想根本不能實現的事情，著重於癡心妄想；「癡人說夢」則著重於說話荒誕。

例句 就憑你這付瘦弱的身材，要參加健美先生的選拔簡直是**癡人說夢**。

近義 白日作夢。

癡心妄想 ㄔ ㄒㄧㄣ ㄨㄤˋ ㄒㄧㄤˇ

解釋 妄：虛妄，荒唐。失去理智的心思，荒唐的想法。指一心想著永遠不能實現、不合實際的事情。

出處 《醒世恆言》三十七回：「子春冷笑道：『你好癡心妄想！』」

解析 「癡心妄想」重在表示不合實際的想法，往往持續地以某人某事為目標；「胡思亂想」重在表示沒有規則的、隨意的，往往是間歇性、目標不明確而隨意轉換的。

例句 他已經四十好幾了，卻整天在**癡心妄想**，要娶鄰家二十歲如花似玉的小姑娘。

近義 胡思亂想；異想天開；想入非非。

反義 止足之分。

【癶部】

七畫

發人深省 ㄈㄚ ㄖㄣˊ ㄕㄣ ㄒㄧㄥˇ

解釋 發：啟發；省：檢查，醒悟。啟發人作深刻的反省、思考而有所醒悟。

出處 唐．杜甫〈游龍門奉先寺〉詩：「欲覺聞晨鐘，令人發深省。」

解析 「省」不能唸成ㄕㄥˇ。

例句 他這番**發人深省**的談話，一經媒體批露，立刻引起廣大的迴響。

近義 發人深思。

反義 執迷不悟。

發奸擿伏 ㄈㄚ ㄐㄧㄢ ㄊㄧˋ ㄈㄨˊ

解釋 擿：揭發；伏：隱藏。揭發未暴露的壞人壞事，使奸邪無所遁形。

出處 《漢書．趙廣漢傳》：「其發奸擿伏如神。」

解析 「擿」不能寫成「摘」，也不能唸成ㄓㄞ。

例句 新上任的法務部長**發奸擿伏**，將許多逍遙法外的貪污舞弊者一一繩之以法。

近義 擿伏發奸。

反義 姑息養奸。

發揚蹈厲 ㄈㄚ ㄧㄤˊ ㄉㄠˋ ㄌㄧˋ

解釋 發揚：奮發，這裏指舞蹈時手足齊動；蹈：跳，踏；厲：猛烈；蹈厲：指舞蹈時猛烈地用腳踏地。原形容舞蹈時動作猛烈威武，表現出勇往直前的意志。後比喻精神奮發，意氣昂揚。也作「發揚踔（ㄓㄨㄛˊ）厲。」

出處 《禮記．樂記》：「發揚蹈厲，太公之志也。」

解析 「蹈」不可寫成「踏」。「厲」不可寫成「勵」。

例句 為了打進今年的決賽，隊員們個個是**發揚蹈厲**，拿出全付的精神來練習。

近義 鬥志昂揚；踔厲風發；奮發踔厲。

反義 萎靡不振；暮氣沈沈。

發憤忘食 ㄈㄚ ㄈㄣˋ ㄨㄤˋ ㄕˊ

解釋 用功學習，努力工作，忘記了吃飯。後泛用以形容十分勤奮、努力。

出處 《論語．述而》：「其為人也，發憤忘食，樂以忘憂，不知老之將至云爾。」

解析 「憤」不可寫成「奮」。

例句 為了找出治療愛滋病的方法，他**發憤忘食**、日以繼夜地研究。

近義 自強不息；夜以繼日；宵衣旰食；廢寢忘食。

反義 自暴自棄；好吃懶做；無所事事；飽食終日。

登峰造極 ㄉㄥ ㄈㄥ ㄗㄠˋ ㄐㄧˊ

解釋 峰：山頂；造：到達；極：最高點。比喻成就達到最高境地。

出處 南朝．宋．劉義慶《世說新語．文學》：「簡文云：『不知便可登峰造極不？』」（造，一本作「詣」。）

例句 這件玉器的精巧、細致已達到**登峰造極**的境界，看過的人無不嘆為觀止。

近義 出神入化；無以復加；超凡入聖；無與倫比。

反義 每況愈下；等而下之。

登堂入室 ㄉㄥ ㄊㄤˊ ㄖㄨˋ ㄕˋ

解釋 堂：古代宮室的前屋；室：古代宮室的後屋。登上廳堂，進入內室。入室比喻最高境界，登堂僅次於入室。比喻造詣高深的程度或指造詣很深。

出處 《漢書．藝文志》：「如孔氏之門人用賦也，則賈誼登堂，相如入室矣。」

例句 我的棋藝不精，想要**登堂入室**，恐怕還得再練習個兩三年。

近義 登峰造極。

反義 不學無術。

登高必自卑 ㄉㄥ ㄍㄠ ㄅㄧˋ ㄗˋ ㄅㄟ

解釋 卑：低。登上高處一定要從低處開始。比喻做事情要循序漸進，按部就班。

出處 《禮記・中庸》：「君子之道，譬如行遠必自邇，譬如登高必自卑。」

例句 登高必自卑，任何的跆拳道高手都是從蹲馬步開始練起的。

近義 行遠必自邇。

反義 一步登天。

【白部】

白手起家 ㄅㄞˊ ㄕㄡˇ ㄑㄧˇ ㄐㄧㄚ

解釋 白手：空手。比喻沒有基礎憑藉，靠自己的力量創立一番新事業。也作「白手成家」。

出處 《古今小說》十：「多少白手成家的，如今有屋住，有田種，不算沒根基了，只要自去掙持。」

例句 你羨慕他現在擁有的龐大企業，但當年他可是赤手空拳、**白手起家**的。

近義 赤手起家。

反義 傾家蕩產。

白雲蒼狗 ㄅㄞˊ ㄩㄣˊ ㄘㄤ ㄍㄡˇ

解釋 比喻世事變化無常。

出處 唐代詩人杜甫的〈可嘆詩〉中：「天上浮雲如白衣，斯須變化成蒼狗。」意思是說：天上的浮雲看來像白衣一樣，一會兒又變成狗的形狀。

解析 「白雲蒼狗」在表示事物變幻無常之外，有強調變化之外的意思；「變幻無常」、「變幻莫測」重在表示事物變化無規則，不可捉摸；「滄海桑田」則重在強調世事變化之巨大。

例句 他當年可是叱咤風雲的王牌投手，現在卻因賭博放水而成了階下囚，唉！世事真是**白雲蒼狗**，變化莫測。

近義 變化莫測；變幻無常。

反義 一成不變。

白駒過隙 ㄅㄞˊ ㄐㄩ ㄍㄨㄛˋ ㄒㄧˋ

解釋 白駒：原指駿馬，後比喻日影；隙：空隙。像駿馬在細小的縫隙前飛快地越過。比喻時間過得很快。

出處 《莊子・知北遊》：「人生天地之間，若白駒之過隙，忽然而已。」（忽然，迅速。）

例句 時間真如**白駒過隙**，一轉眼竟與你分別十年了。

近義 日月如梭；光陰似箭。

反義 一日三秋；以日為年；長繩繫日。

白頭如新 ㄅㄞˊ ㄊㄡˊ ㄖㄨˊ ㄒㄧㄣ

解釋 白頭：老年，這裏形容時間很長。交友沒有深刻了解，相識很久，仍像才認識一樣。形容交情不深。

出處 《史記・魯仲連・鄒陽列傳》：「諺曰：『有白頭如新，傾蓋如故』」。

例句 我們相交二十多年，但始終無緣進一步地互相了解，依然是白頭如新。

白璧無瑕（ㄅㄞˊ ㄅㄧˋ ㄨˊ ㄒㄧㄚˊ）

解釋 潔白的美玉上沒有一點斑點。比喻人或事物完美而毫無缺點。也作「白玉無瑕」。

出處 宋．釋道原《景德傳燈錄．延昭禪師》：「問：『不曾博覽空王教略，借玄機試道看。』師曰：『白玉無瑕，卞和刖足。』」

例句 這些原本是**白璧無瑕**的孩子，卻被無情的父母推入火坑，真是令人心痛。

近義 十全十美；完美無缺；美玉無瑕。

反義 白圭之玷；白玉微瑕；白璧微瑕；美中不足。

一畫

百川歸海（ㄅㄞˇ ㄔㄨㄢ ㄍㄨㄟ ㄏㄞˇ）

解釋 川：江河。

所有的江河最後都流入大海。比喻人心所向、眾望所歸或大勢所趨。

出處 《淮南子．氾論》：「百川異源，而皆歸於海。」

例句 他是這次市長選舉侯選人中最被看好的一位，最後果然是**百川歸海**，以最高票當選。

近義 人心所向；百鳥朝鳳；眾望所歸。

反義 眾叛親離。

百孔千瘡（ㄅㄞˇ ㄎㄨㄥˇ ㄑㄧㄢ ㄔㄨㄤ）

解釋 原形容到處都是漏洞，比喻破壞得非常嚴重；或毛病很多，已經到了不可收拾的地步。也作「千瘡百孔」。

出處 唐．韓愈《昌黎先生集．與孟尚書書》：「群儒區區修補，百孔千瘡，隨亂隨失，其危如一髮引千鈞。」

解析 「百孔千瘡」多用於建築物和較小的物件；「滿目瘡痍」多用於放眼望去開闊的景象。

例句 經過一場戰爭，這個城市被破壞得**百孔千瘡**，恐怕得經過好幾年才能恢復原狀。

近義 破綻百出；漏洞百出；滿目瘡痍；體無完膚。

反義 十全十美；天衣無縫；完美無缺。

百尺竿頭，更進一步（ㄅㄞˇ ㄔˇ ㄍㄢ ㄊㄡˊ，ㄍㄥˋ ㄐㄧㄣˋ ㄧˊ ㄅㄨˋ）

解釋 百尺竿頭：百尺高的竿子，佛教用以比喻道行修養到極高的境界。

勉勵人們不要滿足於已取得的成就，還要繼續努力，不斷進步。

出處 《秉燭談》：「師示一偈曰：『百尺竿頭不動人，雖然得入未為真，百尺竿頭須進步，十方世界是全身。』」

解析 「百尺竿頭，更進一步」和「再接再厲」都比喻要在原有的基礎上繼續努力。但「百尺竿頭，更進一步」著重在不要滿足於現有成就；「再接再厲」著重在一次又一次地繼續努力。

例句 雖然隊上今年拿了總冠軍，但教練仍勉勵我們要百尺竿頭，更進一步。

近義 再接再厲。

反義 停滯不前。

百折不撓（ㄅㄞˇ ㄓㄜˊ ㄅㄨˋ ㄋㄠˊ）

解釋 折：挫折；撓：屈服。形容意志堅強，無論受到多少挫折，都不屈服。也作「百折不回」。

出處 漢．蔡邕〈橋太尉碑〉：「有百折不撓，臨大節而不可奪之風。」

解析 不要把「折」寫成「拆」（ㄔㄞ）或「析」（ㄒㄧ）；不要把「撓」讀成「饒」（ㄖㄠˊ）。

例句 登山隊憑著百折不撓的決心終於克服所有艱險，登上了世界第一高峰。

近義 不屈不撓；百折不屈；堅韌不拔；堅貞不屈。

反義 一蹶不振；知難而退。

百步穿楊（ㄅㄞˇ ㄅㄨˋ ㄔㄨㄢ ㄧㄤˊ）

解釋 能在百步以外射穿選定的某一片楊柳葉子。形容射箭或射擊的技術非常高明。

出處 《史記．周記》：「楚有養由基善射，能在百步外射柳葉，箭不虛發。」

例句 這位選手具有百步穿楊的功夫，在各類比賽中總是能夠拔得頭籌。

近義 百發百中；彈無虛發。

百身何贖（ㄅㄞˇ ㄕㄣ ㄏㄜˊ ㄕㄨˊ）

解釋 用自己的命一百條作抵，也無法贖回死者的生命。表示對死者極其沈痛的悼念。

出處 《詩經．秦風．黃鳥》：「如可贖兮，人百其身。」

例句 他非常後悔以前沒有多陪伴她，但人死不能復生，百身何贖？

近義 人百其身。

百無聊賴（ㄅㄞˇ ㄨˊ ㄌㄧㄠˊ ㄌㄞˋ）

解釋 聊賴：依賴，指生活或情感上的依託。後用以表示生活枯躁乏味，精神空虛無聊。

出處 漢．焦延壽《易林》：「身無寥（聊）賴，困窮乏糧。」

例句 她整個下午都在街上百無聊賴地閒逛，讓她又想念起以前忙碌工作的日子。

近義 興盡意闌。

反義 興致勃勃；興會淋漓。

百發百中（ㄅㄞˇ ㄈㄚ ㄅㄞˇ ㄓㄨㄥˋ）

解釋 形容射箭或射擊非常準確，每次都命中目標。

出處《戰國策・西周策》：「（蘇厲）謂白起曰：『楚有養由基者，善射，去柳葉者百步而射之，百發百中。』」

解析「百發百中」除指射箭外，對象比較廣泛；「百步穿楊」多形容射箭技術精巧嫻熟。

例句 他是個**百發百中**的神槍手，你想跟他比賽，恐怕得再多下點功夫。

近義 百步穿楊；彈無虛發。

反義 無的放矢。

百感交集 ㄅㄞˇ ㄍㄢˇ ㄐㄧㄠ ㄐㄧˊ

解釋 形容前後各種感想都交織在一起。也作「百端交集」。

出處 南朝・宋・劉義慶《世說新語・言語》：「衛洗馬（衛玠）初欲渡江，形神慘悴，語左右云：『見此茫茫，不覺百端交集。』」

解析「百感交集」指各種感想、感慨交織在一起；「悲喜交集」則指悲痛和喜悅交織在一起。

例句 這一家人分開二十多年，今日重逢，心中**百感交集**，激動得不知該說什麼。

近義 百端交集；百感叢生；悲喜交集。

百煉成鋼 ㄅㄞˇ ㄌㄧㄢˋ ㄔㄥˊ ㄍㄤ

解釋 比喻經過多次鍛煉而成為優秀人物。

出處《文選・劉琨〈重贈盧諶〉詩》：「何意百煉鋼，化為繞指柔。」注：「應劭《漢書注》曰：『說者以金取堅剛，百煉不耗。』」

解析「煉」不可寫成「練習」的「練」。

例句 這些運動選手可都是從小磨練到大，才能**百煉成鋼**，獲得今日的成就。

近義 千錘百煉；精金百煉。

反義 脆而不堅。

百聞不如一見 ㄅㄞˇ ㄨㄣˊ ㄅㄨˋ ㄖㄨˊ ㄧˊ ㄐㄧㄢˋ

解釋 聽別人說一百次不如親眼看到一次來得確實。指多聞不如親見的可靠。

出處 漢宣帝時，西北邊的羌（ㄑㄧㄤ）族人（當時的少數民族之一）與漢人發生糾紛，大臣們都主張派軍隊征剿。老將趙充國自告奮勇，願意前去看一看究竟。漢宣帝問他要帶多少兵馬，有什麼要求。趙充國說：「百聞不如一見，兵難隃度，臣願馳至金城，圖上方略。」

例句 真是**百聞不如一見**，除非身臨其境，否則無法感受這座古廟的華麗與壯觀。

近義 眼見為實，耳聽為虛。

反義 以耳為目；貴耳賤目；道聽途說。

百廢俱興 ㄅㄞˇ ㄈㄟˋ ㄐㄩˋ ㄒㄧㄥ

解釋 許多被廢置的事情都興辦起來

了。也作「百廢俱舉」。

出處 宋·范仲淹《范文正公集·岳陽樓記》：「越明年，政通人和，百廢俱興。」（俱，通「具」。）

例句 這個城市在新市長的帶領之下，現在是**百廢俱興**，呈現出一片欣欣向榮的氣氛。

近義 百廢俱舉；興業舉廢。

反義 百業待興；百端待興。

百廢待舉（ㄅㄞˇ ㄈㄟˋ ㄉㄞˋ ㄐㄩˇ）

解釋 廢：荒廢的事；待：等待；舉：興辦、做。形容要興辦的事情很多。

例句 這個國家經過戰爭的洗禮，現在是**百廢待舉**，得靠新上任的總統大力整頓。

近義 百端待舉；百廢待興。

反義 百廢俱興。

【皮部】

皮之不存，毛將焉傅（ㄆㄧˊ ㄓ ㄅㄨˋ ㄘㄨㄣˊ，ㄇㄠˊ ㄐㄧㄤ ㄧㄢ ㄈㄨˋ）

解釋 傅：依附。皮都沒有了，毛在哪兒長呢？比喻事物失去了藉以生存的基礎就無法繼續生活下去。也作「皮之不存，毛將焉附」。

出處 《左傳·僖公十四年》：「皮之不存，毛將安傅？」

例句 **皮之不存，毛將焉傅**，如果整個球隊垮了，球員便連打球的地方都沒有了。

皮裏春秋（ㄆㄧˊ ㄌㄧˇ ㄔㄨㄣ ㄑㄧㄡ）

解釋 春秋：記載魯國歷史的書，後來把這部書奉為評論是非、褒貶善惡的範本。形容表面上不作任何批評而心中自有褒貶。因為晉簡文帝后名春，晉朝人避諱，就改「春」為「陽」，所以又作「皮裏陽秋」。

出處 《晉書·褚裒（ㄆㄡˊ）傳》記載，褚裒年輕時不公開評論人的好壞，桓彝見到他後，說：「季野（褚裒的字）有皮裏春秋。」（褚裒雖然口頭不評論別人的好壞，肚裏卻自有一部《春秋》，對人還是有所褒貶的。）

例句 你別看他表面上一副無所謂的樣子，其實是**皮裏春秋**，早在心中暗自作了決定。

反義 直言相諫；骨鯁直言。

【皿部】

六畫

盛名之下，其實難副（ㄕㄥˋ ㄇㄧㄥˊ ㄓ ㄒㄧㄚˋ，ㄑㄧˊ ㄕˊ ㄋㄢˊ ㄈㄨˋ）

解釋 盛：盛大；副：符合，相稱。聲名極大的人，他的實際很難與他的聲名完全符合。現在經常用以提醒人們要有自知之明，行事須謙虛謹慎。

出處《後漢書．黃瓊傳》載李固給黃瓊的信說：「嘗聞語曰：『嶢（ㄧㄠˊ）嶢者易折，皦（ㄐㄧㄠˇ）皦者易汙。』陽春白雪，和者必寡；盛名之下，其實難副。」（嶢，高。皦，白。）

解析「盛」不可寫成「勝」。

例句 這位明星球員常對人說自己是「**盛名之下，其實難副**」，自己不過是個再平凡不過的平凡人。

近義 名不副實；徒有虛名。

反義 名副其實；實至名歸。

盛氣凌人（ㄕㄥˋ ㄑㄧˋ ㄌㄧㄥˊ ㄖㄣˊ）

解釋 盛氣：驕橫的氣焰；凌：欺凌。

驕橫自大，氣焰逼人。

出處《戰國策．趙策》：「太后盛氣而揖之。」李涗〈啟蒙〉篇：「不可恃學自高，尚氣凌人也。」

解析 在形容人的言辭、態度逼人時，「盛氣凌人」偏重驕橫傲慢；「咄咄逼人」偏重氣勢洶洶。「盛氣凌人」只能用於人；「咄咄逼人」還可以用於人之外的其他事物。

例句 他雖出身名門，卻十分平易近人，從不會有公子哥**盛氣凌人**的樣子。

近義 不可一世；目中無人；咄咄逼人；趾高氣揚。

反義 平易近人；和藹可親。

盛筵難再（ㄕㄥˋ ㄧㄢˊ ㄋㄢˊ ㄗㄞˋ）

解釋 盛大的宴會難以再得。也用來比喻美好的光景不可多得。

出處 唐．王勃《王子安集．滕王閣序》：「勝地不常，盛筵難再。」

例句 當年景氣好時，公司業績年年成長，如今恐怕是**盛筵難再**。

九畫

盡善盡美（ㄐㄧㄣˋ ㄕㄢˋ ㄐㄧㄣˋ ㄇㄟˇ）

解釋 盡：極。

形容事物完美到極點，沒有一點缺陷。

出處《論語．八佾（ㄧˋ）》：「子謂韶，盡美矣，又盡善也。」（韶，舜樂。）

例句 他是個完美主義者，任何工作交給他，他都會全力做到**盡善盡美**。

近義 十全十美；白玉無瑕；完美無缺。

反義 一無是處；破綻百出；瑕瑜互見。

監守自盜（ㄐㄧㄢ ㄕㄡˇ ㄗˋ ㄉㄠˋ）

解釋 盜取自己所負責看管的財物。原作「主守自盜」。

出處《明律．刑律．賊盜》有「監守自盜倉庫錢糧」條，規定「凡監臨主守自盜倉庫錢糧等物，不分首從，並贓論罪。」

例句 這起劫案有諸多疑點，恐怕有**監守自盜**的嫌疑。

十畫

盤根錯節 ㄆㄢˊ ㄍㄣ ㄘㄨㄛˋ ㄐㄧㄝˊ

解釋 盤：盤旋；錯：交錯。樹根盤屈，枝節交錯。比喻事情繁難複雜、不易處理。也作「槃根錯節」。

出處 東漢時候，朝歌發生了動亂，長年累月，不得安寧。大將軍鄧騭就派虞詡去當朝歌縣令。虞詡的一些老朋友聽到此事，都很替他擔心。虞詡卻說：「志不求易，事不避難，臣之職也。不遇槃根錯節，何以別利器乎？」虞詡到了朝歌以後，很快就把朝歌治理好。朝廷見他有將帥之才，就升他為武都太守。

解析 「盤根錯節」重在表示枝節交錯糾結，情況複雜，難以處理；「根深蒂固」重在表示根底深，基礎牢固，不易動搖；「堅如盤石」重在表示本身牢固，不可動搖。

例句 這起國際糾紛錯綜複雜，**盤根錯節**，需要外交人員高度的智慧才能解決。

近義 犬牙交錯；錯綜複雜。

反義 迎刃而解。

盤馬彎弓 ㄆㄢˊ ㄇㄚˇ ㄨㄢ ㄍㄨㄥ

解釋 騎著馬繞圈子，拉開弓，做好發射的姿勢。本來形容射箭者做好發射的姿勢。後比喻行動前的準備。

出處 唐．韓愈《昌黎先生集．雉帶箭詩》：「將軍欲以巧伏人，盤馬彎弓惜不發。」

例句 為了奪得今年的冠軍，我們早已**盤馬彎弓**準備多時了。

【目部】

目不交睫 ㄇㄨˋ ㄅㄨˋ ㄐㄧㄠ ㄐㄧㄝˊ

解釋 沒有合上眼睛，指沒有睡覺。形容人辛勞或憂慮。

出處 《史記．袁盎晁錯列傳》：「陛下居代時，太后嘗病，三年，陛下不交睫，不解衣，湯藥非陛下口所嘗弗進。」

解析 「睫」不可寫成「捷」或「接」。

例句 這些失蹤兒童的父母，個個都是**目不交睫**、日以繼夜地尋找自己的愛子。

近義 輾轉反側。

反義 高枕而臥；高枕無憂。

目不見睫 ㄇㄨˋ ㄅㄨˋ ㄐㄧㄢˋ ㄐㄧㄝˊ

解釋 眼睛看不見自己的睫毛。比喻沒有自知之明。

出處 《史記．越王句踐世家》：「吾不貴其用智之如目，見毫毛而不見其睫也。」

例句 當你一味指責別人的錯誤時，要小心自己正犯了**目不見睫**的毛病。

目不暇給（ㄇㄨˋ ㄅㄨˋ ㄒㄧㄚˊ ㄐㄧˇ）

解釋 暇：空閒；給：供應。眼睛無暇應付。形容景物東西很多很美，來不及仔細觀賞。

出處 《鏡花緣》二十一回：「唐敖此時如入山陰道上，目不暇給，一面看著，一面讚不絕口。」

解析 不要把「暇」寫成「瑕」。「給」不能唸成ㄍㄟˇ。

例句 這次展覽的規模之大，商品之豐富，真是令人目不暇給。

近義 目不暇接；美不勝收；應接不暇。

反義 一目了然；一覽無遺；盡收眼底。

目不轉睛（ㄇㄨˋ ㄅㄨˋ ㄓㄨㄢˇ ㄐㄧㄥ）

解釋 睛：眼球，眼珠。看時眼珠不轉動。形容注意力很集中，看得非常專注。

出處 《孟子．公孫丑上》：「北宮黝之養勇也，不膚撓，不目逃。」趙岐注：「人刺其肌膚，不為撓卻；刺其目，目不轉睛逃避之矣。」

例句 小張每次遇到心儀已久的李小姐，總是看得目不轉睛。

近義 目不斜視；全神貫注；專心致志；聚精會神。

反義 心猿意馬；左顧右盼；東張西望；瞻前顧後。

目不識丁（ㄇㄨˋ ㄅㄨˋ ㄕˋ ㄉㄧㄥ）

解釋 丁：指簡單的字。形容人不識字。

出處 宋．文天祥〈不睡〉詩：「眼不識丁馬前卒，隔床鼾聲正陶然。」

解析 「目不識丁」偏重於不認識字；「胸無點墨」偏重於沒有學問。

例句 這些莊稼人雖然目不識丁，卻是善良純樸，毫不具心機。

近義 不識之無；不識一丁；胸無點墨。

反義 知書達禮；博學多才；學富五車。

目中無人（ㄇㄨˋ ㄓㄨㄥ ㄨˊ ㄖㄣˊ）

解釋 形容非常驕傲自大，眼裏看不起別人。

出處 《紅樓夢》第十回：「（秦鍾）仗著寶玉和他相好，就目中無人。」

解析 「目中無人」指不把別人看在眼裏；「目空一切」指什麼都不放在眼裏，語意較重。

例句 許多父母對自己的獨子過分溺愛，養成現在許多目中無人的小霸王。

近義 目無餘子；目空一切；狂妄自大；旁若無人。

反義 平易近人；屈己待人；虛懷若谷。

目光如豆（ㄇㄨˋ ㄍㄨㄤ ㄖㄨˊ ㄉㄡˋ）

解釋 目光：眼光。

眼光像豆子那樣小。形容見識短淺，胸襟狹窄。

例句 你就是**目光如豆**，才會每次投資做生意，每次都賠錢。

近義 鼠目寸光；雙瞳如豆。

反義 目光如炬；目光遠大；高瞻遠矚。

目光如炬 ㄇㄨˋ ㄍㄨㄤ ㄖㄨˊ ㄐㄩˋ

解釋 炬：火把。

眼光亮得像火炬。原形容人盛怒時，眼睛冒火的樣子。後也形容人見解高明，目光遠大。

出處 《南史．檀道濟傳》：「道濟見收，憤怒氣盛，目光如豆。」（見收，被捕。）

例句 教練生氣時**目光如炬**的樣子，總嚇得我們不敢再偷懶。

近義 目光炯炯；目光遠大；高瞻遠矚。

反義 目光如豆；目光短淺；鼠目寸光；雙瞳如豆。

目空一切 ㄇㄨˋ ㄎㄨㄥ ㄧˊ ㄑㄧㄝˋ

解釋 一切都不放在眼裏。形容妄自尊大。

出處 《鏡花緣》第十八回：「誰知腹中雖離淵博尚遠，那目空一切、旁若無人光景，卻處處擺在臉上。」

解析 「目空一切」和「旁若無人」、「不可一世」都形容狂妄自大，看不起別人。但「旁若無人」除可以形容自高自大外，還可以形容態度大方、自然。三者比較，則以「不可一世」在語意上最重，能用在人或事物上。

例句 他因為自小表現優異，拿下多次全國語文競賽的冠軍，所以養成他現在**目空一切**的個性。

近義 不可一世；目中無人；妄自尊大；旁若無人。

反義 自輕自賤；虛懷若谷；禮賢下士。

目送手揮 ㄇㄨˋ ㄙㄨㄥˋ ㄕㄡˇ ㄏㄨㄟ

解釋 目送：眼睛看著天空的飛鳥；手揮：揮動手指彈琴。

用以比喻詩文書畫的揮灑自由、得心應手。或指手眼並用，形容語義雙關，兩面兼顧。也作「手揮目送」。

出處 三國．魏．嵇康〈兄秀才公穆入軍贈〉詩：「目送歸鴻，手揮五弦，俯仰自得，游心太玄。」

例句 這位大師畫起畫來是**目送手揮**，一氣呵成，不見任何斧鑿痕跡。

目迷五色 ㄇㄨˋ ㄇㄧˊ ㄨˇ ㄙㄜˋ

解釋 五色：各種顏色。

目光被五光十色所迷眩。形容眼睛看花了。

出處 《老子》第十二章：「五色令人目盲。」

例句 奶奶常告誡他，在這個花花世界裏，小心目迷五色，迷失了自己。

近義 眼花撩亂；撲朔迷離。

反義 一清二楚。

目無全牛（ㄇㄨˋ ㄨˊ ㄑㄩㄢˊ ㄋㄧㄡˊ）

解釋 熟知牛的各部結構的人，即使還沒有動手解剖牛，但他眼前的牛好像都已剖開了。後來就用「目無全牛」比喻技藝到了極其純熟的地步。

出處 《莊子．養生主》裏說，庖丁給文惠君剖牛，手、腳、肩膀、膝蓋的動作和刀的響聲，和音樂一樣有節奏。文惠君大為驚嘆。庖丁放下刀子說：「始臣之解牛之時，所見無非牛者；三年之後，未嘗見全牛也。」

例句 老師父從事理髮業已有幾十年的歷史，早就到達目無全牛的境界。

近義 游刃有餘；運斤成風；爐火純青。

反義 黔驢之技。

目無餘子（ㄇㄨˋ ㄨˊ ㄩˊ ㄗˇ）

解釋 餘子：其餘的人。眼裏沒有其餘的人，形容人驕傲自大，看不起別人。

出處 宋．蘇軾〈和王斿二首〉：「氣吞餘子無全目，詩到諸郎尚絕倫。」

例句 他自從在全國比賽中奪得金牌後，便目無餘子，瞧不起隊中的其他選手。

近義 不可一世；目中無人；目空一切；妄自尊大。

反義 自輕自賤；虛懷若谷；禮賢下士；謙恭下士。

目瞪口呆（ㄇㄨˋ ㄉㄥˋ ㄎㄡˇ ㄉㄞ）

解釋 眼睛發直，說不出話來。形容因吃驚或害怕而發愣的樣子。

出處 《元曲選．無名氏〈賺蒯通〉一》：「項王見我氣概威嚴，賜我酒一斗，生豚一肩，被俺一啖而盡，嚇得項王目瞪口呆，動彈不得。」

例句 他在眾目睽睽之下突然下跪向林小姐求婚，嚇得大家目瞪口呆。

近義 呆若木雞；張口結舌；瞠目結舌。

反義 神色自若。

三畫

盲人摸象（ㄇㄤˊ ㄖㄣˊ ㄇㄛ ㄒㄧㄤˋ）

解釋 傳說有幾個瞎子摸一隻大象，摸到象腿的說大象似一根柱子，摸到身子的說大象似一堵牆，摸到尾巴的說大象似一條蛇，大家爭論不休。比喻看問題只知片面，不知全體，未對事物作全面的了解，以偏代全。

出處 《涅槃經》：「眾盲摸象，觸其耳者言象如箕，觸其腹者言象如甕……。」

例句 你這種做法無異於盲人摸象，只能看見部分問題，無法解決全體。

近義 扣槃捫燭。

盲人瞎馬（ㄇㄤˊ ㄖㄣˊ ㄒㄧㄚ ㄇㄚˇ）

解釋 瞎子騎著瞎馬。比喻亂闖瞎撞，非常危險。

出處 《世說新語．排調》記載：東晉時，著名畫家顧愷之和當時的高官桓玄、殷仲堪等在一起閒談說笑。有人提議，每人講一句話，來形容一件非常危險的事。桓玄先說：「矛頭淅米劍頭炊。」意思是說，用長矛尖頭淘米，用寶劍的劍頭撥火煮飯，這樣非把淘籮、鍋底戳破不可。殷仲堪接著說：「百歲老翁攀枯枝。」意思是說，年紀非常大的老頭兒爬到一根枯萎的乾樹枝上，這句很明顯地比上一句危險多了。顧愷之最後說：「井上轆轤（ㄌㄨˋ ㄌㄨˊ）臥嬰兒。」意思是說，水井的轆轤上面爬著一個嬰兒，只要那靈活的轆轤一動，馬上會掉下井去，又比前兩句危險多了。他們正說得高興，忽然殷仲堪的一個謀士在旁邊湊了一句：「盲人騎瞎馬，夜半臨深池。」意思是，一個瞎子騎著一匹瞎馬，深更半夜的走到一個很深的水池旁邊。說到這裏，殷仲堪坐不住了，原來他是瞎了一隻眼睛的，於是他一語雙關地說：「你這話真是咄咄逼人啊！」

解析 「盲」不可寫成「病入膏肓」的肓（ㄏㄨㄤ），也不寫成「忙」。

例句 你帶著大筆現金在這個陌生且治安不好的都市裏亂逛，好比是盲人瞎馬，實在太危險了。

近義 如臨深淵，如履薄冰；夜半臨深池。

反義 萬無一失。

直言不諱（ㄓˊ ㄧㄢˊ ㄅㄨˋ ㄏㄨㄟˋ）

解釋 諱：避忌，隱諱。有話直說，毫不隱諱。也作「正言不諱」。

出處 《晉書．劉隗傳》：「臣鑑先征，竊惟今事，是以敢肆狂瞽，直言無諱。」

例句 今天開會希望大家能直言不諱，公司才能針對缺點加以改進。

近義 心直口快；正言不諱；直抒己見；直言無隱。

反義 支吾其辭；旁敲側擊；諱莫如深；轉彎抹角。

直情徑行（ㄓˊ ㄑㄧㄥˊ ㄐㄧㄥˋ ㄒㄧㄥˊ）

解釋 不遵循禮制，任憑自己的意思去做。

出處 《禮記．檀弓下》：「禮有微情者，有以故興物者，有直情而徑行者，戎狄之道也，禮道則不然。」

解析 「直情徑行」偏重憑自己的心意行事；「直道而行」則指公正無私地行事。

例句 這位公主向來是**直情徑行**，從不遵循宮廷的禮教或世俗的眼光。

近義 直道而行。

直道而行 ㄓˊ ㄉㄠˋ ㄦˊ ㄒㄧㄥˊ

解釋 直道：沒有偏私。依照正義、毫無偏私地辦事。

出處 《論語．衛靈公》：「斯民也，三代之所以直道而行也。」

解析 「直道而行」指依正義行事，「公正無私」指人公正無私，用於品德。

例句 他辦事向來是**直道而行**，絕不會和這次的賭博放水案有任何瓜葛。

近義 公正無私；危言危行；直情徑行。

反義 徇私舞弊；結黨營私；違法亂紀。

直截了當 ㄓˊ ㄐㄧㄝˊ ㄌㄧㄠˇ ㄉㄤ

解釋 了當：了結，表示事情結束。形容做事、說話直接、爽快、不繞圈子。也作「直截了當」。

出處 《鏡花緣》第六十五回：「紫芝妹妹嘴雖利害，好在心口如一，直截了當，倒是一個極爽快的。」

解析 「直截」不寫成「直接」；「開門見山」只用於說話、寫文章；「直截了當」還可指其他事。

例句 他一進門便**直截了當**地說明今天的來意，節省了那些說客套話的時間。

近義 直言不諱；開門見山；單刀直入。

反義 支吾其詞；拐彎抹角；旁敲側擊；隱晦曲折。

四畫

相反相成 ㄒㄧㄤ ㄈㄢˇ ㄒㄧㄤ ㄔㄥˊ

解釋 相成：相互促成。相互矛盾排斥，又相互聯結配合。指表面上看似相斥而事實上卻能相互配合。

出處 《漢書．藝文志》：「仁之與義，敬之與和，相反而皆相成也。」

例句 這兩件事看來是互相對立的，沒想到卻**相反相成**，互相配合起來。

近義 相生相剋。

相安無事 ㄒㄧㄤ ㄢ ㄨˊ ㄕˋ

解釋 相：互相；安：安定，安穩。彼此之間和睦相處，沒有什麼矛盾或爭執。

出處 宋．鄧牧《伯牙琴．吏道》：「古者君民間相安無事者，固不得無吏，而為員不多。」

例句 這兩隻剛出生的小貓與小狗住在一起幾個月了，沒想到一直**相安無事**。

近義 安堵如故；和平共處；和睦相處。

反義 明爭暗鬥；爾虞我詐。

相形見絀 ㄒㄧㄤ ㄒㄧㄥˊ ㄐㄧㄢˋ ㄔㄨˋ

解釋 相形：互相比較；絀：不足。互相比較之下，就顯出一方的不足。

出處 《宋史．賈似道傳》：「自慚形穢，相形見絀。」

解析 ①「絀」不能唸成ㄓㄨㄛˊ。②「形」不解釋成「形體」（如「形影相弔」）或「顯露、表現」（如「怒形於色」）。

例句 他向來認為自己的球技高人一等，沒想到進入球隊後才知道自己相形見絀。

近義 相形失色；稍遜一籌；黯然失色。

反義 不相上下；相得益彰；相映成趣；略勝一籌。

相忍為國 ㄒㄧㄤ ㄖㄣˇ ㄨㄟˋ ㄍㄨㄛˊ

解釋 為了國家的利益而相互忍讓、做一定的讓步。

出處 《左傳．昭公元年》：「魯以相忍為國也，忍其外，不忍其內，焉用之？」

解析 「相」不讀「相機行事」的ㄒㄧㄤˋ。

例句 你們二位對國家影響重大，希望你們能相忍為國，各退一步。

近義 委屈求全；顧全大局。

反義 圖身忘國。

相依為命 ㄒㄧㄤ ㄧ ㄨㄟˊ ㄇㄧㄥˋ

解釋 彼此互相依靠過日子。

出處 《文選．李密〈陳情表〉》：「母（祖母劉氏）孫二人，更相為命。」

解析 「為」不讀「為虎作倀」的ㄨㄟˋ。

例句 他們倆歷經了那一段相依為命的日子後，彼此的感情變得益發堅定。

近義 休戚相關；休戚與共；脣齒相依。

反義 不共戴天；誓不兩立。

相知恨晚 ㄒㄧㄤ ㄓ ㄏㄣˋ ㄨㄢˇ

解釋 相知：互相了解；恨：憾。指意氣相投的兩個人惋惜彼此了解太晚。

出處 《漢書．灌夫傳》：「兩人相為引重，其游如父子然，相得驩甚，無厭，恨相知之晚。」

例句 他們倆一見如故，長談了一夜，大有相知恨晚之慨。

相得益彰 ㄒㄧㄤ ㄉㄜˊ ㄧˋ ㄓㄤ

解釋 相得：互相配合；益：更；彰：顯著。兩者相互配合、協助，就更能顯露出雙方的優點和長處。

出處 《文選．王褒〈聖主得賢臣頌〉》：「聚精會神，相得益章。」（章，同「彰」。）

解析 「益」不解釋成「增加」（如「延年益壽」）。

例句 典雅的氣氛，再加上美味的食物，相得益彰之下，使得這家餐廳遠近馳名，賓客絡繹不絕。

近義 相輔相成。

反義 相形失色；相形見絀；黯然失色。

相提並論

解釋 相提：相比，相對照；並論：不分高下地放在一起。把性質不同的兩件事或兩個人不加區別地放在一起同時談論或比較。

出處 《史記．魏其武安侯列傳》：「相提而論，是自明揚主上之過。」

解析 「相提並論」指將不同的事物同樣看待或評說；「等量齊觀」指將程度有差別的事物同樣看待。

例句 這兩部電影的類型、風格都不同，怎麼能夠相提並論。

近義 一概而論；混為一談；等量齊觀。

反義 就事論事。

相敬如賓

解釋 賓：賓客。指夫妻互相尊敬，以禮相待，如同對待客人一樣。

出處 《左傳．僖公三十三年》：「臼季使，過冀，見冀缺耨，其妻饁（ㄧㄝˋ）之，敬，相待如賓。」（饁，給在田地耕作的人送飯。）

例句 他們夫妻倆一直是相敬如賓，所以共處四十年依然能親密如新。

近義 夫唱婦隨；琴瑟和鳴；舉案齊眉。

反義 分釵破鏡；琴瑟不和；琴瑟失調。

相輔相成

解釋 輔：幫助，輔助。互相補充，互相配合。指兩件事物互相依賴對方而存在，缺一不可。

出處 清．頤瑣《黃綉球》第七回：「有你的勇猛進取，就不能無我的審慎周詳，這就叫做相輔相成。」

例句 他們倆人，一個思慮縝密，一個勇猛進取，合作起來簡直是相輔相成，無往不利。

近義 相得益彰；適以相成。

反義 水火不容；適得其反。

相濡以沫

解釋 濡：沾濕，使濕潤；沫：唾沫。原意是無水之魚彼此互相吐沫來沾濕對方。比喻人在困境中用其微薄的力量來相互救助。也作「以沫相濡」。

出處 《莊子．天運》：「泉涸，魚相與處於陸，相呴（ㄒㄩˇ）以濕，相濡以沫。」（呴，吐沫。）

解析 「相濡以沫」多用於人與人的互相幫助；「同舟共濟」可用於人與人之間的互助，也可用於團體、國家之間的互助，使用範圍較大。

例句 他們兩家店原是水火不容，現在共陷困境，只得相濡以沫，互相幫助。

近義 左提右挈；同舟共濟。

反義 分道揚鑣；各行其是。

相驚伯有（ㄒㄧㄤ ㄐㄧㄥ ㄅㄛˊ ㄧㄡˇ）

解釋 伯有：春秋時鄭國大夫良霄的字。比喻無故自相驚擾。

出處 《左傳·襄公三十年》和《左傳·昭公七年》記載，伯有受到駟帶等人的攻伐，死於羊肆，鄭國人傳說，伯有死後成為厲鬼，要來報仇，於是相互傳說：伯有來了。人們聽了嚇得紛紛逃跑。

例句 近來發生多起農會、合作社的擠兌風波，許多都是因為民眾相驚伯有傳遞不實消息。

眉目傳情（ㄇㄟˊ ㄇㄨˋ ㄔㄨㄢˊ ㄑㄧㄥˊ）

解釋 以眉眼向對方傳達自己的情意。

出處 元．王實甫《西廂記》第三本：「只你那眉眼傳情未了時，中心日夜藏之。」

例句 看他們倆眉目傳情的模樣，就知道他們倆不久後必會陷入熱戀。

近義 目挑心招；眉來眼去；暗送秋波。

眉來眼去（ㄇㄟˊ ㄌㄞˊ ㄧㄢˇ ㄑㄩˋ）

解釋 形容以眉眼傳情示意。

出處 宋．辛棄疾《稼軒長短句．滿江紅．贛州席上呈太守陳季陵侍郎》：「落日蒼茫，風才定，片帆無力。還記得眉來眼去，水光山色。」

例句 他們倆正值熱戀期，免不了在上班時也情不自禁地眉來眼去。

近義 眉目傳情；送眼流眉；暗送秋波。

眉飛色舞（ㄇㄟˊ ㄈㄟ ㄙㄜˋ ㄨˇ）

解釋 形容非常喜悅或得意的神態。

出處 《兒女英雄傳》第二十八回：「老夫妻只樂得眉飛色舞，笑逐顏開的。」

解析 「眉飛色舞」偏重於形容興奮、得意的神色；「眉開眼笑」偏重於形容滿臉笑意、十分高興的神態，而沒有得意的意思。

例句 看他今天眉飛色舞的模樣，想必困擾多時的難題已經解決了。

近義 眉開眼笑；笑逐顏開；喜形於色。

反義 愁眉不展；愁眉苦臉；愁眉鎖眼。

眉清目秀（ㄇㄟˊ ㄑㄧㄥ ㄇㄨˋ ㄒㄧㄡˋ）

解釋 形容人的容貌端莊秀麗。

出處 《二十年目睹之怪現狀》第三十四回：「攤上坐了一人，生得眉清目秀。」

例句 你別看他長得眉清目秀，他可是去年區運的十項金牌得主。

近義 明眸皓齒；朗目疏眉。

反義 尖嘴猴腮；賊眉鼠眼；獐頭鼠目。

眉開眼笑（ㄇㄟˊ ㄎㄞ ㄧㄢˇ ㄒㄧㄠˋ）

解釋 形容高興的樣子。也作「眉花眼笑」。

出處 《紅樓夢》第二回：「封肅喜得眉開眼笑，巴不得去奉承太爺，便在女兒前一力攛掇。」

解析 「眉飛色舞」和「眉開眼笑」都是形容高興的樣子。但「眉飛色舞」大多形容人們得意、興奮的情態，因此偏重在「得意」方面；「眉開眼笑」大多形容人們歡樂、喜笑的情態，因此偏重在「快樂」方面。

例句 姑姑看到失蹤多日的小狗被找回，才一掃多日陰霾，終於眉開眼笑了。

近義 眉飛色舞；眉笑顏開；笑逐顏開；喜形於色。

反義 愁眉不展；愁眉鎖眼；愁眉苦臉。

看朱成碧（ㄎㄢˋ ㄓㄨ ㄔㄥˊ ㄅㄧˋ）

解釋 朱：紅色；碧：青綠色。紅的看成了綠的。形容心亂目眩，分不清顏色。

出處 梁．王僧孺〈夜愁示諸賓〉詩：「誰知心眼亂，看朱忽成碧。」

解析 「看朱成碧」偏重在心緒紛亂而眼花；「眼花撩亂」則是因為外界事物繁雜使眼花心亂。

例句 她一顆心全繫在調到外島當兵的男友身上，現在是看朱成碧，食不知味。

近義 眼花撩亂。

看風使舵（ㄎㄢˋ ㄈㄥ ㄕˇ ㄉㄨㄛˋ）

解釋 比喻見機行事，隨機應變。也作「看風使帆」。

出處 宋．釋普濟《五燈會元．圓通禪師》：「看風使帆，正是隨波逐浪。」

解析 「看風使舵」和「見機行事」、「隨機應變」在意義上有相近之處，都有「看情況行事」的意思，但有區別：「看風使舵」偏重在投機取巧；「見機行事」偏重於抓住時機；「隨機應變」著重在能靈活應付變化中的情況。

例句 大哥現在正在發脾氣，你回家後最好看風使舵，不要惹他。

近義 見機行事；隨機應變。

反義 一成不變；因循守舊；刻舟求劍；按圖索驥；墨守成規。

五畫

真才實學（ㄓㄣ ㄘㄞˊ ㄕˊ ㄒㄩㄝˊ）

解釋 真實的才能、紮實的學問。泛指真正的本領、技能。

出處 宋．曹彥約《昌谷集．辭免兵部侍郎兼修史恩命中省狀》：「兩史院同修之音，亦必自編修檢討而後序進，更須真才實學，乃入茲選。」

解析「真才實學」指有真正的才學；「博學多才」指有豐富的才學；「才高八斗」指出眾的才學。

例句 如果沒有**真才實學**，想在這家公司生存恐怕不是件容易的事。

近義 才高八斗；博學多才。

反義 才疏學淺；不學無術。

真知灼見（ㄓㄣ ㄓ ㄓㄨㄛˊ ㄐㄧㄢˋ）

解釋 灼：明白。正確的認識和深刻的見解。

出處《警世通言》三回：「真知灼見者尚且有誤，何況其他！」

解析「真知灼見」指見解的明確和深刻透徹；「遠見卓識」指目光的遠大，見識的高明。

例句 他這一番**真知灼見**，讓我們對這件事有了更進一步的認識。

近義 遠見卓識。

反義 一孔之見；一得之見；不求甚解；淺見寡識。

六畫

眾口鑠金（ㄓㄨㄥˋ ㄎㄡˇ ㄕㄨㄛˋ ㄐㄧㄣ）

解釋 鑠金：熔化金屬。大家都說相同的話，其力足能熔化金屬。比喻眾多的謠言，可以混淆是非、顛倒黑白。

出處《國語．周語下》：「故諺曰：『眾心成城，眾口鑠金。』」

解析「眾口鑠金」偏重指輿論的力量，足以讓人以非為是；「積毀銷骨」偏重毀謗多，可以害了一個人。

例句 這本是無中生有的事，沒想到愈傳愈盛，逼得他不得不出面澄清，真是**眾口鑠金**，人言可畏呀！

近義 人言可畏；三人成虎；積毀銷骨。

眾目睽睽（ㄓㄨㄥˋ ㄇㄨˋ ㄎㄨㄟˊ ㄎㄨㄟˊ）

解釋 睽睽：瞪著眼睛注視的樣子。眾人都在注視著。指在眾人的注視下，壞人壞事無法隱遁。

出處 韓愈〈鄆州谿堂詩序〉：「萬目睽睽」（萬目，今多作「眾目」）。

解析「眾目睽睽」重在人人注視而無法隱藏；「有目共睹」重在人人能看見，非常明顯；「舉世矚目」重在全世界都注視、關心著，事件比較重大。

例句 近來傳出多起歹徒在**眾目睽睽**之下公然行搶的案件，真是無法無天。

近義 十目所視；大庭廣眾；有目共睹；舉世矚目。

反義 視而不見；視若無睹。

眾矢之的（ㄓㄨㄥˋ ㄕˇ ㄓ ㄉㄧˋ）

解釋 矢：箭；的：箭靶的中心。很多箭射擊的靶子。比喻大家攻擊的目標。也作「眾射之的」。

出處 清．李漁《笠翁文集．義士李倫表傳》：「是此四孤也者，實為眾射之的，此即當日程嬰、杵臼合謀，謂立孤難而死易。」

解析 ①「的」不可讀成ㄉㄧˊ或˙ㄉㄜ，不可寫成「地」。②「過街老鼠」、「千夫所指」含貶義，適用於壞人；「眾矢之的」適用範圍較廣，沒有善惡的分別。

例句 他的意見使許多人的利益受到損失，因而成為**眾矢之的**。

近義 千夫所指；過街老鼠。

反義 交口稱譽；眾星捧月。

眾志成城 ㄓㄨㄥˋ ㄓˋ ㄔㄥˊ ㄔㄥˊ

解釋 萬眾一心，就會像城堡一樣堅固不可摧毀。比喻大家團結一致，力量就無比強大。本作「眾心成城」。

出處 《國語．周語》記載：周景王二十三年時，在位的景王收集民間的銅器鑄大鐘。鐘鑄成後，景王對司樂官州鳩說：「你聽，這聲音多麼悅耳動聽。」州鳩回答說：「那聲音如果百姓都喜歡，那該有多好。可是你鑄鐘耗費了大量人力財力，弄得民窮財盡，怨聲載道。俗話說得好：『眾心成城，眾口鑠金。』大家都擁護的事情，沒有不成功的，它會像城堡一樣堅固；而大家都反對的事情，即使它像金子一樣堅固，也會銷熔的。」

例句 這次的班際比賽只要大家通力合作，一定能**眾志成城**拿到冠軍。

近義 相倚為強；眾擎易舉；萬眾一心；精誠團結。

反義 一盤散沙；孤掌難鳴；烏合之眾。

眾叛親離 ㄓㄨㄥˋ ㄆㄢˋ ㄑㄧㄣ ㄌㄧˊ

解釋 叛：背叛；離：離開。群眾和親人都背離他。形容不得人心，陷於完全孤立的狀態。

出處 春秋時，衛國公子州吁殺死他的哥哥衛桓公奪取了政權。他怕國內人民反對，就拉攏宋國、陳國、蔡國等聯合攻打鄭國，企圖以此轉嫁國內危機，鞏固統治地位。魯隱公聽說這事後，就問大臣眾仲：「州吁能成功嗎？」眾仲回答說：「州吁這個人依仗武力，生性殘忍。依仗武力就會失去群眾，對人殘忍就沒有人對他親近，『眾叛親離，難以濟矣。』」果然不出所料，一年後，衛國人就聯合陳國，用計把州吁殺了。

例句 他當初不顧大家的反對做出這種違法亂紀的事，才落得現在**眾叛親離**的下場。

近義 土崩瓦解；同舟敵國；舟中敵國。

反義 眾星捧月；眾望所歸；歸之若水。

眾怒難犯 ㄓㄨㄥˋ ㄋㄨˋ ㄋㄢˊ ㄈㄢˋ

解釋 犯：觸犯，冒犯。群眾的憤怒，難以抵擋，不可輕易觸犯。

【出處】《左傳．襄公十年》：「眾怒難犯，專欲難成。」（專欲，個人欲望。）

【解析】「難」，讀ㄋㄢˊ，不讀ㄋㄢˋ。

【例句】經過這次的教訓他才真正體會到眾怒難犯，再也不敢輕易與大家作對了。

【反義】犯天下之不諱。

眾星捧月 ㄓㄨㄥˋ ㄒㄧㄥ ㄆㄥˇ ㄩㄝˋ

【解釋】許多星星托著月亮。比喻許多東西圍繞著一個中心或許多人共同簇擁著一個人。也作「眾星拱月」。

【出處】宋．釋普濟《五燈會元．普覺禪師》：「稽首不可思議事，喻若眾星拱明月。」

【解析】「捧」不可寫成「棍棒」的「棒」。

【例句】她是隊上唯一的女生，每天眾星捧月似地受到眾人的圍繞。

【近義】眾星拱月；眾星拱辰。

【反義】舟中敵國；孤家寡人；眾叛親離。

眾望所歸 ㄓㄨㄥˋ ㄨㄤˋ ㄙㄨㄛˇ ㄍㄨㄟ

【解釋】望：仰望，瞻仰；歸：歸附，趨向。眾人所敬仰的。形容在群眾中威望很高，深受大眾的愛戴、支持。

【出處】《晉書．張華傳》：「進無逼上之嫌，退為眾望所依，欲倚以朝綱，訪以政事。」

【解析】「眾望所歸」一般指人，多表示威望高，受到大家的信任；「人心所向」可指人，也可指事，多表示進步，光明之所在，人人都嚮往。

【例句】他形象良好，向來深受大眾愛戴，這次高票當選真是眾望所歸。

【近義】人心所向；眾星拱月；眾心歸附；萬流景仰。

【反義】人神共憤；千夫所指；舟中敵國；眾叛親離。

眾擎易舉 ㄓㄨㄥˋ ㄑㄧㄥˊ ㄧˋ ㄐㄩˇ

【解釋】擎：向上托。許多人一齊用力往上托，就容易把東西舉起來。比喻大家同心協力，事情就容易成功。

【出處】《歧路燈》第七十八回：「咱商量個眾擎易舉，合街上多鬥幾吊錢，趁譚宅這樁喜事，唱三天。」

【解析】「擎」不能唸成ㄑㄧㄥˋ。

【例句】時間雖然剩下不多，但眾擎易舉，只要大家通力合作，一定能在期限內完成。

【近義】人多勢眾；眾志成城。

【反義】一木難支；孤掌難鳴；獨木難支。

眼明手快 ㄧㄢˇ ㄇㄧㄥˊ ㄕㄡˇ ㄎㄨㄞˋ

【解釋】形容眼光銳利，動作敏捷。

【出處】《清平山堂話本．快嘴李翠蓮》：「我今年小正當時，眼明手快精神爽。」

例句 幸虧他**眼明手快**一把抓住蹲在地上的小妹，才及時避免了一場車禍。

近義 手疾眼快；眼尖手快。

眼花撩亂（ㄧㄢˇ ㄏㄨㄚ ㄌㄧㄠˊ ㄌㄨㄢˋ）

解釋 撩亂：紛亂，糾纏混雜。眼睛看到複雜紛亂的事物而使人感到迷亂。

出處 元．王實甫《西廂記》第一本：「只教人眼花撩亂口難言，魂靈兒飛在半天。」

解析 ①「撩」，不可寫作「瞭」。②「眼花撩亂」強調一時的感受；「撲朔迷離」著重指事物本身的情況。

例句 百貨公司裏琳琅滿目的商品，真教人看得**眼花撩亂**。

近義 撲朔迷離；頭昏眼花。

反義 心明眼亮；眼明心亮。

眼高手低（ㄧㄢˇ ㄍㄠ ㄕㄡˇ ㄉㄧ）

解釋 眼高：眼光高；手低：指做事的能力低。要求的標準很高，但實際工作能力很低。比喻一個人只會批評別人，自己卻做不好。

解析 「眼高手低」指要求別人高，自己卻做不到；「志大才疏」指自我要求很高卻沒有能力達到。

例句 他常埋怨自己的上司**眼高手低**，自己毫無能力卻對人要求很高。

近義 才疏意廣；志大才疏；志小謀大。

八畫

睚眥必報（ㄧㄞˊ ㄗˋ ㄅㄧˋ ㄅㄠˋ）

解釋 睚眥：瞪眼睛，怒目而視；報：報復。連受人怒目而視那樣的小怨小忿都一定要報復。

出處 《史記．范睢蔡澤列傳》：「一飯之德必償，睚眥之怨必報。」

解析 「眥」讀ㄗˋ，不讀ㄘˇ。

例句 他是個事事計較、**睚眥必報**的人，你要小心，千萬別得罪他。

近義 睚眥殺人。

反義 犯而不校；寬宏大量；豁達大度。

十一畫

瞠乎其後（ㄔㄥ ㄏㄨ ㄑㄧˊ ㄏㄡˋ）

解釋 瞠：直視，瞪著眼睛；乎：文言語氣助詞。眼看著落在後面，差距很大，趕不上。

出處 《莊子．田子方》：「夫子奔逸絕塵，而回（顏回）瞠若乎後矣。」

解析 「瞠」不能唸成ㄊㄤˊ。

例句 和他比起來，我的技術是**瞠乎其後**，遠遠不及，你要拜師還是找他吧！

近義 望塵莫及。

反義 迎頭趕上。

瞠目結舌（ㄔㄥ ㄇㄨˋ ㄐㄧㄝˊ ㄕㄜˊ）

解釋 瞠目：張目直視；結舌：不敢說話的樣子。瞪著眼睛說不出話來。形容驚訝、恐懼的樣子。

出處 清．龗園主人《夜譚隨錄．梨花》：「因耳語其故，公子大駭，入艙隱叩細君，細君結舌瞠目。」

解析 ①不要把「瞠」讀成ㄊㄤˊ。②「瞠目結舌」和「張口結舌」都用來形容窘迫或驚呆的樣子，但在形容受驚的程度上，「瞠目結舌」較「張口結舌」來得深刻一些。

例句 第一次看到生吞蛇膽，眾人都瞠目結舌，驚訝得說不出話來。

近義 目瞪口呆；呆若木雞；張口結舌。

反義 應對如流。

十二畫

瞭如指掌（ㄌㄧㄠˇ ㄖㄨˊ ㄓˇ ㄓㄤˇ）

解釋 瞭：了解，明白；指掌：指著手掌。比喻對事物了解得非常清楚。也作「瞭若指掌」。

出處 《宋史．道學傳》：「（周敦頤）作《太極圖說》《通書》，推明陰陽五行之理，命於天而性於人者，瞭若指掌。」

解析 「瞭如指掌」著重表示了解的透徹；「一目瞭然」則還能表示了解之易。

例句 你雖不認識他，但他對你愛慕已久，對你可說是瞭如指掌。

近義 一目瞭然；一清二楚；洞若觀火。

反義 一無所知；霧裏看花。

瞬息萬變（ㄕㄨㄣˋ ㄒㄧ ㄨㄢˋ ㄅㄧㄢˋ）

解釋 瞬：眨眼；息：呼吸；瞬息：一眨眼一呼吸之間，比喻時間短促。在很短的時間內發生了很多的變化。形容變化快而多。

解析 「瞬息萬變」著重指變化多而快；「變化無常」著重指變化紛亂，沒有規律。

例句 今天的天氣真是瞬息萬變，剛剛還是晴空萬里，突然就烏雲密布，下起了大雷雨。

近義 變化無常；變化多端；變化萬千。

反義 一成不變。

十三畫

瞻前顧後（ㄓㄢ ㄑㄧㄢˊ ㄍㄨˋ ㄏㄡˋ）

解釋 瞻：向前望；顧：回頭看。看看前面，又看看後面。形容做事謹慎，考慮周到。或形容顧慮過多，猶豫不決。

出處 ①〈離騷〉：「瞻前而顧後兮，相觀民之計極。」②宋．朱熹《朱子全書．學一》：「瞻前顧後，便做不成。」

解析 「瞻」不讀寫成「瞻養」的「瞻（ㄕㄢˋ）」。

例句 這件事得當機立斷，不可瞻前顧後，誤了時機。

近義 思前想後；猶豫不決；舉棋不定。

反義 當機立斷；輕舉妄動。

【矢部】

三畫

知人善任（ㄓ ㄖㄣˊ ㄕㄢˋ ㄖㄣˋ）

解釋 任：任用。能夠察知他人的才能而好好的任用。

出處 《文選．班彪〈王命論〉》：「蓋在高祖，其興也有五：一曰帝堯之苗裔，二曰體貌多奇偉，三曰神武有征應，四曰寬明而仁恕，五曰知人善任使。」

解析 「知人善任」指善於發現和任用人才，強調「知人」；「任人唯賢」指能任用賢才，強調「唯賢」。

例句 身為一個領導者要能**知人善任**，事必躬親不但沒有效率，也累壞了自己。

近義 任人唯賢；量材錄用。

反義 大材小用；小材大用；任人唯親；長材短用。

知白守黑（ㄓ ㄅㄞˊ ㄕㄡˇ ㄏㄟ）

解釋 心裏雖然十分明智、是非分明，但寧願沈默自處，不自炫耀。這是古代道家無為而治的處世態度。

出處 《老子》二十八章：「知其白，守其黑，為天下式。」

例句 他在政壇屹立數十年，**知白守黑**是他奉為圭臬的不二法門。

知足不辱（ㄓ ㄗㄨˊ ㄅㄨˋ ㄖㄨˇ）

解釋 能自知、滿足就不會受到羞辱。用以勸人不要貪得無厭。

出處 《老子》四十四章：「知足不辱，知止不殆，可以長久。」

例句 許多達官顯貴在追逐名利時醜態畢露，令人可恥，要知道：沒有過多的欲望才能**知足不辱**。

近義 知止不殆；知足無求；知足常樂。

反義 貪夫殉才。

知己知彼（ㄓ ㄐㄧˇ ㄓ ㄅㄧˇ）

解釋 彼：指對方。對自己和敵人的情況都很了解，打起仗來就可以立於不敗之地。現多指了解自己和對方。也作「知彼知己」。

出處 《孫子．謀攻》：「知己知彼，百戰不殆。」（殆：危險，失敗）

解析 「己」不可寫成「已」或

「已」。

例句 我們常常在私下研究敵隊的戰術，如此才能知己知彼、百戰百勝。

知無不言，言無不盡（ㄓ ㄨˊ ㄅㄨˋ ㄧㄢˊ，ㄧㄢˊ ㄨˊ ㄅㄨˋ ㄐㄧㄣˋ）

解釋 只要是自己知道的就沒有不說的，要說就沒有一點保留。指毫無保留地表達自己的意見。

出處 宋．蘇洵〈遠慮〉：「聖人之任腹心之臣也。尊之如父師，愛之如兄弟，執手入臥內，同起居寢食，知無不言，言無不盡。」

解析 「知無不言，言無不盡」指把知道的都說出來；「暢所欲言」指把想說的話都說出來。

例句 希望你能知無不言，言無不盡，才能使事情的真相早日水落石出。

近義 知無不盡；直抒胸臆；暢所欲言；知必言，言必盡。

反義 三緘其口；守口如瓶；秘而不宣。

知雄守雌（ㄓ ㄒㄩㄥˊ ㄕㄡˇ ㄘ）

解釋 雌：雌伏，不倔強。內心雖然剛強，卻要安於柔雌而不與人爭。比喻棄剛守柔，不與人爭。這是古代道家的處世態度。

出處 《老子》二十八章：「知其雄，守其雌，為天下谿。」

例句 他一直秉持著知雄守雌的生活態度，才能在複雜的官場中，屹立十幾年而不墜。

知難而退（ㄓ ㄋㄢˊ ㄦˊ ㄊㄨㄟˋ）

解釋 指作戰時要見機而動，不硬做做不到的事情。後也指知道事情困難，自己不能勝任而放棄。

出處 《左傳．宣公十二年》：「見可而進，知難而退，軍之善政也。」

解析 「難」不讀「災難」的ㄋㄢˋ。

例句 敵隊在看過我們練習時的球技後，便知難而退，自動放棄了明天的比賽。

反義 見危受命。

七畫

短小精悍（ㄉㄨㄢˇ ㄒㄧㄠˇ ㄐㄧㄥ ㄏㄢˋ）

解釋 原來形容人身材矮小卻精明能幹。後用來形容文章或發言簡短而有力。

出處 《史記．遊俠列傳》：「解（ㄒㄧㄝˋ）為人短小精悍。」（解，郭解。）

解析 ①「悍」不寫成「捍衛」的「捍」。②「短小精悍」、「簡明扼要」，都可形容說話和寫文章簡要，其區別在於：「短小精悍」指篇幅短小；「簡明扼要」指內容簡單明瞭。

例句 你別看他身材不高，在籃球場上可是短小精悍的後衛，控球技術無人能及。

近義 言簡意賅；矮小精悍；精明強

悍；簡明扼要。

反義 大塊文章；長篇大論；彪形大漢；連篇連牘。

短兵相接（ㄉㄨㄢˇ ㄅㄧㄥ ㄒㄧㄤ ㄐㄧㄝ）

解釋 兵：武器。

雙方距離很近，用刀、劍等短小兵器交手纏鬥。也比喻雙方針鋒相對地爭鬥。

出處 《楚辭．九歌．國殤》：「車錯轂（ㄍㄨˇ）兮短兵接。」（轂，指車輪。）

解析 「兵」不解釋成「士兵、軍隊」（如「兵強馬壯」）。

例句 投票日逐漸逼進，候選人也進入**短兵相接**的階段，各種黑函、流言四處流竄。

近義 針鋒相對；短兵接刃；短兵相搏。

反義 偃旗息鼓；鳴金收兵。

八畫

矮人看場（ㄞˇ ㄖㄣˊ ㄎㄢˋ ㄔㄤˇ）

解釋 場：廣場。

矮子擠在人群裏看場上演戲。比喻所見不廣，隨聲附和，而毫無己見。也作「矮子看戲」。

出處 明．胡震亨《唐音癸籤．評匯二》引朱晦庵語：「今人只見魯直（黃庭堅）說好，便都說好，如矮人看場耳。」

例句 你別看他說得頭頭是道，好像了解十分深入似的，事實上他根本是**矮人看場**，隨聲附和。

十二畫

矯枉過正（ㄐㄧㄠˇ ㄨㄤˇ ㄍㄨㄛˋ ㄓㄥˋ）

解釋 矯：扭轉；枉：彎曲。

為要把彎曲的東西扭直，結果又歪向另一方。比喻糾正錯誤而超過了應有的限度。也作「矯枉過直」。

出處 《漢書．諸侯王表》：「而藩國大者跨州兼郡……可謂矯枉過其正矣。」

例句 你怕小孩被壞人綁架，就不准他們出門，這也未免太**矯枉過正**了。

近義 枉直必過。

反義 恰如其分；恰到好處。

矯揉造作（ㄐㄧㄠˇ ㄖㄡˊ ㄗㄠˋ ㄗㄨㄛˋ）

解釋 矯：使彎曲的變成直的；揉：使直的變成彎曲的。

形容故意做作，過分矯飾，不自然。

出處 《鏡花緣》二回：「若唐花不過矯揉造作，更何足道。」

解析 ①不要把「矯」寫成「嬌」或「驕」。②同樣形容人的姿態、樣子做作，「矯揉造作」偏重於不自然；「裝腔作勢」、「裝模作樣」偏重於不真實。

例句 你這樣**矯揉造作**，不但交不到朋友，反而會引起別人的反感。

近義 扭扭捏捏；故作姿態；裝腔作勢；裝模作樣。

反義 天真爛漫。

【石部】

石沈大海 ㄕˊ ㄔㄣˊ ㄉㄚˋ ㄏㄞˇ

解釋 比喻不見蹤影或得不到一點消息。

出處 《鏡花緣》三十二回：「一連找了數日，竟似石沈大海。」

解析 「石沈大海」強調毫無消息；「杳如黃鶴」強調下落不明。

例句 他自從畢業後便和我們失去聯絡，至今仍是**石沈大海**，沒有一點消息。

近義 大海石沈；杳如黃鶴；泥牛入海。

反義 合浦還珠；前度劉郎。

石破天驚 ㄕˊ ㄆㄛˋ ㄊㄧㄢ ㄐㄧㄥ

解釋 原來指箜篌的聲音高亢激昂，出人意外。後比喻對某一事件感到震驚，或對文章議論感到出奇的驚訝。

出處 唐．李賀《昌谷集．李憑箜篌引》：「女媧煉石補天處，石破天驚逗秋雨。」（箜篌，古樂器。）

解析 「石破天驚」強調指聲音大或令人吃驚；「驚天動地」強調指聲勢大、震動大。

例句 他這項**石破天驚**的發現，不但洗刷了許多人的冤屈，同時也改寫了人類的歷史。

近義 不同凡響；驚天動地。

五畫

破涕為笑 ㄆㄛˋ ㄊㄧˋ ㄨㄟˊ ㄒㄧㄠˋ

解釋 涕：眼淚。停止哭泣，開顏而笑。指轉悲為喜。

出處 晉．劉琨《劉越石集．答盧諶書》：「時復相與舉觴對膝，破涕為笑。」

例句 禁不住我一再地哄她、逗她，哭得像淚兒人的小妹才**破涕為笑**。

近義 破泣為笑；排愁破涕；轉悲為喜。

反義 樂極生悲。

破釜沈舟 ㄆㄛˋ ㄈㄨˇ ㄔㄣˊ ㄓㄡ

解釋 釜：鍋。把飯鍋打破，把船鑿沈。比喻下定決心做到底。

出處 《史記．項羽本紀》記載：秦朝末年，秦國攻打趙國把巨鹿城緊緊圍住。項羽率領部隊去救巨鹿。當部隊渡過漳河，項羽命令把所有的船鑿破，沈到河底，再把飯鍋都打碎，把岸上的房屋燒光，每人只發了三天的糧食，表示寧願戰死也不回來的決心。經過九次激戰，終於殲滅了秦軍，殺死了秦將。項羽從此成了一位諸侯首領。

解析 ①「釜」不可寫成「斧」。②「破釜沈舟」含有戰鬥到底的意思，出於主動；「背水一戰」含有拼死求勝的意思，處於被動。

例句 雖然我們的實力、體力樣樣都不如人，但我們抱著**破斧沈舟**的決心，終於拿到冠軍。

近義 背水一戰；義無反顧；濟河焚舟。

反義 抱頭鼠竄；棄兵曳甲。

破鏡重圓 ㄆㄛˋ ㄐㄧㄥˋ ㄔㄨㄥˊ ㄩㄢˊ

解釋 比喻夫婦失散後重又團聚，或分開後又再復合。

出處 孟棨《本事詩．情感》記載：南朝陳國將要被隋滅亡的時候，陳後主的妹妹樂昌公主和丈夫徐德言眼見大勢已去，徐德言便打破銅鏡，和樂昌公主各收藏一半，並約定第二年的正月十五各自拿那片鏡子到京城。陳亡以後，樂昌公主被楊素所得，到了約定的日期，徐德言來到京城，看見一位老人拿一面破鏡子求售。經過核對後，才知道樂昌公主的下落，於是在破鏡子上題了一首詩：「鏡與人俱去，鏡歸人不歸，無復嫦娥影，空留明月輝。」樂昌公主見到這首詩後，十分悲傷，飯也不吃。楊素知道這件事以後，也為其感動，便召見了徐德言，讓他們夫妻重新團聚，白頭到老。

解析 「鏡」不可寫成「境」，「圓」不可寫成「園」。

例句 這對夫妻因為戰亂而分開了四十年，如今**破鏡重圓**，兩人激動得相擁而泣。

近義 言歸於好；缺月再圓；墜歡可拾；斷釵重合。

反義 分釵破鏡；馬前潑水；覆水難收。

九畫

碩大無朋 ㄕㄨㄛˋ ㄉㄚˋ ㄨˊ ㄆㄥˊ

解釋 碩：大；朋：比。大得沒有可以相比的。形容極大。原形容人貌壯德美，無與倫比。後形容巨大無比。

出處 《詩經．唐風．椒聊》：「彼其之子，碩大無朋。」

例句 這顆**碩大無朋**的熱汽球，據說花了主辦單位四十幾萬，幾條街外都看得見。

近義 大莫與京；無與倫比。

反義 小巧玲瓏；嬌小玲瓏。

碩果僅存 ㄕㄨㄛˋ ㄍㄨㄛˇ ㄐㄧㄣˇ ㄘㄨㄣˊ

解釋 碩：大；碩果：大的果子。唯一留存下來的大果子。比喻經過時間的淘汰，唯一仍留存下來的人或物。

出處 《易經．剝卦》說：「碩果不食」。意思是說天地間的萬物都消滅了，只剩一線生機，就好像樹上所有的東西都被採盡，只剩一個大果實。

例句 這款限量發行的手錶才上市就引起搶購，這可是碩果僅存的一只，再不買就沒機會了。

近義 魯殿靈光；巋然獨存。

十一畫

磨杵成針（ㄇㄛˊ ㄔㄨˇ ㄔㄥˊ ㄓㄣ）

解釋 杵：舂米或搥衣用的棒子。把一根鐵杵磨成一根針。比喻只要有毅力，肯下功夫，一定能克服困難有所成就。

出處 傳說唐朝詩人李白，小時候讀書不用功。有一次，他看到一位老婆婆在石頭上磨鐵棒，就問老婆婆磨這做什麼，老婆婆回答說，要把鐵棒磨成針。李白聽了這話，受到啟發，從此就用功學習，後來終於成了大詩人。

解析 「磨」不可寫成「摩」。

例句 只要你肯努力，磨杵成針，將來也可以成為一名優秀的投手。

近義 有志竟成。

反義 磨磚成鏡。

十三畫

礎潤知雨（ㄔㄨˇ ㄖㄨㄣˋ ㄓ ㄩˇ）

解釋 礎：屋柱下的基石。看到柱石濕潤就知道要下雨。比喻事情發生的前兆。

出處 《淮南子．說林》：「山雲蒸，柱礎潤。」

例句 他最近到處向人借錢，礎潤知雨，他的公司必定發生了危機，你投資的錢可要小心了。

近義 月暈而風；蟻封穴雨。

【示部】

五畫

神乎其技（ㄕㄣˊ ㄏㄨ ㄑㄧˊ ㄐㄧˋ）

解釋 神：神秘、神妙。形容技藝超群，出神入化。

出處 《二十年目睹之怪現狀》三十一回：「他仗著這個法子去拐騙金銀，又樂得人人甘心被他拐騙，這才是神乎其技呢！」

例句 這位籃壇的天王巨星，無論三分線、籃下向來百發百中，真是神乎其技。

近義 出神入化；鬼斧神工。

神出鬼沒（ㄕㄣˊ ㄔㄨ ㄍㄨㄟˇ ㄇㄛˋ）

解釋 出：出現；沒：消失。形容行動快速、出沒無常，變化莫測。也作「神出鬼入」。

出處 《淮南子．兵略》記載：善於指揮作戰的人，能使軍隊的活動出沒無常，變化莫測，讓敵人看起來，像神出鬼行一樣的不可捉摸。

解析 「沒」不讀ㄇㄟˊ。

例句 有條巨蟒在村中**神出鬼沒**，讓村民害怕不已。

近義 出入無常；神祕莫測；變幻無常。

反義 一成不變。

神來之筆 ㄕㄣˊ ㄌㄞˊ ㄓ ㄅㄧˇ

解釋 比喻人創造出非常生動、出色的作品，猶如神功一般。或指處理事情時，臨時加上一個巧妙的做法。

出處 清．李寶嘉《二十年目睹之怪現狀》三十七回：「這三張東西，我自己畫的也覺得意，真是神來之筆。」

解析 「神來之筆」指書面、文章的筆力功夫深；「鐵畫銀鉤」僅指書面筆力剛柔相濟。

例句 編劇在戲末安排的這一幕，簡直是**神來之筆**，留給觀眾許多的想像空間。

近義 生花妙筆；鬼斧神工；鐵畫銀鉤。

反義 信筆塗鴉。

神通廣大 ㄕㄣˊ ㄊㄨㄥ ㄍㄨㄤˇ ㄉㄚˋ

解釋 神通：古印度各宗教相信修行有成就的人，能具備各種神妙莫測的能力，叫做神通。形容本領極大，手段高明。

出處 《元曲選．馬致遠〈薦福碑〉三》：「這孽畜更做你這般神通廣大，也不合佛頂上大驚小怪的。」

解析 「神通廣大」形容本領大、辦法多；「三頭六臂」比喻有極大的能耐。

例句 他居然在兩天內辦妥了這次旅行的相關事宜，真是**神通廣大**。

近義 三頭六臂；法力無邊；架海擎天。

反義 一竅不通；一無所能；碌碌無能；黔驢技窮。

神魂顛倒 ㄕㄣˊ ㄏㄨㄣˊ ㄉㄧㄢ ㄉㄠˇ

解釋 形容對某些事物非常入迷，或對某些人非常傾慕而心神不定，失去常態。

出處 《老殘遊記》二回：「無論南北高下的人，聽了他唱書，無不神魂顛倒的。」

例句 一向看來正經八百的大哥，遇到風姿綽約的林小姐竟被迷得**神魂顛倒**。

近義 鬼迷心竅；意亂情迷；魂不守舍。

反義 專心致志；聚精會神。

神機妙算 ㄕㄣˊ ㄐㄧ ㄇㄧㄠˋ ㄙㄨㄢˋ

解釋 神機：靈巧的心思，達到神奇程度；算：計畫，籌謀。形容計謀高明精確，毫無失誤。

出處 《三國演義》四十六回：「孔明神機妙算，吾不如也。」

例句 教練向來是**神機妙算**，對方的策略早被他摸得一清二楚。

近義 錦囊妙計。

反義 一籌莫展；束手無策；無計可施。

九畫

福至心靈（ㄈㄨˊ ㄓˋ ㄒㄧㄣ ㄌㄧㄥˊ）

解釋 福：福氣，好運氣。

指人幸運時，心思特別靈巧，做起事來也得心應手。

出處 明．陶宗儀《說郛．宋．畢仲詢〈幕府燕閑錄〉》：「（吳參政）常草制以示歐陽文忠，稱之，因戲曰：『君福至心靈』。」

例句 他最近運氣特別好，辦起事來也是福至心靈般得心應手。

反義 禍來神昧。

福無雙至（ㄈㄨˊ ㄨˊ ㄕㄨㄤ ㄓˋ）

解釋 福：福氣，好運氣。

幸運的事不會連續到來，常與「禍不單行」連用。

出處 漢．劉向《說苑．權謀》：「此所謂福不重至，禍必重來者也。」

例句 你雖然才中過第一特獎，但福無雙至，這次的人事升遷恐怕就沒你的份了。

近義 禍不單行。

禍不單行（ㄏㄨㄛˋ ㄅㄨˋ ㄉㄢ ㄒㄧㄥˊ）

解釋 不幸的事常常接二連三地發生。

出處 宋．釋道原《景德傳燈錄．紫桐和尚》：「師曰：『禍不單行。』」

解析 常和「福無雙至」連用，寫成「禍不單行，福無雙至。」

例句 才在路上摔了一跤，沒想到又在百貨公司被扒了錢包，真是禍不單行。

近義 雪上加霜；福無雙至；避坑落井。

反義 時來運轉；福星高照；鴻運當頭；雙喜臨門。

禍起蕭牆（ㄏㄨㄛˋ ㄑㄧˇ ㄒㄧㄠ ㄑㄧㄤˊ）

解釋 蕭牆：門屏。

事端或禍患發生在內部。

出處 《論語．季氏》：「吾恐季孫之憂，不在顓臾，而在蕭牆之內也。」

解析 「禍起蕭牆」多指變亂是從內部興起的；「變生肘腋」一般指事變發生在近處。

例句 正當大夥努力想贏得這場比賽時，沒想到禍起蕭牆，竟有隊員放水。

近義 同室操戈；自相殘殺；骨肉相殘；變生肘腋。

反義 兵臨城下。

禍從口出（ㄏㄨㄛˋ ㄘㄨㄥˊ ㄎㄡˇ ㄔㄨ）

解釋 災禍從口裏產生。指言語不慎，足以招致災禍。

出處 《太平御覽》引傳玄〈口銘〉：「病從口入，禍從口出。」

例句 沒想到他隨口說的一些話，竟引起如此大的風波，惹來不少麻煩，真是**禍從口出**。

近義 多言多敗；言出禍從；言多必失。

反義 無妄之災；禍從天降。

禍福無門（ㄏㄨㄛˋ ㄈㄨˊ ㄨˊ ㄇㄣˊ）

解釋 無門：指無定數。指禍福來去不定，都由自己造成。

出處 《左傳．襄公二十三年》：「禍福無門，唯人所召。」

例句 **禍福無門**，唯人自召，你愛騎快車，又不戴安全帽，出事也是遲早的事。

近義 禍福無常；禍福惟人；禍福無偏。

十三畫

禮尚往來（ㄌㄧˇ ㄕㄤˋ ㄨㄤˇ ㄌㄞˊ）

解釋 禮：禮貌，禮節；尚：重視。待人禮節貴在有來有往。現在也指你對我怎麼樣，我就對你怎麼樣。

出處 《禮記．曲禮上》：「禮尚往來。往而不來，非禮也；來而不往，亦非禮也。」

解析 「尚」不寫成「上」，不解釋成「還」。

例句 收了別人的禮，自然也要找機會回報一番，**禮尚往來**嘛！

近義 有來有往；投桃報李。

反義 不通水火；來而無往。

禮賢下士（ㄌㄧˇ ㄒㄧㄢˊ ㄒㄧㄚˋ ㄕˋ）

解釋 禮：以敬禮對待；士：有見識和能力的人。形容君主或在上位的人降低自己的身份來交納賢能、延攬人才。

出處 《孟子．公孫丑下》：「豈謂是與？」趙岐注「孟子答景丑云：『我豈謂是君臣召呼之間乎？謂王不禮賢下士。』」

解析 「賢」不可寫成「腎」。

例句 新上任的經理不但辦事能力強，又能**禮賢下士**，使整個公司業績攀上新高。

近義 卑躬下士；卑辭厚禮；推賢下士。

反義 高高在上；唯我獨尊；頤指氣使。

【禸部】

八畫

萬人空巷（ㄨㄢˋ ㄖㄣˊ ㄎㄨㄥ ㄒㄧㄤˋ）

解釋 形容人數眾多，非常轟動、熱鬧的情景。

出處 宋．蘇軾〈八月十七復登望海樓〉詩：「賴有明朝看潮在，萬人空巷鬥新妝。」

解析 「人山人海」、「萬人空巷」都可形容某事轟動一時，出來圍觀的人很多。但有區別：「人山人海」形容聚集在某處的人很多；而「萬人空巷」一般用來形容某事轟動一時或歡迎、慶祝活動盛況空前；「人山人海」則不限於此。

例句 這位國際巨星果然是魅力驚人，一抵台就造成**萬人空巷**的盛況。

近義 人山人海。

反義 寥若晨星；寥寥無幾。

萬古流芳（ㄨㄢˋ ㄍㄨˇ ㄌㄧㄡˊ ㄈㄤ）

解釋 芳：香，指好名聲。

指美好的名聲永遠流傳下來。

出處 元．無名氏《十探子大鬧延安府》第四折：「見如今千載名揚，萬古流芳，史記談揚。」

例句 他為了替勞工爭取到應有的福利而付出了一生的心血，這樣的豐功偉業必定能**萬古流芳**。

近義 流芳百世；萬古不朽。

反義 遺臭萬年。

萬劫不復（ㄨㄢˋ ㄐㄧㄝˊ ㄅㄨˋ ㄈㄨˋ）

解釋 劫：佛家說世界一成一毀叫一劫；萬劫：指時間極長。

永遠不能恢復原狀、舊觀。

出處 宋．釋道原《景德傳燈錄．韶州雲門山文偃禪師》：「莫將等閒空過時光，一失人身，萬劫不復，不是小事。」

解析 「劫」不解釋成「搶劫」（如「打家劫舍」）。

例句 你如果執意要做這種傷天害理的事，必定會**萬劫不復**。

反義 萬劫不朽。

萬念俱灰（ㄨㄢˋ ㄋㄧㄢˋ ㄐㄩˋ ㄏㄨㄟ）

解釋 一切念頭、打算都破滅了。形容失意或遭受沈重打擊後的極端灰心、毫無希望的心情。

出處 清．王韜《淞隱漫錄．二十四花史上》：「仙史故重伉儷情，當婦病沈惙時，既不忍求其新特；及帷空鏡破，則又悲離感逝，萬念俱灰。」

解析 ①「俱」不可寫成「具」。②「萬念俱灰」偏重形容心態；「槁木死灰」偏重形容形態。

例句 在連輸了十場比賽之後，大家都**萬念俱灰**，對贏球再也不抱任何希望。

近義 心灰意冷；心灰意懶；灰心喪氣。

反義 壯心不已；鬥志昂揚；雄心壯志。

萬家燈火（ㄨㄢˋ ㄐㄧㄚ ㄉㄥ ㄏㄨㄛˇ）

解釋 家家都點上燈。指夜晚的降臨，也形容城市夜晚的景象。

出處 宋．王安石《臨川集．上元戲呈貢父》詩：「車馬紛紛白晝同，萬家燈火暖東風。」

例句 車子駛入市區後，看到熟悉的**萬家燈火**，讓我們這些遊子有了回到家的感覺。

【近義】燈火輝煌；燈火通明。

萬馬奔騰（ㄨㄢˋ ㄇㄚˇ ㄅㄣ ㄊㄥˊ）

【解釋】形容聲勢浩大、熱烈的壯麗景象。

【出處】《初刻拍案驚奇》二十二回：「須臾之間，天昏地黑，風雨大作。但見封姨逞勢，巽二施威。空中如萬馬奔騰，樹杪似千軍擁沓。」（封姨、巽二，都指風神。）

【例句】這海邊的巨浪如**萬馬奔騰**，讓初次看海的他，心中激動不已。

【近義】波瀾壯闊；洶湧澎湃；浩浩蕩蕩。

萬無一失（ㄨㄢˋ ㄨˊ ㄧ ㄕ）

【解釋】形容絕對不會出差錯，非常有把握。

【出處】元．羅貫中《宋太祖龍虎風雲會》第三折：「此四人皆宿有名望，可差他四人去，萬無一失。」

【解析】「萬無一失」指絕對有把握；「十拿九穩」指勝算很大，很有把握。

【例句】只要照著前輩列出的順序去做，絕對是**萬無一失**。

【近義】十拿九穩；穩操勝算。

【反義】瞎子摸魚。

萬紫千紅（ㄨㄢˋ ㄗˇ ㄑㄧㄢ ㄏㄨㄥˊ）

【解釋】原來形容春天百花盛開的景象，現在也比喻事物豐富多采或景象繁華興盛。也作「千紅萬紫」。

【出處】宋．朱熹〈春日〉詩：「等閒識得東風面，萬紫千紅總是春。」

【解析】「萬紫千紅」、「姹紫嫣紅」都可形容花朵色彩鮮麗。其區別在於：「萬紫千紅」指花種繁多、色彩繽紛；「姹紫嫣紅」偏重於花朵的艷麗。

【例句】分隔島上百花齊放、**萬紫千紅**，為這個灰色而黯淡的城市增添了一股嬌媚之氣。

【近義】五彩繽紛；百花齊放；姹紫嫣紅；氣象萬千。

【反義】千篇一律；民生凋敝；百業凋零。

萬象更新（ㄨㄢˋ ㄒㄧㄤˋ ㄍㄥ ㄒㄧㄣ）

【解釋】萬象：宇宙間的一切景象；更：變更。一切事物或景象都呈現出新的樣子，變得煥然一新。

【出處】《淮南子．俶真》：「四時未分，萬象未生。」

【解析】「更」不讀ㄍㄥˋ。

【例句】新春期間處處喜氣洋洋、**萬象更新**，呈現著新的氣息。

【近義】煥然一新。

【反義】一成不變；依然如故；恆久不變。

萬壽無疆（ㄨㄢˋ ㄕㄡˋ ㄨˊ ㄐㄧㄤ）

【解釋】萬壽：萬年長壽；疆：界限。祝賀人健康長壽。

【出處】《詩經．小雅．天保》：「君曰

卜爾，萬壽無疆。」

解析 「疆」不可寫成「繮」或「僵」。

例句 老爺爺八十大壽，親友們紛紛前來祝賀爺爺**萬壽無疆**。

近義 天保九如；長生不老；長生久視；壽比南山；龜鶴遐齡。

反義 天不假年；未終天年；短壽促命。

萬箭攢心（ㄨㄢˋ ㄐㄧㄢˋ ㄘㄨㄢˊ ㄒㄧㄣ）

解釋 攢：聚集，集中。一萬枝箭一起射中心臟。比喻心中非常痛楚、難受。

出處 《水滸傳》第九十八回：「瓊英知了這個消息，如萬箭攢心，日夜吞聲飲泣，珠淚偷彈思報父母之仇，時刻不忘。」

例句 當她知道兒子被歹徒撕票後，一時之間猶如**萬箭攢心**，令她痛苦不已。

萬籟俱寂（ㄨㄢˋ ㄌㄞˋ ㄐㄩˋ ㄐㄧˊ）

解釋 萬籟：指自然界萬物發出的各種聲響；寂：寂靜，沒有聲音。形容周圍環境非常寂靜。

出處 唐．常建《常建集．題破山寺後禪院》詩：「萬籟此俱寂，但餘鐘磬音。」

解析 ①「籟」不可寫成「賴」。②「萬籟俱寂」和「鴉雀無聲」都有「十分寂靜、沒有一點聲音」的意思。但「萬籟俱寂」一般用來形容自然環境的「清靜」，而「鴉雀無聲」一般用來形容人群或人群聚集場所的「安靜」。

例句 漫步在這條人煙稀少、**萬籟俱寂**的山間小路上，令人忘了現實生活中的煩惱與壓力。

近義 萬籟皆寂；鴉雀無聲；鴉默雀靜。

反義 人聲鼎沸。

萬變不離其宗（ㄨㄢˋ ㄅㄧㄢˋ ㄅㄨˋ ㄌㄧˊ ㄑㄧˊ ㄗㄨㄥ）

解釋 宗：主旨，目的。儘管形式上變化多端，但其本質或目的卻始終不變。表示宇宙萬物變化雖多，卻不離其根本原則。

出處 《莊子．天下》：「不離於宗，謂之無人。」

例句 這家廠商年年都推出不同的飲料，不過**萬變不離其宗**，只是改變了包裝與口味。

萬事俱備，只欠東風（ㄨㄢˋ ㄕˋ ㄐㄩˋ ㄅㄟˋ，ㄓˇ ㄑㄧㄢˋ ㄉㄨㄥ ㄈㄥ）

解釋 比喻樣樣都準備好了，就差最後的一個重要條件。

出處 《三國演義》第四十九回：「孔明索紙筆，屏退左右，密書十六字曰：『欲破曹公，宜用火攻；萬事俱備，只欠東風。』」

解析 「俱」不可寫成「具體」的「具」。

例句 所有的東西都準備妥當，只等客人上門，現在是萬事俱備，只欠東風。

【禾部】

二畫

秀外慧中（ㄒㄧㄡˋ ㄨㄞˋ ㄏㄨㄟˋ ㄓㄨㄥ）

解釋 秀：優美；慧：通「惠」，聰明。原來形容人外貌秀麗，內心聰敏。後多用於女性。

出處 唐．韓愈《昌黎先生集．送李愿歸盤谷序》：「曲眉豐頰，清聲而便體，秀外而惠中。」

例句 林小姐看來**秀外慧中**，你如果不好好把握，恐怕機會是稍縱即逝。

反義 秀而不實；金玉其外，敗絮其中。

秀而不實（ㄒㄧㄡˋ ㄦˊ ㄅㄨˋ ㄕˊ）

解釋 秀：禾類植物開花；實：結果實。禾類植物只開花，不結實。比喻只學到一點皮毛，實際上並沒有成就。

出處 《論語．子罕》：「秀而不實者，有矣夫。」

例句 當了半年的學徒，就想靠著這一點**秀而不實**的技術開店，你未免太天真了。

近義 金玉其外，敗絮其中。

反義 秀外慧中。

秀色可餐（ㄒㄧㄡˋ ㄙㄜˋ ㄎㄜˇ ㄘㄢ）

解釋 秀色：美好的顏色或容貌；餐：吃。形容婦女姿色秀麗，引人疼愛。後也形容花木、山林的秀麗。

出處 晉．陸機〈日出東南隅行〉：「秀色若可餐。」

例句 同桌的林小姐長得**秀色可餐**，讓這些男士們看得都忘了吃飯。

近義 我見猶憐；花容月貌；閉月羞花。

反義 秀而不實；東施效顰。

三畫

秉燭夜遊（ㄅㄧㄥˇ ㄓㄨˊ ㄧㄝˋ ㄧㄡˊ）

解釋 秉：持。夜間持著蠟燭遊玩。比喻珍惜時光，及時行樂。

出處 漢．無名氏〈古詩十九首〉：「晝短苦夜長，何不秉燭遊？」

例句 世界何其豐富多彩，人生何其短暫，難怪古人要及時行樂、**秉燭夜遊**。

四畫

秋風掃落葉（ㄑㄧㄡ ㄈㄥ ㄙㄠˇ ㄌㄨㄛˋ ㄧㄝˋ）

解釋 秋風把落下的樹葉一掃而盡。

比喻掃除的容易。也比喻掃除淨盡。

出處《三國志．魏書．辛毗傳》：「以明公之威，應困窮之敵，擊疲弊之寇，無異迅風之振秋葉矣。」

例句 飢腸轆轆的他，一上桌就以秋風掃落葉之姿吃光了桌上的菜。

近義 一掃而光；風捲殘雲。

秋風過耳（ㄑㄧㄡ ㄈㄥ ㄍㄨㄛˇ ㄦˇ）

解釋 比喻事情與己無關，所以淡漠而毫無所動。

出處《吳越春秋．吳王壽夢傳》：「富貴之於我，如秋風之過耳。」

例句 他向來我行我素，把師長的苦心規勸都當成**秋風過耳**，毫不在乎。

近義 馬耳東風；過耳春風。

反義 洗耳恭聽；側耳細聽；傾耳靜聽。

秋扇見捐（ㄑㄧㄡ ㄕㄢˋ ㄐㄧㄢˋ ㄐㄩㄢ）

解釋 見：被；捐：棄。

秋天涼爽，扇子棄置不用。比喻婦女失寵，遭到遺棄。

出處 漢．班婕妤〈怨歌行〉：「裁為合歡扇，團團似明月，常恐秋節至，涼飆奪炎熱，棄捐篋笥中，恩情中道絕。」

例句 她仗著年輕貌美，常勾引有婦之夫，沒想到現在年老色衰也被**秋扇見捐**。

秋毫之末（ㄑㄧㄡ ㄏㄠˊ ㄓ ㄇㄛˋ）

解釋 秋天動物新換絨毛的末端。比喻十分纖細、微小的東西。

出處《商君書．弱民》：「今離婁見秋豪（毫）之末，不能以明目易人；烏獲舉千斤之重，不能以多力易人。」

解析「秋毫之末」比喻細微的事物；「錐刀之末」比喻微小的利益。

例句 與去年發生的幾件重大刑案相比，你家的竊案不過是**秋毫之末**。

近義 微乎其微；錐刀之末。

反義 碩大無朋；龐然大物。

秋毫無犯（ㄑㄧㄡ ㄏㄠˊ ㄨˊ ㄈㄢˋ）

解釋 秋毫：動物秋後新換的絨毛，比喻十分纖細的東西。

比喻一絲一毫都不侵犯、妄取，形容軍隊紀律嚴明，不拿民間一針一線。

出處《後漢書．岑彭傳》：「持軍整齊，秋毫無犯。」

解析「毫」不寫成「豪」。

例句 駐紮在村裏的軍人，不但對居民**秋毫無犯**，還幫忙農民耕種，贏得全體居民的好感。

近義 一介不取；一毫莫取；雞犬不驚。

反義 姦淫燒殺；姦淫擄掠；雞犬不留。

五畫

秦晉之好　ㄑㄧㄣˊ ㄐㄧㄣˋ ㄓ ㄏㄠˋ

解釋　春秋時秦、晉兩國的國君好幾代都是互相婚嫁。後指兩姓聯姻為「秦晉之好」。

出處　《元曲選．喬夢符〈兩世姻緣〉三》：「末將不才，便求小娘子以成秦晉之好，亦不玷辱了他，他如何便不相容。」

解析　「好」不讀「喜好」的ㄏㄠˋ。

例句　這兩家今天共結**秦晉之好**，左鄰右舍紛紛前來道賀。

近義　朱陳之好；百年之好。

六畫

移花接木　ㄧˊ ㄏㄨㄚ ㄐㄧㄝ ㄇㄨˋ

解釋　原指嫁接花草樹木。也比喻暗中使用手段，更換人或事物。

出處　《二刻拍案驚奇》十七回：「同窗友認假作真，女秀才移花接木。」

解析　「移花接木」指用甲代替乙；「偷天換日」指改變重大事物的真相；「偷梁換柱」指以假冒真，以劣充優。

例句　近來有許多人利用電腦合成的方法，將明星的相片**移花接木**，想藉此大賺一筆。

近義　偷天換日；偷梁換柱。

移風易俗　ㄧˊ ㄈㄥ ㄧˋ ㄙㄨˊ

解釋　移：改動；易：變換。轉移風氣，改變習俗。

出處　《荀子．樂論》：「樂者，聖人之所樂也，而可以善民心，其感人深，其移風易俗，故先生導之以禮樂而民和睦。」

例句　藉著宗教的力量可以**移風易俗**、淨化人心。

近義　改俗遷風；風移俗改；時移俗易。

反義　世風日下；安於現狀。

移樽就教　ㄧˊ ㄗㄨㄣ ㄐㄧㄡˋ ㄐㄧㄠˋ

解釋　樽：酒杯。帶著酒杯移坐到別人席上共飲，就近請教。比喻主動向別人請教。

出處　《鏡花緣》第二十四回：「唐敖道：『老丈既來飲酒，與其獨酌，何不屈尊過去，奉敬一杯，一同談談呢？』老者道：『雖承雅愛，但初次見面，如何就要叨擾！』多九公道：『也罷，我們移樽就教罷。』」

例句　他雖具有博士的學位，卻常**移樽就教**，希望能吸收到各階層的生活經驗。

七畫

稍縱即逝　ㄕㄠ ㄗㄨㄥˋ ㄐㄧˊ ㄕˋ

解釋　縱：放開；逝：過去，消失。稍微一放鬆就消逝了。形容時間或機會很容易溜過。也作「少縱則逝」。

出處　宋．蘇軾〈文與可畫篔簹谷偃竹記〉：「振筆直遂，以追其所見，如兔起鶻落，少縱則逝矣。」

解析 ①「逝」不寫成「失」。②「稍縱即逝」、「瞬息即逝」都含有很容易過去的意思，其區別在於：「瞬息即逝」強調存在時間極其短暫；「稍縱即逝」強調要及時抓住。

例句 這種機會可是千載難逢，如果你不好好把握可就稍縱即逝。

近義 旋踵即逝；瞬息即逝。

反義 多歷年所；萬古長存。

程門立雪（ㄔㄥˊ ㄇㄣˊ ㄌㄧˋ ㄒㄩㄝˇ）

解釋 程：指宋代理學家程頤。比喻學生尊師重道，對老師的敬重。

出處 宋．朱熹《朱子語錄》：「游（酢）、楊（時）二子，初見伊川，伊川瞑目而坐，二子侍，既覺，曰：『尚在此乎？且休矣！』出門，門外雪深一尺。」（伊川，指程頤。）

例句 現代師生之間的關係愈來愈模糊，程門立雪的情形已不復存在。

八畫

稠人廣眾（ㄔㄡˊ ㄖㄣˊ ㄍㄨㄤˇ ㄓㄨㄥˋ）

解釋 稠：密；廣：眾多。指群眾聚集，人數眾多。也作「稠人廣座」。

出處 《史記．魏其武安侯列傳》：「稠人廣眾，薦寵下輩，士亦以此多之。」

例句 像這種稠人廣眾的地方，也正是小偷最猖獗的地方。

近義 人山人海；萬頭鑽動。

稗官野史（ㄅㄞˋ ㄍㄨㄢ ㄧㄝˇ ㄕˇ）

解釋 稗官：古代的小官，專給帝王講述街談巷議、風俗故事，後來就稱小說為稗官；野史：古代私家編撰的史書。指小說或私家記載軼聞瑣事的作品。

出處 《漢書．藝文志》：「小說者流，蓋出於稗官。」

解析 「稗」不能唸成ㄅㄟ。

例句 附近的小孩總愛圍著林爺爺要他說些稗官野史、奇趣風俗。

近義 稗官小說。

九畫

稱心如意（ㄔㄣˋ ㄒㄧㄣ ㄖㄨˊ ㄧˋ）

解釋 完全合乎心意，也作「趁心如意」。

出處 《兒女英雄傳》第二十三回：「總要把這姑娘成全到安富尊榮，稱心如意，才算這樁事作得不落虎頭蛇尾。」

解析 「稱」不能唸成ㄔㄥ或ㄔㄥˋ。

例句 你如果答應了他的要求，讓他稱心如意，未來可能會有數不完的麻煩。

近義 心滿意足；如願以償；遂心如

意。

反義 好事多磨；事與願違。

稱孤道寡 ㄔㄥ ㄍㄨ ㄉㄠˋ ㄍㄨㄚˇ

解釋 孤、寡：古代帝王自稱「孤」、「寡人」。即當皇帝，義同「稱帝稱王」。

出處 《古今雜劇．關漢卿〈關大王獨赴單刀會〉三》：「俺哥哥（劉備）稱孤道寡世無雙，俺關某（羽）匹馬單刀鎮荊襄。」

解析 「稱」不讀「稱心如意」的ㄔㄣˋ。「孤」不可寫成「狐狸」的「狐」。

例句 現在是民主時代，卻還有人想稱孤道寡，註定會遭到失敗的命運。

近義 南面稱孤；稱王稱霸。

反義 北面稱臣。

稱體裁衣 ㄔㄣˋ ㄊㄧˇ ㄘㄞˊ ㄧ

解釋 稱：適合，相副，符合。切合身體的長短大小裁衣服。比喻按照事情的實際情況來辦理。

出處 《南齊書．張融傳》：「太祖手詔賜融衣曰：『今送一通故衣，是吾所著，已令裁減，稱卿之體。』」

解析 「裁」不寫成「栽」。

例句 這齣戲完全是為你稱體裁衣製作的，由你來擔任女主角再適合不過了。

近義 因人制宜。

反義 削足適履。

十畫

穀賤傷農 ㄍㄨˇ ㄐㄧㄢˋ ㄕㄤ ㄋㄨㄥˊ

解釋 穀：泛指糧食。原指豐收時，糧商壓低穀價，使農民收入減少而受到損害。後泛指糧價過低而損害農民的收益。

出處 《新五代史．馮道傳》：「明宗問曰：『天下雖豐，百姓濟否？』道曰：『穀貴餓農，穀賤傷農。』」

例句 去年大家一窩蜂地種玉米，結果供過於求，使得穀賤傷農。

十一畫

積少成多 ㄐㄧ ㄕㄠˇ ㄔㄥˊ ㄉㄨㄛ

解釋 一點一滴的積累，就會從少變多。

出處 宋．朱熹《四書集注．論語．子罕》：「蓋學者自強不息，則積少成多。」

例句 你只要每天背十個英文單字，積少成多，一年下來數目也是很可觀的。

近義 集腋成裘；聚沙成塔；積土成山。

反義 功虧一簣。

積年累月 ㄐㄧ ㄋㄧㄢˊ ㄌㄟˇ ㄩㄝˋ

解釋 累：積累。形容時間長久。

出處 北齊．顏之推《顏氏家訓．後娶》：「自古奸臣佞妾，以一言陷人者眾矣，況夫婦之義，曉夕移之，僕婢求容，助相說引，積年累月，安有孝子乎？」

例句 他每天花一小時運動，**積年累月**下來，竟從當年弱不禁風的模樣，變成現在的壯碩身材。

積羽沈舟（ㄐㄧ ㄩˇ ㄔㄣˊ ㄓㄡ）

解釋 沈舟：使船沈沒。羽毛雖輕，堆積多了也可使船沈沒。比喻細微的東西可以匯成巨大力量。也比喻累積許多的小惡，足以形成大惡而產生嚴重後果。

出處 《戰國策．魏策一》：「積羽沈舟，群輕折軸。」

例句 你不要以為收點小紅包沒有關係，如果大家都這麼想，**積羽沈舟**，後果可是很嚴重的。

積重難返（ㄐㄧ ㄓㄨㄥˋ ㄋㄢˊ ㄈㄢˇ）

解釋 積重：積習深重；返：回頭。長時間形成的習慣不易改變。多指惡習、弊端發展已久，難以革除。

出處 《二十二史箚記》二十：「菀抑知其始，實由於假之以權，掌禁兵、筦樞要，遂致積重難返，以至此極也哉。」

解析 ①「返」不可寫成「反」。②「積重難返」偏重在難以改正，多指思想、習俗；「根深蒂固」偏重在不可動搖，除指思想、習俗外還可指制度、感情。

例句 職棒賭風發展至今已是**積重難返**，如果不使其合法化，恐怕難以遏止。

近義 根深蒂固；積習難改。

反義 宿弊一清；痛改前非。

積毀銷骨（ㄐㄧ ㄏㄨㄟˇ ㄒㄧㄠ ㄍㄨˇ）

解釋 毀：毀謗；銷：熔化。一次又一次的毀謗，積累下來足以使人無法生存，步向毀滅。表示讒言、毀謗的可怕程度。

出處 《史記．張儀列傳》：「眾口鑠金，積毀銷骨。」

解析 ①「銷」不可寫成「鎖」。②「積毀銷骨」偏重毀謗的可怕，足以毀滅一個人；「眾口鑠金」偏重輿論的力量，足可讓人以非為是。

例句 他身為公眾人物，深知**積毀銷骨**的可怕，所以從不讓他的家人在媒體上曝光。

近義 人言可畏；眾口鑠金。

十四畫

穩如泰山（ㄨㄣˇ ㄖㄨˊ ㄊㄞˋ ㄕㄢ）

解釋 牢固得就像泰山一樣。形容事物的堅固、穩定、不可動搖。也作「安如泰山」。

出處 《鏡花緣》第三回：「武后恃有高關，又仗武氏弟兄驍勇，自謂穩如泰山，十分得意。」

解析 「穩如泰山」和「堅如磐石」都形容事物的牢靠、穩固。但「堅如磐石」著重在「堅固」，大多用來形容建築物。「穩如泰山」著重在形容「安穩」，既可以用來形容高大建築物的堅固，也可以形容人在緊急情況下從容不迫、臨危不懼。

例句 面對敵手如此猛烈的攻勢，我方的王牌投手仍面不改色，**穩如泰山**。

近義 安如磐石；固若金湯。

反義 危如累卵；危機四伏；風雨飄搖；搖搖欲墜；燕巢於幕。

穩紮穩打（ㄨㄣˇ ㄓㄚ ㄨㄣˇ ㄉㄚˇ）

解釋 紮：紮營；打：打仗。打仗時，步步設營，採取穩妥的戰法打擊敵人。比喻做事能穩健、踏實、有步驟地進行。

解析 同樣用於打仗，「穩紮穩打」著眼於作戰穩當而有把握；「步步為營」著眼於軍事行動的謹慎。同樣用於做事，「穩紮穩打」著眼於做得穩當、有把握；「步步為營」著眼於行動謹慎、考慮周密。

例句 雖然隊上沒有明星級球員，但是大夥靠著絕佳的默契，**穩紮穩打**，一樣贏得了冠軍。

近義 步步為營。

反義 輕舉妄動。

穩操左券（ㄨㄣˇ ㄘㄠ ㄗㄨㄛˇ ㄑㄩㄢˋ）

解釋 古代契約分為左右兩聯，雙方各執一聯，左券就是左聯，作為索償的憑證。比喻有充分的把握。

出處 宋．陸游《劍南詩稿．禽言》：「人生為農最可願，得飽正如持左券」。

解析 「券」不能唸成ㄐㄩㄢˋ。

例句 比賽前夕，黃隊的教練仍談笑風生，自信滿滿的樣子看來似乎是**穩操左券**了。

近義 十拿九穩；勝券在握；穩操勝算。

反義 未定之天；瞎子摸象。

【穴部】

穴居野處（ㄒㄩㄝˋ ㄐㄩ ㄧㄝˇ ㄔㄨˇ）

解釋 穴：洞。居住在洞裏，生活在荒野。形容人類未有房屋前的生活狀態。形容隱居林野或指落後民族的生活。也作「野居穴處。」

出處 《周易．繫辭下》：「上古穴居而野處。」

解析 「處」不能唸成ㄔㄨˋ。

例句 他厭倦了在都市叢林與人競爭，一個人隱居到山上過著**穴居野處**的生活。

三畫

空口無憑（ㄎㄨㄥ ㄎㄡˇ ㄨˊ ㄆㄧㄥˊ）

解釋 只是用嘴巴來對人解釋，而沒有真憑實據。

出處 《元曲選·喬孟符〈揚州夢〉四折》：「咱兩個口說無憑。」

例句 你現在雖然答應得非常爽快，但空口無憑，你最好立個字據。

反義 白紙黑字；真憑實據；鑿鑿可據。

空中樓閣 ㄎㄨㄥ ㄓㄨㄥ ㄌㄡˊ ㄍㄜˊ

解釋 本來是指「海市蜃樓」。比喻脫離實際的理論或虛構的事物。

出處 清·李漁《閒情偶寄·結構第一》：「實者，就事敷陳，不假造作，有根有據之謂也；虛者，空中樓閣，隨意構成，無影無形之謂也。」

解析 「空中樓閣」側重在脫離現實，適用於脫離實際的理論、計畫等；「海市蜃樓」側重在虛幻方面，適用於難以實現的希望、空想等。

例句 你的這些想法太理想化了，根本就是空中樓閣，難以實現。

近義 海市蜃樓；鏡花水月。

空穴來風 ㄎㄨㄥ ㄒㄩㄝˋ ㄌㄞˊ ㄈㄥ

解釋 穴：洞，孔；來：招致。比喻事情憑空發生或流言乘隙而入。

出處 《文選·宋玉〈風賦〉》：「臣聞於師，枳句（ㄍㄡ）來巢，空穴來風。」（枳，植物名，也稱「枸橘」；句，彎曲。）

例句 這件事我會徹底清查，如果真的是空穴來風，自然會還你一個清白。

空谷足音 ㄎㄨㄥ ㄍㄨˇ ㄗㄨˊ ㄧㄣ

解釋 在空山谷裏聽到人的腳步聲。比喻極難得的人物或言論。

出處 《莊子·徐無鬼》：「夫逃空虛者聞人足音跫（ㄑㄩㄥˊ）然而喜矣。」（跫，腳步聲。）

例句 您這部新作猶如空谷足音，是文壇近年來難得一見的佳作。

空前絕後 ㄎㄨㄥ ㄑㄧㄢˊ ㄐㄩㄝˊ ㄏㄡˋ

解釋 以前不曾有過，以後也不會再有。形容獨一無二、超越古今的成就或事物。

出處 《宣和畫譜》：「顧空於前，張絕於後，乃道子乃兼有之。」（顧，指東晉畫家顧愷之。張，指南朝·梁畫家張僧繇。道子，指唐代畫家吳道子。）

例句 他這番空前絕後的成就，足以讓他在歷史上永垂不朽了。

近義 亙古未有；空前未有；前所未有；絕無僅有；獨一無二。

反義 史不絕書；司空見慣；屢見不鮮。

四畫

穿針引線 ㄔㄨㄢ ㄓㄣ ㄧㄣˇ ㄒㄧㄢˋ

解釋 比喻在中間擔任聯絡、拉攏的工作。

出處 明・周楫《西湖二集・吹風簫女誘東牆》：「萬乞吳二娘怎生做個方便，到黃府親見小姐詢其下落，做個穿針引線之人。」

解析 「穿針引線」和「飛針走線」字面意義相近，但含義迥然不同。「飛針走線」形容針線活做得又快又好；「穿針引線」則比喻從中撮合、拉攏。

例句 多虧您居中為我們**穿針引線**，這筆生意才能如此順利。

近義 飛針走線；搭橋引線。

反義 挑撥離間。

穿鑿附會 ㄔㄨㄢ ㄗㄠˊ ㄈㄨˋ ㄏㄨㄟˋ

解釋 穿鑿：把講不通的硬要講通；附會：把不相干的事拉在一起。道理說不通，勉強曲解湊合，把本來沒有的意思硬加進去。

出處 宋・洪邁《容齋續筆・義理之說無窮》：「用是知好奇者欲穿鑿附會固各有說云。」

解析 「穿鑿附會」、「牽強附會」都形容生拉硬扯、勉強湊合，其區別在於：當強調硬要把講不通的講通時，宜用「穿鑿附會」；當強調把不相關的事聯在一起而顯得十分勉強時，宜用「牽強附會」。

例句 這本書中有許多**穿鑿附會**、毫無根據的部分，根本不值得一讀。

近義 生拉硬拽；妄生穿鑿；郢書燕說；牽強附會。

反義 理所當然；順理成章；融會貫通。

突如其來 ㄊㄨˊ ㄖㄨˊ ㄑㄧˊ ㄌㄞˊ

解釋 突如：突然；其：而。出乎意料地突然來到。

出處 《周易・離》：「突如其來如。」

解析 「突如其來」強調事情發生的突然；「猝不及防」強調事情來得快而來不及防備。

例句 他這**突如其來**的舉動，把在場的觀眾都嚇了一大跳。

近義 天外飛來；猝不及防。

反義 不出所料；始料所及。

七畫

窗明几淨 ㄔㄨㄤ ㄇㄧㄥˊ ㄐㄧ ㄐㄧㄥˋ

解釋 几：小桌。形容屋子乾淨、明亮。也作「明窗淨几」。

出處 金聖嘆批《〈西廂記〉卷首・序》：「窗明几淨，此何處也？」

例句 家中如果維持得**窗明几淨**，住起來心情也會格外清爽。

十畫

窮山惡水 ㄑㄩㄥˊ ㄕㄢ ㄜˋ ㄕㄨㄟˇ

解釋 窮山：荒山；惡水：常氾濫成災的河流。

形容地勢險惡、景色荒涼的地方。

出處　《史記．主父偃傳》：「窮山通谷，豪士並起。」

解析　「惡」不讀「厭惡」的ㄨˋ。

例句　這裏一片窮山惡水，生存不易，難怪當地居民一年年外移，人口也逐漸減少。

近義　窮山僻壤。

反義　山明水秀；山青水秀；魚米之鄉。

窮凶極惡　ㄑㄩㄥˊ ㄒㄩㄥ ㄐㄧˊ ㄜˋ

解釋　窮：極端。形容人極端凶惡的樣子。

出處　《漢書．王莽傳》：「窮凶極惡，流毒諸夏。」

解析　「惡」不讀「厭惡」的ㄨˋ。

例句　這些窮凶極惡的地痞流氓，終於在這次的治平專案中被移送綠島，真是大快人心。

近義　心狠手辣；無惡不作；窮凶極虐。

反義　大慈大悲；心慈面軟；悲天憫人；慈悲為懷；慈眉善目。

窮年累月　ㄑㄩㄥˊ ㄋㄧㄢˊ ㄌㄟˇ ㄩㄝˋ

解釋　窮年：年初到年終；累月：持續幾個月。接連不斷，耗費長久的時間。

出處　《荀子．榮辱》：「然而窮年累世，不知不足，是人之情也。」

例句　經過科學家窮年累月地研究，終於發明了愛滋病的疫苗，為患者重新帶來生機。

近義　天長日久。

反義　一朝一夕。

窮而後工　ㄑㄩㄥˊ ㄦˊ ㄏㄡˋ ㄍㄨㄥ

解釋　指文人的處境越困窘，所寫的詩文就越好。

出處　宋．歐陽修〈梅聖俞詩集序〉：「然則非詩之能窮人，殆窮者而後工也。」

例句　許多偉大的文學作品都在亂世中出現，正應驗了窮而後工這句話。

窮兵黷武　ㄑㄩㄥˊ ㄅㄧㄥ ㄉㄨˊ ㄨˇ

解釋　窮：竭盡；黷：貪。用盡全部兵力，好戰無厭。

出處　《三國志．吳書．陸抗傳》：「窮兵黷武，動費萬計。」

解析　黷，讀ㄉㄨˊ，不讀ㄕㄨˊ，不寫作「瀆」。

例句　凡是窮兵黷武、征戰連年的國家，他的人民勢必都得付出相對的慘痛代價。

近義　窮兵極武。

反義　偃武修文；解甲釋兵。

窮形盡相　ㄑㄩㄥˊ ㄒㄧㄥˊ ㄐㄧㄣˋ ㄒㄧㄤˋ

解釋　窮：盡。原指文學作品描繪得十分逼真，後來也指人的言行舉止醜態畢露。

出處　晉．陸機〈文賦〉：「期窮形而盡相。」

解析 「相」不讀「互相」的ㄒㄧㄤ。

例句 他在記者會中雖極力掩飾自己的罪行，卻被言詞鋒利的記者逼得**窮形畫相**。

近義 窮形盡致；醜態百出；繪形繪色。

窮奢極欲 ㄑㄩㄥˊ ㄕㄜ ㄐㄧˊ ㄩˋ

解釋 窮、極：盡，極端。非常奢侈浪費，荒淫腐化。

出處 《漢書．谷永傳》：「窮奢極欲，湛湎荒淫。」

解析 「窮奢極欲」強調奢侈、浪費到了極點；「驕奢淫逸」著重於生活的各個方面。

例句 他過去一直過著**窮奢極欲**的生活，現在卻突然宣稱將遁入佛門，實在令人難以相信。

近義 日食萬錢；窮奢極侈；驕奢淫逸。

反義 克勤克儉；省吃儉用；節衣縮食。

窮寇勿追 ㄑㄩㄥˊ ㄎㄡˋ ㄨˋ ㄓㄨㄟ

解釋 窮寇：瀕於絕境的敵人。意思是不要追擊瀕於絕境的敵人，否則會激起敵人拼死反撲。或喻指不要逼人太甚，放人一條生路。

出處 《孫子．軍爭》：「窮寇勿追。」

例句 負債累累的他現在已走投無路了，俗語說**窮寇勿追**，你就放他一馬吧！

反義 打落水狗；追亡逐北。

窮途末路 ㄑㄩㄥˊ ㄊㄨˊ ㄇㄛˋ ㄌㄨˋ

解釋 窮途：絕路。形容無路可走、窮困絕望的情況。

出處 《兒女英雄傳》第五回：「你如今是窮途末路，舉目無依。」

例句 他為了女兒的病訪遍了全省名醫，如今已是**窮途末路**，無計可施了。

近義 山窮水盡；日暮途窮；走投無路。

反義 前程萬里；柳暗花明；漸入佳境；豁然開朗。

窮鳥入懷 ㄑㄩㄥˊ ㄋㄧㄠˇ ㄖㄨˋ ㄏㄨㄞˊ

解釋 無處容身的鳥投入人的懷抱。比喻在處境困窮時，投靠於人。

出處 《顏氏家訓．省事》：「窮鳥入懷，仁人所憫，況死士歸我，當棄之乎。」

例句 他現在是走投無路，只得**窮鳥入懷**，投靠到你的公司裏。

窮鄉僻壤 ㄑㄩㄥˊ ㄒㄧㄤ ㄆㄧˋ ㄖㄤˇ

解釋 荒遠偏僻的地方。

出處 《儒林外史》九回：「窮鄉僻壤，有這樣讀書君子。」

解析 「窮」不解釋成「極」（如「窮凶極惡」）。

例句 在這個**窮鄉僻壤**中，只剩一些老年人，年輕人全都出外謀生去了。

近義 窮山僻壤；窮鄉僻野。

反義 首善之區；通都大邑。

窮愁潦倒（ㄑㄩㄥˊ ㄔㄡˊ ㄌㄠˇ ㄉㄠˇ）

解釋 形容一個人非常貧困、處境狼狽的樣子。

出處 清．曾樸《孽海花》三十五回：「我從此認得笑庵，不是飯顆山頭，窮愁潦倒的詩人，倒是瑤台桃樹下，玩世不恭的奇士了」。

例句 他曾是棒球界紅極一時的王牌投手，後來因沈迷賭博而負債累累，過著**窮愁潦倒**的生活。

近義 捉襟見肘；踵決肘見。

反義 日食萬錢；揮金如土。

窮極無聊（ㄑㄩㄥˊ ㄐㄧˊ ㄨˊ ㄌㄠˊ）

解釋 窮極：極端；無聊：無所憑藉。原指困窘到極點，無所依靠。後形容人無事可做，盡做些不該做的事。

出處 宋．費袞〈思公子〉詩：「虞卿亦何命，窮極若無聊。」

例句 他失業後因**窮極無聊**而研究星相，沒想到卻研究出心得而成為他日後的職業。

近義 百無聊賴。

反義 日理萬機。

窮當益堅（ㄑㄩㄥˊ ㄉㄤ ㄧˋ ㄐㄧㄢ）

解釋 窮：困苦；益：更。處境越困窮，志節應當越堅定。

出處 《後漢書．馬援傳》：「嘗謂賓客曰：『丈夫為志，窮當益堅，老當益壯。』」

例句 我們現在的處境雖然窮困，但**窮當益堅**，更不要放棄當初的理想。

十八畫

竊竊私語（ㄑㄧㄝˋ ㄑㄧㄝˋ ㄙ ㄩˇ）

解釋 指暗地裏低聲談話。

出處 《金史．逆臣傳》：「每竊竊偶語，不知議何事？」

解析 「竊竊私語」指在暗中或背地裏低聲講話；「交頭接耳」僅指小聲說話的樣子。

例句 她這番坦誠的告白，令全場觀眾大為吃驚，紛紛**竊竊私語**。

近義 交頭接耳；低聲細語；喃喃細語；竊竊私議。

反義 大聲疾呼；高談闊論。

【立部】

立地書櫥（ㄌㄧˋ ㄉㄧˋ ㄕㄨ ㄔㄨˊ）

解釋 兩腳站著的書櫥，即活書櫥。比喻一個人讀書很多，學識淵博。

出處 《宋史．吳時傳》：「敏於為文，未嘗屬稿，落筆已就，兩學目之曰：『立地書櫥。』」

例句 李老師果然是個上知天文、下知地理的**立地書櫥**，什麼問題都難不倒他。

近義 學富五車。

反義 不學無術；不識一丁；不識之無；胸無點墨。

立竿見影 ㄌㄧˋ ㄍㄢ ㄐㄧㄢˋ ㄧㄥˇ

解釋 把竹竿豎在太陽光下，立刻就看到影子。比喻收效迅速。

出處 漢．魏伯陽《參同契》卷下：「立竿見影，呼谷傳響。」

解析 「影」不寫成「陰」或「形」。

例句 新開發出來的藥，對失眠有立竿見影的效果，一上市就被搶購一空。

近義 手到擒來；其應若響。

反義 水中撈月；徒勞無功；海底撈針。

立錐之地 ㄌㄧˋ ㄓㄨㄟ ㄓ ㄉㄧˋ

解釋 立錐：插錐子。插錐子的地方。形容極微小的地方。也作「置錐之地」。

出處 《漢書．枚乘傳》：「舜無立錐之地，以有天下。」

解析 「錐」不寫成「椎」，不讀ㄔㄨㄟˊ。

例句 如今棒壇新人輩出，恐怕已沒有我這個老人的**立錐之地**。

近義 立足之地；容身之地；置錐之地。

反義 無地自容；無立錐之地。

七畫

童山濯濯 ㄊㄨㄥˊ ㄕㄢ ㄓㄨㄛˊ ㄓㄨㄛˊ

解釋 童山：不生草木的山；濯濯：光禿禿的樣子。指沒有草木的山丘。

出處 《孟子．告子》：「牛山之木嘗美矣。以其郊於大國也，斧斤伐之，牛羊又從而牧之，是以若彼濯濯也。」

例句 原本一片青翠的牛山，經過這些年的濫墾濫伐，已是**童山濯濯**了。

近義 牛山濯濯。

童牛角馬 ㄊㄨㄥˊ ㄋㄧㄡˊ ㄐㄧㄠˇ ㄇㄚˇ

解釋 童牛：沒有角的牛；角馬：長角的馬。比喻事物不倫不類，違背常理。

出處 漢．揚雄《太玄經．更》：「童牛角馬，不今不古。」

例句 許多過去認為是**童牛角馬**的事，隨著時代與觀念的改變現在都變得合理了。

童心未泯 ㄊㄨㄥˊ ㄒㄧㄣ ㄨㄟˋ ㄇㄧㄣˇ

解釋 童心：孩童純真無邪之心。泯：滅。形容人年紀已大，仍不失孩童天真無邪之心。

出處 《左傳．襄公三十一年》：「於是昭公十九年矣，猶有童心。」

例句 **童心未泯**的李伯最大的嗜好就是和小孩子一齊買玩具、玩玩具。

反義 未老先衰；老氣橫秋。

童言無忌（ㄊㄨㄥˊ ㄧㄢˊ ㄨˊ ㄐㄧˋ）

解釋 忌：忌諱。

原指小孩說話沒有忌諱，現多用以譏人說話幼稚，不予計較。

例句 他向來心直口快，說話不經大腦，你就當是**童言無忌**，別跟他計較了。

童叟無欺（ㄊㄨㄥˊ ㄙㄡˇ ㄨˊ ㄑㄧ）

解釋 叟：老人。

形容做生意非常誠實，無論老人或小孩都不欺騙。

出處 《二十年目睹之怪現狀》第五回：「他這是招來生意之一道呢！但不知可有貨真價實，童叟無欺的字樣沒有。」

例句 做生意最重要的是講信用，**童叟無欺**，才能招徠更多的顧客。

九畫

竭澤而漁（ㄐㄧㄝˊ ㄗㄜˊ ㄦˊ ㄩˊ）

解釋 竭澤：把池水抽盡；漁：捕魚。

抽盡池水來捉魚。比喻做事不留餘地，只顧眼前利益，不顧長遠利益。

出處 《呂氏春秋．義賞》：「竭澤而漁，豈不獲得，而明年無魚。」

解析 「竭澤而漁」多用於書面，常指比較重大的事件、做法；「殺雞取卵」多用於口語，常指具體事物。

例句 你這種**竭澤而漁**的作法，解決了眼前的問題，但以後怎麼辦呢！

近義 焚林而獵；殺雞取卵；飲鴆止渴；漏脯充飢。

反義 留有餘地；積穀防飢。

【竹部】

四畫

笑容可掬（ㄒㄧㄠˋ ㄖㄨㄥˊ ㄎㄜˇ ㄐㄩ）

解釋 掬：兩手捧起來。

形容笑容滿面的樣子。

出處 《三國演義》九十五回：「果見孔明坐於城樓之上，笑容可掬，焚香操琴。」

解析 ①「掬」不寫成「鞠」。②「笑容可掬」只偏重於笑容滿面，而不一定有得意之義；「滿面春風」偏重於表現愉快、和悅得意的神情。

例句 這家店的老闆每天都是**笑容可掬**，所以生意都比別家好。

近義 眉笑眼開；喜形顏開；喜形於色；滿面春風。

反義 愁眉苦臉；愁眉不展；愁眉鎖

眼；橫眉豎目。

笑逐顏開（ㄒㄧㄠˋ ㄓㄨˊ ㄧㄢˊ ㄎㄞ）

解釋 逐：追隨；顏：臉色。形容高興得滿臉笑容。

出處 《京本通俗小說・西山一窟鬼》：「教授聽得說罷，喜從天降，笑逐顏開。」

解析 「喜笑顏開」含有內心高興表露在臉上；「笑逐顏開」形容臉上表現出高興的樣子，不含有內心喜悅的意思。

例句 她近日來總是愁眉不展，收到兒子寄來的信後才**笑逐顏開**。

近義 眉開眼笑；笑容可掬；笑容滿面；喜形於色；喜笑顏開。

反義 愁眉不展；愁眉苦臉；愁眉鎖眼。

笑裏藏刀（ㄒㄧㄠˋ ㄌㄧˇ ㄘㄤˊ ㄉㄠ）

解釋 比喻外表和善而內心狠毒陰險。

出處 《唐書・李義府傳》：「貌柔恭，與人言，嬉怡微笑，而陰賊褊忌著於心，凡忤意者皆中傷之，時號笑中刀。」

解析 「口蜜腹劍」、「蛇心佛口」指嘴甜心狠；「笑裏藏刀」指外表和善，心裏狠毒。

例句 他一向對我們不太友善，今天卻十分地客氣，恐怕是**笑裏藏刀**。

近義 口蜜腹劍；佛口蛇心。

反義 表裏如一；慈悲為懷。

五畫

笨鳥先飛（ㄅㄣˋ ㄋㄧㄠˇ ㄒㄧㄢ ㄈㄟ）

解釋 比喻能力差的人做事時，恐怕落後，比別人先行動。多用作謙辭。也作「夯（ㄏㄤ）雀先飛。」（夯，同「笨」。）

出處 《古今雜劇・關漢卿〈陳母教子〉一》：「我似那靈禽在後，你這等坌鳥先飛。」（坌，同「笨」。）

解析 「鳥」不寫成「烏鴉」的「烏」。

例句 我的技巧不如各位純熟，只好**笨鳥先飛**，趕在你們集訓前，自己先練習了。

近義 純學累功；跛鱉千里；駑馬十駕。

反義 甘居人後。

六畫

等量齊觀（ㄉㄥˇ ㄌㄧㄤˋ ㄑㄧˊ ㄍㄨㄢ）

解釋 等：同等；量：估量、衡量；齊：同樣，一齊；觀：看待。對所有的事物，不問性質，不分輕重皆同等看待。

解析 「等量齊觀」、「一視同仁」都指同樣看待，但「等量齊觀」多用於具體的或抽象的事物；「一視同仁」則多用於人。

例句 這次的流行性感冒格外嚴重，決不能和過去的小感冒**等量齊觀**。

近義 一視同仁；一概而論；相提並論。

反義 另眼相看；青眼相看；厚此薄彼。

筆走龍蛇（ㄅㄧˇ ㄗㄡˇ ㄌㄨㄥˊ ㄕㄜˊ）

解釋 筆一揮動就呈現出龍蛇舞動的神態。形容草書的筆勢矯健靈活。

出處 宋．辛棄疾《稼軒長短句．水調歌頭》：「金鑾當日奏草，落筆萬龍蛇。」

例句 這幅大師**筆走龍蛇**的字畫，在拍賣會上以最高價被賣出。

近義 龍飛鳳舞；顏筋柳骨。

七畫

節外生枝（ㄐㄧㄝˊ ㄨㄞˋ ㄕㄥ ㄓ）

解釋 枝節上又生出杈枝。比喻在原有問題之外，又增加了新問題。也作「節上生枝」。

出處 宋．朱熹《朱子語錄》：「隨語生解，節上生枝，更讀萬卷書，亦無用處也。」

解析 「節外生枝」、「橫生枝節」都比喻出現新問題，使原來的主要問題得不到解決，有時可換用。其區別在於：「節外生枝」強調「節外」，指在原有的問題外生出新的問題；「橫生枝節」強調「橫生」，指意外出現的新問題。

例句 為免**節外生枝**，這件事最好不要假手他人，時間也不要拖太長。

近義 橫生枝節。

反義 一帆風順。

節衣縮食（ㄐㄧㄝˊ ㄧ ㄙㄨㄛ ㄕˊ）

解釋 節：節省；縮：縮減。節省衣服和飲食上的花費。形容生活非常節儉。

出處 宋．陸游〈秋荻歌〉：「我願鄰曲謹蓋歲，縮衣節食勤耕桑。」

例句 李老太太平日過著**節衣縮食**的生活，卻把所有的積蓄都捐給了慈善機構。

近義 布衣疏食；省吃儉用。

反義 日食萬錢；食前方丈；揮金如土。

節哀順變（ㄐㄧㄝˊ ㄞ ㄕㄨㄣˋ ㄅㄧㄢˋ）

解釋 節：節制；變：變故，舊指父母去世。勸喪家要抑制悲哀，順應變故。作弔唁之辭。

出處 《禮記．檀弓下》：「喪禮，哀戚之至也；節哀，順變也，君子念始之者也。」

例句 事情既然已經發生了，就請您**節哀順變**，保重身體要緊。

反義 悲不自勝；痛不欲生。

八畫

管中窺豹（ㄍㄨㄢˇ ㄓㄨㄥ ㄎㄨㄟ ㄅㄠˋ）

解釋 從管子裏看豹，只能看見豹的斑紋。比喻看到的不是全部或整體。

出處《晉書．王羲之傳》記載：晉朝的王獻之是王羲之的兒子，小時看他父親的學生在書房裏玩牌，他有時也能說出一兩句內行話來，學生們笑他說：「這小傢伙就像是管中窺豹，雖然沒有全懂，卻好像也稍稍懂得一些了。」

解析 ①窺，不讀ㄍㄨㄟ。②「管中窺豹」、「坐井觀天」偏重指只觀察到事物的一小部分，只有片面的了解；「管窺蠡測」則著重指觀察事物的角度狹隘，且理解膚淺、零碎。

例句 李醫生是全國數一數二的腦科權威，但他卻常謙稱自己是**管中窺豹**、所知有限。

近義 坐井觀天；管窺蠡測；嘗鼎一臠。

反義 一覽無遺；見多識廣。

管窺蠡測（ㄍㄨㄢˇ ㄎㄨㄟ ㄌㄧˊ ㄘㄜˋ）

解釋 管：竹管；窺：從孔隙裏看；蠡：貝殼做的瓢；測：測量。從竹管孔裏看天，用瓢測量海水，看到的、量到的不過是極小的一部分。比喻對事物的了解有限。

出處 漢．東方朔〈答客難〉：「以管窺天，以蠡測海。」

例句 不管你的學歷再高，閱歷再廣，在浩瀚的知識殿堂中，都不過是**管窺蠡測**而已。

近義 以管窺天；坐井觀天；管中窺豹。

反義 一覽無餘；見多識廣；登山小魯。

箕風畢雨（ㄐㄧ ㄈㄥ ㄅㄧˋ ㄩˇ）

解釋 箕、畢：二十八宿的兩個星座名。月亮經過箕星座時多風，經過畢星座時多雨。意思是箕星好刮風，畢星愛下雨。比喻人們的好惡各有不同。

出處《尚書．洪範》：「遮民惟星，星有好（ㄏㄠˋ）風，星有好雨。」孔傳：「箕星好風，畢星好雨。」

例句 市場上豐富多彩的商品，就是為了迎合大眾如**箕風畢雨**般的不同喜好。

九畫

箭在弦上（ㄐㄧㄢˋ ㄗㄞˋ ㄒㄧㄢˊ ㄕㄤˋ）

解釋 常與「不得不發」連用。箭已搭在弦上，不得不發。比喻受形勢所迫，已經到了不得不做的時候。

出處《太平御覽》引《魏書》記載：陳琳曾替袁紹寫過一篇檄文，文中辱罵了曹操的祖父和父親。袁紹失敗後，陳琳投奔曹操，曹操問陳說：「卿昔為本初移書，但可罪狀孤而已，何乃上及祖父邪？」陳琳謝罪說：「箭在弦上，不得不發。」曹操愛陳琳的才華，就沒再責備他。

解析「箭」不寫成「劍」。

例句 照現在的情勢是**箭在弦上**，你不得不出馬競選下任的會長。

近義 一觸即發；如箭在弦；劍拔弩張。

反義 引而不發；從容不迫。

十畫

築室道謀（ㄓㄨˊ ㄕˋ ㄉㄠˋ ㄇㄡˊ）

解釋 築室：蓋房子；道謀：和過路的人商量。比喻人多口雜，意見紛紛，事情無法辦成。

出處 《詩經．小雅．小旻（ㄇㄧㄣˊ）》：「如彼築室於道謀，是用不潰於成。」（潰，達到。）

例句 這類創意設計的事是相當主觀的，你這樣**築室道謀**處處詢問別人的意見，怎麼辦得成事。

篝火狐鳴（ㄍㄡ ㄏㄨㄛˇ ㄏㄨˊ ㄇㄧㄥˊ）

解釋 篝：籠子。本為假託狐鬼之事以發動起義，後即用以比喻籌劃起義。

出處 《史記．陳涉世家》：「夜篝火，狐鳴呼曰：『大楚興，陳勝王。』」陳涉準備起義，夜裏把火放在籠內，使之隱隱約約像燐火一樣，同時還學狐叫。

例句 這些人在夜裏**篝火狐鳴**，準備起義顛覆政府。

十一畫

篳門圭竇（ㄅㄧˋ ㄇㄣˊ ㄍㄨㄟ ㄉㄡˋ）

解釋 篳門：柴門；圭：古代玉器名，長條形，上端作三角狀；圭竇：似圭狀的小門。指貧苦人家居室的簡陋。也作「篳門圭窬」。

出處 《禮記．儒行》：「篳門圭窬，蓬戶甕牖。」（窬，通「竇」。）

例句 他雖出身於**篳門圭竇**之家，卻靠著自己的努力，開創出一片屬於自己的天地。

篳路藍縷（ㄅㄧˋ ㄌㄨˋ ㄌㄢˊ ㄌㄩˇ）

解釋 篳路：柴車；藍縷：破衣服。駕著柴車，穿著破舊衣服去開闢山林。形容創業的艱辛。

出處 《左傳．宣公十二年》：「篳路藍縷，以啟山林。」

解析 ①「縷」不讀成ㄌㄡˊ。②「篳路藍縷」和「含辛茹苦」都含有十分艱苦的意思，但前者一般用來比喻創業的艱辛，而後者則單純形容工作或生活的艱難困苦。

例句 我們今天能過著如此優渥的生活，都得感謝先民們**篳路藍縷**、開啟山林。

近義 含辛茹苦；披荊斬棘。

十二畫

簞食壺漿（ㄉㄢ ㄙˋ ㄏㄨˊ ㄐㄧㄤ）

解釋 簞：古時盛飯的圓形竹器。

古時候老百姓用簞盛了飯，用壺盛了湯來歡迎他們所擁護的軍隊。形容熱誠地犒賞、慰勞軍隊。

出處《孟子．梁惠王下》：「以萬乘之國伐萬乘之國，簞食壺漿，以迎王師；豈有他哉，避水火也。」

解析「食」不能唸成ㄕˊ。

例句 當初百姓們簞食壺漿地迎接軍隊，沒想到這些軍隊竟以武力鎮壓手無寸鐵的老百姓。

簞食瓢飲 ㄉㄢ ㄙˋ ㄆㄧㄠˊ ㄧㄣˇ

解釋 簞：裝飯的竹器。一簞的食物，一瓢的飲料。形容貧苦的生活。

出處《論語．雍也》：「一簞食，一瓢飲。」

解析「食」不能唸成ㄕˊ。

例句 他雖過著簞食瓢飲的生活，卻從不放棄寫作的理想。

近義 西華葛被；布衣蔬食；粗茶淡飯。

反義 山珍海味；花天酒地；鐘鳴鼎食。

【米部】

米珠薪桂 ㄇㄧˇ ㄓㄨ ㄒㄧㄣ ㄍㄨㄟˋ

解釋 珠：珍珠；薪：柴禾；桂：桂樹。米貴得跟珍珠一樣，柴貴得跟桂木一樣。形容物價昂貴。也作「薪桂米珠」。

出處《戰國策．楚策三》：「楚國之食貴於玉，薪貴於桂。」

解析「薪」不寫成「新」。

例句 物價年年飛漲已經是米珠薪桂，讓一般的平民百姓大感吃不消。

近義 米貴如珠；食玉炊桂；燒桂煮玉。

反義 物美價廉。

四畫

粉身碎骨 ㄈㄣˇ ㄕㄣ ㄙㄨㄟˋ ㄍㄨˇ

解釋 身體粉碎。多指為了某種目的不惜犧牲生命。也作「碎骨粉身」、「粉骨碎身」。

出處 唐．張鷟《遊仙窟》：「玉饌珍奇，非常厚重，粉身碎骨，不能酬謝。」

例句 他這次抱著必成的決心，就算是粉身碎骨也要達成任務。

近義 肝腦塗地；摧身碎首。

反義 明哲保身；貪生怕死。

粉妝玉琢 ㄈㄣˇ ㄓㄨㄤ ㄩˋ ㄓㄨㄛˊ

解釋 白粉裝飾的，白玉雕琢的。多用以形容雪景。也形容人生得清秀白淨，多指小孩或少男少女。

出處《紅樓夢》第一回：「士隱見女兒越發生得粉妝玉琢，乖覺可喜，便伸手接來，抱在懷中。」

解析 在描寫雪景時，「粉妝玉琢」和「粉妝玉砌」可通用，但前者主要在寫人方面，後者只適用於雪景。

例句 寒流來襲，合歡山上也降下了瑞雪，一片**粉妝玉琢**，彷彿來到了另一個世界。

近義 粉妝玉砌；粉妝銀砌。

粉飾太平（ㄈㄣˇ ㄕˋ ㄊㄞˋ ㄆㄧㄥˊ）

解釋 把混亂的局面裝飾成太平盛世的樣子。原作「文（ㄨㄣˋ）致太平」。

出處 宋．王楙《燕翼詒謀錄》二：「咸平、景德以後，粉飾太平，服用寖侈。」

解析 「粉飾太平」指故意把黑暗動亂的時局描繪成太平盛世；「歌舞昇平」指歌唱跳舞，歡慶太平。

例句 這個國家的內政早已紛擾不安，這份報導根本是在**粉飾太平**。

近義 文致太平；太平無象；歌舞昇平。

粉墨登場（ㄈㄣˇ ㄇㄛˋ ㄉㄥ ㄔㄤˇ）

解釋 粉、墨：搽臉和畫眉用的化妝品，這裏指演戲前以粉墨油彩化妝。指登場演戲。也比喻登上政治舞台，開始執政。

例句 她培養了一下午的情緒，就是希望晚上首次的**粉墨登場**能有好的表現。

近義 袍笏登場；粉墨登台；優孟衣冠。

五畫

粗枝大葉（ㄘㄨ ㄓ ㄉㄚˋ ㄧㄝˋ）

解釋 原比喻簡略或概括。現多指做事粗略不細致、不認真，未作深入的研究。

出處 宋．朱熹《朱子語錄》：「書序不是孔安國做，漢文粗枝大葉，全書序細膩，只似六朝時人文字。」

解析 「粗心大意」僅指不細心；「粗枝大葉」除指不細心外，還比喻簡略、不細密。

例句 沒想到像他這麼**粗枝大葉**的人也能寫出如此細膩的詩。

近義 馬馬虎虎；粗心大意；潦潦草草。

反義 一絲不苟；小心謹慎；精益求精；精雕細刻。

粗製濫造（ㄘㄨ ㄓˋ ㄌㄢˋ ㄗㄠˋ）

解釋 濫：過多，不加節制。原指產品粗糙，只追求數量，不講究品質。現也泛指工作草率、不負責任。

解析 ①不要把「濫」寫成「爛」（ㄌㄢˋ）。②「粗製濫造」強調指馬虎潦草，做工粗糙不細；「偷工減料」指暗中降低要求，減少用量。

例句 這些產品雖然便宜，但看來都是粗製濫造，恐怕壽命不長。

近義 草率從事；潦草塞責。

反義 一絲不苟；精益求精；精雕細刻。

六畫

粥少僧多（ㄓㄡ ㄕㄠˇ ㄙㄥ ㄉㄨㄛ）

解釋 準備的粥少，化齋的和尚多。比喻事物少而人數多。指東西不夠分配或供不應求。也作「僧多粥少」。

解析 「粥少僧多」指位置或東西不夠分配；「供不應求」偏重指東西不夠需求。

例句 公司只缺一名會計，沒想到卻有兩百多人前來應徵，**粥少僧多**，對那些沒選上的只好說聲抱歉了。

近義 供不應求。

反義 人浮於事；供過於求。

八畫

精益求精（ㄐㄧㄥ ㄧˋ ㄑㄧㄡˊ ㄐㄧㄥ）

解釋 益：更加。好了還要更加好，形容不斷求進步，以達到盡善盡美。

出處 《論語．學而》：「《詩》云：『如切如磋，如琢如磨』，其斯之謂與？」朱注：「言治骨角者，既切之而復磋之；治玉者，既琢之而復磨之，治之已精，而益求其精也。」

例句 本公司的產品不但經過層層的檢驗，還會逐年作修正，目的就是希望能**精益求精**。

近義 刮垢磨光。

反義 粗製濫造；敷衍了事。

精誠所至，金石為開（ㄐㄧㄥ ㄔㄥˊ ㄙㄨㄛˇ ㄓˋ，ㄐㄧㄣ ㄕˊ ㄨㄟˊ ㄎㄞ）

解釋 精誠：至誠，真心誠意。至誠所達到的地方，像金石那樣堅硬的東西也被他打開。形容做人做事只要誠懇，再困難的事也能克服。

出處 《後漢書．廣陵思王荊傳》：「精誠所加，金石為開。」

例句 他為了證明對她的真心，足足等了她十年，最後終於**精誠所至，金石為開**，打動了她。

精衛填海（ㄐㄧㄥ ㄨㄟˋ ㄊㄧㄢˊ ㄏㄞˇ）

解釋 精衛：古代神話中的小鳥名。古代神話傳說：炎帝的女兒在東海裏淹死後，靈魂化為精衛，經常銜西山上的木頭、石頭去填東海。後比喻意志堅決。

出處 《山海經．北山經》：「炎帝之少女名曰女娃，女娃遊於東海，溺而不返，故為精衛，常銜西山之木石，以堙於東海。」

例句 這份工作雖然浩大而艱鉅，但只要大家秉持著**精衛填海**的精神，堅持到底就一定能完成。

近義 愚公移山。

十一畫

糟糠之妻（ㄗㄠ ㄎㄤ ㄓ ㄑㄧ）

解釋 糟糠：酒糟、糠皮等粗劣的食物。舊指貧賤時共同患難的妻子。現多用來謙稱自己的妻子。

出處 《後漢書．宋弘傳》：「臣聞貧賤之知不可忘，糟糠之妻不下堂。」（下堂，指妻子被丈夫遺棄。）

例句 你現在事業成功了，就把以前共同奮鬥的糟糠之妻遺棄，未免太過分了。

近義 患難夫妻。

【糸部】

三畫

約定俗成（ㄩㄝ ㄉㄧㄥˋ ㄙㄨˊ ㄔㄥˊ）

解釋 指某種名稱、習慣為社會上所承認，因而固定下來，一直沿用。

出處 《荀子．正名》：「名無固宜，約之以命。約定俗成謂之宜，異於約則謂之不宜。」

例句 許多語言與事物名稱都是約定俗成的，一旦被人們習用就因而固定下來了。

近義 相沿成習。

約法三章（ㄩㄝ ㄈㄚˇ ㄙㄢ ㄓㄤ）

解釋 約定法律三條。後指事先約好或講定規則，大家共同遵守。

出處 《史記．高祖本紀》記載：楚漢相爭時，漢軍攻破秦朝的都城咸陽，漢王劉邦看到由於連年戰爭，社會秩序混亂，於是和父老百姓們約定了三條法令：殺人的判處死刑，傷人的和偷盜的按罪判刑。

例句 房東在租出房間時，就與大家約法三章，以免日後發生糾紛。

反義 違法亂紀。

紆尊降貴（ㄩ ㄗㄨㄣ ㄐㄧㄤˋ ㄍㄨㄟˋ）

解釋 尊貴者委曲自己的身分，去接近低下的人，或從事某一種低下的工作。

出處 《梁簡文帝．昭明太子集序》：「絳貴紆尊，躬刊手掇。」

解析 「紆尊降貴」偏重指地位高的人自動降低自己的身分，但往往胸懷大志；「降志辱身」偏重指名聲好的人自動降低自己的身分，同時犧牲自己的志向。

例句 他雖貴為總統之子，卻紆尊降貴，自願到醫院當義工，毫無嬌貴之氣。

近義 屈尊絳貴；降志辱身。

反義 高高在上。

紈袴子弟（ㄨㄢˊ ㄎㄨˋ ㄗˇ ㄉㄧˋ）

解釋 紈袴：古代富貴人家子弟所穿

的細絹做的褲子。指那些行為輕浮的富貴人家子弟。

出處《宋史．魯宗道傳》：「館閣育天下英才，豈紈袴子弟得以恩澤處耶？」

例句 他看來就像個揮霍無度、遊手好閒的**紈袴子弟**，和他交往你可得當心。

近義 膏粱子弟；綺襦紈袴。

反義 繩樞之子；繩樞之士。

四畫

素昧平生（ㄙㄨˋ ㄇㄟˋ ㄆㄧㄥˊ ㄕㄥ）

解釋 素：向來，往常；昧：不了解；平生：平素，往常。一向不了解。表示從來不相識。

出處《醒世恆言》六：「與卿素昧平生，何得有救命之說？」

解析 ①「昧」不可寫成「味」，不可讀作ㄨㄟˋ。②「素昧平生」著重在不認識；「水米無交」著重在沒有來往。

例句 我和你**素昧平生**，卻得到你這麼多的幫助，令我無限感激。

近義 素不相識；素不識荊。

反義 似曾相識；青梅竹馬；通家至好。

索然無味（ㄙㄨㄛˇ ㄖㄢˊ ㄨˊ ㄨㄟˋ）

解釋 索然：枯燥無味的樣子。形容事物毫無趣味。也作「索然寡味」。

出處《兒女英雄傳》第二十八回：「從來著書的道理，那怕稗官說部，借題目作文章，便燦然可觀；填人數，湊熱鬧，便索然無味。」

例句 這部不知所云的電影，令人看得**索然無味**。

近義 枯燥無味；興味索然。

反義 妙趣橫生；津津有味；情趣橫生；興致勃勃。

紙上談兵（ㄓˇ ㄕㄤˋ ㄊㄢˊ ㄅㄧㄥ）

解釋 比喻不切實際地空談理論，不能解決實際問題。也比喻只是空談，不能成為現實的事物。

出處《史記．藺相如列傳》記載：戰國末期，趙國大將趙奢的兒子趙括，年輕時就讀了不少兵書，但趙奢認為，趙括沒有實際經驗，不能當大將。後來，秦國進攻趙國，趙孝成王中了秦國的反間計，改派趙括代廉頗為大將。趙括的母親聞訊連忙上書勸阻說：「趙括雖熟讀兵書，但不能靈活運用，並非大將之才，不可重用。」但趙孝成王不聽勸阻，讓趙括接替了兵權。趙括來到長平，完全改變了廉頗的計畫，照搬兵書上的條文，結果被秦兵圍困。他自己在突圍時中箭而死，趙軍四十萬也被秦國大將白起坑殺。

例句 要解決這個問題，光**紙上談兵**是不夠的，得付出實際行動。

近義 坐而論道；河漢斯言；徒托空言。

反義 用兵如神；言必有中。

紙醉金迷（ㄓˇ ㄗㄨㄟˋ ㄐㄧㄣ ㄇㄧˊ）

解釋 原指被一些金光閃閃的東西迷惑住了。後形容奢侈、浮華的生活。原作「金迷紙醉」。

出處 宋．陶穀《清異錄．金迷紙醉》記載：唐朝末年有個醫生叫孟斧，住在四川，他的房子裏有個小房間，使用的家具都包上金紙，因此金光閃閃，他的朋友見了，回去對人說：「此室暫憩，令人金迷紙醉。」

解析 ①「醉」字旁「酉」不可寫成「西」。②「紙醉金迷」、「燈紅酒綠」都形容奢侈靡爛的生活。其區別在於：「紙醉金迷」偏重於豪華、奢侈；「燈紅酒綠」偏重於腐朽、糜爛。

例句 他自從炒股票賺了大錢後，每天過著**紙醉金迷**的生活，再不肯認真賺錢了。

近義 花天酒地；醉生夢死；燈紅酒綠。

反義 食淡衣粗；粗茶淡飯；簞食瓢飲。

紛至沓來（ㄈㄣ ㄓˋ ㄊㄚˋ ㄌㄞˊ）

解釋 紛：眾多，雜亂；沓：重覆。形容接連不斷地到來。

出處 朱熹〈答何叔京書〉：「則雖事物紛至而沓來，豈足以亂吾之知恩。」

解析 ①「沓」不可讀成「舀水」的ㄧㄠˇ。②「紛至沓來」和「絡繹不絕」都有連續不斷的意思，有時為了加強語氣，兩者可連用。但「紛至沓來」可泛指一切事物，範圍較「絡繹不絕」廣；「絡繹不絕」專指人、車、馬、船的來來往往，同時含有「繁盛」的意思，「紛至沓來」則沒有這個意思。

例句 爺爺八十大壽的宴席上，恭賀的親戚朋友**紛至沓來**，好不熱鬧。

近義 接二連三；接踵而至；絡繹不絕；源源而來。

紛紅駭綠（ㄈㄣ ㄏㄨㄥˊ ㄏㄞˋ ㄌㄩˋ）

解釋 紅：指紅花；駭：散亂；綠：指綠葉。飄動、散亂的紅花綠葉。形容花葉隨風擺動。

出處 唐．柳宗元《河東先生集．袁家渴記》：「每風自四山而下，振動大木，掩苒眾草，紛紅駭綠，蓊葧香氣。」

例句 他每逢假日，總愛上山欣賞那一片**紛紅駭綠**，紓解平日的工作壓力。

五畫

細大不捐（ㄒㄧˋ ㄉㄚˋ ㄅㄨˋ ㄐㄩㄢ）

解釋 細：細小的事物；大：大事物；捐：捨棄。無論大小事物都不捨棄。

出處 唐．韓愈《昌黎先生集．進學解》：「貪多務得，細大不捐。」

例句 他吸收知識向來是**細大不捐**，對任何事都充滿了好奇心。

近義 兼收並蓄。

反義 掛一漏萬。

細水長流（ㄒㄧˋ ㄕㄨㄟˇ ㄔㄤˊ ㄌㄧㄡˊ）

解釋 原來比喻一點一滴、持續不斷地做一件工作。現在也比喻節約使用錢、物，使之不致缺乏。或比喻力量雖微薄，只要能持久終有成效。

出處 清．翟灝《通俗編》引《遺教經》：「汝等常勤精進，譬如小水長流，則能穿石。」

例句 奶奶常告誡我們，即使賺了錢也不可奢侈浪費，**細水長流**才能使生活永不匱乏。

近義 精打細算。

反義 一擲千金；一蹴可幾。

細針密縷（ㄒㄧˋ ㄓㄣ ㄇㄧˋ ㄌㄩˇ）

解釋 縷：線。比喻對工作和問題認真、謹慎，處理得細緻、周到。

出處 《兒女英雄傳》第二十六回：「這位姑娘雖是細針密縷的一個心思，卻是海闊天空的一個性氣。」

解析 「細針密縷」、「精雕細刻」都含有精心、細致的意思，都常用於文藝創作和做事。其區別在於：「細針密縷」偏重於細致、周密；「精雕細刻」偏重於精心、精細。在用於文藝創作時，「細針密縷」尤宜用於內容的安排，「精雕細刻」尤宜用於人物的刻畫。

例句 新來的張秘書雖有著**細針密縷**的心思，外表看來卻不失瀟脫、帥氣。

近義 精雕細刻。

反義 大刀闊斧；粗枝大葉。

絃外之音（ㄒㄧㄢˊ ㄨㄞˋ ㄓ ㄧㄣ）

解釋 絃：弦樂器上發音的線。比喻言外之意，即在文章或話裏間接透露，而沒有直接明說出來的意思。

出處 南朝．宋．范曄〈獄中與諸甥姪書〉：「吾於音樂，聽功不及自揮，但所精非雅聲為可恨。然至於一絕處，亦復何耶也！其中體趣，言之不盡。絃外之意，虛響之音，不知所從而來。」

解析 「絃」不寫成「炫」或「眩」。

例句 他的訪談內容透露出許多**絃外之音**，有心人士可自行體會。

近義 言外之意；話中有話。

終身大事（ㄓㄨㄥ ㄕㄣ ㄉㄚˋ ㄕˋ）

解釋 關係一輩子的大事情。多指男女婚嫁而言。

出處 《紅樓夢》第八回：「因是兒子

終身大事所關，說不得東拼西湊，恭恭敬敬封了二十四兩贄禮，帶了秦鍾到代儒家來拜見。」

例句 這可是你的**終身大事**，關係你的一輩子，可得考慮清楚。

反義 芝麻小事。

終南捷徑（ㄓㄨㄥ ㄋㄢˊ ㄐㄧㄝˊ ㄐㄧㄥˋ）

解釋 終南：終南山，在陝西省西安市西南。比喻謀取官職或求得名利最便捷的門徑。現在也比喻達到目的的便捷途徑。

出處 《新唐書．盧藏用傳》裏說，盧藏用想做官，就假裝隱居在京城附近的終南山裏，希望被皇帝徵召，後來果然被召去做了官。同時代的司馬承禎也曾用同樣的方法取得官位。有一次，盧藏用指著終南山對司馬承禎說：「此中大有嘉（佳）處。」承禎說：「依我看來，『仕宦之捷徑耳。』」

例句 他辭職後反而當了更大的官，其他人便把辭職視為**終南捷徑**，紛紛起而效法。

六畫

結草銜環（ㄐㄧㄝˊ ㄘㄠˇ ㄒㄧㄢˊ ㄏㄨㄢˊ）

解釋 比喻感恩報德，至死不忘。也作「銜環結草」。

出處 ①《左傳．宣公十五年》記載：晉大夫魏顆在他父親死後，把他父親的一個愛妾另嫁了，沒有讓她殉葬，後來魏顆與秦國的杜回作戰時，「見老人結草以亢（抗）杜回」，因而絆倒杜回之馬，捉住了杜回；夜裏夢見那老人對他說，我是你所嫁婦人的父親，特來戰場上結草報恩的。②《後漢書．楊震傳》注引《續齊諧記》記載：後漢楊寶幼時，救了一隻黃雀，「夜有黃衣童子銜白環四枚」相報，並祝願楊寶子孫四代都做三公。

例句 您不顧自身的安危，把我們一家人自火海中救出，這種大恩大德，我必定**結草銜環**報答您。

近義 知恩報恩；感恩戴德；感恩圖報。

反義 以怨報德；忘恩負義；恩將仇報。

結駟連騎（ㄐㄧㄝˊ ㄙˋ ㄌㄧㄢˊ ㄐㄧˋ）

解釋 駟：套四匹馬的車；騎：一人一馬的合稱。車編隊，馬相連。車馬眾多，形容貴官出行的闊綽排場。

出處 《史記．仲尼弟子列傳》：「子貢相衛，而結駟連騎，排藜藿入窮閻，過謝原憲。」

例句 市長出門時不但是**結駟連騎**，還有車隊開路，哪裏能體會小市民的塞車之苦。

結黨營私（ㄐㄧㄝˊ ㄉㄤˇ ㄧㄥˊ ㄙ）

解釋 結成小集團以謀私利為目的。

義同「植黨營私」。

出處 《鏡花緣》第七回：「今名登皇榜，將來出仕，恐不免結黨營私。」

例句 團體裏是不允許有人**結黨營私**、圖謀私利的。

近義 朋比為奸；植黨營私；營私舞弊。

反義 君子不黨；潔身自好；獨善其身。

絕口不提 ㄐㄩㄝˊ ㄎㄡˇ ㄅㄨˋ ㄊㄧˊ

解釋 閉口不談。

出處 《漢書．丙吉傳》：「吉為人深厚，不伐善。自曾孫遭遇，吉絕口不道前恩，故朝廷莫能明其功也。」（曾孫，漢宣帝劉洵為武帝曾孫。遭遇，指劉洵登帝位。前恩，指劉洵小時曾繫獄，受到丙吉的照顧。）

例句 二十年前的大地震死傷慘重，老一輩的人對這件慘痛的回憶都**絕口不提**。

近義 守口如瓶；鉗口不言；緘口不言。

反義 和盤托出；直言不諱；滔滔不絕。

絕少分甘 ㄐㄩㄝˊ ㄕㄠˇ ㄈㄣ ㄍㄢ

解釋 指自己刻苦，待人優厚，形容對人非常照顧、體貼。也作「絕甘分少」。

出處 明．孫瑴《孝經援神契》：「母之於子也，鞠養殷勤，推燥居濕，絕少分甘。」宋均注：「少則自絕，甘則分。」

例句 他是個心地仁厚、**絕少分甘**的人，所以能在這次選舉中獲得大家的愛戴，高票當選。

絕無僅有 ㄐㄩㄝˊ ㄨˊ ㄐㄧㄣˇ ㄧㄡˇ

解釋 形容極其少有。

出處 宋．蘇軾〈上皇帝書〉：「改過不吝，從善如流，此堯舜禹湯之所勉強而力行，秦漢以來之所絕無而僅有。」

解析 「絕」不寫成「決」。

例句 觀賞這場流星雨恐怕是這輩子**絕無僅有**的機會，大家可得好好把握。

近義 蓋世獨步；獨一無二；舉世無雙。

反義 不計其數；不勝枚舉；司空見慣；恆河沙數；屢見不鮮。

絲恩髮怨 ㄙ ㄣ ㄈㄚˇ ㄩㄢˋ

解釋 像細絲那樣的恩情，像頭髮那樣的仇怨。形容極小、微不足道的恩怨。

出處 《資治通鑑．唐紀．文宗太和九年》：「是時李訓、鄭注連逐三相，威震天下，於是絲恩髮怨，無不報者。」

例句 他是個寬宏大度的人，像這種**絲恩髮怨**，他是不會放在心上的。

絲絲入扣（ㄙ ㄙ ㄖㄨˋ ㄎㄡˋ）

解釋 扣：即「筘」，織布機上的主要機件之一，織布時緯紗穿入輕紗層後，依靠鋼筘的推壓使經緯交織構成織物。織布時，每條經線都毫不錯亂地從筘中穿過。比喻做得十分細致、緊湊合度，多指文章或藝術表演。

出處 清．趙翼《甌北詩話》卷三：「查初白有《水碓》及《觀造竹紙》聯句，層次清澈，而體物之工，抒詞之雅，絲絲入扣，幾無一字虛設。」

解析 「絲絲入扣」可以用來形容織布、結網，也可以用來形容事物與事物的關係，但更多的是指文章或藝術表演方面。

例句 他天生具有表演細胞，模仿名人政要更是**絲絲入扣**，維妙維肖。

近義 環環相扣。

絡繹不絕（ㄌㄨㄛˋ ㄧˋ ㄅㄨˋ ㄐㄩㄝˊ）

解釋 絡繹：連續不斷的樣子。形容來往的人或車馬連續不斷。

出處 《後漢書．南匈奴傳》：「逃入塞者，絡繹不絕。」

解析 「絡繹不絕」常指人馬、車船的往來，並含有繁盛的意思；「川流不息」可指人馬、車船的往來，也可指其他事物。

例句 寒流來襲，合歡山降下瑞雪，吸引了**絡繹不絕**的遊客。

近義 川流不息；比肩接踵；紛至沓來；源源不斷。

反義 門可羅雀；路斷人稀。

七畫

經天緯地（ㄐㄧㄥ ㄊㄧㄢ ㄨㄟˇ ㄉㄧˋ）

解釋 經緯：比喻規劃。形容人的才能極大，足以經營、治理天下。

出處 《國語．周語》：「天六地五，數之常也。經之以天，緯之以地。」

例句 他具有**經天緯地**的才能，這次出來參選，我們一定要全力支持他。

近義 經緯天地。

經緯萬端（ㄐㄧㄥ ㄨㄟˇ ㄨㄢˋ ㄉㄨㄢ）

解釋 經：織物的直線；緯：織物的橫線；端：頭。比喻事務繁雜、頭緒很多，不易處理。原作「經緯萬方」。

出處 漢．揚雄《法言．問神》：「神心惚恍，經緯萬方。」

例句 他當選市長後才發現市政是**經緯萬端**，讓他每天忙得焦頭爛額。

綆短汲深（ㄍㄥˇ ㄉㄨㄢˇ ㄐㄧˊ ㄕㄣ）

解釋 綆：汲水用的繩子；汲：從井裏打水。吊桶的繩子很短，卻要在深井裏打水。比喻才力小者不足以擔當重任，或不足以理解深微之理。

出處《莊子．至樂》：「褚小者不可以懷大，綆短者不可以汲深。」（褚，衣袋。）

例句 我一直嘗試著了解易理，但**綆短汲深**，始終無法參透其中的深義。

八畫

綽綽有餘（ㄔㄨㄛˋ ㄔㄨㄛˋ ㄧㄡˇ ㄩˊ）

解釋 綽綽：寬裕的樣子。形容人力、財力寬裕，足以應付。又作「綽有餘裕」。

出處《詩經．小雅．角弓》：「此令兄弟，綽綽有裕」。

解析「綽」不能唸成ㄓㄨㄛˊ。

例句 以他的學識，擔任國中教師是**綽綽有餘**了。

近義 綽有餘裕。

反義 入不敷出；捉襟見肘。

綠林好漢（ㄌㄩˋ ㄌㄧㄣˊ ㄏㄠˇ ㄏㄢˋ）

解釋 綠林：西漢末年，王匡、王鳳等在今湖北當陽縣東北的綠林山中，聚集了一支有七八千人的農民起義隊伍，反對王莽政權，歷史上稱為「綠林軍」。泛指聚集山林、反抗統治者的人或占山為王的盜匪。

解析 依教育部審訂「綠」不唸ㄌㄨˋ。

例句 老爺爺常提起自己年輕時曾是反抗滿清、劫富濟貧的**綠林好漢**。

近義 綠林豪客。

綠葉成蔭（ㄌㄩˋ ㄧㄝˋ ㄔㄥˊ ㄧㄣˋ）

解釋 指女子已出嫁且生有子女。

出處 宋．計有功《唐詩紀事》記載，杜牧嘗遊湖州，見一少女。十四年後，牧為湖州刺史，女已嫁生子。牧作詩云：「狂風落盡深紅色，綠葉成蔭子滿枝。」

例句 張奶奶六十不到已**綠葉成蔭**，當你們的媒人是再適合不過了。

網開一面（ㄨㄤˇ ㄎㄞ ㄧˊ ㄇㄧㄢˋ）

解釋 開一面之網，給人留活路。比喻從寬處理罪犯。

出處《史記》中曾提到商湯在野外看見打獵的人四面都張開了網，並禱告說：「天下四方的鳥獸都到我的網裏來」，商湯看了很不忍心，就叫那人把網收起三面，只留下一面，叫做「網開三面」，後來演變成「網開一面」。

例句 他之所以出此下策，全是為了家中三個嗷嗷待哺的幼兒，就請店家您**網開一面**。

近義 手下留情；法外施仁；從寬發落；寬大為懷。

反義 一網打盡；寸草不留；趕盡殺絕；嚴懲不貸。

網漏吞舟（ㄨㄤˇ ㄌㄡˋ ㄊㄨㄣ ㄓㄡ）

解釋 網：魚網，比喻法網；吞舟：

指吞舟之魚，即大魚，比喻大奸。魚網把吞舟的大魚漏掉了。比喻法令太寬鬆，無法約束大奸大惡之人。

出處　《史記．酷吏列傳序》：「漢興……網漏於吞舟之魚，而吏治烝烝，不至於奸，黎民艾（ㄞˋ）安。」（烝烝，淳厚的樣子。艾安，太平無事。）

例句　這個國家的法令雖然十分人性而寬鬆，但難免會有**網漏吞舟**的缺失。

綱舉目張（ㄍㄤ ㄐㄩˇ ㄇㄨˋ ㄓㄤ）

解釋　綱：魚網上的總繩，比喻事物的主要部分；目：網上的眼，比喻事物的從屬部分。提出魚網的總繩一撒，所有的網眼就都張開了。比喻掌握住事物的主要原則就可以帶動其他環節。也比喻條理分明。

出處　漢．鄭玄〈詩譜序〉：「舉一綱而萬目張。」

解析　「綱舉目張」強調掌握要領，以帶動其他環節；「提綱挈領」強調掌握要領，簡明扼要。

例句　這件事看來繁雜不易處理，其實只要把握重點，就能**綱舉目張**。

近義　提綱挈領。

維妙維肖（ㄨㄟˊ ㄇㄧㄠˋ ㄨㄟˊ ㄒㄧㄠˋ）

解釋　維：語氣助詞；肖：相似。形容刻畫或描摹得非常逼真。

出處　馮鎮巒《讀聊齋雜說》：「《聊齋》中間用字法，不過一二字，偶露句中，遂已絕妙，形容維妙維肖，彷彿《水經注》造語。」

解析　①「肖」不能唸成ㄒㄧㄠ。②「維妙維肖」重在描繪得生動傳神；「刻畫入微」重在描繪細緻。

例句　這一幅人物畫像**維妙維肖**，完全掌握住畫中人物的神韻。

近義　呼之欲出；活靈活現；栩栩如生。

反義　刻鵠似鶩；畫虎類狗。

九畫

緣木求魚（ㄩㄢˊ ㄇㄨˋ ㄑㄧㄡˊ ㄩˊ）

解釋　緣：攀援。爬到樹上去找魚。比喻方向、方法錯誤，徒勞無功。

出處　《孟子．梁惠王上》：「以若所為，求若所欲，猶緣木而求魚也。」

解析　①「緣」不寫成「沿」。②「緣木求魚」、「刻舟求劍」都有徒勞地強求的意思。其區別在於：「刻舟求劍」比喻辦事刻板，不知變通；「緣木求魚」則比喻方向不對或方法錯誤。

例句　你在我身上下功夫無異於**緣木求魚**，奉勸你還是直接去找當事人吧！

近義　水中撈月；引足救經；刻舟求劍。

反義 探囊取物；甕中捉鱉。

緩不濟急（ㄏㄨㄢˇ ㄅㄨˋ ㄐㄧˋ ㄐㄧˊ）

解釋 濟：救助。

緩慢的行動幫助不了緊急需要。形容雖有解決的辦法，卻趕不上應用。

出處 《兒女英雄傳》第十三回：「正愁緩不濟急，恰好有現任杭州織造的富周三爺，是門生的大舅子，他有托門生帶京的一萬銀子。」

例句 颱風過後，部落已斷糧數日，你現在下山求救，恐怕也是**緩不濟急**。

十一畫

縮手縮腳（ㄙㄨㄛ ㄕㄡˇ ㄙㄨㄛ ㄐㄧㄠˇ）

解釋 因寒冷而不敢伸開手腳。也形容做事膽小，不敢放手去做。

出處 《老殘遊記》第六回：「喊了許久，店家方拿了一盞燈，縮手縮腳的進來。」

解析 「縮手縮腳」側重指主觀上有顧慮，「束手束腳」側重指客觀環境上受到限制。

例句 既然決定創業，就要放膽去做，你這樣**縮手縮腳**的，公司何時才能開張。

近義 束手束腳；畏首畏尾。

反義 大刀闊斧。

總角之交（ㄗㄨㄥˇ ㄐㄧㄠˇ ㄓ ㄐㄧㄠ）

解釋 總角：古代兒童把頭髮梳成小髻，指童年時代。總角時結下的交情，指幼時就很要好的朋友。也作「總角之好」。

出處 《詩經．衛風．氓》：「總角之宴，言笑晏晏。」

例句 他們曾是**總角之交**，卻因合作開店而反目成仇，不再來往了。

近義 竹馬之交；青梅竹馬。

繁文縟節（ㄈㄢˊ ㄨㄣˊ ㄖㄨˋ ㄐㄧㄝˊ）

解釋 文：儀式，規定，縟：繁多；節：禮節。繁多、無意義的儀式或禮節。比喻繁瑣多餘的事情。

出處 清．章學誠《章氏遺書．禮教》：「夫名物制度，繁文縟節，考訂精詳，記誦博洽，此藏亡之學也。」

例句 婚禮中的**繁文縟節**，常把人折騰得疲憊不堪。

近義 虛文縟節；繁禮多儀。

反義 省繁從簡；刪繁就簡。

縱虎歸山（ㄗㄨㄥˋ ㄏㄨˇ ㄍㄨㄟ ㄕㄢ）

解釋 縱：釋放。把老虎放回山上去。比喻放過惡人，讓他再度危害社會。

出處 《三國演義》第二十一回：「程昱曰：『昔劉備為豫州牧時，某等請殺之，丞相不聽；今日又與之兵，此放龍入海，縱虎歸山也。』」

解析 「縱虎歸山」和「養虎遺患」都有比喻掉以輕心，不除掉敵人，留下後患的意思，但前者強調放走敵人，後者強調縱容敵人。

例句 放走這個前科累累的慣犯，無異於**縱虎歸山**，讓他繼續危害社會。

近義 放虎於山；後患無窮；養虎遺患；養癰遺患。

反義 杜絕後患；除惡務盡；斬草除根。

縱橫捭闔（ㄗㄨㄥˋ ㄏㄥˊ ㄅㄞˇ ㄏㄜˊ）

解釋 縱橫：「合縱連橫」的簡稱，原指戰國時代一些諸侯國在外交上根據當時的利害結成不同的集團，南北六國聯合抗秦叫合縱，六國服從秦國叫連橫；捭闔：開合，原指戰國時代策士遊說的一種方法。形容在政治上、外交上運用手段極為高明靈活。

出處 宋．李方叔《論文》：「捭闔縱橫之人，其言辯以私。」

解析 「捭」不讀寫成「牌（ㄆㄞˊ）」；「闔」不讀ㄍㄞˋ。

例句 他是個非常出色的外交人才，在國際間**縱橫捭闔**，為國家結交了不少盟友。

近義 縱橫開合。

十三畫

繩鋸木斷（ㄕㄥˊ ㄐㄩˋ ㄇㄨˋ ㄉㄨㄢˋ）

解釋 以繩當鋸子，也能把木頭鋸斷。比喻力量雖小，只要堅持不懈，就能成功。

出處 宋．羅大經《鶴林玉露》：「張乖崖為崇陽令，一吏自庫中出，巾下有一錢。乖崖杖之。吏曰：『一錢何足道，乃杖我也！』乖崖援筆判曰：『一日一錢，千日千錢，繩鋸木斷，水滴石穿。』」

例句 我們的力量雖然小，但只要能持之以恆，**繩鋸木斷**，終有成功的一天。

近義 水滴石穿。

繩趨尺步（ㄕㄥˊ ㄑㄩ ㄔˇ ㄅㄨˋ）

解釋 指行為中規中矩，舉動有法度。

出處 《宋史．朱熹傳》：「方是時，士之繩趨尺步，稍以儒名者，無所容其身。」

例句 他向來是個**繩趨尺步**的人，這種傷天害理的事，絕不可能是他做的。

繪聲繪色（ㄏㄨㄟˋ ㄕㄥ ㄏㄨㄟˋ ㄙㄜˋ）

解釋 繪：描繪。形容講述、描摹事物非常生動、逼真。也作「繪聲繪影」、「繪影繪聲」。

出處 清．蔣敦復《芬陀利室詞話》：「余於近來諸君子詠物之作，縱極繪聲繪影之妙，多所不取。」

解析 「繪聲繪色」和「有聲有色」

都可以用來形容敘述、描繪十分生動。但「繪影繪影」大多只是用來形容敘述、描寫的生動逼真，不能用來形容表現的出色。「有聲有色」既可以形容敘述或描繪得十分生動，也可用來形容表現得出色。

例句 隔壁的王伯伯，總能把故事說得**繪聲繪色**的，所以附近的小朋友都愛聽他說故事。

近義 活靈活現；栩栩如生；唯妙唯肖；躍然紙上。

反義 平淡無奇；語言無味。

十四畫

繼往開來（ㄐㄧˋ ㄨㄤˇ ㄎㄞ ㄌㄞˊ）

解釋 繼：繼承；開：開闢。繼承前人既有的事業，為後人開闢新局面。

出處 張載〈西銘〉：「為往聖繼絕學，為萬世開太平。」

例句 整理這些文學論著，雖然枯燥無味，卻有著**繼往開來**的神聖意義。

近義 承上啟下；承先啟後。

反義 空前絕後；後繼無人。

十五畫

纏綿悱惻（ㄔㄢˊ ㄇㄧㄢˊ ㄈㄟˇ ㄘㄜˋ）

解釋 纏綿：縈繞，糾纏。悱惻：悲苦，淒切。形容文詞、情景或文學作品中的故事情節哀婉動人。

出處 清．沈祥龍《論詞隨筆》：「詞得屈子之纏綿悱惻，又須得莊子之超曠空靈。」

例句 這些**纏綿悱惻**的八點檔連續劇賺淨了婦女同胞的眼淚。

十七畫

纖塵不染（ㄒㄧㄢ ㄔㄣˊ ㄅㄨˋ ㄖㄢˇ）

解釋 纖：細小。一點灰塵也沒有沾染上。形容非常乾淨。也比喻沒有沾染上任何壞習氣、壞思想。

出處 《元史．黃溍傳》：「及升朝行，挺立無所附，足不登巨公勢人之門，君子稱其清風高潔，如冰壺玉尺，纖塵弗汚。」

例句 她還是個**纖塵不染**的女孩子，你的這些壞習氣千萬不要傳給她。

近義 一乾二淨；一塵不染；潔身自好。

反義 同流合汚；烏七八糟。

【缶部】

十一畫

罄竹難書（ㄑㄧㄥˋ ㄓㄨˊ ㄋㄢˊ ㄕㄨ）

解釋 罄：盡；竹：古代寫字的竹簡；書：寫。意思是，用盡終南山的竹子也寫不完他的罪行。形容罪行多得寫不完。

出處 隋煬帝（楊廣）當政時，曾大興土木，迫使數十萬人從事勞役，同時苛捐雜稅，兵役也非常繁重，引起了各地農民接連不斷的起義。李密為了號召人民起義，曾列舉了隋煬帝的十大罪狀，其中說到：用盡南山的竹子做竹簡，也寫不完煬帝的罪行；用盡東海的水，也洗不盡煬帝的罪惡。

解析 在形容罪惡極多的意義上，「罄竹難書」著眼於寫不完；「擢髮難數」著眼於數不盡。

例句 他們兄弟倆在短短數年內便犯下數起劫財劫色的案件，罪行簡直是**罄竹難書**。

近義 罪惡累累；擢髮難數。

反義 一言蔽之。

【网部】

八畫

置之度外（ㄓˋ ㄓ ㄉㄨˋ ㄨㄞˋ）

解釋 度（原應唸ㄉㄨㄛˋ）：考慮，計算。不放在考慮之中，即不把它放在心上。

出處 《後漢書．孔融傳》記載：漢光武帝劉秀建立了東漢王朝，只剩下隗囂和公孫述這兩股勢力沒有消滅。劉秀覺得多年戰爭，兵力、財力都不足，暫時不願繼續征討，因此當部下談到隗囂和公孫述兩股勢力時說：「且當置此兩子於度外耳」（兩子，指隗囂與公孫述。意思是說暫時不要將這兩人放在心上。）

解析 「置之度外」強調不考慮；「置若罔聞」強調不去聽；「置之不理」強調不理睬；「置之腦後」強調放在一邊。

例句 我既然決定做一名公眾人物，就把自己的隱私權**置之度外**了。

近義 不以為意；置之不理；置之腦後。

反義 念念不忘；耿耿於懷；銘記不忘。

置若罔聞（ㄓˋ ㄖㄨㄛˋ ㄨㄤˇ ㄨㄣˊ）

解釋 置：擱開；罔：沒有。放在一邊不加理睬，好像沒有聽見。

出處 《七俠五義》五十九回：「北俠卻毫不介意，置若罔聞。」

解析 「置若罔聞」和「置之度外」都有「不理睬，不放在心上」的意思。但「置之度外」偏重於「不考慮」；「置若罔聞」偏重於「不理睬」。「置之度外」適用於對安危、苦樂、生死等問題的考慮；「置若罔聞」適用於對警告、請求、聲明、抗議、勸阻、批評等事的聽聞。

例句 這些血氣方剛的年輕人，總把師長的規勸**置若罔聞**。

近義 置之不理；置之度外；置之腦後。

反義 聞風而起。

罪大惡極 ㄗㄨㄟˋ ㄉㄚˋ ㄜˋ ㄐㄧˊ

解釋 罪惡非常重大。

出處 宋．歐陽修《歐陽文忠集．縱囚論》：「刑入於死者，乃罪大惡極，此又小人之尤甚者也。」

例句 他因為一時衝動才將對方殺成重傷，其實他並不是個**罪大惡極**的人。

近義 十惡不赦；死有餘辜；惡貫滿盈；罪惡滔天。

反義 功垂竹帛；功德無量；豐功偉績。

罪不容誅 ㄗㄨㄟˋ ㄅㄨˋ ㄖㄨㄥˊ ㄓㄨ

解釋 誅：判處死刑。

形容罪惡之重，判死刑還抵不了他的罪惡。形容罪大惡極。

出處 《漢書．王莽傳下》：「惡不忍聞，罪不容誅。」

解析 「罪不容誅」多用於書面；「罪該萬死」書面和口頭都常用；語氣較重，且常用在請求別人寬恕時。

例句 你犯下這樣慘絕人寰的滅門血案，實在是惡性重大，**罪不容誅**。

近義 死有餘辜；罪該萬死；罪在不赦。

反義 汗馬功勞；勞苦功高；豐功偉業。

罪魁禍首 ㄗㄨㄟˋ ㄎㄨㄟˊ ㄏㄨㄛˋ ㄕㄡˇ

解釋 魁：為首的。

指領導作惡犯罪的人。現多指引起某件禍事的主要人物。

解析 「罪魁禍首」指作壞事的主謀、首惡；「始作俑者」指第一個先做壞事的人。

例句 這次的流行性感冒之所以會傳染給這麼多人，追根究底，你恐怕就是**罪魁禍首**。

近義 元惡大奸；始作俑者。

十四畫

羅雀掘鼠 ㄌㄨㄛˊ ㄑㄩㄝˋ ㄐㄩㄝˊ ㄕㄨˇ

解釋 用網捕麻雀、挖掘老鼠洞找糧食。比喻在困乏的環境中，用盡辦法索求財物。

出處 《新唐書．張巡傳》記載，張巡及許遠在睢陽抵抗安祿山的軍隊，睢陽城被圍了幾個月，城內糧食斷絕，「至羅雀掘鼠，煮鎧弩以食。」

解析 在搜刮財物的意義上，「羅雀掘鼠」重在用盡方法，語意略輕；「羅掘俱窮」重在搜求一空，語意較重。

例句 這次的饑荒如果再持續下去，大家恐怕都得**羅雀掘鼠**了。

近義 煮弩為糧。

【羊部】

羊入虎口（ㄧㄤˊ ㄖㄨˋ ㄏㄨˇ ㄎㄡˇ）

解釋 羊到了老虎口裏，絕對沒有辦法活著出來。比喻非常危險，沒有逃出來的可能。

例句 你把錢交給那個賭徒保管，只怕是**羊入虎口**，再也要不回來了。

羊狠狼貪（ㄧㄤˊ ㄏㄣˇ ㄌㄤˊ ㄊㄢ）

解釋 狠：狠心。

原指為人凶狠，爭奪權勢。後比喻貪官汙吏剝削、壓榨人民。

出處 《史記．項羽本紀》：「因下令軍中曰：『猛如虎，狠如羊，貪如狼，強不可使者，皆斬之。』」

例句 這種選前賄賂、送禮物的人，一旦當選必定是個**羊狠狼貪**、剝削人民財產的官員。

羊質虎皮（ㄧㄤˊ ㄓˋ ㄏㄨˇ ㄆㄧˊ）

解釋 質：本性。

外表是老虎，本質是羊。比喻外強內弱，徒具外表而無實際。

出處 漢．揚雄《法言．吾子》：「羊質而虎皮，見草而悅，見豺而戰，忘其皮之虎矣。」（戰，發抖。）

例句 你別看他長得虎背熊腰的，其實是**羊質虎皮**，生性害羞怯懦。

近義 外強中乾；色厲內荏；鳳毛雞膽。

反義 金相玉質；秀外慧中。

二畫

羌無故實（ㄑㄧㄤ ㄨˊ ㄍㄨˋ ㄕˊ）

解釋 羌：語首助詞，無義；故實：典故，出處。

指詩文不用典故或沒有出處。

出處 梁．鍾嶸〈詩品序〉：「『清晨登隴首』，羌無故實；『明月照積雪』，詎出經史！」（詎，豈。）

例句 他寫作文章向來是**羌無故實**，但卻能在平淡中流露出真情。

三畫

美女簪花（ㄇㄟˇ ㄋㄩˇ ㄗㄢ ㄏㄨㄚ）

解釋 形容書法或詩文風格娟秀多姿。書法有美女簪花格。

出處 清．王昶《金石萃編．揚震碑跋》：「昔人謂褚登善（遂良）書如美女簪花。」

例句 她看來婉約秀麗，寫起書法來也宛如**美女簪花**，娟秀多姿。

美不勝收（ㄇㄟˇ ㄅㄨˋ ㄕㄥ ㄕㄡ）

解釋 勝：能夠。

形容美好的東西太多，來不及一一欣賞。

出處 清．袁枚《隨園詩話》卷三：「見其鴻富，美不勝收。」

解析 「勝」讀ㄕㄥ，不讀ㄕㄥˋ。

例句 這次的陶藝展，內容豐富，美不勝收，吸引了相當多的人潮。

近義 琳琅滿目。

美如冠玉（ㄇㄟˇ ㄖㄨˊ ㄍㄨㄢˋ ㄩˋ）

解釋 冠：帽子。

比喻男子的容貌像帽子上綴著的美玉一樣，外表好看，內裏空虛。譏稱人徒具美好的外在而無真才實學。

出處 《史記．陳丞相世家》：「絳侯周勃等讒陳平曰：『平雖美丈夫，如冠玉耳，其中未必有也。』」

例句 他每天穿得西裝畢挺，**美如冠玉**，卻連一點小事都辦不好。

美輪美奐（ㄇㄟˇ ㄌㄨㄣˊ ㄇㄟˇ ㄏㄨㄢˋ）

解釋 輪：高大的樣子；奐：眾多的樣子。

形容房屋的堂皇、華麗，現多用作新居落成之詞。

出處 《禮記．檀弓下》：「晉獻文子成室，晉大夫發焉。張老曰：『美哉輪焉，美哉奐焉！』」

例句 他們夫妻倆辛苦了十幾年，終於買了一幢**美輪美奐**的華宅，一圓多年來的夢。

反義 蓬戶甕牖。

五畫

羞與噲伍（ㄒㄧㄡ ㄩˇ ㄎㄨㄞˋ ㄨˇ）

解釋 伍：在一起，作伙伴。

恥於與平庸之輩在一起。

出處 《史記．淮陰侯列傳》：「（韓）信由此日夜怨望，居常鞅鞅，羞與絳、灌等列。信嘗過樊將軍噲，噲跪拜送迎，言稱臣，曰：『大王乃肯臨臣。』信出門笑曰：『生乃與噲等為伍。』」

例句 今晚出席宴會的都是些逢迎巴結的小人，我是**羞與噲伍**才決定不出席的。

羚羊掛角（ㄌㄧㄥˊ ㄧㄤˊ ㄍㄨㄚˋ ㄐㄧㄠˇ）

解釋 據宋．陸佃《埤雅．釋獸》說，羚羊到夜晚就把角掛在樹上，腳不著地，無跡可尋，以防獵人殺害。

比喻詩的意境超脫，不著痕跡。

出處 宋．釋道原《景德傳燈錄．福州雪峰義存禪師》：「我若東道西道，汝則尋言逐句，我若羚羊掛角，汝向什麼處捫摸？」

例句 您這首詩寫得是自然高妙、**羚羊掛角**，絲毫不見斧鑿痕跡。

羝羊觸藩（ㄉㄧ ㄧㄤˊ ㄔㄨˋ ㄈㄢ）

解釋 羝羊：公羊；藩：籬笆。

公羊撞上籬笆，結果角卡在上面，進退不得。比喻進退兩難。

出處 《周易．大壯》：「羝羊觸藩，羸（ㄌㄟˊ）其角。」

例句 為了替員工爭取權益，他不惜辭職明志，使得現在是**羝羊觸藩**，進退不得。

近義 進退兩難；進退維谷；騎虎難下。

反義 進退自如；應付裕如。

六　畫

善自為謀 ㄕㄢˋ ㄗˋ ㄨㄟˊ ㄇㄡˊ

解釋 善於為自己打算。

出處 《左傳．桓公六年》：「君子曰：『善自為謀。』」

例句 他城府很深，**善自為謀**，才能在這混亂的環境中，依然立於不敗之地。

善男信女 ㄕㄢˋ ㄋㄢˊ ㄒㄧㄣˋ ㄋㄩˇ

解釋 泛稱信奉佛教或道教的男女。

出處 《金剛經．六譯疏記》：「善男信女，有二義，一以人稱，是四眾人也。」

例句 這一次迎湄州媽祖的活動，吸引了成千上萬的**善男信女**，徹夜虔誠地參與。

善始善終 ㄕㄢˋ ㄕˇ ㄕㄢˋ ㄓㄨㄥ

解釋 從開頭到結局都很好。

出處 《莊子．大宗師》：「善妖善老，善始善終。」（妖，借作「夭」，原指初生的草木。）

解析 ①「善」不解釋成「善良」（如「棄惡從善」）或「善行」（如「勸善規過」）。②「善始善終」偏重指做得很好，自始至終都好；「有始有終」偏重指做事認真，貫徹到底；「始終如一」偏重在自始至終都一樣；「貫徹始終」偏重在自始至終都體現出來或實行下去。

例句 這件事，你大可放心交給他處理，他做事向來是**善始善終**，絕不會虎頭蛇尾。

近義 全始全終；有始有終；有頭有尾。

反義 半途而廢；有頭無尾；有始無終；虎頭蛇尾。

善善惡惡 ㄕㄢˋ ㄕㄢˋ ㄨˋ ㄜˋ

解釋 稱讚善事，憎惡壞事。形容人能獎善嫉惡，愛憎分明。

出處 《史記．太史公自序》：「善善惡惡，賢賢賤不肖。」

例句 這分報紙不但報導客觀公正，且能**善善惡惡**，致力匡正社會風氣。

善頌善禱 ㄕㄢˋ ㄙㄨㄥˋ ㄕㄢˋ ㄉㄠˇ

解釋 頌：頌揚；禱：祝頌。善於頌揚，善於祝頌。讚美能寓規勸於頌禱之中。

出處 《禮記．檀弓下》：「晉獻文子成室，晉大夫發焉。張老曰：『善哉輪焉！美哉奐焉！歌於斯，哭於斯，聚國族於斯。』文子曰：『武也，得歌於斯，哭於斯，聚國族於斯，是全要（腰）領以從先大夫於九京也。』北面再拜稽首。君子謂之善頌善禱。」孔穎達疏：「張老因頌寓規，故為善頌。文子聞義則服，故為善禱。」

例句 德高望重的鄉長，**善頌善禱**，鄉民都對他相當敬佩。

七畫

義不容辭（ㄧˋ ㄅㄨˋ ㄖㄨㄥˊ ㄘˊ）

解釋 容：允許；辭：推托。
在道義上不容許推辭，不得不擔任。

出處 《三國演義》第五十八回：「張昭曰：『可差人往魯子敬處，教急發書到荊州，使玄德同力拒曹。』……且玄德既為東吳之婿，亦義不容辭。」

解析 「義不容辭」強調積極承擔、不推托；「義無反顧」強調勇往直前。

例句 他因公殉職後，他的結拜兄弟便**義不容辭**地扛起扶養他全家大小的重擔。

近義 責無旁貸；當仁不讓；義無反顧。

反義 推三阻四。

義正辭嚴（ㄧˋ ㄓㄥˋ ㄘˊ ㄧㄢˊ）

解釋 理直氣壯，措詞嚴正。

出處 《醒世姻緣》六十八：「把那義正辭嚴有綱紀的話攔阻他，難道他會插翅飛得去不成。」

解析 「義正辭嚴」偏重指言詞嚴正有力；「理直氣壯」偏重指言詞、行動的氣勢強盛。

例句 他這場**義正辭嚴**的演講，使全場聽眾情緒激昂，把自己的聲勢又提升不少。

近義 理直氣壯；辭嚴氣正。

反義 理屈詞窮；強辭奪理。

義形於色（ㄧˋ ㄒㄧㄥˊ ㄩˊ ㄙㄜˋ）

解釋 形：顯現；色：面容。
主持正義的心情表現在容貌上。

出處 《公羊傳．桓公二年》：「孔父可謂義形於色矣。」

例句 他只要聽到有違正義、公理的事，總顯得情緒激昂，可謂**義形於色**。

反義 不露聲色。

義無反顧（ㄧˋ ㄨˊ ㄈㄢˇ ㄍㄨˋ）

解釋 本著正義，通往直前，即使遭遇困難也絕不退縮。

出處 《文選．司馬相如〈喻巴蜀檄〉》：「義不反顧，計不旋踵。」

解析 「義不容辭」強調積極承擔、不推托；「義無反顧」強調勇往直前、不退縮。

例句 我既然決定要幫你，就會**義無反顧**地堅持到最後，絕不會臨陣脫逃。

近義 勇往直前；萬死不辭；義不容辭。

反義 打退堂鼓；望而卻步；臨陣脫逃。

義憤填膺（ㄧˋ ㄈㄣˋ ㄊㄧㄢˊ ㄧㄥ）

解釋 膺：胸。

因正義而激起的憤怒充滿胸中。形容滿腔憤怒。也作「義憤填胸」。

出處 《兒女英雄傳》第五回：「隱在亂石叢樹裏竊聽多時，把白臉兒狠、傻狗二人商量的傷天害理的這段陰謀聽了個詳細，登時義憤填胸。」

解析 ①「膺」不可寫成「鷹」。②「義憤填膺」強調正義的憤怒充滿胸中；「悲憤填膺」強調悲痛和憤怒充滿胸中，不一定是基於正義。

例句 每次看到親生父母把自己女兒推入火坑的報導，他總顯得**義憤填膺**。

近義 怒火中燒；悲憤填膺；義氣填胸。

反義 心花怒放；喜形於色；興高采烈。

義薄雲天（ㄧˋ ㄅㄛˊ ㄩㄣˊ ㄊㄧㄢ）

解釋 薄：迫近。

正義之氣非常高厚。形容崇高的正義行為。

出處 《宋書．謝靈運傳》：「高義薄雲天。」

例句 這位**義薄雲天**的檢察官，多次帶領憲警拯救雛妓，已成為民眾心目中的英雄人物。

群策群力（ㄑㄩㄣˊ ㄘㄜˋ ㄑㄩㄣˊ ㄌㄧˋ）

解釋 策：謀劃。

匯集眾人的智慧和力量。

出處 漢．揚雄《法言．重黎》：「漢屈群策，群策屈群力。」（屈，盡）。

例句 雖然資源貧乏，時間急迫，只要我們**群策群力**，一定能在期限內完成。

近義 同心協力；集思廣益；齊心合力。

反義 一手包辦；獨斷專行。

群輕折軸（ㄑㄩㄣˊ ㄑㄧㄥ ㄓㄜˊ ㄓㄡˊ）

解釋 很多輕的東西，也能壓斷車軸。比喻壞事雖小，滋長下去，就會產生嚴重後果。指不可忽視小事。

出處 《史記．張儀傳》：「積羽沈舟，群輕折軸。」

例句 這雖然只是一個小錯，但**群輕折軸**，長期累積下去就會產生嚴重的後果。

近義 積羽沈舟。

群雌粥粥（ㄑㄩㄣˊ ㄘ ㄓㄨˋ ㄓㄨˋ）

解釋 粥粥：雞群相呼的聲音。

原形容母雞聚集相呼的樣子。後轉比喻婦女聚集在一起喧嘩聒噪的情形，有譏嘲的意思。

出處 唐．韓愈《昌黎先生集．琴操》詩：「隨飛隨啄，群雌粥粥。」

例句 拍賣會上聚集了許多婦女，**群**

雖粥粥好不熱鬧。

群龍無首（ㄑㄩㄣˊ ㄌㄨㄥˊ ㄨˊ ㄕㄡˇ）

解釋 比喻一個團體或機構失去了領導人。

出處 《周易．乾》：「見群龍無首。」

例句 自從老闆潛逃國外後，整間公司群龍無首，陷入一片混亂。

近義 一盤散沙。

【羽部】

五畫

習焉不察（ㄒㄧˊ ㄧㄢ ㄅㄨˋ ㄔㄚˊ）

解釋 習：習慣；焉：文言語氣詞，含有「於是」的意思；察：覺察。習慣於某些事物，便不自覺地依習去做，而覺察不出其中的問題。

出處 《孟子．盡心上》「習矣而不察焉」。

例句 許多陋習在公司都由來已久，只是大家習焉不察，任憑它持續下去。

反義 穴處知雨；見微知著。

十二畫

翻雲覆雨（ㄈㄢ ㄩㄣˊ ㄈㄨˋ ㄩˇ）

解釋 比喻反覆無常或善於耍手段、弄權術。也作「覆雨翻雲」。

出處 唐．杜甫〈貧交行〉詩：「翻手作雲覆手雨，紛紛輕薄向須數。」

解析 ①「覆」不寫成「復」。②「翻雲覆雨」和「朝三暮四」都有「反覆無常」的意思。但「翻雲覆雨」著重指人與人之間的相處是反覆無常、毫無節操的，批評的程度較「朝三暮四」為重。「朝三暮四」多指規章、制度經常變更，叫人無所適從，且不限指人與人之間，還可指人對工作和學習的態度。

例句 他為人陰險狡詐，善於玩弄權術、翻雲覆雨，與他接近的人往往都沒有好下場。

近義 反覆無常；出爾反爾；朝三暮四；朝秦暮楚。

反義 自始至終；表裏如一；始終如一。

翻箱倒篋（ㄈㄢ ㄒㄧㄤ ㄉㄠˇ ㄑㄧㄝˋ）

解釋 篋：小箱子。

把大小箱子裏的東西都倒出來。形容找尋東西而搜索得很零亂的樣子。同「翻箱倒櫃」。

出處 《古今小說》一：「急得陳大郎性發，傾箱倒篋的尋個遍，只是不見，便破口罵老婆起來。」

解析 「篋」不讀ㄐㄧㄚˊ（夾）。

例句 他一急便翻箱倒篋，卻怎麼也找不到那張中了第一特獎的發票。

近義 傾筐倒篋；傾箱倒篋。

反義 守口如瓶；緘口不言。

十四畫

耀武揚威（ㄧㄠˋ ㄨˇ ㄧㄤˊ ㄨㄟ）

解釋 炫耀武力，顯示威風。

出處 《三國演義》五回：「量一縣令手下小卒，安敢在此耀武揚威。」

解析 ①「揚」不解釋成「高舉」（如「揚眉吐氣」）。②「耀武揚威」重在炫耀威風；「趾高氣揚」重在形容驕傲得意；「不可一世」重在形容氣焰囂張。

例句 自從新的局長上任，大力掃黑以來，這批終日在街上**耀武揚威**的小混混終於消聲匿跡了。

近義 不可一世；作威作福；飛揚跋扈；橫行霸道。

反義 威風掃地。

【老部】

老生常談（ㄌㄠˇ ㄕㄥ ㄔㄤˊ ㄊㄢˊ）

解釋 老生：老年的書生。老書生常講的話，沒有新意思。比喻平凡、陳舊的言論。

出處 《三國志．魏志．管輅傳》：「此老生之常譚。」

解析 「老生常談」可指那些常說聽慣而仍不失為有意義、有價值的言論，常用作謙詞；「陳腔濫調」僅指那些陳舊、空泛而使人厭煩的言論。

例句 這本雜誌的內容都是些毫無創見的**老生常談**，難怪發行不久便停刊了。

近義 老調重彈；陳腔濫調；舊調重彈。

反義 奇謀高論；珠玉之論。

老成持重（ㄌㄠˇ ㄔㄥˊ ㄔˊ ㄓㄨㄥˋ）

解釋 老成：老氣成熟；持重：謹慎，穩重。指人閱歷豐富、老練沈穩、辦事謹慎。

出處 《詩經．大雅．蕩》：「雖無老成人，尚有典型。」

解析 「重」不讀「重複」的ㄔㄨㄥˊ。

例句 他是個**老成持重**的人，凡事都是三思而後行，我們跟著他做一定不會出錯。

近義 老成練達。

反義 少不更事；乳臭未乾。

老奸巨猾（ㄌㄠˇ ㄐㄧㄢ ㄐㄩˋ ㄏㄨㄚˊ）

解釋 猾：狡詐。指閱歷深而十分奸詐狡猾的人。

出處 《宋史．食貨志》：「老奸巨猾，匿身州縣，舞法擾民，蓋甚前日。」

例句 他是個**老奸巨猾**的人，和他合作你只有吃虧的份。

近義 深奸巨猾；詭計多端。

反義 年高德劭；推誠相見；開誠布公；開誠相見。

老氣橫秋（ㄌㄠˇ ㄑㄧˋ ㄏㄥˊ ㄑㄧㄡ）

解釋 形容老練而自負的神態，現在多形容人沒有朝氣，譏諷人自高自大。

出處 《文選．孔稚圭〈北山移文〉》：「霜氣橫秋。」

解析 「老氣橫秋」著眼於神態和精神上；「老態龍鍾」著眼於身體和體態方面。

例句 他不過二十出頭，說起話來卻是**老氣橫秋**、飽經世故的樣子。

近義 倚老賣老；暮氣沈沈。

反義 生氣勃勃；童心未泯；朝氣蓬勃。

老蚌生珠（ㄌㄠˇ ㄅㄤˋ ㄕㄥ ㄓㄨ）

解釋 比喻老年得子。也特指年紀較大的婦女生子。

出處 漢．孔融〈與韋端書〉：「不意雙珠，近出老蚌。」（元將、仲將，韋端兩個兒子的字。）《北齊書．陸印傳》：「吾以卿老蚌遂出明珠。」

例句 這一對老夫婦年近五十才**老蚌生珠**，對這個幼子格外疼惜。

近義 老來得子。

老馬識途（ㄌㄠˇ ㄇㄚˇ ㄕˋ ㄊㄨˊ）

解釋 老馬能夠認識路。比喻經驗豐富的人在工作中熟悉情況，能指導別人。

出處 《韓非子．說林上》記載：春秋時，齊國的管仲跟隨齊桓公帶兵打敗山戎國，卻在回來時被敵軍誘進迷谷而迷了路。管仲想起，馬離開原來住的地方不管多遠，都能夠從原路返回，於是派人挑選幾匹老馬，讓牠們在前面走，終於把齊軍領出迷谷。

例句 舉辦聯誼會他是**老馬識途**經驗相當豐富，有任何的疑問，你只管請教他吧！

反義 少不更事；涉世未深。

老當益壯（ㄌㄠˇ ㄉㄤ ㄧˋ ㄓㄨㄤˋ）

解釋 當：應該；益：更加。年紀大了，志氣應該更加壯盛。現在多用以形容人雖老而幹勁大。

出處 《後漢書．馬援傳》記載：東漢名將馬援，曾在甘肅從事農牧。由於他苦心經營，對養馬這一行非常精通，再加上生活儉樸，幾年以後，牛馬成群，生活富裕。但馬援認為一味追求生活享受的人是庸俗的，因此他把財物分贈給親戚朋友，自己仍然過著艱苦樸素的生活。他還常對朋友們說：「丈夫為志，窮當益堅，老當益壯。」

解析 不要把「當」唸成ㄉㄤˋ。

例句 長青會中多的是爺爺級的會員，但個個都是**老當益壯**，跋山涉水，毫不含糊。

近義 老驥伏櫪；壯心不已。

反義 未老先衰；老氣橫秋；暮氣沈沈。

老嫗能解 ㄌㄠˇ ㄩˋ ㄋㄥˊ ㄐㄧㄝˇ

解釋 相傳唐代詩人白居易每作一首詩，都要讀給老婦人聽，問能不能懂，不懂的就重新改寫。用來形容詩文的淺顯易懂。

出處 《墨客揮犀》三：「白樂天每作詩，令一老嫗解之。問曰：『解否？』嫗曰解則錄之，不解則又復易之。」

解析 「嫗」不能唸ㄑㄩ。

例句 寫這類宣揚理念的文章最好能深入淺出、**老嫗能解**，才能達到效果。

老驥伏櫪 ㄌㄠˇ ㄐㄧˋ ㄈㄨˊ ㄌㄧˋ

解釋 驥：好馬；櫪：馬槽，也指馬廄。比喻人年紀雖老，但仍懷著雄心壯志。

出處 曹操〈步出夏門行〉：「老驥伏櫪，志在千里；烈士暮年，壯心不已」。

解析 「老驥伏櫪」偏重人老志不衰；「老當益壯」偏重人老幹勁大。

例句 他雖然一把年紀了，卻仍是**老驥伏櫪**，想在這一行闖出一番成績。

近義 老當益壯；老馬嘶風；壯心不已。

反義 未老先衰；老氣橫秋；暮氣沈沈。

【而部】

三畫

耐人尋味 ㄋㄞˋ ㄖㄣˊ ㄒㄩㄣˊ ㄨㄟˋ

解釋 耐：禁得起；尋味：仔細體味。經得起別人反覆體味。形容意味深遠，值得細細體會、尋思。

解析 「耐人尋味」、「回味無窮」著眼於引人思索玩味；「意味深長」著眼於涵義深刻。

例句 這一則四格漫畫，雖然是點到為止，卻十分**耐人尋味**。

近義 津津有味；意味深長。

反義 味同嚼蠟；枯燥無味；索然寡味。

【耳部】

耳目一新 ㄦˇ ㄇㄨˋ ㄧˋ ㄒㄧㄣ

解釋 事物有所改變，使聽到的和看到的都變了樣，有新鮮的感覺。

出處 唐．白居易《白氏長慶集．修香山寺記》：「關塞之氣色，龍潭之景象，香山之泉石，石樓之風月，與往來者耳目一時而新。」

例句 您這次設計的作品，處處都有令人驚喜的創意與巧思，真是令人**耳目一新**。

【近義】面目一新；煥然一新；萬象更新。

【反義】老調重彈；依然如故；故技重演。

耳食之談 ㄦˇ ㄕˊ ㄓ ㄊㄢˊ

【解釋】耳食：用耳朵吃東西，比喻沒有經過思考就輕信傳聞的話。指沒有確鑿根據的傳言。又作「耳食之言」。

【出處】清・袁枚《隨園詩話》卷四：「今人論詩，動言貴厚而賤薄，此亦耳食之言。」

【例句】你受過高等教育，竟連這種荒謬絕倫的**耳食之談**也信以為真。

【近義】道聽途說。

耳提面命 ㄦˇ ㄊㄧˊ ㄇㄧㄢˋ ㄇㄧㄥˋ

【解釋】不但當面教誨，而且提著耳朵叮囑，希望他牢記不忘。形容教誨殷勤、懇切。

【出處】《詩經・大雅・抑》：「匪面命之，言提其耳。」

【例句】臨上場前，老師又把他叫到眼前**耳提面命**一番。

【近義】千叮萬囑；口授心傳；諄諄教導；耳提面訓。

【反義】不教而誅；放任自流。

耳熟能詳 ㄦˇ ㄕㄡˊ ㄋㄥˊ ㄒㄧㄤˊ

【解釋】聽得久了，熟悉了，所以知道得很詳盡。

【出處】宋・歐陽修〈瀧（ㄕㄨㄤ）岡阡表〉：「吾耳熟焉，故能詳也。」

【例句】他常把一些大家**耳熟能詳**的故事改編成舞台劇，希望能吸引更多的觀眾。

耳濡目染 ㄦˇ ㄖㄨˊ ㄇㄨˋ ㄖㄢˇ

【解釋】濡：沾濕；染：浸漬。

耳朵常聽到，眼睛常看到，不知不覺受到影響薰陶。原作「目濡耳染」。

【出處】宋・朱熹《朱文公集・與汪尚書書》：「耳濡目染，以陷溺其良心而不自知。」

【解析】不能把「濡」寫成「儒」。

【例句】他出身演藝世家，在長期的**耳濡目染**之下，也走上了這條路。

【近義】耳習目染；耳聞目睹；耳薰目染；潛移默化。

耳鬢廝磨 ㄦˇ ㄅㄧㄣˋ ㄙ ㄇㄛˊ

【解釋】鬢：面頰兩旁的頭髮；廝：互相。

形容男女相戀十分親密相處的情景。

【出處】《紅樓夢》第七十二回：「咱們從小兒耳鬢廝磨，你不曾拿我當外人待，我也不敢怠慢了你。」

【例句】他們倆正值熱戀，成天**耳鬢廝磨**，情話綿綿，羨煞了身旁的人。

四畫

耿耿於懷 ㄍㄥˇ ㄍㄥˇ ㄩˊ ㄏㄨㄞˊ

解釋 耿耿：形容有心事，老是忘不掉；懷：胸懷、心懷。

形容對某一件事情總是不能忘掉，心裏覺著不踏實、不寧靜的樣子。現多形容思想上憤憤不快。

出處 《詩經．邶風．柏舟》：「耿耿不寐，如有隱憂。」

例句 他對你上次爽約的事一直**耿耿於懷**，我看你還是親自去道歉吧！

近義 念念不忘；銘心鏤骨；銘諸肺腑。

反義 若無其事；無介於懷；置之度外。

五畫

聊勝於無（ㄌㄧㄠˊ ㄕㄥˋ ㄩˊ ㄨˊ）

解釋 聊：姑且，略微。

表示雖不好或不足，但總比沒有略好一點，先姑且一用。

出處 晉．陶潛《陶淵明集．和劉柴桑》詩：「慰情聊（一本作「良」）勝無。」

解析 「聊」右部從「卯」不可寫成「卬」。

例句 這些錢雖然不夠你週轉，但**聊勝於無**，你就先拿去應應急吧！

八畫

聞一知十（ㄨㄣˊ ㄧ ㄓ ㄕˊ）

解釋 聽到一點就能懂得很多。形容人聰明過人，善於類推。

出處 《論語．公冶長》：「回也聞一以知十。」（回，顏淵。）

例句 他自幼就聰穎過人，**聞一知十**，三十出頭就精通二十多種語言。

近義 舉一反三。

聞過則喜（ㄨㄣˊ ㄍㄨㄛˋ ㄗㄜˊ ㄒㄧˇ）

解釋 聽到別人指出自己的過錯就高興。泛指虛心且樂於接受規勸。

出處 《孟子．公孫丑上》：「人告之以有過則喜。」

例句 在人民要求政府官員認錯時，官員們應**聞過則喜**，虛心改過。

近義 虛懷若谷。

反義 文過飾非；拒諫飾非；諱疾忌醫。

聞雞起舞（ㄨㄣˊ ㄐㄧ ㄑㄧˇ ㄨˇ）

解釋 比喻有志為國效力的人及時奮起。

出處 《晉書．祖逖傳》記載：東晉祖逖為了驅逐北方胡人，光復國土，每天雞鳴就起來舞劍，有一天半夜，一隻不按時啼叫的雞，突然大叫起來，祖逖驚醒後，用腳把身旁的劉琨踢醒，然後兩人就一起到院子舞劍。

例句 軍校學生日日**聞雞起舞**，就是為了練就一身強健的體魄，有朝一日能報效國家。

反義 朽木不雕；宰予晝寢。

聚沙成塔 ㄐㄩˋ ㄕㄚ ㄔㄥˊ ㄊㄚˇ

解釋 本指童子把細沙聚成佛塔而結下佛緣的故事。現比喻聚少成多。

出處 《法華經》：「乃至童子戲，聚沙為佛塔」。

例句 這些零錢的數目雖然不多，但聚沙成塔，一樣可以累積到很大的金額。

近義 集腋成裘；積土成山；積少成多；積珠累寸。

反義 功虧一簣。

聚蚊成雷 ㄐㄩˋ ㄨㄣˊ ㄔㄥˊ ㄌㄟˊ

解釋 蚊聲雖小，但聚集眾蚊，聲音也可以像雷那樣響。比喻眾口喧囂，讒言紛起。

出處 《漢書．景十三王傳．中山靖王》：「夫眾煦（ㄒㄩˇ）漂山，聚蟁成靁。」（煦，吹氣。蟁，古蚊字。靁，古雷字。）

例句 他本來對這些流言不以為意，沒想到聚蚊成雷，逼得他不得不出面澄清。

近義 人言可畏；眾口鑠金。

聚訟紛紜 ㄐㄩˋ ㄙㄨㄥˋ ㄈㄣ ㄩㄣˊ

解釋 聚：會合；訟：爭辯；紛紜：多而雜亂。大家亂紛紛地爭辯著，沒有定論。

出處 《後漢書．曹褒傳》：「會禮之家，名為聚訟。」注：「言相爭不定也。」蘇軾詩：「方田聚訟紛如雨。」

例句 這件懸案發生至今仍是聚訟紛紜，警方始終理不出個頭緒。

近義 人言籍籍；爭長論短；眾說紛紜。

反義 眾口一詞；異口同聲。

聚精會神 ㄐㄩˋ ㄐㄧㄥ ㄏㄨㄟˋ ㄕㄣˊ

解釋 全部精神集中在一起。形容全神貫注、注意力集中。

出處 漢．王褒〈聖主得賢臣頌〉：「聚精會神，相得益章。」（章，同「彰」。）

例句 球場上近萬名的觀眾正聚精會神地觀賞這一場緊張的冠軍爭奪賽。

近義 全神貫注；專心致志；集思廣益。

反義 心不在焉；心猿意馬；漫不經心；鴻鵠將至。

十一畫

聲名狼藉 ㄕㄥ ㄇㄧㄥˊ ㄌㄤˊ ㄐㄧˊ

解釋 聲名：名譽；狼藉：舊傳狼群常藉草而臥，離去時就把草弄亂以消滅痕跡，後用以形容散亂，引申為破敗得不可收拾。形容名聲壞到極點。

出處 《史記．蒙恬傳》：「此四君者，皆為大夫，而天下非之，以其君為不明，以是藉於諸侯。」《索引》：「惡聲狼藉，布於諸國。」

解析 「藉」不可讀作ㄐㄧㄝˋ。

例句 他曾是個紅極一時的明星，卻因為嗜賭成性而使得自己**聲名狼藉**。

近義 身敗名裂；臭名遠揚。

反義 名滿天下；名揚四海。

聲色犬馬 ㄕㄥ ㄙㄜˋ ㄑㄩㄢˇ ㄇㄚˇ

解釋 聲色：指歌舞和女色；犬馬：養狗和騎馬。指玩樂之物。形容人沈迷於歌舞女色玩樂之中，生活非常靡爛。

出處 唐．白居易《白氏長慶集．悲哉行》：「封錢還酒債，堆金選蛾眉，聲色狗馬外，其餘一無知。」

例句 他繼承父親的遺產後終日沈迷於**聲色犬馬**之中，再也不肯好好的工作了。

近義 酒池肉林；燈紅酒綠。

聲色俱厲 ㄕㄥ ㄙㄜˋ ㄐㄩˋ ㄌㄧˋ

解釋 厲：嚴厲。說話的聲音和臉色都非常嚴厲。

出處 《晉書．明帝紀》：「（王敦）大會百官而問溫嶠曰：『皇太子以何德稱？』聲色俱厲，必欲使有言。」

例句 小弟第一天上學就遇到一位**聲色俱厲**的老師，嚇得他直嚷著不要去學校。

近義 正顏厲色；疾言厲色。

反義 和顏悅色；和藹可親。

聲東擊西 ㄕㄥ ㄉㄨㄥ ㄐㄧ ㄒㄧ

解釋 聲：聲張。軍事上出奇制勝使對方產生錯覺的一種戰術，即表面上攻打這邊，實際上卻攻打那邊。

出處 唐．杜佑《通典．兵典六》：「聲言擊東，其實擊西。」

解析 「聲東擊西」指聲張的和行動不一致，用宣傳來迷惑人；「圍魏救趙」指用進攻敵人後方的策略使敵人撤兵，以解救友方的危機。

例句 我隊在最後五分鐘採用**聲東擊西**的戰術，攻下這致勝的一分。

近義 圍魏救趙。

聲淚俱下 ㄕㄥ ㄌㄟˋ ㄐㄩˋ ㄒㄧㄚˋ

解釋 邊訴說，邊哭泣。形容非常沈痛悲傷。

出處 《晉書．王彬傳》：「言辭慷慨，聲淚俱下。」

例句 他向朋友陳述自己悲慘的遭遇，說到傷心處不免**聲淚俱下**。

近義 涕淚交集；痛哭流涕。

反義 喜笑顏開；樂不可支；歡天喜地。

聲罪致討 ㄕㄥ ㄗㄨㄟˋ ㄓˋ ㄊㄠˇ

解釋 聲：宣揚；致：表達。宣揚對方的罪行，然後再加以討伐。形容對不義之個人、團體、國家先聲明其罪，再加以討伐。

出處 《三國演義》第二十二回：「（袁紹）分撥已定，郭圖進曰：『以明公大義伐操，必須數操之惡，馳檄名郡，聲罪致討，然後名正言順。』」

例句 對於這種從事恐怖活動、擾亂社會治安的團體，我們都該**聲罪致討**。

近義 興師問罪。

聲嘶力竭（ㄕㄥ ㄙ ㄌㄧˋ ㄐㄧㄝˊ）

解釋 嘶：啞；竭：盡。

聲音嘶啞，氣力用盡。形容拚命呼喊的樣子。

出處 《北史．高允傳》：「聲嘶股戰，不能一言。」

解析 ①「竭」不讀寫成「遏（ㄜˋ）」或「揭（ㄐㄧㄝ）」。②「聲嘶力竭」指因喊叫使聲音變嘶啞；「歇斯底里」指舉止失常，言行錯亂，行為失去控制。

例句 這些熱情的球迷，觀賞一場球賽下來往往都喊得**聲嘶力竭**。

近義 力竭聲嘶。

反義 無聲無息；鴉雀無聲。

聲氣相求（ㄕㄥ ㄑㄧˋ ㄒㄧㄤ ㄑㄧㄡˊ）

解釋 求：尋找。

形容朋友之間像相同的聲音互相共鳴、相同的氣味互相融合一樣地志同道合。

出處 《周易．乾》：「同聲相應，同氣相求。」

例句 畢業後，我們幾個**聲氣相求**的朋友合夥開了一家公司，合作起來特別愉快。

近義 聲應氣求。

反義 格格不入；圓鑿方枘。

十六畫

聽天由命（ㄊㄧㄥ ㄊㄧㄢ ㄧㄡˊ ㄇㄧㄥˋ）

解釋 由：聽從，隨順。

順應天意和命運。原作「聽天任命」。

出處 明．沈自晉《望湖亭》傳奇二：「這個也只要在其人，說不得聽天由命。」

解析 「聽天由命」多用於指自身方面；「聽其自然」既可指自身，也可指他人他事。

例句 他雖然得了癌症卻不願**聽天由命**，依然遍尋名醫要與病魔奮戰。

近義 順天應命；聽其自然；聽之任之。

反義 人定勝天；成事在人；事在人為。

【聿部】

七畫

肆無忌憚（ㄙˋ ㄨˊ ㄐㄧˋ ㄉㄢˋ）

解釋 肆：放縱，任意；忌憚：顧忌和畏懼。

任意妄為，毫無顧忌和畏懼。

出處 《禮記．中庸》：「小人而無忌憚也。」朱熹注：「小人不知有此，則肆欲妄行而無所忌憚矣。」

解析 「憚」，讀ㄉㄢˋ，不讀ㄉㄢ。

例句 這些貪官污吏營私舞弊已到了肆無忌憚的地步。

近義 為所欲為；胡作非為；無法無天；肆意橫行。

反義 安分守己；安常守分；奉公守己；循規蹈矩。

八畫

肅然起敬（ㄙㄨˋ ㄖㄢˊ ㄑㄧˇ ㄐㄧㄥˋ）

解釋 肅然：恭敬的樣子；起敬：產生敬佩的心情。形容對某人某事非常尊敬的樣子。

出處 《聊齋志異．司文郎》：「王肅然起敬。」

解析 「肅然起敬」指對人誠心誠意的敬佩；「奉若神明」指對人盲目崇拜。

例句 他小小年紀便能見義勇為，救起一位溺水的路人，真是令人肅然起敬。

近義 奉若神明。

反義 不屑一顧；深惡痛絕；嗤之以鼻。

【肉部】

三畫

肝腸寸斷（ㄍㄢ ㄔㄤˊ ㄘㄨㄣˋ ㄉㄨㄢˋ）

解釋 形容非常傷心、哀痛。

出處 宋．郭茂倩《樂府詩集．華山畿》：「腹中如湯灌，肝腸寸寸斷。」

例句 這一連串的慘劇降臨在她身上，令她肝腸寸斷，痛不欲生。

近義 五內俱焚；心如刀割；肝膽俱裂。

反義 心花怒放；欣喜若狂；歡天喜地。

肝腦塗地（ㄍㄢ ㄋㄠˇ ㄊㄨˊ ㄉㄧˋ）

解釋 塗地：塗抹在地上。原形容死狀甚慘。後來表示竭盡忠誠，不惜任何犧牲。

出處 《史記．劉敬叔孫通列傳》：「與項羽戰滎（ㄒㄧㄥˊ）陽，爭成皐之口，大戰七十，小戰四十，使天下之民肝腦塗地。」

解析 「腦」不寫成「惱羞成怒」的「惱」。

例句 為了報答您的大恩大德，我就算是肝腦塗地也在所不惜。

近義 尸橫遍野；血肉橫飛；粉身碎骨。

反義 苟且偷生；苟全性命。

肝膽相照（ㄍㄢ ㄉㄢˇ ㄒㄧㄤ ㄓㄠˋ）

解釋 肝膽：比喻真誠的心意。指對人忠誠，以真心坦誠相見。

出處 《兒女英雄傳》第十六回：「如今承老弟你問到這句話，我兩個一見氣味相投，肝膽相照，我可瞞不上你來。」

例句 他們倆從小一起長大，共患難，同歡笑，是肝膽相照的好兄弟。

近義 赤誠相見；披肝瀝膽；腹心相照。

反義 勾心鬥角；假仁假義；虛情假意；爾虞我詐。

四畫

肺腑之言（ㄈㄟˋ ㄈㄨˇ ㄓ ㄧㄢˊ）

解釋 肺腑：指內心。發自內心的真誠話。形容言語真誠。

出處 《元曲選．鄭德輝〈傷梅香〉二》：「小生別無所告，只索將這肺腑之言，實訴與小娘子。」

解析 「肺」，右邊豎筆上下直通，不從「市」。

例句 他這一番肺腑之言，使得在場觀眾都深受感動，不再計較他先前所犯的錯。

近義 心腹之言；由衷之言。

反義 不經之談；言不由衷；花言巧語。

肩摩轂擊（ㄐㄧㄢ ㄇㄛˊ ㄍㄨˇ ㄐㄧˊ）

解釋 摩：摩擦，接觸；轂：車輪中心的圓木，也作車輪的代稱。人多得肩碰肩，車多得輪撞輪。形容路上行人、車輛很多，交通非常擁擠。

出處 《戰國策．齊策一》：「臨淄之途，車轂擊，人肩摩。」

例句 春節前夕，迪化街上總是肩摩轂擊，擠滿了採購年貨的人潮。

近義 比肩繼踵；車水馬龍；熙來攘往。

反義 人跡罕至；杳無人跡。

肯堂肯構（ㄎㄣˇ ㄊㄤˊ ㄎㄣˇ ㄍㄡˋ）

解釋 堂：立堂基；構：架屋。比喻兒子繼承父業。

出處 《尚書．大誥》：「若考作室，既底法，厥子乃弗肯堂，矧（ㄕㄣˇ）肯構？」（考，父親。底，定。矧，何況）傳：「以作室喻政治也，父已致法，子乃不肯為堂基，況肯構立屋乎。」

例句 他一直擔心自己辛苦創立的事業會後繼無人，如今兒子肯堂肯構，終於了他的一大心願。

近義 克紹箕裘。

五畫

背井離鄉（ㄅㄟˋ ㄐㄧㄥˇ ㄌㄧˊ ㄒㄧㄤ）

解釋 背：離開；井：指家鄉。離開家鄉，到外地生活。也作「離鄉背井」。

出處 《元曲選．馬致遠〈漢宮秋〉三》：「背井離鄉，臥雪眠霜。」

例句 許多現代人為了求學，自小就得忍受背井離鄉之苦。

近義　拋家離舍；流離失所；遠走他鄉。

反義　衣錦還鄉；安居樂業；告老還鄉；落葉歸根。

背水一戰（ㄅㄟˋ ㄕㄨㄟˇ ㄧˊ ㄓㄢˋ）

解釋　背水：背向水，表示後無退路。比喻決一死戰。

出處　《漢書．韓信傳》記載：漢初韓信帶兵進攻趙軍，出了井陘口，佈置了一萬人背水列陣，與趙軍作戰。漢軍前臨大敵，後無退路，都拚死作戰，結果大敗趙軍。

解析　「背水一戰」含有拚死求勝的意思，處於被動；「破釜沈舟」含有戰鬥到底的意思，出於主動。

例句　這是最後打入決戰的機會，所以隊員們個個抱著**背水一戰**的決心。

近義　背城借一；背城一戰。

反義　退避三舍。

背信忘義（ㄅㄟˋ ㄒㄧㄣˋ ㄨㄤˋ ㄧˋ）

解釋　背：違背。不守信用、不講道義。也作「背信棄義」。

出處　《北史．周本紀》：「背惠怒鄰，棄信忘義。」

解析　「背信忘義」和「言而無信」都包含不守信用的意思，但「背信忘義」多兼指不講道義；「言而無信」則只強調說話不算數，違背諾言。

例句　他曾經**背信忘義**片面毀約過，你和他合作可得先有心理準備。

近義　言而無信；忘恩負義；忘本負義。

反義　一諾千金；恪守不渝；徙木示信。

背城借一（ㄅㄟˋ ㄔㄥˊ ㄐㄧㄝˋ ㄧ）

解釋　在城下再憑藉一次戰役來決一死戰。意思是作最後的奮鬥。

出處　《左傳．成公二年》：「請收合餘燼，背城借一。」

例句　我們雖處於劣勢，傷兵眾多，但仍要**背城借一**，與對方決一死戰。

近義　決一死戰；背水一戰；背水為降。

背道而馳（ㄅㄟˋ ㄉㄠˋ ㄦˊ ㄔˊ）

解釋　背：背向；道：道路；馳：奔跑。朝著相反的方向奔跑。比喻彼此的方向或目的完全相反。或指行動與目的相反。

出處　唐．柳宗元《河東先生集．楊評事文集後序》：「其餘各探一隅，相與背馳於道者，其去彌遠。」

解析　背，讀ㄅㄟˋ，不讀ㄅㄟ。

例句　經過一夜長談才發現我們的理念完全**背道而馳**，所以就取消了這次的合作計畫。

近義　分道揚鑣；各奔東西；南轅北轍。

反義　並駕齊驅；並行不悖；殊途同歸；齊頭並進。

六畫

脅肩諂笑（ㄒㄧㄝˊ ㄐㄧㄢ ㄔㄢˇ ㄒㄧㄠˋ）

解釋　脅肩：聳起雙肩，表示恭敬的樣子；諂笑：諂媚地裝出笑容。形容逢迎、巴結的醜態。

出處　《孟子．滕文公下》：「脅肩諂笑，病於夏畦。」（病於夏畦，比夏天灌園治畦的人還累。）

解析　「脅肩諂笑」指在動作、表情上表現出奉承的樣子；「阿諛逢迎」指用語言、態度對人奉承。

例句　他靠著脅肩諂笑爬上了經理的位置，卻一直得不到部屬的認同。

近義　曲意逢迎；阿諛奉承。

反義　守正不阿；剛正不阿。

胸中甲兵（ㄒㄩㄥ ㄓㄨㄥ ㄐㄧㄚˇ ㄅㄧㄥ）

解釋　甲兵：披甲的兵士。胸中有用兵的謀略，比喻人有雄才大略。

出處　《魏書．崔浩傳》：「世祖指浩以示之曰：『汝曹視此人尪（ㄨㄤ）纖懦弱，手不能彎弓持矛，其胸中所懷乃逾於甲兵。』」

例句　他雖看來手無縛雞之力，但卻是胸中甲兵，有過人才識、謀略。

胸無城府（ㄒㄩㄥ ㄨˊ ㄔㄥˊ ㄈㄨˇ）

解釋　城府：城市和官府，比喻令人難於揣測的深遠謀算。比喻胸懷坦白，沒有什麼隱藏。

出處　《宋史．傅堯俞傳》：「堯俞厚重言寡，遇人不設城府，人自不忍欺。」

例句　他是個胸無城府、毫無心機的人，這種險要的計謀絕不是他想出來的。

近義　光明磊落；胸無宿物；胸懷坦蕩；襟懷坦白。

反義　心懷叵測；包藏禍心；存心不良；居心不良。

胸無宿物（ㄒㄩㄥ ㄨˊ ㄙㄨˋ ㄨˋ）

解釋　宿：平素的，早就有的。比喻為人坦率，心中不存成見。

出處　南朝．宋．劉義慶《世說新語．賞譽下》：「庾赤玉（庾統）胸中無宿物。」

例句　他對人向來是胸無宿物，你就不必太擔心過去所犯的錯。

近義　光明磊落；胸無城府；胸懷坦蕩。

反義　心懷叵測；包藏禍心；存心不良。

胸無點墨（ㄒㄩㄥ ㄨˊ ㄉㄧㄢˇ ㄇㄛˋ）

解釋　形容人毫無學識，沒有學問。

出處　宋．釋普濟《五燈會元．淨全禪師》：「師自贊曰：『匙挑不上個村夫，文墨胸中一點無；曾把空虛揣出骨，惡聲贏得滿江湖。」

解析 「胸無點墨」和「不學無術」都形容學識淺薄，但「不學無術」兼指沒有本事或才能，「胸無點墨」則只強調沒有學識。

例句 他不過是個胸無點墨、目不識丁的莽夫，你實在沒有必要與他爭辯。

近義 不學無術；不識一丁；不識之無；目不識丁。

反義 博學多聞；滿腹經綸；學富五車；學貫古今。

能屈能伸 ㄋㄥˊ ㄑㄩ ㄋㄥˊ ㄕㄣ

解釋 能彎曲能伸直。在失意時能忍耐，得意時能有一番作為。形容人處世能隨環境轉變。

出處 宋．邵雍《伊川擊壤集．代書寄前洛陽簿陸剛叔秘校》詩：「知行知止唯賢者，能屈能伸是丈夫。」

例句 為了償還家中債務，他曾在大學教書，也曾在街頭賣藝，是個能屈能伸的人。

近義 尺蠖求伸；屈一伸萬。

反義 一蹶不振。

能者多勞 ㄋㄥˊ ㄓㄜˇ ㄉㄨㄛ ㄌㄠˊ

解釋 能幹的人往往要多負責任，多勞累一些。現多用於讚譽或慰勉人多才、能幹。

出處 《莊子．列禦寇》：「巧者勞而知者憂。」

例句 能者多勞，這些尚未完成的工作就全交給你了。

胼手胝足 ㄆㄧㄢˊ ㄕㄡˇ ㄓ ㄗㄨˊ

解釋 胼胝：手腳上的厚繭。手腳都磨出了厚繭。形容不辭勞苦，辛勤工作。

出處 《荀子．子道》：「有人於此，夙興夜寐，耕耘樹藝，手足胼胝以養其親。」

例句 這些險峻的石階都是前人胼手胝足一個個堆砌出來的。

近義 千辛萬苦；炙膚皸足；摩頂放踵。

反義 四體不勤；好逸惡勞；游手好閒。

七畫

脫胎換骨 ㄊㄨㄛ ㄊㄞ ㄏㄨㄢˋ ㄍㄨˇ

解釋 本是道教修煉者的說法，他們認為經過修煉可脫凡胎成聖胎、換凡骨成仙骨。現在比喻經過教育薰陶，能夠根本改變一個人的立場和觀點。

出處 《警世通言》二十七：「洞賓道：『凡人成仙，脫胎換骨，定然先將俗肌消盡，然後重換仙體。此非肉眼所知也。』」

解析 「脫胎換骨」和「洗心革面」都可以比喻「徹底改造、重新做人」。但「脫胎換骨」可以指「罪人」，也可指思想、觀念上的改變。「洗心革面」一般只指「罪人」的徹底改造，適用範圍比較小。

例句 經過一連串的考驗與訓練，他終於**脫胎換骨**成為一名正式的選手。

近義 改邪歸正；洗心革面。

反義 怙惡不悛；執迷不悟。

脫穎而出（ㄊㄨㄛ ㄧㄥˇ ㄦˊ ㄔㄨ）

解釋 穎：尖兒。錐子的尖部透過布囊顯露出來。比喻有才能的人終能顯現出來。

出處 《史記．平原君虞卿列傳》：「使遂早得處囊中，乃穎脫而出。」

例句 他憑著過人的體力與優異的成績，終於在眾多選手中**脫穎而出**，當選今年的年度最佳選手。

近義 英華外發；嶄露頭角；鋒芒畢露；頭角崢嶸。

反義 不露鋒芒；不露圭角；匿影藏形；錐處囊中。

脣亡齒寒（ㄔㄨㄣˊ ㄨㄤˊ ㄔˇ ㄏㄢˊ）

解釋 嘴脣沒了，牙齒就會感到寒冷。比喻彼此關係密切，不可分開。

出處 《左傳．僖公五年》記載春秋時，晉國想併吞南面的虢（ㄍㄨㄛˊ），但中間隔著一個虞國。晉獻公採納了大夫荀息的策略，派他帶了名馬和美玉作為禮物向虞國借一條通路。虞國大夫宮之奇知道荀息的來意，勸虞公（虞國的國君）不要答應，因為虢國是虞國的外圍，如果虢國被滅，虞國就保不住了。諺所謂「輔車相依，脣亡齒寒」者。但是虞公貪財，不僅借路而且出兵協助晉軍。宮之奇只得帶領全家逃亡曹國。晉軍滅掉虢國後，在回國途中果然把虞國也滅掉了。

解析 「脣亡齒寒」重在表示喪失一方所造成的後果，多用於國與國之間的關係；「脣齒相依」重在表示相互依存。

例句 這兩家工廠生產上下游產品，所以他們是**脣亡齒寒**，一直保持著良好的關係。

近義 休戚相關；脣齒相依；巢毀卵破；輔車相依。

反義 風馬牛不相及。

脣槍舌劍（ㄔㄨㄣˊ ㄑㄧㄤ ㄕㄜˊ ㄐㄧㄢˋ）

解釋 嘴脣像槍，舌頭像劍。形容辯論言詞鋒利，針鋒相對。也作「舌劍脣槍」。

出處 元．高文秀《保成公徑赴澠池會》第一折：「憑著我脣槍舌劍定江山。」

解析 「脣槍舌劍」、「針鋒相對」都可形容辯論時言辭犀利激烈。「脣槍舌劍」著重於言辭的鋒利；「針鋒相對」著重於針對對方論點進行攻擊。

例句 這兩個黨派不同、立場相對的來賓，一上節目就免不了脣槍舌劍一番。

近義 針鋒相對。

脣齒相依

解釋 嘴脣和牙齒互相依賴，不能離開。比喻彼此關係密切，互相依存。

出處 《三國志．魏書．鮑勛傳》：「王師屢徵而未有所克者，蓋以吳、蜀脣齒相依，恁阻山水，有難拔之勢故也。」

解析 「脣齒相依」重在表示相互依存；「脣亡齒寒」重在表示失去一方所造成的後果，多用於國與國之間的關係。

例句 無論從地理位置或歷史發展看來，我們兩國都是脣齒相依、關係密不可分的友邦。

近義 休戚相關；脣亡齒寒；輔車相依。

反義 風馬牛不相及。

九畫

腰纏萬貫

解釋 貫：錢貫，過去穿錢用的繩索。

形容非常富有。

出處 宋．釋普濟《五燈會元．中仁禪師》：「秤錘搦出油，閒言長語休；腰纏十萬貫，騎鶴上揚州。」

例句 他仗著自己腰纏萬貫就恣意揮霍，一擲千金，短短幾年內就把所有家產消耗殆盡。

近義 金玉滿堂；堆金積玉；萬貫家財。

反義 一貧如洗；身無分文；囊空如洗。

腦滿腸肥

解釋 腸肥：指肚子大，形容身體胖。

形容生活優裕、飽食終日而無所用心的樣子。

出處 《北齊書．琅玡王儼（ㄧㄢˇ）傳》：「琅玡王年少，腸肥腦滿，輕為舉措。」

解析 「腦」不可寫成「惱」。

例句 看他長得一副腦滿腸肥、舉止輕浮的樣子，恐怕不是你交往的對象。

近義 大腹便便。

反義 形銷骨立；面黃肌瘦；骨瘦如柴。

腥風血雨

解釋 風裏帶有腥味，鮮血四濺得像下雨一樣。形容戰爭殺戮的慘狀。也作「血雨腥風」。

出處 《水滸傳》第二十三回：「腥風血雨滿松林，散亂毛髮墜山奄。」

解析 「腥風血雨」重在形容戰爭或社會上的黑暗恐怖；「淒風苦雨」強調天氣或環境的惡劣。

例句 這次的戰爭造成各地**腥風血雨**，屍橫遍野，參戰國無不付出慘痛的代價。

近義 血肉橫飛；昏天黑地；淒風苦雨；滅絕人性。

反義 河清海晏；歌舞昇平。

腳踏實地（ㄐㄧㄠˇ ㄊㄚˋ ㄕˊ ㄉㄧˋ）

解釋 比喻做事踏實穩健，實事求是，不浮誇。

出處 宋．邵伯溫《邵氏聞見錄》中記述，司馬光曾經問邵雍說：「我是怎樣的人？」邵雍回答說：「君實（司馬光的字）腳踏實地人也。」

例句 他向來是個**腳踏實地**、穩紮穩打的人，與他合作你大可放心。

近義 穩紮穩打。

反義 好大喜功；好高騖遠；敷衍了事；敷衍塞責。

腹背受敵（ㄈㄨˋ ㄅㄟˋ ㄕㄡˋ ㄉㄧˊ）

解釋 前後都受到敵人的攻擊。比喻處境困難。

出處 《魏書．崔浩傳》：「議者猶曰：『裕西入函關，則進退路窮，腹背受敵。』」（裕，劉裕。）

例句 我現在是**腹背受敵**、自身難保了，哪裏還有餘力幫你。

近義 四面楚歌；危機四伏。

十畫

膏粱子弟（ㄍㄠ ㄌㄧㄤˊ ㄗˇ ㄉㄧˋ）

解釋 膏：肥肉；粱：細糧；膏粱：比喻精美的食物，借指富貴人家。指飽食終日、無所用心的富貴人家子弟。原作「膏粱年少」。

出處 虞兆漋《天香樓偶得．膏粱》：「今人稱富貴家子弟曰膏粱子弟，但謂知飽食，不諳他務。」

解析 「膏粱子弟」和「紈袴子弟」都指富貴人家的子弟，前者從飲食方面來強調；後者從衣飾方面來強調，並含有玩樂浮華的意思。

例句 他曾是個只知吃喝玩樂的**膏粱子弟**，如今能放下身段為窮苦的人家服務，實屬難得。

近義 花花公子；紈袴子弟；膏粱紈袴。

反義 藜藿子弟。

十一畫

膝癢搔背（ㄒㄧ ㄧㄤˇ ㄙㄠ ㄅㄟˋ）

解釋 膝頭發癢，卻去搔脊背。比喻言語、處事不得當。

出處 漢．桓寬《鹽鐵論．利議》：「議論無所依，如膝癢而搔背。」

例句 票房連年下滑，你不從硬體與表演內容上改進，卻只想些小噱頭吸引觀眾，這不是**膝癢搔背**嗎？

膠柱鼓瑟（ㄐㄧㄠ ㄓㄨˋ ㄍㄨˇ ㄙㄜˋ）

解釋 柱：瑟上調節聲音的短木；瑟：一種古樂器。用膠把柱粘住，音調就不能調整。

比喻拘泥固執，不知變通。

出處 《史記．廉頗藺相如列傳》裏說，趙國與秦國作戰時，趙孝成王聽信了秦國奸細的話，任命趙奢的兒子趙括為將軍，代替廉頗。藺相如不同意，對趙王說：「王以名使括，若膠柱而鼓瑟耳。括徒能讀其父書傳，不知合變也。」

例句 市場上的情況是千變萬化，你要能見機行事，不可**膠柱鼓瑟**。

近義 守株待兔；刻舟求劍；膠柱調瑟。

反義 見機行事；伺機而動；看風使舵；隨機應變。

十三畫

膽大心小（ㄉㄢˇ ㄉㄚˋ ㄒㄧㄣ ㄒㄧㄠˇ）

解釋 形容做事果決而思慮周密。現多作「膽大心細」。

出處 《舊唐書．孫思邈傳》：「膽欲大而心欲小，智欲圓而行欲方。」

例句 他不但有生意頭腦，做起事來又**膽大心小**，將來必定能成為獨霸一方的商業鉅子。

近義 有勇有謀；智勇雙全。

反義 有勇無謀；勇而無謀；粗心大意。

膽大妄為（ㄉㄢˇ ㄉㄚˋ ㄨㄤˋ ㄨㄟˊ）

解釋 妄為：亂做，胡搞。形容毫無顧忌地任意橫行。

出處 清．吳趼人《痛史》第二回：「如此膽大妄為，還了得麼？」

例句 近年來治安日益惡化，昨日又傳出兩名**膽大妄為**的歹徒，竟然公然襲警奪槍。

近義 胡作非為；為所欲為；恣意妄為；橫行無忌。

反義 安分守己；奉公守法；循規蹈矩。

膾炙人口（ㄎㄨㄞˋ ㄓˋ ㄖㄣˊ ㄎㄡˇ）

解釋 膾：細切的肉；炙：烤肉。比喻詩文等作品受到大眾的讚美和傳誦。

出處 《容齋隨筆．連昌宮詞》：「元微之、白樂天，在唐元和長慶間齊名，其賦詠天寶時事，連昌宮詞、長恨歌皆膾炙人口。」

解析 不要把「膾」讀成ㄏㄨㄟˋ，「炙」不讀ㄐㄧㄡˇ，不要寫成「灸」。

例句 這本**膾炙人口**的小說，不但改編成劇本搬上螢幕，更開發出許多相關的周邊產品，讓出版商大賺一筆。

【臣部】

二畫

臥薪嘗膽（ㄨㄛˋ ㄒㄧㄣ ㄔㄤˊ ㄉㄢˇ）

解釋 薪：柴草。比喻刻苦自勵，發憤圖強。

出處《吳越春秋》：「越句踐，臥薪嘗膽欲報吳。」

解析「薪」不可寫成「新」。「嘗」不可寫成「賞」。

例句 經過一年來臥薪嘗膽般的艱苦訓練，我隊終於打敗了對方，一雪去年的恥辱。

近義 自強不息；坐薪懸膽；發憤圖強。

反義 一敗塗地；忍辱偷生；苟且偷安。

十一畫

臨去秋波（ㄌㄧㄣˊ ㄑㄩˋ ㄑㄧㄡ ㄅㄛ）

解釋 秋波：形容眼似秋水般明亮澄澈。美人走時向人拋媚眼。比喻臨去前給人好處，或臨走時突然做出某事。

出處《西廂記．驚艷》：「怎當他臨去秋波那一轉。」

例句 王小姐臨去秋波那一眼，惹得在場男士個個魂不守舍。

臨時抱佛腳（ㄌㄧㄣˊ ㄕˊ ㄅㄠˋ ㄈㄛˊ ㄐㄧㄠˇ）

解釋 比喻事到臨頭才想辦法。

出處 宋．劉攽（ㄅㄢ）《中山詩話》：「王丞相好嘲謔，一日，論沙門道，因曰：投老欲依僧。客遽對曰：急則抱佛腳。王曰：『投老欲依僧』是古詩一句。客曰：『急來抱佛腳』是俗諺全語。」

例句 他辦事向來是計畫周全、按部就班地，從沒見過他陷入臨時抱佛腳的窘境。

臨陣磨槍（ㄌㄧㄣˊ ㄓㄣˋ ㄇㄛˊ ㄑㄧㄤ）

解釋 到了陣前快打仗時才開始磨刀槍。比喻事到臨頭才倉促準備。

出處《紅樓夢》第七十回：「王夫人便道：『臨陣磨槍，也不中用！有這會子著急，天天寫寫念念，有多少完不了的？』」

例句 明天就要比賽了，你與其無濟於事地臨陣磨槍，不如睡個好覺養足精神。

近義 江心補漏；見兔顧犬；臨渴掘井。

反義 未雨綢繆；有備無患。

臨淵羨魚（ㄌㄧㄣˊ ㄩㄢ ㄒㄧㄢˋ ㄩˊ）

解釋 淵：深潭。比喻只是空想，而沒有實際行動。

出處《漢書．董仲舒傳》：「臨淵羨魚，不如退而結網。」

例句 你與其臨淵羨魚，整天到別人的公司徘徊，不如回家充實自己，考進去做個正式職員。

近義 臨淵之羨。

反義 退而結網。

臨深履薄（ㄌㄧㄣˊ ㄕㄣ ㄌㄩˇ ㄅㄛˊ）

解釋 臨：面臨；深：這裏指深淵；履：踐踏；薄：這裏指薄冰。面臨著深淵，腳踏著薄冰。比喻非常謹慎小心。

出處 《詩經．小雅．小旻（ㄇㄧㄣˊ）》：「戰戰兢兢，如臨深淵，如履薄冰。」

例句 為了辦好這次的展覽，他每日都似**臨深履薄**、戰戰兢兢的。

近義 虎尾春冰。

反義 孟浪輕狂。

臨渴掘井（ㄌㄧㄣˊ ㄎㄜˇ ㄐㄩㄝˊ ㄐㄧㄥˇ）

解釋 口渴時才去掘井。比喻不早作準備，事到臨頭才想辦法，無濟於事。

出處 朱用純《治家格言》：「宜未雨而綢繆，毋臨渴而掘井。」

例句 你如果現在就開始準備，比賽前夕就不必慌慌張張地**臨渴掘井**了。

近義 大寒索裘；江心補漏；見兔顧犬；臨陣磨槍。

反義 未雨綢繆；曲突徙薪；防患未然。

【自部】

自不量力（ㄗˋ ㄅㄨˋ ㄌㄧㄤˋ ㄌㄧˋ）

解釋 量：衡量，估計。不衡量自己的能力。形容過於高估自己的力量，做自己能力以外的事。

出處 《鏡花緣》第八十七回：「你教管家去回他，就說我們殿試都是僥倖名列上等，並非真才實學，何敢自不量力，妄自談文。」

解析 「量」不讀成ㄌㄧㄤˊ。

例句 你不要**自不量力**了，如此浩大的工程怎麼可能靠你一個人的力量完成。

近義 夸父追日；蚍蜉撼樹；螳臂當車。

反義 量力而行；量力而為。

自出機杼（ㄗˋ ㄔㄨ ㄐㄧ ㄓㄨˋ）

解釋 機杼：織布機。比喻自創新的風格，不沿襲他人。

出處 《魏書．祖瑩傳》：「文章須自出機杼，成一家風骨。」

解析 「自出機杼」偏重詩文的構思、組織出於自創；「自出心裁」偏重新主意、新樣式等出於自創，且不限於詩文；「獨具匠心」偏重具有獨特的巧妙心思，可用於詩文，亦可用於藝術、工程、技術等有創造性的事物。

例句 這位作家能**自出機杼**，作品中帶有濃厚的個人風格，所以才能在文壇中獨領風騷。

近義 自出心裁；別具匠心；獨樹一幟；獨闢蹊徑。

反義 亦步亦趨；如法炮製；依樣畫葫蘆。

自成一家（ㄗˋ ㄔㄥˊ ㄧˋ ㄐㄧㄚ）

解釋 形容在某種學問或藝術上有獨創的見解和風格，不同於他人，能自成體系。

出處 《史記·太史公自序》：「略以拾遺補藝，成一家之言。」

解析 「自成一家」多用於學術、藝術的流派和風格等；「自立門戶」多用於社團、組織、家庭等。

例句 他的繪畫風格獨特，**自成一家**，才辨第一次畫展就引起畫壇不小的震撼。

近義 自立門戶；獨樹一幟。

自我解嘲 ㄗˋ ㄨㄛˇ ㄐㄧㄝˇ ㄔㄠˊ

解釋 自己為自己解釋，以免別人嘲笑。現在指作自我調侃、挖苦。

出處 漢·揚雄《解嘲》：「哀帝時，丁、傅、董賢用事，諸附離之者或起家至二千石。時雄方草創《太玄》，有以自守，泊如也。人有嘲雄以玄之尚白，雄解之，號曰《解嘲》。」

例句 他約王小姐吃飯屢屢被拒絕，於是只好**自我解嘲**，說是兩人今生無緣。

自投羅網 ㄗˋ ㄊㄡˊ ㄌㄨㄛˊ ㄨㄤˇ

解釋 投：走，進入；羅網：捕鳥獸的器具。自己進入網裏。比喻自己送死、自取滅亡。

出處 宋·蘇軾〈策別十七〉：「譬如獵人終日馳驅踐蹂於草茅之中，搜收伏兔而搏之，不待其自投於網羅而後取也。」

解析 「自投羅網」指自己去送死，多指將形式估計錯誤；「自掘墳墓」指自己做的事正致使自己走向滅亡。

例句 報紙上的分類廣告充滿了陷阱，只等那些無知少女去**自投羅網**。

近義 自取滅亡；自掘墳墓；飛蛾撲火。

反義 全身而退；全身遠害。

自命不凡 ㄗˋ ㄇㄧㄥˋ ㄅㄨˋ ㄈㄢˊ

解釋 自命：自己認為。非常自負，自以為不平凡、了不起。

出處 《聊齋志異·楊大洪》：「大洪楊先生漣，微時為楚名儒，自命不凡。」

解析 「自命不凡」指自認為不同凡響，偏重表現驕傲自滿的心態；「孤芳自賞」以花喻人，偏重表現孤傲的心態；「自我陶醉」指沈浸在某種境界之中，偏重表現自我欣賞的情緒。

例句 他不過得了幾個小獎，就**自命不凡**，以為自己是當代的大文豪。

近義 不可一世；目空一切；狂妄自大；孤芳自賞。

反義 妄自菲薄；自愧不如；自慚形穢。

自知之明 ㄗˋ ㄓ ㄓ ㄇㄧㄥˊ

解釋 對自己的優缺點都非常清楚，能夠正確地認識自己。

出處 《老子》三十三章：「知人者智，自知者明。」

例句 我這個窮小子怎麼配得上您這位嬌貴的千金大小姐，這點**自知之明**我還是有的。

反義 目不見睫；自不量力。

自怨自艾 ㄗˋ ㄩㄢˋ ㄗˋ ㄧˋ

解釋 艾：割草，比喻改正。原來是說悔恨自己的過失，自己改正。現在只指自己悔恨怨嘆，不包括改正的意思。

出處 《孟子．萬章上》：「太甲悔過，自怨自艾。」

解析 「艾」不能唸成ㄞˋ。

例句 正當大夥輸了比賽在**自怨自艾**時，他已在為下一場比賽作準備了。

近義 自悲自嘆；自嗟自嘆。

反義 怨天尤人。

自相矛盾 ㄗˋ ㄒㄧㄤ ㄇㄠˊ ㄉㄨㄣˋ

解釋 矛盾：古代兩種作用不同的武器，矛是用來進攻敵人，盾是用來保護自己。比喻說話、做事前後自相抵觸。

出處 韓非子裏有一則寓言：古代楚國有個賣長矛和盾牌的人，先誇說自己的盾牌很堅固，什麼利器都不能刺穿，又吹噓自己的長矛非常鋒利，什麼東西都能刺穿。有人問他：「拿你的長矛刺你的盾牌，會怎麼樣？」這個人便無話可答了。

解析 「矛盾」不寫成「茅盾」。

例句 你這番**自相矛盾**的說辭，恐怕很難取得大家的信任。

近義 自相抵牾；以子之矛，攻子之盾。

反義 自圓其說；言行一致；表裏如一。

自食其力 ㄗˋ ㄕˊ ㄑㄧˊ ㄌㄧˋ

解釋 憑藉自己的力量生活。

出處 《禮記．禮器》：「食力無數」注云：「食力，自食其力之人。」

解析 「自給自足」指依靠自己的生產滿足自己的需要；「自食其力」指依靠自己的能力維持生活；「自力更生」指依靠自己的力量辦事，求生存發展。

例句 他念高中以來就半工半讀，**自食其力**，養成他現在勤奮踏實的生活態度。

近義 自力更生；自給自足。

反義 不勞而獲；不勞而食；坐享其成。

自食其果 ㄗˋ ㄕˊ ㄑㄧˊ ㄍㄨㄛˇ

解釋 果：後果。比喻自己做了壞事，自己承受不好的後果。

解析 「自食其果」和「自作自受」都有「自己做了事，自己承受後果」的意思。但「自食其果」多指

「犯了罪」，有「罪有應得」的涵義，往往用於表示說話人拍手稱快的情緒，有「活該」的意思。「自作自受」多指「做錯了事」，有「咎由自取」的涵義，往往用於表示說話人的埋怨情緒，有「怪你自己不好」的意思。

例句 他們夫妻倆四處詐財，害得許多家庭家破人亡，如今自食其果，不但財產充公，還雙雙被捕入獄。

近義 自作自受；自取滅亡；作法自斃；玩火自焚；咎由自取；罪有應得。

反義 嫁禍於人。

自強不息（ㄗˋ ㄑㄧㄤˊ ㄅㄨˋ ㄒㄧˊ）

解釋 自強：自己努力向上。

指不斷地努力向上，不敢鬆懈。

出處 《周易．乾》：「天行健，君子以自強不息。」

例句 校長常鼓勵我們，愈是遇到不利的形勢，就愈是要自強不息。

近義 力爭上游；朝乾夕惕；奮發圖強。

反義 自暴自棄；自輕自賤；得過且過。

自得其樂（ㄗˋ ㄉㄜˊ ㄑㄧˊ ㄌㄜˋ）

解釋 自己能夠享受其中的樂趣，不在乎別人的看法。

出處 明．陶宗儀《輟耕錄》：「白鷳雀生於烏桓朔漠之地，雌雄和鳴，自得其樂。」

例句 爺爺常一個人閒來無事，自己和自己下棋，倒也能自得其樂。

近義 怡然自得；洋洋自得；悠然自得。

反義 自討苦吃；自作自受。

自掘墳墓（ㄗˋ ㄐㄩㄝˊ ㄈㄣˊ ㄇㄨˋ）

解釋 掘：挖。

自己給自己挖墳墓。比喻自己的所作所為正足以毀滅自己。

解析 「自掘墳墓」指自己做的事正致使自己走向滅亡，偏重在所做的事情；「自投羅網」指自己去送死，多用於錯誤地估計形勢。

例句 你年紀輕輕地就參加幫派和不良少年鬼混，這不是自掘墳墓嗎？

近義 自投羅網；自取滅亡；飛蛾投火。

自貽伊戚（ㄗˋ ㄧˊ ㄧ ㄑㄧ）

解釋 貽：遺留；伊：是，此；戚：憂愁，悲哀。

比喻自己尋找煩惱，自己招致禍患。

出處 《詩經．小雅．小明》：「心之憂矣，自詒伊戚。」（詒，同「貽」。）

解析 「貽」，讀ㄧˊ，不讀ㄊㄞˊ。

例句 選舉時，如果接受了這些黑道份子的幫忙，將來難免自貽伊戚，後患無窮。

近義 自討苦吃；作繭自縛。

反義 自得其樂。

自圓其說（ㄗˋ ㄩㄢˊ ㄑㄧˊ ㄕㄨㄛ）

解釋 圓：圓滿，周密。對自己說過的話或做過的事，給予圓滿的解釋。

出處 清．李寶嘉《官場現形記》第五十五回：「（史其祥）躊躇了好半天，只得仰承憲意，自圓其說道：『職道的話原是一時愚昧之談，作不得準的。』」

例句 這次我們罪證確鑿，任憑他再狡猾恐怕也難以自圓其說。

近義 天衣無縫；無懈可擊；滴水不漏。

反義 自相矛盾；自相抵牾；破綻百出；漏洞百出。

自慚形穢（ㄗˋ ㄘㄢˊ ㄒㄧㄥˊ ㄏㄨㄟˋ）

解釋 慚：慚愧；形穢：不體面。與人相比自覺不如別人而感到慚愧。

出處 南朝．宋．劉義慶《世說新語．容止》：「珠玉在側，覺我形穢。」

解析 「慚」不可寫成「漸」，「穢」不可讀成ㄙㄨㄟˋ（歲）。

例句 我們是同一所學校出來的，他如今是事業有成而我仍無所事事，與他相較不免令我自慚形穢。

近義 汗顏無地；自愧不如；自輕自賤。

反義 自命不凡；自高自大；孤芳自賞；唯我獨尊。

自鳴得意（ㄗˋ ㄇㄧㄥˊ ㄉㄜˊ ㄧˋ）

解釋 鳴：表示、認為。自己表示很得意。

出處 《聊齋志異．江城》：「姊妹相逢無他語，惟各以閒威自鳴得意。」

解析 「自鳴得意」偏重於「得意」，多著眼於外部表情；「沾沾自喜」偏重於「高興」，多著眼於心理狀態。

例句 他拿下了這次比賽的冠軍後，就自鳴得意地到處炫耀自己的成績。

近義 洋洋自得；得意忘形；揚揚得意。

反義 自怨自艾；垂頭喪氣；鬱鬱不得。

自暴自棄（ㄗˋ ㄅㄠˋ ㄗˋ ㄑㄧˋ）

解釋 暴：糟蹋，損害；棄：拋棄。泛指自甘墮落，不求上進。

出處 《孟子．離婁上》：「自暴者，不可與有言也；自棄者，不可與有為也。言非禮義，謂之自暴也；吾身不能居仁由義，謂之自棄也。」

解析 「自暴自棄」偏重在糟蹋自己、放棄自己；「妄自菲薄」偏重在看輕自己、小看自己；「自輕自賤」偏重在自己輕視自己，認為自己低下。

例句 今年雖然沒有拿到總冠軍，但大家也不要自暴自棄，我們明年還有機會。

近義 自輕自賤；自慚形穢；妄自菲薄。

反義 力爭上游；自強不息；自命不凡。

自顧不暇（ㄗˋ ㄍㄨˋ ㄅㄨˋ ㄒㄧㄚˊ）

解釋 暇：空閒。

連自己都照顧不過來（哪能再幫助別人）。多用來說明無力幫助別人。

出處 《晉書．載記第三．劉曜》：「彼方憂自固，何暇來耶？」

解析 「暇」不可寫成「瑕」。「顧」不解釋成「看」。（如「瞻前顧後」）。

例句 現在是一年中最忙碌的時刻，我已是自顧不暇，哪有餘力照顧你？

近義 不遑他顧；自救不暇；自身難保。

反義 行有餘力；捨己救人。

自鄶以下（ㄗˋ ㄎㄨㄞˋ ㄧˇ ㄒㄧㄚˋ）

解釋 鄶：西周時的諸侯國名。

比喻等而下之，表示自此以下都不值得一談。

出處 《左傳．襄公二十九年》記載，吳國的季札在魯國觀賞周王朝建立以來的音樂和舞蹈，對一些諸侯國的樂曲都作了評價，但對鄶國以下的就再沒有發表評論。

例句 這次的座談會我們只討論這十篇作品，自鄶以下就不值得討論了。

四畫

臭味相投（ㄔㄡˋ ㄨㄟˋ ㄒㄧㄤ ㄊㄡˊ）

解釋 臭：氣味。

比喻彼此的嗜好、作風相投合。帶有嘲諷的意味。

出處 明．馮夢龍《醒世恆言．薛錄事魚服征仙》：「這二位官人，為官也都清正。因此臭味相投。」

解析 臭，讀ㄔㄡˋ，不讀ㄒㄧㄡˋ。

例句 這兩人是臭味相投，一見如故，才剛認識沒多久，竟然已稱兄道弟了。

近義 沆瀣一氣；意氣相投。

反義 水火不容；方枘圓鑿；格格不入；針鋒相對。

【至部】

至理名言（ㄓˋ ㄌㄧˇ ㄇㄧㄥˊ ㄧㄢˊ）

解釋 至理：最正確的道理；名言：精闢、有價值的話。

最正確的道理，精闢的言論，足以為時人或後人所取法遵循的。

出處 《梁簡文帝．大法頌表》：「至理隆而德音闡」。

解析 ①「名」不寫成「明」。②「至理名言」指最正確、精闢的言論；「不刊之論」指不可改變、不可磨滅的言論，強調禁得起時間的考驗；「不易之論」指準確而不可改變的言論。

例句 「一分耕耘，一分收穫」這句至理名言，他一直銘記在心，奉行不悖。

近義 不刊之論；不易之論。

反義 不經之談；異端邪說；虛詞詭說。

【臼部】

七畫

與人為善（ㄩˇ ㄖㄣˊ ㄨㄟˊ ㄕㄢˋ）

解釋 與：和，幫助。跟人一同做好事。泛指助人為善。

出處 《孟子．公孫丑上》：「取諸人以為善，是與人為善者也；故君子莫大乎與人為善。」

例句 他一直本著**與人為善**的精神，數十年如一日地幫助無家可歸的孩子。

近義 助人為樂；為善最樂。

反義 委過於人；嫁禍於人。

與世推移（ㄩˇ ㄕˋ ㄊㄨㄟ ㄧˊ）

解釋 推移：遷移，改變。隨時代的改變而進退，不固執守舊。

出處 《楚辭．屈原．漁父》：「聖人者不凝滯於物，而與世推移。」

例句 如果想消除和下一代的代溝，就必須**與世推移**，隨潮流修正自己的觀念。

與世偃仰（ㄩˇ ㄕˋ ㄧㄢˇ ㄧㄤˇ）

解釋 偃仰：俯仰。形容隨世俗沈浮，沒有主見。

出處 《荀子．非相》：「與時遷徙，與世偃仰。」

例句 他不願**與世偃仰**，又對抗不了環境的強大壓力，只得辭官求去。

近義 隨波逐流。

與虎謀皮（ㄩˇ ㄏㄨˇ ㄇㄡˊ ㄆㄧˊ）

解釋 與老虎商量，要剝下牠的皮。比喻跟所謀求的對象有利害衝突，絕對無法成功。後多指跟惡人商量，要他犧牲自己的利益，一定無法成功。本作「與狐謀皮」。

出處 《太平御覽》引《符子》：「欲為千金之裘而與狐謀其皮，……言未卒，狐相率逃於重丘之下。」

例句 你要這些幫派分子解散，並關掉所經營的賭場、特種營業場所，無異於**與虎謀皮**。

九畫

興風作浪（ㄒㄧㄥ ㄈㄥ ㄗㄨㄛˋ ㄌㄤˋ）

解釋 興、作：起。刮起大風，掀起波浪。現比喻製造事端，引起是非。

出處 元．無名氏《二郎神醉射鎖魔鏡》第一折：「嘉州有冷熱二河，河內有一健蛟，興風作浪，損害人民。」

解析 「興風作浪」和「興妖作怪」都有「製造事端，挑起混亂」的意思。但「興風作浪」偏重在無事生非，煽動人心；「興妖作怪」則偏重在暗中破壞、搗亂。

例句 要不是你從中**興風作浪**，他們倆家也不致於反目成仇。

近義 掀風鼓浪；興妖作怪。

反義 安分守己；息事寧人；推難解紛。

興師問罪 ㄒㄧㄥ ㄕ ㄨㄣˋ ㄗㄨㄟˋ

解釋 興師：大規模出兵。問罪：聲討。原指出兵去討伐有罪的人。也指群起責問。

出處 《史記．齊太公世家》：「桓公聞而怒，興師往伐。」

例句 這件事你也有不對的地方，竟好意思理直氣壯的來**興師問罪**。

近義 問罪之師。

反義 負荊請罪。

興師動眾 ㄒㄧㄥ ㄕ ㄉㄨㄥˋ ㄓㄨㄥˋ

解釋 興：起，發動；眾：軍隊，大隊人馬。原指出兵，現在形容發動了很多人。

出處 吳起《吳子．勵士》：「夫發號布令，而人樂戰；交兵接刃，而人樂死。」

解析 「興」不讀ㄒㄧㄥˋ。「師」不解釋成榜樣（如「為人師表」）。

例句 為了這一點小問題你就**興師動眾**，要全隊的人連夜北上，真是小題大作。

近義 勞師動眾；調兵遣將。

反義 按兵不動；偃旗息鼓。

興高采烈 ㄒㄧㄥˋ ㄍㄠ ㄘㄞˇ ㄌㄧㄝˋ

解釋 采：神態。原來是說嵇康的文章志趣很高，文詞犀利。現在形容人的興致高昂，情緒飽滿。也形容歡樂、興奮的氣氛。

出處 南朝．梁．劉勰《文心雕龍．體性》：「叔夜儁俠，興高而采烈。」（叔夜，嵇康的字。）

解析 ①「興」不能唸成ㄒㄧㄥ。②「興高采烈」強調高興和歡樂，多用於形容人的情緒高昂；「興致勃勃」強調有興趣的樣子，多用於高興從事某件事。

例句 參加這次校外教學的小朋友們，個個都顯得**興高采烈**的。

近義 手舞足蹈；興致勃勃；歡天喜地；歡欣鼓舞。

反義 長吁短嘆；悶悶不樂；無精打采；意興闌珊；鬱鬱寡歡。

興滅繼絕 ㄒㄧㄥ ㄇㄧㄝˋ ㄐㄧˋ ㄐㄩㄝˊ

解釋 使滅亡的國家再復興、斷絕的世族再延續。

出處《論語．堯曰》、「興滅國，繼絕世。」

例句 他從政以來一直抱持著**興滅繼絕**、世界大同的理想。

十畫

舉一反三（ㄐㄩˇ ㄧ ㄈㄢˇ ㄙㄢ）

解釋 反：推及，推論。比喻從已知的一點，類推而知道其他的。形容善於類推，能觸類旁通。

出處《論語．述而》：「舉一隅不以三隅反，則不復也。」

例句 他生性聰明靈巧，能夠**舉一反三**，深受老師的喜愛。

近義 一葉知秋；告往知來；觸類旁通。

反義 一竅不通。

舉世無雙（ㄐㄩˇ ㄕˋ ㄨˊ ㄕㄨㄤ）

解釋 舉：全。全世界沒有第二個。比喻獨一無二，非常稀有。

出處 清．錢謙益《錢牧齋尺牘．答定海縣張紹謙》：「治行此蟾帷之卓魯，舉世無雙；循良推敎養之龔黃，為今第一。」

例句 這項工程耗時之久，動用人力之多，花費金額之昂貴，恐怕是**舉世無雙**的。

近義 天下無雙；獨一無二。

反義 並駕齊驅；無獨有偶。

舉目無親（ㄐㄩˇ ㄇㄨˋ ㄨˊ ㄑㄧㄣ）

解釋 放眼望去沒有一個親人。形容人地生疏，沒有親人可以依靠。

出處 宋．蘇軾〈與康公操都官書〉：「鄉人至此者絕少，舉目無親故。」

例句 多虧大家的幫忙，這對**舉目無親**的小兄妹，才有了安身之處。

近義 形影相弔；孤苦伶仃；無親無故。

反義 三朋四友；三親六故。

舉足輕重（ㄐㄩˇ ㄗㄨˊ ㄑㄧㄥ ㄓㄨㄥˋ）

解釋 一挪腳就影響兩邊的分量輕重。形容對全體有極大影響的舉動。也形容所處地位的重要。

出處《後漢書．竇融傳》：「方蜀漢相攻，權在將軍，舉足左右，便有輕重。」

解析「足」不解釋成「充足」（如「豐衣足食」）或「足以」（如「不足為憑」）。

例句 他在國內政壇有**舉足輕重**的地位，這次的紛爭恐怕得靠他出面平息。

近義 一言九鼎；非同小可。

反義 無足輕重；無傷大雅；無關大體。

舉案齊眉（ㄐㄩˇ ㄢˋ ㄑㄧˊ ㄇㄟˊ）

解釋 案：古時有腳的托盤。漢代梁鴻的妻子為他送飯時，總是把端飯的托盤高舉至眉。比喻夫妻間相敬如賓。

出處《後漢書．梁鴻傳》：「（鴻）為人賃舂。每歸，妻為具食，不敢於鴻前仰視，舉案齊眉。」

解析「舉案齊眉」、「相敬如賓」側重在夫妻互相敬重；「夫唱婦隨」、「鸞鳳和鳴」側重在夫妻感情和諧。

例句 沒想到這對曾是**舉案齊眉**的模範夫妻，現在也走上了離婚一途。

近義 夫唱婦隨；相敬如賓；琴瑟相調。

反義 河東獅吼；蕭郎陌路。

舉棋不定（ㄐㄩˇ ㄑㄧˊ ㄅㄨˋ ㄉㄧㄥˋ）

解釋 下棋時猶豫不決。比喻沒有主見，拿不定主意。

出處《左傳·襄公二十五年》：「奕者舉棋不定，不勝其偶。」（偶，下棋的對方。）

解析「舉棋不定」指對某事如何處理拿不定主意；「首鼠兩端」指兩種情況不知選擇哪一種為好。

例句 你如果再**舉棋不定**，這個大好機會可是會被別人搶走的。

近義 首鼠兩端；猶豫不決；優柔寡斷。

反義 當機立斷；毅然決然。

舉鼎絕臏（ㄐㄩˇ ㄉㄧㄥˇ ㄐㄩㄝˊ ㄅㄧㄣˋ）

解釋 絕：斷。臏：膝蓋骨。因舉鼎而折斷脛骨。比喻力不勝任。

出處《史記．秦本紀》記載，秦武王力氣很大，喜歡角鬥，力士任鄙、烏獲、孟說都因而做上大官。一次，「王與孟說舉鼎，絕臏」，不久就死去。

例句 這件工作的複雜、繁重不是你能想像的，如果勉強接下，只怕會**舉鼎絕臏**。

十二畫

舊雨新知（ㄐㄧㄡˋ ㄩˇ ㄒㄧㄣ ㄓ）

解釋 舊雨：舊日的友人。新知：新交的朋友。指新朋友與老朋友。商場上指新舊顧客。

出處 杜甫住在長安時曾寫了一篇文章〈秋述〉：「當時車馬賓客，舊，雨來，今，雨不來。」意思是說當時來往的賓客，就算下雨也會來拜訪，現在的賓客卻一下雨就不來了。

例句 本店將於下月重新開張，屆時歡迎**舊雨新知**光臨指教。

舊調重彈（ㄐㄧㄡˋ ㄉㄧㄠˋ ㄔㄨㄥˊ ㄊㄢˊ）

解釋 陳舊的調子又彈了一遍。比喻把舊時的理論、主張重新提及或重新再做。又作「老調重彈」。

解析「舊調重彈」與「老生常談」都有「老一套，沒有新鮮內容」的意思，但「舊調重彈」重在形容過時的或淘汰的東西再拿出來宣揚；「老生常談」則偏重在反來覆去地總是講相同的內容。

例句 這本舊調重彈的新書，竟然在市場上蔚為風潮，真是令人費解。

近義 陳腔濫調。

反義 空前絕後；推陳出新。

【舌部】

舌敝脣焦（ㄕㄜˊ ㄅㄧˋ ㄔㄨㄣˊ ㄐㄧㄠ）

解釋 敝：破；焦：乾。形容費盡口舌苦苦地勸說。

出處 《史記．仲尼弟子列傳》：「日夜焦脣乾舌。」

例句 為了打消他的辭意，眾人已舌敝脣焦，但他仍然不為所動。

二　畫

舍本逐末（ㄕㄜˇ ㄅㄣˇ ㄓㄨˊ ㄇㄛˋ）

解釋 舍：丟棄；逐：追求；本、末：樹根和樹梢，喻根本的和次要的。放棄根本，去追求細微末節。形容做事輕重倒置。

出處 《戰國策．齊策四》：「豈舍本而逐末耶」。

解析 ①「舍」不讀「宿舍」的ㄕㄜˋ。②「舍本逐末」指做事不從根本上著手，而在細枝末節上下功夫，含有捨棄主要方面之意；「本末倒置」指把事物主要方面與次要方面弄顛倒了，但並不捨棄一方。

例句 你為了賺學費而整天工作不讀書，這不是舍本逐末嗎？

近義 本末倒置；輕重倒置。

反義 丟車保帥；強本節用。

舍生取義（ㄕㄜˇ ㄕㄥ ㄑㄩˇ ㄧˋ）

解釋 舍生：犧牲生命；義：正義。為了正義、真理而犧牲生命。

出處 《孟子．告子上》：「生，亦我所欲也；義，亦我所欲也。二者不可得兼，舍生而取義者也。」

例句 在現代社會中，人人汲汲於名利，能舍生取義的，不知有幾個！

近義 殺生成仁。

反義 苟且偷生；貪生怕死；貪生害義；謀財害命。

舍我其誰（ㄕㄜˇ ㄨㄛˇ ㄑㄧˊ ㄕㄟˊ）

解釋 舍：同「捨」，除了。除了我以外，別無他人。形容人自告奮勇，勇於承擔責任。

例句 我開計程車十幾年了，這次社區旅行，開車的工作舍我其誰。

近義 自告奮勇。

四　畫

舐犢情深（ㄕˋ ㄉㄨˊ ㄑㄧㄥˊ ㄕㄣ）

解釋 舐：舔；犢：小牛。比喻父母對子女的深愛之情。

出處 《後漢書．楊彪傳》：「猶懷老牛舐犢之愛。」

例句 為了照顧受重傷的兒子，她辭去了工作，不分晝夜地守在他身旁，真是**舐犢情深**啊！

近義 舐犢之私；舐犢之念；舐犢之情。

【廾部】

八畫

舞文弄墨 ㄨˇ ㄨㄣˊ ㄋㄨㄥˋ ㄇㄛˋ

解釋 舞、弄：玩弄，耍花樣。形容玩弄文字技巧或以文字歪曲事實。

出處 《隋書．王充傳》：「明習法令，而舞弄文墨，高下其心。」

解析 「舞」不解釋成「舞蹈」（如「手舞足蹈」）。

例句 他一向自視甚高，只不過是一篇通告，也非得大費心思、**舞文弄墨**一番。

近義 舞文弄筆；舞文嚼墨；舞筆弄文；調墨弄筆。

【艮部】

一畫

良工心苦 ㄌㄧㄤˊ ㄍㄨㄥ ㄒㄧㄣ ㄎㄨˇ

解釋 良工：手藝高明的工匠。優秀藝術家的作品，都是經過一番苦心經營。

出處 唐．杜甫〈題李尊師松樹障子歌〉：「已知仙客意相親，更覺良工心獨苦。」

例句 眾人只看見他現在的成就，卻不知**良工心苦**，他背後曾付出多大的心血。

良辰美景 ㄌㄧㄤˊ ㄔㄣˊ ㄇㄟˇ ㄐㄧㄥˇ

解釋 良：美好；辰：時節。美好的時刻和景致。

出處 南朝．宋．謝靈運〈擬魏太子鄴中集詩序〉：「天下良辰、美景、賞心、樂事，四者難並。」

例句 難得今天風和日麗，大夥一起去郊外踏青，別辜負了**良辰美景**。

近義 春花秋月；春暖花開。

反義 月黑風高；好景不長。

良莠不齊 ㄌㄧㄤˊ ㄧㄡˇ ㄅㄨˋ ㄑㄧˊ

解釋 良：善良，指好人；莠：惡草，比喻壞人。指素質不齊，好人、壞人都夾雜在一起。

出處 《詩．小雅．大田》：「不稂不莠。」

解析 不要把「莠」唸成ㄒㄧㄡˋ，不要寫成「秀」。

例句 這個社團的往來份子**良莠不齊**，你要考慮清楚再加入。

近義 牛驥同皂；泥沙俱下；魚龍混雜；魚目混珠；清濁同流。

反義　整齊劃一。

良禽擇木

解釋　木：樹。
好鳥選擇樹木棲息。舊時比喻賢臣選擇主人。

出處　元．張憲〈行路難〉：「良禽擇木乃下棲。」

例句　他畢業後一直秉持著**良禽擇木**的原則，如果與公司理念不合便辭職求去。

良藥苦口

解釋　良藥味苦但可治病。比喻勸誡或批評雖不好聽，但是很有益處。

出處　《孔子家語．六本》：「良藥苦於口而利於病，忠言逆於耳而利於行。」

例句　他的批評雖然苛刻，但**良藥苦口**，句句都正中要害。

近義　忠言逆耳。

【色部】

色厲內荏

解釋　色：臉上的神色；荏：軟弱。
形容外表故作威嚴強硬，而內心怯懦軟弱。

出處　《論語．陽貨》：「色厲而內荏，譬諸小人，其猶穿窬之盜也與！」

例句　看他平日如此強悍，沒想到是**色厲內荏**，一遇到困難，竟如此怯懦。

近義　外強中乾；色厲薄膽；虛有其表。

反義　表裏如一。

【艸部】

三畫

芒刺在背

解釋　芒刺：植物莖葉、果殼上的小刺。
比喻心中恐懼不安，受到極大的威脅。

出處　《漢書．霍光傳》記載，漢宣帝剛即位去謁見高祖廟的時候，大將軍霍光坐在車的一側陪侍，宣帝非常害怕霍光，感到「若有芒刺在背」。

解析　「芒刺在背」和「如坐針氈」都可比喻惶恐、害怕，但前者語意較窄，一般只指因畏懼而引起的心神不安；後者可指因恐懼、羞愧、急躁、期待等引起的心神不安。

例句　與辦事風格積極而強悍的小李合作，令他感覺猶如**芒刺在背**。

近義　如坐針氈；坐立不安；惶恐不安；惴惴不安。

反義　安之若素；行若無事；泰然自若；從容不迫。

四畫

芝蘭玉樹 ㄓ ㄌㄢˊ ㄩˋ ㄕㄨˋ

解釋 比喻優秀的子弟。

出處 南朝·宋·劉義慶《世說新語·言語》：「謝太傅問諸子侄：『子弟亦何預人事，而止欲使其佳？』諸人莫有言者，車騎答曰：『譬如芝蘭玉樹，欲使其生於階庭耳。』」

例句 李師父的這些學生都好比**芝蘭玉樹**，個個都具有卓越的成就。

近義 天上麒麟；龍駒鳳雛。

花天酒地 ㄏㄨㄚ ㄊㄧㄢ ㄐㄧㄡˇ ㄉㄧˋ

解釋 花：指妓女。形容縱情、沈迷在聲色之中的靡爛生活。

出處 清·蘧（ㄑㄩˊ）園《負曝閒談》第十九回：「黃子文把校對的事情也託了他們，樂得自己花天酒地。」

例句 你整天在外**花天酒地**，不顧妻小，連孩子出車禍也不知道，真是太不應該了。

近義 紙醉金迷；醉生夢死。

反義 飢寒交迫；啼飢號寒。

花言巧語 ㄏㄨㄚ ㄧㄢˊ ㄑㄧㄠˇ ㄩˇ

解釋 原指文飾、浮誇而無實際內容的言語或文辭，後多指虛偽而討好的話。也作「巧語花言」。

出處 宋·朱熹《朱子語類》：「『巧言』即今所謂花言巧語。」

解析 「花言巧語」是指說欺騙人的話；「甜言蜜語」是指說討好別人的話。

例句 在他費盡脣舌、**花言巧語**之後，終於讓女朋友回心轉意了。

近義 巧言如簧；甜言蜜語；糖舌蜜口。

反義 心腹之言；由衷之言；言訥詞直；肺腑之言。

花枝招展 ㄏㄨㄚ ㄓ ㄓㄠ ㄓㄢˇ

解釋 招展：迎風擺動的樣子。花枝迎風擺動。也作「花枝招颭」。比喻婦女打扮得非常豔麗動人。

出處 《紅樓夢》第二十七回：「每一棵樹頭，每一枝花上，都繫了這些物事。滿園裏繡帶飄颻，花枝招展。」

解析 「花枝招展」重在婦女打扮豔麗，多指個人；「花團錦簇」重在服裝華美，多指眾人聚在一起。

例句 姊姊每回參加宴會總是打扮得**花枝招展**，不吸引全場的目光不甘心。

近義 花團錦簇；珠圍翠繞；桃紅柳綠；濃妝豔抹。

反義 荊釵布裙；殘枝敗葉；綠暗紅稀。

花團錦簇 ㄏㄨㄚ ㄊㄨㄢˊ ㄐㄧㄣˇ ㄘㄨˋ

【解釋】錦：有文彩的絲織品；簇：叢聚，聚成團。
原指華麗高貴的服飾。也用來形容五彩繽紛、繁華艷麗的景象。

【出處】《紅樓夢》第十七回：「其槅式樣，或圓或方，或葵花蕉葉，或連環半璧；真是花團錦簇，剔透玲瓏。」

【解析】不要把「錦」誤寫成「綿」，也不要把「簇」誤寫成「族」。

【例句】公園中一片**花團錦簇**，令人彷彿置身於夢幻之中。

【近義】五彩繽紛；姹紫嫣紅；萬紫千紅；繁花似錦。

【反義】布裙荊釵；素妝淡抹；樸素無華。

芸芸眾生（ㄩㄣˊ ㄩㄣˊ ㄓㄨㄥˋ ㄕㄥ）

【解釋】芸芸：眾多的樣子；眾生：泛指人類和一切動物。
繁雜眾多的人群。

【出處】《老子》十六章：「夫物芸芸，各復歸其根。」

【解析】「芸」不寫成「云」。

【例句】老師父這一生最大的職志，就是希望能引領**芸芸眾生**脫離苦難，獲得平安。

五畫

茅塞頓開（ㄇㄠˊ ㄙㄜˋ ㄉㄨㄣˋ ㄎㄞ）

【解釋】茅塞：比喻人的知識不足或思想無法貫通，像是心裏被茅草堵塞一樣；頓：立刻，一下子。
形容受到啟發，一下子打開了思路，理解了某個道理。

【出處】《孟子．盡心下》：「山徑之蹊間，介然用之而成路；為間不用，則茅塞之矣。今茅塞子之心矣。」

【解析】①「塞」不讀「邊塞」的ㄙㄞˋ。②「茅塞頓開」偏重思想開竅；「恍然大悟」偏重有所醒悟。

【例句】你的一番解釋使我**茅塞頓開**，釐清了連日來的疑慮。

【近義】恍然大悟；豁然貫通；豁然開朗。

【反義】一竅不通；大惑不解；執迷不悟。

苦口婆心（ㄎㄨˇ ㄎㄡˇ ㄆㄛˊ ㄒㄧㄣ）

【解釋】苦口：指不辭煩勞地懇切規勸；婆心：比喻仁慈的心腸。
形容懷著慈愛之心再三懇切地勸告。

【出處】《兒女英雄傳》第十六回：「這種人若不得個賢父兄、良師友苦口婆心的成全他、喚醒他，可惜那至性奇才終歸名隳（ㄏㄨㄟ）身敗。」

【解析】「苦口婆心」和「語重心長」都有懇切勸說的意思。但「苦口婆心」偏重在「勸」，因此經常跟勸告、勸說、勸導、勸誡、勸阻等詞配合運用。「語重心長」著重說話者的情深意長。

【例句】經過大家一夜**苦口婆心**的勸

導，他終於決定出面自首。

近義 語重心長。

反義 口蜜腹劍；冷嘲熱諷。

苦心孤詣（ㄎㄨˇ ㄒㄧㄣ ㄍㄨ ㄧˋ）

解釋 苦心：刻苦地用心；孤詣：造詣獨到。稱許人刻苦鑽研，到了別人達不到的境地。

出處 清．翁方綱《復初齋文集．格調論下》：「今且勿以意匠之獨運者言之，且勿以苦心孤詣戛戛獨造者言之，公且以效古之作若規仿格調者言之。」

解析 不要把「詣」讀成ㄓˇ，或寫成「諧」。

例句 你抄襲他鑽研二十年的**苦心孤詣**，當然會令他十分憤怒。

近義 煞費苦心。

反義 無所用心。

苦海無邊（ㄎㄨˇ ㄏㄞˇ ㄨˊ ㄅㄧㄢ）

解釋 原是佛教用語，形容深重的苦難，猶如無邊的大海。佛經上有「苦海無邊，回頭是岸」的話，意思是：有罪過的人好像進入了無邊無際的苦海一樣，但只要回過頭來，決心悔改，陸地就在面前。

出處 宋．朱熹《朱子語類．孟子〈仁人心也章〉》：「適見道人題壁云：『苦海無邊，回頭是岸。』」

例句 李伯伯常勸誡巷口那些打架滋事的不良份子，**苦海無邊**，回頭是岸。

近義 苦海無涯；迷途知返；棄惡從善。

反義 至死不悟；怙惡不悛；執迷不悟。

苦盡甘來（ㄎㄨˇ ㄐㄧㄣˋ ㄍㄢ ㄌㄞˊ）

解釋 甘：甜。比喻人歷盡艱辛而漸入幸福之境。

出處 《元曲選．鄭光祖〈王粲登樓劇〉二》：「今日見荊王呵，便是我苦盡甘來。」

例句 他年輕時也曾三餐不繼、四處打零工，現在終於**苦盡甘來**開了一間公司。

近義 否極泰來；災過福生；時來運轉。

反義 苦海無邊；福過災生；樂極生悲。

若即若離（ㄖㄨㄛˋ ㄐㄧˊ ㄖㄨㄛˋ ㄌㄧˊ）

解釋 即：接近。好像接近，又好像分離。形容人的態度曖昧，使人捉摸不定。

例句 新來的王小姐對任何人都保持**若即若離**的態度，令大家對他好奇不已。

近義 不即不離。

反義 如膠似漆；形影不離；親密無間。

若敖鬼餒（ㄖㄨㄛˋ ㄠˊ ㄍㄨㄟˇ ㄋㄟˇ）

解釋 若敖：指春秋時楚國的若敖

氏；餒：餓。

若敖氏的鬼將因滅宗而無人祭祀。比喻子孫繼絕，沒有後代。

出處《左傳．宣公四年》記載，楚國的令尹子文是若敖氏的後代，擔心他的侄兒越椒將來會使若敖氏滅宗，臨死時，對族人哭著說：「鬼猶求食。若敖氏之鬼不其餒而！」

例句 近年來族人人數日益減少，若不鼓勵大家繁衍後代，恐有**若敖鬼餒**之虞。

若無其事 ㄖㄨㄛˋ ㄨˊ ㄑㄧˊ ㄕˋ

解釋 似乎沒有這回事。形容故作鎮靜或不把事情放在心上。

例句 小弟摔碎了爸爸最心愛的花瓶，心知大難將臨頭卻硬裝成**若無其事**的樣子。

近義 行若無事；泰然自若；處之泰然；滿不在乎；鎮定自若。

反義 忐忑不安；惶恐不安；惶惶不安；驚慌失措。

苗而不秀 ㄇㄧㄠˊ ㄦˊ ㄅㄨˋ ㄒㄧㄡˋ

解釋 植物生長了，卻不吐穗揚花。比喻才質秀美而早夭。也比喻虛有其表。

出處《論語．子罕》：「苗而不秀者，有矣夫！」

例句 枉費你長得如此高大壯碩，卻**苗而不秀**，始終打不出好成績。

近義 秀而不實；徒有虛名；虛有其名。

反義 秀外慧中。

苟且偷安 ㄍㄡˇ ㄑㄧㄝˇ ㄊㄡ ㄢ

解釋 偷：苟且；偷安：馬馬虎虎，得過且過。貪圖目前的安逸，得過且過，不顧將來。

解析 ①「苟」不寫成「狗、枸」。②「苟且偷安」偏重在貪圖「安逸」；「苟且偷生」偏重在貪圖「生存」；「得過且過」偏重在「過一天算一天，不做長遠打算」；「因循苟安」偏重在「死守老一套，貪圖安逸，不求改進」。

例句 你現在如果只顧玩樂，**苟且偷安**，將來必定得付出雙重的代價來彌補。

近義 因循苟且；苟且偷生；得過且過。

反義 發憤圖強；勵精圖治。

苟延殘喘 ㄍㄡˇ ㄧㄢˊ ㄘㄢˊ ㄔㄨㄢˇ

解釋 苟延：勉強延續；殘喘：臨死前的喘息。比喻暫時勉強維持生命。

出處《警世通言》四回：「老漢幸年高，得以苟延殘喘。」

解析 ①不要把「苟」唸成ㄐㄩˇ或寫成「茍」。②「延」從「廴」不從「辶」。

例句 他明知已走到窮途末路，不過是在**苟延殘喘**，卻始終不肯認輸。

近義 苟且偷生；垂死掙扎。

六畫

荒誕不經（ㄏㄨㄤ　ㄉㄢˋ　ㄅㄨˋ　ㄐㄧㄥ）

解釋 荒誕：虛妄不可信；不經：不合常理。形容言行、事件荒謬虛妄，不合情理。

出處 宋．王楙《野客叢書．相如〈上林賦〉》：「其誇苑囿之大，固無荒誕，不經之說，後世學者，往往讀之不通。」

例句 這種**荒誕不經**的劇情，竟也讓媽媽、外婆看得一把鼻涕一把眼淚。

近義 怪誕不經；荒誕無稽；荒謬絕倫。

反義 天經地義；合情合理。

荒謬絕倫（ㄏㄨㄤ　ㄇㄧㄡˋ　ㄐㄩㄝˊ　ㄌㄨㄣˊ）

解釋 荒謬：荒誕錯誤，不合情理；絕倫：超過同類。荒唐、錯誤到了無可比擬的地步。

解析 ①「倫」不寫成「論」。②「荒謬絕倫」強調荒唐、錯誤的程度達到極點，語意比「荒誕不經」、「荒誕無稽」重得多。

例句 一向理智的他，走投無路時，竟連江湖術士**荒謬絕倫**的話也相信。

近義 大謬不然；荒誕不經；荒誕無稽。

反義 天經地義；理所當然。

草木皆兵（ㄘㄠˇ　ㄇㄨˋ　ㄐㄧㄝ　ㄅㄧㄥ）

解釋 連一草一木都像是敵兵一樣。形容人在極度驚恐時，神經過敏，發生錯覺，稍有一點動靜，就非常緊張。

出處 《晉書．前秦載記．苻堅下》記載：前秦國王苻（ㄈㄨˊ）堅率兵百萬，進攻東晉。晉武帝命謝石、謝玄、謝琰（ㄧㄢˇ），帶領水陸軍八萬人馬，前去抵抗。秦軍比晉軍多十一倍，雙方實力相差很大。但謝玄善於指揮，先派劉牢之率領精兵五千人出戰，連戰皆捷，挫了秦軍銳氣。苻堅和苻融（苻堅之弟）登上壽陽城樓，見晉軍陣容威武，又遙望城西北的八公山，以為山上的草木也是晉軍，心中十分害怕，後來，兩軍隔著淝水對峙，晉軍將領利用苻融的驕傲自滿，要求秦軍退後，以便晉軍渡水決戰。苻融不知是計，一退就阻擋不住，晉軍奮勇進擊，苻融陣亡。秦軍大亂，聽到風聲鶴鳴，也以為是晉軍追來了。這就是歷史上以少勝多的有名戰役「淝水之戰」。

例句 他在逃亡期間整天吃不好、睡不好，提心吊膽，**草木皆兵**。

近義 杯弓蛇影；風聲鶴唳；風兵草甲。

草行露宿（ㄘㄠˇ　ㄒㄧㄥˊ　ㄌㄨˋ　ㄙㄨˋ）

解釋 在草野中行路，在露天下睡

覺。

形容行旅的艱苦、急迫。

出處《晉書．謝玄傳》：「（苻堅）餘眾棄甲宵遁，聞風聲鶴唳，皆以為王師已至，草行露宿，重以飢凍，死者十七八。」

例句 這次遠征玉山的行程可是**草行露宿**，非常辛苦。

草草了事（ㄘㄠˇ ㄘㄠˇ ㄌㄧㄠˇ ㄕˋ）

解釋 草草：草率、馬虎；了：完結、結束。了事：使事情結束。馬馬虎虎地把事做完就算了。

出處 明．張居正《張文忠公全集．卷三十三．答山東巡撫何來山》：「清大事實百年曠舉，宜及僕在位，務為一了百當，若但草草了事，可惜此時，徒為虛文耳。」

例句 這件弊案牽涉範圍廣泛，事關重大，絕不可以**草草了事**。

近義 敷衍了事；敷衍塞責。

反義 一絲不苟；精益求精；精雕細刻。

草菅人命（ㄘㄠˇ ㄐㄧㄢ ㄖㄣˊ ㄇㄧㄥˋ）

解釋 草菅：野草。把人命看得跟野草一樣。比喻漠視人的生命，任意殺害。

出處《漢書．賈誼傳》記載：西漢文帝任命賈誼做自己兒子劉揖的太傅（老師）。賈誼認為：不僅要教皇子讀書，更重要的是教他做人。假如像秦朝的趙高教秦二世胡亥使用嚴刑酷罰，不是砍頭割鼻子，就是抄家滅族，結果胡亥做了皇帝後，把殺人當作割草一樣。難過胡亥天生就是惡魔嗎？不，是因為趙高沒有教導他走上正道，使他視人命如草介，成為一個暴君。

解析 不要把「菅」寫成「管」，讀成ㄍㄨㄢˇ，這兩個字的形、音、義都不同，「管」的本義是指竹製的樂器，屬竹部。

例句 近年來軍隊死亡率居高不下，不免令人懷疑有**草菅人命**之嫌。

近義 魚肉鄉民；視若草介。

反義 為民請命；視民如傷。

草間求活（ㄘㄠˇ ㄐㄧㄢ ㄑㄧㄡˊ ㄏㄨㄛˊ）

解釋 草間：草野中。形容苟且偷生。

出處《晉書．周顗傳》：「吾備位大臣，朝廷喪敗，寧可覆草間求活，外投胡越邪？」

例句 這些年來他遭到警方通緝，一直是**草間求活**，過著暗無天日的生活。

近義 苟且偷生；苟延殘喘。

茹毛飲血（ㄖㄨˊ ㄇㄠˊ ㄧㄣˇ ㄒㄧㄝˇ）

解釋 茹：吃。指原始人類還不知熟食，捕到禽獸，連毛帶血生吃。形容原始社會未開化的生活情形。

出處《禮記．禮運》：「未有火化，食草木之實，鳥獸之肉，飲其血，茹其毛。」

例句 上古時代的人類尚未學會以火熟食，過著**茹毛飲血**的生活。

反義 食不厭精；膾不厭細。

七　畫

荳蔻年華（ㄉㄡˋ ㄎㄡˋ ㄋㄧㄢˊ ㄏㄨㄚˊ）

解釋 荳蔻：植物名。指少女時代。

出處 唐．杜牧《樊川文集．贈別》詩：「娉娉裊裊十三餘，豆蔻梢頭二月初。」

例句 小妹正值**荳蔻年華**，應該是最美麗、活潑的年紀，卻被沈重的功課壓力逼得喘不過氣來。

反義 人老珠黃；半老徐娘。

莫可名狀（ㄇㄛˋ ㄎㄜˇ ㄇㄧㄥˊ ㄓㄨㄤˋ）

解釋 狀：形容。指事物極其複雜或微妙，無法用言語形容。

出處 清．張潮《虞初新志．林四娘記》：「少選復出，則一國色麗人，雲鬢靚妝，嫋嫋婷婷而至，衣皆鮫綃霧縠，亦無綴之跡，香氣飄揚，莫可名狀，自稱為林四娘。」

例句 每次想起您當年在我最落魄時給我的資助，心中就有**莫可名狀**的感動。

近義 不可言宣；不可言喻；不可言傳。

反義 一語中的。

莫名其妙（ㄇㄛˋ ㄇㄧㄥˊ ㄑㄧˊ ㄇㄧㄠˋ）

解釋 名：說出。無法說出其中的奧妙。多用以形容事情很奇怪、荒謬，使人不明白，說不出道理來。也作「莫明其妙」。

出處 《兒女英雄傳》第九回：「這一句話，要問一村姑蠢婦，那自然一世也莫明其妙。」

例句 他這突如其來的舉動，弄得大家**莫名其妙**。

近義 不可思議。

反義 順理成章。

莫衷一是（ㄇㄛˋ ㄓㄨㄥ ㄧ ㄕˋ）

解釋 衷：成立。各有各的意見、說法，不能得出一致的結論。

出處 清．吳趼人《痛史》三回：「議論紛紛，莫衷一是。」

解析 在使用「莫衷一是」時，一般都有個前提，因此在前面經常有「眾說紛紜」、「議論紛紛」、「種種說法」、「傳說各異」等詞語。

例句 為了這項新產品的名稱，大家討論了一下午，仍然**莫衷一是**，沒有結論。

近義 各執一詞；作舍道邊；眾說紛紜；無所適從。

莫逆之交（ㄇㄛˋ ㄋㄧˋ ㄓ ㄐㄧㄠ）

解釋 莫逆：沒有抵觸，形容思想、感情一致；交：交情、友誼。指彼此情投意合、交情深厚的朋友。

出處 《莊子．大宗師》：「（子桑戶、孟子反、子琴張）三人相視而笑，莫逆於心，遂相與為友。」

解析 「莫逆之交」重在表示感情契合相投；「管鮑之交」重在表示兩人相知；「總角之交」重在表示從小就有交情。

例句 經歷了那一場火災後，他們倆從彼此仇視變成了**莫逆之交**。

近義 刎頸之交；管鮑之交；親如手足；總角之交。

反義 一面之交；白頭如新；酒肉朋友；點頭之交。

莫測高深（ㄇㄛˋ ㄘㄜˋ ㄍㄠ ㄕㄣ）

解釋 測：揣測，測量。形容用心深沈或行事詭祕，令人無法揣測。

出處 《漢書．嚴延年傳》：「吏民莫能測其意深淺。」

解析 「莫測高深」是指無法揣測高深的程度，多指學問、樣子等；「深不可測」多指水潭等的具體深度，也比喻人的心理、情感不易捉摸，有時可形容眼睛的深邃，「莫測高深」則不能。

例句 他獨居山中，行事詭異，從不與人交談，令人感到**莫測高深**。

近義 深不可測。

荼毒生靈（ㄊㄨˊ ㄉㄨˊ ㄕㄥ ㄌㄧㄥˊ）

解釋 荼毒：毒害，殘害；生靈：指百姓。指毒害老百姓。

出處 唐．李華《李遐叔集．弔古戰場文》：「荼毒生靈，萬里朱殷（ㄧㄣ）。」（朱殷，紅色，指流血。）

解析 「荼」不讀寫成「茶（ㄔㄚˊ）」。「毒」下部從「母」，不從「毋」。

例句 德國在第二次世界大戰期間實行納粹主義，**荼毒生靈**。

近義 草菅人命；率獸食人。

反義 為民請命；救民水火；視民如傷；解民倒懸。

八畫

萍水相逢（ㄆㄧㄥˊ ㄕㄨㄟˇ ㄒㄧㄤ ㄈㄥˊ）

解釋 萍：飄浮在水面的一種蕨類植物，隨水漂泊不定。比喻不相識的人偶然相遇。

出處 唐．王勃《王子安集．滕王閣序》：「萍水相逢，盡是他鄉之客。」

解析 「萍水相逢」指人生偶然相遇；「不期而遇」指熟人未經約定偶然相遇。

例句 難得你我**萍水相逢**卻一見如故，索性在此結拜為兄弟吧！

近義 不期而遇；萍水偶逢；邂逅相

遇。

【反義】失之交臂；形影不離。

華而不實（ㄏㄨㄚˊ ㄦˊ ㄅㄨˋ ㄕˊ）

【解釋】華：開花。花開得好看，卻不結果實。比喻徒具外表而無實質，或指文章浮華而沒有內容。

【出處】《左傳．文公五年》：「且華而不實，怨之所聚也。」

【例句】新市長上任後盡做**華而不實**的表面功夫，使原有的雄厚民意也逐漸流失。

【近義】名不副實；有名無實；虛有其表；綉花枕頭。

【反義】名副其實；名實相符；有血有肉；秀外慧中。

著手成春（ㄓㄨㄛˊ ㄕㄡˇ ㄔㄥˊ ㄔㄨㄣ）

【解釋】著手：動手接觸。原來指寫作詩歌應該要自然清新。後來用以稱讚醫生醫術高明，手到病除，使病人轉危為安。與「妙手回春」意義相近。

【出處】唐．司空圖《詩品．自然》：「俯拾即是，不取諸鄰，俱道適往，著手成春。」

【解析】「著」讀ㄓㄨㄛˊ，不讀．ㄓㄜ或ㄓㄨˋ或ㄓㄠ。

【例句】他在唸醫學院時就非常勤奮用功，希望能成為一位**著手成春**的醫師。

【近義】妙手回春；起死回春；藥到病除。

【反義】不可救藥；藥石無功。

著作等身（ㄓㄨˋ ㄗㄨㄛˋ ㄉㄥˇ ㄕㄣ）

【解釋】等身：和身體一樣高。形容寫成的文章或書籍數目非常多，疊起來和人一樣高。

【出處】《宋史．賈黃中傳》：「黃中幼聰悟，方五歲，玭每旦令正立，展書卷比之，謂之等身書，課其誦讀。（玭，黃中父）。」

【例句】他一直專心致力於寫作，十幾年來已**著作等身**，成就非凡。

九畫

落井下石（ㄌㄨㄛˋ ㄐㄧㄥˇ ㄒㄧㄚˋ ㄕˊ）

【解釋】有人落在井裏，不去搭救，反而向井裏扔石頭。比喻乘人危急的時候，加以陷害的惡行。也作「投井下石」。

【出處】唐．韓愈《昌黎先生集．柳子厚墓志銘》：「落陷阱，不一引手救，反擠之，又下石焉者，皆是也。」

【解析】①「落」不讀「落枕」的ㄌㄠˋ。②「落井下石」、「乘人之危」都有趁人在危難時予以傷害的意思。其區別在於：「落井下石」指乘別人遇到危險時加以打擊、陷害；「乘人之危」泛指趁人遭到危險時用要挾、脅迫、引誘等手段，希望達到個人目的。

例句 他平日得罪了不少人，這回公司周轉不靈，許多人紛紛**落井下石**。

近義 下井投石；乘人之危；趁火打劫；臨危下石。

反義 見義勇為；拔刀相助；雪中送炭。

落月屋梁 ㄌㄨㄛˋ ㄩㄝˋ ㄨ ㄌㄧㄤˊ

解釋 比喻思念故人的深切。

出處 唐．杜甫〈夢李白二首〉一：「落月滿屋梁，猶疑照顏色。」

例句 我隻身在異鄉，每每想起你們就好似**落月屋梁**，彷彿又見到你們的身影。

落拓不羈 ㄌㄨㄛˋ ㄊㄨㄛˋ ㄅㄨˋ ㄐㄧ

解釋 落拓：行為散漫；羈：束縛。形容行為灑脫、不受拘束的樣子。

出處 宋．劉斧〈青瑣高議〉：「韓湘字清夫，文公侄也，落魄（拓）不羈，醉則高歌。」

例句 她雖為女兒身，卻有著**落拓不羈**的性格，時而爽朗大笑，時而高唱入雲。

近義 放浪不羈；放浪形骸；蕩檢逾閑。

反義 規行矩步；潔身自好；謹言慎行。

落花流水 ㄌㄨㄛˋ ㄏㄨㄚ ㄌㄧㄡˊ ㄕㄨㄟˇ

解釋 落下的花被流水沖走。原來形容暮春衰敗的景象。也作「流水落花」。多形容殘敗零落。也比喻敵人被打得大敗。

出處 趙長卿〈鷓鴣天詞〉：「落花流水一春休。」

解析 「落花流水」側重表示不可收拾、衰敗零落的樣子；「屁滾尿流」側重表示狼狽不堪的窘態，多用於人。

例句 這一場實力懸殊的比賽，我們沒多久就把對手打得**落花流水**。

近義 一敗塗地；一塌糊塗；七零八落；屁滾尿流；抱頭鼠竄；潰不成軍。

落落大方 ㄌㄨㄛˋ ㄌㄨㄛˋ ㄉㄚˋ ㄈㄤ

解釋 落落：心胸坦率。形容人的舉止很自然、坦率，不拘謹造作。

出處 清．石玉琨《三俠五義》六十九回：「杜雍卻不推辭，將通身換了，更覺落落大方。」

解析 「落落大方」強調人的灑脫自然；「雍容大方」強調人的從容文雅。

例句 她**落落大方**、善良坦率的性格，早已贏得男方家長的歡心。

近義 雍容爾雅。

反義 扭扭捏捏；羞手羞腳。

落落難合 ㄌㄨㄛˋ ㄌㄨㄛˋ ㄋㄢˊ ㄏㄜˊ

解釋 落落：和別人合不來的樣子。與別人很難合得來。

出處 《後漢書．耿弇傳》：「帝謂弇曰：『將軍前在南陽，建此大策，常以為落落難合，有志者事竟成也。』」

例句 他為人孤僻又喜歡斤斤計較，在班上是**落落難合**，沒有什麼朋友。

近義 格格不入。

反義 水乳交融。

落葉歸根（ㄌㄨㄛˋ ㄧㄝˋ ㄍㄨㄟ ㄍㄣ）

解釋 比喻人客居異地，老而還鄉，不忘本源。

出處 宋．釋道原《景德傳燈錄．第三十三祖慧能大師》：「葉落歸根，來時無口。」

例句 他一輩子都在世界各地遊走，年老時想到**落葉歸根**才回國定居。

近義 告老還鄉；葉落歸秋；解甲歸田。

反義 天下為家；四海為家；背鄉離井。

葉公好龍（ㄕㄜˋ ㄍㄨㄥ ㄏㄠˋ ㄌㄨㄥˊ）

解釋 比喻表面上愛好某事物，但並非真正的愛好它。

出處 漢．劉向《新序．雜事》裏說，葉（舊讀ㄕㄜˋ）公子高很喜愛龍，家裏到處都畫著龍。天下的龍知道了，就來到他家，龍頭從窗戶上向裏看，龍尾伸在堂屋裏。葉公一看就嚇得面無人色，失魂落魄。

解析 葉，讀ㄕㄜˋ，不讀ㄧㄝˋ。好，讀ㄏㄠˋ不讀ㄏㄠˇ。

例句 你一直強調自己喜愛小狗，但看到狗又避之唯恐不及，這根本是**葉公好龍**嘛！

反義 把玩不厭；愛不釋手；樂此不疲。

十畫

蒿目時艱（ㄏㄠ ㄇㄨˋ ㄕˊ ㄐㄧㄢ）

解釋 蒿：消耗；蒿目：盡量往遠望；時艱：艱難的局勢。形容舉目看到世事而憂慮不安。

出處 《莊子．駢拇》：「今世之仁人，蒿目而憂世之患。」

解析 蒿，讀ㄏㄠ不讀ㄍㄠ。

例句 做為一個執政者，要有**蒿目時艱**、悲天憫人的胸懷，才能處處為人民設想。

近義 憂國憂民。

蒲柳之姿（ㄆㄨˊ ㄌㄧㄡˇ ㄓ ㄗ）

解釋 蒲柳：水楊，因為落葉早，所以常用來比喻體質弱；姿：資質。蒲柳那樣的資質，比喻人體質虛弱。

出處 南朝．宋．劉義慶《世說新語．言語》：「顧悅與簡文同年」注引顧愷之給他父親顧悅作的傳：「王髮無二毛，而君已斑白。問君年，乃曰：『卿何偏早白？』君曰：『松柏之姿，經霜猶茂。臣蒲柳之質，望秋先零。』」（王，指簡文帝。君，指顧悅。零，草木凋落。）

解析 「柳」右部從「卯」，不從「卬」。

例句 看他一副弱不禁風的**蒲柳之姿**，恐怕是跑不完全程。

近義 行不勝衣；弱不勝衣；弱不禁風。

反義 血氣方剛；身強力壯；松柏之質。

蓋世無雙 ㄍㄞˋ ㄕˋ ㄨˊ ㄕㄨㄤ

解釋 蓋世：壓倒世界上所有的，沒有人比得過。世界第一，獨一無二。也作「舉世無雙」。

出處 《說岳全傳》第九回：「說得那岳飛人間少有，蓋世無雙。」

解析 「蓋世無雙」強調沒有第二個；「舉世無敵」強調沒有對手。

例句 在此次奧運徑賽中奪下十面金牌的選手，恐怕是**蓋世無雙**的飛毛腿。

近義 天下無雙；並世無雙；獨一無二；舉世無敵。

反義 並駕齊驅；無獨有偶。

蓋棺論定 ㄍㄞˋ ㄍㄨㄢ ㄌㄨㄣˋ ㄉㄧㄥˋ

解釋 蓋棺：指人死後裝殮入棺。原作「蓋棺事定」。人的好壞、功過要到生命終了後才能下定論。

出處 《晉書．劉毅傳》：「大丈夫蓋棺事方定。」

例句 他這一生充滿濃厚的傳奇色彩，是非功過恐怕得等到**蓋棺論定**。

蒸沙作飯 ㄓㄥ ㄕㄚ ㄗㄨㄛˋ ㄈㄢˋ

解釋 要把沙子蒸成飯，比喻不可能成功的事情。

出處 《楞嚴經》：「若不斷淫，修禪定者，如蒸沙石，欲其成飯，經千百劫，只名熱沙。」

例句 你的想法雖然非常有創意，但好比**蒸沙作飯**，是不可能實現的。

近義 海底撈月。

蒸蒸日上 ㄓㄥ ㄓㄥ ㄖˋ ㄕㄤˋ

解釋 蒸蒸：上升和興盛的樣子。形容事物一天天地向上發展，速度很快。

出處 清．李寶嘉《官場現形記》五十二回：「你世兄又是槃槃大才，調度有方，還怕不蒸蒸日上嗎？」

解析 「蒸蒸日上」重在「向上」，形容上升或提高的事物；「欣欣向榮」重在「繁榮」，多形容興旺、繁榮、昌盛的景象。

例句 他憑著詳實的計畫和過人的膽識，不出半年就使得公司業績**蒸蒸日上**。

近義 日升月恆；如日方升；欣欣向榮。

反義 江河日下；每況愈下；氣息奄奄。

十一畫

蔚然成風（ㄨㄟˋ ㄖㄢˊ ㄔㄥˊ ㄈㄥ）

解釋 蔚然：草木茂盛的樣子，引申為薈萃、聚集。形容一件事情逐漸發展盛行，成為一種風氣。也作「蔚成風氣」。

解析 「蔚」不寫成「慰問」的「慰」。

例句 近年來電腦網路蓬勃發展，已在國內**蔚然成風**。

近義 蔚成風氣；靡然從風。

蓬戶甕牖（ㄆㄥˊ ㄏㄨˋ ㄨㄥˋ ㄧㄡˇ）

解釋 牖：窗。蓬草編的門，破甕做窗子。形容貧苦的人家。

出處 《禮記．儒行》：「篳門圭窬，蓬戶甕牖。」

解析 牖，讀ㄧㄡˇ，不讀ㄩㄥˊ。

例句 在這高樓大廈林立的市中心，居然夾雜著**蓬戶甕牖**、拾破爛為生的貧戶，不免令人要問，社會究竟出了什麼問題。

近義 荊室蓬戶；蓬門蓽戶；蓬戶柴門。

反義 朱門綉戶；金碧輝煌；富麗堂皇。

蓬門蓽戶（ㄆㄥˊ ㄇㄣˊ ㄅㄧˋ ㄏㄨˋ）

解釋 蓬門：蓬草編的門；蓽戶：荊竹、樹枝編成的門。形容窮苦人家的住屋。

出處 明．于謙〈村舍桃花〉詩：「野水縈紆石徑斜，蓽門蓬戶兩三家。」

例句 他從小家境貧苦出身於**蓬門蓽戶**，所以特別珍惜現在的生活。

近義 荊室蓬戶；蓬戶甕牖；蓬門蓽戶。

反義 朱門綉戶；朱甍碧瓦；金碧輝煌。

蓬頭垢面（ㄆㄥˊ ㄊㄡˊ ㄍㄡˋ ㄇㄧㄢˋ）

解釋 蓬：蓬草，散亂；垢：汙穢。形容頭髮很亂、臉上很髒的樣子。形容人儀容不整的樣子。

出處 《魏書．封軌傳》：「君子整其衣冠，尊其瞻視，何必蓬頭垢面，然後為賢。」

解析 「蓬」不可寫成「逢」或「篷」。

例句 你整天**蓬頭垢面**的，大家都避之唯恐不及，誰還敢和你交往。

近義 囚首垢面；蓬首垢面；蓬髮垢衣。

反義 衣冠楚楚；儀表堂堂。

蓬蓽生輝（ㄆㄥˊ ㄅㄧˋ ㄕㄥ ㄏㄨㄟ）

解釋 蓬蓽：指「蓬門蓽戶」，蓬草、荊竹編的門，形容窮人的家。使貧家增添光輝。多用以獲贈字畫或客人來訪時的謙詞。也作「蓬蓽生光」。

出處《醒世恆言》十五：「小尼僻居荒野，無德無能，謬承枉顧，蓬蓽生輝。」

解析「蓬」不寫成「篷」，也不讀成「逢（ㄈㄥˊ）」。

例句 我們這偏遠山區的小屋，交通又不甚方便，今天承蒙您大駕光臨，真是**蓬蓽生輝**。

近義 蓬屋生輝。

蓽路藍縷（ㄅㄧˋ ㄌㄨˋ ㄌㄢˊ ㄌㄩˇ）

解釋 蓽路：柴車；藍縷：破衣服。駕著柴車，穿著破衣服去開闢山林。形容開創事業的艱難困苦。

出處《左傳．宣公十二年》：「蓽路藍縷，以啟山林。」

解析「蓽路藍縷」和「含辛茹苦」都含有十分艱苦的意思；但前者一般用來比喻創業的艱辛，而後者則單純形容工作或生活的艱難困苦。

例句 今天公司能有這樣的規模，全都得感謝當初**蓽路藍縷**、與父親一起創業的元老們。

近義 千辛萬苦；含辛茹苦；披荊斬棘。

十二畫

蕭規曹隨（ㄒㄧㄠ ㄍㄨㄟ ㄘㄠˊ ㄙㄨㄟˊ）

解釋 西漢初年，丞相蕭何制定的政策，曹參全部按照蕭何的那一套辦事。比喻按照前人的成規辦事。

出處 漢高祖劉邦當了皇帝後，丞相蕭何創立了一套規章制度，死後由曹參繼任，完全依照以前的規章行事，所以揚雄在《法言》這本書中說：「蕭也規，曹也隨。」

例句 目前的規章制度非常完善，你就**蕭規曹隨**，不要再有任何的變動了。

近義 因循守舊；奉行故事；陳陳相因。

反義 革故鼎新；除舊布新；獨出心裁。

蕭牆之禍（ㄒㄧㄠ ㄑㄧㄤˊ ㄓ ㄏㄨㄛˋ）

解釋 蕭牆：宮室內的門屏，比喻至近之地。發生在照壁以內的禍患，指內部的禍患。

出處《論語．季氏》：「吾恐季孫之憂，不在顓臾，而在蕭牆之內。」

例句 我們正致力對抗外敵時，沒想到卻因**蕭牆之禍**而使整個計畫失敗了。

近義 禍起蕭牆。

十三畫

薪盡火傳（ㄒㄧㄣ ㄐㄧㄣˋ ㄏㄨㄛˇ ㄔㄨㄢˊ）

解釋 柴燒完了，火種卻留傳下來。比喻學問的傳承代代延續，不會斷絕。

出處《莊子．養生主》：「指窮於為薪，火傳也，不知其盡也。」

例句 現在從事布袋戲的人口日益稀

少，只靠他們一家薪盡火傳代代延續下去。

近義 薪火相傳。

薄物細故（ㄅㄛˊ ㄨˋ ㄒㄧˋ ㄍㄨˋ）

解釋 薄物：輕賤的物品；細故：無關緊要的小事情。

形容微小的事物。

出處 《史記．匈奴傳》：「朕追今前事，薄物細故，謀臣計失，皆不足以離昆弟之歡。」（昆弟，兄弟。）

例句 做人要心胸寬大，不要常為了這些**薄物細故**而與人發生爭執。

十四畫

藏垢納汙（ㄘㄤˊ ㄍㄡˋ ㄋㄚˋ ㄨ）

解釋 垢：骯髒東西。

原來比喻國君應有容人之量。後來比喻包容壞人、壞事。也作「藏汙納垢」。

出處 《左傳．宣公十五年》：「高下在心，川澤納汙，山藪藏疾，瑾瑜匿瑕。國君含垢，天之道也。」

例句 這種三不管地區常是**藏垢納汙**、壞人藏匿的最佳地點。

近義 含垢納汙。

反義 發奸擿伏。

藏諸名山（ㄘㄤˊ ㄓㄨ ㄇㄧㄥˊ ㄕㄢ）

解釋 把著作收藏在名山之中，不對外發表。

出處 漢．司馬遷〈報任少卿書〉：「僕誠以著此書，藏之名山，傳之其人。」

例句 他常感嘆現代人能了解他作品的太少了，他只得**藏諸名山**，留待後世再尋知音。

藏器待時（ㄘㄤˊ ㄑㄧˋ ㄉㄞˋ ㄕˊ）

解釋 藏：儲藏；器：指才能。

比喻平時學好本領，以等待施展的時機。

出處 《周易．繫辭下》：「君子藏器於身，待時而動。」

例句 平時如果能努力充實，**藏器待時**，機會來時就可以一展抱負。

近義 待時而動；善價而沽；韜晦待時。

反義 脫穎而出。

藏頭露尾（ㄘㄤˊ ㄊㄡˊ ㄌㄨˋ ㄨㄟˇ）

解釋 形容一個人說話、做事不光明正大、有諸多隱藏，怕露真相。

出處 《鏡花緣》六十回：「廉錦楓見他們說的藏頭露尾，走到小春跟前再三追問。」

例句 他今天說話一直閃閃躲躲、**藏頭露尾**的，恐怕做了什麼不該做的事。

近義 東鱗西爪；躲躲閃閃；遮前掩後。

反義 光明正大；光明磊落；光風霽月。

藏龍臥虎 (ㄘㄤˊ ㄌㄨㄥˊ ㄨㄛˋ ㄏㄨˇ)

解釋 比喻隱藏著未被發現的人才。也作「臥虎藏龍」。

出處 北周・庾信《庾子山集・同會河陽公新造山池聊得寓目》詩：「暗石疑藏龍，盤根似臥虎。」

例句 這間公司**藏龍臥虎**，網羅了許多一流的人才。

近義 潛龍勿用；潛龍伏虎。

反義 珊瑚在網；野無遺才。

藍田生玉 (ㄌㄢˊ ㄊㄧㄢˊ ㄕㄥ ㄩˋ)

解釋 藍田：山名，在陝西藍田縣東南，古時出產美玉。比喻名門出賢子弟，或賢父生賢子。

出處 《三國志・吳書・諸葛恪傳》注引《江表傳》：「權見而奇之，謂瑾曰：『藍田生玉，真不虛也。』」

例句 林伯伯是地方上的名醫，現在是**藍田生玉**，他的兒子也是醫界的優秀人才。

近義 將門虎子。

薰蕕異器 (ㄒㄩㄣ ㄧㄡˊ ㄧˋ ㄑㄧˋ)

解釋 薰：香草；蕕：臭草。香草和臭草不能放在同一器物中。比喻好人不能跟壞人共事。原作「薰蕕不同器」。

出處 《孔子家語・致思》：「（顏回）對曰：『回聞薰蕕不同器而藏，堯桀不共國而治。』」

例句 他是出了名的小人，你如果任用他，恐怕會因為**薰蕕異器**而使得其他優秀的人才紛紛求去。

反義 牛驥同皂；龍蛇雜處；薰蕕同器。

十五畫

藕斷絲連 (ㄡˇ ㄉㄨㄢˋ ㄙ ㄌㄧㄢˊ)

解釋 藕已折斷，絲還連著。比喻沒有徹底斷絕關係，多指男女間情意未絕。

出處 唐・孟郊《孟東野詩集・去婦》：「妾心藕中絲，雖斷猶連牽。」

解析 「藕」不可寫成「耦」。「連」不可寫成「蓮」。

例句 他們倆雖已離婚多年，卻仍然**藕斷絲連**，維持著朋友般的情誼。

近義 絲來線去；意惹情牽。

反義 一刀兩斷；恩斷義絕。

藥石之言 (ㄧㄠˋ ㄕˊ ㄓ ㄧㄢˊ)

解釋 藥石：藥物和砭石，泛指藥物。指規勸人改正錯誤或缺點的忠言。

出處 《左傳・襄公二十三年》：「臧孫曰：『孟孫之惡我，藥石也。』」

例句 您的這番話雖然句句是**藥石之言**，但這幫叛逆的青少年恐怕一句也聽不進去。

藥石無功 (ㄧㄠˋ ㄕˊ ㄨˊ ㄍㄨㄥ)

解釋 藥石：藥物和砭石。泛指藥物。藥物無效，指人病入膏肓，無藥可醫。

出處 《唐宣宗．命皇太子即位冊文》：「惟天示譴，降疚於躬。藥石無功，彌留斯迫。」

例句 他知道自己已是**藥石無功**，就要求能回到家中平平靜靜地走過最後一段人生。

近義 病入膏肓；無藥可救。

反義 藥到病除。

十七畫

蘭艾同焚（ㄌㄢˊ ㄞˋ ㄊㄨㄥˊ ㄈㄣˊ）

解釋 蘭花和艾草一起被燒掉。比喻不分好壞貴賤，同歸於盡。

出處 《晉書．孔坦傳》：「蘭艾同焚，賢愚所嘆。」

例句 你為了區區幾個不盡職的員工就撤除整個部門，這不是**蘭艾同焚**嗎？太不公平了。

近義 玉石俱焚；同歸於盡。

蘭摧玉折（ㄌㄢˊ ㄘㄨㄟ ㄩˋ ㄓㄜˊ）

解釋 蘭：澤蘭，香草；摧：折斷。蘭草、美玉折斷了。比喻賢才早夭。多用以哀悼人不幸早死。

出處 南朝．宋．劉義慶《世說新語》：「毛伯成（毛玄）既負其才氣，常稱寧為蘭摧玉折，不作蕭敷艾榮。」

例句 他這麼一個優秀的青年，竟然年紀輕輕的就**蘭摧玉折**，真令人覺得遺憾。

近義 地下修文；哲人其萎。

反義 長命百歲；壽比南山。

蘭薰桂馥（ㄌㄢˊ ㄒㄩㄣ ㄍㄨㄟˋ ㄈㄨˋ）

解釋 薰、馥：香氣。比喻恩惠長留人間，歷久不衰。後也用來稱人子孫優秀、昌盛。

出處 唐．駱賓王〈上齊州張司馬啟〉：「常山王之玉潤金聲，博望侯之蘭薰桂馥。」

例句 這位作家雖已去世多年，他的**蘭薰桂馥**卻長留人間，安慰了許多空虛的心靈。

【虍部】

二畫

虎口餘生（ㄏㄨˇ ㄎㄡˇ ㄩˊ ㄕㄥ）

解釋 比喻經歷極大的危險而存活下來。

出處 《鏡花緣》第四十七回：「況我本是虎口餘生，諸事久已看破。」

例句 這次山難中，他幸而**虎口餘生**，從此變得更珍惜周遭的一切。

近義 九死一生；死裏逃生；劫後餘生；虎口逃生。

虎尾春冰（ㄏㄨˇ ㄨㄟˇ ㄔㄨㄣ ㄅㄧㄥ）

解釋 比喻處境像踩著老虎尾巴、踏在春天的冰上那樣危險。比喻非常危險。

出處 《尚書．君牙》：「心之憂危，若蹈虎尾，涉於春冰。」

例句 攀登這陡峭的山壁，就好比踩在**虎尾春冰**上，稍一不慎就可能跌入萬丈懸崖。

近義 如履春冰；如履薄冰；燕巢幕上。

虎背熊腰（ㄏㄨˇ ㄅㄟˋ ㄒㄩㄥˊ ㄧㄠ）

解釋 形容身體魁梧、雄壯。

出處 《鏡花緣》第九十五回：「只見裏面有兩個少年大漢迎了出來，一個面如重棗，一個臉似黃金，都是虎背熊腰，相貌非凡。」

例句 對方選手個個**虎背熊腰**的，反觀我們卻是嬌小玲瓏，在氣勢上便輸對方一籌。

近義 虎體熊腰；虎頸燕頷；魁梧奇偉。

反義 沈腰潘鬢；嬌小玲瓏；雞胸龜背。

虎視眈眈（ㄏㄨˇ ㄕˋ ㄉㄢ ㄉㄢ）

解釋 眈眈：注視的樣子。像虎一樣狠狠地注視著，形容伺機而動的樣子。

出處 《周易．頤》：「虎視眈眈，其欲逐逐。」（逐逐，急於得利的樣子。）

解析 不要把「眈」寫成「耽」或唸成ㄕㄣˇ。

例句 公司面臨倒閉危機，許多財團正**虎視眈眈**地準備伺機低價收購。

近義 虎視鷹瞵；鷹瞵鶚視。

虎頭蛇尾（ㄏㄨˇ ㄊㄡˊ ㄕㄜˊ ㄨㄟˇ）

解釋 比喻人做事有始無終、前後不一。

出處 《元曲選．康進之〈李逵負荊〉二》：「這廝敢狗行狼心，虎頭蛇尾。」

例句 你別看他現在衝勁十足，他向來是**虎頭蛇尾**，熱度一過，這件事恐怕又會不了了之。

近義 有始無終；有頭無尾。

反義 有始有終；始終如一；善始善終。

五畫

處心積慮（ㄔㄨˇ ㄒㄧㄣ ㄐㄧ ㄌㄩˋ）

解釋 處心：存心；積慮：蓄謀很久。指心裏計畫考慮很久。

出處 《穀梁傳．隱公元年》：「何甚乎鄭伯？甚鄭伯之處心積慮成於殺也。」

解析 「處心積慮」指長期謀算；「費盡心機」、「挖空心思」則重在想盡辦法。

例句 他一直**處心積慮**地想坐上下屆

會長的位子，沒想到功虧一簣，還是被別人搶走了。

近義 千方百計；挖空心思；絞盡腦汁；費盡心機。

反義 無所用心。

六畫

虛有其表（ㄒㄩ ㄧㄡˇ ㄑㄧˊ ㄅㄧㄠˇ）

解釋 表：外表。形容人只有華麗的外表而沒有實質內涵。即有名無實的人或物。

出處 唐·鄭處海《明皇雜錄》記載：唐玄宗時的蕭嵩身高體壯，一次替玄宗起草一道詔書，玄宗看了很不滿意，把稿子往地下一扔說：「虛有其表耳。」

例句 他長得人高馬大，看起來十分健康的樣子，沒想到是**虛有其表**，三天兩頭的生病感冒。

近義 華而不實。

反義 表裏如一。

虛張聲勢（ㄒㄩ ㄓㄤ ㄕㄥ ㄕˋ）

解釋 張：鋪張，誇大。假裝出強大的聲勢來嚇唬人。

出處 唐·韓愈《昌黎先生集·論淮西事宜狀》：「淄青、恆冀兩道，與蔡州氣類略同，今聞討伐元濟，人情必有救助之意，然皆暗弱，自保無暇，虛張聲勢，則必有之。」

例句 這兩隻狗每回見到陌生人都先**虛張聲勢**，狂吠一番，待人走近又夾著尾巴跑了。

反義 不動聲色。

虛無縹緲（ㄒㄩ ㄨˊ ㄆㄧㄠ ㄇㄧㄠˇ）

解釋 縹緲：隱隱約約、若有若無的樣子。形容空虛渺茫、沒有根據、不可捉摸的事物。

出處 唐·白居易《白氏長慶集·長恨歌》：「忽聞海上有仙山，山在虛無縹緲間。」

解析 「虛」不解釋成「虛假」（如「虛張聲勢」、「虛應故事」）。

例句 站在此處遠眺山頂，在層層山嵐包圍下，它似乎在**虛無縹緲**間。

近義 捕風捉影；海市蜃樓；撲朔迷離；鏡花水月。

反義 信而有徵；確鑿不移。

虛與委蛇（ㄒㄩ ㄩˇ ㄨㄟ ㄧˊ）

解釋 委蛇：隨便應付。假意周旋，勉強敷衍、應酬。

出處 《莊子·應帝王》：「鄉（向）吾示之以未始出吾宗，吾與之虛而委蛇。」

解析 「委蛇」不能唸成ㄨㄟˇ ㄕㄜˊ。

例句 老闆每回遇到這種存心刁難又不便得罪的客人，總是勉強和他**虛與委蛇**一番。

近義 虛與周旋。

反義 赤誠相見；開誠相見。

虛懷若谷（ㄒㄩ ㄏㄨㄞˊ ㄖㄨㄛˋ ㄍㄨˇ）

解釋 谷：山谷，象徵空虛。胸懷如山谷般空曠。形容人非常謙虛，能包容萬物。

出處 清．袁枚《隨園詩話補遺》卷四：「（趙元一）今冬寄《偉堂詩鈔》來，凡餘所甲乙者，商榷者，無不降心相從，虛懷若谷。」

解析 「虛懷若谷」和「不恥下問」都表示謙虛，但「虛懷若谷」是指心胸廣闊，能容納眾人的意見，而「不恥下問」則指主動深入下層向人請教，或徵求意見。

例句 他有著**虛懷若谷**的胸襟，才不與你一般見識，你可不要得寸進尺。

近義 深藏若虛；虛己受人。

反義 妄自尊大；自高自大；拒諫飾非。

【虫部】

四　畫

蚍蜉撼樹（ㄆㄧˊ ㄈㄨˊ ㄏㄢˋ ㄕㄨˋ）

解釋 蚍蜉：大螞蟻；撼：搖動。小螞蟻想搖動大樹。比喻不自量力。

出處 韓愈〈調張籍〉詩：「蚍蜉撼大樹，可笑不自量。」

例句 就憑你一個小小員工想破壞整個工廠的營運，無異於**蚍蜉撼樹**。

近義 不自量力；以卵擊石；螳臂擋車。

反義 自知之明；泰山壓卵；量力而行；摧枯拉朽。

六　畫

蛟龍得水（ㄐㄧㄠ ㄌㄨㄥˊ ㄉㄜˊ ㄕㄨㄟˇ）

解釋 蛟：古代傳說中的無角龍。傳說蛟龍得到水，能興雲作雨，飛騰上天。原比喻有了發揮才能的條件。後也比喻英雄人物得到施展才能的機會。也作「蛟龍得雲雨」。

出處 《管子．形勢解》：「蛟龍待得水而後立其神，人主待得民而後成其威，故曰：蛟龍得水而神可立也。」

例句 他自從換了新球隊，就好比**蛟龍得水**，成績突飛猛進。

近義 如魚得水。

反義 蛟龍失水。

蛛絲馬跡（ㄓㄨ ㄙ ㄇㄚˇ ㄐㄧ）

解釋 沿著蛛網的細絲可以找到蜘蛛的所在，按照馬蹄的痕跡可以尋到馬的去向。比喻隱約可尋的線索和跡象。

出處 清．王家賁《別雅序》：「大開通同轉假之門，泛濫浩博，幾疑天下無字不可通用，而實則蛛絲馬跡，原原本本，俱在古書。」

例句 雖然案發現場沒有留下任何線索，但警方仍不放棄，希望能找到蛛絲馬跡。

近義 一鱗半爪；蛛絲鼠跡。

反義 灰飛煙滅；無跡可求；無影無蹤。

七畫

蜀犬吠日（ㄕㄨˇ ㄑㄩㄢˇ ㄈㄟˋ ㄖˋ）

解釋 蜀：四川；吠：狗叫。譏諷人少見多怪。

出處 唐．柳宗元《河東先生集．答韋中立論師道書》：「僕往聞庸、蜀之南，恆雨少日，日出則犬吠。」

例句 這不過是今年最流行的挑染，你不要**蜀犬吠日**，大驚小怪。

近義 越犬吠雪。

反義 習以為常；屢見不鮮。

八畫

蜩螗沸羹（ㄊㄧㄠˊ ㄊㄤˊ ㄈㄟˋ ㄍㄥ）

解釋 蜩螗：蟬；羹：五味調和的濃湯。形容非常紛亂、吵鬧，有如蟬聲吵鬧、煮水沸騰一般。

出處 《詩經．大雅．蕩》：「如蜩如螗，如沸如羹。」鄭玄箋：「飲酒號呼之聲，如蜩螗之鳴，其笑語沓沓，又如湯之沸，羹之方孰（熟）。」馬瑞辰通釋：「按詩意蓋謂時人悲嘆之聲如蜩螗之鳴，愛亂之心如沸羹之熟。」

例句 面對這一班猶如**蜩螗沸羹**的小朋友，新上任的老師站在臺上不知如何是好。

反義 萬籟俱寂；噤若寒蟬。

蜚短流長（ㄈㄟ ㄉㄨㄢˇ ㄌㄧㄡˊ ㄔㄤˊ）

解釋 指流傳於眾人口中的閒話，比喻無中生有，造謠中傷。也作「飛短流長」。

出處 《聊齋志異．封三娘》：「造言生事者，飛短流長，所不堪受。」

例句 身為一個公眾人物，他早已習慣外界的**蜚短流長**，已練就一身聽而不聞的本領。

近義 風言風語；流言蜚語；造謠中傷；搬口弄舌；搖唇鼓舌。

九畫

蝦兵蟹將（ㄒㄧㄚ ㄅㄧㄥ ㄒㄧㄝˋ ㄐㄧㄤˋ）

解釋 神話傳說中海龍王手下的兵將。比喻壞人的爪牙、不中用的頭目和嘍囉。

出處 《警世通言》四十回：「（火龍）乃率領龜帥蝦兵蟹將，統領黨類，一齊奔出潮頭，將蘭公宅上，團團圍住，喊殺連天。」

例句 面對訓練有素的警員，他手下的這幫**蝦兵蟹將**立刻棄械逃亡，作鳥獸散了。

反義 天兵天將；兵強將勇；精兵強將。

十畫

融會貫通（ㄖㄨㄥˊ ㄏㄨㄟˋ ㄍㄨㄢˋ ㄊㄨㄥ）

解釋 把各方面的知識或道理融合貫穿起來，得到徹底的理解。

出處 宋．朱熹《朱子全書．學三》：「舉一而三反，聞一而知十，乃學者用功之深，窮理之熟，然後能融會貫通，以至於此。」

例句 他自小聰穎過人，領悟力奇高，對所學的知識都能**融會貫通**。

反義 一知半解；一竅不通；生吞活剝；囫圇吞棗。

十一畫

螳螂捕蟬，黃雀在後（ㄊㄤˊ ㄌㄤˊ ㄅㄨˇ ㄔㄢˊ，ㄏㄨㄤˊ ㄑㄩㄝˋ ㄗㄞˋ ㄏㄡˋ）

解釋 螳螂捕捉知了，卻不知黃雀在後面等著啄它。比喻目光短淺，只顧眼前利益而不顧後患。

出處 《說苑．正諫》記載：春秋時，吳王準備攻打楚國，不聽大臣們的勸告。吳王手下的一個年輕人想出了一個計策：早上，他拿著彈弓，帶著彈丸，到王宮的後園裏徘徊，一連三天，吳王覺得很奇怪，不禁問他，年輕人說：「園裏的樹上有隻蟬在樹頂高歌鳴唱，自以為很安全，可是牠不知道後面來了一隻螳螂。這隻螳螂正舉起雙臂，要捕捉牠。但螳螂也不知道有一隻黃雀在牠旁邊，正要伸脖子去啄螳螂和蟬。黃雀只想著螳螂和蟬的美味，更不知道我的彈丸正瞄準了牠呢。這三樣東西，都只看眼前的利益，而不顧後面的禍害，我真為牠們感到悲哀！」吳王聽了，頓時領悟，連聲說：「對！對！」於是決定停止出兵。

例句 你別成天算計人家，小心**螳螂捕蟬，黃雀在後**，總有被算計的一天。

螳臂當車（ㄊㄤˊ ㄅㄧˋ ㄉㄤ ㄐㄩ）

解釋 螳螂舉起臂膀阻擋車子，比喻不自量力。

出處 《莊子．人間世》記載：春秋時，齊國的國君齊莊公有一次坐著車子出去打獵，忽見路旁有一隻小蟲子，伸出兩條臂膀似的前腿，想要阻擋前進中的車輪。莊公問駕車的人：「這是一隻什麼蟲子？」駕車人答：「是一隻螳螂，牠見車子來了，不知趕快退避，卻還要來阻擋，真是不自量力。」

解析 ①「當」不可讀ㄉㄤˋ。②「螳臂當車」和「蚍蜉撼樹」都比喻不自量力。前者指想阻止發展、前進；後者指想動搖基礎、力量。

例句 就憑你一個人的力量想阻止這次的罷工風潮，無異於**螳臂當車**。

近義 以卵擊石；自不量力；蚍蜉撼樹。

反義 力所能及；泰山壓卵；量力而

行。

十三畫

蠅頭微利（ㄧㄥˊ ㄊㄡˊ ㄨㄟ ㄌㄧˋ）

解釋 如蒼蠅頭般的小利益。形容很微薄的利潤。

出處 宋．蘇軾〈滿庭芳〉詞：「蝸角虛名，蠅頭微利。」

例句 他雖然每天都辛勤地工作，卻只能賺到一點**蠅頭微利**，維持溫飽而已。

近義 涓滴微利；錐刀之利。

反義 一本萬利；小往大利。

蠅營狗苟（ㄧㄥˊ ㄧㄥˊ ㄍㄡˇ ㄍㄡˇ）

解釋 蠅營：蒼蠅來來往往地追逐腐物；苟：苟且。如蒼蠅那樣鑽營，似狗那樣苟且偷生。比喻追求名利，不顧廉恥，無所不為。也作「狗苟蠅營」。

出處 唐．韓愈《昌黎先生集．送窮文》：「蠅營狗苟，驅去復還。」

解析 「蠅營狗苟」偏重表示下流、無恥的手段；「抗塵走俗」偏重表示庸俗、鑽營的樣子。

例句 他因為看不慣公司同事**蠅營狗苟**的醜態，就憤而求去，自己創業了。

近義 如蟻附膻；抗塵走俗；沽名釣譽。

反義 冰清玉潔；俯仰無愧；懷瑾握瑜。

蟾宮折桂（ㄔㄢˊ ㄍㄨㄥ ㄓㄜˊ ㄍㄨㄟˋ）

解釋 蟾宮：月宮，古代傳說月宮中有蟾蜍，故稱「蟾宮」；折桂：晉朝的郤詵舉賢良對策，被列為最優，他說「猶桂林之一枝，昆山之片玉」，後來就用「折桂」指人考中進士。到月宮裏去攀折桂枝。比喻科舉及第。

出處 《元曲選．鄭德輝〈王粲登樓〉二》：「寒窗書劍十年苦，指望蟾宮折桂枝。」

解析 「獨占鰲頭」指科舉殿試取得進士第一名，即中狀元；「雁塔題名」、「金榜題名」則只指殿試考中進士，不論名次。

例句 做官是古代讀書人的唯一出路，許多人十年寒窗苦讀就只為了能**蟾宮折桂**。

近義 金榜題名；雁塔題名。

反義 名落孫山。

十五畫

蠢蠢欲動（ㄔㄨㄣˇ ㄔㄨㄣˇ ㄩˋ ㄉㄨㄥˋ）

解釋 蠢蠢：爬蟲蠕動的樣子。形容歹徒或敵人有所企圖或活動。也可指人躍躍欲試的樣子。

出處 南朝．宋．劉敬叔《異苑．句容水脈》：「掘得一黑物，無有首尾，形如數百斛舡（ㄒㄧㄤ），長數十丈，蠢蠢而動。」（舡，船。）

解析「蠢蠢欲動」和「摩拳擦掌」都有「想動手試一下」的意思。但「蠢蠢欲動」偏重在形容心情和意願，常用來形容做壞事。「摩拳擦掌」偏重在形容神態和動作，經常和「躍躍欲試」連用。

例句 眼看比數愈拉愈近，他在場邊不由得**蠢蠢欲動**，希望教練派他下場。

近義 摩拳擦掌；躍躍欲試。

反義 紋絲不動。

十八畫

蠶食鯨吞（ㄘㄢˊ ㄕˊ ㄐㄧㄥ ㄊㄨㄣ）

解釋 指不同形式的侵略行為，或緩和如蠶食或猛烈如鯨吞食物。

出處《史記．秦始皇紀》：「自繆公以來，稍蠶食諸侯。」《舊唐書．蕭銑傳論》：「小則鼠竊狗偷，大則鯨吞虎據。」

解析「蠶食鯨吞」指國土被外來侵略者一步步侵占；「瓜剖豆分」指國土被分割，可能是內部引起的分裂，也可能是被外來侵略者所瓜分。

例句 他以**蠶食鯨吞**的方式，前後併吞了二十幾家公司。

近義 瓜剖豆分。

反義 金甌無缺。

【血部】

血口噴人（ㄒㄧㄝˇ ㄎㄡˇ ㄆㄣ ㄖㄣˊ）

解釋 比喻用惡毒的話來誣賴、冤枉他人。

出處《羅湖野錄》：「含血噴人，先污其口。」

解析「血口噴人」著重用惡毒不實的話來陷害人；「含沙射影」著重指用語言間接影射的手法從側面來攻擊人。

例句 在事情的真相還沒獲得證實以前，你不要**血口噴人**，隨便誣賴別人。

近義 出言不遜；含沙射影；惡語中傷。

反義 口角春風。

血肉橫飛（ㄒㄧㄝˇ ㄖㄡˋ ㄏㄥˊ ㄈㄟ）

解釋 形容戰爭時殺戮或遭受意外時血肉四濺的慘狀。

出處 清．李寶嘉《二十年目睹之怪現狀》九十六回：「一口氣打了五百板，打得他血肉橫飛，這才退堂。」

例句 爆炸現場一片**血肉橫飛**，令人觸目驚心。

近義 血肉模糊。

反義 兵不血刃。

血流漂杵（ㄒㄧㄝˇ ㄌㄧㄡˊ ㄆㄧㄠ ㄔㄨˇ）

解釋 杵：舂米的木棒。血流成河，足以浮起木杵。形容殺人極多。

【出處】《尚書．武成》：「會於牧野，罔有敵於我師，前徒倒戈，攻於後以北，血流漂杵。」（罔有，沒有。前徒，前面的士卒。北，打敗。）

【解析】「杵」不讀寫成「忤逆不孝」的「忤(ㄨˇ)」。

【例句】南京大屠殺時，日軍殺害無數手無寸鐵的中國百姓，簡直是**血流漂杵**，慘絕人寰。

【近義】血流如注；血流成河；殺人如麻。

【反義】兵不血刃。

血氣方剛 ㄒㄧㄝˇ ㄑㄧˋ ㄈㄤ ㄍㄤ

【解釋】血氣：精力；方：正在。形容年輕人精力正旺盛，感情容易衝動。

【出處】《論語．季氏》：「及其壯也，血氣方剛，戒之在鬥。」

【解析】「血氣方剛」強調年輕氣盛；「年富力強」指年輕力壯。

【例句】這群**血氣方剛**的年輕人成天打架滋事，讓他們的師長頭痛不已。

【近義】年輕氣盛；年富力強。

【反義】未老先衰；老態龍鍾；風燭殘年；桑榆晚景。

【行部】

行百里者半九十 ㄒㄧㄥˊ ㄅㄞˇ ㄌㄧˇ ㄓㄜˇ ㄅㄢˋ ㄐㄧㄡˇ ㄕˊ

【解釋】要走一百里路的人，走了九十里只當走了一半。比喻事情越是接近成功，越困難。經常用以勉勵人做事要善始善終。

【出處】《戰國策．秦策五》：「詩云：『行百里者半於九十。』此言末路之難。」

【例句】距離山頂只剩半小時路程了，**行百里者半九十**，你如果現在放棄就只等於爬了一半。

行屍走肉 ㄒㄧㄥˊ ㄕ ㄗㄡˇ ㄖㄡˋ

【解釋】屍：屍體；肉：指沒有靈魂的肉體。活死人。比喻庸碌無能、徒具形骸、生活沒有意義的人。

【出處】東晉．王嘉《拾遺記》：「（任末）臨終誡曰：『夫人好學，雖死若存；不學者，雖存，謂之行屍走肉耳。』」

【解析】「行屍走肉」著眼於沒有靈魂；「酒囊飯袋」著眼於不會做事。

【例句】自從他知道自己得了不治之症後，整天萎靡不振，過著**行屍走肉**的日子。

【近義】酒囊飯袋；冢中枯骨。

【反義】中流砥柱；棟梁之材；雖死猶生。

行將就木 ㄒㄧㄥˊ ㄐㄧㄤ ㄐㄧㄡˋ ㄇㄨˋ

【解釋】木：棺材。

快要進棺材了。比喻人離死期不遠。

出處 春秋時，晉國的公子重耳（即晉文公），在狄國住了十二年，娶了季隗（ㄨㄟˇ）為妻。後來重耳因弟弟晉惠公派人來謀刺他，又逃往齊國。臨行前，他向季隗說：「等我二十五年，那時我如果還不回來，你就改嫁吧。」季隗回答說：「我已二十五歲了，再過二十五年，還嫁什麼人，該進棺材了。」

例句 我已經**行將就木**，公司中的工作就煩勞你們年輕人了。

近義 半截入土；奄奄一息；風燭殘年；風中之燭；桑榆晚景。

反義 方富於年；如日東升；老當益壯；來日方長。

行雲流水 ㄒㄧㄥˊ ㄩㄣˊ ㄌㄧㄡˊ ㄕㄨㄟˇ

解釋 比喻心性的隨性自然，不受拘束，也比喻文章的自然流暢。

出處 《宋史．蘇軾傳》：「軾嘗自謂：『作文如行雲流水，初無定質，但常行於所當行，止於所不可不止。』」

例句 你這一首詩猶如**行雲流水**般一氣呵成，讀來流暢而不見斧鑿痕跡。

近義 天馬行空。

反義 佶屈聱牙；鉤牽棘句；矯揉造作。

行遠自邇 ㄒㄧㄥˊ ㄩㄢˇ ㄗˋ ㄦˇ

解釋 自：從；邇：近。走遠路必須從最近的一步走起。比喻為學、做事要由淺入深，由淺近處著手，然後逐漸深入。

出處 《禮記．中庸》：「辟（譬）如行遠必自邇。」

解析 「邇」讀ㄦˇ，不讀ㄦˊ。

例句 天下沒有一步登天的事，**行遠自邇**，就算是獨占鼇頭的大師，也是從基礎學起的。

近義 由近及遠；由淺入深；循序漸進。

反義 好高騖遠；揠苗助長。

六 畫

街談巷議 ㄐㄧㄝ ㄊㄢˊ ㄒㄧㄤˋ ㄧˋ

解釋 街巷中人們的言談議論。引申為沒有依據、不可靠的傳言。

出處 《文選．張衡〈西京賦〉》：「街談巷議，彈射臧否（ㄆㄧˇ）。」（彈射，指責。臧否，褒貶、批評。）

例句 這些**街談巷議**、毫無根據的話，你大可不必在意。

近義 街談巷言；街談市語；說長道短；議論紛紛。

街頭巷尾 ㄐㄧㄝ ㄊㄡˊ ㄒㄧㄤˋ ㄨㄟˇ

解釋 泛指大街小巷各處地方。

出處 宋．釋普濟《五燈會元．道一禪師》：「問：『如何是學人轉身處？』師曰：『街頭巷尾。』」

例句 他中了第一特獎的消息早已在街頭巷尾傳開了。

近義 三街六市；大街小巷。

九畫

衝鋒陷陣（ㄔㄨㄥ ㄈㄥ ㄒㄧㄢˋ ㄓㄣˋ）

解釋 陷：深入，攻破。向敵人衝擊，深入敵人陣地。形容奮勇作戰。

出處 《北齊書．崔暹（ㄒㄧㄢ）傳》：「衝鋒陷陣，大有其人。」

例句 選舉期間他輾轉在各鄉鎮間衝鋒陷陣，開拓了許多票源。

近義 出生入死；赴湯蹈火。

【衣部】

衣食父母（ㄧ ㄕˊ ㄈㄨˋ ㄇㄨˇ）

解釋 指提供生活所需的人。

出處 《元曲選．關漢卿〈竇娥冤劇〉二》：「祇候云：『相公，他是告狀的，怎生跪著他？』孤云：『你不知道，但來告狀的就是我衣食父母。』」

例句 客人是我們的衣食父母，公司的種種規章、制度也是站在客人的立場設計的。

衣冠楚楚（ㄧ ㄍㄨㄢ ㄔㄨˇ ㄔㄨˇ）

解釋 楚楚：鮮明的樣子。形容穿戴的服飾整濟、漂亮。

出處 《詩經．曹風．蜉蝣》：「蜉蝣之羽，衣裳楚楚。」

解析 「冠」不讀成「冠軍」的ㄍㄨㄢˋ；不寫成「寇」。

例句 近來有許多衣冠楚楚的男子，專門對單身女子騙財騙色，婦女們不可不慎。

近義 衣衫齊楚；衣冠濟楚；儀表堂堂。

反義 不修邊幅；衣衫襤褸；鶉衣百結。

衣冠禽獸（ㄧ ㄍㄨㄢ ㄑㄧㄣˊ ㄕㄡˋ）

解釋 禽：鳥類；獸：獸類。穿戴衣帽的禽獸。指人的外表、服飾整齊，行為卻如禽獸一般。

出處 《石點頭》三：「此乃衣冠禽獸，名教罪人。」

解析 「衣冠禽獸」偏重指行為卑劣凶殘；「人面獸心」偏重指心腸陰險歹毒。

例句 看他一表人才的樣子，沒想到犯下許多殺人強暴案，真是衣冠禽獸。

近義 人面獸心。

反義 仁人君子；正人君子。

衣鉢相傳（ㄧ ㄅㄛ ㄒㄧㄤ ㄔㄨㄢˊ）

解釋 本為佛教用語。衣：指僧尼穿的袈裟；鉢：僧尼用的食具。中國禪宗師父將道法傳授給徒弟，常常舉行授與衣鉢的儀式。後泛指一般師徒間技術、學問的傳授。

出處《傳燈錄》：「五祖衣鉢傳與盧行者。」

例句 歌仔戲在現代已逐漸沒落，只靠著一些老師父衣鉢相傳地傳給徒弟。

近義 一脈相傳；薪盡火傳。

反義 另闢谿徑；自立門戶；獨樹一幟。

衣錦夜行（一ˋ ㄐㄧㄣˇ 一ㄝˋ ㄒㄧㄥˊ）

解釋 衣：穿衣；錦：彩色綢緞。

夜間穿華麗的服裝出行。比喻富貴榮顯而不為人知。也作「衣繡夜行」。

出處《漢書．項籍傳》：「富貴不歸故鄉，如衣錦夜行。」

例句 經過這麼多年的努力，好不容易拿下世界冠軍，如果不能回鄉炫耀一番，不是如同衣錦夜行嗎？

衣錦還鄉（一ˋ ㄐㄧㄣˇ ㄏㄨㄢˊ ㄒㄧㄤ）

解釋 衣：穿衣；錦：彩色綢緞。

穿著華麗的服裝回家鄉。指富貴以後返回家鄉。

出處《南史．柳慶遠傳》：「出為……雍州刺史，高祖餞於新亭，謂曰：『卿衣錦還鄉，朕無西顧之憂矣。』」

解析「衣」讀一ˋ，不讀一。

例句 經過這些年的努力，他終於衣錦還鄉，一償多年來的心願。

近義 榮歸故里；錦衣還鄉。

反義 無顏見江東父老。

二畫

初出茅廬（ㄔㄨ ㄔㄨ ㄇㄠˊ ㄌㄨˊ）

解釋 茅廬：草房。

諸葛亮年輕時隱居在南陽，住的是茅廬，劉備去請了他三次，他才出來幫助劉備打天下。比喻初入社會，缺乏經驗。

出處 東漢末年，諸葛亮隱居南陽，住在草屋裏。劉備三次親自拜訪，他才答應幫助劉備打天下。當時正逢曹操派夏侯惇（ㄉㄨㄣ）領十萬人馬攻打劉備，情勢十分危急。諸葛亮利用夏侯惇驕傲、輕敵的弱點，調兵遣將，靠著關羽、張飛、趙雲和幾千人馬，運用誘敵深入、火攻、伏兵的戰術，把曹軍打得落花流水。後人讚揚諸葛亮的這次戰役是「初出茅廬第一功」。

解析 不能把「茅廬」錯寫成「毛廬」。

例句 這是他初出茅廬的第一件企劃案，難怪他特別小心謹慎。

近義 少不更事；初露鋒芒；初露頭角；涉世未深。

反義 老謀深算；老馬識途；身經百戰。

初生之犢不懼虎（ㄔㄨ ㄕㄥ ㄓ ㄉㄨˊ ㄅㄨˋ ㄐㄩˋ ㄏㄨˇ）

解釋 犢：小牛。

剛生下的小牛犢不害怕老虎。比喻年輕人大膽勇敢，敢於創新。

出處　《三國演義》第七十四回：「俗云：『初生之犢不懼虎。』」

解析　不要把「犢」誤寫成「讀」。

例句　所謂初生之犢不懼虎，這些不知天高地厚的年輕人，竟然毫無準備就直接上玉山了。

三畫

表裏如一（ㄅㄧㄠˇ ㄌㄧˇ ㄖㄨˊ ㄧ）

解釋　表：外表；裏：指內心。形容思想和言行完全一致。

出處　《逸周書．謚法解》：「行見中外曰愨。」孔晁注：「言表裏如一也。」

例句　他外表看來雖然忠厚老實，但你要注意他是不是**表裏如一**的人，別被他的外在蒙蔽了。

近義　心口如一；言行一致。

反義　口是心非；表裏不一；兩面三刀；陽奉陰違。

五畫

被褐懷玉（ㄆㄧ ㄏㄜˊ ㄏㄨㄞˊ ㄩˋ）

解釋　褐：古時貧賤人穿的衣服。身穿粗劣的衣服，卻懷抱美玉。比喻賢能的人，才德不外露。

出處　《老子》七十章：「知我者希，則我者貴，是以聖人被褐懷玉。」（則，效法。）

解析　「被」不能唸成ㄅㄟˋ。

例句　他雖然貌不驚人，卻是**被褐懷玉**的賢才。

被髮文身（ㄆㄧ ㄈㄚˇ ㄨㄣˊ ㄕㄣ）

解釋　古代吳越一帶的風俗，披頭散髮不作髻，身上並刺有花紋。

出處　《禮記．王制》：「東方曰夷，被髮文身。」

解析　「被」不能唸成ㄅㄟˋ。

例句　他在非洲住了三年，覺得那些**被髮文身**的土著要比文明人純樸、善良多了。

近義　文身斷髮；祝髮文身；被髮左衽。

被髮左衽（ㄆㄧ ㄈㄚˇ ㄗㄨㄛˇ ㄖㄣˋ）

解釋　衽：衣襟。頭髮散亂而不紮束，衣襟開在左邊，這是夷狄的風俗。

出處　《論語．憲問》：「微管仲，吾其被髮左衽矣！」

解析　「被」不讀ㄅㄟˋ。

例句　古代的中國，向來以漢民族為主，把周圍**被髮左衽**的民族視為蠻夷之邦。

近義　文身斷髮；祝髮文身；被髮文身。

被髮纓冠（ㄆㄧ ㄈㄚˇ ㄧㄥ ㄍㄨㄢ）

解釋　披散著頭髮結上冠纓，來不及裝束。表示急於替人排難解紛。

出處　《孟子．離婁下》：「今有同室之人溺者，救之，雖被髮纓冠而救之，可也。」

解析 「被」不能唸成ㄅㄟˋ。

例句 身為一名醫師，病人有危險時，就算是三更半夜被髮纓冠，也得趕到醫院。

袖手旁觀 ㄒㄧㄡˋ ㄕㄡˇ ㄆㄤˊ ㄍㄨㄢ

解釋 把手縮在袖子裏在一旁觀看。比喻置身事外，不加干涉或協助。

出處 唐．韓愈《昌黎先生集．祭柳子厚文》：「巧匠旁觀，縮手袖間。」

例句 她是你的親生女兒，眼見她一步步走向火坑，你怎麼忍心袖手旁觀？

近義 坐視不救；作壁上觀；冷眼旁觀。

反義 打抱不平；見義勇為；拔刀相助；噓寒問暖。

袍笏登場 ㄆㄠˊ ㄏㄨˋ ㄉㄥ ㄔㄤˇ

解釋 袍：指古代官服；笏：古代上朝時官吏手上拿的手板。官服打扮，手拿笏板，登台演戲。現在也比喻壞人登上政治舞台。

解析 「袍笏登場」、「粉墨登場」都指上台演戲，都可以比喻壞人登上政治舞台。其區別在於：「袍笏登場」強調扮作官樣；「粉墨登場」強調化妝。「袍笏登場」往往還用諷刺的口吻表示新官上任；「粉墨登場」往往還表示在社會中生活，就像在演戲一樣。

例句 他靠著賄選、走後門，終於登上下任會長的寶座，在下月初就要袍笏登場了。

近義 走馬上任；粉墨登場。

反義 削職為民。

七　畫

補天浴日 ㄅㄨˇ ㄊㄧㄢ ㄩˋ ㄖˋ

解釋 《淮南子．覽冥》裏說，古時天缺了一大塊，女媧煉五色石來修補它。《山海經．大荒南經》裏說，古代帝俊的妻子羲和生了十個太陽，在甘淵裏給太陽洗澡。後來就把這兩個神話合成「補天浴日」，比喻人有戰勝自然的能力，或比喻非常偉大的功勳。

出處 《宋史．趙鼎傳》：「浚有補天浴日之功，陛下有礪山帶河之誓，君臣相信，古今無二。」（浚，張浚）

例句 他這番補天浴日的功績真可謂民族的救星，古今再找不到第二人了。

補偏救弊 ㄅㄨˇ ㄆㄧㄢ ㄐㄧㄡˋ ㄅㄧˋ

解釋 偏：偏差；弊：毛病。矯正偏差和補救毛病。

出處 《漢書．董仲舒傳》：「先王之道，必有偏而不起之處，故政有眊而不行，舉其偏者以補其弊而已矣。」

例句 上屆會長留下許多爛攤子，就靠你來補偏救弊了。

補苴罅漏（ㄅㄨˇ ㄐㄩ ㄒㄧㄚˋ ㄌㄡˋ）

解釋 補：補衣服；苴：用草來墊鞋底；補苴：補綴，引申為彌縫；罅：裂縫；漏：漏洞。

修補缺陷或漏洞。

出處 唐．韓愈《昌黎先生集．進學解》：「補苴罅漏，張皇幽眇。」

例句 這些外行人修出來的法規，處處都是漏洞，得靠你來**補苴罅漏**了。

裝腔作勢（ㄓㄨㄤ ㄑㄧㄤ ㄗㄨㄛˋ ㄕˋ）

解釋 腔：腔調；勢：姿勢。故意裝出一種腔調，作出一種姿態。形容故意做作的姿態。

出處 明．西湖居士《郁輪袍．十二．誤薦》：「窮秀才裝腔作勢，賢王子隆禮邀賓。」

例句 你別看他出入華宅又有轎車代步，這都不過是**裝腔作勢**，其實他早已負債累累。

近義 故作姿態；裝模作樣；矯揉造作。

反義 天真爛漫。

裝聾作啞（ㄓㄨㄤ ㄌㄨㄥˊ ㄗㄨㄛˋ ㄧㄚˇ）

解釋 假裝耳聾口啞，什麼也沒聽見，什麼也不說。形容故意裝作不聞不問，置身事外。

出處 《元曲選．馬致遠〈青衫淚〉四》：「可怎生裝聾作啞？」

例句 他做生意賠得這麼慘，你也得負部分責任，怎麼可以**裝聾作啞**、不聞不問。

近義 裝聾賣傻；裝聾作痴；裝瘋賣傻。

裏應外合（ㄌㄧˇ ㄧㄥˋ ㄨㄞˋ ㄏㄜˊ）

解釋 應：接應；合：圍攻。外面圍攻，裏面接應。指內外勾結、響應。

出處 《平妖傳》七：「夜間裏應外合。」

解析 「應」不讀ㄧㄥ。

例句 這次的逮捕行動多虧當地居民與警方**裏應外合**，才能一舉破獲有史以來的最大毒梟。

近義 內外夾攻。

八畫

裹足不前（ㄍㄨㄛˇ ㄗㄨˊ ㄅㄨˋ ㄑㄧㄢˊ）

解釋 裹足：把腳包纏住。形容停止腳步不前進。

出處 戰國末年，楚人李斯受秦始皇賞識，被任命為丞相。秦國的宗室建議秦始皇把外來賓客統統趕走，李斯因為是楚國人，也被趕走。當李斯被押到秦國邊疆時，他上書秦始皇，這就是著名的〈諫逐客書〉。李斯在文中指出：「泰山不捨棄細小的泥土，才能那麼高大；河海不捨棄涓涓的細流，才能那麼深長；帝王不排斥廣大的人才，才能使自己的事業獲得成功。所以說，地方不分東西南北，人民不分本國外國，都要一視同仁。如今『使天下之士退而不敢西向，裹足不入秦。』」

解析 ①不要把「裹」寫成「裏」。②「裹足不前」偏重指「有疑慮」而不敢前進；「畏縮不前」偏重指「害怕」而不敢前進；「踟躕不前」偏重指「猶豫」而不敢前進。以上三個成語一般用於「人」，「停滯不前」則偏重指「事物」停頓下來，不再前進，較少用來形容人。

例句 經過上一次的慘痛教訓後，大家對攀岩都**裹足不前**了。

近義 畏縮不前；停滯不前；踟躕不前。

反義 一往無前；勇往直前；乘風破浪。

【襾部】

西河之痛（ㄒㄧ ㄏㄜˊ ㄓ ㄊㄨㄥˋ）

解釋 原指喪子的哀痛，後用作悼人喪子之辭。

出處 《史記·仲尼弟子列傳》：「子夏居西河教授，為魏文侯師，其子死，哭之失明。」

例句 他剛遭逢**西河之痛**，還無法上班，他分內的工作就多偏勞你了。

三畫

要言不煩（ㄧㄠˋ ㄧㄢˊ ㄅㄨˋ ㄈㄢˊ）

解釋 要：切要。形容說話簡明扼要，不瑣碎繁雜。

出處 《三國志·魏書·管輅（ㄌㄨˋ）傳》注引《管輅別傳》記載，有一次何晏請管輅到他家來，鄧颺（ㄧㄤˊ）也在座。鄧問：人家都說你精通《周易》，為何一句也不談《周易》的道理呢？管輅回答說：「精通《周易》的人是不談論《周易》的。」何晏笑著讚揚說：「可謂要言不煩也。」

例句 你的這篇評論雖然簡短卻正中要害，真可謂**要言不煩**。

近義 言簡意賅；言簡意明；簡明扼要。

反義 長篇大論；長篇累牘；連篇累牘。

十二畫

覆水難收（ㄈㄨˋ ㄕㄨㄟˇ ㄋㄢˊ ㄕㄡ）

解釋 倒在地上的水無法收回來。比喻事成定局，無法挽回。又作「潑水難收」。相傳漢代朱買臣原來很窮，他妻子便要求離去。後來朱做了大官，他妻子又要求復婚，朱就端來一盆水潑在地上，讓她再收回來。後來表示夫妻已離異，就難再復合。

出處《後漢書．何進傳》：「國家之事，亦何容易？覆水不收，宜深思之。」

例句 你們既然已經分手了，就是**覆水難收**，你又何苦一再地去騷擾她。

近義 木已成舟。

覆巢之下無完卵（ㄈㄨˋ ㄔㄠˊ ㄓ ㄒㄧㄚˋ ㄨˊ ㄨㄢˊ ㄌㄨㄢˇ）

解釋 覆巢：翻倒的鳥窩；卵：蛋。翻倒的鳥窩裏沒有完整的鳥蛋。比喻在大災難中，沒有人能夠倖免，都會遭到禍害。

出處《世說新語．語言》篇中有個故事，三國時的孔融因為反對曹操而被捕，當他被抓時，希望官差能夠放過他的孩子，他的兒子卻說：「大人，豈見覆巢之下，復有完卵乎？」意思是說：「父親大人，你難道看過翻覆的鳥巢中，還有完整、沒有破碎的鳥蛋嗎？」

例句 所謂**覆巢之下無完卵**，公司如果倒閉，全體員工也會面臨失業的命運。

【見部】

見仁見智（ㄐㄧㄢˋ ㄖㄣˊ ㄐㄧㄢˋ ㄓˋ）

解釋 對於同一問題，各人從不同的角度、立場來看便持有不同的看法。

出處《周易．繫辭上》：「仁者見之謂之仁，知者見之謂之知。」

例句 身材的美醜是一個**見仁見智**的問題，你不必依他的觀點來改變自己。

近義 各持己見；各執己見；樂山樂水。

反義 不謀而合；所見略同；異口同聲；眾口一詞。

見危授命（ㄐㄧㄢˋ ㄨㄟˊ ㄕㄡˋ ㄇㄧㄥˋ）

解釋 授命：獻出生命。指遇到國家有危難，不惜犧牲自己的生命。

出處《論語．憲問》：「見利思義，見危授命，久要（ㄧㄠ）不忘平生之言，亦可以為成人矣。」（久要，舊約。）

例句 他雖是個生意人，但國家有難時，他也能**見危授命**，自願上前線作戰。

近義 臨危授命。

反義 臨陣脫逃。

見利忘義（ㄐㄧㄢˋ ㄌㄧˋ ㄨㄤˋ ㄧˋ）

解釋 看見私利就不顧道義。

出處《漢書．樊酈滕灌靳周傳》：「當孝文時，天下以酈寄為賣友。夫賣友者，謂見利而忘義也。」

解析「見利忘義」指為了私利而不顧道義；「忘恩負義」指為了個人而不顧別人的恩情。

例句 他是個**見利忘義**的人，和他合作開店，你得小心提防他出賣你。

近義 見財起意；見錢眼開；臨財苟得。

反義 見利思義；舍生取義；急公好義；輕財重義。

見兔顧犬 ㄐㄧㄢˋ ㄊㄨˋ ㄍㄨˋ ㄑㄩㄢˇ

解釋 顧：看。看見野兔才回頭喚獵狗去追捕。比喻事情雖緊急，但如及時想辦法補救還來得及。

出處 《戰國策．楚策四》：「見兔而顧犬，未為晚也。」

例句 警方巡邏時，發現在逃嫌犯蹤影，立刻**見兔顧犬**，封鎖道路，全員追捕。

近義 見兔放鷹。

反義 亡羊補牢；江心補漏。

見風轉舵 ㄐㄧㄢˋ ㄈㄥ ㄓㄨㄢˇ ㄉㄨㄛˋ

解釋 比喻看機會或看人的臉色應變行事，自己並沒有堅定的立場或原則。也作「看風使帆」。

出處 《官場現形記》十九回：「別事見風使帆，再作道理。」

解析 「見風轉舵」含有投機取巧的意思；「隨機應變」側重在善於應付；「見機行事」側重在抓住時機。

例句 他一看苗頭不對，立刻**見風轉舵**，附和起大家的意見。

近義 八面玲瓏；見機行事；看風使帆；隨風轉舵；隨機應變。

反義 一成不變；因循守舊；墨守成規。

見異思遷 ㄐㄧㄢˋ ㄧˋ ㄙ ㄑㄧㄢ

解釋 遷：改變。指意志不堅定，看見別的事物就想改變主意。

出處 《管子．小匡》：「少而習焉，其心安焉，不見異物而遷焉。」

例句 他一發現其他更賺錢的行業，便立刻**見異思遷**，轉行去了。

近義 二三其德；心猿意馬；朝三暮四；喜新厭舊；棄舊圖新。

反義 矢志不移；忠貞不渝；堅定不移。

見微知著 ㄐㄧㄢˋ ㄨㄟ ㄓ ㄓㄨˋ

解釋 微：小；著：明顯。從事物細微的徵兆上就能看清整件事的實質和其發展的趨向。

出處 漢．班固《白虎通義．情性節》：「智者知也，獨見前聞，不惑於事，見微而知著也。」

例句 他善於觀察細微末節，總能在事情發生前**見微知著**，提醒大家注意。

近義 一葉知秋；履霜堅冰；舉一反三。

反義 習焉不察。

見義勇為 ㄐㄧㄢˋ ㄧˋ ㄩㄥˇ ㄨㄟˊ

解釋 看到合乎正義的事情就奮勇地去做。

出處《論語．為政》：「見義不為，無勇也。」

解析「為」不讀ㄨㄟˋ。

例句 要不是你見義勇為，及時跳下河救他，恐怕他早已一命嗚呼。

近義 舍己為人；拔刀相助；急公好義；義不容辭。

反義 坐視不救；見死不救；見利忘義；冷眼旁觀；袖手旁觀。

見賢思齊（ㄐㄧㄢˋ ㄒㄧㄢˊ ㄙ ㄑㄧˊ）

解釋 賢：有才德的人。齊：看齊。見到有才德的人就要向他看齊。

出處《論語．里仁》：「見賢思齊焉，見不賢而內自省也。」

解析「賢」不寫成「腎」。

例句 他們一家人為了社區整潔不遺餘力，其他人也見賢思齊，使整個社區保持得乾乾淨淨。

近義 見德思齊。

反義 嫉賢妒能；嫉賢害能。

見機行事（ㄐㄧㄢˋ ㄐㄧ ㄒㄧㄥˊ ㄕˋ）

解釋 機：時機。依客觀的形勢變化而採取適當的措施。

出處《周易．繫辭下》：「君子見幾而作，不俟終日。」

例句 這次的逮捕行動，大家要見機行事，不必拘泥我事前的安排。

近義 見機而作；看風使舵；隨機應變。

反義 因循守舊；墨守成規。

見獵心喜（ㄐㄧㄢˋ ㄌㄧㄝˋ ㄒㄧㄣ ㄒㄧˇ）

解釋 獵：打獵。比喻難以忘卻舊有的愛好。因某事而觸其所好，便躍躍欲試。

出處《二程全書．遺書》七：「明道先生年十六七時，好田獵。十二年暮歸，在田野見田獵者，不覺有喜心。」

例句 他退出棒球界專心從商已十幾年了，這次有機會觀賞球賽仍令他見獵心喜。

近義 躍躍欲試。

四畫

規行矩步（ㄍㄨㄟ ㄒㄧㄥˊ ㄐㄩˇ ㄅㄨˋ）

解釋 比喻言行謹慎，舉止端莊而安分守己。也比喻墨守成規、不知變通。

出處《晉書．張載傳》：「今士循常習故，規行矩步。」

例句 這些年來他一直兢兢業業、規行矩步，沒想到仍逃不了被裁員的命運。

近義 規言矩步；循規蹈矩；循常習故。

反義 為所欲為；膽大妄為。

五畫

視同路人（ㄕˋ ㄊㄨㄥˊ ㄌㄨˋ ㄖㄣˊ）

解釋 路人：指不認識的人。

把親人或熟人當作路上的陌生人。

出處 清．紀昀《閱微草堂筆記．槐西雜志二》：「我以心腹托汝……（汝）乃視若路人，以推諉啟疑竇，何貴有此朋友哉！」

例句 他成名後，便把我們這些昔日共患難的老友**視同路人**。

視死如歸（ㄕˋ ㄙˇ ㄖㄨˊ ㄍㄨㄟ）

解釋 形容不怕死，把死看作像回家一樣。指為了正義、公理，不惜犧牲生命。

出處 《管子．小匡》：「平原廣牧，車不結轍，士不旋踵，鼓之而三軍之士視死如歸，臣不如王子城父。」

解析 ①「視死如歸」和「置生死於度外」（即「置之度外」）都有「不怕死，把死不當一回事」的意思，有時可以通用。②「視死如歸」強調的是不怕死，多用於指為正義事業而不怕犧牲的精神；「寧死不屈」強調的是對敵人不屈服，多用於形容意志堅強。

例句 多虧了這些**視死如歸**的消防隊員，才使得火災的傷亡人數降至最低。

近義 赴死如歸；萬死不辭。

反義 畏敵如虎；貪生怕死；偷生惜死；戀生惡死。

視若無睹（ㄕˋ ㄖㄨㄛˋ ㄨˊ ㄉㄨˇ）

解釋 雖然看見了，樣子卻像沒看見一樣。形容對事物漠不關心。

出處 唐．韓愈《昌黎先生集．應科目時與人書》：「是以有力者遇之，熟視之若無睹也。」

解析 「視若無睹」偏重於不關心；「視而不見」偏重於不注意、不留心。

例句 他也曾經是你的朋友，你怎能對他的苦苦哀求**視若無睹**。

近義 視而不見；漠不關心；熟視無睹。

九畫

親如手足（ㄑㄧㄣ ㄖㄨˊ ㄕㄡˇ ㄗㄨˊ）

解釋 手足：比喻兄弟。

原來比喻兄弟之間的親密情誼。也比喻朋友之間感情深厚，像兄弟一樣關係密切。

出處 《元曲選．關漢卿〈魔合羅〉四》：「想兄弟情親如手足。」

解析 「親如手足」側重感情親密；「情同手足」強調感情深厚。

例句 他們倆睡同一間寢室，唸同一所學校，是一對**親如手足**的好朋友。

近義 友于兄弟；親如兄弟；親密無間。

反義 同床異夢；視同陌路；貌合神離。

親痛仇快（ㄑㄧㄣ ㄊㄨㄥˋ ㄔㄡˊ ㄎㄨㄞˋ）

解釋　指行為上的不妥當，使親人痛心，使仇敵高興。

出處　《文選．朱浮．為幽州牧與彭寵書》記載：東漢時，漁陽太守彭寵，不服從幽州牧（官名）朱浮的命令。朱浮向皇帝報告彭寵不孝並受賄。彭寵聽說後非常生氣，興兵攻打朱浮。朱浮寫了一封長信責備彭寵，說有意見可以到朝廷講理，不應該興兵動武，「凡舉事，無為親厚者所痛，而為見讎者所快。」

例句　你們如果再爭執不休，只會使得公司內部人心惶惶，使**親痛仇快**。

【角部】

六畫

解甲歸田 ㄐㄧㄝˇ ㄐㄧㄚˇ ㄍㄨㄟ ㄊㄧㄢˊ

解釋　甲：古時作戰時穿的護身衣。脫下戰袍，回家種田。指解除軍職回鄉。

解析　「解」讀ㄐㄧㄝˇ，不讀ㄒㄧㄝˋ。

例句　他當了一輩子的軍人，現在只希望能**解甲歸田**，頤養天年。

近義　賣劍買牛。

反義　戎馬倥傯；投筆從戎；南征北戰。

解衣推食 ㄐㄧㄝˇ ㄧ ㄊㄨㄟ ㄕˊ

解釋　推：讓。把自己的衣服脫下來給別人穿，把自己的食物讓給別人吃。形容對別人極為關懷，慷慨助人。

出處　《史記．淮陰侯列傳》：「漢王授我上將軍印，予我數萬眾，解衣衣我，推食食我。」

解析　「解衣推食」偏重在「解」、「推」，不顧自己地誠心幫助別人；「慷慨解囊」偏重在「慷慨」，助人毫不吝嗇；「樂善好施」偏重在一向樂於做好事、助人。

例句　王媽媽奉獻她所有的心力，**解衣推食**地照顧育幼院的小朋友。

近義　慷慨解囊；樂善好施。

反義　漠不關心。

解鈴繫鈴 ㄐㄧㄝˇ ㄌㄧㄥˊ ㄐㄧˋ ㄌㄧㄥˊ

解釋　本來是佛教的一個比喻故事。現比喻凡事須由原來作此事的人自行解決。

出處　明．瞿汝稷編《指月錄》裏說，法眼法師問：「繫在老虎脖子上的鈴子，誰能解下來？」有人回答說：「誰把鈴子繫上去的，誰就能解下來。」

解析　「繫」不能唸成ㄒㄧˋ。

例句　你自己闖的禍要自己去平息，**解鈴繫鈴**，別人可幫不了你的忙。

近義　心病還需心藥治。

觥籌交錯 ㄍㄨㄥ ㄔㄡˊ ㄐㄧㄠ ㄘㄨㄛˋ

解釋　觥：古代的一種酒器；籌：行

酒令的籌碼。酒器和酒籌交互錯雜，形容相聚宴飲歡樂嘈雜的樣子。

【出處】宋．歐陽修〈醉翁亭記〉：「射者中，弈者勝，觥籌交錯，起坐而喧嘩者，眾賓歡也。」

【解析】「觥」不能唸成ㄍㄨㄤ。

【例句】奶奶八十大壽的宴席上，賀客盈門**觥籌交錯**，好不熱鬧。

【近義】杯觥交錯。

十三畫

觸目驚心 ㄔㄨˋ ㄇㄨˋ ㄐㄧㄥ ㄒㄧㄣ

【解釋】眼睛看到的，使內心受到很大的震動。形容景象恐怖，令人害怕。也作「怵（ㄔㄨˋ）目驚心。」

【出處】清．李汝珍《鏡花緣》九十九回：「也好叫他觸目驚心，時常打掃。」

【例句】車禍現場一片血肉模糊，令人**觸目驚心**。

【近義】觸目駭心；觸目警心；驚心動魄。

【反義】司空見慣。

觸景生情 ㄔㄨˋ ㄐㄧㄥˇ ㄕㄥ ㄑㄧㄥˊ

【解釋】觸：接觸。看到眼前的景象因而引起內心某種感情。也作「見景生情」。

【出處】明．胡應麟《詩藪》：「（詩）坦易者多觸景生情，因事起意，眼前景，口頭語，自能沁人心脾，耐人咀嚼。」

【例句】每回重遊舊地，想到景物依舊、人事已非，不免令他**觸景生情**。

【近義】即景生情；觸景傷情；顧景生懷。

【反義】無動於衷。

觸類旁通 ㄔㄨˋ ㄌㄟˋ ㄆㄤˊ ㄊㄨㄥ

【解釋】觸類：接觸某一方面的事；旁通：互相貫通。懂得或掌握了某一事物的知識或規律，對同類的其他事物就能類推了解。

【出處】清．章學誠《文史通義．詩話》：「觸類旁通，啟發實多。」

【解析】「觸類旁通」和「舉一反三」都比喻只要接觸到某一方面的事物，就能類推了解同類的其他事物。但「觸類旁通」著重於「旁通」，指能對同類事物互相融會貫通；「舉一反三」則著重在「反三」，指從懂得的一點，類推而知其他。

【例句】學習任何知識如果能舉一反三、**觸類旁通**，就能減少很多時間。

【近義】聞一知十；舉一反三。

【反義】一竅不通；不得其解；百思不解。

【言部】

言人人殊 ㄧㄢˊ ㄖㄣˊ ㄖㄣˊ ㄕㄨ

解釋 各人的說法都不一樣。指對同一事情各有各的說法，無法得知真實情況。

出處 《漢書．曹參傳》：「齊故諸儒以百數，言人人殊，參未知所定。」

例句 有關球員收賄放水的傳聞，現在是言人人殊，眾說紛紜。

言不及義 ㄧㄢˊ ㄅㄨˋ ㄐㄧˊ ㄧˋ

解釋 及：涉及；義：這裏指正經事情。說話一點也不涉及正經的義理。指說話毫無內涵。

出處 《論語．衛靈公》：「群居終日，言不及義，好行小慧，難矣哉！」

例句 張先生一見到心儀已久的李小姐，說起話來便吞吞吐吐、言不及義的。

近義 胡言亂語；胡說八道。

反義 一針見血；一語破的。

言不由衷 ㄧㄢˊ ㄅㄨˋ ㄧㄡˊ ㄓㄨㄥ

解釋 由：從；衷：內心。所說的話與內心相違背，不是內心的真話。

出處 《左傳．隱公三年》：「信不由中。」

例句 他這番言不由衷的客套話，卻逗得現場的太太小姐們心花怒放。

近義 口是心非；心口不一。

反義 心口如一；由衷之言；肺腑之言；傾心吐膽。

言不盡意 ㄧㄢˊ ㄅㄨˋ ㄐㄧㄣˋ ㄧˋ

解釋 言語無法完全表達情意。後來轉用於寫信結尾，指情深、言語無法完全表達。

出處 《周易．繫辭上》：「書不盡言，言不盡意。」

解析 「意」不寫成「義」。

例句 紙短情長，言不盡意，下次見面我們再好好敘敘舊吧！

近義 文不盡意；言不及義；書不盡意；紙短情長。

反義 言過其實；和盤托出；淋漓盡致；暢所欲言。

言之無物 ㄧㄢˊ ㄓ ㄨˊ ㄨˋ

解釋 指寫文章或講話內容空洞、沒有根據。

出處 清．袁枚《隨園詩話》卷八：「王昆繩曰：『……今人詆呵七子，而言之無物，庸鄙粗啞，所謂不及偽者是矣。』」

例句 聽完那位偶像明星言之無物的訪談，不禁令人對他的印象大打折扣。

近義 三紙無驢；空洞無物。

反義 言之有物；言之鑿鑿。

言之鑿鑿（ㄧㄢˊ ㄓ ㄗㄨㄛˊ ㄗㄨㄛˊ）

解釋 鑿鑿：確實。

說話非常確鑿，有事實作為依據。

出處 《聊齋志異．段氏》：「言之鑿鑿，確可信據。」

《譚獻．評司馬長卿難蜀父志文》：「力爭上游，言之鑿鑿。」

例句 許多目擊證人**言之鑿鑿**地指認你是凶手，由不得你不承認。

近義 言之有據。

反義 無稽之談。

言外之意（ㄧㄢˊ ㄨㄞˋ ㄓ ㄧˋ）

解釋 話裏隱藏沒有明說的本意。

出處 宋．葉夢得《石林詩話》：「七言難於氣象雄渾，句中有力而紆餘，不失言外之意。」（紆餘，曲折。）

例句 他這番談話透露出許多**言外之意**，待有心的聽眾細細體會。

近義 弦外之音；意在言外。

言而無信（ㄧㄢˊ ㄦˊ ㄨˊ ㄒㄧㄣˋ）

解釋 指人說出話來不算數，不守信用。原作「言而不信」。

出處 《穀梁傳．僖公二十二年》：「言之所以為言者，信也。言而不信，何以為言？」

解析 「言而無信」和「背信棄義」都包含不守信用的意思，但「背信棄義」多兼指不講道義；「言而無信」則只強調說話不算數，違背諾言。

例句 公司一再**言而無信**，導致底下的職員紛紛求去。

近義 食言而肥。

反義 一諾千金；言而有信；一言既出，駟馬難追。

言者諄諄，聽者藐藐（ㄧㄢˊ ㄓㄜˇ ㄓㄨㄣ ㄓㄨㄣ，ㄊㄧㄥ ㄓㄜˇ ㄇㄧㄠˇ ㄇㄧㄠˇ）

解釋 諄諄：教誨不倦的樣子；藐藐：疏遠的樣子。

說的人不厭其煩，聽的人卻無心受教。

出處 《詩經．大雅．抑》：「誨爾諄諄，聽我藐藐。」

解析 「諄」不能唸成ㄔㄨㄣˊ。

例句 雖然警方一再苦口婆心地勸導，但**言者諄諄，聽者藐藐**，每到深夜仍有許多青少年在外遊蕩。

言近旨遠（ㄧㄢˊ ㄐㄧㄣˋ ㄓˇ ㄩㄢˇ）

解釋 旨：含意。

話說得簡單、淺近，含意卻很宏大深遠。

出處 《孟子．盡心下》：「言近而旨遠者，善言也。」

解析 「旨」不寫成「脂」。

例句 他這番**言近旨遠**的談話，讓更多人了解到事情的真相。

近義 言約旨遠；言簡意深。

反義 言不及義。

言猶在耳（ㄧㄢˊ ㄧㄡˊ ㄗㄞˋ ㄦˇ）

解釋 說的話好像還在耳邊回響著。

形容對別人說過的話記憶猶新。

出處 《左傳·文公七年》：「今君雖終，言猶在耳。」（終，死。）

例句 媽媽的叮嚀**言猶在耳**，你怎麼又和人起了爭執。

近義 記憶猶新；猶在心目；墨跡未乾。

反義 如風過耳；馬耳東風；置諸腦後。

言過其實（ㄧㄢˊ ㄍㄨㄛˋ ㄑㄧˊ ㄕˊ）

解釋 實：實際。

言語浮誇，超過實際情況。

出處 《三國志·蜀志·馬良傳》：「馬謖（ㄙㄨˋ）言過其實，不可大用。」

例句 他不過犯了一點小錯，你就把他批評得一無是處，也未免**言過其實**了吧！

近義 誇大其詞。

反義 恰如其分。

言歸正傳（ㄧㄢˊ ㄍㄨㄟ ㄓㄥˋ ㄓㄨㄢˋ）

解釋 舊小說、話本中常用的套語。意思是：說話離正題太遠，再把話題回到正題上來。

出處 《兒女英雄傳》第五回：「如今說書的把這話交代清楚，不再絮煩，言歸正傳。」

解析 「傳」不能唸成ㄔㄨㄢˊ。

例句 這些題外話就此打住，現在**言歸正傳**來討論今天的主題吧！

言簡意賅（ㄧㄢˊ ㄐㄧㄢˇ ㄧˋ ㄍㄞ）

解釋 賅：完備。

言語簡單，內容完備而深刻。形容說話、寫文章簡明扼要。

出處 清·無名氏《官場維新記》十六回：「把近日官場中人所有不傳之祕，都直揭出來，而且說得言簡意賅。」

解析 ①「言簡意賅」和「一針見血」都有語言簡短、明確的意思。但「言簡意賅」比較偏重在意思完備；「一針見血」則偏重在切中要害。②「賅」不可寫成「該」。

例句 他無論是說話、寫作，向來是**言簡意賅**，從不拖泥帶水。

近義 要言不煩；簡明扼要。

反義 言之無物；長篇累牘；拖泥帶水；連篇累牘。

言聽計從（ㄧㄢˊ ㄊㄧㄥ ㄐㄧˋ ㄘㄨㄥˊ）

解釋 聽：聽從，接受。

聽從別人的言語、計策。形容對人十分信任。

出處 《魏書·崔浩傳》：「屬太宗為政之秋，值世祖經營之日，言聽計從。」

解析 「從」不讀成「從容」的ㄘㄨㄥ。

例句 總教練不但足智多謀而且經驗豐富，大家對他向來是**言聽計從**。

近義 百依百順；唯命是從；唯命是聽。

反義 一意孤行；我行我素。

四　畫

設身處地 ㄕㄜˋ ㄕㄣ ㄔㄨˋ ㄉㄧˋ

解釋 設：設想。設想自己處在別人的處境。指客觀地替別人著想。

出處 《兒女英雄傳》十九回：「也不曾替這位姑娘設身處地想想。」

解析 ①「處」不能唸成ㄔㄨˇ。②「設身處地」和「將心比心」都有為別人考慮的意思，但「設身處地」偏重在將自己放在別人的處境上，替別人設想；「將心比心」偏重在自己考慮問題時要想到別人。

例句 她最大的優點就是待人體貼，常能設身處地為他人著想。

近義 易地而處；推己及人；將心比心。

反義 以小人之心，度君子之腹。

五　畫

評頭論足 ㄆㄧㄥˊ ㄊㄡˊ ㄌㄨㄣˋ ㄗㄨˊ

解釋 評、論：評論，區分高低、優劣。品評別人的容貌舉止。泛指對人對事說長道短，多方挑剔。也作「評頭品足」。

解析 「評頭論足」和「說長道短」都有隨意評論別人的好壞或是非的意思。但「評頭論足」重在對人對事的多方挑剔；「說長道短」重在喜歡評論別人的好壞或做得對與錯。

例句 雙方家族到達後，就開始交頭接耳，對相親的男女主角評頭論足起來。

近義 吹毛求疵；說長道短。

反義 無可非議；無可厚非。

六　畫

詰屈聱牙 ㄐㄧㄝˊ ㄑㄩ ㄠˊ ㄧㄚˊ

解釋 詰屈：曲折，引申為不通順；聱牙：文辭難讀、艱澀。形容文句曲折艱澀，讀起來不順口。

出處 唐．韓愈《昌黎先生集．進學解》：「周誥殷盤，詰屈聱牙。」

解析 「詰」不寫成「拮据」的「拮」。

例句 為了把這篇詰屈聱牙、文白夾雜的文章唸得很流暢，他前後練習了不下數十次。

近義 鉤章棘句；艱深晦澀。

反義 琅琅上口。

誠惶誠恐 ㄔㄥˊ ㄏㄨㄤˊ ㄔㄥˊ ㄎㄨㄥˇ

解釋 惶：害怕。原是古代臣子對皇帝上奏章時常用的套語，表示他們既尊敬、服從，又恐懼不安的樣子。現在泛用以形容尊敬、服從或非常恐懼不安的樣子。

出處 《文選．曹植．上責躬應詔詩表》：「臣植誠惶誠恐，頓首頓首！死罪死罪。」

解析 ①「誠」不解釋成「忠誠」、「誠心誠意」。②「誠惶誠恐」、「戰戰兢兢」都可表示謹慎、害怕的樣子，其區別在於：「誠惶誠恐」多偏重於謹慎；「戰戰兢兢」多偏重於害怕。

例句 這是他第一次在客戶面前做簡報，所以一直正襟危坐、**誠惶誠恐**。

近義 惶恐不安；惴惴不安；戰戰兢兢。

反義 泰然自若；泰然處之。

誅心之論（ㄓㄨ ㄒㄧㄣ ㄓ ㄌㄨㄣˋ）

解釋 誅心：指責備一個人所生念頭的善惡。
單就其動機、用心加以責備的言論，泛指深刻的議論。

出處 春秋時晉國的趙穿殺了國君晉靈公，身為正卿的趙盾沒有聲討趙穿，晉國的史官據此在記載這件事時就寫作「趙盾弒其君」。後人認為這樣論定是「誅心之論」。

例句 社會評論家如果能多發**誅心之論**，社會的亂象就會減少一些。

詭計多端（ㄍㄨㄟˇ ㄐㄧˋ ㄉㄨㄛ ㄉㄨㄢ）

解釋 詭：欺詐，虛偽；端：頭，頭緒。
形容欺騙的計謀很多。

出處 《三國演義》第一百一十七回：「（諸葛）緒曰：『（姜）維詭計多端，詐取雍州。』」

例句 他是個**詭計多端**的生意人，與他合作你得處處小心提防他。

近義 詭詐多端；譎詐多端。

反義 一籌莫展；無計可施。

七畫

語重心長（ㄩˇ ㄓㄨㄥˋ ㄒㄧㄣ ㄔㄤˊ）

解釋 語言懇切，情意深長。多指勸誡、勉勵等話語。

解析 「語重心長」指話語深刻而有分量，情意深長；「苦口婆心」多用於規勸，偏重於再三勸說，非常有耐心。

例句 面對公司最近發生的一些亂象，他在會議上**語重心長**地發表感想。

近義 苦口婆心；諄諄教誨。

反義 冷言冷語；冷語冰人；冷嘲熱諷。

語焉不詳（ㄩˇ ㄧㄢ ㄅㄨˋ ㄒㄧㄤˊ）

解釋 焉：文言語氣詞。
說話或文章內容含糊、不詳細。

出處 唐．韓愈《昌黎先生集．原道》：「擇焉而不精，語焉而不詳。」

解析 「語焉不詳」重在不詳細；「丟三落四」重在不完整；「言不盡意」指意思沒有完全表達出來。

例句 他留下一封**語焉不詳**的辭職信

就離開公司了。

近義 丟三落四；言不盡意。

反義 不厭其詳。

語無倫次（ㄩˇ ㄨˊ ㄌㄨㄣˊ ㄘˋ）

解釋 倫次：條理，次序。說話沒有頭緒、條理。

出處 宋．胡仔《苕溪漁隱叢話》引《詩眼》：「古人律詩亦是一片文章，語或似無倫次，而意若貫珠。」

解析 「語無倫次」只用於說話和寫文章；「顛三倒四」既可用於說話和寫文章，還可用於事情或物件的放置沒有秩序。

例句 他一見到心儀已久的李小姐就興奮得**語無倫次**。

近義 不知所云；雜亂無章；顛三倒四。

反義 一板一眼；井井有條；有條不紊。

說一不二（ㄕㄨㄛ ㄧ ㄅㄨˋ ㄦˋ）

解釋 形容說話算數，決不變更。

出處 《老殘遊記》第二十回：「儜（您）二位別只聲。這陶三爺是歷城縣裏的都頭，在本縣紅的了不得，本官面前說一不二的，沒人惹得起他。」

例句 他向來是**說一不二**，我勸你就不用再白費唇舌了。

近義 一言為定；一諾千金；言而有信。

反義 出爾反爾；言而無信；食言而肥。

說長道短（ㄕㄨㄛ ㄔㄤˊ ㄉㄠˋ ㄉㄨㄢˇ）

解釋 比喻隨意評論別人的好壞是非。

出處 漢．崔瑗〈座右銘〉：「無道人之短，無說己之長。」

解析 「說長道短」著重在隨意評論人的品行；「評頭論足」著重在議論、挑剔人的外表、舉止。

例句 他成天在別人背後**說長道短**，難怪沒有人願意和他交朋友。

近義 評頭論足；說三道四；說白道黑；數短論長。

反義 皮裏春秋；皮裏陽秋。

誨人不倦（ㄏㄨㄟˋ ㄖㄣˊ ㄅㄨˋ ㄐㄩㄢˋ）

解釋 誨：教導。樂於教人而不知疲勞。

出處 《論語．述而》：「默而識之，學而不厭，誨人不倦，何有於我哉！」

解析 ①「誨」不要寫成「悔」或「侮」。②「誨」唸ㄏㄨㄟˋ，不要唸成ㄏㄨㄟˇ。

例句 林老師向來**誨人不倦**，曾經當選過好幾屆的優良教師。

近義 不厭其煩；苦口婆心；諄諄善誘。

反義 不教而誅；誤人子弟。

誨盜誨淫（ㄏㄨㄟˋ ㄉㄠˋ ㄏㄨㄟˋ ㄧㄣˊ）

解釋 誨：教導，誘導；淫：邪惡。財物不謹慎保管，無異於招致壞人來偷盜；打扮妖艷，無異於引誘人做邪淫的事。原為禍由自取之意。現多指引誘人去做盜竊淫邪的壞事。也作「誨淫誨盜」。

出處《周易．繫辭上》：「慢藏誨盜，冶容誨淫」。

解析「誨」不讀「教誨」的ㄏㄨㄟˇ。

例句 你寫了這麼多本色情小說，不免有**誨盜誨淫**、敗壞社會善良風氣之嫌。

近義 教猱升木。

反義 循循善誘；誨人不倦；諄諄告誡。

八畫

談虎色變（ㄊㄢˊ ㄏㄨˇ ㄙㄜˋ ㄅㄧㄢˋ）

解釋 色：臉色。原來是說，曾被虎傷的人才知道虎的可怕。後比喻提到可怕的事情，就緊張、害怕起來。

出處《二程全書．遺書二上》：「真知與常知異。嘗見一田夫曾被虎傷，有人說虎傷人，眾莫不驚，獨田夫色動異於眾。」（色動，臉色變了。）

解析「談虎色變」、「聞風喪膽」都有一提到某事某物，就令人害怕的意思。其區別在於：令人「聞風喪膽」，一般指的是強大的敵人和有關強敵行動的風聲、消息；令人「談虎色變」的是自己感到害怕的事。

例句 近來綁票事件頻傳，為人父母個個是**談虎色變**，無不牢牢看緊自己的孩子。

近義 心有餘悸；聞風喪膽。

反義 不動聲色；面不改色；處變不驚。

談笑自若（ㄊㄢˊ ㄒㄧㄠˋ ㄗˋ ㄖㄨㄛˋ）

解釋 自若：跟平常一樣。說話、談笑的態度自然、從容。

出處《後漢書．孔融傳》：「融隱几讀書，談笑自若。」

解析「談笑自若」著重指說笑跟往常一樣；「泰然自若」著重指態度自然、從容，使用範圍較廣。

例句 雖然公司倒閉在即，且隨時有破產的可能，他仍和我們**談笑自若**。

近義 泰然自若。

反義 聞風喪膽。

談笑風生（ㄊㄢˊ ㄒㄧㄠˋ ㄈㄥ ㄕㄥ）

解釋 風生：形容談話時興致很高，氣氛活躍。形容談話時有說有笑，風趣動聽。

出處 宋．辛棄疾《稼軒長短句．念奴嬌．贈夏成王》：「遐想後日蛾眉，兩山橫黛，談笑風生頰。」

解析「談笑風生」指談笑氣氛活躍；「津津樂道」指對談話的內容有興趣；「繪聲繪色」指說話生動、形象鮮明。

例句 大家一路上**談笑風生**，氣氛熱絡，也就忘記了塞車的煩悶。

近義 津津樂道；繪聲繪色；議論風聲。

反義 語不驚人。

請君入甕（ㄑㄧㄥˇ ㄐㄩㄣ ㄖㄨˋ ㄨㄥˋ）

解釋 甕：大罈子。比喻用某人想出的辦法來整他自己。也就是自己使自己陷於禍害。

出處《資治通鑑．唐紀．則天皇后天授二年》記載：唐朝武則天執政時期，周興和丘神勣私下通謀，來俊臣奉命調查這件事。有一天，來俊臣問周興說：「囚犯不肯認罪，你認為該用什麼方法才能解決這事。」周興說：「你只要拿個大甕來用木炭燒烤，再令囚犯進入甕中，這樣他就什麼都招了。」於是，來俊臣便依照周興說的方法，在四周點燃木炭，對周興說：「有人密告你犯了罪，『請兄入此甕』」周興很害怕，馬上就伏首認罪了。

例句 當初這些處罰條例都是你訂的，現在你自己犯了錯，就**請君入甕**吧！

近義 以眼還眼，以牙還牙；以其人之道，還治其人之身。

反義 反其道而行之。

調虎離山（ㄉㄧㄠˋ ㄏㄨˇ ㄌㄧˊ ㄕㄢ）

解釋 設法使老虎離開山頭。比喻用計使對方離開原來的有利地勢，或使對方離開原來防守的地方，以達成某種目的。

出處《西遊記》五三回：「我是個調虎離山計，哄你出來爭戰，卻著我師弟取水去了。」

解析「調」不讀「調劑」的ㄊㄧㄠˊ。

例句 這兩張來路不明的電影票，恐怕是小偷的**調虎離山**之計，我們還是待在家裏吧！

近義 引蛇出洞。

反義 縱虎歸山。

論功行賞（ㄌㄨㄣˋ ㄍㄨㄥ ㄒㄧㄥˊ ㄕㄤˇ）

解釋 按功勞大小給予獎賞。

出處《三國志．魏志．明帝紀》：「論功行賞各有差。」

例句 球團向來是**論功行賞**，表現出色的球員，自然可獲得加薪，表現不好的，當然也會遭到減薪。

近義 論功行封。

反義 卸磨殺驢；鳥盡弓藏；過河拆橋。

九畫

諱疾忌醫（ㄏㄨㄟˋ ㄐㄧˊ ㄐㄧˋ ㄧ）

解釋 諱：忌諱；疾：疾病；醫：醫生。隱瞞病情不加治療。比喻有了錯誤、缺點，卻不喜歡接受別人的批評、規勸。

出處 宋．周敦頤《周子通書》：「今人有過，不喜人規，如諱疾而忌醫，寧滅其身而無悟也。」

解析 ①不要把「諱」唸成ㄨㄟˇ。②「諱疾忌醫」和「文過飾非」都有「隱瞞過失」的意思，但「諱疾忌醫」的意思比較偏重在「害怕別人的批評，不接受別人的規勸」，而「文過飾非」則重在「找藉口來掩飾自己的錯誤」。

例句 他規勸你的這些話都十分中肯，你可不要**諱疾忌醫**，不肯改過。

近義 文過飾非；拒諫飾非；掩過飾非。

反義 知過必改。

諱莫如深 ㄏㄨㄟˋ ㄇㄛˋ ㄖㄨˊ ㄕㄣ

解釋 諱：隱秘不說。

形容把事情深藏、隱瞞，唯恐別人知道。

出處 《穀梁傳．莊公三十二年》：「諱莫如深，深則隱。」（隱，傷痛。）意思是：事件重大，提起來傷臣子之心，所以諱而不言。

例句 這件事對他的打擊太大，他向來**諱莫如深**，從不談論此事。

近義 守口如瓶；秘而不宣；鉗口不言；緘口不言。

反義 直言不諱；和盤托出；開誠布公；無可諱言。

十畫

謙謙君子 ㄑㄧㄢ ㄑㄧㄢ ㄐㄩㄣ ㄗˇ

解釋 謙謙：謙遜的樣子。

指謙遜而有品德的人。

出處 《周易．謙》：「謙謙君子，卑以自牧也。」

例句 他為人謙遜，待人有禮，是全公司公認的**謙謙君子**。

十一畫

謹小慎微 ㄐㄧㄣˇ ㄒㄧㄠˇ ㄕㄣˋ ㄨㄟ

解釋 形容態度非常謹慎。現在多指對於細小的事情過分謹慎，深怕犯錯，以致流於畏縮。原作「盡小慎微」。又作「敬小慎微」。

出處 清．惲敬《大雲山房文稿．卓忠毅公遺稿書後》：「其生平無不謹小慎微，事事得其所處。」

解析 「謹小慎微」、「謹言慎行」都含有小心謹慎的意思。其區別在於：「謹小慎微」現多形容膽小怕事；「謹言慎行」僅指謹慎，沒有畏縮、怕事的意思。

例句 他為人優柔寡斷，處世**謹小慎微**，事事都得三思而後行。

近義 小心謹慎；小心翼翼；臨深履薄；謹言慎行。

反義 恣意妄為；粗枝大葉；粗心大意；輕舉妄動；膽大妄為。

謹言慎行

解釋 言語、行為都非常謹慎小心。

出處 《禮記．緇衣》：「君子道人以言而禁人以行，故言必慮其所終，而行必稽其所敝，則民謹於言而慎於行。」

例句 他們夫妻倆一個粗枝大葉，一個**謹言慎行**，真是天生的一對。

近義 臨深履薄；謹小慎微。

反義 粗心大意；粗枝大葉；輕舉妄動。

十二畫

識途老馬

解釋 比喻對某種事情非常熟悉的人。

出處 《兒女英雄傳》第十三回：「這話既承你以我為『識途老馬』，我卻有無多的幾句話，只恐你不信。」

例句 他是士林夜市的**識途老馬**，跟著他必定能飽餐一頓。

反義 少不更事；涉世未深。

譁眾取寵

解釋 譁：喧嘩；寵：喜愛。用來形容人故意賣弄才能，以博取大眾的喜愛。

出處 《漢書．藝文志》：「然惑者既失精微，而辟者又隨時抑揚，違離道本，苟以譁眾取寵。」

例句 這種毫無內容、**譁眾取寵**的綜藝節目，必會遭到觀眾的唾棄。

反義 腳踏實地；實事求是。

十六畫

變幻莫測

解釋 變幻：變化。變化很多，使人無法捉摸。

出處 《封神演義》第四十回：「王天君曰：『吾紅水陣內奪壬癸之精，藏天乙之妙，變幻莫測。』」

解析 「幻」不能寫成「幼」。

例句 阿里山上**變幻莫測**的雲海，每年都吸引了大批的觀光客上山。

近義 千變萬化；變幻無常；變化多端；變化萬千。

反義 一成不變；依然如故。

變本加厲

解釋 厲：猛烈。原指比原來更進步發展。現在形容情況比原來更加嚴重。

出處 南朝．梁．蕭統〈文選序〉：「蓋踵其事而增華，變其本而加厲，物既有之，文亦宜然。」

解析 ①不要把「厲」寫成「歷」或「利」。②「變本加厲」、「再接再厲」都有進一步發展的意思。但「變本加厲」表示變得比原來的更加嚴重；「再接再厲」表示勇往直前，一次又一次地努力。

例句 巷口的小販不但長期霸占騎樓，最近更**變本加厲**地占用街道，令人忍無可忍。

近義 日甚一日；雪上加霜；踵事增華。

反義 每下愈況。

變生肘腋（ㄅㄧㄢˋ ㄕㄥ ㄓㄡˇ ㄧㄝˋ）

解釋 肘腋：胳肢窩，比喻很近的地方。比喻事變發生在近處，常指親信者背叛自己。

出處 《三國志．蜀書．法正傳》：「近則懼孫夫人生變於肘腋之下。」

解析 「變生肘腋」指事變發生在近處；「禍起蕭牆」指變亂是從內部開始。

例句 他不斷地沙盤推演對手可能有的反擊，沒想到**變生肘腋**，竟被自己的兄弟出賣了。

近義 禍起蕭牆。

十七畫

讓棗推梨（ㄖㄤˋ ㄗㄠˇ ㄊㄨㄟ ㄌㄧˊ）

解釋 形容兄弟之間的友愛情誼。

出處 《南史．王泰傳》：「年數歲時，祖母集諸孫侄散棗栗於床。群兒競之，泰獨不取。問其故，對曰：『不取，自當得賜。』由是中表異之。」《後漢書．孔融傳》：「融幼有異才」李賢注引融家傳：「年四歲時，每與諸兄共食梨，輒融引小者。大人問其故，答曰：『我小兒，法當取小者。』由是宗族奇之。」

例句 他們兄弟倆平日**讓棗推梨**、情同手足，現在卻為了爭女朋友，在街上大打出手。

近義 情同手足。

十九畫

讚不絕口（ㄗㄢˋ ㄅㄨˋ ㄐㄩㄝˊ ㄎㄡˇ）

解釋 讚：稱讚；絕：斷。連聲稱讚，形容非常讚賞。

出處 《紅樓夢》第六十四回：「寶玉看了，讚不絕口。」

解析 「讚不絕口」指連聲稱讚；「交口稱譽」指許多人同聲稱讚。

例句 小李對這家餐廳的麻辣火鍋是**讚不絕口**，常常呼朋引伴來大快朵頤一番。

近義 口碑載道；有口皆碑；交口稱譽。

反義 怨聲載道。

【谷部】

十畫

豁然貫通（ㄏㄨㄛˋ ㄖㄢˊ ㄍㄨㄢˋ ㄊㄨㄥ）

解釋 豁然：開闊、敞亮的樣子。忽然開通、領悟某種事理。

出處 宋．朱熹《大學章句》：「至於用力之久，而一旦豁然貫通焉。」

解析 「貫」上半不寫成「毋」或「母」。

例句 這件困擾他多時的事，經你這麼一指點，他終於**豁然貫通**了。

近義 恍然大悟；茅塞頓開；豁然開朗。

反義 一竅不通；大惑不解；百思不解。

豁然開朗（ㄏㄨㄛˋ ㄖㄢˊ ㄎㄞ ㄌㄤˇ）

解釋 形容忽然現出開闊、明朗的境界。也形容忽然領悟某種道理。

出處 晉．陶潛《陶淵明集．桃花源記》：「初極狹，才通人；復行數十步，豁然開朗。」

解析 「恍然大悟」只表示思想上一下子明白了；「豁然開朗」還表示心胸、環境、情況等從幽暗、狹窄轉為開闊、明朗。

例句 接到合約順利談成的電話後，他緊繃的情緒才**豁然開朗**起來。

近義 恍然大悟；豁然貫通。

反義 一竅不通；大惑不解；百思不解。

豁達大度（ㄏㄨㄛˋ ㄉㄚˊ ㄉㄚˋ ㄉㄨˋ）

解釋 豁達：性格開朗；大度：氣量大。氣量寬宏，胸無城府。

出處 晉．潘岳〈西征賦〉：「觀夫漢高之興也，非徒聰明神武，豁達大度而已也。」

例句 他為人**豁達大度**，這點小事他是不會和你斤斤計較的。

近義 方寸海納；寬宏大量。

反義 小肚雞腸；鼠肚雞腸。

【豆部】

十一畫

豐功偉績（ㄈㄥ ㄍㄨㄥ ㄨㄟˇ ㄐㄧ）

解釋 豐：多；偉：大。偉大的事績和功業。也作「豐功偉業」。

出處 清．張春帆《宦海》第六回：「這位章制軍在兩廣做了幾年，也沒有什麼豐功偉績。」

解析 「豐功偉績」強調功勞之偉大，多用於有巨大貢獻的人；「汗馬功勞」強調立功的勞苦。

例句 他不過出任外交部長兩年，就為國家爭取了許多友邦，立下**豐功偉績**。

近義 勞苦功高；補天浴日；豐功偉業。

反義 罪大惡極；罪惡滔天。

【豕部】

五畫

象箸玉杯（ㄒㄧㄤˋ ㄓㄨˋ ㄩˋ ㄅㄟ）

解釋 象箸：象牙筷子；玉杯：玉石酒杯。比喻像帝王般極度奢侈的生活。

出處 《韓非子．喻老》記載，商紂王用象牙作筷子，箕子見了就惶懼起來，他認為用象牙筷子就不肯用泥碗而用犀玉之杯，用「象箸玉杯」就一定不肯吃蔬菜而要吃豹胎之類的珍異食品，吃這種食品就不肯穿粗布衣服，住茅草房子，而要裏外都穿錦衣，住富麗堂皇的宮殿。

例句 他假借宗教之名詐財騙色，過著**象箸玉杯**的生活，真是令人憤慨。

象齒焚身（ㄒㄧㄤˋ ㄔˇ ㄈㄣˊ ㄕㄣ）

解釋 象因長著珍貴的牙齒而遭來殺身之禍。比喻人因多財而招致禍患。

出處 《左傳．襄公二十四年》：「象有齒以焚其身。」

例句 許多有錢人家，家中不但設有鐵門鐵窗，更加裝了全套保全系統，深怕因**象齒焚身**。

七畫

豪放不羈（ㄏㄠˊ ㄈㄤˋ ㄅㄨˋ ㄐㄧ）

解釋 形容人性情豪邁，不受拘束。

出處 明．朱權《太和正音譜》：「丹丘體，豪放不羈。」

解析 「豪」不寫成「毫」。

例句 她外表雖看來文靜秀氣，個性卻是**豪放不羈**。

近義 狂放不羈；無拘無束；豪邁不羈。

反義 束手束腳；縮手縮腳。

【豸部】

三畫

豺狼當道（ㄔㄞˊ ㄌㄤˊ ㄉㄤ ㄉㄠˋ）

解釋 當道：橫在路中間。比喻殘暴、奸邪的人掌權。

出處 《漢書．孫寶傳》：「豺狼橫道，不宜復問狐狸。」

解析 「狼」不寫成「狠」。「當」不讀「ㄉㄤˋ」。

例句 當今社會中**豺狼當道**，使得好人有志難伸，敢怒不敢言。

近義 豺狼橫道；竊居要津。

豹死留皮（ㄅㄠˋ ㄙˇ ㄌㄧㄡˊ ㄆㄧˊ）

解釋 比喻人死後留下好名聲於後世。

出處 《新五代史．王彥章傳》：

「(彥章)嘗為俚語謂人曰:『豹死留皮,人死留名。』」

例句 豹死留皮,人死留名,他這輩子最大的心願就是希望著書立說,留名後世。

七畫

貌合神離 (ㄇㄠˋ ㄏㄜˊ ㄕㄣˊ ㄌㄧˊ)

解釋 貌:外表;神:內心。表面上關係很密切,而實際上各懷異心。原作「貌合心離」。

出處 《素書·遵義》:「貌合心離者孤,親讒遠忠者亡。」

例句 他們夫妻倆在人前總是一副幸福恩愛的樣子,事實上私下早已貌合神離。

近義 同床異夢;貌合行離;離心離德。

反義 同心同德;志同道合;情投意合。

九畫

貓鼠同眠 (ㄇㄠ ㄕㄨˇ ㄊㄨㄥˊ ㄇㄧㄢˊ)

解釋 眠:睡。貓和老鼠睡在一起。比喻上司糊塗,任憑下屬做壞事。後也比喻上下狼狽為奸,一起做壞事。

出處 《新唐書·五行志》:「龍朔元年十一月,洛州貓鼠同處。鼠隱伏,象盜竊;貓職捕囓(ㄋㄧㄝˋ),而反與鼠同,象司盜者廢職容姦。」

例句 這間公司是貓鼠同眠,自經理至職員,全都因貪污被起訴。

近義 同流合污。

反義 束身自愛;潔身自好。

【貝部】

二畫

負重致遠 (ㄈㄨˋ ㄓㄨㄥˋ ㄓˋ ㄩㄢˇ)

解釋 負:背著;致:送到。背負重擔走遠路。比喻能夠擔負重任。

出處 《三國志·蜀書·龐統傳》:「統曰:『陸子(指陸績)可謂駑馬有逸足之力,顧子(指顧劭)可謂駑牛能負重致遠也。』」

例句 所有的文化工作者都是負重致遠,擔任著教育大眾與文化傳承的重責大任。

近義 負重涉遠。

負荊請罪 (ㄈㄨˋ ㄐㄧㄥ ㄑㄧㄥˇ ㄗㄨㄟˋ)

解釋 負:背著;荊:荊條,古時用作打人的刑具。背上荊條向對方請罪。表示完全承認自己的過錯,登門請求對方懲罰。

出處 《史記·廉頗藺相如列傳》記載,戰國時,趙國的藺相如因和氏璧出使秦國立了功勞，趙惠文王任他為上卿（相當於丞相），比大將廉頗的官銜還要高。廉頗不服氣，想當面羞辱他，這話傳到藺相如耳裏，就處處避開廉頗。藺相如說：「如果我們兩人不團結，就給敵人入侵的機會。」「廉頗聞之，肉袒負荊，因賓客，至藺相如門謝罪。」

例句 他自知犯了不可饒恕的罪過，於是親自登門**負荊請罪**。

近義 肉袒負荊；肉袒牽羊。

反義 西鄰責言；興師問罪。

負隅頑抗 ㄈㄨˋ ㄩˊ ㄨㄢˊ ㄎㄤˋ

解釋 負：仗恃，依靠；隅：同「嵎」，山勢彎曲、險阻的地方。憑藉險阻，頑強抵抗。

出處 《孟子．盡心下》：「有眾逐虎，虎負嵎，莫之敢攖。」（攖ㄧㄥ，迫近）

解析 「隅」不能唸成ㄡˇ。

例句 歹徒自恃熟悉山路而**負隅頑抗**，殊不知警方早已封鎖了所有出口。

近義 負固不服；負險固守；負隅抵抗。

反義 引頸受戮；束手就擒。

四畫

責無旁貸 ㄗㄜˊ ㄨˊ ㄆㄤˊ ㄉㄞˋ

解釋 責：責任；貸：推卸。自己應盡的責任，絕不推卸給旁人。

出處 《兒女英雄傳》第十回：「講到護送，除了自己一身之外，責無旁貸者再無一人。」

解析 ①「貸」不可寫成「貨」。②「責無旁貸」強調自己的責任應當承擔；「義不容辭」強調從道義上不能推辭，但不一定是自己的責任。

例句 這個稚齡的兒童竟在百貨公司順手牽羊，他的父母師長對這件事是**責無旁貸**。

近義 當仁不讓；義不容辭。

反義 推三阻四。

貨真價實 ㄏㄨㄛˋ ㄓㄣ ㄐㄧㄚˋ ㄕˊ

解釋 貨物與價錢都是實在無欺的。這原是舊時商人招攬生意的用語。引申為道道地地，真實不假的意思。

出處 《兒女英雄傳》第十七回：「獨有自己合自己打起交道來，這『喜怒哀樂』四個字是個『貨真價實』的生意，斷假不來。」

例句 這是**貨真價實**、如假包換的千年人參，價錢自然不低。

近義 名副其實；名實相副。

反義 徒有其名；掛羊頭，賣狗肉；虛有其名。

貪小失大 ㄊㄢ ㄒㄧㄠˇ ㄕ ㄉㄚˋ

解釋 因貪圖小利而造成重大損失。

出處 《呂氏春秋．權勛》裏說，齊國的達子帶兵與燕國作戰，他請求齊王犒軍，齊王不答應。交戰以後，齊國大敗，達子戰死，齊王也逃到外地。燕國軍隊進入齊國的都城後，爭著搶取齊王的財物。人們認為齊王是「貪於小利以失大利者也」。

例句 這瓶來路不明的保養品雖然便宜，使用後如果傷了皮膚不就貪小失大。

近義 因小失大；爭雞失羊；掘室求鼠；惜指失掌。

反義 亡羊得牛。

貪天之功（ㄊㄢ ㄊㄧㄢ ㄓ ㄍㄨㄥ）

解釋 把天的功勞歸於自己。比喻把自然成就的事當作自己的功勞。

出處 《左傳．僖公二十四年》：「竊人之財，猶謂之盜，況貪天之功以為己力乎！」

例句 這件事的圓滿成功完全是順天應人，任何人都不可貪天之功，把功勞攬在自己身上。

反義 功成不居。

貪多務得（ㄊㄢ ㄉㄨㄛ ㄨˋ ㄉㄜˊ）

解釋 務：必定。越多越好，務求取得。原指讀書時求多且志在必得。後也泛指貪多，而且一定要滿足願望。

出處 唐．韓愈《昌黎先生集．進學解》：「貪多務得，細大不捐。」

例句 現在家中經濟情況已大不如前，你卻樣樣貪多務得，真是太不懂事了。

近義 慾壑難填；貪得無厭。

反義 一介不取。

貪得無厭（ㄊㄢ ㄉㄜˊ ㄨˊ ㄧㄢˋ）

解釋 厭：同「饜」，飽，滿足。貪心沒有滿足的時候。

出處 《東周列國志》第六十九回：「用民不恤，貪得無厭，昔歲滅陳，今復誘蔡。」

例句 這些賭徒個個都因貪得無厭的心態而賭掉了自己的一生幸福。

近義 慾壑難填；得寸進尺；得隴望蜀；貪多務得。

反義 一介不取；分文不取。

貪贓枉法（ㄊㄢ ㄗㄤ ㄨㄤˇ ㄈㄚˇ）

解釋 贓：盜竊、搶劫、貪汙來的財物；枉法：歪曲法令，破壞法律。貪財受賄，違法亂紀。也作「貪贓壞法」。

出處 《古今小說》二十一：「婆留道：『做官的貪贓枉法得來的錢鈔，此乃不義之財，取之無礙。』」

例句 這些貪贓枉法、徇私舞弊的官員，收賄竟高達兩億，最後一個個都瑯璫入獄。

反義 清廉自守；廉潔奉公。

貧無立錐之地（ㄆㄧㄣˊ ㄨˊ ㄌㄧˋ ㄓㄨㄟ ㄓ ㄉㄧˋ）

【解釋】立錐之地：插錐子的地方，形容地方極小。
非常貧窮，連一小塊地也沒有。

【出處】《漢書．食貨志》：「富者田連仟佰（阡陌），貧者亡（無）立錐之地。」

【解析】「錐」不寫成「椎」。

【例句】近來貧富差距愈來愈大，有人日食萬錢，有人貧無立錐之地。

【近義】一貧如洗；室如懸罄。

貧嘴薄舌（ㄆㄧㄣˊ ㄗㄨㄟˇ ㄅㄛˊ ㄕㄜˊ）

【解釋】指多言且言語尖酸刻薄。也作「貧嘴賤舌」。

【出處】《紅樓夢》第二十五回：「你們都不是好人，再不跟著好人學，只跟著鳳丫頭學的貧嘴賤舌的。」

【例句】小妹向來是**貧嘴薄舌**、伶牙俐齒，大夥都對她一點辦法都沒有。

【近義】尖嘴薄舌；輕嘴薄舌。

【反義】少言寡語；沈默寡言。

五　畫

貽人口實（ㄧˊ ㄖㄣˊ ㄎㄡˇ ㄕˊ）

【解釋】貽：贈送，遺留；口實：話柄。
留下被人攻擊的把柄。也作「予人口實」。

【出處】《尚書．仲虺之誥》：「予恐來世以台（ㄧˊ）為口實。」

【例句】他處理事情時總是力求公開公平，以免**貽人口實**。

貽笑大方（ㄧˊ ㄒㄧㄠˋ ㄉㄚˋ ㄈㄤ）

【解釋】大方：即大方之家，識見廣博的人，後泛指有專長的人。
指被有學問或內行的人笑話（一般用以表示謙虛）。也作「見笑大方」。

【出處】《鏡花緣》第十七回：「才女才說學士大夫論及反切尚且瞪目無語，何況我們不過略知皮毛，豈敢亂談，貽笑大方！」

【解析】「貽」不寫成「怡然自得」的「怡」。

【例句】我對電腦不過略知一二，妄加評論只會**貽笑大方**。

【近義】貽人口實；貽笑後人。

費盡心機（ㄈㄟˋ ㄐㄧㄣˋ ㄒㄧㄣ ㄐㄧ）

【解釋】心機：心思。
用盡了心思。形容千方百計地謀算。

【出處】宋．戴復古《石屏集．論詩絕句》：「有時勿得驚人句，費盡心機做不成。」

【例句】他**費盡心機**準備的晚會，卻因為停電而作罷。

【近義】挖空心思；處心積慮；絞盡腦汁；煞費苦心；殫思竭慮。

【反義】無所用心。

貴耳賤目（ㄍㄨㄟˋ ㄦˇ ㄐㄧㄢˋ ㄇㄨˋ）

【解釋】指相信耳朵聽來的，卻不信親

眼看見的。形容輕信傳聞，不重事實。

出處 《文選．張衡〈東京賦〉》：「若客所謂，末學膚受，費耳而賤目者也。」

例句 傳播媒體最忌貴耳賤目、發布不實消息。

近義 以耳代目；以耳為目。

買櫝還珠（ㄇㄞˇ ㄉㄨˊ ㄏㄨㄢˊ ㄓㄨ）

解釋 櫝：木匣；珠：珍珠。

買藏珠的木盒而歸還珍珠。比喻本末倒置，取捨失當。

出處 《韓非子．外儲說左上》記載：有個楚國人到鄭國去賣珠寶。他把一顆名貴的珍珠，裝在一個上等木料做成的雕花盒子裏。有個鄭國人出高價買了下來，但他只看中那個盒子，而把珍珠還給商人，拿著空盒子走了。

解析 不要把「櫝」寫成「犢（ㄉㄨˊ）」或「讀（ㄉㄨˊ）」。

例句 閱讀文學名著如果只記書名、作者而不知道內容、涵義，這不是買櫝還珠、本末倒置了嗎？

近義 本末倒置；舍本逐末。

六畫

賄賂公行（ㄏㄨㄟˋ ㄌㄨˋ ㄍㄨㄥ ㄒㄧㄥˊ）

解釋 賄賂：對人有所託而私送給人錢財；公：公然，公開。

官吏貪污成風，公開行賄、受賄。

出處 《南史．后妃傳．後主沈皇后傳》：「閹宦便佞之徒，內外交結，轉相引進，賄賂公行，賞罰無常，綱紀瞀亂矣。」

解析 「賂」不讀ㄌㄨㄛˋ（絡）。「行」不讀ㄏㄤˊ（如「行行出狀元」）。

例句 新任法務部長力圖改革官員上下勾結、賄賂公行的行為。

反義 奉公守法；兩袖清風；廉潔奉公；弊絕風清。

七畫

賓至如歸（ㄅㄧㄣ ㄓˋ ㄖㄨˊ ㄍㄨㄟ）

解釋 賓：客人。

客人到這裏就像回到自己的家裏一樣。形容招待客人非常周到。

出處 《左傳．襄公三十一年》：「賓至如歸，無寧菑患，不畏盜寇，而亦不患燥濕。」（無寧，難道。）

解析 「賓至如歸」、「門庭若市」都有客人上門的意思，但大有區別：「賓至如歸」形容待客殷勤、周到；「門庭若市」是門前和院子裏非常熱鬧。

例句 這間飯店的服務體貼、周到，讓每個客人都有賓至如歸的感受。

近義 掃榻以待；親如家人。

反義 拒之門外。

八畫

賞心悅目 ㄕㄤˇ ㄒㄧㄣ ㄩㄝˋ ㄇㄨˋ

解釋 賞心：心情歡暢；悅目：看了舒服。

欣賞美好的景色而使心情愉快。

出處 謝靈運〈遊南亭〉詩：「我志誰與亮，賞心惟良知。」陸機《演連珠》：「色以悅目為歡。」

解析 「悅」不可寫成「閱」。「賞」不可寫成「嘗」。

例句 好不容易爬上山頂後，周圍層巒疊嶂的景致，令人**賞心悅目**，忘記了爬山的辛苦。

近義 心曠神怡；怡情悅性；動心娛目。

反義 慘不忍睹；觸目驚心。

賞心樂事 ㄕㄤˇ ㄒㄧㄣ ㄌㄜˋ ㄕˋ

解釋 賞心：心情歡暢。

使人心中感到歡樂、暢快的事。

出處 南朝．宋．謝靈運〈擬鄴中詠序〉：「天下良辰、美景、賞心、樂事，四者難並。」

例句 能與三五好友一同遊山玩水、暢談理想，真是一椿**賞心樂事**。

賞罰分明 ㄕㄤˇ ㄈㄚˊ ㄈㄣ ㄇㄧㄥˊ

解釋 該賞的賞，該罰的罰，絕不馬虎。也作「賞罰嚴明」。

出處 《漢書．張敞傳》：「敞為人敏疾，賞罰分明。」

例句 部長向來是**賞罰分明**，使部屬都能樂於為他工作。

近義 賞功罰罪；賞善罰惡。

反義 賞罰不明。

賣官鬻爵 ㄇㄞˋ ㄍㄨㄢ ㄩˋ ㄐㄩㄝˊ

解釋 鬻：賣；爵：爵位。

舊時執政掌權者出賣官職、爵位，聚斂財物。

出處 《宋書．鄧琬傳》：「父子並賣官鬻爵。」

解析 「鬻」不能唸成ㄓㄡ。

例句 沒想到一向廉潔奉公、形象清新的部長，竟也傳出**賣官鬻爵**、搜刮財富的消息。

近義 捐官鬻爵。

反義 兩袖清風；廉潔奉公。

質疑問難 ㄓˊ ㄧˊ ㄨㄣˋ ㄋㄢˋ

解釋 質：詢問；問難：對不清楚的問題雙方互相討論、分析或辯論。

提出疑難、問題，請人解答或彼此辯論。

出處 《漢書．陳遵傳》：「竦（張竦）居貧，無賓客，時時好事者從之質疑問事，論道經書而已。」

解析 「難」不能唸成ㄋㄢˊ。「質」不寫成「置」。

例句 我們常藉著讀書會互相**質疑問難**，進而獲得更深刻的了解。

反義 好為人師；無師自通。

【赤部】

赤子之心（ㄔˋ ㄗˇ ㄓ ㄒㄧㄣ）

解釋 赤子：初生的嬰兒。形容人的心地純潔無偽。

出處 《孟子．離婁下》：「大人者，不失其赤子之心者也。」

解析 「赤子之心」重在表示心地善良、純潔；「赤膽忠心」重在表示個人忠於國家或主人。

例句 他出社會多年，卻一直保有一顆赤子之心，真是難能可貴。

近義 一片至誠。

反義 居心叵測；狼子野心。

赤手空拳（ㄔˋ ㄕㄡˇ ㄎㄨㄥ ㄑㄩㄢˊ）

解釋 赤：空無所有。原指搏鬥或作戰時手中沒有武器。也比喻毫無憑藉。

出處 《元曲選．張國賓〈合汗衫〉四》：「可憐俺赤手空拳，望將軍覷方便。」

例句 他赤手空拳在餐飲界打出一片天下，是他最引以為傲的事。

近義 手無寸鐵；白手起家；徒手空拳。

反義 披堅執銳；荷槍實彈。

七畫

赫赫有名（ㄏㄜˋ ㄏㄜˋ ㄧㄡˇ ㄇㄧㄥˊ）

解釋 赫赫：非常顯著的樣子。形容名氣很大。

出處 《漢書．何武傳》：「其所居亦無赫赫名，去後常見思。」

例句 你難道沒有發現，站在你面前的就是赫赫有名的何博士。

近義 大名鼎鼎；名聞遐邇；舉世聞名。

反義 瓦釜雷鳴；無聲無臭；默默無聞。

【走部】

走馬看花（ㄗㄡˇ ㄇㄚˇ ㄎㄢˋ ㄏㄨㄚ）

解釋 騎在奔跑的馬上看花。形容愉快、得意的心情。現比喻觀察事物粗略、不細緻。也作「看花走馬」。

出處 孟郊是唐代詩人，將近五十歲才考中進士。他寫了一首叫登科後的詩，來抒發他高興的心情，其中兩句「春風得意馬蹄疾，一日看盡長安花」。意思是說，心舒暢了，連騎馬都覺得跑得更快了，一天就把長安城的花看完了。

解析 ①「走」不解釋成「步行」。②「浮光掠影」著重於印象不深刻；「走馬看花」著重於觀察粗略。

例句 這些三天兩夜的旅遊行程都只是走馬看花，只能約略瀏覽當地的風貌。

近義 浮光掠影；蜻蜓點水。

二畫

赴湯蹈火（ㄈㄨˋ ㄊㄤ ㄉㄠˋ ㄏㄨㄛˇ）

解釋 赴：走向；湯：滾水；蹈：踩。即使是滾燙的水、熾熱的火，也敢於去踐踏。比喻冒險犯難不避艱險。

出處 《三國演義》第二十三回：「雖赴湯蹈火，一唯所命。」

解析 「赴湯蹈火」和「出生入死」都指不顧個人安危，但「赴湯蹈火」重在表示不畏艱險，多指決心和意願；「出生入死」重在表示有隨時喪命的危險，多指經歷。

例句 他為了完成父親生前的遺志，就算**赴湯蹈火**也在所不惜。

近義 水火不辭；出生入死；粉身碎骨；奮不顧身。

反義 偷生惜死；貪生怕死。

三畫

起死人、肉白骨（ㄑㄧˇ ㄙˇ ㄖㄣˊ ㄖㄡˋ ㄅㄞˊ ㄍㄨˇ）

解釋 把死人救活，使白骨再長出肉來。比喻給人極大的恩德。

出處 《國語．吳語》：「君王之於越也，緊起死人而肉白骨也。」（緊，是。）

例句 林醫師在小鎮上行醫多年，對小鎮居民有**起死人、肉白骨**的恩惠。

近義 起生回生；恩同再造。

反義 見死不救；坐視不救。

起死回生（ㄑㄧˇ ㄙˇ ㄏㄨㄟˊ ㄕㄥ）

解釋 把病重的、將死的醫活。形容醫術高明。也形容挽救了失敗、衰亡的事情。

出處 《鏡花緣》第六回：「無論仙凡，一經服食，不惟起死回生，並能同天共老。」

例句 李醫師神妙的醫技，已使許多病危的病人**起死回生**。

近義 手到病除；妙手回春；起死肉骨；絕處逢生。

反義 回天乏術；見死不救；藥石無功。

起承轉合（ㄑㄧˇ ㄔㄥˊ ㄓㄨㄢˇ ㄏㄜˊ）

解釋 「起」是開端；「承」是承接上文加以申述；「轉」是轉折，從正面、反面立論；「合」是結束全文。詩文寫作結構、章法方面的術語。

出處 元．范德機《詩法》：「作詩有四法：起要平直，承要春容，轉要變化，合要淵永。」（春容，舒緩暢達。）

解析 「轉」不讀「轉圈子」的ㄓㄨㄢˋ。

例句 寫作文章最重要的是**起承轉合**須層次分明，流暢通順。

五畫

越俎代庖 ㄩㄝˋ ㄗㄨˇ ㄉㄞˋ ㄆㄠˊ

解釋 越：跨過；俎：古代祭祀時擺牛羊等祭品的禮器；庖：庖人，廚師。

主祭的、贊禮的跨過禮器去代替廚師辦席。比喻逾越自己的職分去替代他人做事。

出處 《莊子．逍遙遊》：「庖人雖不治庖，尸、祝不越樽俎而代之矣。」

解析 「俎」不可寫成「組」；「庖」不可讀成「ㄅㄠ」。「越」不解釋成「跨越」（如「爬山越嶺」）或「搶劫」（如「殺人越貨」）。

例句 他雖是個新人，但你也不必**越俎代庖**，幫他處理他的工作。

近義 牝雞司晨。

反義 各自為政；各司其事；袖手旁觀；不在其位，不謀其政。

超凡入聖 ㄔㄠ ㄈㄢˊ ㄖㄨˋ ㄕㄥˋ

解釋 凡：指凡人，普通人。

超過凡人，勝過聖人。形容修養、造詣已登峰造極，達到聖境。

出處 《景德傳燈錄．神晏國師》：「定祛邪行歸真見，必得超凡入聖鄉。」

例句 他的球技已**超凡入聖**，無人可與他相抗衡。

近義 超凡越聖；超塵拔俗；超群絕倫。

反義 平淡無奇。

超然物外 ㄔㄠ ㄖㄢˊ ㄨˋ ㄨㄞˋ

解釋 超：超脫；物外：世外。

超脫於塵世之外。指人的心胸澹泊曠達，不為物欲所拘限。

出處 宋．蘇軾〈超然臺記〉：「且名其臺曰超然，以見余之無所往而不樂者，蓋遊於物之外也。」

解析 「超然物外」強調超脫現實；「置身事外」強調自己與事情無關；「置之度外」強調不考慮。

例句 他是個**超然物外**、與世無爭的人，你眼中的珍寶對他來說不過是廢鐵一堆。

近義 置身事外；置之度外。

超群絕倫 ㄔㄠ ㄑㄩㄣˊ ㄐㄩㄝˊ ㄌㄨㄣˊ

解釋 倫：類，同輩。

形容人才能超出眾人，同輩中誰也比不上。

出處 《三國志．蜀書．關羽傳》：「（諸葛亮）乃答之曰：『孟起（馬超）兼資文武，雄烈過人，一世之傑，黥彭之徒，當與益德（張飛）並驅爭先，猶未及髯（指關羽）之絕倫逸群也。』」

解析 「超群絕倫」、「超凡入聖」都有超越常人的意思。其區別在於：「超群絕倫」有超出同輩的意思；「超凡入聖」有達到聖人境界的意思。

例句 做為一個國家的領導者，除了要有**超群絕倫**的才幹，更要有過人的體力。

近義 超世絕倫；超世逸群；超類絕倫。

反義 碌碌無能。

趁火打劫（ㄔㄣˋ ㄏㄨㄛˇ ㄉㄚˇ ㄐㄧㄝˊ）

解釋 趁：利用機會。趁人家發生火災時去搶劫。比喻在別人有危難時從中取利。

出處 明．吳承恩《西遊記》十六回：「正是財動人心，他也不救火。他也不叫水，拿著那袈裟，趁鬨打劫。」也作「乘（ㄔㄥˊ）火打劫。」

解析 「趁火打劫」和「渾水摸魚」都是趁機撈好處，但「趁火打劫」在程度上較「渾水摸魚」嚴重，指在別人有危難時去撈好處，在道義上受的譴責更深；「渾水摸魚」多指趁混亂時或故意製造混亂來撈一把。

例句 這些颱風受災戶，為了重建家園已身心俱乏，你卻哄抬物價**趁火打劫**，真是太不應該了。

近義 乘人之危；落井下石。

反義 排憂解難；雪中送炭；濟困扶危。

趁風揚帆（ㄔㄣˋ ㄈㄥ ㄧㄤˊ ㄈㄢˊ）

解釋 趁著風起，揚起風帆。比喻把握時機。

例句 現在時機正好，我們得**趁風揚帆**，推出這本新書的第二波宣傳。

近義 打鐵趁熱；機不可失；時不再來。

反義 失之交臂；坐失良機。

趁熱打鐵（ㄔㄣˋ ㄖㄜˋ ㄉㄚˇ ㄊㄧㄝˇ）

解釋 趁著鐵燒紅的時候錘打它。比喻趁著有利的時機或條件，一鼓作氣地去做。也作「打鐵趁熱」。

例句 一波波的寒流來襲，百貨業者便**趁熱打鐵**，推出冬衣對折優待。

近義 一鼓作氣；趁風揚帆；機不可失。

反義 交臂失之；坐失良機。

趄趄趔趔（ㄐㄩ ㄐㄩ ㄌㄧㄝˋ ㄌㄧㄝˋ）

解釋 趄：欲行又止的樣子。趔：腳步歪斜不穩的樣子。形容步履蹣跚，欲進不進的樣子。

出處 《負曝閒談》第五回：「又看見昨天同船的那個少年，吃得醉醺醺的，同著兩三個朋友，腳底下趄趄趔趔。」

例句 他喝得酩酊大醉，一路上走得**趄趄趔趔**的。

六　畫

趑趄不前（ㄗ ㄐㄩ ㄅㄨˋ ㄑㄧㄢˊ）

解釋 趑趄：遲疑、不敢前進的樣子。

形容猶豫不前，想走又不敢走的樣子。

出處 唐．韓愈《昌黎先生集．送李愿歸盤谷序》：「足將進而赸趄。」

解析 「赸趄不前」強調想前進又不敢前進；「裹足不前」強調有顧慮而不敢前進；「畏縮不前」強調害怕而不敢前進。

例句 雖然移民前已對當地有了大致的了解，但對陌生環境的恐懼又使他**赸趄不前**。

近義 畏縮不前；徘徊不前；踟躕不前；裹足不前。

反義 一往無前；勇往直前；義無反顧；奮不顧身。

十畫

趨之若鶩（ㄑㄩ ㄓ ㄖㄨㄛˋ ㄨˋ）

解釋 趨：奔赴，歸附；鶩：鴨子。

像鴨子一樣成群地、爭先恐後地跑去。比喻成群的人爭相追逐某項事物。

出處 清．袁枚《隨園詩話》卷十一：「畢尚書弘獎風流，一時學士文人，趨之若鶩。」

解析 「趨之若鶩」為貶義成語，但追逐的目標不一定全是壞事物；「如蠅逐臭」、「群蟻附膻」也是貶義成語，追逐的目標均為壞事物。

例句 因傳說黑豆對人體有神奇療效，使眾人**趨之若鶩**，一夕之間黑豆便身價大漲。

近義 如蠅逐臭；群蟻附膻。

趨炎附勢（ㄑㄩ ㄧㄢˊ ㄈㄨˋ ㄕˋ）

解釋 趨：迎合；炎：熱，比喻有權勢的人。

比喻依附、奉承有權勢的人。也作「趨炎附熱」。

出處 宋．朱熹《朱子語類．春秋．綱領》：「左氏之病，是以成敗論是非，而不本於義理之正，嘗謂左氏是個猾頭熟事、趨炎附勢之人。」《宋史．李垂傳》：「今已老大，見大臣不公，常欲面折之，焉能趨炎附熱，看人眉睫，以冀推輓乎？」

例句 他當選縣長後，身邊忽然多了許多**趨炎附勢**、逢迎巴結的小人。

近義 向火乞兒；依草附木；攀龍附鳳。

【足部】

四畫

趾高氣揚（ㄓˇ ㄍㄠ ㄑㄧˋ ㄧㄤˊ）

解釋 趾：腳。

走路時腳抬得很高，神氣十足。形容人驕傲自大、目中無人的樣子。

出處 《左傳．桓公十三年》記載：春秋時，楚國的屈瑕（ㄒㄧㄚˊ）帶兵攻打羅國，大夫鬬（ㄉㄡˋ）伯比去送行，回來對駕車的說：「莫敖（屈瑕的字）必敗，舉趾高，心不固矣。」意思是，屈瑕這次一定會打敗仗，因為他走路腳抬得很高，可知他驕傲輕敵，意志也不堅定。果然，楚軍進入羅國後，喪失警惕，毫無防備，遭到羅軍兩面夾攻，被打得一敗塗地，屈瑕只好自殺。

例句 看他輸球後垂頭喪氣的樣子，和昨天贏球時的**趾高氣揚**，簡直判若兩人。

近義 不可一世；高視闊步；得意忘形；耀武揚威。

反義 灰心喪氣；低聲下氣；低首下心；垂頭喪氣。

五畫

跋前疐後（ㄅㄚˊ ㄑㄧㄢˊ ㄓˋ ㄏㄡˋ）

解釋 跋：踩，踐踏；疐：遇阻礙而跌倒。比喻進退兩難。

出處《詩經．豳（ㄅㄧㄣ）風．狼跋》：「狼跋其胡，載疐其尾。」（胡，獸類頷下下垂的肉。）意思是老狼前進就會踩著牠的胡，後退就會被尾巴絆倒。唐．韓愈《昌黎先生集．進學解》：「跋前躓後，動輒得咎。」

解析「跋前躓後」、「進退維谷」、「羝羊觸藩」都比喻進退兩難的境地；「進退失據」則表示前進後退都無所憑依。

例句 趁著現在局勢尚未底定，你要儘快做出決定，以免落入**跋前疐後**的兩難局面。

近義 進退兩難；進退失據；進退維谷。

反義 左右逢源；應付裕如。

跛鱉千里（ㄅㄛˇ ㄅㄧㄝ ㄑㄧㄢ ㄌㄧˇ）

解釋 意思是：跛腳的鱉雖然行動緩慢，但也能走到千里之外。比喻只要努力不懈，即使資質駑鈍，也能有所成就。

出處《荀子．修身》：「故蹞（ㄎㄨㄟˇ）步而不休，跛鱉千里。」（蹞步，半步。）

例句 雖然你自認資質駑鈍，但只要持之以恆，**跛鱉千里**，一樣也能完成的。

近義 駑馬十駕。

六畫

路不拾遺（ㄌㄨˋ ㄅㄨˋ ㄕˊ ㄧˊ）

解釋 路上有遺失的物品，也不拾取。形容政治清明，社會安定。也作「道不拾遺」。

出處 漢．賈誼《新書．先醒》：「富民恆一，路不拾遺，國無獄訟。」

例句 當今社會治安敗壞，人人自危，**路不拾遺**、夜不閉戶的理想，似乎愈來愈遙不可及了。

近義 夜不閉戶；拾金不昧；弊絕風清。

反義 貪贓枉法。

路遙知馬力，日久見人心

解釋 要走遠路才知道馬力的大小，結交久了才可以看出人心的善惡。也作「路遙知馬力，事久見人心。」

出處 宋·陳元靚《事林廣記·警世格言》：「路遙知馬力，事久見人心。」

例句 隨著官愈做愈大，他獨裁、殘酷的本性就益發明顯，真是「路遙知馬力，日久見人心」。

近義 道遠知驥；疾風知勁草；歲寒知松柏。

跳梁小丑

解釋 跳梁：亂蹦亂跳。形容亂蹦亂跳地搗亂而沒有多大能耐的壞傢伙。現多指顛覆國家的人。

出處 《莊子·逍遙遊》：「子獨不見狸狌（ㄕㄥ）乎，卑身而伏，以候敖者，東西跳梁，不避高下。」（狌，黃鼠狼。狸狌，一說即野貓。敖者，游者。）

解析 「梁」右上部不從「刃」，下部不從「米」，不寫成「高粱」的「粱」。

例句 這些罔顧國家、人民權益的**跳梁小丑**，會在歷史上留下永久的惡名。

近義 無恥之徒。

反義 仁人君子；正人君子。

八畫

踟躕不前

解釋 踟躕：徘徊不進，猶豫不決。徘徊猶豫、不敢前進的樣子。

出處 〈陌上桑〉：「使君從南來，五馬立踟躕。」

例句 現在前景大好，你就放手去做，別再**踟躕不前**了。

近義 徘徊不前；逡巡不前；裹足不前。

反義 一往無前；勇往直前。

九畫

踵決肘見

解釋 踵：腳後跟，引申為鞋後跟；決：裂開；見：露出來。一提起鞋就露出腳後跟，一整衣服就露出胳膊肘。形容衣著破爛，非常窮困。

出處 《莊子·讓王》：「捉衿而肘見，納履而踵決。」

解析 「見」不能唸成ㄐㄧㄢˋ。

例句 他因賭而傾家蕩產，落得現在**踵決肘見**，無家可歸。

近義 衣不蔽體；衣敝履穿；捉襟見肘。

反義 衣冠楚楚；華冠麗服；錦衣玉

食。

踵事增華（ㄓㄨㄥˇ ㄕˋ ㄗㄥ ㄏㄨㄚˊ）

解釋 踵：因襲；華：光彩。在前人創造的基礎上再增加一些光彩。指繼承前人的事業並加以發展，使之更趨完善、美好。

出處 南朝．梁．蕭統〈文選序〉：「蓋踵其事而增華，變其本而加厲。物既有之，文亦宜然。」

例句 他雖沒有父親創業的膽識、才幹，卻也能**踵事增華**，創造了公司的第二個高峰。

近義 發揚光大；錦上添花。

十畫

蹈常襲故（ㄉㄠˋ ㄔㄤˊ ㄒㄧˊ ㄍㄨˋ）

解釋 蹈、襲：因襲，沿用；常：平常的；故：舊的。形容按照舊法做事。

出處 宋．蘇軾〈伊尹論〉：「後之君子，蹈常而襲故，惴惴焉懼不免於天下。」

例句 這些電影都不過是**蹈常襲故**，既不能自創新法，又超越不了前人的窠臼。

近義 墨守成規；蕭規曹隨。

反義 另闢蹊徑；自成一格；獨樹一幟。

十四畫

躊躇滿志（ㄔㄡˊ ㄔㄨˊ ㄇㄢˇ ㄓˋ）

解釋 躊躇：從容自得的樣子。形容心滿意足、神態從容自得的樣子。

出處 《莊子．養生主》：「提刀而立，為之四顧，為之躊躇滿志。」

例句 看他一副**躊躇滿志**的樣子，想必對今天的比賽有十足的把握。

近義 自鳴得意；志得意滿；欣欣自得；揚揚自得。

反義 心灰意冷；灰心喪氣；垂頭喪氣。

躍然紙上（ㄩㄝˋ ㄖㄢˊ ㄓˇ ㄕㄤˋ）

解釋 躍然：活躍地顯現。活躍地顯現在紙上。形容描寫、刻畫得非常逼真、生動。

出處 清．薛雪《一瓢詩話》三十三：「如此體會，則詩神詩旨，躍然紙上。」

解析 「躍」不可寫成「耀」。

例句 透過他靈巧的筆與纖細的心思，小說中的人物都彷彿**躍然紙上**。

近義 呼之欲出；活靈活現；栩栩如生。

躍躍欲試（ㄩㄝˋ ㄩㄝˋ ㄩˋ ㄕˋ）

解釋 躍躍：急切的樣子。心動而想要試一試的樣子。

出處 清．李寶嘉《官場現形記》第三十五回：「一席話說得唐二亂了心癢難抓，躍躍欲試。」

解析 「躍躍欲試」偏重形容想動手試一試的急切；「蠢蠢欲動」偏重形容壞人準備出來活動；「摩拳擦掌」偏重形容戰鬥前精神振奮的樣子。

例句 經過推銷員一番天花亂墜的解說，在場的人都彷彿**躍躍欲試**。

近義 摩拳擦掌；蠢蠢欲動。

反義 韜光養晦。

十八畫

躡手躡腳 ㄋㄧㄝˋ ㄕㄡˇ ㄋㄧㄝˋ ㄐㄧㄠˇ

解釋 放輕腳步走路的樣子。也作「攝手攝腳」。

出處 《紅樓夢》七回：「忙著攝手攝腳往東邊房裏來。」

解析 「躡手躡腳」、「輕手輕腳」都可表示輕步行走、動作很輕的意思。但「躡手躡腳」偏重在腳的動作；「輕手輕腳」偏重在手的動作。

例句 他半夜三點才回家，所以**躡手躡腳**地怕吵醒家人。

近義 小心翼翼；輕手輕腳。

反義 大搖大擺；大模大樣。

【身部】

身不由己 ㄕㄣ ㄅㄨˋ ㄧㄡˊ ㄐㄧˇ

解釋 由：聽從，順從。失去自主的能力，全由他人支配。也作「身不由主」。

出處 《紅樓夢》五二回：「噯呀了一聲，就身不由主，睡下了。」

解析 「身不由己」重在不能由自己作主；「不能自己」重在不能控制自己；「不由自主」則包含著兩方面的意思。

例句 他常常應酬到深夜才回家，卻一再聲稱是為了家計，**身不由己**。

近義 不由自主；池魚籠鳥；神使鬼差；俯仰由人。

反義 孤行己見；獨立自主。

身先士卒 ㄕㄣ ㄒㄧㄢ ㄕˋ ㄗㄨˊ

解釋 作戰時將帥帶頭走在士兵的前面。形容將帥英勇作戰的樣子。

出處 《三國演義》七二回：「披堅執銳，臨難不顧，身先士卒。」

解析 「身先士卒」限用於人，而且限用於領導人；「一馬當先」使用範圍較廣，可用於各種人事。

例句 領隊為了證明吊橋的安全性，只得**身先士卒**走了一趟。

近義 一馬當先；躬先表率。

反義 甘居人後；畏縮不前；裹足不前；臨陣脫逃。

身敗名裂 ㄕㄣ ㄅㄞˋ ㄇㄧㄥˊ ㄌㄧㄝˋ

解釋 地位喪失，名譽掃地。

出處 宋．辛棄疾《稼軒長短句，賀新郎，別茂嘉十二弟》：「將軍百戰身名裂，向河梁，回頭萬里，故人長絕。」《兒女英雄傳》十三回：

「幾乎弄得身名俱敗，骨肉淪亡。」

解析　「身敗名裂」和「聲名狼藉」都有名聲敗壞的意思。但「身敗名裂」還有喪失地位的意思，只能用於個人。「聲名狼藉」只指名譽很壞，既可以用於個人，也可以用於團體。

例句　他原有大好前途，卻因牽涉到一件工程弊案而**身敗名裂**。

近義　名譽掃地；聲名狼藉。

反義　名滿天下；功成名就；功成名遂。

身體力行（ㄕㄣ ㄊㄧˇ ㄌㄧˋ ㄒㄧㄥˊ）

解釋　身：親身；體：體驗實行。指親自體驗，努力實行。

出處　《論語．泰伯》：「仁以為己任。」朱熹著：「仁者，人心之全德，而必欲以身體而力行之，可謂矣。」

解析　「身體力行」指親自去實踐自己的諾言或主張；「事必躬親」指凡事都自己去做。

例句　他為了證明瑜伽術的功效，每天都**身體力行**地練上好幾個小時。

近義　井臼親操；以身作則；事必躬親。

反義　紙上談兵；置身事外。

三畫

躬逢其盛（ㄍㄨㄥ ㄈㄥˊ ㄑㄧˊ ㄕㄥˋ）

解釋　躬：親自。親自參加了那個盛典，或親身經歷了那種盛世。也作「恭逢其盛」。

出處　《鏡花緣》第一回：「這派景象，我們今日既得預睹，豈是無緣。大約日後總有一位姐姐恭逢其盛。」

解析　「躬逢其盛」偏重在自己參加了那個盛典，或遇上了那種盛況；「適逢其會」只指正巧遇上了那個機會。

例句　賽夏族十年一次的矮靈大祭，許多人為了**躬逢其盛**，都不遠千里而來。

近義　適逢其會。

【車部】

車水馬龍（ㄔㄜ ㄕㄨㄟˇ ㄇㄚˇ ㄌㄨㄥˊ）

解釋　車馬往來不絕。形容繁華、熱鬧的景象。

出處　《後漢書．馬后紀》：「車如流水，馬如游龍。」

例句　與市區的**車水馬龍**比較，這裏空曠幽靜，簡直是世外桃源。

近義　川流不息；車馬盈門；冠蓋雲集；絡繹不絕；熙來攘往。

反義　門可羅雀；踽踽獨行。

車載斗量（ㄔㄜ ㄗㄞˋ ㄉㄡˇ ㄌㄧㄤˊ）

解釋　用車裝，用斗量。形容數量很多。

出處《三國志．吳志．吳主傳．遺都尉趙咨使魏》注：「曰：『吳如大夫者幾人？』咨曰：『聰明特達者八九十人，如臣之比，車載斗量，不可勝數。』」

解析①「載」不能唸成ㄗㄞˇ。②「載」不寫成「戴帽子」的「戴」。

例句 這種品質及色澤的珍珠在市面上是**車載斗量**，不足為奇。

近義 不可勝數；不勝枚舉；汗牛充棟；恆河沙數。

反義 九牛一毛；太倉一粟；屈指可數；碩果僅存；鳳毛麟角。

三畫

軒然大波 ㄒㄩㄢ ㄖㄢˊ ㄉㄚˋ ㄅㄛ

解釋 軒然：波濤高高湧起的樣子。比喻大的糾紛或風波。

出處 唐．韓愈《昌黎先生集．岳陽樓別竇司直》詩：「軒然大波起，宇宙隘而妨。」

例句 這本書一上市就引起了**軒然大波**，受到各界廣泛討論。

反義 波平如鏡；波瀾不驚；風平浪靜。

六畫

載歌載舞 ㄗㄞˋ ㄍㄜ ㄗㄞˋ ㄨˇ

解釋 載：文言助詞。邊唱歌，邊跳舞。形容盡情地歡樂。

出處《隋書．音樂志》：「言肅其禮，念暢在茲。飾牲舉獸，載歌且舞。」

解析①「載」不能唸成ㄗㄞˇ。②「載歌載舞」形容盡情歡樂的場景，指多數人；「手舞足蹈」形容歡樂的動作和情緒，既可指多數人，也可指一個人。

例句 他雖是歌壇新人，但一出場就活力四射地**載歌載舞**，吸引了全場的注意。

近義 手舞足蹈。

七畫

輕而易舉 ㄑㄧㄥ ㄦˊ ㄧˋ ㄐㄩˇ

解釋 形容事情簡單、容易、毫不費力。

出處《詩經．大雅．烝民》：「人亦有言，德輶（ㄧㄡˊ）如毛，民鮮克舉之。」朱熹注：「言人皆言德甚輕而易舉，然人莫能舉也。」（輶，輕。）

例句 以他雄厚的民意基礎看來，要在這次的選舉中囊括百分之五十以上的選票是**輕而易舉**的。

近義 手到擒來；易如反掌；唾手可得。

反義 力不能支；難於登天。

輕車熟路 ㄑㄧㄥ ㄔㄜ ㄕㄨˊ ㄌㄨˋ

解釋 駕著輕車，走上熟路。比喻對事情熟悉，做起來容易。

出處《韓愈．送石處士序》：「若馳馬駕輕車，就熟路，而王良造父為之先後也。」

例句 你已有十幾年經驗，擔任這項工作是**輕車熟路**，再適合不過了。

近義 游刃有餘；駕輕就熟；熟路輕轍。

輕於鴻毛（ㄑㄧㄥ ㄩˊ ㄏㄨㄥˊ ㄇㄠˊ）

解釋 鴻毛：大雁的毛。比大雁的毛還輕。比喻很輕。也比喻微不足道或毫不重要。

出處《漢書．司馬遷傳》：「死有重於泰山，或輕於鴻毛。」

例句 他在一場黑幫的血拼中喪生，這樣的生命真是**輕於鴻毛**。

近義 一文不值。

反義 重於泰山。

輕重倒置（ㄑㄧㄥ ㄓㄨㄥˋ ㄉㄠˋ ㄓˋ）

解釋 置：安放。指輕重、本末顛倒。

例句 你為了打工賺零用錢，而不顧學校的課業，這不是**輕重倒置**嗎？

近義 本末倒置；舍本逐末。

反義 輕重緩急。

輕重緩急（ㄑㄧㄥ ㄓㄨㄥˋ ㄏㄨㄢˇ ㄐㄧˊ）

解釋 緩：慢，不急。指事情本末先後，主次輕重的區別。也作「緩急輕重」。

出處 清．顧炎武《日知錄．去兵去食》：「古之人有至於張空弮（ㄑㄩㄢ）羅雀鼠而民無二志者，非上之信有以結其心乎？此又權於緩急輕重之間而為不得已之計也。」（弮，弩弓。）

例句 凡事都有個**輕重緩急**，醫生當然先救病危的人，你不過是小擦傷，就再等等吧！

近義 按部就班。

反義 本末倒置；舍本逐末；輕重倒置。

輕描淡寫（ㄑㄧㄥ ㄇㄧㄠˊ ㄉㄢˋ ㄒㄧㄝˇ）

解釋 原指繪畫時用淺淡的顏色輕輕描繪。引申為說話或寫文章時對某件事物輕輕帶過，不作深入描寫；也比喻不費事或不費力。

出處《兒女英雄傳》十七回：「不想這位尹先生，是話不說，單單的輕描淡寫的，給他加上了尋常女子這等四個大字。」

例句 當人問起他那段刻骨銘心的戀情時，他也只是**輕描淡寫**地一筆帶過。

近義 不痛不癢；蜻蜓點水。

反義 入木三分；刻畫入微。

輕裘肥馬（ㄑㄧㄥ ㄑㄧㄡˊ ㄈㄟˊ ㄇㄚˇ）

解釋 裘：皮襖。穿著輕暖的皮襖，騎著肥壯的駿馬。形容豪華的生活。

出處《論語．雍也》：「赤（公西華）之適齊也，乘肥馬，衣輕裘。」

例句 這些大官們個個是輕裘肥馬，哪裏能體會平民百姓們生活的辛苦。

近義 衣輕乘肥；香車寶馬；乘堅策肥。

反義 一貧如洗；家徒四壁；室如懸罄。

輕諾寡信（ㄑㄧㄥ　ㄋㄨㄛˋ　ㄍㄨㄚˇ　ㄒㄧㄣˋ）

解釋 諾：答應，許諾；寡：少。輕易許下諾言，卻很少守信用。

出處 《老子》六十三章：「夫輕諾必寡信，多易必多難。」

解析 「輕」不解釋成「輕快」（如「輕歌慢舞」、「輕車熟路」）。

例句 他是個輕諾寡信的人，他答應你的事未必能做到。

近義 言而無信；食言而肥。

反義 一言九鼎；一諾千金；說一不二。

輕舉妄動（ㄑㄧㄥ　ㄐㄩˇ　ㄨㄤˋ　ㄉㄨㄥˋ）

解釋 輕：輕率；妄：胡亂。不經慎重考慮便輕率地行動。

出處 《韓非子．解老》：「眾人之輕棄道理而易忘（妄）舉動者，不知其禍福之深大而道闊遠若是也。」

解析 ①「妄」不寫成「忘」或「枉」。「舉」不解釋成「抬起」（如「舉目無親」）或「全」（如「舉世無雙」）。②「輕舉妄動」和「恣意妄為」都含有任意、亂來的意思。其區別在於：「恣意妄為」是隨心所欲、胡作非為的意思，著眼於無所顧忌地做壞事；「輕舉妄動」不含胡作非為的意思，著眼於行動的輕率。

例句 現在情況混沌未明，你最好三思而行，不要輕舉妄動。

近義 胡作非為；恣意妄為；魯莽從事。

反義 小心翼翼；三思而行；謹小慎微；謹言慎行。

十畫

輾轉反側（ㄓㄢˇ　ㄓㄨㄢˇ　ㄈㄢˇ　ㄘㄜˋ）

解釋 輾轉：翻來覆去；反側：反覆。形容思念深切或有心事而翻來覆去地不能入睡。

出處 《詩經．周南．關雎》：「悠哉悠哉，輾轉反側。」

例句 想到明天和林小姐的約會，他興奮地一夜輾轉反側，無法成眠。

近義 輾轉不寐；輾轉伏枕；翻來覆去；轉側不安。

反義 高枕而臥；高枕無憂。

十一畫

轉危為安（ㄓㄨㄢˇ　ㄨㄟˊ　ㄨㄟˊ　ㄢ）

解釋 把危險的情況轉化為平安。

出處 唐．白居易《白氏長慶集．策林》：「故政令日以和，邦家日以興，斯所以變衰為盛、轉危為安者矣。」

解析 「轉危為安」偏重指由危險變安全；「否極泰來」偏重指由壞變好。

例句 聽到他度過險境、**轉危為安**的消息後，大家都鬆了一口氣。

近義 化險為夷；否極泰來；逢凶化吉；轉災為福。

反義 虎尾春冰；飛蛾撲火；福過災生；樂極生悲。

轉彎抹角（ㄓㄨㄢˇ ㄨㄢ ㄇㄛˋ ㄐㄧㄠˇ）

解釋 形容行路曲折很多。也比喻辦事、講話不直接、爽快。也作「拐彎抹角」。

出處 《元曲選．吳昌齡〈東坡夢〉》：「轉彎抹角，此間就是溪河楊柳邊。」

解析 ①「轉」不讀「暈頭轉向」的ㄓㄨㄢˋ。②「轉彎抹角」、「旁敲側擊」都可比喻講話、寫文章繞彎子。其區別在於：「轉彎抹角」強調不直率、不爽快；而「旁敲側擊」則表示用反語或隱語諷刺。

例句 他**轉彎抹角**說了一大堆的客套話，然後才慢慢地說明他的來意。

近義 迂迴曲折；隱晦曲折。

反義 直言不諱；直截了當；開門見山。

轍亂旗靡（ㄔㄜˋ ㄌㄨㄢˋ ㄑㄧˊ ㄇㄧˇ）

解釋 轍：車輪輾過的痕跡；靡：倒下。

車轍紊亂，旗子倒下。形容軍隊潰敗、散亂的情狀。

出處 《左傳．莊公十年》：「吾視其轍亂，望其旗靡，故逐之。」

解析 「轍亂旗靡」偏重形容慘敗潰逃時的慌亂；「潰不成軍」偏重形容慘敗時隊伍的散亂；「望風披靡」偏重形容潰逃之速；「人仰馬翻」偏重形容戰敗死傷的慘狀。

例句 經過一夜的激戰，敵軍被打得潰不成軍，**轍亂旗靡**。

近義 丟盔棄甲；望風披靡；望風而逃；潰不成軍。

反義 直搗黃龍；旗開得勝。

【辛部】

十四畫

辯才無礙（ㄅㄧㄢˋ ㄘㄞˊ ㄨˊ ㄞˋ）

解釋 辯才：好口才；礙：阻礙。

本佛教用語，形容菩薩說法義理圓通，語言流暢，毫無滯礙。現指人口才好，能言善道。

出處 《華嚴經》：「若能知法永不滅，則得辯才無障礙；若能辯才無障礙，則能開演無邊法。」

例句 經過這些年的歷練，他已經可以**辯才無礙**，再也不是當年笨口拙舌的模樣了。

近義 口若懸河；巧舌如簧；伶牙俐齒。

反義 笨口拙舌。

【辵部】

三畫

迅雷不及掩耳（ㄒㄩㄣˋ ㄌㄟˊ ㄅㄨˋ ㄐㄧˊ ㄧㄢˇ ㄦˇ）

解釋 突然響起的雷聲使人來不及捂耳朵。比喻事出突然，使人來不及防備。

出處 《晉書．後趙載記．石勒上》：「出其不意，急衝末柸帳，敵必震惶，計不及設，所謂迅雷不及掩耳。」

例句 警方以**迅雷不及掩耳**的速度佈下天羅地網，果然一舉逮捕了三位通緝犯。

近義 突如其來；猝不及防。

反義 老牛破車；蝸行牛步；姍姍來遲。

四畫

迎刃而解（ㄧㄥˊ ㄖㄣˋ ㄦˊ ㄐㄧㄝˇ）

解釋 迎：當著，碰上；刃：刀口；解：分開。碰著刀口就分割開來了。比喻困難或事情容易解決。

出處 《晉書．杜預傳》記載：司馬昭滅了蜀國，他的兒子司馬炎自立為帝，史稱晉朝。司馬炎派杜預領兵攻打吳國。戰事進展得很順利，出兵十幾天，就占領了長江下游各城鎮，沅、湘二水以南一帶州郡，也相繼表示降服，這時，有人說，吳國立國已久，又是大國，一下子恐怕難以打垮它，又值夏天炎熱，出師不利，且待冬天再說。杜預說：「今兵已振，譬如破竹，數節之後，皆迎刃而解。」

解析 「刃」不可寫成「刀」。「解」不讀「解送」的ㄐㄧㄝˋ。

例句 只要那位目擊證人能夠出面，所有的問題就能**迎刃而解**。

近義 刀過竹解；刃迎縷解。

迎頭痛擊（ㄧㄥˊ ㄊㄡˊ ㄊㄨㄥˋ ㄐㄧ）

解釋 迎頭：當頭；痛：狠狠地，沈重地。當頭給以沈重打擊。

解析 「痛」不解釋成「痛苦」（如「痛不欲生」）或「痛快」。

例句 每位候選人無不設法找出對方的缺點，給予**迎頭痛擊**。

近義 當頭一棒。

近水樓臺（ㄐㄧㄣˋ ㄕㄨㄟˇ ㄌㄡˊ ㄊㄞˊ）

解釋 靠近水邊的樓臺可以先看到月光。比喻由於接近某些人或事物，因此最容易得到某些好處。

出處 范仲淹在做杭州知府時，城中文武官員大都得到他的推薦、提拔，蘇麟因為在外縣當巡檢，所以沒有得到推薦。蘇麟因而獻詩給范仲淹：「近水樓臺先得月，向陽花木易為春。」范仲淹看後，明白了蘇麟的用意，便徵詢了他的意見和希望，滿足了他的要求。

例句 他為了獲得李小姐的青睞，不惜搬到她隔壁，希望能得**近水樓臺**之便。

近義 捷足先登。

近在咫尺 ㄐㄧㄣˋ ㄗㄞˋ ㄓˇ ㄔˇ

解釋 咫：漢代長度名，周制八寸，合現在市尺六寸二分二厘。形容距離很近。

出處 宋．蘇軾〈杭州謝上表〉：「凜然威光，近在咫尺。」

解析 「近在咫尺」僅指空間距離，強調其近；「近在眉睫」多指時間間隔，強調日期或事情的迫近。

例句 他的家雖然**近在咫尺**，但和父母多年的心結未解，使他遲遲不敢回家。

近義 一衣帶水；一箭之地；近在眉睫。

反義 千里迢迢；山南海北；天各一方；天涯海角。

近在眉睫 ㄐㄧㄣˋ ㄗㄞˋ ㄇㄟˊ ㄐㄧㄝˊ

解釋 睫：睫毛。形容非常接近，或指情況急迫。

出處 《列子．仲尼》：「雖遠在八荒之外，近在眉睫之內，來干我者，我必知之。」

解析 「近在眉睫」、「近在咫尺」都形容很近。其區別在於：「近在眉睫」形容日期很近或事情即將發生；「近在咫尺」形容地方相距很近。

例句 球季開打的日期已**近在眉睫**，但球員的合約問題卻一直不能解決。

近義 近在咫尺。

反義 千里迢迢；天各一方；天涯海角。

近朱者赤，近墨者黑 ㄐㄧㄣˋ ㄓㄨ ㄓㄜˇ ㄔˋ，ㄐㄧㄣˋ ㄇㄛˋ ㄓㄜˇ ㄏㄟ

解釋 朱：朱砂，紅色的顏料。比喻接近好人可以使人變好，接近壞人可以使人變壞。指環境對人有很大的影響。

出處 晉．傅玄《傅鶉觚集．太子少傅箴（ㄓㄣ）》：「夫金木無常，方員應形，亦有隱括，習與性成，故近朱者赤，近墨者黑。」

解析 「近」不寫成「進」。

例句 **近朱者赤，近墨者黑**，朋友會影響一個人的性情、觀念，所以結交朋友不可不慎。

近義 潛移默化。

反義 出污泥而不染。

近悅遠來 ㄐㄧㄣˋ ㄩㄝˋ ㄩㄢˇ ㄌㄞˊ

解釋 鄰近的人因為受到好處而喜悅，遠方的人也聞風而前來歸附。指德澤廣被，使遠近的人都能心悅誠服。

出處《論語．子路》：「近者說（悅），遠者來。」

例句 這間百貨公司不但價格合理，又有許多體貼、方便的措施，所以顧客是**近悅遠來**。

近鄉情怯 ㄐㄧㄣˋ ㄒㄧㄤ ㄑㄧㄥˊ ㄑㄩㄝˋ

解釋 離開家鄉很久的人，在即將回鄉時所產生的害羞、畏縮的情結。

出處 宋元問〈渡潢江〉詩：「近詩情更怯，不敢問來人。」

例句 剛踏上這片離開了四十年的土地，張伯伯不免**近鄉情怯**、猶豫起來。

五畫

述而不作 ㄕㄨˋ ㄦˊ ㄅㄨˋ ㄗㄨㄛˋ

解釋 述：陳述；作：創作。只是闡述前人的理論、學說，不自創新義。

出處《論語．述而》：「述而不作，信而好古，竊比於我老彭。」

例句 這麼多年來我都是**述而不作**，沒有任何創見，真是慚愧。

迫不及待 ㄆㄛˋ ㄅㄨˋ ㄐㄧˊ ㄉㄞˋ

解釋 迫：緊急。急迫得不能等待。

出處《鏡花緣》第六回：「且係酒後遊戲，該仙子何以迫不及待？」

解析「迫不及待」多指主觀上的心情，自己急著去做；「迫在眉睫」多指客觀情況緊急，不容遲緩；「燃眉之急」則指緊迫的事情或緊急的情況。

例句 還沒放榜，小弟便**迫不及待**地守在佈告欄前。

近義 刻不容緩；迫在眉睫；急如星火。

反義 從容不迫。

迫在眉睫 ㄆㄛˋ ㄗㄞˋ ㄇㄟˊ ㄐㄧㄝˊ

解釋 睫：眼毛。比喻事情已到非常緊要的關頭，十分急迫，就像已經逼近了眉毛和睫毛一樣。

出處《列子．仲尼》：「遠在八荒之外，近在眉睫之內。」

解析 ①「睫」不可寫成「捷」。②「迫在眉睫」和「燃眉之急」都有「非常急迫」的意思。但「迫在眉睫」重在「逼近」，「燃眉之急」重在「緊急」。

例句 眼看比賽的日子已經**迫在眉睫**，他的腿傷卻一直沒有起色。

近義 火燒眉毛；刻不容緩；迫不急待；急如星火；燃眉之急。

反義 從容不迫。

六畫

逆水行舟 ㄋㄧˋ ㄕㄨㄟˇ ㄒㄧㄥˊ ㄓㄡ

解釋 逆著水流划船。比喻不努力前進就會後退。

例句 求學如**逆水行舟**，不時時求進步就會後退。

【近義】不進則退。

【反義】一帆風順；順水推舟。

逆來順受（ㄋㄧˋ ㄌㄞˊ ㄕㄨㄣˋ ㄕㄡˋ）

【解釋】忍受惡劣的環境或無理的待遇，不加抗拒。

【出處】《張協狀元》戲文第十二齣：「張協只仗托詩書，奴家唯憑針指，逆來順受，須有通時。」

【解析】「逆來順受」和「委屈求全」都有「忍受某種不合理的待遇」的意思。但「逆來順受」重在形容不管受到什麼壓力或不合理的待遇，總是順從、忍受下來，是一種非常消極的處世態度。「委曲求全」多指為了大局或集體，使自己受委曲，求得事情的完成。

【例句】你這種**逆來順受**的態度，只會讓你的工作量愈來愈大。

【近義】犯而不校；委曲求全；唾面自乾。

【反義】以牙還牙；以眼還眼；針鋒相對。

逆取順守（ㄋㄧˋ ㄑㄩˇ ㄕㄨㄣˋ ㄕㄡˇ）

【解釋】逆取：舊多指以不合傳統道德的手段奪取帝位。用不正當的手段奪取，卻能以正當的措施來保住它。

【出處】《漢書．陸賈傳》：「且湯武逆取而以順守之，文武並用，長久之術也。」

【例句】在這種不合理的情況下，我們也只能**逆取順守**，才能爭取到合理的待遇。

迷途知返（ㄇㄧˊ ㄊㄨˊ ㄓ ㄈㄢˇ）

【解釋】迷途：迷失道路。迷失了道路仍知道回來。比喻覺察了自己的錯誤而且能夠省悟、改正。

【出處】梁．丘遲〈與陳伯之書〉：「夫迷途知反（返），往哲是與。」（往哲，以往的聖賢。與，贊許。）

【解析】「迷」從「辶」不從「夂」。「途」不寫成「涂」。

【例句】他非常慶幸自己當年能**迷途知返**，脫離黑幫，現在才能過著平靜而幸福的日子。

【近義】改惡從善；知過能改；浪子回頭；懸崖勒馬。

【反義】怙惡不悛；執迷不悟；頑固不化。

退避三舍（ㄊㄨㄟˋ ㄅㄧˋ ㄙㄢ ㄕㄜˋ）

【解釋】舍：古時行軍以三十里為一舍。比喻對人處處讓步或迴避不與相爭。

【出處】《左傳．僖公二十三年》記載春秋時，晉國公子重耳逃到楚國避難，楚成王收留並幫助他。臨分手時，楚成王問重耳：「將來你怎樣報答我？」重耳說：「晉楚治兵，遇於中原，其辟君三舍。」後來，重耳回到晉國做了國君（即晉文公），在晉楚的「城濮之戰」中，果然先把軍隊撤退了九十里。

解析 「舍」不解釋成「居住的房子」。

例句 他是去年的打擊王，任何一位投手看到他都不免**退避三舍**。

反義 當仁不讓。

逃之夭夭（ㄊㄠˊ ㄓ ㄧㄠ ㄧㄠ）

解釋 夭夭：枝葉茂盛的樣子。

形容桃樹枝葉茂盛，後人用諧音的方法借「桃」代「逃」，作為「逃跑」的詼諧語。

出處 《詩經．周南．桃夭》：「桃之夭夭。」

解析 「抱頭鼠竄」重在形容逃跑時的狼狽相；「逃之夭夭」重在表示偷偷溜掉，含詼諧意味。

例句 車禍發生後，肇事者早已**逃之夭夭**，只剩傷者倒在血泊之中。

近義 抱頭鼠竄；溜之大吉。

反義 插翅難飛；插翅難逃。

追亡逐北（ㄓㄨㄟ ㄨㄤˊ ㄓㄨˊ ㄅㄟˇ）

解釋 亡、北：指戰敗時的逃兵。

追逐敗逃的敵人。形容作戰勝利。

出處 漢．賈誼〈過秦論〉：「秦有餘力而制其弊，追亡逐北，伏屍百萬，流血漂櫓。」

例句 在將軍的帶領之下，敵軍節節敗退，我們則乘勝**追亡逐北**。

近義 直搗黃龍；窮追猛打。

反義 望風而逃；落荒而逃；潰不成軍。

追本溯源（ㄓㄨㄟ ㄅㄣˇ ㄙㄨˋ ㄩㄢˊ）

解釋 本：樹木的根；溯：逆水而行，引申為往上探求；源：水流的源頭。

比喻追究事情發生的根本起源。

解析 ①不要把「源」寫成「原」。

②「追本溯源」指追究事物發生的根源；「窮源溯流」指追究根源並探討其發展過程；「沿波討源」指根據一定線索去尋找事物的根源。

例句 這件血案的發生，**追本溯源**，恐怕和利益糾紛脫離不了關係。

近義 沿波討源；追根究底；窮源竟委；窮源溯流。

反義 不求甚解；淺嘗輒止；蜻蜓點水。

七畫

逐臭之夫（ㄓㄨˊ ㄔㄡˋ ㄓ ㄈㄨ）

解釋 逐臭：追逐臭味。

比喻一個人的嗜好非常特殊、古怪。

出處 《呂氏春秋．遇合》：「人有大臭者，其親戚、兄弟、妻妾、知識無能與居者，自苦而居海上，海上有人說其臭者，晝夜隨之而弗能去。」

例句 海畔尚有**逐臭之夫**，他這一點小小的怪癖，也就不足為奇了。

逐鹿中原（ㄓㄨˊ ㄌㄨˋ ㄓㄨㄥ ㄩㄢˊ）

解釋 逐：追趕。鹿：比喻獵奪物，指政權。逐鹿：指爭奪天下；中原：古時指中國中部的黃河流域。比喻群雄並起，爭奪天下。

出處 《史記．淮陰侯列傳》：「秦失其鹿，天下共逐之。」

解析 ①「逐」不讀寫成「遂（ㄙㄨㄟˋ）」或「遽（ㄐㄩˋ）」。②「原」不寫成「源」。

例句 總統開放民選後，每回都有各黨派的菁英人士出馬**逐鹿中原**。

近義 群雄逐鹿。

反義 秦失其鹿。

逍遙自在（ㄒㄧㄠ ㄧㄠˊ ㄗˋ ㄗㄞˋ）

解釋 形容自由自在、無拘無束。

出處 宋．釋道原《景德傳燈錄．十四科頌》：「丈夫運用堂堂，逍遙自在無妨。」

例句 好不容易有個長假，他準備一個人到國外**逍遙自在**一陣子。

近義 自由自在；悠然自得；悠哉游哉。

反義 身不由己；委曲求全；俯仰由人。

逍遙法外（ㄒㄧㄠ ㄧㄠˊ ㄈㄚˇ ㄨㄞˋ）

解釋 逍遙：悠閒自在的樣子。指犯法的人沒有受到法律的制裁。

解析 「逍遙法外」指罪犯未被逮捕，仍在社會上活動；「逍遙自在」、「逍遙自得」指很安閒自在，用於指一般人。

例句 這件慘絕人寰的血案，發生至今已半年了，凶手卻仍然**逍遙法外**。

近義 逃之夭夭；漏網之魚。

反義 一網打盡；身陷囹圄；鋃鐺入獄。

通宵達旦（ㄊㄨㄥ ㄒㄧㄠ ㄉㄚˊ ㄉㄢˋ）

解釋 通宵：整夜。達旦：到天亮。指一夜到天亮。

出處 明．馮夢龍《醒世恆言．獨狐生歸途鬧夢》：「獅蠻社火，鼓樂笙簫，通宵達旦。」

解析 「宵」不寫成「雲霄」的「霄」。

例句 許多人都在平安夜**通宵達旦**地狂歡，反而使平安夜不平安。

近義 夜以繼日；焚膏繼晷。

通權達變（ㄊㄨㄥ ㄑㄩㄢˊ ㄉㄚˊ ㄅㄧㄢˋ）

解釋 權：變通；達：通曉，懂得。為了適應客觀情況需要，能不拘泥成規，隨機應變。

出處 《兒女英雄傳》第二十八回：「只是如今人心不古，你若帶在身上，大家必嘩以為怪，只好通權達變，放在手下備用罷。」

例句 這條路現在是受到管制不得進入，但你有十萬火急的事也只好**通權達變**放你通行了。

近義 見機行事；隨機應變。

反義 守株待兔；墨守成規；膠柱鼓瑟。

連篇累牘（ㄌㄧㄢˊ ㄆㄧㄢ ㄌㄟˇ ㄉㄨˊ）

解釋 牘：書版。用過多的篇幅敘述。形容文辭繁多、冗長。也作「累牘連篇」。

出處 《隋書．李諤傳》：「連篇累牘，不出月露之形。」

例句 當時報紙上**連篇累牘**地報導這件慘案的始末，並過分詳細地敘述經過。

近義 長篇大論；洋洋灑灑；連章累牘。

反義 三言兩語；片言隻字。

速戰速決（ㄙㄨˋ ㄓㄢˋ ㄙㄨˋ ㄐㄩㄝˊ）

解釋 快速地發動戰鬥，快速地解決戰鬥，取得勝利。比喻行事非常迅速。

例句 快要下雨了，這場球賽我們就**速戰速決**吧！

近義 劍及屨及。

反義 老牛破車；停滯不前；蝸行牛步。

造化小兒（ㄗㄠˋ ㄏㄨㄚˋ ㄒㄧㄠˇ ㄦˊ）

解釋 造化：指造物主、天神；小兒：小子，對人輕蔑之稱。戲稱命運。

出處 《新唐書．杜審言傳》：「審言病甚，宋之問、武平一等省候何如，答曰：『甚為造化小兒所苦，尚何言！』」

例句 一向強壯的他，竟在短短數周內被病折磨得形銷骨立，全是**造化小兒**作弄人。

造謠生事（ㄗㄠˋ ㄧㄠˊ ㄕㄥ ㄕˋ）

解釋 製造謠言，滋生事端。原作「造言生事」。

出處 《孟子．萬章上》：「好事者為之也。」朱熹《集注》：「好事，謂喜造言生事之人也。」

解析 「造謠生事」偏重造謠以引起事端；「無事生非」、「惹是生非」偏重沒事找事以引起事端。

例句 這些無中生有的傳聞都是一些好事者在**造謠生事**。

近義 無事生非；惹是生非。

反義 息事寧人。

逢人說項（ㄈㄥˊ ㄖㄣˊ ㄕㄨㄛ ㄒㄧㄤˋ）

解釋 項：指唐朝人項斯。比喻到處宣揚某人、某事的優美，或替人講情。

出處 唐．楊敬之〈贈項斯〉詩：「平生不解藏人善，到處逢人說項斯。」

例句 為了推廣氣功，他**逢人說項**，希望能普及到每一個角落。

近義 口角春風；為人說項；善為說辭。

反義 自吹自擂；血口噴人；抵瑕蹈隙；造謠中傷。

逢凶化吉（ㄈㄥˊ ㄒㄩㄥ ㄏㄨㄚˋ ㄐㄧˊ）

解釋 逢：遭遇，遇到；凶：不幸；吉：吉利，吉祥。

雖遇凶險，卻能轉化為吉祥、順利。

出處 《紅樓夢》第一百六回：「我今叩求皇天保佑，在監的逢凶化吉，有病的早早安身。」

解析 「逢凶化吉」和「絕處逢生」都形容雖遭到不幸而轉化為吉利。但「逢凶化吉」著重於已遇到凶險而最後能脫險；「絕處逢生」指從絕望當中出現了希望，或在危險的絕境中得到生路，所指範圍比較廣泛。

例句 這一路上雖然危險重重，但想必你一定能**逢凶化吉**，度過難關。

近義 化險為夷；遇難呈祥；轉禍為福；轉危為安。

反義 福過災生；樂極生悲。

逢場作戲（ㄈㄥˊ ㄔㄤˇ ㄗㄨㄛˋ ㄒㄧˋ）

解釋 逢：遇到；場：戲劇或雜技演出的場地。遇到演出的場地，偶爾表演一次。

比喻在適當時機或場合偶爾的應景行為。或指不把事情當真，只是隨俗應酬。多指男女間短暫的萍水相逢。

出處 宋．釋道原《景德傳燈錄．江西道一禪師》：「師云：『石頭路滑。』（鄧隱峰）對云：『竿木隨身，逢場作戲。』」

例句 他對你的殷勤體貼，都不過是**逢場作戲**罷了，你可千萬不要認真。

近義 逢場作樂；偶一為之。

八畫

進退失據（ㄐㄧㄣˋ ㄊㄨㄟˋ ㄕ ㄐㄩˋ）

解釋 前進和後退都失去依據、憑藉，不知如何是好。

出處 《後漢書．樊英傳》：「而子始以不訾（ㄗˇ）之身，怒萬乘之主，及其享受爵祿，又不聞國救之術，進退無所據矣。」（不訾，不可計量，指貴重。）

解析 「跋前躓後」、「進退維谷」、「羝羊觸藩」都比喻進退兩難的境地；「進退失據」則表示前進、後退都無所憑依。

例句 他辭去工作專心開店做生意，沒想到現在工作沒了，店也關門了，弄得自己是**進退失據**。

近義 羝羊觸藩；進退維谷；進退兩難。

反義 左右逢源；進退自如。

進退兩難（ㄐㄧㄣˋ ㄊㄨㄟˋ ㄌㄧㄤˇ ㄋㄢˊ）

解釋 進和退都有困難，既不能進，又不能退。比喻處境困窘。

出處 《水滸傳》第三十五回：「花榮與秦明看了書，與眾人商議道：

『事在途中，進退兩難，回又不得，散了又不成。』」

例句 他和舊公司發生糾紛，和新公司的合約問題又無法解決，現在的處境是**進退兩難**。

近義 左右為難；羝羊觸藩；進退維谷；跋前躓後。

反義 左右逢源；進退自如。

進退維谷 ㄐㄧㄣˋ ㄊㄨㄟˋ ㄨㄟˊ ㄍㄨˇ

解釋 維：文言虛詞；谷：比喻困難的境地。

進退都陷於困難的境地。

出處 《詩經．大雅．桑柔》：「人亦有言，進退維谷。」

解析 ①「維」不寫成「唯」或「為」。②「進退維谷」、「跋前躓後」都比喻進退兩難的境地；「進退失據」則表示前進、後退都無所憑依。

例句 上司的態度強硬，屬下又不願配合，他夾在中間**進退維谷**，不知如何是好。

近義 羝羊觸藩；進退兩難；進退維谷；進退失據。

反義 左右逢源；進退自如。

週而復始 ㄓㄡ ㄦˊ ㄈㄨˋ ㄕˇ

解釋 週：轉一圈；復始：重新開始。

輪流一遍，再重新開始。指循環往復，持續不斷地週轉。

出處 《漢書．禮樂志》：「精見日月，星辰度理，陰陽五行，週而復始。」

例句 農民們春播、夏種、秋收、冬藏，**週而復始**地耕種，我們的糧食才能不虞匱乏。

近義 週而復生；循環往復。

反義 一去不返。

九畫

運斤成風 ㄩㄣˋ ㄐㄧㄣ ㄔㄥˊ ㄈㄥ

解釋 運：揮動；斤：斧頭。

本是莊子的寓言，比喻手法熟練，技巧神妙。

出處 《莊子．徐無鬼》：「郢人堊漫其鼻端，若蠅翼，使匠石斲之。匠石運斤成風，聽而斲之，盡堊而鼻不傷，郢人立不失容。」（堊，白粉。漫，塗抹。聽，不用眼睛。）

解析 「斤」不解釋成「半斤八兩」的「斤」（重量單位）或「斤斤計較」的「斤斤」（注意小利害）。

例句 他累積了十幾年的經驗，才有今天**運斤成風**的本領。

近義 目無全牛；庖丁解牛；神乎其技；鬼斧神工。

反義 技止此耳；黔驢之技。

運用自如 ㄩㄣˋ ㄩㄥˋ ㄗˋ ㄖㄨˊ

解釋 運用：靈活使用；自如：活動或操作不受阻礙。

運用得非常熟練、自然。

例句 經過幾週反覆的練習，他已經掌握住新機器的性能，可以運用自如了。

近義 心手相應；得心應手；揮灑自如。

反義 手忙腳亂。

運籌帷幄（ㄩㄣˋ ㄔㄡˊ ㄨㄟˊ ㄨㄛˋ）

解釋 運：運用；籌：算籌，引申為策畫；帷幄：軍隊的帳幕。在帳幕之內策畫軍事謀略。引申為籌畫、指揮。

出處 《史記．高祖本紀》：「夫運籌策帷幄之中，決勝於千里之外，吾不如子房。」

解析 「帷」不可寫成「惟」或「維」。「籌」不讀寫成「壽（ㄕㄡˋ）」；「幄」不讀寫成「屋（ㄨ）」。

例句 每個侯選人的背後都有一些幕僚人員替他們**運籌帷幄**。

近義 決勝千里；坐籌帷幄。

反義 一籌莫展。

遊刃有餘（ㄧㄡˊ ㄖㄣˋ ㄧㄡˇ ㄩˊ）

解釋 遊刃：運轉刀刃，即用刀來操作；有餘：有餘地。比喻工作熟練，技巧嫻熟，能勝任愉快。

出處 《莊子．養生主》裏說，有個廚師宰牛的技術非常熟練，文惠君看了讚嘆說：技術竟高明到這樣了嗎？廚師回答說：我的刀雖然用了十九年，解剖了幾千頭牛，卻還像剛磨過那樣鋒利。因為牛的骨節之間總有一定的空隙，我的刀刃又磨得極薄，用這樣的利刀刃來分解有空隙的牛骨節，「恢恢乎，其於遊刃必有餘地矣」（恢恢乎，寬綽的樣子。意思是：對於運轉刀刃是寬寬綽綽地大有餘地。）

例句 他從事會計的工作已有十幾年的歷史，這些帳上的小問題交給他是**遊刃有餘**。

近義 庖丁解牛；得心應手；運斤成風。

反義 手忙腳亂；半青半黃。

遊手好閒（ㄧㄡˊ ㄕㄡˇ ㄏㄠˋ ㄒㄧㄢˊ）

解釋 遊手：閒著手不做事；好閒：喜愛安逸。形容人終日遊蕩、懶散，無所事事。

出處 《元曲選．佚名．殺狗勸夫劇．楔子》：「我打你個遊手好閒，不務生理的弟子孩兒。」

例句 他終日**遊手好閒**、不務正業，不出三年，就把家中的產業敗光了。

近義 不務正業；好吃懶做；好逸惡勞；無所事事。

反義 一饋十起；夙興夜寐；埋頭苦幹；朝乾夕惕。

遊戲人間（ㄧㄡˊ ㄒㄧˋ ㄖㄣˊ ㄐㄧㄢ）

解釋 以人生為遊戲的一種無所謂的生活態度。

出處　明．何良俊《世說新語補．排調下》：「世傳端明已歸道山，今尚爾遊戲人間邪？」（端明，指蘇軾，因其曾為端明殿學士。）

例句　經歷了一段刻骨銘心的感情後，他對未來就不抱任何希望，過著遊戲人間的生活。

道不拾遺（ㄉㄠˋ ㄅㄨˋ ㄕˊ ㄧˊ）

解釋　道：路；遺：指丟失的東西。遺失在路上的東西也沒有人揀去據為己有，形容社會安定，民風淳樸。

出處　《戰國策．秦策一》：「道不拾遺，民不妄取，兵革大強，諸侯畏懼。」

例句　這個民風淳樸的小鎮，是真正做到道不拾遺，夜不閉戶。

近義　夜不閉戶；拾金不昧；弊絕風清。

道不同，不相為謀（ㄉㄠˋ ㄅㄨˋ ㄊㄨㄥˊ，ㄅㄨˋ ㄒㄧㄤ ㄨㄟˊ ㄇㄡˊ）

解釋　理想、主張不同，就不必互相商量。

出處　《論語．衛靈公》：「道不同不相為謀。」

例句　我們倆道不同，不相為謀，還是別合作的好。

反義　志同道合；情投意合；意氣相投。

道高一尺，魔高一丈（ㄉㄠˋ ㄍㄠ ㄧˋ ㄔˇ，ㄇㄛˊ ㄍㄠ ㄧˊ ㄓㄤˋ）

解釋　本是佛家用語。道：指佛家修行達到的一定階段；魔：是「魔羅」的略稱，指所謂破壞善行的惡鬼，有時也指煩惱、疑惑、迷戀等妨礙修行的心理活動，即所謂「迷障」。原是佛家用以警告修行的人，警惕外界誘惑的一種說法。後來比喻真理、正義的力量加大了一些，而邪惡破壞的力量就更加強大。

出處　《西遊記》第五十回：「道高一尺魔高丈，性亂情昏錯認家。可恨法身無坐位，當時行動念頭差。」

例句　雖然警方佈下了天羅地網，但道高一尺，魔高一丈，歹徒還是趁隙逃走了。

道貌岸然（ㄉㄠˋ ㄇㄠˋ ㄢˋ ㄖㄢˊ）

解釋　道貌：正經、嚴肅的外貌；岸然：嚴肅的樣子。形容外貌嚴肅、正經的樣子。

出處　《聊齋志異．成仙》：「又八九年，九忽自至，黃巾氅服，岸然道貌。」

解析　①「貌」右邊從「皃」，不寫成「兒」。②「道貌岸然」和「一本正經」都能形容正經、莊重的樣子。但「一本正經」偏重在嚴肅、拘謹，多指表情。「道貌岸然」偏於莊嚴、高傲，多指態度。

例句　看他現在一副道貌岸然的樣子，想不到他幾年前還是個目不識丁的莽漢。

近義　一本正經；不苟言笑。

反義 嘻皮笑臉。

道聽塗說（ㄉㄠˋ ㄊㄧㄥ ㄊㄨˊ ㄕㄨㄛ）

解釋 道、塗：路。

路上聽來的話又在路上轉告他人。指沒有根據的傳說。

出處 《論語．陽貨》：「道聽而塗說，德之棄也。」

例句 這些都是**道聽塗說**的傳言，未經證實前，你最好不要相信。

近義 耳食之談；街談巷語；齊東野語。

反義 耳聞目睹；言之鑿鑿。

逼上梁山（ㄅㄧ ㄕㄤˋ ㄌㄧㄤˊ ㄕㄢ）

解釋 《水滸傳》裏有許多頭領是由於各種原因被迫而上梁山造反的。後來就用「逼上梁山」比喻被迫走上絕路，鋌而走險。也比喻不得不做某件事情。

出處 《水滸傳》十回：「朱貴水亭施號箭，林沖雪夜上梁山。」

解析 「逼上梁山」偏重於被迫進行反抗，也可指不得已而做某種事；「鋌而走險」則偏重於無路可走而冒險，這種冒險可指好，也可指壞。

例句 他早已淡出政壇，這次之所以會出來參選，完全是形勢所迫，被**逼上梁山**。

近義 官逼民反；迫不得已；揭竿而起；鋌而走險。

反義 心甘情願。

違法亂紀（ㄨㄟˊ ㄈㄚˇ ㄌㄨㄢˋ ㄐㄧˋ）

解釋 違背法令，破壞紀律。本作「壞法亂紀」。

出處 《禮記．禮運》：「故天子適諸侯必捨其祖廟，而不以禮籍入，是謂天子壞法亂紀。」

例句 我早就勸你不要做**違法亂紀**的事，現在受罰，也是你咎由自取的。

近義 作姦犯科。

反義 安分守己。

遇人不淑（ㄩˋ ㄖㄣˊ ㄅㄨˋ ㄕㄨˊ）

解釋 淑：善良。

遇到個不善良的人。原指女子所嫁非人。後也泛指結交了不好的人。

出處 《詩經．王風．中谷有蓷（ㄊㄨㄟ）》：「有女仳離，條其歗矣。條其歗矣，遇人之不淑矣。」

例句 她年輕時**遇人不淑**，曾有一段慘痛的婚姻經驗，使她現在視婚姻為畏途。

遇事生風（ㄩˋ ㄕˋ ㄕㄥ ㄈㄥ）

解釋 比喻好事者藉機興風作浪。原作「見事生風」。

出處 《漢書．趙廣漢傳》：「見事風生，無所迴避。」

例句 今年隊上之所以會有這麼多的風風雨雨，恐怕就是有他這種**遇事生風**的人在從中作亂。

近義 尋事生非；惹是生非。

反義 安分守己；謹言慎行。

過目不忘（ㄍㄨㄛˋ ㄇㄨˋ ㄅㄨˋ ㄨㄤˋ）

解釋 形容記憶力特別強。

出處 《晉書．苻融載記》：「耳聞則誦，過目不忘。」

例句 據說這位精通五十八國語言的人，從小就有**過目不忘**的本事。

近義 一覽成誦；過目成誦。

過目成誦（ㄍㄨㄛˋ ㄇㄨˋ ㄔㄥˊ ㄙㄨㄥˋ）

解釋 成誦：能背誦。看過就能背下來。形容記憶特別強。

出處 《宋史．劉恕傳》：「恕少穎悟，書過目即成誦。」

解析 「誦」不讀寫成「詠（ㄩㄥˇ）」。

例句 他憑著**過目成誦**的本事，十六歲就取得了碩士學位。

近義 目即成誦；過目不忘。

過江之鯽（ㄍㄨㄛˋ ㄐㄧㄤ ㄓ ㄐㄧˋ）

解釋 鯽：鯽魚（多成群活動）。東晉在江南建立後，北方很多知名之士也紛紛來江南，當時有人說：「過江名士多於鯽。」後來形容趕時髦的人很多。也用來比喻來往的人很多。

例句 為了考上好學校，每年在補習班進出的人多如**過江之鯽**。

反義 寥若晨星。

過河卒子（ㄍㄨㄛˋ ㄏㄜˊ ㄗㄨˊ ㄗˇ）

解釋 比喻打前鋒，只能前進不能後退。

例句 這件事發展到這個地步，我只能做個**過河卒子**，奮勇前進。

過河拆橋（ㄍㄨㄛˋ ㄏㄜˊ ㄔㄞ ㄑㄧㄠˊ）

解釋 比喻利用他人達到目的後，便把那人一腳踢開。

出處 《元史．徹里貼木兒傳》裏說，當時有個許有壬，是由科舉進入官場而逐漸升到參政的。後來他卻竭力主張廢除科舉制度。有人譏諷他說：「參政可謂過河拆橋者矣。」

解析 「過河拆橋」、「卸磨殺驢」常用於口頭，比較通俗；「鳥盡弓藏」，比較文雅、含蓄，多用在文章裏。

例句 他們曾是你的患難之交，你怎麼可以在成功後就**過河拆橋**，把他們一腳踢開。

近義 卸磨殺驢；鳥盡弓藏；過橋抽板。

反義 知恩報恩；感恩圖報。

過從甚密（ㄍㄨㄛˋ ㄘㄨㄥˊ ㄕㄣˋ ㄇㄧˋ）

解釋 過：拜訪。形容彼此往來頻繁、密切。

例句 他們倆**過從甚密**，難免引起一些不必要的聯想。

過眼雲煙（ㄍㄨㄛˋ ㄧㄢˇ ㄩㄣˊ ㄧㄢ）

解釋 原比喻身外之物，可以不加重視。後來比喻很容易消失的事物。

出處 宋·蘇軾〈寶繪堂記〉：「譬之煙雲之過眼，百鳥之感耳，豈不欣然接之，去而不傷念也。」

解析 「過眼雲煙」偏重表示容易消失，多用於一掠而過、容易被忽視的事物，不用於人；「曇花一現」偏重表示出現一下就消失，多用來形容人。

例句 經過這麼多年，當時刻骨銘心的戀情也變成**過眼雲煙**了。

近義 電光石火；曇花一現。

過猶不及（ㄍㄨㄛˋ ㄧㄡˊ ㄅㄨˋ ㄐㄧˊ）

解釋 猶：如，同；不及：趕不上。過頭與不及是一樣不得當的。

出處 《論語·先進》：「子貢問：『師與商也孰賢』？子曰：『師也過，商也不及。』曰：『然則師愈與？』子曰：『過猶不及。』」（師，孔子的學生顓孫師，字子張。商，孔子的學生卜商，字子夏。愈，較好。）

例句 從不運動的他竟心血來潮要參加馬拉松比賽，**過猶不及**，小心你的體力負荷不了。

反義 恰如其分；恰到好處。

遍體鱗傷（ㄅㄧㄢˋ ㄊㄧˇ ㄌㄧㄣˊ ㄕㄤ）

解釋 滿身的傷痕像魚鱗一樣密。形容全身都是傷痕。

出處 清·吳趼人《痛史》第六回：「打的遍體鱗傷，著實走不動了。」

解析 「遍體鱗傷」、「體無完膚」，都可形容遍體受傷，傷勢很重。其區別在於：「遍體鱗傷」的「體」僅指人的身體；「體無完膚」的「體」可指人的身體，也可指觀點、論點、文章，有時還可指侵略行為，使用範圍較廣。

例句 中山之狼被逮捕時，被路上的民眾打得**遍體鱗傷**。

近義 千瘡百孔；皮開肉綻；體無完膚。

反義 安然無恙。

十畫

遠交近攻（ㄩㄢˇ ㄐㄧㄠ ㄐㄧㄣˋ ㄍㄨㄥ）

解釋 結交遠的國家，來進攻鄰近國家的策略。

出處 《戰國策·秦策三》：「王不如遠交而近攻。」

例句 這個國家採取**遠交近攻**的策略，併吞了鄰近的許多國家。

遠走高飛（ㄩㄢˇ ㄗㄡˇ ㄍㄠ ㄈㄟ）

解釋 形容離開故鄉到很遠的地方去。也指擺脫困境束縛，遠走他處。

出處 《後漢書·卓茂傳》：「汝獨不欲修之，寧能高飛遠走，不在人間邪？」

例句 他一心一意拼命賺錢只為了想早點**遠走高飛**，離開這個令他傷心的地方。

近義 逃之夭夭；高蹈遠舉；高飛遠集。

反義 寸步不離；足不出戶。

遙遙無期（ㄧㄠˊ ㄧㄠˊ ㄨˊ ㄑㄧˊ）

解釋 形容事情一再拖延，距離達到目的、實現理想的時間還很遠。

出處 清．李寶嘉《官場現形記》第二十七回：「看看前頭存在黃胖姑那裏的銀子漸漸花完，只剩得千把兩銀子，而放缺又遙遙無期。」

例句 眼看人類幾千年來不斷地戰爭，世界大同恐怕是個**遙遙無期**的夢想。

反義 指日可待；為期不遠。

十一畫

適可而止（ㄕˋ ㄎㄜˇ ㄦˊ ㄓˇ）

解釋 到了適當程度就停止下來，表示凡事恰到好處，不要過分。

出處 《論語．鄉黨》：「不多食」朱熹注：「適可而止，無貪心也。」

例句 雖然他有不對的地方，但你也不可以得理不饒人，凡事要**適可而止**。

近義 恰到好處；恰如其分。

反義 欲罷不能；貪得無厭；得隴望蜀；過猶不及。

適得其反（ㄕˋ ㄉㄜˊ ㄑㄧˊ ㄈㄢˇ）

解釋 適：正，恰好。形容事情的結果恰好與願望相反。

解析 「適得其反」強調結果和願望相反；「事與願違」強調事情的發展違背了主觀的願望。

例句 既然做錯了就該趕緊認錯，想辦法補救，一味地掩飾只會**適得其反**、愈來愈糟。

近義 天違人願；事與願違；欲益反損。

反義 天從人願；如願以償；稱心如意。

十二畫

遺臭萬年（ㄧˊ ㄔㄡˋ ㄨㄢˋ ㄋㄧㄢˊ）

解釋 遺臭：死後留下惡名。惡名流傳到後世，永遠受人唾罵。原作「遺臭萬載」。

出處 《三國演義》九回：「將軍若助董卓，乃反臣也，載之史筆，遺臭萬年。」

解析 「遺」不可寫成「遣」。

例句 你這種牟取私利、罔顧人民權益的作法，將來必定會**遺臭萬年**。

近義 遺臭萬代；遺臭萬世；遺臭千年。

反義 永垂不朽；名垂千古；流芳百世；萬古流芳。

十三畫

避重就輕（ㄅㄧˋ ㄓㄨㄥˋ ㄐㄧㄡˋ ㄑㄧㄥ）

解釋 避開較重的責任，只選擇輕

鬆、容易的來承擔。也指躲開要害問題，只談無關緊要的事。

出處《唐六典．工部尚書》：「皆取材強壯，技能工巧者，不能隱巧補拙，避重就輕。」

例句 面對媒體的採訪，他總是**避重就輕**，不願透露任何消息。

近義 舍本逐末；拈輕怕重；棄重取輕；避難就易。

反義 不辭辛苦；任勞任怨；蚊力負山。

避實就虛（ㄅㄧˋ ㄕˊ ㄐㄧㄡˋ ㄒㄩ）

解釋 就：接近，走向。在軍事上指避開敵人強勁的部分，而攻擊其薄弱環節。本作「避實擊虛」。現在也指躲開實質性的問題，盡說空話。

出處《孫子．虛實》：「兵之形，避實而擊虛。」

例句 這些官員面對媒體記者的採訪，都練就了一身**避實就虛**的功夫。

近義 舍實求虛。

反義 一語道破；搔著癢處。

【邑部】

四畫

邪魔外道（ㄒㄧㄝˊ ㄇㄛˊ ㄨㄞˋ ㄉㄠˋ）

解釋 本佛教名詞，指妨害正道的邪說和行為。後引申指妖魔鬼怪，現多指不正當的門路或不正經的事情。

出處《藥師經》：「又信世間邪魔外道、妖孽之師，妄說禍福。」

例句 向來篤信科學的他，為了女兒纏身多年的怪疾，竟不得不求助於**邪魔外道**。

近義 歪門邪道；旁門左道；異端邪說。

五畫

邯鄲學步（ㄏㄢˊ ㄉㄢ ㄒㄩㄝˊ ㄅㄨˋ）

解釋 邯鄲：戰國時趙國的都城。比喻模仿別人不成，反而連自己原來會的東西也忘掉了。也作「學步邯鄲」。

出處《莊子．秋水》裏說，燕國有個青年人到邯鄲去，看見趙國人走路姿勢很好看，就跟著人家學。結果不但沒學好，連自己原來的走法也忘記了，只好爬著回去。

例句 教練常告誡我們不要**邯鄲學步**、一味地摹仿別人，讓自己本來的水準也發揮不了。

近義 東施效顰。

反義 栩栩如生；維妙維肖。

七畫

郢書燕說（ㄧㄥˇ ㄕㄨ ㄧㄢ ㄕㄨㄛ）

解釋 比喻曲解原意，穿鑿附會。

出處 《韓非子，外儲說左上》裏說，郢地有個人夜晚給燕國的國相寫信，燈不太亮，就對端燭的侍者說「舉燭」，不自覺地把「舉燭」二字寫進信裏了。「燕相受書而說（悅）之，曰：『舉燭者，尚明也；尚明也者，舉賢而任之。』」

解析 「燕」不能唸成一ㄢˋ。

例句 這些荒謬絕倫的傳言多屬**郢書燕說**，你要有判斷的能力。

近義 穿鑿附會；牽強附會；望文生義。

八畫

郭公夏五 ㄍㄨㄛ ㄍㄨㄥ ㄒㄧㄚˋ ㄨˇ

解釋 郭公，夏五：都是春秋經文中遺漏不全處。比喻歷史文獻或書籍有脫漏。

出處 《春秋．莊公二十四年》：「郭公……」；又《春秋．植公十四年》：「夏五……」兩處經文都有脫漏。

例句 古代典籍多以人工傳抄，**郭公夏五**的情況是在所難免。

近義 斷簡殘編。

十二畫

鄭衛之音 ㄓㄥˋ ㄨㄟˋ ㄓ ㄧㄣ

解釋 鄭、衛：春秋時二國名。鄭國、衛國的民間音樂為淫靡之樂或文學作品的代稱。

出處 《禮記．樂記》：「鄭衛之音，亂世之音也。」

例句 現今社會道德、風氣敗壞，市場上流行的盡是**鄭衛之音**。

近義 靡靡之音。

【酉部】

三畫

酒池肉林 ㄐㄧㄡˇ ㄔˊ ㄖㄡˋ ㄌㄧㄣˊ

解釋 古代傳說，殷紂以酒為池，以肉為林，為長夜之飲。比喻生活奢侈、糜爛。

出處 《史記．殷本紀》：「丘，以酒為池，縣肉為林，使男女倮相逐其間，為長夜之飲。」（縣，同「懸」。）

例句 他自從炒地皮賺了大錢後，就夜夜笙歌、**酒池肉林**。

近義 日食萬錢；食前方丈。

酒色財氣 ㄐㄧㄡˇ ㄙㄜˋ ㄘㄞˊ ㄑㄧˋ

解釋 酒：嗜酒；色：好色；財：貪財；氣：逞氣。舊時以此為人生四戒。

出處 《元曲選．馬致遠〈黃粱夢〉四》：「一夢中十八年，見了酒色財氣，人我是非，貪嗔痴愛，風霜雨雪。」

例句 他自從出了那場車禍，在生死關頭走了一回後，酒色財氣就再也不碰了。

近義 聲色犬馬。

酒食徵逐（ㄐㄧㄡˇ ㄕˊ ㄓㄥ ㄓㄨˊ）

解釋 徵：召，呼喚；逐：追，跟隨。頻頻相約去吃喝玩樂。形容酒肉朋友之間終日吃喝玩樂。

出處 唐·韓愈《昌黎先生集·柳子厚墓志銘》：「今夫平居里巷相慕悅，酒食遊戲相徵逐。」

例句 你終日與這些**酒食徵逐**的朋友交往，遲早會連工作都丟了。

近義 花天酒地。

酒酣耳熱（ㄐㄧㄡˇ ㄏㄢ ㄦˇ ㄖㄜˋ）

解釋 酒酣：酒喝得正痛快。形容酒興正濃的狀態。

出處 曹丕〈與吳質書〉：「每至觴酌流行，絲竹並奏，酒酣耳熱，仰而賦詩，當此之時，忽然不自知樂也。」

例句 大夥正喝得**酒酣耳熱**，你卻嚷著要回家，豈不太掃興了。

酒囊飯袋（ㄐㄧㄡˇ ㄋㄤˊ ㄈㄢˋ ㄉㄞˋ）

解釋 囊：口袋。比喻只會吃喝、毫無才能的人。

出處 《論衡·別通》：「飽食快飲，慮深求臥，腹為飯坑，腸為酒囊。」

例句 你們倆連這點小事也辦不好，真是**酒囊飯袋**。

近義 尸位素餐；行尸走肉；酒甕飯囊。

反義 才高八斗；先知先覺；雄才大略。

八畫

醉生夢死（ㄗㄨㄟˋ ㄕㄥ ㄇㄥˋ ㄙˇ）

解釋 像喝醉酒和做夢那樣，昏昏沈沈、糊裏糊塗地生活著。

出處 《程子語錄》：「雖高才明智，膠於見聞，醉生夢死，不自覺也。」

例句 自從公司倒閉後，他成天過著**醉生夢死**的生活，從不力圖振作。

近義 行尸走肉；紙醉金迷。

反義 壯志凌雲；奮發圖強。

醉酒飽德（ㄗㄨㄟˋ ㄐㄧㄡˇ ㄅㄠˇ ㄉㄜˊ）

解釋 既喝醉了酒，又飽受了恩惠。用為賓客酬謝主人款待優厚的話。

出處 《詩經·大雅·既醉》：「既醉以酒，既飽以德；君子萬年，介爾景福。」

例句 這頓晚餐，大家都吃得**醉酒飽德**，非常感謝主人的盛情款待。

九畫

醍醐灌頂（ㄊㄧˊ ㄏㄨˊ ㄍㄨㄢˋ ㄉㄧㄥˇ）

解釋 醍醐：酥酪上凝聚的油。純酥油澆到頭上。佛教用以比喻灌輸給人智慧、使人徹悟。

出處 唐．顧況《華陽集．行路難》詩：「豈知灌頂有醍醐，能使清涼頭不熱。」

例句 聽了老師父的一席話，有如醍醐灌頂，讓我恍然大悟。

近義 如飲醍醐。

反義 執迷不悟。

【采部】

一畫

采薪之憂（ㄘㄞˇ ㄒㄧㄣ ㄓ ㄧㄡ）

解釋 采薪：撿柴。因生病而無法撿柴，後來用作自稱有病的婉辭。也作「采薪之患」。

出處 《孟子．公孫丑下》：「有采薪之憂，不能造朝。」

例句 在這敏感時刻，他屢屢以**采薪之憂**為名，拒絕公開露面。

【里部】

二畫

重見天日（ㄔㄨㄥˊ ㄐㄧㄢˋ ㄊㄧㄢ ㄖˋ）

解釋 脫離黑暗的處境又見到光明。比喻重獲自由或冤情得以昭雪。

出處 《三國演義》二十八回：「今遇將軍，如重見天日。」

解析 不要把「重」讀成ㄓㄨㄥˋ。

例句 做了好幾年的牢，好不容易**重見天日**，但一想到自己的未來，卻又茫然不知所措。

近義 雲開見日。

重作馮婦（ㄔㄨㄥˊ ㄗㄨㄛˋ ㄈㄥˊ ㄈㄨˋ）

解釋 表示人又重操舊業。

出處 《孟子．盡心篇》中提到晉國一個獵人馮婦，有赤手空拳打老虎的本事，後來一心念書成了個品性端正的讀書人，有一次見到許多人在野外追趕老虎，但沒人敢上前捉捕牠，大家看見馮婦都很高興地迎接他，馮婦便又上前和老虎搏鬥。

例句 辭去朝九晚五的工作後，他又**重作馮婦**，回到夜市擺地攤了。

近義 重操舊業。

重溫舊夢（ㄔㄨㄥˊ ㄨㄣ ㄐㄧㄡˋ ㄇㄥˋ）

解釋 比喻重新經歷一次或回憶舊日的景象。

例句 他一個人在國外奮鬥多年，朝思暮想的就是回到故鄉，**重溫舊夢**。

重整旗鼓（ㄔㄨㄥˊ ㄓㄥˇ ㄑㄧˊ ㄍㄨˇ）

解釋 旗鼓：旗幟和戰鼓，古時軍中發號施令的用具，常用來代表軍事力量。比喻失敗以後，重新組織，整頓再起。

解析 「重整旗鼓」重在重新整頓力

量；「東山再起」重在重新興起。

例句 去年雖然選舉失利，今年他仍然**重整旗鼓**，準備再戰一次。

近義 死灰復燃；東山再起；捲土重來。

反義 一蹶不振；偃旗息鼓。

重蹈覆轍（ㄔㄨㄥˊ ㄉㄠˋ ㄈㄨˋ ㄔㄜˋ）

解釋 蹈：踏上；覆：翻，倒；轍：車碾過的輪印。比喻不吸取失敗的教訓，又重犯過去的錯誤。

出處 《後漢書．竇武傳》：「今不慮前事之失，復循覆車之軌。」

解析 ①不要把「重」讀成ㄓㄨㄥˋ或把「蹈」讀成ㄊㄠ。②有時把「重蹈」和「覆轍」拆開，以「重蹈×××覆轍」的形式出現。「轍」不能唸成ㄓㄜˊ。③「重蹈覆轍」偏重指又重走老路子；「故態復萌」偏重指又重犯老毛病；「故伎重施」偏重指又使用老手段。

例句 上學期的期末考你才因為睡過頭而遲到，怎麼這次月考你又**重蹈覆轍**？

近義 重蹈前轍；復蹈前轍。

反義 改弦更張；改弦易轍；前車之鑒。

四畫

野人獻曝（ㄧㄝˇ ㄖㄣˊ ㄒㄧㄢˋ ㄆㄨˋ）

解釋 比喻平凡人所能貢獻的平凡事物。

出處 《列子．楊朱》篇中提到：宋國有個貧窮的農夫，只能穿著粗麻度過寒冬，不知道帝王住在豪華大屋，穿著溫暖的皮裘。春天時，他在田裏工作，太陽曬得他非常溫暖，他很高興地對他太太說：「曬太陽的溫暖，沒有人知道，如果把這個發現告訴國君，一定會有重賞。」

例句 我這點淺見只是**野人獻曝**，還希望各位多多指教。

野心勃勃（ㄧㄝˇ ㄒㄧㄣ ㄅㄛˊ ㄅㄛˊ）

解釋 野心：指攫取名利、地位等的慾望；勃勃：旺盛的樣子。形容心懷貪婪、非分之想或重大的陰謀、企圖。

解析 「野心勃勃」指非分的慾念，貶義詞；「雄心勃勃」指遠大的理想、抱負，多用作褒義。

例句 看他一副**野心勃勃**的樣子，我們可得對他多加提防。

近義 雄心勃勃。

反義 兩袖清風；清心寡欲。

五畫

量入為出（ㄌㄧㄤˋ ㄖㄨˋ ㄨㄟˊ ㄔㄨ）

解釋 根據收入的情形來定開支的限度。

出處 《禮記．王制》：「冢（ㄓㄨㄥˇ）宰制國用，必於歲之杪，五穀皆入，然後制國用，量入以為出。」（冢宰，古代官名，相當於後代的宰相。制，制定。杪，末。入，納。）

解析 「量」不能唸成ㄌㄧㄤˊ；「為」不讀「為虎作倀」的ㄨㄟˋ。

例句 她管理家用向來是**量入為出**，沒幾年就存了不少錢。

近義 精打細算。

反義 入不敷出；寅吃卯糧。

量力而為 ㄌㄧㄤˋ ㄌㄧˋ ㄦˊ ㄨㄟˊ

解釋 量：估計，按照。
估量自己力量的大小去做事。

出處 《左傳．昭公十五年》：「力能則進，否則退，量力而行。」

解析 「量」不能唸成ㄌㄧㄤˊ。

例句 小弟做事向來不懂得**量力而為**，常把自己累得疲於奔命。

近義 度德量力；量力而行。

反義 不自量力；自不量力；夸父追日；好高騖遠；蚍蜉撼樹；螳臂當車。

【金部】

金戈鐵馬 ㄐㄧㄣ ㄍㄜ ㄊㄧㄝˇ ㄇㄚˇ

解釋 戈：古代的一種武器；金戈：金屬製的戈；鐵馬：配有鐵甲的戰馬。
比喻戰爭。也形容戰士的雄姿。

出處 《新五代史．李襲吉傳》：「金戈鐵馬，蹂踐於明時。」

例句 王伯伯已退休多年，但只要提起那段**金戈鐵馬**的歲月，眼神依然散發出當年的神采。

近義 戎馬倥傯。

反義 太平盛世；歌舞昇平。

金玉良言 ㄐㄧㄣ ㄩˋ ㄌㄧㄤˊ ㄧㄢˊ

解釋 金玉：黃金和美玉。
比喻非常寶貴、有幫助的勸告。

出處 清．李寶嘉《官場現形記》第十一回：「老哥哥教導的話，句句是金玉良言。」

例句 老師的這一席話，句句是**金玉良言**，你們可要銘記在心。

近義 金石之言；肺腑之言；藥石之言。

反義 冷言冷語；花言巧語；無稽之談。

金玉其外，敗絮其中 ㄐㄧㄣ ㄩˋ ㄑㄧˊ ㄨㄞˋ ㄅㄞˋ ㄒㄩˋ ㄑㄧˊ ㄓㄨㄥ

解釋 外表像金玉，內裏卻盡是破棉絮。比喻虛有其表及外表好看而實質敗壞的人或事。

出處 明代劉基〈賣柑者言〉裏說：有個賣水果的小販，他保存的柑子即使經過冬天和夏天，看上去顏色和色彩仍舊很鮮豔，像金玉似的。可是剝開來以後，裏面卻乾得像一團破棉花。劉基質問小販時，他說：「看那些地位高、騎大馬、飲美酒的人，哪個不是裝得一本正經，神氣活現？可是，這些人全都是虛有其表。」

解析 「金玉其外，敗絮其中」與「華而不實」都有外表華美、虛有其表的意思。其區別在於：「華而不實」指內容空泛、空虛、不實在；「金玉其外，敗絮其中」指內容和實質腐敗、惡劣。

例句 那位美艷動人的女星，一開口說話卻是庸俗不堪，真是**金玉其外，敗絮其中**。

近義 華而不實。

反義 秀外慧中；彌中彪外。

金玉滿堂（ㄐㄧㄣ ㄩˋ ㄇㄢˇ ㄊㄤˊ）

解釋 原形容極為富有。後來也比喻人很有才能，學識豐富。

出處 《老子》九章：「金玉滿堂，莫之能守。」

例句 他出身在**金玉滿堂**之家，自小就倍受呵護，哪裏受得了這種苦。

近義 家財萬貫；堆金積玉；腰纏萬貫。

反義 一貧如洗；家徒四壁；貧無立錐。

金枝玉葉（ㄐㄧㄣ ㄓ ㄩˋ ㄧㄝˋ）

解釋 古時用來稱皇族之詞，現在比喻人的嬌貴。

出處 《古今注．輿服》：「常有五色雲聲，金枝玉葉，止於帝上，有花葩之象。」

例句 像你這種**金枝玉葉**，一定受不了餐風露宿的苦，勸你還是打消這個念頭吧！

近義 千金之子；名門望族。

反義 村夫俗子；村野匹夫。

金屋藏嬌（ㄐㄧㄣ ㄨ ㄘㄤˊ ㄐㄧㄠ）

解釋 本指建造華美的屋子，給自己喜愛的女子住。現多指已婚男子瞞著自己的妻子在外購屋與人同居。

出處 相傳漢武帝小時候，他的姑姑抱著他問他長大要不要娶太太，又指著她的女兒阿嬌問：「娶她好不好！」武帝很高興地說：「如果能娶到阿嬌，我一定要用黃金建造一幢屋子，把阿嬌藏在裏面。」

解析 「嬌」不可寫成「矯」。

例句 張先生外表看來老實，沒想到卻背著太太在外**金屋藏嬌**多年。

金城湯池（ㄐㄧㄣ ㄔㄥˊ ㄊㄤ ㄔˊ）

解釋 金屬鑄造的城牆，滾燙的護城河。形容形勢嚴密、險固的城池。

出處 《漢書．蒯通傳》：「必將嬰城固守，皆為金城湯池，不可攻也。」（嬰，繞。嬰城，以城自繞，即憑仗城牆保護自己。）

例句 有了壯大的三軍，就好比是**金城湯池**，不需懼怕敵人的侵犯。

近義 固若金湯；銅牆鐵壁。

金相玉質（ㄐㄧㄣ ㄒㄧㄤ ㄩˋ ㄓˊ）

解釋 比喻文章的形式和內容都很完美。

出處 漢．王逸〈離騷序〉：「所謂金相玉質，百世無匹，名垂罔極，永不刊滅者矣。」

例句 這篇文章是**金相玉質**，非常值得各位同學反覆閱讀。

金科玉律（ㄐㄧㄣ ㄎㄜ ㄩˋ ㄌㄩˋ）

解釋 科、律：法律條文。

原來是形容法律條文的盡善盡美。現在多指寶貴而可奉為圭臬的格言。也作「金科玉條」。

出處 唐．陳子良〈平城縣正陳子干誄〉：「爰參選部，乃任平城，金科是執，玉律逾明。」

解析 「金科玉律」和「清規戒律」都含有「規矩限制」的意思。但「清規戒律」多指束縛人們思想的條文、戒規。「金科玉律」多指必須遵守的、不可改變的規則、原理、條例等。

例句 他一向把師父說的話奉為**金科玉律**，不敢違背。

金剛怒目（ㄐㄧㄣ ㄍㄤ ㄋㄨˋ ㄇㄨˋ）

解釋 金剛：印度古代密教徒所用的金剛杵及執杵的力士。

通常稱佛寺山門內所塑的四天王像為四大金剛。形容面目威猛可怕。

出處 《太平廣記》引《談藪》：「金剛努目，所以降伏四魔；菩薩低眉，所以慈悲六道。」

例句 教練一板起臉來簡直是**金剛怒目**，嚇得這些頑皮的小鬼個個噤若寒蟬。

金迷紙醉（ㄐㄧㄣ ㄇㄧˊ ㄓˇ ㄗㄨㄟˋ）

解釋 形容奢侈、淫逸的享樂生活。也作「紙醉金迷」。

出處 宋．陶穀《清異錄．金迷紙醉》記載，唐朝末年有個醫生叫孟斧，住在四川，他的住宅裏有一個小房間，使用的家具都包上金紙，因此金光閃閃。他的一個要好朋友見了，回去對人說：「此室暫憩（ㄑㄧˋ）令人金迷紙醉。」（暫憩，休息一會兒。）

例句 他成名後天天過著**金迷紙醉**的生活，沒多久就把積蓄揮霍一空。

近義 花天酒地；醉生夢死；燈紅酒綠。

反義 食淡衣粗；粗茶淡飯；簞食瓢飲。

金碧輝煌（ㄐㄧㄣ ㄅㄧˋ ㄏㄨㄟ ㄏㄨㄤˊ）

解釋 金碧：指國畫顏料中的泥金、石青和石綠。

形容建築物裝飾得華麗、耀眼的樣子。

出處 《紅樓夢》二十六回：「連忙進入房內，抬頭一看，只見金碧輝煌，文章閃爍。」

例句 走進這幢**金碧輝煌**的建築物中，令人彷彿置身幻境。

近義 金碧輝映；富麗堂皇；雕欄玉砌。

反義 家徒四壁；蓬戶甕牖。

金蟬脫殼

解釋 金蟬：昆蟲名。蟬變為成蟲時，要脫去幼蟲時的殼，比喻用計迷惑敵人以便脫逃。

出處 《幽閨記．文武同盟》：「曾記得兵書上有箇金蟬脫殼之計。」

例句 這名歹徒每每使出**金蟬脫殼**之計，逃過警方的追捕。

近義 逃之夭夭；溜之大吉。

反義 作繭自縛。

金蘭之交

解釋 金：金子，代表堅固；蘭：蘭花，代表芬芳。指友情像金子般堅固，像蘭花般芬芳。比喻十分投合而堅定的友情。

出處 《文選．劉峻．廣絕交論》：「把臂之英，金蘭之友。」

例句 他們的父親是**金蘭之交**，他們也因而結為好朋友。

近義 金蘭之契；契若金蘭；義結金蘭。

反義 狐朋狗友；狐群狗黨；酒肉朋友；點頭之交。

二　畫

針鋒相對

解釋 針鋒：針尖。針尖對針尖。針對對方的論點或行動進行回擊。比喻雙方以尖銳的言辭辯論。

出處 《兒女英雄傳》九回：「這十三妹本是個玲瓏剔透的人，他那聰明正合張金鳳針鋒相對。」

解析 「針鋒相對」重在表現以對立的觀點、言行激烈鬥爭；「水火不容」則偏重在表現兩種事物根本對立，本質上不能相容。

例句 他們倆為了子女的教養問題已不知**針鋒相對**地激辯了多少回。

近義 水火不容。

反義 犯而不校；逆來順受；唾面自乾。

釜底抽薪

解釋 釜：鍋；薪：柴。從鍋底下抽掉柴火。比喻從根本上解決問題。

出處 北齊．魏收〈為侯景叛移梁朝文〉：「抽薪止沸，翦草除根。」

解析 不要把「釜」寫成「斧」。

例句 要解決這件事，必須想出一個**釜底抽薪**的方法，不可以只治標不治本。

近義 抽薪止沸；斬草除根。

反義 火上加油；抱薪救火；揚湯止沸。

五　畫

鉤心鬥角

解釋 心：宮室的中心；鬥：結合；角：檐角。原來形容宮室建築的結構錯綜精密。現在比喻各用心機，明爭暗鬥。也作「鉤心鬥角」。

出處 唐．杜牧《樊川文集．阿房宮賦》：「各抱地勢，鉤心鬥角。」

例句 你與其在官場中與人**鉤心鬥角**，爾虞我詐，不如盡一個公民的責任，服務人群。

近義 明爭暗鬥；明槍暗箭；爾虞我詐。

反義 同心協力；肝膽相照；披肝瀝膽；開誠布公。

鉤深致遠（ㄍㄡ ㄕㄣ ㄓˋ ㄩㄢˇ）

解釋 鉤：鉤取。比喻探索深奧的道理。

出處 《周易．繫辭上》：「深賾索隱，鉤深致遠。」（賾，深奧玄妙。）

例句 林教授做學問向來務求**鉤深致遠**，所以才有今日的成就。

近義 探賾索隱；鉤深索隱。

反義 淺嘗輒止。

鉗口結舌（ㄑㄧㄢˊ ㄎㄡˇ ㄐㄧㄝˊ ㄕㄜˊ）

解釋 把嘴夾住，把舌頭捆住。形容閉口不敢說話。

出處 漢．王符《潛夫論．賢難》：「此智士所以鉗口結舌、括囊共默而已者也。」（括囊：封閉袋口，比喻不輕易說話。鉗口：也作「拑口」。）

例句 他受到歹徒的威脅，無論警方如何查問，他總是**鉗口結舌**，不肯透露一點消息。

近義 絕口不言；啞口無言。

反義 侃侃而談；滔滔不絕；暢所欲言。

六畫

銅筋鐵骨（ㄊㄨㄥˊ ㄐㄧㄣ ㄊㄧㄝˇ ㄍㄨˇ）

解釋 銅一樣的筋，鐵一樣的骨頭。形容身體強健。

出處 《水滸傳》第三十一回：「身間布納襖斑爛，彷彿銅筋鐵骨。」

例句 他生長在鄉間，終日奔跑在山林田野，練就了一身**銅筋鐵骨**。

近義 虎背熊腰；燕頷虎頸。

反義 弱不禁風；弱不勝衣。

銅頭鐵額（ㄊㄨㄥˊ ㄊㄡˊ ㄊㄧㄝˇ ㄜˊ）

解釋 形容人非常勇猛、強悍。

出處 《史記．五帝紀．而蚩尤最為暴莫能伐．正義》：「龍魚河圖云：『黃帝攝政，有蚩尤兄弟八十一人，竝獸身人語，銅頭鐵額，食沙石子，造立兵仗，刀戟大弩，威振天下。』」

例句 據聞敵軍不但人數眾多，且個個**銅頭鐵額**，我們哪裏是對手呢！

反義 形銷骨立；面黃肌瘦；瘦骨嶙峋。

銅牆鐵壁（ㄊㄨㄥˊ ㄑㄧㄤˊ ㄊㄧㄝˇ ㄅㄧˋ）

解釋 比喻防禦工事十分堅固，不可摧毀。也作「鐵壁銅牆」。

出處《兒女英雄傳》五回：「縱說有銅牆鐵壁，擋的是不來之賊，如果來了，豈是這塊小小的石頭擋得住的。」

解析「銅牆鐵壁」指建築堅固或力量強大；「固若金湯」多指防禦嚴密。

例句 縱使敵人有**銅牆鐵壁**，也擋不住我們凌厲的攻勢。

近義 金城湯池；固若金湯。

反義 不堪一擊。

銖兩悉稱（ㄓㄨ ㄌㄧㄤˇ ㄒㄧ ㄔㄥˋ）

解釋 悉：都。形容兩者的輕重相當，不相上下。

出處《柳南隨筆》二：「律詩對偶，固須銖兩悉稱，然必看了上句，使人想不出下句，方見變化不測。」

解析「銖兩悉稱」、「不相上下」都可指力量大小、勢力強弱相當，也指數量多少、質量優劣、輕重、程度高低等相當，使用範圍較廣；「勢均力敵」一般只指勢力、力量大小相當。

例句 你的這兩句對聯作得真是**銖兩悉稱**，十分工整。

近義 不相上下；半斤八兩；勢均力敵。

反義 天差地遠；泰山鴻毛。

銖積寸累（ㄓㄨ ㄐㄧ ㄘㄨㄣˋ ㄌㄟˇ）

解釋 我國古代的重量單位。一銖一寸地積累起來。形容積少成多，事物完成得不容易。

出處《侯鯖錄》四：「寒女之絲，銖積寸累。」

例句 學問的累積必須靠反覆的研讀與深刻的體會才能**銖積寸累**，養成豐富的學識。

近義 日積月累；日就月將；積少成多。

反義 日削月割；毀於一旦。

銜華佩實（ㄒㄧㄢˊ ㄏㄨㄚˊ ㄆㄟˋ ㄕˊ）

解釋 銜：包含；華：同「花」；佩：佩戴；實：果實。形容草木開花結果。也比喻文章的內容和文辭都很美。

出處 南朝．梁．劉勰《文心雕龍．徵聖》：「然則聖文之雅麗，固銜華而佩實者也。」（華，比喻文采。實，比喻文章的內容。）

例句 這些能流傳久遠、代代相傳的文章，都是**銜華佩實**的傑作。

七　畫

銷聲匿跡（ㄒㄧㄠ ㄕㄥ ㄋㄧˋ ㄐㄧ）

解釋 銷：減少，消除；匿：隱藏；跡：形跡。不出聲，不露面。形容隱藏形跡，不公開露面。也作「匿跡銷聲」。

出處 清．李寶嘉《官場現形記》：「黑八哥一干人也勸他，叫他暫時匿跡銷聲，等避過風頭再作道理。」

解析「銷聲匿跡」、「匿影藏形」都含有隱藏起來的意思。其區別在於：「銷聲匿跡」所要隱藏的是「形跡」，目的在於不為眾人所發現；「匿影藏形」所要隱藏的是「真相」，目的在於不讓別人看出來。

例句 他曾是球場上紅極一時的巨星，但自從受傷後就**銷聲匿跡**了。

近義 匿影藏形；聲銷跡滅。

反義 名揚四海；拋頭露面；原形畢露。

鋪張揚厲（ㄆㄨ ㄓㄤ ㄧㄤˊ ㄌㄧˋ）

解釋 鋪張：鋪陳、渲染；揚厲：宣揚、擴大。

原指鋪敘、宣揚。現多指極力粉飾、誇大，過於講究排場。

出處 唐．韓愈《昌黎先生集．潮州刺史謝上表》：「鋪張對天之閎（ㄏㄨㄥˊ）休，揚厲無前之偉績。」

解析「厲」不寫成「勵」。

例句 這位候選人在選前如此**鋪張揚厲**，當選後難保不會貪污舞弊。

近義 大張旗鼓；鋪張浪費。

反義 粗茶淡飯；粗食布衣；節衣縮食。

銳不可當（ㄖㄨㄟˋ ㄅㄨˋ ㄎㄜˇ ㄉㄤ）

解釋 銳：鋒利。當：抵擋。

形容來勢勇猛，不可阻擋。

出處 明．凌濛初《初刻拍案驚奇》：「侯元領了千餘人直突其陣，銳不可當。」

解析 ①「銳不可當」和「勢如破竹」在意義上有相近之處，但有區別：「銳不可當」重在不可阻擋；「勢如破竹」重在節節勝利，毫無阻礙。②「當」不可讀成ㄉㄤˋ。

例句 比賽才開始他就展現出**銳不可當**的氣勢，打得對手節節敗退。

近義 猛虎下山；勢不可當。

反義 一觸即潰；一敗塗地；強弩之末；望風披靡。

鋒芒畢露（ㄈㄥ ㄇㄤˊ ㄅㄧˋ ㄌㄨˋ）

解釋 鋒芒：比喻人的銳氣、才幹；畢：完全。

銳氣、才幹全部顯露出來。比喻人的傲氣、才幹完全顯露出來。

出處《後漢書．袁紹傳》：「瓚亦梟夷，故使鋒芒挫縮。」

解析「鋒」不可寫成「峰」。

例句 經過這些年的歷練，使他處世更顯圓融，不再**鋒芒畢露**。

近義 脫穎而出；嶄露頭角；頭角崢嶸。

反義 不露圭角；晦跡韜光；深藏若虛。

鋌而走險（ㄊㄧㄥˇ ㄦˊ ㄗㄡˇ ㄒㄧㄢˇ）

解釋 鋌：快跑的樣子；走險：奔赴險處。

形容無路可走而被迫採取冒險行動。

出處《左傳．文公十七年》：「鋌而走險，急何能擇？」

解析 ①「鋌」不可寫成「挺」。②「鋌而走險」偏重於無路可走而冒險，這種冒險可指好，也可指壞；「逼上梁山」偏重於被迫進行反抗，也可指不得已而做某種事。

例句 家庭的重擔竟逼得他**鋌而走**險，綁架了鄰居的小孩。

近義 孤注一擲；逼上梁山。

八畫

錯彩鏤金 ㄘㄨㄛˋ ㄘㄞˇ ㄌㄡˋ ㄐㄧㄣ

解釋 錯：塗飾；鏤：刻。塗繪五色，雕刻金銀，裝飾得非常精美、華麗。形容文學作品詞藻絢爛。也作「鏤金錯彩」。

出處 南朝．梁．鍾嶸《詩品》：「謝（靈運）詩如芙蓉出水，顏（延之）如錯彩鏤金。」

例句 這篇散文用詞如**錯彩鏤金**，優美得像一首詩，令人低迴不已。

錐刀之末 ㄓㄨㄟ ㄉㄠ ㄓ ㄇㄛˋ

解釋 末：梢，尖端。比喻極微小的利益。也作「錐刀之利」。

出處《左傳．昭公六年》：「錐刀之末，將盡爭之。」

例句 你為了這一點**錐刀之末**與他爭吵，未免太不值得了。

近義 蠅頭小利；蠅頭微利。

錐處囊中 ㄓㄨㄟ ㄔㄨˇ ㄋㄤˊ ㄓㄨㄥ

解釋 囊：口袋。錐子放在口袋裏，錐尖就會露出來。比喻有才智的人不會長久被埋沒，終能顯露出來。

出處《史記．平原君虞卿列傳》：「夫賢士之處世也，譬若錐之處囊中，其末立見（ㄒㄧㄢˋ）。」（末，尖端。）

解析「處」不能唸成ㄔㄨˋ。

例句 從他平日的表現看來，他現在是**錐處囊中**，終有揚名世界的一天。

錦上添花 ㄐㄧㄣˇ ㄕㄤˋ ㄊㄧㄢ ㄏㄨㄚ

解釋 錦：彩色大花紋的一種絲織物，比喻鮮豔、華美。在錦上面再繡上花。比喻好上加好，美上加美。

出處 宋．黃庭堅《山谷集．了了庵頌》：「又要涪（ㄈㄨˊ）翁作頌，且圖錦上添花。」

例句 現在社會中雪中送炭的不多，**錦上添花**的倒是不少。

近義 百竿日進；精益求精。

反義 佛頭著糞；雪上加霜。

錦心繡口 ㄐㄧㄣˇ ㄒㄧㄣ ㄒㄧㄡˋ ㄎㄡˇ

解釋 形容作家的文思優美，詞藻華麗。也作「錦心繡腹」。

出處 唐．柳宗元《乞巧文》：「駢四儷六，錦心繡口。」

例句 這位作家是**錦心繡口**，雖然出書不多，但每本都是深刻、雋永之作。

反義 陳腔濫調；詰屈聱牙。

錦衣玉食 ㄐㄧㄣˇ ㄧ ㄩˋ ㄕˊ

解釋 錦衣：彩衣，華麗的衣服；玉食：比喻珍異的食品。指衣食都極精巧、華麗。形容奢侈、豪華的生活。

出處 《魏書．常景傳》：「錦衣玉食，可頤其形。」

解析 「錦衣玉食」、「豐衣足食」都有衣食好、生活好的意思。但「錦衣玉食」強調衣食精美，形容生活奢侈、豪華；「豐衣足食」只強調衣食富足，形容生活舒適。

例句 現代的小孩過慣了**錦衣玉食**的生活，當然無法體會難民顛沛流離的苦楚。

近義 鮮衣美食；豐衣美食；鐘鳴鼎食。

反義 家常便飯；粗茶淡飯；粗食布衣；糲食粗餐。

錦繡河山 ㄐㄧㄣˇ ㄒㄧㄡˋ ㄏㄜˊ ㄕㄢ

解釋 錦繡：精致、華麗的絲織品，常用以形容美好的事物。像錦繡那樣秀麗的國土。

出處 《元曲選．白仁甫〈梧桐雨〉二》：「統精兵直指潼關，料唐家無計遮攔，單要搶貴妃一個，非專為錦繡江山。」

解析 「錦繡河山」、「錦繡山河」都是形容美好的國土；而「湖光山色」、「江山如畫」則是形容自然風景的美好。

例句 開放大陸探親後，國人才有機會一睹大陸的**錦繡河山**。

近義 大好河山；錦繡山河。

反義 殘山賸水。

錦囊妙計 ㄐㄧㄣˇ ㄋㄤˊ ㄇㄧㄠˋ ㄐㄧˋ

解釋 錦囊：錦製的袋子。現在比喻機密而完美的計策。

出處 三國演義中提到，有一次劉備到東吳成親，行前諸葛亮交給他三個錦囊，當中各藏著一條妙計，要他遇到困難就打開錦囊依計行事，果然每次都能解決困難，逢凶化吉，最後終於安全地返回荊州。

例句 他向來點子最多，每回遇到困難向他求救，他總會想出幾條**錦囊妙計**，替我解危。

近義 神機妙算；萬全之策。

反義 一籌莫展；無計可施。

錙銖必較 ㄗ ㄓㄨ ㄅㄧˋ ㄐㄧㄠˋ

解釋 錙、銖：都是古代很小的重量單位；較：計較。形容非常吝嗇，對很少的錢都要計較。也作「錙銖較量」。

出處 《紅樓夢》第七十九回：「論交道，不在肥馬輕裘，即黃金白璧，亦不當錙銖較量。」

解析 「錙銖必較」指一錙一銖也要計較，多用於錢財方面；「斤斤計較」指在細小的事物上也要計較，使用範圍較廣。

例句 巷口雜貨店的老闆娘向來是錙銖必較，使得大家都不願向她買東西。

近義 斤斤計較；分斤掰兩；掂斤播兩。

反義 仗義疏財；慷慨解囊；樂善好施。

九畫

鍥而不捨（ㄑㄧㄝˋ ㄦˊ ㄅㄨˋ ㄕㄜˇ）

解釋 鍥：鏤刻；捨：停止，放下。不斷地鏤刻。比喻努力不懈。

出處 《荀子．勸學》：「鍥而不捨，金石可鏤。」

例句 多虧了張警官**鍥而不捨**的精神，才使得這件懸宕多年的案件終於真相大白。

近義 持之以恆；堅持不懈；駑馬十駕。

反義 一暴十寒；半途而廢；淺嘗輒止。

鍾靈毓秀（ㄓㄨㄥ ㄌㄧㄥˊ ㄩˋ ㄒㄧㄡˋ）

解釋 鍾：凝聚，集中；毓：產生，孕育。天地間靈秀之氣所聚，而孕育出傑出的人才。

出處 《紅樓夢》第三十六回：「不想我生不幸，亦且瓊閣繡閨中亦染此風，真真有負天地鍾靈毓秀之德了。」

例句 在這個**鍾靈毓秀**的地方住久了，連人都顯得更有靈氣了。

近義 地靈人傑。

十一畫

鏡花水月（ㄐㄧㄥˋ ㄏㄨㄚ ㄕㄨㄟˇ ㄩㄝˋ）

解釋 鏡子裏的花，水裏的月亮。比喻虛幻的景象。也作「水月鏡花」。

出處 明．謝榛《四溟詩話》：「詩有可解不可解，不必解，若『水月鏡花』，勿泥其迹可也。」

例句 他每每回想起那段如**鏡花水月**般的戀情，就顯得愁悵不已。

近義 空中樓閣；海市蜃樓。

鏤月裁雲（ㄌㄡˋ ㄩㄝˋ ㄘㄞˊ ㄩㄣˊ）

解釋 鏤：雕刻。雕刻月亮，剪裁雲彩。比喻精巧。

出處 唐．李義府〈堂堂詞〉：「鏤月為歌扇，裁雲作舞衣。」

例句 她有一雙**鏤月裁雲**的巧手，經她設計、佈置的地方立即能煥然一新。

近義 巧奪天工；鬼斧神工；玲瓏剔透。

十二畫

鐘鳴鼎食 ㄓㄨㄥ ㄇㄧㄥˊ ㄉㄧㄥˇ ㄕˊ

解釋 鐘：古代樂器；鼎：古代炊器；鼎食：列鼎而食，吃飯時排列好幾個鼎來盛食物。吃飯時奏樂、列鼎。形容富貴人家奢侈、豪華的生活。

出處 唐．王勃《于子安集．滕王閣序》：「閭閻撲地，鐘鳴鼎食之家。」

解析 「食」不讀ㄙˋ（拿東西給人吃）。

例句 他出身富豪之家，日日**鐘鳴鼎食**，怎麼受得了這種粗茶淡飯的生活。

近義 炊金饌玉；食前方丈；鳴鐘列鼎；錦衣玉食。

反義 衣粗食淡；家常便飯；粗茶淡飯；簞食瓢飲。

鐘鳴漏盡 ㄓㄨㄥ ㄇㄧㄥˊ ㄌㄡˋ ㄐㄧㄣˋ

解釋 漏：滴漏，古代計時器。晨鐘已經敲響，漏壺的水已經滴完。指深夜，比喻人已到了老年，壽命不長。

出處 《三國志．魏書．田豫傳》：「年過七十而以居位，譬猶鐘鳴漏盡，而夜行不休，是罪人也。」

例句 他推說自己已是**鐘鳴漏盡**，無法再勝任如此繁重的工作。

近義 日薄西山；風燭殘年。

反義 年輕力盛。

十三畫

鐵中錚錚 ㄊㄧㄝˇ ㄓㄨㄥ ㄓㄥ ㄓㄥ

解釋 錚錚：金屬器皿相碰的聲音。金屬中敲起來噹噹響的材料。比喻傑出優秀的人物。

出處 《後漢書．劉盆子傳》：「卿所謂鐵中錚錚，庸中佼佼者也。」

例句 像您這種**鐵中錚錚**的人才，待在這種小地方實在太委屈您了。

近義 人中之龍；王佐之才；頭角崢嶸。

反義 斗筲之才；飯囊衣架；碌碌庸才。

鐵石心腸 ㄊㄧㄝˇ ㄕˊ ㄒㄧㄣ ㄔㄤˊ

解釋 像鐵和石頭一樣的心腸。原形容人稟性堅強，不動感情。現多指人心腸硬狠。也作「鐵腸石心」。

出處 唐．皮日休〈桃花賦．序〉：「貞姿勁質，剛態毅狀，疑其鐵腸石心，不解吐婉媚辭。」

例句 面對如此慘絕人圜的悲劇，你竟然無動於衷，真是**鐵石心腸**。

鐵面無私 ㄊㄧㄝˇ ㄇㄧㄢˋ ㄨˊ ㄙ

解釋 形容公正嚴明，不畏權勢，不講私情。

出處 《紅樓夢》第四十五回：「我想必得你去做個『監社御史』，鐵面無私才好。」

例句 球場中的每位裁判都該做到**鐵面無私**，不包庇任何一名球員，才能確保比賽的公平性。

近義 大公無私；廉正無私；鐵面御史。

反義 徇私舞弊；徇情枉法；徇私枉法；貪贓枉法。

鐵案如山 ㄊㄧㄝˇ ㄢˋ ㄖㄨˊ ㄕㄢ

解釋 鐵案：證據確鑿，無法推翻或改變的案件。

罪行確實，像山一樣不能動搖。

出處 《古今名劇．明．孟稱舜〈鄭節度殘唐再創〉》：「一任你口瀾舌翻，轆轆的似風車樣轉，道不的鐵案如山。」

例句 任憑你如何狡猾、善辯，這件事是**鐵案如山**，由不得你不承認。

近義 真贓實犯；證據確鑿。

鐵畫銀鉤 ㄊㄧㄝˇ ㄏㄨㄚˋ ㄧㄣˊ ㄍㄡ

解釋 畫：筆畫；鉤：鉤勒。

形容書法的剛健、遒勁。

出處 唐．歐陽詢《用筆論》：「徘徊俯仰，容與風流，剛則鐵畫，媚若銀鉤。」

例句 從這幅如**鐵畫銀鉤**般的字跡看來，他想必是個豪放不羈的性情中人。

鐵樹開花 ㄊㄧㄝˇ ㄕㄨˋ ㄎㄞ ㄏㄨㄚ

解釋 鐵樹：鐵做的樹。

比喻極難完成的事情。

出處 《碧巖錄》四十：「休去歇去，鐵樹開花。」

例句 要他捐錢造橋、鋪路，我看除非**鐵樹開花**。

近義 水中撈月；海底撈針。

反義 反掌折枝；易如反掌；輕而易舉。

十四畫

鑑往知來 ㄐㄧㄢˋ ㄨㄤˇ ㄓ ㄌㄞˊ

解釋 了解過去就可以推知未來。

出處 《易．說卦》：「數往者順，知來者逆。」（逆，事未見而預先測度。）

例句 熟讀歷史可以**鑑往知來**，避免再犯相同的錯誤。

近義 數往知來；藏往知來。

反義 重蹈覆轍。

鑑貌辨色 ㄐㄧㄢˋ ㄇㄠˋ ㄅㄧㄢˋ ㄙㄜˋ

解釋 鑑：看；色：指臉色。

觀察對方的表情，看清對方的臉色。形容根據他人的心理決定相應的行動。

出處 宋．釋道原《景德傳燈錄．福州永隆院瀛和尚》：「僧問：『和尚見古人得個什麼便住此山？』師曰：『情知汝不肯。』僧曰：『爭知某甲不肯？』師曰：『鑑貌辨色。』」（爭，怎麼。）

例句 小張從事推銷工作多年，早練就了**鑑貌辨色**的功夫，所以業績向來不錯。

近義 察言觀色。

十九畫

鑽火得冰

解釋 鑽木取火，結果卻鑽出冰來，不合因果，比喻不可能出現的事情。

出處 唐．釋道世《法苑珠林》：「未見鑽火得冰，種豆得麥。」

例句 你每天游手好閒，卻妄想成為億萬富翁，這不是鑽火得冰嗎！

鑽冰求酥

解釋 酥：酥油，牛、羊奶製成的食品。佛家語，比喻絕對不可能得到。

出處 《本緣經》：「譬如鑽冰求酥，是實難得。」

例句 你要平日揮金如土的他成為一個精打細算的生意人，無異於鑽冰求酥。

二十畫

鑿壁偷光

解釋 鑿開牆壁，借鄰家的燈光讀書。形容勤苦力學。

出處 晉．葛洪《西京雜記》卷二：「匡衡勤學而無燭，鄰舍有燭而不逮，衡乃穿壁引其光，以書映光而讀之。」

解析 「壁」不寫成「白璧無瑕」的「璧」。

例句 他為了考上理想的大學，效仿古人鑿壁偷光的精神，夜夜勤學苦讀。

近義 孫康映雪；懸梁刺股；囊螢照讀。

【長部】

長生久視

解釋 久視：不老，耳目不衰。形容長壽。

出處 《老子》五十九章：「長生久視之道。」

例句 剛過完九十大壽的爺爺，常常和鄰居們分享他長生久視的祕訣。

近義 長生不老；長視不老；萬壽無疆。

反義 天不假年；未終天年。

長生不老

解釋 長生：永遠活著。原為道教的話，指長久活著不衰老，後也用作對年長者的祝福語。

出處 《太上純陽真經．了三得一經》：「天一生水，人同自然，腎為北之極之樞，精食萬化，滋養百骸，賴以永年而長生不老。」

例句 自古以來，人類就不斷地尋求長生不老的方法，但至今仍違抗不了這自然的法則。

近義 長視不老；長生久視；萬壽無

疆。

反義 天不假年；未終天年。

長年累月（ㄔㄤˊ ㄋㄧㄢˊ ㄌㄟˇ ㄩㄝˋ）

解釋 長年：整年，多年；累月：月復一月。形容經過長久的時間。也作「成年累月」。

出處《兒女英雄傳》第二十二回：「平白的沒事還在這裏成年累月的閒住著，何況來招呼姑娘呢？」

例句 他負擔一大家子沈重的家計，**長年累月**下來，竟累出一身的病。

近義 日就月將；日積月累；經年累月。

反義 一時半刻；一朝一夕；俯仰之間；彈指之間；轉眼之間。

長林豐草（ㄔㄤˊ ㄌㄧㄣˊ ㄈㄥ ㄘㄠˇ）

解釋 長林：很深的樹林；豐草：茂盛的野草。指山林草野禽獸棲息的地方。表示隱士居住的地方。

出處 三國．魏．嵇康《嵇中散集．與山巨源絕交書》：「此猶禽鹿少見馴育，則服從教制；長而見羈，則狂顧頓纓，赴蹈湯火。雖飾以金鑣，饗以嘉肴，愈思長林而志在豐草也。」

例句 他自政壇中急流勇退後，便住在這**長林豐草**間，再不過問世事了。

長風破浪（ㄔㄤˊ ㄈㄥ ㄆㄛˋ ㄌㄤˋ）

解釋 長風：遠風。表示志向遠大，不怕困難，奮勇前進。也作「乘風破浪」。

出處《宋書．宗愨（ㄑㄩㄝˋ）傳》：「愨年少時，炳（愨的叔父）問其志，愨曰：『願乘長風，破萬里浪。』」

解析 「長風破浪」、「披荊斬棘」都有克服前進道路上的困難的意思。其區別在於：「長風破浪」偏重指志向遠大、奮勇前進的意思；「披荊斬棘」則指清除各種阻礙前進物的意思。

例句 出發前，隊長豪情萬丈地表示，路上無論遇到任何困難，他都會**長風破浪**地帶領我們度過。

近義 披荊斬棘；乘風破浪。

長袖善舞（ㄔㄤˊ ㄒㄧㄡˋ ㄕㄢˋ ㄨˇ）

解釋 原來比喻有所憑藉，事情容易成功。後來形容善於交際逢迎、手腕高明的人。

出處《韓非子．五蠹》：「鄙（ㄅㄧˇ）諺曰：『長袖善舞，多錢善賈（ㄍㄨˇ）。』（賈，做買賣。）」

例句 他由於家學淵源，向來是**長袖善舞**的，在商界小有名氣。

近義 多財善賈；多錢善賈。

長歌當哭（ㄔㄤˊ ㄍㄜ ㄉㄤˋ ㄎㄨ）

解釋 長歌：長聲歌詠，引申為寫詩文；當：當作。以詩文來抒發心中的不滿和悲憤之情。

出處《紅樓夢》第八十七回：「感懷觸緒，聊賦四章。匪曰無故呻吟，亦長歌當哭之意耳。」

解析「當」不解釋成面對（如「當機立斷」）、相當（如「門當戶對」）、抵擋（如「銳不可當」）。

例句 他受了許多委屈，滿懷悲憤卻無處渲洩，只得**長歌當哭**，抒發滿懷的悲憤。

【門部】

門戶之見（ㄇㄣˊ ㄏㄨˋ ㄓ ㄐㄧㄢˋ）

解釋 門戶：派別。從派別關係所產生的成見。

出處 清．錢大昕《十駕齋養新錄》卷七：「朱文公意尊洛學，故於蘇氏門人，有意貶抑，此門戶之見，非是非之公也。」

例句 你們如果不能放棄**門戶之見**與大家合作，只會使自己的事業愈來愈狹隘。

近義 一孔之見；一家之見；一家之言。

門可羅雀（ㄇㄣˊ ㄎㄜˇ ㄌㄨㄛˊ ㄑㄩㄝˋ）

解釋 羅雀：用網捕雀。門口可以張網捕捉鳥雀。形容門庭冷落、訪客稀少或生意清淡。

出處《史記．汲鄭列傳》裏說，起初翟公當廷尉時，賓客滿門，到罷了官後，「門外可設雀羅」。

例句 這間餐廳已開張數月，卻一直是**門可羅雀**，恐怕快要關門了。

近義 門庭冷落；門無蹄轍。

反義 戶限為穿；車馬盈門；門庭若市。

門庭若市（ㄇㄣˊ ㄊㄧㄥˊ ㄖㄨㄛˋ ㄕˋ）

解釋 庭：院子；若：好像；市：市集。門前和院子裏好像市集一樣。形容來的人很多，像市場一樣熱鬧。

出處《戰國策．齊策》記載：戰國時代，齊國的相國鄒忌因為齊威王受到臣子的蒙蔽，聽不到正確的意見，就借用自身遭遇的一件事去向齊威王進行規勸。他對齊威王說：「我明知自己沒有徐公漂亮，但是我的妻子偏護我，我的妾怕我，客人有求於我，都說我比徐公漂亮。現在齊國有千里土地，一百二十多座城池，宮中上下，誰不偏護您；滿朝文武，誰不懼怕您；全國百姓，誰不希望得到您的關懷。這樣，人們對您總不肯說真心話，因而您受到的蒙蔽也就越發嚴重了。」齊威王聽了覺得很有道理，於是下令說：「不論何人，能當面舉出我的過失的，賞上等獎；上書規勸我的，賞中等獎；能在朝廷和街頭巷尾議論我的缺點，傳到我耳朵裏的，賞下等獎。」命令剛下，

「群臣進諫，門庭若市」。幾個月後，也還隨時有人進諫。一年以後，雖然仍有願意進言的人，可是都提不出什麼意見來了。

解析 「庭」不可寫成「廷」或「亭」。

例句 他自從當選縣長後，家中是**門庭若市**，熱鬧非凡。

近義 戶限為穿；車馬盈門。

反義 門可羅雀；門庭冷落；門無蹄轍。

門無雜賓 ㄇㄣˊ ㄨˊ ㄗㄚˊ ㄅㄧㄣ

解釋 形容交友慎重，不隨便與人結交。

出處 《晉書．劉惔傳》：「累遷丹陽尹，為政清整，門無雜賓。」

例句 他為官清廉，從不隨便與人攀關係，家中是**門無雜賓**。

門當戶對 ㄇㄣˊ ㄉㄤ ㄏㄨˋ ㄉㄨㄟˋ

解釋 指男女雙方家族的社會地位和經濟地位相當。

出處 《牡丹亭．園駕》：「還說門當戶對！則你箇杜杜陵，慣把女孩兒嚇。」

例句 他們不但彼此相愛，家庭又能**門當戶對**，結為親家真是再適合不過了。

近義 晉秦之匹。

反義 齊大非偶。

二畫

閃爍其辭 ㄕㄢˇ ㄕㄨㄛˋ ㄑㄧˊ ㄘˊ

解釋 閃爍：光不定的樣子。形容說話有所保留、吞吞吐吐的樣子。

出處 清．吳趼人《痛史》第二十五回：「或者定伯故意閃爍其辭，更未可定。」

例句 他雖然一再否認自己涉案，但談話內容始終是避重就輕、**閃爍其辭**。

近義 支吾其辭；含糊其辭；隱約其辭。

反義 直言不諱；斬釘截鐵；開門見山。

三畫

閉月羞花 ㄅㄧˋ ㄩㄝˋ ㄒㄧㄡ ㄏㄨㄚ

解釋 閉：藏。使月亮躲避，使花含羞。形容女子的美貌。也作「羞花閉月」。

出處 《武王伐紂平話》卷上：「面如白玉，貌似姮娥，有沈魚落雁之容，閉月羞花之貌。」

例句 對面的王小姐雖稱不上傾城傾國，卻也有**閉月羞花**之貌。

近義 沈魚落雁；花容月貌；國色天香。

反義 無鹽之貌；貌似無鹽。

閉目塞聽 ㄅㄧˋ ㄇㄨˋ ㄙㄜˋ ㄊㄧㄥ

解釋 閉上眼睛，堵住耳朵。比喻脫離現實。也作「閉目塞聽」。

出處 漢．王充《論衡．自紀》：「閉目塞聽，愛精自保。」

解析 ①「塞」讀成ㄙㄜˋ，不讀ㄙㄞ。②「閉目塞聽」和「不聞不問」都表示不願瞭解外界事物。但「閉目塞聽」側重在拒絕接受；「不聞不問」側重在漠不關心。

例句 一個**閉目塞聽**、不與外界接觸的人是很容易被社會淘汰的。

近義 不聞不問；置身事外；閉目掩耳；閉明塞聰。

反義 耳聞目睹；廣開言路。

閉門思過 ㄅㄧˋ ㄇㄣˊ ㄙ ㄍㄨㄛˋ

解釋 過：過失，錯誤。關起門來，拒絕訪客，反省自己的過錯。原作「閉閤思過」。

出處 《漢書．韓延壽傳》：「是日移病不聽事，因入臥傳舍，閉閤思過。」

解析 「閉門思過」、「反躬自責」都有自我反省之意。其區別在於：「閉門思過」強調關起門來，不與別人接觸，獨自反省自己的過失；「反躬自責」強調不把責任推到別人身上，反過來自我反省。

例句 他自認犯了個不可饒恕的錯誤，整個星期都在家**閉門思過**。

近義 三省吾身；閉門思愆。

反義 不思悔改。

閉門造車 ㄅㄧˋ ㄇㄣˊ ㄗㄠˋ ㄐㄩ

解釋 原意是按同一規格，關起門來造車子，用起來自然合轍。現比喻單憑主觀想像處理問題而不問是否符合實際。

出處 《朱熹．中庸或問》：「古語所謂『閉門造車，出門合轍』蓋言其法之同也。」

例句 設計師應該隨著社會的脈動前進，最忌諱的就是**閉門造車**。

近義 向壁虛造。

四畫

開山祖師 ㄎㄞ ㄕㄢ ㄗㄨˇ ㄕ

解釋 祖師：佛教、道教創立宗派的人。原指始創寺院於名山的人。後借指某項宗派或學說的創始人。

出處 宋．劉克莊《後山集．詩話》：「歐公詩如昌黎，不當以詩論，本朝詩惟宛陵為開山祖師。」（歐公，歐陽修。昌黎，指韓愈。宛陵，指梅堯臣。）

例句 在他的大力奔走下職棒才得以成立，所以他可稱是國內職棒的**開山祖師**了。

近義 開山之祖；開山老祖。

開天闢地 ㄎㄞ ㄊㄧㄢ ㄆㄧˋ ㄉㄧˋ

解釋 傳說遠古時代宇宙是一片混沌，盤古氏開天闢地，才開始了人類的歷史。後來用以表示以前未有過，有史以來第一次。

出處《紅樓夢》三十二回：「這麼說起來，從古至今，開天闢地，都是些陰陽了。」

解析「開天闢地」、「破天荒」都表示前所未有，常和第一次結合，表示第一次出現。其區別在於：「開天闢地」可形容開闢天地和開創歷史；「破天荒」則不能表示。

例句 今年選舉的結果，竟由一位女性候選人獲得最高票，這可是**開天闢地**的頭一遭。

開卷有益 ㄎㄞ ㄐㄩㄢˋ ㄧㄡˇ ㄧˋ

解釋 卷：指書。

只要打開書閱讀就有好處。

出處《澠水燕談錄．文儒》記載：宋朝初年，宋太宗（趙光義）命李昉（ㄈㄤˇ）等編了一部書，共有一千卷。宋太宗在書編成後曾經看過一遍，以後又規定每天要看二、三卷，有時太忙來不及看，就在有空時補上。這樣，一年裏把整部書看完了。這部書叫做太平御覽，「太平」是指太平興國年間完成的，「御覽」是皇帝閱覽的意思。當時有人認為，皇帝在處理國家大事之外，每天還要看這麼多書，未免太辛苦，就勸他少看些。宋太宗說：「開卷有益，朕不以為勞也。」

例句 雖然說**開卷有益**，但前提是要先避開那些會戕害身心的書籍。

近義 展卷有益。

開宗明義 ㄎㄞ ㄗㄨㄥ ㄇㄧㄥˊ ㄧˋ

解釋 宗：主旨，指文章的主題，行動的目的等。

本來是《孝經》第一章名，揭示孝經的宗旨，闡明孝道的真諦。現指在事情一開始就把主要意思點明。

出處《孝經．開宗明義》邢昺疏：「言此章開張一經之宗本，顯明五孝之義理，故曰開宗明義章也。」

解析「開宗明義」指一開始就闡明主旨；「開門見山」指一開始就直接進入主題。

例句 他一進門就**開宗明義**地把今天的來意向大家解釋。

近義 直截了當；開門見山。

反義 隱晦曲折；轉彎抹角；離題萬里。

開門見山 ㄎㄞ ㄇㄣˊ ㄐㄧㄢˋ ㄕㄢ

解釋 比喻說話、寫文章一開始就直接談主題，不拐彎抹角。

出處 宋．嚴羽《滄浪詩話．詩評》：「太白發句，謂之開門見山。」

解析 在比喻上，「開門見山」和「直截了當」都是形容說話、寫文章不繞彎子。但「開門見山」一般只用在說話、寫文章不拐彎抹角。「直截了當」除了能形容說話寫文章不拐彎抹角外，還能形容辦事乾脆、方法直截。

例句 會議一開始，主席便**開門見山**地直接進入主題。

近義 直截了當；開宗明義；單刀直入。

反義 含糊其辭；拐彎抹角；隱晦曲折。

開門揖盜（ㄎㄞ ㄇㄣˊ ㄧ ㄉㄠˋ）

解釋 揖：拱手行禮，表示歡迎。打開大門迎接強盜進來。比喻結交壞人，自招禍患。

出處 《三國志．吳書．孫權傳》：「是猶開門而揖盜，未可以為仁也。」

解析 不要把「揖」讀成ㄐㄧˊ或寫成「楫」。

例句 要不是你讓一個陌生人在家過夜，家裏也不會被洗劫一空，這都是你開門揖盜的後果。

近義 引狼入室；惹火上身；養虎遺患。

開物成務（ㄎㄞ ㄨˋ ㄔㄥˊ ㄨˋ）

解釋 指通曉萬物之理，按理辦事，完成天下的事理、制度。

出處 《易．繫辭上》：「夫《易》，開物成務，冒天地之道，如斯而已者也。」

例句 一個國家的執政者如果能做到順天應人，開物成務，國家自然能長治久安。

開雲見日（ㄎㄞ ㄩㄣˊ ㄐㄧㄢˋ ㄖˋ）

解釋 撥開雲霧，現出太陽。比喻送走黑暗，迎來光明。也指誤會消除。又作「撥雲見日」。

出處 《後漢書．袁紹傳》：「曠若開雲見日，何喜如之！」

例句 經過一夜長談，他們倆之間終於開雲見日，把彼此多年的誤會解釋清楚。

近義 雲開霧散；撥雲見日。

反義 烏雲密布；暗無天日。

開源節流（ㄎㄞ ㄩㄢˊ ㄐㄧㄝˊ ㄌㄧㄡˊ）

解釋 源：水源。比喻在財政上增加收入，節省開支。

出處 《荀子．富國》：「故明主必謹養其和，節其流，開其源，而時斟酌焉。」

解析 「源」不寫成「原」。

例句 開源節流是任何理財高手奉為圭臬的不二法門。

近義 強本節用；興利節用。

反義 坐吃山空；鋪張浪費；暴殄天物。

開誠布公（ㄎㄞ ㄔㄥˊ ㄅㄨˋ ㄍㄨㄥ）

解釋 開誠：敞開胸懷，揭示誠意。形容發表或交換意見時態度誠懇、坦白無私地說出自己的看法。

出處 《三國志．蜀志．諸葛亮傳》：「諸葛亮之為相國也……開誠心，布公道。」

例句 這次的座談會，希望大家開誠布公地表達自己的意見，不要有任何保留。

近義 肝膽相照；推心置腹；開誠相見。

反義 明爭暗鬥；假仁假義；鉤心鬥角；爾虞我詐。

閒情逸致 ㄒㄧㄢˊ ㄑㄧㄥˊ ㄧˋ ㄓˋ

解釋 逸：安閒；致：情趣。悠閒的心情和情致。

出處 《鏡花緣》第一百回：「此時四處兵荒馬亂，朝秦暮楚，我勉強做了一部《舊唐書》，哪裏還有閒情逸致弄這筆墨！」

例句 外面正刮著狂風暴雨，你居然還有**閒情逸致**去喝下午茶。

近義 拄笏看山；閒情雅致。

反義 心煩意亂。

閒雲孤鶴 ㄒㄧㄢˊ ㄩㄣˊ ㄍㄨ ㄏㄜˋ

解釋 閒散的雲，沒有拘束的鶴，比喻人超然脫俗，與世無爭。也作「閒雲野鶴」。

出處 《全唐詩話．僧貫休》記載：「閒雲孤鶴，何天而不可飛。」

例句 終日忙碌的他，最大的願望就是退休後能做個與世無爭的**閒雲孤鶴**。

間不容髮 ㄐㄧㄢ ㄅㄨˋ ㄖㄨㄥˊ ㄈㄚˇ

解釋 間：空隙，隔開。距離極近，中間不能放進一根頭髮。比喻情勢危急到了極點。

出處 《大戴禮記．曾子天圓》：「律歷迭相治也，其間不容髮。」

解析 「間」讀ㄐㄧㄢ，不讀ㄐㄧㄢˋ。

例句 在這**間不容髮**之際，醫生斷然作出開刀的決定，才保住了他的性命。

近義 千鈞一髮；火燒眉毛；危如累卵；刻不容緩。

閎中肆外 ㄏㄨㄥˊ ㄓㄨㄥ ㄙˋ ㄨㄞˋ

解釋 閎：內部寬大的樣子；肆：放縱，不受拘束。形容文章的義蘊豐富，文筆發揮得淋漓盡致。

出處 唐．韓愈《昌黎先生集．進學解》：「先生之於文，可謂閎其中而肆其外矣。」

例句 他這篇洋洋灑灑的論文，真是**閎中肆外**，必定會受到各界的重視。

【阜部】

四畫

防不勝防 ㄈㄤˊ ㄅㄨˋ ㄕㄥ ㄈㄤˊ

解釋 形容敵害太多，難以防守。

出處 清．吳趼人《二十年目睹之怪現狀》第四十七回：「這種小人，真是防不勝防。」

例句 像他這種不擇手段、處處散布流言、黑函的小人，真是**防不勝防**。

近義 四面楚歌；危機四伏。

反義　固若金湯；堅如磐石。

防患未然（ㄈㄤˊ ㄏㄨㄢˋ ㄨㄟˋ ㄖㄢˊ）

解釋　防：防備；患：災禍。在事故或災害未發生之前就加以防備。

出處　《漢書．外戚傳下》：「事不當時固爭，防禍於未然。」

解析　「防患未然」只強調防止禍患於未發生之時，「有備無患」指有準備，就可以避免禍患；「未雨綢繆」單純比喻要事先作好準備。

例句　許多事情如果能**防患未然**，就能減少意外災害所帶來的損失。

近義　未雨綢繆；曲突徙薪；防微杜漸。

反義　亡羊補牢；江心補漏；賊去關門。

防微杜漸（ㄈㄤˊ ㄨㄟˊ ㄉㄨˋ ㄐㄧㄢˋ）

解釋　杜：杜絕，堵塞；漸：事物的開端。禍患剛剛開始的時候，就加以制止，不使其發展。也作「杜漸防萌」。

出處　胡安國《春秋文公九年傳》：「春秋防微杜漸之意，其為萬世慮，深遠矣。」

解析　「防患未然」指問題未出現前先防止問題的發生；「防微杜漸」指對已經出現的問題徵兆加以制止，使它不能擴大。

例句　如果問題一出現你就能**防微杜漸**，也不至於釀成現在這麼嚴重的結果。

近義　未雨綢繆；曲突徙薪；杜漸防萌；防患未然。

反義　星火燎原；養癰遺患；養虎遺患。

阮囊羞澀（ㄖㄨㄢˇ ㄋㄤˊ ㄒㄧㄡ ㄙㄜˋ）

解釋　阮囊：晉代人阮孚的錢袋；羞澀：害羞，難為情。口袋裏沒有錢，比喻錢財匱乏。

出處　宋．陰時夫《韻府群玉．一錢囊》：「阮孚持一皂囊，遊會稽。客問：『囊中何物？』曰：『但有一錢看囊，恐其羞澀。』」

例句　我雖然很想資助你，但無奈我也是**阮囊羞澀**。

近義　一文不名；囊空如洗。

反義　腰纏萬貫；萬貫家財。

阪上走丸（ㄅㄢˇ ㄕㄤˋ ㄗㄡˇ ㄨㄢˊ）

解釋　阪：斜坡；走：快跑，指很快地滾動；丸：彈丸。形容形勢、潮流發展很快，就像斜坡上滾彈丸一樣。

出處　《漢書．蒯通傳》：「邊城皆將相告曰：『范陽令先下，而身富貴』，必相率而降，猶如阪上走丸也。」

例句　近來美容塑身的風氣猶如**阪上走丸**，蔚為一股潮流。

五畫

附庸風雅（ㄈㄨˋ ㄩㄥ ㄈㄥ ㄧㄚˇ）

解釋 附庸：原指附屬於諸侯的小國，這裏是附屬、追隨的意思；風雅：本指《詩經》中的《國風》、《大雅》、《小雅》等類詩篇，後來泛指文雅之事。指庸俗之人硬要裝作風雅之士。

出處 《禮記．王制》：「子男，五十里。不能五十里者，附於諸侯，曰附庸。」風雅，指《詩經》中的《國風》、《大雅》、《小雅》。

例句 你一味地花大錢購買骨董字畫，別人也只是當你在**附庸風雅**。

附贅懸疣（ㄈㄨˋ ㄓㄨㄟˋ ㄒㄩㄢˊ ㄧㄡˊ）

解釋 附贅：附生在皮膚上的小肉瘤；疣：肉瘤。比喻多餘無用的東西。

出處 《莊子．駢拇》：「附贅懸疣，出乎形哉，而侈於性。」

例句 最後這一幕大團圓，簡直是**附贅懸疣**，破壞了整齣悲劇的完整性。

六畫

降心相從（ㄐㄧㄤˋ ㄒㄧㄣ ㄒㄧㄤ ㄘㄨㄥˊ）

解釋 委屈自己的心意，以聽從別人。

出處 《左傳．隱公十一年》：「唯我鄭國之有請謁焉，如舊昏媾，其能降以相從也。」

例句 他為了大局，處處**降心相從**，不願與人爭名奪利。

近義 委曲求全；屈己從人；降格相從。

降志辱身（ㄐㄧㄤˋ ㄓˋ ㄖㄨˇ ㄕㄣ）

解釋 降：壓抑，減損。降低志氣，辱沒人格。形容與世俗同流合污。

出處 《論語．微子》：「不降其志，不辱其身，伯夷、叔齊與？謂：柳下惠、少連，降志辱身矣。」

例句 他在從政的路上雖然一再受到挫折打壓，卻從不**降志辱身**與人同流合污。

近義 奴顏媚骨；吮癰舐痔；卑躬屈膝。

反義 玉潔冰心；光風霽月；高風亮節。

降格以求（ㄐㄧㄤˋ ㄍㄜˊ ㄧˇ ㄑㄧㄡˊ）

解釋 格：規格，標準。降低標準去尋找（或要求）。

解析 「降」不讀「降龍伏虎」的ㄒㄧㄤˊ。

例句 他相親失敗不下數十次，卻仍執意不願**降格以求**。

近義 棄瑕錄用。

反義 求備一人；求全責備。

降龍伏虎（ㄒㄧㄤˊ ㄌㄨㄥˊ ㄈㄨˊ ㄏㄨˇ）

解釋 佛教故事說，一些高僧能用法力制服龍虎。形容力量強大，能夠戰勝敵人或一切困難。也作「伏虎降龍」。

出處《梁高僧傳》卷十：「（涉公）能以秘咒咒下神龍。」

解析「降」不讀「喜從天降」的ㄐㄧㄤˋ。

例句 那位長年居住在山上的怪人，對外宣稱自己有**降龍伏虎**、驅魔逐妖的本事。

近義 神通廣大。

七畫

除暴安良 ㄔㄨˊ ㄅㄠˋ ㄢ ㄌㄧㄤˊ

解釋 除去邪暴，安撫善良的人民。

出處《鏡花緣》第六十回：「俺聞劍客行為，莫不至公無私，倘心存偏袒，未有不遭惡報；至除暴安良，尤為切要。」

例句 作為一名稱職的警察，必須要能**除暴安良**，維持社會秩序。

近義 弔民伐罪；抑強扶弱；除暴安良。

反義 以強淩弱；仗勢欺人。

除惡務盡 ㄔㄨˊ ㄜˋ ㄨˋ ㄐㄧㄣˋ

解釋 務：必須。剷除壞人、壞事必須徹底。

出處《尚書．泰誓下》：「樹德務滋，除惡務本。」

解析 與此意義相反的是「養虎遺患」，比喻姑息壞人、壞事，結果害了自己。

例句 這次的掃黑工作，要做到**除惡務盡**，剷除社會上所有的敗類。

近義 斬草除根。

反義 放虎歸山；養癰遺患；養虎遺患。

除舊布新 ㄔㄨˊ ㄐㄧㄡˋ ㄅㄨˋ ㄒㄧㄣ

解釋 布：安排，展開。廢除舊的，安排新的。

出處《左傳．昭公十七年》：「彗，所以除舊布新也。」

解析「除舊布新」和「推陳出新」都有「以新的代替舊的」的意思。但「推陳出新」是指在舊的基礎上再加以改造、革新，創造出新的東西。

例句 年關將近，家家戶戶都忙著**除舊布新**，希望在新的一年能有一番新氣象。

近義 革故鼎新；破舊立新；推陳出新。

反義 因循守舊；抱殘守缺；陳陳相因。

八畫

陳規陋習 ㄔㄣˊ ㄍㄨㄟ ㄌㄡˋ ㄒㄧˊ

解釋 陋：壞的，不合理的。過時的規章制度和不合理的慣例。

例句 這次會議的目的，就是要把一些不合時宜的**陳規陋習**徹底修正。

陳陳相因 ㄔㄣˊ ㄔㄣˊ ㄒㄧㄤ ㄧㄣ

解釋 陳：舊；因：沿襲。原來是說當時皇家糧倉裏的糧食逐年增加，陳糧上再加陳糧，以至霉爛得不能食用。比喻因襲舊例行事而毫無革新和創意。

出處 《史記．平準書》：「太倉之粟，陳陳相因，充溢露積於外，至腐敗不可食。」

例句 你如果一味地**陳陳相因**，不懂得求新求變，是不適合在這一行生存的。

近義 因循守舊；墨守成規；蕭規曹隨。

反義 革故鼎新；除舊布新；推陳出新；獨闢蹊徑。

陳腔濫調（ㄔㄣˊ ㄑㄧㄤ ㄌㄢˋ ㄉㄧㄠˋ）

解釋 陳：陳舊；濫：空泛。指陳舊、空泛的話。

解析 ①不要把「濫」寫成「爛」。②「陳腔濫調」僅指那些陳舊、空泛而使人厭煩的言論；「老生常談」可指那些常說聽慣而仍不失有意義、有價值的言論。

例句 這本新書充斥著**陳腔濫調**，居然還登上暢銷書排行榜冠軍，真是令人費解。

近義 老生常談；老調重彈；官樣文章；舊調重彈。

反義 珠玉之論；粲花之論；驚人之語。

陰錯陽差（ㄧㄣ ㄘㄨㄛˋ ㄧㄤˊ ㄔㄚ）

解釋 比喻由於各種偶然的因素造成了差錯。

出處 明．阮大鋮《燕子箋．轟報》：「攤開紙條，把解狀元怎陰錯陽差報。」

例句 他千方百計安排的飯局，卻**陰錯陽差**地讓雙方人馬都撲了個空。

近義 鬼使神差。

陶犬瓦雞（ㄊㄠˊ ㄑㄩㄢˇ ㄨㄚˇ ㄐㄧ）

解釋 陶土做的狗，泥土塑的雞。比喻無用之物。也作「瓦雞陶犬」。

出處 梁元帝蕭繹《金樓子》：「陶犬無守夜之警，瓦雞無司晨之益。」

例句 你設計的這一套防盜系統，根本是**陶犬瓦雞**，發揮不了一點作用。

九畫

陽奉陰違（ㄧㄤˊ ㄈㄥˋ ㄧㄣ ㄨㄟˊ）

解釋 陽：指表面上；陰：指暗地裏。表面遵從，暗地違背。

出處 明．范景文〈革大戶行招募疏〉：「如有日與胥徒比而陽奉陰違，名去實存者，斷以白簡隨其後。」

解析 ①「陽」不可寫成「揚」或「楊」。②在指玩弄兩面手法的意義上，「陽奉陰違」僅限於表面遵從、暗中違背這種情形；只限於下級對上級、晚輩對長輩；「兩面三刀」則不在此限。

例句 他對市長向來是**陽奉陰違**，直到貪瀆弊案被人揭發，市長仍被蒙在鼓裏。

近義 口是心非；兩面三刀。

反義 心口如一；言行一致；表裏如一。

陽春白雪（ㄧㄤˊ ㄔㄨㄣ ㄅㄞˊ ㄒㄩㄝˇ）

解釋 古代楚國的一種藝術性較高、難度較大的歌曲。比喻格調高妙的樂曲。

出處 戰國時代，楚襄王責問宋玉道：「先生有不好的行為嗎？為什麼大家對你很不滿意呢？」宋玉回答說：「以前有個人在楚國都城唱歌，開始唱的是『下里巴人』，能跟他唱和的有數千人，後來他唱『陽春白雪』，能跟他唱和的人就只有幾十人了，這是因為歌曲越高深，會唱的人就越少……因此，那些平凡的人，怎麼能夠了解我的所作所為呢？」

解析 「陽」不可寫成「揚」或「楊」。

例句 這種嚴肅而不迎合群眾口味的**陽春白雪**，恐怕很難引起大眾的回響。

反義 下里巴人。

十畫

隔岸觀火（ㄍㄜˊ ㄢˋ ㄍㄨㄢ ㄏㄨㄛˇ）

解釋 對岸失火，隔河觀望。比喻對別人的危難不加援救，而在一旁觀望。

例句 眼見你弟弟的公司就快倒閉了，你卻還**隔岸觀火**，始終沒有伸出援手的意思。

近義 作壁上觀；見死不救；袖手旁觀。

反義 見義勇為；拔刀相助；當仁不讓。

隔靴搔癢（ㄍㄜˊ ㄒㄩㄝ ㄙㄠ ㄧㄤˇ）

解釋 在靴子外面搔癢。比喻說話、作文不中肯、沒有把握住要點。也比喻做事不切實際、不中肯。

出處 宋．阮閱《詩話總龜》：「詩不著題，如隔靴搔癢。」

例句 你的這篇評論有如**隔靴搔癢**，根本沒有觸及問題的要害。

近義 徒勞無功；膝癢搔背。

反義 一針見血；一語破的；搔著癢處；鞭辟入裏。

隔牆有耳（ㄍㄜˊ ㄑㄧㄤˊ ㄧㄡˇ ㄦˇ）

解釋 隔一道牆還會有人在偷聽。比喻即使秘密商量，也有洩露的可能。

出處 元．鄭廷玉《後庭花》雜劇第一折：「豈不聞隔牆還有耳，窗外豈無人。」

例句 這件事至關重大，請大家放低音量，以免**隔牆有耳**。

近義 隔窗有耳。

反義 事以秘成；風雨不透；秘而不宜。

十三畫

隨心所欲（ㄙㄨㄟˊ ㄒㄧㄣ ㄙㄨㄛˇ ㄩˋ）

解釋 隨：聽任；欲：想要，希望。完全順著自己的心意去做。

出處 《論語．為政》：「七十而從心所欲，不踰矩。」

例句 他常慨嘆自從有了家累便無法**隨心所欲**地做自己想做的事了。

近義 為所欲為；恣意妄為。

反義 規行矩步；循規蹈矩。

隨波逐流（ㄙㄨㄟˊ ㄅㄛ ㄓㄨˊ ㄌㄧㄡˊ）

解釋 逐：追隨。隨著波浪起伏，跟著流水飄蕩。比喻自己沒有正確的主見或堅定的立場，只是聽任外力的影響。

出處 《鏡花緣》十八回：「學問從實地上用功，議論自然確有根據。若浮光掠影，中無成見，自然隨波逐流，無從適從。」

解析 「隨波逐流」和「同流合汙」都有「隨著人走」的意思。但「隨波逐流」指隨著一般人走，包括跟時勢走；「同流合汙」是隨著壞人走，一起做壞事。

例句 不論世俗的價值觀如何變遷，他依然稟持著自己的理想，不願**隨波逐流**。

近義 亦步亦趨；與世沈浮；與世偃仰；隨俗浮沈。

反義 一意孤行；特立獨行；潔身自好；憤世嫉俗。

隨風轉舵（ㄙㄨㄟˊ ㄈㄥ ㄓㄨㄢˇ ㄉㄨㄛˋ）

解釋 比喻沒有明確的方向或主張，只是順著情勢轉變立場，以求適應。也作「順風轉舵」、「隨風使舵」、「隨風倒舵。」

出處 宋．陸游《劍南詩稿．醉歌》：「相風使帆第一籌，隨風倒舵更何憂。」

解析 「隨風轉舵」和「看風使舵」都含有投機取巧的意思；「隨機應變」強調辦事機智、靈活。

例句 就算情勢再壞，你也不該**隨風轉舵**，投效到敵方。

近義 見風使舵；看風轉舵；隨機應變。

反義 刻舟求劍；膠柱鼓瑟。

隨時制宜（ㄙㄨㄟˊ ㄕˊ ㄓˋ ㄧˊ）

解釋 根據當時的條件或需要，靈活地採取適宜的措施。

出處 《晉書．周崎傳》：「州將使求援於外，本無定指，隨時制宜耳。」（指，宗旨，意向。）

例句 他因為一直能**隨時制宜**，所以能在雜誌界屹立不搖。

近義 相機行事；臨機制便。

反義 刻舟求劍；膠柱鼓瑟。

隨遇而安（ㄙㄨㄟˊ ㄩˋ ㄦˊ ㄢ）

解釋 隨：順從；遇：遭遇；安：安然。不管遇到什麼環境，都能安然自得。也作「隨寓而安。」

出處 宋．呂頤浩《忠穆集．與姚廷輝書》：「衣食之分，各有厚薄，隨所遇而安可也。」

解析 「隨遇而安」指能適應任何環境；「隨波逐流」指盲目跟從，毫無主見。

例句 家中曾經遭遇巨變的他，事過境遷後對任何事都能**隨遇而安**。

近義 安常處順；安貧樂道；隨遇而安。

反義 見異思遷。

隨機應變（ㄙㄨㄟˊ ㄐㄧ ㄧㄥˋ ㄅㄧㄢˋ）

解釋 隨著情況的變化而靈活、機動地應付。

出處 《舊唐書．郭孝恪傳》：「請固武牢，屯軍氾水，隨機應變，則易為克殄。」

解析 「應」不讀ㄧㄥ，也不解釋成「應該」（如「應有盡有」）或「滿足」、「要求」（如「供不應求」）。

例句 這些理論只能供你參考，上場後就得靠你自己臨場**隨機應變**。

近義 見機行事；看風使舵；臨機應變。

反義 生搬硬套；刻舟求劍；照本宣科；膠柱鼓瑟。

隨聲附和（ㄙㄨㄟˊ ㄕㄥ ㄈㄨˋ ㄏㄜˋ）

解釋 比喻自己沒有主見，迎合別人的意見。

出處 清．李漁《閒情偶寄．演習部》：「尤可怪者，最有識見之客，亦作矮人觀場。人言此本最佳，而輒隨聲附和。」

解析 「和」不能唸成ㄏㄜˊ，不寫成「合」。

例句 市長提出這個荒謬的方案後，那些阿諛奉承者居然立刻**隨聲附和**。

近義 人云亦云；鸚鵡學舌。

反義 固執己見；獨樹一幟。

十四畫

隱姓埋名（ㄧㄣˇ ㄒㄧㄥˋ ㄇㄞˊ ㄇㄧㄥˊ）

解釋 不用真名而用化名，不使別人知道。也作「埋名隱姓」。

出處 《元曲選．王子一〈誤入桃源〉一》：「因此上不事王侯，不求聞達，隱姓埋名做莊稼學耕種。」

例句 他退休後希望清靜度日，便**隱姓埋名**，獨自在鄉間生活。

近義 改名換姓。

隱惡揚善（ㄧㄣˇ ㄜˋ ㄧㄤˊ ㄕㄢˋ）

解釋 隱藏別人的壞處而只宣揚他的好處。

出處 《禮記．中庸》：「舜好問而好察邇言，隱惡而揚善。」（邇言，淺近的話。）

例句 新聞媒體除了報導力求真實客觀外，也應秉持著**隱惡揚善**，維護社會善良風氣的精神。

近義 遏惡揚善。

反義 吹毛求疵；洗垢求瘢。

【隹部】

三畫

雀屏中選（ㄑㄩㄝˋ ㄆㄧㄥˊ ㄓㄨㄥˋ ㄒㄩㄢˇ）

解釋 指被選為女婿或求婚被允許。

出處 《舊唐書·高祖竇皇后傳》：「（竇毅）謂長公主曰：『此女才貌如此，不可妄以許人，當為求賢夫。』乃於門屏畫二孔雀，諸公子有求婚者，輒與兩箭射之，潛約中目者許之。前後數十輩莫能中，高祖後至，兩發各中一目，毅大悅，遂歸於我帝。」（此女，指竇后。高祖，李淵。）

例句 在她眾多的追求者中，貌不驚人的王先生竟**雀屏中選**，頗令眾人感到意外。

四畫

雅人深致（ㄧㄚˇ ㄖㄣˊ ㄕㄣ ㄓˋ）

解釋 雅：雅正，不庸俗；致：意態，情趣。風雅的人有深遠的意趣、情致。

出處 南朝·宋·劉義慶《世說新語·文學》記載，謝安與子弟談論《詩經》：「訏（ㄒㄩ）謨定命，遠猷辰告」時說：「此句偏有雅人深致。」（訏，大。謨，謀。猷，謀畫。辰，時。）謝安引的《詩經·大雅·抑》中的這兩句詩，是告誡統治者，有了好的政治主張，要作為命令，及時宣告。謝安認為作者有深刻的見解。

例句 在大家都已精疲力盡時，他依然堅持要在月光下散步，真是**雅人深致**。

雅俗共賞（ㄧㄚˇ ㄙㄨˊ ㄍㄨㄥˋ ㄕㄤˇ）

解釋 雅俗：舊時把文化水準高的人稱作「雅人」，把沒有文化的人稱作「俗人」。形容某種藝術創作優美、通俗，不論文化水準高低都能夠欣賞。

出處 《紅樓夢》五十回：「不如做些淺近的物兒，大家雅俗共賞纔好。」

解析 ①不要把「俗」誤寫成「裕」。②原是用來指藝術作品，現在也可以用來指其他事物。

例句 這齣**雅俗共賞**的舞台劇，果然一上演就吸引了滿場的觀眾。

反義 下里巴人；陽春白雪。

雄才大略（ㄒㄩㄥˊ ㄘㄞˊ ㄉㄚˋ ㄌㄩㄝˋ）

解釋 偉大的才能和謀略。

出處 《漢書·武帝紀》：「如武帝之

雄才大略，不改文景之恭儉以濟斯民，雖《詩》《書》所稱，何有加焉？」

例句 靠著他的**雄才大略**，不但使公司度過了難關，甚至創下歷年來最高的業績。

近義 胸中甲兵。

反義 斗筲之人；庸碌無能；飯囊衣架。

集思廣益（ㄐㄧˊ ㄙ ㄍㄨㄤˇ ㄧˋ）

解釋 思：思想，意見；廣：增廣；益：好處。

集合眾人的意見和智慧，可以收到更大更好的效果。

出處 《三國志．蜀志．董和傳》：「夫參署者，集眾思，廣忠益也。」

解析 「集」不寫成「積」；「益」不寫成「意」或「義」。

例句 面對這個空前的難題，相信只要大家**集思廣益**，一定會想出解決的辦法。

近義 博採眾議；群策群力。

反義 一意孤行；孤行己見；固執己見；獨斷專行。

集腋成裘（ㄐㄧˊ ㄧㄝˋ ㄔㄥˊ ㄑㄧㄡˊ）

解釋 腋：腋下，這裏指狐狸腋下的皮；裘：皮衣。

狐狸腋下的皮雖然很小，但是許多塊聚集起來就能縫製成一件皮衣。比喻積少可以成多。

出處 《慎子．知忠》：「狐白之裘，蓋非一狐之腋也。」

例句 大家樂捐的數目雖然不多，但沒想到**集腋成裘**，竟也湊到不少的錢。

近義 聚沙成塔；積少成多；積土成山。

反義 日削月朘；功虧一簣；廢於一旦。

八畫

雕蟲小技（ㄉㄧㄠ ㄔㄨㄥˊ ㄒㄧㄠˇ ㄐㄧˋ）

解釋 蟲：指蟲書，古代漢字的一種字體。

比喻微不足道的技能。多指文字技巧。

出處 漢．揚雄《法言．吾子》：「或問：『吾子少而好賦？』曰：『然。童子雕蟲篆刻。』俄而曰：『壯夫不為也。』」

解析 「技」不寫成「樹枝」的「枝」。

例句 他興趣廣泛、多才多藝，剪紙對他來說，不過是**雕蟲小技**。

十畫

雜亂無章（ㄗㄚˊ ㄌㄨㄢˋ ㄨˊ ㄓㄤ）

解釋 章：條理。

混亂而沒有條理。

出處 唐．韓愈《昌黎先生集．送孟東野序》：「其為言也，雜亂而無章。」

例句 才一會工夫，她便把這一堆**雜亂無章**的貨品整理得井然有序。

近義 亂七八糟；橫三豎四；橫七豎八；錯落不齊；顛三倒四。

反義 井井有條；井然有序；有條有理；有條不紊。

雙管齊下 ㄕㄨㄤ ㄍㄨㄢˇ ㄑㄧˊ ㄒㄧㄚˋ

解釋 管：指筆。比喻兩件事情同時進行，或兩種方法同時採用。

出處 《圖畫見聞志．故事拾遺》記載：張璪（ㄗㄠˇ）是唐代的著名畫家，擅長畫山水松石。據說，他有一個絕技，當他畫松樹的時候，能夠手握兩枝筆，同時作畫。其中一枝畫得生氣蓬勃，另一枝則畫得憔悴枯萎，兩棵樹形象不同，但都生動逼真。

解析 「雙管齊下」可指兩件事同時進行，也可指一件事物同時採用兩種辦法；「並行不悖」指事物同時進行時互相之間沒有矛盾；「齊頭並進」則僅指幾件事物同時進行。

例句 為了使這批練習生能儘快進入狀況，教練採取理論與實務**雙管齊下**的方式訓練他們。

近義 左右開弓；並行不悖；齊頭並進。

反義 單刀直入。

雙瞳翦水 ㄕㄨㄤ ㄊㄨㄥˊ ㄐㄧㄢˇ ㄕㄨㄟˇ

解釋 形容眼睛如水般清明。

出處 唐．李賀〈唐兒歌〉：「一雙瞳人翦秋水。」

例句 這齣連續劇的女演員個個靈氣逼人、**雙瞳翦水**，一上演就引起相當大的回響。

雞口牛後 ㄐㄧ ㄎㄡˇ ㄋㄧㄡˊ ㄏㄡˋ

解釋 比喻寧可在局面小的地方自主，不願在局面大的地方任人支配。

出處 《戰國策．韓策》：「寧為雞口，無為牛後。」

例句 他向來抱持著**雞口牛後**的原則，所以從不願到大公司任職。

雞毛蒜皮 ㄐㄧ ㄇㄠˊ ㄙㄨㄢˋ ㄆㄧˊ

解釋 比喻無關緊要的輕微瑣事或毫無價值的東西。

例句 這種**雞毛蒜皮**的事，你自己決定就可以，不需要再請示了。

近義 不值一文；無關緊要。

反義 無價之寶；稀世珍寶；犖犖大者；舉足輕重。

雞犬不留 ㄐㄧ ㄑㄩㄢˇ ㄅㄨˋ ㄌㄧㄡˊ

解釋 犬：狗。連雞和狗都不放過，形容趕盡殺絕，不留活口。

出處 清．吳趼人《痛史》：「沿江上下全是元兵，江陰已經失守，常州已經被屠，常州城內雞犬不留。」

例句 這批殺人不眨眼的盜匪，所經之處是雞犬不留。

近義 寸草不留；斬盡殺絕；趕盡殺絕。

反義 秋毫無犯；雞犬不驚。

雞犬不寧（ㄐㄧ ㄑㄩㄢˇ ㄅㄨˋ ㄋㄧㄥˊ）

解釋 寧：安寧。形容騷擾十分厲害，連雞狗都不得安寧。

出處 唐．柳宗元《河東先生集．捕蛇者說》：「悍吏之來吾鄉，叫囂乎東西，隳（ㄏㄨㄟ）突乎南北，譁然而駭者，雖雞狗不得寧焉。」（隳突，騷擾。）

例句 姊姊帶著兩個調皮的小孩到鄉下外婆家過暑假，鬧得外公、外婆終日**雞犬不寧**。

近義 人心惶惶；雞飛狗跳。

反義 匕鬯不驚；秋毫無犯；雞犬不驚。

雞犬升天（ㄐㄧ ㄑㄩㄢˇ ㄕㄥ ㄊㄧㄢ）

解釋 這原是道家編造的神話。據說漢朝淮南王劉安修煉成仙後，餘剩的丹藥撒在庭院裏，雞和狗吃了，也都升了天。後來就用「雞犬升天」比喻一個人做了大官，與他有關係的人也跟著得勢。

出處 劉安《神仙傳》：「時人傳，八公安，臨去時，餘藥器置在中庭，雞犬舐啄之，盡得昇天；故雞鳴天上，犬吠雲中也。」

例句 他當選市長後，身旁的親朋好友也跟著**雞犬升天**，在市府中謀得一官半職。

近義 一人高升，眾人得濟；拔宅飛升。

反義 樹倒猢猻散。

雞鳴狗盜（ㄐㄧ ㄇㄧㄥˊ ㄍㄡˇ ㄉㄠˋ）

解釋 比喻微不足道的技能。

出處 《史記．孟嘗君列傳》中曾提到：孟嘗君非常好客，家中養了很多食客。有一次孟嘗君到秦國，秦昭王準備殺他，他向昭王的寵姬求救，寵姬要求以白狐皮作為報酬，他的食客中有擅長盜竊的人，裝扮成狗到秦宮偷了白狐皮獻給寵姬。透過她向秦王求情，孟嘗君才被釋放，後來走到涵谷關時已經是晚上了，食客中又有個擅長學雞叫的，假裝雞叫，騙開了城門，讓孟嘗君順利出了關。

例句 你跟著這一批**雞鳴狗盜**之徒，還期望未來能有一番作為，豈不是太天真了。

近義 鼠竊狗盜；雕蟲小技。

反義 屠龍之技。

雞蟲得失（ㄐㄧ ㄔㄨㄥˊ ㄉㄜˊ ㄕ）

解釋 像雞啄蟲、人縛雞那樣的是非得失問題。比喻細微的事情，得失無關緊要。

出處 唐．杜甫〈縛雞行〉：「雞蟲得失無了時，注目寒江倚山閣。」

例句 像這種**雞蟲得失**的事你就由他

去吧，不要再與他斤斤計較了。」

十一畫

離心離德（ㄌㄧˊ ㄒㄧㄣ ㄌㄧˊ ㄉㄜˊ）

解釋 心：思想；德：信念。
形容思想不統一，行動不一致。

出處 《尚書．泰誓》：「受有億兆夷人，離心離德。予有亂臣十人，同心同德。」（受，即「紂」）。

解析 「德」右下從「一」、「心」，不可漏掉「一」。

例句 這間公司的職員人人**離心離德**，看樣子不久就會倒閉的。

反義 一心一德；同心同德；同心協力。

離鄉背井（ㄌㄧˊ ㄒㄧㄤ ㄅㄟˋ ㄐㄧㄥˇ）

解釋 背：離開；井：指家鄉。
離開家鄉到外地去謀生。

出處 《元曲選．馬致遠〈漢宮秋〉四折》：「漢昭君離鄉背井，知他在何處愁聽。」

解析 「背」不解釋成「負著」，不讀「背包」的ㄅㄟ。

例句 他從小就**離鄉背井**到外地求學，一直希望有一天能衣錦還鄉。

近義 流離失所；遠走他鄉；顛沛流離。

反義 衣錦還鄉；安土重遷；告老還鄉；葉落歸根。

離經叛道（ㄌㄧˊ ㄐㄧㄥ ㄆㄢˋ ㄉㄠˋ）

解釋 離：背離，不遵守；經：指儒家的經書。
不遵從經書的道理，背離儒家的道統。比喻言行、著作背離正道。

出處 元．費唐臣《蘇子瞻風雪貶黃州》第一折：「且本官志大言浮，離經畔道，見新法之行，往往行諸吟詠。」（畔，同「叛」。）

例句 他從小就桀驁不馴，現在做出這種**離經叛道**的事，並不令人意外。

反義 循規蹈矩；墨守陳規。

離群索居（ㄌㄧˊ ㄑㄩㄣˊ ㄙㄨㄛˇ ㄐㄩ）

解釋 離開親友、同伴，孤獨地生活。

出處 《禮記．檀弓上》：「吾離群而索居，亦已久矣。」鄭玄注：「群，謂同門朋友也；索，猶散也。」

解析 「索」不解釋成「索取、尋求」。

例句 他辭官後便**離群索居**，再也不過問世事。

近義 孤家寡人；枕石漱流。

難兄難弟（ㄋㄢˊ ㄒㄩㄥ ㄋㄢˊ ㄉㄧˋ）

解釋 原來是說，兄弟才德都好，難分高下。後指兩人同樣惡劣，或同樣處於困難的境地。

出處 南朝．宋．劉義慶《世說新語．德行》：「陳元方子長文有英才，與季方子孝先，各論其父功德，爭之不能決，咨於太丘（陳寔）。太丘曰：『元方難為兄，季方難為弟。』」

解析 ①難，讀ㄋㄢˋ，不讀ㄋㄢˊ，②「難兄難弟」、「患難之交」都可表示兩人遇到過同樣的困難。但大有區別：「難兄難弟」指處於類似困境的兩人，他們之間可能有友誼，可能沒有，甚至並不相識；「患難之交」則指共經患難的朋友。

例句 他們倆平日在球場上默契絕佳，現在卻同時受傷，真是一對**難兄難弟**。

近義 不分軒輊；不相上下；患難之交。

反義 大相逕庭；判若雲泥。

難言之隱 ㄋㄢˊ ㄧㄢˊ ㄓ ㄧㄣˇ

解釋 隱：隱情，藏在內心深處的事。

難以說出口的事情或原因。

出處 清．吳趼人《二十年目睹之怪現狀》第七十七回：「總覺得無論何等人家，他那家庭之中，總有許多難言之隱的。」

解析 ①「隱」不可寫作「穩」。②「難言之隱」和「有口難言」都有「難以說出口」的意思。但「難言之隱」指心中有隱藏的事，難以說出來，重在「難說出口的內心事」；「有口難言」指由於各種原因不敢說或不便說，重在「難以說出口」。

例句 看他整天悶悶不樂，說話欲言又止的，似乎有**難言之隱**。

近義 有口難言；難於啟齒。

反義 和盤托出；暢所欲言。

難能可貴 ㄋㄢˊ ㄋㄥˊ ㄎㄜˇ ㄍㄨㄟˋ

解釋 不容易做到的事竟然做到了，因而值得重視、珍惜。

出處 宋．蘇軾〈荀卿論〉：「此三者，皆天下之所謂難能而可貴者也。」

例句 在這個金錢掛帥的社會裏，他拒絕敵隊的高薪挖角，堅持留在栽培他多年的母隊，真是**難能可貴**。

反義 不足為奇。

難解難分 ㄋㄢˊ ㄐㄧㄝˇ ㄋㄢˊ ㄈㄣ

解釋 指彼此糾纏、爭鬥相持不下，難以分開。也形容雙方關係十分親密，不易分開。也作「難分難解」。

出處 《孽海花》七回：「卻不道正當兩人難解難分之際，忽聽有人喊道：『做得好事！』」

解析 「難解難分」偏重形容關係親密，難以使之分開；「難捨難分」偏重形容感情極好，捨不得離開。

例句 這兩個聯盟現正為了球員挖角問題吵得**難解難分**。

近義 依依不捨；難捨難分；戀戀不捨。

反義 分道揚鑣；貌合神離。

【雨部】

雨後春筍（ㄩˇ ㄏㄡˋ ㄔㄨㄣ ㄙㄨㄣˇ）

解釋 大雨過後，春筍旺盛地長出來。比喻新事物蓬勃、大量地湧現出來。

解析 「雨後春筍」偏重形容新生事物出現得多且成長得快；「燎原星火」偏重形容新生力量能夠迅速發展、壯大。

例句 近年來減肥風氣席捲全台，塑身中心便如**雨後春筍**般紛紛設立。

近義 層出不窮；燎原星火。

雨過天青（ㄩˇ ㄍㄨㄛˋ ㄊㄧㄢ ㄑㄧㄥ）

解釋 陣雨過去剛剛放晴的天色。本指一種顏色，後比喻壞的情況已經過去，好的局面即將開始。

出處 明．謝肇淛《文海披沙記》：「陶器，柴窯最古，世傳柴世宗時燒造，所司請其色，御批云：『雨過天青雲破處，這般顏色做將來。』」

解析 「雨過天青」偏重於政治形勢或個人遭遇由壞轉好；「雲消霧散」則偏重於疑慮或怨氣的消除。

例句 他們倆經過昨天的一夜大吵後，今天一早就**雨過天青**，又和好如初。

近義 雲消霧散。

反義 烏雲密布；雲幕低垂。

三畫

雪上加霜（ㄒㄩㄝˇ ㄕㄤˋ ㄐㄧㄚ ㄕㄨㄤ）

解釋 比喻災禍接連而來。

出處 宋．釋道原《景德傳燈錄．太陽和尚》：「伊（禪師）退步而立。師云：『汝只解瞻前，不解顧後。』伊云：『雪上更加霜。』」

例句 他才因為出車禍要負擔一筆龐大的醫藥費，最近又遭到公司解雇，真是**雪上加霜**。

近義 禍不旋踵；禍不單行。

反義 雙喜臨門。

雪中送炭（ㄒㄩㄝˇ ㄓㄨㄥ ㄙㄨㄥˋ ㄊㄢˋ）

解釋 比喻在別人有急難的時候給予幫助。

出處 宋．范成大《石湖居士詩集．大雪送炭與芥隱詩》：「不是雪中須送炭，聊裝風景要詩來。」

例句 颱風剛過，整個城市是一片汪洋，對外交通完全斷絕，正需要各界伸出援手，**雪中送炭**。

反義 雪上加霜；落井下石；趁火打劫。

雪泥鴻爪（ㄒㄩㄝˇ ㄋㄧˊ ㄏㄨㄥˊ ㄓㄠˇ）

解釋 鴻雁在雪上踏過留下了爪印。往事遺留的痕跡，比喻人生際遇的偶然和無常。

出處 宋朝蘇軾所寫的〈和子由澠池懷舊〉詩：「人生到處知何似，應似飛鴻踏雪泥，泥上偶然留指爪，鴻飛那復計東西？」意思是說，人生到處飄泊，就像鴻鳥踏過雪地，偶然留在地上的爪印，但鴻鳥接著又飛走不知去向了。

例句 人世間的聚散無常如同**雪泥鴻爪**，所以每一次的相聚都該好好把握。

四畫

雲興霞蔚（ㄩㄣˊ ㄒㄧㄥ ㄒㄧㄚˊ ㄨㄟˋ）

解釋 興：起；蔚：雲聚集的樣子。像雲霧、彩霞上升聚集的樣子，形容絢麗繁盛，今多作「雲蒸霞蔚」。

出處 南朝．宋．劉義慶《世說新語．言語》：「顧長康從會稽還，人問山川之美，顧云：『千巖競秀，萬壑爭流，草木蒙籠其上，若雲興霞蔚。』」

例句 阿里山上**雲興霞蔚**的景致令人流連忘返，拋卻了世俗的煩惱。

近義 雲蔚霞起；絢麗多彩。

雲譎波詭（ㄩㄣˊ ㄐㄩㄝˊ ㄅㄛ ㄍㄨㄟˇ）

解釋 譎、詭：怪異，變化。本來形容房屋的構造千態萬狀，就像雲彩和波浪千變萬化，後來泛用以形容事態的變幻莫測。

出處 漢．揚雄〈甘泉賦〉：「於是大廈雲譎波詭。」

解析 「譎」讀ㄐㄩㄝˊ，不讀ㄐㄩˊ；「詭」讀ㄍㄨㄟˇ，不讀ㄨㄟˊ。

例句 這次縣長選舉的選情是**雲譎波詭**，不到最後關頭，人人都不敢掉以輕心。

近義 千姿百態；變化無常；變化莫測。

反義 平淡無奇。

五畫

雷厲風行（ㄌㄟˊ ㄌㄧˋ ㄈㄥ ㄒㄧㄥˊ）

解釋 厲：猛烈。比喻辦事或執行政策、法令等嚴格、迅速、聲勢猛烈。也作「雷厲風飛」。

出處 宋．曾鞏《元豐類稿．亳州謝上表》：「運獨斷之明，則天清水止；昭不殺之戒，則雷厲風行。」

解析 「雷厲風行」、「大刀闊斧」都可形容工作有氣魄，但「雷厲風行」重在表示迅速、嚴格，且多指政令的貫徹實行；「大刀闊斧」則重在表示果斷、有魄力。

例句 這次的掃黑行動在警察單位**雷厲風行**的執行下，已收到了顯著的效果。

近義 大張旗鼓；大刀闊斧；劍及履及。

反義 拖泥帶水；慢條斯理。

雷霆萬鈞（ㄌㄟˊ ㄊㄧㄥˊ ㄨㄢˋ ㄐㄩㄣ）

解釋 雷霆：霹靂；鈞：古代重量單位，約合當時的三十斤。

形容無法阻擋的強大威力。

出處 漢．賈山《至言》：「雷霆之所擊，無不摧折者；萬鈞之所壓，無不糜滅者。」

解析 ①不要把「鈞」寫成「均」。②「雷霆萬鈞」和「排山倒海」都形容力量強、聲勢大。但「雷霆萬鈞」是從「力」的方面顯示威勢；「排山倒海」則從「勢」的方面顯示威力。兩者連用就互相呼應，越發顯示聲勢之壯大了。

例句 黃隊一出場便以**雷霆萬鈞**之勢，打得對手節節敗退。

近義 氣勢磅礴；泰山壓卵；排山倒海；摧枯拉朽。

反義 強弩之末。

電光石火（ㄉㄧㄢˋ ㄍㄨㄤ ㄕˊ ㄏㄨㄛˇ）

解釋 閃電和燧石的火光。比喻世事變幻莫測，轉眼便消失無蹤。

出處 《五燈會元．從展禪師》：「此事如擊石火，以閃電光。」

例句 這次民眾的覺醒自救運動，希望不是**電光石火**，稍縱即逝。

近義 白駒過隙；風馳電掣。

反義 慢條斯理；蝸行牛步；鵝行鴨步。

七畫

震天動地（ㄓㄣˋ ㄊㄧㄢ ㄉㄨㄥˋ ㄉㄧˋ）

解釋 震動了天地，形容氣勢浩大或氣概雄偉。

出處 《水經注．河水》：「河流激盪濤湧，波襄雷渀電泄，震天動地。」

解析 「震天動地」多用於聲音；「驚天動地」多用於事件。

例句 這一起**震天動地**的滅門血案，是台灣治安史上最黑暗的一頁。

近義 驚天動地。

反義 寂靜無聲；萬籟俱寂；鴉雀無聲。

震古鑠今（ㄓㄣˋ ㄍㄨˇ ㄕㄨㄛˋ ㄐㄧㄣ）

解釋 鑠：光明照耀。形容事業或功績的偉大，超越古代，顯耀當代。

出處 明．史可法〈復多爾袞書〉：「此等舉動，震古鑠今。」

解析 「鑠」讀ㄕㄨㄛˋ，不讀ㄌㄜˋ。

例句 他這項**震古鑠今**的發明，將帶給人類莫大的福祉。

近義 光前裕後；光前耀後。

反義 遺臭萬年。

十一畫

霧裏看花（ㄨˋ ㄌㄧˇ ㄎㄢˋ ㄏㄨㄚ）

解釋 原來形容老眼昏花。現在也比喻對事物了解得不真切。

出處 唐．杜甫〈小寒食舟中作〉詩：「春水船如天上坐，老年花似霧中看。」

例句 對於中國的命理，我向來是一知半解，霧裏看花。

近義 走馬看花；隔霧看花。

反義 一目了然；洞若觀火。

霧鬢風鬟（ㄨˋ ㄅㄧㄣˋ ㄈㄥ ㄏㄨㄢˊ）

解釋 鬢：鬢角上所長的頭髮；鬟：環形髮髻。形容婦女的頭髮蓬鬆嫵媚。也用以形容婦女頭髮散亂蓬鬆。也作「風鬟霧鬢」。

出處 宋．范成大〈新作景亭程詠之提刑賦詩次其韻〉：「花邊霧鬢風鬟滿，酒畔雲衣月扇香。」

例句 她婀娜多姿的身材與**霧鬢風鬟**的秀髮，吸引了眾多男士的目光。

十三畫

露才揚己（ㄌㄡˋ ㄘㄞˊ ㄧㄤˊ ㄐㄧˇ）

解釋 誇耀、表現自己的才能。

出處 漢．班固〈離騷序〉：「今若屈原，露才揚己，競乎危國群小之間，以離讒賊。」（離，通「罹」。）

例句 你如果繼續地**露才揚己**，不知收斂，只會為自己帶來麻煩。

近義 自吹自擂；自高自大。

反義 不露圭角；不露鋒芒。

【青部】

青天霹靂（ㄑㄧㄥ ㄊㄧㄢ ㄆㄧ ㄌㄧˋ）

解釋 霹靂：急雷。晴朗的天空響起了炸雷。比喻忽然發生使人震驚的事情。

出處 陸游〈四日夜雞未鳴起作詩〉：「放翁病過秋，忽起作醉墨；正如久蟄龍，青天飛霹靂。」

例句 這個突如其來的消息有如**青天霹靂**，讓他呆坐在椅子上久久不能自已。

近義 五雷轟頂；平地風波；禍從天降。

反義 喜從天降。

青出於藍（ㄑㄧㄥ ㄔㄨ ㄩˊ ㄌㄢˊ）

解釋 青：靛青；藍：蓼藍之類可作藍色顏料的草。靛青是從蓼藍等草中提煉出來的，但顏色卻比蓼藍等更深。比喻學生勝過老師或後人勝過前人。

出處 《荀子．勸學》篇中提到，青色是用藍色調成的，但比藍色悅目；冰是由水凝成的，但比水要冷。比喻學生如果用功研究學問，經過若干時候的努力，會比教導他的老師更有成就。

解析 也可寫成「青出於藍而勝於藍」。

例句 父親和伯父都使出全力教小弟打球，就是希望他將來能**青出於藍**。

近義 青勝於藍；後生可畏；後來居上。

反義 每況愈下；每下愈況。

青梅竹馬（ㄑㄧㄥ ㄇㄟˊ ㄓㄨˊ ㄇㄚˇ）

解釋 竹馬：指小孩將竹竿騎在襠下作馬。形容男女兒童天真無邪，在一起玩耍。

出處 唐．李白〈長干行〉：「郎騎竹馬來，繞床弄青梅。同居長干里，兩小無嫌猜。」

例句 他們原是**青梅竹馬**，現在又結成連理，真是令人羨慕。

近義 竹馬之好；兩小無猜。

青雲直上（ㄑㄧㄥ ㄩㄣˊ ㄓˊ ㄕㄤˋ）

解釋 青雲：指青天。比喻人的仕途順利，地位直線上升。

出處 唐．劉禹錫〈寄毗陵楊給事〉詩：「曾主魚書輕刺史，今朝自請左魚來，青雲直上無多地，卻要斜飛取勢回。」

例句 他靠著豐富的學養與流利的口才，一進入政壇便**青雲直上**。

近義 一日九遷；平步青雲；步步高升；飛黃騰達。

反義 一落千丈；削職為民。

青黃不接（ㄑㄧㄥ ㄏㄨㄤˊ ㄅㄨˋ ㄐㄧㄝ）

解釋 青：指田裏的青苗；黃：指黃熟的穀物。舊糧已經吃完，新糧卻還未成熟。有時比喻後繼的人力、財力暫斷、無法接續的現象。也作「青黃不交」。

出處 《元典章．戶部．倉庫》：「即日正是青黃不接之際，各處物斛湧貴。」

例句 由於老球員表現太過優異，年輕球員沒有機會上場，才造成現在**青黃不接**的現象。

近義 後繼無人；後繼乏人。

反義 後繼有人。

青蠅弔客（ㄑㄧㄥ ㄧㄥˊ ㄉㄧㄠˋ ㄎㄜˋ）

解釋 指人在生前沒有知己，死後只有青蠅來作弔客。

出處 《三國志．吳志．虞翻傳》裴松之注引〈虞翻別傳〉：「自恨疏節，骨體不媚，犯上獲罪，當長沒海隅。生無可與語，死以青蠅為弔客。」

例句 他生前個性太過剛直，得罪了不少人，死後也只有**青蠅弔客**了。

八畫

靜如處女，動如脫兔（ㄐㄧㄥˋ ㄖㄨˊ ㄔㄨˇ ㄋㄩˇ，ㄉㄨㄥˋ ㄖㄨˊ ㄊㄨㄛ ㄊㄨˋ）

解釋 處女：指未出嫁的女子；脫兔：逃跑的兔子。形容安靜時像處女那樣平靜穩重，一行動就像逃跑的兔子那樣敏捷。

出處 《孫子．九地》：「是故始如處女，敵人開戶，後如脫兔，敵不及拒。」

例句 別看她平日斯文、秀氣的樣子，一上了球場可是衝勁十足，真是靜如處女，動如脫兔。

【非部】

非同小可（ㄈㄟ ㄊㄨㄥˊ ㄒㄧㄠˇ ㄎㄜˇ）

解釋 小可：尋常的。不同於小事。形容事情重要、不尋常，不可輕視。

出處 《元曲選．孟俊卿〈魔合羅〉三》：「蕭令史，我與你說，人命事關天關地，非同小可。」

例句 這件事的影響層面甚廣，**非同小可**，大夥最好從長計議。

近義 非同兒戲；非同等閒；非同尋常；舉足輕重。

反義 不過爾爾；無足輕重；雞毛蒜皮。

非池中物（ㄈㄟ ㄔˊ ㄓㄨㄥ ㄨˋ）

解釋 像蛟龍一樣，不是久居池塘中的動物。比喻有遠大抱負的人。

出處 《三國志．吳志．周瑜傳》：「劉備以梟（ㄒㄧㄠ）雄之姿，而有關羽、張飛熊虎之將……恐蛟龍得雲雨，終非池中物也。」

例句 他待人圓融周到，處事又能深謀遠慮，必定**非池中物**。

近義 人中之龍；王佐之才；臥虎藏龍。

非驢非馬（ㄈㄟ ㄌㄩˊ ㄈㄟ ㄇㄚˇ）

解釋 不是驢也不是馬。形容不倫不類、什麼也不像的東西。

出處 《漢書．西域傳》：「驢非驢，馬非馬。」

例句 這部**非驢非馬**、不知所云的電影，竟然創下票房新高，引起大眾廣泛的討論。

近義 不三不四；不倫不類。

十一畫

靡靡之音（ㄇㄧˇ ㄇㄧˇ ㄓ ㄧㄣ）

解釋 靡靡：柔弱，萎靡不振，多用以形容音樂。柔弱、頹廢、淫靡不振的音樂。

出處 《淮南子．原道》：「耳聽朝歌北鄙靡靡之樂。」

例句 音樂對人的影響深遠，**靡靡之音**聽多了會使人意志消沈。

近義 亡國之音；淫詞豔曲；鄭衛之音；濮上之音。

反義 康哉之歌；陽春白雪。

【面部】

面目可憎（ㄇㄧㄢˋ ㄇㄨˋ ㄎㄜˇ ㄗㄥ）

解釋 憎：厭惡（ㄨˋ）。相貌醜陋或神情卑劣，使人厭惡。

出處 唐．韓愈《昌黎先生集．送窮文》：「凡所以使吾面目可憎，語言無味者，皆子之志也。」

例句 老爺爺常訓誡我們要常常讀書，才不會令人覺得**面目可憎**、言語ㄓ味。

面目全非　ㄇㄧㄢˋ ㄇㄨˋ ㄑㄩㄢˊ ㄈㄟ

解釋 樣子完全不是過去那樣了，形容狀態完全改變。

出處《聊齋志異．陸判》：「婢見面血狼藉，驚絕，濯之盆水盡赤，舉首則面目全非。」

解析「面目全非」多用作貶義，多指變得更壞了；「面目一新」是褒義詞，指變好了。

例句 這次在高速公路上發生的連環車禍，使得四十幾輛車子撞得**面目全非**。

近義 面目一新。

反義 本來面目；依然如故。

面如土色　ㄇㄧㄢˋ ㄖㄨˊ ㄊㄨˇ ㄙㄜˋ

解釋 臉上的顏色跟土一樣。形容驚恐到極點，臉上沒有血色。

出處《三國演義》十三回：「少頃李傕來見，帶劍而入，帝面如土色。」

解析「面如土色」和「面無人色」都形容「驚嚇得很厲害」，有時可以通用，但有區別：「面如土色」著重在於「恐懼」使得臉色跟土似的。「面無人色」著重顯示「臉上沒有血色」，除形容極端恐懼外，還可形容「人的身體非常虛弱」。

例句 剛才的大地震，使得平日就很膽小的奶奶嚇得**面如土色**。

近義 面無人色；面如死灰；面如槁木。

反義 面不改色；神色不驚。

面紅耳赤　ㄇㄧㄢˋ ㄏㄨㄥˊ ㄦˇ ㄔˋ

解釋 赤：紅。臉和耳朵都紅了。形容心中非常羞愧或著急、發怒的樣子。

出處 明．凌蒙初《初刻拍案驚奇》：「東山用盡平生之力，面紅耳赤，不要說扯滿，只求如初八月頭的月，再不能夠。」

例句 平日就很害羞的他，這次參加演講比賽，一上臺便緊張地**面紅耳赤**。

反義 面不改色。

面面相覷　ㄇㄧㄢˋ ㄇㄧㄢˋ ㄒㄧㄤ ㄑㄩˋ

解釋 覷：看，偷看。你看我，我看你，互相對視。形容做錯了事或極驚慌時互相對視、不知所措的樣子。

出處《三國演義》十七回：「此時人馬困乏，大家面面相覷，做聲不得。」

解析「覷」不能唸成ㄒㄩ。

例句 聽到課長監守自盜竊取公款的消息後，大家都**面面相覷**，無法相信。

近義 面面相視；面面相窺。

反義 鎮定自若；穩如泰山。

面面俱到　ㄇㄧㄢˋ ㄇㄧㄢˋ ㄐㄩˋ ㄉㄠˋ

解釋 俱：全，都。各個方面都注意或照顧周全，沒有遺漏。形容辦事非常周全或形容做人圓滑。

出處 清．李寶嘉《官場現形記》第五十五回：「但是據你剛才所說，究不夠面面俱到，總得斟酌一個兩全的法子才好。」

解析 ①「面面」不解釋成面對面，如「面面相覷」；「俱」不寫成「具」。②「面面俱到」、「八面玲瓏」都能表示各方面都應付得很周到。其區別在於：「面面俱到」著眼於應付得很周到；「八面玲瓏」著眼於人本身的手腕圓滑。

例句 小張辦事向來是**面面俱到**，從不得罪任何人。

近義 八面玲瓏。

反義 掛一漏萬；顧此失彼。

面授機宜（ㄇㄧㄢˋ ㄕㄡˋ ㄐㄧ ㄧˊ）

解釋 面授：當面傳授；機宜：處理事情的關鍵。表示當面傳授要訣，指點關鍵。

出處 清．李寶嘉《官場現形記》十八回：「欽差會意，等到晚上無人的時候，請了拉達過來，面授機宜，如此如此，這般這般的吩咐了一番。」

解析 「授」與「受」（接受）相對，不可誤用。

例句 臨上臺表演前，老師特地把大家叫來，**面授機宜**一番。

面黃肌瘦（ㄇㄧㄢˋ ㄏㄨㄤˊ ㄐㄧ ㄕㄡˋ）

解釋 臉色發黃，身體消瘦。形容人營養不良、不健康或過度飢餓的樣子。

出處 《水滸傳》五回：「尋到廚房後面一間小屋，見幾個老和尚坐地，一個個面黃肌瘦。」

例句 原本壯碩的他，自從生了那一場大病後，至今仍是**面黃肌瘦**。

近義 形銷骨立；面有菜色；骨瘦如材；鳩形鵠面。

反義 大腹便便；虎背熊腰；腦滿腸肥。

【革部】

革故鼎新（ㄍㄜˊ ㄍㄨˋ ㄉㄧㄥˇ ㄒㄧㄣ）

解釋 革：除去；鼎：更新。革除舊有的，建立新的。也作「鼎新革故」。

出處 《周易．序卦》：「革，去故也；鼎，取新也。」

解析 「革故鼎新」、「破舊立新」多用於國家制度、風俗習慣、思想觀點等；「推陳出新」多用於新舊變化的事物。

例句 新市長一上任便發出豪語，要在兩年內**革故鼎新**，重建這座城市。

近義 吐故納新；破舊立新；推陳出新。

反義 因循守舊；抱殘守缺；率由舊章；陳陳相因。

八畫

鞠躬盡瘁 ㄐㄩˊ ㄍㄨㄥ ㄐㄧㄣˋ ㄘㄨㄟˋ

【解釋】 鞠躬：彎著身子，表示恭敬、謹慎；瘁：勞累；盡瘁：竭盡勞苦。比喻竭盡心力，不辭勞苦。

【出處】 諸葛亮〈後出師表〉：「臣鞠躬盡瘁，死而後已。」

【解析】 ①「瘁」不寫成「粹」。②「鞠躬盡瘁」、「摩頂放踵」都表示不辭勞苦。其區別在於：「鞠躬盡瘁」有「鞠躬」兩字，含有小心謹慎之意；「摩頂放踵」是從頭頂到腳跟都磨傷了的意思，含有不顧身體、捨己為人的意思。

【例句】 他為了報答上司的知遇之恩，對公司**鞠躬盡瘁**，付出了所有的精力。

【近義】 盡心竭力；摩頂放踵；殫精竭力。

【反義】 敷衍塞責；臨陣脫逃。

九畫

鞭長莫及 ㄅㄧㄢ ㄔㄤˊ ㄇㄛˋ ㄐㄧˊ

【解釋】 及：夠得上。雖然鞭子很長，但不及馬腹。比喻威力有所不及。

【出處】 《左傳．宣公十五年》：「雖鞭之長，不及馬腹。」

【解析】 「長」不可讀成ㄓㄤˇ。

【例句】 政府雖然執行強力掃黑，但對於離島和偏遠地區卻常有**鞭長莫及**之感。

【近義】 心餘力絀；無能為力；綆短汲深。

【反義】 力所能及。

鞭辟入裏 ㄅㄧㄢ ㄅㄧˋ ㄖㄨˋ ㄌㄧˇ

【解釋】 鞭辟：鞭策，激勵；裏：最裏層。本作「鞭辟近裏」。原指做學問非常深刻、切實。現在多用以形容言辭或文章的見解很深刻、透徹。

【出處】 《近思錄．為學》：「學只要鞭辟近裏，著己而已。」

【解析】 「辟」不能唸成ㄆㄧˋ。

【例句】 你這篇文章真是寫得**鞭辟入裏**，句句發人深省。

【近義】 一針見血；入木三分。

【反義】 浮光掠影；淺嘗輒止；隔靴搔癢；輕描淡寫。

【韋部】

韋編三絕 ㄨㄟˊ ㄅㄧㄢ ㄙㄢ ㄐㄩㄝˊ

【解釋】 韋：熟牛皮；韋編：古代用竹簡寫書，用熟牛皮繩把寫書的竹簡編聯起來，就叫「韋編」；三：概數，指多次；絕：斷。原意是孔子晚年很愛讀《周易》，反覆地研讀，竟使編連《周易》的皮繩斷了好幾次。後泛用以形容勤奮讀書。

出處《史記．孔子世家》：「孔子晚而喜《易》……讀《易》，韋編三絕。」

例句 他平日十分喜歡閱讀，每每**韋編三絕**仍不忍釋手。

近義 引錐刺骨；穿壁引光；囊螢照讀。

十畫

韜光養晦（ㄊㄠ ㄍㄨㄤ ㄧㄤˇ ㄏㄨㄟˋ）

解釋 韜：隱藏；晦：隱晦。比喻隱藏才能，不為外人所知。

出處 清．鄭觀應《盛世危言．自序》：「自顧年老才庸，粗知易理，亦急擬獨居潛修，韜光養晦。」

例句 他自從政壇失意後，便遠離城市，**韜光養晦**，再不過問世事。

近義 不露鋒芒；不露圭角。

反義 鋒芒畢露；露才揚己。

【音部】

十二畫

響遏行雲（ㄒㄧㄤˇ ㄜˋ ㄒㄧㄥˊ ㄩㄣˊ）

解釋 遏：阻止。聲音高入雲霄，把流動著的雲也阻止了。形容歌聲響亮、美妙。

出處《列子．湯問》：「撫節悲歌，聲振林木，響遏行雲。」

解析 「響遏行雲」多用來形容歌聲的高亢；而「響徹雲霄」則可以形容各種聲音的響亮。

例句 走在山林間，忽然聽到孩童**響遏行雲**的美妙歌聲，真是令人心胸舒暢。

近義 穿雲裂石；高唱入雲；響徹雲霄。

【頁部】

二畫

頂天立地（ㄉㄧㄥˇ ㄊㄧㄢ ㄌㄧˋ ㄉㄧˋ）

解釋 形容人光明磊落，氣概豪邁。

出處 紀君祥《趙氏孤兒》：「我韓厥是個頂天立地的男兒。」

例句 他向來是個**頂天立地**的男子漢，這種偷雞摸狗的勾當，他是絕對不會做的。

近義 氣貫長虹。

反義 不過爾爾。

頂禮膜拜（ㄉㄧㄥˇ ㄌㄧˇ ㄇㄛˊ ㄅㄞˋ）

解釋 頂禮：佛教儀式中的最敬禮，行禮時以自己的頭叩拜在佛的腳下；膜拜：行禮時兩手放在額上，跪下叩頭。現在用「頂禮膜拜」形容對人非常崇敬。

出處 清．吳趼人《痛史》第二十回：「這句話傳揚開去，一時哄動了吉州百姓，扶老攜幼，都來頂禮膜拜。」

解析 「頂禮膜拜」、「五體投地」都表示崇敬。其區別在於：一般表示非常崇拜時，用「頂禮膜拜」；表示非常佩服時，用「五體投地」。

例句 張醫師精湛的醫技救回了垂危的病人，家屬們無不**頂禮膜拜**，感激涕零。

近義 五體投地；奉若神明。

反義 不屑一顧；視如敝屣；敬而遠之。

三畫

項背相望（ㄒㄧㄤˋ ㄅㄟˋ ㄒㄧㄤ ㄨㄤˋ）

解釋 項：頸項；背：脊背。原指前後相顧，也用以形容人數眾多而擁擠、連續不斷。

出處 《後漢書．左雄傳》：「監司項背相望。」李賢注：「項背相望，謂前後相顧也。」

例句 百貨公司每到年終週年慶時，總是人潮洶湧，**項背相望**。

近義 比肩接踵；冠蓋相望；摩肩擦背。

反義 杳無人跡；路斷人稀。

項莊舞劍，意在沛公（ㄒㄧㄤˋ ㄓㄨㄤ ㄨˇ ㄐㄧㄢˋ，ㄧˋ ㄗㄞˋ ㄆㄟˋ ㄍㄨㄥ）

解釋 項莊：項羽部下的武將；沛公：劉邦。用以比喻另有企圖。

出處 楚漢相爭時，項羽邀劉邦在鴻門會見。項羽的謀士范增叫項莊以舞劍為名，乘機刺殺劉邦。這時，劉邦的謀士張良看出了范增的用意，急去把樊噲找來，對他說：「甚急，今者項莊拔劍舞，其意常在沛公。」

解析 ①也作「項莊舞劍，其意常在沛公」。②「項莊舞劍，意在沛公」和「醉翁之意不在酒」都有「本意不在此」的意思。但「項莊舞劍，意在沛公」多含有害人、打擊人的意思；「醉翁之意不在酒」，有時雖可作「別有用心」用，但並不是都含有害人的意思。

例句 他這一連串的小動作，都是**項莊舞劍，意在沛公**，針對我們而來的。

近義 別有用心；暗度陳倉；聲東擊西。

順之者昌，逆之者亡（ㄕㄨㄣˋ ㄓ ㄓㄜˇ ㄔㄤ，ㄋㄧˋ ㄓ ㄓㄜˇ ㄨㄤˊ）

解釋 順：順從；逆：違背。順從他的就能夠生存、發展，違背他的就要滅亡。

出處 《史記．太史公自序》：「夫陰陽四時、八位、十二度、二十四節，各有教令，順之者昌，逆之者亡，未必然也，故曰『使人拘而多畏』。」

例句 這一波的人事大搬風，正足以說明他是個**順之者昌，逆之者亡**的獨裁者。

近義 順之者成，逆之者敗。

順手牽羊（ㄕㄨㄣˋ ㄕㄡˇ ㄑㄧㄢ ㄧㄤˊ）

解釋 順手把人家的羊牽走，比喻乘機拿走人家的東西。

出處 元．關漢卿《單鞭奪槊》雜劇第二折：「我也不聽他說，被我把右手帶住他馬，左手揪著他眼札毛，順手牽羊一般拈了他來了。」

例句 他雖受過高等教育，生活也不虞匱乏，卻有**順手牽羊**的習慣，真是令人百思不解。

順水推舟（ㄕㄨㄣˋ ㄕㄨㄟˇ ㄊㄨㄟ ㄓㄡ）

解釋 比喻順勢或利用機會達成某種目的。也作「順水推船」。

出處 《元曲選．康進之〈李逵負荊〉三》：「你休得順水推舟，偏不許我過河拆橋。」

解析 「順水推舟」含有見機行事以應付事態發展的意思；「因勢利導」含有引向正常發展的意思。

例句 爺爺不過略施小計，**順水推舟**，就把這件事圓滿地解決了。

近義 因利乘便；因勢利導；順水行舟。

反義 逆水行舟；逆風撐船。

順理成章（ㄕㄨㄣˋ ㄌㄧˇ ㄔㄥˊ ㄓㄤ）

解釋 文章或事情完成得很合理、自然，毫不勉強。

出處 宋．朱熹《朱子全書．論語》：「文者，順理而成章之謂。」

解析 「理」不解釋成「道理、理由」（如「理直氣壯」）或「理睬」（如「置之不理」）。

例句 他們倆從小就是鄰居，長大又是同學，最後就**順理成章**地結為夫妻。

近義 入情入理；水到渠成；理所當然。

反義 逆天悖理；豈有此理。

四畫

頑石點頭（ㄨㄢˊ ㄕˊ ㄉㄧㄢˇ ㄊㄡˊ）

解釋 頑石：無知覺的石頭。形容道理講得透徹，使人感化、心服。

出處 《通俗編．地理》：「蓮社高賢傳：竺道生入虎邱山，聚石為徒，講涅槃，群石皆為點頭。」

例句 他費了九牛二虎之力分析整件事的利弊得失，才讓小弟**頑石點頭**。

頑廉懦立（ㄨㄢˊ ㄌㄧㄢˊ ㄋㄨㄛˋ ㄌㄧˋ）

解釋 使貪得無厭的人能夠廉潔，使懦弱的人能夠振作起來。形容教化感人的力量之大。

出處 《孟子．萬章下》：「頑夫廉，懦夫有立志。」

例句 他剛當選市長時，懷抱著滿腔理想，希望能使**頑**廉懦立，沒想到發生一連串的重大事故，逼得他不得不黯然下臺。

頓開茅塞（ㄉㄨㄣˋ ㄎㄞ ㄇㄠˊ ㄙㄜˋ）

解釋 頓：立刻，一下子；茅塞：像茅草阻塞道路。比喻經人指點後一下子解開心中不明之處而領會了某種道理。

出處 《三國演義》第三十八回：「玄德聞言，避席拱手謝曰：『先生之言，頓開茅塞，使備如撥雲霧而睹青天。』」

例句 經過大姊的提醒，使我**頓開茅塞**，了解了他人的苦處。

近義 恍然大悟；豁然開朗；豁然貫通。

反義 一竅不通；至死不悟；百思不解；執迷不悟。

七畫

頰上添毫（ㄐㄧㄚˊ ㄕㄤˋ ㄊㄧㄢ ㄏㄠˊ）

解釋 頰：面頰，臉的兩側；毫：細毛。比喻文章或圖畫一經點綴便顯得分外傳神、生動。

出處 《晉書．文苑傳．顧愷之》：「愷之嘗圖裴楷象，頰上加三毛，觀者覺神明殊勝。」

例句 您加的這兩筆，真是**頰上添毫**，使得這幅畫增色不少。

近義 畫龍點睛。

反義 多此一舉；畫蛇添足。

頭角崢嶸（ㄊㄡˊ ㄐㄧㄠˇ ㄓㄥ ㄖㄨㄥˊ）

解釋 頭角：比喻青年人顯露出來的才能；崢嶸：比喻才能特出。形容青少年才氣出眾。

出處 元．鮮于必仁《折桂令．燕山八景．薊門飛雨》：「到處通津，頭角崢嶸，溥渥殊恩。」

例句 他一向**頭角崢嶸**，屢屢在比賽中奪得冠軍，將來的成就必定不可限量。

近義 嶄露頭角。

頭童齒豁（ㄊㄡˊ ㄊㄨㄥˊ ㄔˇ ㄏㄨㄛˋ）

解釋 童：原指山無草木，比喻人禿頂頭。頭頂禿了，牙齒脫落。形容人衰老的容貌。

出處 唐．韓愈《昌黎先生集．進學解》：「頭童齒豁，竟死何裨？」（竟死，直到死。裨，補益。）

例句 經過這一連串的挫折、打擊，李將軍已**頭童齒豁**，再也不復往日的雄風了。

近義 老態龍鍾；蒼顏皓首；雞皮鶴髮。

反義 年富力強；鶴髮童顏。

頭會箕斂（ㄊㄡˊ ㄏㄨㄟˋ ㄐㄧ ㄌㄧㄢˇ）

解釋 會：總計，計算。按照人數徵稅，用畚箕裝取所徵收的穀物。指賦稅非常繁重、苛刻。

出處《史記．張耳陳餘列傳》：「頭會箕斂，以供軍費。」

例句 從歷史上看來，凡是頭會箕斂、苛捐雜稅的政府，必定會遭到人民的唾棄。

近義 苛捐雜稅；橫徵暴斂。

反義 輕徭薄賦。

頭頭是道（ㄊㄡˊ ㄊㄡˊ ㄕˋ ㄉㄠˋ）

解釋 指殊途同歸，所有的途徑都會歸向同一目標。後來用以形容說話或做事有條有理。

出處《續傳燈錄．慧力洞源禪師》：「方知頭頭皆是道。」

例句 別看他學歷不高，說起話來卻是有條有理、頭頭是道。

近義 井井有條；井然有序；有條有理。

反義 語無倫次；雜亂無章；顛三倒四。

頤指氣使（ㄧˊ ㄓˇ ㄑㄧˋ ㄕˇ）

解釋 頤：腮幫子；頤指：用嘴部的表情示意；氣使：用神情指使人。形容人驕縱傲慢、任意指揮別人。原作「目指氣使」。

出處《舊五代史．李振傳》：「振皆頤指氣使，旁若無人。」

例句 家境富裕的他一向對人頤指氣使，所以一直交不到知心朋友。

近義 目使頤令；指手畫腳；發號施令。

反義 低首下心；低聲下氣；俯首聽命；降心相從。

九畫

額手稱慶（ㄜˊ ㄕㄡˇ ㄔㄥ ㄑㄧㄥˋ）

解釋 額手：以手加額，表示慶幸的樣子。指由衷的慶幸。

出處《宋史．司馬光傳》：「帝崩，赴闕臨，衛士望見，皆以手加額曰：『此司馬相公也。』」（臨，哭弔死者。）

解析「彈冠相慶」多用於對別人升遷的祝賀；「額手稱慶」多用於對不幸中之幸運表示喜悅、慶幸。

例句 看到他逃過一劫，平安歸來，眾人無不額手稱慶。

近義 以手加額；拍手稱快；彈冠相慶；舉手加額。

反義 疾首蹙額。

十畫

顛沛流離（ㄉㄧㄢ ㄆㄟˋ ㄌㄧㄡˊ ㄌㄧˊ）

解釋 顛沛：跌倒，比喻生活困難、窘迫；流離：流落異地，家人離散。形容戰亂使人民流落異鄉，家破人亡。也作「流離顛沛」。

出處《論語．里仁》：「顛沛必於是」朱熹注：「顛沛，傾覆流離之際。」

解析 ①「沛」右部不從「市」。②「顛沛流離」程度上重於「流離失所」；「顛沛流離」偏重於「顛沛」，指飽嘗苦難；「流離失所」著重於「失所」，指失去安身的地方。

例句 隔壁的張老先生曾經歷過一段**顛沛流離**的生活，所以格外珍惜現在安定、富足的生活。

近義 流離失所；流離轉徙；離鄉背景。

反義 安居樂業；葉落歸根。

顛撲不破 ㄉㄧㄢ ㄆㄨ ㄅㄨˋ ㄆㄛˋ

解釋 顛：跌；撲：擊。形容言論或義理正確，不能被推翻。

出處 《朱子語類．性理二》：「伊川性即理也，橫渠心統性情二句，顛撲不破。」

解析 「顛撲不破」強調不能推翻，適用於言論、學說；「牢不可破」強調牢固，範圍較廣，還適用於友誼、觀念等。

例句 孔子早在幾千年前，就提出了許多教育及人生中**顛撲不破**的真理。

近義 牢不可破。

反義 一觸即潰；不堪一擊；似是而非；破綻百出；漏洞百出。

十二畫

顧名思義 ㄍㄨˋ ㄇㄧㄥˊ ㄙ ㄧˋ

解釋 看到名稱，就會聯想到它的含義。

出處 《三國志．魏書．王昶傳》裏說，王昶給他的兒子、侄子等起名字都用謙實等意義的詞，並寫信給他們說：「欲使汝曹顧名思義，不敢有違越也。」（汝曹，你們。）

解析 「顧」不解釋成「照顧」。

例句 百貨公司，**顧名思義**就是販售各類商品的地方，生活中的各種必需品都可在這裏一次購足。

近義 循名責實。

顧此失彼 ㄍㄨˋ ㄘˇ ㄕ ㄅㄧˇ

解釋 顧了這個，卻照應不了那個。形容能力有限，無法全面照顧。

出處 《東周列國志》第七十六回：「伍員進曰：『……分軍為三：一軍攻麥城，一軍攻紀南城，大王率大軍直擣郢都，彼疾雷不及掩耳，顧此失彼，二城若破，郢不守矣。』」

解析 「顧此失彼」應用範圍廣，指應付了這邊，應付不了那邊；「左支右絀」一般只指財力或能力不足。

例句 他一面工作、一面唸書，難免會有**顧此失彼**、無法兼顧的情形。

近義 左支右絀；掛一漏萬。

反義 一舉兩得；兩全其美；面面俱到。

顧盼自雄（ㄍㄨˋ ㄆㄢˋ ㄗˋ ㄒㄩㄥˊ）

解釋 顧盼：左顧右盼、得意忘形的樣子。左看右看，覺得自己了不起。形容很得意的樣子。

出處 《聊齋志異．仙人島》：「王即慨然誦近體一作，顧盼自雄。」

例句 看他擊出再見全壘打後那副顧盼自雄的樣子，真叫人覺得又興奮又好笑。

近義 自視甚高；得意忘形。

反義 自愧弗如；自慚形穢。

顧影自憐（ㄍㄨˋ ㄧㄥˇ ㄗˋ ㄌㄧㄢˊ）

解釋 憐：愛惜。自己對著影子，自己憐惜自己。形容孤獨失意的情狀。後來轉為自我欣賞的意思。

出處 晉．陸機〈赴洛道中作二首〉之一：「佇立望故鄉，顧影凄自憐。」

解析 「顧影自憐」偏重在「自我憐惜」，形容孤獨、失意的情態，「孤芳自賞」偏重在「自我欣賞」，多形容清高、孤傲的心態。

例句 她曾是個紅極一時的女星，如今年華老去，只有天天顧影自憐。

近義 山雞舞鏡；孤芳自賞。

反義 自慚形穢。

十四畫

顯而易見（ㄒㄧㄢˇ ㄦˊ ㄧˋ ㄐㄧㄢˋ）

解釋 形容事情、道理明白清楚，一看就知道。

出處 清．李漁《閒情偶寄．詞曲部》：「此顯而易見之事，從無一人辯之。」

解析 「顯而易見」指事情明顯，容易看清楚；「不言而喻」指不用說就很清楚。

例句 這個組織分裂的原因是顯而易見的，重要的是如何化解紛爭，恢復舊貌。

近義 一目了然；昭然若揭；彰明昭著。

反義 隱諱曲折；霧裏看花。

【風部】

風行草偃（ㄈㄥ ㄒㄧㄥˊ ㄘㄠˇ ㄧㄢˇ）

解釋 偃：倒伏。風一吹，草就倒。比喻統治者以仁德感化人民，人民自然服從。

出處 《論語．顏淵》：「君子之德風，小人之德草，草上之風必偃。」

例句 執政者如果有高尚的品德，自然能以德化民，收到風行草偃之效。

風吹草動（ㄈㄥ ㄔㄨㄟ ㄘㄠˇ ㄉㄨㄥˋ）

解釋 風稍一吹，草就搖晃。比喻一點點動靜或輕微的形勢變化。

出處《敦煌變文集．伍子胥變文》：「偷蹤竊道，飲氣吞聲，風吹草動，即便藏形。」

例句 為了早日偵破這件案子，一有任何**風吹草動**，警方便疲於奔命。

近義 狗吠之警。

風花雪月 ㄈㄥ ㄏㄨㄚ ㄒㄩㄝˇ ㄩㄝˋ

解釋 本泛指四時景色，也指男女間情愛之事或無關國計民生之事。後來多指堆砌辭藻而內容空泛的詩文。

出處 宋．邵雍〈伊川擊壤集．序〉：「雖死生榮辱，轉戰於前，曾未入於胸中，則何異四時風花雪月一過乎眼也。」

例句 無論時代如何變遷，**風花雪月**永遠是最受大眾歡迎的題材。

近義 吟風弄月；拈花惹草；尋花問柳。

反義 經世濟民。

風雨同舟 ㄈㄥ ㄩˇ ㄊㄨㄥˊ ㄓㄡ

解釋 在狂風暴雨中同乘一條船，與風雨搏鬥。比喻一起經歷患難。

出處《孫子．九地》：「夫吳人與越人相惡也，當其同舟而濟，遇風，其相救也如左右手。」

例句 今後無論我們相隔多遠，我永遠會記得那段**風雨同舟**的日子。

近義 同舟共濟；休戚與共；和衷共濟。

反義 分道揚鑣；同室操戈；離心離德。

風雨如晦 ㄈㄥ ㄩˇ ㄖㄨˊ ㄏㄨㄟˋ

解釋 晦：夜晚，昏暗。風雨不止，天色昏暗。比喻動亂、黑暗的年代。

出處《詩經．鄭風．風雨》：「風雨如晦，雞鳴不已。」

例句 在那**風雨如晦**的年代，人人都只求溫飽，不敢對未來有太多奢望。

近義 昏天黑地；暗無天日。

反義 重見天日；雲開霧散。

風雨無阻 ㄈㄥ ㄩˇ ㄨˊ ㄗㄨˇ

解釋 比喻意志堅定，刮風下雨也阻擋不住，照常進行。

出處《醒世恒言》三十二：「只因客船重大，且是上水，有風則行，無風則止。黃秀才從陸路短盤，風雨無阻，所以趕著了。」

例句 這次的行程是**風雨無阻**，屆時請大家務必準時出席。

近義 無冬無夏。

反義 推三阻四。

風雨飄搖 ㄈㄥ ㄩˇ ㄆㄧㄠ ㄧㄠˊ

解釋 飄搖：飄蕩。在風雨中飄蕩不定，比喻局勢動蕩不安。

出處 語本《詩經．豳（ㄅㄧㄣ）風．鴟（ㄔ）鴞（ㄒㄧㄠ）》：「風雨所漂（飄）搖」。

解析 「風雨飄搖」和「搖搖欲墜」都有比喻不穩固、動蕩不安的意思。但「風雨飄搖」著重在形容動蕩不安，經常以「在……中」的形式出現。「搖搖欲墜」著重形容地位不穩固，有即將崩塌的趨勢。

例句 在這**風雨飄搖**的年代裏，人人都對未來充滿了不安定感。

近義 動盪不安；搖搖欲墜。

反義 安如磐石；穩如泰山。

風流雲散 ㄈㄥ ㄌㄧㄡˊ ㄩㄣˊ ㄙㄢˋ

解釋 像風一樣流失、雲一樣飄散，多比喻原來在一塊的人分散到各地。

出處 《文選．王粲〈贈蔡子篤〉詩》：「風流雲散，一別如雨。」

解析 「風流雲散」和「煙消雲散」都有「四散消失」的意思。但「風流雲散」指的是「流動、分散」，多指人，一般不指事物。「煙消雲散」指的是「消失、散去」，一般不指人，多指事物或人的情緒，但在特定情況下，也可指人。

例句 一想到當初整天膩在一起的姊妹們，如今都**風流雲散**般分佈各地，不免令人感傷。

近義 星離雲散；風吹雲散；煙消雲散。

風流倜儻 ㄈㄥ ㄌㄧㄡˊ ㄊㄧˋ ㄊㄤˇ

解釋 風流：風度，也指有才學而不拘禮法；倜儻：卓異，不拘禮法。舊時形容為人瀟灑豪邁，不受世俗的禮法拘束。也作「風流跌宕」。

出處 《初刻拍案驚奇》五回：「那盧生生得偉貌長髯，風流倜儻。」

解析 「儻」不要讀ㄉㄤˇ。

例句 張先生不但長得一表人才，且生性**風流倜儻**，才進公司就吸引了許多女同事的注意。

近義 風流蕭灑；風流逸宕；倜儻不羈。

風起雲湧 ㄈㄥ ㄑㄧˇ ㄩㄣˊ ㄩㄥˇ

解釋 風刮起來，雲像水湧一般。比喻許多事物相繼興起，聲勢浩大。也作「風起水湧」。

出處 宋．蘇軾〈後赤壁賦〉：「山鳴谷應，風起水湧。」

例句 當時全國各類保釣團體**風起雲湧**，皆為了保衛釣魚臺而努力。

近義 方興未艾；如日中天；風靡雲蒸。

反義 強弩之末；煙消雲散；窮途末路。

風馬牛不相及 ㄈㄥ ㄇㄚˇ ㄋㄧㄡˊ ㄅㄨˋ ㄒㄧㄤ ㄐㄧˊ

解釋 風：雌雄動物彼此引誘；及：到，碰頭。馬牛不同類，彼此不會相誘靠近，比喻事物之間毫不相干。

出處 《左傳．僖公四年》：「君處北海，寡人處南海。唯是風馬牛不相及也。」

例句　這兩件事根本是**風馬牛不相及**，怎麼能混為一談呢！

近義　風馬不接；井水不犯河水。

反義　休戚相關；息息相關。

風捲殘雲（ㄈㄥ ㄐㄩㄢˇ ㄘㄢˊ ㄩㄣˊ）

解釋　比喻把殘存的東西一掃而光。

出處　《全唐詩．戎昱〈霽雪〉》：「風卷殘雲暮雪晴，江湖洗盡柳條輕。」

解析　①「捲」下從「巳」，不從「己」、「已」。②「風捲殘雲」、「橫掃千軍」都可形容在作戰時輕易地、大量地消滅敵人，都可表示在戰場上席捲之勢。其區別在於：「橫掃千軍」一般僅用於打仗；「風捲殘雲」則不限。

例句　這批觀光客一進門，便如**風捲殘雲**般，把店中剩下的存貨全部買光了。

近義　風捲殘雪；橫掃千軍。

風雲際會（ㄈㄥ ㄩㄣˊ ㄐㄧˋ ㄏㄨㄟˋ）

解釋　風雲：比喻際遇、好機會；際會：遇到機會。

比喻人生的境遇順利。或形容各路英雄豪傑都聚集在一起。

出處　唐．杜甫〈夔府書懷四十韻〉：「社稷經綸地，風雲際會期。」

例句　四年舉辦一次的奧運會，每次都吸引了世界各地的好手參加，**風雲聚會**，好不熱鬧。

近義　風雲會合；風雲際遇。

風雲變色（ㄈㄥ ㄩㄣˊ ㄅㄧㄢˋ ㄙㄜˋ）

解釋　風雲都嚇得改變了顏色。形容聲威極大。

出處　唐．駱賓王《駱賓王文集．為徐敬業討武氏檄》：「喑嗚則山岳崩頹，叱咤則風雲變色。」

例句　他在最後階段才突然竄起，卻使得整個選戰**風雲變色**。

近義　風雲突變；風雲萬變。

反義　一仍舊貫；依然如故。

風馳電掣（ㄈㄥ ㄔˊ ㄉㄧㄢˋ ㄔㄜˋ）

解釋　馳：奔跑；掣：閃過。

像風的急馳、電的急閃一樣。形容非常迅速，急閃而過。也作「風馳電赴」。

出處　《六韜．龍韜》：「奮威四人，主擇材力，論兵革，風馳電掣，不知所由。」

解析　①不要把「馳」讀成ㄕˇ，也不要把「掣」讀成ㄓˋ。②「風馳電掣」、「電光石火」都表示快速。但大有區別：「風馳電掣」形容車船快速前進或人的動作極其迅速；「電光石火」多指瞬息即逝的事物。

例句　他習慣利用深夜時在公路上**風馳電掣**，以節省南北奔波的時間。

近義　風激電駭；星馳電走；流星趕月；逐日追風。

反義　老牛拖車；慢條斯理；蝸行牛

步。

風塵僕僕 ㄈㄥ ㄔㄣˊ ㄆㄨˊ ㄆㄨˊ

解釋 僕僕：疲累的樣子。

形容旅途奔波、辛苦勞累的樣子。也作「僕僕風塵」。

出處 《秋水軒尺牘．與王滄亭》：「風塵僕僕，無非藝人之田，自憐亦堪自笑。」

解析 ①不要把「僕」寫成「撲」。②「風塵僕僕」重在旅途辛苦、勞累，「餐風露宿」重在野外生活艱苦。

例句 風災期間，他終日**風塵僕僕**地南北奔波，視察災情。

近義 日炙風吹；百舍重趼；鞍馬勞頓；櫛風沐雨。

風調雨順 ㄈㄥ ㄊㄧㄠˊ ㄩˇ ㄕㄨㄣˋ

解釋 調：調和；順：適合需要。

形容風雨及時，適合農業生產的需要。比喻太平盛世。也作「雨順風調」。

出處 《舊唐書．儀禮志一》：「既而克殷，風調雨順。」

解析 不要把「調」（ㄊㄧㄠˊ）讀成「調」（ㄉㄧㄠˋ）。

例句 每回元旦，全國人民總會一起祈求**風調雨順**、國泰民安。

近義 五風十雨；五穀豐登；風雨時若；時和年豐。

反義 五穀不登；兵荒馬亂；旱澇不均。

風餐露宿 ㄈㄥ ㄘㄢ ㄌㄨˋ ㄙㄨˋ

解釋 風餐：在風裏吃飯；露宿：在露天睡覺。

形容旅途或野外生活的勞苦。又作「露宿風餐」。

出處 宋．蘇軾〈遊山呈通判承儀寫寄參寥師〉詩：「遇勝即倘（ㄔㄤˊ）佯，風餐兼露宿。」（倘佯，同「徜徉」，自由自在地往來。）

例句 為了一睹長江三峽的壯麗，我們經過七天**風餐露宿**地趕路，才到達目的地。

近義 風塵僕僕；餐風飲露；櫛風沐雨。

風燭殘年 ㄈㄥ ㄓㄨˊ ㄘㄢˊ ㄋㄧㄢˊ

解釋 風燭：風中飄搖的燈燭，極易被吹滅；殘年：餘剩的年歲。

比喻人到了老年，已衰老將死。

出處 唐．白居易《白氏長慶集．歸田》：「況吾行欲老，瞥若風前燭。」

解析 「風燭殘年」比喻人近死亡的年紀；「桑榆暮景」比喻人到晚年。

例句 隔壁的李伯伯已屆**風燭殘年**，只有眼神中還依稀散發著當年的神采。

近義 日薄西山；行將就木；風中之燭；桑榆暮景。

反義 血氣方剛；年富力強；風華正

茂。

風聲鶴唳 ㄈㄥ ㄕㄥ ㄏㄜˋ ㄌㄧˋ

解釋 唳：鶴叫。
形容驚恐、疑懼或自相驚擾。

出處 《晉書．謝玄傳》記載，北方的秦王苻堅帶兵來攻打東晉王朝，在安徽淝水一帶，被晉軍打得大敗，在往回逃的路上聽到風聲、鶴叫，都以為是晉軍來追擊他們。

解析 ①「唳」不讀寫成「淚」ㄌㄟˋ。②「風聲鶴唳」和「草木皆兵」可通用。但在表示由聽覺引起的驚恐時，宜用「風聲鶴唳」，而表示由視覺引起的驚恐時，宜用「草木皆兵」。

例句 自從政府大力掃黃以來，不法業者是**風聲鶴唳**，人人自危。

近義 杯弓蛇影；草木皆兵；疑神疑鬼；鶴唳風聲。

風靡一時 ㄈㄥ ㄇㄧˇ ㄧ ㄕˊ

解釋 風靡：形容事物很風行，像草木順風而倒。
形容事物在一個時期裏非常流行。

出處 《三國志．吳志．賀邵傳》：「言出風靡，令行景從。」

解析 不要把「靡」唸成ㄈㄟ或ㄇㄧˊ。

例句 棒球運動曾在臺灣**風靡一時**，如今已不復見往日的盛況了。

近義 風靡一世；盛行於世。

反義 不合時宜；古調不彈。

【飛部】

飛砂走石 ㄈㄟ ㄕㄚ ㄗㄡˇ ㄕˊ

解釋 狂風猛烈吹襲，使砂石都被吹走。

出處 《三國志．吳志．陸凱傳》：「蒼梧、南海，歲有暴雨瘴氣之害，風則折木，飛砂轉石，氣則霧鬱，飛鳥不經。」

例句 這滿山遍野的狂風吹得**飛砂走石**，讓人站都站不穩。

近義 飛砂走礫。

飛揚跋扈 ㄈㄟ ㄧㄤˊ ㄅㄚˊ ㄏㄨˋ

解釋 飛揚：放縱；跋扈：蠻橫。
原指意氣舉動越出常軌，不受約束。現多指態度蠻橫放肆，目中無人。

出處 《北史．齊高祖紀》：「景（侯景）專制河南十四年矣，常有飛揚跋扈志。」

解析 ①不要把「跋」寫成「拔」。②「飛揚跋扈」和「專橫跋扈」都有「蠻橫不講理」的意思。但「飛揚跋扈」重在恣意放縱，目中無人；「專橫跋扈」重在專權獨斷。

例句 誰都沒想到當初**飛揚跋扈**的少年，如今卻成為一個文質彬彬的學者。

近義 放浪形骸；放蕩不羈；專橫跋扈；無法無天；橫行霸道。

反義 安分守己；規行矩步；循規蹈

矩。

飛黃騰達（ㄈㄟ ㄏㄨㄤˊ ㄊㄥˊ ㄉㄚˊ）

解釋 飛黃：傳說中的神馬；騰達：形容馬的飛馳。比喻人地位提升得很快，在仕途上稱心如意。

出處 唐．韓愈《昌黎先生集．符讀書城南》詩：「飛黃騰踏去，不能顧蟾（ㄔㄢˊ）蜍（ㄔㄨˊ）。」

解析 「飛黃騰達」指官職、地位一路上升得很快；「平步青雲」、「青雲直上」偏重指官職、地位一下子上升得很高，程度比「飛黃騰達」更輕鬆、快速。

例句 誰都沒想到當初一路**飛黃騰達**的他，竟因為一件小小的誹聞而黯然下臺了。

近義 平步青雲；扶搖直上；青雲直上。

反義 一落千丈；窮途潦倒。

飛蛾撲火（ㄈㄟ ㄜˊ ㄆㄨ ㄏㄨㄛˇ）

解釋 比喻自取滅亡。也作「飛蛾赴火」、「飛蛾投火」或「夜蛾赴火」。

出處 《梁書．到溉傳》：「如飛蛾之赴火，豈焚身之可吝。」

解析 「飛蛾撲火」、「自投羅網」都指自己去送死，多用於錯誤地估計形勢或過分誇耀自己的力量；「玩火自焚」指做壞事，結果自己害了自己。

例句 他明知道這麼做是**飛蛾撲火**，自尋死路，卻又忍不住一步步地陷下去。

近義 以卵擊石；自投羅網。

飛簷走壁（ㄈㄟ ㄧㄢˊ ㄗㄡˇ ㄅㄧˋ）

解釋 練武的人能在簷壁上行走如飛。形容人身手矯健，武藝高超。

出處 《水滸傳》第六十六回：「且說時遷是個飛簷走壁的人，不從正路入城，夜間越牆而過。」

解析 「走」不解釋成「行走」。

例句 傳說中的武林高手，個個都有**飛簷走壁**的本領，輕輕一躍就能登上數尺高的樓房。

近義 竄房越脊。

【食部】

食不甘味（ㄕˊ ㄅㄨˋ ㄍㄢ ㄨㄟˋ）

解釋 甘：美好。形容心中憂慮不安，飲食不知滋味。也作「食旨不甘」。

出處 《戰國策．楚策一》：「楚王曰：『寡人臥不安席，食不甘味。』」

例句 自從姊姊離家後，媽媽每日寢食難安、**食不甘味**。

近義 心事重重；寢食不安。

反義 飽食終日。

食古不化 ㄕˊ ㄍㄨˇ ㄅㄨˋ ㄏㄨㄚˋ

解釋 指仿古而不善運用，就像把食物吃下去不能消化一樣。指人死讀古書而不知靈活運用。

出處 清．陳撰《玉几山房畫外錄》載惲向《題自作畫冊》：「可見定欲為古人而食古不化，畫虎不成、刻舟求劍之類也。」

例句 他雖然飽讀詩書，卻是個**食古不化**的書呆子。

近義 生吞活剝；囫圇吞棗；食而不化。

反義 推陳出新；融會貫通。

食玉炊桂 ㄕˊ ㄩˋ ㄔㄨㄟ ㄍㄨㄟˋ

解釋 比喻物價昂貴。

出處 《戰國策．策楚三》：「楚國之食貴於玉，薪貴於桂，謁者難得見如鬼，王難得見如天帝。今令臣（蘇秦）食玉炊桂，因鬼見帝。」（薪，柴火。謁者，古代負責傳達和接待的官。）

例句 近年來物價不斷上漲，台北更是**食玉炊桂**，許多生意清淡的餐廳只得紛紛歇業。

近義 米珠薪桂。

反義 物美價廉。

食肉寢皮 ㄕˊ ㄖㄡˋ ㄑㄧㄣˇ ㄆㄧˊ

解釋 寢皮：剝下皮來當褥子。表示仇恨極深。

出處 《左傳．襄公二十一年》：「然二子（指齊將殖綽、郭最）者，譬於禽獸，臣食其肉，而寢處其皮矣。」

例句 當他了解事情的真相，發現當年家人所受的折磨後，恨不得將仇敵碎屍萬段、**食肉寢皮**。

近義 不共戴天；視如寇仇。

反義 相親相愛；關懷備至。

食言而肥 ㄕˊ ㄧㄢˊ ㄦˊ ㄈㄟˊ

解釋 食言：說話不算數。譏諷人說話不算數。

出處 春秋時，魯國大夫孟武伯常常言而無信。魯哀公對他很不滿。有一次魯哀公設宴，在宴會上孟武伯見哀公的寵臣郭重也在座，就諷刺郭重說：「你吃了什麼東西這樣肥胖啊！」魯哀公聽了，便接過話，代替郭重答道：「是食言多矣，能無肥乎？」孟武伯聽了，知道國君在諷刺自己而感到萬分難堪。

例句 你如果再**食言而肥**，以後恐怕再也沒人敢跟你合作了。

近義 自食其言；言而無信；輕諾寡信。

反義 一言九鼎；一諾千金；言而有信。

食前方丈 ㄕˊ ㄑㄧㄢˊ ㄈㄤ ㄓㄤˋ

解釋 方丈：一丈見方。吃飯的時候，陳列在面前的食物占了一丈見方那麼大。形容生活非常奢侈、豪華。

出處 《孟子．盡心下》：「食前方丈，侍妾數百人，我得志弗為也。」

例句 在這個貧富差距愈來愈大的社會裏，有人是**食前方丈**，有人卻得沿街乞討。

近義 日食萬錢；食味方丈。

反義 粗茶淡飯；簞食瓢飲。

食指大動（ㄕˊ ㄓˇ ㄉㄚˋ ㄉㄨㄥˋ）

解釋 原指有美味可食的前兆，後表示美味當前，令人非常想飽餐一頓。

出處 《左傳．宣公四年》：「楚人獻黿於鄭靈公，子公之食指動，以示子家曰：『他日我如此，必嘗異味。』」

例句 看到桌上琳琅滿目的食物，真是令人**食指大動**。

近義 垂涎三尺；垂涎欲滴。

食指浩繁（ㄕˊ ㄓˇ ㄏㄠˋ ㄈㄢˊ）

解釋 食指：手之第二指，喻人口。喻家中人口眾多，費用浩大。

例句 父親的收入雖然不差，但一想到家中**食指浩繁**，仍感到不勝負荷。

二畫

飢不擇食（ㄐㄧ ㄅㄨˋ ㄗㄜˊ ㄕˊ）

解釋 飢：餓；擇：挑，挑選。肚子非常餓的時候，就不會挑選食物了。比喻非常需要時，來不及選擇。

出處 宋．釋普濟《五燈會元．天然禪師》：「一日訪龐居士，至門首相見。師乃問：『居士在否？』士曰：『飢不擇食。』」

解析 「飢不擇食」和「狼吞虎嚥」在意義上有相似的地方。但「飢不擇食」著重在餓得很急、顧不得選擇食物的一種心理狀態，除了形容吃東西外，還可形容對其他方面的急迫需要。而「狼吞虎嚥」則著重在外表的動作。

例句 看他那一副**飢不擇食**的樣子，就知道他真的餓了很久了。

近義 狼吞虎嚥；寒不擇衣；慌不擇路。

反義 挑肥揀瘦。

四畫

飯糗茹草（ㄈㄢˋ ㄑㄧㄡˇ ㄖㄨˊ ㄘㄠˇ）

解釋 飯、茹：吃；糗：乾糧；草：指野菜。吃乾糧和野菜。指窮困者的粗劣飲食。形容生活困苦。

出處 《孟子．盡心下》：「舜之飯糗茹草也，若將終身焉。」

解析 「糗」不讀成ㄔㄡˋ。

例句 他生性非常儉樸，一個人住在山上**飯糗茹草**，卻也自得其樂。

近義 啜菽飲水；飲冰茹蘗；簞食瓢飲。

【反義】肉林酒池；食前方丈；鐘鳴鼎食。

飲水思源 ㄧㄣˇ ㄕㄨㄟˇ ㄙ ㄩㄢˊ

【解釋】喝水要想到水源。比喻人不忘本。

【出處】北周．庾信《庾子山集．征調曲》：「飲其流者懷其源。」（懷，思念。）

【解析】「飲水思源」偏重於「思」，多用於報答恩德；「葉落歸根」偏重於「歸」，多用於要返回故土。

【例句】他現在雖然是個大明星，但卻能**飲水思源**，感念那些曾經照顧、栽培他的人。

【近義】不忘溝壑；葉落歸根。

【反義】忘恩負義；恩將仇報；數典忘祖。

飲冰茹蘗 ㄧㄣˇ ㄅㄧㄥ ㄖㄨˊ ㄅㄛˋ

【解釋】茹：吃；蘗：也作「檗」，即「黃蘗」，一種喬木，皮可入藥，性寒味苦。
喝冷水，吃苦味的東西。形容生活極為清苦。

【出處】唐．白居易〈三年為刺史〉詩：「三年為刺史，飲冰復食蘗。」

【例句】他自從出家後，一直過著**飲冰茹蘗**的生活，卻頗能自得其樂，不以為苦。

【近義】啜菽飲水；飯糗茹草；簞食瓢飲。

【反義】肉林酒池；食前方丈；鐘鳴鼎食。

飲醇自醉 ㄧㄣˇ ㄔㄨㄣˊ ㄗˋ ㄗㄨㄟˋ

【解釋】受到寬厚對待而甘心敬服。比喻以德服人。

【出處】《三國志．吳志．周瑜傳》：「性度恢廓，大率為得人，惟與程普不睦。」裴松之注引《江表傳》：「普頗以年長數陵侮瑜，瑜折節容下，終不與校。普後自敬服而親重之，乃告人曰：『與周公瑾交，若飲醇醪（ㄌㄠˇ），不覺自醉。』」（醇醪，濃酒）

【例句】王老師一向待人寬厚，從不與人計較得失，和他相處猶如**飲醇自醉**。

飲鴆止渴 ㄧㄣˇ ㄓㄣˋ ㄓˇ ㄎㄜˇ

【解釋】鴆：鴆酒，一種有劇毒的酒。喝毒酒來止渴。比喻只顧解決目前的問題，不顧後患。

【出處】東漢時，宋光被告刪改朝廷法令，霍諝上書替宋光辯解。信中說：「宋光一向按規章辦事，即使對法令有疑，也會採取適當的辦法，怎麼會冒著死罪擅自刪改呢？「譬猶療飢於附子（一種有毒的草本植物），止渴於酖毒，未入腸胃，已絕咽喉，豈可為哉！」

【解析】「鴆」不可唸成ㄐㄧㄡ，不可寫成「鳩」。

【例句】你為了解決眼前的困難竟然答應了他的要求，這無異於**飲鴆止**

渴，會召致無窮的後患。

近義 剜肉補瘡。

五畫

飽經風霜 ㄅㄠˇ ㄐㄧㄥ ㄈㄥ ㄕㄨㄤ

解釋 飽：充分地；經：經過，經歷；風霜：比喻艱難、困苦。

形容經歷過非常多的艱難、困苦。

出處 唐．杜甫〈懷錦水居止二首〉：「老樹飽經霜。」

例句 隔壁的王媽媽獨自扶養四個稚齡的兒女，雖然才四十出頭卻已經飽經風霜。

近義 備嘗艱苦；歷盡滄桑。

反義 飽食終日；養尊處優。

六畫

養生送死 ㄧㄤˇ ㄕㄥ ㄙㄨㄥˋ ㄙˇ

解釋 子女對父母的奉養和安葬，指事奉父母之道。也作「養生喪死」。

出處 《孟子．梁惠王上》：「穀與魚鱉不可勝食，材木不可勝用，是使民養生喪死無憾也。」

例句 他向來以孝順聞名，雖然事業繁忙，養生送死卻從不假他人之手。

養虎遺患 ㄧㄤˇ ㄏㄨˇ ㄧˊ ㄏㄨㄢˋ

解釋 遺：留下。

比喻縱容敵人，反而留下後患，使自己受害。

出處 秦朝末年，劉邦和項羽起兵反秦，後來，劉邦的勢力逐漸強大，就派人去勸說項羽，願意以鴻溝為界，互不侵犯。談判成功後，項羽引兵東去，這時，張良、陳平等勸劉邦說：如今你已得到天下三分之二的土地，而諸侯又都服從你，項羽的部隊很疲勞，又無糧食，正是衰弱的時候。「今釋弗擊，此所謂養虎自遺患也。」於是劉邦率軍追擊項羽，又命韓信、彭越等兩面夾攻，結果項羽大敗，在烏江自殺。

例句 你現在若不斷絕和這些賭徒的來往，將來一定會養虎遺患，惹禍上身的。

近義 放虎歸山；後患無窮；養癰遺患。

反義 除惡務盡；斬草除根。

養尊處優 ㄧㄤˇ ㄗㄨㄣ ㄔㄨˇ ㄧㄡ

解釋 養：指生活。

處於尊貴的地位，過著優裕的生活。

出處 宋．蘇洵《嘉祐集．上韓樞密書》：「天子者養尊而處優。」

解析 「處」不能唸成ㄔㄨˋ。

例句 他向來養尊處優慣了，現在即將入伍當兵，不免擔心害怕起來。

近義 嬌生慣養。

反義 含辛茹苦；飽經風霜。

養精蓄銳 ㄧㄤˇ ㄐㄧㄥ ㄒㄩˋ ㄖㄨㄟˋ

解釋 蓄：積蓄；銳：銳氣。

養息精神，積蓄力量。

出處 《三國演義》第三十四回：「且待半年，養精蓄銳，劉表、孫權可一鼓而下也。」

解析 「養精蓄銳」強調養足精神、積蓄力量，多用於國力、軍力和個人精力的培養；「休養生息」強調休整、保養民力，繁殖人口，多用於國家經歷大亂或大破壞後恢復民間的生產力。

例句 明天就要去爬山了，今天晚上大家早點睡覺，好好地養精蓄銳。

近義 休養生息；養威蓄銳。

反義 勞民傷財；窮兵黷武。

養癰遺患（ㄧㄤˇ ㄩㄥ ㄧˊ ㄏㄨㄢˋ）

解釋 癰：一種毒瘡；患：禍害。

身上的癰不加治療會給自己留下禍害。比喻姑息壞人、壞事，結果留下後患害了自己。

出處 《後漢書．馮衍傳》李賢注引馮衍〈與婦弟任武達書〉：「養癰長疽，自生禍殃。」

解析 「蓄」不可寫成「畜」。

例句 留他在隊上只會養癰遺患，破壞團隊的紀律。

近義 放虎歸山；後患無窮；養虎遺患。

反義 除惡務盡；斬草除根。

七畫

餘勇可賈（ㄩˊ ㄩㄥˇ ㄎㄜˇ ㄍㄨˇ）

解釋 餘勇：剩下來的勇力；賈：賣。

還有未使盡的勇力可以使出來。比喻人做事有勇氣、能持久不懈。

出處 《左傳．成公二年》：「欲勇者賈余（我）餘勇。」

解析 「賈」不能唸成ㄐㄧㄚˇ。

例句 他雖然已失敗多次，積蓄也已耗盡，卻仍堅持不放棄，真是餘勇可賈。

反義 精疲力竭；精疲力盡。

餘音繞梁（ㄩˊ ㄧㄣ ㄖㄠˋ ㄌㄧㄤˊ）

解釋 餘音：音樂演奏後，好像還留下來的樂聲。

形容音樂優美，使人回味不盡。

出處 戰國時，韓娥的歌聲非常優美。據說，有一次韓娥唱起了悲歌，附近一里地以內的男女老少都紛紛落淚，三天不吃飯；當韓娥唱起愉快的歌時，這些人又立刻忘掉悲傷，歡騰、雀躍起來。韓娥後來到齊國去，旅費用光了，便以賣唱為生，所經之處，「餘音繞梁欐，三日不絕。」

解析 可和「三日不絕」連用，寫成「餘音繞梁，三日不絕」。

例句 聽完這場演奏會後，真令人覺得餘音繞梁三日不絕。

近義 餘音繚繞；餘音裊裊。

反義 嘔啞嘲哳。

餐風宿露（ㄘㄢ ㄈㄥ ㄙㄨˋ ㄌㄨˋ）

解釋 比喻長途跋涉、夜宿荒郊野外的辛苦，也作「風餐露宿」、「露宿風餐」。

出處 宋·陸游〈宿野人家〉詩：「老來世路渾諳盡，風餐露宿未覺非。」

解析 ①「露」不讀ㄌㄡˋ。②「餐風宿露」著眼於食宿艱苦，「櫛風沐雨」著眼於奔波勞苦，風雨侵襲。

例句 這一路上雖然是**餐風宿露**，非常辛苦，但一想到能為災民做些事，再辛苦也就值得了。

近義 餐風飲露；櫛風沐雨。

反義 養尊處優。

十二畫

饑寒交迫（ㄐㄧ ㄏㄢˊ ㄐㄧㄠ ㄆㄛˋ）

解釋 交：俱，一齊。飢餓寒冷交相逼來形容生活極度貧苦。

出處 宋·王讜《唐語林·政事上》：「高祖時，嚴甘羅，武功人，剽劫，為吏所拘。上謂曰：『汝何為作賊？』對曰：『飢寒交切，所以為盜。』」（切，急迫）。

例句 災區的居民已是**饑寒交迫**，非常需要各界伸出援手資助他們。

近義 家貧如洗；家徒四壁；啼飢號寒。

反義 家給戶足；錦衣玉食；豐衣足食。

十三畫

饔飧不繼（ㄩㄥ ㄙㄨㄣ ㄅㄨˋ ㄐㄧˋ）

解釋 饔飧：早飯和晚飯。早晚飯不能相繼，形容窮困至極。

出處 明·朱用純《朱子家訓》：「雖饔飧不繼，猶有餘歡。」

例句 他現在雖然**饔飧不繼**，卻仍不放棄自己的理想，不願同流合污。

近義 左支右絀；捉襟見肘；寅吃卯糧。

反義 日食萬錢；錦衣玉食。

十七畫

饞涎欲滴（ㄔㄢˊ ㄒㄧㄢˊ ㄩˋ ㄉㄧ）

解釋 饞涎：因貪饞而分泌的口水。饞得口水要流下來。也比喻看見別人的好東西而急於想得到。

出處 宋·蘇軾〈將之湖州戲贈莘老〉詩：「吳兒膾縷薄欲飛，未去先說饞涎垂。」

解析 「涎」不能唸成ㄧㄢˊ。

例句 小林一聽說張小姐燒得一手好菜，不免**饞涎欲滴**，想立刻大快朵頤一番。

近義 垂涎三尺；垂涎欲滴。

【首部】

首屈一指 ㄕㄡˇ ㄑㄩ ㄧˋ ㄓˇ

解釋 首：首先。屈指計數時首先彎下大拇指。表示位居第一。

出處 《兒女英雄傳》第二十九回：「千古首屈一指的孔聖人，便是一位有號的。」

解析 「首」不可寫成「手」；「屈」不可寫成「曲」。

例句 這家麻辣火鍋在台北是**首屈一指**，獲得許多饕家的好評。

近義 名列前茅；無出其右；獨占鰲頭。

反義 名落孫山；百里之才；等而下之；瞠乎其後。

首當其衝 ㄕㄡˇ ㄉㄤ ㄑㄧˊ ㄔㄨㄥ

解釋 衝：要衝，交通要道。比喻最先受到壓力、攻擊，或首先遭受災難的人或地方。

出處 《漢書．五行志下之上》：「鄭以小國，攝乎晉楚之間，重以強吳，鄭當其衝，不能修德。」

解析 「當」不讀「恰當」的ㄉㄤˋ。

例句 每當政局動盪不安時，股市總是**首當其衝**，最先受到影響。

近義 四戰之地。

反義 瞠乎其後。

首鼠兩端 ㄕㄡˇ ㄕㄨˇ ㄌㄧㄤˇ ㄉㄨㄢ

解釋 形容遲疑不決、瞻前顧後的樣子。也作「首施兩端」。

出處 《史記．魏其武安侯列傳》：「何為首鼠兩端！」

例句 情勢已經相當急迫，你不可以再**首鼠兩端**，要立刻做出決定。

近義 猶豫不決；舉棋不定；瞻前顧後。

反義 壯士解腕；當機立斷；毅然決然。

【香部】

香消玉殞 ㄒㄧㄤ ㄒㄧㄠ ㄩˋ ㄩㄣˇ

解釋 香與玉都用來比喻女子。比喻女子死亡。

出處 《長生殿．重圓》：「梨花玉殞，斷魂隨杜鵑。」

例句 這位紅極一時的女星，才三十出頭便**香消玉殞**，令人不勝唏噓。

近義 玉碎香消；玉碎珠沈；蘭摧玉折。

【馬部】

馬不停蹄 ㄇㄚˇ ㄅㄨˋ ㄊㄧㄥˊ ㄊㄧˊ

解釋 一刻也不停留地前進。比喻非常忙碌，四處奔波。

出處 《元曲選．王實甫〈麗春堂〉二》：「贏的他急難措手，打的他馬不停蹄。」

例句 我們馬不停蹄地趕路，希望能在日出前爬上山頂。

近義 日夜兼程；快馬加鞭。

反義 停滯不前；裹足不前；踟躕不前。

馬仰人翻 ㄇㄚˇ ㄧㄤˇ ㄖㄣˊ ㄈㄢ

解釋 形容軍隊被打敗的狼狽相。也比喻騷動、混亂、非常忙亂的樣子。也作「人仰馬翻」。

出處 《封神演義》第十四回：「哪吒力大無窮，三五合把李靖殺得馬仰人翻。」

例句 為了辦好這次晚會，我們忙得馬仰人翻，天天都得工作到深夜。

近義 一塌糊塗；丟盔卸甲；轍亂旗靡。

反義 大獲全勝；橫掃千軍。

馬到成功 ㄇㄚˇ ㄉㄠˋ ㄔㄥˊ ㄍㄨㄥ

解釋 戰馬一到就勝利了。形容非常容易且迅速地取得勝利。

出處 《元曲選．鄭廷玉〈楚昭公〉一》：「管取馬到成功，奏凱回來也。」

解析 「馬到成功」偏重於成功，較多用於事業、工作；「旗開得勝」偏重於勝利，較多用於比賽事宜；「手到擒來」偏重於捉拿到，較多用於捉取人或東西。

例句 經過教練嚴密的訓練，今年我們一定能旗開得勝，**馬到成功**。

近義 手到擒來；出走得盧；旗開得勝。

反義 一敗塗地；出師不利。

馬革裹屍 ㄇㄚˇ ㄍㄜˊ ㄍㄨㄛˇ ㄕ

解釋 革：皮革。
指在戰場上陣亡後，用馬皮把屍體包裹起來，常用以表示決心為國捐軀的英雄氣概。

出處 《後漢書．馬援傳》記載：東漢名將馬援六十二歲時，主動要去前線，光武帝因他年老，沒有准許。他不服氣，就在金殿上披甲上馬，揮舞兵器演習一番。光武帝不禁讚嘆地說：「這位老將，是多麼勇猛啊！」於是准許馬援帶兵前往。馬援常常說：「男兒要當死於邊野，以馬革裹屍還葬耳。」後來馬援在貴州一帶作戰，得了重病，但是他仍堅守在前線的土屋裏，不肯離開部隊，終於實現了他戰死疆場、馬革裹屍的壯志。

解析 「馬革裹屍」和「為國捐軀」都有為國犧牲的意思，但「馬革裹屍」是專指死在沙場上，而「為國捐軀」則不侷限死在戰場上。

例句 身為軍人就該有戰死沙場、**馬革裹屍**的豪氣。

近義 血染沙場；為國捐軀。

馬首是瞻 ㄇㄚˇ ㄕㄡˇ ㄕˋ ㄓㄢ

解釋 瞻：看。
比喻服從某一個人的指揮或樂於追

隨某一個人，採取一致的行動。

【出處】《左傳·襄公十四年》：「荀偃令曰：『雞鳴而駕，塞井夷竈，唯余馬首是瞻。』」意思是：雞一叫就把戰車駕好，把井堵了，夷平了，看我馬頭衝向哪邊，來決定你們行動方向。

【解析】「瞻」不讀寫成「贍養」的「贍（ㄕㄢˋ）」。

【例句】這次的行動，全隊唯你**馬首是瞻**，成敗就在你一念之間了。

【近義】唯命是從；唯命是聽。

【反義】我行我素。

馬齒徒增（ㄇㄚˇ ㄔˇ ㄊㄨˊ ㄗㄥ）

【解釋】馬齒：馬的牙齒隨年齡的增長而增添，所以看馬齒就可以知道馬的年齡，後來也用以比喻人的年齡；徒：白白地。比喻只是年齡徒然增加，而學問卻沒有長進或事業沒有成就，白白地度過了日子，謙虛之詞。也作「馬齒徒長」。

【出處】《穀梁傳·僖公二年》：「荀息牽馬操璧而前曰：『璧則猶是也，而馬齒加長矣。』」

【例句】李老師常感嘆自己，這些年來只是**馬齒徒增**，在學術上卻毫無建樹。

【近義】馬齒徒加；虛度年華；蹉跎歲月。

【反義】不虛此生。

五畫

駟不及舌（ㄙˋ ㄅㄨˋ ㄐㄧˊ ㄕㄜˊ）

【解釋】意思是言已出口，即使是四匹馬拉的快車也追不回，比喻說話應當慎重。

【出處】《論語·顏淵》：「惜乎，夫子之說君子也，駟不及舌。」

【解析】「駟」不寫成「四」。

【例句】你當初既然答應了，今天就應該做到，要知道**駟不及舌**，對自己說的話要負責。

【近義】一言九鼎；一諾千金；一言既出，駟馬難追。

【反義】言而無信；食言而肥；輕諾寡言。

駕輕就熟（ㄐㄧㄚˋ ㄑㄧㄥ ㄐㄧㄡˋ ㄕㄡˊ）

【解釋】駕：趕馬車；輕：指輕車；就：走上；熟：熟路。趕著輕車去走熟路。後轉比喻對事情很有經驗，做起來得心應手。又作「輕車熟路」。

【出處】唐·韓愈《昌黎先生集·送石處士序》：「若駟馬駕輕車，就熟路，而王良、造父為之先後也。」（王良、造父，古代兩個善於駕車的人。）

【例句】這類事情他已經手多次，經驗豐富，交給他處理自然**駕輕就熟**。

【近義】得心應手；輕車熟路；熟能生巧。

【反義】初出茅廬。

六畫

駭人聽聞（ㄏㄞˋ ㄖㄣˊ ㄊㄧㄥ ㄨㄣˊ）

解釋 駭：驚嚇。

事情超越常理，使人聽了感到震驚。

出處 《鏡花緣》第六回：「該仙子何以迫不及待，並不奏聞請旨，任聽部下逞艷於非時之候，獻媚於世主之前，致令時序顛倒，駭人聽聞？」

例句 這起縣長官邸血案，一次奪去八條人命，真是**駭人聽聞**。

近義 危言聳聽；聳人聽聞。

八畫

騎者善墮（ㄑㄧˊ ㄓㄜˇ ㄕㄢˋ ㄉㄨㄛˋ）

解釋 慣於騎馬的人常常會掉下馬來。比喻擅長某事的人，往往容易疏忽大意，反而失敗。也作「好騎者墮」。

出處 《聊齋志異．念秧》：「旨哉古言！騎者善墮。」

例句 雖然這類案子你已經手多次，但**騎者善墮**，你更要格外小心才是。

近義 好騎者墮；善游者溺。

騎虎難下（ㄑㄧˊ ㄏㄨˇ ㄋㄢˊ ㄒㄧㄚˋ）

解釋 意思是說，在現在的形勢下，正像騎在猛虎身上，不把老虎打死就不能半途下來。比喻做事迫於形勢而無法停止。

出處 李白〈留別廣陵諸公詩〉：「騎虎不敢下，攀龍忽墮天。」

例句 你當初沒有及時抽身，如今弄得**騎虎難下**，我也無能為力。

近義 欲罷不能；羝羊觸藩；進退維谷；進退兩難。

反義 進退自如；進退自若。

騎驢找馬（ㄑㄧˊ ㄌㄩˊ ㄓㄠˇ ㄇㄚˇ）

解釋 比喻一面接受現有的，一面另找更好的。也比喻忘記自己已有，還到處去找。也作「騎驢覓驢」。

出處 宋．釋道原《景德傳燈錄．大乘贊》：「不解即心即佛，真似騎驢覓驢。」

例句 他在兩年內換了七、八個工作，卻仍在**騎驢找馬**，想換一個更好的工作。

十畫

騷人墨客（ㄙㄠ ㄖㄣˊ ㄇㄛˋ ㄎㄜˋ）

解釋 騷人：屈原作〈離騷〉，後即以「騷人」指詩人；墨客：文人。舊指文人雅士。

出處 無名氏《宣和畫譜．宋迪》：「騷人墨客，登高臨賦。」

例句 這裏的風景優美，四季變化各有不同，常使**騷人墨客**流連忘返。

十二畫

驕兵必敗（ㄐㄧㄠ ㄅㄧㄥ ㄅㄧˋ ㄅㄞˋ）

解釋 驕兵：恃強輕敵的軍隊。認為自己強大而輕敵的軍隊必定要打敗仗。

出處 《漢書．魏相傳》：「恃國家之大，矜民人之眾，欲見威於敵者，謂之驕兵。兵驕者滅。」

例句 我們雖然連續奪下三年冠軍，但仍不可輕敵，要知道**驕兵必敗**。

反義 哀兵必勝。

驕奢淫佚（ㄐㄧㄠ ㄕㄜ ㄧㄣˊ ㄧˋ）

解釋 驕：放縱；奢：奢侈；淫：荒淫；佚：放蕩。形容生活奢侈放蕩，荒淫無度。

出處 《左傳．隱公三年》：「驕奢淫佚，所自邪也。」

例句 你如果繼續過著**驕奢淫佚**的生活，縱有再多的家產也會被你敗光。

近義 窮奢極侈。

反義 克勤克儉。

十三畫

驚弓之鳥（ㄐㄧㄥ ㄍㄨㄥ ㄓ ㄋㄧㄠˇ）

解釋 曾被弓箭驚嚇的鳥。比喻受過驚嚇的人遇事就心生膽怯。

出處 《晉書．王鑒傳》：「黷武之眾易動，驚弓之鳥難安。」

解析 「驚」不寫成「警」。

例句 經過上次的大火，奶奶就像**驚弓之鳥**，看到一點火花就嚇得腳軟。

近義 心有餘悸；傷弓之鳥。

反義 心安理得；初生之犢。

驚世駭俗（ㄐㄧㄥ ㄕˋ ㄏㄞˋ ㄙㄨˊ）

解釋 駭：害怕，驚異。形容一個人的言論、行為與眾不同，使人感到特別驚奇、訝異。

例句 你這些**驚世駭俗**的論調，恐怕對社會風氣有不良的影響，還是不要發表的好。

反義 安分守己；循規蹈矩。

驚天動地（ㄐㄧㄥ ㄊㄧㄢ ㄉㄨㄥˋ ㄉㄧˋ）

解釋 形容聲勢十分驚人。

出處 唐．白居易《白氏長慶集．李白墓》詩：「可憐荒壟窮泉骨，曾有驚天動地文。」

例句 他這個**驚天動地**的發現，將會改寫人類的歷史。

近義 震天撼地。

反義 無聲無息。

驚心動魄（ㄐㄧㄥ ㄒㄧㄣ ㄉㄨㄥˋ ㄆㄛˋ）

解釋 原來形容作品的文字運用得好，使人感受極深，震動極大。後來也形容事情非常驚險、緊張。

出處 南朝．梁．鍾嶸《詩品》卷上：「文溫以麗，意悲而遠，驚心動魄，可謂幾乎一字千金。」

例句 這部電影的情節刺激懸疑、**驚心動魄**，吸引了滿場的觀眾。

近義　震撼人心；膽戰心驚；觸目驚心。

驚惶失措（ㄐㄧㄥ ㄏㄨㄤˊ ㄕ ㄘㄨㄛˋ）

解釋　惶：害怕；失措：舉動失去常態。形容驚慌、害怕得不知如何是好。

出處　《東周列國志》第十四回：「告以連稱作亂之事，遂造寢室，告於襄公，襄公驚惶無措。」

解析　「措」不可寫成「錯」。

例句　她一個人在家，忽然聽到樓上傳來腳步聲，嚇得她**驚惶失措**。

近義　手足無措；張皇失措；驚慌失措。

反義　安之若素；泰然自若；泰然處之；應付自如。

驚魂未定（ㄐㄧㄥ ㄏㄨㄣˊ ㄨㄟˋ ㄉㄧㄥˋ）

解釋　受驚的靈魂還沒有安定下來。形容受到驚嚇之後，心情尚未平靜。

出處　宋．蘇軾〈謝量移汝州表〉：「隻影自憐，命寄江湖之上；驚魂未定，夢遊縲（ㄌㄟˊ）紲（ㄒㄧㄝˋ）之中。」（縲紲，捆犯人的繩索，引申為囚禁。）

例句　逃過那一場車禍後，他終日精神恍惚，似乎**驚魂未定**。

驚鴻一瞥（ㄐㄧㄥ ㄏㄨㄥˊ ㄧˋ ㄆㄧㄝ）

解釋　鴻：水鳥名；瞥：匆匆看一眼。像驚飛而起的鴻鳥，只匆匆看到一眼就不見了。比喻某人某物只短暫出現，一下子就不見了。

出處　《文選．曹植．洛神賦》：「翩如驚鴻，婉若游龍。」

例句　大姊長年定居國外，每次回國都是**驚鴻一瞥**就消失了。

近義　曇花一現。

驚濤駭浪（ㄐㄧㄥ ㄊㄠ ㄏㄞˋ ㄌㄤˋ）

解釋　洶湧的大風浪。有時比喻險惡的環境或遭遇。

出處　宋．陸游《劍南詩稿．長風沙》：「江水六月無津涯，驚濤駭浪高吹花。」

例句　經過一連串的**驚濤駭浪**，她似乎成長不少，再也不是從前的小女孩了。

近義　狂風暴雨；狂風巨浪；風霜雨雪。

反義　水波不興；波瀾不驚；風平浪靜。

十六畫

驢鳴狗吠（ㄌㄩˊ ㄇㄧㄥˊ ㄍㄡˇ ㄈㄟˋ）

解釋　嘲笑人文章寫得不好，如狗叫、驢鳴般毫無意義。

出處　唐．張鷟（ㄓㄨㄛˊ）《朝野僉載》：「溫子升作〈韓陵山寺碑〉，庾信讀而寫其本，南人問信曰：『北方文士何如？』信曰：『惟有韓陵山一片石堪共語，自餘驢鳴狗吠，聒耳而已。』」

解析 吠，讀ㄈㄟˋ。

例句 你寫的這篇文章根本是驢鳴狗吠，報社當然不會採用。

近義 詞不達意；滿紙空言。

反義 字字珠璣；絕妙好辭。

驥服鹽車（ㄐㄧˋ ㄈㄨˊ ㄧㄢˊ ㄔㄜ）

解釋 驥：千里馬；服：駕車。千里馬拉鹽車。比喻大材小用，埋沒賢才。

出處 《戰國策．楚策四》：「夫驥之齒至矣，服鹽車而上太行。蹄申膝折，尾湛胕潰，漉汁灑地，白汗交流，中阪遷延，負轅不能上。伯樂遭之，下車攀而哭之，解紵衣以冪（ㄇㄧˋ）之。驥於是俛而噴，仰而鳴，聲達於天，若出金石聲者，何也？彼見伯樂之知己也。」（胕，同「膚」。附潰，汗水湧出皮膚像河堤決口一樣。漉，滲出。遷延，向後退。冪，覆蓋。）

例句 他堂堂一個文學博士卻擔任校稿的工作，這不是驥服鹽車、大材小用嗎？

近義 大材小用。

【骨部】

骨瘦如柴（ㄍㄨˇ ㄕㄡˋ ㄖㄨˊ ㄔㄞˊ）

解釋 形容人十分消瘦。

出處 宋．陸佃《埤雅．釋獸》：「又曰：瘦如豺。豺，柴也。豺體體瘦，故謂之豺。」

例句 這場大病竟使得原本十分壯碩的他，變得骨瘦如柴。

近義 形銷骨立；瘦骨嶙峋。

反義 大腹便便；腦滿腸肥。

骨鯁在喉（ㄍㄨˇ ㄍㄥˇ ㄗㄞˋ ㄏㄡˊ）

解釋 鯁：魚刺，魚骨。魚刺卡在喉嚨裏。比喻心中有話，非說出來不可。

出處 《說文解字》：「鯁，食骨留咽中也。」段玉裁注：「韋曰：『骨所以鯁，人也。』忠言逆耳，如食骨在喉，故云骨鯁之臣。」

解析 「喉」右部從「侯」，不寫成「時候」的「候」。

例句 這件事我一直悶在心裏如骨鯁在喉，今天我非一吐為快不可。

近義 一吐為快。

反義 三緘其口；杜口吞聲。

八畫

髀肉復生（ㄅㄧˋ ㄖㄡˋ ㄈㄨˋ ㄕㄥ）

解釋 髀：股部，大腿。大腿上多餘的肉又長出來了。慨嘆久處安逸、虛度光陰，想要有所作為。

出處 《三國志．蜀書．先主傳》裴松之注引《九州春秋》：「備住荊州數年。嘗於表坐起至廁，見髀裏肉生，慨然流涕。還坐，表怪問備。

備曰：『吾常身不離鞍，髀肉皆消，今不復騎，髀裏肉生。日月若馳，老將至矣，而功業不建，是以悲耳。』」

例句 休息了這麼久，只怕**髀肉復生**，難再恢復往日的身手了。

十三畫

體大思精（ㄊㄧˇ ㄉㄚˋ ㄙ ㄐㄧㄥ）

解釋 規模宏大，思慮周密（多指大部頭的著作）。

出處 范曄〈獄中與諸甥姪書〉：「此書行，故應有賞音者。紀傳例為舉其大略耳，諸細意甚多。自古體大而思精，未有此也。」

例句 這一部書真是**體大思精**，才剛上市就獲得了廣大的回響。

體無完膚（ㄊㄧˇ ㄨˊ ㄨㄢˊ ㄈㄨ）

解釋 形容遭受傷害，全身沒有一塊完好的皮膚。現也比喻論點被批評得不留餘地。

出處 《酉陽雜俎前集．黥》：「自頸以下，遍刺白居易舍人詩……凡刻三十餘處，首體無完膚。」

例句 這本新書才上市就被書評家批評得**體無完膚**。

近義 皮開肉綻；遍體鱗傷。

反義 安然無恙；完好無損；完善無缺。

體貼入微（ㄊㄧˇ ㄊㄧㄝ ㄖㄨˋ ㄨㄟˊ）

解釋 體貼：設身處地，為人著想。形容照顧、關心十分細致、周到。

出處 清．吳趼人《二十年目睹之怪現狀》第三十八回：「澄波道：『……做買賣的人，只要心平點，少看點利錢，那些貧民便受惠多了。』我笑道：『這可謂體貼入微了。』」

例句 沒想到看來粗枝大葉的小張，竟對太太如此**體貼入微**。

近義 無微不至；關懷備至。

反義 漠不關心。

【高部】

高山流水（ㄍㄠ ㄕㄢ ㄌㄧㄡˊ ㄕㄨㄟˇ）

解釋 比喻樂曲高妙。

出處 《列子．湯問》記載，俞伯牙善於彈琴，鍾子期對音樂的欣賞能力很強。有一次俞伯牙彈琴時心裏想著高山，鍾子期聽了說：「善哉，峨峨兮若泰山！」伯牙又想著流水，鍾子期聽了說：「善哉，洋洋乎若江河！」

例句 他的鋼琴演奏如**高山流水**，聽了令人低徊不已。

高不可攀（ㄍㄠ ㄅㄨˋ ㄎㄜˇ ㄆㄢ）

解釋 攀：攀登。高得沒法攀登，形容難以達到。

出處 《文選．陳琳〈為曹洪與魏文帝書〉》：「且夫墨子之守，縈帶為垣，高不可登。」

例句 他雖然年紀輕輕的就在文壇上嶄露頭角，卻從沒有**高不可攀**的傲氣。

近義 不可企及；望塵莫及；齊大非偶。

反義 手到擒來；居高臨下；唾手可得；輕而易舉。

高官厚祿 ㄍㄠ ㄍㄨㄢ ㄏㄡˋ ㄌㄨˋ

解釋 官位高，俸祿優厚。原作「高爵豐祿」。

出處 《荀子．議兵》：「是高爵豐祿之所加也，榮孰大焉。」

例句 他為了理想放棄**高官厚祿**，獨自一人到東部的山區教書。

近義 高爵厚祿；高爵重祿。

高朋滿座 ㄍㄠ ㄆㄥˊ ㄇㄢˇ ㄗㄨㄛˋ

解釋 高：高貴，高尚；座：座位。高貴的賓客坐滿了席位，形容賓客眾多。

出處 唐．王勃《王子安集．滕王閣序》：「千里逢迎，高朋滿座。」

解析 「高朋滿座」指賓客眾多；「座無虛席」多指觀眾、聽眾眾多；「濟濟一堂」則偏重指參加集會的人眾多，或人才集中於某單位。

例句 他為人豪爽，交遊廣闊，家中常常是**高朋滿座**。

近義 座無虛席；濟濟一堂。

反義 門可羅雀；青蠅弔客。

高枕無憂 ㄍㄠ ㄓㄣˇ ㄨˊ ㄧㄡ

解釋 枕頭墊得高高地安心睡覺。形容非常安心，無所顧慮。

出處 《戰國策．魏策一》：「事秦，則楚韓必不敢動；無楚韓之患，則大王高枕而臥，國必無憂矣。」

例句 只要通過這次考試，未來幾年你就可以**高枕無憂**。

近義 高枕而臥；無憂無慮。

反義 危在旦夕；枕戈待旦；枕戈寢甲。

高風亮節 ㄍㄠ ㄈㄥ ㄌㄧㄤˋ ㄐㄧㄝˊ

解釋 高風：高尚的品格；亮節：堅貞的節操。

形容高尚的品格和行為。也作「高風峻節」。

出處 宋．胡仔《苕溪隱叢話後集》：「余謂淵明高峻節，固已無愧於四皓，然猶仰慕之，尤見其好賢尚友之情也。」

例句 他雖已從政多年，卻依然保有**高風亮節**，不受世俗的污染。

近義 玉潔冰清；高山景行；高山仰止。

反義 恬不知恥；厚顏無恥；寡廉鮮恥。

高談闊論 ㄍㄠ ㄊㄢˊ ㄎㄨㄛˋ ㄌㄨㄣˋ

解釋 形容暢快、不受拘束地大發議論。也作「闊論高談」。

出處 《元曲選．賈仲明〈玉梳記〉

一》：「倚仗著高談闊論，全用些野狐涎撲子弟，打郎君。」

例句 平日沈默寡言的他，只要一提起星相便高談闊論，滔滔不絕。

近義 夸夸其談。

反義 坐言起行；身體力行。

高瞻遠矚（ㄍㄠ ㄓㄢ ㄩㄢˇ ㄓㄨˇ）

解釋 高瞻：站在高處看；矚：注意地看。站得高看得遠，比喻眼光遠大。

出處 《野叟曝言》第二回：「一路高瞻遠矚，要領略湖山真景。」

例句 事情的發展完全符合他當初的預估，不得不令人佩服他的高瞻遠矚。

近義 目光遠大。

反義 目光短淺；目光如豆；胸無大志；鼠目寸光。

【髟部】

五畫

髮短心長（ㄈㄚˇ ㄉㄨㄢˇ ㄒㄧㄣ ㄔㄤˊ）

解釋 比喻年紀老而智謀深遠。

出處 《左傳·昭公三年》：「齊侯田於莒，盧蒲嫳見，泣且請曰：『余髮如此種種，余奚能為？』公曰：『諾，吾告二子。』歸而告之。子尾欲復之，子雅不可，曰：『彼其髮短，而心甚長，其或寢處我矣。』」（種種：短，禿。）

例句 隔壁的李老先生是髮短心長，你遇到什麼難題，不妨去向他請教。

近義 老驥伏櫪。

【鬯部】

十九畫

鬱鬱寡歡（ㄩˋ ㄩˋ ㄍㄨㄚˇ ㄏㄨㄢ）

解釋 鬱鬱：憂愁的樣子；寡：少。悶悶不樂的樣子。

出處 《楚辭·九章·抽思》：「心鬱鬱之憂思兮，猶永嘆乎增傷。」

例句 看她一副鬱鬱寡歡的樣子，明天大家陪她出去散散心吧！

近義 怏怏不樂；悶悶不樂。

反義 心花怒放；樂不可支；興高采烈。

【鬼部】

鬼使神差（ㄍㄨㄟˇ ㄕˇ ㄕㄣˊ ㄔㄞ）

解釋 使、差：派遣，指使。事情過於湊巧，無法解釋。比喻事情的發生完全出於意外。也作「神差鬼使」。

出處 《琵琶記·張公遇使》：「原來他也是無奈，好似鬼使神差。」

解析「差」不能唸成ㄔㄚ或ㄔㄚˋ。

例句 他鬼使神差錯過的那班飛機，居然起飛不久便失事了。

近義 不由自主；身不由己。

鬼斧神工（ㄍㄨㄟˇ ㄈㄨˇ ㄕㄣˊ ㄍㄨㄥ）

解釋 形容製作技藝的精巧，不像人工製成的。

出處 清．袁枚《隨園詩話》卷六：「二樹畫梅，題七古一篇，疊鬚字韻八十餘首，神工鬼斧，愈出愈奇。」

例句 這一路險峻的地形，奇偉的山勢，真是鬼斧神工。

近義 巧奪天工。

反義 粗製濫造。

鬼哭神號（ㄍㄨㄟˇ ㄎㄨ ㄕㄣˊ ㄏㄠˊ）

解釋 形容哭叫聲淒厲、悲慘或形容情境恐怖、悲慘。也作「神嚎鬼哭」。

出處 《三國演義》九十一回：「自丞相經過之後，夜夜只聞得水邊鬼哭神號。」

例句 飛機失事現場，死傷慘重，只聽到四處鬼哭神號。

鬼鬼祟祟（ㄍㄨㄟˇ ㄍㄨㄟˇ ㄙㄨㄟˋ ㄙㄨㄟˋ）

解釋 形容行為詭秘而不光明正大。

出處 《紅樓夢》第五十二回：「兩個人鬼鬼祟祟的，不知說什麼。」

解析 ①不要把「祟」寫成「崇」或唸成ㄔㄨㄥˊ。②「鬼鬼祟祟」偏重指行為，「鬼頭鬼腦」偏重指神態。

例句 他們倆鬼鬼祟祟的，不知道又要做什麼壞事。

近義 鬼頭鬼腦；偷偷摸摸。

反義 光明正大；光明磊落；堂堂正正；堂而皇之。

鬼蜮伎倆（ㄍㄨㄟˇ ㄩˋ ㄐㄧˋ ㄌㄧㄤˇ）

解釋 蜮：傳說是一種能含沙射影來害人的動物；伎倆：壞手段。比喻暗中傷人的陰險手段。

出處 《詩經．小雅．何人斯》：「為鬼為蜮，則不可得。」

解析 「蜮」不能唸成ㄏㄨㄛˋ。

例句 他為人陰險、狡詐，滿肚子鬼蜮伎倆，你最好和他保持距離。

近義 陰謀詭計。

四畫

魂不守舍（ㄏㄨㄣˊ ㄅㄨˋ ㄕㄡˇ ㄕㄜˋ）

解釋 魂：靈魂；舍：指人的軀殼。靈魂離開了軀殼。形容心志恍惚、精神不集中。也作「魂不守宅」。

出處 《三國志．魏志．管輅傳》注引《管輅別傳》：「何（何晏）之視候，則魂不守宅，血不華色。」

解析 「魂不守舍」與「魂不附體」都有「靈魂脫離軀體」的意思，但「魂不守舍」指精神不集中；「魂不附體」指受到驚嚇，恐懼萬分。

例句 她一接到男朋友要回國的電

話，一整個下午都**魂不守舍**的。

近義 心不在焉；失魂落魄；魂不附體。

反義 全神貫注；專心致志；聚精會神。

魂不附體（ㄏㄨㄣˊ ㄅㄨˋ ㄈㄨˋ ㄊㄧˇ）

解釋 魂：古時認為能離開人的形體而存在的精神，即所謂靈魂。嚇得靈魂脫離軀體走散了。形容非常害怕、驚慌，不能自主。

出處 《元曲選．喬孟符〈金錢記〉二》：「使小生魂不附體。」

解析 「魂不附體」與「魂不守舍」都有「靈魂脫離軀體」的意思，但「魂不守舍」指精神不集中；「魂不附體」指受到驚嚇，恐懼萬分。

例句 深夜裏忽然傳來陣陣淒厲的叫聲，嚇得她**魂不附體**。

近義 失魂落魄；魂不守舍；魂飛魄散；膽戰心驚。

反義 泰然自若；處之泰然。

魂飛魄散（ㄏㄨㄣˊ ㄈㄟ ㄆㄛˋ ㄙㄢˋ）

解釋 魂、魄：統指所謂精神、靈氣。嚇得魂魄都飛散了，形容驚恐萬分。也作「魄散魂飛」。

出處 《西遊記》四十一回：「可憐氣塞胸堂喉舌冷，魂飛魄散喪殘生。」

例句 她在回家的路上遇到搶匪，嚇得她**魂飛魄散**。

近義 魂不附體；膽戰心驚。

反義 泰然自若；處之泰然；鎮定自若。

【魚部】

魚目混珠（ㄩˊ ㄇㄨˋ ㄏㄨㄣˋ ㄓㄨ）

解釋 魚眼睛摻雜在珍珠裏面，比喻以假亂真。

出處 《韓詩外傳》：「白骨類象，魚目似珠」。

解析 「魚目混珠」指用假的冒充真的；「濫竽充數」指沒有本領的人冒充有本領，差的充作好的。

例句 這批假貨企圖**魚目混珠**與真品一同上市，欺騙消費者。

近義 以假亂真；冒名頂替；濫竽充數。

反義 貨真價實。

魚沈雁杳（ㄩˊ ㄔㄣˊ ㄧㄢˋ ㄧㄠˇ）

解釋 魚、雁：相傳可以傳遞書信，這裏都指書信；杳：不見蹤跡。比喻音訊斷絕。也作「魚雁沈杳」。

出處 明．李昌祺《剪燈餘話．賈雲華還魂記》：「兩家闊別，魚沈雁杳，音耗不聞，本謂此身無復相見。」

例句 他自從去了加拿大，便**魚沈雁杳**，音信全無。

魚貫而入（ㄩˊ ㄍㄨㄢˋ ㄦˊ ㄖㄨˋ）

【解釋】貫：穿過；魚貫：用草繩穿過魚鰓，把魚成串連起。形容人群依次、一個接一個進入某個場合。

【出處】《三國志．魏志．鄧艾傳》：「將士皆攀木緣崖，魚貫而進。」

【例句】開賽前觀眾們**魚貫而入**，不一會兒整個球場便坐無虛席了。

【近義】魚貫而前；魚貫而行；銜尾相隨。

【反義】一擁而入；一哄而起。

魚游釜中 ㄩˊ ㄧㄡˊ ㄈㄨˇ ㄓㄨㄥ

【解釋】比喻處境危險，生命危在旦夕。也作「釜底游魚」。

【出處】《後漢書．張綱傳》：「若魚游釜中，喘息須臾間耳。」

【例句】你這種做法無異於**魚游釜中**，隨時都有滅頂的可能。

【近義】釜魚幕燕；涸轍之鮒；燕巢飛幕。

四　畫

魯莽滅裂 ㄌㄨˇ ㄇㄤˇ ㄇㄧㄝˋ ㄌㄧㄝˋ

【解釋】魯莽：冒失，粗魯；滅裂：輕率。形容做事草率、冒失。

【出處】《莊子．則陽》：「君為政焉勿魯莽，治民焉勿滅裂。」

【例句】小弟做事一向**魯莽滅裂**，處處要人替他善後。

【近義】粗心大意；魯莽從事。

【反義】小心謹慎；謹小慎微；謹言慎行。

魯魚亥豕 ㄌㄨˇ ㄩˊ ㄏㄞˋ ㄕˇ

【解釋】因為「魚」和「魯」、「亥」和「豕」的篆文字形相似，所以在抄寫時容易把「魚」寫成「魯」、「亥」寫成「豕」。表示文字因形似而傳寫訛誤。

【出處】晉．葛洪《抱朴子．遐覽》：「書三寫，魚成魯，帝成虎。」

【例句】從前書籍校對的品質低劣，**魯魚亥豕**的情況隨處可見。

【近義】三豕涉河；烏焉亥豕；烏焉成馬；魯魚帝虎。

魯殿靈光 ㄌㄨˇ ㄉㄧㄢˋ ㄌㄧㄥˊ ㄍㄨㄤ

【解釋】即西漢魯恭王在今山東曲阜修建的靈光殿。經過西漢末年的農民戰爭，其他地方的有名宮殿都毀壞了，只有靈光殿獨存。比喻碩果僅存的有聲望的老前輩。

【出處】漢．王延壽〈魯靈光殿賦序〉：「魯靈光殿者，蓋景帝程姬之子恭王餘之所立也。……遭漢中微，盜賊奔突，自西京未央，建章之殿，皆見隳壞，而靈光巋然獨存。」

【例句】在政壇上舉足輕重的黨國元老大多紛紛凋零，李先生恐怕是僅存的**魯殿靈光**了。

十　畫

鰥寡孤獨（ㄍㄨㄢ ㄍㄨㄚˇ ㄍㄨ ㄉㄨˊ）

解釋 鰥：老而無妻；寡：老而無夫；孤：年幼而無父；獨：老而無子。泛指老弱而無依的人。

出處 《禮記．禮運》：「鰥寡孤獨廢疾者皆有所養。」

例句 先進國家有完善的社會福利制度，所有的**鰥寡孤獨**者都可以受到良好的照顧。

近義 孤苦伶仃。

十二畫

鱗次櫛比（ㄌㄧㄣˊ ㄘˋ ㄐㄧㄝˊ ㄅㄧˋ）

解釋 次、比：順序；櫛：梳子。形容房屋等建築物如魚鱗和梳齒那樣整齊、密集地排列著。現多形容房屋等建築物很多。

出處 明．陳貞慧《秋園雜佩．蘭》：「杖挑藤束，筐筥登市，纍纍不絕，每歲正二月之交，自長橋以至大街，鱗次櫛比，春光皆馥也。」

解析 「鱗次櫛比」多指建築物排列有序；「星羅棋布」使用面廣泛，強調事物排列範圍廣密。

例句 比起鄉村景致，都市中**鱗次櫛比**的高樓大廈，又別有一番風味。

近義 星羅棋布；望衡對宇。

【鳥部】

鳥盡弓藏（ㄋㄧㄠˇ ㄐㄧㄣˋ ㄍㄨㄥ ㄘㄤˊ）

解釋 鳥打光了，彈弓就收藏起來了。比喻事情成功後，把出過力的人拋棄或殺害。同「兔死狗烹」。

出處 《史記．越王勾踐世家》：「蜚鳥盡，良弓藏；狡兔死，走狗烹。」（蜚，同「飛」。）

例句 許多政客一旦勢力穩固後，就**鳥盡弓藏**，驅逐當初為他賣命打天下的人。

近義 兔死狗烹；卸磨殺驢；藏弓烹狗。

反義 論功行賞。

二畫

鳧趨雀躍（ㄈㄨˊ ㄑㄩ ㄑㄩㄝˋ ㄩㄝˋ）

解釋 鳧：小水鴨；趨：快走。像鳧在快走、雀在跳躍一樣。比喻人喜悅、歡欣的樣子。

出處 唐．盧照鄰〈窮魚賦〉：「鳧趨雀躍，風馳電往。」

例句 看她那副**鳧趨雀躍**的樣子，就知道上午的面試她一定表現得很好。

鳩形鵠面（ㄐㄧㄡ ㄒㄧㄥˊ ㄏㄨˊ ㄇㄧㄢˋ）

解釋 鳩形：形狀像腹部低陷、胸骨突起的斑鳩；鵠面：臉色像黃鵠。形容人身體枯瘦、面容憔悴的樣子。也作「鳥面鵠形」。

出處 清．黃景仁《兩當軒集．尹六丈為我作雲峰閣圖歌以為贈》詩：「弄君筆頭隨意之丹青，使我鳩形鵠面生光瑩。」

例句 沈重的生活壓力使他日漸消瘦，一副**鳩形鵠面**的樣子。

近義 面黃肌瘦。

反義 肥頭大耳；腦滿腸肥。

三畫

鳳毛麟角（ㄈㄥˋ ㄇㄠˊ ㄌㄧㄣˊ ㄐㄧㄠˇ）

解釋 鳳：鳳凰；麟：麒麟。

鳳凰的毛，麒麟的角。比喻罕見而珍貴的人才或事物。

出處 南朝．宋．劉義慶《世說新語．容止》：「王敬倫風姿似父，作侍中，加授桓公，公服從大門入，桓公望之曰：『大奴固自有鳳毛。』」

解析 ①「麟」不可寫成「鱗」。②「鳳毛麟角」和「屈指可數」都有數量很少的意思，但不同的是：「鳳毛麟角」含有珍貴、難得的意思，「屈指可數」則沒有。

例句 現今社會中只求為人民服務、不求權勢名利的人已如**鳳毛麟角**。

近義 吉光片羽；屈指可數；景星麟鳳；寥若晨星。

反義 比比皆是；多如牛毛；車載斗量。

鳶飛魚躍（ㄩㄢ ㄈㄟ ㄩˊ ㄩㄝˋ）

解釋 比喻放任自然，萬物各得其所。

出處 《詩經．大雅．旱麓》：「鳶飛戾天，魚躍于淵。」

例句 離開了嘈雜的都市，來到**鳶飛魚躍**的大自然裏，大家都顯得輕鬆許多。

四畫

鴉雀無聲（ㄧㄚ ㄑㄩㄝˋ ㄨˊ ㄕㄥ）

解釋 形容原本吵鬧的人群，突然安靜下來。

出處 宋．蘇軾〈絕句三首〉：「天風吹雨入欄杆，烏鵲無聲夜向闌。」

解析 「鴉雀無聲」偏重在表示「人聲」突然消失或人們都閉口不說話；「萬籟俱寂」則是指「在戶外」沒有任何聲音。

例句 老師一走上講台，原本吵雜的教室，立刻變得**鴉雀無聲**。

近義 寂靜無聲；萬籟無聲；鴉默雀靜。

反義 人聲鼎沸；沸反盈天；鑼鼓喧天。

八畫

鶉衣百結（ㄔㄨㄣˊ ㄧ ㄅㄞˇ ㄐㄧㄝˊ）

解釋 鶉：即鵪鶉，羽赤褐色，雜有暗黃色斑紋，故用「鶉衣」比喻破爛衣服。

形容衣服非常破爛、補綻很多。

出處 《荀子．大略》：「子夏貧，衣若縣（懸）鶉。」

例句 看到今日的富裕、繁榮，李伯伯不免回想起當年逃難時**鶉衣百結**的窘境。

近義 衣衫襤褸；衣不蔽體；破衣爛衫；踵決肘見。

反義 衣衫齊楚；衣冠楚楚。

鵲巢鳩占（ㄑㄩㄝˋ ㄔㄠˊ ㄐㄧㄡ ㄓㄢˋ）

解釋 喜鵲的巢被斑鳩占住。原指女子出嫁，以夫家為家。後比喻強占別人的住處或產業。

出處 《詩經．召南．鵲巢》：「維鵲有巢，維鳩居之。」

例句 他不過出國半年，辛苦建立的公司，竟然被**鵲巢鳩占**。

近義 鵲巢鳩居。

鵬程萬里（ㄆㄥˊ ㄔㄥˊ ㄨㄢˋ ㄌㄧˇ）

解釋 鵬：傳說中的大鳥。比喻前程遠大；多用以祝福他人。

出處 《莊子．逍遙遊》裏說，鵬鳥向南海飛去，水擊三千里，乘著旋風一下子就飛出九萬里。」

例句 畢業前夕，老師祝全班同學**鵬程萬里**。

近義 前途無量；前程萬里；前程似錦；錦繡前程。

反義 日暮途窮；走投無路；窮途末路。

十畫

鶴立雞群（ㄏㄜˋ ㄌㄧˋ ㄐㄧ ㄑㄩㄣˊ）

解釋 像鶴站在雞群中一樣，比喻一個人的才能或儀表十分出眾。

出處 《晉書．嵇紹傳》：「或謂王戎曰：『昨於稠人中始見嵇紹。紹，昂昂然如野鶴之在雞羣。』」

解析 「鶴立雞群」偏重指儀表等外形方面超出眾人；而「出類拔萃」則多指品德、才能等內在修養超出眾人。

例句 他從小就長得高人一等，無論走到哪裏總顯得**鶴立雞群**。

近義 出類拔萃；出人頭地；超群絕倫。

反義 相形見絀；濫竽充數。

鶴髮童顏（ㄏㄜˋ ㄈㄚˇ ㄊㄨㄥˊ ㄧㄢˊ）

解釋 鶴髮：白頭髮。頭髮像白鶴，臉色像兒童。形容老年人氣色、精神好。也作「童顏鶴髮」。

出處 《警世通言》四十：「卻說前漢有一人……歷年二百，鶴髮童顏。」

例句 鄰居林伯伯雖然已經八十好幾了，卻依然**鶴髮童顏**，精神飽滿。

近義 老當益壯；返老還童；松身鶴骨。

反義 未老先衰；老態龍鍾；頭童齒豁；雞皮鶴髮。

鶴髮雞皮（ㄏㄜˋ ㄈㄚˇ ㄐㄧ ㄆㄧˊ）

解釋 鶴髮：指白頭髮；雞皮：形容

皮膚有皺紋。形容老人膚皺、髮白的樣子。也作「雞皮鶴髮」。

出處 北周．庾信《庾子山集．竹杖賦》：「子老矣，鶴髮雞皮，蓬頭歷齒。」

例句 阿姨一想到自己將來**鶴髮雞皮**的樣子，就不由得害怕起來。

近義 老態龍鍾；蒼顏皓首；蓬頭歷齒。

反義 返老還童；鶴髮童顏。

十一畫

鷗鷺忘機（ㄡ ㄌㄨˋ ㄨㄤˋ ㄐㄧ）

解釋 鷗、鷺：都是水鳥；機：機心，深沈權變的心計。
比喻忘掉人與人之間的機心，鷗鳥也能和他親近。

出處 《列子．黃帝》記載，古時候海邊有個人喜歡鷗鳥，每天和牠們在一起戲耍，鷗鳥來到他這兒上百次。他爸爸跟他說：「吾聞鷗鳥皆從汝遊，汝取來吾玩之。」第二天他到海邊去，鷗鳥只在空中飛舞，不肯落地。

例句 他退出政壇後，獨居在山區，整天徜徉在大自然中過著與世無爭、**鷗鷺忘機**的生活。

十二畫

鷸蚌相爭，漁翁得利（ㄩˋ ㄅㄤˋ ㄒㄧㄤ ㄓㄥ，ㄩˊ ㄨㄥ ㄉㄜˊ ㄌㄧˋ）

解釋 鷸：一種長嘴的水鳥。
鷸和蚌爭持不下，漁翁正好把牠們一起捉了。比喻雙方相持不下，結果兩敗俱傷，使第三者獲利。

出處 《戰國策．燕策》記載：「戰國時，趙國攻打燕國，蘇代去見趙惠王，說：「我經過易水時，一隻蚌正張開蚌殼曬太陽。這時，一隻鷸伸嘴去啄河蚌，蚌立刻合上，鉗住鷸的嘴。鷸對蚌說：『今日不下雨，明日不下雨，你就要成為死蚌。』蚌也對鷸說：『今日嘴脫不出來，明日也脫不出來，你就會成為死鷸。』兩個互不相讓，漁夫走來，順手把鷸和蚌都捉去了。現在趙國將攻打燕國，雙方百姓都受到損害，恐怕秦國就會趁機把燕趙兩國滅掉。」

例句 他們倆為了爭業績而互揭對方瘡疤，卻使置身事外的小李撿了現成的便宜，這真是**鷸蚌相爭，漁翁得利**。

近義 坐收漁利；鷸蚌爭衡。

十九畫

鸞翔鳳集（ㄌㄨㄢˊ ㄒㄧㄤˊ ㄈㄥˋ ㄐㄧˊ）

解釋 鸞：傳說中鳳凰一類的鳥；翔：盤旋地飛；集：群鳥停歇在樹上。
鸞在上空盤旋，鳳凰成群地停歇。比喻優秀的人才聚集在一起。

出處 晉．傅咸〈申懷賦〉：「穆穆清禁，濟濟群英。鸞翔鳳集，羽儀上京。」

例句 這家公司是**鸞翔鳳集**，召募了各路菁英，難怪能在市場上雄霸一方。

近義 人文薈萃。

反義 龍蛇雜處。

【鹿部】

鹿死誰手 ㄌㄨˋ ㄙˇ ㄕㄟˊ ㄕㄡˇ

解釋 鹿：原比喻政權，後來也比喻爭逐的對象。「未知鹿死誰手」原指不知政權落在誰的手裏，後也指不知誰取得最後勝利。

出處 《晉書．載記第四．石勒》：「勒因餕酒酣，笑曰：『朕若逢高皇，當北面而事之，與韓、彭競鞭而爭先耳；脫遇光武，當並驅於中原，未知鹿死誰手！』」（高皇，劉邦。光武，劉秀。）

例句 這場球賽的雙方勢均力敵，不到最後關頭，究竟**鹿死誰手**，誰也不敢預料。

反義 可操左券；勝券在握。

十二畫

麟角鳳距 ㄌㄧㄣˊ ㄐㄧㄠˇ ㄈㄥˋ ㄐㄩˋ

解釋 麟：麒麟，古代傳說中的靈獸；鳳：鳳凰；距：爪。麟角、鳳爪，比喻稀有但不一定用得上的東西。

出處 晉．葛洪《抱朴子．自敘》：「晚又學七尺杖術，可以入白刃，取大戟。然亦是不急之末學，知之譬如麟角鳳距，何必用之？」

例句 這位老師父的功夫雖然神奇，但好比**麟角鳳距**，不一定派得上用場。

【麻部】

麻木不仁 ㄇㄚˊ ㄇㄨˋ ㄅㄨˋ ㄖㄣˊ

解釋 不仁：沒有感覺。肢體麻木，沒有感覺。比喻感情冷酷、思想不敏銳。也比喻漠不關心。

出處 《兒女英雄傳》第二十七回：「天下作女孩兒的，除了那班天日不懂麻木不仁的姑娘外，是個女兒便有個女兒情態。」

例句 眼見一位騎士倒在血泊之中呻吟，你卻不聞不問，真是**麻木不仁**。

近義 無動於衷；漠不關心。

【黃部】

黃袍加身

解釋 黃袍：古代帝王的袍服。後周時，趙匡胤為太尉，謀奪帝位，在陳橋驛發動兵變，諸將替他披上黃袍，擁立為天子，就是宋太祖。比喻在政變中受到擁戴而登上帝位。

出處 見《宋史．太祖本紀一》。

例句 在政局極不穩定的中東地區，叛軍領袖**黃袍加身**的事情時有所聞。

近義 黃袍加體。

黃粱一夢

解釋 黃粱：小米。煮一鍋小米飯的時間裏做了一場好夢。比喻人生的榮辱、富貴無常。也作「黃粱美夢」。

出處 唐人小說《枕中記》中說：盧生在客店裏遇到道士呂翁，道士借給他一個枕頭睡覺，這時店主人正在煮黃粱飯。盧生在睡夢中，做了大官，娶了美貌的妻子，生活闊綽，享盡榮華富貴。等到盧生一覺醒來，店主人的黃粱飯還沒有煮熟呢。

例句 在他失去了一切後才驚覺過往爭名奪利的歲月，不過是**黃粱一夢**。

近義 邯鄲美夢；南柯一夢。

反義 有志竟成。

【黑部】

三畫

墨守成規

解釋 墨守：戰國時墨翟以善於守城著名，後因稱善守者為墨守；成規：現成的或通行已久的規則。形容按老規矩辦事，不求改進。

例句 他雖然在這行已經十幾年，但一向勇於求新求變，從不**墨守成規**。

近義 因循守舊；故步自封；蹈常襲故。

反義 不主故常；推陳出新；獨闢蹊徑；獨出心裁。

四畫

黔驢技窮

解釋 黔：指今貴州省；窮：盡，完了。比喻有限的本領用完了，已無技可施。

出處 唐朝柳宗元的〈黔之驢〉中提到黔這個地方不產驢子，有個人從外地帶來一頭驢，放牧在山中，老虎看見驢子是個龐然大物，以為是神，就遠遠地躲開，不敢觸怒牠，後來老虎一直在旁觀察並逐漸靠近試探牠。驢子大怒，踢了老虎一腳，老虎才發覺，驢子的本事不過如此，就把驢子吃了。

解析 「黔驢技窮」多指本領、辦法，也可指心機、計謀；「機關用盡」、「無計可施」僅指心機、計謀。

例句 看他一個人在臺上表演了四十分鐘，恐怕已經**黔驢技窮**了。

近義 黔驢之技；機關用盡；鼯鼠技窮。

反義 大顯神通；神通廣大；餘勇可賈。

五畫

點石成金（ㄉㄧㄢˇ ㄕˊ ㄔㄥˊ ㄐㄧㄣ）

解釋 原指道家法術中點石成金的法術，比喻把別人不好的文章改為好文章。

出處 《列仙傳》記載的一則神話故事說：「許遜，南昌人。晉初為旌陽令，點石化金，以足逋賦。」

例句 編劇們運用精巧的構思、優美的文辭，頓時把這些平凡的事物都**點石成金**了。

反義 狗尾續貂；點金成鐵。

八畫

黨同伐異（ㄉㄤˇ ㄊㄨㄥˊ ㄈㄚˊ ㄧˋ）

解釋 黨：結黨；伐：攻擊。袒護與自己意見相同的，攻擊與自己意見不同的，比喻有門戶之見。

出處 《後漢書．黨錮傳》：「至有石渠分爭之論，黨同伐異之說。」

例句 民主社會就是要尊重少數、服從多數，不可以有**黨同伐異**的情形。

近義 誅鋤異己。

反義 一視同仁；不偏不倚；無偏無黨。

【鼎部】

鼎足之勢（ㄉㄧㄥˇ ㄗㄨˊ ㄓ ㄕˋ）

解釋 鼎：古代的炊具，多用青銅製成，一般為圓形，三足兩耳，也有方形四足的。比喻三方分立、互相對峙的局勢。

出處 《史記．淮陰侯列傳》：「莫若兩利而俱存之，三分天下，鼎足而居。」

例句 現今全國的電腦市場由三家電腦公司三分天下，呈**鼎足之勢**。

【鼠部】

鼠牙雀角（ㄕㄨˇ ㄧㄚˊ ㄑㄩㄝˋ ㄐㄧㄠˇ）

解釋 比喻與人爭訟。

出處 《詩經．召南．行露》：「誰謂雀無角，何以穿我屋？……誰謂鼠無牙，何以穿我墉？」（墉，牆。）

例句 你與其成天浪費時間與他作鼠牙雀角之爭，不如另外想辦法自己解決吧！

鼠目寸光（ㄕㄨˇ ㄇㄨˋ ㄘㄨㄣˋ ㄍㄨㄤ）

解釋 形容眼光短淺，只能看到近處、小處，看不到遠處、大處。

例句 你居然為了這一點小利，不惜做出違法的事而自毀前程，真是**鼠目寸光**。

近義 一孔之見；目光如豆；目光短淺。

反義 目光遠大；高瞻遠矚；遠見卓識。

鼠竊狗盜（ㄕㄨˇ ㄑㄧㄝˋ ㄍㄡˇ ㄉㄠˋ）

解釋 指盜賊、宵小。也作「鼠竊狗偷」。

出處 《史記．劉敬叔孫通列傳》：「此特群盜鼠竊狗盜耳，何足置之齒牙間！」

例句 年關將近，正是**鼠竊狗盜**最猖狂的時候，要格外小心自己的錢包。

近義 梁上君子。

【齊部】

齊大非偶（ㄑㄧˊ ㄉㄚˋ ㄈㄟ ㄡˇ）

解釋 齊：春秋時諸侯國；偶：配偶。比喻婚姻雙方勢位懸殊，不是門當戶對，難於建立平等關係。也作「齊大非耦」。

出處 《左傳．桓公六年》：「齊侯欲以文姜妻鄭太子忽，太子忽辭。人問其故。太子曰：『人各有耦，齊大，非吾耦也。』」

例句 陳先生雖然對李小姐心儀已久，卻始終覺得**齊大非偶**而不敢有所表示。

齊東野語（ㄑㄧˊ ㄉㄨㄥ ㄧㄝˇ ㄩˇ）

解釋 齊東：齊國（在今山東北部）東部；野語：鄉下人的話。比喻道聽塗說、荒唐不可信的話。

出處 《孟子．萬章上》：「此非君子之言，齊東野人之語也。」

例句 他說的這些荒謬絕倫的話，恐怕都是**齊東野語**，不足採信。

近義 街談巷語；道聽塗說。

【齒部】

齒亡舌存（ㄔˇ ㄨㄤˊ ㄕㄜˊ ㄘㄨㄣˊ）

解釋 亡：不存在。牙齒不在了，舌頭還存在。比喻剛強的容易折斷，柔弱的常能保全。為古代道家消極退讓、保全自己的處世哲學。

出處 漢．劉向《說苑．敬慎》：「常摐（ㄔㄨㄤ）有疾，老子往問焉。

……張其口而示老子，曰：『吾舌存乎？』老子曰：『然。』『吾齒存乎？』老子曰：『亡。』常摐曰：『子知之乎？』老子曰：『夫舌之存也，豈非以其柔耶？齒之亡也，豈非以其剛耶？』常摐曰：『嘻！是已，天下之事已盡矣！』」

例句 老爺爺常以**齒亡舌存**的道理告誡我們，做人要能屈能伸，不可太過剛強。

【龍部】

龍行虎步 ㄌㄨㄥˊ ㄒㄧㄥˊ ㄏㄨˇ ㄅㄨˋ

解釋 形容帝王的儀態非凡。

出處 《宋書・武帝紀上》：「劉裕龍行虎步，視瞻不凡。」

例句 看他**龍行虎步**、威風凜凜的樣子，就知道他一定不是等閒之輩。

近義 虎步龍驤；威風凜凜；龍驤虎視。

反義 步履蹣跚；步履維艱；鵝行鴨步。

龍吟虎嘯 ㄌㄨㄥˊ ㄧㄣˊ ㄏㄨˇ ㄒㄧㄠˋ

解釋 龍、虎的吼叫，形容人歌嘯或吟詠時聲音的嘹亮。或比喻同類相應。

出處 漢・張衡〈歸田賦〉：「爾乃龍吟方澤，虎嘯山丘。」

例句 聽他在幽靜山間高歌，有如**龍吟虎嘯**，歌聲響遍整個山頭。

龍肝豹胎 ㄌㄨㄥˊ ㄍㄢ ㄅㄠˋ ㄊㄞ

解釋 指非常難得的珍貴食品。

出處 《晉書・潘尼傳》：「厥肴伊何？龍肝豹胎。」

例句 聽到這個消息後，他已經是萬念俱灰，縱使你端來的是**龍肝豹胎**，他也難以下嚥。

近義 山珍海味；龍肝鳳膽；龍肝鳳髓。

反義 山肴野蔌；家常便飯；粗茶淡飯。

龍爭虎鬥 ㄌㄨㄥˊ ㄓㄥ ㄏㄨˇ ㄉㄡˋ

解釋 形容兩雄爭鬥或競賽的激烈。

出處 《元曲選・馬致遠〈漢宮秋〉二》：「枉以後龍爭虎鬥，都是俺鸞交鳳友。」

例句 這一場勢均力敵的**龍爭虎鬥**，看得全場的觀眾大呼過癮。

近義 明爭暗鬥；龍虎相爭。

龍飛鳳舞 ㄌㄨㄥˊ ㄈㄟ ㄈㄥˋ ㄨˇ

解釋 原來形容氣勢雄壯、奔放。後來也形容書法筆勢生動、絕異或字跡潦草。

出處 宋・蘇軾〈表忠觀碑〉：「天目之山，苕水出焉，龍飛鳳舞，萃於臨安。」

例句 小弟從小就非常活潑好動，寫起書法來是滿紙的**龍飛鳳舞**，令人頭痛。

近義 飛龍舞鳳；游雲驚龍；龍蛇飛

舞。

反義 信筆塗鴉。

龍馬精神（ㄌㄨㄥˊ ㄇㄚˇ ㄐㄧㄥ ㄕㄣˊ）

解釋 龍馬：駿馬。比喻人精神健壯的樣子。

出處 唐．李郢〈上裴晉公〉詩：「四朝憂國鬢如絲，龍馬精神海鶴姿。」

例句 林伯伯雖然已經七十好幾，每天仍然是**龍馬精神**，健步如飛。

近義 鬥志昂揚；意氣風發；龍騰虎躍。

反義 老氣橫秋；萎靡不振；暮氣沈沈。

龍蛇飛動（ㄌㄨㄥˊ ㄕㄜˊ ㄈㄟ ㄉㄨㄥˋ）

解釋 形容書法筆勢的勁健、生動。

出處 宋．蘇軾〈西江月．平山堂〉詞：「十年不見老仙翁，壁上龍蛇飛動。」

例句 大師的草書，果然是**龍蛇飛動**、氣勢不凡。

近義 字走龍蛇；龍飛鳳舞。

反義 信筆塗鴉。

龍蛇混雜（ㄌㄨㄥˊ ㄕㄜˊ ㄏㄨㄣˋ ㄗㄚˊ）

解釋 比喻壞人、好人混雜在一起。也作「魚龍混雜」。

出處 宋．釋道原《景德傳燈錄．文殊》：「凡聖同居，龍蛇混雜。」

例句 他從小就住在**龍蛇混雜**的環境中，所以各種三教九流的朋友都有。

龍潭虎穴（ㄌㄨㄥˊ ㄊㄢˊ ㄏㄨˇ ㄒㄩㄝˊ）

解釋 龍潭：龍居住的深水坑；虎穴：老虎居住的山洞。比喻非常險惡的地方。也作「虎穴龍潭」。

出處《兒女英雄傳》十九回：「你父親因他不是個詩書禮樂之門，一面推辭，便要離了這龍潭虎穴。」

例句 為了查明真相，他不避凶險，直闖**龍潭虎穴**。

近義 刀山火海；虎穴鯨波；龍潭虎窟。

反義 洞天福地；福地洞天。

龍蟠虎踞（ㄌㄨㄥˊ ㄆㄢˊ ㄏㄨˇ ㄐㄩˋ）

解釋 踞：蹲或坐。意思是說，鍾山像龍蹲繞在東面，石頭城（即南京城）像虎蹲在西面。形容地勢雄偉、險要。也作「虎踞龍蟠」。

出處《太平御覽》引張勃《吳錄》記載，三國時，諸葛亮論金陵（南京）地形時曾說：「鍾阜龍蟠，石城虎踞，真帝王之宅也。」

解析 「蟠」不要讀成ㄈㄢ（番）。

例句 此地是**龍蟠虎踞**、地勢奇險，我們就駐紮在這吧！

龍蟠鳳逸（ㄌㄨㄥˊ ㄆㄢˊ ㄈㄥˋ ㄧˋ）

解釋 比喻懷才不遇。

出處 唐．李白〈與韓荊州書〉：「所以龍蟠鳳逸之士，皆欲收名定價於君侯。」

例句 每當知名企業徵才時，總吸引了許多**龍蟠鳳逸**之士前來應徵。

龍躍鳳鳴（ㄌㄨㄥˊ ㄩㄝˋ ㄈㄥˋ ㄇㄧㄥˊ）

解釋 比喻才氣超群、卓越。

出處 《晉書．褚陶傳》：「君（指陸機）兄弟龍躍雲津，顧彥先鳳鳴朝陽，謂東南之寶已盡，不意復見褚生。」

例句 他才二十出頭就**龍躍鳳鳴**，奪下數個大獎，受到各界的注目。

龍驤虎步（ㄌㄨㄥˊ ㄒㄧㄤ ㄏㄨˇ ㄅㄨˋ）

解釋 龍：古代稱高大的馬為「龍」；驤：馬昂著頭的樣子。如龍馬高昂著頭，似老虎邁著雄健的步子。形容氣概威武、雄壯的樣子。

出處 《三國志．魏書．陳琳傳》：「龍驤虎步，高下在心。」

解析 驤，讀ㄒㄧㄤ，不讀ㄖㄤˋ。

例句 他在籃下**龍驤虎步**、威風凜凜的樣子，還未出手就在氣勢上勝人一籌。

近義 威風凜凜；龍驤虎視；龍行虎步。

反義 步履維艱；步履蹣跚；鵝行鴨步。

龍驤虎視（ㄌㄨㄥˊ ㄒㄧㄤ ㄏㄨˇ ㄕˋ）

解釋 如龍馬高昂著頭，似老虎注視著攫取的對象。比喻志氣高遠的樣子。也形容氣概威武。

出處 《三國志．蜀志．諸葛亮傳》：「當此之時，亮之素志，進欲龍驤虎視，苞括四海。」

例句 將軍騎在馬上**龍驤虎視**般遠眺八方，好不威風。

近義 威風凜凜；龍行虎步；龍驤虎步。

反義 步履維艱；萎靡不振；暮氣沈沈。

附錄一：常用成語正誤用簡明對照表

成語舉例	成語誤寫
1畫	
一了「百」了	一了「白」了
一刀兩「斷」	一刀兩「段」
一寸「丹」心	一寸「擔」心
一反「常」態	一反「長」態
一孔之「見」	一孔之「現」
一目「了」然	一目「瞭」然
一見「鍾」情	一見「鐘」情
一「身」是膽	一「生」是膽
一呼百「諾」	一呼百「喏」
一拍「即」合	一拍「既」合
一「板」一眼	一「版」一眼
一狐之「腋」	一狐之「掖」
一氣「呵」成	一氣「喝」成
一「脈」相承	一「眽」相承
一「貧」如洗	一「貪」如洗
一無「長」物	一無「常」物
一筆「勾」消	一筆「句」消
一絲一「毫」	一絲一「豪」
一絲不「掛」	一絲不「褂」
一視同「仁」	一視同「人」
一「概」而論	一「慨」而論
一「網」打盡	一「綱」打盡
一語中「的」	一語中「地」
一誤「再」誤	一誤「在」誤
一「鳴」驚人	一「嗚」驚人
一盤散「沙」	一盤散「砂」
一「箭」雙鵰	一「劍」雙鵰
一樹百「穫」	一樹百「獲」
一「瀉」千里	一「洩」千里
一蹶不「振」	一蹶不「震」
一「鱗」半爪	一「麟」半爪
2畫	
七「拼」八湊	七「拚」八湊
七「零」八落	七「凌」八落
七擒七「縱」	七擒七「蹤」
七竅生「煙」	七竅生「菸」
九死一「生」	九死一「身」
九「霄」雲外	九「宵」雲外
人才「輩」出	人才「倍」出
人心不「古」	人心不「谷」

成語舉例	成語誤寫
人心所「向」	人心所「嚮」
人浮於「事」	人浮於「世」
人情「世」故	人情「事」故
人「微」言輕	人「危」言輕
人聲「鼎」沸	人聲「頂」沸
入不「敷」出	入不「付」出
入「幕」之賓	入「暮」之賓
八面「玲」瓏	八面「鈴」瓏
力爭上「游」	力爭上「遊」
十拿九「穩」	十拿九「隱」
十萬火「急」	十萬火「疾」
3畫	
三元及「第」	三元及「地」
三令五「申」	三令五「伸」
三長兩「短」	三長兩「矮」

成語舉例	成語誤寫
三「思」而行	三「恩」而行
三「陽」開泰	三「揚」開泰
三顧茅「廬」	三顧茅「蘆」
亡羊「補」牢	亡羊「捕」牢
亡命之「徒」	亡命之「徙」
千古「絕」唱	千古「決」唱
千里「迢迢」	千里「昭昭」
千「鈞」一髮	千「均」一髮
千萬買「鄰」	千萬買「憐」
千「載」一時	千「戴」一時
千「嬌」百媚	千「驕」百媚
千「錘」百煉	千「捶」百煉
千「巖」萬壑	千「嚴」萬壑
口「若」懸河	口「苦」懸河

成語舉例	成語誤寫
口碑載「道」	口碑載「到」
口「誅」筆伐	口「珠」筆伐
口「蜜」腹劍	口「密」腹劍
口說無「憑」	口說無「平」
土豪劣「紳」	土豪劣「伸」
大吹大「擂」	大吹大「雷」
大「快」朵頤	大「塊」朵頤
大「放」厥詞	大「方」厥詞
大「庭」廣眾	大「廷」廣眾
大張「旗」鼓	大張「期」鼓
大勢所「趨」	大勢所「驅」
大聲疾「呼」	大聲疾「乎」
大手大「腳」	大手大「角」
子虛「烏」有	子虛「鳥」有

成語舉例	成語誤寫	成語舉例	成語誤寫	成語舉例	成語誤寫
孑然一「身」	孑然一「生」	不折不「扣」	不折不「叩」	不逞之「徒」	不逞之「途」
寸草不「留」	寸草不「流」	不求「聞」達	不求「問」達	不勞而「獲」	不勞而「穫」
寸草春「暉」	寸草春「輝」	不言而「喻」	不言而「諭」	不勝其「煩」	不勝其「繁」
寸陰尺「璧」	寸陰尺「壁」	不屈不「撓」	不屈不「饒」	不勝「枚」舉	不勝「每」舉
小家「碧」玉	小家「璧」玉	不念舊「惡」	不念舊「厄」	不寒而「慄」	不寒而「立」
小題大「作」	小題大「做」	不知所「云」	不知所「雲」	不稂不「莠」	不稂不「秀」
「尸」位素餐	「屎」位素餐	不知所「措」	不知所「錯」	不「絕」如縷	不「決」如縷
山雞舞「鏡」	山雞舞「境」	不省人「事」	不省人「世」	不愧不「怍」	不愧不「作」
「干」雲蔽日	「乾」雲蔽日	不衫不「履」	不衫不「屨」	不義之「財」	不義之「才」
4畫					
不卑不「亢」	不卑不「抗」	不「忮」不求	不「技」不求	不落「窠」臼	不落「巢」臼
不可「名」狀	不可「明」狀	不修邊「幅」	不修邊「福」	不違農「時」	不違農「事」
不可思「議」	不可思「義」	不屑一「顧」	不屑一「故」	不稼不「穡」	不稼不「牆」
不可理「喻」	不可理「諭」	不偏不「倚」	不偏不「依」	不「蔓」不枝	不「曼」不枝
不甘「示」弱	不甘「勢」弱	不「脛」而走	不「徑」而走	不學無「術」	不學無「數」

成語舉例	成語誤寫	成語舉例	成語誤寫	成語舉例	成語誤寫
不謀而「合」	不謀而「和」	天理昭「彰」	天理昭「章」	心「猿」意馬	心「原」意馬
不「辨」菽麥	不「辦」菽麥	天經地「義」	天經地「意」	心腹之「患」	心腹之「犯」
不遺餘「力」	不遺餘「利」	天「羅」地網	天「蘿」地網	心懷「叵」測	心懷「匹」測
中流「砥」柱	中流「抵」柱	天「壤」之別	天「讓」之別	心曠神「怡」	心曠神「宜」
五體投「地」	五體投「的」	少安毋「躁」	少安毋「燥」	心驚膽「戰」	心驚膽「仗」
六尺之「孤」	六尺之「狐」	「弔」民伐罪	「吊」民伐罪	手不釋「卷」	手不釋「券」
分「庭」抗禮	分「廷」抗禮	引人入「勝」	引人入「盛」	手舞足「蹈」	手舞足「到」
切磋琢「磨」	切磋琢「摩」	引經「據」典	引經「劇」典	支吾其「詞」	支吾其「辭」
反璞歸「真」	反璞歸「珍」	心力交「瘁」	心力交「卒」	文不對「題」	文不對「提」
反「覆」無常	反「複」無常	心心相「印」	心心相「映」	「文」風不動	「紋」風不動
天之「驕」子	天之「嬌」子	心花「怒」放	心花「恕」放	文過「飾」非	文過「是」非
天作之「合」	天作之「和」	心「急」如焚	心「疾」如焚	日「積」月累	日「績」月累
天花亂「墜」	天花亂「墮」	心悅「誠」服	心悅「成」服	日「薄」西山	日「簿」西山
天崩地「坼」	天崩地「拆」	心勞日「拙」	心勞日「絀」	比肩繼「踵」	比肩繼「腫」

成語舉例	成語誤寫
水乳交「融」	水乳交「溶」
水「性」楊花	水「姓」楊花
水「漲」船高	水「脹」船高
片言「隻」字	片言「枝」字
犬馬之「勞」	犬馬之「老」
5畫	
以一「警」百	以一「驚」百
以力服「人」	以力服「仁」
以己「度」人	以己「渡」人
以身「殉」職	以身「詢」職
他山攻「錯」	他山攻「措」
令人髮「指」	令人髮「直」
「充」耳不聞	「沖」耳不聞
出「爾」反「爾」	出「耳」反「耳」
功成名「遂」	功成名「逐」

成語舉例	成語誤寫
功虧一「簣」	功虧一「潰」
半途而「廢」	半途而「費」
可操左「券」	可操左「卷」
古道「熱」腸	古道「熟」腸
司空見「慣」	司空見「貫」
囚首「垢」面	囚首「逅」面
巧奪天「工」	巧奪天「功」
左支右「絀」	左支右「拙」
平白無「故」	平白無「固」
平步「青」雲	平步「輕」雲
平易「近」人	平易「進」人
平起平「坐」	平起平「座」
畢「恭」畢敬	畢「躬」畢敬
打草「驚」蛇	打草「警」蛇

成語舉例	成語誤寫
未雨綢「繆」	未雨綢「謬」
正本清「源」	正本清「原」
正「襟」危坐	正「經」危坐
犯而不「校」	犯而不「笑」
瓜「剖」豆分	瓜「破」豆分
瓜熟「蒂」落	瓜熟「帝」落
瓦「釜」雷鳴	瓦「斧」雷鳴
甘之如「飴」	甘之如「怡」
甘「拜」下風	甘「敗」下風
生不逢「辰」	生不逢「晨」
白雲「蒼」狗	白雲「倉」狗
白駒過「隙」	白駒過「際」
目不交「睫」	目不交「捷」
目不「暇」給	目不「遐」給

成語舉例	成語誤寫
目光如「炬」	目光如「巨」
6畫	
光風「霽」月	光風「齊」月
先發「制」人	先發「製」人
先意「承」旨	先意「成」旨
先「睹」為快	先「賭」為快
先「禮」後兵	先「理」後兵
全軍覆「沒」	全軍覆「沫」
再接再「厲」	再接再「勵」
「刎」頸之交	「吻」頸之交
危如「累」卵	危如「纍」卵
同仇敵「愾」	同仇敵「慨」
同舟共「濟」	同舟共「劑」
同病相「憐」	同病相「鄰」
吐故「納」新	吐故「訥」新

成語舉例	成語誤寫
各自為「政」	各自為「正」
各行其「是」	各行其「事」
向「隅」而泣	向「偶」而泣
向「壁」虛構	向「璧」虛構
名不「副」實	名不「幅」實
名列前「茅」	名列前「矛」
名垂後「世」	名垂後「事」
名聞「遐」邇	名聞「暇」邇
名「繮」利鎖	名「僵」利鎖
吃裡「扒」外	吃裡「爬」外
因利「乘」便	因利「成」便
因「循」守舊	因「尋」守舊
因「勢」利導	因「事」利導
因「噎」廢食	因「咽」廢食

成語舉例	成語誤寫
回天乏「術」	回天乏「數」
回光「返」照	回光「反」照
地利人「和」	地利人「合」
夙夜「匪」懈	夙夜「非」懈
多「愁」善感	多「仇」善感
「妄」自菲薄	「忘」自菲薄
好事多「磨」	好事多「摩」
好高「騖」遠	好高「物」遠
好景不「常」	好景不「長」
好逸惡「勞」	好逸惡「老」
好整「以」暇	好整「已」暇
如火如「荼」	如火如「茶」
如出一「轍」	如出一「徹」
如法「炮」製	如法「泡」製

成語舉例	成語誤寫
如喪考「妣」	如喪考「仳」
如湯「沃」雪	如湯「臥」雪
如雷「貫」耳	如雷「慣」耳
如影隨「形」	如影隨「行」
如數「家」珍	如數「佳」珍
如膠「似」漆	如膠「是」漆
如「獲」至寶	如「穫」至寶
如願以「償」	如願以「嘗」
字字珠「璣」	字字珠「幾」
字「斟」句酌	字「堪」句酌
守株「待」兔	守株「逮」兔
安步「當」車	安步「擋」車
年高德「劭」	年高德「紹」
戎馬「倥」傯	戎馬「空」傯
扣盤「捫」燭	扣盤「門」燭
曲「突」徙薪	曲「凸」徙薪
曲意「逢」迎	曲意「奉」迎
有口皆「碑」	有口皆「牌」
有志「竟」成	有志「盡」成
有「恃」無恐	有「待」無恐
有條不「紊」	有條不「紋」
有備無「患」	有備無「犯」
死心「蹋」地	死心「塌」地
死有餘「辜」	死有餘「孤」
死灰「復」燃	死灰「複」燃
汗流「浹」背	汗流「夾」背
牝牡「驪」黃	牝牡「麗」黃
「牝」雞司晨	「牡」雞司晨
百折不「撓」	百折不「饒」
百步穿「楊」	百步穿「陽」
百發百「中」	百發百「重」
百「煉」成鋼	百「練」成鋼
羊「質」虎皮	羊「值」虎皮
老生長「談」	老生長「彈」
老奸巨「猾」	老奸巨「滑」
老驥「伏」櫪	老驥「服」櫪
耳熟能「詳」	耳熟能「祥」
耳「濡」目染	耳「儒」目染
耳鬢「廝」磨	耳鬢「斯」磨
自出機「杼」	自出機「抒」
自強不「息」	自強不「熄」
自「掘」墳墓	自「崛」墳墓

成語舉例	成語誤寫
自「圓」其說	自「園」其說
「至」理名言	「致」理名言
色厲內「荏」	色厲內「任」
血口「噴」人	血口「賁」人
血氣方「剛」	血氣方「鋼」
行雲「流」水	行雲「留」水
行遠自「邇」	行遠自「爾」
衣「錦」還鄉	衣「綿」還鄉
7畫	
伶牙「俐」齒	伶牙「利」齒
作「奸」犯科	作「賤」犯科
作法自「斃」	作法自「弊」
作壁上「觀」	作壁上「關」
作繭自「縛」	作繭自「伏」
克紹「箕」裘	克紹「其」裘
兵不厭「詐」	兵不厭「炸」
兵連禍「結」	兵連禍「節」
冷「嘲」熱諷	冷「潮」熱諷
別出「心」裁	別出「新」裁
別風「淮」雨	別風「准」雨
別樹一「幟」	別樹一「識」
別鶴孤「鸞」	別鶴孤「孿」
利欲「薰」心	利欲「熏」心
删「繁」就簡	删「煩」就簡
「否」極泰來	「丕」極泰來
呆「若」木雞	呆「苦」木雞
吹毛求「疵」	吹毛求「痴」
吮癰舐「痔」	吮癰舐「痣」
含「垢」忍辱	含「后」忍辱
含英「咀」華	含英「阻」華
含「飴」弄孫	含「怡」弄孫
困獸「猶」鬥	困獸「尤」鬥
「囤」積居奇	「屯」積居奇
坐地分「贓」	坐地分「髒」
壯志未「酬」	壯志未「愁」
「岌岌」可危	「急急」可危
形影相「弔」	形影相「吊」
形「銷」骨立	形「消」骨立
志同道「合」	志同道「和」
投筆從「戎」	投筆從「容」
「投」鼠忌器	「偷」鼠忌器
抓耳撓「腮」	抓耳撓「鰓」
更「僕」難數	更「樸」難數

成語舉例	成語誤寫
李代桃「僵」	李代桃「疆」
步步為「營」	步步為「贏」
步履為「艱」	步履為「難」
每下愈「況」	每下愈「曠」
沁人心「脾」	沁人心「牌」
沉魚落「雁」	沉魚落「燕」
「沒」齒不忘	「末」齒不忘
沆「瀣」一氣	沆「泄」一氣
良「莠」不齊	良「秀」不齊
男盜女「娼」	男盜女「唱」
芒刺在「背」	芒刺在「被」
見風轉「舵」	見風轉「船」
言不由「衷」	言不由「中」
言猶在「耳」	言猶在「爾」
言簡意「賅」	言簡意「該」
身敗名「裂」	身敗名「烈」
防不勝「防」	防不勝「妨」
防患未「然」	防患未「燃」
8畫	
「並」日而食	「併」日而食
並行不「悖」	並行不「背」
並駕齊「驅」	並駕齊「趨」
事半「功」倍	事半「工」倍
事必「躬」親	事必「恭」親
「依依」不捨	「一一」不捨
依草「附」木	依草「付」木
依樣葫「蘆」	依樣葫「盧」
「侃侃」而談	「砍砍」而談
兩小無「猜」	兩小無「拆」
兩「袖」清風	兩「柚」清風
「刻」不容緩	「克」不容緩
刻骨「銘」心	刻骨「明」心
刺刺不「休」	刺刺不「羞」
刺「股」懸梁	刺「骨」懸梁
刮目相「待」	刮目相「代」
味如嚼「蠟」	味如嚼「臘」
「咄咄」怪事	「拙拙」怪事
呼風「喚」雨	呼風「煥」雨
和衷共「濟」	和衷共「齊」
和盤「托」出	和盤「拖」出
和璧「隋」珠	和璧「隨」珠
「固」若金湯	「故」若金湯
「坦」腹東床	「躺」腹東床

成語舉例	成語誤寫
奄奄一「息」	奄奄一「熄」
「姍姍」來遲	「刪刪」來遲
始終不「渝」	始終不「踰」
孤「注」一擲	孤「柱」一擲
孤若伶「仃」	孤若伶「丁」
「宜」室「宜」家	「怡」室「怡」家
居心「叵」測	居心「頗」測
延頸企「踵」	延頸企「腫」
弦歌不「輟」	弦歌不「綴」
念「茲」在「茲」	念「滋」在「滋」
所向「披」靡	所向「批」靡
拒諫「飾」非	拒諫「是」非
招「搖」過市	招「遙」過市
披星「戴」月	披星「帶」月

成語舉例	成語誤寫
披荊斬「棘」	披荊斬「刺」
拔本塞「源」	拔本塞「元」
拋頭「露」面	拋頭「漏」面
拍案叫「絕」	拍案叫「決」
「抵」掌而談	「低」掌而談
抱頭鼠「竄」	抱頭鼠「鑽」
「拖」泥帶水	「託」泥帶水
放「蕩」不羈	放「盪」不羈
明火執「仗」	明火執「杖」
明正典「刑」	明正典「型」
明目張「膽」	明目張「瞻」
明知故「犯」	明知故「患」
明哲保「身」	明哲保「生」
明眸「皓」齒	明眸「浩」齒

成語舉例	成語誤寫
明「察」秋毫	明「查」秋毫
東施效「顰」	東施效「頻」
東「鱗」西爪	東「麟」西爪
「杳」如黃鶴	「香」如黃鶴
杯盤狼「藉」	杯盤狼「籍」
泥塑木「雕」	泥塑木「鵰」
河清海「晏」	河清海「宴」
河清難「俟」	河清難「伺」
沽名釣「譽」	沽名釣「魚」
波瀾「壯」闊	波瀾「狀」闊
油腔「滑」調	油腔「猾」調
「炙」手可熱	「灸」手可熱
物極必「反」	物極必「返」
狗尾續「貂」	狗尾續「昭」

成語舉例	成語誤寫
狗「急」跳牆	狗「擠」跳牆
「狐」群狗黨	「孤」群狗黨
直言不「諱」	直言不「偉」
直「截」了當	直「接」了當
「秉」燭夜遊	「稟」燭夜遊
空口無「憑」	空口無「平」
肺「腑」之言	肺「府」之言
舍本「逐」末	舍本「遂」末
花團錦「簇」	花團錦「族」
「芸芸」眾生	「云云」眾生
虎視「眈眈」	虎視「耽耽」
迎「刃」而解	迎「刀」而解
近在「咫」尺	近在「只」尺
近在眉「睫」	近在眉「捷」
近鄉情「怯」	近鄉情「卻」
金玉滿「堂」	金玉滿「棠」
金「碧」輝煌	金「璧」輝煌
金蟬脫「殼」	金蟬脫「穀」
「附」庸風雅	「付」庸風雅
雨後春「筍」	雨後春「荀」
雨過天「青」	雨過天「輕」
青天霹「靂」	青天霹「厲」
青出於「藍」	青出於「籃」
青「蠅」弔客	青「繩」弔客
9畫	
信手「拈」來	信手「黏」來
信誓「旦旦」	信誓「但但」
「侯」門似海	「候」門似海
俗不可「耐」	俗不可「奈」
削足適「履」	削足適「屨」
前功盡「棄」	前功盡「泣」
前車之「鑒」	前車之「見」
前倨後「恭」	前倨後「功」
南風不「競」	南風不「兢」
南鷂北「鷹」	南鷂北「鸚」
「卻」之不恭	「怯」之不恭
厚顏無「恥」	厚顏無「齒」
咬文「嚼」字	咬文「咀」字
哀鴻「遍」野	哀鴻「偏」野
姹紫「嫣」紅	姹紫「焉」紅
室如懸「磬」	室如懸「慶」
威武不「屈」	威武不「曲」
「待」人接物	「代」人接物

成語舉例	成語誤寫
後顧之「憂」	後顧之「優」
怒不可「遏」	怒不可「惡」
怒髮「衝」冠	怒髮「沖」冠
急功「近」利	急功「進」利
急管「繁」弦	急管「煩」弦
「怨」天尤人	「怒」天尤人
「按」兵不動	「暗」兵不動
按「部」就班	按「步」就班
「拭」目以待	「試」目以待
指揮若「定」	指揮若「訂」
拾金不「昧」	拾金不「味」
挑「撥」離間	挑「潑」離間
「故」步自封	「固」步自封
故態復「萌」	故態復「明」

成語舉例	成語誤寫
春「蚓」秋蛇	春「引」秋蛇
昭然若「揭」	昭然若「歇」
星羅「棋」布	星羅「旗」布
柔「茹」剛吐	柔「如」剛吐
柳暗花「明」	柳暗花「名」
殃及池「魚」	殃及池「漁」
「洋洋」大觀	「揚揚」大觀
流言「蜚」語	流言「飛」語
「流」芳百世	「留」芳百世
流金「鑠」石	流金「礫」石
留「連」忘返	留「漣」忘返
洞見「癥」結	洞見「真」結
洗垢求「瘢」	洗垢求「般」
洶湧「澎」湃	洶湧「彭」湃

成語舉例	成語誤寫
為虎作「倀」	為虎作「娼」
為富不「仁」	為富不「人」
玲瓏「剔」透	玲瓏「惕」透
甚「囂」塵上	甚「蕭」塵上
畏「首」畏尾	畏「手」畏尾
相反相「成」	相反相「承」
相形見「絀」	相形見「拙」
相得益「彰」	相得益「章」
相提「並」論	相提「併」論
相敬如「賓」	相敬如「冰」
穿鑿「附」會	穿鑿「付」會
「突」如其來	「凸」如其來
「紈」袴子弟	「玩」袴子弟
美「輪」美奐	美「侖」美奐

成語舉例	成語誤寫
「耐」人尋味	「奈」人尋味
背「井」離鄉	背「阱」離鄉
背水一「戰」	背水一「仗」
背道而「馳」	背道而「遲」
苦心孤「詣」	苦心孤「旨」
苟延殘「喘」	苟延殘「踹」
負隅頑「抗」	負隅頑「伉」
赴湯「蹈」火	赴湯「倒」火
重作「馮」婦	重作「憑」婦
重整「旗」鼓	重整「棋」鼓
「重」蹈覆轍	「從」蹈覆轍
降格以「求」	降格以「裘」
面目可「憎」	面目可「僧」
面紅耳「赤」	面紅耳「刺」

成語舉例	成語誤寫
面面相「覷」	面面相「虛」
面黃「肌」瘦	面黃「饑」瘦
革故「鼎」新	革故「頂」新
風雨如「晦」	風雨如「誨」
風流倜「儻」	風流倜「黨」
風起雲「湧」	風起雲「勇」
風雲「際」會	風雲「濟」會
風馳電「掣」	風馳電「製」
風塵「僕僕」	風塵「樸樸」
風燭「殘」年	風燭「慘」年
風聲鶴「唳」	風聲鶴「淚」
風「靡」一時	風「迷」一時
飛揚「跋」扈	飛揚「拔」扈
飛黃「騰」達	飛黃「謄」達

成語舉例	成語誤寫
飛「蛾」撲火	飛「鵝」撲火
食前方「丈」	食前方「仗」
「食」指大動	「十」指大動
食指「浩」繁	食指「耗」繁
香消玉「殞」	香消玉「損」
10畫	
乘車「戴」笠	乘車「帶」笠
乘「堅」策肥	乘「監」策肥
乘龍快「婿」	乘龍快「去」
俯「仰」之間	俯「抑」之間
俯仰「由」人	俯仰「尤」人
俯拾「即」是	俯拾「既」是
「俯」首貼耳	「伏」首貼耳
「倚」老賣老	「依」老賣老
倒持「泰」阿	倒持「太」阿

成語舉例	成語誤寫
兼程並「進」	兼程並「近」
剜肉「補」瘡	剜肉「捕」瘡
剛「愎」自用	剛「復」自用
「匪」夷所思	「非」夷所思
宵衣「旰」食	宵衣「乾」食
悔不當「初」	悔不當「出」
「悖」入「悖」出	「背」入「背」出
拳拳服「膺」	拳拳服「鷹」
「振振」有辭	「正正」有辭
振「聾」發聵	振「龍」發聵
旁敲「側」擊	旁敲「惻」擊
時不我「與」	時不我「予」
時乖命「蹇」	時乖命「寒」
根深「蒂」固	根深「帝」固
成語舉例	成語誤寫
「栩栩」如生	「許許」如生
桑間「濮」上	桑間「僕」上
桀驁不「馴」	桀驁不「訓」
「殊」途同歸	「輸」途同歸
般「鑒」不遠	般「劍」不遠
氣息「奄奄」	氣息「淹淹」
氣貫長「虹」	氣貫長「紅」
氣「象」萬千	氣「相」萬千
海屋添「籌」	海屋添「愁」
海市「蜃」樓	海市「脣」樓
「涓」滴歸公	「捐」滴歸公
浮光「掠」影	浮光「略」影
浩浩「蕩蕩」	浩浩「盪盪」
浩然之「氣」	浩然之「器」
成語舉例	成語誤寫
「烏」煙瘴氣	「鳥」煙瘴氣
「班」門弄斧	「搬」門弄斧
珠「圓」玉潤	珠「園」玉潤
珠聯「璧」合	珠聯「壁」合
「疾」言厲色	「急」言厲色
病入膏「肓」	病入膏「盲」
真知灼「見」	真知灼「現」
破「鏡」重圓	破「境」重圓
笑「逐」顏開	笑「遂」顏開
粉「飾」太平	粉「是」太平
紛至「沓」來	紛至「踏」來
胸無「宿」物	胸無「素」物
能者多「勞」	能者多「老」
胼手「胝」足	胼手「抵」足

成語舉例	成語誤寫
舐「犢」情深	舐「讀」情深
荒「謬」絕倫	荒「妙」絕倫
草「菅」人命	草「管」人命
「豺」狼當道	「材」狼當道
躬逢其「盛」	躬逢其「剩」
逃之「夭夭」	逃之「天天」
追本「溯」源	追本「訴」源
酒酣耳「熱」	酒酣耳「熟」
酒囊飯「袋」	酒囊飯「帶」
針「鋒」相對	針「峰」相對
「釜」底抽薪	「斧」底抽薪
閃「爍」其辭	閃「礫」其辭
除舊「布」新	除舊「部」新
飢不「擇」食	飢不「折」食

成語舉例	成語誤寫
馬「首」是瞻	馬「手」是瞻
高朋滿「座」	高朋滿「坐」
鬼鬼「祟祟」	鬼鬼「崇崇」
11畫	
動「輒」得咎	動「則」得咎
寅吃「卯」糧	寅吃「卵」糧
張口「結」舌	張口「節」舌
張皇失「措」	張皇失「錯」
強「弩」之末	強「努」之末
強詞奪「理」	強詞奪「禮」
得魚忘「筌」	得魚忘「全」
從長「計」議	從長「記」議
從「善」如流	從「擅」如流
情有可「原」	情有可「緣」
捲土「重」來	捲土「從」來

成語舉例	成語誤寫
掩耳盜「鈴」	掩耳盜「玲」
「掉」以輕心	「吊」以輕心
「推」心置腹	「堆」心置腹
推本溯「源」	推本溯「原」
排山「倒」海	排山「到」海
敝「帚」千金	敝「掃」千金
斬草除「根」	斬草除「跟」
斬釘「截」鐵	斬釘「接」鐵
晨昏定「省」	晨昏定「醒」
望門投「止」	望門投「址」
望塵莫「及」	望塵莫「極」
「梧」鼠技窮	「吾」鼠技窮
棄如「敝」屣	棄如「蔽」屣
條分「縷」析	條分「履」析

成語舉例	成語誤寫
欲蓋「彌」彰	欲蓋「瀰」彰
殺身成「仁」	殺身成「人」
殺雞「警」猴	殺雞「驚」猴
淡「妝」濃抹	淡「裝」濃抹
淺嘗「輒」止	淺嘗「則」止
淋漓盡「致」	淋漓盡「至」
「涸」轍鮒魚	「河」轍鮒魚
淪肌「浹」髓	淪肌「夾」髓
深思熟「慮」	深思熟「濾」
「烽」火連天	「峰」火連天
「率」獸食人	「帥」獸食人
略勝一「籌」	略勝一「疇」
異口同「聲」	異口同「生」
異「想」天開	異「鄉」天開
「盛」氣凌人	「勝」氣凌人
眾目「睽睽」	眾目「癸癸」
眾志成「城」	眾志成「誠」
眾「叛」親離	眾「判」親離
眾怒難「犯」	眾怒難「患」
眼花「撩」亂	眼花「瞭」亂
移「樽」就教	移「尊」就教
細大不「捐」	細大不「涓」
細針「密」縷	細針「蜜」縷
終南捷「徑」	終南捷「逕」
脫「穎」而出	脫「頃」而出
荳「蔻」年華	荳「寇」年華
莫「名」其妙	莫「明」其妙
「荼」毒生靈	「茶」毒生靈
「袖」手旁觀	「抽」手旁觀
「貪」小失大	「貧」小失大
貪贓「枉」法	貪贓「王」法
「趾」高氣揚	「指」高氣揚
通「宵」達旦	通「消」達旦
連篇累「牘」	連篇累「讀」
「逢」人說項	「憑」人說項
「頂」天立地	「鼎」天立地
魚「沉」雁杳	魚「沈」雁杳
魚游「釜」中	魚游「斧」中
12畫	
「傍」人門戶	「旁」人門戶
割席「絕」交	割席「決」交
勞「燕」分飛	勞「雁」分飛
博聞強「志」	博聞強「誌」

成語舉例	成語誤寫	成語舉例	成語誤寫	成語舉例	成語誤寫
「喧」賓奪主	「暄」賓奪主	無「妄」之災	無「忘」之災	肅然「起」敬	肅然「啟」敬
喜怒無「常」	喜怒無「長」	無「事」生非	無「是」生非	虛無縹「緲」	虛無縹「渺」
「唾」手可得	「垂」手可得	無所「適」從	無所「事」從	虛與「委」蛇	虛與「偎」蛇
循規蹈「矩」	循規蹈「距」	無「的」放矢	無「地」放矢	街談巷「議」	街談巷「義」
惱羞成「怒」	惱羞成「恕」	無精打「采」	無精打「彩」	視若無「睹」	視若無「賭」
「惺惺」作態	「猩猩」作態	無「稽」之談	無「譏」之談	進退「維」谷	進退「唯」谷
「惶」恐不安	「皇」恐不安	無「獨」有偶	無「毒」有偶	開門「揖」盜	開門「依」盜
插科打「諢」	插科打「混」	煮豆燃「萁」	煮豆燃「其」	開源節「流」	開源節「留」
提綱「挈」領	提綱「契」領	發「憤」忘食	發「奮」忘食	閒雲「孤」鶴	閒雲「狐」鶴
「森」羅萬象	「深」羅萬象	登峰造「極」	登峰造「及」	雅俗「共」賞	雅俗「供」賞
「椎」心泣血	「錐」心泣血	稍「縱」即逝	稍「蹤」即逝	集思廣「益」	集思廣「義」
殘杯冷「炙」	殘杯冷「灸」	結草銜「環」	結草銜「還」	集腋成「裘」	集腋成「球」
渾渾「噩噩」	渾渾「惡惡」	絕口不「提」	絕口不「題」	「項」背相望	「向」背相望
焦頭爛「額」	焦頭爛「耳」	絡「繹」不絕	絡「譯」不絕	黃「粱」一夢	黃「梁」一夢

成語舉例	成語誤寫
13畫	
「傾」家蕩產	「親」家蕩產
「勢」不兩立	「是」不兩立
勢「均」立敵	勢「勻」立敵
愛「屋」及「烏」	愛「烏」及「屋」
惹「是」生非	惹「事」生非
「搔」首弄姿	「騷」首弄姿
搖搖欲「墜」	搖搖欲「墮」
新陳代「謝」	新陳代「洩」
暗度陳「倉」	暗度陳「蒼」
暗「箭」傷人	暗「劍」傷人
楚材「晉」用	楚材「進」用
毀家「紓」難	毀家「抒」難
滄海一「粟」	滄海一「栗」
「煢煢」孑立	「瑩瑩」孑立
瑕不掩「瑜」	瑕不掩「愉」
當「務」之急	當「物」之急
「睚」眥必報	「涯」眥必報
萬「劫」不復	萬「節」不復
萬念「俱」灰	萬念「具」灰
萬箭「攢」心	萬箭「鑽」心
「稗」官野史	「拜」官野史
節哀順「變」	節哀順「便」
綆短「汲」深	綆短「及」深
義無反「顧」	義無反「故」
群龍無「首」	群龍無「手」
肆無忌「憚」	肆無忌「彈」
腰「纏」萬貫	腰「財」萬貫
「腥」風血雨	「星」風血雨
「觥」籌交錯	「光」籌交錯
詰屈「聱」牙	詰屈「敖」牙
「誠」惶「誠」恐	「成」惶「成」恐
「綵」衣娛親	「彩」衣娛親
運籌「帷」幄	運籌「維」幄
遇人不「淑」	遇人不「熟」
過目成「誦」	過目成「頌」
鉤心鬥「角」	鉤心鬥「腳」
鉗口「結」舌	鉗口「節」舌
14畫	
「嘉」言懿行	「佳」言懿行
「嘖」有煩言	「責」有煩言
墓木「已」拱	墓木「以」拱
寧缺毋「濫」	寧缺毋「爛」
寥若「晨」星	寥若「辰」星

成語舉例	成語誤寫
「嶄」露頭角	「斬」露頭角
「弊」絕風清	「敝」絕風清
慘絕人「寰」	慘絕人「還」
「截」長補短	「接」長補短
截「趾」適屨	截「指」適屨
「槁」木死灰	「稿」木死灰
滿「目」瘡痍	滿「木」瘡痍
滿腹經「綸」	滿腹經「論」
漸入「佳」境	漸入「加」境
「漫」不經心	「慢」不經心
熙來「攘」往	熙來「壤」往
竭澤而「漁」	竭澤而「魚」
維妙維「肖」	維妙維「俏」
「蒲」柳之姿	「浦」柳之姿

成語舉例	成語誤寫
語焉不「詳」	語焉不「祥」
「誨」人不倦	「悔」人不倦
貌「合」神離	貌「和」神離
輕重「緩」急	輕重「暖」急
「遙遙」無期	「搖搖」無期
銅「筋」鐵骨	銅「斤」鐵骨
魂不「附」體	魂不「付」體
鳳毛「麟」角	鳳毛「鱗」角
15畫	
厲兵「秣」馬	厲兵「抹」馬
憂心「忡忡」	憂心「沖沖」
「戮」力同心	「戳」力同心
「撥」雲見日	「剝」雲見日
暴「殄」天物	暴「珍」天物
樂不可「支」	樂不可「止」

成語舉例	成語誤寫
盤根錯「節」	盤根錯「結」
窮鄉「僻」壤	窮鄉「避」壤
「緣」木求魚	「原」木求魚
「蔚」然成風	「尉」然成風
「蓬」門華戶	「逢」門華戶
蓽路藍「縷」	蓽路藍「屢」
「銷」聲匿跡	「消」聲匿跡
「鋌」而走險	「挺」而走險
「震」天動地	「振」天動地
養精「蓄」銳	養精「畜」銳
駕輕「就」熟	駕輕「舊」熟
「鴉」雀無聲	「鴨」雀無聲
16畫	
「噤」若寒蟬	「禁」若寒蟬
學以「致」用	學以「至」用

筆畫	成語舉例	成語誤寫
	擇善「固」執	擇善「故」執
	「歷歷」在目	「粒粒」在目
	獨占「鰲」頭	獨占「熬」頭
	獨樹一「幟」	獨樹一「支」
	獨闢「蹊」徑	獨闢「溪」徑
	「璞」玉渾金	「樸」玉渾金
	「瞠」乎其後	「撐」乎其後
	「融」會貫通	「溶」會貫通
	諱疾「忌」醫	諱疾「記」醫
	「醍醐」灌頂	「提壺」灌頂
	錦心「繡」口	錦心「鏽」口
	「駭」人聽聞	「害」人聽聞
	「黔」驢技窮	「錢」驢技窮
17畫	「勵」精圖治	「力」精圖治
	「擘」肌分理	「臂」肌分理
	「櫛」風沐雨	「節」風沐雨
	「濟濟」一堂	「擠擠」一堂
	濫「竽」充數	濫「芋」充數
	營私舞「弊」	營私舞「斃」
	「瞭」如指掌	「了」如指掌
	「瞬」息萬變	「舜」息萬變
	矯「揉」造作	矯「柔」造作
	「糟」糠之妻	「蹧」糠之妻
	繁文「縟」節	繁文「辱」節
	膾「炙」人口	膾「自」人口
	鍾靈「毓」秀	鍾靈「育」秀
	鞠躬盡「瘁」	鞠躬盡「卒」
18畫	斷章取「義」	斷章取「意」
	禮「尚」往來	禮「上」往來
	「簞」食壺漿	「單」食壺漿
	雙瞳「翦」水	雙瞳「剪」水
19畫	「韜」光養晦	「滔」光養晦
20畫	嚴「刑」峻法	嚴「形」峻法
	嚴懲不「貸」	嚴懲不「貨」
	「觸」目驚心	「醋」目驚心
21畫	纏綿悱「惻」	纏綿悱「側」
	「辯」才無礙	「辨」才無礙
22畫	「疊」床架屋	「跌」床架屋
	「驕」兵必敗	「嬌」兵必敗
23畫	驚鴻一「瞥」	驚鴻一「撇」
	「麟」肝鳳髓	「鱗」肝鳳髓
30畫	鸞「翔」鳳集	鸞「祥」鳳集

附錄二：常見婚喪喜慶題辭

◆婚慶類

訂婚

文定之喜
文定吉祥
喜締鴛鴦
誓約同心
緣訂三生
鴛鴦璧合
締結良緣
白首成約

結婚

才子佳人
天作之合
天造地設
心心相印
永浴愛河
白頭偕老
百年好合
良緣天定
佳偶天成
花好月圓
花開並蒂
相敬如賓
郎才女貌
神仙眷屬
珠聯璧合
笙磬同音
琴瑟和鳴
鳳凰于飛
瓊花並蒂
鸞鳳和鳴

◆祝壽類

祝人長命

天賜遐齡
日月長明
多福多壽
如松柏茂
庚星煥彩
東海多壽
松柏長青
松鶴延齡
松鶴遐齡
封人三祝
晉爵延齡
海屋添籌
萬壽無疆
圖開福壽
壽比南山
福如東海
德碩年高
齒德俱尊
長命百歲
鶴壽千歲

◆弔唁類

男性去世

仙凡路隔
北斗星沉
羽化登仙
行誼可師
英才早逝
英氣長存
音容宛在（男女通用）
高山景行
高風亮節
痛失老成
跨鶴仙鄉
福壽全歸（男女通用）
魂兮歸來（男女通用）
德業長昭
駕鶴西歸

女性去世

彤管流芳
忘憂草謝
坤儀足式
孟母風高
流芳千古
香消玉殞

淑德永昭
溫恭淑慎
萱堂露冷
夢斷北堂
瑤池赴召
瑤島仙遊
範垂巾幗
閫範長存
懿範猶存

◆祝賀類

喜生子

天賜石麟
瓜瓞綿綿
百子圖開
弄璋誌喜
芝蘭新茁
啼試英聲
喜得寧馨
熊夢徵祥
德門生輝
麟趾呈祥

喜生女

弄瓦徵祥
明珠入掌
喜比螽麟
緣鳳新雛
輝增彩悅

喜新居

甲第徵祥
美輪美奐
偉哉新居
堂開華廈
棟宇連雲
華堂毓秀
華堂煥彩
福地洞天
福地傑人
雕梁畫棟

喜遷居

地靈人傑
良禽擇木
里仁為美
孟母遺風
喜報鶯遷
喬木鶯聲
綠楊合蔭
德必有鄰
德門仁里
鶯鳴出谷

◆喜開業

公司行號

大展經綸
大展鴻圖
大業千秋
生財有道
近悅遠來
財源恆足
商賈輻輳
貨財廣殖
陶朱媲美
開張駿發
萬商雲集
鴻猷大展

診所醫院

仁心仁術
仁術超群
妙手回春
杏林之光
良相良醫
扁鵲復生
祕傳金匱
術精岐黃
博愛濟群
華佗在世
濟世活人
懸壺濟世

文教出版

文光射斗
功垂社教
左圖右史
名山事業
坐擁百城

飯店餐廳

近悅遠來
貴客盈門
群賢畢至
賓主盡歡